ERSTES BUCH

HEYNE
BÜCHER

Das Buch

In drei Teilen erzählt *Bora* die Geschichte einer serbischen Familie, die Mitte des 18. Jahrhunderts aus ihrer Heimat vertrieben wird. Nach der Eroberung Serbiens durch die Türken fliehen die vier Brüder Isakowitsch mit ihren Familien nach Österreich-Ungarn, wo sie als Söldner der Kaiserin Maria Theresia dienen. Doch im k.u.k.-Reich, das die Serben als Untertanen zweiter Klasse behandelt, finden die Isakowitschs nicht die ersehnte neue Heimat. Geblendet von der Vision des »gelobten Landes« aller Slawen, bricht die Familie im dritten Teil der Saga gen Rußland auf – Entwurzelte auf der melancholischen Suche nach dem verlorenen Paradies.

»Große Naturbeschreibungen, Berichte über die Leidenschaft der Menschen, Kapitel aus der Geschichte und epische Erzählungsweise – in Milos Tsernianskis schon vom Umfang her riesigem Roman gehen alle diese Dinge eine zwanglose Einheit ein und ergeben ein farbenfrohes Zeitbild.
»Berliner Morgenpost«

Der Autor

Milos Tsernianski wurde 1893 in Tschongrad (im heutigen Rumänien) geboren. 1928 trat er in den jugoslawischen diplomatischen Dienst ein, 1941 ging er nach London ins Exil, wo er unter großen Entbehrungen seinen Roman *Bora* vollendete. 1965 nach Jugoslawien zurückgekehrt, schied er 1977 in Belgrad freiwillig aus dem Leben.

MILOS TSERNIANSKI

BORA

Der große Roman aus der Zeit Maria Theresias

Aus dem Serbokroatischen
von Dr. Reinhold Fischer und Barbara Antkowiak

WILHELM HEYNE VERLAG
MÜNCHEN

HEYNE ALLGEMEINE REIHE
Nr. 01/9594

Titel der Originalausgabe
SEOBE

Wilhelm Heyne Verlag GmbH & Co. KG, München
Printed in Germany 1995
Umschlagillustration: Angus Gran-Burbridge/Agentur Jutta Fricke
Umschlaggestaltung: Atelier Ingrid Schütz, München
Gesamtherstellung: Elsnerdruck, Berlin

ISBN 3-453-08913-8

I

Ein endloser blauer Kreis, und mitten darin ein Stern!

Die nebelfeuchten Flußauen dampfen noch vom Tag vorher, tiefer und tiefer brauen sich die Wolken zusammen. Die eingesunkene Niederung, die der Strom durchzieht, ist trübe und unwegsam. Dunkel ist die Erde, regenverhüllt und unsichtbar.

Hinter dem Vorhang aus Finsternis rauscht und braust es im Sumpfgelände. Der Mondschein gleitet über die Oberfläche des Moors, leuchtet über dem Dunkel auf, um dann weiterzuwandern, bis ihn die Nacht verschluckt. Die feuchte Nacht kommt und geht wieder, kommt und geht wieder – immerzu umkreist sie den schlafenden Mann, näßt seine mächtige Brust und den heißen, gedunsenen, in Schafsfelle mit schweißdurchtränktem Vlies gehüllten Bauch. Der Regen tropft durch das Rohrgeflecht der Decke, tropft und tropft, und trotz des dichten Dunkels sieht der Mann, wie ein Frosch in Sprüngen immer näher und näher kommt.

Seit Mitternacht schon dringt abgerissenes Hundegebell und Hähnekrähen heran, aber noch von fern. Gleichmäßiges Hufgetrappel, jedoch dumpf, als sei es unter der Erde, tönt in seinen Traum hinein. Immer wieder ist der Mann daran, aufzuwachen, doch sogleich überkommt ihn wieder der Schlaf: es ist wie ein Auf- und Abwiegen in dieser Finsternis. Das Dunkel, das ihn umgibt, vermag er von dem Dunkel in sich nicht zu unterscheiden, und mit offenen Augen in die Nacht starrend, sieht er dennoch nichts. Die Sprünge des Frosches neben der Bettstatt muß er wohl mit dem Gehör wahrgenommen haben, doch gleich darauf verschluckt ihn der Schlaf, und alles scheint wieder in der schweren Ausdünstung des Schafsfells zu versinken, auf dem sein Oberkörper neben dem Kopf der Frau ruht.

Ein Pferdehuf hatte ihn oberhalb des Knies getroffen, wenige Tage zuvor, als er begonnen hatte, Teile seines Regiments zu sammeln, und noch immer pflegt er nachts von dem Schmerz zu erwachen; aber er verschwindet bald wieder, ebenso wie das von einer grenzenlosen Erschöpfung herrührende Gefühl der Kraftlosigkeit und Zermürbtheit in den Knochen, und so stöhnt er jedesmal nur kurz auf, wenn er plötzlich erwacht, um gleich darauf wieder mit den Zähnen knirschend in tiefen Schlaf zu versinken.

Doch was sah er nicht alles in diesem kurzen Aufblitzen zwischen Wachen und Träumen! Den Fluß unter dem steilen Hang, der mit seinem Rauschen die ganze Nacht erfüllt; Mondlicht auf dem über die Ufer getretenen Gewässer, verstreut über Gruben und Gräben; das Schilfgeflecht vor dem Fenster und auf dem Dach, von dem es heruntertropft, zahllosen Wassertropfen, einer nach dem anderen; die Wipfel des unübersehbaren Weidengehölzes voller Ruten und Reiser.

Und in diesem Zustand des Halbschlafs ist ihm, als würde er mit leise schaukelnder Bewegung in eine endlose Ferne getragen, in unermeßliche Höhen und bodenlose Tiefen, bis ihn der Regen endlich völlig weckt. Da vernimmt er, noch ganz benommen zunächst, Hundegebell und Hähnekrähen, um dann sofort im Dunkel die Augen weit zu öffnen. Er sieht nichts, doch glaubt er hoch oben einen endlosen blauen Kreis zu erblicken. Und mitten darin einen Stern.

Auf einmal war diese seltsame Vision verschwunden. Und auch das Schaukeln und das Sausen in seinem Kopf hatte aufgehört: Da wußte der Mann, daß er wach war. Mit weit offenen Augen lag er in der Dunkelheit, verwundert und zitternd vor Kälte. Er träumte nicht mehr. Das Hähnekrähen und Hundegebell hörte er jetzt wirklich. Auch den Atem der Frau, die auf seinem Arm eingeschlafen war, fühlte er auf seiner Brust. Und sogar das Geräusch, das sie verursachte, als sie ihren Hals dehnte, glaubte er zu hören – so tief war die Stille vor dem Haus. Durch eine Fuge der Bohlen aus Fichtenholz drang ein schmaler Lichtstreif herein, und als er ihn sah, wurde der Mann endgültig wach und munter. Es war Zeit aufzubrechen.

Der Lichtstreif kam von einem Feuer, das einige seiner Leute entzündet hatten, die sich am Abend vorher – allein oder mit Frauen und Kindern – unter dem Vordach eines Pferchs am anderen Ende des Geländes gelagert hatten, wo sich seine Stallungen befanden. Und als wäre dies erste klare Aufblitzen des Gedächtnisses ein unhörbarer Kommandoruf gewesen, meinte er, seine Grenzersoldaten plötzlich laufen zu sehen, einen hinter dem anderen, mit ihrem kurzen, furchterregenden Laufschritt, in Pelzmützen und mit ihren langen Flinten, die Handscharmesser zwischen den Zähnen, wie beim Exerzieren. Jedes einzelne Gesicht sah er vor sich, er kannte sie alle und wußte von jedem, wo er sich zur Nacht gelagert hatte.

Ebenso sah der Mann im Dunkel auch alles übrige vor sich, was es da draußen vor dem Haus gab. Die Uferlehne, und unter ihr der Donaustrom und die breiten Kähne, mit denen er auf die Wasserfläche hinausfahren würde, die endlosen Weidengehölze, das Ried, die blauen Anger und die roten Reiser.

Dann knirschte der Balken des Ziehbrunnens, und gleichzeitig wurde an die Tür geschlagen.

Der Mann schreckte auf, und mit ihm alles andere, was da noch im Dunkel atmete, unsichtbar und unhörbar bis zu diesem Augenblick; Getrappel von Pferdehufen erdröhnte, und ganz in der Nähe schlugen die Hunde heiser an.

Irgendwo mußte ein großer Krähenschwarm vorbeigeflogen sein, denn das Krächzen der Vögel erfüllte die Nacht und verlor sich dann in der Höhe.

Kaum hatte der Mann, eben erst aus dem Schlaf gerissen und halb traumbefangen noch, den Versuch unternommen, sich im Dunkeln von den Laken, in die er sich verwickelt hatte, zu befreien und verschwitzt und nackt – denn er schlief immer nackt – unter den Fellen hervorzukriechen, erwachte die Frau. Ängstlich tastete sie sich zur Feuerstelle vor, blies in die Asche und fand noch etwas Glut. Sie zündete das Nachtlicht an, das sie ganz in Helligkeit tauchte und den riesenhaften Schatten des Mannes an die Wand warf. Und erst jetzt, als sie ihn sah, schrie sie auf und begann zu wehklagen. Sie warf sich über ihn, umarmte ihn, bedeckte Brust, Schulter, Hals und Ohren des Mannes mit Küssen.

Zwei ganze Wochen fast, seitdem die Botschaft des Kommandanten der Stadt Esseg, des Grafen Askanius Guadagni, eingelangt war, ihr Mann möge dreihundert ausgesuchte Soldaten für den Feldzug gegen Frankreich rüsten, hatte die Frau nicht aufgehört zu jammern. Mit vom Weinen verquollenen Augen, ganz abgezehrt vor Kummer, im dritten Monat der Schwangerschaft, wich sie nicht von seiner Seite. Immer schon berühmt wegen ihrer Schönheit, war sie im ersten Jahr ihrer Ehe noch schöner geworden. Auf ihrer Haut, in ihrem Lachen und im Blick ihrer Augen lag ein glatter Schimmer, der stets von ihr ausging, solange sie ein Kind im Leibe trug. Schwer und voll während jener Monate und von einer tollen Fröhlichkeit, pflegte sie nach der Entbindung immer mehr herunterzukommen, wurde unschön und still, voll Härte zu Dienern und Mägden. Vor zwei Wochen war sie ihrem Mann weinend bis ans Donauufer gefolgt, um mit ihm noch die letzte Nacht vor seinem Aufbruch zu verbringen. Ihre beiden Kinder hatte sie im Dorf zurückgelassen, sie kam allein und verbrachte die zwei letzten Tage in einer schilfgedeckten Hütte am Wasser, neben dem Pferch, nur um noch nachts an seiner Seite liegen zu können.

Stundenlang lag sie so an seiner Brust, flüsterte unverständliche und unvernünftige Worte und bedeckte seine Brust, seinen Hals und seinen Mund, seine Ohren und Augen mit ihren Küssen.

In diesen letzten Tagen vor dem Aufbruch saß er, krummbeinig und schwer, den ganzen Tag über im Sattel, um seine Leute für den Feldzug einzukleiden und auszurüsten. Er verfluchte die Küsse und Umarmungen der Frau, sie war ihm lästig geworden.

Am Tage erschöpft vom Ärger und Streit bei der Auswahl seiner Leute, die ohne Waffen und angetrunken einrückten, verbrachte er die Abende mit den Schreibern, welche die Liste des Slawonisch-Donauländischen Regiments anlegten. In der Nacht erwartete ihn dann die Hölle: ihre Umarmungen, ihre sinnlosen Ausbrüche, ihre langen, unermüdlichen Finger, ihre Schönheit, fast überirdisch im Schein des Feuers, ihr Blick, ihre Tränen. Schlaff und niedergeschlagen, voller Sorge um seine Kinder, konnte Vuk ihre Liebesraserei nur ratlos über sich ergehen lassen, das Kreuz schlagen und mitunter auch aus den Tiefen seines ungeheuren Brustkorbs und Bauchs heraus schallend lachen.

Als er sie jetzt so sah, im schwachen Licht, noch ganz vom Schlaf befangen, wurde ihm klar, daß es morgen beim Aufbruch mit ihr besonders schlimm werden würde. Ihre Küsse, die, scheu und wild zugleich, ihm auf Gesicht und Hals regneten, waren naß von Tränen. Als sie sich erhob, um ihn besser umfassen zu können – denn Vuk erwehrte sich ihrer barsch –, und über die auf der Erde ausgebreiteten Kissen, Felle und Teppiche stolperte, trat sie unversehens mit dem bloßen Fuß auf den Frosch und stieß einen entsetzten Schrei aus. Voller Wut über diese maßlose weibliche Unvernunft stieß Vuk Isakowitsch sie beiseite und hatte nicht übel Lust, sie zu Boden zu schleudern. Dabei warf er ein Gefäß mit geweihtem Wasser und einem Rosmarinzweiglein darin um, das die Frau am Abend vorher bereitgestellt hatte, um ihn am Morgen, beim Erwachen, zu besprengen, und torkelnd, als hebe und trüge er ein leeres Faß, fand er zur Tür und stieß sie auf.

Feiner Regen nieselte herunter, und er umfaßte mit einem Blick die Hunde, die ihm entgegenstürzten, die Pferde und Knechte unter den Maulbeerbäumen und am anderen Ende des Angers, vor dem Pferch, einen Haufen Menschen, die sich dort gelagert hatten. Noch zeichneten die Lagerfeuer riesenhafte Schatten in das Dunkel, doch sobald der erste Flintenschuß knallte, war es, als würden alle auf die Beine springen und zu tanzen beginnen. Die einen grölten ein Lied, andere brüllten, rannten zum Ziehbrunnen, zu den Trögen, um sich zu waschen; wieder andere hielten Kinder auf dem Arm und hüllten sie in Tücher ein, während sie mit ihnen zu den Kähnen hinunterstiegen. Ach, und wie sich die Frauen an die Brust schlugen, wie sie ihre Klagen herausschrien, ihre weißen Laken, Tücher und Fußlappen schwenkten! Hinter dem Pferch über dem Steilhang erblickte der Mann im ungeheuer weiten regnerischen Aufdämmern des Tages, so weit das Auge reichte, Weidengehölz und Ried, nicht mehr aber jenen endlosen blauen Kreis. Und auch nicht den Stern in der Mitte wie in seinem Traum.

Vorbei an den Pferden und den weinenden Frauen, die

man nicht hinab zu den Kähnen ließ, rannten die Männer, sammelten sich, riefen einander zu. Einige Nachzügler nahmen noch weinend Abschied, wobei sie sich und ihre Angehörigen bekreuzigten. Einer kam mit einem kleinen Kind auf dem Arm, das eine Pelzmütze trug und schon ganz blau vor Kälte war, zu Vuk und suchte im Hause nach einer Feuerstelle, um es zu erwärmen. Die Hunde umringten auf dem Ufergrat die Frauen und Greise, jagten spritzend durch die Pfützen und bellten die Männer an, die zum Wasser hinunterstiegen.

Barfuß auf der kalten feuchten Erde, notdürftig in ein Laken gehüllt, so wie er eben gerade aus dem Bett gestiegen war, den riesigen schwarzen, mit silbernen Stickereien und Troddeln geschmückten Dreispitz auf dem Kopf, den er sich beim ersten Aufschrecken aus dem Schlaf rasch aufgesetzt hatte, bot Vuk seinen Knechten einen erstaunlichen Anblick. Sie liefen herbei, küßten ihm die Hände und führten ihm sein Pferd zu, das sich aufbäumte.

Da nieste er schallend mehrmals hintereinander, sprang auf der Erde herum, daß alles erzitterte, und kehrte in das Dunkel und an die Wärme des Herdfeuers zurück, wo ihn die Frau weinend empfing. Eilig half sie ihm beim Anziehen, bedeckte immer wieder sein Wams, seinen Leibriemen und das viele Silberzeug auf seiner Uniform mit Küssen; und als er sich gewaschen hatte, trocknete sie ihm das Gesicht mit ihrem Haar, während sie seine Wangen mit ihren Küssen bedeckte. Sie tat ihm leid, und er streichelte ihren Rücken und brummte leise, worauf sie noch heftiger zu schluchzen begann.

Als er dann angekleidet auf der Schwelle erschien und die Knechte ihm das Pferd hielten, fing auf dem Anger ein solches Geschrei und Gejammer an, ein solches Gedränge, um ihm die Hand zu küssen, ein solches Wehklagen und Jammern der Weiber, daß er wütend auf sie einbrüllte.

Während ihn einige Knechte in den Sattel hoben, zogen zwei andere stöhnend mit aller Kraft am Sattelgurt, damit die Steigbügel nicht abrissen. Das Pferd zitterte unter ihm, als trüge es ein schweres Faß.

Bäume, Gras und Hunde rund um sich herum mit Schlamm bespritzend, jagte er sein Pferd hinunter zur Donau. Das Geschrei und Gejammer blieben hinter ihm zurück, als er zwischen den nassen Ästen und Zweigen dahingaloppierte. Es hatte aufgehört zu regnen, doch die aufgeweichte Erde unter den Hufen des Pferdes gab nach, sobald er sich dem Ufer näherte.

Über der endlos weiten feuchten Landschaft, zwischen Wolken und Ried, zog der Tag auf. Isakowitsch schien dies eine andere Welt zu sein, eine, in der nichts geschah. Hier oben, bei ihm, krächzten über seinem Kopf die Krähen, unten zu seinen Füßen glitten Schatten und Lichter über die helle Wasserfläche. In der Ferne zeigten sich die Umrisse der Kähne, an Weidenstämmen oder an Pfosten vertäut, die aus dem Wasser ragten.

Wenn Isakowitsch den Kopf hob, blickte er in vollkommene Ruhe: grau der Himmel, und von den Krähen weit und breit kein Laut. Dem Lauf der Donau folgend, die beiden Ufer entlang, von denen das eine gelb und steil in den Himmel schnitt, das andere von Hochwasser überflutet war und mit Steppengras bedeckt, verlor sich der Blick in weiten Fernen.

Isakowitsch ritt aus dem Busch in das Sumpfgelände hinein, wo sein Pferd bis zu den Flanken im Morast versank, hinüber zu den Lagerfeuern, wo eben die gebratenen Lämmer vom Spieß gezogen wurden. In den vollgesogenen Kähnen hatten es sich die Leute heimisch gemacht und lagerten auf Stroh und gelbem, dürrem Laub. Jetzt richteten sie sich auf, um ihre Gewehre zu reinigen und Stücke der zerteilten Lämmer, die man ihnen zuwarf, mit ihren Messern aufzufangen. Dabei sangen sie mit dröhnenden Stimmen.

Sobald Isakowitsch, von oben bis unten mit Kot bespritzt, bei den Feuern angelangt war, traten zwei Offiziere und der Pope auf ihn zu. Dieser hatte sich, gemeinsam mit Isakowitschs Bruder, schon in Semlin auf den Weg gemacht, um seinem Sohn das Geleit und seinen Segen zu geben. Da Isakowitsch so rasch wie möglich aufbrechen wollte, trieb er sein Pferd zu den vertäuten Kähnen hin und befahl den Aufbruch.

Ein Hin und Her entstand in den breiten Kähnen, und die Leute sprangen auf, um ihren Angehörigen noch einen letzten Blick zuzuwerfen. Bis zum Gürtel im Wasser, stießen die Bootsleute die Kähne ab, während durchfrorene Elendsgestalten am Ufer, gedungen, die Kähne einen Tag, eine Nacht und noch einen Tag lang stromaufwärts zu schleppen, bereits begannen, an den Tauen zu ziehen und durch den Lehm vorwärts zu stapfen. Unter ihnen waren auch zwei Zigeuner, fast nackt und mit den Schlepptauen quer über der Brust, die sich mühten, ein paar angesengte Hammelhufe abzunagen, die keiner hatte haben wollen.

Während die Alten regungslos, durchfroren und naß vom schlammigen Steilhang den Kähnen nachblickten, liefen die Frauen mit Kindern und Hunden jammernd und weinend den steilen Uferhang entlang, bis sich beide Kähne im dichten Weidengebüsch verloren, aus dem bald heiserer, dumpfer Gesang erscholl. Doch auch der Gesang wurde leiser und leiser, sobald die Kähne sich mit den Leuten entfernten, die darin aufrecht standen, um noch einmal zum Ufer hinüberzusehen, und verstummte schließlich ganz. Nur das Wehklagen auf dem Uferdamm war noch lange zu hören.

Sobald die Kähne außer Sicht waren, jagte Vuk Isakowitsch sein Pferd am Ufer entlang und die steile Böschung hinauf. Er war umgekehrt, um sich nun auch für den Abmarsch zu rüsten.

Um Ställe und Schweinepferche hatte sich eine Menge versammelt, die zwar auch bei seinem Aufbruch dabeisein wollte, vor allem aber gekommen war, um die Kutschen und Pferde seines Bruders zu sehen, des wegen seines Reichtums in der ganzen Niederung von Theiß und Donau bekannten Kaufmanns Archangel Isakowitsch.

Es war vereinbart gewesen, daß Archangel mit Vuks Kindern die Nacht im Dorfe verbringen sollte, damit er diesem dann am Morgen beim Abschiednehmen von der Frau ein wenig beistünde, deren erregbares Gemüt beide fürchteten. Und wirklich, kaum war Vuk nach dem Abzug der Soldaten mühevoll über die Böschung gelangt, als auch schon von der anderen Seite die große buntbemalte Kutsche auftauchte, die sofort von den Dienern umringt wurde.

Inzwischen war es schon ganz hell geworden. Der Regen hatte aufgehört.

Vuk trat ins Haus, wobei er auf der Türschwelle mit dem Kopf an das schilfgedeckte Dach stieß, und fand seine Frau bereits angekleidet, gewaschen, in Seide und wunderschön. Jetzt, da er müde war und abgehetzt, sah er sie mit ganz anderen Augen; er ging auf sie zu und begann sie, durch seinen zerzausten Schnurrbart hindurch, zu küssen. Halb erstickt von ihren Küssen, zählte er ihr hastig noch einmal – ohne Sinn und Ordnung – all das auf, was er ihr schon am vergangenen Abend und die ganze Nacht hindurch unermüdlich wiederholt hatte: Ratschläge für ihre Übersiedlung in des Bruders Haus nach Semlin, Anweisungen für die Pflege und das Bad des jüngeren Töchterchens, das an einer Hautkrankheit litt; Erläuterungen über seinen Weg durch die Steiermark und durch Bayern, über die kurze Dauer des Krieges, in dem es kaum zu wirklichen Schlachten kommen würde, und schließlich auch Beteuerungen seiner Treue und das Versprechen seiner Wiederkehr. Sie aber riß sich, am ganzen Körper zitternd, wie wahnsinnig die geflochtenen Silberborten vom Kleid, die Knöpfe, die aufgenähten Seidenrosen und Spitzen, wobei sie immer die gleichen Worte und Beschwörungen stammelte. Er versuchte sich ihrer Hände zu erwehren, so gut er nur konnte, wobei er sie, ohne es zu wollen, an den Haaren zerrte, die sich in den silbernen Tressen seines Dreispitzes verfangen hatten, und küßte sie, jetzt, da sie Abschied voneinander nahmen, auf den Mund, all jene süßen Worte wiederholend, die er sie im ersten Jahre ihrer Ehe gelehrt hatte. Besessen von einer Angst um ihn, die an Wahnsinn grenzte, hängte sie sich an seinen Hals, besprengte ihn immer wieder, wer weiß zum wievielten Male, mit Weihwasser und flehte ihn an, sich dort draußen in der Fremde keine andere Frau zu nehmen, wie es so üblich war, und sie später nachkommen zu lassen; und sich dort ja nicht hervorzutun und ihr sein Leben zu erhalten.

Mit tränennassen Lippen, die sich vor lauter Weinen nicht mehr zum Kusse schließen konnten, sondern schlaff und offen blieben, küßte sie ihn wieder und wieder und blickte ihn dabei aus verdrehten Augen an, von denen nur noch das Weiße und nicht mehr die blaue Iris mit den großen Pupillen zu sehen war. Halb ohnmächtig hing sie kraftlos an seiner

Schulter und wiederholte immer nur das eine: »Ich sterbe, ach, ich sterbe …«

Inzwischen war Vuks Bruder aus der Kalesche gestiegen – dürr, gelb, in einen langen Wolfspelz gehüllt, einen Rosenkranz aus Bernsteinkugeln, die großen reifen Weinbeeren glichen, in den Händen. Er befahl dem Kutscher zu wenden, trieb freundlich die Menschenmenge auseinander, die sich um den Wagen angesammelt hatte, und beschenkte jeden, der an ihn herantrat, um ihm die Hand zu küssen. Während er den Dienern noch einige Anweisungen gab, winkte Kir Archangel fröhlich dem kleinen Mädchen auf dem Arm des Knechtes zu, das er mitgebracht hatte, damit es den Vater, der in den Krieg zog, noch einmal sähe.

Die Brüder waren übereingekommen, Vuks Frau beim Abschied zu hintergehen, denn der Ältere fürchtete sich vor ihrem Getue in diesem letzten Augenblick. Deshalb sollte der jüngere das eine Mädchen mitbringen und mit der Kutsche bei der Hütte vorfahren, um den älteren Bruder abzuholen. Hier, vor dem Pferch, hatten auch die Einberufenen ihr letztes Nachtlager aufgeschlagen, bevor man sie in die Kähne verfrachtete, die sie dann bis Varasdin nicht mehr verlassen würden. Und hierher war auch Vuks Frau gekommen, um in der Hütte, die sonst im Winter den Hirten als Unterkunft diente, die letzte Nacht zu verbringen. Dem Knecht hatten die Brüder eingeschärft, sobald Vuk Isakowitsch das Haus verlassen und den Wagen bestiegen habe, die Pferde sofort mit einem Peitschenhieb anzutreiben.

Und so geschah denn auch alles in Blitzeseile. Während die Frau, mehr tot als lebendig, ihr Gewand in Ordnung brachte, um an der Seite des Gatten vor die Leute zu treten, schlug Vuk heimlich ein Kreuz, und als er den Knall der Peitsche vernahm, lief er zur Tür, wo er fast mit seinem Bruder zusammenstieß. Hastig umarmten die beiden einander, dann sprang der Ältere in die Kutsche und riß dabei dem Jüngeren den Rosenkranz aus den Händen, so daß die gelben Bernsteinkugeln in den Kot kollerten.

Kaum hatte die Frau das Pferdegetrappel und Gejohle gehört, lief auch sie – noch ahnungslos – zur Tür und sah die Kutsche gerade noch hinter den Maulbeerbäumen, schon jenseits des Angers, im Gebüsch verschwinden. Da ließ sie sich, schlaff wie eine Betrunkene, in die Arme ihres Schwagers sinken.

In der buntbemalten rüttelnden Kalesche richtete sich Vuk Isakowitsch, das weinende Kind im Arm, nur soweit auf, daß er noch sehen konnte, wie die Frau umfiel. Er beugte den Kopf tief zu dem Kind hinab und verblieb so, die ganze Zeit über stumm, bis der durch den hochaufspritzenden Schlamm rumpelnde und von Astknüppeln, Baumstämmen und Erdbuckeln hin und her geschleuderte Wagen in ein schütteres Akazienwäldchen einbog, wo es dem Kutscher endlich gelang – die Beine fest gegen den mit schmiedeeisernen Verzierungen beschlagenen Bug gestemmt –, die drei verschreckten und zitternden Pferde zum Stehen zu bringen.

Noch immer das Kind an seine Brust gepreßt, rief Vuk die Diener herbei und vergewisserte sich, ob auch alles – Waffen, Decken, Stiefel und das funkelnagelneue silberbeschlagene Pferdegeschirr – auf dem Boden des Gefährtes vorhanden sei und ob die Dukaten, das Messer und die Uhr, rund wie ein Ei, auch ja in seinem Gürtel steckten. Alles war da – nichts hatte er vergessen.

Jetzt befahl er, langsamer zu fahren, und begann, das Töchterchen im Arm, wie ein alter, ganz mit Flitterzeug behängter Bär im Wagen herumzuhüpfen, zu brummen und zu tanzen. Das Kind streichelte ihn mit seinen kleinen Händen und faßte, unter Tränen lachend, nach den Silbertressen auf seinem Hut. Über dem Ried heiterte sich der Himmel auf, und neben dem Wagen schlugen die ersten Lerchen an. Schwärme von Krähen überzogen den Horizont, der immer lichter wurde im Widerschein der endlosen Wasserlachen und Überflutungen. Auf dem Weg über die hügelige Uferlehne, die sich in das nasse Unkraut zum Flusse hinabsenkte, holte der Wagen bald die beiden großen schwarzen Kähne ein, die unter dem Hang langsam auf dem Fluß vorwärtsglitten.

Die warmen Kinderhände um seinen Hals fühlend, war es dem Mann in der Kutsche, als schliefe er noch weiter. Wie im Traum vernahm er das Trappeln der Pferdehufe, Krähengekrächze, kindliche Laute, und alles schien sich mit den Regenwolken zu vermischen, die sich allmählich aufzulösen und zu verdunsten begannen, denn irgendwo hinter ihnen stand, unendlich groß und unendlich fern, die Sonne.

Da es dem Kind nicht gelang, auf jede seiner Fragen eine Antwort zu erhalten, wiederholte es beharrlich die Worte, wohl hundertmal, und zupfte den Vater an Ohren und Schnurrbart, zerrte an den Litzen und Kordeln seiner Uniform. Schwächlich und außerdem unausgeschlafen, verstummte es dann bald. Er begann es leise zu wiegen und in den Schlaf zu singen, bis es sich an seiner Brust zurechtlegte und einschlief.

Ein warmer Frühlingstag schien nach dem Regen heraufzuziehen. Aus den Sumpfpfützen und dem Weidengehölz am anderen Ufer stieg Nebel auf, milchig weiß, wurde bald dichter und schwerer und überzog die ganze Donauniederung wie mit Rauchschwaden. Der Gesang der Leute in den Kähnen drang von unten durch die unermeßliche Stille bis zu ihm herauf, kaum hörbar, als käme er aus der Tiefe der Erde.

Doch über den Bergen und Wäldern, die links blauviolett hervortraten, konnte er bereits das Licht eines sonnigen und reinen Morgens ahnen. Deshalb ließ er den Wagen bei einer Reihe hoher Pappeln anhalten. Er küßte das schlafende Kind, das in der Kutsche zurückblieb, ließ sich von den Dienern wieder in den Sattel helfen und ritt zu einem niedrigen Gebüsch hin, wo er ruhig wartete, bis man seine Ausrüstung auf die Pferde umgeladen hatte. Dann entließ er die Diener seines Bruders und blieb noch lange unbeweglich auf dem Pferd sitzen und blickte dem Wagen nach, der durch das hohe Riedgras, aus dem die Lerchen aufschwirrten, heimwärts fuhr.

Dann nahm er den Dreispitz ab, reichte ihn seinen Dienern und ritt – schaukelnd wie ein Faß – an ihrer Spitze weiter.

Alles war zu Ende gebracht. Nun, da er seine kleine Tochter heimgeschickt hatte und wieder im Sattel saß, legte sich die ganze Müdigkeit der letzten durchwachten Nächte schwer auf ihn. Der feuchte Geruch des Buschwerks, die erstickende Schwüle unter den tiefziehenden Wolken, aus der Niederung aufsteigende Nebel – all das lastete schwer auf ihm und machte ihn schläfrig. Es schien ihm, als hätte er alles, was ihn bedrückte, hinter sich gelassen, und jetzt läge nur mehr diese mit Steppengras überwachsene Weite vor ihm, die ihn matt und müde machte. Frühmorgens aufgebrochen, hoffte er noch vor der Dunkelheit in Varasdin zu sein, wo sich ihm die anderen Teile des Regiments anschließen sollten. Das Regiment wurde aus verschiedenen Dörfern Sirmiens und Slawoniens zusammengestellt und sollte unter seiner Führung nach Fünfkirchen marschieren, um sich einer Inspektion zu unterziehen, bevor es zum Heerlager Karls von Lothringen stieß, der seine Vorhut, unter dem Kommando des Feldmarschalleutnants Johann Leopold Baron von Bärenklau, an den Rhein, bis Stuckstadt, vorgeschoben hatte.

Erfüllt von einer Melancholie, je sich in Schweigen verwandelte – ein immer hartnäckigeres Schweigen, je älter er wurde –, ging auch er, ebenso wie sein Vater, den er bei jeder Gelegenheit erwähnte, völlig ruhig in den Krieg. Er war des ewigen Umherziehens müde und der Ruhelosigkeit, die weder bei ihm noch bei all den Leuten, die er anführte, je ein Ende fand. Mit den Seinen war er durch fast alle größeren Ortschaften an Donau und Theiß gekommen, immer zusammen mit seinem Bruder Handel treibend, bis er dann heiratete und zum Heer zurückkehrte. Da er in der Armee hohes Ansehen genoß, wurden ihm wichtige Aufgaben zugeteilt. Alle Augenblicke versetzte man ihn an einen anderen Ort, damit er auf die Leute, die nirgends seßhaft bleiben wollten und dauernd umherzogen, beruhigend einwirken möge.

Er wußte, daß man ihn, sobald die Inspektion vorbei war, ins Feld schicken würde. Ruhig und selbstbewußt sah er den ganzen Weg voraus, alle Ereignisse, und wie sich jeder einzelne seiner Leute verhalten würde. Er fürchtete nur, daß der Teil des Regiments, der unter Hauptmann Pitschewitsch im Anmarsch war, zum Sammelplatz bei Varasdin zu spät kommen könnte.

Schlaftrunken und schwer im Sattel lastend, ritt er mit gesenktem Kopf durch das hohe Steppengras. Je wärmer und klarer es droben am Himmel wurde, desto bedrückter fühlte er sich. Das gleichmäßige Schaukeln des Pferdes machte ihn endgültig müde und matt. Alles, was hinter ihm lag – das Weinen der Frau, der Blick des Bruders beim Abschied, die Wärme des kleinen Kindes –, schien sich mit dem Nebel zu vermengen. Die Diener waren etwas zurückgeblieben, und er fühlte sich jetzt völlig allein.

Beim Weiterreiten machte er sich Gedanken über die Einteilung der Chargen und Soldaten, die er alle persönlich kannte – und auch das machte ihn schläfrig. Da siehst du jetzt, dachte er, es genügt, von einem Ort fortzugehen, und schon kommt einem alles, was man hinter sich zurückgelassen hat, so vor, als wäre es nie gewesen. Dann ging sein Blick zu den fernen Bergen hinüber, hinter denen jetzt die Sonne auftauchte. Als die ersten Sonnenstrahlen das Silber auf seiner Uniform aufblitzen ließen, fühlte er sich plötzlich unbeschwert und leicht, fast körperlos. Durchstrahlt und durchsonnt, fühlte er nur noch die Wärme und keine Spur mehr von der früheren Last, so, als säße er gar nicht zu Pferde, ja, als wäre er wie weggeweht von diesem unsichtbaren Wind, der ihm direkt ins Gesicht blies.

Dann jagte er das Pferd im Galopp in den leeren Raum hinein.

So zog Vuk Isakowitsch im Frühling des Jahres 1744 in den Krieg.

II

Sie zogen weiter, und hinter ihnen blieb keine Spur – nichts!

Als die Grenzer in die Stadt Fünfkirchen einzogen, waren sie dermaßen zerzaust, ungewaschen, verdreckt, durchnäßt und verwildert, daß bei ihrem Anblick die Kinder zu heulen begannen und die Weiber, die zunächst aus den Häusern gestürzt waren, um den Einzug des Regiments zu sehen, mit Geschrei auseinanderstoben und in den nächsten Hausflur flüchteten. Dröhnend erhob sich ihr Gesang, und sie stapften, wenn auch müde und ausgehungert, doch mit so schnellem Schritt dahin, daß sie, zwischen den silberstrotzenden Offizieren, einer Meute hungriger Hunde glichen, die an straffer Leine zur Jagd geführt werden.

Im Marsch schlugen sie mit den Gewehrkolben an die

Zäune, verprügelten die Köter, rissen die Bäumchen vor den Häusern mitsamt den Wurzeln aus der Erde, um sie dann, eine Strecke weiter, in fremde Höfe zu werfen. Hinter einer Wegbiegung stießen sie auf eine Herde Ochsen, die sie mit Gejohle und wüstem Herumfuchteln zum Spaß in die Flucht jagten.

Bald hatten sie die schmalen Gäßchen der tiefer gelegenen Stadtteile völlig verstopft, aber dann zerstreuten sie sich auf dem Weg zu einer Anhöhe, wobei viele zurückblieben, trotz des antreibenden Gebrülls der Quartiermeister, die ihnen entgegengeritten waren. Die Musikanten hatten sich um die große Fahne geschart, die der Truppe schon von Großwardein an vorangetragen wurde, und dahinter ritten auf schaumbedeckten, scheuenden Rossen die Offiziere. Doch auch die Musik konnte die Stimmen der singenden Soldaten nicht übertönen, die immer von neuem auf ein und demselben Ton losgrölten: ej ... ej, ... Dieses »Ej ...« pflanzte sich fort und ging später in einen klagenden langgedehnten Singsang über, durch das ganze Menschenrudel hindurch bis zu den Nachzüglern, die sich, bis über die Knie im Schlamm watend, um die ersten Brunnen balgten, an die sie gerieten, um dann, von den lärmenden Stimmen ihrer Kameraden geführt, durch menschenleere Gassen im Laufschritt der Truppe zu folgen, die aus der Stadt abzog.

Der Kommissar sah sie kommen, als sie noch an den ersten Weingärten unterhalb der bischöflichen Parkanlagen vorbeimarschierten, und beschloß, sie noch am Stadtrand, beim Friedhof, aufzufangen.

Ein Lagerfeuer, an dem Hammel gebraten wurden, sollte sie anlocken. Trompeter bliesen, und Trommler trommelten ohne Unterlaß am Feuer. Isakowitsch gelang es schließlich, seine Leute in der allmählich hereinbrechenden Dunkelheit an Plankenzäunen vorbei auf einen Wiesenplan hinauszuführen, hinter dem im Gras, Baumstümpfen ähnlich, türkische Grabsteine mit steinernen Turbanen aufragten. Sobald die Soldaten auf die Lichtung kamen, wurden sie von deutschen Kanonieren umringt, die nachher noch lange in der Nacht wieder bei ihren Geschützen zu sehen waren, brennende Lunten in ihren Händen.

Alles kam zu einem guten Ende, als die Leute haltmachten und Waffen und Ausrüstung ablegten.

Der Gesang verstummte, und unter Lärm und Stimmengewirr sammelten sich jetzt alle.

Als die Offiziere von den Pferden absaßen und sich unter die Mannschaft mengten, wurde es still. Zelte wurden ausgegeben, und an den Lagerfeuern begannen sich bereits wieder die einzelnen Truppenteile zu gliedern und mit lauter Stimme bei ihren Rottmeistern zu melden, um Stroh und Wein zu fassen. Sie zündeten kleine Feuerchen an und teilten das Lager, das jetzt einem langgezogenen Dorf glich, durch einen richtigen, kreuzweise angelegten Weg, den das Flackern dieser vielen kleinen, im Rauch feuchter junger Gräser schwelenden Feuerchen bezeichnete. Zum Schlafen wurden Gruben ausgehoben, so wie es die Grenzer von daheim gewohnt waren. Dann gingen sie, immer vom Trommelwirbel begleitet, daran, die Zelte aufzustellen.

Die meisten waren jung, zum erstenmal für den Kriegsdienst ausgehoben, doch gab es auch welche unter ihnen, die in den letzten Jahren Feldzüge an allen Ecken und Enden mitgemacht hatten. Auch solche, die bei Belgrad und Grodek ihr Blut vergossen, ja einige sogar, die vor fast dreißig Jahren bei Varasdin und Temesvar die Türken zusammengehauen hatten, unter der Fahne des Prinzen Eugen von Savoyen.

Über ihnen war es schon dunkel geworden – dort, wo sie sich hingelagert hatten auf dem gerodeten Gelände unter dem verwahrlosten Friedhof, von dem steile alte Pfade in die Stadt Fünfkirchen hinunterführten –, ganz plötzlich dunkel, so wie auch bei ihnen daheim die Dämmerung einzubrechen pflegte, um dann in den grauen nebeligen Abend zu münden, der sich wie ein Regenschleier auf die Sümpfe senkte. Doch hier löste sich der Frühlingsabend in ein unendliches Blau auf. Blau waren die Hänge der Berge, die über dem Abendnebel auftauchten, doch die Wälder so dürr und schütter, daß man durch die Äste, am Ende des Gehölzes, den Tag verglühen sah. Hoch über diesem Wald, der die Grenzertruppe von allen Seiten einkreiste, funkelten auf einmal die Sterne auf, und gleichzeitig setzte das Gezirp zahlloser Grillen ein. Der Anblick dieser Berge, der ersten, welche die aus der Ebene kommenden Soldaten erklommen hatten, gab ihnen ein beunruhigendes Gefühl, als schwanke alles um sie herum.

Das war der Grund, warum fast alle, die nun schon unter den Zelten lagen oder in den Erdgruben und auf Stroh, sich aufrichteten und die Köpfe hoben.

Es wurde dunkel im Lager.

Die Feuer waren ausgetreten, und doch kam die Stille nicht, eine Stille, die zum Schlafen nötig ist. Lange ergoß sich der ungewohnte und fremde Klang der Glocken aus der Stadt auf die Grenzersoldaten. Aus den letzten Gassen am Rande der Stadt, die unterhalb des Berges weiß hervorschimmerte, drang das Gebell der Hunde übertönend, dumpfe Musik und ein unbestimmtes Gedröhn. Selbst die Wachposten, von denen einige um das Lager und bei den Kanonen aufgestellt waren, fanden einen Vorwand, einander anzurufen. Von den Berghängen – und dies war es, was den Leuten eigentlich den tiefsten Eindruck machte – sank der Duft der Obstbäume bis zu ihnen herab. So viele Obstbäume hatten sie daheim noch nie an einem Platz gesehen!

Es wurde still im Lager. Doch obwohl die meisten verstummt waren, hatten die wenigsten Lust zu schlafen.

Wie zerschlagen und gerädert nach dem Marsch von sechs Tagen unter der Last der Waffen und Ausrüstung, konnten nur jene Ruhe finden, die dies alles bereits seit langem gewohnt waren und über nichts mehr staunten: weder über Nächte unter dunklen oder hellen Himmeln noch über Obstgärten irgendwo ganz dicht in der Nähe, deren Bäume in der Dunkelheit noch stärker dufteten, auch nicht über das Bellen der Hunde, das überall in der Welt gleich ist, noch über die Lagerfeuer, welche die Augen zum Tränen brachten, das Gesicht schwärzten und nur die eine Seite des Körpers erwärmten, während die andere vor Kälte erstarrte.

Aber in jene, die zum erstenmal von daheim ausgezogen waren, kam allmählich Bewegung. Sie richteten sich auf den Knien auf und riefen einander flüsternd. Hinter den Zelten rotteten sie sich dann zusammen – unhörbar wie Schatten.

Als der Mond aufging, wurde die eine Hälfte der Erde hell, und das ganze weite Gelände tauchte aus dem Dunkel. Plötzlich waren Bäume da, wo bisher nichts als leere Finsternis gewesen, und die Dächer der Stadt, die vorher in der Erde zu kauern schien. Hinter den Zäunen der letzten Gäßchen glaubten sie ganz nah bunte Schatten hin und her huschen zu sehen. Klar und blau erhob sich über ihnen die Wölbung des Himmels, hier und dort von Wolken bestreut, die nur bei ihrem raschen Vorbeiziehen von den Sternbildern wahrgenommen werden konnten. Ein endloses Meer von Gräsern war während der Nacht auf Hügeln und Hängen und bis an das Ende des Horizonts aus der Erde gesprossen und überflutete das Lager mit einem feinen, unhörbaren, doch allgegenwärtigen Raunen. Es wucherte um jedes Zelt, und ebenso unhörbar und unsichtbar bröckelte die Scholle zu zahllosen Erdkrumen, zerwühlt von unsichtbaren Maulwürfen. Die Zahl jener Soldaten wurde immer größer, denen es gelang, in dieser Stille, leise auf allen vieren kriechend, den Schatten der Zelte als Rückendeckung benützend, das Lager zu verlassen und über die Rasenflächen in den nahen Einfriedungen zu verschwinden, ins Dunkel der Nacht, in Gräben, in Büsche. Mit leisen Pfiffen verständigten sie sich untereinander, und kriechend oder in schnellem Lauf geduckt, schlugen sie sich von Hügel zu Hügel und von Baum zu Baum durch die Kette der Wachtposten. Diese merkten zwar, daß etwas um sie herum vorging, wußten jedoch nicht, was es war, und so schossen sie, angestrengt durch den Mondschein spähend, von Zeit zu Zeit aufs Geratewohl in die Dunkelheit hinein.

Bald war die Hälfte der Mannschaft, die keinen Schlaf hatte finden können, auseinandergestoben und verlor sich in der Finsternis irgendwohin in Richtung zur Stadt. Sie waren nicht nach Frauen aus, hatten sie sich doch während der letzten Tage vor dem Aufbruch, unter allgemeinem Weinen und Wehklagen, im Gewühl und Durcheinander des Abschieds, an ihren eigenen nach Herzenslust sattgeküßt und sattgeprügelt. Die Glieder noch heiß und die Hälse sonnenverbrannt vom Marschieren und wund vom Tragen, liefen sie in die Nacht hinein, fasziniert und wie verzaubert von der Nähe der Stadt, die groß und wunderbar im Sonnenuntergang an ihren Augen vorbeigezogen war. Sie wußten nur allzu gut, daß sie keinerlei Tand – weder aus Glas noch aus

Gold – mit sich nehmen konnten, auch keine Kuh und kein Kalb wegführen, und doch glaubten sie, eine Fülle von leuchtenden Dingen, herrlich und blendend, durch die Nacht funkeln zu sehen. Ebensogut wußten sie, daß sie bestenfalls irgendwo unterwegs eine verrunzelte Alte finden würden oder einen Kranz Zwiebeln, Zaumzeug oder eine silberne Gürtelschnalle. Und dennoch gingen sie erregt in die Nacht hinein, um Beute zu machen.

Bei den Gräben unterhalb des Lagers warteten sie dann aufeinander, fanden sich zu dritt oder zu viert zusammen und fragten hastig die Kameraden aus, aus welchem Dorf einer stamme, unter welchem Offizier er diene, und durchs Gestrüpp pirschend, suchten sie dann, angeführt von dem, der zuerst dagewesen, den Weg. Kaum einer von ihnen war je vorher in dieser Gegend gewesen.

Und sie erlebten Wunderbares in dieser Nacht. Jene, die sich schon durch die Sträucher gearbeitet hatten, setzten nun auch über Gärten und Mauern im Weichbild der Stadt. Gleich Wölfen drangen sie durch steile Gänge, schmal und feucht wie Röhren, in die Straßen. Und obwohl ganze Straßenzüge menschenleer dalagen, fanden die Grenzer im Dunkel dennoch mit sicherer Witterung das, wonach sie suchten. Die Hühner auf den Zweigen der Bäume ließen sie in Frieden, auch den Gänsen wichen sie aus, die flaumgefiederten Tauben jedoch weckten ihre Gier. Diese stahlen sie, rissen ihnen mit blutigen Fingern, an denen noch die Federn klebten, die blauen Köpfchen ab und standen dann wie gebannt an der vom Mondlicht grell beschienenen Mauer und fühlten, wie in ihren Händen noch einige Sekunden lang die kleinen warmen Vogelkörper zuckten. Dann erschreckten sie, auf allen vieren durch den Mondschein kriechend, die Hunde mit dem Huschen ihrer Schatten. Vor jedem Haus, in dem noch ein Licht brannte, hielten sie an, spähten durch die Bretterritzen und starrten in unbekannte Gesichter, um dann wieder müde ihr Umherwandern aufzunehmen.

Sie zogen weiter, und hinter ihnen blieb keine Spur, nichts.

Andere dagegen drangen in die Häuser ein. Sobald sie in den gewaltsam aufgebrochenen Türen erschienen, stießen sie ein fröhliches Begrüßungsgebrüll aus, obwohl niemand ein

Wort davon verstehen konnte. Dann gingen sie mit gewaltigen Schritten auf die angsterstarrten Hausleute zu, streichelten sie beruhigend mit ihren großen Händen, breit wie Spaten, und zogen sie aus den Ecken, in die sie zurückgewichen waren, an das Herdfeuer zurück. Und da sie der Sprache ihrer Gastfreunde nicht mächtig waren, redeten sie auf sie ein, so gut sie konnten: brummten, jaulten, brüllten oder wieherten, und bemühten sich, aus den verschiedensten Lauten Wortgebilde zusammenzustellen; sie ahmten das Sausen des Windes nach, Pferdegetrappel und mit besonderer Vorliebe das Krähen von Hähnen. Gott allein weiß, wie sie sich im Laufe der Nacht dann doch mit den Einheimischen vermischen konnten. Ob jung oder alt, alle, die sie im Hause antrafen, versammelten sie um das Herdfeuer, und dann begann das große Erzählen, und obwohl keiner auch nur ein einziges Wort verstand, nickten alle verständnisvoll mit den Köpfen. Nach und nach hatten sie so alle Hausbewohner auf die Beine gebracht – keinen ließen sie in seinem Bett.

So wanderten sie von Haus zu Haus in der Dunkelheit, und ohne es zu wollen und ohne es zu suchen, stießen sie dabei auch auf Frauen. Nach einigen erstickten Schreien und einigem Herumgebalge verschwanden sie dann mit ihnen zusammen in der Dunkelheit und trennten sich hierauf wieder zärtlich und liebevoll von ihren Gefährtinnen an den dornigen Heckenzäunen, unter denen das Wasser von den Berghängen herabrieselte. Zuweilen begleitete sie die eine oder die andere Frau, im hellen Mondschein mitten auf der Straße dahinschreitend, bis zum Lager. Manchmal blieb auch hinter ihnen, nachdem sie es verlassen hatten, ein dunkles Haus zurück mit weit offenem Tor, durch das aus der Tiefe ein einsames Licht schimmerte.

Doch nicht immer und überall endete alles gut. Es kam auch vor, daß die ausgeschwärmten Grenzer bösartig wurden und, durch die dunkle Nacht streifend, Feuer an die Dächer legten.

Die Nacht war klar, und das Mondlicht fiel weiß wie Rauhreif auf die Obstbäume, die, je tiefer die Dunkelheit wurde, desto deutlicher hervortraten. Über die weiten Hänge des Berges, auf dem Reiter mit Laternen ausgeschwärmt waren, um die Ausreißer einzufangen, erhob sich die Kirche, von deren Turm herab eine großmächtige Uhr die Stunden verkündete. Bei der Kirche hatten sich einige von ihnen an der Friedhofsmauer gelagert. Auf der Flucht vor den Verfolgern waren sie hier auf den Hauptplatz geraten, der leer und verödet und ganz vom Mondlicht bestrahlt war.

Die riesige Turmuhr knirschte beharrlich mit gußeisernen Zeigern, und es klang, als bräche zwischen den Seilen immerfort etwas entzwei. Wie verzaubert starrten die Männer auf das weiße Zifferblatt mit den aufgemalten großen und rätselhaften Ziffern. Sie lagen versteckt längs der Kirchenmauer in der Dunkelheit und zogen an den zwei großen Rosen des gußeisernen Pendels, das über ihren Köpfen hin und her schwang, um zu sehen, wie die Uhr die Stunde schlug. Dann lauschten sie stumm dem dumpfen Klang der Glocke nach. Der Mond tauchte jetzt auch die großen Wohnhäuser neben der Kirche in sein Licht, die Dächer und Mauern und den ganzen unteren Teil der Stadt, ja selbst die Wälder und Berge, die sich in der Ferne vor dem Hintergrund des tiefen funkelnden Himmels abzeichneten.

So verging die Nacht, erhellt von einem merkwürdigen weißen Schimmer, der wie feiner Regen auf Stadt und Landschaft herunterrieselte. Langsam machten sich die Männer auf den Weg zurück ins Lager. Sie taumelten schlaftrunken dahin, so zerschlagen und müde, daß sie sich unterwegs immer wieder hinsetzen mußten, und schlichen durch die menschenleeren Straßen, auf denen die Patrouillen der Kürassiere mit ihren Laternen die ganze Nacht hindurch die Runde machten. Fast allen gelang es, unbemerkt ins Lager zurückzukehren. Bloß zwei Grenzer wurden in der Stadt festgenommen, beide bei einem Raufhandel.

Erst gegen Morgen, als der Tag schon heraufdämmerte, faßte man noch einige, die sich in ihrem Rausch, wo immer sie sich gerade befanden, hingelegt hatten – in Häusern oder auch in Ställen bei den Pferden – und die jetzt, aus dem tiefen Schlaf der Trunkenheit geweckt, auffuhren und mit dem Messer in der Hand Menschen und Tiere umherjagten.

Den letzten, Isakowitschs Arkadije, fanden sie erst mitten am hellen Tag und schon in der Nähe des Lagers. Er hatte eine Sau am Hinterbein angebunden und trieb sie vor sich her. Friedlich durch die Nase ein Liedchen summend, sprach er der Sau zärtlich zu und rülpste dabei während des ganzen Weges. Für die Strecke von der Schenke in der Unterstadt, wo er das Tier gestohlen hatte, bis zu den letzten Häusern vor dem Lager brauchte Arkadije eine ganze Weile. Er machte den Eindruck eines friedlichen und nüchternen Menschen, und die Leute, die hinter ihren verrammelten Türen wach waren, hatten ihm ohne Argwohn ihr Haus geöffnet. Auch als die Streife ihn einzukreisen begann, war er vollkommen unbefangen. Ja, er blickte nicht einmal zu ihnen auf. Träge, so träge, daß er sich von seiner Sau hinterherzerren ließ, war er ihr nachgetrottet, zunächst zärtliche Worte lallend, bis er schließlich ganz verstummte.

Schweigend und mit gesenktem Kopf war er so eine gute halbe Stunde lang hinter der Sau einhergetrabt, den ganzen Weg vom großen Brunnen beim Stadttor bis zu dem hölzernen Kruzifix am Eingang zum Friedhof. Hinter ihm her lief eine Menge von Menschen, die es jedoch nicht wagten, ihn aufzuhalten. Als die Sau dann aber plötzlich stehenblieb, stolperte Arkadije über sie und fiel um. Er war gar nicht mehr betrunken, sondern nur einfach vor lauter Trägheit im Gehen eingeschlafen. Arkadije war der einzige, der sich so lange herumgetrieben hatte, bis es völlig Tag geworden war und die Sonne milde schien.

Für den nächsten Tag war die Inspektion des Regiments anbefohlen worden. Trommler und Trompeter weckten die Soldaten schon bei Sonnenaufgang. Oft warfen die Rottmeister, wenn sie mit Fußtritten jene weckten, die einen allzu festen Schlaf hatten, gleich auch die Zelte um. Dann wurde Schmierfett ausgeteilt für die Reinigung der Gewehre, Pistolen und Messer.

Hunderte von Pfeifen flammten auf, und viele hundert Schnurrbärte wurden eingefettet und glattgestrichen.

Noch waren alle durchnäßt vom Tau der Nacht, und in den wirren Haaren hatten sich Strohhälme verfangen. Zum Schrecken der Offiziere glichen ihre Soldaten auf den ersten Blick Zigeunern und ihre Zelte einem Zigeunerlager. Kaum hatten sie angefangen, ihre Gewehre, Pulverhörner, die eisernen Ladestöcke und die Hähne ihrer Pistolen mit Fett zu schmieren und auch allen übrigen verdammten Kleinkram, der so leicht rostete und den sie sich untereinander mit fürchterlichen Flüchen zureichten, da legten die Sänger auch schon von neuem mit ihrem plärrenden Singsang los, der sich dann durch das ganze Lager fortpflanzte: Eeeej ...

Sie schmierten ihre ledernen Gürtelriemen, breiteten die Filzdecken auf der Erde aus und kratzten mit den bloßen Händen den Lehm herunter. Dann kämmten und kraulten sie ihre Pelzmützen, als wären sie wollige schwarze Schafe. Sie hatten keinen Blick für die Berge, die Wälder ringsum, nahmen auch nicht den Duft wahr, den das Gras jetzt am Morgen ausströmte; noch sahen sie, wie im Osten sich die ersten Strahlenbündel der Sonne abmühten, den Nebel zu durchdringen und die Täler zu überströmen. Die Füße zermartert und angeschwollen, reihten sie sich stumpf und schweigsam, ohne zu schwatzen oder zu lachen, hintereinander am Rande des Weges auf, den die Offiziere, die Reitgerte in der Hand, entlangritten. Mitten im Lager scheute das Pferd des Hauptmanns Antonowitsch, und ein ganzes Rudel Soldaten stürzte herbei, um das Tier zu bändigen. Unterdessen war bei den letzten Häusern von Fünfkirchen eine Kalesche aufgetaucht, ganz ausgefüllt von weißen Perücken und Federbüschen – in ihr saßen die Offiziere des Kommissars. Die Trommeln schlugen einen Wirbel, und dann begann ein Gerenne, hin und her zwischen den Reihen der Glut- und Aschehäufchen, die noch immer schwelten. Die Männer reckten sich hoch, streckten die Rücken gerade und wölbten die Brust heraus.

Man brachte ihnen drei Fahnen. Eine davon war außergewöhnlich groß und prächtig und ganz wie die Kürassiere mit Schärpen, seidenen Schleifen, Kordeln und Quasten behangen: die kaiserliche.

Auf einem langen Tisch vor dem Lager wurden große Schriftenrollen niedergelegt. Daraus verlas man dann die Namen der Soldaten, und nicht nur ihre eigenen, sondern auch die ihrer Väter, Frauen und Kinder. Daß dies alles der Obrigkeit bekannt war, erregte immer wieder das Staunen und die Bewunderung der Mannschaft und bedrückte sie zugleich.

Mittlerweile hatte sich im Hause des Kommissars, wo der Kommandant der Truppe übernachtet hatte, die Kunde von alledem verbreitet, was in der vergangenen Nacht »diese Panduren« in der Stadt Fünfkirchen angerichtet hatten. Der gepflasterte Hof wimmelte von Dienern, welche die Pferde und eine große Staatskarosse bereithielten; von Kaufleuten und Gewerbetreibenden, die gekommen waren, um erlittene Diebstähle anzuzeigen, und von ganzen Familien aus den tiefergelegenen Stadtteilen, die ebenfalls herbeigelaufen waren, um sich zu beschweren. Die Frauen hatten verweinte Kinder mitgebracht, und die Männer ihre Alten, um Zeugen bei der Hand zu haben. In dem ganzen geräumigen Haus wußten schon alle von den Diebstählen, Brandstiftungen, Raufhändeln und von der Vergewaltigung in der vergangenen Nacht. Oben auf der ersten Etage wurde ein Fenster geöffnet, und in seinem Rahmen erschien, noch im Nachtgewand, schreiend und schimpfend der Kommissar. An einem zweiten Fenster des alten Gebäudes stand in Hemdsärmeln Vuk Isakowitsch neben einem Soldaten, der ihm Wasser auf den Kopf goß und ihm das Haar wusch.

Beim Erwachen hatte sich der höchst ehrenwerte Isakowitsch sehr über die Malereien zu seinen Häupten verwundert, auch über die Wanduhr, die ihm ein Menuett herunterspielte, ohne sich an sein Fluchen zu kehren, ebenso über die vielen zartbeinigen Sesselchen und über die seidene Bettdecke, auf der zwei Katzen lagen und schliefen.

Nachdem Isakowitsch dazu bestimmt worden war, den Oberst abzulösen, glaubte er, daß er hier in Fünfkirchen zum Oberstleutnant seines Regiments befördert werden sollte, und so lag ihm viel daran, daß die Inspektion heute gut verlaufe, um so mehr, da der Kommissar ihm noch am Abend zuvor nichts von der Beförderung gesagt hatte. Er verbreitete sich, ganz im Gegenteil, bis tief in die Nacht hinein über all die Dummheiten, die sich der Oberstleutnant Arsenije Wujitsch unterwegs auf dem Marsch habe zuschulden kommen lassen. Der Kommissar schimpfte auch über die Unordnung bei den küstenländischen Grenzern, die von Iwan Horvat angeführt wurden, kurzum, er hatte Isakowitsch den ganzen Abend lang angeödet.

Frisch gewaschen und sauber gekleidet, blickte nun Isakowitsch von seinem Fenster auf die Dinge herab, die sich da im Hof abspielten. Später stand er dann lange vor dem großen Spiegel und betrachtete die tiefe Narbe auf seiner Schulter und ebenso aufmerksam auch seine feisten, schlaff gewordenen Wangen. Eigentlich hätte er sich beeilen sollen – und es auch gewollt –, dennoch machte er lauter zwecklose Bewegungen und unterbrach immer wieder sein Ankleiden, um sich lange im Spiegel zu betrachten. Einen Spiegel von solcher Größe hatte er bisher noch nie gesehen. Seine großen und plumpen Gliedmaßen, Brust, Beine, die verquollenen gelbfarbenen Augen, dicht mit Pünktchen gesprenkelt, vor allem aber sein Bauch – dieses ganze Spiegelbild erschien ihm fremd und lächerlich. Als er die roten Filzhosen über die Beine zog, hatte er noch deutlicher das Gefühl, es wäre ein anderer, der sich da ankleidete, und nicht er selbst. Ein anderer war es, der jetzt sofort, aufgeputzt und zurechtgemacht, dieses Zimmer verlassen würde.

Gegen Morgen hatte er von seiner Frau geträumt, und auch jetzt, während er durch das beschlagene Fensterglas auf sein Pferd hinunterblickte, dessen Beine und dünne Fesseln die Diener wuschen, war er in Gedanken mit ihr beschäftigt. Doch als ihm seine Kinder in den Sinn kamen, mußte er leise aufschluchzen, trotz der Gegenwart des Dieners, der ihm beim Ankleiden half.

Die Einberufung zu diesem Feldzug war so ganz unerwartet gekommen und hatte alle seine Pläne über den Haufen geworfen. Im Gegensatz zu seinem Bruder, der sich in der Stadt Semlin angesiedelt und beschlossen hatte, gemeinsam mit Vuk ein großes Haus in der Festung Buda zu kaufen, wünschte Vuk siebenhundert Dukaten für sich abzuzweigen und nach Rußland auszuwandern. In seiner Vorstellung erschien ihm Rußland wie ein unübersehbarer großer grüner Wiesengrund, über den er dahintrabte.

Die Kinder waren kränklich – das jüngere litt an irgendwelchen Ekzemen. Er selber aber, Vuk Isakowitsch, obgleich aufgeschwemmt und schwer wie eine Tonne, wurde sofort leicht wie eine Feder, sobald ein Befehl an ihn erging. Auch früher schon hatte er sich am Rhein herumgetrieben; und einmal wäre es ihm fast an den Kragen gegangen bei einem Gemetzel an der Donaumündung. Später dann schickte man ihn nach Italien, obwohl ihm der Bruder inzwischen eine Frau gefunden und ihn verheiratet hatte und auch Kinder da waren, so daß er es weder wünschte noch darum bat, dorthin abkommandiert zu werden. Isakowitsch hatte schon daran gedacht, die Armee zu verlassen, doch was hätte sich geändert? Wäre er nicht ebenso weiterhin dem Getreide nachgewandert? Er hatte sich einst in Galatz niedergelassen und von dort seine Schlepper die Donau stromaufwärts bis nach Wien gejagt. Alles war umsonst gewesen: Land und Vieh, das Kränkeln der Kinder, ihr Geplärr. Immer wieder mußten sie umsiedeln, immer wieder mußte er weiterziehen, irgendwohin, an Orte, wo er gar nicht hinwollte.

So blieb es auch, als er mit Sack und Pack im Land herumzog: Gewiß, es gab Gegenden, wo es sich gut leben ließ, wo die Sommer warm, das Obst reif, die Menschen gut waren. Doch sobald der Winter vorbei war, mußten sie weiterwandern. Als der Vater starb, wollte er sich irgendwo fest niederlassen. Merkwürdig, wie stark diese Beziehung war, die ihn mit seinem toten Vater verband. In ihr war Ruhe und Frieden. Alles andere jedoch, alles was ihn umgab, war die Welt, bunt und närrisch, ohne Zweck und Sinn.

Aber die Lebenden, für die er jetzt zu sorgen hatte, seine Frau und mehr noch die Kinder, die er liebte – die waren dazu verurteilt, immer wieder aufzubrechen und weiterzuziehen, vom Frühling in den Herbst hinein, vom Sommer in den Winter, aus Fröhlichkeit in Trübsinn und Tränen, vom Tag in die Nacht. Es lag weder in Vuks Macht, sie vor alldem zu bewahren, noch diesem Zigeunerleben ein Ende zu bereiten. Als er sie zum erstenmal verließ, waren Frau und Kinder in einem niedrigen deutschen Wirtshaus südlich von Wien geblieben. Als er sich zum dritten Male von ihnen trennte, zwei Jahre waren seither vergangen und die Jüngere war schon geboren, nahm er Abschied von ihnen im Hause eines Griechen in Slawonisch Brod, wo sie den Winter verbracht hatten, nachdem sein Bruder aus Venedig, wo er Geschäften nachging, zurückgekehrt war. An dieses Haus, in dem er sich immer nur ganz kurz aufgehalten hatte und nur des Nachts, konnte Vuk sich überhaupt nicht mehr entsinnen. Bloß die Erinnerung an eine zahnlose Alte hatte er behalten, die vom Weinen geschüttelt wurde, als Vuk von seiner Frau Abschied nahm. Jetzt würde er seine Familie im Haus des Bruders, einem großen Gebäude aus Holzbohlen, mit Erde ausgestopft, wiedersehen. Das Haus stand am Ufer von Semlin; davor ragten Schiffe aus dem Strom, bunt bemalt wie hölzerne Schwäne mit gebogenen Hälsen und weitausladenden Bäuchen. Vuk wußte nicht, wie es ihnen ergangen war und ob er Frau und Kinder jemals wiedersehen würde.

Ganz zerschlagen von dem Schmerz unter dem Knie, den er nicht beachtet hatte, saß er zusammengesunken noch lange da, ohne sich dazu aufraffen zu können, sich fertig anzuziehen und die Waffen umzugürten.

Auch alle übrigen Sorgen überfielen ihn plötzlich. So wie es um seine Angehörigen stand, so stand es auch um das Regiment, die Kirche und um dieses ganze Volk, das nicht ein noch aus wußte und was beginnen. Daheim waren die Zwistigkeiten mit der Geistlichkeit in diesem Winter besonders heftig gewesen. Der Bau der Kirche, der mitten im Dorf begonnen wurde, die Rodungen der Wälder auf der Flußinsel, wo die Baumstümpfe im Erdreich zurückblieben, gewaltig wie Felsen, alles das war weder nach seinem Wunsch noch Willen gegangen. Unmittelbar vor seiner Einberufung zum Feldzug war er sogar an den Kaiserhof nach Wien befohlen worden, zusammen mit irgendwelchen Mönchen. Und was hatte er da bloß für einen schrecklichen Wirrwarr vorgefunden und wieviel Niedrigkeit und Gemeinheit!

Einzig und allein jener große Stein auf dem Berg, unter welchem sein Vater begraben lag und über dem er ein Dach aufgerichtet hatte, stand immer noch unverrückbar und weithin sichtbar über Unkraut und Weizensaaten, die in den letzten Jahren auch schon in der Niederung zu keimen und zu reifen begonnen hatten. Drei Pappeln flimmerten dort im Wind. Vuk konnte sie aus jeder beliebigen Entfernung deutlich wahrnehmen. Friede und Weisheit gingen von jenem Ort aus, eine Ruhe, die die Seele erfüllte und die sich bis hin zu ihm erstreckte, so, als würde er, wohin auch immer es ihn auf dem Rücken seines Pferdes verschlagen mochte, stets mit seinen Windhunden um diese Getreidefelder kreisen, diese Äcker, aus deren Mitte das Grab auf dem Hügel so gut zu sehen war.

Inzwischen versuchte der Kommissar, aufgeplustert unter seinen Federbüschen und bunt wie ein Truthahn, rot im Gesicht und grün im Nacken, seine Offiziere anbrüllend, die in ihren Zimmern, auf den Treppenabsätzen und im Hof herumstanden, zu retten, was noch zu retten war. Er ließ die Gefesselten frei, befahl, die Betrunkenen mit dem Kopf voran in Tonnen voll Wasser zu tauchen, auf die Gefahr hin, daß sie ersoffen, schätzte den Schaden, überschlug die Ersatzansprüche, die zu zahlen wären, und halbierte sie oder hob sie einfach auf. Mit den Frauen und den Alten weigerte er sich zu verhandeln und ließ ihnen einfach sagen, sie möchten sich beim Herrgott beschweren. Was jedoch jene Vergewaltigung betraf, so wollte er einfach nicht glauben, daß es nur ein einziges Mal vorgekommen wäre, denn er war auf eine viel größere Zahl solcher Fälle gefaßt gewesen.

So leerte sich schnell der efeubewachsene Hof unter den großen Fenstern des finsteren Barockgebäudes. Der Kommissar sprang in den festlich herausgeputzten Wagen und schrie schon zum dritten Mal: wo denn Isakowitsch bliebe, der Regimentskommandant. Dann sprang er wieder vom Wagen herunter, fuchtelte mit den Händen zu den Fenstern hinauf, unter welchen nackte Frauenfiguren und gepanzerte Halbgötter saßen, die, umschlungen von Girlanden aus gebranntem Ton, unter Hunderten von Spatzen fast verschwanden.

Während der ganzen Zeit stand eine verschreckte Schildwache vor dem Tor, mit vorgewölbter Brust, das Gewehr vor dem Leib, erstarrt und fast regungslos, das heißt, eigentlich schwankte der Mann leise auf den Fersen vor und zurück.

Dem Kommissar ging die Rede, die er zu halten hatte, unaufhörlich im Kopf herum, und immer wieder zog er einen großen Briefumschlag mit den Instruktionen für die Weiterbeförderung der Truppen hervor, den ihm, über und über mit großen Petschaften versiegelt, der Inspekteur der für den Feldzug bestimmten Heeresgruppe, Kavalleriegeneral Graf Serbelloni, zugeschickt hatte und auf welchem er, um seinem Gedächtnis nachzuhelfen, den ersten und einzigen Satz seiner Rede, an den er sich erinnern konnte, aufgezeichnet hatte: »Ihr Serben liebt es vor allem, das Soldatenhandwerk zu ergreifen ...«

Immerzu wiederholte er diesen einen Satz, in deutscher Sprache selbstverständlich, zu jedermann, der ihm an diesem Morgen in den Weg lief, sehr beunruhigt darüber, daß er den weiteren Text seiner Ansprache vollkommen vergessen hatte. Weiter ging es einfach nicht.

Da er auf serbisch nur fluchen konnte, tat er dies auch dann, wenn er seine Befehle erteilte, und sogar laut brüllend in Gegenwart der Offiziere – über die Ereignisse der vergangenen Nacht jedoch ließ er sich in deutscher Sprache aus. In seiner Zerstreutheit setzte er aber gewohnheitsmäßig auch jetzt nach den serbischen Flüchen, zu seinem Adjutanten gewandt, der ihn auf Schritt und Tritt rechts und links, vorn oder hinten, begleitete, noch hinzu: »Auersperg, sagen Sie es ihnen auf serbisch!«

Ganz atemlos kam endlich Vuk Isakowitsch herbeigelaufen. Beide stiegen verlegen und wütend in die Kalesche, umringt von der berittenen Eskorte von Offizieren.

Während der ganzen Fahrt wechselten sie kaum ein paar Worte miteinander, bloß der Kommissar sprach einmal jenen Satz aus seiner Rede vor sich hin, zutiefst erschrocken, weil ihm auch jetzt noch nicht einfiel, was weiter folgen sollte. Isakowitsch war wütend auf sich selbst, denn er hatte Angst vor diesem buntscheckigen alten Weib im Soldatenrock auf dem Sitz neben ihm. Der Kommissar wiederum war höchst erbost, weil Isakowitsch mit seinem Gewicht die Kalesche auf der einen Seite herunterdrückte, so daß er, der Kommissar, ganz windschief dasaß.

Man empfing sie mit Geschützdonner, Fahnenschwenken, dem Gebrüll von Kommandorufen, Begrüßungsworten und Rapportmeldungen ...

Die Sonne konnte nicht durch die Wolken dringen. Der Vormittag war trüb, wenn auch warm.

Der Kommissar sprang aus dem Wagen, blickte in die Höhe, um zu sehen, ob es regnen würde, dann stellte er sich vor die Mannschaft. Die Männer zitterten vor Angst, und auch er zitterte vor Angst, als er ausrief: »Ihr Serben liebt es vor allem, das Soldatenhandwerk zu ergreifen, daher also ...!« Weiter kam er nicht. Doch er versuchte dies schnell zu vertuschen und verlas das Reskript des Stadtkommandanten von Esseg, Graf Guadagni; dann eilte er mit großen Schritten auf den Tisch zu, und die Truppeninspektion begann.

Umgeben von einem Haufen seiner deutschen Offiziere, Kürassieren, inspizierte er schwitzend persönlich jedes Gewehr, Mann für Mann, Pistole für Pistole, bohrte seinen kleinen Finger in die Gewehrläufe auf der Suche nach Spuren von Staub und schob dabei immer wieder die auf seine Brust gerichteten Läufe beiseite. Er kontrollierte jede Eintragung in den Büchern und auch die Haare, Füße und Messer der Männer. Nachdem er den Säbel abgeschnallt hatte, wiederholte er, mit zunehmend guter Laune zu seinen Offizieren gewendet, ein über das andere Mal: »Was das nur für Kerle sind, haarige Kerle ...«

Hunderte inspizierte er so, tastete sie ab, fragte sie aus; er ließ durch seine Hände Leibgurte gleiten, Pistolen, Schließen und Gürtelschnallen, schickte die einen zum Hufschmied, andere zu den Büchsenmachern oder zum Schuster und behielt an seiner Seite nur jene, die er belohnen wollte. Zu seiner Freude hatte er mehr als hundert Soldaten gefunden, die es fertigbrachten, deutlich und schön »Maria Theresia ...« auszusprechen und dazu noch ein »Vivat«. Außerdem fand er auch noch eine ziemliche Anzahl solcher, die vorbeidefilieren und, ohne stehenzubleiben, im Marsch salutieren konnten. Seiner Meinung nach war es ein ganz vorzügliches Regiment, und da er Weisung erhalten hatte, Milde walten zu lassen, beschloß er, wegen der nächtlichen Vorkommnisse ein Auge zuzudrücken.

Er hatte die Manie, eine Truppe erst nachträglich durch seine Berichterstattung zu bestrafen. Er ließ ein Regiment passieren, dann aber pflegte er ihm eine Anzeige hinterherzusenden, die mit sauberen und scharfen, wie mit einer spitzen Nadel gestochenen Lettern geschrieben war – mochten später andere dem Regiment die Haut vom Rücken ziehen. Doch um seinem Zorn jetzt schon Luft zu machen, wandte er sich, schwitzend und krebsrot unter der weißen Perücke, zu den Offizieren, und nachdem er sich einen der großen Handschuhe in den Leibgurt gesteckt hatte, maß er sie ab, die da barhäuptig und regungslos vor ihm standen, der Reihe nach mit einem zunächst scheinbar liebenswürdigen, doch etwas schwermütigen Blick, der sich irgendwo über der Stadt und über den von einer Taubenschar umflatterten Kirchtürmen verlor, und zischte dann durch die Zähne: »Herr Isakowitsch, ich gratuliere vor allem zu den Waffen, auch die Fourage ist gut. Alle Strafen erlassen wegen gestern nacht – das heißt, mit Ausnahme des einen wegen Schändung: Spießrutenlaufen durch das ganze Regiment.«

So wurde beschlossen, das Slawonische Donau-Grenzerregiment Blut sehen zu lassen, noch bevor es bis an den Rhein gelangt war: Menschenblut, sein eigenes.

Nach kurzem bestürztem Schweigen, das sich wie ein Erschauern durch das ganze Regiment fortpflanzte, wurden neue Befehle ausgegeben; und das Regiment mußte, nachdem es sich der Waffen entledigt hatte, hinter dem Lager antreten, auf daß die Strafe vollstreckt werde und die Mannschaft diese Nacht der Diebstähle, der Unbotmäßigkeiten, Saufgelage und der Unzucht für immer ihrem Gedächtnis einpräge.

Aufgestellt in langgestreckten Doppelreihen wie zu einem festlichen Anlaß, nahm das Regiment dreihundert Gertenruten in Empfang, die kalt und blau durch die Luft pfiffen.

Mit gesenkten Köpfen stemmten die Männer die schwer gewordenen Beine in die Erde, und wenn sie verstohlen nach rechts oder links blickten, sahen sie zwei lange, gleichsam bis ans Ende der Welt reichende Reihen riesengroßer Füße paarweise aufgestellt, die es nicht fertigbrachten, sich vom Boden zu lösen.

Der Verurteilte, bisher oberhalb der Knöchel und Ellbogen gefesselt, wurde herbeigeschafft und vor dem Eingang dieser sonderbaren Allee, die er atemlos zu durcheilen haben würde, zu Boden geworfen. Anstelle der Baumstämme standen da reglos seine eigenen Landsleute, und aus ihren Körpern wuchsen wie aus Baumstümpfen die Ruten hervor. Gefesselt an Händen und Füßen wartete der Verurteilte, mit verbundenem Mund nach Atem ringend, vorwärtsgestoßen zu werden, und ein Zucken ging von Zeit zu Zeit durch seinen Körper wie bei den gebundenen Hammeln, die in der Nähe lagen, zum Schlachten bereit. Während das Urteil von einem Pergamentbogen, an dem große rote Petschaften baumelten, im Trommelwirbel verlesen wurde, lag der Verurteilte mit angezogenen Knien auf der Erde, aschfahl im Gesicht. Nach der Urteilsverlesung setzten die Offiziere die Hüte auf und bestiegen ihre Pferde.

Isakowitsch, fast platzend vor ohnmächtiger Wut, gab Weisung, den Feldscher zu bestellen und den Karren, auf den der Verurteilte später als Kadaver aufgeladen werden sollte, als er den Schuldigen als einen seiner Soldaten erkannte – denn das Gesicht jedes einzelnen war ihm persönlich vertraut.

Erschüttert bei dem Gedanken, daß dieser arme Teufel vielleicht binnen weniger Minuten blind und lahm sein würde, trieb Vuk Isakowitsch sein Pferd dicht an ihn heran. Er neigte sich so tief aus dem Sattel zu ihm hinunter, daß sein Pferd beinahe stürzte. Der Unglückstropf weinte jetzt, und Vuk erkannte in ihm den einstigen Küster aus seinem Dorf. Da sagte er leise zu ihm, von tiefem Mitleid überkommen: »Vergib mir, Sekula, mir und meinem Unvermögen, etwas dagegen zu tun. Bedenke: In einer Zwangslage befinde ich mich. Vergieß nicht deine Tränen! Wer weiß, ob ich und das Regiment den Weg finden werden, der uns zu jenem fernen und mildleuchtenden Stern führt? Auch mein langes Leben wird nicht anders als dein kürzeres vergehen. Und wohin ich auch gehe – ich sehe die Bitternis des Todes ...«

Dann wurde der Mann, nackt bis zum Gürtel, zu den beiden schnurgerade ausgerichteten lebendigen Gestaden jenes schmalen Stromes geschleppt, auf dem sein Leib nun zum fernen anderen Ende des Wiesengrundes hinuntersegeln würde und über dem, gleich Weidenzweigen, die Gertenruten aufragten.

Als man ihm die Fesseln von den Beinen löste, die Binde vom Mund nahm und ihn aufrichtete, gab er einen klagenden Laut von sich, als fühlte er bereits im voraus, wie sie ihn peitschten. Doch es half ihm nichts – im gleichen Augenblick schon wurde er von hinten hineingestoßen, zwischen die beiden Reihen seiner Kameraden.

Der erste hieb ihm linkisch über den Kopf. Die Rute riß die Kopfhaut unter den Haaren auf, doch so wenig, daß auf der Stirne nur ein dünnes Blutrinnsal erschien. Die Trommler hatten zu schlagen begonnen.

Mit weitgeöffneten Augen stand der Verurteilte einen Augenblick still. Da schlug ihm ein anderer mitten ins Gesicht, daß die Lippen aufsprangen und das Blut hervorspritzte. Erst jetzt begann er zu laufen, unter dem Hagel der Hiebe, die ihm ungeschickt über Kopf, Hals, Brust und Rücken prasselten.

Heulend vor Schmerz, lief er blutüberströmt, noch immer die Hände gefesselt, mit schweren, taumelnden Schritten und sich windend und krümmend weiter, so daß er von ferne, von dort, wo der Kommissar ihn mit seinen Kürassieren aus seiner Karosse betrachtete, einer riesengroßen Blüte glich, die abwechselnd weiß und purpurn im Winde hin und her schwankte.

Als er zum erstenmal zu Boden fiel, begoß man ihn mit Wasser und stieß ihn weiter. Einen Augenblick lang gab ihm der Wasserschwall, der über Gesicht, Kopf und Brust planschte, wieder Kraft und Sehvermögen, so daß er, vorwärtsgestoßen, losrannte wie von Sinnen. Beide Ohren hingen ihm da schon rot und blutig herunter wie die Kiemen eines Fisches.

Noch einmal fiel er hin und ließ die gefesselten Hände zwischen die Füße der Soldaten sinken. Jetzt waren auch schon seine Nasenflügel geplatzt und die Hände und Finger gebrochen und zerrissen, daß sie herabhingen wie zerfranste Ärmel.

Er schlug um sich und drückte die gebundenen Hände an die bereits blinden Augen und lief nun nicht mehr, sondern stolperte, taumelte und torkelte weiter, über und über von dünnen Bächlein bedeckt und von kleinen Quellen, aus denen Blut rieselte.

Gewürgt von Ekel, voller Hast, um nur so schnell wie möglich ihren Hieb anzubringen, schlugen die Soldaten aus beiden Reihen aufeinander los, zu einem Knäuel zusammengebaut über den zu Boden Gefallenen.

Mit zerfetzter Haut im Nacken und auf dem Rücken, wo sich das blutige Fleisch in winzigen Stücken ablöste, sank der Mann vor Schmerzen schließlich kopfüber bewußtlos nieder. Einige Male noch kam er zu sich, und dann tanzte er, von dem schrecklichen Schmerz wie von Sinnen, auf dem Gras herum.

Das alles wurde in wenigen Minuten vollbracht. Der Feldscher, der ihn wusch und verband, vermochte nicht mehr, seine Nase, seine Ohren und Augen oder den Mund zu finden. Hätte ihn die eigene Mutter auf ihren Schoß genommen – sie hätte ihn nicht wiedererkannt.

Nachdem die Strafe vollzogen war, kehrte das Regiment ins Lager zurück. Verstärkte Wachtposten wurden aufgestellt, nicht nur außerhalb, auch innerhalb des Lagers.

Als die Stadt erfuhr, auf welche Weise das Regiment bestraft worden war, ergriff alle wilde Furcht. An diesem Abend schloß sich die Bevölkerung früh in die Häuser ein und verrammelte die Türen noch fester als sonst.

Doch der Abend verging ruhig. Nur das Regiment in seinem Biwak unterhalb der Stadt winselte und jaulte die ganze Nacht hindurch wie ein verprügelter Hund. Im Morgengrauen machte es sich zum Weitermarsch bereit.

Das nächste Lager sollte im Städtchen Radkersburg aufgeschlagen werden.

Die Offiziere aber waren an diesem Abend zu Gast im Schloß des Bischofs von Fünfkirchen, welcher der Sprache des Regiments kundig war, denn in der Umgebung der Stadt lebten Tausende seiner getreuen Slawen katholischen Glaubens.

Nachdem Isakowitsch den ganzen Tag im Gebäude des Kommissars verbracht hatte, übernahm der älteste Hauptmann, ein gewisser Pitschewitsch aus Sid, das Kommando. So warteten sie vor dem schwarzen Gebäude am Ende des großen Parks am Tor, über welchem Engel das Wappen der bischöflichen Diözese trugen.

Von irgendwoher kam der Duft des Flieders und der mondfarbene Lichtschein einer Laterne. Eine Riesenspinne senkte sich über den Köpfen der Soldaten von einem der steinernen Engel aus einem großen Spinnennetz herab, doch sie bemerkten sie gar nicht unter ihren schwarzen betreßten Dreispitzen.

Als es Zeit wurde, gingen sie in das Schloß hinein, wo sie von Dienern empfangen und in die bischöfliche Hauskapelle geleitet wurden, um der Messe beizuwohnen, die dort für das »lange Leben und den Sieg der Waffen« der Kaiserin Maria Theresia zelebriert werden sollte.

Stämmig, in ihren Uniformen aus Tuch, mit roten Gesichtern und langem Haar, über und über mit Silber betreßt, wohnten sie der Messe bei. Sie bekreuzigten sich mit drei Fingern und sahen einander unsicher an, wenn der Bischof den Segen erteilte und sein »dominus vobiscum« näselte. Wie an Mohnsaft berauschten sie sich an den überirdischen Weisen von Orgel und Chor, an dem Weihrauchduft, dem Gewirr lateinischer Worte und dem engelsgleichen Gesichtsausdruck der schönen Knaben, die dem Bischof bei der Messe ministrierten. Sie saßen in den riesigen Kirchenbänken, rasselten bei jeder Bewegung mit ihren Säbeln und fielen, angestrahlt von dem bunten gedämpften Licht der Fenster, von Bewunderung überwältigt, in die Knie. Sie betrachteten die abgemessenen Bewegungen der Priester, das häufige Beugen ihrer Knie vor dem goldstrotzenden Altar und die herrlichen Fenster, durch welche das himmelsfarbene Licht drang.

Sie mußten an ihre eigenen wunderlichen Holzkirchen denken, in denen man eng zusammengedrängt sang und laut ausspuckte, und an ihre wilden und übermütigen Popen, und versanken dabei in ein Gefühl der Trauer, das sie voreinander verbargen; verzückt nahmen sie die lichten katholischen Kantilenen in sich auf, das Spiel der Geigen, den prunkvollen römischen Tanz der Pfaffen um den Bischof unter dem kostbaren Baldachin.

Am Ende der Messe waren sie vollkommen erschöpft, traurig und wie versteinert. Schweigend durchquerten sie den Park, bis zu der erleuchteten Schloßtreppe hin, nachdem einer nach dem andern dem Bischof die Hand geküßt hatte.

Neben dem Festsaal, wo die Tafel gedeckt war, warteten später die Leute in einem ganz mit roter Seide bespannten Balkonzimmer auf Isakowitsch, den sie schon geraume Zeit nicht mehr gesehen hatten. Als er dann endlich den Raum betrat, erschraken sie: Sein Gesicht war fahl und grau wie Asche.

Aufgeputzt, ganz mit blauseidenen Bändern und Schärpen behängt, den Dreispitz mit lauter weißen Federn und silbernen Kordeln verziert, wirkte er wie ein ausgestopftes Ungeheuer.

Die Hose spannte sich über seinem Leib, wenn er saß, doch ihr Schnitt ließ sie wie Säcke herunterhängen, sobald er stand. Unter dieser ganzen Aufmachung aber war sein Fleisch welk und faltig. Sein graues Haar, gelblich und hart wie Borsten, und sein Schnurrbart zitterten bei jeder Bewegung. Mit leerem Blick starrte Isakowitsch irgendwohin zur Seite. Was er wohl sagen wollte mit diesem schmerzlich verzogenen Mund, wer weiß es? In seinem großen aufgeschwemmten Gesicht, das noch vor Wut und Verzweiflung bebte, war die große flache Nase der einzige ruhige und unbewegliche Punkt, und auf ihr standen zwei große Tränen.

Vergeblich mühten sich seine Leute, ihn zu beruhigen; es half auch nichts, als sie ihn auf die Chaiselongue an der Wand niederlegten wie einen Holzklotz – er keuchte ohne Unterlaß, schwer und zornig.

Da sie wußten, daß er an Atemnot und Magenbeschwerden litt, schnallten sie ihm die Gürtelriemen auf und entblößten seine Brust, wo zwischen den Spitzen seines Hemdes Haar so dicht wie Gras zum Vorschein kam, mit großen Schweißtropfen bedeckt. Während sie ihn aufrichteten, hielt er sich krampfhaft den Bauch und schwankte hin und her, als würde er gleich ohnmächtig werden.

Als die Diener die Türflügel zum Speisesaal weit öffneten und der Blick auf eine reich gedeckte Tafel fiel, gab sich Isakowitsch einen Ruck und stellte sich mit der Kraft eines Bären auf die Füße. Seine Augenlider waren ganz blau angelaufen. Mit einer Handbewegung bedeutete er seinen Leuten vorauszugehen und sagte leise: »Geht nur und findet euch nicht gekränkt ob meiner Schwäche. Für euren Verstand braucht's keine Worte von mir. Erweiset Ehre der Kaiserlichen Imperatorin, aber bewahrt auch in eurer Seele unsere heimliche Hoffnung: die süße Schönheit unseres rechten

Glaubens.« Und als er sah, wie erstaunt sie ihn anblickten, bedeutete er ihnen abermals mit der Hand, in den Saal zu treten, und wiederholte noch leiser: »Die Schönheit unseres rechten Glaubens.«

Dem hochwohlgeborenen Major und Anführer des Slawonischen Donau-Grenzerregiments, Vuk Isakowitsch, sollte der Tag vor dem Abzug aus Fünfkirchen ins Feld zuletzt noch recht übel bekommen, wovon die anderen nichts ahnten. Eingezwängt zwischen des Bischofs riesengroßen Schüsseln aus glasiertem Steingut und venezianischen Gläsern, bei denen man aufpassen mußte, daß man sie nicht zerschlug, und dem müden und schon ziemlich betrunkenen Kommissar, der mehr noch als Isakowitsch selbst mit seidenen Bändern, Verschnürungen und Straußenfedern behängt und beladen war, bei denen man aufpassen mußte, daß man sich nicht darauf setzte – mußte er nun über Fragen von Paradies und Hölle, über Engel und Heilige diskutieren, weil sein Gastgeber es sich einfach in den Kopf gesetzt hatte, ihn zum Katholizismus zu bekehren.

Der Kommissar war ein Mann, versessen auf Erfolge, die sich in Wort und Schrift melden ließen. Er versteifte sich darauf, nachdem die Eliteabteilungen des Slawonischen Donau-Grenzerregiments ins Feld abmarschiert waren, mit seiner dünnen, spitzen Handschrift einen Bericht darüber zu verfassen, daß Vuk Isakowitsch, der Anführer besagten Regiments und einer der besten Offiziere des unter seiner, des Kommissars, Verwaltung stehenden Militärgebietes, erleuchtet von den wunderbaren Worten des Bischofs von Fünfkirchen sich bereit erklärt habe, den Pantoffel des Heiligen Vaters zu küssen und also als treuer – demnach jetzt noch treuerer – Held Ihrer Majestät an den Rhein und in den Krieg zu ziehen.

Über Isakowitschs Beförderung zum Oberstleutnant ließ der Kommissar noch immer nichts verlauten, sondern wiederholte nur ständig, seit gestern abend schon, die gleichen Worte über die Kaiserin, den Hof und Wien, um Isakowitsch davon zu überzeugen, was klar war wie der Tag: Er müßte katholisch werden.

Vor der gelben Wand des Zimmers, wo sie zwischen zwei

Leuchtern standen, in denen je sechs Kerzen brannten, unter dem Bilde der heiligen Katharina von Siena mit den Wundmalen, die den Blick zum Himmel richtete, hörte der Kommissar endlich auf, laut auf Isakowitsch einzureden. Er hatte sich den ganzen Tag lang heiser geschrien und dachte, jetzt wäre es an der Zeit, diese Arbeit dem Bischof zu überlassen. Müde vom Wein, ließ er unter seiner schweren Perücke die Unterlippe schlaff herabhängen, wie ein altes, von Übelkeit befallenes Weib.

In Gedanken verfaßte er schon den Bericht über seinen Mißerfolg, geschrieben in den ihm eigenen, immer gleichen spitzen und sauberen Lettern. Er hatte vor, darin ausführlich auf das Problem des griechisch-orthodoxen Glaubensbekenntnisses »in seinem Militärkreis« einzugehen. Nicht mehr klar im Kopf, fand er dennoch den ersten Satz: »Die Serben lieben es vor allen das Soldatenhandwerk zu ergreifen, und daher ...« Doch es wurde ihm lästig, weiter darüber nachzudenken, und Isakowitsch erstarrte allmählich vor seinen Augen zu einem Bild.

Völlig reglos unter seiner Perücke saß der Kommissar nun da und blinzelte mit beiden Augen.

Daheim mußte es jetzt Abend sein. Die beiden Katzen schliefen wohl schon. Seine Hakennase mit dem Zeigefinger streichelnd, wartete er, ob der Bischof etwas erreichen würde. Zwei Schriftstücke müßten morgen an den General Graf Serbelloni abgesandt werden. Heute abend würde er ein frisches Nachthemd anziehen. Sehr angenehm.

Das Zimmer war gelb tapeziert. Außer der heiligen Katharina von Siena hing noch das Bildnis der heiligen Theresa an der Wand. In einer Ecke aber setzte die Jungfrau Maria den nackten schönen Fuß gleichzeitig auf Schlange und Mondsichel.

»... wie viele Adern er auf seinen Händen hat! Der Wein ist schlecht ...« Er öffnete schon den Mund, um den Adjutanten zu rufen: »Auersperg!«, aber der Adjutant war nicht da. Aus dem Speisesaal drang Musik, und durch das offene Fenster wehte der Duft des Flieders ins Zimmer ... Heute Nacht würde er ein frisches Nachthemd anziehen ... Er begann die Kerzen zu zählen, kam bis elf, weiter kam er nicht.

Der Bischof aber vertraute sanft und lächelnd auf den Willen des Herrn.

Er hatte befohlen, in dem Zimmer des Südflügels oberhalb der Kapelle für drei zu decken. Gewöhnlich pflegte er hier seine Schwester und eine Tante unterzubringen, wenn sie zu Gast kamen und über Nacht blieben. Dieses Zimmer war von einem eigenartigen Geruch durchtränkt. Auf der Decke waren besonders viele Engel abgebildet. Der Blick durch die Fenster auf die gegenüberliegenden Berge war im Frühling über alle Maßen schön.

Hierher, weit abseits vom Speisesaal, hatte der Bischof Isakowitsch gebracht, um mit ihm das Abendessen einzunehmen. Das Mahl begoß er reichlich mit ausgezeichnetem Wein, von fast dem gleichen Alter wie die Knaben seines Hofchors. Zunächst ließ er Isakowitsch und den Kommissar sich in einem Wortgefecht müde reden, das der Bischof bereits am vergangenen Abend eingeleitet hatte. Dann wartete er, bis sie in ihren Gesprächen über kirchliche Riten, den Patriarchen, über Kommunion, Taufe und Auferstehung alle Argumente erschöpft hatten. Was sie darüber nur für Unsinn zusammenredeten auf Rechnung des lateinischen Klerus!

Der Bischof öffnete weit die Türflügel, so daß die Fliederbüsche, die Akazien und die Kastanienbäume aus dem Garten in das Zimmer zu den Männern zu treten schienen und die blauen Berge und die leuchtenden Sterne ganz nahe heranrückten. Mit leicht seitlich geneigtem Kopf den Klängen der Musik lauschend, versuchte nun der Bischof vor allem eines zu beweisen: die katholische Kirche sei milde, zärtlich und voller Einsicht. Ohne näher darauf einzugehen, was Isakowitsch eigentlich dabei zu gewinnen hätte, redete er auf ihn ein, gemeinsam mit seinen Offizieren zu überlegen, was für Widrigkeiten ihren Kindern von bösen Menschen, welche die serbisch-orthodoxen Schismatiker haßten, erwachsen könnten. Und solche böse Menschen hätte er auch bei Hofe gefunden. Von Zeit zu Zeit legte der Bischof seine weiße sanfte Hand, an der ein Ring mit einem großen Halbedelstein glänzte, auf die des schon tüchtig betrunkenen Isakowitsch.

Lange kämpften sie so miteinander in dem dreieckigen Turmgemach des alten Gebäudes am Ende des Parks, zwischen den Kerzen der Silberleuchter, deren Licht die hohen Fensterkreuze und die Schatten an den Wänden schwarz hervortreten ließ.

Eingeschlossen von den drei gelben Wänden, über den mit Speisen und Getränken beladenen Tisch gebeugt, glitten die beiden müde und schwer mitsamt ihren Worten, den geflüsterten und den lauten, immer tiefer in die Nacht, durch die weiße Tür, zu den Wäldern hinaus, den Bergen, dem leuchtenden, unendlichen, sternenübersäten Himmel über der Stadt entgegen ...

... er müßte katholisch werden. War es denn möglich, nicht katholisch zu sein, da es doch auch die Kaiserin war? Die liebliche Kaiserin. Die Kaiserin, die zwei wunderschöne Namen in sich vereinte: Maria und Theresia. Der Name Maria! Maria, die Sündenlose, Maria, die Reine. Der Schrein aus Elfenbein, der Morgenstern. Maria, die Wunderbare. Maria, die Gottesmutter. War da überhaupt einer von seinen Landsleuten, der die heilige Theresia verehrte oder überhaupt von ihr wußte? Der Name Theresia: Glühen und Strahlen gingen von ihm aus, ein Sonnenreif, der den Körper umschloß; Flamme, in der man verbrennt vor Verlangen nach einem noch fernen Leben, von Schönheit und Wonne erfüllt. Theresia. Weiße Brust, vom Schwert durchbohrt, unberührt von Manneshänden! Und dann der strahlende Glanz, der von diesem Namen ausging. Das Volk müßten sie hinführen in den Glanz und in das Licht. Das Licht aber ist im katholischen Glauben. Die Sonne, wenn sie im Westen untergeht – im gleichen Augenblick geht sie im Osten wieder auf, im katholischen Glauben. Was glauben sie wohl für Soldaten zu sein, wenn sie in den Augen ihres Kaisers Schismatiker sind? Wollten sie denn nie endendes Leid auf sich ziehen, ein ewiges Wandern, nicht nur ihrer Kinder, sondern auch ihrer Seelen? Ewiges Umherziehen von Ort zu Ort in jenem Lande, aus dem man sie nicht mehr weglassen und das ihnen das Fleisch von den Knochen fressen wird wie ungelöschter Kalk, noch im Grabe?!

Maria Theresia. M – der erste Buchstabe ihres Namens hat einen geheimnisvollen Sinn, er bedeutet: tausend. M – weil sie Mutter ist. A – die Auserwählte. R – die Rosengärtnern.

I – die Immaculata, die Makellose. Und A – nochmals die Auserwählte.

Und der Name Theresia: T – die Tugendreiche. H – die Heilbringerin. E – die Evangelistin. R – weil sie zum andern Male Rosengärtnerin ist. E – die Engelsgleiche. S – die Seligmachende. I – weil sie die Immaculata ist. Und A – die Apostolische Majestät.

Isakowitsch, der nach dem Essen wie gewöhnlich seine Magenschmerzen hatte, erschrak zutiefst vor dem Redeschwall des Bischofs. Er hatte Angst, daß sie ihn schon hier in Fünfkirchen umtaufen würden, ohne daß er es verhindern könnte. In seiner bitteren Not wandte er sich an seinen Schutzpatron, den heiligen Mrata, und rief ihn um Hilfe an.

Und der heilige Mrata half ihm: Beim Anblick der vielen Gläser, der brennenden Kerzen, der gedeckten Tafel, vor allem aber beim Anblick des Weines in so großen Mengen mußte er an seinen Bruder Archangel denken. Archangel hatte die Gewohnheit, die Leute, mit denen er Handel trieb in Ungarn und in der Türkei, vor dem Abschluß der Geschäfte betrunken zu machen. Der ehrenwerte Vuk Isakowitsch beschloß also, dem Beispiel seines Bruders zu folgen und sich einen Rausch anzutrinken.

Wenn sie mich schon mit Gewalt umtaufen wollen, dachte er, so sollen sie mich zumindest nicht nüchtern drankriegen.

Und er begann gewaltig zu saufen, was den Bischof so überraschte, daß er verstummte. Isakowitschs Nacken färbte sich immer tiefer rot, und als er dann mit dem letzten Rest klarer Vernunft zu sprechen begann, bewies er, daß er die Hilfe des heiligen Mrata nicht mehr nötig hatte. Er sprach:

»Lange Jahre lebte unser süßer rechter Glaube in meiner Mutter, und so wird er auch in allen meinen Nachkommen weiterleben in alle Ewigkeit. Die gleiche Süße und Seligkeit ist uns auch Rußland. Zu meinem Schöpfer bete ich, er möge mich den Weg einschlagen lassen, der mich nach Rußland führt. Rußland – der Name Russija! R – weil es reich ist. U – weil es unbesiegbar ist, S – weil es slawisches Land ist, I – weil es Jesus Christus gehört ...«

Er brach ab. Obwohl schwer vom Wein und voll wie eine Tonne, kam ihm in den Sinn, daß er Reden führte und Dinge sagte, die man nicht sagen sollte. Er erschrak und sank betrübt in sich zusammen und versuchte, alles zu vertuschen und abzustreiten, was er geredet hatte – alles sei eitel und vergeblich, nichts als Staub und Tod bleibe übrig, Eitelkeit und Leere – nichts als Worte und leeres Gerede – und wenn einer stirbt, stirbt er wie ein Hund oder wie ein Pferd. Dann versuchte er sich zu erheben, um aufzubrechen. »Weder Seele noch Gott – unser Leben ist sinnlos – alles eitel Staub und Tod und leere Worte ...«

Da wandte der Bischof seine kalten Augen von ihm ab und blickte fröstelnd in die Nacht hinaus. Mitternacht war schon lange vorüber.

Wenn einer so in die Nacht hinausblickt. Wenn man sich zur Tür stellt, wo es dunkel ist, und auf all die Felder hinausblickt im Mondenschein. Auf die Berge in der Ferne – auf Stadt – und Dächer – und Wolken – und Gestirne – auf den Himmel, erfüllt mit Licht. Und ganz still wird. Ist es auch dann so, als ginge alles sinnlos vorbei, ohne Zweck und Ziel? Kann es denn wirklich sein, daß es nichts gibt als eine bodenlose, abgrundtiefe Leere?

Dann rüttelte der ehrenwerte Isakowitsch den Kommissar wach, und bereits vollkommen betrunken, starrte er in die Nacht hinaus, die voller Sterne war, ließ seinen Blick über die vom Mond beschienenen Felder schweifen – über die fernen Wälder – die Berge und die Wolken. Und sein Gesicht ganz nah zu dem des Bischofs neigend, flüsterte er: »Dort will ich hin ...«, und brach in Tränen aus.

III

Tag und Nacht floß der Strom dahin, breit und träge, und mitten darin der Schatten einer Frau

Im Frühling des Jahres 1744 wurde das Haus des Archangel Isakowitsch ein weitläufiges Gebäude, am Wasser gelegen und am Rande der silberreichen Stadt Semlin, neu verputzt. Blau und gelb gestrichen, ragte es hoch über die Strohdächer ringsum empor, auf denen ganze Scharen von Störchen nisteten, weithin sichtbar zwischen den Weidenbäumen, inmitten von Brandstätten und Schanzgräben – und allen Fischern und Schiffern wohlbekannt.

Das Haus hatte sich in das Donauufer hineingestemmt, unterhalb des Hanges, der vom Frühling, den ersten Gewächsen und den Maulwürfen zerwühlt war, inmitten der vielen hölzernen buntbemalten »Schwanen«-Kähne mit geschwungenem Bug. Lehmverkleidet mit seinem einem Getreidespeicher entnommenen Dachgebälk, ragte es hoch über die Stauungen und Pferche in der Runde empor, einer vorsintflutlichen Arche gleichend. Dumpfes Brüllen von Ochsen und Kühen drang daraus hervor, das Trappen von Pferden und Kamelen, Blöken von Widdern und Böcken, Gemecker von Schafen und Lämmern.

Hinter den Zäunen des Hauses, dort, wo mitten im dicken Schlamm, vom Morgen bis in die Nacht hinein, die Schiffe beladen wurden, hatte Archangel Isakowitsch die letzten Reste seiner reichen Habe an Vieh untergebracht, das seine Vorfahren von den veilchenfarbenen Hängen des Schara-Gebirges und den Weidegründen am Ufer der Bistrica herübergetrieben hatten.

Von der einen Seite des Hauses ging der Blick weit über Wasser und versumpfte Inseln, und darüber ragten die weißen Minarette und Bollwerke von Belgrad in den blaßblauen Himmel hinein. Auf der anderen Seite bildete das Wasser ein Meer von Schlamm, das sich endlos unter einem dunkelblauen Himmel auszudehnen schien – bis ans Ende der Welt.

Das Haus war von tiefen Gräben umgeben, von eingefriedeten Pferchen und Heuschobern, deren Duft an sonnigen Spätnachmittagen nicht nur in der flimmernden Luft verströmte, sondern auch durch die erhitzten, schwülen Lehmwände drang. Dem ununterbrochenen Kommen und Gehen und Gelärm der Schiffer und dem täglichen Gebrüll der Rinder und dem Geschrei der Hirten zum Trotz herrschte im Haus selbst immer vollkommene Stille. Von allen Seiten abgeschlossen, neu verputzt, hatte es bloß eine Eingangstür, niedrig und stets von Tauben umflattert, die unter dem Gebälk saßen, wo die Tierhäute zum Trocknen aufgehängt waren. Vor Einbruch der Nacht, wenn vom Ufer vor dem Haus die Kähne abstießen und viele Lichter aufflammten, schien es in der Tat einem gewaltigen Schiff zu gleichen, das im Schlamm steckengeblieben war.

In diesem Haus hatte also Vuk Isakowitsch seine Frau und die beiden kleinen Mädchen untergebracht. Sie trafen, von einem ganzen Haufen greinender Weiber und greiser Diener umringt, in einem Wagen ein, der bis obenhin mit Pelzen, Kleidern, Teppichen, perlengeschmückten Broschen, Silberknöpfen und allerlei sonstigen Schätzen angefüllt war.

Archangel Isakowitsch, obwohl der jüngere, benahm sich dem älteren Bruder gegenüber, als wäre es umgekehrt. Stand er neben ihm, blickte er mit einer Art mitleidiger Herablassung auf Vuk, wollten sie sich an den Tisch setzen, dann überließ er huldvoll dem Bruder seinen Platz, wenn er auch dürr wie ein Stecken, der andere aber schwer wie ein Faß war. Sprach der Bruder zu ihm, sah Archangel ihm nie in die Augen, sondern lächelnd über seine Schulter hinweg in die Ferne. Auch erwiderte er ihm immer erst nach einer Weile.

Schon zu der Zeit, da sein Bruder in Belgrad unter dem Prinzen Alexander von Württemberg diente, war es Archangel gewohnt, ihn vor den Gläubigern zu retten oder nach Schlägereien aus dem Kerker zu holen, ihm beizustehen, wenn er, krank oder verwundet, aus dem Krieg heimkehrte. In die Fußstapfen ihres Vaters tretend, der immer mit dem österreichischen Heer herumzog, bis nach Konstantinopel oder Wien, hatte er begonnen, mit Getreide, Tabak und Vieh zu handeln, bis er danach immer mehr zum Wuchergeschäft überging, wobei er allen und jedem Geld borgte, so daß er bald in wenigen Jahren, beim Einschlafen vor sich hinmurmelnd, nicht mehr imstande war, zusammenzurechnen, wer ihm etwas schuldete und wieviel. Der Bruder war ihm dabei noch die geringste Sorge. Unterwegs auf seinen Geschäftsreisen erinnerte er sich manchmal seiner wie eines unerwarteten Schuldners, mit dem man kaum noch gerechnet hatte und der sich seltsam ausnahm mit seinem militärischen Dreispitz unter dieser bunten Menge friedlich gewandeter Händler, mit ihren reich bestickten Westen, den Fez auf dem

Haupt und die Gebetsschnur in der Hand, mit denen er sich in der Türkei und der Walachei herumzuschlagen hatte – und das war auch alles.

Er hatte übrigens versucht, den Bruder vom Militärdienst abzuhalten und ihn für den Handel zu interessieren, doch Vuk war sehr bald wieder zu seinen Pferden und Säbeln zurückgekehrt. Nach dem Tode des Vaters blieben sie eine Weile länger beisammen, und Archangel schleppte den Bruder mit sich herum wie eine richtige Strafe Gottes. Vuk war ein Wüstling geworden, ein Säufer und ein Raufbold, und außerdem so schwer wie ein Faß.

Und so beschloß er, Vuk zu verheiraten, wofür er erst bei allen Kommandostellen bis nach Wien ein gutes Wort für ihn einlegen und fast die gesamte Festung von Esseg bestechen mußte, aus der er den Bruder nur mit der größten Mühe herausholen konnte, um ihn vor den Altar zu schleppen. Das Mädchen für ihn fand er ganz zufällig auf einer seiner Geschäftsreisen in Triest, bei der Familie Christodulios, die Archangel achttausend Taler in Silber schuldete. Der Handel war rasch geschlossen. Das Mädchen gefiel ihm, jung, hochgewachsen und gesund, wie sie war, mit großen blauen Augen und hartnäckig schweigend.

Stets in Eile wegen seiner Handelsgeschäfte, ließ er die beiden unterwegs in Brod, im Hause eines griechischen Freundes, trauen. Nachher schickte er dann den Jungvermählten mit seiner Frau auf der Donau hin und her, um sein Vieh auf den nahen Märkten zu verkaufen. Erst als er erfuhr, daß seine Schwägerin ein Kind erwartete, bequemte er sich dazu – im Stolz auf sein Geschlecht der Wukowitschs und Isakowitschs –, die beiden aufzusuchen, müde und ausgemergelt vom vielen Umherwandern, von den Geschäften und aller Art von Niedrigkeit, die er dabei dulden mußte und an die er sich bereits gewöhnt hatte. Als er dann die Frau schwanger sah, erkannte Archangel, wen er da seinem Bruder eigentlich zugeführt hatte.

Aufrecht und kräftig wie ein Erzengel, mit langen Schenkeln und hoher Brust, die bei jedem Schritt erbebte, so ging sie an ihm vorbei vom Schiff, als wollte sie zeigen, daß sie sich nach Wunsch biegen und schmiegen könne, wenn auch ihr Leib hart und fest war wie Stein. Archangel schien es, als hätte er noch nie eine solche Frau gesehen.

Hals über Kopf verließ er nach einigen Tagen das Haus seines Bruders. Und kam nur schwer und ungern wieder. Er floh die beiden wie der Teufel das Kreuz, doch später pflegte er ihnen Geschenke zu senden: Silber, Seiden und Korallen. Mußte er einmal zu ihnen kommen, so tat er es mit Überwindung, und beim Abschied verbeugte er sich tief.

Archangel Isakowitsch wohnte fern von Bruder und Schwägerin und wurde vor der Zeit gelb, eingetrocknet, kniesteif. Am liebsten trieb er Handel auf dem Wasser. Er liebte es, mit seinen Kähnen umherzufahren, reglos und in Gedanken versunken auf dem Verdeck sitzend. Im Laufe von wenigen Jahren war sein Rücken krumm geworden, und seine Finger begannen zu zittern.

Fast jede Nacht träumte er von des Bruders Frau. Er sah sie im Dunkel, wo immer er auch sein mochte, und es war ihm, als hüllte ihr weiches Haar ihn ein, mit seinem schweren Duft nach Nüssen. Mehr als einmal hatte sie ihn mit ihrem Haar gestreift, wenn sie sich bei der Begrüßung über seine Hand beugte, um sie zu küssen. Das war alles. Auch er hatte zuweilen ihr Haar berührt. Dann steckte er sogleich ganz verwirrt seine Finger in den Tabak, der an der Sonne neben der Feuerstelle trocknete.

Auch wenn sie nicht zugegen war, saß er oft in Gedanken versunken und sah vor sich ihre hohe Stirn und die Augenbrauen, die wegen ihrer dunklen Wölbung von den Brüdern und Dafinas nächsten Angehörigen »Blutegel« genannt wurden. War sie jedoch neben ihm, dann vergaß er sich und starrte sie unverwandt an, sie, die immer so blaß war, mit ihren leicht geschürzten Lippen und langen Wimpern, die ihre dunklen Augen beschatteten. Er war imstande, stundenlang zu warten – und jeder Vorwand war ihm recht –, nur um zu sehen, wie sie sich zur Ruhe begab, müde vom Tabakrauch und vom türkischen Kaffee. Dann pflegte sie sich hoch aufzurichten; reckte die geraden breiten Schultern, um die zwei großen Perlen aus den Ohren zu lösen. Wenn Archangel diese Bewegung sah, fing er an, am ganzen Leib zu zittern.

Auch mit geschlossenen Augen sah Archangel ihre weiße

Haut, ihre Brust und ihre Augen, groß und blau wie der Abendhimmel an einem klaren Wintertag, Augen, die niemals trübe blickten.

In den ersten Jahren floh er sie, so wie einer vor der Versuchung flüchtet und dabei Verwünschungen murmelt – Unheil, weiche! So wie er scheuenden Pferden aus dem Wege ging und schwere Weine mied; und so wie er einst heimlich im Städtchen Brus aus einer türkischen Schenke entwichen war – so verließ er das Heim des Bruders. Dem Bruder die Frau abspenstig zu machen, das kam ihm nicht in den Sinn. Nur kam es ihm plötzlich so vor, als sei nicht er es gewesen, der dem Bruder diese Frau zugeführt hätte – diese wunderbar kräftigen Beine, dieser wiegende Gang, dieses Lachen ... Als er merkte, wie es um ihn stand, erschrak er zunächst um des Bruders willen. Er sah, daß er ihm den Teufel ins Haus gebracht hatte. Dieses Erzittern der Brüste, diese hohen Knie beim Ausschreiten, dieses tiefe Atemholen, wenn sie den Tabakrauch ausstieß! Wenn er ihren weichen üppigen Körper betrachtete, der sich unter der venezianischen Seidendecke hob und senkte, während sie ruhte, verglich er sie bestürzt mit all jenen Walachinnen, Italienerinnen und Armenierinnen, die ihm auf seinen Handelsreisen kreuz und quer durchs Land in die Hände geraten waren. Er erschrak vor dem Gedanken, auch sie könnte eines Tages der Sünde nicht widerstehen – irgendwo, wo es auch sei: im Haus, bei Nacht, trotz der Anwesenheit seines Bruders –, verlockt von den Geschenken, dem Tand zuliebe und den Juwelen, die er ihr seit einiger Zeit mitzubringen pflegte. Er fürchtete, sie mit einem Diener zu ertappen, mit einem Schiffer – mit irgendeinem Mann. Da floh er.

Als er jedoch das nächste Mal wiederkehrte und sie mit dem kleinen Kind im Arm sah, kamen ihm fast die Tränen: so rein waren ihr Blick, ihre Hände, ihre Kehle. Voll Mitleid mit sich selbst, begann er ihr – scheinbar im Scherz – auszumalen, wie es sein könnte, wenn sie ihm angehörte. Er schilderte, wie er sie behüten, überall mit sich führen würde, sie kleiden. Es schien ihm plötzlich, daß das menschliche Leben schön sei und daß er es mit ihr und ihrem Kind heiter verbringen könne, wohin sie auch gehen würden. Und während er das Kind küßte und liebkoste, begann in seinem Kopf ein ganzer Reigen von Walachenkindern, kleinen Deutschen und Ungarn zu tanzen, deren Vätern er einst die Haut vom Rücken geschunden hatte. Bis dahin hatte ihm das Quälen von Menschen Genuß bereitet, doch jetzt beschloß er, sie fortan in Frieden zu lassen, saßen sie doch gleich ihm gern mit ihren Frauen und Kindern zusammen.

Damals wagte er es zum erstenmal, sie zu berühren. Heimlich machte er sich mit ihrem Haar vertraut, auch als es gelöst war; einmal küßte er sie auf die Wange, nachdem er sie, völlig in ihren Anblick versunken, lange betrachtet hatte, und half ihr dann, geistesabwesend ihre festen Schultern pressend, das Kleid zuzuknöpfen, obwohl sie ihn gar nicht darum gebeten hatte. Stunden saß er so an ihrer Seite und spielte mit dem Kind oder mit den Hunden – sie aber war es, die er mit den Augen verschlang. Auch nicht einen Augenblick lang kam es ihm in den Sinn, die Frau seines Bruders für sich zu begehren; im Gegenteil: Sein Bruder erschien ihm als einer, dem ein großes Glück in den Schoß gefallen war. Er lebte nur mehr für diese beiden, vernachlässigte seine eigenen Geschäfte, bloß um für Bruder und Schwägerin eine ständige Heimstatt zu sichern.

Er erkannte, daß der Bruder sein Glück nur dem Zufall zu verdanken hatte, aber daß dies wohl so sein mußte. Ebensogut hätte diese Frau auch ihm begegnen können, doch da das nicht geschehen war, war sie ihm eben nicht bestimmt gewesen. Ohne deshalb Verzweiflung oder Bitterkeit zu empfinden, blieb er lange bei ihnen und wartete sogar die ersten Frühlingstage im Hause des Bruders ab. Er fuhr mit dem Wagen kreuz und quer durch das überschwemmte Land und sah nach dem Bau der Kirche, den der Bruder in dem von ihrem Vater besiedelten Dorf begonnen hatte. Er reiste auch in kirchlichen Angelegenheiten, in die sich sein Bruder eingemengt hatte, doch immer kehrte er mit einem Kuß zu jener Frau und jenem Kind zurück, als wären sie sein eigen. Befriedigt inspizierte er die Getreidesaaten, die im Tal und im Sumpfgelände anfingen auszutreiben, und bei seinen häufigen Fahrten nach Buda, während er sich auf dem Schiffsdeck sonnte und den Flug der Vögel mit seinen Blikken verfolgte, gab er sich ganz den Gedanken an die geliebte Frau hin.

Und dennoch begann er, nach diesen friedlichen Tagen unter den blühenden Akazienbäumen, allmählich und ohne sich dessen überhaupt bewußt zu werden, im Hause seines Bruders unrecht zu tun. Immer häufiger streifte er ihre Hände, ihr Haar, ihren Rücken, ja, er faßte sie sogar um die Hüfte; immer häufiger näherte er sich der Frau, um den Duft, der den Spitzen an ihrem Hals entströmte, einzuatmen oder ihr zur Hand zu sein, trotz der vielen Dienstmägde, abends, wenn sie das Kind in den Schlaf wiegte, oder beim Ankleiden am Morgen. Sein Bruder, der immer wieder bis dicht vor Peterwardein auszog, um dort seinen Leuten das Ausheben der Laufgräben beizubringen, den Schanzenbau zur Belagerung der Festung, oder der gar bis nach Mitrowitz ritt in die Waffenschmiede, bemerkte gar nichts. Was sie selbst jedoch bemerkte oder dachte, das war weder auf ihrem Antlitz noch in ihren Augen zu lesen. Erst eines Abends in der Karwoche, als er zufällig gerade nach Hause kam, während sie in der Kammer mit dem großen weißen Ofen, wo sonst das Brot gebacken wurde, ein Bad nahm und er sich bei dem Gedanken ertappte, bei ihr einzudringen, und deshalb am ganzen Körper zu zittern anfing – erkannte er seine Wünsche und Erwartungen. Da ging er ohne Abschied auf und davon und ließ auch lange nichts mehr von sich hören, trotz aller Bitten des Bruders, der ihn anflehte, doch nach Hause zurückzukehren.

Erst nachdem das zweite Töchterchen geboren war und sich Hautgeschwüre bei dem Kind zeigten, ließ Archangel dem Bruder, der im Begriff war, mit seinen Soldaten nach Italien aufzubrechen, Nachricht zukommen. Er besuchte sie in Wien, wo sie in einem kleinen Vorstadtgasthaus, das hinter einem Obstgarten versteckt lag, abgestiegen waren. Vuk war immer noch ein stattlicher, schöner Mann, obgleich schwer geworden und ganz ergraut. Sie aber liebte ihn mit einer Glut, die Archangel geradezu tierisch und ekelerregend vorkam. Die beiden küßten sich auch in seiner Gegenwart, umarmten und drückten einander unaufhörlich. Die ganze Nacht hindurch hörte er ihr Flüstern und Gurren, während das kranke Kind immer wieder aus dem Schlaf aufschreckte und weinte. Und obwohl die Schwägerin jetzt noch schöner geworden war, berückten ihn ihr Gang, ihr Wiegen, ihre Brüste nicht mehr wie früher – so erschien es ihm zumindestens im ersten Augenblick. Vor dem Abschied von Vuk war sie ganz aufgedunsen von den vielen schlaf- und ruhelos verbrachten Liebesnächten. Verweint und voller Angst, daß ihr der Mann nicht wiederkehren könnte, hatte sie ihn immer wieder geküßt – unersättlich und ohne jegliche Scham. Sie war toll vor Eifersucht und argwöhnte, Vuk könnte sich mit allen Französinnen und Venezianerinnen einlassen. So versuchte sie, ihm den Abschied so süß wie möglich zu gestalten, nur damit er sich jeden Tag nach der Heimkehr sehnen sollte.

Und dafür waren ihr alle Mittel recht. Sie kleidete sich in ihre schönsten Gewänder aus Triest und Venedig, mit durchbrochenen Spitzen, spannte ihre seidenen Strümpfe und zog die Verschnürung über der Brust straff – nur um das alles danach wieder auszuziehen. Obgleich ihr gar nicht danach zumute war und sie ganz verweint war, sang sie die ganze Zeit und trank sogar dabei. Sie zog ihren Mann ständig in irgendwelche dunklen Ecken und küßte ihm Hals, Brust, Lippen und Ohren.

Archangel Isakowitsch, fahl und dürr, verbrachte diese wenigen Wochen wie in der Hölle. Die große Kaiserstadt schien ihm ein Narrenhaus zu sein, wo Soldaten, Pferde, altersschwache Kavaliere, halbnackte Weiber, Hofschranzen, Offiziere und Handwerker im Hofdienst sinnlos umherjagten – niemand wußte warum und wozu. Nachdem Archangel einem Freund, dem Griechen Demetrius Koptscha, Silber verkauft und daran an die tausend Taler verdient hatte, war er nicht unzufrieden, doch langweilte er sich unsäglich. Er hatte als Kind seinen Bruder Vuk vergöttert, weil er der Stärkere war und die Sprache der Zigeuner beherrschte, und er liebte, das väterliche Vermächtnis ehrend, immer noch diesen plötzlich so wilden und verrückten Landsknecht, der außer ihm nichts auf der Welt fürchtete. Nachdem er ihn zunächst um die ganze Erbschaft betrogen hatte, bereute er dies später und begann ihn – je mehr sein Reichtum wuchs –

wahrhaftig großzügig und brüderlich zu unterstützen. Doch jetzt, zum erstenmal, war er ihm ein völlig fremder Mensch.

Für seine täglichen Gänge zu den Kommandostellen und zu Hof zog sein Bruder Kniehosen über die Beine, stülpte sich die Perücke auf den Kopf, ja, er ließ sich sogar den Schnurrbart abnehmen, behängte die Brust mit Orden und handbreiten blauen Schärpen und trug einen fingerdünnen Paradedegen. Seit er ein Schreiben des Patriarchen Sakabente zu Hof gebracht hatte und jetzt mit dem Grafen Gaisruck an einem Verzeichnis der Militärpflichtigen aus den slawonischen Grenzerdörfern arbeitete, war er schweigsam und sorgenvoll geworden, zugleich aber auch überheblich und aufgeblasen. Wie dem auch sei: Archangel Isakowitsch ödete das alles an. Er empfand keinerlei brüderliche Gefühle für ihn, wußte auch nicht, wofür er sie empfinden sollte: für diese Nase, diese blutunterlaufenen, trüben, mit Pünktchen übersäten Augen, für diesen ganzen riesenhaften Kerl, der wie ein Popanz gekleidet war. Unaufhörlich rauchend, wobei er die Bernsteinkugeln seines Rosenkranzes durch die Finger gleiten ließ, so lebte Archangel Isakowitsch etliche Wochen völlig ziellos dahin. Weder tat es ihm leid, daß der Bruder aufs neue in den Krieg ziehen mußte, geschwächt, mit kaum geheilten Wunden, vor seiner Zeit gealtert, ja, daß er vielleicht sogar bald tot sein könnte, noch berührte ihn der Gedanke, daß er vielleicht selbst schon binnen einer Woche ohne Bruder und Vater dastehen könnte, völlig allein auf dieser Welt. Genauso wie bisher würden die Menschen vorbeihasten, die Schiffe vorüberziehen, und auch er würde weiterhin seinen Geschäften nachgehen, seine Mahlzeiten einnehmen, die Perlen seines Rosenkranzes durch die Finger gleiten lassen. Nichts, rein gar nichts hatte er mit diesem Bruder zu schaffen, noch mit den Pfaffenangelegenheiten, von denen er unaufhörlich redete. Auch mit den Kindern seines Bruders, die dieser ihm an den Hals hängen wollte, hatte Archangel im Grunde nichts zu schaffen. Und das sagte er ihm auch.

Selbst seiner Schwägerin war Archangel jetzt überdrüssig. Das war nicht mehr jene wunderbare Frau mit dem kleinen Kind im Arm, die er einst, zitternd vor sündigem Verlangen, geküßt hatte, voller Trauer und Bewunderung zugleich. Diese Frau war ihm einfach widerwärtig. Er sah sie am Morgen daliegen, noch ganz erhitzt von den nächtlichen Liebesgefechten, während er sie am Abend schmeichelnd auf den Bruder einreden hörte, um ihn wieder so schnell wie möglich in ihr Bett zu kriegen. Tagsüber sah er sie in einer ununterbrochenen Umarmung am Hals ihres Mannes hängen, tändelnd, gurrend und häufig auch in Tränen ausbrechend, immer wieder in einem neuen Kleid. Zwar war sie erst jetzt richtig schön in ihrer üppigen Schamlosigkeit, doch waren nicht auch all die anderen Frauen, mit denen Archangel bisher zu tun gehabt hatte, wie sie gewesen? Sollte er diese kränklichen und plärrenden Kinder, diese des Abends angetrunkene Frau dem Bruder mißgönnen wie seine Narben, seine Orden, seinen Kriegsruhm? Mochte er sich den Hals brechen auf seinem Pferd, dort irgendwo in Italien! Und dabei ja nicht denken, daß das ihn, den Bruder, überhaupt berührte. Auch das sagte er ihm.

Und als sein Bruder dann wiederkam, ging ihm Archangel Isakowitsch aus dem Wege, da ihn immer noch dieses hinterhältige Verlangen nach dem Körper seiner Schwägerin quälte.

Erst als Vuk Isakowitsch zum vierten Mal ins Feld ziehen mußte, ließ er sich bewegen, zu ihm zu kommen und Abschied zu nehmen.

Vorher aber, auf dem Weg zu ihm, fuhr er erst nach Semlin, um nach dem Haus zu sehen, das er dort gekauft hatte, um seinen Handel mit den Türken bequemer betreiben zu können. Dann kam er unversehens zu seinem Bruder, so wie sie sich getrennt hatten: verdrossen, bösartig, mit fahlem Gesicht. Und der Bruder empfing ihn unlustig, gealtert, verändert.

Als Archangel jedoch die Schwägerin erblickte – war er wie vom Donner gerührt.

Dies war nicht jenes früh verheiratete hochaufgeschossene Mädchen, auch nicht die liebreizende junge Frau mit dem Kind an der Brust, noch das üppige, vollbrüstige Weib, das er durch die Wand hindurch nächtelang girren und gurren gehört hatte. Dies hier war eine Frau, wie er ihresgleichen noch nie gesehen hatte.

Ihr Antlitz war jetzt von einer vollkommenen Blässe, eingerahmt von dem Haar, das ebenso wie die Augenbrauen noch dunkler geworden war. Über Nase und Stirn lag ein seidiger Glanz, ein flimmerndes Licht, das Archangel an die weißen Masken der venezianischen Feste erinnerte. Nur in den Nüstern hielt sich ein klein wenig rosiges Dunkel, während dagegen auch ihr Mund kleiner und ganz anders schien als früher: blasser und ganz still, zu einem ständigen merkwürdigen Lächeln geöffnet, das auch dann nicht verschwand, wenn sie Archangel traurig anblickte. Und sie sah ihn an – mit weit geöffneten Augen, so daß es ihm vorkam, er wäre am Ufer eines tiefen blauen Meeres angelangt.

Sie tat, als wäre er ihr ein völlig Unbekannter, und fragte ihn nach Dingen, nach denen sie früher niemals gefragt hatte. Ah, dachte er, wenn mein Bruder jetzt im Krieg umkommen würde –! Da graute ihm, und er schlug rasch ein Kreuz. Jetzt wiegte sie sich nicht mehr so verführerisch in diesem Gang, der ihn früher so verrückt gemacht hatte, sondern sie stellte sich gern vor ihn hin, um sich mit ihm zu unterhalten – hoch und aufrecht, üppig und schön über alle Maßen. Vielleicht wußte sie gar nicht, wie sehr er in ihrer Nähe zitterte. Schön war sie, schöner denn je zuvor. Schweigsam und verändert, streifte sie ihn oft mit ihren Händen, und eines Abends ließ sie ihre Tür offen, so daß er hineinblicken konnte, während sie sich auszog und in ihr neues venezianisches Kleid schlüpfte.

Sie log. Er ertappte sie schon in den ersten Tagen bei einer Lüge – und sie blieb schön und gelassen dabei. Auch in Gegenwart ihres Mannes log sie und setzte ein strahlendes weißes Lächeln auf. Sie wirtschaftete im Haus und betätigte sich auf den Äckern, die man in jenem Jahr auch in der Niederung am Wasser umzupflügen begonnen hatte, ja auch bei den Herden führte sie das Regiment über Knechte und Hirten – über die ganze Siedlung. Man haßte sie. Und man fürchtete ihr Lächeln.

Die Kinder hatte sie den Mägden überlassen; nur wenn der Gatte es sah, nahm sie eines auf den Schoß. Und lächelte. Eines Morgens fragte sie den Schwager, ob er nicht auch fände, daß sein Bruder rasch gealtert sei? An diesem Tage bot

Archangel Isakowitsch seinem Bruder das Haus in Semlin an und schlug ihm vor, Frau und Kinder bei ihm unterzubringen.

Frau Dafina zog in das Haus ihres Schwagers. Mit ihren beiden kleinen Töchtern sollte sie nun hier mehrere Monate, vielleicht auch Jahre verbringen, bis der Gatte aus dem Krieg heimkehrte. Hier sollte sie auch ihre dritte Niederkunft abwarten, denn seit drei Monaten war sie schwanger, was sie dem Gatten jedoch erst kurz vor seinem Aufbruch anvertraut hatte.

Mit zwei Wagenladungen voller Kleider war sie bei ihrem Schwager eingezogen, fast unbemerkt von den Bürgern Semlins, die sich doch extra in ihren Jacken aus blauem Tuch, schwarzen Pelzmützen und hohen Schaftstiefeln, mit deutschen Offiziershüten, gelben Wämsern und breiten Gürtelbändern aus Seide, die Röcke eng zusammengeschnürt, vor dem Haus des Archangel Isakowitsch eingefunden hatten, um den Einzug der Dame Dafina zu sehen.

Nachdem sie Kinder und Dienstmägde in einer dreieckigen Kammer des Hauses untergebracht hatte, die direkt unter dem Speicherboden lag, der sich unter dem Gewicht der Mehlsäcke gesenkt hatte und voller Mäuse war, wählte sie für sich sofort ein großes, niedriges, mit Teppichen ausgelegtes Wohngemach mit gezimmerten Dielen und von Balken gestützt, in das auch ein großer gemauerter Ofen eingebaut war.

Sofort nach ihrem Eintreten prüfte sie zunächst die beiden Ausgänge und führte dann eine neue Ordnung im Hause ein. Lange verweilte sie an dem vergitterten Fenster, das auf den Fluß hinausging. Diesen Fensterplatz wählte sie gleich in den ersten Tagen, um sich dort auszuweinen. Tag und Nacht strömte hier der breite träge Fluß vorbei. Und auf ihm ihr Schatten.

Doch obgleich sie jeden Tag Zeit zum Weinen fand, fand sie dennoch auch Zeit, binnen weniger Tage halb Semlin durch ihr Wohngemach zu schleusen: Offiziersfrauen, Deutsche, Kaufmannstöchter, um vieles jünger als Frau Dafina, Griechinnen ... Dann alle Frauen und Töchter der Freunde ihres Gatten und ihres Schwagers; eine feiste Türkin mit herabhängenden Augenlidern, die bei der Eroberung von Belgrad hierhergeflüchtet war, ja sogar zwei Walachinnen, Schwestern, von denen niemand wußte, wer und was sie waren.

Die Dame Dafina bewirtete sie alle mit Kaffee und Sorbet, bot ihnen Wasserpfeifen zum Rauchen an und erfuhr von ihnen, was es in Semlin zu erfahren gab. Und von diesen Besuchern wiederum erfuhr die Stadt Semlin, was es von Frau Dafina zu erfahren gab. Bald wußte Dafina, daß die Häuser von Semlin gelb oder blau gestrichen, hoch oder niedrig waren und welches davon wem gehörte. Sodann – wer in dem Haus an der Ecke gestorben und wer in jenem, wo vorne der große Maulbeerbaum stand, an Erbrechen erkrankt war; welcher der Kaufleute seinen Sohn zu verheiraten wünschte und welcher seine Tochter, und mit wem. Wenn die Rede auf die zu erwartenden Niederkünfte kam, erfuhr Frau Dafina, wie viele in diesem Monat an der Reihe waren und wie viele im nächsten. Und von der einen Frau, die gestorben war, weil sie ein Gebräu aus Asche und Essig eingenommen hatte, um nicht mehr schwanger zu werden, denn sie hatte bereits sechse. Und wie sie jetzt nachts zu erscheinen pflegte, auf einem weißen Bettlaken fliegend. Und wie Dimtsche Diamanti neben der ersten angetrauten Frau noch eine zweite ins Haus gebracht habe, so daß sie jetzt zu dritt miteinander lebten. Gerüchte, die sie selbst betrafen, fehlten ebenfalls nicht. So erzählte man, Frau Dafinas Mann, der »Oberhauptmann« Vuk Isakowitsch, wäre aus Fünfkirchen gebunden und gefesselt in die Festung von Temesvar überführt worden. Eines Tages hätte ihn dann dort der Baron Engelshofen entdeckt, abgeküßt und befreit, und so würde er bald heimkehren und gar nicht in den Krieg müssen. Und mit ihm auch jene sieben anderen Burschen aus Semlin, die zusammen mit ihm in den Krieg gezogen waren. Zu guter Letzt noch, daß die Tochter des Nikola Panajot aus Wien Hemden mitgebracht habe, die bloß bis zum Knie reichten. Und daß Dafina angeblich auf dem linken Bein lahme.

Semlin hingegen erfuhr von Frau Dafina: Essig, mit Zukker gekocht, sei das beste Mittel gegen Erbrechen der Galle, und drüben in Belgrad gäbe es eine Hebamme, eine Türkin, die einen Branntwein zubereiten könne, einmal im Monat im heißen Bad einzunehmen, worauf dann jede weitere

Schwangerschaft ausgeschlossen sei. Auch daß der Krieg in Deutschland bereits im vollen Gange, Dafinas Mann mit seiner Truppe aber gar nicht in Fünfkirchen sei, sondern dem Bruder vorige Woche Nachricht geschickt habe aus einem Städtchen, welches Radkersburg hieße. Übrigens hätte sie in Venedig nicht nur Hemden gesehen, die bloß bis zu den Knien reichten, wie die Tochter des Nikola Panajot angeblich eines aus Wien mitgebracht habe, sondern sogar Kleider, die vorne kurz waren, während sie hinten bis zum Boden reichten, ja auf der Erde nachschleiften.

Dann erfuhr die Stadt Semlin auch noch von Frau Dafina, daß sie eine Waise gewesen sei, als man sie dem Vuk Isakowitsch zur Frau gegeben habe, und daß sie gedacht hätte, er werde ein ganzes Jahr lang wie ein Vater sein, bis das erste Kind geboren wäre, und erst dann mit ihr wie Mann und Frau leben. Aber auch so wäre sie fast immer allein gewesen und hätte viele Tränen vergossen. Semlin erfuhr auch noch, daß Isakowitsch viel mit Weibern zu tun gehabt habe, schlechten und lasterhaften Walachinnen, Ungarinnen und Deutschen, wie übrigens auch sein Bruder Archangel, der sie jetzt in seinem Haus beherberge, viele Frauen besessen hätte, Griechinnen, Armenierinnen und Venezianerinnen, deren Sprachen er beherrsche. Dann auch, daß die Frau des Prinzen von Württemberg, der in jenem großen Gebäude dort drüben in Belgrad gewohnt hatte, wo jetzt der Pascha lebt, einst Dafinas Mann geliebt hätte. Und auch, daß sie jetzt weinen müsse, Nacht für Nacht, weil sie von bösen Träumen heimgesucht werde und ihr der Gatte erscheine in schrecklicher Gestalt – als Frosch, als wildes Tier oder als Ratte. Und was das Gerede betreffe, daß sie auf dem linken Bein lahm sei, so könne sie ihnen beide Füße zeigen – von vorn und von hinten, sie sollten sich selber überzeugen.

So wurden sie miteinander bekannt: Frau Dafina Isakowitsch mit der Stadt Semlin, und die Stadt Semlin mit ihr. Aber aus dem Haus ging sie kaum, und sie weinte viel und oft.

So einfach, herkömmlich und natürlich auch ihre Beziehung zu all den Leuten war – zu ihrem Schwager und zu ihrem Gatten verhielt sich Frau Dafina weder herkömmlich noch einfach, sondern im Gegenteil reichlich unnatürlich. Niemals sprach sie mit dem Schwager so wie mit den anderen Leuten, noch erzählte sie ihm all den Klatsch, den sie ihnen erzählte.

In seiner Gegenwart war sie überhaupt völlig verändert. Vor allem schwieg sie immer, nachdem sie sich vorher ausgeweint und ihr rätselhaftes Lächeln aufgesetzt hatte. Doch wenn sie einmal mit ihm sprach, erzählte sie von ganz anderen Dingen: von den Nächten, vor denen sie sich ängstigte; von der Dunkelheit, in der sie von Furcht und Gesichtern gepeinigt würde; von ihrer bereits vergangenen Jugend; vom Leben, das zu ertragen für sie so schwer sei; und mit nassen Augen von ihrem Mann, der sie, wie es schien, nicht mehr liebte oder sie vielleicht auch niemals geliebt hatte.

Oft stand die Dame Dafina vor Archangel Isakowitsch, mit vorgestrecktem Busen, die Hände verzweifelt über dem Kopf ringend. In seiner Gegenwart kreischte sie nicht und lungerte auch nicht auf den Teppichen und Fellen herum, die über den Boden gebreitet waren. Sie zeigte sich ihm auch nicht im Kreis der Weiber. Ihnen gehörte der Tag, doch der Abend ihm. All das Gekicher und Geklatsche war nicht für seine Ohren bestimmt. Für ihn hatte sie eine ganz andere Stimme, einen anderen Blick, ein völlig verwandeltes Wesen. Und nicht nur sie, auch alle ihre Mägde veränderten ihr Benehmen, ohne daß man es ihnen befohlen hätte, sobald er nahte. In das Haus zog wieder Stille ein, die Lichter bekamen Glaszylinder aufgesetzt – alles wurde für ihn angenehm gemacht.

Ohne sich einzubilden, wie Archangel es tat, sie sei so schön wie keine andere, kannte Frau Dafina dennoch ihre Vorzüge und Mängel. Mit der Form ihrer Füße, die ihr Schwager mit denen eines kräftigen Engels zu vergleichen pflegte, war sie zum Beispiel keineswegs zufrieden. Sie verbarg sie unter ihren seidenen Gewändern und ließ nur die Spitze ihrer feinen Pantoffeln sehen. Auf ihre Beine dagegen war sie stolz – und darin deckte sich ihre Meinung mit der seinen –, und sie schlug sie daher bei jeder Gelegenheit übereinander, um sie zu zeigen. Sie schritt im Kreis um ihn herum, aufrecht und mit einem kräftigen geraden Schritt aus der Hüfte heraus. Ihre Arme, die sie noch niemals um seinen Hals geschlungen hatte, bewegte sie dabei mit einer weich schlängelnden Bewegung. Ihre Brüste trug sie so nah an ihn heran, wie Verliebte es mit ihren Wangen zu tun pflegen. Am meisten setzte sie jedoch auf ihre Augen, die ihn traurig anblickten.

Archangel Isakowitsch erkannte als guter Kaufmann bald, worum es ging. Er begriff, daß diese Frau ein scheues, verwaistes Mädchen gewesen war, an Einsamkeit gewohnt und an unerfüllte Wünsche, und auch, daß sie das nun nicht mehr war. Er begriff, daß aus dieser Frau ein kräftiges und strammes Weibstier geworden war, das sich mit ihrem Bären von Mann wie toll im Dunkel herumzubalgen pflegte. Aber was jetzt in ihr vorging, das konnte er nicht mehr verstehen.

Warten wollte er nicht länger. Er schauderte zwar vor dem, was er vorhatte, zurück, aber es trieb ihn dennoch voran. Was danach kommen würde, daran wollte er jetzt nicht denken. Da er nun einmal fest entschlossen war, sich mit der Schwägerin einzulassen, schob er den Gedanken an den Bruder weit von sich. Dieser Bruder – ungeheuer groß und schwer in seiner überbestickten Montur, die weiße Feder auf dem Hut – stand trotzdem ständig vor seinen Augen. Von Schlaflosigkeit und Gewissensbissen gequält, sprach er zu niemandem auch nur ein Wort, ängstlich bemüht, sich mit keinem Blick, keiner Bewegung, keinem Atemzug zu verraten, und hoffte unentwegt, daß das, was er herbeisehnte, ganz von allein geschehen würde, ohne sein Zutun und so, daß keiner davon erfuhr – heimlich, wie im Traum. Und vor allem, ohne daß irgend jemand Leid zugefügt würde. Halb wahnsinnig vor Begierde, die ihn Nacht für Nacht in schamlosen Träumen diese Frau besitzen ließ, wünschte er dennoch keine Beziehung von langer Dauer. Er beabsichtigte weder, sie dem Bruder abspenstig zu machen, noch nachher, nachdem er sie einmal besessen, jahrelang mit ihr zusammenzuleben. Tagelang grübelte er mit gesenktem Kopf und kam so auf den verrückten Gedanken, dem Bruder nachträglich alles zu gestehen, dann gemeinsam die Frau davonzujagen und wieder mit ihm Frieden zu schließen – waren sie doch Brüder!

Um Dafinas Einwilligung so rasch wie möglich zu erlangen, überschüttete er sie mit Geschenken und versuchte, durch doppelsinnige Reden und Liebenswürdigkeiten von ihr ein Zeichen zu erhalten. Doch dieses Zeichen blieb aus.

Sie blickte ihn ruhig an mit ihren schönen blauen Augen von der Farbe des winterlichen Abendhimmels, rein und klar, als leuchteten über ihnen die Sterne. Seine hinterlistigen Worte deutete sie in herzliche um, seine anzüglichen Schmeicheleien nahm sie als übliche Höflichkeitsfloskeln entgegen. Nachdem sie tagsüber mit ihren geschwätzigen Gevatterinnen nichts als Albernheiten geredet hatte, wurde sie am Abend vor dem Schwager plötzlich klug und von durchdringendem Verstand.

Er quälte und mühte sich um sie, bis er ganz gelb wurde vor lauter Warten und Hoffen, armselig und lächerlich in seinem langen blauen Kaftan. Da entschloß Archangel Isakowitsch sich endlich, zu Berührungen überzugehen. Immer häufiger ergriff er ihre Hand, streichelte ihr Haar. Einmal, als sie sich weinend über das Bett des erkrankten Töchterchens beugte, hob er sie unter den Armen hoch und küßte sie, am ganzen Körper zitternd.

Und auch all dies, was doch klar und nicht mißzuverstehen war, verwandelte sie in etwas Unklares, in verwandtschaftliche Zärtlichkeit. Ebenso wie sie seine Anträge als Äußerungen brüderlicher Fürsorglichkeit aufzufassen vorgab. Seine mageren Hände schob sie ruhig von ihrem Körper weg, ohne auf seine Begierde zu achten. Dabei sah sie ihn mit ihren blauen Augen an, auch jetzt noch kalt und schön und ohne eine Spur von Leidenschaft. Doch auch das steigerte noch Archangels Verlangen, denn sogar jetzt, bei ihrem kühlen Blick, erkannte er ihre Entschlossenheit: So mußte es sein – so wird es sein.

Wie bei seinem Silberhandel wollte Archangel auch ihre Bereitschaft auf die Waage legen – doch sie ließ sich weder wiegen noch messen: nicht das kleinste Wort, nicht das geringste Zeichen. Ungerührt war sie, abwesend, wie eingefroren. Es schien, als würde sie sich ihm niemals auf der Welt hingeben. Als wollte sie einfach mit Gewalt genommen werden.

Denn die Dame Dafina, Kind einer ganzen Schiffsladung

von Kaufleuten und Silbersüchtigen, wußte sehr gut, was hier gespielt wurde. Sie hatte es nicht eilig. Es gelüstete sie einfach nicht danach, sich ihrem mageren Schwager mit dem wächsernen Teint hinzugeben, der sie an ihr Vaterhaus und ihre Brüder erinnerte; weder mochte sie seine Hände mit den gelben Fingernägeln, seinen mönchischen Bart und Schnurrbart, schwarz und schütter, noch seine gelblichen Augen, seine flachgedrückte Nase, am wenigsten aber seine verfärbten Zähne, die immer von Zuckerwerk klebrig waren. Er erschien ihr wie das eingeschrumpfte Ebenbild ihres Mannes, mit seinem fast unhörbaren Schritt. Wenn sie jemals in dieser peinlichen Lage ein Verlangen empfunden hatte, so galt es ihrem Gatten. Ihm, dem ungeheuer großen und schweren Mann, den die Dame Dafina einst so unendlich geliebt hatte und der jetzt verbraucht und gealtert war, obwohl er zu Pferde manchmal noch immer kräftig schien wie ein Bär.

War sie auch heißblütig und so sinnlich, daß sie zuweilen Kopfschmerzen davon bekam, blieb sie völlig kalt in diesem Haus, wo Vuk sie auf seine Rückkehr warten ließ, nachdem er sie beim Abschied überlistet und ihr diese Schande vor allen Leuten angetan hatte, aus Angst vor ihren Tränen, ihren Ohnmachten, was doch nun einmal zum Abschiednehmen gehört. Noch niemals war sie fremdem Begehren ausgesetzt gewesen, noch niemals hatte sich ein anderer Mann als Vuk so nahe an sie herangewagt. Wäre ihr dies im zweiten oder dritten Ehejahr zugestoßen, sie wäre vor Scham und Schmach gestorben – jedenfalls in diesen gelben, trägen, über seine Ufer getretenen Fluß gesprungen, der da dicht unter ihrem Fenster vorbeiströmte. Und sogar wäre ihr all dies vor einem Jahr widerfahren, so hätte sie mit Tränen, Bitten und Küssen vermocht, Archangel zur Besinnung zu bringen und ihn dazu zu bewegen, auf sein Vorhaben zu verzichten, das sie beide ins Verderben stürzen könnte.

Und jetzt? Jetzt ließ sie es ruhig geschehen, daß sein Atem sie streifte. Und ebenso gelassen betrachtete sie die schattenhaften Umrisse seiner Gestalt, über sie gebeugt in der Dämmerung, wenn er so tat, als unterhalte er sich mit ihr über die kleinen, nichtigen Dinge des vergangenen Tages. Und so blickte sie auch, an ihrem Fenster sitzend, dem eigenen

Schatten auf dem schlammigen Strom nach, der Tag und Nacht vorüberfloß.

Sie fühlte sich allein, ohne jede Gewißheit, daß ihr Mann zurückkehren würde. Mit seinen müden Grenzern, seinen Pferden und Hunden war er von ihr gegangen, weit weg, so weit!

Sie war neugierig zu sehen, wie sich wohl ihr Schwager anstellen würde, wenn er eines Tages ganz den Kopf verlor. Sie wünschte sich das herbei, einfach aus Langeweile und wegen der bodenlosen Leere, über der sie, wie es ihr zuweilen vorkam, kopfüber hing. Und so wie sie einst, halb besinnungslos vor Leidenschaft, ihrem Mann Brust, Hals und Ohren unterwürfig geküßt hatte, so wünschte sie nun zu sehen, wie sein Bruder sie küssen, sich über ihre Hände, ihre Knie, ihren Schoß beugen würde. Sie fühlte seine Scheu und seine Unentschlossenheit, doch fühlte sie auch, daß es nur noch eines kleinen Anstoßes bedurfte, damit diese nur dem Anschein nach ruhige Oberfläche, die sie noch trug, unter ihnen zerbrach und sie beide mit unwiderstehlicher Gewalt in die brüllende, tobende Flut stürzten.

Lächelnd, aber voller Entsetzen und Widerwillen fühlte sie diesen Tag immer näher kommen.

Erst drei Wochen war sie in diesem Haus, als eines Tages, wie es hierzulande oft geschah, plötzlich mitten in Frühlingswärme und Baumblüte Frost und eisige Regenschauer hereinbrachen. Im Wind, der über die Flüsse peitschte, geriet Archangels Schiff, das Pferde geladen hatte und auf der Fahrt hinüber zum türkischen Ufer war, in Wassernot und kenterte. Nur mit Mühe wurde Archangel, schon erstarrt, geborgen.

Als sie ihn nach Hause brachten, erhob sich ein solches Geschrei und Wehklagen, daß es keinen überraschte, als Frau Dafina mit leiser Stimme, kaum die blassen Lippen bewegend, anordnete, ihn in ihr Gemach zu bringen, auf den großen Ofen, neben dem ihr breites venezianisches Bett stand. Sie zitterte vor Angst, er könnte sterben und sie allein zurücklassen, schutzlos, mit den kleinen Kindern, hier, zwischen seinen zigeunerischen Bedienten, die wie Räuber aussahen.

Am gleichen Tag, einen langen Morgen hindurch, setzte Vuk Isakowitsch mit seinem Regiment über einen schmalen Steg bei der Stadt Kremsmünster in Österreich. Unter den Soldaten gab es ein großes Gedränge und Geschiebe. Da lief ihm ein Hase über den Weg.

Ach, wenn nur der Steg nicht einstürzt! dachte er. Oder wenn mir gar das Gepäck ins Wasser fällt? Dann blickte er zum feuchten Himmel hinauf, der sich mit Wolken bedeckt hatte, zügelte sein Pferd und wandte sich besorgt an den neben ihm herreitenden Hauptmann Pitschewitsch:

»Was mag dies Zeichen am hellichten Tag bedeutet haben, Pitschewitsch? Gesund und friedlich gelangten wir hierher. Und jetzt hat gerade der Wind den Staub auf dem Weg hochgewirbelt wie einen Vorhang. Ob nicht etwa meine kleine Tochter, die Erstgeborene, in diesem Augenblick von einer schlimmen Krankheit befallen wird …?«

Es kam ihm nicht in den Sinn, die Frau daheim könnte ihn betrügen.

IV

Vuk Isakowitsch zog aus, doch mit ihm wanderte das heimatliche Gebirge mit

Archangel Isakowitsch war nahe daran, im kalten Wasser zu ertrinken, mitsamt einem Pferd, das mit den vorderen Hufen den Uferschlamm aufwühlte und mit den hinteren den gelben Flußsand, so daß sich das Wasser im weiten Umkreis trübte.

Als der Kahn umschlug, schienen sich ihm die Festungsmauern der Stadt Belgrad über dem Wasser im Kreise zu drehen und auf dem Kopf zu stehen, und auf einmal sah Archangel nichts mehr als den grauen Himmel. Dann strömte einen Augenblick lang der Fluß vor seinen Augen vorbei, so ungeheuer breit, wie er ihn vom Schiff aus niemals gesehen, mit Ufern, die ihm zwei, drei Wegstunden entfernt schienen. Gleich darauf versank er in einen gelbgrünlichen dunklen Abgrund, in eine schwarze Tiefe, die sich dann schließlich eisigkalt über ihm schloß.

Als er wieder über der Wasserfläche im Licht auftauchte,

zwischen seinen vor Angst wildgewordenen Pferden, konnte er nicht schreien, denn Sand und Wasser verstopften ihm Mund und Kehle. Doch die Tiefe unter seinen Füßen war schlüpfrig und bodenlos geworden, und er fühlte, wie er wiederum in ihr zu versinken drohte, zuerst mit den Füßen und dann auch mit den Armen, dem Kopf, und wie er in dieser Leere vergeblich zappeln, treten und auf allen vieren kriechen, nach einem Halt suchen würde. Mit seinen Händen und Fingernägeln, die ebenso voller Pferdehaare waren wie sein Mund, gelang es ihm, sich ans Schilf zu klammern und dann an einen Baumstumpf, von dem sie ihn dann schließlich aus dem Wasser zogen – ganz verklebt von Schlamm, der ihm aus Augen, Ohren und Nase troff.

Zitternd wie im Fieber empfand er, während sie ihn nach Hause trugen, noch nachträglich eine Art Triumph darüber, wie sein Kopf im Gewühl der Pferderücken, -köpfe und -hufe über dem Wasser aufgetaucht war. Und noch oft an diesem Tag war ihm, als schlüge er noch immer mit den Händen um sich und als würde er inmitten eines schrecklichen Gedränges von Pferdeleibern im eisigen Wasser ersticken.

Nackt ausgezogen, mit Sand abgerieben und schließlich in Schaffelle gehüllt, brachten sie Archangel Isakowitsch vor sein Haus, gleich einem Toten, dem jedoch die Augen weit offenstanden. Er war blau vor Kälte und zitterte am ganzen Leib, aber er fühlte sich so leicht, als würden Vögel mit eisigen Schwingen sich mit ihm in die Lüfte erheben. Als man ihn auf einen auf die Erde gebreiteten Teppich gebettet hatte, war ihm, als dürfte er sich nicht bewegen, weil noch immer über ihn hinweg das Wasser strömte, mitsamt dem Schilf, dem Himmel und seinem eigenen Haus, das ebenfalls auseinanderzufließen schien.

Dann, als sie ihn mitten durch Weinen und Wehklagen und das Geflatter aufgeschreckter Tauben im Laufschritt hineintrugen, über Schlamm und über Baumstümpfe hinweg, ergriff ihn plötzlich der wahnwitzige Wunsch, in die Stube der Schwägerin gebracht zu werden. Er ahnte – wie bei seinen Handelsgeschäften –, daß die Zeit gekommen war, sie sich zu kaufen.

Und so war es ihm, während er auf dem gemauerten Ofen

neben ihrem Bett lag, als führe er in den Himmel hinauf. Er war allein, in einer Art angenehmem kühlen Schatten. Keinen Augenblick lang dachte er an den Bruder, keinen Augenblick erinnerte er sich der beiden Kinder. Nicht ein einziges Mal versetzte er sich an die Stelle des Bruders. Er ganz allein für sich würde jetzt diese Frau besitzen, ohne die Vermittlung irgendeines anderen – wer immer es auch sei. Mit Branntwein abgerieben, aus Wasser und Schlamm errettet, war ihm zumute, als schwebe er über dem Feuer, das in dem breiten Ofen loderte. Die Zimmerdecke über sich und das weiße Bett der Schwägerin zu seinen Füßen, eingeschlossen von vier gelbgetünchten Wänden, fühlte er sich vollkommen abgeschieden von der übrigen Welt. Anders wäre es, wenn er irgendwo draußen gewesen wäre, in der Stadt Semlin zum Beispiel. Hier drinnen aber, unterhalb seines Hauses, wähnte er sich in Sicherheit. Niemand würde es je erfahren. Er war fest überzeugt, daß auch sie schweigen würde. Und alles würde sich wie im Traum abspielen. Innerhalb dieser vier Mauern konnten beide tun und lassen, was sie wollten. Sie waren ebenso frei, ebensowenig zu fassen wie die schwarzen Schatten, die sie an die Wände werfen würden. Im Zimmer war es warm. Das Feuer knisterte. Draußen heulte der Wind.

Vor Hitze glühend, lag Archangel auf dem Ofen und bereitete bei vollem Bewußtsein, mit größter Nüchternheit, seinen Anschlag vor. Er befahl, man möge ihn noch einmal auskleiden und sein Hemd wechseln. Frau Dafina war vor Scham ans Fenster getreten, sie wagte nicht, den Dienern in die Augen zu schauen, verließ aber nicht das Zimmer. Auch dann nicht, als man ihn in ihr Bett legte.

Er jedoch fühlte sich beschwingt, trotz seiner noch steifen Glieder. Nur sich selbst fühlte er und sie in seiner Nähe in dem warmen Halbdunkel des Feuers. Etwas anderes wäre es, wenn irgend jemand von draußen, aus der Stadt, hätte in das Zimmer kommen können. So aber fühlte er klar, daß dieser Abend nicht ungenützt verstreichen würde.

Die Flamme des Nachtlichts beleuchtete vom Ofen aus das große Gemach wie von einem Berggipfel herab. Auf dem weißen Bett sah Archangel Isakowitsch, obgleich völlig bei

Bewußtsein, gewaschen und gesäubert und außer jeder Gefahr, fahl aus, blau verfärbt wie einer, der mit dem Tod kämpft. Daher wuchsen die Schatten der Dinge ins Riesenhafte. Die großen Umrisse des Bettes, des Tisches und einer schwarzen Kleidertruhe zeichneten sich auf der erhitzten Wand ab wie Schatten von Bäumen im Sommer. In der Stille und Dämmerung war Frau Dafina ganz nahe an das verwitterte Fenster getreten, unter dem unaufhörlich das dahinströmende Wasser rauschte. Die Augen so fest geschlossen, daß er spürte, wie sich die oberen Wimpern auf die unteren legten, horchte Archangel Isakowitsch auf das allmähliche Ersterben der Geräusche im Haus. Er wagte nicht, um irgend etwas zu bitten, aus Angst, sie könnte die Diener herbeirufen, und lag ganz still unter dem roten Federbett, dessen faltiges Gewoge ihm jetzt endlos und unbegrenzt erschien wie das Meer, und war darunter kaum zu sehen. Sein Herz klopfte so stark, daß es in seinem Kopf wie von Hammerschlägen widerhallte. Unbeweglich, mit halb geschlossenen Augen starrte er auf das Nachtlicht, wartend, daß der Docht herunterbrenne und es dunkel werde.

Frau Dafina saß am Fenster in einen hohen Stuhl gelehnt, unter dem ihre wohlgeformten Beine mit den orangefarbenen Strümpfen und goldenen Pantoffeln hervorschauten. Sie trug ein weißes, aus vielen Seidenstückchen genähtes Gewand, so daß es aussah, als hingen lauter Akaziendolden über der weichen runden Wölbung ihres Bauches. Den Kopf hatte sie auf die Brust gesenkt und lächelte mit ihren vollen Lippen.

Sie war zunächst wie versteinert gewesen, als sie erkannt hatte, daß der Schwager die Nacht in ihrem Bett zu verbringen gedachte. Trotzdem hatte sie die Mägde fortgeschickt und legte ihm mit Essig getränkte Tücher auf den Kopf und die Brust. Unter das Hemd schob sie ihm ein kleines Bild des heiligen Mrata, wobei sie ihn mit ihren langen Fingern unwillkürlich kitzelte.

Zum hundertsten Mal sprach Archangel sich in Gedanken Mut zu, immer wieder mit der Begründung, daß ja niemand je davon erfahren würde. Er war fest überzeugt, daß auch sie nichts verraten werde, und nachdem er Jahre hindurch in seinen Träumen unterwürfig wie ein Hündlein ihre Hände geleckt hatte, verlangte ihn jetzt brennend danach, sie kurz und schnell zu brechen, zu zerreißen, zu zertreten. Er hatte nicht daran gedacht, daß es nach dem jahrelangen Hin und Her nun doch so rasch zu einer Entscheidung kommen würde. Dabei war er – der früher so Schüchterne – jetzt durchaus selbstsicher geworden. Hier zwischen diesen vier gelben Wänden gab es nichts von alledem, was ihn draußen hätte zurückschrecken lassen. Hier zwischen diesen vier Wänden konnte er tun, was er wollte. Es erschien ihm geradezu lächerlich, daß sie die Frau seines Bruders sein sollte, da dieser Bruder doch so weit weg war, und noch lächerlicher, daß sie nicht ebenso seine Frau sein könnte. Ganz abwegig fand er die Vorstellung, jemand könnte sich in diese Angelegenheit einmischen oder ihn gar zur Rede stellen. Es überlief ihn kalt bei dem Gedanken an den Aufschrei, den einer ausstoßen würde, wenn er sie zufällig dabei überraschte, wie sie hier zusammen im selben Raum einschliefen, aber das weiche Halbdunkel und die Gewißheit, daß sie zwischen diesen vier Wänden vor allen Blikken sicher waren, flößten ihm neue Zuversicht ein.

Draußen heulte der Wind, vermischt mit dem Bellen der Hunde, und das Wasser rauschte unentwegt unter dem Fenster. Drinnen war es warm und so still, daß man das Trippeln der Mäuse hörte.

Die Festung Belgrad und der bunte türkische Marktplatz, die Pferde, die im Wasser versanken, sein großes blaues Haus, der weißgekalkte Ofen – all das wirbelte, weiß Gott, wie viele Male, in seinem Kopf herum, doch verschwand es immer wieder in der vollkommenen Stille des warmen Raumes und in dem Halbdunkel, in dem er die Gestalt der Frau am Fenster deutlich erkennen konnte. Er würgte vor Anstrengung, um ein Wort zu finden, das sie zu seinem Bett locken könnte.

Dann fühlte er, wie sie näher kam. Vuk, sein Bruder, dieser Bruder, der schon seit drei Wochen für ihn nicht mehr gewesen war als eine Puppe mit Uniform, Epauletten, Haarzopf und Federhut, irgendwo weit weg in der Ferne, schien gar nicht mehr von dieser Welt zu sein. Archangel versuchte sich ihn vorzustellen, er wollte es jetzt an der Seite dieser Frau, aber vergebens: er war einfach nicht vorhanden. Ja, sogar die

Kinder, die er hinter diesen Wänden wußte, die da waren und weinten und plärrten und nach der Mutter riefen – auch sie schienen nicht vorhanden, denn sie waren nicht sichtbar.

Diese Frau am Fenstergitter gehörte ihm. Davon war er fest überzeugt. Sie würde neben ihm liegen, würde ihn küssen und zärtlich seinen Namen rufen. Ob sie nun zärtlich vor Sehnsucht nach jenem andern verging oder nicht – er war ihr unerreichbar. Hier konnte er nicht eindringen, ebensowenig wie dieses Wasser, das unaufhörlich unter dem Fenster vorüberrauschte, oder der Wind. Hier herein konnte er nicht kommen – ebensowenig wie Archangels alter Diener Ananija, der auf seiner Schwelle zu schlafen pflegte. Der Bruder war weit weg, so weit wie Dafinas Vater, der lahme Christodulios, der ihm immer noch das Geld für eine Lieferung Tabak schuldig war. Kein Pope, und auch nicht sein Geschäftsteilhaber Dimtsche Diamanti, würde ihn mit Ratschlägen und Dreinreden behelligen. Alles was draußen war, würde draußen bleiben, sie aber, die hier war, würde hier bleiben, neben ihm. Niemand würde es erfahren. Und auch sie würde schweigen, er war sich dessen völlig gewiß.

Ein Freudentaumel erfaßte ihn. Der Kampf mit den Fluten, das Schilf, der Sand und der Himmel – alles war jetzt weit weg. Auch diese Stadt Semlin, die immer alles wissen wollte, und auch Dafinas Mann, der vielleicht gar nicht mehr wiederkommen würde.

Sie aber war hier. Ganz nahe. Im Haus war alles zu Bett gegangen. Nichts war zu hören bis auf den Wind und das Gebell der Hunde. Und das Rauschen des Stroms, der vorüberfloß.

Er hob die Hand, und ein großer Schatten erschien an der Wand. Mit dieser Geste hatte er sie zu sich rufen wollen, sie ans Bett locken, zum Auskleiden bewegen. Damit sie nicht müde werde, bei dem schweigenden Dasitzen in ihren Kleidern. Um ihr alle Angst zu nehmen, wollte er ihr vorschlagen, sich angekleidet, so wie sie war, aufs Bett zu legen, während er selbst sich auf dem Boden ausstrecken würde. Oder sollte er das Nachtlicht löschen, während sie sich auskleidete, und sich erst dann neben sie legen, wenn sie bereits eingeschlafen war? Um ihr alle Angst zu nehmen.

Doch gerade als er etwas sagen wollte, fiel sie mit einem schrecklichen Aufschrei nach vorn über den Stuhl. Sie schlug mit den Händen um sich, kalkweiß im Gesicht, mit hervorquellenden Augen und aufgerissenem Mund, aus dem sie kein Wort hervorzubringen vermochte.

Erschöpft vom langen Wachen, müde und elend, verstört und verängstigt, glaubte sie längst eingeschlafen zu sein, als sie plötzlich unter dem Fenster ihren Mann erblickte. Über und über mit Blut bedeckt, schritt Vuk Isakowitsch auf dem Wasser dahin, unbekleidet und mit struppigem Haar, einen gewaltigen Knüppel in der Hand, der bis zur Decke reichte.

Sie erwachte, als ihr Schwager leise die Tür aufriegelte.

Einen Augenblick lang konnte sie ihn deutlich durch die halbgeöffnete Tür sehen: Der blaue Kaftan, das wächserne Gesicht mit der plattgedrückten Nase, das Bärtchen und das schüttere Haar – das alles erschien ihr im Türrahmen, im fahlen Licht des Morgengrauens, wie die Fortsetzung ihres Traums. Einen Augenblick lang erhaschte sie etwas von dem blassen Morgenhimmel draußen, ein Stück Dach und einen Zweig. Dann verengte sich der schmale Lichtspalt zwischen der Wand und der aufgeschobenen Tür und ließ den Raum in völligem Dunkel zurück.

Bei diesem jähen Aufschnellen aus dem Bett entblößte sich ihr schweißbedeckter Körper, und beinahe hätte sie aufgeschrien. Sie strich sich das Haar, das ihr ins Gesicht gefallen war, aus der Stirn und nahm zunächst nur das Weiß des Ofens und das verhängte Fenster wahr, dann den Umriß ihrer großen schwarzen Kleidertruhe und das ununterbrochene Rauschen des Wassers vor dem Fenster. Da begriff sie, was geschehen war, und sie preßte die Knie zusammen und vergrub die Hände in ihr zerwühltes Haar.

Sie hatte die Nacht mit ihrem Schwager verbracht.

Zunächst wollte sie es nicht glauben. Nichts von allem, was sie, ihrem Verstand nach, eigentlich empfinden müßte, empfand sie: Weder war sie müde noch schlaftrunken noch sonderlich zufrieden. Sie hatte einfach geschlafen wie auch sonst immer, und anfangs schien es ihr auch wirklich so, als hätte sie die Nacht allein verbracht. Aber als sie ihre Hand ausstreckte, fühlte sie auf ihrem Körper die Spuren der vergangenen Liebesnacht, und sie schüttelte sich vor Ekel. Plötzlich ahnte sie haßerfüllt – trotz der Dunkelheit – die Hände und den Mund ihres Schwagers neben sich auf dem Bett; sie hörte sein Lachen, und als sie sich ausstreckte, umschlang sie, ohne es zu wollen, mit ihrem Arm Archangels dünnen Hals. Vor Entsetzen wäre sie beinahe vom Bett gesprungen. Dann aber bedeckte sie ihr Gesicht mit den Händen, und in der Dunkelheit kehrte in ihr die Erinnerung an all die seltsamen widerwärtigen Dinge zurück, die er mit ihr getrieben hatte. Sie glaubte noch einmal zu spüren, wie er ihr die Hände und die Knie leckte, und erschreckt zog sie das Federbett hoch, als sei ein räudiger Hund aufs Bett gesprungen. Ihr Kopf schlug an den Ofen neben dem Bett, und sie fühlte das unwiderstehliche Bedürfnis, vor Schreck laut gegen diese Wand zu schreien, als sie jetzt einsah, was sie getan hatte. Dies um so mehr, als Archangel ihr in dieser Nacht so unsagbar widerwärtig vorgekommen war, so schwächlich und lächerlich.

Sie weinte auf, weinte so heftig, daß sie beinahe glaubte, es mit Genuß zu tun. Hätte jetzt ihr Mann vor ihr gestanden, so hätte sie ihm gesagt, sie habe es darum getan, weil er ihr beim Abschied vor aller Welt eine solche Schande zugefügt und ihr nicht, wie es sich gehört, Lebewohl gesagt hatte. Auch hätte sie ihm gesagt, daß sie es auch darum getan habe, weil er sie immer wieder allein gelassen und auf und davon gegangen sei, sich umhertreibend wie ein Zigeuner. Und nicht zuletzt auch darum, weil sie sich herausretten wollte aus diesen ewigen Sümpfen, Inseln und Mooren.

Während sie in ihr Kissen hineinweinte, fühlte sie, daß es Tag geworden war und die einzelnen Gegenstände bereits deutlicher aus der Dunkelheit hervortraten. Unter der Tür drang ein Lichtstreifen herein, und in dem dunklen Raum erriet sie die schwarzen Gitterstäbe hinter dem Vorhang, den der anbrechende Tag bereits in weißes Licht tauchte.

Sie warf sich auf den Rücken und ließ den Tränen freien Lauf. Immer schwerer wurde ihr ums Herz. Sie hörte nicht die zahllosen Tierstimmen im Sumpf vor dem Haus, die sie im Morgengrauen sonst so sehr gestört hatten, und merkte auch nicht, daß der Ofen ausgegangen war.

Sie weinte über sich selbst, wie sie es übrigens schon geraume Zeit, seit dem so plötzlichen physischen Verfall ihres Mannes, zu tun pflegte. Sie tat sich selbst unendlich leid. Ihre Mädchenjahre erschienen ihr jetzt, in der Rückschau, ganz und gar armselig, wie die einer Dienstmagd. Und auch Vuk, der sie allein gelassen hatte, und das gemeinsame Leben mit ihm kam ihr wie eine einzige Häufung von Unglück vor, dem sie vergebens zu entfliehen trachtete – irgendwohin.

Unter noch heftigerem Schluchzen gedachte sie ihres Gatten, dessen Gestalt und Antlitz sie vor sich sah, ließ den Kopf auf die Kissen sinken und begann, ihn in Gedanken zu küssen. Wie war er schön gewesen, dieser Vuk Isakowitsch, als er sie nahm! Wie gerne hatte sie damals seine Haut berührt, die so ungewöhnlich kühl und glatt war. Seine gelben Augen mit den schwarzen Pünktchen darin waren damals noch nicht glanzlos wie heute, und sie erinnerte sich noch an ihr Leuchten unter den langen Wimpern, wie man niemals den goldenen Regen abendlicher Sonnenstrahlen vergessen kann, wenn man ihn einmal am Rande eines Jungwaldes gesehen hat. Auch sein weiches, seidiges Haar, das nun zu ergrauen begonnen hatte, konnte sie nicht vergessen, noch seine roten Lippen, die beim Lächeln leicht zuckten. Von anderen hatte sie gehört, daß er Menschen und Pferde mit der Faust auf den Kopf schlagen, über Tische und Stühle springen konnte, wenn er angetrunken war, und auch sonst allerlei Gerüchte über die Scheußlichkeiten, die er mit seinen Walachinnen und Ungarinnen trieb. Mit ihr war er ein völlig anderer. Mit ihr hatte er sein ganz geheimes, sein wirkliches Leben gelebt, von allem Anfang an. Da sie so überraschend miteinander verheiratet wurden, ohne Liebe, benahm er sich ihr gegenüber fast zwei Jahre lang höflich wie ein Fremder. Er küßte sie zart und behutsam, als fürchte er, sie, die so hochaufgeschossen, so schlank und so schön war, zu zerbrechen. Wenn er den ganzen Tag mit seinen jungen Offizieren über Gräben gesetzt und seine neuen Rekruten unterrichtet hatte, Füßchen voll Schießpulver in die Schanzgräben zu werfen, kam er erst gegen Abend verschwitzt und pulvergeschwärzt heim, um seine junge Frau ins Freie zu führen, irgendwohin, manchmal ritt er mit ihr die ganze Nacht durch die Felder, über Gebirgshänge, unter den Sternen.

Da er sich während der ersten Monate nicht mit seiner Frau verständigen konnte, denn sie sprach weder Deutsch noch er Griechisch oder Venezianisch, so behalf er sich mit Liedern, Spielen, Blicken und Küssen. Und da es ihm nur selten möglich war, sie zu Bällen in die Stadt Esseg zu führen, nahm er seine Frau häufig zur Fuchsjagd mit – übrigens ihr einziges Vergnügen während vieler Monate.

Mit der Weichheit der feuchten Erde und der jungen Gräser, mit dem Buschwerk, das im April auszutreiben und zu duften begann, mit den grünenden Hängen des Gebirges und der Helle des Frühlingshimmels atmete die junge Frau erstmals auch ihren Mann ein wie ein berauschendes Gift. Für keine Schätze dieser Welt, unter keinerlei Folterqualen – nicht unter Peitschenhieben und Schlangenbissen hätte sie auf Vuk, auf sein seltsam eigentümliches Lächeln verzichtet, wie sie es niemals zuvor auf den Lippen ihres Stiefvaters, ihrer Brüder oder irgendeines Mannes ihrer griechischen Sippe gesehen hatte.

Er hatte sich ihr auf immer eingeprägt: seine reine Gestalt, an einen Baumstamm gelehnt, auf einem Berggipfel oder rücklings im hohen Grase liegend, ermattet von der Liebe unter den dichten Zweigen, obgleich er ausgehöhlt war von dem Leben, das er geführt hatte und das sie nicht kannte und von dem sie nichts wußte, bis zu dem Tag, da Archangel ihr davon erzählte und es ihr erklärte. Die Dame Dafina brauchte bloß an die ersten zwei Jahre ihrer Ehe zurückzudenken – und schon tauchten die Berge vor ihren Augen auf, die weiten Täler Slawoniens und das Spiel der Wolken über ihnen. Nächte voller Gräser, das Dunkel der Wälder, wilde Stauden mit roten Beeren, das Rauschen der Quellen, vor allem aber das Licht des Sternenhimmels, ja die Gestirne selbst zogen an ihr vorbei, sobald ihr die ersten Jahre in den Sinn kamen, die sie mit ihrem Mann verbracht hatte. Und während sie so weinend dalag, schien durch ihre Tränen hindurch ihrem Vuk Isakowitsch, seiner Haut, seinen Augen und seinem Mund etwas von jenen Pflanzen und Sternen anzuhaften, die sie nicht vergessen konnte, bis sie ihn dann so vor sich sah, wie er jetzt war: krummbeinig, aufgedunsen und schwer wie eine Tonne.

Sie hörte auf zu weinen und erzitterte bei dem Gedanken daran, wie rasch diese schönen Jahre vergangen waren – sobald er zum erstenmal in den Krieg gezogen war und sie zum erstenmal ein Kind zur Welt gebracht hatte. Feist und launisch war er aus dem Krieg heimgekehrt. Sie besuchten keine Bälle mehr in der Festung, und er ritt auch viel seltener mit ihr aus. Mit dem Vater zusammen hatte er ein neues Dorf gegründet, unterhalb der Stadt Wirdein, und während des ganzen Frühlings war er barfuß umhergegangen, schlammbespritzt bis zu den Knien, um seine neuen Leute in das Sumpfgelände zum Pflügen zu führen. In der endlosen Langeweile dieses Jahres, als sie ihr erstes Kind stillte, fühlte sie zum erstenmal, daß er sie mit seinen gelben hellen Augen wie einen Gegenstand betrachtete, der zum Hause gehörte – wie das Bett, den Ofen, wie ihre Kleidertruhe. An allem war sein Vater schuld. Der führte ihn überallhin mit sich fort.

Als er dann den Militärdienst verließ, angeblich krankheitshalber, und Handel zu treiben begann, verlor ihr Leben erst recht seinen Sinn. Überall ließ er sie allein – auf dem Wasser, von Galatz bis nach Wien, fast immer ohne Geld, in Armut; und er fragte sie auch nicht, wenn er zurückgekehrt war, ob sie welches brauchte. Nachdem er dann neuerlich ins Heer eingetreten war, lebten sie eine kurze Zeit lang sehr vergnügt, doch bald verließ er sie wieder, zum zweiten Mal. Damals begann er, Umgang mit Mönchen zu pflegen, und unter ihrem Einfluß veränderte er sich noch mehr. Schweigsam, feist und ganz entfremdet war er ihr geworden.

Als er dann zum dritten Mal aufbrach, versuchte sie nicht mehr ernsthaft, ihn zurückzuhalten. Unaufrichtig und verlogen tat sie so, als ob sie ihn leidenschaftlich liebte, doch die Tränen, mit denen sie ihre Küsse vermengte, waren nicht mehr echt. Ebenso wie auch die Augen ihres Mannes nicht mehr klar waren.

Und doch – strotzend vor Gesundheit und eifersüchtig obendrein – verschloß sie die Augen vor der Wirklichkeit und versuchte, sich noch rasch an ihm satt zu küssen. Sie wurde das quälende Gefühl nicht los, daß er sie nicht mehr liebte und nicht mehr lebend zurückkehren werde. Und als er dann doch wiederkam, war er wie ausgewechselt, frühzeitig gealtert und wunderlich. Mitten im Dorf begann er eine Kirche zu errichten. Sowohl seinem Äußeren als auch seinen Jahren nach hätte er eher ihr Vater sein können als ihr Mann.

Aber auch jetzt noch verband sie – unbegreiflich und unergründlich – eine Art verborgene Sinnlichkeit. Ein Sonderling war er fast geworden, stets schwermütig und betrübt, aber für sie hatte er doch immer noch einen Blick wie für kein anderes Wesen. Trotz aller Widrigkeiten war das Vergnügen, das ihr die Liebe mit ihm bereitete, immer noch unvergleichlich. Sein Anblick, sein bloßer Name schon, seine Stimme, ja der Gedanke an ihn und an seine Berührungen entzündeten immer noch in ihr ein Feuer. Was es hinter ihnen noch gab – für sie beide –, war nichts als eine unübersehbare Ebene, bedeckt mit schmutzigem Schnee, wohin das Auge reichte.

So gedachte, erschöpft vom Weinen, die Dame Dafina ihres Gatten. Beinahe wäre sie von neuem eingeschlummert.

Sie fuhr nur immer wieder wegen der Kälte auf, die ihr ins Bett kroch. Als sie zu guter Letzt die rotgeweinten Augen aufschlug, sah sie, daß es inzwischen Morgen geworden und draußen ein kalter, verregneter und trüber Tag aufgezogen war.

Im Leben der Frau Dafina hatte es traurige und glückliche Tage zur Genüge gegeben, wie übrigens im Leben aller Frauen, doch keiner war so traurig und so schwer wie dieser erste Tag ihrer ehelichen Untreue.

Auch vorher schon hatte Frau Dafina wiederholt zu spüren bekommen, welch armseliges Wesen eine Frau ist – ein Spielzeug, ein Stück Hausrat. Sie empfand ihr Leben als leer, doch noch nie war ihr das, was Gott den Menschen antut, so grausam erschienen wie an diesem Tag im Haus ihres Schwagers. Ihr Vaterhaus kam ihr in den Sinn mit den aufgeschichteten Tabak- und Filzballen und anderen Waren; das mit Weihrauchgefäßen und Heiligenbildern vollgestopfte Zimmer der Tante, wo Dafina sich Isakowitsch versprochen hatte; und alle anderen Häuser noch, in denen sie früher einmal mit ihrem Mann gelebt hatte; alle waren gleichermaßen traurig und leer und jeden Sinnes bar. Und doch waren sie immerhin noch freundlich gewesen, aber diese vier gelben Wände hier, mit dem rauschenden Strom unter den Fenstern und den dunklen Schatten von Ofen und Bettstatt, schienen ihr überaus erschreckend: wie versteinert durch ihre Reglosigkeit und Einförmigkeit.

Ohne eine Spur von Reue zu empfinden – warum sollte sie schließlich auch bereuen –, erfaßte Dafina dennoch die Tragweite dessen, was sie getan hatte. Wie sie es geheimhalten sollte – darüber machte sie sich keine Sorgen. Es war ihr gleichgültig, selbst wenn es ihr Mann dort draußen, irgendwo weit weg in der Welt, erfahren sollte. Nur bei dem Gedanken, noch einmal schwanger zu werden, brach sie in Tränen aus.

Schließlich hatte ihr Mann das alles ja selber so gewollt: Es war nicht das erstemal, daß er sie verlassen hatte, wie man Pferde stehenläßt und Dienstmägde. Ohne Zärtlichkeit, ohne sonderliches Bedauern, ohne weiter darüber nachzudenken. Er war in den Krieg gezogen – etwas für Frau Dafinas Verstand völlig Unfaßbares und Schreckliches, der bei dem bloßen Gedanken an jene furchtbare Narbe an seinem Hals, die von einem Säbelhieb herrührte, übel wurde. Aber abgesehen davon, was hatte es denn überhaupt für einen Sinn, noch seine Frau zu sein? War ihm nicht mehr an seinem Kirchenbau gelegen, an seinen Soldaten und Pferden, als an ihr? Und auch an seinen Kindern hing er, nur sie selbst schien er als etwas nicht Dazugehöriges zu betrachten. Und im übrigen – wie viele Frauen hatte er wohl außer ihr schon besessen?

Bei solchen Gedanken wurde ihr ein klein wenig leichter ums Herz. Mit dem anderen könnte sie doch insofern besser fahren, als sie fortan neben ihm in Wohlstand leben würde, herrschaftlich und ohne dieses ewige Umhervagabundieren. Ihr Mann würde, so dachte sie, nicht wiederkehren – nein, diesmal konnte er einfach nicht wiederkommen. Er würde bestimmt noch einige Zeit zuweilen in ihrer Erinnerung auftauchen, über den Gipfel eines Berges oder durch einen Wald reitend – schön wie ein kräftiger Hirsch in der Dämmerung eines Frühlingsabends, aber es würden bestimmt auch Tage kommen, da ihr vor seiner Erscheinung grauen würde wie vor einem Bären in seiner stinkenden Höhle. Und wieder kamen ihr die Tränen. Da die Liebe nun einmal so etwas Jämmerliches war, würde sie eben ohne Liebe leben, an der Seite dieses ausgetrockneten fahlen Mannes, der Silber scheffelt, ihr aber unterwürfig wie ein Hündchen die Hände leckt. So würde ihr Leben eben dahingehen, ruhig und bequem, ohne jenen schauderhaften Lärm, das Geschrei und die Unruhe, die immer im Hause entstanden, sobald Vuk, ihr Mann, wieder zurückgekehrt war.

Als sie jetzt an Archangel dachte, fand sie ihn schon weniger abstoßend als in der Nacht, ja, als sie sich dies oder jenes ins Gedächtnis rief, was er so alles mit ihr getrieben hatte, da empfand sie sogar einen angenehmen leichten Kitzel und lachte lüstern auf. Zuerst waren ihr gewisse Dinge, die sie bei dem eigenen Gatten niemals erlebt hatte, viel ekelerregender vorgekommen als jetzt, da sie nur daran dachte. Der Schwager war wohl doch nicht so ganz einfältig, wie sie es früher angenommen hatte. Schließlich mußte eben nach jenem ersten Mann, der so wild und unbändig war, dieser andere kommen, der sich jetzt, wenn auch nicht zärtlich, so doch zumindest sehr geschickt und einfallsreich anstellte in dem Bestreben, ihr zu Willen zu sein und ihre Gunst zu gewinnen. Sie beschloß, ihm keinerlei Vorwürfe zu machen, ihn aber zu zwingen, sie zur Frau zu nehmen.

Als die Dienstmägde hereinkamen, erschrak sie im ersten Augenblick, denn ihr fiel wieder alles ein, was sie getan hatte; doch unter den ruhigen Blicken der Frauen wurde auch sie selber wieder ruhig. Sie hatten ihre Holzpantoffeln an der Schwelle zurückgelassen und näherten sich ihr, ohne zu sprechen. Auch sie schwieg und tat so, als wäre sie eben wie von ungefähr ins Zimmer getreten, und schlug vor ihnen die Augen nieder. Sie wolle den ganzen Tag im Bett verbringen, sie habe Kopfschmerzen, sagte sie den Frauen. Als diese ihr aber dann erzählten, Kir Archangel sei zu den Türken hinüber nach Belgrad, um die verkauften Pferde abzuliefern, gab ihr das einen kleinen Ruck, und sie erklärte, sie wünsche sich zu waschen und anzuziehen, man möge ihr Wasser vorbereiten.

So verging der Tag mit Nichtigkeiten, und Frau Dafina ließ sich nicht anmerken, was mit ihr geschehen war. Den Leuten fiel nur auf, daß sie ganz verweint war, und sie klatschten darüber im Hause. Der alte Ananija, der jede Nacht auf der Schwelle schlief, sein großes rostiges Krummmesser unter dem Kopf, behauptete, er hätte »die Dame Dafina« einmal aufschreien gehört. Später erzählte man sich im Haus, der eine Bruder sei nachts dem anderen und dessen Frau erschienen, blutüberströmt, mit abgeschnittenem Kopf, zuerst auf einer riesigen, scheußlichen Kröte einherreitend und dann über das Wasser marschierend. Darum also – sagten sich die Leute – haben in der vergangenen Nacht die Hunde so fürchterlich geheult! Übrigens habe auch vor acht Jahren, den ganzen Herbst hindurch, der selige Lazar Isakowitsch gespukt, so, als würde er in der Luft noch mit Waffen handeln, und alles nur deshalb, weil sein Sohn es unterlassen hatte, ihm, nachdem er gestorben war, eine Nadel ins Herz zu stoßen.

Der erste Tag ihres Ehebruchs erschien der Dame Dafina in der Tat völlig bedeutungslos. Am Abend fühlte sie sich ganz erschöpft von der Erwartung, daß sich etwas Ungewöhnliches ereignen werde.

Den Vormittag hatte sie mit Weinen zugebracht, mit Grübeln und dem Anprobieren von Kleidern und Juwelen, den Nachmittag mit Warten auf Kir Archangel, der hinüber nach Belgrad gegangen war, um den Türken die Pferde zu übergeben, mit denen er beinah in der Donau ersoffen wäre.

Aber auch dieser Nachmittag in dem großen gelben Haus, angefüllt mit Mehl wie eine Mühle, verging so einförmig und nur vom Rauschen des vorbeifließenden Wassers begleitet, daß es Frau Dafina war, als müßte sie schreien, nur um die Stille, in der sie, umhüllt vom Staubgeruch des eingelagerten Getreides, zu ersticken glaubte, mit ihrer Stimme zu zerreißen.

Sie bereute nicht, ihren Mann betrogen zu haben, nur wurde ihr übel bei dem Gedanken, daß sich dadurch nichts verändert hatte. Sie hatte die Nacht mit dem leiblichen Schwager verbracht – und kein einziges Getreidekorn auf dem Speicher über ihren Köpfen war darob in Bewegung geraten. Wie schon zuvor – und trotz aller Hausgewalt – fühlte Dafina, daß sie auch in ihrer neuen Position nichts als ein Gegenstand war, den man gleichgültig überging. Aber jetzt wünschte sie, das Haus möge über ihr zusammenstürzen, so reizten sie alle leblosen Gegenstände in ihrer Unveränderlichkeit, so erregten sie ihren Zorn. Sie sehnte den Schwager herbei, vor allem, damit er ihr das Versprechen gebe, sie zur Frau zu nehmen, und sie von hier fortbrächte, nach Buda, in sein neues Haus.

Sie befahl den Mägden, ihr die Kinder zu bringen, doch auch das half nichts.

Das kleinere Mädchen, ganz mit Krusten bedeckt, eingebunden wie ein Wickelkind, sog an seinem Daumen und starrte mit den gelben Äuglein zur Decke, während es die überkreuzten Füße aneinanderwetzte. Die gelben, mit schwarzen Punkten gesprenkelten Augen hatte es starr auf einen Punkt der Zimmerdecke gerichtet und schien gar nicht zu merken, daß man es von dem einen Ende des Hauses in das andere gebracht hatte. Das ältere Mädchen warf sich zunächst außer sich vor Freude der Mutter in den Schoß, doch sogleich ließ es sich wieder heruntergleiten, um hinter den bunten, an einer Schnur aufgereihten Gewändern seiner Mutter Verstecken zu spielen. Frau Dafina sah sehr bald ein, daß sie mit diesen Kindern nichts anzufangen wußte: Sie kamen ihr fremd und blöde vor. Auch die Kinder schienen ihre Anwesenheit bald nicht mehr zu bemerken. Die aufgehängten bunten Fetzen, das Fenstergitter, vor allem aber der glühende Ofen mit seinem roten Widerschein fesselten ihre Blicke weit mehr als der Kummer ihrer Mutter und deren rotgeweinte Augen. Selbst noch auf ihrem Schoß streckten sie die kleinen Hände nach irgendeinem entfernten Gegenstand aus, zu dem sie kreischend wie zu einem fernen Ufer hinstrebten, fort von ihr, als wären sie in die Hände eines Menschenfressers geraten. So jagte Frau Dafina sie schließlich mitsamt den Mägden und den Hündchen hinaus.

Dann ließ sie sich die legitime Frau des Dimtsche Diamanti kommen – eine schwarze, lange Bohnenstange, die Kleider mit vielen Bändern trug und den ganzen Tag im Haus herumschlurfte. Diese Frau verstand sich aufs Kartenlegen, und sie redete auch gern und viel, wobei sie immer nachdenklich an einer – stets der gleichen – Warze zupfte. Doch auch das half nichts. Frau Diamanti erzählte bloß wieder von dem Pferd – eines von jenen, die fast ertrunken wären –, wie es am Ufer auf ihren Gatten losgegangen war, als der gerade herbeistürzte, um drei Männer vor dem drohenden Ertrinken zu retten, vor allem aber seinen Geschäftspartner Archangel Isakowitsch – ein Ereignis, über das ganz Semlin sprach. Bald darauf ging sie wieder.

Und so blieb Frau Dafina, als die Dämmerung hereinbrach, wieder allein. Ein Entsetzen überfiel sie vor diesem öden, nassen Regentag, von dem sie sich so viel erwartet hatte.

Alles kam ihr so sinnlos vor. Alles, womit ihr Archangel seit Wochen in den Ohren gelegen hatte, erschien ihr jetzt nichtig. Obgleich sie sich noch deutlich an die ganze Liebesnacht erinnern konnte, fühlte sie, daß sie diese ebensogut auch sofort wieder hätte vergessen können, so vollständig, daß sie ihr nie mehr in den Sinn kommen würde. Vor allem dann, falls ihr Gatte unverhofft zurückkehren sollte. Sie fühlte auch, daß sie an ihrem Ehebruch keine besondere Freude haben würde. Ebensogut hätte sie ihn auch mit irgend jemand anderem begehen oder wiederholen können, gleich morgen, ohne daß sie das als etwas besonders Wichtiges empfunden hätte. Darum begann sie jetzt zu überlegen und sich mit dem Gedanken an den Reichtum zu trösten, der sie von nun an umgeben würde, falls sie den Schwager heiratete. Sie begann von den neuen Kleidern zu träumen, die sie sich anschaffen wollte, und sie glaubte bereits die schmeichelnde Glätte der Seide auf ihren Schultern und ihrer Brust zu spüren. Doch auch bei dieser Vorstellung empfand sie nicht nur keine nennenswerte Befriedigung, sondern sogar eher eine gewisse Traurigkeit. Es schien ihr gleichgültig, ob sie dem einen Bruder angehörte oder dem anderen, und wenn man sie danach gefragt hätte, war ihr an diesem Nachmittag so, als könnten es ruhig auch beide sein. Ja, sogar irgendein dritter – wer immer.

Durch das Fenster konnte man die ungeheuer weite Dämmerung über dem Land erblicken, und über den Wässern den kalten grauen Himmel. Der Strom war trüb und gelb, voller Lehm, und die Knospen der Weidengehölze, die schon zu sprießen begonnen hatten, waren während der letzten, unerwartet kalten Tage erfroren. Über den Inseln, am Ende des Horizonts, hatte sich ein großer Flecken blauen Himmels aufgetan, in den jetzt, klar aus der feuchten Dämmerung auftauchend, die Minarette und Festungstürme der Stadt Belgrad hineinragten. Vor dem Haus begannen die Frösche zu hüpfen und zu quaken.

Das große lichte Stück Himmel erhellte auch die eine Wand der Kammer, wo sich die Dame Dafina, fast weinend vor Überdruß und Verzweiflung, ruhelos auf ihrem Lager wälzte. Einen ihrer goldgestickten Pantoffeln hatte sie hinter dem Ofen verloren, den anderen an der Tür. Als sie so unter dem großen alten Heiligenbild lag, auf dem Christus abgebildet war, kam sie die Lust an, das ewige Licht darunter auszulöschen. Doch plötzlich wurde sie von Angst vor der immer tiefer herabsinkenden Dunkelheit ergriffen. Sie wagte nicht, ihre Pantoffeln zu holen, und blieb rücklings auf dem Kissen liegen, in dem dichten Qualm, der von ihrem unausgesetzten Rauchen herrührte und die Stube so sehr erfüllte, daß Dafina kaum atmen konnte. Mit schwerem Kopf merkte sie erst jetzt, daß es im Raum schon fast dunkel war.

Die Wände und Gegenstände hatte das Dunkel bereits verschluckt, nur auf die eine Wand fiel das letzte Licht vom Strom her und verlor sich hinter dem Vorhang bei der Bettstatt. Die finstere große Kleidertruhe ragte über den Dielen auf, schwarz wie ein hoch aufgeschüttetes Grab.

Im Rauch des türkischen Tabaks starrte Frau Dafina auf das helle Fenster, so wie ein Mensch sich in dunkler Nacht in den hellen Mond verschaut. Müde vom Nachdenken lag sie so da, als sie plötzlich in ihrem Rücken Mäusegetrippel vernahm. Da bemerkte sie, wie finster es in der Kammer geworden war, und sie wollte aufschreien – aber die Stimme blieb ihr in der Kehle stecken.

Erst jetzt erkannte sie voller Grauen, daß sie sich nicht rechtzeitig vor der Dunkelheit, die sie bereits umschloß und die sie so maßlos fürchtete, gerettet hatte. Alles in dem großen Raum, bis auf das helle Loch des Fensters und den weißen Ofen, auf dem, einem Gespenst ähnlich, ein Bettlaken zum Trocknen hing, versank in tiefste Finsternis, durch die nur das Rauschen des Wassers drang. Weder Stuhl noch Bettstatt noch Tür konnte sie wahrnehmen und voneinander unterscheiden, und entsetzt stellte sie fest, daß auch ihre Pantoffeln nicht mehr zu sehen waren. Draußen heulten die Hunde.

Die Finsternis drückte ihr die Kehle zu – sie konnte weder schreien noch, halbtot vor Angst, ein Glied rühren. Am ganzen Körper zitternd, fühlte sie, wie von den Füßen her eine eisige Kälte an ihr emporkroch. Und obwohl sich ihre Zehen zusammenkrampften, war sie doch nicht imstande, die Füße zu bewegen, und entgegen ihrem Drang aufzustehen und zu fliehen, fühlte sie, wie sie sich immer tiefer in die Kissen vergrub.

Und da kam es ihr plötzlich vor, als richte sich das Laken auf dem Ofen hoch auf, und zugleich spürte sie durch den Vorhang beim Bett den Hauch eines eisigen Atems. Vor Angst völlig zusammengekrümmt, sah sie mit weit aufgerissenen Augen, wie aus der großen, schwarzen Truhe, in der sie ihre Kleider aufbewahrte, Scharen von Mäusen hervorkrochen und übereinanderpurzelten. Mit einem erstickten Aufschrei fiel sie über die Knie nach vorn und entdeckte, daß es auch um die Truhe von Fröschen, Schlangen und Schnecken wimmelte, die sich, zu Klumpen geballt, im Dreck gegenseitig zerquetschten und stießen.

Mit Augen, die ihr jetzt fast aus den Höhlen traten, sah sie das weiße Bettlaken vom Ofen her auf sich zukommen, immer näher. Im gleichen Augenblick hatte sie das Gefühl, jemand stehe im Dunkel hinter dem Vorhang, und während sie sich, vor Grauen erstarrt, das Haar raufte, sah sie zitternd, wie eine Hand aus der Dunkelheit auftauchte.

Fünf kalkweiße Finger krochen mit krampfartigen Bewegungen immer näher auf sie zu. Langsam schlich diese Hand von der beleuchteten Wand herab wie eine weiße Katze über die Gegenstände im Raum und am Ofen entlang. Da erblickte die Dame Dafina nun auch die zweite Hand hinter ihrem Rücken, die nach ihren Kleidern an der Wand griff, sie herunterzerrte und auf den Boden warf. Und während Dafina einen dumpfen Schrei ausstieß, sah sie jetzt auch eine riesige Wölbung vor dem Vorhang – den mächtigen Bauch ihres Mannes, dann dessen Mund, Augen und Nase, seine ganze Gestalt, die sich blutig, mit durchschnittener Kehle auf dem weißen Bettuch abzeichnete, und seinen schwarzen Dreispitz, der über dem Kopf schwebte.

Als sich dann die Wand hinter diesem Phantom aufzutun begann, konnte Frau Dafina rasch noch das Wogen goldener Ähren und Hügel erblicken, dann stürzte alles in sich zusammen, mitsamt einer Flut von Weizen, Hafer und Korn, die sich aus dem Dachspeicher durch den Spalt ergoß. Dann blitzten vor ihren Augen ganze Sternenkreise auf – blaue, veilchenfarbene und gelbe, und eine seltsam laue Wasserflut strömte über sie hinweg und riß den Himmel mit. Mit einem durchdringenden Schrei sprang sie auf die Beine und fand sich ihrem Mann gegenüber.

Blutüberströmt und schrecklich anzusehen, stand Vuk Isakowitsch vor ihr und löste sich vor ihren Augen in Verwesung auf. So wie es manchmal im Traum geschieht, wenn man aus dem Wald vor den Wölfen flieht, plötzlich vor einem greulichen Bären steht – und gegen eine Felswand rennt.

Da stürzte die Dame Dafina, mit den Händen ins Dunkel greifend, gleich am ersten Tag ihres Ehebruchs zu Boden und verletzte dabei die Frucht in ihrem Leib.

Ausgeburten des Gehirns, Ängste und leere Trugbilder, Wahnvorstellungen in abendlicher Dunkelheit zerstörten den Frieden im Hause des Archangel Isakowitsch – in jenem Frühling, der nach späten und ungewöhnlich starken Frösten nun warm und unaufhaltsam angebrochen war.

Frau Dafina war ohnmächtig, in einer Blutlache liegend, aufgefunden worden. Zwei Wochen lang floß das Blut von ihr, und keine der Hebammen konnte ihr helfen. Gebeugt, bleich und dürr, nichts als Fleisch und Knochen, vermochte sie kaum die vier Schritte von der Bettstatt bis zum vergitterten Fenster zu tun, wo man sie auf Kissen bettete.

Von dort aus pflegte sie vom Morgen bis zum Abend das Fließen des Stroms zu betrachten, das Blühen auf den Inseln, die wechselnden Farben des Himmels.

Bis auf die eine Stunde am Morgen, wenn der alte Hekim aus Belgrad sie besuchte, den Kir Archangel selbst auf seinem Schiff herüberbrachte und der Frau Dafina mit irgendwelchen, im warmen Bad einzunehmenden Kräutern behandelte, und bis auf die Mittwochabende, wenn ein Arzt gar von weither aus Esseg kam und jedesmal einen Dukaten dafür erhielt, daß er sie eine volle Stunde lang kopfabwärts auf Eisenstangen liegen ließ, war Frau Dafina ganz frei. Alle ließen sie in Frieden, das heißt – alle hatten sie verlassen.

Die Mägde taten es aus Angst, die Nachbarn, weil sie so fahl geworden war, daß sie einer Sterbenden glich, und Kir Archangel, weil er sich vor ihr ekelte.

Übrigens war die Kranke sehr ruhig, man hörte sie kaum. Von jener Nacht waren ihr nur die blauen, weit aufgerissenen Augen geblieben, sonst hatte sie sich völlig verändert, war eingeschrumpft wie ein altes Weib. In der Hand ein Tüchlein aus venezianischen Spitzen, saß sie fast regungslos an ihrem Fenster. Nach den grauenhaften Schreien, die sie während jener ganzen Nacht nach ihrem Fall ausgestoßen hatte, war sie jetzt sehr still geworden.

Die Veränderung, die mit ihr vorgegangen war, war so jäh und so furchtbar, daß sie darüber fast den Verstand verlor. Der Reichtum, das bunte Leben in Buda, von dem sie geträumt hatte, die hingebungsvolle Liebe ihres kümmerlichen Schwagers, die Jugend, die sie nochmals so herbeigesehnt hatte – all das war mit ihrem Blut verronnen. Sie begriff, daß sie bald ihre Schönheit einbüßen, daß sie altern, ja in wenigen Tagen einem Schatten gleichen würde. Es überraschte sie gar nicht, als die Dienerschaft sie zu vernachlässigen begann, der Schwager das Haus floh. Sie schwieg beharrlich weiter und verbrachte einen Tag nach dem anderen am Fenster, über dem Wasser.

Dort blieb sich immer alles gleich; bis auf die spärlichen bunten Schiffe, die da kamen und gingen, änderte sich nichts, und bis auf den heiseren dumpfen Klang der Nebelhörner war nichts zu hören. Die Schwalben waren in diesem Jahr später als sonst zurückgekehrt, um ihre Flüge tief über dem Strom aufzunehmen.

Jeden Tag fand sie immer an der gleichen Stelle über dem Fenster die Mückenschwärme, leuchtend wie aufgewirbelte Sandkörner, die aus dem Wasser aufragenden Stangen der Fischernetze, die dichten und dunklen Weidengehölze, die täglich saftiger grünenden Inseln, das schwankende Röhricht und darüber den gelben Erdhügel der Festung. Die weite Wasserfläche war ihr schon ganz vertraut und auch die weißen Minarette, die zur Mittagszeit in der erhitzt flimmernden Luft über der Stadt schwebten.

So wurde es ihr allmählich zur Gewohnheit, winzige, kaum wahrnehmbare Veränderungen in all dem Sichtbaren zu bemerken und auch im Unsichtbaren. Schon nach einigen Tagen hatte sie gelernt, nach der Tönung des Wassers und des Weidengehölzes die Tageszeit zu bestimmen. Abends wußte sie nach der Färbung des Himmels und der Form der Wolken das Wetter des kommenden Tages genau vorauszusagen. Sie entdeckte eine Sandbank, die vor der Insel aus dem Fluß aufgetaucht und vorher nicht dagewesen war, auf der sich alsbald Vögel einnisteten, darunter Störche, die sie an ihren langen roten Beinen erkannte.

Bald erlebte sie ganz, bis zum letzten Verglühen, die Sonnenuntergänge mit, und ebenso alle Erscheinungen, die das Aufgehen der Sonne begleiteten. Sie nahm das alles wie im Traum wahr, von ihrem Fenster aus, an das sie oft, von Schlaflosigkeit gepeinigt, schon kurz nach Mitternacht zu treten pflegte, zum großen Erschrecken ihrer Mägde, die es nicht mehr wagten, sie allein zu lassen.

Es graute ihr vor sich selbst, aber sie ahnte keineswegs, daß der Tod bereits nahte und daß diese am Fenster verbrachten Stunden eigentlich einem langsamen Sterben gleichkamen. Wenn sie die Hand durch das Fenstergitter in die laue Luft hinausstreckte, vermeinte sie dabei auch die laue Oberfläche des vorüberfließenden Stromes, den Sand auf ihrem Körper zu spüren; sie fühlte das Schilf der Inseln und die Zweige der Weiden, die bereits stürmisch auszutreiben begannen, und die warmen Strahlen auf den Gipfeln der Berge. Abends beim Auskleiden und Zubettgehen erahnte sie das weite, endlose Blau des Himmels zwischen den vielen Gestirnen und Sternbildern, die nacheinander im Viereck ihres Fensters auftauchten und dort eine Zeitlang flimmernd verweilten.

Mit stummer Hartnäckigkeit glaubte sie daran, daß die Ärzte sie heilen könnten und daß sie sich erholen werde. Aber sie wußte, ihre Schönheit war dahin, und mitten in ihrem Leib würde diese schreckliche offene Wunde bleiben.

Nicht ohne eine Flut von Tränen hatte sie Kir Archangel das Versprechen abgenommen, zum Patriarchen Sakabente zu gehen und den Priester zu bewegen, sie von dem einen Bruder zu lösen und dem anderen zu vermählen.

An den Kindern lag ihr nicht viel, und sie empfand auch nur selten den Wunsch, sie zu sehen. Es tat ihr nur weh, daß beide Mädchen waren und daß auch sie, einmal zur Frau herangewachsen, so viel zu leiden haben würden wie sie selbst.

Denn in diesen Tagen, während sie wie gelähmt am Fenster saß, war sie von einem grenzenlosen Gefühl des Neides den beiden Männern gegenüber beherrscht, die sie liebte und zugleich haßte, und von einer maßlosen Verachtung ihrer selbst.

Armut, Einsamkeit, Siechtum – all das erschien ihr jetzt als bloßes Weiberschicksal, ebenso wie dieses elende Verlassenwerden und Wartenmüssen, einmal auf den einen, dann auf den anderen. Und dabei kamen ihr auch ihre Angehörigen in Triest in den Sinn, in deren Haus sie entweder eine buntgekleidete Puppe oder eine Dienstmagd war, die am Morgen und am Abend die Brüder und den alten Stiefvater an- und auszukleiden und an jedem Sonnabend die Waagen und Steinbänke vor dem Verkaufsstand zu waschen hatte. Auch an die erste Zeit ihrer Ehe mußte sie denken, in der sie so glücklich gewesen war.

Kinder hatte sie geboren, war hin und her gezogen, doch ohne jemals zu wissen, wohin und wozu. Ihre Freuden und ihre Schmerzen waren stets vom Zufall abhängig gewesen, kaum von ihrem Willen. Auch jetzt der Ehebruch und die heimlich genossene Lust mit einem neuen, anderen Mann war ohne ihren Willen geschehen, sondern nach fremdem Willen, unentrinnbar. Eine Sache war sie, ein Ding, wie auch ihre Kinder es eines Tages sein würden, genommen und verlassen, liebkost und verstoßen, geküßt und geschlagen – das alles ohne irgendeine Gesetzmäßigkeit, ohne irgendeinen Sinn … All diese Liebe zu ihr – war sie nicht nur Zerstreuung für jene beiden?

Immerhin, wäre Vuk Isakowitsch jetzt hier, er würde keinen Abscheu vor ihr fühlen. Die laue Wärme des Frühlings und das Anschwellen der Gewässer würde ihn an ihre Jugend erinnern. War sie jetzt auch ganz fahl geworden, häßlich, alt, in seinen Augen wäre sie noch immer schön. Auf seinen Armen würde er sie vom Bett zum Fenster tragen. Er liebte die Kinder, er würde sie streicheln und liebkosen. Sie aber würde er hinaustragen und dort unter dem Vordach in die Sonne betten. Sie würde die Augen schließen und wieder im Geist die silbernen, vom Mondlicht übergossenen Wälder erblicken, noch einmal die Schneefelder über der Burg von Esseg, die Fuchsspuren, die gemeinsamen Ritte, ihren und seinen Atem erleben: die Vergangenheit. Vielleicht würde er sie nicht mehr verlassen. Seine breite Hand auf ihrem Leib – und die Schmerzen würden vergehen.

Unter Tränen spürte Frau Dafina jedoch, daß ihr mehr daran lag, den anderen Mann zu spüren, mit dem sie nur eine einzige Nacht verbracht hatte, eine Nacht – so nichtssagend, so schrecklich und abscheulich, wie auch seine Hand es war, diese glatte, gelbe Hand, hart wie Bernstein, die so scheu war anfangs im Dunkel …

Aber Vuk Isakowitsch war fortgezogen, und hinter ihm versanken die schon verblaßten Bilder ihres früheren Lebens und auch all die Berge, die auf ihren Abschied herabgeblickt hatten.

Bloß Archangel war ihr geblieben, mit seinen merkwürdigen Händen, denen sie sich zunächst eher aus Langeweile überlassen hatte, an die sie aber jetzt, sehnsüchtig, mit jedem Tag mehr zurückdachte. Doch sie fühlte, es war alles vergebens. Wie eine tote Sache hatte man sie ins Haus gebracht, wie eine Sache würde man sie hinaustragen, um Platz zu machen für eine andere, die gleichfalls mit Worten liebkost, mit Silbermünzen überschüttet, demütig angefleht und leidenschaftlich geküßt werden würde. Deshalb wollte sie zumindestens getraut sein – so bald wie möglich.

Archangel selbst glaubte, er müßte den Verstand verlieren.

Das alles hatte ihm keiner vorausgesagt, keinesfalls hatte er es vorausgesehen. Sein ganzes so schön erdachtes Gebäude, voll mit geschäftlichen Erfolgen, war ihm über dem Kopf zusammengebrochen. In seinem tierischen Verlangen, das Jahre hindurch sein Leben getrübt und ihn nachts in seinen

Träumen heimgesucht hatte, pflegte er sich das Ende seiner Liebe zu der eigenen Schwägerin ganz anders vorzustellen. Die Begierde, die er jahrelang in sich zu ersticken gesucht, mit der er sich so lange herumgeschlagen hatte, ließ ihn das Ende dieser krankhaften Liebe in freundlichen Farben sehen, ohne irgend jemandem Unglück zu bringen.

Und wenn er auch mitunter gehofft hatte, er würde von dieser verhängnisvollen Leidenschaft kuriert sein, sobald er nur einige Nächte mit seiner Schwägerin verbracht hatte, ja wenn er sogar die Möglichkeit erwog, sie dann abzuschütteln, wie er es immer mit seinen jungen Mägden tat, nachdem er sich ihrer bedient hatte, fühlte er dennoch in der Tiefe seiner Seele, daß es nicht so kommen und daß er in seiner Schwägerin seinen Frieden finden würde, für lange Zeit.

Das ewige Hin- und Herziehen, noch während der Vater lebte, kam Archangel, der sich obendrein mit seinem ungebärdigen Bruder abquälen mußte, wie reiner Aberwitz vor, wie überhaupt das ganze Leben des Clans der Isakowitsch und all der übrigen Menschen, die mit ihnen zusammen von Serbien hierhergezogen waren, um dann wieder dorthin zurückzukehren. Rund um sich sah Archangel Isakowitsch im weiten Umkreis nichts als Sumpf und Schlamm und Menschen, die sich in die Erde wühlten und in Lehmhütten hausten, nur um dann im Frühling oder im Herbst, bevor die Schneefälle einsetzten, wieder weiterzuziehen; und es ergriff ihn ein heftiger Wunsch, alldem ein Ende zu bereiten, sich irgendwo festzusetzen und auch die anderen zu zwingen, endlich seßhaft zu werden, zur Ruhe zu kommen.

In unaufhörlichem Streit mit seinem Vater liegend, der dem österreichischen Heer nachwanderte, und mit dem Bruder, der in eben diesem Heer rasch Karriere machte, begann Archangel Isakowitsch auch alle anderen zu hassen, die mit ihnen weiterzogen. Im Laufe seiner Handelsgeschäfte, die ihn auf seinen bunten Schiffen und vorbei an bunten Ufern durch noch buntere Städte führten, gewöhnte er sich daran, alles immer wieder zu verlassen und auch alles geringzuschätzen. Der ewige Wechsel von Landschaft, Häusern und Gesichtern, die Menschen, mit denen er in Berührung kam, all das hatte ihn selbstbewußt und hochmütig gemacht, denn er blieb – schwarzhaarig, mit seinem ewig erdfarbenen Teint und seinen mageren Händen –, obgleich den anderen an physischer Kraft unterlegen, immer derselbe, änderte sich nicht.

Eine übernatürliche Kraft schien auch seinen Talern innezuwohnen, denn wo immer er sie aus seinem Beutel schüttete, standen die Schiffe plötzlich still, und auch die Häuser waren fortan sein eigen. Alles bewegte sich nur nach seinen Wünschen und Plänen, und bald kam es ihm so vor, als könnte er mit seinen Talern gutes und schlechtes Wetter machen, wann und wo es ihm beliebte. Da er vor allem das Soldatenvolk haßte, weil es auf Befehl greiser und lächerlich aufgedonnerter Offiziere in den Kampf gegen Türken, Franzosen, Preußen und Ungarn marschierte, ließ er seine Bosheit an jedem aus, der unstet umherzog. Als sein Bruder und dessen Kameraden von ihrer Absicht sprachen, nach Rußland auszuwandern, war er der erste, der sie den Militärbehörden anzeigte und bei den katholischen Bischöfen falsche Beschuldigungen gegen sie erhob.

Archangel Isakowitsch hätte gewünscht, dieses ganze Völkchen, das sich ans Herumzigeunern gewöhnt hatte, mittels seiner Handelsgeschäfte festnageln zu können. Besonders verhaßt waren ihm die Grenzerhauptleute, die ihm seine Leute zu den Feldzügen entführten und denen dann oft auch ihre Familien nachfolgten. Geld bekamen von ihm nur jene Kaufleute und Handwerker, die sich bereits fest nördlich der Donau angesiedelt hatten und denen nichts mehr an einer Rückkehr in die Türkei lag, wohin Archangel immer noch fuhr, um Handel zu treiben.

Mit seinem Geld, seinem Silber boykottierte er die unaufhörlichen Wanderzüge seiner Verwandten und Angehörigen und zwang sie, sich in den von ihm ausgewählten Städtchen längs der Flüsse anzusiedeln. Ständig unterwegs mit seinen Rinderherden und seinen mit Silber gefüllten Beuteln, tauschte Archangel sein Geld gegen Grundbesitzhypotheken und Häuser in all den Orten ein, die ihm genehm waren, wobei er jene Besitztümer vorzog, die neben der Kirche lagen, ohne die Schweinepferche, die Gemüsegärten oder die Gasthöfe zu verschmähen, die er dann wegen des unvermeidlichen Bankrotts seiner Schuldner für ein Nichts erwarb.

So hatte er erst kürzlich ein Haus in Preßburg erstanden und ein anderes in der Stadt Buda, ein riesiges Gebäude aus Stein, mit Vorratsräumen und Kellergewölben, auf dem Uferhang über dem Wasser. Von einer Rückkehr in die Türkei wollte er nichts hören, ebensowenig von einer Auswanderung nach Rußland.

Mit seinem Wunsch nach Seßhaftigkeit und Dauer war ihm gleichzeitig auch seine Sehnsucht nach dem Körper der Schwägerin erfüllt worden, jener Frau, die er liebte und von der er träumte, neben all den zahllosen anderen, die man ihm überall in den Herbergen zuführte, wo er gerade zufällig die Nacht verbrachte, oder in den Orten, wo er wegen seiner Handelsgeschäfte ein paar Tage zu verweilen gezwungen war.

Auf dem tiefsten Grund seines Lebens lag – wie auf dem Grund des Flusses, den er befuhr – seit vielen Jahren schon, einem schweren Stein gleich, dieser Körper, der seine Schiffe seine Schätze, seine Geschäfte und seine Gedanken blockierte; ein wunderschöner weißer Frauenkörper, den er lange, lange zu besitzen beabsichtigte.

Nun aber schien dieser Körper seinem Bruder Vuk nachfolgen und ihm, Archangel, nichts als diese schrecklichen Blutungen lassen zu wollen, die unaufhaltsam, schon zwei Wochen lang, jeden anderen Gedanken in ihm fortschwemmten.

V

Vom ewigen Wandern und Weiterziehen wurden sie trüb und vergänglich wie der Rauch über dem Schlachtfeld nach einem Gefecht

Zur gleichen Zeit, als die Dame Dafina die Beute ihres Schwagers wurde, begann Vuk Isakowitsch mit seinen Leuten in die steirischen Berge aufzubrechen.

Nach der Inspektion in Fünfkirchen war das Regiment der

Slawonischen Donaugrenzer geduckt und still wie ein verprügelter Hund ins Feld gezogen. In langgezogenen, schlecht ausgerichteten Zweierreihen marschierten sie dahin, wirbelten Staubwolken auf wie eine Viehherde, machten Bögen um Dörfer und Sümpfe, stapften von Morgen bis Abend über Sand, Wiese und Morast. Das Regiment schlief im weiten, finsteren Schatten der Wälder, erwachte taumelnd im Morgengrauen, durchfroren, die Zöpfe und Schnurrbärte vom Rauhreif gesäumt, und begann langgedehnt zu heulen und zu singen: ... ej, ej ..., um bald darauf wieder schicksalsergeben zu verstummen und schwelgend das Wehrgehenk umzugürten, denn sie hatten jetzt eingesehen, daß sie nicht erfahren würden, wo und wohin man sie führte.

Das Regiment war nun an der Grenze jenes Gebietes angelangt, von dem man sich in den Dörfern und Lehmhütten erzählte. Die Welt, die hier begann, war eine unbekannte, unsichere Welt, von der man im Regiment nur soviel wußte, daß es von dort mit einem Haufen Toter zurückkehren würde.

Immer enger drängte es sich zu einem Rudel zusammen, immer tiefer senkten sich die Köpfe, während es Äcker und Weiler hinter sich ließ, ohne sie auch nur anzusehen. Bei dem Übergang über Brücken gab es jedesmal ein Gedränge und Gestoße, grundlos und erbittert. Die langen, mit Kupfer und Silber beschlagenen Gewehre, von den Soldaten wie Stöcke getragen, scheuerten ihnen nach den tagelangen Eilmärschen die Haut auf der rechten Schulter wund. Die Pistolen und Messer, die Patronengurte, mit Schnüren um den Leib befestigt, zerrten am Nacken der Leute, so daß sie mit gespreizten Beinen einhertrotteten, als hätte man ihnen knorrige Klötze ans Hinterteil gebunden.

Staub, Schweiß und kleine schwarze Mücken klebten auf ihren Nasenflügeln und Augenlidern, und zwischen ihren Zähnen knirschte Sand.

Die Vorsänger, die man an die Spitze des Zuges getrieben hatte, waren verstummt. Den Jagdhunden der vor dem Regiment einherreitenden Offiziere, die aus ihren Pfeifen pafften, war eine ganze Schar von Dorfkötern nachgerannt, und als sie dann die Spur, die ins Dorf zurückführte, verloren hatten, trabten sie mit eingezogenem Schwanz und hängender Zunge zwischen den Beinen der Soldaten weiter.

Nach wenigen Tagen war das Regiment ganz stumpfsinnig geworden von der Anstrengung der ununterbrochenen Märsche; und es ließ sich nun wie von einer Flut immer weitertragen, ohne zu wissen, wohin.

Noch bis in die Umgebung von Fünfkirchen waren ihnen die Gevattern aus den verödeten Siedlungen gefolgt und hatten ihnen Brotlaibe mitgebracht. Manche Frau war dem Bruder bis zu vierzehn Tagesmärschen nachgewandert, ehe sie umkehrte. Hungrig am Abend und morgens völlig durchfroren, trotz der brennenden Heuschober, die man angezündet hatte, um sich zu erwärmen, begann dem Regiment erst jetzt zu dämmern, worauf es sich da eingelassen hatte. Zusammen mit seinen Dörfern hatte es alles aufgegeben, was ihm sichtbar und vertraut war, um in eine unbegreifliche und unverständliche Welt einzutreten.

Die Bauern, die sie beim Vorüberziehen sahen, bestellten ihre Felder zu Pferde. Einzig die Schafe erinnerten sie an die Schafe daheim, und hier und da ein Gaul an den eigenen Braunen.

Übrigens hatte es sich im Regiment allmählich herumgesprochen, daß es diesmal nicht, wie früher sonst, gegen die Türken ging, und so kam ihnen das Land, durch das sie jetzt marschierten, erst recht geheimnisvoll und fremd vor. Da befiel sie alle eine tiefe Schwermut.

Gleich Isakowitsch empfanden auch seine Leute allmählich nichts mehr als öde Leere. Haus und Hof waren vergessen, ebenso Frau und Kind, das einzige, was ihnen jetzt zu schaffen machte, waren ihre Mühsal und ihr Schweiß.

Die Unverheirateten lachten die Familienväter aus, und jene von ihnen, die schon einmal an einem Feldzug teilgenommen hatten, prahlten mit ihren Erfahrungen vor dem stumm gewordenen Regiment; in den Nächten stahlen sie, was ihnen unter die Hände kam.

Nach einer Rast in der Stadt Radkersburg begann Vuk Isakowisch, sie während des Marsches mit Feldübungen zu schleifen. Er lehrte sie den Laufschritt mit der Pistole in der

Hand und dem Messer zwischen den Zähnen. Sie schossen, in dichten Haufen vorwärts stürmend, auf Baumstämme und schlugen mit den Messern auf die Äste ein. Dabei brüllten sie einstimmig im Chor den Namen »Maria Theresia«, – langgedehnt und im Takt. Sobald Vuk mit ihnen eine Anhöhe erklettert hatte, ließ er sie haltmachen und dann, unentwegt feuernd, zu Tal laufen. Im Tal angelangt, befahl er wieder Halt und teilte sie in Gruppen ein, die, immer der Fahne nach, die Höhe zu stürmen hatten.

Ganz entkräftet von diesem Herumexerzieren, setzten sie dennoch ihre Zwangsmärsche über Berg und Tal fort. An manchen Tagen querten sie, durchs Wasser watend, fünfmal die geschlängelte Mur. Sie marschierten durch das Gebirge, in dessen Schatten tief unten Äcker, Dörfer, Kirchen und Weinberge lagen, die sie von der Höhe aus betrachteten, als wären sie Vögel und nicht Menschen. Sie schritten unter ungeheuren überhängenden Felsen dahin, zwischen denen zahllose, klare Bäche herabrauschten und eine so kühle Luft wehte, daß sie ihnen wie ein scharfes Messer in die Brust drang. Viele erkrankten davon.

Verblüfft sahen sie die steinernen Städte, merkwürdige Brücken, Geräte, deren Zweck sie nicht kannten, ganze Berge von Sensen, übereinandergeschichtet, die an russische Händler verkauft worden waren. Sie hörten Geräusche, deren Ursache sie nicht erkennen konnten, denn sie drangen hinter den Mauern der Häuser hervor. Auf dem Giebel eines dieser Häuser sahen sie eines Montags einen Schmied aus Eisen stehen, der mit ehernen Händen wie ein wirklicher Mensch seinen Hammer hob und auf den Amboß fallen ließ. Einige bekreuzigten sich verdutzt, während andere die Pfeifen aus dem Mund nahmen und erbittert ausspuckten, zutiefst überzeugt, daß da ein Schwindel dahintersteckte.

Sie waren ganz berauscht von der Luft.

Ihr eigenes Land – weit und sumpfig, mit seinen Nebeln und seinem heißen Dunst, dem unübersehbaren rauschenden Wogen des Schilfs, mit seinen Erdhütten und Schweinepferchen und den hölzernen Kirchen mitten im Morast – schwand völlig aus ihrer Erinnerung. Dieses neue Land, grün und kalt, voll dunkler Wälder und heller Lichtungen, über denen der Himmel blinkte wie ein tiefer durchsichtiger See, von allen Seiten luftig durchweht, verdrängte aus ihren Seelen vollständig jenes andere, windgepeitschte. Sie atmeten mit gesenkten Köpfen, sogen die Luft dieser großartigen Berge ein, auf deren Höhen sie in der Ferne, ihren Augen kaum trauend, Schnee erblickten. Verdreckt und elend passierten sie steingepflasterte Bauernhöfe voller Heu und Vieh, und da fühlten sie erst recht, wie grenzenlos ihre eigene Armut war und all der Schlamm und Morast, in dem sie sich angesiedelt hatten. Sie begannen den ungeheuren Unterschied zwischen ihrer unaufhörlichen Plackerei und dem fröhlichen, unbeschwerten Leben der Fremden zu ahnen, als sie in den Dörfern mit gebratenen Zicklein, Kirchengeläute und ganzen Kesseln voll Wein gastlich empfangen wurden.

Machten sie einen Bogen um die Dörfer, so kamen sie an riesigen Öfen und Eisengießereien vorbei, aus denen die Arbeiter, mit einem Lendenschurz bekleidet und mit rußigen verbrannten Gesichtern, schwarz wie die Teufel, herausstürzten, um sie zu sehen. Die großen Feuer der Schmelzöfen beleuchteten nachts die Berge und überstrahlten auch die Nachtlager des Regiments, so daß sie von wunderlichen roten Raubtieren träumten, von lohenden Gewässern, brennenden Ochsen und Auerochsen und von der Hölle.

Waren sie beim Aufbruch auch noch so übermütig und händelsüchtig gewesen, jetzt in der Fremde mußten sie klein beigeben. Sie hatten keine Kraft mehr, alles zu zertrümmern und kurz und klein zu schlagen, und sie getrauten sich auch nicht mehr, die Frauen anzurühren. Mitten in den Dörfern standen sie verschämt, zu einem Haufen gedrängt, beisammen. Mit jedem, der auf sie zutrat, verbrüderten und befreundeten sie sich, ängstlich und unterwürfig. Noch niemals waren hier zahmere Soldaten durchgekommen.

Ausgehungert nach den hastigen Mahlzeiten und Zechereien, mit wunden Füßen und hageren Gesichtern, mit blutunterlaufenen Augen und trübem Blick – so rückten sie in die Stadt Graz ein. Aber mit ihren blitzenden, für diesen Anlaß besonders auf Glanz gebrachten Waffen, ihrem furchterregenden Laufschritt und einstimmig ausgestoßenen wilden Schlachtrufen erregten sie dennoch die Bewunderung der

Einwohner. Bei ihrem Aufbruch aus Graz wurde an die Kaiserin ein Kurier abgesandt.

Müde vom Einexerzieren seiner Soldaten, an Darmkrämpfen leidend, zog Isakowitsch in Österreich ein. Immer häufiger mußte er deswegen aus dem Sattel steigen. Er trennte sich von den Offizieren, die singend der Truppe voranritten, und setzte sich in ein Gefährt, das wie ein Leichenwagen rüttelnd und holpernd der Staubwolke nachfuhr, die das Regiment aufwirbelte.

Einem ungeheuren, mit Wein gefüllten Schlauch ähnlich, rumpelte er hinter seinem Regiment einher und ließ wie in einem Traum die Welt an sich vorüberziehen.

Längst hatte er sich in jahrelangen Kriegszügen daran gewöhnt, auf diese Art im Wagen in die Schlacht gefahren zu werden – ohne jeden Sinn und Grund, nach einer unentrinnbaren Ordnung, nach fremdem Willen, an fremden Ländern vorbei.

Obgleich er nichts und niemanden in der Fremde hatte, stieß er doch zuweilen auf die Spuren seiner Soldaten oder auf seine eigenen – Städte, in denen er sich so manche Nacht um die Ohren geschlagen hatte, oder andere, in deren verlassenen Gärten er im Mondlicht, einem Schatten gleich, umhergestreift war.

Er kannte Schmuggler und Fährleute und stieß hie und da auch auf Weiber, eigene oder solche seiner Kameraden, die er längst vergessen hatte, und auf Erinnerungen an irgendwelche Saufgelage oder Mißgeschicke.

So stiegen manchmal an einem sonnigen Tag, während er, schläfrig und vor Magenschmerzen halb ohnmächtig, in seinem Wagen durch eine völlig andere Gegend ratterte, gleich Phantomen Bilder von Stallungen vor ihm auf, von pestverseuchten Häuserreihen, jammernden Verwundeten und verregneten Nächten, die er einst erlebt hatte.

Er war nicht länger niedergeschlagen, denn Wut und Verzweiflung überwogen alles. Nicht nur wegen der Erniedrigung, die sein Regiment damals in Fünfkirchen hatte einstecken müssen, auch weil man ihn nicht zum Oberstleutnant befördern wollte, obwohl er auf Grund seines Alters darauf Anspruch hatte und es ihm noch in Wardein versprochen worden war.

Auch fühlte er, daß der Bruch zwischen ihm und seiner Familie endgültig war – wie sehr er auch darüber nachgrübeln mochte und wie oft er auch ihrer gedachte. Hätte ihm einer gesagt, daß er keine Frau und keine Kinder mehr hatte, er würde es auf der Stelle geglaubt haben, so groß war die Einsamkeit, die ihn in diesem Wagen umgab, wo er sich kaum ausstrecken konnte, beengt von seinem Hut, den vielen Verschnürungen, von Packen und Bündeln. Wenn er an die Seinen zurückdachte, fühlte er erst so richtig, wie sehr er etwas anderem angehörte, etwas, das ihn kreuz und quer führte, in seinem bunten Rock und mit der Perücke auf dem Kopf, im gleichen Schritt mit dieser Truppe, deren marschierende Beine er nur in einer Wolke von Staub sehen konnte.

Als Vuk Isakowitsch, durchgerüttelt in seinem Wagen, kleine Wälder, Täler und Lichtungen an sich vorübergleiten ließ, ergriff ihn zu guter Letzt ein Gefühl, als stünde die Welt still und nur er haste dahin – ohne Zweck und Vernunft. Vorn, in der Ferne, hörte er den Rhythmus der trabenden Schritte, das Rasseln der Waffen und die laut und einstimmig unaufhörlich wiederholten Silben: Ma-ri-a The-re-si-a.

Obwohl Vuk Isakowitsch genau vorausberechnet hatte, was er bis zu seiner Ankunft auf dem Kriegsschauplatz benötigen wurde, fehlte es ihm alsbald an Geld und an Nahrung, und seine Leute begannen vom Wasser zu erkranken. Er beneidete seine Offiziere, die unbekümmert weiterzogen, und mehr noch seine Truppe, die gar nicht wußte, wohin sie geführt wurde. Er allein hatte das Weinen und Wehklagen beim Aufbruch ernst genommen. In einer Art Vorgefühl hatte er sich damals gefragt, ob dies nicht seine letzte Reise sei, ob er nicht in diesem Krieg den Tod finden würde.

In diesen Tagen wechselten seine Laune und Stimmung häufig. Einmal ritt er an der Spitze des Regiments, zusammen mit seinen Offizieren, aus seiner Pfeife paffend, dann wieder warf er sich plötzlich in den hinten nachratternden Wagen; ein anderes Mal wiederum ritt er, den Dreispitz keck ins Gesicht gezogen, ein Liedchen trällernd, munter dahin, um dann unerwartet vom Pferd zu steigen, dem Gaul seine

Stiefel in die Flanke zu stoßen und schweigend abseits von allen anderen seinen Weg fortzusetzen.

Wenn er so vor Schmerzen stöhnend in seinem Wagen lag, war es ihm, als höre er einen endlosen Regen niedergehen – ein Regen, der nicht nur die Erinnerung an seine Frau und seine Kinder, sondern auch sein ganzes bisheriges Leben mit sich fortschwemmte. Er sah aus seinem Wagen die Wolken über den hohen Berggipfeln dahinziehen, und ihm schien, als stürzten sie zu Tal wie die ungeheuren Steinlawinen unterhalb der weiten, weißen Schneefelder und der riesigen dunklen Schatten der Felsen.

Er kletterte seinem Regiment durch den Tannenwald nach und verlor dabei das Tal unter ihm mit seinen Dörfern ganz aus den Augen. Das sanfte Schaukeln des Wagens und das ständige Knacken der kleinen Zweige und abgefallenen Tannennadeln unter den Rädern machten ihn bald schläfrig.

In einer Stille, die nicht einmal das vorbeimarschierende Regiment zu stören vermochte, zeichneten sich die Berggipfel in ihrer Regungslosigkeit so klar vom Himmel ab, daß Vuk Isakowitsch den ganzen Tag nicht den Blick von ihnen lassen konnte. Sie kamen immer näher, mit ihren wehenden Lawinen, die die Hänge herabstürzten, mit ihren gewaltigen, im Schattendunkel liegenden Felswänden, an deren Fuß, gleich Wasser, wenn es übers Ufer tritt, hohes Gras emporgeschossen war, in wucherndem Wachstum, Baumstämme, Rinnsale und Steine verdeckend.

Aus der Einbildung, von Kräften gekommen zu sein, befahl Vuk immer wieder, die Kutsche anzuhalten, und legte sich neben dem Weg zwischen die alten Baumstämme, um seinen kranken Bauch zu sonnen. Den Hut über die Augen gestülpt, sah er stundenlang den Ameisen zu, die um seinen Kopf herumwimmelten.

Bei diesem trübsinnigen Dahindösen kam es ihm manchmal so vor, als sähe er sich selbst, auf Heu gebettet, in seiner Kutsche dahinrollen, als säße er zu seinen eigenen Füßen unter den hohen Tannen und blickte auf seine riesengroßen Stiefel und auf die fest vom Tuch der Uniform umspannten Schenkel, auf seine entblößte, haarige Brust, die Spitzenkrausen seines Hemdes und die Silbertressen seines Rocks, auf seine herunterhängenden feisten Wangen und die flachgedrückte Nase. Manchmal wiederum glaubte er, in seine eigenen großen, verquollenen, gelblichen Augen zu blicken, mit den Pünktchen rund um die Pupille, und darin den großen schwarzen Umhang zu sehen, in den er sich hüllte. So schien es ihm, als führte er ein Zwiegespräch mit sich selbst.

Seiner Jugend entsann er sich kaum mehr, aber auch wenn er sich ihrer zu erinnern suchte, entzog sie sich seinem Gedächtnis und verschwand, verdrängt von den immer gleichbleibenden Bildern der Frau und der Kinder. Sogar die Erinnerungen aus der goldenen Zeit, die er während der Türkenkriege verlebt hatte, vermengten sich fortwährend mit denen an die verschiedenen Orte, wo er mit seiner Frau gelebt hatte und wo ihm die Kinder geboren wurden. Und das alles erschien ihm jetzt so sinnlos – aus der Ferne.

Wie ein Schatten begleitete ihn diese Frau, deren er müde war, und diese Kinder, die zwar ihm gehörten, aber immer irgendwo weit weg waren. Was sollte ihm diese Familie, wenn er ihr gegenüber doch nicht so handeln durfte, wie er wollte, und ständig gezwungen war – mit ihr oder ohne sie –, sich nach dem Willen anderer zu drehen und zu wenden, gleich einem Windrad im Winde?

Hatte er nicht im Laufe dieses unerträglichen Lebens, das er nach fremdem Willen führte, wie ein Gevierteilter, immer ein Stück seines Wesens irgendwo lassen müssen, abgelegt in fremden Häusern, in Landstrichen, die sein Fuß nie mehr betreten würde? Schon jetzt zu seinen Lebzeiten, bevor der Tod ihn für immer daran hinderte, war es ihm nicht vergönnt, an jene Stätten zurückzukehren, wo es sich gut leben ließ und wo er stets willkommen war, und auch nicht an jene Orte, wo er mehrere Jahre hintereinander verbracht und wo er sich gern für immer niedergelassen hätte. Niemals mehr würde ihn sein Weg zu der Esseger Festung führen, wo er vor zwanzig Jahren einen der strahlendsten Frühlinge erlebt hatte, noch zu einer Burg von Wardein, auf der er einige Zeitlang sein Lager hatte aufschlagen dürfen und deren beglückende Stille er damals jeden Abend so sehr genoß. Nein, sein Weg führte ihn jetzt ganz woanders hin – nach fremdem Willen. War er nicht vergebens monatelang daniedergelegen an der Donaumündung, mit jener furchtbaren Wunde von der Kehle bis zur rechten Schulter – in den Augen die Wipfel der Pappeln und das gelbe Licht des über die Ufer getretenen Wassers und des Sandes? Als er dann nach drei Jahren wieder dort vorüberkam, wußten sie nicht einmal mehr seinen Namen! Und eine Walachin, die er besonders geliebt und reich entlohnt hatte, erkannte ihn nicht einmal mehr.

Unter den Tannen im Gras liegend, schläfrig von der scharfen dünnen Luft, die tiefen Täler und die großen dunklen Wälder zu seinen Füßen, mühte und quälte sich Vuk Isakowitsch vergeblich ab, etwas in seinem Leben zu finden, das ihn über seine merkwürdige Erschöpfung und seine Todesahnungen hinwegtrösten könnte.

Mit seinem schweren Gefährt holte er das Regiment immer wieder ein, das in den Dörfern oder an Brücken Rast machte, oder seine Offiziere, die bei Jagd oder Hundehatz Zerstreuung suchten und nachts zu den Bällen gingen, die ihnen zu Ehren veranstaltet wurden. Vuk wählte sich gewöhnlich sein Nachtlager auf einer Anhöhe und ließ das Regiment an sich vorüber ins Tal ziehen, so daß er es immer vor Augen hatte – um zahlreiche Feuer im Gehölz verteilt, neben denen die Leute im Gras, von den Flammen beschienen, sich wie Tiere des Waldes ausnahmen.

Das Dorf, in das er hätte hinabsteigen können, um darin zu übernachten, trat dann nur mehr wie ein Haufen Geröll aus einem ausgetrockneten Bachbett unterhalb des dichten Waldes hervor, der zu ihm herabzugleiten schien mit seiner Vorhut von zerzausten Bäumen, die große Schatten auf die Graslichtung warfen.

Über dem Dorf breiteten sich von Baumreihen und Bächen zerschnittene Wiesengründe aus, die länger im Licht blieben. Aus diesen vor dem Wald gelegenen Wiesen sah Isakowitsch noch das eine oder andere einsame Haus wie einen Baumstumpf aufragen, hie und da auch vereinzelt einen Baum, der auf der Lichtung stand, massig und schwer wie ein Bär. Dann kam wieder dichter Wald oben auf dem Berg und dahinter die gigantischen steinernen Vorhänge der Felswände, Bergspitzen, schroffen Grate und Zinnen.

Vuk Isakowitsch pflegte sein Nachtlager unter einer Tanne, meistens der größten, aufzuschlagen, und da saß er dann noch geraume Zeit zwischen seinen Hunden und brummte etwas vor sich hin, während seine Soldaten rings um ihn schon längst eingeschlafen waren. Mit dem Rücken zum Feuer wachte er so in der Frühlingsnacht, wärmte sich und versuchte schon seit einigen Tagen, seinen auf Anraten des Dieners in Hammelfleisch gehüllten Bauch mit Fasten, Wein und Branntwein auszukurieren.

Seine Leute lagen im zerwühlten Heu neben ihren Pferden, die im Schlaf mit den Hufen dumpf auf die Erde schlugen. Die Hunde hatten sich – erstaunt darüber, daß er nicht schlief – um Vuk geschart und keuchten vor Hunger und Durst, nachdem sie sich den ganzen Tag über weit bis auf den andern Berghang herumgetrieben hatten. Müde vom Rütteln des Wagens und erschöpft vom unablässigen Grübeln über sein vergangenes Leben, starrte Isakowitsch schlaftrunken auf die Steine, die, weiß leuchtend, aufgereihten Schnecken gleich, das noch sichtbare kurze Stück Weges in regelmäßigen Abständen bedeckten. Eine große Fichte kam mit einer kleinen an ihrer Seite finster auf ihn zu, durch das hohe Gras, dessen Spitzen kaum sichtbar ein kalter Wind bewegte. Der Wald – wenige Schritte zu seiner Rechten – lag in völliger Dunkelheit, doch sah Vuk aus dem ausgezackten Umriß seiner Masse, zartem Gefieder ähnlich, zahllose kleine Zweige hervorragen. Dann blieb sein Blick wieder auf den großen Schneefeldern haften, die mit weißen Zungen über die Geröllhalden in die Schluchten hineinkrochen, über denen sich vor ihm die Gipfel traumhaft unwirklich zu erheben schienen.

In jenen Tagen verspürte er, ebenso wie seine Leute, zum erstenmal das vage Verlangen, nicht mehr nach Hause zurückzukehren. Zu der Todesahnung, die er nie zuvor bei seinen früheren Auszügen in den Krieg empfunden hatte, gesellte sich jetzt auch noch jenes ihm so vertraute Gefühl einer endlosen Leere, das ihn stets bis zu den ersten Gefechten begleitet hatte. In Gedanken bereits die kranken Soldaten und lahmenden Pferde zählend, gedachte er zugleich mit grenzenloser Verachtung der übrigen gesunden und auch weiterhin marsch- und kampffähigen. Obgleich ruhig und selbstsicher, galten die Flüche, die er insgeheim ausstieß, doch zunächst ihm selber und dann erst den anderen.

Alle Lebensmittelknappheit bereitete ihm auch jetzt kein Kopfzerbrechen, obwohl sie sich selber verpflegen und mit Waffen versorgen mußten, doch die Mannschaft ödete ihn an – mehr denn je. Er wußte, das einzige, was zählte, war, sie dorthin zu führen, wo er vielleicht als erster von einer feindlichen Kugel getroffen würde, doch eine gewisse Verachtung, gepaart mit Mitleid, lastete ihm schwerer denn je auf der Seele. Nicht mehr zurückkehren und sich nicht mehr mit diesen Leuten abschinden müssen – dies erschien ihm in dem Zustand totaler Erschöpfung, in dem er sich befand, als etwas ganz Außerordentliches und Unmögliches, das er nie erreichen würde. Endlich einmal damit aufzuhören, diese tölpelhaften Beine auszurichten, die außerstande waren, in Gleichschritt dahinzumarschieren, oder seine Soldaten in Rücken und Bauch zu stoßen, damit sie strammstanden, wenn sie das Gewehr vor der Brust präsentieren sollten. Sie nicht mehr schlagen zu müssen, wenn sie blöde das Pulverfaß anglotzten, das sie in Brand zu stecken hatten; nicht mehr ins Gesicht schlagen, auf die Köpfe und die Knie. Und vor allem aber nicht mehr mit ihnen ins Dorf heimkehren müssen! Nie wieder jenes Gekreisch mitanhören, das Weinen und Herumgehopse wie von Irrsinnigen, das Gejammer und Singen, und die Klage um die Toten.

Obgleich er das Soldatenhandwerk gewohnt war und es gründlich beherrschte, verachtete er es, und mehr noch die Leute in seiner Heimat, die ihm wie Zigeuner vorkamen und deren Ansiedlungen wie Zigeunerzelte. Doch erinnerten sie ihn nicht an die walachischen Zigeunerzelte, deren Geruch Vuk Isakowitsch, wenn er ihrer gedachte, lieblich in die Nase stieg wie der Rosenduft der Zigeunermädchen, sondern an die gemeinen armseligen Zelte des Gesindels rund um die Abfallhaufen in der Türkei. In seinem Zorn hätte er diesen ganzen Landstrich, den er, Vater und Bruder auf ihren Handelsreisen begleitend, durchstreift hatte, am liebsten niedergebrannt oder verkauft, mitsamt der Bevölkerung, die ausgerechnet er in der Gegend von Wardein angesiedelt hatte und die ihn vergötterte.

Wenn ihn dann das Mitleid überkam – und es überfiel ihn so jäh wie der Zorn –, wünschte er sich, mit diesen Leuten fortzuziehen, irgendwohin, weit weg von dieser Lebensweise und von diesem Land.

In dieser Verwirrung der Gefühle, die manchmal schon an Verzweiflung grenzte, dachte er voller Wut an den schwächlichen Bruder, dem er doch eigentlich dafür hätte dankbar sein müssen, daß er ihm Frau und Kinder behütete, mit jener Wut, die man gegen Abwesende empfindet. Dies ganze kleinliche Flickwerk von Kauf und Verkauf, diese schäbige Krämerexistenz, all das kam ihm jetzt so unsäglich lächerlich vor. In dem alten Streit um das Erbteil hatte er vor seinem Aufbruch ins Feld mit dem Bruder Frieden schließen müssen, ohne seinen eigenen Anteil noch die Taler seiner Frau zurückzubekommen, und dabei mußte er auch noch die ganze Zeit das höhnische Lachen Archangels über sich ergehen lassen, weil er sich mit dem Gedanken trug, wegzuziehen, irgendwohin, vielleicht nach Rußland –.

Das Leben, jenes Leben in seiner Heimat, war für Vuk Isakowitsch kein Leben. Das wahre Leben, voller Herrlichkeit und Schönheit, das war für ihn anderswo. Daheim gab es nichts als Morast und Elend, ewiges Handeltreiben, bald hier, bald dort, in schmierigen Ortschaften, in denen – nach Archangels Meinung – reichster Gewinn zu holen war, salbungsvolles Lächeln und schier endloses Feilschen. Vuk Isakowitsch, wäre es nach ihm gegangen, hätte diese ganze Welt keines Blickes gewürdigt, noch viel weniger die Türkei, wohin etliche seiner Landsleute bereits wieder zurückstrebten. Vuk haßte die Türkei, und er hatte auch nichts für ihre gepflasterten Höfe, anmutigen Brücken und Springbrunnen, noch für die herrlichen Minarette übrig, die hohen, hundertjährigen Lanzen glichen.

Einen Augenblick lang vergaß Vuk Isakowitsch, wo er sich befand und wohin sie gerichtet waren, verlor sich in den Anblick der hohen Felsen, über denen in vollkommener Klarheit ein blaßblauer Himmel strahlte, und kam zusammen mit seinen Männern vom Slawonischen Donaugrenzer-Regiment zur Ruhe. Die Mannschaft schlief. Als die Schmerzen in seinen Gedärmen nachließen, schlummerte auch Vuk

Isakowitsch ein, von Zeit zu Zeit seine Hunde streichelnd, die sich schmeichelnd an ihn schmiegten und unter die von seinem Körper warmen Hammelfelle krochen.

Doch Vuk Isakowitschs größter Wunsch blieb es immer noch, zu beweisen, daß man nach Bayern auch auf einem andern, von ihm vorgeschlagenen Weg gelangen konnte als auf dem vom Reitergeneral Grafen Serbelloni befohlenen. Deshalb weckte er im Morgengrauen, sobald in seinem Bauch die Schmerzen vollständig aufgehört hatten, vorzeitig das Regiment, um in Eilmärschen den Weg zur Donau fortzusetzen.

Als sie in die Täler, Obstgärten und fruchtbaren Ebenen Niederösterreichs hinabstiegen, marschierte das Regiment fröhlich dahin, weil es jetzt besser genährt war und wegen der großen Eile auch weniger mit unbarmherzigen Manövern geschunden wurde.

Die Tage vergingen mit ununterbrochenen Märschen in langgezogenen Zweierreihen, die Nächte mit Schnarchen. Den durchziehenden Serben zu Ehren wurden in den Dörfern Tanzvergnügungen veranstaltet, und bei den wohlhabenderen Grundbesitzern Maskenbälle. Das Regiment hatte Mißmut und Bedrückung überwunden und sang wieder, besonders wenn es durch Städte kam, wo guter Wein im Überfluß vorhanden war. Als der Weg sie bei Kremsmünster entlang ihrer so geliebten Donau zu führen begann, stürmte das Regiment, wie damals von seinem heimischen Syrmien bis nach Fünfkirchen, mit übermütigem Geschrei voran und schlug unterwegs alle Zäune kurz und klein.

Doch diese ausgelassene Stimmung hielt nicht lange an, denn bald darauf betraten sie das verarmte und ausgehungerte bayrische Land.

Vuk Isakowitsch führte sie wieder zu Pferde an, neben sich seinen trägen, vollgefressenen Diener Arkadije, der im ganzen Regiment als großer Sänger und Säufer bekannt war, und die Offiziere, die alle aus ihren Pfeifen pafften und sangen, während das hinter ihnen marschierende Regiment summte, brummte, johlte und auf hunderterlei Art in den Gesang einfiel – bemüht, so lang und so tief wie möglich die letzten beiden Töne hinauszudehnen: e ... ej ... e ... ej ...

Nur mühsam vorwärtskommend, weil die Soldaten immer

wieder in dem klebrigen Sumpfboden steckenblieben, arbeitete sich das Regiment recht und schlecht mit all seinen Wagen bis Ingolstadt an der Donau durch, wo es mit eigenen Landsleuten von der Militärgrenze und größeren Verbänden der österreichischen Truppen, die auf dem Marsch zum Rhein waren, vereinigt werden sollte.

Im Morgengrauen langte das Regiment von der Südseite her am anderen Ufer der Donau an und rastete in den Sümpfen vor der Stadt, um zu verschnaufen, bevor es über den Strom setzen und sich zeigen würde. Doch sobald es Tag wurde, begannen von drüben betrunkene Stimmen herüberzuschallen, Arme wurden geschwenkt, Flüche und Schimpfworte ausgestoßen, brüderlich-liebevolle Zurufe, für diesen Landstrich ganz unerhört. Es waren die Leute, kaum erst erwacht und noch in Unterhosen, des Oberstleutnants Arsenije Wujitsch, der mit seinen beiden Regimentern bereits die österreichische Hauptmacht erreicht hatte. Alle waren ganz aufgeräumt und fühlten sich, als wären sie wieder daheim.

Die küstenländischen Grenzer unter der Führung des Hauptmanns Iwan Horvat waren noch nicht aus Dalmatien eingetroffen. Von ihnen wußte man bloß, daß sie noch irgendwo in Niederbayern waren und alles auf den Kopf stellten.

Zwei Wochen lang lagerte Vuk Isakowitsch vor Ingolstadt, neben Wujitschs Regimentern, die es noch ärger trieben als sein eigenes. Nach dieser Rast von zwei Wochen brachen die Kommandanten der Regimenter, jeder für sich, aber nach einer vorbestimmten Marschroute, zum Rhein auf.

Isakowitsch hatte beschlossen, alle vorbeizulassen und ihnen dann auf dem letzten Wegabschnitt zuvorzukommen. Er übte mit dem Regiment, das wieder reizbar geworden war, weil es als letztes abmarschieren sollte, den Übergang über den Strom, und so gelang es ihm, die Leute für dessen letzten Einsatz, auf den es ankam und den er sorgfältig vorbereitete, in die Hand zu bekommen: für das endgültige Massaker und den Tod. Rücken an Rücken im Karree angetreten, rasten die verschiedenen Abteilungen des Regiments los und stürmten vorwärts, immer härter, immer schärfer, immer furchterregender – wie verhext von Vuk Isakowitschs Gebrüll. Während der letzten Übungstage lieh er sich bei seinem Lagernachbarn eine Abteilung Kavallerie und ließ sie mit gezücktem Säbel und tollgewordenen Pferden auf sein Regiment los, so daß die Erde von den Hufschlägen erzitterte. Mit einem Stock in der Hand ritt er zu jenen Stellen hin, wo die Soldaten zu zögern oder gar zum Rückzug bereit schienen.

Schließlich marschierte auch er stolz durch die Stadt ab, ohne einen einzigen Kranken und ohne auch nur einen kaputten Wagen. Nachdem er Bayern, das als Feindesland betrachtet wurde, verlassen hatte, zog er in Württemberg ein – inmitten blühender Obstbäume, duftender Wälder und Berge, um nach einem geeigneten Winterquartier zu suchen, wo er all die Felle, Decken und Mäntel einlagern konnte, mit denen sich das Regiment noch immer von daheim abschleppte. Der Frühling war mit ganzer Kraft ausgebrochen, und ein heißer Sommer stand vor der Tür.

Nachts im Gras lagernd, das jetzt nicht mehr feucht war, obgleich im Morgengrauen leichte Frühlingsnebel auf den blühenden Wiesen lagen, marschierte das Regiment tagsüber jetzt ohne Unterbrechung. Die Mittagsmahlzeit nahmen sie auf den Marktplätzen kleiner Städtchen ein, und zum Abendessen waren sie gewöhnlich schon irgendwo weit weg in einem dunklen Gebirgsdorf, wo trotz der Müdigkeit noch im Mondschein getanzt wurde. Während der ganzen Nacht dufteten die Akazienbäume und summten die Käfer.

Isakowitsch, nachdem er sie in die strengste Zucht genommen hatte, ließ jetzt, wo es in den Tod ging, die Zügel etwas locker. Die Wachen nahmen es nachts nicht mehr ganz so streng, und auch wenn einer noch im Morgengrauen abwesend war, kam er mit einer leichten Prügelstrafe davon. Erst als sogar die Veteranen der Türkenkriege von den Bauern stockbesoffen ins Lager gebracht wurden und selbst Vuks eigener Diener Arkadije eines Nachts verschwand und erst am dritten Tag, einen Haufen Weiberkleider auf dem Leib, aufgefunden wurde, besann sich Isakowitsch eines anderen. Jetzt wurde tagsüber geschlafen und nachts bei Vollmondschein marschiert.

Die beiden in Ingolstadt neben Wujitschs Lager verbrachten Wochen hatten genügt, Vuk auch sonst die Laune zu verderben. Er hatte erfahren, daß von seiner Beförderung zum

Oberstleutnant keine Rede, ja daß man überhaupt sehr unzufrieden mit ihm sei und im Reichsrat sogar erwogen habe, seine Leute auf die anderen Regimenter zu verteilen. Die Schweren Reiter – alle mit Perücke – empfingen sie überaus kühl, und Hauptmann Antonowitsch, einer von Vuks Offizieren, konnte nur mit dem Säbel seinen Platz in einem Wirtshaus behaupten, wo die Kürassiere zwei italienische Schauspielerinnen hingebracht hatten und eine Theatervorstellung veranstalten wollten.

Ihre Nationalität war in den Augen all dieser aufgeputzten und geschniegelten kaiserlichen Soldaten eine willkommene Zielscheibe für allerlei Schabernack und überdies etwas Ungreifbares, Unbestimmtes, an das man glauben konnte oder auch nicht, so sehr die Grenzerserben auch versichern mochten, sie seien ein von der kaiserlichen Herrscherin mit besonderen Privilegien ausgestattetes Volk.

Die Verpflegung, die ihnen jetzt zugeteilt wurde, war die schlechteste, die die Truppe bisher erhalten hatte; vergebens drohte Wujitsch, sich in Wien zu beschweren. Eines Tages nahm man ihm alle Pferde weg, ja sogar den Wagen mit dem Pulver, das von ihrem eigenen, von der Militärgrenze mitgebrachten Geld angeschafft worden war. Dabei verlangte man noch von ihnen, die Wachen für das ganze Lager zu erstellen, so daß manchmal mehr als die Hälfte der Mannschaft Wache schieben mußte, Tag und Nacht, während die anderen Regimenter dieser Pflicht enthoben waren und so die Möglichkeit hatten, sich in der Stadt zu vergnügen.

Zähneknirschend fühlte auch Isakowitsch gleich den anderen, daß man sie betrogen hatte. Er dachte sich sein Teil über diese Armee, zu der sie gestoßen waren und die sich den Teufel um sie, die aus dem Morast von dort unten gekommen waren, scherte – ebensowenig wie um ihre Bittgesuche, ihre Mönche, ihre Kirchenversammlungen, ihre ewigen Klagen und ihre »süße Rechtgläubigkeit«. Außerdem ahnte Isakowitsch, der sich jetzt zum viertenmal dem Schlachtfeld näherte, daß es niemals besser werden und daß man sie nicht nur hier auf die regulären Regimenter aufteilen, sondern auch dort unten in ihrer Heimat den Städten und den Grundherren als Sklaven, Arbeiter, Knechte und als leibeigenen Bauern zuteilen würde. Man würde ihnen nicht gestatten, Soldaten zu bleiben, ihnen nicht ihre Kirchen gestatten, so wie man ihnen auch nicht gestatten wollte, ihr Land das »Neue Serbien« zu nennen.

Darum war Vuk auch plötzlich, während der letzten Marschetappe, zu seinen Leuten müder geworden. Wortlos sah er ihnen beim Marschieren zu, betrachtete ihre Gesichter, den ganzen Haufen, wie man Staub betrachtet, der auf dem Wege liegt, sich aber bald zerstreuen und verflüchtigen wird. Tagelang blickte er sie schweigend an und schonte sie, da er wußte, daß sie bald nicht mehr sein würden, verflüchtigt und vergangen wie der Pulverrauch nach einer Schlacht.

Aber Isakowitsch dachte nicht nur an sein Regiment und seine eigenen Leute. Jetzt, wo er sich unter noch größeren Scharen seiner Landsleute befand, bekümmerte ihn zum Beispiel auch das Los von Wujitschs Leuten, die aus dem Ufergebiet der Save, der Drau und der Pakra ausgehoben worden waren.

Ein Gefühl der Leere, der Vergeblichkeit aller Dinge breitete sich immer mehr in ihm aus, egal ob es sich um seine Karriere, die Familie, die Heimat oder um all das handelte, was sie jetzt gerade unternehmen mochten. Dieses Gefühl der Vergeblichkeit steigerte sich noch, wenn er diese vielen Menschen betrachtete, die, so fern ihrer Heimat, taub und stumpf durch die Fremde schritten, ohne zu wissen, wohin man sie führte. Gebeugt von Demütigungen, gepeinigt von den Schmerzen in seiner Galle und dem Blut, das ihm ins Gehirn stieg, wurde er von Tag zu Tag hinfälliger.

Ganz verstört wiederholte er in Gedanken unausgesetzt den Wortlaut der Briefe des Patriarchen, die Bittgesuche der Grenzer, die er einst persönlich an den Hof getragen hatte, seine Wortwechsel mit dem Bruder und auch all das, was er, bitter und verzweifelt, zu sich selber sagte. So ritt er durch das hügelige Land, ohne die blühenden Obstbäume zu bemerken, von denen bereits einzelne lose Blütenblättchen, einem duftenden Regenschauer gleich, herabgeweht wurden, noch die Menschenmenge, welche die Fenster füllte und sich in den Straßen drängte, um sein riesiges Pferd zu bestaunen und seine aus vollem Halse singenden Offiziere, die den Säbel aus der Scheide gezogen und blank übers Knie gelegt hatten und eine seltsam bäuerlich wirkende Kleidung trugen – alles von gleicher Farbe und gleichem Schnitt.

Hatte es das Schicksal bei diesem vierten Auszug ins Feld darauf angelegt, seine Seele mehr denn je zu quälen, so wollte der Zufall diesmal auch seinen Körper demütigen, der doch bisher so empfänglich gewesen war für die Herrlichkeit des Frühlings und jede willkommene Einladung zur Lust. So ritt Vuk Isakowitsch durch das Land Württemberg, niedergedrückt von Erinnerungen, über die er nie gesprochen hatte und von denen selbst seine älteren Offiziere kaum etwas ahnten.

Im Herzogtum Württemberg, einem Land, von dem man wußte, daß es leicht zum Kriegsschauplatz werden könnte, verbreitete sich die Kunde vom Durchzug der Armee Maria Theresias. Da man die Armee der Franzosen erwartete, worüber vor allem das Weibervolk sprach, liefen viele herbei, um jetzt auch diese Soldaten zu sehen, von denen man annahm, daß sie in Kürze, mit Schimpf und Schande bedeckt, in die Flucht geschlagen würden. Deshalb verging kein Tag, an dem nicht Tanzabende veranstaltet worden wären, wo Bier in Strömen floß zu Ehren dieses Heeres, das sich sammelte, um an den Rhein zu ziehen, oder Gastmähler abends bei Laternenlicht, wo unsinnig gepraßt wurde.

Schon am ersten Tag nach Überschreiten der Grenze überbrachte ein Kurier Vuk Isakowitsch die Weisung, sich unmittelbar hinter Wujitsch zu halten, da seine Hoheit, der Herzog, dem Heer entgegengehen wolle, um diese Serben zu sehen, die unter seinem seligen Vater, dem ruhmreichen Karl Alexander, dem Kaiserlichen Feldmarschall und Sieger von Temesvar, Gouverneur von Serbien etc. etc., so treu gedient hatten. Es war betont worden, daß auch die Herzoginmutter, die nach dem Tode ihres Gatten zurückgezogen bei ihrem Sohn lebte, die Serben noch einmal zu sehen wünschte.

Gleich am folgenden Tag kam auch die Botschaft vom Oberstleutnant Arsenije Wujitsch, der mit seinem Regiment zwei Tagesmärsche Vorsprung vor Isakowitsch hatte, er habe sein Lager aufgeschlagen und erwarte ihn, da sich die Herzoginmutter in Begleitung ihres Sohnes angesagt habe, um die Regimenter der Serbischen Militärgrenzer zu besichtigen.

Für das Regiment war dies eine freudige Nachricht, denn die Mannschaft erriet, daß es bei dieser Gelegenheit zwei Tage lang Ochsen am Spieß, Speck, Bier und Schlaf geben würde. Für Isakowitsch hingegen bedeutete diese Nachricht eine unerwartete, merkwürdige, heillose Verlegenheit. Er hatte sein Nachtlager ganz nah an einem Fluß aufgeschlagen, an dem sie vorbeimarschiert waren, und hockte noch bis tief in die Nacht hinein auf einem Sattel und betrachtete versunken das schimmernde Wasser. Er fühlte sich so verwirrt wie ein Fischer, der eines Tages sein Netz aus dem Wasser zieht und es voll der seltsamsten Fische findet, die darin zappeln, in unwahrscheinlichen Farben schimmernd: rot, grün, silbern ...

Ganz so flimmerte es ihm jetzt vor den Augen, wenn er sich die kommenden Tage vorzustellen suchte.

Daheim besaß er ein Bildnis des Herzogs Karl Alexander von Württemberg, in Silber, Email und Turmalin ausgeführt, das er zum Geschenk erhalten hatte, als er noch in Diensten des Herzogs in der Festung von Belgrad stand. Jetzt erinnerte er sich deutlich an dieses Kleinod: In der Mitte war das Miniaturporträt des Herzogs, von einem barocken keulenschwingenden Herkules gehalten und zugleich von einem Mars mit Schild, auf dem ein Medusenhaupt lautlose Schreie auszustoßen schien. Über dem Ganzen schwebte eine geflügelte Siegesgöttin mit erstaunlich rosigen Brüsten und blies in eine Fanfare.

Mit dem Halbmond geschmückte Fahnen, Trommeln, Keulen, Äxte und Roßschweife lagen untertänig zu Füßen des lächelnden Herzogs im Harnisch und mit einer Perücke auf dem Kopf. Neben der Erinnerung an dieses Bild tauchten noch andere auf, aus der Zeit, als das Regiment der Donaugrenzer gegen die Türken kämpfte und in der Festung von Belgrad einquartiert war. Der Jüngste im Regiment war auch der Liebling am Hofe des Herzogs und diesem oft zu persönlichen Dienstleistungen zugeteilt. Im übrigen war dieser Dienst alles andere als leicht. Oft erstreckte er sich auch auf die herzoglichen Schlafgemächer und die Wechselstuben der Griechen und Juden, die alle miteinander nicht imstande waren, für den Bedarf des Herzogs aufzukommen, und auch auf die Spieltische des Herzogs, wo man seinen Mann stellen mußte. Nein, leicht war dieser Dienst gewiß nicht, obwohl Vuk Isakowitsch oft dabei nichts anderes zu tun hatte, als den Mund zu halten und allenfalls die Kerze.

Alle diese Erinnerungen waren für ihn jetzt, da er so feist und schlaff geworden war, weder ermutigend noch schmeichelhaft. Er gedachte dieses Mannes als eines seltsamen Ungeheuers, das die Gewohnheit hatte, ihn während des Gesprächs an einem Knopf zu packen und festzuhalten und ihm dabei ins Gesicht zu atmen.

Aber da waren noch Erinnerungen ganz anderer Art, die Vuk in seinem beklagenswerten Zustand, mit seinem staubbedeckten Haar, seinen schlaffen Lippen und hängenden Hosen sehr zu schaffen machten und ihn in größte Verwirrung stürzten: Die Herzoginmutter, jetzt eine Witwe nach dem Tod des seligen Karl Alexander, war damals zu seiner Zeit noch eine junge Frau gewesen – mit spannhohen seidenen Absätzen und entblößten Brüsten, so rosig wie die der Siegesgöttin auf dem Bildnis des Herzogs.

VI

Die Vergangenheit ist ein schrecklicher trüber Abgrund; wer in dieses Dunkel eingeht, ist nicht mehr und ist niemals gewesen

Vuk Isakowitsch war nicht der Geliebte der Gemahlin Alexanders von Württemberg gewesen. Sie hatte in der Stadt Belgrad überhaupt keinen Liebhaber gehabt.

Sie sah ihn nur immer wieder vor der Tür stehen, die zu den Gemächern ihres Gatten führte – jung und schön gewachsen –, und bald bemerkte sie auch, daß er sie entzückt, sehnsüchtig und erschrocken anblickte, so, als sei sie vom Himmel herabgestiegen. Sie fand das amüsant, und so begann auch sie ihn zu beobachten, ganz wie man belustigt ein Kätzchen betrachtet, dem man ein Knäuel zugeworfen hat. Dem Gatten sagte sie, Isakowitsch wäre für sie bloß ein

Kind, obgleich er in seiner Uniform und besonders, wenn er regungslos stramm stand, eher einem Holzklotz glich.

Dann begann sie häufiger an ihm vorbeizukommen und dabei ihr Gewand zu prüfen, ob sich nicht immer wieder etwas fände, was von ihren Kleidern sorgfältig zu entfernen wäre, eine Winzigkeit, ein Flaumfederchen, ein Staubkörnchen – für ein fremdes Auge gar nicht sichtbar. Oft stand sie in seinem Beisein am Fenster über dem Festungswall und den aus ihren Ufern getretenen Gewässern und blickte zum Abendhimmel auf. Trotzdem sah sie ihn verstohlen aus den Augenwinkeln an und beobachtete ihn, während sie irgend etwas Belangloses zu ihren Damen und ihrer Begleitung sagte.

Ihm gegenüber spielte sie die Erhabene, Unberührbare. Obgleich sie schon einen erwachsenen Sohn hatte, wünschte sie, dieser junge Wilde aus jenem merkwürdigen Volk möge denken, sie sei unschuldig und unerreichbar wie eine Jungfrau. Und das gelang ihr auch. Sobald er am Morgen seinen Dienst antrat, pflegte sie wie von ungefähr an ihm vorbeizukommen, ohne Perücke, mit ihrem kurzen, krausen Haar, schwarz wie das einer Teufelin, mit entblößtem Busen, und ihn mit einem Auge durch ihr Lorgnon anzusehen, daß er zunächst wie angewurzelt dastand, um dann zu erblassen und sie mit weit aufgerissenen Augen anzugaffen.

Wenn er aufgefordert wurde, an der herzoglichen Tafel teilzunehmen, übersah sie ihn vollständig und richtete auch niemals das Wort an ihn, während er sich bemühte, seine zitternden Hände unter dem Tisch zu verbergen.

Mehrere Frauen, darunter eine Französin aus einer Temesvarer Theatergruppe, hatten Vuk Isakowitsch in all das eingeweiht, was Frauen Vergnügen bereitet, und so wußte er recht gut, was er jetzt eigentlich zu tun hätte, aber er bekam es mit der Angst. Sie schien ihm völlig anders zu sein als alle anderen: erhaben, unvergleichlich, überirdisch. Keiner seiner Kameraden hätte an dergleichen auch nur im Traum zu denken gewagt, obwohl sie auch bei Hof als Liebhaber berühmt waren. Er hatte zwar schon ihre hohen seidenen Stöckel und die golddurchwirkten Strümpfe sehen können, ja sogar ihre pfirsichfarbenen Knie, wenn er ihr beim Ausreiten in den Sattel half, doch redete er sich selber ein, dies alles bedeute bei ihr nicht das gleiche wie bei anderen Frauen, und daß sie vor Scham sterben wurde, wenn sie wüßte, worauf er aus war. Auch die übrigen Serben, denen manchmal die Ehre zuteil wurde, an der Tafel der Herzogin zu speisen, dachten gleich ihm.

Fast jeden Abend wurde er zum Kartenspielen an ihren Tisch herangezogen, und es machte ihn glücklich, unbemerkt von allen, die Spitzen ihrer achtlos weggelegten Handschuhe zu berühren oder mit der Hand über ihren Mantel zu streichen. Nach solchen Abenden veranstalteten Vuk Isakowitsch und seine Freunde gewöhnlich ein Saufgelage bis zum Morgengrauen, wo sie zu Geigengefiedel laut grölten und vor Redseligkeit und Kraft schier barsten.

Vuk war ganz schmal geworden von seiner Liebe und Sehnsucht, an der er so sehr litt, daß es sogar die anderen bemerkten. Da er seinen Dienst untadelig versah und für seinen Mut bekannt war, ergab es sich, daß er auf ausdrücklichen Wunsch des Herzogs einige Walachenpferde zu zähmen und einzureiten hatte. So also mußte Vuk Isakowitsch, der Jüngste im Regiment, hoffnungsvoller Sprößling eines der fähigsten Kaufherren des Prinzen von Württemberg, in wenigen Monaten schweigend dies alles über sich ergehen lassen: seine Einsamkeit neben ihrem Schlafgemach, auf ihren Schritt lauschend; durchwachte Nächte vor ihrer Tür, während die Dienstmägde ihre Kleider heraus und ihr Nachtgewand hineintrugen; den berauschenden Duft von Gras und Erde, aufgewühlt von den Hufen der Pferde bei den Ausritten mit der Herzogin.

Ihr gemeinsames Geheimnis wurde immer unerträglicher, denn sie richtete es so ein, daß er sie fast die ganze Zeit vor Augen hatte, wenn er seinen Dienst versah, besonders des Nachts, aber auch am Morgen, wenn sie an ihm vorüberging, noch heiß vom Schlaf und erfüllt von einer ihr bisher unbekannten Begierde, die sie ganz unerwartet in ihren Träumen überkommen hatte. Eines Tages, als sie beinahe vom Pferd gefallen wäre, lehnte sie sich ganz schwer an ihn, während er ihr zu Hilfe eilte. Damals wagte er es zum ersten Mal, sie absichtlich zu berühren, wobei ihn vom Scheitel bis zur Sohle ein Schauer durchlief.

So lebte Vuk Isakowitsch linkisch und untertänig fast ein halbes Jahr lang wie in der Hölle, ohne auch nur eine andere Frau anzusehen – bis auf diese Hohe, Einzigartige, Duftende. Brünstig und ganz von Sinnen, erschien ihm die Nachricht, daß es zu Herbstbeginn gegen die Türken losgehen und die Herzogin nach Temesvar übersiedeln sollte, wie eine Himmelsbotschaft. Da er es nicht wagte, ihr auch nur mit einer Handbewegung, mit einem Wort seine Liebe zu zeigen, war er froh, sie loszuwerden und sich diese Tag für Tag erneuernde Qual vom Leibe zu schaffen. Es war seine erste wahre Liebe, und sie hatte ihn gerade zu der Zeit überfallen, als der Vater ihn verheiraten wollte.

Dennoch traf ihn der Gedanke, er würde die Herzogin vielleicht nie mehr wiedersehen, wie ein Schlag. Mit weit aufgerissenen Augen blickte er sie so traurig an, daß ihre Überlegenheit dahinschwand und sie nicht mehr wußte, was sie in diesen letzten Tagen mit ihm beginnen sollte. Nun, da sie wußte, daß die Abreise nahe bevorstand, und sie einander jeden Tag sahen, fühlte sie immer deutlicher, sie hätte ihm doch – einen kleinen Beweis ihrer Gunst zumindest – gewähren müssen, denn es war offensichtlich, daß dieser junge Offizier, den sie sich manchmal als Räuberhauptmann im Gebirge vorstellte, unsterblich in sie verliebt war.

An einem Septembertag, als sie sich in der Mittagsstunde zu ihrem Gemahl begeben wollte, der gerade dabei war, irgendwelche Griechen auszuzahlen, und dabei ein solches Gebrüll erhob, daß es durch zwei Säle hindurch zu hören war, hielt sie, sobald sie Vuk erblickte, inne und wandte sich zurück, nahm die Perücke ab und fuhr sich durch das Haar. Dann ging sie nochmals an dem schnurrbärtigen Offizier im Korridor vorbei, der zum Gruß das Gewehr auf den Boden stieß. Als sie dann die Tür hinter sich schloß, zuckte Isakowitsch zusammen.

Vor seinem offenen Fenster summte ein Mückenschwarm, und darunter grünten die Festungswälle. Endlos dehnte sich das Unkraut und Schilf gegen Norden zu aus, längs des Flusses, auf dem einige Kriegsboote mit großen grünen Segeln zu sehen waren, in deren Schatten je eine Kanone gähnte. Auch die Wolkendecke am Himmel hing wie eine nasse Segelplane über dem warmen Gewässer.

Während die Herzogin mit dem kleinen Goldkreuzchen an ihrem Hals spielte, als wolle sie die Aufmerksamkeit des jungen Mannes auf den rosig dunklen Einschnitt zwischen ihren Brüsten lenken, fragte sie ihn, ob ihre Reisekutsche, die sie in Begleitung des jungen Grafen Pataschitsch nach Temesvar bringen sollte, schon angekommen sei. Dann trat sie ganz nahe an ihn heran, und während sie ihm zum erstenmal tief in die Augen blickte, fragte sie, ob sein Dienst ihn auch nach Temesvar führen werde, wo das Leben viel angenehmer und komfortabler sei, oder nach Wien, oder aber nach Württemberg, wo sie ihm für seine treuen, ihrem Gatten geleisteten Dienste danken würde. Dabei lachte sie plötzlich so ausgelassen auf, daß ihm die Knie weich zu werden begannen. Dann beugte sie sich wie zufällig aus dem Fenster über den Abgrund der Wälle und Gräben. Und wie zufällig ließ sie mit einem leisen Aufschrei ihr Kreuzchen aus den Händen fallen.

Diensteifrig und atemlos sprang Vuk Isakowitsch herzu, und da bedeutete sie ihm, er dürfe sich ruhig über sie hinweg aus dem Fenster beugen, vielleicht würde er das Goldkreuzchen im Gras erspähen. Dabei horchte sie, ob nicht jemand käme. Sie wußte, daß nur zwei Säle sie vom Salon ihres Gatten trennten.

Da das Fenster schmal war, drückte er sich ungeschickt und schwer, wie ein Geharnischter im Eisenpanzer, an die Wand, um der Berührung mit ihrem Körper auszuweichen. Sie aber, aus dem Fenster vornübergebeugt, befahl ihm noch einmal, über sie hinwegzuspähen, wobei sie ihn an der Hand nahm, die kalt wie die eines Toten war. Sie drehte ein wenig den Körper zur Seite und berührte ihn dabei mit ihrer Brust, um seine Nähe zu spüren, jetzt, da sie erst erriet, was sie hätte haben können und was sie nun für immer verlieren würde. Vuk Isakowitsch war schön in diesem Augenblick, mit seinen wie im Fieber glühenden Augen von der Farbe alten Goldes, mit seinen blutleeren Lippen unter dem kohlschwarzen Schnurrbart, der sich wie eine Schlange um seinen Mund wand und für die Herzogin ein so ungewohnter

Anblick war. Er war totenblaß geworden und stand noch steifer da als sonst.

An diesem Tag verließ sie nicht mehr ihre Gemächer, in die sie sich unter Tränen und voller Bitterkeit eingeschlossen hatte. Am Abend meldete man ihr, daß die Reisekutsche angekommen war und sie am übernächsten Tag aufbrechen würde.

Als sie am folgenden Morgen erwachte und im Hof den großen Reisewagen erblickte, wurde sie fast krank vor Zorn. Jetzt, da es soweit war, daß sie abreisen sollte, lag ihr nichts mehr daran, und sie wünschte wenigstens noch so lange bleiben zu können, um mit ihm ungestört nur ein einziges Mal eine Stunde zu verbringen. Gewohnt, hemmungslos ihren Wünschen nachzugeben, fühlte sie, wie verrückt sie nach ihm war und wie allzu gerne sie noch länger unter diesem tiefblauen östlichen Himmel geblieben wäre, der ihr anfangs so langweilig erschienen war, ebenso wie die Festungswälle, der Morast und der ewig gleiche Fisch auf ihrer Tafel, die ewig gleichen Gespräche. Dieser Isakowitsch war so ganz anders als ihr Gatte und anders auch als alle bisherigen Liebhaber: düster, schweigsam, voller Bescheidenheit und Zurückhaltung.

Den ganzen Vormittag quälte sie sich mit ihrem Verlangen ab und versuchte noch in aller Eile, Vuk in ihr Gefolge einzureihen oder in ihre Leibgarde, oder ihn gar nach Temesvar versetzen zu lassen, wobei sie sich wie eine Viper vor den älteren Offizieren und ihrem Gatten wand. Schließlich, knapp vor Mittag, ließ sie die Hände in den Schoß sinken und ergab sich in ihr Schicksal. Sie weinte herzzerbrechend, während ihre Damen und Mägde sie mit Wasser besprengten, ihr die Glieder rieben, sie ankleideten und für die bevorstehende Reise zurechtmachten und ihr dabei Neuigkeiten über den jungen Grafen Pataschitsch zutrugen, von dem man allgemein sagte, er sei sehr schön, und der sich höflich nach ihren Befehlen für die Reise erkundigt hatte: ob sie in seiner Gesellschaft zu Pferd oder in der Kutsche zu reisen gedenke. Als ihr dann zu Mittag alles, was sich am Tag vorher zugetragen hatte, nochmals in den Sinn kam, verlor sie ganz den Kopf, und brennend vor Sehnsucht, Stolz und Trotz, schickte sie zunächst den Offizier vor der Tür Vuk Isakowitschs weg. Dann stürzte sie in sein Zimmer, wo gerade an diesem Tag viel Staub lag und wo Isakowitsch eben damit beschäftigt war, einen Sattel zu untersuchen, der einem Türken für den Herzog abgekauft worden war.

Fahl im Gesicht von den durchwachten Nächten, erhob er sich erschrocken, und sie befahl ihm mit einem dreisten kleinen Lächeln, das Fenster zu öffnen. Ganz nahe kam sie an ihn heran, sah ihm fest in die trübgewordenen, rot umränderten Augen und beugte sich dann, ganz wie am Tag vorher, aus dem Fenster über die Wälle und Gewässer. Dabei fragte sie ihn, ob die Soldaten vielleicht ihr Kettchen gefunden hätten?

Das Wetter war noch wärmer als tags zuvor, heiß, stickig, bewölkt und Regen ankündend.

Während sie ihn fragte, ob er jetzt nicht doch etwas im Gras liegen sähe, kam sie ihm ganz nahe. Sie hatte ihr Jagdkleid an, und durch den weichen, leichten Stoff konnte sie seine Knie und Schenkel spüren.

Einige Augenblicke verweilte sie in dieser Stellung, über die beklemmend duftenden, in schwülen Dunst gehüllten Felder und Wasserläufe, die samenträchtigen Pflanzen und Stauden geneigt, zwischen seinen Körper und die Wand gepreßt. In der vollkommenen Stille neigte sie sich noch tiefer hinab, als wolle sie unten im Gras das verlorene Schmuckstück suchen, reckte und wand sich und schlug schließlich beide Hände vors Gesicht, als sie fühlte, wie er sich, am ganzen Körper zitternd, über sie beugte. Immer enger drückte sie sich an ihn und begann selbst, von Wollust überwältigt, zu beben. Alles drehte sich ihr im Kopf.

Und gerade als sie sich mit angehaltenem Atem und halboffenem Mund umwenden und aufrichten wollte, um etwas zu sagen, spürte sie, wie all das, was ihre Sinne anspannte, plötzlich in ihr hoch emporwuchs wie etwas Körperloses und so Wunderbares, daß sie vor lauter Staunen weit die Augen öffnen wollte. Doch der Kopf war ihr schwer geworden, und betäubt vom schwülen Duft der Gräser, sank sie langsam, wie zögernd, die Knie fest aneinandergepreßt, in Ohnmacht.

Dieses Erlebnis hatte Vuk Isakowitsch etliche Jahre in seinem Kopf herumgewälzt.

Und nun, dreißig Jahre später, tauchte in seinem Leben wieder diese Frau auf, an die er stets mit der gleichen tiefen Bewunderung und grenzenlosen Verehrung zurückgedacht hatte und mit der auch so viele Erinnerungen an jene Festung hoch über der Donau, an seine alten Regimentskameraden, an die Farben jenes Herbstes und an seine Jugend verknüpft waren. Ohne nach ihr gesucht zu haben, sollte er sie jetzt wiedersehen. Sie wartete auf ihn in jenem kleinen Städtchen, wo das Heer, wie sie wußte, vorüberkommen mußte.

Inzwischen traf ein Kurier nach dem andern beim Regiment ein. Alle brachten Grüße vom Herzog und der Herzoginmutter, die ihnen entgegenreisten.

»Ich hätte Sie nicht wiedererkannt«, sagte nach dem glanzvollen Empfang die Mutter des Herzogs Karl Eugen von Württemberg zu Vuk Isakowitsch, als er, steif und aufgedonnert, mit seinen blauen Schärpen, den weißen, bis zu den Ellbogen reichenden Handschuhen und den roten, vorne wie ein Beutel, hinten wie ein Sack herabhängenden Hosen, vor ihr stand. »So sehr haben Sie sich verändert, und so alt sind Sie geworden!«

Verlegen lächelnd, als hätte er sich etwas zuschulden kommen lassen, benahm sich der Major noch ungeschickter, da er nun im Spiegel, vor dem die Herzogin stand, sich selbst erblickte und dahinter die ganze Gruppe der serbischen Offiziere, die angespannt den Worten der Herzogin lauschten und dabei vor Erregung so stark atmeten, daß er den Lufthauch im Nacken spüren konnte.

In dem Spiegel, der, groß wie ein Tor, die milchigen, mit Goldleisten eingefaßten Wände zurückwarf, die mit weißen Engeln und Schäferinnen, deren hochgeschürzte Gewänder die rosigen Knie sehen ließen, geschmückte Decke und die geschmiedeten Blüten- und Putten auf dem mit zahllosen Kerzen bestecken Bronzeleuchter, erblickte Isakowitsch erschrocken auch sie, die Unvergessene, bevor er sich ihr zuwandte und ins Gesicht sah.

Sie hatte sich wie ein junges Mädchen hergerichtet – mit einem großen, von einem weißen Band zusammengehaltenen Haarschopf, der hinten herabhing wie ein eingebundener Pferdeschweif. Ihre entblößten Schultern glänzten, mit den tiefen weiß gepuderten Hautfalten, wie an der Sonne gebleichte Knochen. Ihr steifer Rücken war in einen Seidenpanzer eingeschnürt und ihre Taille hart und rund wie der Stamm eines alten Birnbaums, der nur noch dazu gut ist, seidene Röcke an ihm aufzuhängen. Als er jetzt diese Vogelscheuche betrachtete, kamen Isakowitsch auch seine Kameraden mit ihrem pomadisierten Haar, ihren in steife Kragen eingezwängten Hälsen, mit ihren breiten, goldgeflochtenen Epauletten und den an die Brust gepreßten Dreispitzen – er konnte sie nun im Spiegel vor einer riesigen, hölzernen Standuhr sehen, deren Pendel, gelbglänzend wie die Sonne, unaufhörlich hin und her schwang – wie Fastnachtsmasken vor. Einen Augenblick lang glaubte er, das Bewußtsein zu verlieren. Er wußte nicht mehr, wo er sich befand.

Als er sie dann bestürzt ansah, nahm er wahr, daß ihr Kleid ganz aus weißem und rosafarbenem Spitzengeriesel bestand, mit zwei riesengroßen Schleifen an der Brust und mit Ärmeln, die vom Ellbogen an schon so faltenreich wie ein Gewand waren. Ins Haar hatte sie sich riesige Federn gesteckt und mit Perlenagraffen befestigt und unter das Kinn eine breite blaue Masche gebunden. Unterhalb der rechten Schulter trug sie einen Blumenstrauß. Ihr Hals war ganz verrunzelt, und auf der linken Seite der entblößten Brust trat eine lange, dünne, blaue geschlängelte Ader hervor. Die anscheinend zu großen Brüste mußten sie wohl stören, denn sie hatte sie mitsamt dem ganzen Brustkorb so zusammengepreßt, daß sie jetzt eine, wenn auch abgeflachte, so doch gefällige Form bekommen hatten. Sie fächelte sich andauernd mit einem Fächer, den Vögelchen und Schäfchen zierten und dessen Griff eine winzige Uhr schmückte. Sie hatte knotige Finger, und dicke Adern liefen kreuz und quer über ihren Handrücken.

Mit aufgerissenen Augen sah Vuk Isakowitsch dies alles – ihr gealtertes Gesicht mit dem runzligen Doppelkinn und der schlaffen Haut unter den Ohren, die roten Äderchen auf den Backenknochen unter der weißen Puderschicht, die das ganze mit schwarzen Schönheitspflästerchen belebte Gesicht überzogen. Ihre Nase schien aus drei runden Teilen zusammengesetzt, aus der Spitze und den beiden dick gewordenen Nasenflügeln, und die Augenbrauen waren nichts als zwei schiefe, tückische, aufgemalte Striche. Einzig in ihren großen Augen lag etwas von der einstigen dunklen Schönheit verborgen, doch auch sie waren in die Höhlen eingesunken und lagen zwischen Gruben, Hautfalten, Tränensäcken, weißen Flecken und allerlei Hautunreinheiten.

Sie musterte ihn mit einem leicht verächtlichen Lächeln, und auch sie staunte über seine schiefe Haltung, seinen erschlafften Mund, den hängenden Schnurrbart, über seinen müden Blick; aber am meisten störte es sie, daß er fortwährend von einem Fuß auf den anderen trat. Auch ihr schien es, ebenso wie allen anderen, als habe er eine gewisse Ähnlichkeit mit einem in Kleider gehüllten Faß, innen hohl und leer.

Obgleich sie sich liebenswürdig zeigen wollte, hatte ihre Geste doch etwas Spöttisches und Verächtliches an sich, wenn sie ihre Hand den Offizieren unter die Nase schob, von denen sie einzig Isakowitsch persönlich kannte, den Ältesten aus dem Regiment der Donaugrenzer, das unter ihrem verstorbenen Mann in der Festung von Belgrad gedient hatte.

Während die anderen sie ehrerbietig umringten, sah sie noch wiederholt zu ihm hin, lächelnd und mit einem süßsauren Ausdruck der Genugtuung und der Verwunderung. Einige Male noch maß sie ihn aufmerksam vom Scheitel bis zur Sohle, während er ihr verwirrt seine Offiziere vorstellte. Mit einem Gefühl fürchterlicher Leere in seinem Innern hörte er ihre Stimme und ihr Lachen, eiskalt bis zu den Knien, doch mit großen Schweißtropfen auf der Stirn.

Zu ihrem Sohn, dem Herzog Karl Eugen, gewandt, der staunend vor der Suite von Damen, Hofbeamten und Kürassieren stand, ebenfalls mit weißer, von einem schwarzen Band zusammengehaltener überpuderter Perücke und spitzenbedeckt, sagte die Herzoginmutter so laut, daß alle Anwesenden es hören konnten: »Seht Euch diese Herren da an. Es sind treue und ehrliche Leute. Sie dienten unter dem Kommando meines gottseligen Gemahls, und so wie sie Ihm allzeit zugetan und ergeben waren, so hat auch Er ihnen immerdar seine Liebe und Wertschätzung geschenkt.«

Des Herzogs linke Hand spielte, mit der Kette seiner Uhr, deren Miniaturen, welche Blumen, Amoretten und mythologische Gestalten von Göttinnen zeigten, er angelegentlich betrachtete; ab und zu lüftete er mit seiner Rechten verlegen einen seiner Rockschöße, denn er fühlte sich durch die Ansprache seiner Mutter in die unangenehme Lage versetzt, jetzt auch einige Worte sagen zu müssen.

Zu seiner Erleichterung hatte die Herzogin ihre Rede nur kurz unterbrochen und fuhr, mit einem bewegten Blick auf die Serben, gleich wieder fort: »Ich zähle diesen Tag zu den glücklichsten meines Lebens, da es mir vergönnt ist, noch einmal jene zu sehen, die immer und allezeit meinem Hause treu und gewogen waren!« Dann brach sie in Tränen aus, die sie bei der Erinnerung an die in Serbien an der Seite ihres Gatten verbrachte Zeit nicht zurückzuhalten vermochte.

Die Offiziere, gewohnt, sich in allem und jedem nach ihrem Kommandanten zu richten, hefteten ihre Blicke auch jetzt auf Isakowitsch, um so mehr, als man im Regiment etwas von seiner Bekanntschaft mit der Herzogin munkelte. Ihre Lage war keineswegs angenehmer als die seine: aufgeputzt, gestriegelt und geschniegelt, gebürstet und eingeschnürt in neue lederne Leibgurte, die bei jedem Schritt laut knirschten, glaubten sie, im Licht der aberhundert Kerzen die Spuren der letzten Wochen nicht verbergen zu können: den Regen, die Übernachtungen in irgendeinem Dorf oder einfach unter einem Wagen, das verwilderte Haar, die Unsauberkeit und die Verwahrlosung. Auf dem spiegelnden Parkettboden bewegen sie sich unsicher, eingeschüchtert von den halbnackten Göttinnen, die in allen Nischen und Ecken aufgestellt waren, gerade dort, wo sie sich zu verkriechen gehofft hatten. Die liebenswürdigen Höflinge mit den duftenden wohlfrisierten Perücken, langen Samtröcken und gertendünnen Paradedegen, die sie zu einem Kartenspielchen aufforderten, kamen ihnen ebenso merkwürdig vor wie die Hofdamen, die sie nach den im Freien verbrachten Nächten ausfragten. Auf ihren Köpfen trugen diese Damen ein ganzes Gebüsch aus Blumen und Federn über den geschminkten Gesichtern und entblößten Brüsten; und Reifröcke, so breit, daß Isakowitschs Offiziere, wenn sie vorbei wollten, sich in acht nehmen mußten, nicht eines der kleinen runden Tischchen umzustoßen, auf denen Vasen aus Alabaster standen.

Schwitzend und eingezwängt in ihre Uniformen, in denen sie sich linkisch und schwerfällig vorkamen, verlief der Abend für sie wie für ihren Kommandanten zunächst äußerst qualvoll. Sie blieben die ganze Zeit über dicht nebeneinander in einem Rudel, verbeugten sich, lächelten, gaben bestürzt und übereifrig Bescheid – immer auf dem Sprung, die Flucht zu ergreifen. So manche im Regiment geschlossene Freundschaft oder Bruderschaft festigte sich fürs Leben an diesem Abend gemeinsamer Folterqual.

Im Anschluß an die Worte des jungen Herzogs versuchten die Höflinge auftragsgemäß den Grenzeroffizieren die eigenartige und ungünstige Lage des Herzogtums Württemberg in dem ganzen Wirrwarr um den Kaiserthron, auf dem obendrein noch eine Frau saß, zu erklären und sie für diesen Krieg zu begeistern. Sie rühmten dabei die mit Blut besiegelte Freundschaft zwischen Württemberg und den Serben, die aus mehreren Gründen bedeutungsvoll sei: vor allem, weil sie den Ruhm der Serben in der ganzen Welt verbreiten werde, und außerdem, weil es Gottes Wille sei.

Die serbischen Offiziere indessen, gerade im Begriff, sich an die Kartentische zu setzen, waren nicht gerade erbaut von diesen Lobhudeleien. Hauptmann Antonowitsch, der reichste von Isakowitschs Offizieren und außerdem ein Kartenspieler mit Fingerspitzengefühl, erklärte ihnen im voraus, auf welche Weise man sie beim Spiel hereinlegen werde, und warnte sie insbesondere vor den Damen, die sich, dicht an ihre Knie geschmiegt, an sie heranmachen würden. Und so mußte manche Schöne, die sich, kokett hinter ihrem Fächer hervorlächelnd, eigentlich mit ganz anderen Erwartungen den Offizieren genähert hatte, mit aufblitzenden Augen ihre Enttäuschung herunterschlucken, denn die serbischen Offiziere betrachteten sie zunächst nur als ein unvermeidliches Übel. Krampfhaft in der einen Hand die Karten, in der anderen den Geldbeutel haltend, riefen sie einander auf serbisch Witze und Anzüglichkeiten über die Köpfe der anderen hinweg zu, heilfroh, daß niemand sie verstehen und übertrumpfen konnte. Was aber die freundschaftlichen Beziehungen zwischen den Serben und den Württembergern anging, so hatten sie darüber ihre eigene Meinung und schimpften leise, aber unbekümmert auf Württemberg und alles, was württembergisch war.

Trotzdem waren sie völlig geblendet von dem unheimlichen Geflacker der Kerzen in den Silberleuchtern, von dem Gefunkel der Spiegel, den schwarzlackierten Ziertischchen, Schnitzereien, Marmorkaminen und seidenbespannten Bänkchen – so sehr geblendet, daß sie schließlich selbst wünschten, beim Spiel zu verlieren und sich, geschmeichelt und berauscht von dem Glanz und dem duftenden Gedränge halbentblößter Frauen, besonders hervorzutun und allen zu beweisen, wie reich, wie großzügig, gutmütig und liebenswürdig sie waren, die Allerbesten und Unwiderstehlichsten! Sie wetteiferten darin, sich die hübschesten Damen abzujagen, lutschten in einer Wolke von Puder und Parfum Bonbons und stopften sich die Taschen mit zarten Tüchlein und Haarlocken voll, die ihnen die schönen Damen unter dem Tisch als Andenken zusteckten. Vergebens rief ihnen Antonowitsch, der die Karten austeilte und die Goldstücke einstrich, Ermahnungen zu: Sie waren nun endlich aufgetaut und in Stimmung gekommen, stießen Tischchen um und schaukelten auf den Fauteuils, daß sie unter ihnen zusammenkrachten wie Nußschalen.

Als dann die Flügeltür geöffnet wurde, die den Blick freigab auf den abendlichen Garten, zu dem von der Terrasse Stufen hinunterführten und der mit seinen gestutzten Hekken und verschlungenen Irrwegen, an deren Ende eine weiße Säule hervorleuchtete, lange Schatten warf, ließen sich Isakowitschs Offiziere von dem leichten, kaum wahrnehmbaren Windhauch unter dem gleichmäßig wasserfarbenen Himmel Kühlung zuwehen. Zerbrechlich wie die Glasscheiben der großen, weitgeöffneten Flügeltür vor ihnen, die so anfällig und spröde waren, daß sie bei dem leisesten Druck oder bei einer jähen Berührung mit dem Ellbogen, Degen oder einem Möbelstück zerspringen und in tausend Stücke zersplittern könnten, dachte doch keiner der Grenzeroffiziere daran, daß auch er vielleicht dem Tode nahe war und in wenigen Tagen nicht mehr sein würde, ganz wie die bunten Schmuckgirlanden aus Goldpapier, Blumen und Glaskugeln, die man ihnen zu Ehren unter der Decke und an den Wänden der Säle aufgehängt hatte. Keinem von ihnen kam der Gedanke, daß er nichts zurücklassen würde, nichts, was Dauer, Schönheit oder Frieden verströmt hätte wie dieser Abend über dem Park, der erfüllt war von einer Unzahl von Lebewesen, die jetzt zur Ruhe gingen, um am nächsten Morgen wieder neu zu erwachen, daß von ihm, genauso wie von den Windspielen da vor ihnen, nichts anderes übrig bleiben würde als eine behaarte Haut und ein stinkender Leichnam, und daheim, in Armut und in Elend, ein paar Verwandte, die sich noch eine Zeitlang seiner erinnern würden.

Als Isakowitsch sie schließlich ermahnte, sich zu verabschieden, murrten sie und wollten noch bleiben. Es war ihnen für eine kurze Weile im Widerschein der Spiegel so gewesen, als hätten sie im Himmel zwischen Sternen, leise schaukelnd auf leuchtenden Milchstraßen, gesessen. Am Ende ihrer tollen Reise, nach all dem Staub, den sie schlucken mußten und der ihnen Kehle, Nase und Mund gefüllt hatte und in den Hautfalten ihrer Gesichter haften geblieben war, nach pausenlosen Märschen über Berge und Ströme, durch Pfützen und über Zäune, durch Weiler und Obstgärten, Hinterhöfe und Tennen, schienen sie jetzt in eine andere, jenseitige Welt versetzt worden zu sein, wo die Menschen, in Seidengewänder gehüllt, nichts zu tun hatten, als regungslos jahrhundertelang dazusitzen und in den abendlichen Park zu blicken, auf köstliche Fontänen und erlesen schöne Frauen, beschwingt und duftend, umgeben von Wänden und Möbeln aus kostbaren Hölzern, aus Rosenholz und Tuja, mit Seide bespannt oder mit Marmor verkleidet, wo es genügte, zwischen diesen vom Mondschein bestrahlten Spiegeln nur die Hand auszustrecken nach allem, was das Herz begehrte: dem Abendhimmel, den schönsten Kleinodien, nach einer göttlich gerundeten Frauenbrust, nach Stille und nach Vergessen.

Einige der württembergischen Kürassiere begannen jetzt mit gezinkten Karten zu spielen, und manche der Damen versuchten die serbischen Offiziere zu einem Spaziergang im Garten zu bewegen. Gegen Ende des Abends war die Stimmung ganz ausgezeichnet – und die Herzoginmutter sehr zufrieden mit ihren Schützlingen.

Und doch hatten, trotz der lärmenden Gespräche und des übermütigen Getuschels und Gelächters, die Augen der Grenzeroffiziere ständig Vuk Isakowitsch gesucht, wo immer er sich auch im Saal befand, während er selber bescheiden hinter den riesigen nachschleppenden Schleifen und Bändern der Herzoginmutter einhertrottete.

Vuks Leute wußten, daß die Serben weithin berühmt waren ob ihrer Manneskraft, und waren stolz darauf, diesen Ruhm im ganzen deutschen Kaiserreich zu verbreiten. Sie wußten auch, daß Isakowitsch einst der Liebling des württembergischen Hofes gewesen war, und mit ihm das ganze Donauregiment, und jetzt warteten sie wie auf ein Wunder: War er auch der Prinzessin unvergeßlich geblieben? Es hätte ihnen leid getan, in dieser Hoffnung enttäuscht zu werden. Verärgert, weil sie die festliche Gesellschaft verlassen mußten, beobachteten sie halb erbost und halb befriedigt, wie die Prinzessin Isakowitsch aus dem Weg ging und wie er immer müder und stiller wurde.

Tatsächlich mied Vuk Isakowitsch die unmittelbare Nähe der Herzoginmutter, und auch sie suchte die seine nicht. Er vermied es ihr ins Gesicht zu sehen und in ihrer Nähe zu bleiben. Der Unterschied zwischen jener, die er in seiner Erinnerung bewahrt hatte, und dieser hier war so ungeheuer, daß er den ganzen Abend über mit weit aufgerissenen Augen im Saal umherging, wie von Sinnen, verzweifelt darüber, daß er auch diese letzte Prüfung noch über sich ergehen lassen mußte, und nur von einem Wunsch beseelt: dies alles möge so rasch wie möglich ein Ende nehmen. Darum stand er beim Abschied auch in ziemlich lässiger Haltung vor ihr.

Überraschend erklärte die Herzoginmutter, sie wünsche das Lager zu besichtigen, und Isakowitsch versprach ihr, für den Morgen alles so zu ordnen und bereitzustellen, daß sie kommen könne. Sie indessen versprach ihm mit einem müden Lächeln, in das sich ein gut Teil Bosheit mischte, einige Hammel und Rinder und ein paar Fässer Bier für die Mannschaft zu schicken, und für die Offiziere Hühner, Wein und Kraut. Dann reichte sie ihm zum letzten Mal ihre sehnige Hand zum Kuß.

So also brach Vuk Isakowitsch zu seiner letzten Wegstrecke auf, die ihn an den Rhein führen sollte, in das kleine Städtchen Stuckstadt, wo er bereits im Lager des Generalfeldmarschalleutnants Johann Leopold Bärenklau, dem Kommandanten der gesamten Vorhut, erwartet wurde.

Am anderen Ufer des Stroms lagen die vorgeschobenen Posten der Franzosen, die auch am Tage, vor allem aber nachts, gemächlich, jedoch unaufhörlich herüberschossen.

Die großen Massen der österreichischen Heeresmacht sammelten sich im Laufe des ganzen Frühlings 1744 am Rhein; langsam und sich vortastend wie Schnecken, krochen sie durch das feindliche Bayern in die Oberpfalz, durch das unentschlossene Württemberg, durch Baden und Hessen, um Frankreich anzugreifen, stets dessen eingedenk, daß sie Preußen – furchtbar und stählern – im Rücken hatten.

Karl von Lothringen hatte es weder eilig, vom Wiener Hof fortzukommen, noch war er willens, diese Masse gegen den Feind anzuführen. Er ließ sie wie große Rinderherden dahintreiben, hierhin und dorthin, bereit, jedes verlorene, verirrte Schäfchen liebreich aufzunehmen und jedem friedfertigen oder gutwilligen Verhandlungspartner gute Miene zu zeigen, ob es nun ein gewöhnliches Dorf oder gar eine Stadt war. Wenngleich jenseits des Rheins seine Heimat, das Land seines Geschlechts lag, hatte er sich so sehr gewöhnt, österreichisch zu fühlen und zu denken, daß er kaum Heimweh empfand nach den Jagdgründen und Schlössern und nicht einmal nach der Residenzstadt seiner Vorfahren. Er war es zufrieden, daß sein Bruder Franz Maria Theresia geheiratet hatte, und nahm es als gegeben hin, daß diesem eines Tages auch die Kaiserkrone zufallen würde.

Deshalb hätte er gerne die Franzosen den Engländern überlassen: Mochten sie sich doch untereinander raufen; die Bayern hingegen, mit ihrem Gegenkaiser, die Sachsen und alle andern, die er noch aus früheren Kriegen kannte, verachtete er zutiefst. Wirkliche Angst hatte er nur vor den Preußen, die ihn schon wiederholt geschlagen hatten, obwohl er sich für den besseren Feldherrn hielt als Friedrich, nur eben einen vom Kriegsglück weniger begünstigten, und für einen feinen Kopf, der viel kompliziertere Aufgaben zu lösen hatte, die sich durch die ungeheuren Entfernungen der Schlachtfelder vom Rhein bis nach Schlesien ergaben, die er mit den Gebeinen seiner Soldaten düngen mußte. Und diese Soldaten waren ein so bunt zusammengewürfelter Haufen, so ungeschult und blöd, daß es ihn ganz schwermütig stimmte, wenn er daran dachte, daß sie fern von ihrer Heimat sterben würden.

Ständig dazu gezwungen, auf elenden Straßen zwischen seinen Lagern am Rhein und in Wien hin und her zu pendeln, war er immer wieder glücklich, ein bißchen Entspannung bei seiner italienischen Balletttruppe zu suchen oder in der Comédie française. Unterwegs liebte er es, Bekanntschaften und Freundschaften anzuknüpfen und, durch Briefe, Geschenke, kaum ernstgemeinte Drohungen und Truppenverschiebungen, Frieden oder auch Streit zwischen kleinen Hofstaaten, Fürsten, Ländern und Städten zu stiften.

Dabei gewann er den Eindruck, daß es im Grunde keinen Unterschied gab zwischen seinen Damen und diesen Hofstaaten und Völkerschaften in seiner näheren Umgebung oder sonstwo in der Welt. Hatte sich ihm ein neuer Verbündeter angeboten, so pflegte er in seiner Suite zu sagen, er habe eine amouröse Geschichte mit dem oder jenem Fürstentum eingefädelt, und es sei schon fast zur Hingabe bereit, schminke sich aber noch ausgiebig, um ihm besser zu gefallen; wenn er abends vor dem Kartenspiel über seine Verhandlungen mit – zum Beispiel – Sachsen sprach, drückte er es einfach so aus, daß Sachsen vor der Entbindung stünde; wenn ihn aber seine Generäle auf die ungünstige Lage am rechten Flügel hinwiesen und auf die Möglichkeit von überraschenden Wendungen in Westfalen, gab er zu, in eine schwierige Lage geraten zu sein, in der er vermutlich seine Unschuld – und Nassau – werde opfern müssen. Nur hin und wieder, wenn er zufällig aus seinem Wagen auf das verelendete, gebrandschatzte bayerische Land blickte, mit seinen Dörfern, Bettlern und Seuchen, wurde es ihm auf dieser Welt unendlich öde und langweilig.

Und eben weil er Länder und Staaten mit seinen kapriziösen Tänzerinnen und Schauspielerinnen gleichsetzte, tat er alles, um diesen Frühling in die Länge zu ziehen, ohne sich allzu tief in den Krieg einzulassen, und dies um so mehr, als seine Vertrauten ihm aus Versailles meldeten, daß Preußen Erfolge am Hof von Frankreich zu verzeichnen habe und eine Allianz vorbereitet werde; bevor das Jahr um sei, müßte man mit einem Überfall der Preußen rechnen.

Wien indessen forderte immer ungeduldiger, er möge angreifen. Gegen Ende des Frühlings war er soweit, sich dazu zu bequemen und mitsamt seinen Soldaten den Anblick von Schlachtfeldern und Toten, von brennenden Häuserzeilen, getöteten Frauen, von Regen, Wald, Bergen und Feldern über sich ergehen zu lassen. Doch all dies wie auf einer Bühne – ohne selbst mit seinen weißen, gepflegten Händen an etwas zu rühren. Immer noch bemühte er sich in seinen Botschaften, dem Hof gegenüber den Ton der Heiterkeit und Einsicht beizubehalten; er fürchtete nur, es könnte ihm in sein »Geschäft« ein Stellvertreter hineinpfuschen, der grobe und polternde Graf Batthyany, den es nach Ruhm und Blut dürstete.

Da ihm also nichts anderes übrigblieb, als – wie er es ausdrückte – mit dem König von Frankreich eine Partie Pharao zu spielen und den Rhein zu überschreiten, um Frankreich herauszufordern, was ihm dumm und überflüssig erschien, kam Karl von Lothringen, zwischen seinen vor dem Aufbruch veranstalteten Festessen und Abschiedsbällen, der Gedanke, in seinem Theater ein Schauspiel zu veranstalten, in dem weder er selbst noch seine Armee auftreten würde, sondern bloß ein Haufen Narren und Unglücklicher, die zu nichts anderem gut seien.

Er beabsichtigte, während seiner langsamen Truppenverschiebungen eine Vorhut auf die Bühne der Berge, Felder und Wolken vorzuschieben – mochte sie sich schlagen, so gut sie eben konnte –, während er von einer Anhöhe am anderen Ufer des Rheins dem Schauspiel zusehen und sich schonen würde für jenen anderen, den wirklichen Gegner, der ihm das Leben verbitterte und der ihn im fernen Schlesien erwartete.

So schlug also in den schütteren Wäldern am rechten Rheinufer, unterhalb von Mainz und Worms, die von Karl von Lothringen besonders für diese Aufgabe ausersehene Armee des Feldmarschalleutnants Baron Johann Leopold von Bärenklau, des furchtbaren Bezwingers von Bayern, das Lager auf. Diese Angriffsarmee war aus kroatischen, serbischen und ungarischen Kavallerieregimentern und den ausgesuchten serbischen Infanterietruppen, Panduren und Heiducken, zusammengestellt, die man aus den Wäldern von Slawonien herausgeholt hatte und denen als Reserve für besondere Ausnahmefälle auch das »Banditenregiment« des Barons Trenk zugeteilt war.

Karl von Lothringen hatte gerade diesen Regimentern besagte Aufgabe zugewiesen, erstens, weil er etwas tun mußte, und zweitens, weil ihm nichts an dieser slawonischen Truppe gelegen war. Sie war nicht nur schlecht eingekleidet, sondern sie stank vor allem auch, und überdies war es unmöglich, sie zu kommandieren. Sie bewegte sich nach irgendwelchen eigenen Regeln, die er nicht zu ergründen vermochte. Einmal traf sie früher, ein anderes Mal später ein, als er es vorausberechnet hatte – überhaupt gab es immer unvorhergesehene Schwierigkeiten mit diesen Soldaten. Sie stürmten dort, wo er es nicht gewollt, und flüchteten dann, wenn er es am wenigsten erwartet hatte. Sie schossen schlecht und waren außerstande, einen geordneten Rückzug anzutreten. Sie erkrankten alle zugleich, besoffen sich alle immer gemeinsam bis zum letzten Mann und plünderten, wo sie nur konnten. Außerdem hatte die Truppe stets so furchtbare Verluste, daß er sie nie im Verband mit anderen Truppenteilen einsetzen konnte, denn sonst gingen ihm mit ihr die am besten ausgebildeten und am teuersten ausgestatteten Regimenter zugrunde oder wurden gefangengenommen.

Doch wenn auch Karl von Lothringen diese Truppe nicht mochte, so liebte Baron Bärenklau sie um so mehr. Mit ihr hatte er Bayern den Garaus gemacht – das Land des Rivalen von Maria Theresia – und war so der Liebling der Kaiserin geworden. Auch ihn widerte sein Beruf an, inmitten dieses Haufens von gräßlich schnurrbärtigen, wilden, haarigen und schmierigen Soldaten, und er verlor oft die Geduld wegen der zahllosen Raufhändel, Saufgelage und Krankheitsfälle in dieser Truppe; aber er vergab ihnen alles, denn sie waren ihm trotzdem lieber als alle übrigen. Bei ihnen mußte er sich überhaupt um nichts kümmern, weder um ihre Verpflegung noch um ihre Kleidung. Sie schliefen für ihn im Straßenschlamm, sie wateten für ihn durch Flüsse, marschierten, bis sie umfielen. Weder wußten sie, wofür sie Krieg führten, noch fragten sie ihn danach, noch mußte er ihnen irgend etwas, was immer es auch sein mochte, erklären. Im Unterschied zu Karl von Lothringen erschienen sie ihm keineswegs ungehorsam, nein, ganz im Gegenteil, wenn er mit ihnen in den Krieg zog, kam es ihm ganz so vor, als breche er zur Jagd auf, begleitet von Hunden mit treu ergebenem Blick, die er buchstäblich bis zur Weißglut aufhetzen konnte, so daß sie alles massakrierten, was sich ihnen in den Weg stellte. Er behandelte sie unmenschlich hart und grausam, doch tat er dies nicht etwa, weil sie es verdient hätten, sondern weil er wollte, daß sie Wunder für ihn vollbrächten. Da er bloß wenige Worte ihrer Sprache kannte, mußte er wie ein Spion ihre Seelen auskundschaften. Er reizte und quälte sie, nicht nur die Mannschaft, auch die Offiziere, um sich dann plötzlich wieder mit ihnen auf auffällige Weise zu versöhnen.

Unbeholfen, obgleich kräftig und gut gewachsen, bildeten diese Soldaten keine Truppe, mit der er sich gern bei Paraden gezeigt hätte. Schon bei den Inspektionen büßte er mit ihnen alle seine Sünden ab, und dennoch forderte er immer wieder gerade diese Truppe unter sein Kommando. Denn das eine, was er an ihnen am höchsten schätzte, ebenso wie alle Offiziere, die unter ihm dienten, darunter auch Isakowitsch, war das, worauf es ankam: Sie gaben das Letzte her. Sie schlugen sich fürchterlich. Sie metzelten alles darnieder. Sie packten den Feind an der Gurgel, warfen ihn zu Boden und schnitten ihm die Kehle durch, rissen Haut und Fleisch in Fetzen, zerbrachen ihm Rippen, Arme und Beine mit dem Gewehr, zersplitterten die Schädel wie Kürbisse. Und darum pflegte Bärenklau – einzig und allein darum –, wenn ihn jemand bei Hof spöttisch fragte: »Ihre Panduren …«, stolz zu antworten: »Jawohl, meine Panduren.«

Auf dem Gesicht des Feldmarschalleutnants Baron Bärenklau, zerknittert wie das eines alten Pfaffen, lag stets greisenhafte Blässe. Dieses Gesicht kannte kein Lächeln; es war geprägt von all den Greueln, die seine Augen hatten mitansehen müssen, denn er ging nicht *hinter*, sondern *mit* seinen slawonischen Soldaten in die Schlacht, in der ersten Reihe, den Degen in der Hand.

Sie hatten seinen Kriegsruhm begründet – mit ihrem Gehorsam und ihrem Gemetzel. Auch später blieb er bei dieser Art von Kriegführung. Er liebte den Nahkampf, und bei diesen Nahkämpfen fühlte er sich nur in ihrer Mitte wohl. Aufrichtig oder auch nicht, er behandelte diese Soldaten meist mit großer Zuvorkommenheit, und beim Rückzug und auf dem Marsch ritt er stets schweigend an ihrer Seite. Obgleich bei Hofe hoch angesehen, lebte er monatelang fern von Musik und dem Leben der Salons und ohne sein eigenes weiches Bett; er konnte sich den Krieg nicht mehr anders denken als so, wie er eben war – mit zahllosen Morden, Greueln und Leiden, denen er furchtlos ins Auge sah. Nachdem er sich ein für allemal von der Angst befreit hatte, glaubte er, siegen zu müssen, wo immer er erschien, und er hielt nicht viel von Kriegsräten, Instruktionen des Oberkommandos und Sendschreiben vom Hofe. Es genügte ihm, daß Regen einsetzte oder Gewitterstürme oder eine dunkle Nacht, um abzumarschieren. Die Nacht war für ihn die übliche Zeit für Gefechte geworden, und er pflegte rasch zur Attacke überzugehen, ohne lange einleitende Manöver oder Truppenbewegungen, in vollkommener Stille und mit dem Befehl, draufloszustechen und keinen Pardon zu geben.

Selber nur Haut und Knochen, ließ ihn der ständige Mangel an Nahrung und Schlaf immer noch hagerer werden, so daß seine Wangen einfielen, die Backenknochen hervortraten und seine Augen fiebrig funkelten wie bei einem Eremiten.

Im Laufe so vieler Kriege hatte sich sein ganzes Gesicht unter der riesigen durchfurchten Stirn und unter den Jochbeinen, die sich wie Dachvorsprünge über den großen eiskalten Augen wölbten, allmählich in die Länge gedehnt. Zwischen Wülsten runzliger Haut lag sein Mund eingebettet mitsamt den Zähnen, die so gezackt waren wie eine Kreissäge. Obgleich immer heiser, schrie er dennoch klar und deutlich seine Befehle, und die Soldaten, die ihn »das alte Weib« nannten, fürchteten ihn wie eine Hexe. Er hatte schreckliche knochige Hände, mit denen er sie packte, und obwohl er sonst fast ausschließlich schwarze Seide und goldbestickten Samt trug, hatte er es sich angewöhnt, in übertriebener Weise jederzeit und überall in schweren Reiterstiefeln und Küraß zu erscheinen.

Dieser Mann erwartete sie also jetzt am Rhein. Er hatte die von Wujitsch, Wencel und Horvat angeführten Regimenter in den schütteren Wäldern vor Stuckstadt verteilt, wo er sie inspizierte, drillte und schikanierte und jede Nacht Kundschafter an das andere Ufer hinüberschickte, vornehmlich nach Mainz. Isakowitsch hatte unterdessen auf dem letzten Heeresabschnitt die anderen Regimenter keineswegs überholen können, sondern traf sogar mit einer dreitägigen Verspätung ein. Über ihn hatte Bärenklau ausgezeichnete Rapports, sowohl aus Ingolstadt und Fünfkirchen als auch aus Graz vom Kommissarius erhalten, der in seiner gestochenen, verschnörkelten Schrift einen langen, allzu langen Bericht mit vielen Einzelheiten über das Donaugrenzer-Regiment verfaßt hatte: über die Offiziere, Mannschaft, Ausrüstung und Reserven, und dabei besonders das orthodoxe Glaubensbekenntnis dieser Schismatiker betonend und ihre der Kaiserin entgegengebrachte Treue und Anhänglichkeit, wie auch die sich aus der Verbindung mit solchen Menschen durchaus ergebende Möglichkeit von Komplikationen und Verwicklungen.

Als einstiger Jesuitenzögling besaß Baron Bärenklau eine sehr geringe Meinung vom Klerus der Schismatiker und legte daher diesem ganzen Bericht keine große Bedeutung bei. Er war der Ansicht, daß diese Fragen später gelöst werden könnten, jetzt und hier aber sollte man ganz im Gegenteil den Leuten zusätzlich noch einen Mönch zuteilen. Er sollte ihnen beistehen nach den Gefechten und im Winterquartier, wo viele hinwegstarben. Dies um so mehr, als er bei diesem Volk ein tiefes Bedürfnis festgestellt hatte, Gott und den Toten ihre Gesänge darzubringen und nach der Schlacht ganze Nächte am Lagerfeuer mit Totenklagen und endlosen Saufgelagen zu verbringen.

Isakowitsch hatte ihm dreihundert ausgewählte Soldaten

zugeführt, die Bärenklau vor allem bei Belagerungen einsetzen wollte, und so dachte er nicht daran, diesem den Rang eines Oberstleutnants vorzuenthalten, vorausgesetzt, daß er nicht vorher fiele.

Bärenklau hatte bereits den Angriffsplan, den Karl von Lothringen als sein eigenes Werk betrachtete, fix und fertig ausgearbeitet. Mit einem tollen Handstreich von der Flanke her wollte er, nachdem er zunächst Mainz genommen, längs des Rheins Worms, Speyer und die Feste St. Louis und Straßburg erobern und von dort aus tief nach Lothringen eindringen, wohin ihm Karl von Lothringen mit der Hauptmacht langsam nachfolgen würde.

Endlich angelangt, lagerte Isakowitsch die erste Nacht mit seinem Regiment in einem Wald, von dem aus Stuckstadt und der Rhein mit jenem Flußarm zu sehen waren, den Bärenklau als die Stelle gewählt hatte, von der aus der erste Schlag zu führen war. Hinter ihnen, in der Ferne, lagen die Berge.

Endlich, nach so vielen Tagen ununterbrochener Märsche, konnte das Regiment aus ganzer Seele aufatmen, sich zu Boden fallen lassen und in der warmen, von Sternen übersäten Sommernacht ausschlafen.

Hier war es so, als wären sie heimgekehrt: die gleiche Ebene, die Flußlandschaft, Sumpfgelände, Sand und Weiden, und dahinter die blauen Berge. Aus dem Weidengehölz flogen Störche auf, und im Schilfröhricht quakten die Frösche die ganze Nacht.

Aber sobald der Tag graute, kam Bärenklau vorbeigeritten wie ein alter Zauberer und befahl, das Regiment zu wecken und hinter dem Wald, am Fuß der Hügel, zur Inspektion antreten zu lassen.

Auch der Sonnenaufgang war, ganz wie bei ihnen daheim, ein großartiges Schauspiel. Von den langgestreckten dunklen Bergen senkte sich der Morgen auf die mit dichtem Gras bewachsenen Ebenen herab. Über dem Wasser stieg langsam der Tag herauf, ein zarter Windhauch kräuselte die Oberfläche des Stromes. Von der regungslosen, wie mit einem Schleier aus Spinnweben überzogenen Wasserfläche flogen fast unsichtbare grüne Libellen und kleine Mücken auf.

In der Mitte des Rheins jedoch trug die viel schnellere

Strömung klar erkenntlich ein Gewirr von Zweigen mit, während das andere Ufer noch kaum auszumachen war. Dort lagen versteckt unter dichten Bäumen die Schanzgräben der Franzosen mit zwei Kanonen.

Vor diesem Ufer befand sich ein dunkles, mit Bäumen bewachsenes Eiland, das Bärenklau durch eine Brücke mit seiner Stellung zu verbinden gedachte und wohin er, bei Nacht, einige Leute ausbooten lassen wollte, damit sie Schanzen aushöben. Von dieser Insel abgesehen, war das französische Ufer sandig und nackt, und es gab dort keine Möglichkeit, sich gegen das Geschützfeuer zu decken.

Vom Wald aus war am gegenüberliegenden Ufer nichts zu erkennen als die Bäume und darüber eine tiefe, große Leere, von der keiner sagen konnte, was sich darunter verbarg. Da sich die Soldaten jetzt nicht mehr zum Wasser wagten, fetteten sie sich ungewaschen, wie sie waren – ein, schmierten ihre Waffen und das Lederzeug, die Räder und ihre zerschundenen Füße. Ohne den gewohnten fröhlichen Lärm reihten sie sich dann, in der unmittelbaren Nähe des Feindes, schweigend in eine lange Linie ein. Einzeln traten sie aus dem Wald, stolperten unausgeschlafen, mit unsicherem Schritt und einander im Rücken die Riemen schließend, im Halbdunkel über Baumstämme und steckten die Bajonette auf die Gewehrläufe.

Als hinter den Hügeln der Tag heraufzog, standen die Soldaten bereits in Reih und Glied neben einem gerodeten Weingarten, durch den die Zieselmäuse huschten. Schweigend nahmen sie die halblauten Befehle ihrer Vorgesetzten entgegen, obwohl von dieser Stelle auch ihr übliches Geschrei am anderen Ufer nicht hätte deutlich vernommen werden können.

Sie lauschten dem Trillern der Lerchen und starrten hinüber auf die Dächer von Stuckstadt, die Flinten auf den Boden gestützt, und wagten nicht, ihr Körpergewicht von dem einen auf den anderen Fuß zu übertragen, damit kein Staub in die frisch geölten Läufe dringe. Bis zur Ankunft von Isakowitsch schoben die Offiziere die Mannschaften hin und her, kontrollierten ihre Schulterbeutel, Gewehre, Säbel und Pistolen. Sobald der Major angeritten kam, nahmen die Offiziere ihre

Plätze vor der Front der Infanteristen ein. Gekleidet in eine funkelnagelneue Uniform aus rotem Tuch, schien Isakowitsch ganz aufgequollen unter seinem riesigen Dreispitz. Seine Wangen waren völlig bartlos; sein Stallknecht Arkadije hatte ihm an diesem Morgen auf geradezu mörderische Weise die Wangen ausrasiert. Dieser Arkadije führte nun, unsicher, unausgeschlafen und noch nicht ganz nüchtern auf seinem sich unruhig im Kreise drehenden Pferde hockend, das zweite Pferd Isakowitschs am Zügel mit, einen Grauschimmel, mit dem der Stallknecht seine liebe Not hatte.

Vuk Isakowitsch plagte sich eine ganze Stunde lang, die Soldaten in Reih und Glied zu stellen, ritt immer wieder die Reihen entlang, ließ sie wiederholt die Gewehre »vor der Brust« präsentieren, bis er sie endlich so weit hatte, wie er wollte: in zwei schnurgeraden Reihen ausgerichtet, mit den Gesichtern zur Fahne. Dann befahl er ihnen stillzustehen und sich nicht mehr zu rühren, gerade noch gestattete er ihnen, das Gewicht von einem Bein auf das andere zu verlagern. So standen sie denn und warteten fast vier Stunden, obgleich die Inspektion für sofort angesagt war. Die Sonne war schon aufgegangen, doch Bärenklau kam noch immer nicht. Er hatte sich jedoch nicht einfach verspätet, sondern war bei seinem Ritt am Wasser entlang, wobei er das gegenüberliegende Ufer auskundschaftete und aushorchte, länger ausgeblieben.

Endlich erschien er völlig unerwartet, auf seinem Pferd schaukelnd und in Begleitung mehrerer Generäle, Offiziere und Musketiere, und befahl Isakowitsch, dem er kaum Zeit zur Begrüßung ließ, die Mannschaft Übungen ausführen zu lassen. Zunächst führte ihm Isakowitsch vor, wie die Leute den Namen Maria Theresia ausrufen konnten, sodann den Gruß zu Ehren Bärenklaus, des Kommandanten, mit dem Fahneschwenken und Ausrufen seines Namens samt allen Titeln, den die Soldaten, allen Strafen zum Trotz, ohne Absicht immer wieder »Rebenklau« aussprachen. Dazu ein donnerndes »Vivat«!

Dann ließ er das Regiment geradewegs auf ihn zustürmen, im Laufschritt, mit dem Messer zwischen den Zähnen, wobei die Generäle zurückschreckten, während Bärenklau ein wohliger Schauer über den Rücken lief. Dann kam das Schießen in

Dreierreihen und zum Schluß verschiedene Bewegungen, seitlich und vorwärts, und der Abschuß einer Salve.

Feldmarschalleutnant Baron Johann Leopold Bärenklau, der mit seinen langen Beinen aussah, als wolle er das Pferd umschlingen, begann die Mannschaft zu inspizieren und erzählte indessen seiner Suite von einzelnen Schlachten – ein Zeichen von höchst gehobener Stimmung. Dann bedeutete er Isakowitsch, sich nachmittags bei ihm zu melden, und fragte ihn, ob die Leute zu rudern verstünden – alles im Vorbeigehen, nachdem er der Fahne die Ehrenbezeigung geleistet hatte.

Doch gerade als er zur großen Erleichterung Isakowitschs höchst befriedigt dem wie versteinert dastehenden Regiment den Rücken kehren wollte, wandte er sich plötzlich wieder um und wurde so finster, daß der Major zusammenfuhr.

Arkadjie, der ihnen die Pferde nachführte und dabei darauf achtete, dicht hinter ihnen zu bleiben, hatte plötzlich begonnen, sich im Kreise um sie herumzudrehen und auf seinem Pferd hin und her zu wackeln, was in der allgemeinen Regungslosigkeit auffallen mußte.

»Was, zum Teufel, tut denn dieser Kerl da?« fragte Bärenklau leise, denn es lag ihm daran, diese erste Truppenschau so majestätisch wie möglich abzuschließen, während er unverwandt auf den Diener starrte. Isakowitsch, der die Inspektion gleichfalls so gut wie möglich beenden wollte, verstummte und fand keine Antwort.

Arkadjie, der immer noch auf seinem Schimmel wankte, sah Bärenklaus mißbilligend gerunzeltes Gesicht vor sich und versuchte das Pferd, auf das er sonst so zärtlich und schmeichelnd einzuflüstern pflegte, zu beruhigen. Doch er spürte nun, wie er mitsamt dem Sattel vom Pferd zu rutschen begann, und hielt sich verzweifelt an der Mähne fest. Wie gewohnt, hatte er sich auch in dieser Nacht vollaufen lassen, aus Kummer darüber, daß vielleicht irgendeiner aus dem Regiment fallen und bald darauf auch die anderen das gleiche Los ereilen könnte. Erst jetzt ließ ihn der plötzliche Schreck jäh nüchtern werden.

Als ihn Bärenklau anbrüllte, wurde ihm dunkel vor den Augen, und wie in einem bösen Traum sah er, was für Unheil gerade er über alle heraufbeschworen hatte. Endlich vollends ausgenüchtert, gelang es ihm, sich unter Aufgebot all seiner Kräfte und schmerzverkrümmt, mitsamt dem Sattel, dessen Gurt sich gelockert hatte, auf dem nervös tänzelnden Pferd zu halten, dessen Schweif er umklammerte.

Bärenklau warf ihm einen wütenden Blick zu, ohne zu ahnen, daß dem Burschen der eiserne Steigbügel über dem Fußgelenk tief ins Fleisch schnitt, und jagte dann sein Pferd im Trab an die Spitze der Generäle, Offiziere und Musketiere.

Da Arkadije sich ja immer direkt hinter dem Kommandanten zu halten hatte, verfiel er gleichfalls in Trab. Er hatte seine liebe Mühe mit dem Gaul, der ihn unbedingt abwerfen wollte. Ihm wurde abwechselnd heiß und kalt vor Schmerz, so daß er sich kaum aufrecht halten konnte, während sein Blick über die Hügel und Weiden ringsum schweifte. Er zerbrach sich den Kopf darüber, was Bärenklau ihm wohl auf deutsch zugerufen haben mochte, und ganz verstört vom Anblick der vielen fremden Generäle und Offiziere, verfluchte er mit bekümmertem Gesicht sie alle und auch ihre Väter.

Inzwischen war das Regiment teilnahmslos und müde in sein Lager im Wald zurückmarschiert.

Gerade als die Offiziere zwischen zwei Hügeln durchritten, tauchte vor ihren Augen das gegenüberliegende bewaldete Rheinufer auf, in Sonnenglanz getaucht, und in der Ferne zu Füßen der Berge die Silhouette von Worms. In diesem Augenblick begannen die Franzosen auf sie zu feuern, und alle spornten ihre Pferde an, bis auf Arkadije, der zwar das Pfeifen der Kugeln vernahm, sich aber auf seinem zitternden Pferd in die weite sonnenüberflutete Landschaft jenseits des Wassers verschaut hatte.

Als dann noch weitere Schüsse fielen, trieb er sein Pferd, das wie angenagelt stehengeblieben war, weiter, um es zu beruhigen und in Sicherheit zu bringen. Da sah er sich plötzlich ganz allein mit den beiden Pferden auf dem Hügel und begann flüsternd dem seinen gut zuzureden und das andere am Zügel zu zerren. Noch einmal schaute er über den Fluß und erblickte am anderen Ufer die Vorposten der Franzosen. Um seine Pferde zu retten, wollte er mit ihnen zurück in den Schutz des ersten Hügels bis zu einer Baumgruppe reiten und dort überlegen, was tun und wohin sich wenden. Er trabte mit den Pferden los, doch als die Geschosse wieder aufschwirrten und um ihn her in die Erde schlugen, ließ er sich aus dem Sattel gleiten und warf sich flach auf die Erde. Überrascht von dieser unerwarteten Schießerei, konnte er sich nicht genug wundern, daß sie ihn entdeckt hatten. Verkatert und erbost, wie eben gerade den deutschen Offizieren gegenüber, erhob er sich, um jetzt die dort drüben zu sehen und auch sie mit Flüchen zu bedenken.

Und so starb er, mit durchschossenen Gedärmen, nachdem er sich etwas später noch zum viertenmal erhoben hatte, um die Pferde in Deckung zu führen. Schon halb bewußtlos griff er sich an den Leibgurt und murmelte unter Schmerzen: »Oh, mein Gott, mein Gott.«

Noch in der gleichen Nacht begann Bärenklau die Brücke zur Insel zu bauen, und dort fielen noch elf von ihnen, und sieben wurden verwundet.

So begann, ohne besondere Vorbereitungen, am Rhein das lange Sterben und Verderben des Donaugrenzer-Regiments – und keiner wußte, wofür und warum.

VII

Kopflos irrten sie umher; sie aßen, tranken, schliefen, um dann am Ende beim Sturm zu fallen, den Schritt ins Leere zu tun – für fremde Rechnung und nach fremdem Willen

Der ganze Feldzug in Lothringen, an dem auch der hochwohlgeborene Vuk Isakowitsch an der Spitze des Heeres mit dreihundert ausgesuchten Soldaten teilnahm, war in wenigen Wochen beendet.

Alles hatte sich so vollkommen sinnlos abgespielt, daß es ihm zuweilen vorkam, als wären da zwei Personen, die beide Vuk Isakowitsch hießen: Der eine reitet zu Pferd, brüllt, schwenkt den Säbel, watet durch Flüsse, stürmt im dichten Gedränge vor, schießt aus der Pistole, auf dem Weg nach

Mainz, oder auf den Wällen von St. Louis, dessen Befestigungen sich klar über dem Wasser abzeichnen, während rechts und links Tote und Verwundete niedersinken. Der zweite Vuk Isakowitsch schreitet indessen still wie ein Schatten an des anderen Seite – sieht alles und schweigt.

Da er die Pläne des Feldmarschalleutnants nicht kannte, lebten er und seine Soldaten von einem Tag auf den anderen, so daß der Regen sie oft nachts ohne Vorbereitung überraschte und sie manchmal wochenlang irgendwo ihr Lager ohne Zelte oder frische Wäsche und Kleidung aufzuschlagen gezwungen waren. Es wurde zwar um Rat gefragt, doch immer erst im allerletzten Augenblick vor dem Gefecht, so daß er keine Ahnung hatte, welche Stadt angegriffen werden und welche Marschroute er danach nehmen sollte. Isakowitsch wußte nicht, warum gekämpft wurde, noch gegen wen oder für wen, und da er sich darüber auch nicht den Kopf zerbrach, schritt er über die Schlachtfelder so, wie er über eine Straße zu schreiten pflegte: stämmig und schwer, und ohne das geringste zu begreifen. Als man ihn selbst nach den ersten Siegen noch immer nicht zum Oberstleutnant befördert hatte, schnitt er sich kaum mehr die Fingernägel, rasierte sich nicht und vernachlässigte überhaupt sein Äußeres so sehr, daß er dann bei Stuckstadt vor Karl von Lothringen verwahrlost wie ein richtiger verwilderter Bär erschien.

Die Verbitterung durchdrang seinen ganzen Körper, so daß ein Teil nach dem anderen erkrankte: Mit seinen vom Reiten gekrümmten Beinen hatte er seine liebe Not gleich von den ersten Gefechten an; sie schwollen ihm an, an den Unterschenkeln zeigten sich Knoten, das eine Knie, vor dem Aufbruch vom Hufschlag eines Pferdes getroffen, wurde jetzt ganz steif. Der Bauch hing ihm schlaff herunter, ebenso die Haut seiner Wangen unterhalb der Ohren, und die Augen waren blutunterlaufen. Längst hatte sein Haar zu ergrauen begonnen – zunächst nur so viel, wie die Frauen es lieben, doch dann begann es auch auszufallen, und wenn er morgens beim Waschen den Kopf aus der Waschschüssel hob und sich durchs Haar fuhr, blieben ganze Büschel davon zwischen seinen Fingern haften. Seine Lippen verfärbten sich blau, und sein Atem bereitete ihm Beschwerden; an die

Magenschmerzen nach den Mahlzeiten hatte er sich schon längst gewöhnt und betrachtete sie als ein unvermeidliches Übel. Seine Hände begannen zu zittern, und oft stand er traurig und komisch mit gespreizten Beinen zwischen den weißen Zelten auf dem Wiesenplan, wie ein Gänserich auf dem Anger, mit schiefem Hals und verdrehten Augen zum Himmel emporblickend.

So viel stiller und schweigsamer war er geworden nach jenem Erlebnis in Württemberg, daß er kaum noch mit seinen Leuten sprach und auch dann, wenn er sich dazu entschloß, nicht mehr als ein paar Worte von sich gab.

»Zu Ruhm und Ehre unseres Regimentes sorget dafür, daß die Witwen und Waisen Brot und Auskommen haben – auf meine eigenen Kosten, auf daß man meines Namens gedenken möge«, sagte er beim Rückzug vor Zabern zu Hauptmann Antonowitsch, als er ihn mit einigen Pferden auf Kundschaft ausschickte. Doch als dieser, bestrebt, seinem Kommandanten eine Freude zu bereiten, da er ihn so sorgenvoll und abgehärmt sah, erwiderte: »Pflicht und Schuldigkeit gebieten auch mir, meinen Teil zu spenden zu Ehren der Kaiserin ...«, unterbrach ihn Vuk Isakowitsch und schrie zornig: »Das Verlangen nach Reichtum verführte Euren Geist zu Hochmut und Eitelkeit, Antonowitsch. Alle Schätze dieser Erde vergehen und mit ihnen auch der Ruhm der Herrscher. Wenn ich armer Teufel mich jetzt mit jedem Tag mehr dem Grabe nähere, so ist daran nicht die kaiserliche Gebieterin schuld, sondern einzig und allein meine kranken Gedärme. – Geht jetzt!« – brüllte er plötzlich Antonowitsch an und kehrte ihm jäh den Rücken zu.

Manchmal kam es Isakowitsch so vor, als erwache er aus einem Traum, der bereits mehr als zehn Jahre währte, einem Traum, in dem er sich selber deutlich sah und seine Lage erfaßte und dennoch hilflos war, und alles, was er tat, vergeblich. Da er den strategischen Plan Karls von Lothringen nicht in seiner Gesamtheit kannte, ebensowenig übrigens wie alle Ursachen, die zum Krieg geführt hatten, fragte er auch nicht nach den Namen all der Generäle, die eines Tages plötzlich an der Front auftauchten und dann gleich wieder im Hinterland verschwanden, und auch nicht nach den Namen der

Städte, die vor ihren Augen lagen – hell schimmernd im Morgengrauen oder gebrandschatzt am Abend nach der Schlacht. So wenig er Preußen im Rücken spürte, so wenig wußte er, ob Lothringen vor ihm lag. Ob es Maria Theresia gelingen würde, nach den von ihnen erfochtenen Siegen ihren Gemahl zum deutschen Kaiser krönen zu lassen, war seine letzte Sorge, ebenso wie den hohen Herrschaften seine, Vuk Isakowitschs, Beförderung zum Oberstleutnant. Von dem ganzen Krieg, an dem er teilnahm, blieben ihm nur diese Wanderungen im Gedächtnis, dieses sinnlose Umherziehen in heißen Sommernächten und an kühlen Regentagen. Nicht der Zustand der Befestigungen, die Lage der Städte oder die Stellungen der feindlichen Armeen hatten sich ihm eingeprägt, sondern bloß die Berglehnen, Akazien, die launisch ewig wechselnden Himmel und Jahreszeiten: Frühling, Sommer, Herbst. In einer Art Dämmerzustand durchzog er all die fremden Länder, durchwanderte er die Welt bis an den Rhein, um dann im Spätherbst an die Donau zurückzukehren – immer mit dem gleichen Gefühl der Vergänglichkeit und Vergeblichkeit. Das Gerücht von ihrem bevorstehenden Zug über die Berge nach Böhmen, in die Gegend von Eger, um gegen die Preußen zu kämpfen, erfreute sein Herz, denn eben erst hatte Raschkowitsch von dort den Leichnam des von seinen Leiden erlösten und, wie man im Regiment munkelte, vergifteten serbischen Fürsten Djuradj Brankowitsch weggeführt.

Mehr als jemals zuvor betrübte ihn das Los seiner Leute, und da er niemanden hatte, an dem er seine Wut und seine Erbitterung hätte auslassen können, fraßen sie sich immer tiefer in seinen Leib hinein. Das fieberhafte Warten auf die Beförderung zum Oberstleutnant tat das seine dazu, ihn immer deutlicher das Elend seiner Landsleute erkennen zu lassen: die Abgerissenheit der Soldaten, den Gestank der Verwundeten, die nicht weggeschafft wurden und auf eigenen Wunsch bei der Truppe verblieben, die ganze Leichtfertigkeit, mit der man sie den Kanonen zum Fraß vorwarf. Das ganze Ufer entlang, bis zu den Truppen des Iwan Horvat, konnte er nur einen einzigen Feldscher auftreiben, um seine Soldaten verbinden zu lassen. Oberstleutnant Arsenije Wujitsch, der zwei Grenzerkorps anführte, schickte immer wieder Offiziere zu ihm, um sich Geld auszuborgen, da man ihn bei den Lieferungen stets übers Ohr haute, und während des Waffenstillstands wurden ihm auch noch seine Soldaten an den Bäumen aufgehängt, wenn man sie beim Diebstahl auch nur eines einzigen Krautkopfs ertappte.

Doch nicht nur er allein, auch seine Offiziere, ja, auch die einfachen Soldaten empfanden seine Enttäuschung mit, fühlten sich von einer Art Schlaffheit überkommen – so daß sie nach der Schlacht wie Schlafwandler durch das Lager taumelten. Sie wußten nicht nur nicht, wo sie sich schlugen, auch nicht, wofür, und waren außerstande, für die Paraden den Namen ihres Kommandanten zu behalten, obwohl sie diesen auch während des Marsches ständig wiederholen mußten. Während der ganzen Dauer des Krieges brüllten zweitausend Kehlen, in Viererreihen marschierend, allen Prügeln zum Trotz, den ihnen von den Offizieren vorgesprochenen Namen folgendermaßen nach: »Feldmarschalleutnant – Feldmarschalleitnant, Baron – Baron, Johann – Johann, Leopold – Leopold, Bärenklau – Rebenklau, Bärenklau – Rebenklau.«

Und auch die Gefechte erschienen Isakowitsch in der Erinnerung ohne Sinn und Zusammenhang. So dachte er zurück an die Nacht, als sie über den Rhein gesetzt hatten. Drei Nächte lang war Bärenklau mit ihnen in den Wäldern um Stuckstadt umhergeirrt, bis er sich an den Rhein heranpirschte. Im Lager tauschte er dann seine Uniform mit der eines gewöhnlichen Soldaten und führte sie lautlos zum Ufer durch Gestrüpp und Gebüsch. Wie Tiere des Waldes schlichen sie sich im Dunkel ans Wasser heran und lagen dort still im Schutz von Blattwerk und dichtem Gezweig. Er horchte zum anderen Ufer hinüber, lauschte auf das Geschrei und die Zurufe der Franzosen. Die warmen Sommernächte waren erfüllt von Käfern, die auf den Grenzern herumkrochen, und voller Gräser, die den Männern Nasen und Ohren jucken ließen. Am Morgen waren ihre Hemden mit lauter Flecken bedeckt, die von zerquetschten kleinen roten Beeren herrührten. Oft geschah es, daß einer in der Dunkelheit in ein Wasserloch trat oder in einen Tümpel voller Frösche fiel. Dann war das unterdrückte Lachen der anderen noch lange zu hören. Schnecken krochen ihnen in den Nakken, während sie schliefen, klebten auf Wangen und Händen.

Um sich dem Feind bei Mondschein nicht zu verraten, mußten sie völlig reglos daliegen und den Gestank der schmierigen Opanken ihres Nebenmannes einatmen. In dieser Lage konnten sie deutlich den langsam dahinströmenden Fluß wahrnehmen, der Baumstämme und Äste mitführte und sie zuweilen bis ans andere Ufer hinübertrug, wo die Franzosen sie mit Gewehrschüssen empfingen. Die Stille, die über den Wäldern herrschte, war so vollkommen, daß bisweilen das Hundegebell von Mainz herüber zu hören war. Durchnäßt und fröstelnd in der Morgenkühle, erwarteten sie den Anbruch des Tages und lauschten auf das Hämmern der Spechte hoch oben in den Bäumen. Sie konnten jetzt sehr gut die feindlichen Soldaten am anderen Ufer des Rheins in ihren Schanzgräben ausmachen.

Von Zeit zu Zeit befahl Bärenklau seinen Soldaten, hier und da Feuer zu entfachen, laut zu schreien und die Trommeln zu rühren, damit die Franzosen dächten, daß sie ihre Lager verlegten.

Sobald Bärenklau meinte, den Feind genug in die Irre geführt zu haben, wartete er noch eine dunkle Nacht ab und ging dann mit seinen Grenzern an den Rhein, unweit von Mainz. Da er mit Isakowitsch verabredet hatte, daß der Überfall vor Sonnenuntergang stattfinden sollte, brach er auf, um nach den Kähnen Ausschau zu halten. Während die Soldaten noch in einem Hain verborgen lagen, betrat Isakowitsch den Ufersand am Wasser. Er erblickte den sternenübersäten Himmel am jenseitigen Ufer und zwei kleine Inseln, die mitten aus dem Wasser schwarz hervorragten. Es war vollkommen still. Durch seine schweren Jagdstiefel drang die Feuchtigkeit. Mit einer müden, aber wohligen Schulterbewegung warf er den schweren Mantel ab, der auf ihm lastete, und fühlte, wie kalt es noch war. Er hob die Pistolen hoch und prüfte die Ladung, sicherte sie wieder, dann zog er den Säbel und warf die Scheide weit von sich, den Soldaten vor die Füße. Darauf streifte er den rechten Ärmel hoch, und obgleich es kühl war, empfand er es als wohltuend, den haarigen Unterarm fast bis zum Ellbogen zu entblößen, denn sein Körper war heiß.

Dies war der beste Augenblick, jener Augenblick, für den er alles hingegeben hätte. Der Augenblick, da ihm schien, er könnte, selbst mit Gewalt, die Finger nicht vom Säbelgriff lösen – so fest hielt er ihn umklammert. Da war dieses Anspannen des Körpers, süßer als alle Wollust, so, als gäbe es weder Schmerz noch Krankheit und er müßte sich nur noch aufrichten, um diesen Fluß da vor ihm aufzuhalten, Bäume auszureißen und die Wolken mit der Spitze seines Säbels zu durchbohren.

Er spürte, wie ein Soldat sich leise zu seinem Mantel schlich und ihn aufhob, dann sah er die Kähne hinter dem kleinen Eiland auftauchen. Da kehrte er zu seinen Soldaten zurück und führte sie rasch durch den schütteren Wald stromabwärts bis zu der Stelle, wo Bärenklau mit den Kähnen auf sie wartete.

Niemand sprach ein Wort.

Zwölf große Kähne mit Ruderern waren es, und Bärenklau sprang sofort in den ersten.

Sobald die Kähne voll waren, stießen sie ab und fuhren mit dem Strom im Schutz der dunklen Inselufer in der Mitte des Flusses. Der Morgen hatte erst zu grauen begonnen, und man konnte kaum fünfzig Schritte weit sehen.

Unhörbar glitten sie an den tiefhängenden Zweigen der Insel vorbei und befanden sich plötzlich mitten auf dem Rhein in der Strömung, die sie erfaßte und herumwirbelte. Die beiden ersten Kähne fuhren auf den Sand. Isakowitsch sah, wie Bärenklau sich in seinem Kahn aufrichtete und die Soldaten ins Wasser sprangen, um die Kähne zu entlasten und wieder flottzumachen.

Zehn Boote stießen fast unhörbar auf den Ufersand, und die Soldaten sprangen sogleich heraus, packten ihre Gewehre, schütteten rasch Pulver auf die Pfannen; dann nahmen sie die Messer zwischen die Zähne.

Bis dahin hatten die Franzosen sie nicht bemerkt.

Erst als Isakowitsch mit einigen Grenzersoldaten in den Uferbuchten auftauchte, schrie einer der feindlichen Soldaten erschreckt auf. Im gleichen Augenblick langte auch schon Bärenklau mit den beiden zurückgebliebenen Kähnen an, und ein rhythmischer Schrei zerriß die Nacht: Ma-ri-a The-re-si-a!

Schüsse peitschten durch die Nacht, und ein tolles Krachen von Pistolen, Flinten, ein fürchterliches Geschrei und Gebrüll brach los. Vuk Isakowitschs Grenzer sprangen in die Schanzgräben, das Messer zwischen den Zähnen, und begannen auf die Köpfe der Feinde einzuhauen.

Eine halbe Stunde später, während um ihn herum Verwundete und Sterbende zu Boden sanken und sich vor Schmerzen krümmten, war Isakowitsch bereits mit einigen Soldaten auf die Hauptstraße zur Stadt vorgedrungen – schweißbedeckt, mit blutunterlaufenen Augen, schwer atmend, den blutigen Säbel in der Hand, lehnte er an einer Hauswand, während seine Soldaten in die finstere, menschenleere Gasse hineinschossen, über der, verlassen und unbeweglich, zwei Reihen schwarzer, rußiger, spitzer Dachgiebel einander fast berührten, zwischen denen ein schmaler Streifen blauen Himmels zu sehen war, und darüber der Morgenstern.

So ließ er denn ohne besondere Freude, aber auch ohne Bedauern, die Abordnung passieren, die auf der Suche nach Baron Bärenklau war, um ihm die Stadt zu übergeben, nebst einem Karren, auf den man die Toten, mit schlenkernden Armen und herabhängenden Beinen, geladen hatte.

Und mit derselben Gleichgültigkeit nahm er die Nachricht auf, daß die Armee hinter ihnen den Rhein überschritten habe und die Brücke bereits wieder instandgesetzt sei. Drei Tage, während Karl von Lothringen die Truppen herüberschaffte, verbrachte Vuk Isakowitsch schlafend – volltrunken.

Zwei Gesichter sah er immer wieder in seinen Träumen, zwei Köpfe, die er mit eigener Hand gespalten hatte. Noch einige Tage lang, nachdem sie schon aus seinem Gedächtnis geschwunden waren, tauchten sie in seinem Bewußtsein wieder auf. Als die Gesichter dann im Begriff waren, sich ganz aus seinen Vorstellungen zu verlieren, sah er sie plötzlich noch einmal einen Augenblick lang, blutüberströmt, rund und verschwommen – in den zwei Hälften der durchschnittenen roten Wassermelonen, die in jenen Tagen ihm und seinen Soldaten zur Nahrung dienten.

Isakowitsch wurde für den Überfall auf Mainz belobt und verblieb auch weiterhin im Schlamm vor Worms an der Spitze der Vorhut. Von Karl von Lothringen hatte er für jeden seiner Grenzersoldaten einen Silbergulden erhalten. Das Geld verteilte er selbst an seine Leute und hielt dabei eine Ansprache über den Fürsten Lazar, den allerheiligsten Dulder und Märtyrer der Serben.

Einige Tage lang bildete sein Regiment einen Teil der Belagerungstruppe vor dem Fort St. Louis, wo er auf den Befehl für eine Sonderaufgabe wartete: Stürmen der Wälle mit Hilfe besonderer Schanzgräben – der sogenannten »Approchen«. Das war die Art Kampf, in der er sich daheim, vor Peterwardein, am gründlichsten geübt hatte.

Die Feste St. Louis lag in der Ebene, von oben bis unten mit Schlingpflanzen bewachsen und tief in den Grund der Sümpfe gemauert. Auf der einen Seite wurde sie von einem der Rheinarme geschützt, auf der anderen von festen Mauern und versteckten, mit Wasser gefüllten Gräben.

Nachts umgab sie die schreckliche Ausdünstung aus dem mückenverseuchten Sumpfgelände, tags die vollkommene Stille des Rieds, über dem nur selten ein Falke kreiste oder ein Spatzenschwarm aufflog. Wären um sie herum nicht die Kugeln geschwirrt, die Soldaten Isakowitschs hätten vergessen, wo sie sich befanden, und geglaubt, vor Peterwardein Feldübungen abzuhalten.

Sie gruben sich in die Erde ein und sangen in der Nacht klagend zu den Tönen der Gusla, den Rücken gegen die aufgeworfene Erde ihrer Gräben gelehnt, die ihnen in den Nacken rieselte; die Füße ließen sie in den Sumpf hängen, zwischen das Schilf und die hin und her hüpfenden Frösche.

Sie sangen, weil viele von ihnen gefallen waren und viele verwundet und erkrankt. Sie beweinten die Toten und die noch Lebenden mit ihren ausgedehnten Klageliedern, die so lang und traurig waren, daß der Feind immer seltener herüberschoß, um dann allmählich das Feuer ganz einzustellen.

Vuk Isakowitsch hatte für sich eine Hütte aus Weidenruten und Schilfrohr neben einem tiefen, frisch ausgehobenen

Graben errichten lassen, in dem man mit großer Mühe zwei Geschütze untergebracht hatte. Die Hütte war so niedrig, daß er nur auf allen vieren hineinkriechen konnte, aber wenn er sich dann in ihr auf einer breiten, mit einer Decke bezogenen Bank aus gestampftem Lehm ausstreckte, konnte er durch das Schilfgeflecht hindurch fast die ganze Umgebung der Stadt übersehen mit allen Befestigungsmauern, und seine eigenen Schanzgräben obendrein.

Und in der Tat gab es da während des Tages allerhand zu sehen! Sobald die Schießerei etwas nachließ, begannen seine Leute zwischen den Gräben herumzustreunen, um sich die Zeit zu vertreiben, so gut sie nur konnten. Sie fielen oft in ein Sumpfloch, wenn sie untereinander Krautköpfe, Kürbisse, eine Handvoll Bohnen austauschten, bis die französischen Artilleristen sie mit Kugeln überschütteten. Dann rannten sie los, versuchten in Zickzacksprüngen auszuweichen, fielen in Tümpel und Pfützen und wühlten sich wie Ferkel durch den mit Kugeln bespickten Schlamm. Einem fallengelassenen Kohlkopf konnte so die Mannschaft eines ganzen Grabens nachjagen.

In der darauffolgenden, von Salven und Geschützdonner unterbrochenen Stille starrte Isakowitsch dann von neuem in das endlose, unübersehbare Röhricht, auf die Sümpfe und Festungswälle, als wäre es eine Traumlandschaft. Wieder sah er sich in zwei Wesen gespalten und ging so während einiger ruhiger Tage in Gedanken sein ganzes Leben durch. Seine Hütte versank vollständig zwischen Wasser und Rutendickicht. Über ihrem Dach rauschte das Schilf.

In einem halbwachen Zustand, der ihm bereits wie ein Vorstadium des Sterbens erschien, empfing er Offiziere und Melder, durch die ihm Bärenklau Befehle und Nachrichten über den Stand der Belagerung schickte. Bisher ein vorbildlicher Krieger in jeder Hinsicht, setzte sich nun auch Isakowitsch, da man ihn noch immer nicht zum Oberstleutnant befördern wollte, immer weniger ein. Er unternahm keinen einzigen Nachtangriff, erschlug nicht einmal die feindlichen Soldaten in den ihm am nächsten liegenden Schanzgräben, und unter den Befestigungen konnte er überhaupt keinen Erfolg erzielen. Allem Anschein nach war er des Krieges überdrüssig.

Als die Franzosen eines Nachts den Rheinarm anstauten und die Fluten des Stromes zu den Belagerungsgräben leiteten, so daß Pferde ersoffen, Wagen auseinanderbrachen und Geschütze versanken, schlief Isakowitsch friedlich in seiner Hütte. Er träumte davon, die Hochzeit seiner Tochter zu rüsten, die, wunderschön von Angesicht, die Gestalt der Gemahlin des Herzogs von Württemberg hatte, jedoch aus jener Zeit, als diese jung war, und nicht so, wie er sie kürzlich gesehen hatte. Hinter der Tochter schritt in seinem Traum sein Lieblingsheiliger, der Fürst Stefan Štiljanowitsch, dem er und sein Bruder Archangel eine Kirche über dem Grab ihres Vaters errichten wollten. Der heilige Stefan blieb am Kopfende seiner Lagerstatt stehen, sah ihn mit mildem Blick an und sprach: »Geöffnet sehe ich die Pforte des Todes, Isakowitsch, bei deinem letzten Atemzug. Deine Frau wird sterben, die Eingeweide von Würmern zerfressen. Und die Bitternis wird aus deiner Seele weichen. Nach deinem langen Leben erst werden deine Nachkommen in dunkler Nacht den mildleuchtenden Morgenstern erstrahlen sehen.« Da er wie ein Bär schlief, während er mit Heiligen und Erzengeln im Traum Zwiesprache hielt, erwachte er nicht einmal, als er mitsamt seiner eingestürzten Hütte in den tiefen Arm des Rheins fiel, der, abgeriegelt von einem Wehr, die ganze Ebene unterhalb der Befestigungen überflutet hatte.

In dieser Nacht wäre fast die ganze Truppe ersoffen; durch tiefes Wasser watend, gelang es ihr nur mit knapper Not, die Geschütze zu retten. Erst mehrere Tage danach zeigten sich wieder österreichische Belagerer vor der Stadt, doch in geziemender Entfernung von den Mauern der Festung.

Als sie vor Straßburg lagen, war Isakowitsch noch verschlafener. Die französischen Husaren ritten bis vor seine Zelte und schossen vor seiner Nase ihre langen Pistolen ab, aber seine Leute schnitten bloß einigen wenigen dieser Vorposten die Kehlen durch.

In einem Meer von Gräsern schwebten in der Morgensonne die Schanzen und die baumbepflanzten Wälle der Stadt vor seinen Augen. Er starrte auf die hohen spitzen Kirchtürme und in den noch regenfeuchten veilchenfarbenen Himmel über ihnen, der ganz weit, am Ende des Horizonts, große blaue Fenster hatte. Da kam ihm der Gedanke, daß man auch in diesem Lande leben könnte, und als ihm eines Abends seine Reiter einige Gefangene brachten, verhörte er sie über seinen Dolmetscher bis in alle Einzelheiten – über ihre Offiziere, ihre Rangklassen und Vorgesetzten, insbesondere über die Obersten und Oberstleutnants, und war gelb im Gesicht vor ohnmächtiger Wut.

Bärenklau, den die Art der Kriegführung Karls von Lothringen zur Verzweiflung brachte, hatte seine Vorposten bis zu den Mauern von Straßburg vorgeschoben und ließ Isakowitsch durch Wujitsch wiederholt die Botschaft zukommen, nachts direkt aus dem Lager den Überfall auf die große steinerne Wachstube zu unternehmen, deren Tore den ganzen Tag über geöffnet blieben. Und so weckte Isakowitsch eines Nachts – ohne die geringste Lust und Freude am Kampf – seine Offiziere und befahl ihnen, ihrerseits leise die Grenzer zu wecken, die in der Dunkelheit aus dem Lager zu schleichen pflegten, um in den Gärten unterhalb der Stadtmauern Kraut und Melonen zu stehlen. Und während die Soldaten zerrauft und zerzaust in Rudeln aus den Zelten krochen, wie schwarzwollige Schafe, zeigte Isakowitsch den Offizieren die Wachstube, die in der unendlichen Stille des beginnenden Sonnenaufgangs aufragte wie ein ferner einsamer Steinwürfel. Durch das Fernrohr waren auf den Zinnen deutlich einzelne Wachposten zu erkennen, einzelne Häuser und grüne Baumkronen. Milchigweißer Nebel, der den Pferden bis zu den Knien reichte, schwebte über den Äckern. Im Lager ahnte keiner, was da ausgeheckt wurde. Die Wachen, die hinter den Zelten, Wagen, großen Heuschobern und Strohschobern aufrecht schliefen, an ihre Gewehre gelehnt gleich Hirten auf ihre Stäbe, ließen ihn ohne weiteres passieren.

Die starren Glieder lösten sich allmählich in der warmen Ausdünstung seines Pferdes, und Isakowitsch ritt aus dem Lager in den leeren bestirnten Morgen hinein, über den Rasen bis zu einer nahen Baumgruppe, um den Weg zu inspizieren, den er beim Angriff nehmen würde. Umgeben von breiten grünen Feldern, ragte in der Stille der fernen Erdwälle die Festungsmauer auf, gegen die er nun, noch bevor die Sonne aufgegangen war, mit Kampfgebrüll anstürmen sollte. Er ließ die

Zügel hängen und wandte sich im Sattel um. Auf dem Anger sammelten sich in der Morgendämmerung seine Soldaten um die Offiziere, luden die Gewehre und Pistolen.

Isakowitsch straffte sich auf seinem Pferd, das immer wieder den Kopf zurückwarf und offenbar vor irgend etwas scheute, und er erlebte wieder ganz körperlich diese Wollust vor dem Angriff, die ihm mehr bedeutete als jedes andere Lustgefühl. Dann gab er dem Pferd die Sporen und sprengte rasch zu seinen Soldaten hin. Beim Absprung des Pferdes spürte er, wie die Krankheit und die Schmerzen, wie alle Gebrechen, die ihn sonst so quälten, aus seinem Körper wichen, und er sog tief den Duft von Gras und Tau ein, den warmen Dunst des Pferdes und den metallischen Geruch seiner Waffen. Sogleich verflog die Fieberhitze der Nacht und vom Wein, die Grübeleien, die Verzweiflung, und mit alter Kraft rief er seine Leute zusammen und wirbelte das Pferd im Kreis herum, so daß sie erschreckt zurückwichen. Eigentlich hatte er vorgehabt, ihnen, wie es üblich war, vor dem Sterben noch ein paar Worte zu sagen – vielleicht vom heiligen Despoten Stefan Štiljanowitsch – und sie vorher noch ordentlich ins Gebet zu nehmen wegen ihres nächtlichen Davonlaufens aus dem Lager und des Herumstreunens, um die Felder der Bauern zu plündern. Doch plötzlich gellte aus der Ferne ein Trompetenstoß der Franzosen.

Der König von Frankreich wollte auf seinem Weg, nur für einige Stunden, dem belagerten Straßburg einen Besuch abstatten und seine Truppen besichtigen. Er führte seine Absicht auch aus, und das gerade an jenem Tag, da Vuk Isakowitsch sich anschickte, noch vor Sonnenaufgang mit seinem Donaugrenzer-Regiment auf Befehl des Barons Bärenklau ein nachlässig bewachtes Wachtgebäude vor der Stadt, in dem sich die Posten nicht einmal verschanzt hatten, mit einem Handstreich zu nehmen.

So begannen plötzlich gerade an diesem Morgen die Trompeten zu schmettern, und die französischen Regimenter marschierten mit ihrer Reiterei auf dem Anger vor den Stadtwällen auf und stellten sich, fast in Schußweite von dem Lager der Österreicher, vor den großen Zelten ihrer

Vorposten in Paradeordnung auf. Hinter ihnen versammelte sich, rennend, rufend und hüteschwenkend, das Volk der Stadt.

Reiter trabten über das Brachfeld, um den jungen König zu sehen, aus dem benachbarten französischen Lager liefen die Offiziere zusammen; Hunderte von Musketieren und Gardegendarmen des Königs schlängelten sich zwischen den beiden regungslosen Reihen der Truppen hin und zurück. Zwischen ihnen fuhr die mit acht Schimmeln bespannte königliche Kutsche durch, begleitet von der Masse der Gardereiter mit gezogenem Säbel, die sich fortwährend umwandten, um in der Ferne die weißen und bunten Uniformen der österreichischen Vorposten zu erspähen.

Die Kanonen in der Stadt schossen dreihundertmal, und die Truppe gab drei Salven ab.

Isakowitsch und seinen Offizieren, die im Gebüsch auf der Erde lagen und dies alles sowohl mit bewaffnetem als auch mit freiem Auge sehen konnten, blieb nichts anderes übrig, als den Dingen ihren Lauf zu lassen. Sie hatten sich, nachdem sie vom Pferd gestiegen waren, nur stumm angeblickt und auf neue Befehle von Bärenklau gewartet.

Karl von Lothringen hatte indessen bereits den Waffenstillstand geschlossen, und in den Lagern der Serben ging noch am gleichen Tage das Gegröle los und das Gedudel der Geigen, der Singsang und das Jauchzen beim Kolo-Reigen. Die Trommeln schlugen, und die Herolde schrien laut die Befehle aus, die Soldaten sollten sich hüten, während des Waffenstillstands plündern zu gehen, da sie jeder, auch der kleinste Diebstahl von Kraut oder Obst aus den Gärten und Dörfern der Umgebung den Kopf kosten würde.

Und so also versank wieder einmal das Donaugrenzer-Regiment zwischen den Zelten in Lärm und Getöse. Strohhalme und Heu in den zerzausten Haaren, nach Rindstalg und Pulver riechend, schmierten sie von früh bis abends Füße, Messer, Gewehre, Lederzeug und Patronen, übten dazwischen am Vormittag das Abfeuern von Salven in Dreierreihen, am Nachmittag den Paradegruß für den Höchstkommandierenden, wobei das ganze Regiment deutlich bloß das lateinische »Vivat« herausbrüllte, während es, auch zum tausendsten Male, »Carolus« wie »Kalorus« aussprach, »Dux« wie »Dus«, und »Lotharingiae« – wie »Lotragingije«.

Im übrigen liefen sie auseinander, allen Wachen und Strafen zum Trotz, und zerstreuten sich in den umliegenden Dörfern auf der Suche nach etwas Eßbarem, geplagt und ausgehungert, wie sie waren. Isakowitsch dachte, er müsse den Verstand verlieren, wenn dieser – solch ein – Krieg noch lange andauere. Ebenso wie Wujitsch, Markowitsch und die anderen Kommandanten hockte auch er tagtäglich vor dem Zelt des Kommissars, um ein wenig Getreide zu ergattern.

Mit seinen zerfetzten Zelten und dem geringen Fuhrwerk im Lager, das voll von verwilderten Hunden war, schämte er sich vor den anderen Truppen. Hinter den vordersten französischen Wachposten konnte er auch mit freiem Auge die Bäume und Geschütze in der Stadt unterscheiden, das weidende Vieh vor den Wällen und die Bauern, welche die letzten Früchte von den Bäumen schüttelten. Und alles, was in der Festung geschah, wiederholte sich wie eine Luftspiegelung in den Wolken, hier dicht vor ihm: die gleichen Wiesen, Wälle, Wachtstuben, Bastionen und Geschützbatterien, Menschen, die Obstbäume schüttelten, und hinter ihnen, ewig gleich, das Rutendickicht, der hohe Hanf und der Ausblick ins Leere.

Schon am nächsten Tag wurden zwei von Wujitschs Soldaten beim Diebstahl von Äpfeln ertappt und gehenkt. Eine Rotte deutscher Reiter, ein Priester und der Henker kämmten die Gegend durch und henkten sie gleich an Ort und Stelle. Vor dem Tod nahm der Priester den beiden die Beichte ab.

Isakowitsch verließ sein Zelt und ließ sich eine Hütte in die Erde graben und mit Gras decken, deren Eingang so angebracht war, daß er nicht in Richtung der Stadt sehen mußte. Durch die Öffnung erblickte er bloß das Lager seiner eigenen Leute, voll verfaultem Stroh, das überall unordentlich herumlag, und die Hunde. Sie balgten sich und jagten herum und warfen im Spiel mit ihren Schnauzen das Stroh hoch. Wegen der unsicheren Lage wagte er nicht, das Lager zu verlassen, während seine Offiziere nicht nur auf Besuch zu anderen Regimentern gingen, sondern auch auf die Jagd, in Schenken und benachbarte Städte, um Frauen aufzuspüren.

So lebte denn Vuk Isakowitsch in der großen Hitze zu Ende des Sommers ein schweres Leben: von heute auf morgen und stets überzeugt, daß er aus diesem Krieg nicht zurückkehren würde. Schweigend sah er alles, was um ihn herum geschah, und bereute bitter, jemals eine Beförderung auch nur angestrebt zu haben. Es war nun klar, daß die Zeiten der Türkenkriege niemals wiederkehren würden und daß sich Karl von Lothringen weder um sein Grenzerregiment noch um das von Horvat und Wujitsch scherte.

Das unbekannte Land, das er im Kampf durchzogen hatte, ermüdete ihn, auch wegen der vielen Toten. Das Wiedersehen mit der gealterten Herzogin fraß an ihm, und viele Tage lang konnte er den Tod seines Dieners Arkadije nicht verwinden, dessen Leiche ebensowenig aufzufinden war wie die beiden Pferde. Sicher hatten die Bauern den Toten gefunden und ausgeplündert, die Pferde weggeführt und den Leichnam wahrscheinlich in den Rhein geworfen.

Hier vor Straßburg würde sich, so dachte Isakowitsch, wohl auch sein eigenes Leben vollenden. Seine schweren Stiefel hatten alle Farbe verloren, und seine Hosen, die hinten herabhingen wie ein Sack, waren ohne jede Form. Er flickte sie eigenhändig. Von den Märschen, den Winden und der Sonne war sein Gesicht rot wie Kupfer geworden, sein Leib stählern und widerstandsfähig von den Anstrengungen. Mit seinem riesigen Bauch erinnerte er wieder an ein schweres volles Faß. Obgleich stark gealtert, begann er dennoch schon nach zwei durchschlafenen Tagen und ungeachtet der Trauer, die seine Seele erfüllte, nach den Bäuerinnen zu schielen. Der Gedanke an einen nahen Tod machte ihn weich. Aber die Pferde traktierte er doch noch immer mit Faustschlägen.

Er hatte aufgehört, sich den Bart zu pflegen, und sein Gesicht bekam einen friedlichen, fast sanften Ausdruck. Erst als seinem Regiment ein katholischer Priester zugeteilt wurde, bekamen Isakowitschs gelbe Augen, mit den schwarzen Pünktchen darin, einen fiebrigen Glanz, den sie vorher nicht gehabt hatten. Mit Worten, feierlich und salbungsvoll wie ein Pope, ganz anders als alle seine Offiziere, wählte er in jenen Tagen die Leute aus, die seiner Meinung nach in die Heimat entlassen werden müßten. »Leset alles dies mit Sorgfalt«, sagte er zum Hauptmann Antonowitsch, als er ihm die Liste der Ausgewählten übergab, »und sofern Ihr mir auf einen Irrtum kommen solltet, stellet ihn richtig. Schreibt: Durch Lothringen schritten sie mit bewaffneter Faust, kämpfend; heimgekehrt, verbleiben sie auch weiterhin in militärischen Diensten ...« Im Grunde hätte er am liebsten seine Leute, so wie er sie jetzt nach Peterwardein entließ, mit seiner verschnörkelten Unterschrift gleich nach Rußland verfrachtet.

Denn nach langer Selbsttäuschung hatte der ehrenwerte Isakowitsch während dieses Straßburger Waffenstillstandes – verbarrikadiert in seinem Hamsterbau und gepeinigt von einer Krankheit, der er keine Beachtung zu schenken vorzog; enttäuscht in seinen Erwartungen bezüglich einer Beförderung und zur schieren Verzweiflung getrieben durch die Schwierigkeiten bei der Beschaffung von Fleisch und Mehl für seine Soldaten – endlich eingesehen, daß er überflüssig und lächerlich geworden war wie ein alter fetter Pope, der zwar noch immer sein Amt versieht, aber im Grunde zu nichts mehr taugt.

Als er in diesen Krieg gezogen war, zum viertenmal in seinem Leben dem Tode entgegen, hatte er beim Aufbruch gehofft, daß sich endlich etwas erfüllen und vollenden werde, aber inzwischen wußte er, daß dieses Etwas niemals eintreffen würde. Isakowitsch hatte stets geglaubt, daß ein Tag kommen würde, an dem er und seine Soldaten, in einem Heer von noch nie dagewesener Kühnheit kämpfend, sich glorreich in einer besonders grausamen Schlacht schlagen und dafür großzügig belohnt werden würden – womit, das wußte er selbst nicht recht, doch stellte er sich den Siegespreis als etwas unendlich Beglückendes und Bedeutsames vor, sowohl für ihn selber als auch für die anderen. Als er in diesem Frühling ins Feld gezogen war, hatte er alle Sorgen hinter sich gelassen – die gerade damals besonders drükkend geworden waren: den Streit mit dem Bruder um die Mitgift seiner Frau, das kränkelnde, über und über mit Krusten bedeckte Kind, die Frau, die ihn anzuöden begann und deren Launen er nicht mehr Herr werden konnte, und schließlich dieses ganze Dorf im Schlamm vor Peterwardein, das angefangen hatte, Hütten aus gestampftem Lehm zu errichten ... Täglich lagen sie ihm mit ihren Klagen in den Ohren und erwarteten von ihm, daß er ihnen zu essen gäbe, Planken und Bohlen für sie auftriebe und sie beim Militär unterbringe, was sie jedoch nicht daran hinderte, in die reicheren und besser verwalteten Nachbardörfer zu flüchten, sobald sich Gelegenheit dazu bot.

Noch in den allerletzten Tagen vor seinem Abmarsch mühte Isakowitsch sich ab, ihnen einen Brunnen zu graben, Trinkwasser für sie zu finden und eine Kirche im Dorf zu errichten.

Er hatte dieses Leben satt bekommen – nicht bloß wegen der Armseligkeit und Not, der er auf Schritt und Tritt in seinem Hause, in seinen Pferchen, in den Hütten und überhaupt in der ganzen Umgebung seines Dorfes bis nach Peterwardein begegnete, und nicht bloß wegen der Zwistigkeiten, die er mit dem Grafen Guadagni, dem Kommandanten von Esseg, bei der Neueinteilung der militärdienstpflichtigen slawonischen Dörfer hatte, sondern auch weil er gleichzeitig zu den verschiedenen Betteleien und Petitionen des Patriarchen Sakabente herangezogen wurde. Er war überzeugt, daß auch alle anderen so wie er die Vergeblichkeit aller Mühen und allen Handelns einsehen müßten – was immer sie auch taten: leben, seßhaft werden oder umherirren, ihren klagenden Singsang herausgrölen und sich vermehren ... hier an den Ufern der Donau. Und es schien ihm, um diesen nebligen Ausdünstungen über den Sümpfen, diesem ewigen Schlamm und der ewigen Plackerei zu entrinnen, die sich tagaus, tagein beim unermüdlichen Weiterziehen, beim Ersaufen der Rinder und beim Pflügen im Moor wiederholte, müßte es genügen, an einem warmen Frühlingsmorgen auf einen hohen Berg zu reiten und dort etwas zu erringen, was ihnen allen Heil und Freude bringen würde. Obgleich er eine Vorahnung hatte, daß er in sein Dorf nicht zurückkehren werde, träumte er dennoch davon, daß sie alle zufrieden nach Hause reiten würden – in eine Heimat, wo sich alles verwandelt hätte und alle Menschen glücklich wären. Frau und Kinder hatte er beruhigt im Hause des Bruders zurückgelassen, und was die Siedlungen betraf und die Grenzerfamilien, schien ihm, als hätte auch für sie irgend jemand Sorge getragen, so daß er sie bei seiner Rückkehr mitten in hochaufgeschossenen Getreidesaaten antreffen würde, befreit von Seuchen und Krankheiten. Damals hoffte er auch, Diebstahl und Totschlag, mit denen er sich täglich auseinandersetzen mußte, würden irgendwie in Vergessenheit geraten und eine schützende Hand, Gottes oder des Kaisers, würde sich schirmend über alle Grenzersoldaten mit Troß und Wagen während ihres langen Marsches zum Kriegsschauplatz legen. Aus diesem Grunde achtete er auch besonders darauf, daß die Namen sowie der Zahlenstand aller militärpflichtigen Dörfer und Regimenter, schön und deutlich geschrieben, in der Liste erschienen, die der Kommissar durch besonderen Kurier dem Kriegsrat nach Wien schicken sollte.

Vuk Isakowitsch war unter der Obhut eines Vaters herangewachsen, der noch dem Prinzen von Savoyen Vieh verkauft hatte und alle seine Kinder, Brüder, Verwandten und alle Gevattern und Bekannten dazu zu überreden suchte, in die österreichische Armee einzutreten und gegen die Türken zu kämpfen, und er hatte in seiner Jugend ein recht schönes Leben in diesem Heer geführt. Verwöhnt und oft ausgezeichnet, trug er in sich eine zwar nebelhafte, aber dennoch unbeirrbare Vorstellung von Ordnung, Zufriedenheit und Glück, gestützt von der Hoffnung, daß all diese Kriege mit einem allumfassenden Frieden enden würden. Er aber und alle seine Verwandten, Bekannten und alle seine Grenzersoldaten würden dann zu Pferde, unerhört festlich und reich gekleidet, eine Runde über alle Kriegsschauplätze und um das ganze Kaiserreich machen, von allen begrüßt und gepriesen: Seht, die Serben!

Unter dem Einfluß seines Vaters, der ihm den Kopf mit Versprechungen angefüllt hatte, daß sie dereinst in das verödete, ausgeplünderte und massakrierte Serbien zurückkehren würden, diente Vuk Isakowitsch während dreier Kriege ruhig und zufrieden in der österreichischen Armee, stets in Erwartung eines für sie alle beglückenden Ereignisses. Erst nach dem Tode des Vaters, als er immer tiefer in diesem Militärleben versank, von den Besiedlungen, Registrierungen, dem Anhäufen von Menschen und Vieh in Festungen und nach militärischen Gesichtspunkten angelegten Dörfern förmlich aufgefressen wurde, erkannte er, daß sich nichts bessern würde, alles würde immer beim alten bleiben: die Sümpfe und die Überschwemmungen, ebenso wie das elende Dahinvegetieren seiner Leute, sei es in den Schanzgräben oder in ihren Häusern, Hütten, Pferchen und Erdlöchern.

So durchlebte er im Laufe weniger Jahre alle Unbill, die der Dienst und die ewigen Versetzungen mit sich brachten, alle Enttäuschungen, die seine älteren Kameraden beim Militärdienst und in kirchlichen Angelegenheiten erlitten hatten. In diesem letzten Krieg jedoch fiel es ihm schon von Fünfkirchen an immer schwerer, beim Heerhaufen zu verbleiben. Schon seit langem schien ihm, man wolle ihn mit Absicht demütigen, und so hatte er den Rhein überschritten, war zwischen Leichen durch brennende Straßen gewatet wie im Traum, als hätte das alles nicht er, sondern ein anderer vollbracht. Aber erst hier, vor Straßburg, während dieses unerträglichen Waffenstillstandes, empfand er dann schließlich auch diese schwindelnde Leere vor sich, in der es nichts mehr gab.

Er lag in der schrecklichen Glut und Schwüle auf der Erde in seiner niedrigen Hütte; das Gras, das sie bedeckte, strömte, da es getrocknet war, einen betäubenden Duft aus. Tagelang blieb er ganz allein bei einem Krug voll Wasser, nur damit beschäftigt, ab und zu seinen Körper von der einen, der brennenden Sonne ausgesetzten Seite hinüber auf die schattige zu verlagern und mit der hohlen Hand die Ameisen zu entfernen, die sich unter seinem Kopfkissen angesammelt hatten. So lag er mit seinem kranken Bauch, der ihm, seitdem die Kämpfe wieder begonnen hatten, weniger zu schaffen machte, in der Hütte wie in einem Grab und vermied es während des ganzen Tages, das auf einer Rodung zwischen den Troßwagen errichtete Lager zu betreten. Es war ein richtiges Zigeunerlager, wo am Lagerfeuer zur Gusla gewinselt wurde – mehr aus Hunger als aus Trunkenheit. In seinem Halbschlaf schien ihm, er könnte mit seinen beiden ausgestreckten Beinen und den ausgebreiteten Armen die Verteidigungsgräben vor der Stadt wie auch die Zelte Bärenklaus erreichen, mit seinen Fußsohlen einige Befestigungswälle eindrücken und mit seinen Fäusten mehr als einen von Bärenklaus Leuten im Lager erwürgen. Oft schlummerte er so vor Wut und Verzweiflung ein und wurde erst in der

Abenddämmerung vom Gesang der Soldaten und dem Schlagen der Trommeln geweckt.

Ängstlich darauf bedacht, von den Sorgen oder von den Gelagen seiner Offiziere nicht gestört zu werden, fragte er auch gar nicht nach ihnen und rührte sich nicht aus seiner Hütte, ja ging nicht einmal bis zu dem Zelt Bärenklaus, wo groß gefeiert, gespielt und gewürfelt wurde. In seiner Einsamkeit, vor den Augen nur einige armselige Karren und die weit hingestreckte Ebene der verdorrten Felder unter dem glühenden Himmel, schüttelte Isakowitsch alles ab, woran er bisher noch irgendeine Hoffnung geknüpft hatte. Mit seinem Oberstleutnantsrang schüttelte er auch den Baron Bärenklau ab, den er einst so sehr bewundert hatte, und mit ihm eine ganze Reihe aufgeputzter Kommandanten mit ihren Perükken. Innerlich sagte er sich nicht nur von dieser Armee los, die hinter ihm herzog und der seine Männer durch zahllose Massaker den Weg bereiteten, sondern auch von seiner eigenen Vergangenheit, die ihm jetzt als grenzenloser Wahnsinn erschien. Er erhoffte sich nichts mehr, auch nichts von seiner Heimkehr, und dieses ganze Volk, das sich dort unten im Schlamm angesiedelt hatte, sah er jetzt mit anderen Augen – armselig und betrogen.

Diese Gedanken, die ihn seine Armee verachten ließen, dehnten sich bald auch auf alles übrige aus: auf seine Frau und seine Kinder, für die er sich so sehr abgeschunden hatte und die jetzt nicht bei ihm waren, um ihn zu berühren und zu trösten, und auch auf all jenen Lehm und Schlamm, in den er zurückkehren sollte zu einem närrischen, sinnlosen, vertanen Leben, und endlich auf alle Angelegenheiten, die er noch hätte erledigen sollen.

In trübe Finsternis versank an solchen Abenden nicht allein die Hütte, in der er lag, sondern sein ganzes Leben. Er legte es ab, so wie er einst mit betrunkenem Gelächter vor den Frauen seine silberbestickte Uniform abgelegt hatte. Eine alte Hexe war ihm an Stelle seiner ersten Liebe erschienen, Leere an Stelle der Städte, wo er gelebt, Handel getrieben, Schanzen gegraben, aus Pistolen geschossen hatte und Leute verprügeln ließ.

Wenn er sein Leben in Gedanken überschaute, verblieb

ihm aus der Vergangenheit nichts als die Erinnerung an klare leuchtende Sterne, an sinkende Aprilnebel über silbrig schimmernden Waldpfaden, auf denen er mit seiner Frau in den ersten Tagen ihrer Ehe geritten war, als sie in der einförmigen Öde einer kleinen slawonischen Garnison lebten und Füchse jagten, und für die Zukunft nur dieses grenzenlos weite, schneeverwehte Rußland, wohin er auszuwandern gedachte, um dort ein besseres Leben führen und endlich Rast und Frieden finden zu können.

Als Isakowitsch an diesem Abend aus seiner Hütte trat, war seine Seele weit entfernt von den angepflockten Pferden, von den im Stroh liegenden Verwundeten und Kranken, von den Zelten, Gewehren und Pulverfässern. Er schritt vorbei an den Wachtposten, die ihm salutierten, warf einen Bück über das Lager, das in der Gluthitze von Menschen wimmelte, und suchte mit den Augen den Horizont ab. Es schien, als wolle die unerträgliche Glut überhaupt nicht mehr nachlassen. Keine Wolke zeigte sich am Himmel. Die in der Ferne aufragenden Berge, das verdorrte Gras, die Obstgärten – alles roch nach Hitze und Staub.

Die fernen Kirchtürme schleiften die langen Baumreihen und Buschhecken entlang des Stromes wie eine Schleppe hinter sich her, und auf den Anhöhen und Befestigungen der Franzosen waren riesige Heuschober und abgeerntete, ausgedörrte, gelb- oder kupferfarbene Felder zu sehen. Aus endlosen Ebenen, Sumpfwiesen und gestrüppüberwucherten Tümpeln wuchsen Obstgärten und Hügel hervor, in die man Geschütze eingegraben hatte. Die in Glut und Glast flimmernde Stadt schien in der Luft zu schweben, eingebettet zwischen den von langen Reiter- und Fahrzeugschlangen in Staubwolken gehüllten Landstraßen.

Rücklings an seine Hütte gelehnt, nur notdürftig bekleidet, hörte Isakowitsch den Bericht des Hauptmanns Antonowitsch an, der in dieser Nacht den Dienst im Lager versah und das Losungswort von Baron Bärenklau überbrachte, zusammen mit einer Einladung zum Mittagessen für den kommenden Tag. Isakowitsch streckte die Beine ins Gras, brach dabei ein paar Stauden ab, die ihm mit ihren trockenen

Früchten, in denen der Samen raschelte, ins Gesicht stachen, sodann legte er sich der Kühle wegen unter einen über das Hüttendach emporgewachsenen Busch auf den Rücken. Unverwandt starrte er in die Lichtstrahlenbündel, in denen winzige Staubkörnchen über fernen Laufgräben tanzten. Er öffnete das Hemd über der nackten Brust und fertigte den Hauptmann rasch ab, indem er ihm barsch befahl, keinen der Soldaten, die sich etwa nachts aus dem Lager entfernen wollten, zu verhaften und am Morgen auch keinen der Rückkehrenden den Wachen zu übergeben. Ohne dem Soldaten, der unweit von ihm auf dem Boden kniete und die Pistolen reinigte, mehr als einen flüchtigen Blick zu schenken, starrte er dann zum hohen Himmel hinauf, der sich endlos über ihm wölbte.

Er wartete darauf, daß es dunkel im Lager würde, und atmete unterdessen den duftenden Rauch des Grases ein, das man zwischen den Mannschaftszelten verbrannte. Mit dem einsetzenden Gebell der Hunde senkte sich auch die Dämmerung über den Anger. Die ersten hinter dem Graben entzündeten Feuer beleuchteten die Gesichter der Soldaten in der Ferne, die, auf der Erde hockend, Kartoffeln und Kürbisse schälten, zerkleinerten und sie dann in die Kessel warfen, wo sie über dem Feuer schmorten. Ein blasser Himmel senkte sich auf die Obstgärten hernieder, und sofort wurde es wohltuend kühler. Mit der Dämmerung setzte auch gleich wieder der klagende Singsang, das Gefiedel und Gebrumm ein. Bald trübte sich das Dunkel im Lager, und der Staub hüllte alles ein bis auf die fernen Baumwipfel. Und Isakowitsch wurde ruhig.

Während sein Blick über die weiten, leergemähten Felder bis zum Fluß hinunter schweifte, fühlte er, daß er nicht geschaffen worden war, um für diese unaussprechlich einförmige Öde zu leben, in die er geraten war. Irgendwo mußte es auch für ihn so etwas wie jene Helle geben, wie jenen Glanz über den Wipfeln der Obstbäume hinter der Stadt, dort, wo im dunklen Schatten der Häuserdächer, tief unten, Tauben und Schwalben nisteten – mußte etwas anderes auf ihn warten, ein heiteres gelassenes Leben, Ereignisse, die über sie hinwegbrausen würden wie ein kühler, freundlicher schäumender Wasserfall. Darum sollte man auswandern, fortziehen, irgendwohin, an einen Ort, der rein und klar wäre wie die Oberfläche eines tiefen Bergsees – so dachte er, während er schwitzend neben seinen Hunden lag, die, auf dem Stroh ausgestreckt, nach Fliegen schnappten. Fortgehen mit allen, auch mit dem Patriarchen, aus dem Schlamm und Dreck, aus nie enden wollenden Kriegen und Verpflichtungen, nach seinem eigenen Willen leben, nicht verstrickt in diese schreckliche Wirrnis; ein ureigenstes Leben leben, für das man geboren worden war.

Niemals zuvor hatte Vuk Isakowitsch eine solche Sehnsucht nach etwas Lichtem und Freudigem empfunden, das nur ihm allein und keinem anderen zu vollbringen und zu erleben vergönnt war, damit er nicht so elend, alt und überflüssig aus dieser Welt ginge. Noch nie zuvor hatte er sich so sehr gewünscht, für immer dieses Regiment anzuführen, das ihm in diesem Augenblick teurer und seinem Herzen näher schien als alle anderen Regimenter dieser Erde, und würdig, einer besseren Zukunft entgegenzugehen – sogar mehr noch als die Daheimgebliebenen. In dieser Nacht, als Vuk Isakowitsch in der sommerlichen Schwüle nahe der Stadt Straßburg vor seiner Hütte lag, sehnte er all dies nicht nur für sich herbei, sondern auch für seine Leute, da er erkannte, daß man ihn betrogen und erniedrigt hatte, obgleich er bestimmt war für etwas Außergewöhnliches, für etwas Wunderbares – unvergänglich wie dieses Stück Himmel, das silbern und blau die ganze Nacht hindurch unter den strahlenden Sternbildern dahinschwebte, hoch über den Dächern und Hügeln der Stadt, über den Gewässern, an deren Ufern die Lagerfeuer seiner Truppe flackerten – vom Mondlicht übersprüht wie von einem leisen Sommerregen.

Am Morgen des folgenden Tages erfuhr er, kaum aus dem Schlaf erwacht, daß man in aller Frühe wieder drei seiner Leute, die im nächsten Dorf beim Stehlen angetroffen worden waren, gehenkt hatte. Hauptmann Antonowitsch betonte in seinem nachlässig verfaßten Bericht noch besonders, der Profos, ein besoffener Auerochs von einem Kürassier, der die Rotte Dragoner anführte und den Leuten mit dem

Säbelknauf die Nasen einzuschlagen pflegte, hätte die Beschuldigten weder verhört noch angehört, sondern sie einfach am erstbesten Ast aufgehängt. Außerdem wäre ein katholischer Priester der Rotte zugeteilt, der auch den rechtgläubigen Soldaten die Beichte abnehme, worüber diese untröstlich weinten, während sie gehenkt wurden, da ihnen der geistliche Beistand ihres eigenen Popen fehlte, dem sie ihre Gebete anvertrauen und dessen Fürsorge sie ihre Anverwandten in der fernen Heimat ans Herz legen könnten. Und zum Schluß bat Hauptmann Antonowitsch um den Befehl, die Gehenkten, nachdem man sie drei Stunden lang hängen gelassen hatte, dem Oberstleutnant Arsenije Wujitsch zu übergeben, da diese, so schien es, noch kurz vor ihrem Tod falsche Aussagen gemacht hätten und gar nicht Isakowitschs Regiment angehörten.

Isakowitsch steckte den vor Wut und Erbitterung dunkelrot angelaufenen Kopf rasch in einen Eimer Wasser, der vor seiner Hütte stand. Während ihm das Wasser noch von Kinn und Bart auf die nackte Brust troff, befahl er, Antonowitsch möge sofort einen Mönch um die Toten schicken und bei Bärenklau vorstellig werden. Dem Regiment jedoch sollte gesagt werden, daß keiner ohne sein Messer das Lager verlassen dürfe. Dann blickte er, während er seine Kleider anlegte, auf die von den Fuhrwerken der Franzosen verstopften Straßen, auf den Strom und die Felder, über denen ganz tief die Lerchen schwirrten, und bemerkte jenseits der vorgeschobenen Posten, Gräben und Wälle, ganz am Ende des Horizonts vor einem Weiler eine Reihe Akazien und Obstbäume, was ihn sogleich auf den Gedanken brachte, daß nur dort die drei Gehenkten sein könnten.

Als sie ihm das Pferd holten und sattelten, sackte er schlaff in sich zusammen, mit einer Art stupider Neugier auf die freien Felder mit den unkrautüberwucherten Gräben stierend, über denen ein regenverheißender Himmel hing.

Das sonst so ruhige Tier schnaubte, den Kopf tief zur Erde gesenkt, ins Unkraut hinein und schreckte zurück, als Isakowitsch sich ihm näherte; und als die Pferdewärter es hielten, um den Sattelgurt festzuschnallen, begann es sich im Kreise zu drehen, die großen schwarzen Augen starr auf Vuk Isakowitsch gerichtet. Erst als der ihm einen Faustschlag gab, stand es still, so daß er aufsitzen konnte. Sein erster Gedanke war, daß er sich doch noch immer wie ein Jüngling in den Sattel zu schwingen vermochte – dann ritt er schaukelnd quer über den Anger und zog dabei die Riemen seines Leibgurtes fester an.

Geradewegs hinein in diese erstickende Morgenschwüle ritt Vuk Isakowitsch, vorbei an Bärenklaus Pferdeweiden, an großen Haufen von Deichseln und Rädern, Getreidesäcken und Heumieten, an eingegrabenen Kanonen entlang und über umgeworfene Plankenzäune und gefällte Obstbäume hinweg.

Unverwandt blickte er hinüber zu den Akazienbäumen und Häusern in der Ferne, und es schien ihm, als rückten sie überhaupt nicht näher. In dem weiten Rund der Felder am Ende des Horizonts kamen sie ihm noch unbeweglicher vor, je stärker das Pferd ihn rüttelte, das vor jedem Brennesselbusch wütend schnaubte, bei jeder Grube und jedem Erdbuckel in den zerwühlten Gärten stolperte und die Hufe aneinanderschlug.

Es war ein dunstiger, heißer Tag, und als Vuk Isakowitsch an seinem Ziel ankam, war er am ganzen Körper in Schweiß gebadet. Er hatte schon von weitem, neben einem ausgetrockneten Bachbett, ein Feld mit Kürbissen und hohem Hanf gesehen, dann Häuser, Kühe und eine mit langen Gräsern bewachsene, von Feuerlilien durchsetzte Wiese. Neben einer großen Strohschütte hatte sich eine Menge Bauern und Bäuerinnen mit ihren Kindern um einen zweirädrigen Karren angesammelt. Dicht vor ihnen standen, ihre Pferde am Zügel haltend, zwei offenbar sehr zufriedene Dragoner. Aus dem Stimmengewirr, der Haltung der Frauen und Mädchen und aus der Art und Weise, wie sie die Füße setzten und sich dabei die verschwitzten Hälse abwischten, war zu ersehen, daß sie tanzten.

Isakowitsch jagte sein Pferd über einen Graben und verschwand hinter den langgestreckten Gebäuden und dem hohen Hanf, gerade noch bevor sie ihn entdecken mußten, und versuchte sich durch verfallene Zäune auf die andere Seite der Kürbispflanzung durchzuzwängen, wo am Rande eines kleinen Teiches in einer Reihe acht Akazienbäume standen. Ein paar warme Regentropfen fielen ihm ins Gesicht, und er hielt das Pferd an. Über seinem Kopf hörte er eine Dohle schreien und gleich darauf das Gekrächze von Krähen.

Im gleichen Augenblick wich sein Pferd zurück und blieb, am ganzen Leibe zitternd, wie angewurzelt stehen.

Als sich Isakowitsch über den hochgewachsenen Hanf reckte, sah er vor sich zwei Lerchen über ein Stoppelfeld laufen, das sanft zu einem Hügel hinaufstieg, der einen Teil von Straßburg verdeckte. Er riß das Pferd zur Seite und erblickte rechts, ein paar Schritte hinter dem Kürbisfeld, einen Obstgarten und an den drei ersten Birnbäumen drei Vogelscheuchen, die sanft über den weiten Feldern schaukelten.

Man hatte sie so tief aufgehängt, daß sie beinahe die großen gelben Blüten der Kürbisse und Melonen berührten, zwischen denen riesige Gurken wuchsen. Da man ihnen nicht die Knie zusammengebunden und ihnen die Opanken ausgezogen hatte, hingen ihre nackten, gespreizten Füße so herunter, als säßen sie in ihren enganliegenden grauen Hosen auf einem hohen Schemel. Ihre nackten Sohlen waren blau angelaufen und geschwollen, wie erfroren, und als Isakowitsch diese sechs wie bei geschundenen Lämmern verkrampften Füße erblickte, wagte er kaum, seine Augen nach oben zu richten.

Man hatte ihnen die Hände am Rücken gefesselt, doch keine Tücher über das Gesicht geworfen, so daß ihnen kleine Mücken um Augen und Nasen schwärmten. Dicht über der Erde, dort, wo die Zweige sich gabelten, hingen sie so – reglos, mit verdrehten Köpfen, als wären sie auf närrische Weise hochgesprungen, die Stämme der Obstbäume im Rücken, über den mit Brackwasser gefüllten Graben am Rande des Kürbisfeldes. In der Leere über ihren Köpfen schwirrten von einem Strohschober zum anderen Schwärme von Spatzen.

Den vordersten hatte man an einem Birnbaum aufgehängt, der noch ziemlich viele reife Früchte trug, und obgleich das Pferd nicht zu bewegen war, auch nur einen einzigen Schritt vorwärts zu tun, konnte ihn Vuk Isakowitsch voller Grauen ganz deutlich sehen. Es war ein kleiner, fülliger Mensch, und wahrscheinlich hatte er sich lange gewehrt und loszureißen versucht, denn sein Hemd hing ihm völlig zerfetzt aus dem Gürtel und von der Brust herab, und auch sein Gewand war an Ellbogen und Knien zerrissen.

Sein zerraufter Kopf war auf die linke Schulter gefallen, der Kehlkopf blau aufgequollen von dem gestauten Blut, und über dem Strick hing die geschwollene ausgestreckte Zunge herunter.

Der mittlere der Gehenkten war ein Mann von riesenhaftem Wuchs und mit langem Schnurrbart, der das eine Bein hochgezogen und so verdreht hatte, daß es sich um das andere schlang, das den Boden fast berührte. Der Ast, an dem er hing, hatte sich während seines Todeskampfes vom Stamm abgespreizt, die Birnen waren zu Boden gefallen. In dem furchtbaren Widerstand, den sein Nacken dem Zuziehen der Schlinge entgegengesetzt haben mußte, hatte sich sein Kiefer mit den überlangen gelben Zähnen in die Lippe verbissen, die voller Blut war. So hing er nun, erwürgt, den Kopf nach hinten gebogen, mit herausquellenden, nach aufwärts gedrehten, gegen den Himmel gerichteten Augen.

Nur bei dem dritten war es gelungen, ihm das Genick zu brechen, so daß er senkrecht herunterhing mit vornüberbaumelndem Kopf und sein Gesicht nicht zu sehen war, nur das Haar und der mit grauen Fäden durchzogene Schnurrbart, von dem Blut herabtropfte.

Erst nach drei Stunden, als es bereits in Strömen regnete, nahmen die Dragoner sie von den Bäumen und legten sie auf einen Karren zwischen die Höfe jener Häuser, neben denen man sie ertappt und gefesselt hatte. Vuk Isakowitsch hatte zwei Mönche aus Wujitschs Regiment hingeschickt, damit sie über ihnen die Totengebete sängen. Seine Hütte war voller Feuchtigkeit. So verbrachte er diese Nacht unter einem Wagen, zähneklappernd vor Kälte, in der vollkommenen Stille des vom Regen überfluteten Lagers, wo selbst die Hunde verstummt waren.

Am andern Tag, kaum erwacht, wurde ihm schon gemeldet, daß zwei seiner Soldaten halb totgeprügelt auf der Hauptwache des Lagers lägen und ein dritter, Veteran vieler Schlachten, der einen in sein Schnupftuch eingebundenen Krautkopf trug, von dem er übrigens steif und fest behauptete, ihn bezahlt zu haben, sich nur habe mit dem Messer der Dragoner erwehren und flüchten können.

Schon am Vormittag hatte der General vom Dienst Isakowitsch empfangen und seine Beschwerden angehört, und am späten Nachmittag wurde er persönlich Karl von Lothringen vorgeführt, der befürchtete, daß der Flüchtige zum Feind überlaufen könnte. Während des ganzen Gespräches blickte er den wutschäumenden und wildwuchernd bärtigen Isakowitsch erstaunt durch sein Lorgnon an.

Von diesem Tage an wurde nicht mehr gehenkt.

Nur jene, die man im Feld auf frischer Tat ertappte, bekamen Stockhiebe, aber Isakowitschs Flüchtling, der am Abend im Lager auftauchte, wurde sogar mit fünf Goldstücken belohnt, nachdem er vor Karl von Lothringen seinen von Wundmalen zerfurchten Körper entblößt und die Narben der Türkenkriege vorgezeigt hatte.

Zwei Tage darauf brachen die französischen Husaren den Waffenstillstand, und die slawonischen Regimenter marschierten in den Raum von Zabern, wo Bärenklau für die Reiterei von Trenk und Markowitsch einen Hinterhalt ausgeheckt hatte, in den die gesamte Besatzung dieser Stadt fiel und dabei umkam, so daß sich sogar die Stäbe ergaben.

Im Morgengrauen befand sich der verschlafene Isakowitsch in einem Pferch voller Schafe, zu Füßen des Hügels, auf Flintenschußweite von der Stadt. Ein österreichischer Spion hatte ihn unbemerkt bis dicht an die französischen Vorposten herangeführt. Noch einmal hatte das Donaugrenzer-Regiment Gelegenheit, im hohen Gras hingelagert, sich tüchtig satt zu essen, bevor es auf allen vieren den Hügel emporkroch, von wo aus die ersten Häuser der Stadt zwischen Obstgärten zu sehen waren, so zum Greifen nahe, daß der Widerschein der funkelnden Fensterscheiben in den Augen der Soldaten aufleuchtete. Ihre großen schwarzen Hüte tauchten auf der Kuppe des Hügels aus dem hohen Gras auf, wie eine Herde schwarzer Tiere, die aus dem Pferch über die Lehne drängten. Die Franzosen bemerkten sie und eröffneten das Feuer, worauf sich dann von allen Seiten, von den Hügelkuppen und aus dem Gebüsch, eine allgemeine Schießerei entwickelte.

Ohne jedwede Regel und Ordnung rollten und kollerten Isakowitschs Leute auf die ersten Häuser zu, die ebenso wie die Stadttore von Kanonenkugeln in Brand geschossen waren. Da die Soldaten bis zum Hals im Gras staken, stieg von ihnen ein Rauch auf wie aus zahllosen kleinen Rauchfängen, die unter der Erde immer näher rückten. Die Stadt Zabern, die reglos, tot, ausgestorben vor ihnen auf dem Berge lag, brannte an zwei Stellen. Auf dem Weg in die Oberstadt, wo sich die Befestigungen befanden, sah man unter einer Staubwolke Artillerie und Infanterie auf dem Rückzug begriffen. Wujitschs Regimenter waren vom Westen gekommen und begannen, in zwei Reihen vor einem Wäldchen kniend oder stehend, unter dem Kommando eines Offiziers zu Pferde die Flüchtenden aufzureiben und fingen an, dabei selber mit so furchtbar donnernden Stimmen Kommandos zu brüllen, daß einzelne Worte über Berg und Wald drangen bis an das andere, noch friedlich in der Sonne liegende Ende der Stadt.

Isakowitsch, der einen abgemähten Hang erklommen hatte, brach mit seinen Leuten bis zu der Landstraße durch, die sich zwischen Obstgärten dahinschlängelte, und erblickte jetzt beim Stadteingang neben ausgebrannten Bäumen und den glühenden Balken der Wachthäuser einige Husaren, die, sobald sie seiner ansichtig wurden, ihre Pferde herumwirbelten und davongaloppierten.

Als er auf die brennenden Häuser zulief, sah er noch die Husaren zwischen den Gebäuden verschwinden, und dahinter die breite, vollkommen menschenleere Straße mit den geschlossenen und verrammelten Fensterläden. Seine Soldaten entdeckten ihn bei den ersten Häusern der Stadt und rannten durch das hohe Gras auf ihn zu.

Ihnen nach fuhr durch das gleiche Tal, durch das auch sie gekommen waren, der Wagen von Baron Bärenklau, und nebenher lief der Feldmarschalleutnant, als gemeiner Soldat verkleidet, winkte mit den Händen und rief Isakowitsch von weitem etwas zu.

Isakowitschs Grenzer rannten jetzt in die Stadt hinein, und die breite Straße hallte von ihrem Gebrüll und ihren Schritten wider. Einen Augenblick lang drehte sich auch Isakowitsch um und sah in seiner Nähe Bäume, die Straße, die ihm aus dem Tal nachgeklettert war, Geschütze, die näher herangeschleppt wurden, und einen Haufen Soldaten, die von allen Seiten der Straße zuströmten. Dann warf er einen Blick zu den Dächern hinauf, zu den blumengeschmückten Fenstern und zu seinen Hunden, die mit langgestreckten Hälsen mitten auf der Straße standen und heulten, und ließ die Pferdeknechte mit den Pferden passieren, als plötzlich einer von ihnen auf das Pflaster niederstürzte, steif wie ein Pfahl.

Isakowitsch trat rasch zwischen die Häuser und hörte nicht mehr, was seine Leute ihm zuriefen, so groß war das Gedröhn und Geknatter. Er sah noch, wie am Ende der Straße seine Soldaten sich zu Boden warfen, wieder aufsprangen, und im Nu die Straßenmitte leer wurde, da sie sich rechts und links an die Häusermauern drückten. Dann aber bemerkte er, daß sie auch rechts und links von ihm fielen. Die Salven der Franzosen krachten ihm ins Gesicht.

Ein ganzer Haufe Franzosen versuchte beim Rückzug zum Ausgangstor am anderen Ende der Stadt zu gelangen, zu den Befestigungen auf der Anhöhe hin, und sie flohen geradewegs auf die Wälder zu, ohne auch nur im Traum zu ahnen, daß sie dort von Trenk mit seinen kroatischen Panduren und slawonischen »Banditen« erwartet wurden. Der Haufe verstopfte die Ausgänge der Stadt und gab gemeinsam eine Salve nach der anderen ab, so daß alsbald das Straßenpflaster, die Häuserecken und die Tornischen mit Toten übersät waren, von deren Köpfen die schwarzen Krempenhüte die steilen Straßen hinunterkollerten.

In dieser Hölle schritt Isakowitsch längs der rauchgeschwärzten Häusermauern, vorüber an den ruhigen Pferden, die beim Schießen nicht einmal zusammenzuckten, begleitet von seinen Hunden, die verwundert den Pulverdampf einschnüffelten und die Toten anstarrten, und suchte sein Regiment, das sich mit anderen Truppenteilen vermischt hatte.

In dem fürchterlichen Geschrei und Geknalle merkte er mit einemmal, daß sie auch aus den verrammelten Fenstern und Haustoren beschossen wurden. Er hielt inne und duckte sich unter einen Torbogen, über dessen Gewölbe auf einem Erkerfenster ein großer blauer hölzerner Hahn als Zierde angebracht war. So verharrte er zwischen Leben und Tod, die hier so sinnlos und närrisch, so unbegreiflich nahe beieinander waren. In diesem Augenblick hätte er – fast ohne Übergang – ebensogut dieser Welt angehören können, mit ihren hohen Gräsern, grünen Hügeln und dieser menschenleeren Straße, auf der die Toten wie bunte Puppen herumlagen und die Verwundeten in Qualen stöhnten, wie auch jener anderen – der Welt des Schweigens zwischen den Toten.

Als unter dem Hagel der Geschosse die Mauer über seinem Kopf abbröckelte, bückte er sich etwas, löste sein Wehrgehänge und behielt bloß den Säbel in der Hand. Plötzlich tauchten hinter der Mauer, einige Schritte vor ihm, zwei feindliche Soldaten auf, die sich offenbar verirrt hatten. Bevor sie noch recht wußten, wie ihnen geschah, hatten Isakowitschs Leute sie schon mit Gewehrkolben und Messern erledigt, so blitzschnell, daß ihnen kaum Zeit für ein letztes Röcheln blieb.

Seine Soldaten, die ihn endlich entdeckt hatten, kamen unter dem Beschuß geduckt auf ihn zugelaufen und meldeten, wer alles gefallen war. Im dichten Pulverrauch konnte Isakowitsch nur mit Mühe am Ende der Straße seine Männer unterscheiden, die auf den nur wenige Meter von ihnen entfernten Feind schossen. Dann bemerkte er, daß ihm auf dem von Kartätschen zerschlagenen Straßenpflaster wiederum der mächtige Reisewagen des Barons Bärenklau nachgekommen war, und er befahl den Soldaten, auf die oberen Fenster zu schießen, und durch die unteren in die Häuser hinein. Dann warf er seinen Hut weg, hetzte seine Hunde und stürzte, den blanken Säbel in der Faust, in die Mitte der Straße, von einem Soldaten zum anderen, die ihm, sobald sie ihn erkannt hatten, zum Sturmangriff folgten.

Als Isakowitsch zu den Reihen seiner Grenzer stieß, die im Pulverdampf und Rauch eine Salve nach der anderen abfeuerten und sich selber zuschrien: »Decharge, Feuer, eins, zwei, eins, zwei ...!«, riß er sie vom Pflaster in die Höhe und zog sie mit sich, wobei er voll Lust den Veteranen, denen die jüngeren die Flinten luden, zubrüllte: »Serben! Für den Grafen Wallis! Serben! Für den Grafen Wallis ...!« Dabei schwang er den Säbel und wandte sich immer wieder um, damit er, falls ihn eine feindliche Kugel treffen sollte, sie zumindest nicht in den Rücken bekäme.

So fand an diesem Abend bis zum Anbruch der Dunkelheit das Slawonische Donaugrenzer-Regiment den Tod auf den steilen Straßen von Zabern, während es den Feind in den Hinterhalt des Baron Trenk drängte, der ihn hierauf zerschmetterte.

Nach diesem Sieg quartierte sich Baron Bärenklau in dem schönsten Haus am Hauptplatz der Stadt ein und schlief nach langer Zeit wieder in einem Bett und in seinem langen seidenen Nachthemd, während in den Gräben unterhalb der Stadt das Regiment der Donaugrenzer zwei Tage hindurch seine Toten bestattete, darunter nicht wenige Offiziere.

Die Eroberung von Zabern brach die Pforte ins Elsaß auf, aber für das Regiment war es das letzte Gefecht in diesem Feldzug. Sechs Tage später rückte Karl von Lothringen mit großen Massen an den Rhein, den er beim Dorf Leinheim auf brennenden Brücken überschritt.

Isakowitschs Regiment, das beim vorherigen Übergang das erste gewesen, war jetzt das letzte, das über die lodernden Bohlen ans Ufer lief.

Hinter ihm blieb jenseits des Rheins nichts als Staub und Pulverdampf, der sich, wie immer, rasch in der Luft verflüchtigte.

Was danach kam, war ganz und gar bitter.

Hunger, Durst und Märsche, ununterbrochene Märsche durch das feindliche, gebrandschatzte und leergeplünderte Bayern bis hinein nach Böhmen.

Der Herbst war früher ins Land gezogen als sonst in anderen Jahren, und das Wetter war regnerisch. Isakowitsch schlief unter seinem Wagen – Krankheit, Sorge und Leid hatten ihm den Rest gegeben. Von Bruder und Frau hatte er bis dahin keinerlei Nachricht erhalten, so daß er sie beinahe vergaß.

Im Regiment verbreitete sich das Gerücht, daß man in der Oberpfalz Winterquartier beziehen werde, während die übrigen Grenzerkorps gegen die Preußen eingesetzt würden. Sie erzählten sich auch, daß sie nach Hause geschickt und auf die anderen kaiserlichen Regimenter verteilt würden. Um das Maß voll zu machen, hatte man Isakowitsch auch noch zwei deutsche Offiziere zugeteilt. Dann wurde, zwei

Wochen später, der Hauptmann Pitschewitsch wegen angeblicher Meuterei in Fesseln vors Kriegsgericht gebracht. Karl von Lothringen war nach Wien zurückgereist. Graf Batthyany übernahm das Oberkommando.

Schließlich schlug das Regiment der Donaugrenzer sein Lager bei Schärding am Inn auf. Dort wurde es vollständig von Herbstnebeln und Regenschauern verschlungen. Isakowitsch schlief und schlief. Den ganzen Tag verschlief er unter seinem Wagen.

Eines Tages erfuhr er, daß man ihn in der Stadt gesucht und daß sich ein Kaufmann nach ihm erkundigt hätte, der ihm über den Wiener Kaufherrn Demetrius Koptscha eine Nachricht von seinem Bruder überbringen könnte. Daher kam Vuk Isakowitsch gegen Abend an den Fluß herunter und wartete bei einer Fähre, bis sich vom anderen Ufer der Mann, zu dem er einen Soldaten geschickt hatte, bei ihm melden würde.

Der Tag war kalt und windig, und Isakowitsch, der unter dem steilen Uferhang auf einem gestrandeten alten Fährboot saß, konnte den Kahn und die darin sitzenden Männer kaum wahrnehmen, als sie vom anderen Ufer abstießen.

Die Dunkelheit senkte sich bereits auf das trübe Wasser herab, und ringsum nieselte der Regen. Isakowitsch stand auf und trat an das Wasser heran. Sobald er den näher kommenden Kahn erblickte, rief er zuerst ungeduldig seinen Soldaten an, den er in die Stadt geschickt hatte, und dann in deutscher Sprache auch den Kaufmann.

Herauf erhob sich im Kahn eine in einen Militärmantel gehüllte Männergestalt und rief ihm über das Wasser zu, er bringe Nachricht von Isakowitschs Bruder und – nachdem Vuk ganz in den Uferschlamm getreten war – auch Nachricht von seiner Frau. Isakowitsch sah nun das große schwarze Boot wenden, um der tiefdunklen Strömung zu folgen, bis zu einer Baumgruppe hin, zu der die Lichter der Stadt herüberfunkelten. Nach den letzten Ruderschlägen legte der Kahn lautlos am Ufer an, wo Isakowitsch ihn festhielt und zu sich heranzog. Ein stämmiger Mann, den der Soldat stützte, damit er nicht ins Wasser fiele, begann nun zu sprechen und sagte, er hieße Achim Riedel, Kaufmann in

Schärding, und sei vor drei Wochen in Wien gewesen, wo ein Bekannter, eben dieser Kaufherr Demetrius Koptscha, ihn gebeten hätte, mit Hilfe seiner Freunde Vuk Isakowitsch bei der in Engelstadt stationierten Armee ausfindig zu machen, da von ihm auf keinen Brief eine Antwort gekommen sei, und ihm zu bestellen, sowohl seine Kinder als auch sein Bruder seien wohlauf, seine Gemahlin, Frau Dafina, sei jedoch gestorben.

VIII

Bedrückt sann sie über das Los der Frau und Mutter nach; erkannte die Vergeblichkeit und begriff, daß ihre Seele voller Trauer auch in ihren Kindern keine Spur hinterlassen werde

Der Tag, an dem Frau Dafinas letzte Stunde schlug, war ein warmer Sommertag, Ende August, nachdem es drei Wochen lang nicht geregnet hatte.

Die Blutungen aus ihrem Schoß, die einige Zeit aufgehört hatten – vielleicht gestillt von den Bädern des türkischen Hekims oder den Eisenröhren des Arztes aus Esseg –, setzten von neuem ein.

Von dem Blut stieg ein fürchterlicher Geruch auf, so daß alle alten Weiber aus dem Haus sich um ihr Lager versammelten, das Kreuz schlugen und Beschwörungen murmelten.

Die letzte Nacht vor ihrem Tod verbrachte sie im Fieber; unausgesetzt flehte sie den Schwager an, zum Patriarchen zu fahren und von ihm die Erlaubnis zu erbitten, ins Kloster gebracht zu werden. Immer noch hoffte sie, dort Heilung zu finden. Erst gegen Morgen kam sie zur Ruhe, als sie hörte, wie die Kutsche Archangels gewaschen wurde und man seine Pferde aus dem Stall führte. Also wollte der Schwager wirklich aufbrechen! Nach so vielen Wochen des Zauderns hatte er sich nun endlich entschlossen, den Patriarchen aufzusuchen und überhaupt mit den Priestern über das heilige

Sakrament der Ehe zu sprechen, auch über die Ehe, die er einst für seinen Bruder geschlossen und gerade jetzt selbst zerstören wollte.

Den Anbruch des letzten Tages ihres Lebens sah und hörte Frau Dafina nicht.

Erschöpft vom Fieber, war sie eingeschlafen und lag wie tot da, mit eingesunkenen Augen und so abgezehrt, daß unter ihrer Haut jeder Knochen und jedes Äderchen zu sehen war.

Gebadet in kalten Schweiß, der sich in großen Tropfen auf ihren Augenlidern sammelte wie Morgentau, bewegte sie sich kaum mehr und erwachte auch nicht von der Berührung des Tageslichtes, das über ihre blauverfärbten Lippen und Nasenflügel glitt, blieb so unempfindlich und still wie der weiße Ofen neben ihrem Bett, wie ihr mit Kissen ausgelegter Stuhl vor dem vergitterten Fenster, wie die Tür, die im Halbdunkel von feinen, durch die Spalten dringenden Lichtstreifen eingerahmt war.

In einer Art Entrücktheit lag sie da und sah nicht mehr, wie die Gegenstände ihre Farbe wechselten und die Schatten des schmiedeeisernen Fenstergitters sich hinter dem Vorhang immer deutlicher abzeichneten, was sie sonst jeden Morgen zu beobachten pflegte. Auch das Summen der großen Fliegen auf der weißgetünchten Decke, das immer lauter wurde, bevor es ganz abbrach, hörte sie nicht mehr, wie sie es sonst während ihrer Krankheit beim Erwachen getan hatte. Sie lauschte auch nicht dem Rauschen des Stroms, der an diesem von Mehlgeruch erfüllten Haus vorüberfloß, und das sie anfangs beunruhigt, später jedoch schläfrig gemacht hatte, noch dem zwar schwachen, fernen, aber beständigen Rauschen der Wassermühle unten am Fluß.

Auch das Leuchten der Sonne sah sie nicht an diesem Morgen, wie es sich von der Anhöhe herab über Wiesen, Gestrüpp und Tümpel ergoß, von denen die Störche und Kiebitze aufflogen. Sonst beobachtete sie es von ihrem Fenstersitz aus, ebenso wie die ruhevoll grasenden Herden am Ufer, die sich mit den Köpfen nach unten im Wasser spiegelten. Sie erwachte auch nicht, als die silberne Mondsichel vom Himmel verschwand, die sie in den allerletzten Tagen, seitdem sie, von ihrem Zustand entsetzt, bereits vom frühen

Morgen an am Fenster saß, mit besonderer Freude am Himmel begrüßt hatte. Auch eine Baumreihe, sehr weit entfernt, tauchte, ohne daß sie es wahrnahm, auf dem Berggrat ins Licht; sie wurde immer erst dann sichtbar, wenn die Morgenstrahlen bereits die ganze Ebene überfluteten, ein Phänomen, mit dem sie nun schon seit zwei Monaten vertraut war und das sie jeden Tag voller Ungeduld erwartete, denn dann hörten die stinkenden Ausdünstungen von Schlamm und Pfützen auf, durchs Fenster zu dringen, und die Sonne durchwärmte ihren zurückgelehnten und erstarrten Körper von den Füßen bis zum Gürtel so wohlig, daß sie glaubte, davon zu genesen.

Auch als das ganze große Haus von dem Lärm der Schiffe und Schiffer munter wurde, von den Rufen der Schaf- und Schweinehirten, dem Knirschen des Ziehbrunnens und dem Blöken der Tiere um die Futterraufen, erwachte sie nicht, und auch dann nicht, als die Mägde durch die leise einen Spaltbreit aufgeschobene Tür zu ihr hereinlugten und auf den Fußspitzen zu der Truhe schlichen, wo ihre neuen Kleider lagen, an denen sie noch in den letzten Tagen etwas genäht und gerichtet hatte.

Bewußtlos, mit bebenden Lippen und aufeinanderschlagenden Zähnen, vor denen trockener Schleim lag, erreichte sie auch keines der Bilder mehr, die sie im Fiebertraum bedrängt und ihr sonst an jedem Morgen, zusammen mit jenen der Wirklichkeit, wieder vor Augen kamen: der Sumpf und die verschlammten Teiche, über deren Oberfläche ihr Mann auf sie zukam, den ganzen Körper von furchtbaren Wunden zerrissen, mit offenem, aufgeschlitztem Bauch, leeren Augenhöhlen und eingeschlagenem Schädel, die Arme ausgebreitet, um sie zu packen und zu erwürgen, obgleich sie sich seinen Händen entwand wie ein Schatten ... kriegerische Aufmärsche, die sie immer schneller und schneller umkreisten und in deren Mitte sie abermals ihren Mann erblickte – furchterregend, blutüberströmt, und mit einem ungeheuer großen Schädel ... weite Städte, durch deren steile Straßen sie atemlos gemeinsam mit ihm lief, während von allen Seiten auf sie beide, vor allem aber auf sie selbst, das Feuer eröffnet wurde, nicht bloß von Soldaten, sondern auch aus unbemannten Gewehren, die frei in der Luft schwebten oder von den Bäumen zu hängen schienen ... ihr Schwager Archangel, von dem sie in ihrer Krankheit oft und gern träumte, wie er sie unter dem Arm küßte und wie er sie kitzelte.

Von einer Ohnmacht in die andere fiel sie an diesem Morgen und hob so jede Verbindung zwischen dieser Welt und der anderen auf. Schweißbedeckt und fahl wie eine Leiche lag sie reglos in ihrem Bett.

Dennoch kam sie am Vormittag wieder zu sich. Müde öffneten sich die großen Augen, blickten zur Zimmerdecke über ihrem Kopf hinauf, sahen den gewaltigen weißgetünchten Balken, in den die vier Buchstaben von Christi Namen tief eingekerbt waren. Dann, ganz bei Bewußtsein, erkannte sie ihr Gemach, das mit essiggetränkten Bettlaken verhängt war, und zwei Weiber, die sich fortwährend um sie herum zu schaffen machten, ihr Mund und Augen abwischten und sich dabei bekreuzigten und murmelnd die Lippen bewegten. Da begriff sie, daß sie sterben würde.

Außer sich vor Entsetzen wollte sie aus dem Bett springen und laut schreien; ihr ganzer Körper zuckte, und ihr Kopf schlug immer wieder auf die Kissen, bis die Frauen herbeieilten und sie festhielten. Ihr kam es vor, als hätte sie so laut geschrien, daß ihr Schrei bis ans andere Ufer der Donau gedrungen war, und doch hätte man sie nicht einmal im Hof gehört. Mit Hilfe ihrer Dienerinnen gelang es ihr, sich ein wenig im Bett aufzurichten. Diese plötzliche Schwäche, mit der verglichen sie, wie ihr vorkam, gestern noch ganz unglaubliche Riesenkräfte besessen hatte, erschreckte sie so sehr, daß sie wie eine Wahnsinnige zu weinen begann. Daraufhin erhob sich im ganzen Hause Klagen und Schluchzen und Weibergeschrei. Hochgelagert auf ihren Kissen und zusammenhangloses Zeug murmelnd, versuchte sie, mit den Händen nach irgend etwas zu greifen, während man ihr den Schweiß vom Gesicht wischte und das Haar aus der Stirn strich. Erst als man ihr die Kinder brachte, beruhigte sie sich etwas.

Mit hocherhobenem Kopf, geweiteten Augen und fliegendem Atem ließ sie ihren Blick unaufhörlich von einer Wand zur anderen flattern.

Obwohl sie bei vollem Bewußtsein war, vergaß sie dennoch ständig, wo sie sich befand. Sie schloß die Augen und öffnete sie dann wieder, verlor das Gehör, um gleich darauf auch das leiseste Wort zu verstehen, fing an zu stottern, um dann zwar kaum vernehmbar, aber völlig deutlich zu reden – so begann ihre Todesqual und dauerte bis zur Nacht.

In sinnloser Verzweiflung sehnte sie ihren Gatten herbei: nur ein einziges Mal noch wollte sie ihn sehen, obwohl sie mit voller Klarheit wußte, daß Vuk Isakowitsch weit weggezogen war. Jahrelang hatte sie um sein Leben gebangt, gezittert, daß er getötet werden könnte, und sich so schließlich, wenn auch mit Schaudern, an den Gedanken gewöhnt, daß er sterben oder daß man ihn eines Tages blutüberströmt ihr ins Haus bringen würde, um so mehr, da er ja selber immer davon sprach. Jetzt konnte sie nicht begreifen, daß sie es war, die noch vor ihm sterben sollte, und daß er nicht einmal bei ihr war. Sie glaubte, seine bloße Gegenwart würde genügen, um den Tod zu verjagen oder ihn ihr zumindest leichter zu machen, wie einen sanft herannahenden Schlaf.

Sie kam gar nicht auf den Gedanken, daß dies vielleicht nicht möglich sein könnte, da sie ihm ja untreu geworden war. Nein, sie dachte im Gegenteil, daß sie ihm auch davon erzählen würde wie von all dem anderen Leid, das ihr während seiner Abwesenheit widerfahren war. Nur das eine zählte jetzt: ihn hier zu haben, neben sich. Und sie war überzeugt davon, daß er kommen würde, wenn er wüßte, daß sie im Sterben lag.

Viermal an diesem Nachmittag glaubte sie, ihren Mann ins Zimmer treten zu sehen, und viermal fragte sie nach ihm und sprach von ihm wie von jemandem, der anwesend ist, so daß die Weiber, vor allem aber der alte Ananija, dachten, der Teufel wäre ins Haus gefahren.

Doch diesen ganzen endlosen, schrecklichen Tag lang erwartete sie nicht nur ihren Mann voller Sehnsucht, nein, ebenso sehnsüchtig erwartete sie auch ihren Schwager Archangel; fragte nach ihm und horchte, ob nicht sein Schritt, seine Stimme zu hören wäre. Während jener Augenblicke, in denen es ihr etwas besserging, fand sie ihn gar nicht mehr so fahl und abstoßend, sondern es kam ihr immer häufiger vor, als sei er ganz aus Bernstein, besonders dann, wenn er mit seinen unruhigen Händen ihre Knie umfaßte.

An diesem letzten Tag ihres Lebens konnte sie sich nur nebelhaft ihres früheren Lebens an der Seite ihres Mannes entsinnen, sie vermochte es nicht mehr wie sonst gänzlich zu überschauen. Ihr zukünftiges Leben mit dem Schwager dagegen, der sie zunächst nach jener Nacht nur angewidert hatte und an dem sie erst später Gefallen zu finden begann – dieses zukünftige Leben erschien ihr in der Vorstellung herrlich über alle Maßen. Herrlich, denn jetzt erst würde sie wissen, was leben heißt, etwas, das sie vorher nicht einmal geahnt hatte.

Unentschieden, wie sie in all ihren Überlegungen und ihrem Brüten über diese Dinge war, würde sie, so fühlte sie, auch in ihren geringeren Wünschen sein. Das einzige, was sie jetzt wußte, war: Jene Weibsbilder – eine Türkin und zwei Rumäninnen, Schwestern –, an denen ihr bisher nicht viel gelegen war und die fast jeden Tag ins Haus zu kommen pflegten, um ihr die Wunderdinge zu schildern, die sie mit den Mannsbildern trieben, die hatten recht, denn sie wußten zumindest, wofür sie lebten! Glühend beneidete sie sie um ihre Ausschweifungen und um das Übermaß an Wollust, das sie genossen, und in ihren Fieberträumen stellte sie sich einzelne Szenen aus dem stürmischen Leben dieser Frauen vor. Sich der Liebeskünste ihres Schwagers entsinnend und der Lust, die sie ihm dabei verschafft hatte, wollte sie sich noch am letzten Tag ihres Lebens selbst beweisen, daß sie an der Seite Archangels einem überaus angenehmen Leben entgegenging, voll schaurig schöner Vergnügungen. Einem Leben, dem gegenüber ihr ganzes bisheriges Dasein nicht nur trübsinnig, sondern ganz schrecklich verfehlt gewesen war: die beim Stiefvater verbrachte Kindheit, die Mädchenjahre bei der Tante, die Heirat, die Niederkünfte und die Unbeständigkeit, das dauernde Herumzigeunern, immer in Geldnot, alles so einförmig, so stumpf.

Hochgebettet auf ihren Kissen und schwer und rasch atmend, überflog sie noch einmal in Gedanken die Leere ihres Frauenlebens, das – nicht anders als diese mit Lehm zusammengefügten Holzbohlen, als das Getreide auf dem Speicher, unter dem sich die Zimmerdecke bog, und als ihre in der Truhe durcheinandergeworfenen Gewänder – gänzlich den Launen und Begierden ihres Mannes und ihres Schwagers ausgeliefert war.

Dann befahl sie, daß man ihr den Spiegel bringen möge, jenen gleichen, von geschmiedeten Blumen umrahmten, den die Weiber ihr eben erst unter die Nase geschoben hatten, um festzustellen, ob sie noch atme. Als sie darin ihre eingefallenen Augen erblickte, die unheimlich hohe Stirn und den abgemagerten Hals, erriet sie auch die ganze Häßlichkeit ihrer verdeckten Glieder und begann wieder zu weinen. Während diese beiden Männer weiterleben und sich ihres Lebens erfreuen würden, wenn auch gealtert, so doch gesund, würde man sie – das war ihr Gefühl – einfach aus dem Haus werfen, wie einen alten Fetzen. Als sie dann hinter einem aufgehängten Bettlaken ihre beiden Mädchen erblickte, wandte sie ihren mehr angewiderten als traurigen Blick von dem völlig verkrusteten Kopf der jüngeren ab und ließ ihn auf der älteren ruhen, die, fest die Hand einer Dienstmagd umklammernd, hartnäckig etwas zu fragen schien. Auch in diesem Kind würde sie bloß als eine undeutliche Erinnerung fortleben, in vagen Umrissen, die sich der Tochter kaum einprägen würden. Früher, als sie noch mit dem Gedanken gespielt hatte, wie es wohl wäre, den reichen Archangel zu heiraten, vor allem dann, wenn ihr Mann im Krieg fiele, waren ihr die Kinder ganz aus dem Sinn gekommen, denn sie langweilten sie bloß. Sie konnte weder für sie sorgen, noch hatte sie irgend etwas mitzureden. Jetzt, da sie wußte, daß sie sterben würde, ließ sie ihre Kinder mit dem Gefühl der Ohnmacht zurück; sie hatte sie nicht behalten können, wie übrigens alles andere, das man ihr für kurze Zeit gegeben hatte, als gehöre es ihr, um es ihr dann doch wieder zu nehmen. All dies war ihren Händen entglitten, ohne ihr Glück oder Dankbarkeit zu bringen oder Hoffnung auf die Zukunft. So blieb sie nun allein mit ihrem leeren, ausgeronnenen Schoß, aus dem ein Geruch nach Fäulnis aufstieg, während sie sich vor Schmerz krümmte.

Gegen Abend erwachte Frau Dafina nur mehr für kurze Augenblicke aus ihrem Fieberschlaf.

Dann sah sie, vom Licht des ewigen Lämpchens erhellt, unbekannte Gestalten schattengleich an ihr Bett treten, denn halb Semlin, die silberschwere Stadt, war herbeigeeilt, sie zu sehen.

Ungefähr um die fünfte Stunde erwachte sie, erinnerte sich der Pferde, die Archangel ihr geschenkt hatte, und befahl mit schwacher Stimme, man möge ihnen Zucker bringen. Gleichzeitig sprach sie sehr schmeichelhaft von ihrem Schwager und davon, daß sie mit ihm nach Buda zu übersiedeln gedenke.

Eine Zeitlang blickten ihre großen blauen Augen, von der Farbe des Winterhimmels, wieder ruhig und klar. Sie war völlig bei Bewußtsein, fragte nach ihrem Mann und versuchte gleich darauf, sich die ersten Jahre ihrer Ehe ins Gedächtnis zu rufen. Wieder schien ihr, als wäre nur jener erste Sommer Wirklichkeit, mit seinem hohen Gras und seinem weichen Laub, seinen Faltern und Ameisen und den Wäldern, die in den Nächten silbern schimmerten. Als sie so über die ersten mit Vuk Isakowitsch gemeinsam verlebten Tage nachgrübelte, kam ihr sein Bruder mit seinen Liebesspielen geradezu lächerlich vor – so wunderbar erschien ihr jetzt der andere während jener ersten Zeit ihrer Ehe. Und als sie dann an sich selber dachte – in ihren bunten, grellfarbigen Seiden, die sie so sehr liebt, mit ihren kräftigen schöngeformten Beinen und den geraden Schultern –, da überkam sie plötzlich große Trauer. Sehnte sie sich doch auch jetzt noch nach Liebe.

Sie bemerkte nicht mehr, daß gerade die Sonne unterging, nicht die Hitze, nicht den Staub, die das Haus umgaben. Sie wußte auch nicht mehr, wo da draußen die Bäume waren, die Flußauen, die Inseln, vernahm nicht mehr das Rauschen des Stromes und nicht die Stimme des Popen, der in einem Winkel des Gemachs unaufhörlich griechische Gebete murmelte.

Um die siebente Stunde bat sie, die Vorhänge zurückzuziehen, um die sommerliche Abendluft einzulassen, in der alles zur Ruhe kam: Schiffe und Herden, und die langen Reihen der mit Lasten beladenen Esel, die hintereinander anlangten und mit ihren Glöckchen klingelten. Den Anbruch dieses Abends erlebte sie bereits wie in einem Nebel von ihren hohen schweißgetränkten Kissen aus: die Berghänge, die endlose Weite des ausgetrockneten Moors mit den Wällen der Stadt dahinter. Noch einmal nahm sie ihre ganze Kraft zusammen und forderte, man möge sie säubern und waschen, und zur Verblüffung der verweinten Mägde begann sie sich die Haare aufzustecken und befahl, daß man ihr die Nägel richte und färbe. Von einem Seidentuch bedeckt, das sie nach einigem Zögern ausgewählt hatte, schenkte sie dem alten Diener ihres Schwagers einen Beutel voll Dukaten, den sie unter ihrem Kopfkissen aufbewahrt hatte, dann blickte sie zur Tür hin, als erwarte sie, dort jemanden eintreten zu sehen.

Später lag sie, gewaschen und gekämmt, friedlich mit weit offenen Augen da, so daß keiner es wagte, sich ihr zu nähern, denn niemand wußte, ob sie noch lebte oder schon gestorben war.

Während seine Schwägerin im Sterben lag, rumpelte Archangel Isakowitsch in seiner Kutsche durch das Land, überzeugt, daß sie wirklich sterben werde.

Längst schon hatten die Ärzte gesagt, es bestünde keine Hoffnung mehr, denn beide waren der festen Meinung, sie habe etwas eingenommen, irgendwelche Tropfen, um sich der Leibesfrucht zu entledigen. Da sie beide Frau Dafinas Tod kommen sahen, versicherten sie Archangel, daß ihr Ende nahe sei, denn der Türke glaubte, ihr Schoß löse sich in Fäulnis auf und sie blute deswegen, während der andere meinte, daß eben diese Blutungen den Zerfall ihres Schoßes verursacht hatten. Beide waren sicher, daß sie sterben werde.

Archangel Isakowitsch wußte überdies auch, daß von einer Ehescheidung keine Rede sein konnte und daß kein Pope und kein Patriarch es auf sich nehmen würde, sie vom Bruder zu trennen, um sie ihm zu geben. Und dennoch versprach er ihr jeden Tag aufs neue, zum Patriarchen zu gehen.

Von jenem Tag an, da er seine Schwägerin bettlägerig vorgefunden hatte, war Archangel Isakowitsch wie von Sinnen. Er rührte sich nicht mehr fort, nirgendwohin. In den allerersten Tagen war er noch mit seinen Schiffen und Ochsenherden bis Esseg und Kovin gefahren, in großer Eile, auch des Nachts reisend, so wortkarg, daß er kaum den Mund auftat. Aber an der oberen Donau, in Wien und in Buda, wo er große Stapel gegerbter Häute liegen hatte und Pferdegeschirr, erwartete man ihn vergebens in diesem Sommer, bis in den Spätherbst hinein. Nach ein, zwei Wochen fuhr er nicht einmal so weit wie nach Esseg oder Peterwardein und ging auch nicht mehr über den Strom hinüber zu den Türken. Grün vor Wut über die Verluste, die ihm daraus erwuchsen, schritt er lautlos durch die Zimmer seines großen Hauses am Wasser, sah nach der Schwägerin, während sie schlief, und liebkoste sie, sobald sie sich ein paar Tage etwas wohler fühlte. Obgleich er sich vor dem, was ihr widerfahren war, ekelte, entdeckte er dennoch, vielleicht als einziger, die noch deutlichen Spuren ihrer einst so außerordentlichen, jetzt aber mit jedem Tag rascher schwindenden Schönheit. Er sammelte seine Schiffe im Uferschlamm und begann allmählich sein Geld aus der Türkei und der Walachei herauszuziehen, um es nach dem Norden zu schicken. Er wollte die Frau nicht mehr allein lassen, fuhr auch nicht mehr in den Süden wie einst, um Vieh aufzukaufen, sondern beschloß, ausschließlich mit Silber zu handeln, und zwar ebenso tollkühn, waghalsig und wucherisch, wie er mit Vieh und Getreide gehandelt hatte. Obwohl er den größten Teil des Tages an ihrer Seite verbrachte und außerstande war, ihr den Schaden zum Vorwurf zu machen, den er ihretwegen geschäftlich erlitt, konnte er doch nicht umhin, ihr auf jede Weise zu verstehen zu geben, wie groß seine Liebe zu ihr wäre, als schulde sie ihm dafür Dank.

Er saß auf ihrem Bett in seinem blauen Kaftan, den eine bunte Seidenschärpe zusammenhielt, und drückte mit seinen gelben Händen ihre Schultern, die nicht mehr so fest und so schön waren wie einst, umschmeichelte sie mit seinen gelblichen Augen und seiner flachgedrückten Nase, kitzelte sie mit seinem schütteren Bärtchen und stieß ihr sanft den Kopf in die Brust, wie ein zahmer Bock.

Da er merkte, daß sie all dies ziemlich kühl hinnahm und in ihm die eigentliche Ursache ihres Unglücks und ihres Siechtums sah, begann er umständlich jene schreckliche und wollüstige gemeinsam verbrachte Nacht heraufzubeschwören, da sie sein wurde, eher mit Gewalt als in Liebe. Sein Mund, der nach kostbarem Tabak duftete und süß war von türkischem Zuckerwerk, floß von Schilderungen ihrer zärtlichen Liebesspiele, der einzigartigen Gewandtheit ihrer Bewegungen, der Schönheit ihres Körpers, der Art und Weise, wie sie sich ihm hingegeben hatte ... Mit brennendem Blick und ersticktem Flüstern schilderte er alles, bis in alle Einzelheiten, und am Ende küßte er sie dann wie toll.

Der Dame Dafina, die dergleichen von ihrem Mann nie zu hören bekommen hatte, denn Vuk Isakowitsch war während ihrer Umarmungen und auch danach stets stumm geblieben, war dieses zärtliche Gestammel ihres Schwagers, diese Redseligkeit nach der Liebesstunde, in tiefster Seele zuwider. Sie duldete jedoch mit abgewandtem Kopf seine leidenschaftlichen Küsse und lächelte dabei rätselhaft wie damals in jener verhängnisvollen Nacht, als sie nicht verriet, ob ihr dies alles wirklich Befriedigung brachte.

Archangel Isakowitsch, dem anfangs, zu Beginn ihrer Krankheit, so sehr vor seiner Schwägerin gegraut hatte, daß er einige Zeit das Haus mied, wurde im Verlaufe ihres Leidens fürsorglich und aufmerksam, denn er verfolgte dabei ein bestimmtes Ziel. Während der Tage, da sich ihr Zustand zu bessern schien, näherte er sich ihr häufiger und liebkoste sie. Als es dann ganz schlimm mit ihr wurde, mied er sie nicht etwa wieder, sondern ließ sich endgültig an ihrem Krankenbett nieder und hielt sie oft stundenlang zärtlich in seinen Armen.

Sie war nicht mehr kräftig, aber ihre langen Schenkel konnte er nicht vergessen. Sie war auch nicht mehr leidenschaftlich, aber ihre Stimme hatte noch immer diesen zärtlichen Klang, und in der Erinnerung zitterte Archangel noch immer vor Verlangen nach ihr. Er dachte überhaupt nicht mehr daran, sich eine andere zu nehmen, sondern wiederholte nur immer das eine: wie unvergleichlich sie in jener Nacht gewesen sei, so ganz anders als alle anderen Frauen – in jeder Hinsicht. Hartnäckig, wie ein Behexter, schilderte er immer wieder ihre längst nicht mehr vorhandenen Reize, was sie zum Weinen brachte.

Je mehr ihre Krankheit fortschritt, desto mehr fühlte er sich an Dafina gefesselt. Seine Enthaltsamkeit ihr zuliebe verwandelte sich in eine Art ungewöhnlicher, wunderbarer Erwartung. Sein früheres Leben erschien ihm jetzt nur mehr als eine von zahllosen Frauen bevölkerte Hölle, während er sich mit dieser einen wie im Himmel vorkam. Wenn er in ihre Augen blickte, begann er sogar ruhiger an die Möglichkeit ihres Todes zu denken. Dies um so mehr, als ihm jetzt eine dauernde Verbindung mit ihr als reiner Wahnsinn erschien.

Obwohl er sich bei seinen Handelsgeschäften und Reisen an ein ausschweifendes Leben gewöhnt hatte, liebte Archangel Isakowitsch seine Schwägerin, deren Tod so nahe bevorstand, mit einem ihm bisher ganz unbekannten Gefühl, das er kaum selbst begreifen konnte: rein und erregend zugleich. Im Widerstreit mit sich selbst spürte er, daß etwas in ihm vorging, von dem er nie geahnt hatte, daß er es erleben könnte. Durchgerüttelt und -geschüttelt bei seiner tollen Fahrt auf abgekürzten Wegen, den Höhen der Fruska Gora zu, stand er aufrecht in seiner Kutsche wie ein Schreckgespenst, jagte zwischen Gestrüpp und Stoppelfeldern dahin und schrie auf seine Diener ein. Gereizt bis zum äußersten, gefaßt auf jede Überraschung, auf Erpressung und Herumfeilschen wie bei seinen Handelsgeschäften, war er entschlossen, aus den Pfaffen soviel wie nur irgend möglich herauszuschlagen, ohne gerade unbedingt auf einer Ehescheidung zu bestehen. Warum er jetzt fremden Menschen alles eingestehen wollte, warum er erwartete, diese Popen könnten ihm helfen, obwohl er doch vorher davon überzeugt gewesen war, daß es sinnlos und hirnverbrannt wäre, zu beichten – das wußte er selber nicht. Klar war ihm nur eines: daß er der Schwägerin alles geben müsse, wonach sie verlangte. Selbst wenn er sie später fliehen würde, so war er jetzt doch bereit, für sie die Scheidung von seinem Bruder durchzusetzen und sie mit den Kindern bei sich aufzunehmen. Wenn er auch ahnte, daß sie es auf seine Taler abgesehen hatte, war er dennoch entschlossen, sie an seinem Reichtum teilhaben zu lassen, ihr Schiffe, Viehherden und Häuser zu schenken. Wie irgendeine Geliebte wollte er sie vor allem gut bezahlen, und dies um so rascher, da sie ohnehin bald sterben würde. Schon bei dem bloßen Gedanken, ihr etwas abzuschlagen, erhob sie sich furchterregend vor ihm wie eine Hexe: Er wußte, sie könnte ihm das Leben mit ihren ständigen Klagen und Vorwürfen zur Hölle machen.

Das Bedrückendste für ihn war, daß er all dies nicht vorausgesehen hatte, während er doch sonst alles vorauszusehen pflegte. Es fraß an ihm, daß er, der alle seine Geschäfte so gut einzufädeln wußte, dies eine nicht in Ordnung zu bringen vermochte. Den ganzen Frühling hindurch hatte er ein tolles Glück bei den Viehkäufen gehabt und die halbe Walachei ausgeplündert, und er hatte erwartet, nach dem Abzug seines Bruders ins Feld sich mit der Schwägerin völlig unbeschwert, verborgen vor aller Augen, in seinem großen Haus am Wasser amüsieren zu können, um sie nachher reich zu beschenken und bei sich im Haus zu behalten, bis der Bruder zurückkam – und auch dann, wenn dieser nicht mehr wiederkehrte. Nachdem er so viele Frauen besessen hatte, sehnte Archangel Isakowitsch sich jetzt danach, endlich einmal Lust zu genießen ohne all den weiblichen Firlefanz, den Schmuck, den er immerzu hatte kaufen müssen, die Geschenke, Kleider und Putz, Dukaten – und ohne das ewige Getue, Geklage, Gebettel und Gejammer, ohne die ewigen Sorgen und Scherereien mit den Weibern. Leben hatte er einmal wollen wie in den Tiefen eines unendlichen grünen Gewässers, wo das Tageslicht nur gedämpft eindringt und der Körper sich bewegt wie im Traum. Statt dessen war er beinahe ersoffen mit seinen Pferden, hatte Sand zu schlucken bekommen, sich nur mühsam aus dem Schlamm befreit – alles Bilder, die er nicht aus seinem Gedächtnis löschen konnte. Er sehnte sich nach seiner Schwägerin, nach der einzigartigen Schönheit und Kraft ihrer Glieder; und von dieser Sünde, die vor der Welt verborgen bleiben würde, hatte er weder Scherereien noch Unannehmlichkeiten gewärtigt wie bei den anderen Weibern. Daß er dann statt der Wonnen eines Paschas in seinem Garten der tausend Springbrunnen ein noch weit grausameres Schicksal finden sollte, als er es je erwartet hätte – das brachte ihn völlig aus der Fassung und erfüllte ihn später mit tiefer Traurigkeit.

Vor lauter Wut und Verzweiflung wurde er noch gelblicher im Gesicht und wollte eigensinnig auch dann noch immer hoffen, als er längst selber eingesehen hatte, daß alles verloren war. Ohne überhaupt je an seinen Bruder oder an dessen mögliche Heimkehr zu denken oder sie gar zu fürchten, frei von allen Gewissensbissen, war er trotzdem von dem Unglück, das sich ihm in den Nacken gesetzt hatte, gebrochen. Nach keiner der unzähligen Frauen, die er im Laufe seines Hin- und Herziehens besessen, hatte er auch nur gefragt, noch sich um sie geschert, nachdem sie auseinandergegangen waren. Noch nie war es ihm in den Sinn gekommen, zu einer von ihnen zurückzukehren. Daß aber seine Schwägerin so schwer erkrankt war und ihre Schönheit eingebüßt hatte, kaum daß er sie besessen hatte – das ging ihm nicht in den Kopf. Unfaßbar schien ihm, daß sie, die so Einzigartige, diese Schönheit nicht bewahren sollte, mit ihren Brüsten, ihren Schultern, ihren Hüften, zumindest so lange, bis er sich an ihr satt getrunken hätte, vor Lust fast gestorben wäre. Unfaßbar schien ihm daher, daß ihre Schönheit, dies Übermaß an Schönheit, nicht wiederkehren sollte. Es mußte doch irgendwo eine Rettung für sie geben, dachte er, für sie wie auch für ihn, und daß diese herrlich sorglose Zeit, die er mit seiner Schwägerin verleben wollte, enden könnte wie bei allen anderen Frauen, mit lästigen Scherereien, ja mehr noch, mit Leid und Schrecken – daran wollte er gar nicht denken. Er glaubte fest, es werde ihm vergönnt sein, dies eine Mal etwas zu erleben, was keine der anderen ihm hatte geben können, und daß in seinem Leben eine Zeit anbrechen würde, da es ihm wohl erginge und leicht zumute sei wie im Himmelreich – er glaubte daran, ganz so, wie sein Bruder Vuk glaubte, daß es irgendwo auf der Erde ein Land geben müsse, großmütig und schön, wo sie alle hinziehen könnten.

Als Archangel Isakowitsch sah, daß es mit seiner Schwägerin wirklich zu Ende ging, war er dermaßen verstört, daß er sich in seinen eigenen Gedanken und Wünschen kaum mehr auskannte als in den ihren oder denen seines Bruders, der sich dort draußen auf den Schlachtfeldern herumtrieb. Um seine verzweifelte Unrast zu betäuben, redete er sich ein, daß mit ihrem Tod auch seine Leiden vorüber wären. Kein anderer würde je mehr Dafina, die einzige wahre Liebe seines Lebens, besitzen, und auch seine Sünde würde für immer unentdeckt bleiben. Ihr Tod schien ihm mitunter nichts als die unvermeidliche Folge der leidenschaftlichen Bewegungen ihres nackten, unvergleichlich schönen Körpers zu sein. Aber gleich darauf erzitterte er bei diesem Gedanken und glaubte, nichts befürchten zu müssen, auch wenn sie am Leben bliebe. Ihm war, als könnte er nach ihrem Tod nur dann noch auf dieser Erde weiterleben, wenn er sich nicht mehr bewegen müßte: wenn er völlig stumm und steif, wie zu Stein geworden wäre.

Nach Karlowitz fuhr er nur, damit man sich im Hause beruhige, und um Dafina ihren Willen zu tun und einen Popen mitzubringen.

Während er über Äcker, Sümpfe und Rodungen dahinflog, wußte er bereits, daß diese Fahrt vergeblich war, und dennoch eilte er vorwärts. Den Pappeln, Espen und Akazien schlug er mit seinem Wagen Wunden in die Wurzeln, aber sie zahlten es ihm heim und verhakten sich in den Rädern, peitschten ihm ihr Gezweig über den Kopf.

Aus dem tiefen Schatten der Wälder führte ihn sein Weg in sonnendurchglühte Ebenen, aber Archangel, lange nicht so empfindsam wie sein Bruder, beachtete all diese Veränderungen kaum, noch schenkte er den Hunden, die erschöpft dem Wagen nachliefen und die Lerchen aus dem Gras aufscheuchten, auch nur einen Blick. Er feuerte nur immer wieder mit Zurufen seine Knechte an, die hoch aufgerichtet und gerade sitzen mußten, jeden Augenblick in Gefahr, zwischen die Pferde zu fallen, und es nicht einmal wagten, sich umzuwenden; er sah nicht die Weidegründe, nicht die neuen Ansiedlungen, hetzte nur vorwärts, aufrecht stehend, die Zähne zusammengebissen – und blickte in sich hinein, in sein Leben und in sein Haus, wo seine Schwägerin im Sterben lag.

Erst als der Wagen im Schritt hügelan dem Schlagbaum von Karlowitz entgegenfuhr, ließ sich Archangel Isakowitsch erschöpft auf seinen Sitz zurücksinken, schloß die Augen, atmete mit ausgedörrter, durstiger Kehle die wohltuende Kühle des Eichenwäldchens ein und spürte dann im Vorbeifahren den Duft der Weinberge, das Murmeln der Bäche entlang der Obstgärten und Pflaumenbäume, von deren Zweigen die Früchte durch die Erschütterung seines Wagens hinter ihm auf den Boden kollerten.

Schon bei den ersten Häusern von Karlowitz, während sie noch bergauf klommen, schiefgeneigt, so daß es den Anschein hatte, als würden sie jeden Augenblick über den

Hang hinunterkippen, und dabei immer wieder mit den Rädern in alte Regenlöcher einsinkend, rief das Auftauchen der Kutsche von Archangel Isakowitsch lärmendes Aufsehen und Gejohle und zugleich ein großes Durcheinander in den Häusern, besonders aber in den Erdhütten der neuen Siedler hervor. Diese waren erst vor sieben Jahren im Gefolge des Patriarchen aus Serbien eingewandert. Archangels Vater, Lazar Isakowitsch, hatten sie noch gut gekannt aus der Zeit, da sie für ihn die Rinderherden getrieben und das Vieh verkauft hatten – immer in den Fußstapfen der österreichischen Armee, die den Türken nachdrängte.

Schon von weitem zog die Kutsche Archangel Isakowitschs, mit ihrer bunten Bemalung und dem Schellengeklingel über Hügel und Täler dahinschaukelnd, alles Lebendige an. Alle liefen ihr entgegen, warteten auf ihr Näherkommen wie auf ein Schiff. Die voranreitenden Diener und die auf dem Wagen sitzenden – zwar windschief, jedoch bemüht, aufrecht zu bleiben – knallten mit den Peitschen und schrien auf die Menge ein, die herbeigerannt war und dem Gefährt nachlief und nur dann einen Augenblick zurückblieb, wenn Archangel eine Handvoll Münzen hinter sich ins Gras warf, oder hoch hinauf zwischen die Zweige, und mit dieser Geste seine Hunde immer wieder so aufreizte, daß sie auf die Leute losgingen.

Zurückgelehnt in seine Kissen und in Gedanken versunken, nahm Archangel im übrigen diese Leute, die sich da um ihn herumtummelten, gar nicht wahr, er sah bloß das Vieh und die Schweinepferche und die kaum zwei oder drei Spannen über die Erde ragenden Dächer der Lehmhütten. Leise murmelnd, kaufte und verkaufte er im Geist bereits das alles.

Fuhr die Kutsche einen besonders steilen Hang hinunter, sah Archangel Isakowitsch oft nichts als die gespannten Bäuche und Kruppen der Pferde, mit ihren vor Anstrengung hervorquellenden Adern, um dann wieder einen abwesenden Blick auf seine Diener zu werfen, die immer wieder links und rechts vom Wagen sprangen und riesige Holzscheite unter die Räder schoben, um ihnen einen Halt zu geben.

Auf seiner Fahrt hinunter zu den gemauerten Häusern der Stadt zog Archangel Isakowitsch einen ganzen Schwanz neugierigen Volkes hinter seiner großen Kutsche her, das nicht zu verjagen war. Er hatte sich daran gewöhnt, daß ihn die Leute bettelnd und bittend umringten, wo immer er auftauchte, und auch jetzt gestattete er ihnen, an ihn heranzukommen und sich über seine Hand zu beugen, er ließ sich ruhig die vielen Menschen gefallen, die neben der Kutsche einherliefen, und sogar solche, die ihn weinend am Ärmel festhielten. Bei einem Brunnen ließ er halten, verließ den Wagen und schritt, begleitet von einem Haufen Neugieriger, den Hang hinab, durch Weinberge und dorniges Gestrüpp zu dem Haus hin, wo in diesem Sommer der Metropolit seinen Sommersitz aufgeschlagen hatte.

Als er vor dem Tor erschien in seiner sonderbaren Aufmachung, aufgeputzt und nach Wohlgerüchen duftend und die Perlen seines Rosenkranzes unablässig durch die Finger gleiten lassend, während sich um ihn herum die Elendsgestalten stießen und drängten, empfand Archangel Isakowitsch, daß er so, in seiner bunten Kleidung und von Hunden umringt, ganz und gar nicht nach einem Bittsteller aussah, und er bemerkte auch, daß man ihn von den kleinen dunklen Fenstern der umgebenden Häuser aus beobachtete.

Nachdem man ihn eine Weile vor dem Tor mit den beiden eingeschnittenen Kreuzen hatte warten lassen und ihm Zeit gegeben, die benachbarten Häuser und Dächer zu betrachten, durfte er eintreten, aber nur mit einem seiner Diener.

Unter dem schweren, mit Ikonen behängten Gewölbe des Gebäudes, im Dunkel und Schatten nach der Hitze und Helle des Tages, beugte nun Archangel Isakowitsch den Kopf und sagte den Mönchen, wer er sei.

Unsicher schritt er über die auf die Fliesen gelegten Bretter auf eine gemauerte Bank zu und setzte sich wieder, als er sah, daß ihn alle verlegen betrachteten, anstatt ihn zum Patriarchen zu führen. Das Haus, in dem er sich befand, war ein alter, von allen Seiten abgeschlossener Bau mit einem Innenhof und Stallungen, vor denen man Erde aufgeschüttet hatte, auf der üppiges Gras wuchs. Auf dieser kleinen Anhöhe standen einige reichtragende Apfelbäume, deren Äste sich unter der Last ihrer reifen Früchte bis zur Erde neigten.

Oben liefen gedeckte Holzgalerien rund um das Haus, wo

Mönche gleich schwarzen Schatten unter den Flämmchen der ewigen Lampen wandelten, und am Ende des Hofes ragte hinter Bäumen ein hölzerner Glockenturm empor, auf dem sich hoch oben einige Krähen eingenistet hatten. Vom Glockenturm hing ein merkwürdiges Seil herab, das sich auf der Erde zu einem Knäuel eingerollt hatte, wie eine dicke weiße Schlange. Im Hof herrschte vollkommene Stille. Zwischen den hohen Wänden war ein schmaler Streifen blauen Himmels zu sehen – unbeirrbar und rein.

Archangel Isakowitsch beugte den Rücken noch tiefer vor Müdigkeit nach der langen Fahrt und fühlte, daß in der Tat von dieser Begegnung mit dem Patriarchen Dafinas Leben abhing oder doch zumindest ihr friedlicher Tod.

Die Mauern und die Hallen, die ihn hier umgaben, waren so voller Ruhe, die Mönche, die sich ihm näherten, schritten so leise und so träge dahin, daß es ihm zuerst völlig sinnlos erschien, überhaupt hierhergekommen zu sein und von irgend etwas zu reden, da sich ja alles ohnehin ganz von allein entscheiden würde.

Als dann die Mönche zurückkamen und ihm den Bescheid gaben, der Patriarch könnte ihn nicht empfangen, denn das Haus wäre voller Gäste – gerade an diesem Tage sei die Schwester des Patriarchen, Frau Obristin Raschkowitsch mit ihren Töchtern und einem großen Gefolge hier eingetroffen –, erhob sich Archangel Isakowitsch beleidigt von der Bank, und obgleich er bloß mittelgroß und schmächtig war, schien er jetzt plötzlich viel größer und ehrfurchtgebietender mit seinem gelben, dunklen, ausgemergelten Gesicht. Da senkte einer der Mönche die Augen und fügte hinzu, der Metropolit sei im übrigen leidend, mehrere Tage bereits ginge es ihm schlecht mit den Augen, so daß er im Gebet in einer verdunkelten Zelle mit geschlossenen Lidern darniederliege und mit niemandem rede.

Archangel Isakowitsch schlug sein Gewand auseinander, wölbte die Brust heraus unter seinen vielfarbigen Seiden und spannte den Leib im Schmuck seiner kostbaren Gürtel. Mit leiser Stimme und mit liebenswürdiger falscher Bescheidenheit wiederholte er nochmals, wer er sei, erwähnte auch seinen Bruder Vuk und sagte, er wolle persönlich mit dem Patriarchen sprechen, mit dem er im vergangenen Winter zweimal die Ehre gehabt hätte, längere Zwiesprache zu pflegen.

Als die Mönche den Namen seines Bruders Vuk vernahmen, schienen sie erfreut. Sie ergingen sich in Lob- und Segenssprüchen, priesen seine kriegerische Tapferkeit, seine Anhänglichkeit an die orthodoxe Kirche und seine Freigebigkeit ihnen gegenüber. Aus ihren Lobreden ging Vuk Isakowitsch als eine Art heiliger Krieger hervor, der auf seinem Roß gegen die Feinde stritt, um die unglücklichen Mönche zu beschützen und gleichermaßen alle Flüchtlinge aus dem blutenden Serbenland, und der noch viel Gutes tun würde, wenn er aus dem Kriege heimkehrte.

Archangel Isakowitsch blieb, als er sie dann nochmals zum Patriarchen gesandt hatte, mit seinem fast regungslos dastehenden Diener in der Tiefe des Gewölbes sitzen. »Wenn sie mich nur nicht für einen Wüstling halten«, dachte er, »ob ihnen am Ende nicht etwas zu Ohren gekommen ist –«, und starrte auf den hölzernen Kirchturm und die Obstbäume im Klosterhof. Jetzt bereute er, überhaupt gekommen zu sein, da er sah, daß sie ihm doch nicht helfen konnten und außerdem wahrscheinlich Bescheid wußten über das Leben, das er auf seinen Schiffen und in der Fremde geführt hatte. Es schien ihm, als verachteten sie ihn, obgleich auch er der Kirche gegenüber freigebig gewesen war. Einen Augenblick glaubte er sogar an einem der Fenster im Oberstock das Gesicht des Metropoliten zu erblicken, mit seinem riesigen Bart, der ihm bis über die Ohren hinauf reichte, dem kleinen Schnurrbart und den listigen Äuglein. Nun bemerkte er auch, daß man ihn ebenso von anderen Fenstern aus beobachtete und belauerte. Da überkreuzte er voll Wut und Scham die Beine, setzte sich wie ein Türke auf die Steinbank und begann zu rauchen.

Zum zweiten Mal kamen die Mönche zurück und meldeten ihm, der Patriarch könne ihn nicht empfangen, doch würde er der kranken Dame Dafina einen eigens dafür ausersehenen Mönch schicken. Im übrigen riete er ihm, den Bischof Nenadowitsch aufzusuchen, den er ja ohnehin kenne, und sich mit ihm über die wichtige Angelegenheit zu beraten, derentwegen er gekommen sei.

Da verlor Archangel Isakowitsch die Geduld und begann, kaum daß er sich wieder völlig in der Gewalt hatte, ihnen mit einem bittersäuerlichen Lächeln Vorwürfe zu machen. Völlig überraschend beschuldigte er sie, schlimmer zu sein als die Soldaten, die Blut vergössen und wie die Zigeuner lebten, einmal da, einmal dort. Auch wäre es ihre Schuld, wenn das Volk ständig umherwanderte und, obgleich Handwerker und Kaufleute darunter wären, nicht zur Ruhe käme. Was aber seinen Bruder Vuk anginge, den sie so sehr priesen, so wäre der erst recht ein Zigeuner, der seine Nichtsnutzigkeit und seine Faulheit mit dem ewig wiederholten Versprechen zu bemänteln versuche, nach Rußland auszuwandern, wo angeblich alles besser sei. Danach ging er zum Angriff auf den Patriarchen über und sagte den verdutzten Mönchen dies und jenes, das er besser unterlassen hätte. Als ganz gewöhnlichen Geizkragen stellte er jenen dar, der einst Erzbischof von Petsch und slawoserbischer Patriarch von Ungarn, Serbien, Bulgarien, Bosnien, Griechenland, Dalmatien, Kroatien, Slawonien, von ganz Illyrien gewesen war und der noch eines Tages sein, Archangels, Geld brauchen würde. Was aber dieses Geld anbelangte, so zeigte er es auch gleich den Mönchen, indem er zwei mit Golddukaten gefüllte Beutel in seinen Schoß ausleerte. Er ließ sie die Dukaten nicht nur sehen, sondern begann sie auch vor ihren Augen zu zählen, wobei er hinzufügte, er hätte die Absicht gehabt, soundso viel für den Bau der Patriarchatskirche zu spenden, soundso viel für die Glocken, für das Bildnis des verewigten, in Gott ruhenden Zaren Urosch des Unmündigen, soundso viel für die Instandsetzung des Klosters und schließlich soundso viel für die Mönche des Patriarchen. Dabei seufzte er tief, während die Mönche immer heftiger an ihrem Basilienkraut schnupperten.

So nebenbei sagte er ihnen dann noch, daß letzten Endes auch er, Archangel, wenngleich nur ein Kaufmann, doch nicht weniger Verdienste hätte als sein Bruder Vuk, der sich zwar auf den Kirchentagen durch sein unermüdliches Gerede und seine leeren Versprechungen hervortue, während er, Archangel, wirklich und wahrhaftig Handel treibe, kaufe und verkaufe, und das Erworbene auch zu bewahren verstünde. Sollten sie eines Tages zur Einsicht kommen und erkennen, wer sein Bruder Vuk wirklich war, der sie nur alle wieder über Ebenen und Gebirge, über Sümpfe und Wälder jagen würde bis ins unbekannte Rußland, so fern, daß sie unterwegs umkommen würden, bevor sie je hingelangten, dann würden sie erst sehen, wer er, Archangel Isakowitsch, sei, er, der das ewige Herumirren satt habe und daheimbleiben wolle, hier, wo sie sich ja schließlich alle angesiedelt hätten. Und nicht bloß hierbleiben, sondern auch alles aufkaufen, und zudem den Kirchen von allem geben, wie er auch den anderen zu geben pflegte, den Schiffern und Handwerkern viel mehr noch als sein Bruder. Beleidigt, weil man ihn hier in der Toreinfahrt warten ließ, breitete Archangel Isakowitsch nach der Art der Kaufherrn seine weiten Ärmel aus, reckte den Kopf hoch und machte Miene aufzubrechen, mitten zwischen den verwirrten und zaudernden Mönchen, die nicht wußten, was tun, denn sie verstanden nicht, warum er so zornig war, noch was er zu ihnen redete. Übrigens wußte er auch so, sagte er ihnen zu guter Letzt, daß böse Zungen darüber geklatscht hätten, daß seine Schwägerin in seinem Hause in Semlin lebe. Die Wahrheit dagegen sei, daß sein Bruder im Krieg sei und jemand sich der unmündigen Kinder habe annehmen müssen, wahr sei überdies auch, daß deren Mutter auf den Tod krank darniederliege und er darüber mit dem Patriarchen reden wollte, denn in dieser Sache habe auch der Patriarch ein Wort zu sagen.

Ohne die Mönche zu Wort kommen zu lassen, obgleich sich einer von ihnen erbot, nochmals hinaufzugehen und dem Patriarchen seinen Wunsch zu überbringen, begann Archangel Isakowitsch, ganz außer Rand und Band, mit schriller Stimme vor seinem Aufbruch sein eigenes Lob zu verkünden. Wenn er auch nur ein Kaufmann sei, so wüßte man wenigstens, daß er das, was er einmal in die Hände bekommen hätte, auch nicht mehr loslasse. Mit wessen Geld habe denn sein Bruder Vuk sie, die Mönche, und ihre Kirchen beschenkt als mit dem seinen? Und wer würde ihnen alles erhalten, was man ihnen gegeben hatte, wenn nicht er und seine Leute, die sich längs des Stromes ansiedelten, um hier zu bleiben, und nicht, um wieder auszuwandern. Alles würde eben jenen zufallen, die an Ort und Stelle blieben, nicht aber denen, die herumstreunten wie die Zigeuner. Jene Leute, die damals, als sie hierhergezogen waren und die große Seuche über die Rinder kam, durchgehalten hatten, ohne Klagen und Wehgeschrei – die würden auch in Zukunft durchhalten und nicht wegziehen. Und wer habe je gesehen, daß er, Archangel Isakowitsch, auch nur mit der Wimper gezuckt hätte, als seine Schiffe untergingen oder seine Herden geplündert wurden? Wenn Gerüchte umgingen, daß er ein Wüstling sei und sogar Frauen kaufe, so stünde es darum noch lange nicht fest, daß er nicht eines Tages auch ihr Schirmherr werden und, sobald er einmal zur Ruhe gekommen, auch wie ein wahrer Heiliger leben könnte. Er versprach ihnen, gleich nach seiner Rückkehr nach Semlin eine ganze Wagenladung voll Ikonen zu schicken, schönere als die auf den Gewölben hier. Und was den armseligen Glockenturm am hintersten Ende des Hofes angehe, so wäre jener in seiner Siedlung viel höher, aus stärkeren Bohlen aufgerichtet, und stünde auf einem steinernen Podest. Sie sollten es nur dem Patriarchen bestellen.

Als er so den hölzernen Glockenturm betrachtete, in dem unbewegt die Glocke hing, den Obstgarten mit seinen unzähligen, reglos an den Zweigen hängenden Äpfeln, die Stallungen und offenen Vorhallen und die Fenster oben, wo sich auch nicht die leiseste Bewegung zeigte, fühlte er, daß er hier in der dunklen Kühle des Gewölbes, unter den Ikonen und Öllampen viel zu laut redete, daß er im Grunde völlig ohne Sinn und Zweck herumstritt, und zudem am falschen Ort. Er verstummte abrupt und schnitt rasch auf das Tor zu. Ganz gelb im Gesicht vor Scham erschien er draußen vor der Menge, schrie auf seinen Diener ein, nieste in der Sonnenglut, umringt von den Mönchen, die jetzt auf einmal alle so taten, als wollten sie ihn zurückhalten.

Die vor dem Kloster versammelte Menge, darunter auch einige Zigeuner, die fast nackt unter ihren Lumpen auf einem Bein hüpften, um Almosen bettelten und jammerten, hatte von all den Vorgängen hinter dem Tor nichts gehört und gesehen. Ohne sich um all die Diener von Archangel Isakowitsch zu scheren, die mit den Peitschen knallten, und ohne zu wissen, wohin er wollte, folgte ihm ein ganzer Haufen von Leuten bis zu seinem Wagen nach.

Archangel nahm seine tolle Fahrt wieder auf, durch Gräben und Obstgärten, als setze er über die Giebel der Häuser hinweg, die in den Bodensenkungen kauerten, mit ihren Dächern aus Stroh und Schilf, ihren Pferchen und Koben, eingegraben in die Erde, unter riesenhaften Stämmen und Stümpfen von Akazien und Eichenbäumen. Nur einige Bettler liefen ihm auch jetzt noch zwischen den Bäumen über den Berg nach, die anderen waren zurückgeblieben. Das ganze Städtchen wurde jetzt sichtbar im Tal und auf dem Berghang, zerstreut zwischen Tümpeln und Schilf, weiter hinten gerodete Wälder, und noch weiter, in der Tiefe, der breite Strom, von Schilf und Weiden gesäumt, hinter denen die unendliche Ebene begann.

Die Sonne brannte unbarmherzig nieder, und die Kutsche, von den erschöpften Hunden begleitet, schwankte zwischen Bäumen und Gräben dahin, bis zu dem Obstgarten des Bischofs Nenadowitsch. Der hatte in diesem Sommer neben seinem Haus ein Holzkirchlein errichtet und einige Mönche um sich geschart, die freiwillig bereit gewesen waren, ihr ungebundenes Einsiedlerdasein aufzugeben und nicht mehr jeder für sich im Wald und in den Weinbergen zu hausen, sondern, zu Brüderschaften zusammengeschlossen, sich in den Klöstern der Fruska Gora niederzulassen. Während Archangel Isakowitsch in seiner Kutsche holpernd und rüttelnd zwischen den Obstgärten dahinjagte, beschloß er, dem Bischof gegenüber den gescheiterten Versuch beim Patriarchen und die Scheidungsangelegenheit nicht zu erwähnen, sondern ihn nur um irgend etwas zu bitten, was Dafina, deren Leiden er manchmal vergaß, ihre letzten Stunden erleichtern könnte. Im Gedanken an die Schwägerin beschloß er ebenfalls, einen der Mönche zu bewegen, mit ihm nach Semlin zu kommen und vorzugeben, er wäre vom Patriarchen gesandt, nur damit das fiebrige Gewinsel und irre Geflüster der Frau endlich aufhöre. Im übrigen fühlte er sich selbst wie ein Irrer an diesem heißen Tag, wie er so schweißgebadet zwischen Häusern, Wiesen und Schilfröhricht dahinjagte in seinem Wagen, der sich mühsam durch Dickicht und Gestrüpp, von einem Baumstamm zum anderen einen Weg bahnte. Dann fiel ihm ein, daß er schon wochenlang keinen Handel mehr getrieben hatte, und der Gedanke kam ihm, daß sein Leben nie mehr sein würde wie einst, fröhlich und voller angenehmer Dinge, und daß er nach dem Tod von Dafina an nichts mehr Gefallen finden würde. In seine Kissen zurückgelehnt, dachte Archangel sehnsüchtig an sein früheres Leben, fern von seiner Schwägerin, zurück und an seinen damaligen Entschluß, sein Verlangen nach ihr höchstens zwei- oder dreimal zu stillen.

Inzwischen hatte sich die Kutsche zwischen den Büschen längs eines ehemaligen Wassergrabens bis zu einer Art Brücke aus Bohlen und Zweiggeflecht durchgearbeitet. Die Pferde bäumten sich auf, als sie unter den Hufen das Holz splittern fühlten und die Zweige sich bogen und schwankten, so daß die Diener alle Mühe hatten, sie zu bändigen und zu verhindern, daß sie die Kutsche umwarfen.

Archangel Isakowitsch erhob sich im Wagen und erblickte eine Reihe alter Akazienbäume, die mit Flechtwerk so fest verbunden waren, daß der Wagen nicht hindurch konnte. Die Frühlingsfluten hatten an diese lebendige Mauer Gräser und Pflanzen angeschwemmt, die jetzt, da sie vertrocknet und verfault waren, einen schweren Duft ausströmten. Hinter einem Wiesengrund, der sich bergauf zog und von einigen reifen Pflaumenbäumen bestanden war, tauchte ein großes gelbes Gebäude und das Dach einer kleinen hölzernen Kirche unter mächtigen Eichen auf, und dazwischen öffnete sich ein weiter Ausblick ins Tal, auf Wiesen und Weinberge, hinter denen sich dichte Wälder erstreckten. Als Archangel Isakowitsch den Eingang nicht finden konnte, da ihm die Mönche die Lage des Hauses nicht genauer beschrieben hatten, wollte er schon den Dienern befehlen, die Einfriedung niederzureißen, als eine merkwürdige dunkle Gestalt hinter den Bäumen seinen Blick anzog.

Unter einem Akazienbaum saß, regungslos vorgebeugt, ein junger Mönch mit entblößtem Oberkörper, sichtlich ins Gebet vertieft.

Das Terrain vor ihm war flach, bis zum Ufer hin, so daß er die Donau und die Ebene dahinter weit überblicken konnte.

Ein harter Pfahl aus dem Stamm einer jungen Akazie war vor ihm in die Erde gerammt, entrindet und so spitz, daß es fast unglaublich schien, wie der Mönch, ohne vor Schmerz aufzuschreien, sich mit der Brust, dem Bauch oder dem Rücken über den Pflock zu werfen vermochte. Wie blind und taub, einem Fabelwesen gleich, wand und bekreuzigte er sich unentwegt und weinte lautlos.

Während die Diener die Pferde beruhigten und versuchten, die Räder der Kutsche nach rückwärts zu bewegen, durchfuhr Archangel Isakowitsch, der aufrecht im Wagen stand, ein kalter Schauer, da er am eigenen Körper zu spüren vermeinte, wie der Spieß in sein Fleisch eindrang, während der andere da vor ihm überhaupt nichts zu fühlen schien. Mit einem verwunderten Blick umfaßte er den glühenden Himmel, an dem keine einzige Wolke stand, die Wälder und die Berghänge und gleichzeitig die Szene vor ihm und wich dann zurück zu seinem Wagen hin, ohne im geringsten zu begreifen, was denn eigentlich dieser Mensch da in der Gluthitze auf der grünen Wiese mit solch wahnsinniger Ausdauer trieb. Das andauernde Vorbeugen und Sichwinden dieses Mönches in der dunklen, zerfetzten Kutte kam ihm so widersinnig vor, daß er fast aufgeschrien hätte. Und als er dann wirklich aufschrie, so daß die Pferde zurückfuhren, erschrak er selber vor seiner eigenen Stimme, während der Mönch aufzuckte, wie unter einem Peitschenhieb.

Da sah Archangel erst, wie hoch dieser Mann gewachsen war, barfuß in seiner schwarzen Kutte und mit blutüberströmter Brust, und er erblickte auch sein Gesicht – nichts als Haut und Knochen und übergroße Augen mit einem fiebrigen, verschleierten Blick –, während der Mönch auf ihn zukam und ihm zornig bedeutete, mit der Kutsche einen Bogen um das Gehölz zu machen, zu einer Stelle, wo sich anscheinend der Zugang befand.

Als es den Dienern gelungen war, den Wagen mitsamt den vor Erregung zitternden Pferden nach rückwärts zu ziehen, konnte bald darauf das herrschaftliche Gefährt das steinerne gewölbte Einfahrtstor hinter den Akazienbäumen passieren. Doch auch dann noch stand Archangel Isakowitsch hoch aufgerichtet in seiner Kutsche und konnte seinen Blick nicht von diesem sonderbaren Wesen wenden, daß sich immer wieder schmerzverzerrt über den Pfahl neigte, ohne irgend etwas rundherum zu beachten: nicht den heißen Sommertag hinter dem kühlen Akazienschatten, nichts von alldem, was sich von dort oben seinen Blicken darbot: das Riedgras, die Häuser und Höfe, die Tümpel, die steinernen Gebäude, deren Giebel eiserne Wetterhähne krönten. Offenbar besessen von dem Wunsch, sich auf den Pfahl zu stürzen, sich daran aufzuspießen, beugte er sich noch immer darüber, als wolle er ihn umarmen.

Als die Kutsche durch die Toreinfahrt auf den weiten Anger fuhr, wo das Kirchlein und ein großes Wohnhaus unter alten Eichen standen, kam Archangel zwar bloß ein alter Klosterabt entgegen, der aber bald seine Besorgnis zerstreute und ihm sagte, der Bischof wäre wohl zu Hause, nur augenblicklich irgendwo im Garten. Jener, der vor dem Pfahl seine Andacht verrichte, sei der Hieromönch Pantelejemon, erst unlängst aus Serbien gekommen. Heute wäre der siebente Jahrestag, da man auf der Flucht vor seinen Augen seine ganze Familie gepfählt habe, und so sei er wahnsinnig geworden. Die Türken hätten ihm die Zunge ausgerissen, und deshalb sei er jetzt stumm. Sonst hätte man nichts von ihm zu befürchten – er sei ruhig und sanft, nur weine er unentwegt.

Als man Archangel Isakowitsch aus der hohen hölzernen Vorhalle ins Haus führte, erblickte er von der Galerie aus in der Ferne den Fluß und die Sonne, die Röhricht und Ried entzündet hatte, so daß aus ihnen dichter schwarzer Rauch aufstieg. Für eine kurze Weile allein gelassen, stand er am Fenster einer Kammer, die leer war bis auf ein Wandbild des heiligen Johannes des Eremiten mit einer großen Axt, und dabei bemerkte er unter dem Fenster drei Mönche. Der eine, feist und von riesenhaftem Wuchs, lag bäuchlings, den Kopf ins Gras gewühlt, und schlief.

Die beiden anderen – der eine braunhaarig, schön und weich wie eine Frau, der andere schwarz und bärtig – saßen mit den Rücken aneinandergelehnt im Gras und faßten sich kichernd über die Schulter hinweg an die Kehle. Von dieser Seite des Hauses war der Wald nur wenige Schritte entfernt.

Erschöpft und hungrig, ganz durchnäßt von Schweiß,

lehnte sich Archangel Isakowitsch an die kalte Mauer und fühlte, wie die Kälte ihm bis in die Knochen drang, während er wiederum auf jeden Schritt horchte. Er dachte an den Bischof, den er noch von Buda her kannte, und legte sich zurecht, was er ihm sagen wollte: zehn Dukaten hätte er ihm gebracht für das Kloster und zehn für seinen Ornat. Weiter würde er ihm sagen, er möge Dafina bei den Klosterschwestern in Jazak unterbringen, vielleicht wird man sie dort wieder gesund machen. Dann: daß er sie seinem Bruder weggenommen habe, daß sie von ihm schwanger geworden sei und daß er sich nicht von ihr trennen wolle. Und während er unaufhörlich geistesabwesend seinen Rosenkranz herunterzählte, murmelte er ebenso unaufhörlich die gleichen Worte vor sich hin. Was er dann dem Bischof tatsächlich sagte, den er noch aus der Zeit kannte, als Nenadowitsch Schreiber im Magistrat von Buda war, und wie es ihm sonst noch auf diesem bischöflichen Sommersitz erging, wo sich die Mönche, nachdem sie das zügellose Leben in ihren Einsiedeleien aufgegeben, erstmals zu einer strengen Lebensgemeinschaft zusammengeschlossen hatten, darüber ließ Archangel auch später, nachdem er im Laufe seines schweren Greisenalters ein gefürchteter und berüchtigter Geizhals geworden war, zu niemandem ein Wort verlauten.

Als ihn an jenem Abend seine Diener stockbesoffen heimfuhren, was schon lange nicht mehr vorgekommen war, sagte er ihnen nur soviel, daß er sein ganzes Vermögen der Kirche überschreiben werde, was er übrigens auch ihnen für ihre Sterbestunde anrate, denn das Leben im Himmelreich wäre noch das schönste, und gleich am nächsten Tag hätten sie die Dame Dafina nach Jazak zu überführen, wo sich eine Quelle befände, an der sie sicherlich genesen werde. Später, als alter Mann, oder vielleicht schon früher – so sagte er ihnen noch, als sein Wagen schon durch den Schlagbaum von Karlowitz fuhr, wo die Soldaten zusammenliefen, im Glauben, irgendein Peterwardeiner General fahre vorbei – werde er sich zu den Mönchen begeben in eine Klause, um auszuruhen von allem, was er getan, und wo er nicht länger Handel treiben müßte mit den verdammten Walachen und den hinkenden Griechen. Endlich würde er dort zufrieden sein, auf dem Rücken liegen und singen nach Herzenslust. Wein würde er haben, sooft er wollte, und sollte einmal ein rundliches Bauernweib vorbeikommen, so würde er sie mit seinem Bettelstab zu Fall bringen, daß sie bei ihm einkehren müßte. Er lobte zwar den Bischof, hatte aber trotzdem nichts übrig für die Klostergemeinschaft, denn er wollte allein sein mit Gott, und von den Mönchen redete er so, als hätte er ein ganzes Jahrhundert unter ihnen gelebt. Er beteuerte seinen Dienern, daß seine Beziehungen zu den Mönchen, welche die heiligen Gebeine des Despoten hüteten, jetzt viel freundlicher wären als die seines Bruders Vuk und daß er jetzt auch wüßte, worin er gesündigt habe, und daß diese Sünden ihm vergeben worden seien.

Seine Diener, an die er sonst überhaupt nie das Wort zu richten pflegte, bemühten sich, möglichst nichts zu hören, und tauschten untereinander erschrockene Blicke aus. Sie ahnten sehr wohl, daß es den wieder nüchternen Archangel bitter reuen würde, ihnen dieses ganze Zeug vorgeschwatzt zu haben, und daß er sie deswegen noch wochenlang quälen würde, so lange, bis er es vergessen hätte.

Und in der Tat: Sobald ihn eine leichte Abendbrise etwas erfrischt hatte, nahm er sich zusammen und verstummte. Schweigend beobachtete er nun, wie der Wagen zu den Sumpflachen längs der Donau hinunterfuhr und wie hinter ihm auf der Anhöhe, noch von der Sonne beleuchtet, die Häuser von Karlowitz zurückblieben.

Im dichten Schatten und Halbdunkel des Gehölzes, das er jetzt durchfuhr, zwischen versengtem Röhricht und Riedgras, hörte Archangel in der Ferne das Gebell seiner Hunde, die Lerchen aufschreckten und Rebhühnern nachjagten.

Während die Diener, bevor sie in den Wald einfuhren, haltmachten und ihre Gewehre und Pistolen hervorzogen und luden, denn der Weg wurde jetzt recht unsicher, schob sich Archangel, wiederum vom Wein umnebelt, auf seinem Wagensitz hin und her und kletterte sogar auf die schmiedeeisernen Verzierungen der Kutsche hinauf, um sich daraufzusetzen.

Es mußte etwas Angenehmes und Erfreuliches gewesen sein, was er vom Bischof erfahren hatte, denn er sang unentwegt sein Lob und versuchte ebenso unentwegt die Gesänge nachzusingen, die er im Kloster gehört hatte.

Da jedoch seine Stimme kreischend war und er zudem sehr laut sang, war es für die Diener eine Qual, ihm zuzuhören.

Noch einmal erfaßte ihn in der Abendluft die Trunkenheit, und er begann von neuem immer wieder zu versichern, daß er unter die Mönche gehen wolle. Er weinte über die von den Türken gepfählte Familie Pantelejemons und zählte giftig alle möglichen Heiligen auf, denen er beim Abschied aus dem Klosterhaus des Patriarchen einen Dukaten gespendet hatte. Er war fest überzeugt davon, daß die Klosterquelle seiner Schwägerin die Gesundheit wiedergeben würde, so daß sie später sogar noch Kinder kriegen könnte. Und bestimmt würde sie die kriegen! Und mit dem Bruder, der immer schon mehr Glück gehabt hatte als er, würde er sich versöhnen, und warum auch nicht, waren sie doch Brüder.

Der Gedanke, daß Dafina vielleicht noch gerettet werden könnte und nur die blöden Quacksalber sich ihren nahen Tod einbildeten, nahm ganz von ihm Besitz und beglückte ihn so sehr, daß wenig gefehlt und er mitten im Wagen zu tanzen begonnen hätte. Er breitete seine Arme dem kühl gewordenen Abend entgegen, und während er vergeblich sein Gehirn zermarterte, um sich an alles zu erinnern, was er den Mönchen und was die Mönche zu ihm gesagt hatten, freute er sich schon auf seine Schwägerin. Denn wahrlich: Noch nie in seinem Leben war Archangel Isakowitsch irgend etwas so mißglückt wie alles, was er für Dafina unternommen hatte. Er empfand all diese so unvorhergesehenen Ereignisse wie eine vernichtende Niederlage, und das machte ihm schwer zu schaffen. Auf andere Art, und schärfer als sein Bruder Vuk, empfand auch Archangel ein Entsetzen, ein Grauen darüber, daß alles so veränderlich und sinnlos war, daß nichts nach seinem eigenen Willen und Wunsch geschah. Um so stärker wurde jetzt sein Verlangen, sich mit dem Bruder auszusöhnen, mit ihm zusammen in diesem neuen Land Fuß zu fassen, das sumpfig und eben und doch paradiesisch war und wo sie begonnen hatten, zur Ruhe zu kommen nach so vielem Umherirren. Früher, als er Dafina wie wahnsinnig begehrt hatte, war ihm gar nicht in den Sinn gekommen, daß diese Begierde auch gestillt werden könnte. Deshalb litt er jetzt so sehr darunter, daß sie gerade in seinem Haus sterben sollte. Seine ursprüngliche Absicht – einfach mit ihr seinen Spaß zu haben, in aller Heimlichkeit und Stille, um sie nachher wieder dem Bruder zu überlassen – verwarf er jetzt völlig. Wenn er sich ihren herrlichen Körper, ihre leidenschaftlichen Bewegungen vorstellte, so erschien ihm allein der Gedanke, sie dem Bruder zurückzugeben, aberwitzig.

Sollte sie ihm doch ein Kind gebären und nicht sterben – was dem volltrunkenen Archangel Isakowitsch in diesem Augenblick keineswegs unmöglich vorkam –, dann würde, so glaubte er, dieses ganze Unglück, das sie beide heimgesucht, doch noch ein gutes Ende nehmen, und er könnte dann wieder Achtung vor sich selbst empfinden, und auch Dafina, sein Bruder, die ganze Welt würden ihn dann achten und lieben.

Sie noch einmal in voller Gesundheit erleben, rasend werden vor Wollust, die Finger in ihre Hüften pressen bis zum Zerbrechen, sich neben ihr herumwälzen, auch wenn sie eiskalt bliebe wie damals in der ersten Nacht – diese Vorstellung erschien ihm dermaßen herrlich in seiner Trunkenheit, daß er noch einmal in eine Art nebelhaften Wahnsinnszustand versank, der ihn glauben ließ, er fahre in seinem über mondbeschienene Wiesen dahinjagenden Wagen schnurstracks ins Paradies.

Alles, was er an diesem Tag unternommen hatte, war vergebens gewesen. Er hätte alles verheimlichen sollen und schweigen, denn niemand vermochte ihnen zu helfen.

Auf der Fahrt über die weite Ebene, während in der durchsichtigen Dämmerung die Berge von Karlowitz immer ferner rückten und Archangel Isakowitsch von der Abendkühle allmählich nüchtern wurde, überfiel ihn, als er nun sah, daß es heimwärts ging, eine große Angst – wußte er doch nicht, ob sie überhaupt noch am Leben sei. Fröstelnd in der nächtlichen Kühle und rauchend, saß er mit gesenktem Kopf und ließ die Trauer über alles, was ihr zugestoßen, immer tiefer in sich eindringen.

Die Heimreise zog sich die ganze Nacht hin. Noch viele Stunden hatte er zu fahren. Zu seiner Linken verspürte er die Kühle des Rieds, das nach langer Dürre ausgetrocknet war und sich im Mondlicht gespenstisch ausnahm. Ringsum rauschte geheimnisvoll das dichte Schilf. Dahinter lag der Fluß in scheinbar regungsloser Stille zwischen dem Weidengehölz. Immer wenn sich der Wagen einem Buschwald näherte, schwirrten ihm Schwärme von Glühwürmchen entgegen. Die Erde war von der Dürre so hart geworden, daß das Getrappel der Pferde hohl klang, als ginge es über eine Brücke. Bis zum nächsten Morgen würde Archangel das Traben und den ununterbrochenen Wechsel der Pferdebeine vor Augen haben, erhellt von dem unheimlich schwankenden Licht der von der Deichsel herabbaumelnden Laterne, in deren Schein die schon längst erschöpften Hunde hinter dem Wagen einhertrotteten.

Rechts vom Wagen breitete sich endlos weit dichtes Steppengras aus, hie und da von einem Weiler unterbrochen, aus dem Hundegebell erscholl. In der Ferne jedoch versank alles in tiefe Finsternis, dort lauerte, kam man vom Weg ab, der sichere Tod. Doch während über den Wassern, die der einzige helle Punkt auf der Erdoberfläche schienen, der Himmel ganz dunkel blieb, uferlos und unsichtbar, leuchtete er rechts über der schwarzen Ebene, über den dichten Grasflächen hell und blau, hoch und sternenübersät. Beim Schellengeklingel der Kutsche, unter dem hohen, klaren Nachthimmel, auf der Fahrt über Gräser hinweg, die immer nur so weit aus dem Dunkel traten, wie das Licht der Wagenlaterne reichte, hinter dem Rücken der gespenstischen Gestalten, die aufrecht und unbeweglich vor ihm saßen und vielleicht gar nicht seine Diener waren – konnte er doch ihre Gesichter nicht sehen –, auf dieser nächtlichen Heimfahrt also ging mit Archangel Isakowitsch, nachdem er völlig nüchtern geworden, eine schicksalhafte Wandlung vor.

Immer hirnverbrannter erschien ihm jetzt, daß er den Patriarchen aufgesucht hatte, um ihm, auf eine Freundschaft bauend, die den Metropoliten Jowanowitsch mit seinem toten Vater verbunden hatte, seine Sünde anzuvertrauen. Und daß er dann auch noch seinen Ehebruch mit der Schwägerin dem Bischof Nenadowitsch gebeichtet hatte, worauf dieser ihm Trost zugesprochen und sie sich schließlich gemeinsam betrunken hatten, nachdem der Bischof für die Instandsetzung der Kirche einen Beutel voll Dukaten von ihm erhalten hatte – dies alles kam jetzt Archangel Isakowitsch so vor, als hätte es sich auf einem anderen Stern abgespielt.

Auch die hölzernen Glockentürme und die klösterlichen Heiligenbilder, die ihn mit dem gleichen abergläubischen Geflüster angelockt hatten, mit dem er sich selbst bei der Hinfahrt getröstet hatte, schienen ihm jetzt ebenso unnütz und machtlos wie alle anderen Dinge, mit denen er an diesem Tag in Berührung gekommen war. Allein in seinem Wagen auf dieser Fahrt durch die nächtliche Landschaft verlor Archangel Isakowitsch alle seine Illusionen und Hoffnungen, besann sich auf sich selbst und fühlte, daß er besser daran getan hätte zu schweigen.

So wie sein Bruder Vuk im Feld, schüttelte jetzt auch Archangel – dank dieser Frau – sein ganzes bisheriges Leben ab, und er blieb allein, ganz allein mit allem, was ihm noch zu durchleben auferlegt war bis zu seinem Tode.

In dieser Nacht sagte sich Archangel Isakowitsch für immer von allem los, worauf er bisher seine Gedanken am liebsten verwandt hatte: seine aufgestapelten Häute und Tabakblätter, sein Silber und seine Schuldner ... Er ließ seine Hand aus dem Wagen hängen und dachte daran, daß er von all seinen Häusern, Pferchen, von all dem elenden Silber nicht einmal so viel hatte, wie ein Sandkorn auf seiner flachen Hand wog. Seine weitverzweigten Handelsgeschäfte, sein Geld, an ungezählten Orten angelegt, und sein darauf begründeter Stolz – dies alles erschien ihm jetzt, da er an diesen ausgetrockneten flachen Wasserlachen entlangfuhr, völlig eitel und bar jeden Wertes. Erschüttert von der Vorstellung, er könne Dafina tot vorfinden und dann sicher viele lange Jahre in Trauer um sie verbringen, empfand er, ganz wie auch sein Bruder Vuk, alles dies jetzt wie einen bösen Traum. Nie im Leben hatte er auch nur ein einziges Goldstück oder einen Silbertaler umsonst ausgegeben, bis auf die kleinen Münzen, die er zu feierlichen Anlässen den Armen hinzuwerfen pflegte, doch jetzt spürte er, es würde ihm Freude bereiten, die Dukaten, die er im Gürtel bei sich trug, in alle Winde zu zerstreuen. Voller Lust und Bedauern zugleich streckte er nun den Arm aus dem Wagen und preßte den Beutel in seiner Faust so fest zusammen, daß die Dukaten zwischen seinen Fingern hervorquollen und unhörbar ins Gras tropften.

Bereits der erste Versuch, Dafina bei hellem Tageslicht zu umwerben und nicht nur heimlich in den dunklen Ecken seines Hauses – wie damals in jenem verhängnisvollen Gemach –, zeigte ihm, daß dies unmöglich war. Als er nur ihren Namen ausgesprochen hatte, war der Bischof schon empört aufgesprungen. Also hieß es schweigen.

Denn sein bisheriges Leben, eines, von dem er fest geglaubt hatte, es bestünde ausschließlich aus Ziffern, Berechnungen, Betrug und Vorteil, und das er damit verbrachte, herumzuziehen und alle Welt übers Ohr zu hauen und, je nach Lust und Laune, zahlreiche Frauen zu besitzen – dieses Leben, es existierte längst nicht mehr.

Und doch hatte dieses gleiche Leben ihn jetzt noch einmal gezwungen, hin und her zu rennen wie ein Narr, betteln zu gehen in seinem Unglück, verachtet von allen anderen.

Als sie sich gegen Morgen der Stadt Semlin näherten, lag er in seinem Wagen, gerädert von der nächtlichen Fahrt, blaß, greisenhaft, mit zitterndem Bart wie ein alter Ziegenbock. In der Ferne tauchten jetzt die Kirchtürme der Stadt auf, und er schrie zum letzten Mal auf die Diener ein, die im Sitzen eingenickt waren, und auf die zuschanden gehetzten Pferde. Dann erhob er sich im Wagen und blickte gleichgültig über die fernen Dächer und die Mühlen am Flußufer hinweg. Eine Ahnung ergriff ihn, daß sein ganzes Leben bis zu diesem Morgen nichts als ein Traum gewesen war und daß nun ein völlig anderes Leben beginnen würde.

Als er bei seinem Haus angelangte und den auf der Brücke versammelten Leuten freundlich und traurig zulächelte, schloß er aus der großen Zahl verweinter Gesichter, daß Dafina gestorben war.

Kaum war in der Toreinfahrt seine gelbliche Hand und der wohlbekannte Ärmel aufgetaucht, da brachen alle sofort in großes Weinen und Wehklagen aus, und sie trommelten sich an die Brust, als schlügen sie die Pauke. Im ganzen Haus roch es schauerlich nach Wachskerzen.

Frau Dafina lag ganz still da, die großen Augen weit geöffnet, die Hände ausgestreckt unter ihren Seiden – gleich einem Gespenst vor der hellen weißgekalkten Wand.

Mit strengem, furchterregendem Blick starrte sie auf die Tür. Archangel trieb die Weiber auseinander, damit die Sterbende sie nicht sähe. Er wußte nicht, daß Dafina sie gar nicht mehr sehen konnte und auch ihn nicht erkannt hatte und daß sie gerade ihren letzten Atemzug tat, als er ans Bett trat, um sie in seine Arme zu nehmen.

Er umarmte sie mitsamt dem Kissen, richtete sie auf und zog sie an sich, und während er, über sie gebeugt, hin und her schwankte, brach er in Tränen aus. Den Blick starr auf ihr Gesicht, auf die bläulich angelaufenen Augenlider gerichtet, preßte er die Tote eng an sich und ließ sie auch dann nicht los, als ihr die Frauen die Augen zudrücken wollten. Die Kerze, die man ihr in die Hand gesteckt hatte, fiel auf seinen Rücken und entzündete sein Gewand, doch er merkte es gar nicht, er war wie von Sinnen. Sein Schatten, der sich an der Wand abzeichnete, glich auf seltsame Weise dem schwarzen Mönch, den er noch am Tag vorher in ungläubigem Staunen beobachtet hatte, als er sich über den in die Erde gesteckten Pfahl beugte.

Er hielt erst inne, als er tiefer in die Augen der toten Dafina blickte: in zwei unbewegliche blaue Kreise, von der Farbe des Winterhimmels, kalt und klar, die aus der Entfernung klein waren, jedoch immer größer wurden, je näher er ihnen kam, und die ihn schließlich vollständig verschlangen.

Dieser Blick war alles, was ihm von ihr blieb, und seine Farbe vermochte er niemals zu vergessen. Ganz wie sein Bruder im Traum, so sah jetzt auch er, von Angst und Traurigkeit überfallen, zwei blaue Kreise über ihrem Haupt, und mittendrin einen Stern.

Die Farbe ihrer Augen wurde immer verschwommener, und Archangel, der, über die Tote gebeugt, die Besinnung verlor, flüsterte wie im Wahnsinn Gebete und kindliche Kosenamen und plärrte dabei wie ein Ziegenbock. Vergebens versuchten ihm die alten Weiber kreischend die Tote aus den Armen zu reißen.

Die Dame Dafina jedoch sah und hörte von alldem nichts mehr. Die Stirn von feinen Schweißperlen bedeckt, erblickte sie inmitten wirbelnder Schneeflocken, züngelnder Flammen, inmitten der Wälder Slawoniens, die bis zum Himmel hinaufreichten und mit ihm verschmolzen – Vuk Isakowitsch.

IX

Einer unter ihnen, der Allergeringste, bewahrte sogar nach dem Tode den Glanz seines Wesens, so daß er wiederkehren konnte und am Dorfeingang erscheinen, an der gleichen Stelle der Straße, wo im Frühling der erste Akazienbaum seine Blüten zeigte

Bis in den Herbst hinein hörte man in den Dörfern Slawoniens nichts von denen, die ins Feld gezogen waren. Sie waren einfach weg, vom Erdboden verschwunden, irgendwohin – in die Wolken.

Früher einmal, als sie sich noch mit den Türken herumschlugen, waren wenigstens brennende Dörfer zu sehen gewesen, türkische Schiffe, die, vollgeladen mit Gefangenen, auf dem Wasser vorüberfuhren, man hatte davon gesprochen, daß die Türken die Klöster in Brand steckten, Frauen vergewaltigten, kleine Kinder in die Luft warfen und auf den Messerspitzen auffingen, aber jetzt war von alledem nichts zu vernehmen.

Die Fortgezogenen führten irgendwo Krieg – Gott allein wußte wo –, in Ländern, deren Namen sie nicht einmal kannten, gegen Heere, die sie nie zu Gesicht bekommen hatten. All das war furchtbar und schauerlich, wenn man darüber am Herdfeuer sprach, schrecklicher noch als die Erzählungen von den Blutbädern und Massakern der Türkenzeit. Nur die gewaltige Weite des Stroms und das dichte Weidengehölz, über dem jetzt ein grauer, trüber Wolkenhimmel hing, taten sich gähnend vor ihren Augen auf, wenn sie dorthin starrten, wo Isakowitsch und seine Truppe verschwunden waren.

Die ersten Nachrichten darüber, daß man sie also wirklich ins Französische geführt hätte und die anderen, die aus der Gegend von Peterwardein, ins Preußische, löste tiefe Niedergeschlagenheit aus. Sie jammerten laut aus Angst und Mitleid, weil man sie jetzt nicht einmal mehr gemeinsam sterben ließ, sondern sie getrennt und auseinandergerissen hatte.

Alles was sie so läuten hörten, war übrigens verworren und merkwürdig. Angeblich mußten die Männer mit allen möglichen Völkerschaften kämpfen, wurden in allen möglichen Ländern hin und her geschoben, wo es überall ein so merkwürdiges Wetter gab, merkwürdige Wälder und Gewässer und noch merkwürdigere Sitten. Dort sollten sie jahrelang bleiben. Als dann zum ersten Mal von ihnen Kunde kam, erfuhr das Dorf zunächst, daß sie sich alle dort verheiratet hätten, und später, daß sie überhaupt nicht mehr heimkehren würden, und zu guter Letzt noch, daß sie dort auch Kinder gezeugt hätten. Schon als der Herbst ins Land gezogen war, hatten die verheirateten Frauen zu flennen, zu kreischen und zu fluchen begonnen.

Die erste genauere Nachricht über den ausgepeitschten Sekula ließ ihnen den Atem stocken, kannten sie ihn doch alle als einen von Vuk Isakowitschs Leuten, der den hölzernen Glockenturm und das Kirchlein in der Siedlung zu betreuen hatte. Das Gerücht ging um, man würde ihn heimschicken, und ein Auge wäre ihm ausgeronnen und beide Ohren wären abgefallen, sein Kopf gliche jetzt dem eines abgehäuteten Hammels – ohne Haut, mit freigelegten Knochen.

Und sogar die Erde, auf der sie sich ansiedeln sollten und endlich seßhaft werden und die sich im Sommer so fruchtbar und fügsam gezeigt hatte, daß sogar die Sümpfe ausgetrocknet waren, trieb sie in jenem Herbst wiederum in die Flucht, nötigte sie, unter ständigen Ausbrüchen des Entsetzens und der Verzweiflung, weiterzuziehen, denn ununterbrochen troff der Regen herab, und die Überschwemmungen ersäuften ihnen das Vieh, verschlammten die Brunnen, rissen die Hürden und Pferche weg, trugen umgestürzte Baumstrünke an die Siedlungen heran, führten das gemähte Gras mit sich fort und hinterließen an den Einfriedungen, auf den Wegen und Hausdächern, in den Lehm- und Erdhütten eine dicke

Schicht von Schlamm und Morast. Außerdem drang die Kunde von der Überführung der Leiche des Grafen und Despoten Djuradj Brankowitsch und seiner Beisetzung in den heimatlichen Bergen bis ins kleinste Dorf und bewegte und beunruhigte die Gemüter während der letzten Tage jenes Herbstes, der nach endlosen Regenfällen einige wenige sonnige und warme Tage beschert hatte.

Immer von neuem stürzten furchtbare Nachrichten auf sie ein, die, verzerrt und verstümmelt, mit verwechselten Namen und durcheinandergebrachten Ereignissen, die überschwemmten Dörfer Slawoniens durchliefen. Daß fast alle aus Isakowitschs Regiment umgekommen waren, stand bereits außer Zweifel, doch die Nachrichten aus den Dörfern, wo Wujitsch seine beiden Regimenter ausgehoben hatte, lauteten noch schlimmer. Aber als ruchbar wurde, was jenen zugestoßen war, die mit dem Obristen Fürst Raschkowitsch nach Böhmen gezogen waren, da erscholl das Jammergeschrei und Wehklagen auch weit über die Ebene hin, jenseits des Flusses und des Rieds.

Das ganze Land, durch das sie sich, die Wälder rodend und Sümpfe durchwatend, durchgeschlagen hatten, zeigte sich noch einmal so, wie es gewesen, als sie es zum erstenmal betreten hatten.

Tag für Tag dampften die nebligen Auen, immer tiefer senkten sich die Wolken zur Erde herab. Alle Flußniederungen waren trüb und unzugänglich. Dunkel war die Erde, unsichtbar, regenverhüllt.

In der Finsternis rauschte und brauste das Moor, über das flüchtig der Mondschein hinwegglitt und aufglomm in dem Dunkel, um sogleich wiederum von der Nacht und dem unübersehbaren Rutengewirr des Weidengehölzes verschluckt zu werden.

Unter den Regengüssen und Überschwemmungen litt in diesem Herbst vor allem jene Gegend, in der schon der Vater Vuk Isakowitschs eine Siedlung von einigen Häusern begründet hatte, an jenem Uferhang gelegen, von dem aus Vuk mit seinen Kähnen in den Krieg aufgebrochen war.

Von einem Tag zum andern kam unter den unaufhörlichen Regengüssen der ganze Hang ins Rutschen, und das

Wasser riß die Einzäunungen und die getrockneten Grashaufen mit sich in die Tiefe, in den Morast längs des Stroms. Das Haus der Isakowitschs bekam an der Nordseite einen Sprung, so daß zu befürchten stand, es würde einstürzen, falls die Regengüsse anhielten. Die Wiese über dem Haus, hoch oberhalb der Donau, hatte sich so mit Wasser vollgesogen, daß sich im Gras Gruben und Spalten bildeten, in die das Vieh hineinstürzte. Dicht und hoch aufgeschossen wiegte sich das Schilf unter dem Hang. Weiter oben, hinter dem Haus, zogen sich die Wälder hin, die Isakowitschs Soldaten abzuholzen begonnen hatten, und dort lagen auch die Erdhütten jener Leute, die sich bisher noch kein Haus aus gestampftem Lehm im Dorf unten am Fluß aufgebaut hatten, in dessen Mitte sich der hölzerne Glockenturm erhob, der unter seinem Dach die aus der alten Heimstätte der Wukowitschs und der Isakowitschs mitgebrachten Ikonen barg. Über den Wipfeln der Weiden und Gehölze konnte man die Pferche sehen und jenes Haus, in welchem Vuk Isakowitsch mit seiner Frau die letzte Nacht vor seinem Auszug ins Feld verbracht hatte.

Diese Gegend tat sich besonders hervor mit Neuigkeiten aus der Fremde. Dort wußte man zuerst, daß Isakowitschs Knecht Arkadije gefallen war und man seinen Leichnam nicht gefunden hatte. Dort erfuhr man auch, daß zudem noch viele andere Männer, die meisten von ihnen Offiziere, umgekommen seien und daß Maria Theresia den Soldaten je einen Taler als Belohnung für ihre Tapferkeit geschickt hatte. Eine Zeitlang hielt sich das Gerücht, der reiche Antonowitsch wäre gefallen, dem die Kaufleute von Temesvar just über dem Dorf auf dem Hügel gegenüber den Schanzen von Peterwardein sogar eine Kirche bauen würden. Als es sich aber herumsprach, daß man manche ihrer Leute aufgehängt hatte, weil sie Äpfel gestohlen hätten, hob das Klagen und Wehgeschrei von neuem an.

Der Tod der Dame Dafina und die Geschichte ihres Lebens waren, als der Sommer zur Neige ging, das Tagesgespräch in der Dorfsiedlung.

Man wußte auch, woran sie gestorben war, und betrachtete ihren Tod als eine gerechte Strafe für ihre Sünden und den

Übermut der Isakowitschs. Man erzählte sich, daß ganz Semlin, das silberreiche, herbeigeeilt sei, um sie auf der Totenbahre zu sehen, und daß sie eine so schöne Dame gewesen sei und als Tote noch so viele kostbare Gewänder getragen habe und soviel Geschmeide. So also weinten und seufzten die Leute aus der Ferne, da die Beerdigung der Toten so weit weg stattfand, daß sie nicht hingelangen konnten. Man wußte, daß sogar Leute von drüben aus dem Türkischen herüberkommen würden, um dem Leichenschmaus im Hause von Archangel Isakowitsch beizuwohnen.

Auch von dem Streit vernahm man, der um ihre Beerdigung entbrannt war. Die Priesterschaft von Semlin bemühte sich zu beweisen, daß die Familie Christodulios seit jeher als Wohltäterin der griechisch-orthodoxen Kirche bekannt sei und daß Dafina demnach von griechischen Popen im Hof der Kirche unter der Schwelle des Gotteshauses begraben werden müßte. Archangel Isakowitsch hingegen versteifte sich darauf, Dafina wäre rein serbischen Blutes gewesen, wenngleich ihre Mutter sich in der Fremde mit einem Griechen wiedervermählt hatte. Daher müsse sie also nach dem neuen Ritus der serbischen Priesterschaft begraben werden.

So rief denn also in den Dörfern, wo alle Vuk Isakowitsch kannten, die Nachricht größte Freude hervor, daß Archangel Isakowitsch voller Gift und Galle entschieden hatte, die Leiche seiner Schwägerin nicht den griechischen Popen auszuliefern, sondern sie auf den Hügel über dem Dorf tragen und dort, hinter dem Hause Vuks, begraben zu lassen, gleich neben der Grabstätte von Lazar Isakowitsch, die von der Ebene aus weithin sichtbar war.

So konnte die gleiche Menschenmenge, die seinerzeit Vuk Isakowitsch bei seinem Auszug ins Feld das Geleit gegeben hatte, sich jetzt sattweinen und wehklagen nach Herzenslust, da sie nun seiner Frau das letzte Geleit gab. Und trotz der nur sehr kurzen Totenmesse ging der armselige bunte Haufen der Trauernden, obgleich niedergeschlagen und bedrückt von den Nachrichten vom Kriegsschauplatz, danach doch zufrieden auseinander. Sie hatten die Kutsche von Archangel Isakowitsch sehen dürfen, seine Pferde, seine bizarr gekleideten Diener, ja sogar, wenn auch nur flüchtig, ihn selbst, angetan wie ein Pascha mit seidenen Leibbinden, weißen Strümpfen, mit goldenen Litzen und Schnüren und seinem Rosenkranz, mit seinen seltsam gelben Augen und der flachen Nase, die knöcherne Hand bedeckt mit Gold und Juwelen, aus der längs des ganzen Weges Silbergeld für die Armen tropfte, reicher denn je zuvor.

Und so kam es, daß die Dame Dafina nun wirklich noch einmal – wenn auch als Tote – an jenem Ort vorbeigefahren wurde, wo sie ihre letzte, so stürmische Nacht mit ihrem Mann verbracht hatte. Der Sarg wurde in einer weißgetünchten Halle aufgebahrt, von deren Balken unzählige Kränze herabhingen, neben Maiskolben und Zwiebelzöpfen. Mit herzzerreißendem Geheul und Gejammer kletterten jene, die den Sarg sehen wollten, barfuß über große Säcke voller Bohnen, die dort herumlagen.

Greise drängten sich heran, die aus Schwäche sofort vom Schnaps berauscht wurden, und alte Weiber, die aus dem Sarg die Hand der Toten herauszerrten, um sie schrill kreischend und jammernd zu küssen.

Einige Minuten lang, während der Pope den Einsegnungsgesang anstimmte, stand Archangel Isakowitsch barhäuptig hinter dem Sarg, unter irgendeinem Dach voller Tauben, und lenkte so die Aufmerksamkeit der Menge auf sich. Er sah unausgeschlafen, ausgemergelt und zerknittert aus. Mit einem merkwürdig starren Ausdruck blickte er um sich, schielend, tief in Gedanken. Er hatte es für richtig befunden, die Frau seines Bruders in der Nähe des brüderlichen Hauses zu begraben und nicht in der Nähe des seinen.

Als sich die Leute über seine Hand beugten, um sie zu küssen, stand er völlig reglos da, sah und hörte nichts. Obwohl er vorher überzeugt gewesen war, daß ihn der Tod der Schwägerin nicht überraschen könnte, war er jetzt, da sie nun wirklich tot war, entsetzt und verstört. Mit gesenktem Kopf stand er der weinenden Menge gegenüber und starrte auf seine leeren Hände, als erwarte er aus ihnen eine Taube auffliegen zu sehen.

Plötzlich schien ihm nun, da er sich im Hause seines Bruders fand, er allein wäre an allem schuld – seine niedrige Begierde nach dem Leib seiner Schwägerin, seine kaltblütige

Berechnung, sie bei sich unterzubringen und so in die Hände zu bekommen, während der Bruder in der Fremde kämpfte. Es schien ihm, als hätte sein Bruder Vuk in die Fremde ziehen und Dafina erkranken und sterben müssen, einzig und allein damit er sie auf kurze Zeit besitzen konnte.

Zudem wollte es ihm nicht in den Kopf, daß sie jetzt tot und damit alles zu Ende sei. Ganz im Gegenteil, er flüsterte vor sich hin und beschäftigte sich in Gedanken mit ihr, mit ihrem Körper vor allem, als könnte er ihn auch weiterhin sehen, betrachten und besitzen. Unverwandt blickte er auf ihren Sarg, der ganz mit Kerzen gespickt war, und sagte sich selbst zum hundertsten Mal, daß sie die eine, einzige Frau gewesen sei, die er auch noch nach jener ersten Nacht, in der er seine Begierde befriedigt hatte, unendlich anziehend gefunden hätte.

Er konnte Dafinas Augen nicht vergessen. Ihren blauen, weit offenen Blick, wunderschön noch bei ihrem letzten Atemzug. Ständig sann er darüber nach, daß er jenseits von Ausschweifungen und Genuß, ihm längst ausgiebig vertraut, etwas zu finden vermocht hatte, das ihn über den Alltag emporhob.

Er fand jetzt, daß er seine Zeit bisher nur vertan hatte: bei all seinen Handelsgeschäften, bei dem Wägen des Silbers auf der Waage, bei den Viehverkäufen, während er sich doch statt dessen mit etwas so Herrlichem und Einzigartigem hätte befassen können.

Wenige Minuten darauf trug man den Sarg auf die Anhöhe und bewarf ihn im Grab mit Erde. Nur mit größter Mühe gelang es den Dienern, Archangel Isakowitsch danach in die Kutsche zu bringen. Er war ganz erstarrt und unfähig, einen Schritt zu tun.

Nach der Beerdigung der Dame Dafina und der Abfahrt Archangels versank der Weiler unterhalb des Waldes und Hauses von Vuk Isakowitsch wiederum in herbstliche Einsamkeit. Die Nässe drang durch die Wände, von den Dächern floß der Regen in Strömen, die Pflanzen welkten und verfaulten im Schlamm. Tagelang zeigte sich weder ein lebendes Wesen auf der Anhöhe noch auf den Uferhängen unterhalb der Häuser. Bis zum Himmel hinauf, über allen Weidengehölzen, über den Bergen und den einförmigen Talniederungen und grauen Ebenen war nichts zu sehen als der dichte, nebelfeuchte Schleier des Regens. Frösche drangen in die Häuser und Erdhütten ein, und das Wasser begann einzusickern bis unter die Klötze, auf denen man die Lagerstätten errichtet hatte.

In das Haus Vuk Isakowitschs zog Archangels Diener ein, der alte Ananija, mit Weib und Töchtern, und unentwegt schleppten sie Heu, Stroh und ganze Stapel von Mais heran. Ständig von Hunden umringt, mit einem Umhang bedeckt und darunter im bloßen Hemd, schlief dieser Alte, das Gesicht ganz von Augenbrauen und Bart überwuchert, auch jetzt noch auf der Schwelle des Hauses und war in so viele Decken eingemummt, daß keiner recht wußte, wo er den Kopf hatte und wo die Füße, bis er selber begann, sich herauszuwühlen, strampelnd wie der Hund im Sack, um dann plötzlich aus all diesem haarigen Wust seine kleinen, aber vollkommen klaren und blitzblauen Augen zu erheben. Dann konnte man ihn, nachdem er sich vorsorglich ein trockenes Plätzchen gesucht hatte, den ganzen lieben Tag am Boden sitzen sehen, unverwandt in die verregnete Gegend starrend, auf die Erde und die Siedlung, die unter dem Ansturm der gewaltigen Wassermassen mitsamt ihren Lehmwänden, ihrem sich selbst überlassenen Vieh und dem ungeschützten Getreide allmählich versank.

Ananija hatte seine Familie in der offenen Vorhalle des Hauses auf der nackten Erde untergebracht. Er wollte die Haustür weder aufschließen noch aufbrechen und dachte, die Dinge würden sich schon von allein richten, falls Vuk Isakowitsch nicht mehr wiederkehren sollte.

Auf seinem auffallend bleichen Gesicht trug Ananija noch die Spuren des Schreckens über all das, was er gesehen und erfahren hatte und worüber er nicht sprechen durfte. Während sein Weib und die Töchter nichts wußten – er wußte alles. Er wußte sehr wohl, warum die Dame Dafina ins Haus seines Herrn gebracht worden war und was Archangel dort alles mit ihr getrieben hatte. Ihre Krankheit und ihren Tod hatte er ganz aus der Nähe mit angesehen, hatte Dinge beobachtet, von denen weder Archangel noch seine Schwägerin ahnten, daß jemand sie gesehen hätte. Nachdem er so viele Jahre bei Archangel Isakowitsch gelebt hatte, konnte er dessen Beischläferinnen allesamt an den Fingern herunterzählen, und ebenso kannte er auch all seine geschäftlichen Schliche. Es war ihm auch nicht entgangen, daß eine Zeitlang sogar seine beiden älteren Töchter öfter unerwartet aus Archangels Gemächern herauszukommen pflegten, doch wußte er recht gut, daß die beiden nicht hübsch genug waren und dies nicht Jahre hindurch anhalten würde, um ihm so ein sorgenfreies Leben zu sichern. Von seinem Herrn hatte er die gefährliche Gier nach Silber angenommen, und er trug seine Silbermünzen an einer Schnur aufgereiht um den Leib gebunden, auf der bloßen Haut. Einst war er so sanft gewesen, daß er keiner Fliege etwas hätte antun können, oder gar ein Lamm schlachten, und er hatte immer beteuert, es wäre Sünde, Blut zu vergießen. Aber jetzt fürchtete man ihn in den Pferchen und auf den Schiffen Archangels wie das Feuer, wegen seiner listigen, niederträchtigen Machenschaften, dank deren er, wen immer er auch wollte, vor Archangel anzuschwärzen und zu verleumden vermochte. Ohne männliche Nachkommen oder Anverwandte, besaß er dennoch viel bebautes Land.

Der Einzug Frau Dafinas in Archangels Haus war für Ananija ein schwerer Schlag, ihr Tod dagegen ein freudiges Ereignis, das seine Hoffnungen aufs neue aufleben ließ. Von seinem Herrn hatte er auch die Kunst erlernt, zu warten und vorausblicken zu können, und so wartete er darauf, daß Archangel ein Auge auf seine jüngste Tochter werfe, die gerade herangewachsen war. Diese Tochter, ein hochbusiges, breithüftiges Mädchen von der Art, wie Archangel Isakowitsch sie mochte, drehte und wiegte sich übrigens schon ganz von allein vor seinen trüb gelblichen Augen und scharwenzelte um ihn herum, seine Hände streifend, aber – zur großen Bestürzung ihres Vaters – allem Anschein nach vergebens.

Seit dem Einzug der Schwägerin war Archangel Isakowitsch wunderlich geworden, und während ihrer Krankheit noch wunderlicher. Frauen schien es für ihn nicht mehr zu geben, und sein Blick – vordem hell und gelb wie der einer

Katze – war jetzt stets irgendwohin ins Leere gerichtet, über Ananijas Kopf hinweg. Nach dem Tod Frau Dafinas, als Ananija seinen Herrn öfters aufsuchte und dabei immer seine jüngste Tochter mitnahm, mußte er erschreckt feststellen, daß all sein Hoffen vergeblich war; Archangel Isakowitsch hatte auch nicht mehr jenen roten feuchten Mund voller türkischer Leckerbissen und nicht mehr jenes gewisse lüsterne Lächeln, noch die glänzenden Pupillen, durch die er früher jedes weibliche Wesen von vorne und von hinten, von oben bis unten abzuschätzen pflegte.

Jetzt sah Ananija seinen Herrn immer nur verdüstert, unausgeschlafen und wortkarg, und das in einem Maße, daß er manchmal tagelang kaum ein Wort sprach. Durch die Ritzen der Tür sah er ihn oft stundenlang nach vorne gebeugt dasitzen und auf seine leeren Hände starren.

Doch wenn Ananija auch zu niemandem über seine Geheimnisse zu sprechen wagte – über die merkwürdigen Ereignisse, die dem Tod von Frau Dafina vorausgegangen waren, sprach er. Da schilderte er mit Vorliebe, wie sie aufgeschrien hätte, als sie im Dunkel ihren Gatten in Gestalt eines blutigen Frosches auf dem Wasser erblickte, hierauf zerstückelt auch im Bett, und später sei er ihr wieder in ganzer Gestalt erschienen auf der weißen Ofenwand, doch mit ausgeronnenen Augen. Besonders schön verstand es Ananija, die merkwürdigen Dinge zu erzählen, die sich ereignet hatten, nachdem Frau Dafina ins Haus gekommen war, so daß alle, die ihm zuhörten, eine Gänsehaut überlief.

So erzählte er, wie die Pferde Archangel Isakowitsch fast ersäuft hätten, als sie sich in der reißenden Strömung an ihn preßten und ihm ihre Mähnen in den Mund stopften, so daß er am Ersticken war; wie Käfer und Ameisen der Magd, die Frau Dafina zu kämmen pflegte, eine Hand abgenagt hätten; wie die Schlangen überhandgenommen hätten im Haus, und daß sie sich mit Vorliebe den Platz unter Frau Dafinas Bett zum Ausschlüpfen ausgesucht hätten. Übrigens wäre er fest überzeugt, daß sie eines Tages aus dem Grab aufstehen und durch das Dorf wandeln würde. Und so kam es, daß unter dem grauen, von Regenwolken verhangenen, unentwegt dampfenden Himmel jener schlammigen, nassen Tage, da

Weiden und Schilf immer tiefer in das Flußwasser versanken, und in den finsteren Nächten, da alle der Kälte wegen in Haufen schliefen – auf stinkenden Bergen von Schafspelzen und Pferdekotzen, die nach Schafen und Lämmern rochen –, die Dame Dafina für das ganze Dorf, nach Ananijas Willen, zu einem Schreckgespenst wurde. Sie war es, die das Wasser verdarb, das Vieh siech werden ließ und in die Brüste und Bäuche der Menschen Krankheiten hineinhexte, die man sich nicht anders erklären konnte.

Eine Seuche würgte die Schafe, eine andere die Mastschweine, die Frauen bekamen eitrige Brustwarzen, die ganze Gegend wurde von Greueln und Mißgeschicken heimgesucht. Die Leute wurden wie wahnsinnig. Es war ruchbar geworden, daß sich die Dame Dafina zu dem Bruder des Gatten gelegt hatte, und somit das ganze scheußliche Geheimnis, das ihr Leben im Hause Archangels umgab, und auch jede Einzelheit ihrer Krankheit. Mitten auf dem Weg beim Dorfeingang fand man eines Tages die Leiche eines erdrosselten Kindes, und niemals erfuhr man, wem es gehörte.

Als dann der Regen ein wenig nachließ und schöne Herbsttage anbrachen, tauchte sie auf den leeren gelben Stoppelfeldern auf und über dem Weidengehölz, wo die grünen Sumpfpflanzen alles überwucherten, und auch nachts, wenn das Mondlicht kam, jenseits des Waldes, der sich vom Berghang herabzog, erschien sie, auf einer Stange daherreitend oder auf einem Ochsenjoch, oder sie kletterte auf die Maulbeerbäume. Einer hatte sie auf dem Ziehbrunnen hinter dem Isakowitschschen Haus hocken sehen – weiß und groß.

In diesen Zeiten wurden mehr Schafe denn je zuvor gestohlen. Sogar aus den anderen Siedlungen kamen sie abhanden, und die Hausväter fanden sie dann in der Nähe von Isakowitschs Haus. So entstand großer Aufruhr in der ganzen Gegend, bis es schließlich sogar zu Schlägereien kam, an denen sich auch die Frauen beteiligten. Unterdessen fuhr die Dame Dafina fort, sie nachts zu würgen, sie setzte sich wie ein Alb auf ihre dicken Bauernbäuche, kniete sich ihnen auf die Brust, und wo sie sich zeigte, hinterließ sie die Ruhr, Blattern und das Schüttelfieber. In einer kalten Nacht, in der die ersten Schneegestöber einsetzten, erblickte eine schwangere Frau sie vor ihrem Stall in Gestalt einer weißen Kuh und fiel tot um.

Archangel Isakowitsch, der in jenen Tagen mit seiner Kutsche vorbeikam, um das Grab zu besichtigen und anzuordnen, daß ein hölzernes Dach errichtet werde, unter dem die mitgebrachten Ikonen aufzuhängen seien, war der einzige, der noch immer das unvergleichliche Bildnis Frau Dafinas vor Augen trug: ihre schlanken Fesseln, ihre glatte Haut, ihre leuchtend weißen Schultern. Für alle anderen war sie nur mehr ein großes weißes Gespenst. Das Auftauchen von Vampiren, denen ja jeder von ihnen schon einmal begegnet war, machte nur noch das Maß des Unheils voll, das die Siedlung heimsuchte, seit Vuk Isakowitsch mit den besten Männern in den Krieg gezogen war. Die Leute versammelten sich nicht mehr zum Gebet um den Kirchturm. In den Häusern hatten die Schwiegertöchter ihre liebe Not mit den Schwiegervätern, die rein den Verstand verloren hatten, und bei Nacht gab es ein großes Geschiebe und Gedränge und Gemunkel in den Schlafkammern. Die alten Weiber bekreuzigten sich ein über das andere Mal, wenn sie am Morgen zum Brunnen auf der Anhöhe über dem Dorf hinaufstiegen und einander empört all die sündhaften Dinge anvertrauten, die in der vergangenen Nacht geschehen waren. Möge der Blitz in das Dorf fahren und es verbrennen!

Besonders Stana, die Frau von Isakowitschs Knecht Arkadije, war in aller Leute Mund. Mit ihrem kleinen Kind hatte sie jene Hütte bezogen, in der Frau Dafina die letzte Nacht mit ihrem Gatten verbracht hatte. Das grasumwucherte Häuschen neben den Schweinepferchen hatte Stana besonders schön hergerichtet. Nicht länger ließ das Schilfdach den Regen durch, auch die Frösche hüpften nicht mehr ins Haus hinein, und die Türritzen waren mit Reisig verstopft. Drinnen hatte sie auf der großen gemauerten Bank ihr breites Bett aufgebaut, das allerhand aushalten konnte.

Stana, nun schon seit Monaten allein, weinte ihrem Mann nach und wehrte sich lange gegen die Schweinewärter und die Hirten von Isakowitsch, die vor ihrer Tür die Schafe molken. Bis sie dann doch, in einer warmen Nacht, nachdem sie so viel warme Milch getrunken hatte, daß es ihr ganz schwer davon wurde, einen von ihnen bei sich nächtigen ließ und den armen Teufel mit ihren Reizen dermaßen betörte, daß er nicht umhin konnte, die anderen einzuweihen, die dann nach ihm die Hütte von Stana stürmten.

Rings um diese Hütte bot das hohe, dicht emporgeschossene Unkraut Schutz vor den Winden. Vor der Tür leuchteten gelb die Kürbisse. Über das Dach neigte sich ein junger Maulbeerbaum. Von der Schwelle des Häuschens aus eröffnete sich einem über die Hänge und die Donau hinweg ein großzügiger Blick in die Weite. Von diesem ganzen Fleckchen Erde ging Wärme aus.

Das Weinen des Kindes, weit davon entfernt, die Liebhaber Stanas von ihrem Häuschen zu verscheuchen, schien sie im Gegenteil anzuziehen. Sie kamen zu ihr wie zu einem Wallfahrtsort.

Diese Stana war auch vorher schon leicht zu erschrecken gewesen und hatte bei jeder Kleinigkeit ein Geschrei erhoben; doch als sie eines Morgens wie tot umfiel, nachdem sie einen Vampir auf der Schwelle ihres Häuschens erblickt hatte, mußte ihr Ananija, mit dessen Töchtern sie eng befreundet war, versprechen, in der nächsten Vollmondnacht mit eigener Hand einen Weißdornpfahl in Frau Dafinas Grab einzuschlagen.

In Erwartung dieser Nacht verbrachten sie so die Septemberabende, ohne zu ahnen, daß ihre Lieben und Verwandten die Toten in der Fremde allein gelassen hatten und sich anschickten, dort irgendwo zu überwintern.

Um endlich den Menschen und auch den Hunden in der Siedlung ihre Ruhe wiederzugeben, machte Ananija sich daher auf, das Grab der Dame Dafina mit einem Pfahl aus Weißdornholz zu durchbohren.

Barhaupt stand er in dem offenen Vorraum und schob den Kopf schnüffelnd in die Nacht hinaus wie ein Hund, der von ferne jemanden wittert.

Bis ans Ende des Horizonts dampften die violetten Ebenen und das ewig unruhige Schilf unter dem weitgeöffneten, gelb erleuchteten Himmel. Der Strom floß dunkel unter dem Uferhang dahin, über dem düsteres Gewölk lag, so daß es Ananija vorkam, als herrsche bereits völlige Finsternis. Er schob den Kopf hinaus, um zu sehen, wie sich die Nacht anlassen würde, und sah den Wind durch die welken Gräser streichen, und er sah auch die Kälte in den Augen der Hunde, die sich um ihn geschart hatten. Das Blöken der Herden und die Rufe der Hirten waren verstummt.

Er hatte dieses Vorhaben nur seiner Frau und den Töchtern anvertraut und Arkadijes Frau, die täglicher Gast in seinem Hause war und bis in die Nacht hinein am Herdfeuer zu hocken pflegte, Bohnen oder Kürbisse schmorte und dabei Liebesabenteuer erzählte – angeblich die anderer Dorfweiber, der Himmel sei davor, nicht die eigenen.

Sobald der Mond sich zeigte, kroch Ananija durch die Hecke, die Axt und den Pfahl in der Hand.

Ein Zipfel seines Umhangs war an der Umzäunung hängengeblieben, und Ananija wäre beinahe umgekehrt, so sehr erschreckte ihn der ungewohnte Anblick der nächtlichen Felder, der Wälder und Berghänge, die sich vor ihm erhoben. Die Frauen, die noch damit befaßt waren, den Kaffeesatz als Orakel zu befragen, hatten ihm einen Vorsprung gelassen und folgten ihm erst, als er gerade durch die Hecke zu kriechen begann. Erschreckt schrien sie auf, als sie ihn stolpern sahen, und waren erst dann erleichtert, als er ihnen leise zurief, es wäre weiter niemand da, nur er.

Während er den Hang hinaufstieg, gingen die Frauen in einem gewissen Abstand hinter ihm her, flüsterten ängstlich miteinander und bekreuzigten sich immer wieder. Dabei suchten sie im Mondschein zu bleiben und mieden den Schatten der Bäume und der Büsche.

Ananija schritt kühn voran, Axt und Pfahl auf der Schulter, suchte jedoch stets, wohl aus einer unterdrückten Furcht heraus, im Schatten der großen Eichen und im Schutz des Unterholzes zu bleiben.

Das helle Mondlicht auf den Wiesen und auf der Berglehne beruhigte ihn, und zufrieden nahmen seine zwinkernden Äuglein den nächtlichen Himmel und die friedliche Landschaft in sich auf, in die er immer tiefer vordrang, jeden Windhauch und all die kleinen Lüftchen spürend, die sein stoppelbärtiges Gesicht streiften.

Es war ihm immerhin lieb, nicht ganz allein zu sein, sondern die Frauen hinter sich zu wissen, die ihm langsam über die Wiesen nachkamen.

Auf dem Gipfel des Hügels angelangt, wo das welke Gras besonders dicht war, so daß es ihm vorkam, als wate er durch einen Heuhaufen, begann er ärgerlich zu brummen, denn während er um das Grab herumschritt, merkte er, daß ihn das hölzerne Schutzdach daran hinderte, mit der Axt richtig auszuholen und zuzuschlagen.

Er versuchte es links und rechts und von allen Seiten, doch stieß er dabei immer mit dem Kopf oder dem Rücken gegen das Dach, und fast wäre er auch ein paarmal auf die Nase gefallen, da ihm die Berührung mit dem Grab jedesmal einen riesigen Schrecken einjagte. Schließlich fand er eine passende Stelle, legte den zugespitzten Pfahl auf die Erde und sah sich noch einmal im Kreise um.

Es war ungefähr Mitternacht, als er sich anschickte, den Pfahl einzurammen. Die Häuser, Pferche und Erdhütten ringsum waren in tiefe Dunkelheit versunken.

Aus den Tälern, Gräben und Gewässern stieg die feuchte Kälte des Herbstes zu ihm empor, und es schien ihm, als sei der dunkle, sternbedeckte Himmel ganz nahe. Er sah, wie sich die Frauen ängstlich ein paar Schritte vor dem Waldrand bei einem Busch niedergehockt hatten, darauf wartend, daß er seine Arbeit beende.

An den Pfosten gelehnt, der das Schutzdach hielt, schwitzte und fror Ananija abwechselnd in dieser Nacht, allein gelassen mitten in der Nacht, hier auf der Kuppe des Hügels, am Grab dieser Frau, die ihm so unverhofft ins Haus geschneit war. Denn Archangels Haus betrachtete Ananija als das seine.

Mochte sie doch endlich ihren Frieden finden, damit ihn auch alle anderen fänden – dachte er. Archangel würde dann auf seine jüngste Tochter ein Auge werfen, und er, Ananija, würde ruhig im Hause des Vuk Isakowitsch weiterleben, bis der aus dem Krieg heimgekehrt war, und sogar dann, falls er überhaupt nicht mehr heimkehrte. Auch das Dorf würde wieder zur Ruhe kommen. Nach so vielen schlaflosen Nächten würde es endlich wieder ruhig schlafen können. Also richtete er sich auf und schlug mit aller Kraft auf den Pfahl ein. Der Pfahl entglitt ihm, Ananija richtete ihn wieder gerade und schlug wie ein Besessener darauf los.

Die Frauen aber, die neben dem Busch hockten, erschraken zutiefst, ob wegen Ananijas plötzlichem Hämmern oder wegen des Mondscheins oder Gott weiß wer, was – sie begannen jedenfalls, kreischend den Hang hinunterzulaufen.

Und da erschrak auch Ananija, stieß mit dem Kopf an das Dach und schlug sich, den bereits tief ins Erdreich gedrungenen Pfahl verfehlend, die Axt ins Bein.

Nachdem er aufs Grab gefallen war, blieb ihm gerade noch soviel Kraft, heulend den Frauen nachzuhumpeln und bis zu dem Zaun seines Anwesens zu gelangen, wo er die Hunde und Schafe aufscheuchte. Doch auch hier lauerte ihm noch einmal der Teufel auf, als er sich durch die Hecke zwängen wollte, und verhakte seinen Umhang gerade im Genick, so daß er hängenblieb wie ein Erdrosselter und mit aus den Höhlen tretenden Augen zu röcheln begann. Erst im Morgengrauen fanden ihn die Hunde und rissen ihn mit schrecklichem Gejaule von der Umzäunung und dem Dorngestrüpp los.

Bis dahin hatten auch die Frauen ihr Teil abbekommen, denn der nächtliche Schatten und der grelle Mondschein hatten sie auseinandergetrieben und irregeführt, so daß sie, obwohl sie sich in der Dunkelheit durch Zurufe verständigten, in die Gräben und Gruben fielen, wobei sie sich ihre zahlreichen Röcke über den Kopf schlugen, um ja nicht den Teufel, der sie ganz bestimmt einholen würde, auch noch von Angesicht sehen zu müssen.

Am schlimmsten erging es bei diesem nächtlichen Abenteuer Stana. Sie war aus reiner Neugier mitgegangen, getrieben eben von der Angst, die sie schon tagelang peinigte, denn in der Nacht spukten ihr nur Werwölfe und Vampire im Kopf herum, und sie jagte auch ihren Liebhabern, den Schweinewärtern und Hirten, mit ihren Fragen nach übernatürlichen und unirdischen Wesen solche Angst ein, daß diese sich kaum mehr aus dem Haus wagten. Sie rannte quer über den Hang bergab, an Dorngestrüpp vorbei, und geriet im Dunkel gleich bei den ersten Bauhütten in eine große, mit Lehm und Spreu gefüllte Baugrube, in der sie bis zur Brust versank. Vor Schreck laut aufschreiend, arbeitete sie sich ganz schmutzverklebt aus ihr heraus, um gleich darauf in einen Tümpel zu fallen, aus dem sie weder rechts noch links, noch oben herausfand, so daß ihr schier die Sinne vergingen als sie die Frösche neben sich quaken hörte. Weinend, kreischend, fast dem Wahnsinn nahe erblickte sie dann plötzlich dicht vor sich einen breiten, weißen Weg, der ins Dorf hinunterführte, den sie jedoch nicht erreichen konnte. Dieser Weg, den sie so gut kannte, da er ja an ihrer Hütte vorbeiführte, erschien ihr jetzt im Mondschein grauenerregend weiß und völlig fremd. In ihrer Todesangst, die ihr die Kehle abwürgte, glaubte sie zu spüren, wie Wasser und Dreck in ihren üppigen Körper eindrangen und ihr bis in die Kehle stiegen, so daß sie daran zu ersticken drohte. Unter diesem Dreck und diesem Wasser, das ihr bis zur Brust reichte, besann sie sich ihrer Unzucht und ihrer Liebhaber und somit auch ihres Mannes. Ebenso wie – nach den Erzählungen Ananijas – Dafina häufig ihr Mann erschienen war, würde jetzt auch ihr, Stana, Arkadije erscheinen, der vielleicht schon im Grabe lag.

Und so stand diese füllige, sonst so fröhliche kleine Bäuerin mit den kleinen schwarzen lustigen Zöpfchen nun echte Todesängste aus. Denn auf einmal erblickte sie wahrhaftig ihren Arkadije vor sich, tot im Wasser liegend, unter Schlamm und fauligen Wasserpflanzen, mit ausgespreizten Gliedern, genauso wie er an jenem Abend unbestattet dagelegen hatte vor dem fernen Stuckstadt, als zwei Bauern ihn gefunden, an Armen und Beinen gepackt und in den Rhein geworfen hatten. Da fühlte sie den unüberbrückbaren Abgrund zwischen ihr, die noch warm und lebendig war, und ihm, dem Toten. In Wirklichkeit war das, was Stana erblickte, nur eine Ausgeburt ihrer müden Phantasie und der Abglanz des nächtlichen Mondscheins auf den Sumpfgewächsen des Gewässers, in dem sie tief eingesunken hockte und vor Entsetzen kreischte und schrie. Arkadije, der erste, der im Krieg umgekommen war, lag schon längst nicht mehr auf dem Grund des Rheins, sondern war ans Ufer unter die Weiden gespült worden, die aufs Haar jenen in seiner Heimat glichen.

Zwei Monate schon befand sich der Knecht von Vuk Isakowitsch, elend und ganz in Nebelschwaden und in den Dunst seiner geliebten Pferde gehüllt, als erster von allen, die nach Hause aufgebrochen waren, auf dem Heimweg. Er hatte sich aus dem Wasser erhoben und aus dem Tode und trottete nun, weiß wie ein junger Akazienschößling, durch die Fremde, tauchte über den Landstraßen auf, auf denen er zu Lebzeiten mit dem Heerhaufen geschritten war und wo man ihn betrunken, abseits der Truppe und in Frauenkleidern aufgefunden hatte.

Stinkend wie die Stallungen und Pferche, in denen er aufgewachsen war, hatte der Knecht des Isakowitsch sich dennoch im tiefsten Innern seines Wesens viele zarte Fäden zu bewahren gewußt, die ihn mit dem Leben verbanden, und so war es weiter gar nicht verwunderlich, daß Stana in jener Herbstnacht spürte, er sei zu ihr zurückgekehrt.

Nur suchte ihr Auge ihn an einer Stelle, an der es ihn nicht gab, und sie glaubte ihn dort zu sehen, wo er nicht sein konnte.

Träge, so träge, daß er im Gehen schlief, wandelte Arkadije in jener Nacht am anderen Ende ins Dorf hinein. Grunzte von Zeit zu Zeit irgend etwas zu einer Sau hin, die er noch von Fünfkirchen vor sich hertrieb. Durchscheinend, im Licht des Mondes, war er so weit entfernt von all dem, was sich in jener Nacht in seinem Dorf zutrug, daß seine eigene Frau in ihrer tödlichen Angst seine Gegenwart nur schwach ahnen und ihn so nur in ihrer Einbildung wahrnehmen konnte, wie einen längst davongehuschten Schatten.

Zur gleichen Zeit, als alle entsetzt vom Grab der Dame Dafina wegstürzten, war Arkadije auf der Anhöhe über dem Dorf erschienen und hatte ruhig die Sau zu seiner Hütte unter dem Maulbeerbaum getrieben.

Keiner konnte sein Antlitz sehen, keiner hatte ihn je erblickt, sogar die Hunde liefen ihm jaulend aus dem Weg.

Als die Sau bei den ersten Häusern des Dorfes glatt stehenblieb, fiel Arkadije, schlaftrunken wie er war, der Länge nach über sie hin. Nachdem er sich wieder erhoben hatte, schritt er träge, so träge, daß er beinahe wieder im Gehen eingeschlafen wäre, auf seine Hütte zu. Nur bei den Ställen zögerte er, um genießerisch den Pferdegeruch einzuatmen.

Als er schließlich, weiß und durchsichtig, an seiner Hütte angelangt war, zürnte er nicht im mindesten den Liebhabern seiner Frau, von denen der eine halbnackt auf der gemauerten Bank schlief, dort, wo früher einmal seine eigene Bettstatt gewesen war. Im Gegenteil, als er das klägliche Weinen des Kindes vernahm, machte er ein paar fröhliche Tanzschritte hinter seiner Sau her.

Bei all dem Geschrei und Gekreisch schlief das Dorf in jener Nacht einen festen Schlaf, und keiner hatte Arkadije oder einen der Werwölfe gesehen, von denen Ananija am anderen Morgen so viel zu berichten wußte.

Ananija hatte man halbtot am Zaun vor Isakowitschs Haus aufgefunden. Er erzählte irgendwelches verworrenes Zeug vom toten Arkadije, der ihm erschienen wäre und gesagt hätte, er würde jetzt nie mehr ins Dorf zurückkehren.

Am nächsten Tag, während man Stana, Arkadijes Frau, fast von Sinnen vor Entsetzen wegen der nächtlichen Erscheinung, in ihr Häuschen trug, war Arkadije schon wieder weit fort, unterwegs bei den Viehställen und Schweinepferchen von Isakowitsch, wo er den Pferden mit freundlichen Worten schmeichelte, die er durch die Nase schnaufte, und wandelte über die Äcker, unsichtbar und unerkannt, durchsichtig und leicht wie der Rauch über dem Schlachtfeld nach einem Gefecht.

Einige Tage später, nachdem sich im Dorf die Aufregung über all die merkwürdigen Ereignisse jener Nacht wieder gelegt hatte, kam tatsächlich ein Mann aus dem Krieg zurück – lebend und sichtbar, der erste, der wirklich heimkehrte. Sekula, Isakowitschs Glöckner, das Gesicht verstümmelt, den Kopf kahl und nackt, ein Auge ausgeronnen und weinend.

Im Dorf verloren die Leute schier den Verstand über seinen Berichten. Jung und alt weinte und jammerte vom Morgen bis zum Abend. Ananija war der erste, der ihm, von Mitleid übermannt und zur allgemeinen Verblüffung, ein Schaf schenkte. »Gestohlen habe ich dir's«, sagte er, »im Namen des Vaters, des Sohnes und des Heiligen Geistes geb' ich dir's zurück.« Und nicht genug damit. Er fügte noch hinzu, man dürfe nicht stehlen und nicht töten.

Ananijas Wunde, die er sich mit der Axt zugefügt hatte,

wollte und wollte nicht heilen, und so ging er hin und her im Dorf, gab dem einen das Schaf, jenem das Pferd, dem anderen die Spreu zurück, die er sich im Lauf des Frühlings oder Sommers angeeignet hatte.

Als die Nachricht eintraf, daß Vuk Isakowitsch am Leben sei und daß noch viele der Ihren im Deutschen geblieben wären und dort in der Fremde überwintern müßten, jedoch im nächsten Frühjahr heimkehren würden, schlugen die Leute die Trommeln, fiedelten und tanzten zur Musik der Dudelsäcke und Blockflöten, küßten und bekreuzigten sich gegenseitig, und das ganze Dorf besoff sich an Maulbeerschnaps – über den weiten Morasten und Gewässern, die von Tag zu Tag höher stiegen.

Ein oder zwei Tage später fegte der Sturm heran und brachte den Schnee.

X

Ein endloser blauer Kreis, und mitten darin ein Stern

Der Winter des Jahres 1744 war lang und streng. Das Regiment der Slawonischen Donaugrenzer, verstreut in kleinen Städtchen und elenden Dörfern der Oberpfalz, litt sehr unter dem beißenden Frost und den häufigen Schneestürmen.

Die Leute wurden von der Ruhr dahingerafft; sie starben in Ställen und Scheunen oder einfach unter dem klaren, eisigen Himmel, auf der hartgefrorenen, von einer dünnen Schneekruste bedeckten Erde. Sie soffen sich voll, stampften mit den Füßen, um sie zu erwärmen, sammelten sich ums Lagerfeuer und plärrten zur Fiedel Lieder über den Fürsten Lazar.

Später wurde das ganze Regiment von einer Art Schlafsucht befallen, es war ein ungesunder Schlummer, schwer bis zur Bewußtlosigkeit. Sie schliefen im Stroh und in den Häusern, auf Dachböden und in Straßengräben, ja selbst auf Abfallhaufen. Nachts gingen sie auf Beute aus und kehrten im Morgengrauen trübselig und elend wieder heim.

Den oder jenen von Isakowitschs Soldaten trieb es – verzaubert von der Schönheit der verschneiten Berge und Wälder – weiter in die Ferne. Tagelang streunten sie in der Gegend umher, bis die Kräfte sie verließen. Dann fielen sie in den Schnee und erfroren. Andere drangen in entlegene Ansiedlungen vor und blieben oft mehrere Wochen lang fort. Sie verbrüderten sich dann dort mit den Hausleuten, und die Wachen mußten sie mit Gewalt fortschleppen, ins Lager zurück, wo sie daraufhin täglich verprügelt wurden.

Das ganze Regiment, längst gewohnt, einheitlich zu denken und zu fühlen wie ein Mann, spürte bereits seit langem, daß es nichts war mit einem richtigen Krieg, in dem sie sich hervortun könnten wie nie zuvor, daß von einem solch gewaltigen und furchtbaren Krieg keine Rede mehr sein konnte. So wie der Schnee hinter ihnen die Spuren der Räder und Hufe verwischte, so ließ auch das gleichgültige Totschweigen des Regiments von seiten der Befehlshaber und deutschen Offiziere alle Gespräche über Schlachten und Siege verstummen. Aus Wien war auch nichts Neues zu hören, und das Regiment fühlte sich wie ein ungebetener Gast in diesem fremden Land.

Der einheimischen Bevölkerung erschien das Regiment bei seiner Ankunft pulvergeschwärzt und finster, mit seinen wehenden Fahnen und blutbedeckten Verwundeten, fremdartig und furchterregend. Wenig später, als der Schnee fiel, versank dann der ganze Haufe fremder und gewalttätiger Soldaten in Schweigen und in die Stille der schneeverwehten Erde, und die Leute vergaßen sie allmählich. Nur ihre unerschöpfliche Manneskraft, von der man wahre Wunder berichtete, brachte ihnen in den umliegenden Dörfern ein wenig Ruhm ein.

Und so wäre das Regiment – verborgen und verstreut in seinen in die Erde gegrabenen Unterständen, in den Strohschobern und hinter verwehten Zäunen, und ohne regelmäßige Feldübungen abzuhalten – fast unsichtbar und unhörbar geworden, hätte es nicht zuweilen das langgedehnte Gebrüll und Geplärr zum Gefiedel der Guslas gegeben, das so traurig und schauerlich zugleich war, daß es die Frauen zum Weinen brachte.

Baron Bärenklau war irgendwohin verschwunden, die meisten Offiziere waren auseinandergestoben, und aus dem Regiment war ein Haufen Unglücklicher und Heimatloser geworden. Eine Zeitlang standen im Schnee noch Wachposten bei den Wagen, dann verschwanden auch sie.

Der Schnee fiel kniehoch, bedeckte die Stämme und die kahlen Äste der Bäume. Am grauen Horizont krächzten Rabenschwärme. Im Mondschein zeigten sich Rudel von Wölfen.

Der ganze blutbedeckte Ruhm des Regiments fiel der Vergessenheit anheim, und daß es so viele Verluste erlitten hatte, war völlig bedeutungslos geworden. Alles verlor sich in grenzenlosem Elend. Die Männer schlotterten und bebten vor Kälte, und die Tage zogen sich endlos dahin.

Vuk Isakowitsch verbrachte diese Zeit mehr bei seinem Regiment als in den Häusern der Stadt bei den Offizieren und verhielt sich wie ein Kranker. Tagaus, tagein lag er schwer wie ein Holzklotz in seinem Wagen oder auch darunter, auf Stroh oder Schnee, in Schafsfelle eingehüllt. Als wäre er taub und stumm geworden, schleppte er sich schweigend um seinen Karren herum, trug Decken und Pelze hin und her, aus dem Wagen unter die Räder, von dort wieder in den Wagen zurück. So schlief er auch – unregelmäßig, bei hellichtem Tag, jede Stunde erwachend und wieder einschlafend, den Kopf in die Felle eingewühlt. Abwechslung in diese Lebensweise brachten nur die Jagdtage, wenn Vuk im verschneiten Morgengrauen oder in der Abenddämmerung mit grenzenlos mißmutiger Miene auf Fuchsjagd ritt. Er hatte aufgehört, die Wachtposten zu inspizieren, die Erdlöcher und Unterstände der Soldaten zu betreten. Auf die Berichte und Befehle Bärenklaus gab er kaum je eine Antwort. Entgegen seiner sonstigen wütenden Strenge vernachlässigte er jetzt das Regiment und sah oft wochenlang nicht einmal die Waffen nach. Seine ganze Sorge lief darauf hinaus, jemanden zu finden, der ihn während des Schlafes vertreten würde.

Seine Stulpenstiefel hatten von Wasser und Morast jede Farbe verloren und hingen ihm bis unter die Knie herunter. Ganz verquer stand er in ihnen da, als wäre er dauernd betrunken. Seine Hosen, die vorn am Bauch einen Sack bildeten, waren wohl noch rot, aber von Nässe und Sonne ausgebleicht. Hinten und vorn baumelten Lederriemen an ihm herunter. Sein feiner Pelz mit den Verschnürungen und Silberlitzen war jetzt ganz abgeschabt und auch viel zu eng geworden, so daß es ihm darin fast unmöglich war, eine militärische Haltung anzunehmen, zumal er fast immer die Hand auf seinen schmerzenden Bauch gepreßt hielt, wenn er wie gelähmt hinter dem Wagen stand. Mit seinen schlaffen Armen und dem hängenden Kopf sah er erschöpft, zu Tode ermattet aus. Alles an ihm hing herunter, das Doppelkinn, die Augenlider, die Ohren und Augenbrauen. Das dichte Haar fiel ihm auf die Nase, und ohne seinen hohen Hut, barhäuptig, glich er keineswegs einem Kriegshelden, sondern eher einem, der mit dem Leben abgeschlossen hat.

Die Nachricht vom Tod seiner Frau, der Dame Dafina, hatte er ganz ruhig aufgenommen. Es kam ihm so vor, als sei diese Nachricht aus einer andern Welt zu ihm gedrungen. Erschöpft von der Sorge um sein Regiment, hatte er nicht mehr die Kraft, seiner Frau auch nur eine Träne nachzuweinen. Zunächst hatte er verstört neben einem Kahn am Wasser gestanden, doch dann war er ruhig ins Lager zurückgekehrt, und keiner hatte ihm angesehen, auch nicht in den folgenden Tagen, daß dieses Unglück, das so plötzlich über ihn hereingebrochen war, ihn sonderlich getroffen hatte.

Auch daß seine unmündigen Kinder nun ohne Mutter waren, erschütterte ihn nicht allzusehr, während er für den Bruder sogar ein gewisses Mitleid empfand, denn sicher hatte Archangel durch den Tod Frau Dafinas viel mitgemacht. Daß der Bruder etwa seiner Frau nachgestellt hätte, wäre Vuk nicht einmal im Traum eingefallen.

Was Vuk in jenen ersten Tagen nach dem Tod seiner Frau am meisten quälte, war die Tatsache, daß Dafina fern von ihm gestorben und daß sie jetzt nicht mehr von dieser Welt war, verschwunden, weiß Gott wohin, und daß er sie bei seiner Rückkehr, falls er überhaupt jemals heimkehren sollte, nicht mehr vorfinden würde. Sie waren beide auseinandergegangen, hatten sich für immer getrennt – und das nicht nach eigenem Willen und Entschluß –, ohne sich ein letztes Wort gesagt zu haben. Nun war sie dort – und er hier. Wie die Pferdehufe den Straßenschlamm wegschleuderten und die Wagenräder die Wassertropfen aus den Pfützen verspritzten – Bilder, die er tagaus, tagein wahrnahm, wenn er seinem Regiment über die aufgeweichten, schneeverwehten Straßen folgte –, so wirbelten und schleuderten auch die Tage in ihrer ewigen Aufeinanderfolge Menschen und Dinge hinweg, die er liebte, die sein eigenes Leben ausmachten und das seiner Soldaten, und brachten ihm nichts als Sorgen, Kränkung und Übel. Das Hinauszögern seiner Beförderung zum Oberstleutnant machte ihn total wild und verzweifelt, und wenn er an die Dummheit und die Leichtfertigkeit dachte, mit der dieser Krieg vom Generalstab geführt wurde, glaubte er, den Verstand verlieren zu müssen: einmal hierhin, einmal dorthin, Befehlen gehorchend, die erteilt und gleich darauf wieder aufgehoben wurden. Tag und Nacht verfolgte Isakowitsch die Erinnerung an die Leiden seiner Leute: Er hörte ihr Jammergeschrei, den klagenden Singsang zum Gefiedel der Guslas, das Röcheln der Sterbenden und die Schreie der Ausgepeitschten; er sah die Gesichter der Gehenkten wiederum vor sich, den Spießrutenlauf seines Mannes Sekula und das Ende seines teuren Arkadije. Der äußeren Welt gegenüber wie taub und stumm, begann er in seinem Innern um so mehr auf das klagende Flüstern seiner toten Soldaten zu horchen. Doch nicht nur sie verfolgten ihn in seinen Träumen, auch von den Wagenrädern und den rauhen, blutbefleckten Soldatendecken, von den zerfetzten Schärpen und dem Schuhwerk, das man den Toten abgenommen hatte, schienen leise Stimmen zu ihm aufzusteigen. Und am Ende von allem – gähnende Leere.

Im Schnee konnte er das Dorf und die Lager bis zum Waldrand hin sehen, und selbst bei trüber Sicht die Bäume am Horizont. Die Orte, in denen sie sich aufgehalten, durch die sie marschiert waren – schienen nicht mehr vorhanden. Von dem Gefecht beim Übergang über den Rhein war ihm nur noch das Kentern der Kähne in Erinnerung geblieben; von dem Kampf um Zabern nichts als eine einzige Straße.

Die Verhaftung und Verurteilung seines ältesten Offiziers, des Hauptmanns Pitschewitsch aus Sid, hatte ihn dermaßen erzürnt, daß er heftiges Nasenbluten bekommen hatte und beinahe daran erstickt wäre. Was ihn aber am schwersten traf, war der Ausgang dieses Krieges. Nach dem Rückzug hatte man sie mitten in Schnee und Morast hineingeführt und überließ sie nun dort dem Hunger und der Kälte. Alle erwarteten Auszeichnungen für die serbischen Regimenter blieben aus. So lag er nun verlassen, ohne Nahrung, wie eine Vogelscheuche auf dem Schnee, in seinem schäbigen alten Schafspelz, ohne Geld. Das Krächzen der Krähen raubte ihm den Schlaf, seine Pferde krepierten vor Kälte.

Und was sollte weiter werden? Im Lager der Heerführer wurde angeblich davon geredet, im Frühling heimzukehren. Eine Heimkehr demnach, die ebenso sinnlos sein würde wie die früheren: zurückgelassene Tote in fremder Erde und niedergebrochene Wagen unterwegs auf schlammbedeckten Straßen. Oberstleutnant Arsenije Wujitsch hatte ihm mitgeteilt, man würde sie nach Wien berufen, doch später stellte sich dies als leeres Geschwätz heraus. Mit endlosen Schneestürmen und dichten Nebelschwaden zogen die Tage an ihnen vorbei. Das Regiment der Slawonischen Donaugrenzer schien überhaupt völlig in Vergessenheit geraten zu sein. Isakowitschs Soldaten in ihren Unterständen wußten nicht einmal, in welchem Teil der Erde sie sich befanden.

Anfang März erging an sie der Befehl, die Regimenter hätten auf einer vorgeschriebenen Marschroute heimzukehren. Das Slawonische Grenzerregiment sollte fast auf dem gleichen Weg zurückmarschieren, auf dem es ausgezogen war. Der Befehl bestand aus wenigen Worten in deutscher Sprache.

So machten sie sich denn gleich in den ersten Frühlingstagen auf den Weg durch Bayern und Österreich und brüllten dabei vor Freude und zertrümmerten unterwegs die Schlagbäume. Mit Gesang marschierten sie hinter ihren Offizieren her, waren ungeduldig auf den Rastplätzen und unerträglich in den Nachtquartieren. Brach ein Regen los, marschierten sie ruhig barfuß weiter, und sie bestanden darauf, auch nachts zu marschieren; doch der Weg war ihnen vorgeschrieben worden, und in den steirischen Städtchen und auf den Marktflecken von Krain verloren sie viel Zeit. Ohne Protest nahmen sie Hunger und Durst auf sich, und es kränkte sie auch nicht, daß sie jetzt nicht mehr als Gäste empfangen wurden wie damals beim Auszug in die Schlacht.

Zu Beginn des Monats Juni, der in jenem Jahr sehr regenreich war, kehrten die ersten Abteilungen von Wujitschs Regimentern aus dem Krieg mit den Franzosen heim. Nun wußte man schon genau, wer alles gefallen war, und in den Dörfern an der Save und an der Donau erhob sich Weinen und Wehklagen. In diesen Tagen überschritt auch Isakowitsch mit seinen Leuten die Drau bei Esseg. Alle Wagen und auch die Kähne schleppte er mit, um sie der Intendantur zu übergeben. Das Regiment sah aus wie ein Haufen von Invaliden.

Schließlich schlug er dann das Nachtlager an der Drau bei der Fähre von Esseg auf, nachdem sie den ganzen Tag durchmaschiert waren, mit allen Kranken und Verwundeten, die nicht in der Fremde hatten zurückbleiben wollen.

Es schüttete wie aus Eimern. Am Ufer, im hohen und dichten Gras, ließen sich die Leute ohne jede Ordnung nieder, legten sich mitten in den Morast. Die regentriefenden Weiden, die Wasserlachen und Sümpfe ringsum, der Fluß, dessen Oberfläche im strömenden Regen flimmerte – all das erinnerte sie daran, daß sie ihren Dörfern nahe waren. Und sie versuchten zu schlafen.

In der Dämmerung drehte sich ein Mühlrad.

Isakowitsch hatte sich auf der Fähre ein Lager unter seinem Wagen eingerichtet und eine Menge Stroh über sich gehäuft, so daß er das Wasser zwar nicht sehen konnte, wohl aber seine Nähe spürte, denn in der Dunkelheit drang seine Feuchtigkeit und das sanfte Plätschern der Wellen bis zu ihm empor. Für diese letzte Nacht des Feldzugs hatte er den Kopf zwischen die zwei hinteren Räder seines Wagens gebettet, von denen der getrocknete Schlamm abbröckelte. Graf Askanius Guadagni sollte am nächsten Morgen noch ein letztes Mal das Regiment inspizieren, bevor es aufgelöst wurde und die Leute nach Haus gehen konnten.

Peterwardein war noch drei Tagesmärsche entfernt; dahinter lebte das Volk, das bei ihrem Auszug ein Wehgeheul erhoben hatte und jetzt, bei ihrem Einzug, wiederum in Wehklagen ausbrechen würde. Vuk Isakowitsch glaubte bereits das Geschrei und Gejammer zu hören, und auch das Singen – die Klage- und Totengesänge.

Links von der Fähre waren stromabwärts im Dunkel große Weidenbäume zu sehen, rechts dichtes hohes Gras, das schwer und undurchdringlich über dem Wasser stand.

Schlaflos, in seine Felle eingemummt und unter Stroh begraben, dachte Isakowitsch an diesem Abend wieder einmal darüber nach, was er nun beginnen sollte. Er wußte, in wenigen Tagen, nach der Entlassung der Soldaten, würde er ganz allein dastehen und dann völlig seiner Verzweiflung ausgeliefert sein.

Vom Militärdienst wollte er nicht einmal mehr etwas hören! Manche seiner Offiziere sprachen offen davon, ins Türkische hinüberzugehen, von wo auch ihre Väter hergekommen waren, und viele Soldaten meinten, als sie dies hörten, auch sie würden mit ihren Familien und Schafherden dorthin ziehen. Über Rußland flüsterte jetzt nicht nur er allein, sondern auch mancher andere. Einer der ersten, die nach Rußland gezogen waren, General Stefan Witkowitsch, hatte ihnen mit seinen Briefen die Köpfe verdreht.

Und so entschied Isakowitsch in dieser letzten langen Nacht ein für allemal: Sein bisheriges Leben sei schlecht gewesen, und er müsse fort, irgendwohin, wo es besser sein werde. In Gedanken ließ er die ganze österreichische Armee Revue passieren, sah sich und seine Soldaten noch einmal auf den Wällen, in den Feldlagern und auf den Schlachtfeldern und begriff, daß alles bisherige Tun vergeblich gewesen war. Und als er seiner Dorfsiedlung gedachte und der seines Bruders, die er in drei Tagen wiedersehen sollte, da schloß er auch sie in dieses Gefühl der Vergeblichkeit mit ein. Obgleich er nichts davon hielt, daß man diese Menschen wieder ins Türkische rücksiedeln sollte, stand ihm dennoch ihr ärmliches und elendes Dasein in Sumpf und Morast ständig vor Augen. Das einzige, was ihn jetzt erfreute, war der Gedanke, endlich mit dem Bau der Kirche in der Dorfmitte fortfahren zu können, und so beschloß er, gleich nach seiner Rückkehr ein Bildnis des heiligen Despoten Š tiljanowitsch anfertigen zu lassen, damit auch nach seinem Tod etwas von ihm bliebe.

Die Heimkehr aus dem Krieg, das Überwintern in der

Oberpfalz, der Rückmarsch durch Österreich im regenreichen Frühling, die Ankunft vor der Stadt Esseg – all das, wie schwer es auch gewesen, war an Vuk Isakowitsch doch nur wie ein böser Traum vorübergegangen; nachlässig und zerstreut, wie im Halbschlaf, hatte er während dieses letzten Feldzugs die Fremde durchquert.

Erst an jenem Morgen, als er auf der Fähre von Esseg erwachte, kam ihm zum Bewußtsein, daß dieser trübe Fluß, das feuchte Unkraut, die Bäume und die Mühlenräder, die Brücke und die Stadtmauer, die Wälle und der graue Himmel schreckliche Wirklichkeit waren.

Der Regen hatte aufgehört, und Isakowitsch, der sich auf der Fähre bei seinen Pferden für die Inspektion bereitmachte, sah, wie am Ufer das ganze Regiment das gleiche tat.

Plötzlich stürmte mit aller Gewalt eine Fülle von Gedanken und Eindrücken auf ihn ein. Er begriff, daß er von einer verlorenen Sache heimkehrte. Daß er, Gott weiß wo, gekämpft hatte – für nichts und wieder nichts. Daß seine Frau von ihm gegangen war und ihn allein gelassen hatte mit den kleinen kränklichen Kindern. Beim Anblick seiner Soldaten wurde ihm klar, daß sich keiner den Teufel um sie scherte, daß man sie betrog, in der Welt herumjagte und wie Vieh abschlachten ließ. Fahnen gab man ihnen in die Hände, schmückte sie mit Federbüschen und zählte sie ab, Tote wie Lebende – gleich Pferden oder Patronen. Ja, dieses ganze deutsche Kaiserreich hatte mit ihm, Vuk Isakowitsch, im Grund bloß sein Spiel getrieben: Karl von Lothringen hatte ihn lächerlich gemacht, Bärenklau schon immer verspottet; der Kommissar hatte ihm jetzt wieder bei seiner Rückkehr eins gründlich aufs Dach gegeben, und auch Graf Guadagni würde sich bestimmt wieder heute über ihn mokieren und über Schritt und Marschordnung, über das Kehrtmachen und den Laufschritt seines Slawonischen Donaugrenzer-Regiments schallend lachen.

An der Schwelle seiner Heimat sozusagen, auf der Brücke von Esseg, wurde Isakowitsch noch ein letztes Mal ganz fuchsteufelswild vor Zorn. Er versuchte die trüben Gedanken zu verjagen, so wie er seine Hunde auseinanderzujagen pflegte, und brüllte die Truppe an, was die Kehle hergab.

Verzweifelt sprang er auf, bestieg sein Pferd und schrie donnernd von der Fähre herab auf das Regiment ein.

Die Soldaten rannten durcheinander, die Trommeln schlugen, die Offiziere riefen Befehle. Schon nach wenigen Augenblicken tauchte auf der Brücke, die aus zusammengebundenen Kähnen bestand, das Slawonische Donaugrenzer-Regiment in unregelmäßigen Reihen auf, die, zwei langen Schlangen ähnlich, vergebens den Versuch unternahmen, sich auszurichten.

Jetzt oder nie! Nur dies eine Mal noch, dachte Isakowitsch, gilt es, sie vorzuführen und zu zeigen, was sie können. Wenn er es bloß schaffte, im Sattel eine militärisch stramme Haltung einzunehmen, so würde das schon genügen, um ihn alle Widrigkeiten und Mühen seines Berufes vergessen zu lassen. Plötzlich hatte er nur einen Wunsch: sich hervorzutun. Mit seinen Ordonnanzen stürmte er dem Regiment weit voran und brachte die ganze Brücke zum Schwanken, so daß er anhalten mußte.

Es war noch früh am Tag. Im grauen Licht des windstillen Morgens erkannte er die Befestigungen am anderen Ufer, die Fenster der Kasematten, die Geschütze, den Sandstrand mit seinen alten Bäumen und die steilen Giebel der Stadt. Von der niedrigen Brücke aus gesehen, erschien der Strom, grünlichgelb und voller Sand, viel breiter. Die Flußinseln in der Ferne, die Weiden und das Schilf – das alles stand reglos und dunkelgrün in der morgendlichen Stille. Isakowitsch schickte sich nach alter Gewohnheit an, die Säbelscheide wegzuschleudern, die dann von den Dienern flugs aufgefangen werden mußte, umklammerte krampfhaft den Säbelgriff und begann langsam die Klinge herauszuziehen, das Gesicht den Soldaten zugewandt. Ein Schauer, kalt wie Eis, kroch ihm über den Rücken.

Dies war jener Augenblick unermeßlichen Glücks, den er immer so sehr geliebt hatte.

Ganz kurz nur empfand er auf der Mitte des Stroms, der dicht unter den Bohlen dahinfloß, seine schwere Einsamkeit, dann strich er den Schnurrbart glatt, drückte den Hut in die Stirn und trieb das Pferd an, wobei er darauf achtete, nicht wie ein Faß ins Schaukeln zu kommen.

Hinter ihm setzte sich auf der Brücke das Regiment mit donnerndem Schritt wie eine Reiterschwadron in Bewegung und marschierte geradewegs auf die Wälle der Stadt zu.

Die Soldaten wußten ebenfalls, daß dies die letzte Inspektion sei, und eilten vorwärts – zerrauft, ungewaschen, mit müden Bärten und Zöpfen. Es gab darunter Lahme, Barhäuptige und auch Bloßfüßige, und diese planschten mit besonderem Behagen in die Pfützen. Sie sangen aus vollem Hals.

Die Offiziere, um die Fahne geschart, hatten sich noch, so gut es ging, zurechtgemacht, die Soldaten dagegen versuchten nicht einmal, ihre zerlumpten Umhänge und zerfetzten Hosenböden zu verbergen, sondern zeigten im Gegenteil noch absichtlich die kniehoch schlammbespritzten Beine, die abgebrochenen Gewehrkolben und ihre mit Lappen umwikkelten Füße.

Durch nassen Sand wateten sie bis zu den Stadttoren, marschierten darunter hindurch an dichtem Akaziengebüsch vorbei, an hohen, grasbewachsenen Mauern entlang, aus denen Geschützrohre hervorsahen, und während sie so durch den Dreck stampften, sahen sie, daß sich hinter den Bäumen der Himmel aufheiterte.

Isakowitsch lauschte ihrem Schnitt und den Kommandorufen der Offiziere, auf seinem Pferd schaukelnd und nun wieder in Paradeaufmachung herausgeputzt mit Federbüschen und Seidenschärpen, die an seinem schafsledernen Wams befestigt waren; dann preschte er, fast auf dem Hals des Tieres liegend, über die Wälle bis zum Hauptplatz der Festung vor. Hier erwartete ihn auf einem großen Balkon inmitten seiner Offiziere der Graf Askanius Guadagni, dem Vuk Isakowitsch alle noch lebenden Mannschaften vorzuführen und die Toten aufzuzählen hatte und dem er selbst noch einmal alle Ehre und Respekt erweisen mußte, bevor seine Soldaten nach Hause entlassen wurden.

Zum letztenmal – dachte Isakowitsch. In Rußland wird es bestimmt besser sein! Er hatte es satt, dieses Herumziehen am Rhein, dieses Umherstreunen an der Donau, diese Plänkeleien in Italien. Höchste Zeit für ihn, einzusehen, daß sie ihm den Oberstleutnantsrang nie und nimmer geben würden! Für den Handel war er auch nicht geschaffen! Aber besser noch, mit diesen Kaufleuten zu leben, als dieses sinnlose Hundeleben weiterzuführen. Wäre er nicht Soldat geworden, hätte er sich schon längst irgendwo seßhaft niederlassen können, wo auch immer, zusammen mit Weib und Kindern, und vielleicht wäre ihm dann nicht einmal seine Frau so plötzlich weggestorben. Und dennoch: Die einzige ihm angemessene Beschäftigung war das Soldatenhandwerk!

Wozu dieser ewige Wunsch nach Seßhaftigkeit, dieses ewige Drängen seines Bruders Archangel, den Vuk nun schon in wenigen Tagen in Peterwardein wiedersehen sollte? Als ob ihn daheim ein besseres Los erwartete! Die Kinder, mit denen er nichts anzufangen wußte; das Dorf, das er – wo blieb sein fester Vorsatz – höher auf den Hang hinauf umsiedeln wollte, solange die Zeit noch nicht gekommen war, nach Rußland auszuwandern, woran er, Vuk, auch heute noch unerschütterlich glaubte; der Sumpf, die Wintermanöver in Peterwardein und vielleicht eine Aufforderung, nach Wien zu kommen, wovor er große Angst hatte; und die Krankheit des Patriarchen, die ihm zu Ohren gekommen war und große Sorge bereitete ...

Unerwartet war Vuk Isakowitsch auf den Hauptplatz der Stadt geraten und prallte zurück, als er sich einer langen Reihe von Soldaten und Offizieren und aneinandergeketteten Kanonen gegenübersah.

In der Mitte des Platzes leuchtete unter den riesigen Fenstern des Generalitätsgebäudes ein ganzer Berg von bunten Fahnen, Federbüschen, Seidenschärpen, Harnischen, Dreispitzen und Mützen von einem Balkon herab.

General Guadagni winkte zornig mit den Handschuhen, um Isakowitsch seinen Wunsch bekanntzugeben, schon gleich hier an der ersten Ecke mit dem feierlichen Vorbeimarsch zu beginnen.

Vuk Isakowitsch, gewohnt, vor Vorgesetzten zu parieren, vergaß im Nu all sein Leid, alle Vorsätze und Gedanken und zügelte so jäh sein Pferd, daß es sich wild aufbäumte und zu tänzeln anfing. Dann gab er laut brüllend dem Regiment den Befehl zum Laufschritt. In seinem hastigen Bemühen, den ersten negativen Eindruck wiedergutzumachen, verlor er nun völlig den Kopf: Da er nicht darauf gefaßt gewesen war, daß der General und die Truppen ihn bereits auf dem Hauptplatz erwarteten, vergaß er alle Instruktionen, die ihm schon am Abend davor klar und unmißverständlich erteilt worden waren, und begann, verwirrt wie ein altes Weib, oder als wäre er betrunken, herumzukommandieren, nach links und nach rechts, vor und zurück, jagte das Regiment im Laufschritt in Zweier- und in Sechserreihen kreuz und quer über den Platz; präsentierte es von vorn und von hinten, mit gesenkten und hocherhobenen Gewehren, mit Messern und Pistolen, kniend und im Sprung, ja, sogar in liegender Stellung auf der Erde, wobei er selbst an den Reihen der Soldaten entlangsprengte, mit dem Säbel herumfuchtelte, sein Pferd am Gebiß zerrte und es schließlich unter dem Balkon des Generals auf die Hinterbeine hochriß, die Ehrenbezeigung leistete und aus Leibeskräften brüllte: »Vivat dem Grafen Guadagni, Vivat dem Grafen Guadagni!«

Unterdessen rang der Graf Guadagni, ganz in Federn und Seide, verzweifelt die Hände, als er sah, wie Isakowitsch herumstümperte, die Abstände nicht einhielt und nicht einmal die Kommandoworte wußte.

Wozu übrigens schildern, wie sich das Slawonische Donaugrenzer-Regiment an diesem Morgen vor allen Anwesenden blamierte?

Wenn man in Betracht zieht, daß es den Offizieren schließlich gelang, das Regiment, das ganz außer Atem fast die Geschütze umgerannt hätte, einzuholen und zu beruhigen; und wenn man bedenkt, daß überhaupt Isakowitschs Offiziere eine vorzügliche Haltung zur Schau trugen und die Soldaten den Boden mit ihren Füßen wie mit Spitzhacken bearbeiteten, dann kann man mit gutem Recht behaupten, daß letzten Endes alles gut ausging. Sogar General Guadagni änderte seine Haltung, als er erfuhr, wie viele Tote das Regiment auf dem Schlachtfeld gelassen hatte.

Isakowitsch indessen ließ sich das alles recht nahegehen. Auf das Geschrei des Generals gab er überhaupt keine Antwort. Und als er hinauf auf den Balkon geführt wurde, bemühte er sich nicht sonderlich um eine Entschuldigung. Beim Mittagessen im Festsaal der Kommandantur betrank er sich ganz gehörig inmitten der Kürassiere, und am Abend, im privaten Salon des Generals, nickte er sehr bald ein.

Die lange Reihe der Befestigungen, die Wälle, der Kirchturm, die steilen Dächer der Häuser, der gelbgetünchte riesige Balkon, die Gestalten der Generäle – all das zog an ihm vorüber wie im Fieber.

An diesem ganzen, mit Paraden und Truppenübungen ausgefüllten Tag in Esseg beherrschte ihn nur der Gedanke an die Nähe seines Dorfes und jener Hütte, in der er die letzte Nacht mit seiner Frau verbracht hatte. Am liebsten wäre er allem entflohen, was ihm zu Hause begegnen würde, dem Geschrei und Wehklagen, und fast hätte er gewünscht, nicht lebend heimkehren zu müssen. Daß er nun dennoch heimkehrte, schien ihm geradezu widersinnig.

Als er gegen Mitternacht nach dem Abschiedsbankett aus dem Hause des Grafen Guadagni trat, machten ihm wie gewöhnlich seine Magenschmerzen schwer zu schaffen.

Nacht und Nässe, der leere Platz, die Straßenlaternen, die Schatten der Wälle und Befestigungen verunsicherten ihn sehr. Mit knapper Not entging er einem Sturz auf den Stufen, und der Schmerz, den diese körperliche Anstrengung hervorrief, ließ ihn fast zusammenbrechen.

Zum Glück war Hauptmann Antonowitsch in seiner Nähe, um ihn rechtzeitig zu stützen. Aus dem Wunsch heraus, dem Vorgesetzten endlich etwas Angenehmes mitzuteilen, erwähnte er ihm gegenüber nochmals den Auftrag des Generals, Isakowitsch möge auf fiskalische Kosten sein Bildnis in Wien anfertigen lassen, zum Gedenken seiner Teilnahme an diesem Feldzug unter Bärenklaus Oberbefehl. Da blickte Isakowitsch ihn ruhig an und sagte, nur Heiligtümer verdienten es, bewahrt zu werden, während es ihm bestimmt sei, zu vergehen. Er jedoch wolle, wie er es Antonowitsch ja schon einmal gesagt habe, und falls nicht etwas Unerwartetes dazwischenkomme, in Wien auf eigene Kosten ein Bildnis des heiligen Despoten Štiljanowitsch bestellen: damit es zur Erinnerung an ihn zurückbleibe, wenn er einmal nicht mehr sein werde.

Denn Vuk Isakowitsch fühlte sich alt, ganz alt und erschöpft, als er am nächsten Tag Esseg verließ, um in sein Haus zurückzukehren, und alle Lust, weiterzuleben, war in ihm erloschen.

Da er ein schweres großes Pferd ritt, das selbst bei dem fürchterlichsten Trommelwirbel ruhig blieb, konnte Isakowitsch zum erstenmal nach langer Zeit seine gewaltigen Oberschenkel und Beine so richtig strecken. Er horchte auf das Getrampel seiner Soldaten, die gevierteilte Lämmer auf den Schultern trugen und das Lied von der Einnahme Belgrads brüllten, lauschte auf das Lachen seiner Offiziere, die zum Spaß mit gekreuzten Beinen und blankgezogenen Säbeln, pfeiferauchend, im Sattel saßen und den jungen Frauen in der Menge Scherzworte zuriefen. Isakowitsch, jetzt wieder ganz friedlich und adrett, ritt in seiner silberglitzernden Uniform dahin, die großen klaren Augen in die Weite gerichtet, und hatte ein unbestimmtes Lächeln um den Mund, das seine Verzweiflung verbarg.

Er war noch einmal schön – zum letzten Mal in seinem Leben.

Während er zwischen den Wällen unter den riesigen Stadttoren hindurch zur Brücke über den breiten Strom hinunterritt, hing seine Hand, die den Säbel hielt, kraftlos herunter.

Nun war auch das zu Ende. Die ganze Müdigkeit der letzten, im Sattel und mit Marschvorbereitungen fieberhaft verbrachten Nächte hatte sich schwer auf ihn gelegt, saß mit ihm zu Pferde. Der feuchte Geruch der Flußauen, die drükkende Schwüle der tiefhängenden, von der Sonne durchwärmten Wolken, der Nebel aus der Tiefe, dicht wie Rauch, dies alles schläferte ihn ein, nahm ihm den Atem. Das Unheil schien hinter ihm zurückzubleiben, und vor ihm lag jetzt, ganz wie bei seinem Aufbruch, die Ferne. Vuk war ruhig. Er hoffte, am zweitnächsten Tag noch vor dem Abend bis Wardein zu kommen, wo er die einzelnen Abteilungen des Regiments auflösen sollte, bevor er weitermußte, um sich, wie befohlen, dem Kommandanten von Temesvar, Baron Engelshofen, zur Verfügung zu stellen.

Er wußte, daß ihn daheim nur Unangenehmes erwartete.

Ruhig und besonnen übersah er all die Jahre, die er noch zu leben hatte, alles, was noch geschehen konnte, all das Widersinnige, das er noch durchstehen mußte.

Schläfrig und schwer ritt er mit hängendem Kopf über die Bohlen und Balken der Brücke, der Sumpflandschaft entgegen. Das Pferd schaukelte ihn gemächlich, und das machte ihn noch schläfriger.

Der Ritt am sandigen Uferweg machte ihn vollends müde. Er grübelte über die Verteilung der Chargen nach, über die Versetzung in andere Regimenter, die einige seiner Offiziere anstrebten und die er beim General erbitten, ja durchsetzen sollte.

Dann jagte er das Pferd im Galopp in den leeren Raum hinein.

Noch einmal, als wäre Eile geboten, bevor er wieder in die Nähe Archangels, in seine eigene Siedlung und zu seinen Sorgen gelangte, begann Vuk Isakowitsch über Rußland nachzudenken. Immer noch glaubte er fest daran, daß er mit seinen Kindern und seinem Gesinde dorthin ziehen werde, und er ließ jetzt das Pferd weit ausschreiten, um nochmals ungestört zu überlegen, ob dies das einzige sei, was ihn noch retten könnte vor all dem Elend, der Niedrigkeit und Mühsal, die ihm daheim in den nächsten Jahren unausweichlich bevorstanden.

Rußland war für ihn eine Art überirdisches Reich. Er hatte gehört, daß dort einige, die wer weiß von woher hingezogen waren, reich und mächtig geworden waren, ja, daß sie gleich um einen Rang höher rückten. Daß man dort auf Herrenart lebte und auf Herrenart Krieg führte. Daß dort die Kirchen über die Maßen schön seien und alle dem süßen orthodoxen Glauben geweiht. In der Zukunft gab es nichts als jenes grenzenlose, schneeverwehte russische Land, wo er hinzuziehen gedachte, um endlich aufatmen, leben, endlich einmal Rast und Ruhe finden zu können.

In Peterwardein wurde Isakowitsch wieder vom Regen empfangen. Der Regen ergoß sich über Wälle, Wasser, Brücken und Bäume, so daß das Regiment völlig durchnäßt und schlammbespritzt ankam.

Frauen und Greise waren ihnen entgegengegangen, brachten Brotlaibe, Branntwein und Leibwäsche und weinten und klagten um die Toten. Die Soldaten spannten die Zelte auf und breiteten zwischen den Mauern mitten auf der Straße Stroh aus, grölten im Rausch und umarmten sich gegenseitig. In der Stadt ging das Gerücht um, das Regiment würde, wie auch die übrigen serbischen Regimenter, aufgelöst und auf andere kaiserliche Regimenter verteilt werden – genauso wie alle anderen gewöhnlichen Bauern, Besitzlosen und Knechte. Wer es nicht zufrieden war, konnte sich packen und in andere Landstriche fortwandern.

Vuk Isakowitsch hatte gehofft, der Bruder würde ihn in Peterwardein erwarten. Zornig rutschte er auf seinem Pferd hin und her, als er erfuhr, sein Bruder sei nicht gekommen, sondern nur dessen Knechte, die unterhalb der Stadt an der Brücke auf ihn mit einer großen Barkasse warteten, um ihn nach Hause zu rudern.

Müde von dem Gejammer der Frauen, dem Abzählen der Leute, dem Inspizieren und Registrieren der Waffen stieg Vuk gegen Abend zum Fluß hinab, nichts Gutes ahnend, in Erinnerung an jenen Abend, als er draußen in der Fremde, auch damals an einem Fluß, erfahren hatte, daß ihm die Frau gestorben war.

Bei der Brücke stieß er auf seine Diener, um einen Mann geschart, der ganz durchnäßt vom Regen und in mehrere Decken gehüllt, halb im Wasser auf einem glitschigen Baumstamm lag. Nur mit Mühe erkannte er sie im Dunkel unter den Befestigungsmauern, als sie zwischen den schwarzen Pfeilern auf ihn zukamen.

Die Nacht senkte sich auf das trübe Wasser zu seinen Füßen, und der Regen rieselte vom Himmel bis zum Ende des Horizonts. Ein Mensch, ganz eingewickelt und zugedeckt, erhob sich von dem Baumstamm und hinkte auf ihn zu. Es war Ananija, Archangels Diener.

Er solle ihm melden, daß Archangel ihn nicht hätte erwarten können, und es wäre ihm auch nicht möglich gewesen zu kommen, da er in sein Haus nach Buda übergesiedelt sei. Übrigens könnten sie ja einander auch später sehen, es eile ja nicht. Die Kinder seien wohlauf daheim, auch habe ihm Archangel einiges Geld zurückgelassen. Über dem Grabe der Frau Dafina sei ein Schutzdach errichtet worden. An der Kirche würde schon kräftig gebaut.

Der tote Arkadije spuke nachts im Dorf. Mehr als einer habe ihn schon gesehen, wie er durchs Dorf watschelte, und gehört, wie er mit seiner typischen näselnden Stimme vor sich hinsang. Er lauere seiner Frau auf.

Unter dem Vieh sei die Pest ausgebrochen, und die Nordseite von Vuk Isakowitschs Haus, die dem Berg zugekehrte, habe einen Sprung bekommen und drohe einzustürzen.

Als Vuk Isakowitsch mit seinen Dienern gegen Abend des nächsten Tages, nachdem er zunächst das Grab der Dame Dafina aufgesucht hatte, vor seinem Haus anlangte, schrien und jammerten die Frauen so furchtbar um ihre Toten, daß er ins Haus flüchten mußte, um sich zu verstecken.

Auch an diesem Tag fiel der Regen.

Alles war so wie damals bei seinem Aufbruch. Die nebelfeuchten Flußauen dampften, die Wolken sanken immer tiefer. Die Erde war dunkel, nebelverhüllt, unsichtbar.

Auch diesmal vernahm er wieder das vertraute abgerissene Hundegebell und dumpfen Hufschlag, ganz nah, wie unter der Erde.

Unendlich müde, schweigsam, als wäre er stumm, saß Isakowitsch weit zurückgelehnt in seinem Stuhl und blickte verstört auf Ananija, dessen Weib und Töchter, die sich im Halbdunkel um ihn zu schaffen machten, Stroh herbeitrugen und Butten mit heißem Wasser anschleppten.

Als sie schließlich draußen waren, bemerkte er, wie Ananijas jüngste Tochter, dieses breithüftige, hochbusige kleine Ding, sich zu ihm niederbeugte und um ihn herumscharwenzelte.

Noch angekleidet, in einen dumpfen Halbschlaf versunken, da er auf dem ganzen Heimweg getrunken hatte, fühlte Vuk Isakowitsch erst jetzt, daß er wieder zu Hause war – zwischen den Sümpfen und den über die Ufer getretenen Wassermassen, zwischen Gräben und Gruben, über dem Strom, der unterhalb des Berges mit seinem Rauschen die ganze Nacht erfüllte, über den unübersehbaren Wipfeln der Weidengehölze voll Rutengewirr.

Als er später befahl, ihm das Bett zu bereiten, stürzte wieder die ganze Familie Ananijas herbei, um die Federbetten aufzuschütteln, Schafsfelle und seidene Bettbezüge aufzuhäufen. Und wieder blieb die jüngste, die Hochbusige und Breithüftige, am längsten.

Da erblickte Isakowitsch beim schwachen Schein des Nachtlichts ihre nackten Beine, das weiße Fleisch unterhalb der Knie, und obgleich er sich alt und erschöpft, ja schon wie ein Halbtoter vorkam, fühlte er sich plötzlich von neuer Kraft belebt.

Das erschreckte ihn so sehr, daß er, schon ganz entkleidet, zur Tür eilte und sie aufstieß. Von draußen war das Knarren des Ziehbrunnenschwengels zu hören.

In der Stille und Dunkelheit strömte vor dem Haus über der Rodung der Regen nieder, rieselte auf die Maulbeerbäume und Pferche am anderen Ende des Angers.

Da mußte er mehrmals hintereinander schallend niesen, dabei sprang er so kräftig auf den Boden, daß alles erzitterte. Dann kehrte er in die Dunkelheit und Wärme um das Herdfeuer zurück und warf sich der Länge nach auf das Bett.

Als sie dann wieder zu ihm herantrat und um das Bett herumstrich mit ihren runden Hüften und Brüsten, räusperte er sich heiser und erschrocken.

Verlegen und über seinen inneren Aufruhr beunruhigt, schickte er sie fort. Um dem stämmigen Ding nicht nachblicken zu müssen, senkte er den Kopf und machte sich, als wäre das weiß Gott wie wichtig, an seinem Säbel, an den Silbertroddeln und den Pistolen zu schaffen. Verwirrt sagte er sich immer wieder, daß es galt, morgen frühzeitig aufzustehen, zum Patriarchen zu gehen, Neuigkeiten zu erfahren, Vorbereitungen für Wien zu treffen, die Soldaten vor neuerlichen Umsiedlungen und vor dem Entwaffnen zu bewahren; dann dachte er an seine Kinder, an den Besuch, den er seinem Bruder in Buda und dem General in Temesvar machen wollte, und daran, Pferde und Wagen zu kaufen, eine Schmiede im Dorf zu errichten, Hauptmann Antonowitsch versetzen zu lassen, einen ausführlichen Bericht über die Heimkehr des Slawonischen Donaugrenzer-Regiments zu verfassen. Besonders aber überlegte er – ganz besonders –

den Plan, nach Rußland auszuwandern, an dem er immer noch festhielt und für den es vorerst alle Möglichkeiten zu erkunden galt.

Draußen regnete es inzwischen weiter, und die Menge verharrte bei den Pferden unter den Maulbeerbäumen und jammerte und klagte um die Gefallenen.

So kehrte im Juni 1745, zu Beginn des Sommers, Vuk Isakowitsch aus dem Feld heim.

Während in seiner Seele wie in einem unendlichen Kreis der Gedanke immer wiederkehrte, nach Rußland zu ziehen, dem Land, auf das er nach all den Leiden und den ewigen Wanderungen seine ganze Hoffnung gesetzt hatte, spürte er in jener ersten Nacht, als er wieder daheim in seinem Bett lag, noch einmal neue Kraft in sich aufsteigen, soviel Kraft wie in seiner längst vergangenen Jugend. Und es war diese Empfindung, die den vor Verzweiflung und Melancholie fast Verstummten zwischen dem Wasser und dem Moor festhielt, das über der Erde in Nebelschwaden verdunstete – dieser Erde, die er zärtlich das »Neue Serbien« nannte.

Und da sah er neue Generationen vor sich, die sich einst in den Gewässern der beiden Ströme spiegeln würden, an dieser Stelle zwischen österreichischen und türkischen Grenzlanden, wo sie ineinander münden und zueinander finden. So wie sich auch der Himmel in ihnen spiegelt und sich wie eine Brücke darüberwölbt.

ZWEITES BUCH

I

Aber das alles ist nur ein Trugbild

Es war einmal ein Königreich im Herzen Europas, das hieß Ungarn.

In diesem Königreich gab es fischreiche Flüsse, und entlang dieser Flüsse breiteten sich endlose grüne Ebenen aus. Im Sommer verwandelten sich die Ebenen in glühende Steppen und im Winter in eine schneebedeckte Eiswüste. Die Menschen hörten nachts die Wölfe heulen.

Die Ungarn, die aus Asien eingewandert waren und in dieser Ebene lebten, erzählten, daß ein Mann aus ihrem Land nach Osten reiten könne und tagelang keinem menschlichen Wesen begegne. Ein Kranz hoher Berge umschließe ihr Land, und das Gebirge öffne sich nach Osten wie ein Tor. Dann begännen wieder endlose Ebenen.

Hin und wieder sah man auf dieser Ebene einen vereinzelten Baum, eine Akazie oder Weide, auch Reiter, die bald verschwanden. Es kam zwar vor, daß Türme und Städte auftauchten, jedoch nur flüchtig. Sommers erschienen manchen Palmen oder seidene Zelte, aber das alles war nur ein Trugbild, eine Fata Morgana aus Luft und Wolken. Und bald senkte sich wieder der Himmel wie ein blauer Vorhang über das öde Land.

Bis zum Ende des 18. Jahrhunderts wurde dieses Land oft von Kriegen heimgesucht. Die Türken waren bis nach Wien vorgestoßen und wurden wieder bis Belgrad zurückgedrängt, und an den Wegen glänzten blanke Schädel und Knochen. Beim Rückzug nach Wien waren die Serben die letzten gewesen, und beim Vormarsch nach Belgrad waren sie die ersten. Unter dem Kommando österreichischer Generäle, die große, mit Straußenfedern geschmückte Dreispitze trugen, bildeten sie die sogenannte »ungarische« Reiterei. Sie ritten auf kleinen, aber flinken und zähen Pferden.

Als die Kriege vorüber waren, siedelten sich Serben bei

den abgebrannten türkischen Grenzposten an, bei Furten und Fähren, sie wurden auch bei Temesvar ansässig, der wichtigsten Stadt im Süden des Königreichs, die man nach einem Plan französischer Offiziere als sternförmige Festung gebaut hatte.

Die Serben ließen über sich keine Obrigkeit gelten außer der österreichischen Kaiserin, aber zu der Zeit, als diese Geschichte begann, im Frühjahr 1752, empörten sie sich sogar gegen sie. Sie wollten Österreich verlassen und nach Rußland ziehen.

Die Stadt Temesvar liegt nicht an der Temes, sondern an ihrem Nebenfluß, der Bega, eigentlich in den Begasümpfen. Das Wasser der Bega wurde in städtische Gräben geleitet, wo nachts zahllose Frösche quakten. Vom Fluß waren nur der alte spanische Name und die Weidenbüsche an seinen Ufern geblieben.

Temesvar war Menschenwerk und keine Schöpfung Gottes. Es bestand aus lauter steinernen Sternen, den Befestigungen der Stadt. Diese Sterne lockten feindliche Heere in ein Kreuzfeuer der Kanonen und waren dadurch berühmt. Jeder von diesen Sternen bildete eine Welt für sich, und alle zusammen wirkten wie eine Insel.

Vor den Stadttoren lagen grüne Wiesen, die als Übungsgelände für Soldaten dienten. In die Befestigungen waren riesige Kanonen eingemauert, und mit dem Donnern dieser Kanonen hatten die Türkenkriege begonnen. Jetzt ergoß sich über die Ebene der Klang der Temesvarer Glocken. Es war Frieden.

Für die Stadt blieb inmitten dieser Befestigungen wenig Raum. Auf diesem engen Raum hatten Kapuziner und Jesuiten ihre barocken Kirchen errichtet, und hier befand sich die Stadtkommandantur des Heeres. Um die Kommandantur zwängten sich mehrere Gasthöfe und Schulen, wie auch das Theater, das weithin bekannt war. Neben den Kirchen stand die Residenz des Festungskommandanten, des Feldmarschalleutnants Baron von Engelshofen. Er war einfach in die größte Kaserne neben der Kapuzinerkirche gezogen. Der kleine Platz vor der Kirche erinnerte an Wien. Das schwelgerische Leben des Militärs hatte der Stadt den Spitznamen »Klein-Wien« eingebracht.

Feldmarschalleutnant Franz Karl Leopold Baron von Engelshofen war schon recht alt, aber am Ende der Türkenkriege hatte der Wiener Hof großes Vertrauen in ihn gesetzt. Er mochte Peterwardein lieber, dieses Jahr war er jedoch der Unruhen wegen nach Temesvar gekommen und wollte in der Nähe der Soldaten sein, jener Serben, die dem Kommandanten so viele Sorgen bereiteten. Engelshofen hatte sich in der Festung oberhalb der Militärgefängnisse niedergelassen, von dort konnte er mit bloßem Auge den Aus- und Einmarsch der Regimenter und die Wachen vor den Toren sehen. Seine Fenster lagen höher als die Kapuzinerkirche, als deren Fassade voller Kreuze und Engel, und boten auch einen Blick über die Wiesen, wo die Husaren ihre Reitschule hatten. Engelshofen litt an der Manie, alles zu kalken und mit Karbol zu desinfizieren. Auch die Stadtkommandantur hatte er kalkweiß anstreichen lassen. Das einzige Schwarze waren die doppelköpfigen Habsburger Adler.

Auf dieser Höhe, vom dritten Stockwerk aus, konnte der alte Feldmarschalleutnant alles beaufsichtigen. Er ließ seine Salons in der Kommandantur geschlossen und wohnte in zwei Zimmern unter dem Dach. Von dort konnte er sogar die ehemals türkische Siedlung Mahala sehen, in der jetzt seine Serben lebten. Seinen serbischen Soldaten war er sehr wohlgesonnen.

Mahala, wo sie sich mit ihren Familien niedergelassen hatten, war kein richtiges Dorf. Es ähnelte nicht im geringsten dem prächtigen Bild von Temesvar. Mahala war eine ärmliche Siedlung im Sumpfgebiet, mit abgebrannten Palisaden, zerstörten Türmen und Mauern. Schön war lediglich eine Reihe riesiger blühender Akazien. Sie überragten die Schilfdächer und Hütten. Obwohl die Not in Mahala groß sein mußte, drang nachts stets Gesang aus diesem Dorf herüber.

Die Akazien blühten in dem Jahr so üppig, daß sie die Lehmhäuser als weißer Blütenregen einhüllten. Während sich die Menschen nachts mit Mänteln und Tüchern zudeckten, lag auf dem Dorf ein duftendes Gespinst aus weißem Himmelsgarn.

Schilf, Gras und Sümpfe in Mahala – die Akazienblüten verwandelten alles in Silber, das bis hinauf zu den Sternen strahlte. Bis zur Milchstraße, die von den Serben Gevatternstroh genannt wurde. Die Serben liebten zu jener Zeit alles Helle, Junge und Neue, so daß es Brauch war, dem Neumond entgegenzuspringen und ihm wie Irrwitzige zuzurufen: »Willkommen, du neuer Mond, willkommen, du Neugeborener!«

An Mahala vorbei fuhr eines Tages im Frühjahr 1752 ein schwarzer Reisewagen, er fuhr durch das Tor, das von Kanonieren bewacht wurde, in die Stadt.

In diesem Wagen aus Wien saß der Mann, den der Hof ausersehen hatte, in Temesvar unter den Serben für Ordnung zu sorgen. Der Hof hatte das Vertrauen in den alten Feldmarschalleutnant Baron von Engelshofen verloren; Wien wollte den Sonderstatus des serbischen Volkes abschaffen, das, wie man sagte, eine »arma in arma« war. Man hatte beschlossen, die Serben, die bisher als Soldaten nur dem Kaiser untertan waren, in Bauern zu verwandeln, in Hörige der ungarischen Magnaten. Das war jedoch leichter zu beschließen als durchzuführen.

Engelshofen bezweifelte, daß sich aus einem Soldaten ein guter Bauer machen ließ; zumal die Serben nur die Rechte von Hörigen erhalten sollten. Ihm war es deshalb gefährlich erschienen, die serbischen Regimenter nach Temesvar zu bringen, um die Soldaten hier zu entwaffnen und auf die ungarischen Komitate aufzuteilen. Er hatte es indirekt abgelehnt, persönlich mit den Profosen die ehemaligen serbischen Donaugrenzer-Regimenter aufzulösen und die Offiziere in reguläre Regimenter zu versetzen. In dem Reskript aus Wien hatte gestanden, daß er ledige Soldaten einfach umsiedeln und einige Offiziere, die zu rebellieren gedächten, aufhängen solle.

Engelshofen, der alles gekalkt hatte – die Häuser, die Ställe und die Latrinen –, antwortete, so gehe man nicht mit Menschen um, und mit solchen drakonischen Maßnahmen treibe man die treuen Soldaten ins Zarenreich. General Schewitsch, der das österreichische Heer verlassen hatte und nach Rußland gegangen war, hatte schon mehrere serbische Offiziere abgeworben, und immer mehr Offiziere kamen um den Abschied aus dem österreichischen Heer ein. In Wien hörte man jedoch nicht auf Engelshofen.

Er hatte es nicht fertiggebracht, den Serben die neuen Uniformen aufzuzwingen und sie dazu zu bewegen, daß sie ihre Toten nicht im einem offenen Sarg durch die Stadt zum Friedhof trugen. Und daß sie ihre Dörfer ordentlich bauten.

Deshalb erschien unverhofft in dem schwarzen Reisewagen aus Wien der Oberkriegskommissar Garsuli, und damit beginnt diese Geschichte.

Es war ein kleiner, schneller Reisewagen, sozusagen ein mit schwarzem Seidenvelour ausgeschlagener Kasten. Ein Kasten, der zwischen vier großen Rädern hing. An vier dikken Gurten. Für viele Menschen barg er ein Verhängnis.

Garsuli hatte vor Engelshofens Tor gehalten, zwischen alten Kanonen und Pyramiden aus Kanonenkugeln, und war zur Frühmesse in die Kapuzinerkirche gegangen. Er war ein kleiner beleibter Mann von fünfzig Jahren, der breitbeinig ausschritt und dabei mit den Fersen auftrat. Als er aus der Kirche kam, lächelte er. Die Spitzen seiner feinen venezianischen Schuhe lösten sich so schwer vom Erdboden, als seien sie angenagelt. Garsuli wechselte den Stock von einer Hand in die andere, tippte auf die Treppenstufen und setzte die Füße erst nach kurzem Zögern auf. Seine Beine waren zu kurz geraten. Und die Waden wirkten wie geschwollen.

Garsuli trug schwarze samtene Kniehosen und Seidenstrümpfe. Es sah aus, als mache er einen Schnitt vor und zwei zurück. Er lächelte jeden an und ruderte mit den Armen, wie man auf Korfu gestikuliert. Die Schwalbenschwänze seines schwarzen Rocks schienen in der Luft zu schwimmen.

Trotz der schönen römischen Züge sah das Gesicht kindlich aus. Bei der Blässe seiner Haut wirkten die großen schwarzen Augen noch schwärzer; auf ihnen lag ein Nebelschleier. Garsuli trug einen silbergrauen Haarzopf. Niemanden ließ er vorübergehen, ohne die Lorgnette vor die Augen zu heben und ihn zu betrachten.

Obwohl man Engelshofen die Ankunft des Oberkriegskommissars gemeldet hatte, ging ihm der Alte nicht entgegen. Vielmehr ließ er ausrichten, Garsuli möge sich zu ihm in den dritten Stock bemühen. Auf Garsulis Gesicht war deshalb deutlich Verärgerung zu lesen.

Engelshofen wohnte mit seinem Husaren im dritten Stock der Kommandantur, in einem schmalen, gekalkten Zimmer. Im Alkoven stand das Bett. Es gab nur einen Lehnstuhl, für Garsuli holte man einen Schemel. Während Garsuli zu Engelshofen hinaufstieg, färbte sich sein Gesicht truthahnblau.

Engelshofen erhob sich nicht zur Begrüßung. Der Feldmarschalleutnant saß ohne Rock in einem einfachen deutschen Hemd da und rauchte eine lange Pfeife. Er entschuldigte sich, indem er brummte, daß er alt sei und daß ihm die Beine weh täten, und bot seinem Gast den Schemel an, als empfange er seinen Schuhmacher.

Garsuli ließ den Blick durchs Zimmer schweifen, er schaute auch aus dem Fenster auf die Befestigungen und die ausgedehnten Wiesen. Im Raum sah er nichts außer einem Säbel und einigen großen rostigen Schlüsseln. Die gekalkten Wände hingen voller Spinnweben. Am Bett stand ein Paar riesige Reitstiefel. Garsuli dachte wütend: ›Nicht einmal ein Kruzifix hat er.‹

Garsuli war ein Grieche aus Korfu, aber ein treuer Sohn der alleinseligmachenden Kirche.

Da ihn der Feldmarschalleutnant auf diese Weise empfing, übergab ihm Garsuli das Schriftstück ohne Umschweife. Es enthielt einen strengen Tadel von höchster Stelle, und Garsuli wußte das. Der Tadel kam *ex consilio bellico* und war ein harter Schlag für den alten Soldaten. Ein Schlag, der das Leben verkürzt und den man im Alter nicht mehr erwartet, nicht begreift, nicht verdient hat.

Engelshofen las das Schreiben und legte es aus der Hand. Er blieb gebeugt sitzen, war erbleicht und schien zu zittern. Ihm wurde befohlen, Temesvar an Garsuli zu übergeben. Auf dem Schriftstück befanden sich große schwarze Siegel und die kalligraphische Unterschrift des Grafen Joseph von Harrach, eines Kriegskameraden Engelshofens. Den Alten schmerzte besonders, daß gerade Harrach unterzeichnet hatte. »Und Harrach hat das unterschrieben«, wiederholte er mehrmals im stillen. Garsuli blickte er nur verächtlich an.

Garsuli tat, als sei er unschuldig wie ein Kind im Mutterleib, aber Engelshofen kannte die niedere Herkunft dieses Höflings und wußte, daß er seine Finger im Spiel hatte. Nun begann Garsuli zu reden, er bezeichnete seine Ankunft in Temesvar als Ereignis von höchster Wichtigkeit. Darüber sei sogar die Kaiserin unterrichtet. Ihr Wunsch sei es, daß das serbische Volk, das so viel Territorium des Königreichs Ungarn eingenommen habe, in die Schranken gewiesen werde. Sie seien unverschämt geworden, diese Serben, sagte Garsuli, und verdienten nicht Engelshofens Wohlwollen. Es sei geradezu unvorstellbar, was sie wollten. Ein Staat im Staate zu sein – *status in stato?*

»In Wien weiß man mit Gewißheit, daß die Türkenkriege vorbei sind. Es wird keinen Krieg mehr geben. Dieser Haufe wird nicht mehr gebraucht. Sollen sie sich dorthin scheren, woher sie gekommen sind.«

»Jedenfalls«, fuhr Garsuli fort, »wurde in Wien beschlossen, die Serben auf ungarischem Territorium und unter dort herrschenden Gesetzen anzusiedeln. Sie werden in Dörfern wohnen, wo gemauerte Häuser stehen, Häuser wie auf einer Schnur aufgereiht, nach dem Lineal der Geometer. Und sie sollen den katholischen Glauben annehmen. Die Offiziere kommen in reguläre Regimenter. Die Soldaten werden zu Bauern gemacht. Sie werden Land bestellen, wie das die Kroaten und Ungarn tun. Es kann keine Ausnahme im Kaiserreich geben, Eure Exzellenz.«

Dieser Teil Europas sollte völlig europäisiert werden, betonte Garsuli, mit einer deutschen Verwaltung, von Wien aus gelenkt. Zuerst wollte Garsuli die Offiziersgefängnisse und alle Offiziere sehen, die sich dort befanden. Vor allem wünschte er diejenigen kennenzulernen, gegen die Ermittlungen liefen: die Brüder Isakowitsch und den Rittmeister Pitschewitsch, die es sich in den Kopf gesetzt hätten, nach Rußland zu gehen.

Ihre Namen stünden auf der Liste von General Schewitsch, und sie seien sozusagen als Deserteure ins Heer Ihrer Kaiserlichen Hoheit Jelisaweta Petrowna eingetreten. In Engelshofens Rapport habe er mit Erstaunen gelesen, daß auf der Liste von Schewitsch ganze Offiziersfamilien aus dem einstigen slawonischen Donaugrenzer-Regiment verzeichnet seien.

Wer geraten habe, diesen Offizieren den Abschied aus dem Heer zu gestatten, müsse den Verstand verloren haben, meine man in Wien. Garsuli wollte mit diesen Offizieren persönlich sprechen. Danach würde ihnen der Wunsch vergehen, nach Rußland zu ziehen. Außerdem verlangte er, die Parade der Donaugrenzer auf dem Exerzierplatz abzunehmen. Und er wollte Mahala aufsuchen, wo es Unruhen gegeben hatte.

Während der Grieche das alles vortrug, versank Engelshofen noch tiefer in seinen Lehnstuhl. In den letzten Tagen hatte er sich von allem zurückgezogen. Er ging nicht mehr ins Theater und wollte sich auch nicht in diese Angelegenheit einmischen. Engelshofen schwieg. Er wandte den Blick nicht von Garsuli ab, aber er schwieg. Seine blauen Augen schauten durch dichte Rauchwolken.

Engelshofen war sehr groß. Beim Reiten reichten seine Füße bis an die Knie des Pferdes. Sein Kopf ähnelte einem Pferdekopf.

Der Grieche redete wie ein Barbier, und der alte Deutsche dachte: ›Oberkriegskommissar, dabei ist er bloß Hofgeschmeiß. Der Mann besteht ganz aus Neid, er muß einen hungrigen Vater gehabt haben. Seine Eltern wollten bestimmt einen Pfarrer aus ihm machen, denn er spricht durch die Nase, und nur zufälligerweise hat er sich zum Heer verirrt und ist am Hofe hängengeblieben. Um mir die letzten Lebenstage zu vergällen.‹

Garsuli geriet inzwischen durch das Schweigen des Alten in Wut und begann zu schreien wie bei seinen Schreibern. Plötzlich griff er nach seinem Stock, als wollte er den Alten verprügeln, stieß jedoch nur auf die Diele zum Zeichen, daß er damit die Grenze zweier Welten abstecke. Nachdem er sich ein wenig besänftigt hatte, sprach er leiser, mit der schmeichelnden Stimme eines venezianischen Eunuchen:

»Vor allem muß verhindert werden, daß die Serben als Brüder in denselben Regimentern dienen. Daß sich ganze Familien und Sippen in ein und demselben Dorf ansiedeln. Diese Serben halten zusammen wie Pech und Schwefel, und darin liegt eine Gefahr. Wie bei einer Hammelherde folgt einer dem anderen. Jetzt ist ihnen eingefallen, nach Rußland zu ziehen. Wer weiß, was sie morgen aushecken.«

Engelshofen rief seinen Husaren, der vor der Tür dahindöste. Er befahl ihm, hinunter in die Kanzlei zu gehen und zu sagen, daß der Oberkriegskommissar das Gefängnis visitieren werde.

Indessen begann er, sich allein anzukleiden und zu kämmen. Selbst dabei nahm er die Pfeife nicht aus dem Mund.

Garsuli hüstelte nur ärgerlich und schnupfte etwas Tabak aus einer Dose, die er wie eine Flöte in der Hand hielt.

»Es ist nicht richtig«, sagte er, »daß der Herr Feldmarschallleutnant diese Offiziere nur unter Hausarrest stellt. Sie müssen vor den Profos. Und sie müssen in Eisen gelegt werden, wie es Vorschrift ist.«

Engelshofen lächelte höhnisch. ›Der Grieche wäre wohl sehr erstaunt, wenn er erführe, daß ich diese Offiziere abends im Gefängnis besuche, um mit ihnen eine Partie Pharao zu spielen‹, dachte er. ›Und was würde er erst dazu sagen, daß ich ihnen erlaubt habe, mit ihren Frauen ins Theater zu gehen?‹

»Ich habe die Akten studiert«, fuhr Garsuli fort, »die Akten über Oberst Vuk respektive Volkan, was eigentlich heißen soll Wolfgang Isakowitsch. Es ist eine einzige Geschichte von Rebellion und Verrat. Man hätte all diese Serben schon während des Krieges gegen Frankreich hängen müssen. Warum wollen sie gerade jetzt nach Rußland? Um so besser, dann bleibt nur das einfache, ungebildete Volk hier, mit ihm werden wir leicht fertig. Im guten oder mit Gewalt, ich bin entschlossen – und das ist der Wunsch der Kaiserin –, Ordnung in diesem Gebiet zu schaffen. Man wird Kanäle graben, wie es Graf Mercy geplant hat. Niemand darf dulden, daß alle diese logischen Pläne von einer Horde langhaariger Serben vereitelt werden.«

»Nach Gottes Willen sind die Türken aus Europa vertrieben worden«, schrie Garsuli, »und wenn nötig, werden ihnen diese Serben folgen. Das Leben hat sich nach der Vernunft zu richten, nach der Ordnung, die in der Kirche herrscht. Und vor allem müssen diese vielen Moore und Sümpfe trockengelegt werden. All diese Grenzsoldaten, die mit ihren Schafen, Schweinen und Frauen noch in Lehmhütten hausen, müssen in die Kammerländer gehen. Ich wiederhole: sie müssen. Sie haben sich den dort geltenden Gesetzen zu unterwerfen. Offene Särge herumzutragen ist verboten. Das muß aufhören. *Muß!*«

Engelshofen kleidete sich schweigend an und dachte: ›Sie haben mir also einen Papagei geschickt. Es ist beklagenswert, daß die Kaiserin wegen solcher Männer so viele wertvolle Soldaten verliert. Was bleibt den Serben denn übrig, als irgendwohin zu ziehen? Wenn man mich fragte, würde ich raten, ihnen ihre Totenbräuche zu lassen. Die Serben sind ins Reich gekommen, um zu kämpfen, und nicht um Knechte bei ungarischen Gutsherren zu werden. Man sollte Soldaten nicht zu etwas zwingen. Das Kriegshandwerk ist schon Unglück genug. Ein Soldat ist ein Märtyrer und kein Mensch wie andere. Wenn es ihm befohlen wird, muß er sogar auf den eigenen Vater schießen. Was ist schon dabei, wenn die Serben ihre roten Umhänge tragen wollen? Ich würde ihnen das erlauben, auch bei Paraden. Und meinetwegen könnten sie ihre Toten auch nackt begraben! Ich würde ihnen das sogar mitten in Wien erlauben. Und wenn sie ihre Toten durch die Stadt tragen und küssen? Sie verlangen das ja nicht von anderen. Übrigens, was die Toten angeht: Ein Mensch stirbt wie ein Tier. Alle Geschichten vom Leben nach dem Tode sind Märchen, um Kinder zu schrecken. Und damit sich die Weiber leichter ausheulen. Die Menschen vermehren sich wie Mäuse und Tauben, die es schon immer gab und immer geben wird. Wenn Harrach beschlossen hat, die slawonischen Regimenter zu kassieren, hätte er das gleich nach dem Krieg tun sollen, und nicht jetzt. Die Menschen sind krank geworden, sind verarmt, warten vergeblich auf Belohnung und Sold. Nun schickt man uns diesen Eunuchen, damit er den Leuten erklärt, sie sollen aus dem Kaiserreich fortziehen und in ein Kammerland übersiedeln, um Land zu bebauen. Was Mahala betrifft, so möchte ich kein Dorf sehen, wo alle Straßen schnurgerade sind. Graf Mercy und die Geometer und die Kapuziner, die Menschen in Engel verwandeln wollen, sind töricht. Der Mensch ist ein großes Arschloch.‹ »Arschloch«, sagte er leise, so daß ihn der Grieche verblüfft ansah.

Engelshofen hatte sich inzwischen angekleidet und deutete mit greisenhafter Höflichkeit auf die Tür. Er ließ Garsuli vorangehen, wobei er murmelte: »Nach Ihnen, bitte sehr. Wohlgeborener, sondergeliebter und geehrter Herr.«

›Was für ein Bauer‹ dachte der Grieche. ›Deshalb mag er die Serben so, und deshalb schützt er sie. Er ist selber nicht besser, bloß ein Bauer vom Rhein, ein Deutscher, ein einfältiger Kerl, man hätte ihm lieber eine Harke in die Hand geben und nicht eine Garnison anvertrauen sollen. Warum opponiert er ständig gegen uns? Warum antwortet er nicht auf unsere Reskripte? Der gesamte Süden befindet sich in Gefahr. Was er für Flossen und Pranken hat! Ein Bauer!‹

Während Garsuli neben Engelshofen die Treppe hinabstieg, wurde er an die Seite gedrängt, so daß sein Samtrock die Wand streifte. Garsuli schien neben dem großen Engelshofen zu schweben wie eine junge Braut, er berührte kaum den Fußboden.

›Ein Bauer! Seine riesigen Nasenlöcher sehen aus wie Nüstern! Und Haarbüschel gucken daraus hervor wie Pferdestriegel!‹

Das Gebäude, in dem Feldmarschalleutnant Baron von Engelshofen wohnte, besaß eine prächtige Barockfassade, die man anscheinend direkt aus Wien nach Temesvar verpflanzt hatte. Auf der Rückseite stammte ein Flügel noch aus der Zeit der Türkenkriege. In die Räume fiel Licht nur durch vergitterte Schießscharten, die alten Lehmöfen wurden von außen mit Holzscheiten geheizt. Mehrere Räume, deren Dielen von Ratten und Mäusen zernagt waren, dienten als Offiziersgefängnis. Hierher gelangte man durch einen kleinen Hof hinter der Kirche, wo noch eine alte, jetzt nicht mehr genutzte Batterie stand. Auf dieser Seite der Festung konnte man ebenfalls alle Exerzierplätze sehen wie aus Engelshofens Fenstern. Wenn die Sonne hoch stand, durften die Offiziere das Gefängnis verlassen und sich auf Bänke setzen. Die Frau des Profos hatte Sonnenblumen gesät, die Mauer war mit Kletterwinde eingehüllt. Zwischen steinernen Kanonenkugeln hatten die Stiefel der Häftlinge eine kreisförmige Spur ausgetreten. Sie war schon hundert Jahre alt.

Der Wind wehte von den grünen Exerzierplätzen herüber. Dort konnte man den ganzen Tag Reiterschwadronen beobachten, die trabten, galoppierten oder Attacken ritten. Regungslos standen die roten Infanterieregimenter der serbischen Grenztruppen da. Plötzlich rückten sie vor und bildeten Kolonnen, das Bild veränderte sich wie auf einem Schachbrett. Die Truppen waren dieses Jahr das erste Mal uniformiert, so daß sie von weitem wie Blumenbeete aussahen.

Den kleinen Hof betraten nun Engelshofen und Garsuli. Sie wurden schon von Garsulis Schreibern erwartet, die man nach Temesvar vorausgeschickt hatte. Engelshofens Offiziere hatten sich nicht im geringsten bemüht, diese Wiener Konzepisten und Auditoren freundlich zu empfangen. Lediglich ein paar Fichtenbretter waren als Bank an einer Wand aufgeschichtet.

Garsuli ließ die Offiziere aus dem Gefängnis holen. Er liebe es, in Ruhe und an der frischen Luft zu arbeiten, und wolle sich hier mit den Häftlingen unterhalten. Ihm sei bewußt, daß es sich um Männer handele, die für die Kaiserin viele Wunden davongetragen hätten.

Während Garsuli an den Kanonenkugeln und am Wall entlangschritt, holte der Profos zuerst die vier Isakowitschs herbei, die angeklagt waren, sich in die Liste des russischen Generals Schewitsch eingetragen zu haben.

Engelshofen versicherte, daß sich die Männer erst in die Liste eingeschrieben hatten, nachdem ihnen der Abschied aus dem österreichischen Heer gewährt worden war. Er vertrat sogar die Ansicht, die Behörden selbst hätten die Offiziersfamilien ermuntert, nach Rußland zu ziehen.

Garsuli behauptete hingegen, die Isakowitschs hätten sich in die Liste eingetragen, die General Schewitsch nach Rußland mitnahm, und erst später darum ersucht, von der Kaiserin den Abschied aus dem österreichischen Heer zu erhalten. Er plädierte dafür, die Offiziere in reguläre Regimenter zu versetzen; wenn sie nicht einwilligten, sollten sie in Haft bleiben.

Die Vettern Isakowitsch verteidigten sich. Nach so vielen Jahren ehrlichen und treuen Kriegsdienstes für das Kaiserreich war ihnen gesagt worden, daß die Grenzerregimenter kassiert würden und daß sie hingehen könnten, wohin sie wollten. General Schewitsch kam aus Rußland zu ihnen, weil er mit ihnen verwandt und weil er selber aus dem österreichischen ins russische Heer entlassen worden war. Sie behaupteten, sie hätten den Abschied erhalten und sich danach mit ruhigem Gewissen in die Liste eingetragen. Jetzt betrachteten sie sich schon als russische Offiziere und bäten um die Erlaubnis zur Ausreise.

Engelshofen widerte das alles an, er setzte sich auf eine Bank und verspürte keine Lust, Garsuli zu helfen. Als die Häftlinge aus dem Gefängnis gebracht wurden, wandte er den Kopf ab und blies dichte Rauchwolken in die Luft.

Garsuli musterte die Offiziere mit einem flüchtigen Blick und forderte sie freundlich auf, sich zu setzen. Er redete mit ihnen in einem seltsamen Gemisch aus Deutsch, Slowenisch, das er in Venedig gelernt hatte, und Russisch, das er von Korfu her gut kannte. Daß die Offiziere die Augen niederschlugen, stimmte ihn milde. Er ordnete an, ihnen Pfeifen zu bringen. Sie durften auch in seiner Gegenwart rauchen. Dann setzte er sich auf eine Kanonenkugel, von der er sich von Zeit zu Zeit erhob, um wie ein Pfau umherzustolzieren.

»Ich liebe es, in der lauen Frühlingsluft zu sitzen. Der Frühlingswind ist so lieblich. Und die Sonne wärmt Menschen so schön. Wie schön sie sie wärmt!« Die Häftlinge kamen ihm blaß und zerzaust vor. »Ein Offizier muß ordentlich und geschniegelt aussehen, sogar im Gefängnis. Habt ihr etwa Glöckner gespielt?«

Die Schreiber und Offiziere lachten schallend, denn diese Worte waren eine unflätige Bemerkung.

Glöckner spielen hieß, den Profos zu bestechen, damit er die Türen offenließ. Die Häftlinge versammelten sich in einer Zelle und nahmen den Notdurftkübel aus dem Schemel. Der Schemel wurde dann in die Mitte des Raumes gestellt. In das Loch, wo sich der Kübel befunden hatte, ließen die Männer ihr Glied hängen, an das ein Faden oder eine dünne Schnur geknüpft war.

Das Spiel bestand darin, daß ein Mann auf Kommando von unten an einer Schnur zog. Alle schrien aus Leibeskräften, und wer an der Schnur zog, mußte erraten, wessen Glied es war. Es gab einen Heidenspektakel. Jeder setzte einen Wiener Zwanziger, und wenn hoch gespielt wurde, einen Kaisertaler. Wer den Richtigen herausfand, bekam das Geld, sonst wurde weitergespielt, und der Nächste durfte ziehen. So verkürzte man sich in Gefängnissen manchmal die Zeit.

Als der Oberkriegskommissar das erwähnte, lachten sogar die Häftlinge. Nur Engelshofen blickte Garsuli verächtlich an, er spuckte sogar aus.

Garsuli schritt nun vor den Vettern Isakowitsch wie ein Perpendikel auf und ab und las ihnen die Leviten. Vorläufig wolle er sie nur sehen, erklärte er, er wolle aus ihrem Munde hören, ob es wirklich stimme, daß sie sich eigenhändig in diese Liste eingeschrieben hätten oder ob das ein anderer – vielleicht ein Verwandter – getan habe. In Wien sei diese Liste nirgendwo gefunden worden, also gebe es auch keine Schuldbeweise gegen sie. Dieser russische General habe die kaiserliche Erlaubnis besessen, Offiziere zu werben, jedoch lediglich entlassene. Er habe nicht die Erlaubnis gehabt, so viele gute und ehrbare Männer nach Rußland zu locken. Da sie das jetzt wüßten, wäre ihnen wohl niemals der Gedanke gekommen, den Abschied zu erbitten. Er werde ihnen etwas vorlesen – »Ein an den Herrn General Feldmarschall-Lieutnant Freyherrn von Engelshofen erlassenes Rescript« –, und wenn er ihnen das vorgelesen habe, dürften sie heimgehen und würden in reguläre Regimenter versetzt.

Einen Moment verstummte Garsuli und hob die Lorgnette, um die Offiziere genauer zu mustern. Die Vettern Isakowitsch schwiegen.

Vor Garsuli stand Major Jurat Isakowitsch, daneben Premierleutnant Petar Isakowitsch, der dritte war Major Trifun Isakowitsch, und der letzte Rittmeister Pavle Edler von Isakowitsch Volkowitsch. Bei diesem Namen hatte Hofkriegsrat von Mahler in den Akten ausdrücklich vermerkt, daß Pavle von Oberst Vuk Isakowitsch adoptiert worden war. So sei er gleichsam zweifach ein Isakowitsch, ihn solle man besonders gnädig behandeln.

Nachdem er sie eine Zeitlang gemustert hatte, begann Garsuli, auf sie einzureden, wobei er heftig mit dem Reskript aus Wien herumfuchtelte.

Als Serben seien sie vor sechzig Jahren aus der Türkei eingewandert und in drei Militärbezirke aufgeteilt worden: Szegedin, Arad und Peterwardein. Die Serben hielten in diesen

Bezirken fünfundvierzig befestigte Orte. Jeder wisse, wie Hofprovisor Jossif Joanowitsch endete, der aus Rußland kam und mit Fürst Kantakuzenos korrespondierte. Sie sollten also endlich Vernunft annehmen. Ihnen sei schon vor drei Jahren erklärt worden, daß die serbischen Grenzerregimenter kassiert würden. Und daß alle Offiziere in reguläre Regimenter versetzt würden. Das geschehe im höheren Interesse der österreichischen Wirtschaft. Sie müßten jetzt in ihre neuen Garnisonen ziehen. Ihnen sei drei Jahre Zeit gelassen worden, um Haus und Hof zu verkaufen. Die Soldaten würden der ungarischen Kammer unterstellt. »Was wollen Sie also?«

Diese Frage schrie er ihnen mit furchtbarer, veränderter Stimme ins Gesicht, wobei er so gräßlich die Augen rollte, daß die Offiziere zusammenzuckten. In der Stille, die nun eintrat, forderte Garsuli sie auf, sich zu erheben. Er nahm das Reskript und begann zu lesen. Hier stand schwarz auf weiß, daß sie nach dem Befehl, den Graf Gaisruck, der Kommandant von Esseg, erhalten hatte, versetzt würden, und zwar:

Major Jurat Isakowitsch zu den Sirmischen Husaren,

Premierleutnant Petar Isakowitsch zu den Slawonischen Husaren,

Major Trifun Isakowitsch zur Infanterie nach Brod,

Rittmeister Pavle Isakowitsch Volkowitsch zum Infanterieregiment nach Gradiska.

Dann, als wollte er sie ermahnen, fügte er schreiend hinzu: *»Ex consilio bellico.«*

Mit weit aufgerissenen Augen schritt er noch einmal an ihnen vorüber und sagte, jetzt könnten sie heimgehen. Er war sicher, daß niemand auch nur ein Wort erwidern würde.

Der Kleinste und Jüngste unter den Isakowitschs war Major Jurat. Er war stämmig wie ein Gemeindebulle und in der engen Uniform so erhitzt, daß er vor Atemnot beinahe grunzte. Jurat galt jedoch als Kriegsheld. Er wirkte wie ein schöner junger Zigeuner.

Der Major hatte Habachtstellung eingenommen und stand mit krebsrotem Gesicht da, den Säbel an den Oberschenkel gepreßt. Er entblößte seine weißen Zähne, die einer Perlenkette glichen, aber nicht, um sich bei dem schrecklichen Manne einzuschmeicheln. Weil er den höchsten Rang besaß und am besten Deutsch sprach, hatten ihn die Vettern dazu bestimmt, nötigenfalls in ihrem Namen zu reden. Jurat blieb jedoch stumm. Er spürte, daß seine Brüder erwarteten, er solle Garsuli etwas erwidern, aber er brummte nur: »Mein Bruder ist, wer mir einen guten Rat gibt.«

Leutnant Petar Isakowitsch neben ihm war aufgrund seiner Heirat der Reichste und wohl deshalb der Stolzeste. Er war ein schöner schlanker Offizier, der die Dreißig noch nicht überschritten hatte. Vor Garsuli stand er gerade wie eine Fichte, die Hand am Säbel, mit blassem Gesicht. Auch seine Hand war wachsbleich, dagegen waren die Nasenflügel gerötet, sie blähten sich vor Zorn und Grimm. Petar schien etwas sagen zu wollen. Als der Grieche vorüberging, lächelte er jedoch nur höhnisch und flüsterte Jurat zu, so daß es auch Garsuli hören konnte: »Hat dir etwa die Sprache verschlagen, was der verdammte Papist gesagt hat?« Dabei trat er lässig von einem Bein aufs andere.

Trifun war der älteste an Jahren, aber der ärmste. Er war ein großköpfiger, langhaariger, leicht verwahrlost aussehender Mann. Garsuli wußte, daß Trifun mehrere Verwundungen erlitten hatte, aber das erweckte bei ihm kein Mitleid, vielmehr spürte er das Verlangen, ihn zu quälen. ›So ein Unglücksrabe, und der rebelliert noch?‹ dachte er.

Trifun stand gebeugt da, einen türkischen Krummsäbel in der Hand, unter dem Schnauzbart lugten die langen Schneidezähne hervor; er war Vater von sechs Kindern, das Leben und das Unglück, das ihn überall verfolgte, hatten ihn müde gemacht. Das rötliche Haar, die hohe Stirn und die Hakennase gaben Trifun das Aussehen eines Menschen, den jeder meidet, obwohl er gut ist. Auch Garsuli erschrak und machte einen Bogen um ihn; besonders verblüfften ihn die riesigen wäßrigen Augen.

Am längsten blieb Garsuli vor Pavle Isakowitsch stehen, der nicht einmal eine vorschriftsmäßige militärische Haltung eingenommen hatte. Pavle war einen ganzen Kopf größer als Jurat, ein etwas krummbeiniger langer Kerl, sein Haar schimmerte wie mattes Gold. Aus Verlegenheit hatte er seinen Offiziersdreispitz abgenommen. Die schmale Adlernase, die dunkelblauen Augen, das Lächeln um die geschwungenen Lippen, das vornehme Wesen – Garsuli betrachtete ihn erstaunt.

Pavle strich über seinen Schnurrbart. ›Was für ein Schönling‹, dachte Garsuli. Der Grieche glaubte schon, daß alles erledigt sei, als Pavle in vorzüglichem Deutsch zu reden begann. Er wisse nicht, was seine Vettern zu tun gedächten, aber was ihn betreffe, so gebe er sein Vorhaben nicht auf; vielmehr sei er fest entschlossen, die Herrschaft zu wechseln. Er sei auch nicht mehr kaiserlicher Offizier, sondern Rittmeister im Heer der Zarin Jelisaweta, und werde jetzt hier gesetzwidrig festgehalten. Ihm war gesagt worden, daß er kassiert sei und hingehen könne, wohin er wolle. Er habe den Abschied ohne jedes Verschulden erhalten. Sein Name befinde sich auf der Liste von General Schewitsch, es sei nicht möglich, ihn zu versetzen, zumal zur Infanterie. Von der Kavallerie zur Infanterie! Habe man je vernommen, daß ein Kavallerist zur Infanterie gehe? Das gebe es nicht und werde es nicht geben, solange Sonne und Mond am Himmel stehen. Aus einem Kavalleristen könne man keinen Infanteristen machen.

Eine Weile trat Stille ein. Garsuli war sprachlos. Wäre ihm in diesem Augenblick eine von den steinernen Kanonenkugeln auf den Kopf gefallen, hätte ihn das nicht so stark getroffen wie diese Worte.

Der Edle Pavle Isakowitsch kam nach solchen Worten vor Oberkriegskommissar Garsuli in Arrest – und zwar in Eisen. Und bei der Parade der Donaugrenzer am folgenden Tag gewärtigte man noch schlimmere Insubordinationen.

Auf dem grünen Exerzierplatz, der sich ins Endlose ausdehnte, mußte das slawonische Grenzerregiment, das kassiert werden sollte, lange auf Garsuli warten.

Das Regiment des einst berühmten Obersten Vuk, was heißt Volk, Wolfgang Isakowitsch, war auf einige hundert Soldaten zusammengeschrumpft. Sie hatten sich zu einer Kolonne formiert und ihre roten serbischen Umhänge übergeworfen; von weitem wirkten sie wie eine rote Linie.

Von nahem sah diese Truppe ziemlich bunt aus, denn viele Soldaten, die gegen die Türken und Franzosen gekämpft hatten, besaßen keinen Soldatenhut, keine Pistole oder keinen Säbel mehr, ja nicht einmal ein Gewehr. Manche trugen Opanken an den Füßen, trotzdem bewegten sich alle auf Kommando wie eine rote Mauer.

Garsuli fuhr mit Engelshofen zur Parade, in Engelshofens großem vierspännigem Wagen. Er erblickte das Regiment, sobald der Wagen unter der Wölbung des Prinz-Eugen-Tores hervorkam. Während der Fahrt ließ Garsuli niemanden in Ruhe. Ständig wandte er sich an Engelshofen und an seine Eskorte. »Pallavicini«, rief er seinem Adjutanten aus dem fahrenden Wagen zu. »Sehen Sie diese Männer dort? Was für schöne, stattliche Burschen! Können Sie sich vorstellen, wie sie auf den Feldern hinter dem Pulvermagazin pflügen? Und von dort bis in die Stadt werden wir Kanäle graben. Ich denke, daß wir die Bega bis zur Josefstadt verlängern.«

Er hatte in Venedig von einem Admiral einen riesigen Feldstecher erhalten, durch den er unablässig blickte. Da sich Engelshofen auf all sein Geschrei taub stellte, winkte er einen anderen Offizier aus seiner Eskorte herbei.

»Graf Gaisruck, Graf Gaisruck«, rief er wie ein Viehhändler auf dem Markt. »Das wären Landarbeiter für Ihren Vater! Sie können die Männer noch heute abend auf Schleppkähne bringen und nach Becskerek verschiffen. Dreihundertachtundsiebzig Mann. Dreihundertachtundsiebzig stramme Kerle.«

Garsuli gebrauchte nicht dieses harmlose Wort. Er gebrauchte einen zotigen Ausdruck. Im Heer war er wegen seiner obszönen Scherze berüchtigt, auch jetzt wollte er bei den Husaren und Kürassieren, die den Wagen eskortierten, möglichst viel Gelächter ernten.

Als sich der Wagen den geraden Reihen der Donaugrenzer genähert hatte, setzte Garsuli den Feldstecher ab und griff nach seiner Lorgnette. Er musterte die Männer, als betrachte er Trommeln und Pauken. Beim Klang der Trompeten und unter Kommandorufen bewegte sich nun die Kolonne und marschierte zum Pavillon, den man an der neuen Straße errichtet hatte. Hier war der Wagen stehengeblieben. Das Regiment stampfte mit den Füßen auf, so daß die Erde erzitterte, und kreiste um den Pavillon wie ein riesiger Uhrzeiger. Garsuli zollte laut Beifall, als wäre das sein Verdienst.

Nachdem Garsuli über den Teppich, der auf Fichtenbrettern lag, hinaufgeklommen war, sah er eine Woge aus Hunderten von Umhängen, Hüten, Pelzmützen, Köpfen, Beinen und Armen. Aus den Nasen quoll Dampf. Es roch nach Talg, Schweiß, Zwiebeln, Leder und Schießpulver. Für einen Moment kam es ihm vor, als wollte die Menge auf ihn zustürzen. Hilfesuchend drehte er sich nach Engelshofen um. Als er sah, daß Engelshofen bereits hinter ihm saß, eingehüllt in dichte Rauchwolken, beruhigte er sich.

Den Pavillon hatten Pioniere mit Sonnenblumen geschmückt, die Kolonne stand nun dicht davor. In den ersten Reihen hatten die Soldaten Mühe, den Rücken gegen die Brust des drängenden Hintermannes zu stemmen. Nur die Offiziere saßen zu Pferde, Garsuli erkannte unter ihnen die Majore Jurat und Trifun. Trifun war an diesem Tage der Kommandeur der Parade, und Garsuli sah mit Erstaunen, daß neben ihm, außer der gelben Fahne mit dem schwarzen Doppeladler, auch zwei Fahnen aus rotem und blauem Musselin flatterten.

Für einen Moment wandte sich Garsuli um, als verabschiede er sich. Im Hintergrund der Festung schienen die Forts, Kanonen und Türme von Temesvar an den blauen Himmel angeheftet zu sein. Links in der Ferne verschwammen Palisaden und ein Akazienwäldchen mit der Siedlung Mahala. Die Sonne stand hoch, auf dem Gras glitzerte Tau, am Himmel hing kein einziges Wölkchen.

Die Parade begann damit, daß man Akten und Faszikel auf die Tische der Schreiber legte und Tintenfässer danebenstellte. Ein Offizier geleitete die Majore Isakowitsch zum Pavillon. Garsuli hatte sich neben Engelshofen gesetzt und sagte:

»Ist es nicht seltsam, daß wir beide uns hier und heute wiedersehen, wo ich Ihnen das erste Mal begegnet bin, vor fünfunddreißig Jahren? Nur wenige waren aus der Türkei zurückgekehrt. Insgesamt dreitausend von dreizehn. Ja, und auch sie lagen hier im Gras, in Lumpen, auf blutigen Dekken, im eigenen Kot wegen dem grassierenden Durchfall. Ich sehe dort links einen Friedhof. Und über uns scheint noch immer die Sonne, die uns so schön wärmt. Die Sonne, die mächtiger ist als die größte Kanonenkugel. Wie sie uns schön wärmt. Dort unter der Redoute habe ich Sie als junger

Mann zum ersten Male gesehen, im Gefolge des allergnädigsten Kaisers Leopold. Sie übergaben Graf Harrach die Kürassiere. Ich war damals ein Grünschnabel, aber daran erinnere ich mich genau. Und nun sehe ich Sie als sehr alten Mann wieder. Und all das hatte keinen Sinn außer dieser Sonne. Alles vergeht, und nur die Sonne scheint. Wie schön sie wärmt, es gibt nichts Schöneres auf der Welt als einen solchen Frühlingstag.«

Engelshofen musterte den Griechen flüchtig und sagte barsch: »Ich erinnere mich nicht.«

Der Feldmarschalleutnant genoß den Anblick, der sich ihm bot. Diese Exerzierplätze und dieses Temesvar waren ein Teil seines Lebens. Sie waren wie ein zerschlagenes Fenster, durch das er in seine Vergangenheit blickte. Auf diese Exerzierplätze ist er als junger Offizier gekommen, und von diesen grünen Wiesen muß er jetzt nach Wien zurückkehren, wo niemand auf ihn wartet. Hier wird man sich eine Zeitlang noch an ihn erinnern, und später wird man ihn vergessen und nicht einmal seinen Namen wissen. Die Stadt mit ihren hohen Kirchtürmen wird bleiben wie die Sonne, die der geschwätzige Grieche dauernd erwähnt, und er wird gehen. Nach Wien, und bald wird man ihn tragen. Auf den Friedhof.

Die Sonne, die Garsuli wegen seiner geschwollenen rheumatischen Knie liebte, wurde von Engelshofen noch wohltuender empfunden, weil er schon mit einem Bein im Grabe stand. Er schaute auf die sonnenübergossenen Exerzierplätze im Bewußtsein, sie vielleicht zum letzten Male zu sehen. Der Haufe der Serben mit ihren Fahnen, Pferden, Lanzen, Pelzmützen und roten Umhängen stank in seiner Nase nicht – im Gegenteil, er roch nach wildem Mohn. Engelshofen ergötzte sich an den abgezirkelten Bewegungen, an der Kraft, am stummen Gehorsam dieser Soldaten, die mit Stampfen auf die lauten Kommandos ihrer Vorgesetzten antworteten. Hinter ihnen, in der Ferne, sah er die Allee von Apfelbäumen und das Himmelsblau, aber auch das weckte in ihm nur Trauer. Die Sonne war aufgestiegen, und er wußte, daß er sie nicht mehr lange hoch am Himmel sehen würde. Da er etwas zu Garsuli sagen mußte, nahm er seine Pfeife aus dem Mund und schrie: »Sie können Graf Harrach ausrichten, er ist ein alter Esel. Eines Tages wird man in Wien bereuen, daß man diese unschuldigen Menschen nach Rußland vertrieben hat. Ständig ersinnt man irgendwelche Richtlinien, und daran mißt man ihre Gassen und Dörfer. Es wäre besser, aus Westfalen dreihundertachtundsiebzig schwere Stuten zu holen und die Männer gegen die Franzosen zu schicken: Das wäre ein Kavallerieregiment, keineswegs schlechter als die Kürassiere. Es ist nicht recht, diese Menschen, die nichts verbrochen haben, von ihrem Herd zu vertreiben. Aber ihr dort am Hof, ihr wart schon immer große Arschlöcher.«

Über das Geländer des Pavillons gebeugt, blähte Engelshofen die Brust und rief den Isakowitschs zu, die neben der Fahne standen: »Heute gibt es doppelt Proviant, und für jede Schwadron ein Faß Wein.« Und als die Zufriedenheit darüber wie eine Weile im Kornfeld durch die Reihen wogte, schwenkte der Feldmarschalleutnant seinen Dreispitz und schrie: »Serben! Dreimal Vivat für den alten Engelshofen! « Die Serben verstanden das als Zeichen, daß es erlaubt war, einen Moment aus der Reihe zu treten, wie man vor Beginn einer Schlacht seine Notdurft verrichtet, und brüllten begeistert: »Vivat! Vivat! Vivat!« Engelshofen schrie mit, sich selber die Ehre gebend, als wäre er ein König.

Die Sonne, die grüne Flur, die tänzelnden Pferde, die glücklich schreienden Soldaten, das alles täuschte Garsuli. Er glaubte für einen Moment, daß ihn die Auditoren und Profosen von Temesvar belogen hatten, als sie ihn vor einem aufziehenden Gewitter warnten. Die Geschichten über die Panduren, über Schießereien in Kasernen und angezündete Schober in der Nähe von Pulvermagazinen mußten von Offizieren erfunden worden sein, die sich bei ihm einschmeicheln wollten, damit sie besser Karriere machten. Die Serben, die sich angeblich eher ausweisen ließen und in die Türkei zurückkehrten, als daß sie auf ihre Totenbräuche verzichteten, standen fröhlich hier vor ihm und gehorchten den Befehlen ihrer Offiziere. Garsuli gab deshalb Graf Pallavicini ein Zeichen, nun das Reskript über die Kassierung des Regiments zu verlesen, und er war davon überzeugt, daß alle gehorsam und widerspruchslos hinnehmen würden, aus der Festung und aus Mahala auf Besitzungen ungarischer Großgrundbesitzer umgesiedelt zu werden. Dort sollten sie hörige Bauern sein, die ohne Erlaubnis nicht mehr fortziehen durften.

Garsuli war kein dummer Mann, er kannte seine Möglichkeiten. Ihm lag daran, die Angelegenheit ordentlich hinter sich zu bringen, und was dann geschehen würde, darüber sollte sich Engelshofen den Kopf zerbrechen. Der Oberkriegskommissar hatte den Auftrag, den Soldaten das Reskript aus Wien vorzulesen und ins Serbische zu übersetzen. Ob sie dann gehorchen oder ob man sie hängen würde, war nicht seine Sorge. Er trachtete danach, seinen Auftrag zu erledigen, und wenn es dann Proteste geben sollte, so hatte sich die Kanzlei darum zu kümmern; dazu hatte er zwanzig Schreiber mitgebracht.

Als sich seine Eskorte auf den Brettern und Bänken des Pavillons um ihn versammelt hatte und als das Fahnenzeremoniell beendet war, erhob sich Garsuli und stellte sich vor Engelshofen. Ganz in schwarzem Samt, mit Handschuhen bis zu den Ellbogen und einer Straußenfeder am Hut, zog er die Blicke der Soldaten auf sich, die schon wußten, daß ihnen etwas Schicksalhaftes bevorstand. Garsuli reckte das Reskript in die Höhe; es war zusammengerollt und wurde mit schwarzen Schnüren zusammengehalten, an denen große schwarze Wachssiegel hingen. Dann schrie er auf deutsch, soweit seine Stimme trug: »Auf mein Kommando, alle stillgestanden!«

Einen Moment erstarrten alle. Hinter ihm die Stadt, die Befestigungen, Wälle, Wassergräben voller Frösche, Kirchtürme, Kanonen, alles war wie versteinert. Keine einzige Krähe flog über Temesvar, während Garsuli das Schriftstück aufrollte. Auf den Brettern des Pavillons, den man am Abend zuvor gezimmert hatte, standen Offiziere, Kürassiere und Auditoren, alle stumm und steif. Nur Engelshofen war sitzengeblieben, er hüstelte sogar. Reglos standen neben dem Pavillon auch die Husaren mit gezücktem Säbel. Die Pferde schüttelten die Mähnen, um die Fliegen zu verscheuchen. Ihre Haut zitterte, und die Fliegen ließen von den kleinen Wunden ab und stoben auseinander. Vor dem Pavillon standen breitbeinig dreihundertachtundsiebzig Männer in roten

Umhängen. Keiner bewegte sich. Es war so still, daß man in der Ferne eine Glocke hörte. In dem Jahr wütete das Fieber, und auf den Friedhöfen wurden fast täglich mehrere Tote begraben. Garsuli, der das Reskript des Wiener Kriegsrates fest in der Hand hielt, hatte den Eindruck, als wäre auf sein Kommando die weite grüne Landschaft erstarrt, auch die Apfelbäume unter dem blauen Himmel. Die Sonne brannte auf seine Wangen, er hob den Kopf und versuchte, mit weit aufgerissenen Augen ins Licht zu schauen. Gleich darauf schlug er die Augen nieder und schrie: »Auf mein Kommando! Rührt euch!« Da er mit zu hoher Stimme schrie, klang es, als krähe ein heiserer Hahn.

»Lesen Sie, Pallavicini«, sagte er leise zu seinem Adjutanten, der die Handschuhe ausgezogen hatte und sie jetzt schnell wieder überzog. »Sehr langsam. Achten Sie darauf.« Dann setzte er sich.

Während Graf Pallavicini das Reskript über die Kassierung des Regiments vorlas, zuerst den langen Titel, betrachtete Garsuli die Männer unter dem Pavillon. Sie stierten ihn mit offenem Mund an.

Die meisten Serben verstanden das Deutsch, in dem das Reskript verfaßt war, aber so, wie die Katholiken unter ihnen das Latein in der Kirche verstanden. Die unierten Katholiken unter den Serben wußten, wenn Christus oder das Jüngste Gericht oder die Ewigkeit in der Messe erwähnt wurden, ja sie wiederholten nach dem Geistlichen »in saecula saeculorum«, aber mehr verstanden sie kaum – so auch diese Schismatiker das Deutsch. Sie verstanden alles, als der Graf las: »Ihre Kaiserlich königliche Majestät« und »bei der demnächst resolvierten endlichen Regulierung derer slawonischen Grenzregimenter« – nur wußten sie nicht, was das bedeutete. Sie ahnten schließlich, daß das Schlimmste eingetreten war, und waren bestürzt. Sie standen mit offenem Mund da. Ihr Kinn klappte herunter.

Nach der Anordnung aus Wien sollte Graf Pallavicini nach jedem Kapitel das Reskript ins Serbische übersetzen. Er bemühte sich, das nach bestem Vermögen zu tun, denn er sprach Slawonisch. Ihn verstand jedoch kaum jemand, man sah, daß die Männer einander fragten und unruhig wurden.

Major Trifun Isakowitsch, der an diesem Tage die Parade kommandierte, war zwischen die Soldaten gegangen, um sie zu beruhigen. Aber die Unruhe wuchs. Garsuli merkte bald, daß die Serben nicht alles so demütig hinnahmen, wie er gedacht hatte. Er hatte sich aus dem Sessel erhoben und ließ den Blick über die Menge schweifen, als wollte er sie einschüchtern. Während Graf Pallavicini die Bestimmungen über die Totenbräuche vorlas, rief ihm jemand etwas zu. Das verwirrte ihn. Die Anordnung aus Wien lautete, daß es verboten war, einen Toten in einem offenen Sarg durch die Stadt zu tragen und daß der Sarg geschlossen und zugenagelt sein mußte, sobald der Leichenzug das Haus verließ. Der Graf hatte jedoch übersetzt, daß der Sarg nicht verschlossen in die Erde gesenkt werden dürfe.

Um die folgende Passage, bei der er Proteste erwartete, möglichst schnell hinter sich zu bringen, beeilte sich der Graf und übersetzte hastig, daß sie als Soldaten abgeschafft seien und nun Land zu bestellen hätten. Sie würden auf gutsherrlichem und fiskalischem Land angesiedelt und müßten wie die anderen Bauern arbeiten, wobei sie »für die Felder« Abgaben an den Besitzer zu entrichten hätten, außerdem müßten sie der Kirche »den Zehnten« zahlen. Ohne Erlaubnis dürften sie das Land, auf dem sie angesiedelt würden, nicht verlassen. Als der Graf das ausgesprochen hatte, vernahm man einen scharfen Pfiff und gleich darauf die Worte: »Wir wollen keine Bauern sein!«

Es gärte in der Menge, und einige Männer drängten sich näher an den Pavillon heran. Der Graf las nicht weiter und wandte sich mit fragendem Blick zu Garsuli um.

Das Geschrei wurde indessen lauter, und immer öfter vernahm man nun den Ruf: »Wir wollen keine Bauern sein!«, wobei sie das Wort »Bauern« besonders langdehnten und betonten. Unter den Offizieren auf der Tribüne entstand ebenfalls Unruhe. Garsuli winkte einen jungen Husaren herbei und flüsterte ihm etwas ins Ohr. Der Husar lief die Holztreppe hinunter und galoppierte in die Stadt.

In der aufgebrachten Menge sah man Major Trifun, der mit den Armen fuchtelte, auf Schreiende einschlug und sie zur Ordnung rief. Sein Bruder, der stämmige Major Jurat, stieß die Soldaten, die aus der Reihe getreten waren, wie Schuljungen zurück. »Wir wollen keine Bauern sein«, wurde jetzt schon im Chor gebrüllt.

Engelshofen hatte die Pfeife aus dem Mund genommen, blieb jedoch sitzen. Er beugte sich nur mit finsterer Miene über das Geländer. Garsuli war erbleicht und erhob sich. Während er seine Lorgnette schwenkte, wandte er sich an Engelshofen und zischte: »Herr Feldmarschalleutnant, das ist ja eine Rebellion!«

Als wollte er etwas Lästiges von sich schieben, stieß er Graf Pallavicini beiseite und nahm ihm das Reskript aus der Hand, das noch nicht vollständig verlesen war. Er befahl, seinen Wagen bereitzustellen. Die Menge drängte sich jetzt wie betrunken unter der Tribüne, den Soldaten in der vorderen Reihe wurde von hinten die Pelzmütze ins Gesicht geschoben. Jemand mußte wohl den Husaren, die mit gezückten Säbeln am Pavillon standen, einen Wink gegeben haben, denn sie versuchten nun, zu Pferd, all jene zurückzudrängen, die der Tribüne zu nahe gekommen waren. Das schien die Serben aber noch mehr aufzubringen; es war auch ein Fehler, weil diese zeitlebens mit Pferden umgegangen waren und in Kriegen bei der Reiterei gekämpft hatten. Als würden sie Ochsen oder Widder zu Boden werfen, um sie zu markieren, rissen sie die Husaren mit den Pferden um. Erst jetzt wurden die Serben vollends toll, sie nahmen den Husaren, die noch kein Pulver und kein Menschenblut in Schlachten gerochen hatten, die Säbel weg, schlugen mit der Flachseite auf sie ein und zogen ihnen die Stiefel aus. Die erschreckten Pferde rasten über die Wiesen. Als man auch den Wagen umstürzen wollte, schossen einige Husaren aus ihren Pistolen. In die Luft. Zur Warnung.

Garsuli sah die wütenden Gesichter und die blutunterlaufenen Augen und rannte nach den ersten Schüssen zu seinem Wagen, gefolgt von Offizieren, Auditoren und Schreibern. Alle rannten. Alle flüchteten vor dem angeschwollenen roten Fluß, der die Pferde, Fahnen und Kanonen umriß, zu dem Wagen. Dort verkroch sich Garsuli.

Die Serben brüllten immer noch: »Wir wollen keine Bauern sein!« Als der Wagen losfuhr, fielen einige Soldaten den

Pferden in die Zügel und wollten den Kutscher vom Bock holen. Er entschlüpfte ihnen jedoch, in ihren Händen blieb nur seine gepuderte Perücke zurück. »Du verdammter Katholik«, schrien sie. »Paß auf, daß wir dir nicht deine Platte polieren.« Alles, was einer schrie, wiederholte sogleich die ganze Menge.

In dem Wagen mit dem luxuriösen gußeisernen Verdeck saß Garsuli wie eine Maus in der Falle, und es schien um seinen Kopf zu gehen. Der Kutscher peitschte jedoch die Pferde, und als sie wiehernd den Wagen anzogen, rief ihm die Menge nur Schimpfworte nach, ließ aber von ihm ab. Niemand folgte dem Wagen. Kurz darauf erreichte er das Prinz-Eugen-Tor. Hier standen bereits Kanoniere mit angezündeten Lunten. Der Husar, den Garsuli mit der Nachricht in die Stadt geschickt hatte, daß eine Rebellion ausgebrochen sei, hatte gute Arbeit geleistet.

Garsuli erkannte, daß ihm nichts geschah. Er sprang aus dem Wagen und blickte sich um. Alle hatten es geschafft, zu flüchten und das Geschrei hinter sich zu lassen. Alle gaben den Husaren Befehle, alle waren herbeigeeilt, um Garsuli zu sehen.

Da er sich an einem sicheren Ort wußte, am Tor einer befestigten großen Stadt, kam es Garsuli jetzt vor, als wäre die ganze Welt Zeuge seiner jämmerlichen Flucht gewesen, und deshalb keuchte er vor Wut. Er riß sich den Hut vom Kopf, knüpfte den Kragen auf, und ohne sich irgendwie beruhigen zu können, hüpfte er von einem Fuß auf den anderen. Er schrie die Offiziere an, die sich um ihn versammelt hatten. Es fehlte nicht viel, und er hätte befohlen, mit Kanonen auf die Menge zu schießen.

Und er schrie aus voller Kehle: »Ich werde euch das Nach-Moskau-Reisen vergessen machen.«

Die Offiziere wußten nicht, ob sie am Tor bleiben oder die Kanonen auf die freie Fläche bringen sollten. Sie befahlen den Kanonieren, die Lunten zu löschen. Jeder sah, daß die Gefahr vorüber war und daß die Soldaten auf der Wiese standen, wo sie am Morgen gestanden hatten. Garsuli erkannte selbst, daß die Kanonen nicht gebraucht wurden, und der Gedanke, überängstlich gehandelt zu haben, wurmte ihn. Er griff sich an den Kopf, als spüre er schwere Schmerzen, denn er sah in der Ferne das Regiment wieder als rote gerade Linie. Um die Offiziere zu beschwichtigen, die sich um ihn versammelt hatten, erteilte er eilig Befehle, sowohl denen, die ihm untergeben waren, wie auch allen anderen. So schickte er die Offiziere irgendwohin. Plötzlich fiel ihm ein, das kassierte Regiment könnte etwa gar noch Geld für die Übersiedlung nach Rußland verlangen, und das brachte ihn wieder in Harnisch. Während er in den Wagen stieg, schrie er, so daß ihn jeder hören konnte: »Ja, sie denken wohl, daß ich ihnen das Geld soll auf die Reise geben, nein, sie bekommen keines.«

Da sie sich mit Garsuli und seinetwegen lächerlich gemacht hatten, waren die Offiziere schon von allein auseinandergegangen. In seinem Wagen saß Garsuli nur dem Grafen Pallavicini gegenüber, der diesen Tag sein Adjutant war. Garsuli schien sich plötzlich an etwas zu erinnern und wandte sich mit ruhiger Stimme, fast fröhlich an den Grafen: »Pallavicini, was heißt das deutsch, was sie so oft gerufen haben?«

»Wir wollen keine Bauern sein«, antwortete der Kürassier.

»Sie wollen also keine Bauern sein, wollen nicht pflügen und säen, sie möchten alle den Abschied haben. Wartet nur, ich werde euch den Abschied geben.« Während er das zischte, drehte sich Garsuli um und blickte noch einmal auf die Wiese. Zu aller Erstaunen hatte sich das Regiment formiert und bewegte sich langsam auf Temesvar zu. An der Spitze fuhr Engelshofens Wagen, und hinter ihm marschierte das Regiment als Marschkolonne. Es vergingen nur wenige Minuten, bis die Soldaten das Tor erreichten. Vor ihnen schritt barhäuptig Major Trifun Isakowitsch. Er hatte eine frische Wunde auf dem Kopf, das Blut war geronnen, sah aber noch ganz rot aus. Als er vor der Brücke angekommen war, kommandierte er: »Im Gleichschritt marsch«, und die Soldaten begaben sich im Parademarsch in die Stadt, so daß das Tor erbebte. Ungefähr dreißig Mann marschierten ohne Gewehr, die Hände auf dem Rücken gebunden.

Garsuli hatte sich hinter das Kasernentor zurückgezogen, wo die Kanoniere mit gelöschten Lunten und ungeladenen Kanonen staunend das Schauspiel beobachteten. Als er Baron Engelshofen sah, erstarrte er vor Verwunderung und Scham.

Der Alte stieg ruhig aus dem Wagen und befahl, die dreißig Gebundenen in Eisen zu legen. Das gesamte Regiment mußte die Nacht in den Kasematten verbringen, und alle Offiziere sollten vor den Profos kommen.

Engelshofen schien seit dem Morgen um zehn Jahre gealtert zu sein. Beim Aussteigen mußte man ihn das erste Mal stützen. Er war ohne Hut und atmete schwer. Als er den Griechen erblickte, blieb er stehen und schaute ihn mit seinen großen Augen an. Dann sagte er ohne ein Anzeichen von Zorn, aber mit tränenerstickter Stimme: »Sie haben es fertiggebracht, das Temesvar, das ich geschaffen habe, um hundert Jahre zurückzuwerfen. Jetzt sind wir mit den Serben dort, wo wir vor Ludwig von Baden waren. Ich gratuliere. Grüßen Sie auch meinen alten Freund, den Grafen Harrach.«

Garsuli war verärgert, weil der Feldmarschalleutnant so redete und ihn auch Graf Pallavicini hörte, der das später in Wien erzählen konnte, deshalb unterbrach er den Alten: »Dieses Volk versteht nichts außer Stock und Galgen. Ich werde morgen früh nur Todesstrafen fordern, jeder Zehnte ist zu erschießen.«

»Fordern Sie!« erwiderte Engelshofen mit sanfter Stimme, was den Griechen überraschte. Als der Alte in den Schatten der Torwölbung trat und sich den Schweiß von der Stirn wischte, fügte er hinzu: »Ihr dort am Hof kennt ja nichts anderes.« Dann murmelte er noch etwas.

Obwohl man die Worte nicht verstand, trafen sie Garsuli. Er hatte immerhin gehört, wie Engelshofen brummte: »Denn ihr seid ...« Und was sie und die Leute vom Hof waren, wußte Garsuli bereits. Engelshofen brauchte nichts hinzuzufügen. Er drehte Garsuli einfach den Rücken zu.

Währenddessen wurden die gebundenen dreißig Soldaten in die Kasematten geführt, die sich neben dem Brunnen befanden. Die anderen Soldaten standen auf dem Hof der Kürassierkaserne. Zuerst nahm man ihnen die Beutel mit Pulver und Blei ab, dann wurden die Schlösser von ihren Gewehren abmontiert. Sie mußten bis zum letzten Messer alles abgeben, und seltsamerweise fügten sie sich widerspruchslos. Die Fahnen wurden ihnen genommen, ihre Standarten durften sie jedoch behalten, weil es angeblich kirchliche waren. Man brachte sie in die Kirche. Die orthodoxe Kirche lag gegenüber der Kaserne.

Geradezu verblüfft waren indessen Husaren und Kürassiere, als man den doppelten Proviant austeilte und fünf Fässer Wein auf den Hof rollte. Da hob ein solches Geschrei an, daß man nicht einmal die Glocke hörte.

Über dreihundert Männer lagerten sich auf dem Steinpflaster, verschlangen das noch warme Brot und begossen es mit Wein. Und die Fässer dröhnten wie Trommeln von den Fußtritten. An der Seite des Hofes, die von der Sonne beschienen wurde, begannen einige Soldaten in ihren roten Umhängen wie ein Kreisel zu springen und sich zu drehen. Kurze Zeit darauf hatten sich die meisten angefaßt und tanzten den Kolo. Diese Menschen konnte anscheinend nichts betrüben.

In einer Ecke des Kasernenhofes, in seinen roten Umhang gehüllt, saß ein strohblonder Jüngling und blies auf einer Hirtenflöte, die er an seiner Brust gerettet hatte. Er schrie:

»Temesvar, nicht Stadt, nicht Dorf,
Bloß Gestank in Sumpf und Torf.«

II

Das Unglück traf sie dieses Frühjahr in Temesvar unerwartet …

Im österreichischen Heer gab es zu jener Zeit mehrere Isakowitschs, aber Oberkriegskommissar Garsuli hatte es auf die vier in Temesvar abgesehen, die den Abschied erhalten hatten und sich auf die Übersiedlung nach Rußland vorbereiteten. Ihr Schicksal schien besiegelt zu sein.

Für Garsulis Kanzlei waren alle vier gleich, sie gehörten zu einer Familie, vier Rebellen. Und dennoch – ihr Alter, ihre Vergangenheit, ihre Frauen, ihr Besitz, ihr Naturell und besonders ihre Wünsche und Hoffnungen, das alles trug in jenen Tagen dazu bei, daß sich ihre Zukunft unterschiedlich gestaltete.

Sie wußten das noch nicht, und an dem Morgen fühlten sie sich wie einst in Serbien als eine Familie. Sie hatten gehofft, zusammen an einem Ort zu leben, und waren bestürzt darüber, daß man sie in verschiedene Regimenter versetzte. Die Isakowitschs wollten zusammenbleiben, so wie sie nach Hartkovci gekommen waren, dem Zufluchtsort von Trifun.

Das Unglück traf sie dieses Frühjahr in Temesvar unerwartet.

Der Frühling des Jahres 1752 kam plötzlich, ohne Übergang, ohne die späten Fröste, von denen manchmal die Obstblüte erfriert.

Außerdem war es so warm, daß die Akazien vorzeitig blühten, so ungestüm, wie es die Burschen dieser Gegend bei Hochzeiten vom Branntwein werden. Temesvar war damals auch wegen der riesigen blauen Veilchen berühmt, die auf den Friedhöfen am Rande der Stadt wucherten. Hinter den Friedhöfen sah man bis in endlose Weiten nur eine grüne Ebene.

Die sternförmigen Befestigungen, welche die Stadt umgürteten, wirkten morgens düster, aber die Sonne beschien sehr früh die Kirchtürme. Sie sprang dann wie Feuer von Dach zu Dach, über die Barockpaläste und Häuser, nur die Straßen im Stadtinneren lagen lange im Halbdunkel, und die Vorhänge an den Fenstern blieben zugezogen. Bis die Hörner erschallten, herrschte Stille.

Auf dem weiträumigen Marktplatz stand ein Denkmal der Heiligen Dreifaltigkeit, der Platz trug den Namen eines ungarischen Ritters. Vom frühen Morgen an paradierten hier die Wachposten der Schildwache wie Zinnsoldaten. Sie marschierten im Paradeschritt des Grafen Mercy, von links nach rechts, und wenn sie sich trafen, Auge in Auge einander gegenüberstanden, nahmen sie mehrmals das Gewehr »vor die Brust«. Dann kommandierten sie sich selber halblaut »kehrt euch« und marschierten auf demselben Wege zurück, den sie gekommen waren.

Die Sonne erglühte und stand als feuriger Ball über ihnen.

Da sie Temesvar nur als ihren vorläufigen Aufenthaltsort betrachtet hatten, waren die Brüder Jurat und Petar Isakowitsch in den Gasthof gezogen, der gegenüber dem Piaristenkloster lag. Er hieß »Zum goldenen Hirsch« und war mit Offiziersfamilien und Schauspielern bevölkert. Die Fassade mit den großen Barockfenstern ähnelte Wiener Häusern, auf dem Hof glich er einer türkischen Karawanserei. Eine hölzerne Pawlatsche voller Blumen in Tontöpfen, die wie geflochtene Körbe aussahen, umgab das Gebäude im ersten Stock. Mitten im Hof stand der Brunnen, völlig mit Winde bewachsen. Trifun, der älteste Isakowitsch, war mittellos und hatte sich mit seinen Flüchtlingen in Mahala angesiedelt. Sein Vetter Pavle wohnte in einem Haus mit Garten in einer Vorstadt, die Josefstadt hieß. Pavle besaß mehrere wertvolle Stuten und kam gern in die Stadt geritten.

Jetzt befand sich Pavle im Gefängnis, die anderen drei Isakowitschs waren jedoch frei, obwohl sie in den Büchern des Profos als Häftlinge geführt wurden. Engelshofen verwehrte ihnen nicht, bei ihren Frauen zu schlafen.

Petar, der es im Heer längst nicht so weit wie seine Brüder gebracht hatte, war der reichste Isakowitsch, denn er hatte eine Senatorentochter geheiratet. Sie bewohnten im »Goldenen Hirsch« eines der prächtigsten Zimmer, und an dem Morgen, als diese Geschichte weiterging, erwachten sie als erste.

Petars Frau Varvara, geborene Stritzeski, hatte von Engelshofen erfahren, daß man Pavle an dem Morgen aus Temesvar nach Esseg bringen würde.

Diese Frau, jetzt in ihrem zweiundzwanzigsten Lebensjahr und schon drei Jahre verheiratet, war ein blondes, schlankes, rosiges Geschöpf mit rötlichem Haar und sanftgrünen Augen. Die Offiziere in Peterwardein hatten für sie geschwärmt, und obwohl sie einen schönen jungen Mann besaß, zeigte sie eine merkwürdige Neigung für Pavle, die sie nicht verbarg und in der nichts Anstößiges lag. Es war ein seltsamer Kummer, ein sonderbares Mitgefühl.

Alle in der Familie Isakowitsch wußten das, und alle lachten deshalb über sie. Ihr Mann sagte zuweilen – aber nur im Scherz –, daß er sie zu ihrem Vater, dem Senator Stritzeski, nach Neusatz zurückschicken werde. In Wahrheit hatte Petar niemals an seiner Frau gezweifelt.

Als Varvara erfahren hatte, wann und durch welches Tor

man Pavle nach Esseg bringen würde, um ihn dort zu richten, willigte Petar sogleich in ihren Vorschlag ein, den Vetter beim ersten Vorposten zu verabschieden. Sein Bruder Jurat und dessen Frau Ana schlossen sich ihnen an. Lediglich Trifun, den man bei dem Tumult auf den Kopf geschlagen hatte, wollte nicht mitgehen. Er folgte dem Rat seiner Frau, einer Mutter von sechs Kindern – das jüngste noch ein Säugling –, die erschrocken war, als Trifun mit blutigem Schädel heimkam.

So geschah es, daß die Frau von Petar Isakowitsch an dem Morgen als erste erwachte und ihren Mann weckte. Petar lag auf dem Rücken, die Arme über dem Kopf, schön und jung wie ein Ephebe; er hatte die Lippen geschürzt und atmete ganz leise.

Nachdem sie die Kerzen im großen Kandelaber angezündet hatte, setzte sich Varvara in ihrem langen seidenen Nachthemd aufs Bett und betrachtete Petar lange.

Das Licht, das ihm in die Augen schien, weckte Petar, und er begann sich herumzuwälzen. Als er seinen Namen hörte, zuckte er zusammen. Dann drehte er sich auf den Bauch und wollte weiterschlafen. Als ihn seine Frau nochmals rief, öffnete er endlich die Augen, schloß aber eines wieder, schielte mit dem anderen zu ihr hinüber und fragte barsch: »Was ist los?«

Varvara hatte die Arme um die hochgezogenen Knie geschlungen und den Kopf daraufgelegt. Sie betrachtete Petar mit ihren großen Augen, die jetzt grün und hell waren, unter langen, nicht rötlichen, sondern dunklen Wimpern. Varvara sah aus wie eine Statue, die im Traum lächelt.

»Petar! Auf! Auf! Es ist Zeit! Du mußt aufstehen. Du weißt, daß sie Pavle fortbringen!« Sie sprach wie ein verwöhntes Kind.

Ihr Mann blinzelte und gähnte.

Varvara stand zuerst auf und erwies sich als große, schlanke Frau mit sehr schönen langen Beinen. Sie zog ein kupfernes Gefäß unter dem Bett hervor und legte das Hemd ab, um sich zu waschen. Als sie sah, daß ihr Mann wieder einschlafen wollte, schleuderte sie laut lachend ein Kopfkissen nach ihm.

Petar fuhr zusammen, stieg aus dem Bett und ging barfuß in seinem langen Hemd zum Fenster, um es zu öffnen.

Draußen zwitscherten Schwalben, die unter dem Dach nisteten.

»Diese Schwalben!« rief der junge Offizier. »Mir direkt auf den Hut!«

Er hängte abends stets Uniform, Unterhosen und Hut zum Lüften ans Fenster.

Varvara stieg aus dem Gefäß, und ihr Mann hockte sich in dasselbe Wasser, um seine Füße zu waschen.

Die Wände des Zimmers, das der Premierleutnant Petar Isakowitsch und seine Frau bewohnten, zierten Gobelins mit Jagdszenen und nackte Engel. Während sich Varvara abtrocknete und anzog, stand sie ungezwungen neben diesen Engeln, und sie konnte sich durchaus mit diesen Bildern weiblicher Schönheit messen.

Auf der anderen Seite des Gasthofs waren die Zimmer nicht luxuriös, jedoch geräumig und gemütlich. Sie hatten keine Fenster, das Licht fiel durch eine Glastür. In einem dieser Zimmer wohnte Jurat, der – obwohl ein Jahr jünger als Petar – im Heer weit vorangekommen war. Jurat hatte vor einigen Jahren im Krieg mehrmals berühmte feindliche Offiziere gefangengenommen, so daß die Ränge auf ihn purzelten wie reife Birnen. Er war deshalb in Wien bekannt, Engelshofen schickte ihn sogar auf Hofbälle. Vor fünf Jahren hatte er Ana geheiratet, die Tochter von Jakov Bogdanowitsch, einem Senator in Neusatz wie der Vater von Petars Frau.

Jurat schlief sommers wie winters nackt. Er hatte sich angewöhnt, mit dem Oberkörper auf seiner Frau einzuschlafen, die den schweren Mann hinunterwälzen mußte wie einen Stein.

Ana hatte ihr zweites Kind bekommen und befürchtete, Jurat könnte es im Schlaf erdrücken. Sie trieb ihn fort, und er legte sich dann schmollend zu ihren Füßen. Nachts bot er sich an, das Kind zu wiegen. Jurat konnte aufwachen, wann er wollte.

Er sagte: »Morgen werde ich aufwachen, wenn die Hähne krähen.

Dann wachte er zu der Zeit auf.

Er sagte: »Ich stehe auf, wenn die Kirchturmuhr vier schlägt.«

Und er stand um vier auf.

So weckte er auch an diesem Morgen seine Frau und besänftigte das Kind. Sie kreischte auf, da sie das Kind nicht neben sich fand. Er hielt es im Arm wie eine Bärenmutter. In dem Zimmer gab es keine Gobelins und keine Rokokoengel. Über dem Bett hing nur eine Ikone, Maria darstellend, die auf einem Globus eine Schlange zertrat.

Wenn sein Bruder Petar und seine Schwägerin Varvara, eine Katholikin, zu Besuch kamen, pflegte Jurat zu sagen: »Ana, nimm die Katholische von der Wand, damit sie nicht sieht, was wir nachts treiben!« Bei dem Scherz kreischten die schamhaften Frauen immer wieder, und Petar errötete.

Das beabsichtigte Jurat auch. Er schüttete sich jedesmal vor Lachen aus, wenn er sah, wie Petar errötete.

Jurats Frau Ana war kleiner und voller als Varvara, aber geschmeidig wie eine Tigerin. Obwohl gleichen Alters wie ihre Schwägerin, war sie schon fünf Jahre Ehefrau, sie hatte mit siebzehn geheiratet. Ihre schwarzen Zöpfe reichten bis unter die Knie, das üppige schwarze Haar duftete. Ana war mit ihren schönen kräftigen Beinen eine ausgezeichnete Tänzerin, und die Offiziere schätzten sie auch als Reiterin. Sie konnte sich auf ein Pferd legen und im Galopp eine Peitsche oder einen Säbel vom Erdboden aufheben. Beim Reiten steckte sie ihre schwarze Krinoline zwischen die Beine und klammerte sich lachend an die Mähne des Pferdes. So jagte sie los, wie mit dem Pferd verwachsen.

Ihr Vater, Senator Jakov Bogdanowitsch, sagte manchmal: »Warum hat mir Gott eine Tatarin geschenkt?«

Ana hatte eine spitze Nase, dunkle Augen und volle rote Lippen. Ihre Brauen waren über der Nase zusammengewachsen. Sie war schön, obwohl ihre Freundinnen sagten, daß sie wegen ihrer spitzen Nase einem Vogel ähnelte.

Das stimmte sogar bis zu einem gewissen Grade – diese junge energische Frau ähnelte einem wilden Vogel. Wenn sie im Winter auf Bällen tanzte, sagte Engelshofen, sie sei in ihrer schwarzen Krinoline wie ein schwarzer Schwan, und wenn ihr etwas mißfalle, gebärde sie sich wie ein Adler. Ihr Mann erstarrte jedesmal bei ihrem vorwurfsvollen »Jurat!«, wobei sie ihn mit ihren dunklen Augen ansah.

Abends hingegen, bei Gesang und Wein, wurde diese Frau

zärtlich und anmutig und sang zur Harfe. »Ich, ich hatte König David zum Hochzeitsbegleiter!« sagte ihr Mann und lauschte voller Bewunderung den »Psalmen« seiner Frau. Die beiden waren vernarrt ineinander, obwohl sie schon fünf Jahre verheiratet waren.

Pavle, den die beiden Brüder und ihre Frauen zu verabschieden gedachten, bereitete sich an dem Morgen ebenfalls auf die Fahrt vor. Er war müde und niedergeschlagen. Wie jeder, der einmal im Gefängnis gewesen ist, behielt er für immer eine Narbe in seiner Seele.

Die Offiziersgefängnisse waren unter Engelshofen gar nicht schrecklich. Sie lagen im selben Gebäude, in dem er wohnte. Es waren geweißte, helle Stuben, saubere, gedielte Räume, die gut geheizt und gelüftet wurden. Hier sperrte man Hasardeure, Duellanten und Schürzenjäger ein.

Darunter gab es neben einem Brunnen aus der Römerzeit mehrere ungedielte, finstere Räume, die bis vor kurzem als Folterkammern gedient hatten. Garsuli hatte angeordnet, Pavle in einem solchen Verlies einzuschließen, das für Mörder, Deserteure und Spione gedacht war.

Pavle bekam lediglich eine Holzpritsche und einen Strohsack, und als Nahrung einen Napf Wasser und schimmliges Brot. Er hatte zwar einen Schemel, aber weder Tisch noch Kerzen. Wenn er sich hinlegte, piepten die Mäuse im Strohsack, und Ratten sprangen über ihn hinweg wie riesige Heuschrecken. Eine biß ihn in die Hand.

In diesem Raum fühlte sich jeder bald wie in einem Sarg und verlor jedes Zeitgefühl. Es war so feucht darin, daß der Eingekerkerte schon nach zwei, drei Tagen zu fiebern begann. Wenn er die Zelle verließ – falls er sie jemals verließ –, glich er einem Toten. Gewöhnlich war sein Haar ergraut.

Wer dort eingesperrt war, hämmerte schon nach einer Nacht an die Tür, rief nach dem Profos, jammerte und klagte.

Wenn Garsuli das auch von Pavle erwartet hatte, täuschte er sich sehr, er kannte nicht seinen edlen Charakter. Pavle konnte eine Woche im Sattel verbringen, ohne zu schlafen, zu essen und zu trinken. Während seine Soldaten an heißen Tagen nach Wasser rannten, lag er im Gras und wartete, bis alle ihren Durst gestillt hatten. Dann sah er aus, als schliefe er mit offenen Augen. Er klagte nie.

Jetzt saß er auf dem Schemel, den Kopf in den Händen geborgen. Er schwieg, nur von Zeit zu Zeit pfiff er kaum hörbar etwas vor sich hin. Seine Beine waren wie aus Holz. Er schlug zuweilen mit den Fäusten an seine Stiefel. Er lief auf und ab, ermüdete aber bald.

Er horchte in sich hinein und blickte in Einsamkeit.

Als der Profos mit seiner Laterne fortgegangen war, sah Pavle, daß an der Wand nur sein Schatten im Dunkeln hing. Über ihm Temesvar, so viele Befestigungen und Kasernen, so viele Menschen und Pferde, aber niemand wußte, wo er eingekerkert war, und besuchte ihn, und selbst wer das wollte, durfte es nicht.

Alles, was er hören und sehen konnte, waren seine Gedanken, sie huschten vorüber wie Schwalben, färbten sich bunt und schwirrten durch seinen Kopf. Er saß in der roten, straffen Reithose und dem hüftlangen weißen Hemd da und zitterte.

Als ihn Garsuli bei Trommelwirbel in Eisen legen ließ, dachte Pavle ernstlich, man würde ihn hängen, und ihm blieb nur übrig, aufrecht und stolz dazustehen und dem Profos zu folgen. Niemand sollte sagen, daß er den letzten Weg mit gesenktem Kopf gegangen sei.

Beim Profos, während man ihm die Uniform auszog und die Hände band, fiel ihm ein, daß allein Engelshofen die Vollstreckung der Todesstrafe anordnen konnte und daß Garsuli nur leere Drohungen ausstieß und schwatzte wie ein altes Weib. Nein, Garsuli konnte ihn nicht in Engelshofens Garnison hängen lassen. Das durfte er nicht.

»Und was ändert das?« flüsterte ihm jemand mit Trifuns Stimme zu. »Es genügt, wenn er dich zwei Wochen hier unten läßt, bis dich das Fieber ausgezehrt hat und dir die Ratten die Ohren abgefressen haben. Wen soll Garsuli fürchten? Wir hatten schon mehrere Kerkermeister, und keiner war zimperlich.«

Zur gleichen Zeit hörte Pavle, daß ihm alle beipflichteten, die er vor dreizehn Jahren nach Sirmien geführt hatte. Was er diesem Eunuchen aus Korfu gesagt hatte, würden alle anderen aus Mahala bekräftigen. Pavle schien sogar Trifuns Soldaten wie Donnergetöse in der Ferne zu hören. Entweder man läßt sie nach Rußland ziehen, oder sie kehren zu den Türken zurück. Niemals werden sie Knechte und hörige Bauern.

Pavle spürte so große Zufriedenheit darüber, was er Garsuli gesagt hatte, daß er sich beinahe nach seiner Gewohnheit über den seidigen blonden Schnurrbart strich. Dieser schöne Mann war die personifizierte Eitelkeit, er kam aus einer überaus eitlen Familie. In Gedanken sah er sich vor dem aufgeblasenen Garsuli stehen, dem niemand außer ihm etwas zu entgegnen wagte. Er hörte, wie Jurat flüsterte: »Warum mußtest du denn verraten, mit wem du nach Rußland willst? Das sagt man nicht, Langer! Wohin soll ich jetzt mit der Frau und dem Säugling?«

Garsuli wußte, daß Pavle ein vortrefflicher Reiter war, und bemerkte, daß er nicht einmal vorschriftsmäßig, sondern frech und locker vor ihm stand. Er hatte sich in bezug auf diesen Mann sehr getäuscht, der ihm so still und verträumt erschienen war.

Pavle besaß den wahnwitzigen Mut, den man zuweilen bei solchen blonden, stillen, sanftmütigen Männern findet. Während andere schrien, wenn die Pferde vor der Attacke unruhig wurden, und das Kommando »Säbel« brüllten, ritt Pavle vor seinen Soldaten, erst im Trab, dann im Galopp, legte sich schließlich schweigend über das Pferd und jagte durch das Gras, den Säbel wie eine Peitsche schwingend. Seine Reiter hatten dann den Eindruck, als befänden sie sich auf dem Exerzierplatz und stürmten auf Türken aus Stroh nach dem Kommando »Pistole« und »Säbel«.

Das heißt nicht, daß sich Pavle in dem Verlies freute, Garsuli widersprochen zu haben. Im Gegenteil, er war niedergeschlagen und hatte keine Hoffnung mehr, daß alles gut enden würde.

Er dachte: ›Es wäre besser gewesen, nicht aus der Türkei auszuwandern, und es war ganz bestimmt falsch, nach Österreich zu gehen.‹

Außerdem bemitleidete er sich selber in seiner Einsamkeit, weil er dort unten eingesperrt war, während oben der Frühling blühte, der herrliche Frühling, den er vielleicht nie mehr erleben würde. Die endlosen grünen Fluren, die Bega, die knospenden Weidenbüsche, der blaue Himmel. Er spürte, wie das Gras grünte, wie die Knospen aufbrachen, wie sich der Himmel blau färbte. Er sehnte sich danach, noch einmal durch dieses Gras zu laufen.

Wenn er spielte, schmauste, zechte, sagten alle, sie wären seine Brüder, alle liebten ihn, und ihre Bärte waren feucht vom Wein. Alle sangen, alle schrien. Er brauchte jedoch nur beim Kartenspiel zu verlieren, und sie stahlen sich davon und ließen ihn allein bei den Kürassieren, bis er alles verspielt hatte. Dann lief er einsam durch die leeren Straßen heim.

Um die quälenden Gedanken zu verscheuchen, dachte Pavle daran, wie seine Pferde wohl versorgt würden. Er war mit Pferden aufgewachsen und hatte sein Leben mit Pferden verbracht; an sie dachte er gern. Bei Trifun in Mahala standen mehrere wertvolle Fohlen. Mit ihrem störrischen Wesen, ihren schwachen Hufen und Fesseln bereiteten ihm seine Stuten große Sorgen. Früher oder später jedoch wurden sie zahm und kräftig.

Bei Pferden ist weniger Unglück als bei den Menschen.

Ein gutes Pferd – sagte sich Pavle im stillen – ist leicht zu erkennen. Er dachte an die großen Augen, die runde Stirn, an den feurigen, klaren Blick.

Er sah die Nüstern, den langen Hals und die mageren Kiefer. Den Hals, der vom Rist ansteigt. Den Kopf, das feine Haar, den langen, vollen Schwanz. Ein guter Huf ist hoch und unten breit und schwarz. Wer in die klugen Pferdeaugen blickt, kann sich nicht täuschen, aber taugt es, einem Menschen in die Augen zu schauen? Ungeheuer sind die Menschen, wie Garsuli.

So kamen die Pferde des Edlen von Isakowitsch sogar in den Kerker, um ihn zu trösten. Sie rasten an ihm vorbei wie Donnergrollen und kehrten als schwarze Wolken zurück.

Während er auf dem Schemel saß, erinnerte sich Pavle, daß Garsuli von jemandem etwas über sein Leben erfahren haben mußte, denn er hatte gesagt, sie seien beide Witwer. Dieses Ungeheuer hatte ihn an seine verstorbene Frau erinnert, an die er längst nicht mehr dachte. Er hatte sie völlig vergessen.

Und jetzt, auf einmal, erschien sie in seinen Gedanken.

Sie war schon über ein Jahr tot, starb bei der Geburt wie ihr

Kind, das sie im siebenten Monat gebar. Pavle sprach niemals über sie, aus seinen Gedanken war sie verschwunden. Er hatte ihr nichts vorzuwerfen, aber es war keine Liebesheirat gewesen, und die Ehe erschien ihm als bedeutungslos.

Nachdem er ins Slawonische Husarenregiment eingetreten war, befahl ihm sein Stiefvater Vuk Isakowitsch, sich zu verheiraten, also gehorchte er. Die Brautwerber, die Petar verheirateten, besorgten Pavle eine Frau aus demselben Hause in Neusatz, dem Hause des Senators Stritzeski. Während sie für Petar die schöne, reiche Varvara Stritzeski fanden, wurde Pavle mit einer armen Verwandten abgespeist, mit Katinka Petritschewitsch, einer Waise von fast dreißig Jahren. Sie war nicht häßlich, im Gegenteil, aber sie war schwerhörig, und alle in Neusatz wußten das. Senator Stritzeski sträubte sich lange, seine Tochter einem Schismatiker zu geben. Seine arme Verwandte, die in seinem Hause aufgewachsen war, gab er gleich her. Er fragte Pavle nicht einmal, in welcher Kirche die Kinder getauft würden. Ihm ging es allein darum, das Mädchen loszuwerden.

Pavle wurde kurzerhand verheiratet, wie man Pferde miteinander paart. Bei Männern, die lange Junggesellen bleiben, geschieht das oft. Die Trauung fand statt, kaum daß sich die Brautleute gesehen hatten. Varvara bekam eine beträchtliche Mitgift, Katinka brachte lediglich eine Fuhre Möbel mit, die der Senator nach Peterwardein schickte, und ein bißchen Schmuck von ihrer Mutter. Außer dem Senator hatte Katinka niemanden auf der Welt. Obwohl Pavle nach ihrem Tode nie an sie dachte, empfand er solche Gedanken jetzt im Kerker als angenehm. Es tat ihm leid, daß er auch das Kind verloren hatte, er meinte jedoch, so wäre es besser. Das Kind brauchte ihn nicht in Eisen zu sehen, und es belastete ihn nicht, da er auswandern wollte. Er erinnerte sich an die erste Begegnung mit Katinka.

Katinka stand im Schatten ihrer Verwandten Varvara, der reichen Schönheit. Die Offiziere hatten jedoch auch ihr hübsches Gesicht bemerkt. Sie mieden Katinka erst, wenn sie erfahren hatten, daß sie schwerhörig sei, und das flüsterten ihnen die Mütter der anderen heiratsfähigen Mädchen in Neusatz zu. Außerdem bekam Katinka keine Mitgift. Sie saß gewöhnlich als Mauerblümchen da, während die anderen Mädchen tanzten. Ein Isakowitsch war daher sehr willkommen.

Als der Senator seine Einwilligung gegeben hatte, richteten es die Brautwerber so ein, daß Pavle ihr in Peterwardein begegnete. Das geschah bei einer alten Verwandten des Senators in einem Offiziershaus, aus dessen Fenster man weit die Donau stromaufwärts blicken konnte, bis ins Gebirge. Pavle wurde in das Haus geführt, damit er seine Braut das erste Mal unter vier Augen sah.

Katinka Petritschewitsch war im Jahre 1723 geboren worden und ging auf die Dreißig zu, galt also schon als alte Jungfer. Man hatte Pavle gesagt, sie sei schwerhörig und habe keine Mitgift, und er gedachte ihr möglichst wenig Fragen zu stellen, damit sie nicht zu antworten brauchte. Er befürchtete – sagte später Jurat –, daß es so kommen würde: »Eine Taube und Stumme, und ich der Dumme.«

Als sie allein waren, zeigte sich, daß das Mädchen eine reizvolle Figur und besonders schöne dunkle Augen hatte, die Pupillen wie aus Rauch und Wolken. Pavle sprach aus Mitgefühl wenig mir ihr, sie verstand jedoch erstaunlicherweise alles, was er sagte, und gab vernünftige Antworten.

Varvara hatte ihrer Verwandten ein blaues Seidenkleid angezogen, mit einer Schürze von blasserem Blau, dazu ein enges Mieder mit rosa Samtschleifen. In der Hand hielt Katinka einen schwarzen Fächer. Man schob sie ins Zimmer, wie man ein Kalb in den Stall stößt. In der Eile wurde vergessen, die Tür hinter ihr zu schließen. Pavle sah, wie sie verlegen und schamrot im Herbstlicht dastand. Wie viele Waisen bei reichen Verwandten war auch sie verschüchtert und sehr gefügig. Sie wurde nach dem Willen des Senators verheiratet, und es kam ihr überhaupt nicht in den Sinn, jemanden zu fragen, welchen Offizier man ihr zugedacht hatte. Als sie erfuhr, daß die Isakowitschs keine Katholiken waren und daß Pavle nur neun Jahre älter war als sie, wunderte sie sich ein wenig. Männer dieses Alters erschienen ihr zu jung. Vor dem stattlichen Offizier in der enganliegenden blauen Jacke der slawonischen Husaren, der sich vor ihr verneigte, senkte sie schamhaft den Kopf.

Pavle bemerkte ihr längliches blasses Gesicht, die hohe

Stirn, die Stupsnase wie bei einem kleinen Mädchen, das üppige gelockte Haar und die großen dunklen Augen. Ein auf den ersten Blick sehr ernstes, fast trauriges Gesicht. Die Lippen zitterten leicht bei den ersten Worten. Katinka stolperte, das schien Pavle zu belustigen, und er lächelte. Höflich führte er sie zu einem Stuhl.

Die Brautwerber – ein alter Major und seine Frau – kamen nun herein, stolzierten im Zimmer auf und ab, plusterten sich auf wie Pfauen und schnatterten wie Enten. Der Major ließ mehrmals scheinbar absichtslos Handschuhe oder Schnupftuch fallen, und die Braut sprang flink auf, um das Fallengelassene schweigend aufzuheben. Nach dem damaligen Zeremoniell wollte man dem Bräutigam zeigen, daß die Braut nicht bucklig ist, nicht hinkt und geradegewachsene Hüften hat. Pavle sah also, daß die Braut flink aufstand, daß sie sich mühelos bückte und daß sie eine schlanke Taille besaß. Nach der Anweisung der Brautwerber hatte sie, wenn sie sich hinsetzte, die Beine zu zeigen und den Rock fast bis zu den Knien hochzuheben. Der Busen mußte unter Spitzen halbentblößt bleiben.

Pavle konnte also ihre schönen Unterschenkel sehen, für einen Moment sogar die schönen Knie, und auch ihre Brüste waren schön und gesund. Er lächelte gezwungen.

Als sich alle wieder gesetzt hatten, damit die Braut am Gespräch teilnehmen konnte, fragte der alte Major, ob er Schulden habe. Während Pavle antwortete, betrachtete ihn Katinka unverwandt, sie schien nicht zuzuhören und mit ihren Gedanken abwesend zu sein. Katinka schaute den Mann an, den sie in wenigen Tagen heiraten sollte. Vor Aufregung – und da sie einen dunklen Teint hatte – wirkte ihr Gesicht besonders blaß. Mehrmals schloß sie ihre großen Augen, was Pavle nicht wahrnahm, und ein glückliches Lächeln umspielte die Lippen. Der Rittmeister hatte ihr gleich gefallen. Pavle erhob sich, und der Brautwerber hatte seine Arbeit getan. Er befahl dem Mädchen, den Bräutigam hinunter in den Garten zu begleiten. Der Garten erstreckte sich bis zu den Mauern der Kasematten. Am Gartentor sagte Pavle, er würde morgen beim Senator um sie anhalten. Sie stand schweigend neben dem Zaun, den Sonnenblumen säumten, und blickte ihn mit ihren dunklen Augen an. Er spürte, wie sie zitterte, als er ihre Hand nahm.

Nach über einem Jahr tauchte das Bild seiner jungen Frau in der Düsternis des Kerkers auf. Pavle sah sie an der Wand stehen. Die Vision war so deutlich, daß er zu ihr gehen wollte und die geschwollenen Füße hob, die mit den Stiefeln verwachsen waren. Nach zwei Schritten schwand das Trugbild der Augen und Gedanken. Er war allein im Kerker und vermochte sich nur mit Mühe zur Pritsche zu schleppen, auf der er dann die ganze Nacht saß, von den herumspringenden Ratten und dem Mäusegequiek geplagt. Niemand war im Kerker bei ihm, außer – zumindest kam es ihm so vor – seinem Schatten.

Monatelang hatte die junge Frau, die bei der Geburt gestorben war, in seinen Gedanken, in seiner Erinnerung, in seinem Leben keinen Platz gehabt. Mußte erst ein Scheusal auftauchen wie dieser Garsuli, um ihn daran zu erinnern, daß es sie gegeben hatte, daß sie kein Wahngebilde war? Er erinnerte sich jetzt daran, wie kühl er sich ihr gegenüber verhielt. Schon in der ersten Ehewoche wurde sie schwanger. Er bemühte sich, freundlich zu ihr zu sein, so wie man eine Waise streichelt. Das unschuldige Mädchen erwies sich als schamhafte, aber sehr leidenschaftliche junge Frau. Pavles Vettern bemerkten seine Kälte, wenn sie ihn mit weit geöffneten Augen empfing und ihn liebkoste. »Ja, Pavle, der Akker ist durstig!« sagte der schamlose Jurat. Die Brüder sahen nur einmal, daß Pavle seine Frau in die Arme nahm. Er trug sie die Treppe hinauf, denn die Wehen hatten plötzlich eingesetzt, und die Mägde rannten nach der Hebamme.

Pavles Hochzeit, seine Ehe, sein Haus, all das lag sozusagen im Schatten von Petars Hochzeit, Petars Ehe und dem Haus von Varvara Stritzeski. In das Senatorenhaus wurde Katinka gerufen, wenn aus Wien neue Hüte für Varvara eingetroffen waren. Dann suchte man auch ihr einen Hut aus als Geschenk der reichen Verwandten, während Pavle sein Geld für Pferde ausgab. Wenn die Isakowitschs zur Jagd ausritten, blieb Pavles Frau zu Hause und verbrachte die Zeit damit, an der prächtigen Ausstattung für ihr Kind zu arbeiten. Auch früher wollte sie nie reiten.

Vor seiner Ehe hatte Pavle nur zwei Mägde vom Balkan gekauft, und er hatte mit einer Wienerin vom Theater zwei, drei Jahre zusammengelebt. Diese Frau mußte er aushalten, auch ihre Eltern. Er war kein Schürzenjäger, Frauen kümmerten ihn wenig. Wenn unter Husaren über Frauen gesprochen wurde, kannte Pavle nicht einmal die türkischen Wörter, mit denen ihn seine Magd nachts liebkoste. Nach der Heirat spürte er keinen Unterschied, er bemühte sich nur, seine Frau höflicher als die Geliebten zu behandeln.

Jetzt, zu seiner großen Überraschung, erinnerte er sich an seine junge Frau, und es tat ihm leid, daß er nicht ihre Hände in die seinen nehmen konnte wie dort im Garten bei der Peterwardeiner Schanze. Er erstarrte bei der Erinnerung an diese Szene. Er hörte das Flüstern und spürte die Hand, die ihm den Nacken streichelte.

Die untergehende Sonne, rot über den Bergen und der Donau, und Katinka steht vor ihm. In dem blauen Kleid, den schwarzen Fächer in der Hand.

Da sie schwerhörig war, erwarteten die Isakowitschs, sie würde beim Sprechen schreien und ihnen Schande machen, deshalb suchten sie Pavle darauf vorzubereiten und sagten ihm, das müsse er ihr nachsehen. Sie sprach jedoch leiser, als sie dachten, und ihre Stimme klang weich und angenehm, wie Gurren. Übrigens sagte sie wenig zu ihrem Mann, sie schaute ihn nur an.

Ein Ungeheuer, dieser Garsuli, mußte also kommen, damit er an die Frau dachte, die ihm jetzt so schön und gut erschien. Er erinnerte sich, wie sie ihn kurz vor ihrem Tode ansah, schweigend, Tränen in den Augen.

Den Kopf in den gebundenen Händen, war Pavle so sehr in seine Erinnerungen versunken, daß er gar nicht hörte, wie draußen in dem Labyrinth von Gängen eine Tür geöffnet wurde und schwere Schritte ertönten. Erst als das Vorhängeschloß rasselte, fuhr er zusammen. Jemand schlug mit einem Besen nach Mäusen, und der Riegel an der Eisentür wurde zurückgeschoben.

Daraufhin erschien im Laternenlicht der Profos, der einen Schmied und zwei Husaren mitbrachte. Der Profos befahl Pavle aufzustehen. Zuerst wurden ihm die Hände befreit.

Der Schmied trat dann hinter ihn und löste auch die Eisen an den Füßen. Nun führte man den Häftling vorschriftsgemäß hinaus. Pavle hatte hinter dem Profos zu stehen, zwischen den beiden Husaren mit gezückten Säbeln, und nach den Kommandos »Rechtsum« und »Marsch, marsch« durch den Gang zu schreiten, obwohl er vor Schwäche taumelte.

Oben, in der geheizten und erleuchteten Kanzlei des Profos, empfing ihn der Wachoffizier aus dem Kürassierregiment des Grafen Serbelloni. Er stand mit gekreuzten Beinen mitten im Raum, rauchte eine Pfeife und musterte den Häftling mit höhnischem Lächeln.

Er habe ihn lebendig oder tot dem Grafen Gaisruck in der Festung Esseg zu überstellen, und was weiter mit ihm geschehe, wisse er nicht. Pavle dürfe sich hinlegen und ausschlafen, bekomme Abendessen und Wein. Er dürfe auch Briefe schreiben, und man gebe ihm seine Uniform wieder, nur den Säbel nicht. Morgen werde er mit gebundenen Händen zur Bega auf eine Zille gebracht, wo man alle Fesseln lösen werde. Er solle sich friedlich verhalten und nicht zum Gespött der Husaren werden. Beim geringsten Fluchtversuch werde er erschossen.

Der Kürassier unterschrieb einige Papiere und ging dann hinaus. Pavle rief ihm hinterher, daß er sich wegen des Arrestes beschweren und zu Garsuli geführt werden wolle, und wenn dieser das ablehne, dann zu Engelshofen.

Der Kürassier drehte sich um und erwiderte mit ärgerlicher Miene, daß Garsuli aus Temesvar abgereist sei, und Engelshofen zu behelligen wäre nicht schön. Der Alte hätte ihretwegen schon genug Unannehmlichkeiten gehabt und würde noch mehr bekommen. Pavle solle ihm keinen neuen Kummer bereiten. Er solle warten, bis er in Esseg sei, dann könne er sich beschweren beim lieben Gott.

Pavle erhielt seine kurze blaue Husarenjacke, die Uhr und die Schnupftabakdose zurück, und der Profos empfahl ihm eine Frau, die seine geschwollenen Füße mit einer Salbe vom Feldscher einreiben würde. Man gab ihm auch eine Quittung über das Geld, das man ihm abgenommen hatte. Der Profos brachte Abendessen und Wein, und seine Frau erbot sich, für frische Wäsche zu sorgen und einen Friseur zu holen, der ihn rasieren und frisieren könne. Alles für einen Mariatheresientaler.

Später berichtete Pavle seinen Vettern: »Der Kürassier ging fort und setzte unser Rendezvous auf acht Uhr morgens fest.«

Zu der Zeit sollte nach einem Plan des Grafen Mercy der gesamte Temesvarer Banat mit Landstraßen durchflochten werden. Sie wurden auf den Spuren der Straßen gebaut, die zu römischer Zeit bestanden hatten.

Außer den Landstraßen baute man Kanäle, ebenfalls nach einem Plan des Grafen Mercy, gerade Linien entlang der gewundenen Flußläufe von Temes und Bega, die oft über die Ufer traten und die Gegend überschwemmten.

In Reichweite der Kanonen am Prinz-Eugen-Tor lag der südwestliche Vorposten, eine kleine Befestigung gegenüber der Anlegestelle, von der aus Lastkähne nach Becskerek hinabfuhren. Diesen Vorposten auf den Ruinen eines türkischen Wachturms umgaben Wassergräben, er war mit einer Kanone bestückt, und die Besatzung bestand aus einem Offizier und zwanzig Gefreiten, die aus Lothringen stammten. Zur Besatzung gehörten auch mehrere serbische Reiter. Ihre Frauen wohnten in Hütten inmitten von Schilf und Binsen. Die Männer konnten ihre Familien nur an dem Tag besuchen, wenn die Wäsche getauscht wurde. In den Hütten hörte man ständig Kinder weinen.

Die Akazien hatten den Vorposten völlig umwuchert.

Nicht weit von der Einfahrt entfernt stand eine Warte, die einem geräumigen Hochstand glich. Hinauf gelangte man über eine Treppe aus Fichtenbrettern. Die Schießscharten waren mit Schilf maskiert, und auf dem Dach nisteten die Störche.

Durch die Schießscharten blickte man weit ins Land, niemand konnte sich Temesvar nähern, ohne vom Wächter entdeckt zu werden. Einen Wächter gab es jedoch schon lange nicht mehr. Reisende trugen sich unten im Zollhaus ein, bei der Warte weideten gefesselte Pferde.

Zu diesem Vorposten kamen morgens die Brüder Isakowitsch, Petar und Jurat, und sie brachten ihre Frauen mit.

Der Wachoffizier bot ihnen an, bei ihm zu warten, ließ sie jedoch gern auf die Warte gehen, wo seine Soldaten mehrere Korbpritschen hingestellt hatten. Er unterhielt ein Verhältnis mit der Frau eines Soldaten und befürchtete, Petar und Jurat könnten das herausfinden. Dann würde man das vielleicht in seinem Regiment in der Stadt erfahren.

Die Isakowitschs stiegen auf die Warte, wo gebündelte Maiskolben und rote Paprikakränze hingen. Diener hatten unten Strohkörbe mit Eßwaren und Flaschen hingestellt. Die Körbe waren von den Frauen für Pavle geschmückt worden, als gingen Brautführer zu einer Hochzeit.

Mittags flüchteten sich alle in den Schatten der Akazien – Menschen und Hunde. Die großen Quadrate der grünen Exerzierplätze, die sich bis Temesvar hinzogen, waren an diesem Morgen leer. Auf der Warte hatten sich die Brüder an der einen und ihre Frauen an der anderen Seite in den Schatten zurückgezogen. Jurat lag auf dem Fußboden wie auf einem Diwan und lugte durch die Bretterritzen, während Petar auf einer Bank saß, den Kopf an einen Balken gelehnt, einen Fuß auf dem Boden und das andere Bein auf der Bank. Er blickte zum Himmel hinauf, als wollte er am Tage die Sterne zählen.

Jurat beobachtete durch die Bretterritzen eine Glucke mit Küken. Er warf ihr Mais zu und amüsierte sich darüber, wie sie nach den Körnern hastete. Als seine Hand leer war, streute er Tabak hin und lachte über das Federvieh, das sich darüber wunderte, was ihm der Himmel nun bescherte.

»Was Pavle macht, ist nicht gut«, sagte Jurat. »Pavle ist klug, doch er hätte nicht alles sagen sollen. Er muß schweigen lernen. Eine Henne gackert, wenn sie ein Ei gelegt hat, sonst ist sie still. Warum mußte er erzählen, daß wir auswandern wollen? In letzter Zeit schmeckt mir Essen und Trinken nicht mehr. Es ist kein Spaß, sein Haus aufzugeben und alles nicht mal zum halben Wert zu verkaufen. Und er weiß, daß wir, die Isakowitschs, nirgendwo mehr glücklich waren. Soweit ist es gekommen. Alle wollen uns auseinanderbringen. Wir müssen wählen, entweder werden wir Papisten oder Moskowiter! Es wäre besser gewesen, sagt Trifun, wenn wir Serbien nicht verlassen hätten!«

Sein Bruder, ganz in blauem Tuch mit silbernen Tressen, erwiderte ihm mit zurückgelehntem Kopf, ohne die Pfeife aus dem Mund zu nehmen, und in einem Tonfall, als gewähre er ihm eine Gnade: »Pavle ist nicht schuld, Dicker! Schuld ist Garsuli! Wir sind keine Leibeigenen, daß wir fragen müssen, ob wir fortziehen dürfen. Jeder sucht etwas Besseres. Keiner will sich verschlechtern. Garsuli kann uns nicht in Ketten legen, weil wir nach Rußland möchten. Was will er denn jetzt von uns, Dicker? Pavle macht das nicht bloß nach seinem Kopf. Ihr habt das alle unterschrieben! Und nun? Schewitsch ist fort, und ihr seid hiergeblieben! Ha! Ha!«

»Warum wir? Du bist auch hiergeblieben!«

»Ich will ja nicht fort, Dicker! Mir kann es nirgendwo besser gehen als hier. Ihr wart doch alle versessen darauf, nach Rußland zu ziehen, weil dort im Dienst keiner ohne Belohnung bleibt! Ha! Ha!«

»Eine Belohnung soll Schewitsch für mich nicht erbitten!«

»Du könntest friedlich in der serbischen Residenz des Metropoliten leben, aber der Teufel hat dir keine Ruhe gelassen. Du willst nach Rußland. Als Oberst! Jetzt hast du's! Du hast unterschrieben!«

»Ich habe wegen meiner Kinder unterschrieben! Er hat mir Angst eingejagt, weil man mich zur Infanterie versetzen wollte!«

»Mich haben sie zu den Husaren versetzt, siehst du, und ich will nicht fort, aber was ich geschrieben habe, werde ich nicht abstreiten! Ich will nicht der erste Isakowitsch sein, der abstreitet, was er geschrieben hat. So waren unsere Alten nicht! Ich gehe mit, was soll sein! Ha! Ha!«

Jurat hatte sich aufgerichtet und wollte etwas entgegnen, winkte jedoch nur ab und zündete die Pfeife an. Wenn er abwinkte, war das ein Zeichen, daß er sich ärgerte.

Obwohl die Frauen tuschelnd an der anderen Seite der Warte saßen, achtete Varvara darauf, was ihr Mann sagte.

Der Strohhut war ihr in den Nacken gerutscht und sah jetzt aus wie ein Blumenkörbchen. Varvara wußte, daß sich nach Pavles Festnahme alle in großer Gefahr befanden und daß selbst ihr Vater, Senator Stritzeski, kaum helfen könnte, es vielleicht gar nicht wollte. Sie lockte nichts in dieses ferne, schreckliche, kalte Land, in das schon Tausende Landsleute ihres Mannes gezogen und wie in einem Schneesturm verschwunden waren. Ihr wurde unbehaglich zumute bei dem Gedanken, in der Fremde unter Schismatikern zu altern und zu sterben, aber sie wollte ihrem Mann nicht widersprechen und – was die Brüder nicht wußten – nichts gegen Pavle sagen oder tun.

Wenn Pavle sie zum Gehen überredet hat, müssen sie eben gehen!

Varvara saß auf der Bank Rücken an Rücken mit ihrer Schwägerin und lächelte ihrem Mann zu, der von den Fliegen geplagt wurde. Sie verfolgte mit ihren grünen Augen den Flug der Insekten, als wären es Pfeile. Während sie die Fliegen unbeweglich duldete, verscheuchte sie ihr Mann und zuckte zusammen, wenn sie sich ihm auf die Nase oder in die Ohren setzten.

Ohne die Augen zu öffnen, griff Petar mit der Hand blindlings nach den Fliegen, dabei glitt sein Kopf am Balken herunter. Varvara wies ihre Schwägerin darauf hin und lachte laut. Wegen der Hitze ließ sie ihre Beine baumeln, die sie sonst beim Sitzen meist übereinanderschlug.

Trotz dieser Fröhlichkeit wirkte auch sie bekümmert.

Sie rief ihrem Mann zu: »Hör mal, Petar, was jammert ihr bloß rum? Pavle ist doch kein kleines Kind! Als ob er nicht selber wüßte, was er zu tun hat! Er hat von Engelshofen den Abschied gekriegt, und das kann keiner ändern, keine Kaiserin und kein Garsuli. Pavle braucht wieder eine Frau, wo Katinka tot ist, das ist es! Er ist allein auf der Welt! Das ist schlecht! Ein Witwer darf nicht so allein bleiben. Ihr hattet Angst, daß sie euch auch einsperren. Da habt ihr ihn im Stich gelassen. Das ist es!«

Varvara hatte die Angewohnheit, alles vorwurfsvoll zu sagen. Nun fügte sie noch hinzu: »Und eines sollst du wissen, Petar! Wenn Pavle das Schlimmste zustößt, werde ich das nicht überleben!« Als ihr Mann das hörte, fuhr er zusammen und riß die Augen weit auf. Er bemühte sich, ihrem Blick zu begegnen. Dann lehnte er wieder den Kopf an den Balken, als suche er ein weiches Kopfkissen.

Nun drehte sich Jurat zu seiner Schwägerin um und

schrie: »Hör mal, du Katholische, willst du uns Anstand beibringen und uns allen ein schlechtes Gewissen einreden? Soweit kommt's noch! Wenn Pavle auch mein Vetter ist, so bin ich nicht sein Affe. Er reißt das Maul auf und fragt keinen vorher! Warum mußte er denn ausposaunen, daß wir fortgehen wollen? Und was nun? Wir schweigen, und ihr Weiber gackert? Siehst du denn nicht, daß Pavle ins Unglück rennt? Oder hast du dich in den Witwer so vergafft wie meine Frau, und da seid ihr beide gekommen, um ihn abzuschmatzen. Er ist Witwer, für ihn ist alles leicht. Aber wohin soll ich mit einem Säugling?«

Jurats Frau Ana, die den Kopf in Varvaras Schoß gelegt hatte, wandte sich zu ihrem Mann um und rief ärgerlich: »Jurat! Laß Varvara in Frieden! Ich werde dir helfen! Was lamentiert ihr denn? Um den Säugling brauchst du dich nicht zu kümmern. Warum jammerst du wegen unseren Kleinen? Wenn wir fortziehen müssen, dann gehen wir nicht in die Wüste, sondern nach Rußland. Dorthin sind schon viele gegangen. Besser hier alles verkaufen, als Schande auf uns laden und uns Schande zufügen lassen. Und was Pavle betrifft: Seit wann darf man einen Bruder nicht gern haben? Ich will dorthin, wo Pavle hingeht. Und für ihn würde ich meine Seele geben, wenn mich meine Mutter nicht mit dir glücklich gemacht hätte. Dich, Zigeuner, habe ich als Liebsten, und Pavle mag ich als Bruder. Na und?«

Wie ein erboster schwarzer Schwan erhob sich Ana, blieb mit aufgeblähtem Rock stehen und blickte Jurat mit ihren dunklen Augen an. Jurat wollte etwas erwidern, winkte aber nur ab.

Dann stand er auf, um hinunterzugehen. Ana rief ihm hinterher: »Ihr seid richtige Türken, weil ihr nicht mal erlaubt, daß wir Pavle wie Schwestern mit einem Kuß verabschieden.«

Jurat, der stehengeblieben war, winkte wieder ab und ging weiter.

Petar öffnete für einen Moment die Augen, blieb jedoch mit zurückgelehntem Kopf sitzen.

Als Jurat auf der Wiese stand, rief er: »Da ist er! Da ist unser Pavle! Sie transportieren ihn in einem Wagen! Schau an, und das genügt ihnen nicht. Sie haben noch zwei Aufpasser mitgeschickt, und was für welche, Husaren!«

In der Ferne war der Wagen aufgetaucht. Er wirkte klein, die Pferdebeine und die Räder bewegten sich schnell wie bei einem Spielzeug.

Während die Diener die Körbe für Pavle bereitstellten, rief Petar seinem Bruder zu: »He, Dicker! Jetzt wissen wir, warum wir gegen Türken, Franzosen und Preußen gekämpft haben! Jetzt wissen wir, warum unser Körper voller Narben ist! Sie schaffen ihn in den Arrest wie einen Räuber und Rebellen, weil er unser Recht verlangt! Für uns gibt es keine Gerechtigkeit! Nur Arrest und zwei Husaren! Sie werden ihn in Esseg im Kerker umbringen, das sage ich dir!«

Jurat stand mit gespreizten Beinen auf der Wiese und starrte in die Ferne. Unwillkürlich griff er nach seiner Pistole. »Petar! Hörst du? Dürfen sie das nach ihrem Gesetz? Untersteht unser Hartkovci nicht dem Metropoliten? Darf ihn Garsuli ohne Gerichtsurteil mit Husaren fortbringen? Gibt es für uns kein Recht? Warte, ich werde den Profos fragen!«

Ana packte Jurat am Arm und beschwor ihn: »Jurat! Du Kindskopf! Sei bloß still! Du weißt, daß du jähzornig bist! Wenn du dem Profos drohst, wird Pavle nicht am Leben bleiben! Laß uns Frauen gehen und Pavle fragen, und ihr bleibt sitzen und guckt von weitem zu.«

Der stämmige Offizier war keineswegs grob zu Frauen, und erst recht nicht zu seiner eigenen. Jetzt aber stieß er sie von sich wie einen zudringlichen Bettler und schrie sie an: »Hau ab, sage ich dir! Ich werde dir helfen, mir zu sagen: Guck zu!« Als er sich losgerissen hatte, fügte er hinzu: »Nicht mal mein verstorbener Vater hat mich so angefaßt!«

Ana erschrak und bedeckte ihr Gesicht.

Petar hatte ruhig seinen Hut aufgesetzt, war aufgestanden und stieg von der Warte herunter. Er rief seinem Bruder zu: »Zuerst mußt du Pavle fragen! Los! Los! Das ist jetzt wichtig, streiten kannst du dich später! Wir sind nicht zum Vergnügen hier, Dicker! Wie bist du bloß darauf verfallen, die Frauen mitzunehmen?«

Jurat betrachtete seine Pistolen, flüsterte mit seinen Dienern und tänzelte vor Ungeduld wie ein Bär. Er war kein

Prahlhans, der stets einen Grund zu einer Schlägerei sucht. Vor einem Kampf verlor er nie viele Worte. Wenn er über ein Unrecht empört war, winkte er nur ab, brummte etwas vor sich hin, knirschte mit den Zähnen, grunzte und ging wie ein Keiler mit gesenktem Kopf auf den Gegner los. Niemand konnte sich aus der Umklammerung befreien, bis ihn Jurat wie einen Sack von sich schleuderte.

Der Wagen des Kürassierregiments, groß, schwer, schwarz, näherte sich, die beiden Husaren umkreisten im Galopp die Brüder Isakowitsch. Petar stand neben Jurat, um ihn zu zügeln.

Der Kürassier, der Pavle geleitete, hatte die Wartenden für eine Reisegesellschaft gehalten, bei deren Wagen eine Achse gebrochen ist, oder für umherziehende Komödianten. Pavle erklärte ihm, daß es seine Familie sei.

Der Wagen hielt, der Kürassier begrüßte galant die Damen, indem er seinen Dreispitz zog. Als er den wütenden Jurat erblickte und sein Fluchen hörte, stieg er auf der anderen Seite ab und ging in die Wachstube, um seine Papiere vorzuweisen. Er kannte Jurat, die Offiziere des nun ehemaligen slawonischen Regiments waren als Streithähne und Raufbolde berüchtigt.

Ihn gelüstete nicht nach einem Zweikampf.

Pavle versicherte ihm jedoch, daß er sich von der Familie nur verabschieden wolle, danach könnten sie die Fahrt fortsetzen. Er war aufgestanden und versuchte, mit den unsicheren Schritten eines gebundenen Mannes abzusteigen. Seine Vettern bemerkten erst jetzt die gefesselten Hände. Sie sprangen beide herbei, um ihm beim Absteigen zu helfen.

Jurat sah Pavles düsteres Gesicht und dachte, er wäre im Kerker gefoltert worden und hätte vielleicht einen Bruch bekommen.

Er umfaßte seine Knie und stammelte wie zu einem Kind, obwohl Pavle acht Jahre älter war: »Brüderchen, Brüderchen, was machen sie mit dir? Stütz dich auf mich! Auch ich will nicht länger bei Garsuli bleiben! Ich wollte schweigen und alles erdulden, aber so kann es nicht weitergehen. Kannst du laufen? Mir fällt es schwerer, dich so zu sehen, als wenn sie mir das angetan hätten. Glaub mir, Pavle, ich bringe ihn vor

Ihre Kaiserliche Majestät in Wien, damit man ihn richtet. Ist das unser Lohn? Nichts ist Wahrheit in diesem Staat. Alles bloß Heuchelei!«

Petar küßte Pavle und griff ihm unter die Arme, wie man einem Verwundeten hilft. Seine Lippen zitterten vor Zorn. »Ach, mein Langer! Das ist der Lohn für die Wunden! Trifun hat recht, wenn er sagt, daß wir Isakowitschs als Lohn für unseren eifrigen Dienst einmal Lastkähne treideln werden. Da hast du's. Deine Übersiedlung nach Rußland hat im Arrest geendet. Ha! Ha!« Pavle sagte ihm, daß er unversehrt sei, nur ein wenig ausgehungert und unausgeschlafen. Petar solle nicht die Frauen bekümmern.

Petar führte ihn jedoch weiter wie einen Verwundeten und flüsterte: »Keine Angst, Langer, Garsuli wird dir die Ketten abnehmen, und wenn ich Turbane verkaufen und in Unterhosen vor der Kirche betteln muß! Das ist Verletzung des Landesrechts!«

Petar berührte unabsichtlich die Kette an Pavles Händen. »Er hat dich gebunden, der Schuft! Wie einen Verbrecher! Die Kette kaufst du, Langer, wenn ihr in Esseg seid. Zahle jeden Preis! Ich geb's dir wieder! Ich werde die Kette den sirmischen Husaren zeigen, damit wir Serbellonis Kürassiere nicht vergessen!« Er schnaufte vor Wut.

Jurat war gelaufen, um einen Schemel für Pavle zu holen. Die Frauen erstarrten, als sie sahen, daß Petar den schönen stattlichen Mann wie einen Krüppel stützte. Auch sie dachten, er wäre im Kerker gefoltert worden.

Als erste lief mit Tränen in den Augen Jurats Frau Ana zu Pavle, um ihn wie eine Schwester zu umhalsen und zu küssen. Sie streichelte ihn und sprach ebenfalls wie zu einem Kind: »Pavle, mein armer Pavle! Mein Herz tut weh, wenn ich dich so sehe! Ach! Hast du große Schmerzen?«

Petars Frau Varvara stand bleich und mit weit geöffneten Augen vor Pavle, als drohte sie ohnmächtig umzufallen. In der rechten Hand hielt sie hilflos einen Korb mit Obst; nach einem Aufschrei stürzte sie zu Pavle und küßte ihn, aber nicht wie eine Schwester. Sie sah ihn geradezu geistesverwirrt an und rief: »Wir haben kein Glück! Wir haben kein Glück!«

Beide Frauen liebten Pavle, wie man einen Bruder liebt; in

der Stimme und im Blick Varvaras lag jedoch etwas, was ihr Mann weder verzeihen noch verstehen konnte. Bei Ana war die rein schwesterliche Zuneigung zu diesem unglücklichen Mann offensichtlich. Varvaras Verhalten hatte hingegen etwas Jähes, Leidenschaftliches, Irres.

Pavle schien das nicht zu bemerken. Er tröstete Varvara, wie er eine Schwester getröstet hätte: »Bleib ruhig, Katholsche! Reg dich nicht auf. Sie können mir nichts anhaben! Ich bin heil und gesund!«

Petar hatte seine Frau »Katholsche« genannt, wie er jeden in seiner Familie mit einem Kosenamen bedachte, und alle nannten nun diese Frau so. Darin lag keine Geringschätzung wegen ihrer anderen Religion. Pavles Frau hatte den Glauben ihres Mannes angenommen, Petar verlangte das nicht von Varvara. Unter den Offizieren im Banat gab es viele Mischehen. Während in den städtischen Ständen kein Orthodoxer eine Unierte geheiratet hätte, pflegte Jurat zu sagen: »Auch ein Katholik kann mein Bruder sein!« Und wenn er sich über katholische Kameraden ärgerte, rief er: »Ihr habt den Papst, und wir die Likaner! Jedem das Seine!«

Ana zog ihre Schwägerin von Pavle fort. Varvara begann laut zu schluchzen. Petar betrachtete verwundert seine Frau, sagte aber nichts.

Die Brüder erzählten später, daß während der ganzen Zeit von allen Pavle am gelassensten, besonnensten und sorglosesten war. Er saß auf dem Schemel und trank ruhig aus der Feldflasche, die ihm Jurat gereicht hatte.

»Beruhigt euch. Ich fürchte mich nicht. Wenn ich es lange auf einem Pferd aushalten kann, werde ich auch den Transport und den Kerker überstehen. Im Arrest bin ich nicht gefoltert worden. Wir Isakowitschs sind zu gut bekannt, als daß es jemand wagen würde, mich zu schlagen. Sie werden mich nicht hängen. Das dürfen sie nicht! Garsuli hat beschlossen, uns zu demütigen, und wird das anders anstellen. Er wird das nicht vor den Augen der ganzen Welt tun. Er versetzt uns in verschiedene Regimenter. Er raubt uns die Häuser. Und mich wird er vergiften, wie sie Raschkowitsch vergiftet haben. Sie werden mir in Esseg oder Wien das Gift zu trinken geben.«

Als er das lachend sagte, kreischte Varvara wieder auf.

Pavle wandte sich an ihren Mann und sagte: »Warum hast du die Frauen mitgebracht, Petar? Du siehst doch, deine Katholsche hat ein weiches Herz wie ein Engel. Muß sie mich so sehen?«

Jurat nötigte ihn zum Trinken. »Trink, es ist weit bis zur Fähre! Du wirst umkommen! Aber ich werde dich rächen! Das werden die Kürassiere büßen, daß sie dich in Arrest gebracht haben!«

Petar war erbost über seine Frau, aber viel zu stolz, um es zu zeigen. Im Gegenteil, er nahm sie bei der Hand und führte sie beiseite, damit sie sich setzte. »Bist du verrückt geworden, Katholsche? Sie werden ihn nicht hier erschießen. Setz dich hin. Wisch die Tränen ab. Ihr Frauen seid richtige Klageweiber. Bei einem solchen Abschied heult man doch nicht!«

Pavle sagte dann, daß er schon in der ersten Nacht fliehen würde.

Nun erregten sich alle von neuem, und auch Ana begann zu weinen. Sie befürchtete, man könnte Pavle bei der Flucht töten.

Pavle blickte sie nur an und lachte.

»Ich fliehe nach Buda und dann weiter nach Wien. Dort warte ich, bis ich vom Grafen Bestuschew die vollständige russische Protektion für mich bekomme. Ich werde auf jeden Fall nach Rußland gehen.«

Jurat wollte etwas sagen, winkte aber nur ab.

Pavle fuhr fort: »Mein Geld habe ich schon früher nach Wien geschickt. Sagt mir jetzt offen und unwiderruflich, ob ihr nach Rußland mitkommen wollt. Wenn ja, werde ich vom Grafen Bestuschew auch für euch alle einen Paßport fordern.«

Varvara rief: »Pavle, alle wollen wir mitkommen! Ich will zu dir wie eine Schwester sein, anstelle von Katinka. Du darfst nicht Witwer bleiben, hör auf mich. Das ist schlecht. Einsamkeit ist nicht gut, Pavle! Heirate wieder! Du darfst nicht ohne Frau fortziehen!«

Wohl von Varvara mitgerissen, begann auch Ana zu reden: »Ich will dir etwas sagen, mein Herz! Du weißt, dein

Rußland ist weit, und ich habe kleine Kinder. Aber ich möchte fort. Wenn du die feste Hoffnung hast, daß wir Rußland erreichen, werde ich gehen. Hier sterbe ich jeden Tag vor Angst, Jurat könnte einen umbringen! Schreib dort in Wien: Wir gehen alle, die Kinder und ich, und Jurat. Ich möchte gehen. So bin ich. Wo wir hinwollen, fragst du? Wohin du willst!«

Jurat winkte ab wie immer, wenn seine Frau für ihn sprach. Er wußte, daß er das später nicht mehr widerrufen könnte. Pavles Anblick hatte ihn erschüttert, aber ihn schauderte beim Gedanken an die Zukunft.

»Ich würde es mit hundert Garsulis aufnehmen, doch in diesem Reich von Heuchlern macht man alles mit Papier. Gesuche, Bescheinigungen, Akten – so kriegen sie dich. Soll ich etwa den armen Trifun hierlassen? Was wird er hier ohne mich anfangen? Es ist eine Sünde, einen Mann mit sechs Kindern zu täuschen. Der Fluch einer Mutter wiegt schwer, Langer. Wir ziehen, und wenn eines von Trifuns Kindern unterwegs stirbt? Wo soll ich mich dann vor Kumrija verstecken? Ich werde dir was sagen. Hör nicht auf die Frauen! Schweig von Rußland, und wenn du eines Tages zu deinem Bestuschew kommst, dann gib uns kurz Bescheid. Dann bricht die ganze Familie auf. Ich weiß auch, wo sich die Slawonen in Wien treffen! In der Herberge ›Zum Engel‹.«

Petar wandte seine Augen nicht von Jurat und den Frauen ab. Schließlich trat er zu Pavle: »Hör auf mich, Langer, nicht auf die Frauen oder auf Jurat. Du, Pavle, bist unzufrieden geworden, aber wenn dich bloß die Armut nach Rußland treibt, laß davon ab! Alles, was ich und meine Varvara besitzen, soll dir wie väterliches Erbe gehören! Laß dich in Esseg richten, und warte auf den Richterspruch. Ich werde meinen Schwiegervater bitten, Stritzeski, daß er alles vor Seine Exzellenz Graf Gaisruck bringt. Auch uns wird man anhören!«

Pavle blickte ihn traurig an und erwiderte in einem Ton, den sie bei ihm nicht kannten – scharf, grob, eisig: »Es ist doch keine Rede von Geld, Junge. Sondern von der Schande, die wir hier erleiden. Gegangen sind alle Schewitsch, Vuitsch, Preradowitsch, Prodanowitsch, Jankowitsch, Tschorba, Peritsch, auch die Tekelijas. Und was nun? Sollen bloß wir hierbleiben, die Isakowitschs? Mit Bischof Vasilije wird ganz Montenegro aufbrechen. In Triest warten die Armen, die von der albanischen Küste übers Meer gekommen sind. Mitrowitz ist voller Leute aus Sirmien. Soll ich mich erniedrigen und den österreichischen Eunuchen um Gnade bitten? Hat dir eine Krähe das Gehirn ausgepickt, Petar?«

Während Pavle sprach, wurde Petar ganz bleich im Gesicht. Er erwiderte wütend: »Wenn du wegen unserem Namen und der Ehre nach Rußland ziehst, was redest du dann von Geld? Wenn es so ist, will ich mitkommen, wohin du willst. Ich habe selber alles bedacht, was wir Schewitsch unterschrieben haben, und niemand wird mich davon abbringen, weder Garsuli noch Trifun, ja nicht einmal meine Frau. Ich werde nicht abstreiten, was ich geschrieben habe, solange ich Pferde und Pistolen besitze. Dabei fällt es mir von allen am schwersten.«

Pavle stand auf, um den Vetter zu umarmen, und die große Abschiedszeremonie begann. Jurat tänzelte um sie herum wie ein Bär und winkte ab.

Ana hing an Pavles Arm und lachte jetzt fröhlich. »Sobald eine Nachricht von dir eintrifft, Pavle, sind wir in Wien, um unser Recht zu suchen.«

Varvara, jetzt zufrieden an der Hand ihres Mannes, zupfte Pavle am Ärmel: »Du fliehst, sagst du, und das bedrückt mich! Ich habe Angst, sie werden dich umbringen! Du weißt nichts vom Leben, Pavle, weil du Witwer bist. Du brauchst eine Frau wie Katinka. Allein, als Witwer, findest du keine Ruhe. Einsamkeit taugt nichts. Eine Frau brauchst du, kein Leben als Witwer, das macht keinen glücklich.«

Inzwischen hatte sich der Kürassier seiner Pflichten entledigt. Er ging zu seinem Wagen und wartete darauf, daß die Familienszene endete. Von Zeit zu Zeit rief er seinen Husaren etwas zu, was großes Gelächter auslöste. Als er die Körbe auf dem Wagenboden entdeckt hatte, kostete er den Wein. »Sagt dem Rittmeister, er soll sich von den Frauen verabschieden!« rief er seinen Ordonnanzen zu.

Pavle beschwichtigte Petar und Varvara: »Habt keine Angst! Ich entwische ihnen! Ihr braucht mich nicht zu beweinen, als ob mir der dicke Jurat schon ein Grab in Hartkovci geschaufelt hätte. Bis Esseg ist es weit. Ich komme nach Wien und zu Bestuschew!«

Es war wieder der stolze Pavle mit dem pomadisierten Schnurrbart. So kannten sie ihn. Der Friseur hatte ihm an dem Morgen das goldblonde Haar hergerichtet, die Locken schimmerten in der Sonne. Die Silberknöpfe an der slawonischen Uniform blinkten. Pavle hielt seine gebundenen Hände auf der Brust wie ein Taubenpärchen. Als ob er sich mit seinem Schicksal abgefunden hätte. Und blickte seine Verwandten mit den klaren blauen Augen an, in denen niemals eine Träne war.

»Was ihr auch hört, zweifelt nicht daran, daß ich bis nach Wien komme. Ich flüchte schon in der ersten Nacht. Garsuli soll mich nicht lebend kriegen. Siehst du hier die Ebene, Katholsche? Ein Traum für einen Mann, eine Rennbahn für einen Reiter. Heute nacht legt sich die Dunkelheit darauf wie ein weiches Kissen. Wenn ich Pferde finde, reite ich bis in die Batschka. Immer im Kreis, damit meine Verfolger in den Sümpfen verrückt werden. Sie werden nicht wissen, ob ich vorn, rechts oder links bin. Ich bin zäh, Katholsche, keine Angst, aber wenn du vom Heiraten redest: Wer will mich denn schon zum Ehemann? Das Unglück verfolgt mich. Das wäre auch in einer neuen Ehe so. Es wäre eine Sünde, eine Frau da hineinzuziehen!«

Wie in freudiger Erregung eilte Pavle zum Wagen und stieg auf. Jurat stützte ihn, wobei er den Kürassier böse ansah. Petar zwinkerte Pavle zu, die Augen auf die Pistole des Kürassiers gerichtet. »Nimm dich in acht, Langer! Du bist ein verrückter Kerl. Warum weint bloß meine Frau?«

Als die schweren Kürassierpferde den Wagen anzogen und vor Anstrengung Schweiß ausdünsteten, grüßte der Kürassier die Frauen. Er schwenkte seinen Hut und rief: »Au revoir.«

Dann fuhr der Wagen an einem Ziehbrunnen vorbei, und man sah ihn noch eine Zeitlang auf der neuen Straße, die schon mit Schilf bewachsen war. Er entfernte sich, der Tanz der Pferdebeine und das Spiel der Räder, ewig das gleiche, entschwand langsam den Blicken.

Schließlich tauchte der Wagen in einer Staubwolke zwischen zwei Reihen hoher Pappeln unter. So wurde Pavle Isakowitsch von seinen Verwandten verabschiedet.

Es war einen Tag vor dem Sonntag der Heiligen Väter der Ersten Ökumenischen Synode, am Tage Pachomios' des Großen, im Jahre 1752 im Monat Mai.

III

Das Lied unter den Akazien in Mahala verstummte

Oberkriegskommissar Garsuli, der im Mai des Jahres 1752 nach Temesvar kam, da es Unruhen unter den demobilisierten serbischen Soldaten gegeben hatte, war wieder abgereist. Er hatte die Ermittlungen bei den Offizieren abgeschlossen, die Rädelsführer verhaftet und war davon überzeugt, gute Arbeit geleistet zu haben.

Den Rittmeister Pavle Edler von Isakowitsch hatte er nach Esseg zum Grafen Gaisruck expediert. Major Jurat Isakowitsch und Premierleutnant Petar Isakowitsch warteten nur noch auf ihre Papiere. Trifun Isakowitsch sollte sich bei der Infanterie in Brod melden, bei seinem neuen Obersten Baron Janus, das heißt dessen Adjutanten Oberstleutnant Baron Ritberg.

Die Isakowitschs sollten getrennt werden und nicht mehr als Familie bestehen.

Punktum.

Garsuli hatte darüber einen Rapport an den Kriegsrat in Wien gesandt. Die kalligraphische Schrift sah aus, als wäre ein Pfau über das Papier stolziert. An den Schluß setzte er seine Unterschrift mit vielen Schnörkeln, wie es damals nach dem spanischen Zeremoniell im österreichischen Heer üblich war.

Das Schicksal der Isakowitschs – dachte Garsuli – ist damit besiegelt!

Der leichte schwarze Reisewagen war durch das Prinz-Eugen-Tor gerollt und verschwand dann in Begleitung von Kürassieren, deren Waffen sogar durch den aufgewirbelten Staub hell funkelten in der Ferne.

Garsuli war einen Tag nach Fronleichnam abgereist. Feldmarschalleutnant Franz Karl Leopold Baron von Engelshofen hatte ihm empfohlen, ein wenig in Temesvar zu verweilen. Um unter den Serben die Folgen seines weisen Handelns zu beobachten.

Der Alte behauptete, die Serben wären ein seltsames Volk, Garsuli kenne es nicht. Sie wären auf Ehrungen erpicht, liebten Medaillen, und für einen Fremden würden sie ihre Seele hergeben. Wenn sie jedoch feststellten, daß man sie belügt und betrügt, daß ein Wort nicht gehalten wird, so merkten sie sich das. Jahrhundertelang!

Gegen die Türken – behauptete Engelshofen – kämpften sie wegen eines gewissen Kossovo (Engelshofen schrieb: Cassova) schon ungefähr dreihundertsechzig Jahre. Die Serben würden nichts vergessen! »Das ist ein äußerst unbotmäßiges und wildes Element!«

Der Grieche war abgereist, ohne Engelshofens Schreiben zu beachten.

Drei Tage später wurde in Temesvar verbreitet, daß Pavle schon beim ersten Nachtlager von dem Lastkahn geflohen war. Und daß der Offizier, der ihn nach Esseg bringen sollte, in Temesvar wegen Treubruch abgeurteilt würde. Trifun, Jurat und Petar Isakowitsch wurden festgenommen und verhört, aber bald wieder freigelassen. Man konnte ihnen keine Mitschuld an der Flucht nachweisen. Ihnen wurde nur befohlen, Temesvar möglichst bald zu verlassen. Sie hatten sogar Engelshofen, den Beschützer der Serben, vergrämt.

Von den Brüdern spürte als erster Petar die Folgen.

Sein Schwiegervater, der großköpfige Senator Stritzeski aus Neusatz, war noch vor Pavles Flucht nach Temesvar geeilt, um Schwiegersohn und Tochter zu retten, und hatte dann mit ihnen einen gewaltigen Streit. Er geriet außer sich, als er hörte, daß sie auf der Übersiedlung nach Rußland beharrten. In einem Anfall von Wut erhob er sogar gegen Petar die Hand. Er schrie, daß Petar ein Zigeuner sei. Er habe ihm seine Tochter nicht gegeben, damit sie sich in der Weltgeschichte herumtreibe, sondern damit sie der Trost seines Alters werde. Er wolle sie an seinem Sterbebett sitzen sehen.

Seine Domestiken mußten ihm sogar Blutegel in den Nakken setzen.

Er verfluchte den Tag, an dem er die Isakowitschs kennengelernt hatte. Geb's Gott, daß Petar nie mehr Glück haben werde!

Petar verteidigte sich nur kläglich und knirschte mit den Zähnen, schließlich schrie er, daß der Senator seine Tochter zurückhaben könne, wenn sie wolle.

Dann schlug er die Tür hinter sich zu, so daß die Fensterscheiben im Gasthof klirrten.

Anas Vater, der krummbeinige, lustige Senator Jakov Bogdanowitsch, eilte ebenfalls aus Neusatz herbei, um Schwiegersohn und Tochter zu sehen, aber er verwünschte sie nicht. Allerdings wetterte und drohte auch er. Er wolle nichts davon hören, daß seine Tochter nach Rußland ziehe. Anfangs, als es gestattet war, hätte er sich noch damit abgefunden, aber jetzt wolle er nichts mehr davon hören! Er gebe seine Tochter nicht her! Und verlange von Jurat die Mitgift zurück!

Der arme Jurat wurde wankelmütig.

Er gestand seinem Schwiegervater, daß es ihn gar nicht nach Rußland ziehe, aber er habe es dem Vetter gelobt und die Liste von Schewitsch unterschrieben. Ja, es sei schwer für ihn. Er würde alles gern rückgängig machen, wenn er könnte; aber wie?

Ana errötete vor Scham und weinte, als sie das hörte. Der Senator seinerseits gestand, daß er möglicherweise in die Übersiedlung einwillige, jedoch nicht Anas Mutter, Frau Agripina Bogdanowitsch, die ihre Enkelkinder fordere. Sie sollten die Kinder ins Haus der Großmutter zurückbringen! Wenn es eben sein müsse, gebe sie ihnen die Kinder vor der Abreise nach Rußland wieder; bis dahin sollten sich die Großeltern an ihnen erfreuen dürfen. Den Edlen Jurat Isakowitsch rührte das sehr. Er trank danach lange mit seinem Schwiegervater, und als sie sich trennten, hatten beide Tränen in den Augen.

Jurat und Petar Isakowitsch und ihre Frauen bereiteten sich auf den Umzug vor und saßen abends im Gasthof wie durchnäßte Vögel. Als warteten sie auf die Nachricht, daß jemand in der Familie gestorben sei. In der schwierigsten Lage befand sich jedoch der vierte Isakowitsch in Temesvar, Trifun! Er war nicht nur der Älteste, sondern auch der Ärmste unter ihnen, und er hatte sechs Kinder. Trifun konnte nicht wie seine Brüder im Gasthof wohnen, er hatte sich bei seinen demobilisierten Grenzsoldaten im nahe gelegenen Mahala angesiedelt. Und das schlimmste war: Nicht einmal seine Frau billigte die Übersiedlung nach Rußland, sondern drohte, zu ihrem Vater, dem Pferdedeckenfabrikanten Grozdin, nach Ruma zurückzukehren. Seit Tagen sprach Trifun nicht mehr mit ihr.

Für Trifuns Grenzer hatte Garsuli ersonnen, sie sollten Sand aus der Bega und Kies aus der Temes für Straßenarbeiten holen und sollten für den Fischfang bezahlen. Und wer nach Rußland auswandern wollte, mußte sein Haus regulieren. Jedes Haus, das nicht mit der Straße eine gerade Linie bildete, würde niedergerissen. Als sie das erfahren hatten, versammelten sich die entlassenen Soldaten jeden Morgen vor Trifuns Haus, um lauthals zu schimpfen. Sie schrien, daß sie keinen Sand aus der Bega und keinen Kies aus der Temes schleppen wollten, und was den Fischfang angehe, so möge Gott sie vor einem solchen Fischfang bewahren.

Sie würden niemals dafür Steuern zahlen!

Die Kommandantur in Temesvar erklärte daraufhin, daß alle, die auswanderten, nichts mehr in Temesvar zu suchen hätten; vielmehr sollten sie nach Sirmien und Slawonien zurückkehren und dort in Zelten warten, bis sie die russische Kaiserin mit Paradeschlitten abholen ließe.

Trifun mußte sich also in den letzten Maitagen viele Vorwürfe anhören. Er verwünschte sein Schicksal, weil er hilflos zusehen mußte, wie seine Soldaten von Husaren zur Bega getrieben wurden. Ingenieure und Geometer kamen weiterhin jeden Morgen nach Mahala, um die Straße nach dem Plan des Grafen Mercy zu bauen. Sie stellten überall ihre Fähnchen, Sextanten, Triangel und Fernrohre auf und rissen manches Haus nieder. Und es kam der Einnehmer, um für den Fischfang zu kassieren.

Der Einnehmer erschien jeden Tag, obwohl es heiß war, in einem langen blauen Mantel, wie man ihn am Rhein und in Lothringen trug, und fiel deshalb schon von weitem auf. Es war kein schlechter Mann, er lächelte den Mahalanern sogar gutmütig zu, aber er wiederholte ständig nur ein einziges Wort auf serbisch: »Zahlen.« Die Mahalaner fluchten unbändig und lamentierten.

Und er lächelte und wiederholte wie zum Scherz ihr »Mein Gott, mein Gott!«. Husaren mit Pistolen begleiteten ihn durch die Siedlung.

Trifun beobachtete das alles von seinem Haus aus, das man innerhalb kurzer Zeit aus Lehm errichtet hatte. Es stand am Eingang der Siedlung auf der Brandstätte einer türkischen Wache, von der lediglich die Rauchfänge geblieben waren. Auf der niedrigen Anhöhe fielen die gekalkten Wände schon von weitem auf. Das Haus hatte auch verzinnte türkische Fenster.

Im Sommer stank es nach Moder, und im Winter schwitzten die Wände, aber die Mahalaner sagten, das Haus sei voller kostbarer Möbel und Trifuns Frau glitzere vor Schmuck. Man nannte es »Trifuns Hof«. Hinter dem Haus befand sich eine steinerne Zisterne, die kein Wasser mehr enthielt. Sie war zugemauert und diente Trifun als Laube. Im Garten blühten Mairosen. Von der schattigen Laube aus sah Trifun die Siedlung unter den Akazien, und er sah auch Temesvar hinter den Exerzierplätzen mit seinen Pulvermagazinen, Türmen, Befestigungen und Fenstern, die in der Sonne flimmerten.

Über den barocken Gebäuden hing der bleierne Himmel. Die Exerzierplätze waren verlassen; das Schilf am Wasser um die Pulvermagazine hatte man abgebrannt. Wegen dieser Pulvermagazine, obwohl sie in die Erde eingemauert und durch Gräben geschützt waren, lebte Temesvar in ständiger Angst.

Gegenüber der Siedlung weideten auf den Wiesen gefesselte Pferde, die wie riesige Heuschrecken sprangen, und am Ziehbrunnen holten Frauen Wasser. Sie schwankten unter den Schulterjochen mit den vollen Kesseln.

Trifun hatte einen Blick für Frauen aus seinem Volk und galt in seiner Jugend als Draufgänger. Alle Isakowitschs hatten in ihrer Jugend den Frauen nachgestellt. Nur Pavle lebte vor der Ehe mit einer Wienerin aus dem Theater zusammen. Trifun hielt sich an die Serbinnen aus der Umgebung.

Besonders gern hatte er die Frauen beim Wasserholen ausgewählt, wenn sie unter den Schulterjochen schwankten.

Dieser vierte Isakowitsch in Temesvar, Trifun, war im Jahr 1700 geboren und schon in seinem siebzehnten Lebensjahr in Serbien ins österreichische Heer eingetreten. Seither hatte er an mehreren Kriegen teilgenommen. Es war ein Mann, der jetzt selten fröhlich lachte.

Seine Hoffnung auf ein besseres Leben hatte sich als nichtig erwiesen, als er nach Sirmien zog und seine Verwandten mit dem Popen Todor in Hartkovci ansiedelte. Jetzt war er ein ruhiger, schweigsamer Mann von zweiundfünfzig Jahren, und jedes Unglück trug er mit einer merkwürdigen melancholischen Gelassenheit. Jene Gelassenheit, mit der ein Mensch in seinen Jahren, bei solchen Zeiten, das Leben betrachtet. Schwierigkeiten bereiteten ihm nur einige demobilisierte Grenzsoldaten in Mahala, die nicht nach Rußland ziehen und sich den Temesvarer Behörden sogar mit Waffen widersetzen wollten. Sie hielten die Pläne der Isakowitschs für Hirngespinste von Offizieren und verlangten von Trifun, er solle sie von der Liste derjenigen streichen, die fortziehen wollten, bevor er zur Infanterie nach Brod gehe. Notfalls würden sie dorthin zurückkehren, woher sie gekommen waren, nach Serbien, das heißt, in die Türkei. Knechte bei Gutsherren würden sie niemals. Und wenn Temesvar sie dazu zwinge, so wüßten sie sich mit Pulver und Blei zu wehren. Sie hätten nichts zu verlieren außer ihrem Leben, das ihnen ohnehin verleidet wäre.

Trifun war ein erfahrener Offizier, der gegen Franzosen und Preußen gekämpft hatte, und er wußte, daß das Narrheiten waren. Bei Rebellionen in der Theißebene hatte es schon Tote gegeben, und mehrere Häuser waren zerstört worden. Der arme Trifun hoffte, noch größeres Unglück abzuwenden, wenn er mit ihnen in das Militärgrenz-Gebiet an der Theiß übersiedelte, aber sie verhielten sich wieder wie in Sirmien. Vor seinem Haus wurde in den letzten Tagen oft gebrüllt: »Wir wollen keine Knechte sein!« Diese Unzufriedenen führte ein entfernter Verwandter der Isakowitschs an, ein gewisser Meandschitsch.

Trifun hatte die Temesvarer Behörden öfter ermahnt, ihnen die Übersiedlung nach Rußland zu gewähren, aber man hatte die Angelegenheit aufgeschoben, und jetzt hatte man ihn sogar versetzt. Umsonst hatte Trifun gebeten, sie ziehen zu lassen, wenn man sie in Österreich nicht mehr als Soldaten brauche. Nach Garsulis Erscheinen in Temesvar erkannte er, daß man sie niemals fortlassen würde. Da er schon zwei Jahre in der Hoffnung auf Umsiedlung dahinvegetierte und ständig Rebellionen bei Paraden befürchten mußte, hatte sich Trifun in einen vorzeitig ergrauten, verbitterten Mann verwandelt, der wie seine Brüder oft wütend mit den Zähnen knirschte. Und wenn er an sein Leben zurückdachte, erinnerte er sich nur weniger Tage, einiger Wochen, in denen er glücklich gewesen war.

Das Unglück, das sie in diesem Frühjahr in Temesvar getroffen hatte, Pavles Festnahme, der Kerker, die Verhöre, all das, und besonders der Streit mit seiner Frau Kumrija – die sich völlig verändert hatte, seit er die Übersiedlung nach Rußland betrieb – hatten Trifun vollends zermürbt.

Er hatte eingewilligt, daß seine Frau zu ihrem Vater zurückkehre, und ob sie nach Rußland mitkäme, stünde ihr frei. Trifun hatte an diesem Morgen das Gefühl dafür verloren, was die sirmischen Husaren als Orientierung bezeichneten.

Er lief wie im Fieberwahn durch und um das Haus und überlegte, was er tun sollte. Niedergeschlagen und ratlos saß er auf seiner Zisterne. Das ganze Leben war ihm zuwider.

Und hier geht die Geschichte weiter.

Trifuns Kinder waren zeitig geweckt und gewaschen worden – sie weinten jedoch nicht. Im Gegenteil, sie lugten wie Gänseküken fröhlich aus dem Stroh im Wagen. Man hatte ihnen gesagt, sie würden auf dem Wasser, auf der Bega, schwimmen, und das war für sie etwas Neues wie für andere Kinder eine Seefahrt; so waren sie glücklich und neugierig und ahnten nicht, daß die Mutter den Vater vielleicht für immer verließ.

Es weinte nur das Jüngste, das noch gestillt wurde. Seiner nahm sich jetzt im Wagen die Kinderfrau Stamenka an, die Frau von Zwetko Vutschanitsch, der Küster bei Trifuns Popen Todor war.

Die stramme, vollbusige Bäuerin mit den großen dunklen

Augen, eine berühmte Sängerin, liebte ihre Kinder; und sie liebte Trifuns Kinder wie die eigenen. Beim Einwiegen von Trifuns Jüngstem war sie unermüdlich. Sie saß oft stundenlang da, den Rücken angelehnt, und wiegte das Kind, das auf ihren Unterschenkeln ruhte. Sie sang ihm etwas vor, bis es einschlief.

Trifun war diesen Morgen zum Tor gegangen, um seine Kinder zu küssen, er streichelte sie und versicherte ihnen, er würde bald nachkommen. Die Kinder umarmten ihn lachend und wußten nicht, daß er sie täuschte. Als der Wagen mit ihnen fortgefahren war, kehrte Trifun in die Laube zurück und wartete auf seine Frau. Sie wollte mit einem anderen Wagen zur Bega fahren. In dieser umrankten Laube, die einer Veranda glich, lagen stets mehrere Kissen neben einem perlmuttverzierten Ebenholztischchen, darauf Kannen, Tassen und Trifuns Pfeifen. An dem Morgen standen dort lediglich das Tischchen und zwei Schemel. Das Haus war bereits geräumt.

Trifun wartete hier auf seine Frau – in sich zusammengesunken, verzweifelt, leichenblaß. Wenn er zur Siedlung hinüberschaute, die zweihundert Schritte entfernt war, sah er deutlich den Einnehmer im blauen Mantel und die Husaren, die alle Neugierigen von den Ingenieuren fortscheuchten. Aus den Häusern kamen nackte Kinder gelaufen, unzählige Kinder wie Bienen, die aus ihren Körben schwärmen. Mahala war dort noch nicht begradigt, die kleinen Häuser lagen verstreut unter Akazien oder scharten sich zusammen. Entweder einsam im Versteck oder wie Pilze im Wald. Trifun dachte, daß alles so bliebe, auch wenn er fortginge, und daß es fortan keine Isakowitschs mehr geben würde. Eine lange Kette von Wagen, seine ehemaligen Grenzsoldaten, fuhren aus Mahala zur Bega, und Trifun wußte, daß sie abends, mit Sand und Kies beladen, zurückkommen würden, eine riesige Raupe, die auf der Landstraße dahinkroch.

Daß sie ihre Pferde einspannen mußten, um Sand und Steine zu fahren, erbitterte die armen Mahalaner. Nur Männer mit kleinen Kindern beugten sich dem Befehl aus Temesvar. Trifun durfte sich nicht einmischen, selbst wenn er das gewollt hätte. Jurat sagte zu ihm: »Du hast kein Recht dazu, Alter! Du hast kein Recht!«

Trifun gehörte schon zum Regiment in Brod, zur Infanterie, trotzdem protestierte er weiterhin in Temesvar gegen dieses Unrecht. Bis zu seiner Abreise. Er schrieb, daß seinen Veteranen, die für Maria Theresia gekämpft hatten, großes Unrecht geschehe. Obwohl sie den Provinzialstatus nicht annähmen und den Militärstatus forderten, wären sie doch rechtmäßig aus dem Heer entlassen und müßten als Veteranen mit allen Rechten gelten, bis sie nach Rußland übersiedelten. Das Vorgehen der Behörden verstoße übrigens – schrieb Trifun in seinem Rapport an die Kommandantur – auch gegen Geist und Buchstaben der Privilegien, die der serbischen Nation erteilt wurden. Diese Privilegien seien einst in den Dörfern mit Trommelwirbel verkündet worden, so daß sie jetzt jeder Bettler kenne. Sie seien in der gesamten Militärgrenze und in allen Kirchen verkündet worden, und sie würden wie ein Heiligtum betrachtet. Mahala habe ungefähr dreißig Invaliden zu unterhalten und zu ernähren, und es sei eine Sünde, jetzt rückständige Abgaben für Fischfang in irgendwelchen Tümpeln einzutreiben!

Den Dorfbewohnern riet Trifun, nicht die Hoffnung zu verlieren! Die Übersiedlung nach Rußland sei kein Hirngespinst von Offizieren, sondern die Rettung für sie alle aus Not und Tyrannei, vor Kummer, Erniedrigung und Qualen. Sie sollten nicht auf die Isakowitschs fluchen! Das hätten nicht sie sich ausgedacht, sondern es wäre ein Referendum gewesen, wie ihnen Jurat erklärte. Im gesamten Gebiet an Maros und Theiß sei ordnungsgemäß abgestimmt worden! Trifun beschwor sie, noch ein wenig auszuharren. Österreich sei eine gebrechliche alte Hexe, und das seien ihre letzten Zuckungen. Rußland habe die Liste und ihren General Schewitsch. Temesvar könne ihnen nicht die Auswanderung verwehren. Sein Vetter Pavle sei schon unterwegs. Man dürfe das nur nicht oft erwähnen, sondern müsse schweigen und warten.

Die meisten Mahalaner standen auf Trifuns Seite, sie erkannten wohl, was Garsuli beabsichtigte, wenn er ihnen befahl, Sand von der Bèga zu fahren, und wenn er ihre Häuser niederriß. Trifuns Reiter, auch die ärmsten, hatten in den Kriegen etwas von der Welt gesehen. Sie wußten, daß nirgendwo der Schutzpatron der Isakowitschs, der heilige Mrata, herrschte, sondern nur Lug und Trug, Gemeinheit und Schändlichkeit. Die einfachen Veteranen waren nicht so dumm, um nicht zu erkennen, was Temesvar wollte. Sie verstanden, was es bedeutete, wenn man ihre Waffen beschlagnahmte, ihre Häuser durchsuchte, Pulver und Blei einforderte. Temesvar wollte sie mit Fronarbeit und mit Steuern drangsalieren, um sie vom Auswandern abzubringen. Um sie in rechtlose Bauern zu verwandeln oder – wie sie sagten – in Knechte. Die ungebildeten, schreibunkundigen, aber klugen, rachsüchtigen Bewohner Mahalas flüsterten nachts in den Ecken miteinander und verbreiteten die Nachrichten weiter, die wie glühende Kohle von Haus zu Haus getragen wurden.

Sie wußten, was die Temesvarer Herren beabsichtigten.

Feldmarschalleutnant Baron von Engelshofen, der ein Beschützer der Serben war, benannte es mit einem Wort: Mürbe machen.

Und Garsuli zotenhaft derb: An die Eier greifen!

Trifun war in jenen Tagen um zehn Jahre gealtert. Er war ein stattlicher Mann, fast so groß wie Pavle, hatte aber kein schönes Gesicht und keine vornehme Haltung. Jetzt war er ausgetrocknet, knorrig, und er saß da wie ein Baumstumpf, mit der Erde verwachsen, der Rest einer alten Eiche.

Trifuns Gesicht, mit dunklem Teint, hoher Stirn, kräftigen Kiefern, großer Nase und Schnurrbart, das vor zehn Jahren der Tochter des Pferdedeckenfabrikanten Grozdin wie das Antlitz des Erzengels Michael erschienen war, wirkte jetzt häßlich. Wie dies bei gealterten Reitern oft zu beobachten ist, ähnelte es einem Pferdegesicht.

Sein Haar, früher wie aus mattem Gold, war jetzt rötlich, grau und borstig. Ebenso der gestutzte Schnurrbart, der lange nicht die Hand eines Friseurs gespürt hatte. Trifuns große graue Augen, früher wie helles Silber, waren aschfarben geworden. In ihnen sammelte sich jener unermeßliche Kummer, der am Ende aller Zeiten die ganze Erde überschwemmt.

Trifun rauchte fast ununterbrochen.

An ihm war nichts mehr schmuck und schneidig, nicht einmal der alte slawonische Offiziersdolman. Sein Dreispitz, den er nur selten trug, war speckig.

Seine Husarenhosen waren nicht mehr rot. Und auch die abgewetzten Stiefel waren nicht mehr gelb.

Keine einzige Frau in Temesvar drehte sich nach diesem Offizier um, nicht einmal die Mägde.

Trifun hatte sich wie sein Bruder Jurat im letzten Krieg durch die Gefangennahme feindlicher Offiziere hervorgetan, aber in der Umgebung des Grafen Gaisruck war das längst vergessen. Seit man ihn mit seinen Männern in Temesvar festgenommen und verhört hatte, wurde sein Name in der Generalkommandantur nicht mehr erwähnt.

Trifun war ein leidenschaftlicher Kartenspieler, und in letzter Zeit hatte er beim Pharao viel Geld verloren. Die Tochter des Pferdedeckenfabrikanten Grozdin verzieh ihm das nicht. Es war nicht allein Armut, die Trifun dazu gezwungen hatte, sich mit Frau und Kindern im Sumpf vor Mahala anzusiedeln. Dazu bewog ihn auch das Gefühl der Zusammengehörigkeit mit den Mahalanern und den Armen, die mit den Isakowitschs in die Theiß-Ebene gezogen waren. Trotz des Standesunterschieds empfanden alle Isakowitschs diese Zusammengehörigkeit, die ihnen von Vuk, das heißt dem Herrn Volkan, ehemaliger Hauptmann der serbischen Grenzertruppen, als Vermächtnis hinterlassen worden war. Diese Bande zerrissen nie.

Auch das Verlangen nach Auswanderung stammte von Vuk, aus dem Jahre, als nach dem Türkenkrieg der russische Gesandte Wosnitzki aus Wien nach Sirmien kam. Wosnitzki besichtigte die Klöster und verweilte auch in Schischatovci. Die Isakowitschs lebten seitdem sozusagen zwei Leben. Eines für sich, und eines für ihre ausgedienten Soldaten. Sie waren mit halb Mahala verwandt, in den anderen Familien hatten sie Patenkinder. Wo immer sie sich auch befanden, verbrachten die Isakowitschs in Gedanken jeden Tag ein, zwei Stunden in Mahala oder in Hartkovci.

Die Kinder wurden dort auf die Namen der Isakowitschs getauft. Sie hießen Vuk, Trifun, Pavle, Petar oder Jurat. Der Edle Jurat Isakowitsch pflegte zu sagen: »Überall Jurats, als hätte ich sie gemacht!«

Umsonst versuchten die Isakowitschs zuweilen, diese Bande zu zerschneiden; die Menschen, die mit ihnen aus Serbien gekommen waren, folgten ihnen wie eine Herde hinter der Kuhglocke. Sie kamen zu Besuch, um von ihrem Leben und ihrem Kummer zu berichten. Sie kamen zu ihnen nach Ruma, kamen nach Peterwardein, und nun kamen sie nach Temesvar.

Wenn jemand heiratete oder erkrankte, kamen seine Verwandten zu Trifun oder Pavle Isakowitsch. Und es wäre eine schwere Sünde gewesen, nicht zu einem Begräbnis zu gehen.

Diese verarmten Soldaten, Veteranen und Invaliden wollten von den Isakowitschs nichts haben. Nichts nahmen sie an. Sie wollten nur von Zeit zu Zeit mit ihnen reden, wenigstens einmal im Jahr.

Onkel Spasoje, ein entfernter Verwandter, kam zu Pavle aus Ruma nicht nur nach Peterwardein, sondern auch nach Temesvar, und zwar zu Fuß. Und er hatte die Siebzig überschritten.

Er saß bei Pavle, einen Tag oder zwei, zählte die Türen und Fenster im Haus, wunderte sich, wie viele es waren, um dann wohlgemut heimzuwandern.

Der Edle Jurat Isakowitsch hatte zuweilen Besuch von Kindheitsgefährten aus Hartkovci und Ruma, wenn eine Seuche das Vieh hinwegraffte. Wenn Kühe krepierten oder Kälber gekauft werden mußten. Jurat winkte unwirsch ab und rief, sobald sie gegangen waren: »Warum kommen sie zu mir? Ich habe doch nicht gekalbt!«

Trifun, unter den Isakowitschs der Ärmste, stand diesen Menschen deshalb am nächsten. Sie saßen tagelang beisammen, tranken bedächtig Branntwein, rauchten und unterhielten sich. Über alles und jedes. Dann gingen die Besucher zufrieden nach Haus. Wie er sie als Soldaten kommandierte, so beriet Trifun sie auch bei familiären Sorgen.

Der einzige Mensch, der gar nicht auf Trifun hörte, war seine Frau Kumrija. Sie dachte immer anders als ihr Mann. Während er in der Laube auf sie wartete, sann er darüber nach. Jetzt würden sie sich für längere Zeit trennen, was bisher nur im Krieg geschehen war. Und Trifun ahnte, daß sie sich vielleicht nie mehr wiedersehen würden. Nach dem letzten Kind hatte ihn Frau Kumrija mit einem Blick angeschaut, in dem purer Haß lag.

Die fortwährenden Geburten waren für Trifun in einer Ehe etwas Natürliches und Vernünftiges. Es gab keinen Grund, den Vater oder die Mutter zu loben oder zu glorifizieren. Und rührselige Tränen waren überflüssig.

Trifun faßte eine Geburt beinahe wie eine militärische Aktion auf. Für eine verheiratete Frau sei es gottgegeben, ein Kind nach dem anderen zu gebären. Woher bei Frau Kumrija in letzter Zeit dieser Haß rührte, weil sie jedes Jahr schwanger wurde, wußte er nicht.

Schließlich war in der Laube alles vorbereitet.

Er wird den Kaffee trinken, während der Wagen schon wartet. Er wird seine Frau in den Wagen setzen, wie er das mit seinen Kindern getan hat, und wird sie vor dem Gesinde zum Abschied küssen, und die Tochter des Pferdedeckenmachers Grozdin wird vorläufig nach Ruma reisen. Das Haus ist schon leer. Nur die Pferde müssen noch verkauft werden. Morgen oder übermorgen wird er sich ebenfalls auf der Bega einschiffen. Kein Isakowitsch wird in Temesvar bleiben.

Mahala mit all seinen Veteranen, Invaliden, Verwandten und Gevattern lebt jetzt noch ein, zwei Tage zwischen den Akazien. Danach wird es nur mehr in seiner Erinnerung weiterleben.

Von seiner Laube aus sah Trifun die Frauen, die am Brunnen Wasser holten, und zugleich sah er auch den Einnehmer im blauen Mantel.

Die Lerchen stiegen in den Himmel über Mahala.

Der Tag war warm, und die Akazien dufteten.

Alles in Mahala wirkte friedlich.

Trifun saß ungeduldig da, den Kopf in Tabakrauch gehüllt. Die Wunde, die man ihm bei der Parade zugefügt hatte, schmerzte dumpf, jemand hatte ihm die Breitseite eines Säbels auf den Schädel gehauen. Geronnenes Blut verklebte die Binden. Er mußte die Fliegen und Hornissen verscheuchen, von denen es hier nur so wimmelte. Trifun bedauerte, daß er nicht mitgegangen war, um Pavle zu verabschieden. Und dieses Bedauern verstärkte die Schmerzen. Es kam ihm vor, als stächen ihn tausend Nadeln in die Augen. Und als grollte Donner in seinem Kopf.

Frau Kumrija hatte nachts gehört, wie er mit den Zähnen knirschte, und obwohl die Eheleute kein Wort miteinander sprachen, machte sie ihm Essigumschläge. Auch sie schlief nicht. Beide spürten, daß ihre Ehe zerstört war. Sie hatten sich daran gewöhnt, schon in den ersten Ehetagen, jeden Tag beim Kaffee eine Stunde gemeinsam zu verbringen. Diese Zeit gehörte nur ihnen. Nicht einmal die Kinder durften zu den Eltern, wenn sie beim Kaffee saßen. Trifun und Frau Kumrija wollten wenigstens einmal täglich unter sich sein, mit ihrer Liebe, ihren Erinnerungen, ihren Hoffnungen.

In dieser Laube, zu der eine Tür aus dem Schlafzimmer führte, trafen sie sich das ganze Jahr beim Kaffee.

Seit er die Tochter des Pferdedeckenfabrikanten Grozdin geheiratet hatte, eigentlich seit ihm das erste Kind geboren wurde, hing über Trifun ein Verhängnis, obwohl er und seine Frau sich bemühten, die Augen davor zu verschließen.

Trifun war in den letzten Jahren nicht mehr befördert worden, war mehrmals auf dem Exerzierplatz vom Pferd gestürzt, hatte beim Kartenspiel viel Geld verloren, war verarmt. Dieser stattliche Offizier, früher so laut und lustig, war ein unfroher Mann geworden wegen des bösen Geschicks, das ihn verfolgte. Wenn ihm die Tochter des Pferdedeckenfabrikanten Grozdin vorwarf, er würde sich gehenlassen, würde Kleidung, Schuhwerk, Bart und Haar vernachlässigen, schwieg Trifun.

Er saß dann da, in Tabakrauch gehüllt wie in eine dunkle Wolke. Manchmal erwiderte er ihre Vorwürfe mit einem Lächeln.

Was Frau Kumrija erzürnte.

Bis zu dem Tag, an dem seine Mahalaner den Wagen des Oberkriegskommissars Garsuli umstürzen wollten, hatte Trifun die Übersiedlung nach Rußland vor seiner Frau nicht erwähnt. Er vermied das, so gut er konnte. Während die anderen Isakowitschs ständig darüber redeten, schien das Trifun nicht zu bewegen. Er hatte sich, seine Frau, die sechs Kinder, sein Gesinde, die Reitknechte und hundertdreiundsiebzig Grenzsoldaten auf die Aussiedlerliste gesetzt, sprach aber nicht darüber.

Wenn er einmal darüber sprach, sagte er nur, man solle

das Unrecht, das sie im Kaiserreich erlitten hätten, nicht andauernd im Munde führen und nicht darüber jammern, daß man sie nach Ungarn treiben wolle. Als Grund für die Auswanderung anführen, das wohl. Man müsse fortziehen, als hätte es nie Isakowitschs in Österreich gegeben.

Bei wem solle man sich beschweren? Wozu? Worüber?

Und wenn ihm seine Frau erklärte, sie würde nicht nach Rußland mitkommen, und wenn sie über die sechs Kinder klagte, senkte Trifun nur den Kopf. Auf ihre Vorwürfe erwiderte er nichts.

Daß sie ihm sechs Kinder geboren hatte, hielt Trifun für natürlich. Daß sie in den nächsten zehn Jahren bestimmt noch sechs, wahrscheinlich zehn Kinder gebären würde, kam ihm ebenfalls natürlich vor. Er empfand keinerlei Schuld.

Aber er wußte, daß das Leben mit so vielen kleinen Kindern nicht leicht sein würde. Und dann wurde ihm traurig zumute.

Trifun war kein selbstsüchtiger Mann und kein schlechter Vater. Nie wäre ihm eingefallen, die Kinder zurückzulassen und allein nach Rußland zu gehen. Das hätte er nie getan, nicht um alles in der Welt. Allmählich mußte er jedoch erkennen, daß es einen großen, traurigen Unterschied ausmachte, ob jemand so viele Kinder hatte wie er oder überhaupt keine Kinder.

Trifun hütete diese Gedanken sorgsam vor seiner Frau und liebkoste seine Kinder. Er streichelte sie traurig übers Haar. Besonders die kleinsten, die morgens in sein Bett krochen, um sich bei ihm anzukuscheln. Seine Kinder empfand er als einen Teil seines Körpers, wie Arme und Beine. Wenn er Geld beim Pharao verspielte, hatte er das Gefühl, er beraube seine Kinder der Nahrung. Dann schlich er beschämt nach Haus.

Nach dem Krieg gegen die Franzosen vor sieben Jahren hatte Trifun noch gehofft, er würde es in dem damals berühmten slawonischen Regiment weit bringen. Er war zu jener Zeit noch ein geselliger, fröhlicher Mann und tanzte gern, obgleich er ein schlechter Tänzer war. Er sang gern, obwohl er nur dann ein Lied anstimmte, wenn alle anderen einfielen.

Er war beliebt unter den Serben.

All das hatte sich in letzter Zeit geändert. Wie Jurat hatte er den Majorstitel erhalten, man zahlte ihm jedoch weiterhin den Sold eines Rittmeisters. Und für die Zukunft, wurde ihm gesagt, solle er keine Hoffnungen hegen. Die Zeit der Kriege sei vorbei.

Der österreichische Staat brauche andere Männer.

Trifun hatte vor zehn Jahren die Tochter des Pferdedekkenfabrikanten Grozdin aus Ruma geheiratet, die Ehe war durch Brautwerber vermittelt worden. Kumrija galt als sehr hübsches, wohlhabendes Mädchen. Ihre Mitgift war so reich, als sollte sie mit einem deutschen General verheiratet werden. Nach der mühsamen Brautwerbung entflammte das schöne Mädchen für den zwanzig Jahre älteren, aber baumstarken Offizier.

Trifun war zu jener Zeit ein völlig anderer Mann.

Er war ein kräftiger, verwegener Reiter, seine Augen glänzten wie Mondlicht, durch das eine schwarze Wolke schwebt. Die silbernen Quasten an seiner Uniform erzitterten bei seinem Schritt. Kumrija erzählte später flüsternd ihren Schwägerinnen, daß ihre Knie weich wurden, wenn er zu ihr kam. So war es gewesen.

Die einzige Tochter des Pferdedeckenfabrikanten Grozdin heiratete den Offizier gern, und sie verging vor Sehnsucht, wenn er im Krieg war.

Frau Kumrija war 1720 geboren worden, und in dem Jahr, in dem diese Geschichte weitergeht, war sie gerade zweiunddreißig, und zehn Jahre verheiratet. Seltsamerweise gebar sie in den ersten berauschenden Jahren dieser Ehe kein Kind. Später purzelte plötzlich eines nach dem anderen ins Haus. Frau Kumrija hatte erst viel geweint, weil sie keine Kinder hatte, und später weinte sie, weil sie sechs hatte, und sie spürte, daß es noch einmal so viele oder mehr sein würden, vielleicht noch zehn.

Sie hielt das nicht für natürlich wie Trifun. Wenn es natürlich war, haßte sie die Natur. Sie wünschte, daß diese Kinder in zärtlicher Umarmung, unter Trifuns liebevollem Flüstern, bei einem Lied auf die Welt kämen. In Ruma und später in Hartkovci versammelten sich die jungen Burschen bei

Mondschein, zogen umher und sangen. Dieser Gesang und der Akazienduft rührten Frau Kumrija zu Tränen. Sie lag wach im Bett, lauschte und flüsterte: »Ach, ist das schön!«

Der Pferdedeckenfabrikant pflegte danach zu sagen, daß seine Tochter rappelköpfig sei.

Bei ihrer Heirat war sie ein stattliches Mädchen mit schwerem dunklem Haar, und ihre Locken glichen schwarzen Schlangen.

Sie hatte eine weiße Gesichtshaut wie die Türkinnen im Harem und war auch schön wie eine Muselmanin. Eine kleine rosige Nase, ein kleiner Mund, in dem sie die Zunge beim Singen rollte. Ein fröhliches Lachen. Besonders ihre Augen blieben jedem in Erinnerung. Sie waren bernsteinfarben, sehr rund, die schwarzen Pupillen schienen von blutigen Ringen eingefaßt zu sein.

Frau Kumrija stand aufrecht auf langen Beinen, die schönen Brüste herausgestreckt, und sie lief nicht, sondern sie schritt dahin. Schmal in der Taille und breit in den Schultern. Ihr Vater sagte, wenn er über ihren Eigensinn klagte: »Das ist keine Frau. Das ist ein Husar, wie er leibt und lebt.«

Das lächelnde Gesicht mit den roten Lippen weckte keinen Neid bei Kumrijas Schwägerinnen, obwohl es schön war. Sie sagten, ihre Augen würden böse und unheimlich blicken. Dagegen wurden diese Augen zum Gesprächsstoff der Kürassiere in Temesvar. Der alte Engelshofen sagte einmal, Frau Kumrija habe Augen wie eine durstige Löwin. Da niemand jemals eine Löwin gesehen hatte, sprach man lange darüber; das prägte sich jedem ein.

Wie Ana sang die Tochter des Pferdedeckenfabrikanten Grozdin gern, und sie tanzte auch gern. Jurat pflegte zu sagen, daß sie den Mann, für den sie sang, verschlingen wolle.

Aber jetzt, nach zehn Ehejahren und sechs Geburten, glänzten diese Augen nicht mehr, sondern waren trübe geworden vom vielen Weinen; es waren die Augen einer Eule beim Morgengrauen.

Seitdem in der Familie Isakowitsch täglich über die Umsiedlung nach Rußland gesprochen wurde, begann Trifuns Ehe zu verderben, und diese schöne Frau verdarb die Ehe auch noch willentlich. »Zu nichts ist dieser abgelebte Kerl zu gebrauchen«, sagte sie zu Ana, »bloß zum Kindermachen. Er ist nicht mehr hübsch, nicht mehr begehrenswert, nicht mehr zärtlich.«

Die Absicht, irgendwohin zu ziehen, weit fort in ein kaltes, schneebedecktes Land, erschien Frau Kumrija völlig wahnwitzig. Solange dieses Fortziehen erlaubt war, solange es wie Fieber die Gebiete an Mares und Theiß erfaßte, wollte auch Frau Kumrija mitgehen, notgedrungen. Seit es verboten und gefährlich war, weinte sie und gemahnte an die Kinder. Schon das Wort Rußland kam ihr verflucht vor.

»Du kannst gehen«, schrie sie vor allen Leuten ihren Mann an. »Du kannst in dein Rußland ziehen, aber alleine!«

Dann lachte sie laut wie eine Geistesverwirrte. Bei dem Gedanken, daß er allein nach Rußland ziehen müßte, mutterseelenallein, senkte Trifun nur den Kopf. Er stocherte in seiner Pfeife herum, die oft ausging, und dann lächelte auch er wie geistesverwirrt. »Allein!« flüsterte er. Allein. Als ob das möglich sei. Für einen Vater von sechs Kindern! Der in den nächsten zehn Jahren noch ebenso viele haben würde. Wenn er allein nach Rußland ginge, würden ihn seine Kinder, von denen das jüngste noch gestillt wurde, wie ein Schatten begleiten. Beim Essen und Trinken würden ihn dort sechs Paar traurige Kinderaugen vorwurfsvoll anblicken.

Die Tochter des Pferdedeckenfabrikanten Grozdin meinte, es wäre besser gewesen, Garsuli zu bestechen. Das hätte weniger gekostet als die Umsiedlung nach Rußland. Man hätte leicht erreichen können, daß ihre Absicht, Österreich zu verlassen, folgenlos bliebe. Hatte denn Garsuli nicht gesagt, die Liste des Generals Schewitsch sei in Wien nirgendwo aufzufinden? Sie, Kumrija, sei bereit, zu dem Venezianer zu gehen. Sie sei bereit, nach Wien zu gehen, zum Hofrat Mahler. Er würde ihr keine Bitte abschlagen.

Wenn sie so redete, streckte Frau Kumrija den Busen heraus, als tanze sie die Polonaise. Jeder mußte anerkennen, daß sie auch nach sechs Geburten eine sehr anziehende Figur besaß. Die Schönheit stattlicher Frauen währt oft lange. Sie brauche, sagte Frau Kumrija, lediglich ein neues Kleid, dann könne sie alles leicht in Wien erwirken. Die Isakowitschs müßten in Wien ihr Recht suchen, statt nach Rußland zu ziehen. Sie brauche bloß ein paar Dukaten für die Herren in Wien. Gold öffne auch Türen, die trotz schöner Worte oder Tränen verschlossen bleiben. Die arme Frau Kumrija, die sich noch jung fühlte, meinte, der Plan Trifuns und Pavles, nach Rußland überzusiedeln, hätte ihr ganzes Leben verpfuscht. Sie hatte gehofft, künftig ebenfalls auf Bällen in Peterwardein und Temesvar zu glänzen wie ihre Schwägerinnen und wie sie ins Theater zu gehen – in das die Offiziere von Engelshofen beordert wurden –, und dieses Rußland zerstörte ihr alles. Zu Trifuns Überraschung wurde Frau Kumrija unter den Kürassieren bekannt, weil sie gut Polonaise tanzte.

Jurat pflegte zu sagen: »Die tanzt, als hätte sie Musik in den Beinen!« Eine noch größere Überraschung war es für die Familie Isakowitsch, als Frau Kumrija nach dem fünften Kind den Wunsch äußerte, auch in die Reitschule zu gehen wie die anderen Offiziersfrauen. Die Tochter des Pferdedekkenfabrikanten Grozdin, die vor ihrer Ehe nie auf einem Pferd gesessen hatte, erwies sich wie Jurats Ana auf dem Exerzierplatz als gelehrige Schülerin. Schon nach wenigen Wochen ritt sie wie eine Amazone.

Sie übertraf sogar Ana.

Jurat tröstete seine Frau: »Meine Liebe, ich habe ihr nicht die Sattelgurte festgezogen, sie wird vom Teufel geritten.«

Engelshofen sagte, wenn die Damen Isakowitsch im Theater erschienen: »Die schönen Kroatinnen!«

Als er Trifuns Frau zum erstenmal sah, vorschlug es ihm die Sprache. Er musterte die schöne Frau, so wie er in der Reitschule eine Araberstute begutachtete. Als er hörte, daß sie schon über dreißig war und sechs Kinder hatte, brummte er nur etwas vor sich hin.

Frau Kumrija mochte ihre Schwägerinnen nicht, weder Ana noch Varvara. Keineswegs, weil Varvara eine Katholikin war, sondern weil sie keine Kinder hatte, auf jedem Ball tanzte und selten allein war. Kinderlos, fröhlich, unbeschwert. Außerdem war Frau Kumrija eifersüchtig, weil ihre Kinder die Tante offenbar mehr liebten als die eigene Mutter. Sobald Varvara in Trifuns Haus auftauchte, hingen sie an ihrem Hals. Sie weinten, wenn Varvara ging. Die Mutter blickte ihre Kinder verbittert an.

Frau Kumrija mochte auch Jurats Frau Ana nicht. Keineswegs, weil Ana in der Reitschule bewundert wurde, sondern weil sie auf Varvara hörte. Alles, was Varvara sagte, war für Ana wie ein Bibelwort. Die Tochter des Pferdedeckenfabrikanten Grozdin fühlte sich diesen Senatorentöchtern ebenbürtig, aber der weibliche Zweierbund, dem sie allein gegenüberstand, ärgerte sie.

Innerhalb der Familie benahm sich Frau Kumrija nicht einmal freundlich gegenüber Petar. Obwohl sie fast gleichaltrig waren, kam Petar Isakowitsch dieser schönen Frau kindisch und unreif vor, und sie lachte oft über den eingebildeten, empfindsamen jungen Mann. Und Petar Isakowitsch in seiner Uniform voller silberner Tressen und in neuen knarrenden Stiefeln merkte das. Er sprach nicht mit seiner Schwägerin. Frau Kumrija fühlte sich eine Zeitlang – wie auch Varvara – stark zu Pavle hingezogen, der in der Familie Isakowitsch wie ein Hirte die Herde führte. Nur daß dieser Hirte mit den Sporen klirrte und nicht mit einem Glöckchen bimmelte.

Der Edle Pavle Isakowitsch – der Witwer, wie Jurat sagte – hatte auch Kumrija bezaubert. Alles, was Pavle sagte, war mehrere Jahre lang für Trifuns Frau geheiligt.

Wenn Pavle sie lobte, im Haus, auf einem Ball oder beim Reiten, errötete Frau Kumrija sonderbar. Sie blickte ihn an, und ihr Gesicht wurde dann totenbleich. Auf dem Exerzierplatz ritt sie häufig mit ihm, aber ihre Freundschaft hörte plötzlich auf, und niemand wußte, warum.

Am besten kam der dicke, lustige Jurat mit Trifuns Frau zurecht. Sie freute sich, wenn sie Jurat sah, und fand bei ihm stets Unterstützung. Jurat liebte seine Kinder, und er liebte die Kinder seines Bruders, alle sechs. Er ergötzte sich an dem Gedanken, daß es in den nächsten zehn Jahren noch einmal so viele sein würden. Und bedauerte die junge Frau wegen der vielen Kinder. Jurat billigte nicht, daß man sie in der Familie mied.

Trifuns Kinder liebten ihre Mutter nicht mehr so wie früher. Sie spürten wohl, daß sie ihr zur Last fielen. Frau Kumrija fütterte sie zwar, wusch sie, schnitt ihnen das Haar und zählte sie beim Mittagessen. Die Kinder aber wurden verstockt und schweigsam, weil die Mutter sie ständig beim Reden unterbrach. Sie zeigten sich selbst widerspenstig, wenn die Mutter sie rief, um zu sehen, warum sie sich den Kopf kratzten. Sie wurden verschüchtert, als ob sie allein durch ihr Dasein schuldig wären. Ihre Mutter konnte es abends kaum erwarten, daß sie verschwanden. Und die Kinder gingen zeitig schlafen, von der Mutter vertrieben, sie lagen im Dunkeln und flüsterten traurig miteinander. Nachts weinten sie manchmal heimlich. Sie zeigten ihre Tränen nicht, als hätten sie eine Stiefmutter.

Während Trifun in seiner Laube wütend auf seine Frau wartete, bedachte er das alles. Er mochte es nicht, wenn sie sich zum Kaffee verspätete. Als Frau Kumrija endlich erschien, angekündigt vom Klappern ihrer Pantoffeln und dem Klingen ihrer Halsketten, wandte Trifun nicht einmal den Kopf nach ihr um.

Er wartete, bis die Magd, die den Kaffee brachte, weggegangen war.

Aber auch später sagte Trifun kein Wort.

Und auch Frau Kumrija sagte kein Wort.

Mann und Frau saßen nach zehn Jahren Ehe und Liebe da wie zwei Taubstumme.

Als sie den Kaffee getrunken hatten, schielte Frau Kumrija zu ihrem Mann hinüber wie durch finstere Wolken. Trifun hatte seine Brust entblößt, auf der eine Narbe von einem Säbelhieb zu sehen war, und seine blaue Husarenjacke über die Knie gelegt. Er rauchte und schwieg.

Die Frau, die in wenigen Minuten abreisen und ihren Mann monatelang nicht wiedersehen würde, bemerkte erst jetzt, wie hart und müde Trifuns Gesicht geworden war. Sie erinnerte sich, wie sie einst dieses Gesicht geliebt hatte. Wie sie in der Umarmung auch sein Haar geliebt hatte. Das Haar war früher dicht, seidig und goldblond, zu einem Zopf gebunden, jetzt wirkte es wie rötliche Schweineborsten. Seine Augen, einst so schön und klar, waren jetzt blutunterlaufen. Die Nase, eine schmale Adlernase wie Pavles, mit Nüstern wie Rosenblätter, war jetzt geschwollen. Im Mund, den sie einst so lange geküßt hatte, hing jetzt die Tabakspfeife. Die Lippen waren erschlafft und verzerrt.

Die Zähne waren gelb.

Sie wandte den Blick ab.

Sie bereute, daß sie überhaupt gekommen war, um noch einmal in der Laube zu sitzen. Daß sie nicht wortlos in den Wagen gestiegen war, ohne Rücksicht auf das Gesinde. Und Trifun schwieg. Die Tochter des Pferdedeckenfabrikanten Grozdin erinnerte sich an Streit zwischen ihren Eltern, der jedoch bald vergessen war. Niemals war es dazu gekommen, daß ihre Eltern nicht miteinander redeten, keine einzige Stunde, und schon gar nicht mehrere Tage! Dieses lange finstere Schweigen lernte sie erst in der Familie Isakowitsch kennen.

Das Schweigen zwischen dem Pferdedeckenfabrikanten Grozdin und seiner Frau dauerte gewöhnlich wenige Minuten, dann plapperten sie wieder wie zwei Stare. Manchmal schrie der Pferdedeckenfabrikant Grozdin seiner besseren Hälfte zu: »Andja! Du alte Schlampe! Wo ist meine Nadel?« Gleich darauf besann er sich errötend und fragte seine Tochter, ob sie das zufälligerweise gehört habe. Es war alles vergessen, so wie Kinder nach einem Sommergewitter am Himmel einen Regenbogen erblicken.

Bis der Pferdedeckenfabrikant wieder eine Nadel verlegt hatte. Als Kumrija heiratete, gehorchte sie dem Willen ihrer Eltern wie damals alle Mädchen, aber bald gefiel ihr das Leben in einer Offiziersfamilie. Sie hoffte, das Leben mit diesem stattlichen Offizier würde wie ein Märchen sein, sie würde stets schöne Kleider tragen und auf Bällen tanzen, und Verehrer würden sie umschwärmen.

So war es auch, anfangs.

Aber als jedes Jahr ein Kind kam, war sie völlig verstört. Sie lebte sozusagen nur zwei, drei Monate, danach konnte sie nicht ausgehen wegen ihres dicken Bauches, der jedes Jahr anschwoll, als trüge sie die Trommel eines Bärenführers vor sich her. Am schrecklichsten empfand sie es, daß sie nach dem ersten Kind keine weiteren mehr wollte. Trotzdem gebar sie eins nach dem anderen. Und nach jeder Geburt wurde sie immer schöner, immer vitaler, und, so schien es ihr, immer jünger – was man wahrhaftig nicht von dem Mann sagen konnte, von dem sie nun den Kopf abwandte, um ihn beim Abschied nicht ansehen zu müssen.

Sie hatte Trifun feierlich gelobt, daß sie in die Bega springen würde, wo das Wasser am tiefsten sei und wo es die meisten Strudel gebe, wenn er noch einmal von Rußland spreche.

Und dennoch, obwohl sie ihn nicht ansah, jetzt beim Abschied bedauerte sie diesen häßlich gewordenen, verlassenen Mann. Sie dachte einen Moment, nachdem sie ihn angeschaut hatte, mit der Liebe an ihn, die sie früher empfand, wenn sie ihm abends das Bett bereitete.

Aber das währte nur einen kurzen Moment.

Sie wollte etwas Liebes zum Abschied sagen, als auch er ihr traurig den Kopf zuwandte: mit trüben, müden, wäßrigen Augen.

Trifun sagte kein Wort, blies Rauchwölkchen in die Luft, stocherte in seiner Tabakspfeife.

Sie war ihm lästig.

Trifun dachte: ›Wie sich diese Frau verändert hat!‹

Im Ehebett war sie manchmal wie früher, wenn sie die Liebe genoß, aber dann, am Tage, welche Veränderung!

Als Kumrija noch von ihren Schwägerinnen geliebt wurde, in Peterwardein, zogen sie ihr manchmal aus Scherz die Husarenuniform ihres Mannes an, und die junge Frau verwandelte sich in einen schmucken Offizier. Sie stand vor dem Spiegel in der roten Reithose der slawonischen Husaren, mit strammen Oberschenkeln, und zeigte lachend ihre weißen Zähne.

Sie war ein schöner Offizier.

Nur das dichte Haar unter dem Hut hätte sie als Frau verraten.

Trifun erschrak, als sie beim Reiten nach wenigen Wochen alle anderen Frauen übertrumpfte. Sie wurde berühmt wie Jurats Frau. Sie ging mit Pavles und Trifuns Pferden um, als wäre sie im Stall aufgewachsen, und vermochte wie Ana, und besser als sie, eine Peitsche aus dem Gras aufzuheben. Sie lernte auch von Pavle, über Hindernisse zu springen. Jurat mißfiel das, und er sagte, Pavle wolle aus den Frauen der Isakowitschs lauter Kürassiere machen.

Die Kürassiersfrauen haßten die schöne Serbin und schoben ihr manchmal das schlechteste Pferd zu. Es gab jedoch kein Pferd, das nicht erzitterte, wenn Frau Kumrija zu ihm trat und es tätschelte. Sie schaute den Pferden direkt in die Augen, streichelte ruhig selbst das müdeste Tier und sprach mit tiefer Stimme, manchmal flüsterte sie den Pferden auch etwas zu. Der Edle Pavle Isakowitsch sagte zu Trifun, Frau Kumrija sei die geborene Reiterin und sie könnte eine berüchtigte Pferdediebin werden, wenn sie das wollte.

Die Pferde faszinierten sie, sie hatte sie in ihren innersten Wesen erkannt.

Plötzlich raffte Frau Kumrija den Rock und schwang sich ungestüm in den Sattel. Das Pferd bäumte sich auf und sprang über Hindernisse, wie von einer unsichtbaren Kraft getragen.

Frau Kumrija sagte zu ihren Schwägerinnen, sie wolle noch ein paar Jahre alle Freuden des Lebens auskosten. Was die Zukunft bringe, wisse man nicht. Die Kürassiersfrauen in Temesvar besuchten die Reitschule, weil Engelshofen das wünschte. Sie ritten ein, zwei Runden, dann schwatzten sie bei einer Tasse Mandelmilch über Liebe und über Liebespaare. Frau Kumrija flog indessen über Hindernisse. Sie erklärte, besser zu sein als ein kleiner Kürassier von äffischem Aussehen, wie zum Beispiel Rittmeister Padovani oder Pavle Isakowitsch.

Wenn ihr eine neidische Frau ein bösartiges Pferd zuschob, ging Frau Kumrija zu dem Tier, fuhr mit ihren langen Fingern über die Kruppe und durch die Mähne, und der störrischste Hengst besänftigte sich, wie verzaubert. Frau Kumrija lachte und stieg aufs Pferd. Das habe sie von Pavle gelernt, sagte sie.

Gegen Abend kehrten die Isakowitschs müde vom Reiten heim. Sie ritten durch die Pappelallee, in leichtem Trab, meist jedoch im Schritt. Frau Kumrija sprang auch nach langen Ritten über Baumstümpfe und Hecken, wobei sie ihr Pferd mit den Zügeln mühelos über die Hindernisse hob. Und wenn der dicke Jurat sie jagte oder sogar versuchte, sie zu überholen, schaute sie ihn lachend an, als reite sie seit früher Kindheit.

Jedes Wettrennen zwischen Frau Kumrija und Jurat endete mit ihrem Sieg. Jurat sagte: »Auf dem Pferd bist du besser, zugegeben. Doch, Schwägerin, wir beide müssen mal auf der Wiese miteinander singen, damit Ruma berühmt wird!«

Der Scherz sollte zotenhaft sein; Jurats Gedanken waren es

nicht. Er achtete die Frau seines Bruders und bedauerte sie, weil sie oft allein war. Er wollte sie erheitern, wenn auch mit dummen Scherzen. Er hoffte, der Bruch in ihrer Ehe, den er bemerkt hatte, würde wieder heilen.

Auch Trifun dachte an diesem Morgen in der Laube nicht, daß die Abreise seiner Frau eine Trennung für immer bedeutete. Auch er glaubte, daß sie ihren Streit begraben würden. Das Vergnügen an einer jungen Frau im Bett war dem Überdruß eines Mannes gewichen, der schon zehn Jahre lang immer mit dieser selben Frau zusammenlebte. Daß auch sie seiner überdrüssig war, sogar sehr, ahnte Trifun nicht.

Er erinnerte sich daran, daß sie in den ersten Ehejahren ebenfalls so schweigend dasaßen. Damals brauchten sie keine Worte. Sie saßen da und sahen einander an. Sie sahen einander in die Augen und lächelten. Frau Kumrija lachte manchmal auch laut. Und es folgten leidenschaftliche, lange Küsse.

Er erinnerte sich, wie ihr Vater, der Pferdedeckenfabrikant Grozdin, herbeieilte, um seinen ersten Enkel zu sehen. Nachdem Grozdin ungeduldig aus dem Wagen gesprungen war, wurde Trifun vor dem Haus aufgehalten. Der Alte lief voraus. Als Trifun ins Zimmer kam, hielt seine Frau ihren Erstgeborenen hoch, und der Pferdedeckenfabrikant fragte seine Tochter: »Bist du denn glücklich?« Trifun hörte, auch jetzt noch, in der Erinnerung, wie seine Frau ihrem Vater mit dumpfer Stimme antwortete: »Vater, das läßt sich nicht mit Worten ausdrücken!«

Diese Stimme, die tief aus der Brust kam, kannte Trifun bei ihr nicht.

Aber das war vor sieben Jahren gewesen.

Als er seine Frau verstohlen betrachtete, dachte er, daß das Unglück wie ein Fluß zwischen ihnen strömte und sie entzweite.

Vergebens strecken sie einander die Hände entgegen. Vergebens nehmen sie ihre Kinder auf den Schoß. Vergebens streicheln sie ihnen übers Haar. Vergebens genießen sie in der Nacht. Ihr Genuß bleibt stumm, und sie liegen dann reglos nebeneinander.

In dem Moment, gereizt durch sein Schweigen, erhob sich Frau Kumrija und sagte dann bissig: »Ich gehe.«

Und als Trifun weiterhin schwieg, zischte sie: »Sag was! Hast du die Sprache verloren?« Sie brach in Tränen aus und lief hastig fort. Ein roter, mit Silberknöpfen verzierter Pantoffel blieb neben dem Schemel liegen.

Trifun war zusammengezuckt, als ihn seine Frau anschrie, und blickte ihr nach, wie man im Herbst den Schwalben nachschaut. Dann schüttelte er zornig den Kopf und murmelte Flüche.

Er überlegte jedoch, daß er zum Wagen gehen und auch sie verabschieden sollte, wie er die Kinder verabschiedet hatte, vor den Augen des Gesindes. Um die Schande zu verbergen. Schlurfend ging cr zum Tor.

Seine Frau war schon in den Wagen gestiegen.

Sie saß da, ganz in blauem Taft und weißen Rüschen, in Stiefeln, die sie erst jetzt angezogen hatte, auf einem hohen Sitz aus gelbem Leder. Die Koffer hatte sie beiseite geschoben. Ihr Gesicht war starr vor Wut.

Die Eheleute küßten sich also vor dem Gesinde – der Ordnung halber.

Trifun sagte noch einige Worte zu seiner Frau, er sprach wie in den Wind.

Dann stand er an der Mauer neben den schluchzenden Dienstmägden.

Er ließ den Wagen durch das Tor fahren und schaute ihm eine Zeitlang nach. Der Wagen rollte schnell über den grünen Exerzierplatz. Man sah nur den Tanz der Pferdebeine.

Frau Kumrija, die Tochter des Pferdedeckenfabrikanten Grozdin, reiste ab und drehte sich nicht um. Trifun schaute zur Pappelallee hinüber, bis seine Frau verschwunden war, und kehrte dann ins Haus zurück, um seine Arbeit zu verrichten, denn die Zeit drängte; er mußte am nächsten oder übernächsten Tag abreisen. Er schritt durchs Haus, als flösse Blei in seinen Adern. Den Kopf hatte er vor Müdigkeit gesenkt.

Auch das war also vollbracht; jetzt war niemand außer ihm im Haus.

Er war traurig, aber er wußte nicht, daß er seine Frau zum letzten Male geküßt hatte.

Trifun wunderte sich, daß die Laterne am Tor noch brannte, obwohl die Sonne hoch am Himmel stand und die Luft schon sehr warm war. Er ging an den Dienstmägden vorüber, die auf der Schwelle saßen, um sich auszuweinen. In seiner Laube wollte er die Rechnungen über die Proviantgelder und die Liste seiner Soldaten zusammenstellen.

Im Haus war es sehr still geworden.

Wieder endete ein Abschnitt ihres Lebens, und in den Räumen blieb Leere. An den gedunkelten Lehmwänden, dort, wo einst die Schränke und Betten gestanden hatten, leuchteten jetzt weiße Flecke. Als ob es eine Welt gab, in der die Schatten weiß sind.

Als er allein in seiner Laube saß, legte Trifun die Papiere auf den Tisch, die er mit Zahlenkolonnen über die Ausgaben für Proviantgelder füllen und in Temesvar vor der Abreise nach Brod abgeben mußte.

Alles, was zwischen ihm und seiner Frau geschah, hielt Trifun für einen irrsinnigen, unfaßbaren, aber gewöhnlichen Ehestreit. Einen Ehestreit, der vorübergeht wie ein Gewitter in einer Sommernacht. Wenn sie nach Rußland aufbrechen, wird alles vergessen sein. Wenn er von seiner neuen Garnison aus seine Frau im Hause seines Schwiegervaters besucht und die Nacht mit ihr verbringt, wird alles wie früher sein. Er konnte sich nicht vorstellen, daß es der Beginn ihrer endgültigen Trennung war.

In jener Zeit ließ man in der Familie Isakowitsch eine Frau gehen, wie man eine Dienstmagd gehen läßt. Zur Scheidung kam es jedoch selten, das war verwickelt und äußerst mühselig. Nicht nur ihre Liebe und die Kirche trieben die Zerstrittenen zurück in die Ehe, sondern auch die Familie und sämtliche Verwandten – sozusagen die ganze serbische Nation. Die Ehe galt als heilig. Es war eine lebenslängliche Gefangenschaft. Während sich Trifun mit den Rechnungen abmühte, denn er war im Rechnen nicht geübt, sah er nur die Zahlen auf dem weißen Papier, das vom langen Lagern vergilbt war.

Müde hob er den Kopf und ließ den Blick über Mahala schweifen, wie erschrocken, als könnte es verschwunden sein. Es lag hier, vor ihm, es lag friedlich zwischen den Akazien, zweihundert Schritte entfernt. Mahala gab es noch, aber für ihn – der mit seiner gesamten Familie fortziehen wollte – war es eine Halluzination. Trifun schaute traurig auf die Sümpfe, auf die Schilfdächer unter den Akazien und auf die Weidenbüsche, deren Zweige am Morgen zartgrün schimmerten.

Es war ein heißer Tag.

Er hörte in der Bläue die Lerchen.

Da blickte Trifun zufälligerweise auch nach Temesvar hinüber und sah auf der Straße, die gebaut wurde, eine lange Reihe von Planwagen, eine riesige Raupe. Die Pferde waren stark und schwer, und neben den Wagen schritten Männer in blauen Mänteln, obwohl es heiß war.

Wie bei einem Sommergewitter plötzlich aus einer schwarzen Wolke ein Blitz aufleuchtet und die ganze Landschaft erhellt, fiel Trifun ein, daß es die neuen Siedler sein mußten, die schon erwartet wurden. Hinter Mahala hatte man auf trockenem Land längst eine große Fläche vermessen für Kolonisten, die von der Kommandantur aus Lothringen und dem Rheinland gerufen wurden. Alle trugen blaue Kleidung. Die Frauen blaue Röcke und blaue Tücher, die Kinder blaue Pluderhosen. Auf die Mahalaner wirkten sie wie eine blaue Flut.

In dem Moment hatte Trifun alles begriffen, obwohl er ein einfacher Mann war, ermattet vom Leben und von familiären Sorgen.

Diese blaue Raupe würde sich durch Mahala fressen, durch ihre Häuser, durch die Akazien, würde über die Erde kriechen, die die Serben mit ihrem Blut getränkt und mit ihren Toten gemästet hatten.

Das Temesvarer Banat war nach dem Rückzug der Türken verödet.

Die Türken hatten verbrannte Dörfer hinterlassen.

Menschenleere Grassteppen.

Es war beschlossen worden, dieses Land mit Kolonisten zu besiedeln, die ihre Heimat am Rhein verließen, weil sie in den Kriegen gegen die Franzosen verwüstet war. Garsuli war erschienen, um möglichst viele demobilisierte Serben zurück an die türkische Grenze zu treiben.

Deshalb verbot man ihnen die Übersiedlung nach Rußland.

Deshalb raubte man ihnen die alten Fahnen und Standarten.

Deshalb baute man eine Straße nach dem Plan des Grafen Mercy.

Engelshofen mißbilligte die Umwandlung von Soldaten in Bauern. Er mißbilligte auch die Ansiedlung von deutschen Kolonisten, die unerfahren waren im Kampf gegen die Türken. Die Administration in Wien hatte es jedoch so beschlossen, also mußte es geschehen. Von der Kolonisation erwartete man in zwei, drei Jahren hohe Erträge. Das Temesvarer Banat sollte die kaiserlichen Finanzen aufbessern. Da die Serben schon sechzig Jahre und länger mit den Deutschen gegen die Türken gekämpft hatten, haßten sie anfangs die Siedler nicht. In den Ebenen an der Theiß und Temes gab es genug Land für alle.

Die abgehärmten Kolonisten waren dankbar, daß sie fruchtbares Land gefunden hatten, wo man nur einen Stock in die Erde zu stecken brauchte, und schon sproß und blühte er. In den ersten Jahren der deutschen Kolonisation verhielten sich die Serben ruhig.

Erst als man die Soldaten, die mit ihrem Blut die Donau und ihre Nebenflüsse von Belgrad flußaufwärts gefärbt hatten, gewaltsam demobilisierte, erst als angeordnet wurde, daß auch die Serben die katholischen Heiligen zu verehren hätten und daß an solchen Festtagen alle Händler ihre Läden schließen und alle Handwerker das Werkzeug aus der Hand legen müßten, begannen sie zu schreien: »Wir wollen keine Bauern sein!«

Senatoren, Temesvarer Serben, kauften brachliegendes Land auf, trieben Vieh aus Slawonien, ja sogar aus Serbien ins Banat und füllten ihre Beutel mit Dukaten. Der Metropolit versuchte die Übersiedlung nach Rußland zu verhindern und verfluchte die Offiziere, aber auch sie riefen gemeinsam mit ihren Vogtmeistern: »Wir wollen keine Knechte sein! Wir lassen unsere Leute nicht für die Gutsherren pflügen und graben! Wir sind eine privilegierte Nation! Unser Blut ist in ganz Europa vergossen worden! Das ist unser Land, das mit dem Säbel erobert wurde – mit dem Säbel!«

Obwohl das nicht alle so deutlich und laut rufen konnten, dachten und fühlten die Offiziere und die entlassenen Soldaten dasselbe. Und die Panik, von der die Serben im Temesvarer Banat erfaßt wurden, war keine vereinzelte Erscheinung. Im selben Jahr, fast am selben Tag – wie eine Denkschrift an Maria Theresia bezeugt –, gab es auch Unruhen in den kroatischen Gebieten.

Als Trifun den langen blauen Zug der Kolonisten sah, stieg Wut in ihm auf. Er glaubte im dumpfen Schlag der Hufe in dieser blauen Kolonne, die sich Mahala wie ein Leichenzug näherte, die Hacke des Totengräbers zu hören.

Sechs Tage später, am Tage des heiligen Norbert, fand im barocken Gebäude des Temesvarer Offiziersgefängnisses die Verhandlung gegen einen Offizier aus dem Kürassierregiment des Grafen Serbelloni statt. Der Offizier hieß Tercini.

Er war nach Temesvar entsandt worden, um die arretierten serbischen Offiziere, die sich in die Liste des Generals Schewitsch eingetragen hatten, nach Esseg zu bringen. Tercini sollte Rittmeister Pavle Isakowitsch lebend oder tot dem Grafen Gaisruck überstellen. Jetzt wurde gegen ihn wegen Treubruch verhandelt.

Aber Isakowitsch war schon in der ersten Nacht geflüchtet.

Man beschuldigte Tercini, auf dem Lastkahn mit seinem Arrestanten getrunken, gesungen und Pharao gespielt zu haben. Festgestellt wurde auch – laut Aussage der ihn begleitenden Husaren –, daß er Isakowitsch erlaubt hatte, sich von seiner Familie zu verabschieden. Der Arrestant wurde von seinen Verwandten mit Speisen, Getränken und Geld versorgt. Bei Tercini fand man Geld, das von Isakowitsch stammte. Er behauptete, das Geld beim Kartenspiel gewonnen zu haben.

Ungeklärt blieb nur, wie Isakowitsch in den gefährlichen Begasümpfen von dem Lastkahn fliehen konnte, während mehrere Hunde wachten und die zwei Husaren mit Pistolen unter dem Kopf schliefen.

Tercini vermochte das nicht zu erklären, obwohl er den ganzen Tag verhört wurde. Die Richter schrien, er sei ein treubrüchiger Verräter und nichtsnutziger Kerl. Man würde ihn einen Kopf kürzer machen.

Der Rittmeister schwieg nur, manchmal zuckte sein ganzer

Körper. Im Saal war es sehr schwül, die Richter mit ihren Perücken wischten sich ständig den Schweiß von der Stirn. Der Angeklagte starrte auf das Kruzifix, das inmitten von Kerzen auf dem Tisch stand, und zugleich auf die aufgespannte österreichische Fahne an der Wand. Über ihm an den gekalkten Decken schwebten drohend die schwarzen Doppeladler. Tercini schwankte leicht und schien jeden Moment ohnmächtig vom Stuhl zu stürzen.

Gegen Abend forderte der Ankläger die Todesstrafe. Tercini wurde des Treubruchs, der Bestechlichkeit und der Komplizenschaft mit Isakowitsch bezichtigt. Das Geld habe er offensichtlich erhalten, um dem Arrestanten die Flucht zu ermöglichen. Das mußte sich Tercini stehend anhören, dann durfte er sich wieder setzen, denn die Verteidigung bat um die Erlaubnis zu einem Gnadengesuch. Der Angeklagte saß stumm da, Ketten an den Füßen. Die heruntergerissene Offiziersschärpe lag über seinen Knien. Zuweilen schrie er, er sei völlig unschuldig, sei kein treubrüchiger Verräter, er habe die Flucht nicht ermöglicht. Die Richter fluchten, und der Profos sprang zu ihm, um ihn zum Schweigen zu bringen.

Der Offizier, dem die Verteidigung oblag, bat um Aufschiebung der Todesstrafe, bis der Deserteur Isakowitsch gefunden sei und die Umstände seiner Flucht aufkläre. Nach Ansicht der Verteidigung hatte sich Tercini der Nachlässigkeit im Wachdienst schuldig gemacht, er wäre auch schuldig wegen des Trinkens und Kartenspielens, aber es handelte sich nicht um Treubruch. Es wäre nicht bewiesen, daß er in trunkenem Zustand dem slawonischen Offizier die Flucht ermöglichte. Die Husaren hätten nicht getrunken, trotzdem wäre der Deserteur unbemerkt an ihnen vorbeigeschlichen. Tercini wäre wegen seines leichtsinnigen Verhaltens schuldig, aber in dieser Garnison würde sogar der Feldmarschalleutnant den Familien der slawonischen Soldaten erlauben, ihre Verwandten zu verabschieden und mit Speisen und Geld zu beschenken, ob sie nun aus der Garnison versetzt würden und fortzögen oder ob man sie zur Hinrichtung führte.

Tercini hätte nicht vermuten können, daß ein kaiserlicher Offizier auf so feige und gemeine Weise flüchten würde. Der Verteidiger betonte den untadeligen Dienst Tercinis in den letzten Kriegen. Schuld wäre er, es gäbe aber keine Beweise für Bestechlichkeit. Es gäbe keine Beweise für Komplizenschaft. Er hätte Degradierung und Arrest verdient, aber nicht die Todesstrafe wegen Treubruchs. Treubruch wäre nicht erwiesen. Die Flucht von Isakowitsch wäre ein Rätsel.

Der Verteidiger bat um die Erlaubnis, die Aufschiebung der Todesstrafe zu beantragen. Tercini hätte in seinem Unglück diese Gnade verdient.

Die Richter erkannten nach einer kurzen Beratung auf Todesstrafe, gestatteten aber, die Vollstreckung aufzuschieben.

Das Gericht hatte sich die Argumente der Verteidigung nicht zu eigen gemacht.

In diesem Falle sah es einen erschwerenden Umstand. Tercini habe gewußt, daß der slawonische Offizier in die Dienste eines anderen Souveräns getreten war und das Kaiserreich zu verlassen wünschte, um in einem fremden Heer zu dienen. Durch Tercinis Schuld könne er viele Geheimnisse über diese Grenzgebiete und die dortigen Befestigungen ins Ausland mitnehmen. Er kenne auch gut die Bewaffnung. Er kenne auch den Geist, der in den slawonischen Grenzgarnisonen herrsche. Das sei gefährlich.

Die Prozeßakten sollten an den Hofkriegsrat in Wien gesandt werden, eine Kopie an die Hofkanzlei, die sich mit den Angelegenheiten dieses illyrischen Volkes befaßte. Tercini mußte auf die Vollstreckung der Todesstrafe im Kerker warten und war dem üblichen Regime unterworfen. Er wurde aus dem Kürassierregiment des Grafen Serbelloni ausgestoßen. Davon sollte Esseg unterrichtet werden.

Die Richter verließen sodann den Saal. Der Profos, der vor wenigen Tagen Pavle Isakowitsch angekettet und in den Kerker geführt hatte, nahm Tercini die Offiziersschärpe von den Knien und schrie ihn an. Tercini mußte zwischen zwei Husaren mit gezücktem Säbel treten und auf die Kommandos »Rechtsum« und »Marsch! Marsch!« in den Kerker marschieren.

Nun begann Tercini kläglich zu weinen. Als der Profos sah, daß ein Offizier weinte, änderte er seinen Schritt, um Tercini in den Hintern zu treten. Die Kerzen im Saal wurden gelöscht. Man öffnete die Tür, die zu den Kasematten unter der Kommandantur führte, den Kasematten bei dem römischen Brunnen.

Auf dem Tisch stand zwischen den qualmenden Kerzen das Kruzifix. Von der benachbarten Kapuzinerkirche erklang das Abendgeläut. Durch die Fenster, die Schießscharten glichen, fielen in den leeren Gerichtssaal rötliche Sonnenstrahlen.

Über Temesvar ging die Sonne unter.

IV

Isakowitsch ging indessen dorthin, wohin ihn sein Verlangen trieb

Der Edle Pavle Isakowitsch, Rittmeister des neuaufgestellten illyrischen Husarenregiments, hatte in Neusatz einen kränklichen Verwandten, Leutnant Isak Isakowitsch. Dieser Offizier überlebte Pavle und starb in Neusatz in den siebziger Jahren des achtzehnten Jahrhunderts.

In seiner Hinterlassenschaft fand man außer dem Testament auch einen Brief des wohlgeborenen Budaer Händler Georgije Rakosavlewitsch, der zu jener Zeit für die Offiziere, die nach Rußland zogen, ein echter Nothelfer war.

In diesem Brief berichtet der Händler, daß Pavle bei ihm wohnte. Er kam am Tage des ehrwürdigen Märtyrers Stephan Piperski in sein Haus. Nach dem orthodoxen Kalender war das im Mai 1752. Und nach dem katholischen Kalender im Juni.

Die Katholiken und die Orthodoxen desselben Volkes waren sich nicht einmal über die Märtyrer einig. Das erschien damals in Europa nicht als außergewöhnlich.

Als im September desselben Jahres in England der neue Kalender eingeführt wurde, empörte sich das Volk, weil ihm der Monarch auf diese Weise elf Brottage stahl.

Darüber, wie er geflüchtet war, wollte Pavle nichts berichten, weder in Buda noch in Wien oder Temesvar. Erst später in seinem russischen Haus erzählte Pavle eines Abends, während draußen eisiger Winter herrschte und im Kamin die Scheite knisterten, seinen Verwandten über seine Flucht. Pavle war ohnehin ein selbstgefälliger und stolzer Mann, und nach seiner Flucht wurde er noch schweigsamer. Er sagte mehrmals: »Warum erzählen? Jede Erzählung handelt bloß von der Vergangenheit, von traurigen Zeiten. Wenn ich sage, wie ich von der Bega geflüchtet bin, werden mir nicht einmal meine Brüder glauben. Also erzähle ich lieber niemandem von meinem Elend.« Die Geschichte klang auch unglaubwürdig.

Der Lastkahn, auf dem ihn Tercini nach Becskerek bringen sollte, gehörte zu den flachen Schiffen, mit denen die Kürassiere des Grafen im Temeser Banat ihre Pferde transportierten. Man nannte sie Burchio. In einer Koje standen zwei oder drei Pritschen. Der Kahn war mit Bildern von Esseg bemalt.

Er schwamm unter dem Geschrei halbnackter Ruderer durch die heimtückischen Sümpfe der Temes und der Bega, und nachts machte er an Anlegestellen fest.

Das Plätschern der Ruder und das Geschrei der Männer verstummte.

Tercini hatte Isakowitsch beim Pharao schon viel Geld abgenommen. Er hatte seinen Gefangenen von den Ketten befreit und ihm den Abschied und die anderen Papiere wiedergegeben. Pavle war es gelungen, einige Taler in Sicherheit zu bringen. Gegen Mitternacht schienen beide betrunken zu sein.

Pavle hatte zwar bemerkt, daß Tercini ein falsches As aus dem Ärmel zog, aber dazu geschwiegen.

Vor Mitternacht lag der Lastkahn an einer alten türkischen Anlegestelle, auf halbem Wege nach Becskerek, und der Kürassier schlug Pavle vor, mit dem Kartenspielen aufzuhören und vor dem Schlafen an Deck etwas frische Nachtluft einzuatmen.

Pavle sah, daß sich in der Nähe ein Wachturm slawonischer Soldaten befand. Ein Weidengebüsch wurde vom Feuer beschienen. Wie Schatten standen gefesselte Pferde auf der Uferwiese.

Die Nacht war dunkel, aber klar und blau.

Am Himmel hing eine schmale Mondsichel.

Der Kürassier hatte seine Husaren angewiesen, vor der Tür zu schlafen.

Er vergnügte sich diesen Abend und lachte Pavle laut zu. Der dumme Serbe hatte das falsche As im Ärmel nicht bemerkt. Pavle stellte sich jedoch unwissend und schenkte Tercini Wein ein. »Wenn Sie nur einen Schritt zur Tür machen, erschieße ich Sie wie einen Hund«, sagte der Kürassier. Pavle entgegnete, er werde sich dem kaiserlichen Befehl fügen. Er fragte, warum er beim Schlafen gebunden würde. Selbst wenn er wollte, wohin könnte er fliehen? Soll er in den Strudeln der Bega ertrinken? Man könnte ihn doch ruhig wie einen normalen Menschen schlafen lassen. Er werde Tercini gehorsam nach Esseg folgen und den Richterspruch abwarten.

Der Kürassier schob einen Tisch ans Bett, so daß Pavle keinen Schritt tun konnte, ohne ihn aufzuwecken.

Pavle lächelte darüber.

›Wart's nur ab‹, dachte er. ›Du wirst schon sehen!‹

Tercini schlief ein und begann zu schnarchen. Er erwachte vom eigenen Geschnarche und sah sich um, als suche er jemanden. Pavle schlief auf seiner Pritsche offensichtlich den Schlaf des Gerechten. Nun löschte Tercini die Laterne, die ihm in die Augen schien.

Isakowitsch war zur Flucht entschlossen, selbst wenn er sterben mußte. Schwer lastete die Einsamkeit auf ihm in diesen Sümpfen bei Nacht. Ein ganzes Volk wünschte dasselbe wie er – umsiedeln –, aber jeder ist allein, wenn Todesgefahr droht. Wir haben keinen Bruder, wenn uns das Unglück verfolgt. Allein ist der Mensch in der Not.

Warum darüber Worte verlieren?

Ein Stummer versteht einen Stummen am besten.

Wer weint, weiß, daß Tränen bitter schmecken.

»Tercini beugte sich über mich, so daß mir von seiner Fahne beinahe übel wurde. Er wollte wohl schnüffeln, ob ich eingeschlafen bin. Dan legte er sich wieder hin und schnarchte. Dieses Schnarchen sollte ihn teuer zu stehen kommen. Ich wurde nicht nach Esseg in den Arrest geführt, und das wird auch nie mehr geschehen!«

Isakowitsch flüchtete vom Lastkahn nicht durch die Tür.

Er hatte gleich ein Fenster unter einer hölzernen Klappe bemerkt und fragte sich nur, ob er seine Schultern hindurchzwängen könnte. Bei Todesgefahr vermag man alles.

Nachdem er die Papiere in sein Hemd gebunden und das Hemd um den Kopf geschlungen hatte, ließ sich Pavle durch das Fenster ins Wasser, wobei er vor Angst erschauderte, weil der Luftzug den Kürassier wecken konnte. Er tauchte geräuschlos in den Fluß und schwamm vom Lastkahn weg, wie er als Junge in Crna Bara mit Gleichaltrigen die Save durchschwommen hatte. Ungefähr zweihundert Schritte weiter stieg er aus dem Wasser und führte zwei Pferde von der Wiese zum Ufer.

Er flüsterte den Pferden zärtliche Worte zu und liebkoste sie, als wären es Frauen.

Die Hunde bellten nicht, als er mit den Pferden in die Bega stieg.

Erst am anderen Ufer ritt er los und trieb die Pferde durch die Sümpfe bis zur Temes. Das Wasser spritzte unter den Hufen wie Fontänen.

Bei Tagesanbruch durchschwamm er die Temes und ritt dann zur Theiß, wie von Türken gehetzt.

Die Sonne stand hoch am Himmel, als er auf dem Rücken eines Pferdes auch die Theiß überquerte. Die Batschka war in seiner Erzählung mal ein Sternenhimmel, mal ein Meer hohen, duftenden Grases, mal eine endlose Sandwüste. Und Pavle wechselte die Pferde und preschte durch die großen Spiegel der Sümpfe, auch nachts, obwohl das Mondlicht fast erloschen war.

Er ritt durch die klare Nacht wie ein Schatten.

Und er rastete erst, als er mörderisches Froschgequake hörte und das Donauufer erreicht hatte. Dann ritt er ruhiger nach Norden, hungrig, durstig, vereinsamt, aber mit einem irren Lächeln auf den Lippen. Er fluchte auf diejenigen, die nach unserem Tode zurückbleiben. Ein einsamer Reiter ist verlassener als der einsamste Wanderer. Tage und Nächte versteckte sich Pavle im Weidengebüsch und mied die Dörfer. Er näherte sich höchstens gegen Abend einem Feuer auf dem Feld, wenn er dort Frauen bemerkte. Sie sahen ihn mit erschrockenen Augen an, denn er wirkte wie ein Räuber und nicht wie ein Rittmeister der illyrischen Husaren. Seine Hände zitterten, wenn ihm die Frauen eine Wasserflasche und Brot reichten.

Obwohl sie seine Sprache nicht verstanden und er die ihre nicht kannte, brachten sie ihm Nahrung. In ihren Augen lauerte Angst, die Angst vor einem Mörder. Sie schauten ihm dann lange nach.

Die Frauen auf dem Feld waren bei solchen Gelegenheiten gewöhnt, von einem Mann vergewaltigt zu werden, nachdem er gegessen und sich am Feuer gewärmt hatte.

Dieser Mann ritt weiter, ohne sie anzurühren.

In Kumanien ritt Isakowitsch nur im Dunkeln.

Morgens verkroch er sich in ein Weidengebüsch.

Er glaubte, Reiter am Horizont zu sehen.

Wenn er sich im Versteck hingelegt hatte, hörte er den dumpfen Hufschlag seiner gestohlenen, ausgehungerten Pferde, und er hörte auch sein Herz schlagen.

Er war erschöpft vor Hunger, erbrach ständig die Kürbisse, seit Tagen seine einzige Nahrung, und hatte sich schon des längeren nicht mehr waschen können. Wütend dachte er an das Leben der Märtyrer in den Heiligenlegenden, die zu jener Zeit unter Orthodoxen – sogar unter Offizieren – eine beliebte Lektüre waren.

Er fluchte auf Garsuli und knirschte mit den Zähnen wie Trifun.

Aber er war entschlossen, tot oder lebendig nach Wien zum Grafen Bestuschew zu gelangen.

Der Edle Pavle Isakowitsch lebte unter keinem glücklichen Stern. Viele dunkle Wolken zogen über sein Haupt hinweg.

Als er am sechsten Tage seiner Flucht bei Sonnenuntergang anhielt, um sich zu erbrechen, erblickte Isakowitsch die Pester Fähre wie ein schönes Trugbild am Ende eines schweren Tages.

Bei einem Weidengebüsch trennte er sich von seinen Pferden. Er hatte sie zugrunde gerichtet und betrachtete sie traurig. Am anderen Ufer lagen die Budaer Berge in der Abendröte. Dort, unter dem Turm der serbischen Kirche, stand das Haus des wohlgeborenen Händlers Georgije Rakosavlewitsch. Nachdem Pavle ein Stück gelaufen war, halbtot wegen der Anstrengungen, verschmutzt, fiebernd, drehte er sich nach den Pferden um. Sie hatten ihm das Leben gerettet. Jetzt standen sie mit gekrümmten Beinen da, zu Krüppeln geworden. Entkräftet hatten sie sich auf Pferdeart umhalst. Wie alle guten Reiter betrachtete Pavle die Pferde als beseelte Wesen und nicht als Tiere. Ihm tat der zweiköpfige Schatten leid, den er in der Dämmerung zurückließ. Bei der Pester Fähre herrschte zu der Zeit ein Gewimmel von Reisenden, Schiffern, Händlern, Frauen und Männern. Es war ständig Jahrmarkt.

Die Zelte am Wasser waren erleuchtet.

Zigeuner ließen Bären tanzen. Fakire schluckten Feuer und Messer. Auf einem Faß vor einer Schenke zeigten italienische Artisten ihre Künste: Ein Sohn machte Kopfstand auf dem Kopf seines Vaters.

Isakowitsch verweilte eine Zeitlang in dem Gewimmel und wollte dann mit der Fähre nach Buda übersetzen. Mönche aus Böhmen begleiteten ein riesiges, mit geschmiedeten Dornenkränzen umwundenes Holzkreuz. Die Menschen knieten nieder, wenn sie das Kreuz erblickten. Auf der Fähre steckten die Mönche das Gesicht ins Gebetbuch, um nicht zu sehen, was sich hinter den Zelten tat. Sie hätten mancherlei sehen können.

Die Ruder waren schon ins Wasser gelassen, als jemand Isakowitsch fragte, wer er sei und wohin er wolle. Man jagte ihn mit Schimpfworten von der Fähre.

Später gelang es Pavle dennoch, nach Buda überzusetzen. Er schleppte für türkische Händler Fässer in große Boote. Die Händler, die weiße Tücher um den Kopf geschlungen hatten oder große rote Turbane trugen, sahen ihn erstaunt an, ließen ihn jedoch mitfahren. Sie fragten nicht, wer er war und wohin er wollte. Sie fragten ihn auch am Budaer Ufer nichts, als er die Waren auslud und dann plötzlich das Weite suchte. Sie schauten ihm nur nach.

Wie ein Schatten schlich Pavle durch die Straßen von Buda und lief die steilen Gassen hinauf. Er konnte den Weg erkennen. In der Dunkelheit, von der die serbische Vorstadt Taban eingehüllt war, leuchteten Talgkerzen in den Fenstern.

Der Händler Georgije Rakosavlewitsch war zu jener Zeit ein Nothelfer für serbische Offiziere, die nach Rußland wollten und erst nach Buda kamen, um wegen eines Passes weiter nach Wien zu reisen. Manche besaßen eine amtliche Erlaubnis, andere machten sich heimlich auf den Weg.

Herr Georgije half seinen Landsleuten, wo er nur konnte.

Das ungekalkte Haus stand am Berghang unterhalb der serbischen Kirche. Den Menschen fiel es auf wegen der zwei Apfelbäume, die durch das Dach zu wachsen schienen. Das Haus war schmal, es stand zwischen den beiden Apfelbäumen wie ein Gefangener zwischen zwei Wächtern. Es lag inmitten von Gesträuch und hatte eine Quelle, die unter einer blechernen Überdachung auf eine Bleirinne plätscherte. Kein Zaun und kein Tor schützten das Anwesen.

Isakowitsch sank zu Boden, und erst später sammelte er Kraft, um heiser nach dem Hausherrn zu rufen. Er war nicht nur wegen der körperlichen Qualen zusammengebrochen. Sondern auch wegen des Unglücks, das ihn wie alle seine Landsleute begleitete – in allem, was sie anfingen. Halbtot, halbirr, schrie und fluchte er, als er nach Buda gelangt war, und er knirschte mit den Zähnen wie Trifun, wenn er zuviel getrunken hatte.

Zu jener Zeit war die serbische Gemeinde in Buda die einzige in Ungarn, die den Aussiedlern noch half. Deshalb hatte sie sogar den Metropoliten erzürnt. Nenadowitsch war diesen Sommer persönlich erschienen, um die Händler zu ermahnen. Sie sollten den auswandernden Offizieren nicht mehr helfen. Der Metropolit erklärte alle, die nach Rußland zogen, zu Sündern. Diese Auswanderungen wären ein großes Unglück. Man dürfte nicht Österreich verlassen, wo die Verwandten in Gefängnissen schmachteten und die Vorfahren auf Friedhöfen ruhten.

Bald würde es den Serben besser ergehen.

Jedoch, wie es immer war – und wie es immer sein wird: Die Menschen empörten sich über Gewalt und Unrecht, und es gab Männer in Buda, die den Offizieren halfen, obwohl sie sich selber gefährdeten.

Rakosavlewitsch war unter ihnen der rechtschaffenste, und ein gewisser Trandafil – ein reicher und angesehener Mann – hatte eine besonders glückliche Hand.

Pavle wußte von ihnen.

Diese Männer galten in Sirmien als Nothelfer der Serben.

Rakosavlewitsch nahm Pavle sofort in seinem Hause auf.

Isakowitsch, der sonst Kummer still ertrug und keine Tränen kannte, verlor für kurze Zeit die Fassung. Er redete lange. Und als man ihm Brot gab, kamen ihm sogar die Tränen.

Warum sind wir Serben, die wir unlängst aus der Türkei gekommen sind, so unglücklich? Andere tanzen und singen jetzt in Temesvar, Buda oder Wien, und wir verstecken uns im Dunkeln, hungrig und durstig, und der Galgen wartet auf uns.

Wie ein Schiff, das der Sturm auf den Wellen treibt, irrt unser Volk durch die Welt.

Warum? Wem haben wir Unrecht getan? Was ist unsere Schuld?

Auch Rakosavlewitsch hat eine Strafe zu gewärtigen, nur weil er ihn aufgenommen hat. Eine Strafe für Güte und menschliches Mitgefühl.

Und was das schlimmste ist, er, Isakowitsch, ist nicht der einzige Unglückliche.

Wie viele sind schon nach Rußland aufgebrochen und sind im Schnee verschwunden, in der Fremde, als hätte Gott sie vergessen. Und wie viele wollen noch fortziehen.

Ständig irren wir so in der Nacht umher, aus der es keinen Ausweg gibt.

Rakosavlewitsch tröstete seinen Landsmann, aber als er hörte, daß Pavle aus Ketten geflohen war, erbleichte er. »Ich habe Kinder. Es gibt auch unter den Nachbarn – unter Landsleuten – Spione und Speichellecker. Man wird mich fragen, wen ich im Hause beherberge. Wer das ist. Woher. Wohin er aus Buda will.«

Am besten werde es sein, fuhr er fort, wenn Isakowitsch ein paar Tage nicht das Haus verlasse und dann zu Trandafil ziehe, zu Herrn Georgije Trandafil. Der verstehe alle. Wisse alles. Könne alles. Freilich koste das etwas.

Trandafil hielt weder zur ungarischen Obrigkeit noch zum Metropoliten. Er kam mit beiden gut aus.

Die ehrbaren Händler in Buda halfen ihren Landsleuten anfangs aus übergroßer Liebe zu ihrer, der serbischen Nation. Und später auch deshalb, weil sie dabei gut verdienten. Das brachte Geld ein.

Wer heimlich nach Rußland auswanderte, verkaufte Haus und Hof zu jedem Preis. Auch Pferde und Hausrat wurden in Sirmien angeboten. An Maros und Theiß gab es in diesem Frühjahr viele Auswanderer. Für wenige Mariatheresientaler konnte man ein Haus erwerben.

Trandafil sei besonders gewandt bei diesen Transaktionen, versicherte Rakosavlewitsch.

Er werde Isakowitsch nicht nur die Reise nach Wien ermöglichen, sondern ihm notfalls auch eine Uniform und einen Dreispitz beschaffen, ja sogar einen Säbel. Und Papiere. Trandafil könne alles. Freilich koste das etwas.

So geschah es also, daß Pavle einige Tage später im Hause des wohlgeborenen Herrn Georgije Trandafil oder, wie er ungarisch unterschrieb, Turàndfia, schlief und erwachte. In diesem Haus konnte er ruhig über alles nachdenken, was er bisher erlebt hatte. Und auch darüber, was ihn erwartete.

Das Haus stand ebenfalls am Berghang, unweit der serbischen Kirche. Zwischen Linden, die dieses Jahr zeitig blühten, blickte man weit über die Donau. Es war gelb getüncht und ragte aus einem Garten über der Vorstadt hervor, die von den Serben Tabàn – »Sohle« – genannt wurde.

Jedermann in Buda kannte das Haus von Trandafil.

Dieses Haus bestand »de facto« – wie Jurat zu sagen pflegte – aus zwei Häusern. Eines für den Winter und eines für den Sommer. Das obere mit Fensterläden, ganz im Grünen gelegen, war das Sommerhaus. Und das untere, in den Hang eingegraben, das Winterhaus. Vor den Fenstern wucherten Jasmin- und Fliederbüsche. Am Eingang leuchtete im Gras ein weißer Ofen, der von außen mit Stroh geheizt wurde. Hier buk man das Brot für Herrn Trandafil. Er verhehlte nicht, daß ihm der Brotgeruch angenehmer war als der Jasminduft.

Die Fenster waren abends oft lange erleuchtet, und aus dem Haus ertönte Gesang und Musik. Trandafil liebte die Geselligkeit. Sein Großvater war arm wie eine Kirchenmaus aus Saloniki fortgewandert, hatte sich in Belgrad aufgehalten und schließlich in Buda niedergelassen. Welch Glück für ihn, daß der Großvater nicht bis Wien oder Leipzig weitergezogen sei, scherzte Trandafil. Jetzt müsse er auch am hellen Tage, wenn er Geld zähle, die Fensterläden vor den Blicken neidischer Landsleute schließen.

Trandafil war ein Mann von fünfzig Jahren mit dunklem

Haar und zinkfarbenem Gesicht, der einen schwarzen Samtrock und den großen schwarzen Hut der Pester Stutzer trug. Er schritt in silberbeschlagenen Stiefeln und hielt stets einen Ebenholzstock mit einem Silberknauf in der Hand. Mit diesem Knauf stieß er jedem Gesprächspartner in die Rippen, als wollte er ihn kitzeln.

Herr Georgije lachte den ganzen Tag, sein Haus hallte wider von seinem lauten Gelächter. Er hatte zwei Kinder und eine Frau, schön wie eine Teufelin. Die Frau hieß Femka und stammte aus Futog.

Jurat pflegte zu sagen: »Das ist kein Weib. Das sind zwei Weiber in einem!« Jedermann in Buda kannte Frau Trandafil.

Trandafil lachte, als er von Pavles Leiden hörte, und sagte, daß alles nicht nötig gewesen wäre. Unglück, Kummer und Pein wären nicht nötig gewesen, es hätte auch nicht zu Tränen kommen brauchen. Nichts auf der Welt sei schwer, und alles lasse sich richten wie unter Gevattern. Herr Georgije lachte jeden an, der traurig oder bekümmert war. Er ritt niemals. Ein Pferd sei ein tolles Tier. Aber dafür gehe er in Stiefeln und höre das Klirren seiner Sporen, sagte er. Alle könne man erreichen, wenn man nur wolle. Und wenn man Geld habe. Bei Pavles Angelegenheit sehe er keinerlei Schwierigkeiten. Freilich koste das etwas!

Während andere Händler ins Gefängnis gesperrt wurden, weil sie den Auswanderern geholfen hatten, stattete sie Herr Georgije aus, als gingen sie zu einer Hochzeit. Er war Mitinhaber der Firma Valaski und Co. in Preßburg, die aus den Grazer Eisenwerken für Rußland Sicheln und Sensen beschaffte. Er war Fässerlieferant für die russische Militärmission, die schon jahrelang in Tokaj ihren Sitz hatte und Wein für Lazarette einkaufte. Und für den Zarenhof. Trandafil lieferte Fässer aus kostbarem Holz, auf denen das Monogramm der Zarin in Silber prangte.

Trandafil hatte auch erfahren, daß der Missionschef Wischnewski ein serbischer Landsmann war, er stammte aus Wischnitza bei Belgrad.

Bei jedem hinterließ Trandafil den Eindruck eines vollkommen glücklichen Mannes.

Er lachte Pavle an, der ängstlich und besorgt durchs Haus

schlich und nicht hinausging, nicht einmal in den Garten. Pavle glaubte wie ein Kind, daß sich alles zum Guten wenden würde, sobald er den russischen Gesandten in Wien, Graf Bestuschew, spreche. Der Graf genoß unter den serbischen Offizieren den Ruf, ihr großer Beschützer zu sein. Wenn Rußland erfährt, was man ihnen, den Serben im Temeser Banat, für Unrecht zufügt, wird alles anders, dachte Pavle. Niemand darf ihnen dann ein Haar krümmen, weil sie nach Rußland wollen.

Außerdem brannte im Herzen dieses selbstgefälligen Offiziers auch das Gefühl, daß es bei seiner Reise nicht allein um ihn und seine Übersiedlung ging, sondern daß davon auch das Schicksal vieler Menschen abhing.

Wie alle bekümmerten Menschen vergrößerte Pavle seinen Kummer noch selbst.

Trandafil besorgte ihm schnell alles, was er brauchte: eine blaue Husarenjacke, einen Offiziersdreispitz, sogar einen Säbel. Und er gab ihm auch Geld, da er das Haus in Temesvar und das Haus in Peterwardein kaufte. Er beschaffte Pferde, für die er vorläufig ein Handgeld gezahlt hatte. Und er war überzeugt, Pavle die Reise nach Wien zu ermöglichen. Isakowitsch möge nur reisen, bitteschön!

Er, Trandafil, bleibe hier, halten zu Gnaden!

Isakowitsch saß jeden Abend mit dem Manne lange beisammen.

Immer flüsterten sie sorgenvoll miteinander.

Und wenn Trandafil nicht daheim war, unterhielt sich Pavle mit Frau Femka. Sie staunte, was sich der zerzauste, verschmutzte, kranke Mann in einen schönen Offizier verwandelte, der einen blonden Schnurrbart, weiches Haar und blaue Augen hatte. Morgens ging sie im Hemd durch sein Zimmer, um angeblich nach dem Brot im Backofen zu schauen. Frau Femka fragte Pavle, wie die Frauen in Temesvar seien.

Er müsse doch bei Frauen viel Erfolg haben.

Pavle bemerkte ihre Absicht nicht.

Er gratuliere ihr zu ihrem Glück, sagte er, zu dem Mann, den Kindern, dem Haus. Was ihn betreffe, er sei unglücklich. Er sei schon ein Jahr lang Witwer, und er habe eine gute, schöne junge Frau gehabt. Sie sei bei der Geburt ihres ersten Kindes gestorben.

Das Leben sei ihm verleidet.

Später machte er Frau Femka Komplimente über ihr Aussehen und über den teuren Schmuck, den ihr Trandafil geschenkt hatte. Und besonders darüber, daß sie so schöne Kinder hatte. Eines Morgens erklärte er ihr auch, er würde sie wie eine Schwester betrachten. In einer Landsmännin sehe er niemals eine Frau oder Geliebte, sondern immer eine Schwester. Er sei Witwer und hege keine Absicht, wieder zu heiraten. Frauen brauche er auch nicht. Wenn es sein müsse – um die Natur zu befriedigen, das natürliche Bedürfnis –, dann suche er ein Konkubinat mit einer Dienstmagd. Da Frau Femka nicht wußte, was ein Konkubinat ist, übersetzte er das Fremdwort mit einem serbischen Ausdruck, den er von Jurat gelernt hatte.

Frau Femka rief nur: »Joi!« Noch am Tage vor Pavles Abreise schlenderte sie morgens im Hemd durch sein Zimmer, merkte aber, daß sie nicht verstanden wurde. Sie betrachtete mit einem sonderbaren Lächeln den Offizier mit dem pomadisierten Schnurrbart, den breiten Schultern und den schmalen Hüften. Isakowitsch ging an ihr vorüber, als wäre sie ein Grab auf einem türkischen Friedhof. Er küßte sie zum Abschied. Er küßte sie wie eine Schwester.

Isakowitsch beabsichtigte, auf Seitenwegen nach Wien zu reiten, mit Pistolen im Gürtel. Er prahlte vor Trandafil, daß er so zu Bestuschew gelangen würde, wie er Buda erreicht hatte. Den Weg sei er im Krieg vor sieben Jahren geritten, als die französische Kavallerie bis Prag vorgedrungen war. Er kenne jeden Orientierungspunkt am Horizont, jeden Hügel, jede Furt. Es würde leicht sein, behauptete er – und wagte nicht, sich selber einzugestehen, daß es schwierig sein würde.

Eine Landschaft, durch die man im Winter bei Schnee galoppiert, prägt sich nicht ein.

Trandafil lächelte Pavle an.

Isakowitsch schwebe ständig auf Wolken, sagte er.

»Siehst du denn nicht, wie schön der Frühling ist, wie schön dieser Tag ist, siehst du nicht die schönen Frauen, die es auf der Welt gibt? Warum heiratest du nicht und läßt dich dann in Buda nieder? In guter, lustiger Gesellschaft? Du könntest Geschäfte machen. Bald würdest du reich sein. Warum erzählst du dauernd von Kossovo? Warum führst du dauernd den Fürsten Lazar im Munde? Wozu das Gejammere über längst Vergangenes? Merkst du nicht, daß du dir einen seltsamen Heiligen geschaffen hast? Du bildest dir ein, das serbische Reich wäre mit Fürst Lazar bestehen geblieben. In meiner Kindheit hat mich mein Vater mit Geschichten von Achill und griechischen Helden gefüttert, aber das habe ich längst vergessen. Das kommt mir alles lächerlich vor. Man muß leben. Muß Kinder zeugen. Muß lustig leben.«

Pavle erwiderte ihm unwirsch: »Ich bin im Bakitschever Land geboren worden, und meine Mutter hat mir den Namen Pavle Bakitsch gegeben.« – Paulus Bachitius, wie Jurat zu sagen pflegte. – »Ich gedenke nicht, diesem Namen untreu zu werden und das Vermächtnis meiner Vorfahren zu vergessen. Ja, ich bilde mir ein, daß in mir eine Bakitschever Seele lebt, die ich nach Rußland mitnehmen werde. Und das Volk dort unten in Sirmien und Slawonien fragt nach Fürst Lazar. Es versteht nichts vom Geschäftemachen, aber es versteht zu sterben. Sie sind alle Märtyrer und wollen keine Händler werden. Ich will mein Recht und mein Land. Das Land, das mit dem Säbel erobert wurde.«

Trandafil lachte darüber.

Isakowitsch behauptete, Bestuschew hätte vielen serbischen Offizieren schon einen Paß für die Übersiedlung nach Rußland ausgestellt. Er würde auch ihm einen Paß geben. »Und ich gehe nach Wien, um Garsuli anzuklagen. Ich gehe auch zur Hofdeputation. Und zu Hofrat Mahler, der ein Freund und Beschützer der Serben ist. Und wenn nötig, beklage ich mich über das Unrecht an der serbischen Nation bei Seiner Majestät Franz I., dem römischen Kaiser, und Ihrer kaiserlich-königlichen Majestät Maria Theresia, der römischen Kaiserin und ungarischen Königin. Ich war ihr Offizier und habe einen ordentlichen Abschied erhalten.«

Trandafil betrachtete Pavle erstaunt und mitleidig.

Dieser stattliche Offizier kam ihm lächerlich und sonderbar vor, wie auch die Mönche sonderbar waren, die wegen gewisser Geschäfte aus den fernen Balkanländern oft sein

Haus aufsuchten. Anstatt lustig zu leben wie die anderen Offiziere – vermögend ist er –, treibt sich dieser Isakowitsch herum und benimmt sich närrisch, als sei er nicht richtig im Kopf. Ein starker, tapferer Mann, und bewegt sich ängstlich wie ein Schatten. Wenn er will, spricht er vernünftig und besonnen, dann schweigt er wieder hartnäckig oder führt törichte Reden. Alle sind Märtyrer, immer nur Fürst Lazar! Als wäre er geistesgestört!

Trandafil verwarf Pavles Plan, nach Wien zu reiten.

»Alles, was du sagst, ist erhitzte Phantasie, um es dir als meinem Bruder, einem Serben, offen herauszusagen. Du mußt nach Wien reisen wie jeder andere, als kaiserlicher Offizier, der den Abschied erhalten hat und in einer außerordentlichen Angelegenheit in die Residenz fährt.

Und nicht zu Roß, heimlich, toll, mit Pistolen im Gürtel.

Bis zu den Militärposten in Wien ist die Nachricht aus Temesvar, daß du geflüchtet bis, bestimmt noch nicht gedrungen. Du hast den Abschied, von Engelshofen unterschrieben, hast darauf die Siegel der Generalkommandantur in Esseg, niemand wird das beargwöhnen. Und ich besorge dir außerdem polizeiliche Papiere und Siegel, soviel du wünschst. Freilich kostet das etwas.«

Herr Demetrios Koptscha und Herr Anastas Agagijanijan würden alles übrige erledigen. Er werde leicht zu Bestuschew gelangen. Alles sei möglich, wenn man nur wolle.

»In einigen Tagen«, sagte Trandafil, »kehrt die Familie des Majors Joan Bozitsch nach Wien zurück, mit ihm kannst du reisen. Bozitsch hat seinen Schwiegervater in Buda und kommt öfter her. Alle Posten in Wien kennen ihn. Er ist ein geachteter Mann. Und er ist in jeder Herberge und Quarantänestation bekannt. Bozitsch hat eine offene Hand beim Pharao. Alle mögen ihn.«

Trandafil hatte schon mit Bozitsch über Pavle gesprochen.

Er hatte angeboten, daß Pavle die Hälfte der Reisekosten übernehmen würde.

Pavle schauderte davor zurück.

Ihm erschien allein der Gedanke irrwitzig, öffentlich und in Gesellschaft nach Wien zu reisen. Zudem mit einem Manne, den er bisher nie gesehen hatte.

Trandafil lächelte ihn an. »Ich habe schon eine Anzahlung geleistet, bitteschön!«

Isakowitsch rechtfertigte sich damit, daß ihn der Major ungewollt schon bei der ersten Quarantänestation, wenn man die Papiere prüfe, ausliefern würde. Er würde ihn unterwegs ausfragen. Er werde zusehen, wie man ihn festnehme und arretiere.

Er werde ihn unterwegs schmachvoll töten.

»Wenn ich auf diesem Wege sterben muß, will ich ehrenvoll sterben, bei einer Verfolgungsjagd auf dem Pferd, mit einer Pistole in der Hand, für Rußland. Ich will fallen, wie es sich für einen Offizier und sirmischen Husaren geziemt, ich will tot ins Gras stürzen. Und nicht in einer Kutsche gefaßt werden, als ob ich zur Parade fahre. Ich werde zu Bestuschew gelangen, bestimmt, aber nur, wenn ich allein reite, heimlich, nachts wie ein Schatten. Und wenn ich unterwegs umkomme, wird niemand sagen dürfen, daß ich nicht geritten bin, solange ich den Morgenstern auf dem Wege nach Rußland vor mir gesehen habe.«

Wenn er auf dem Wege nach Rußland sterben mußte, wollte er einsam sterben.

Sein Pferd sollte ihn irgendwo tot in einen Fluß werfen.

Das Wasser sollte ihn bei einer Untiefe verschlingen.

Lebend würden sie ihn nicht fassen, jetzt, wo eine Pistole in seinem Gürtel steckte.

Trandafil lachte darüber.

»Von Gefahr kann keine Rede sein, wenn du mit Bozitsch reist. Mit dem Major reisen auch Frau und Tochter, echte Schönheiten, die jeder bis Wien kennt. Sie sind nicht nur schön, wenn sie die Strümpfe straffziehen. Und beide sind liebenswürdig, bitteschön.«

So geschah es, daß Isakowitsch auf ganz andere Weise nach Wien gelangte, als er es sich in Gedanken ausgemalt hatte.

Zwar gebärdete er sich wie toll, als er hörte, daß mit Bozitsch auch Damen reisen würden, ja daß die Frauenpersonen sogar in seiner Kutsche sitzen würden, aber das nutzte nichts, obwohl er bis zum Abreisetag ständig schimpfte und jammerte. Trandafil wiederholte nur, er könnte ihn nicht mehr lange verstecken, die Nachbarn fragten sowieso schon, wen er beherberge. Jeden Tag bange er, daß Schergen der Platzkommandantur in seinem Hause erschienen.

Eine Gelegenheit wie Bozitsch und seine Damen biete sich selten. »Du wirst so sicher reisen, als wärst du der Metropolit!«

Umsonst schrie Isakowitsch noch am Abend vor der Abfahrt, er trete von der Reise zurück, wolle als Reisegefährten keine Frauenzimmer sehen und breche nachts allein zu Pferde auf. Trandafil erklärte, daß alles vorbereitet sei.

Am Tage Bessarions des Wundertäters reiste Isakowitsch ab.

Trandafil hatte Bozitsch als geachteten Kriegshelden, aber als Trinker und schlimmen Raufbold beschrieben. Der Major kam oftmals mit seiner Frau nach Buda zu seinem Schwiegervater, dem reichen Wachshändler Despotowitsch, weil er ständig Spielschulden hatte. Bozitsch suchte überall Händel und vernachlässigte seine schöne Frau. Seine einzige Sorge bestand jetzt darin, die Tochter vorteilhaft zu verheiraten.

Beim vorjährigen Manöver, als Kaiser Franz und Kaiserin Maria Theresia in Buda erwartet wurden, hatte Bozitsch eines Abends im Weinrausch gefaselt, er wäre längst Oberstleutnant, wenn er nur einmal der Kaiserin den Hintern tätscheln könnte. Der Prozeß wegen Majestätsbeleidigung zog sich lange hin, es wurde nicht bewiesen, ob Bozitsch das wirklich gesagt hatte. Denunziert wurde er von seinen Landsleuten. Pavle würde allerdings mit dem Manne völlig sicher reisen, erklärte Trandafil. Bozitsch verhalte sich nobel gegenüber Unbekannten und sei stolz auf seine Tapferkeit und auf den Reichtum seiner Frau. Eher würde er sein Leben opfern als erlauben, daß einem Manne, der in seinem Wagen reise, unterwegs etwas geschehe.

»Halte dich nur à la grande! Bitteschön!«

Umsonst jammerte Pavle, daß er nicht an weibliche Gesellschaft gewöhnt sei. Trandafil lachte nur und rüstete seinen Gast für die Reise.

Schließlich kam der Abreisetag.

Ein heiterer, warmer Tag.

Pavle war am Morgen zeitig aufgestanden, er hatte in der Nacht kaum ein Auge zugetan und darüber nachgedacht, was ihm bevorstehe. Er sehnte sich danach, in seinem Unglück und seinem Kummer von allen in Frieden gelassen zu werden, still fortzugehen und als einsamer Reiter in der Dämmerung unterzutauchen. In Temesvar hatte er bei jedem Herzschlag gespürt, daß viele mit ihm nach Rußland ziehen würden – seine Vettern und Trifuns Grenzsoldaten und ganze Dörfer an Maros und Theiß. Jetzt fühlte er sich völlig allein.

Vor Sonnenaufgang wusch und reinigte er sich lange.

Wenn sie ihn faßten und in einem Graben erschössen, sollten sie ihn sauber finden. Er hatte an dem Morgen das seltsame Gefühl, daß ihn Trandafil in eine andere Welt brachte, die er bisher nicht kannte. In ein Leben, das er fliehen wollte. Er hatte sich kummervoll darauf vorbereitet, nach Rußland zu ziehen, und Trandafil setzte ihn in einen Wagen, der ins Unbekannte fuhr.

Schließlich mußte er mit seinem Gepäck vor Trandafils Tor warten. Er stand verlassen unter den Linden, die Laterne hatte er zwischen seine Füße gestellt. Er starrte die abschüssige, leere Straße hinunter.

Allmählich tagte es.

Trotz aller Beschwichtigungen Trandafils fröstelte Pavle jetzt vor der Abreise. Trandafil scherzte über alles, aber ihm fiel das leicht. Nicht sein Kopf war in Gefahr. Pavle wußte, daß Trandafil seinen Kopf aus jeder Schlinge ziehen würde. Außerdem dachte Pavle ständig an alle, die in Sirmien, an Maros und Theiß auf die Ausreise warteten. Herrn Georgije Trandafil kümmerte das nicht.

Herr Georgije dachte an seine Geschäfte.

Was Pavle dann in Buda sah, stimmte ihn traurig. In dieser Stadt, durch die er vor sieben Jahren während des Krieges gekommen war, hatte sich alles verändert. Das Leben in diesen Straßen, in diesen Häusern war erloschen. Das Buda, das einst dem Kaiser mehrere tausend serbische Soldaten stellen konnte, gab es nicht mehr. Die Menschen waren gestorben oder ausgewandert.

Aber Pavle erinnerte sich ihrer.

Er hatte noch seine Landsleute gesehen, als sie jung und ruhmvoll waren, als sie übermütig ritten, fröhlich sangen, in ihre roten Umhänge gehüllt und mit Silber geschmückt. Die Quasten an den Stiefeln bebten beim Kolo.

Alle waren damals jung, gesund, wohlgestaltet.

Wo waren sie jetzt?

Ihr Lachen war in Buda nicht mehr zu hören.

Jetzt lachte in Buda Herr Trandafil.

Ganze Straßen, durch die Pavle geritten war, fröhliche Straßen voller Gesang, waren verödet wie von der Pest. Nur wenige Männer lebten noch in den Häusern. Viele Familien waren völlig ausgestorben, Trandafil wußte nicht einmal ihre Namen. Als ihn Pavle nach seinen Landsleuten in Buda fragte, kannte er nur wenige reiche Familien, die geblieben waren, so wie hohe Bäume bei einer Überschwemmung aus dem Wasser ragen. Die Armen waren gestorben oder fortgezogen. Und alle, die unten am Berg wohnten, waren verelendet.

Unter denen, die nicht mehr in diesen Straßen lebten, befanden sich Bekannte und Kameraden, ja auch Verwandte Pavles. Wenn er nach ihnen fragte, schaute ihn Trandafil nur verwundert an.

Der Edle von Isakowitsch glaubte noch den Hufschlag ihrer Pferde zu hören. Ihren Gesang bei der Abreise. Ihr fröhliches Lachen.

Als riefen ihn Hunderte von fern mit Namen.

In der morgendlichen Stille krähten jedoch nur die Hähne in den Senken des Berghanges, wo an der Donauseite die Häuser nisteten. Die Hähne begrüßten die Sonne, die hinter den Budaer Bergen aufstieg.

Es war nicht der Tod eines einzelnen, von dem Isakowitsch in Buda erfuhr und über den später in der Familie eine Zeitlang gesprochen wurde. Es waren auch nicht viele Tote in einem regnerischen Herbst, wenn eine Seuche die Stadt heimsuchte. Worüber dann die Alten lange Zeit erzählten.

Es war ein Grauen, das wie ein Fluß bei Hochwasser anschwoll.

Seine Landsleute verschwanden in solcher Zahl, als wäre es ein monströser Alptraum.

Es war die Stille, die herrscht, wenn Trauerzüge hinaus zum Friedhof ziehen.

An dem Morgen, an dem Isakowitsch abreiste, war er von diesen Erinnerungen wie krank. Er war von Trauer gebeugt. Er saß auf der Schwelle eines fremden Hauses, als würde er nie mehr aus einem unbekannten Land zurückkehren. Die Laterne beschien ihn nur bis zur Brust. Das Gesicht lag im Dunkeln. Auf das Gepäck hatte er seinen Umhang geworfen, den die Offiziere seinerzeit auf Reisen trugen. Und darauf den Husarensäbel, den ihm Trandafil besorgt hatte.

Alles kam ihm jammervoll, verwaist vor.

Wie Trifun knirschte er mit den Zähnen.

Er hatte sich seine Übersiedlung nach Rußland ganz anders vorgestellt: Hoch zu Roß, begleitet vom Gesang seiner Soldaten und vom Weinen und Klagen derer, die in Sirmien zurückgeblieben. Und nicht so, sorgenbeladen, auf einer fremden Schwelle sitzend.

In Trandafils Garten war es unter den Linden inzwischen hell geworden, und Pavle sah deutlich die benachbarten Gärten. Obwohl viele Häuser ebenfalls Händlern gehörten, konnten sie sich mit Trandafils Haus nicht messen. Manche glichen ärmlichen Behausungen in der Theißebene, andere strohbedeckten Hütten in Sirmien. Kaum eine Wand war gestrichen, und nur Herrn Trandafils Anwesen hatte ein Tor mit zwei Säulen.

Und über dem Tor eine prächtige Laterne, wie sie die Katholiken in Buda hatten.

In der steilen Straße sah Isakowitsch niedrige Zäune, eingefallene Dächer, von Gras und Unkraut umwucherte Häuser. Nicht alle serbischen Häuser in Buda waren so wie Trandafils. Über der Donau schwebte die Mondsichel. Der Fluß verwandelte sich in der Ferne in eine helle Straße. Die Sonne schoß schon ihre Strahlen wie Blitze auf die Abhänge.

Wie bei allen hitzköpfigen und stolzen Menschen wechselten auch bei Isakowitsch schnell die Stimmungen. Trotz aller Traurigkeit freute er sich über die ersten Sonnenstrahlen, die ihn hoffen ließen, trotz aller Widrigkeiten dennoch bald zu Bestuschew zu gelangen. Das hatten auch Schlechtere als er geschafft.

Während Pavle ungeduldig auf den Wagen wartete, stützte er sich auf seinen Säbel. Er hatte den Umhang über die linke Schulter geworfen und brummte wütend etwas vor sich hin. Ihm fiel ein, daß ihn der Wagen nicht bei Trandafils Haus abholen könnte, wie man verabredet hatte. Daß es sich

Bozitsch anders überlegt haben könnte. Gleich darauf erinnerte er sich jedoch daran, wie ihn Trandafil beschwichtigt hatte: »Warum soll er es sich anders überlegen? Du darfst nicht immer schwarzsehen, bitteschön!«

Er hatte Trandafil mehrmals gesagt, daß es dumm sei, in weiblicher Gesellschaft zu reisen, weil Frauen viel fragten und schwatzten, und Trandafil hatte ihm erwidert: »Manche sind neugierig, das stimmt. Sag ihnen, daß du nichts ausplauderst! Schließlich zahlen wir die Hälfte!« Isakowitsch war nach dem Ritt durch die sumpfige Batschka und die sandige kumanische Ebene entkräftet in Buda angekommen. Er war niedergeschlagen, denn er hatte Buda erreicht wie ein Verbrecher, der vor dem Galgen flieht. Danach handelte und redete er wie im Traum.

In der Morgenluft, die so kühl und lieblich war, unter den Linden im Halbdunkel des Tors, glaubte Isakowitsch, sich nicht in Buda zu befinden, sondern in den Lastkahn auf der Bega. Dann war er nicht aus Temesvar geflohen, sondern stand noch vor dem Gasthof, wo seine Vettern wohnten.

»Wo bin ich?« flüsterte er müde.

Er blickte die Straße hinunter und dachte, er wäre in Temesvar.

Nachdem er jedoch über seinen pomadisierten Schnurrbart gestrichen hatte, richtete er sich auf und streckte die Brust heraus. Nun dachte er schon stolz, in Kiew zu sein, wohin alle zogen.

Bei allen Veränderungen im Leben bleibt der Mensch derselbe, aber das ist ein merkwürdiges Geschehen. Der Mensch betrachtet die Dinge, als beträfen sie einen anderen. Und er schreitet weiter dorthin, wohin ihn sein Sehnen treibt.

Jetzt war es schon hell.

Isakowitsch reckte sich wie nach einem Ringkampf und genoß im stillen seine Kraft. Dann klopfte er die Tabakspfeife auf der Faust aus.

Am Himmel, der von den ersten Sonnenstrahlen erhellt wurde, schwamm keine Wolke. Alles war Bläue.

Er erinnerte sich auch an diejenigen, deren Unterschrift, das heißt ein Kreuzchen, er für die Übersiedlung nach Rußland bekommen hatte. Mit ihnen verband Pavle nicht nur

Verwandtschaft, sondern die Pein, die er in den Kriegen erlitten hatte. Er teilte den Kummer und die Hoffnungen mit denen, die er persönlich kannte, und die Sehnsüchte mit denen, die er nicht kennengelernt, von denen er jedoch gehört hatte. Ein Leben wie bisher war im Generalat Temesvar und in der Theißebene nicht mehr möglich. Das hatte nicht nur sie, die Isakowitschs, verbittert, viele Tausende bereiten sich auf die Übersiedlung nach Rußland vor. Hunderte und Aberhunderte waren auch aus anderen Gegenden, wo bisher Serben gelebt hatten, fortgezogen.

Die schlimmen Erfahrungen, die sie machten, als sie aus Serbien in ein christliches Land gekommen waren, vergaßen sie niemals. Alles widersprach ihrer Erwartung. Lüge, Unrecht, Betrug, aber kein Christentum. Die Türken erschienen ihnen jetzt als feine Herren, und Garsuli, ja selbst der alte Engelshofen als Gesindel. Ein ganzes Volk verlangte danach, weit fort aus einem solchen christlichen Staat zu ziehen.

Der Himmel über Buda flimmerte.

In der steilen Straße tauchte ein schwarzer Kutschwagen auf.

Das Coupé hing zwischen hohen Rädern, als ob die Menschen lebend in einem ledernen und nur zum Friedhof in einem hölzernen Kasten gefahren werden müßten. Gezogen wurde die Kutsche von einem Viergespann. Auf dem vorderen linken Pferd ritt der Reitknecht.

Der Mann schrie laut.

Die Pferde schreckten davor zurück, so früh den Wagen bergan zu ziehen.

Der Reitknecht bemühte sich, die Kutsche gegenüber dem Tor anzuhalten. Trandafil sprang aus dem Wagen und lief zu Pavle.

Isakowitsch blies seine Laterne aus und ergriff Gepäck und Säbel.

Trandafil strahlte über das ganze Gesicht. Er sagte laut, daß alles in Ordnung sei, und flüsterte Pavle zu, daß sich die Frauen sehr über den Reisegefährten freuen würden. »Sie werden nichts fragen, sondern schweigen wie ein Grab. Selbst auf dem Sterbebett verraten Frauen ihre Liebhaber nicht. So sind diese beiden, bitteschön!«

Aus dem Wagen stieg Bozitsch, der den Reiseumhang ungarischer Offiziere trug, und schritt auf Pavle zu. Bozitsch war ein breitbrüstiger Mann von mittlerer Statur, der auf dem linken Bein kaum merklich hinkte. Pavle schätzte sein Alter auf fünfzig bis sechzig. Das Gesicht war gerötet, die grauen Augen funkelten. Wenn er den Mund öffnete, sah man nur noch drei Zähne.

Bozitsch schwenkte zeremoniell seinen Dreispitz.

Als er seinen Gast zum Wagen geführt hatte und den Damen vorstellte, erblickte Isakowitsch auf dem vorderen Sitz – dem Platz, der »posto buono« hieß – Frau Evdokija Bozitsch, die viel jünger war als ihr Mann. Sie mochte dreißig Jahre zählen. Und sie war eine echte dunkle Schönheit. Pavle hörte nichts und war wie erblindet, als ihn Bozitsch in die Kutsche schob. Er sah auch das Fräulein nicht, das in leichter Sommerkleidung neben ihrer Mutter saß – hübsch, blaß, mit dunklen Augen, die Isakowitsch schüchtern anschauten wie ein Reh am frühen Morgen, das unversehens aus dem dichten Wald ins Freie tritt.

Bozitsch versicherte Pavle mehrmals, daß er sich außerordentlich freue, einen so angenehmen Reisegefährten zu haben.

Und dann, als die Pferde den Wagen bergan zogen und Schweißgeruch absonderten, hörte Pavle im Wagen noch, daß ihm Trandafil auf deutsch nachrief: »Eine angenehme und ereignislose Reise!«

V

Er kam in eine Stadt, die er nie sehen wollte

Nach Pavles Schilderungen gewannen seine Verwandten später den Eindruck, daß die Familie Bozitsch nicht so war wie die Landsleute, die sie kannten. Jurat pflegte zu sagen: »Alle, denen wir auf einer Reise begegnen, kommen uns närrisch vor. Und später bedauern wir, daß unsere Reisegefährten nicht so waren, wie wir uns einen Großvater oder eine Tante wünschen.«

Pavle beschrieb Bozitsch stets als alten Mann. So sah er ihn in seiner Erinnerung. Hingegen erfuhren die Vettern auch, daß Bozitsch, obwohl er die Sechzig überschritten hatte, zu den ungarischen Reitern gehörte, die eine Nacht durchtanzen konnten. Pavle fand ihn von Anfang an abstoßend. »Ja«, sagte er, »er benahm sich mir gegenüber zuvorkommend, aber er schrie seine Frau an und war nur zu seiner Tochter höflich, einem jungen Mädchen. Und er redete unflätig.«

Schon im ersten Nachtquartier, in Gran, nötigte er Pavle zum Kartenspiel und nahm ihm kichernd einige Taler ab. Er sagte: »Herr Rittmeister, noch kann ich den Hosenriemen losbinden! Ich habe Erfahrungen mit Frauen! Sollen sie sich amüsieren! Aber wenn mir einer mein Töchterchen verführt, schlachte ich ihn ab wie ein Schwein. Noch halte ich ein Rasiermesser fest in der Hand, Herr Rittmeister! Und eine feste Hand ist die einzige Freude im Leben!«

Bozitsch hatte eine breite Stirn, die sich über den dichten schwarzen Brauen wie ein Helm wölbte. Er war von mittlerer Statur, hielt sich aber gerade und reckte sich oftmals stolz. Sehr häßlich wirkte sein fast zahnloser Mund unter dem Schnurrbart. Pavle, der bei der Reise jede Unannehmlichkeit vermeiden wollte, verhielt sich sehr reserviert.

Das half ihm nichts.

Es schien Bozitsch zu gefallen.

Bozitsch zog auch seine Frau und seine Tochter ins Gespräch. Die Frau war schön, und die Tochter war frühreif. »Ihr Großvater ist der reiche Wachshändler Despot«, erklärte der Major. »Er ist Ratsmitglied in Buda und wird ihr eine Mitgift geben, wie sie unsere Jungfern, die verdammten, sonst nicht kriegen!«

Isakowitsch sah das längliche, sehr schöne Gesicht der Mutter, das ihm bekannt vorkam, und die wohlgestaltete Tochter, die schon einer jungen Frau glich. Während er in der Mutter eine schweigsame Reisegefährtin gefunden hatte, lachte das junge Mädchen viel. Dieses Lachen gefiel dem müden Pavle gleich.

Frau Evdokija betrachtete ihn mit ihren großen schwarzen Augen liebenswürdig, das Mädchen sah in jedoch seltsam und steif an, wenn sich ihre Blicke trafen. Nach der Sitte jener Zeit zeigten die Damen ihren Busen in einem tiefen Ausschnitt, so daß Pavle oft verwirrt die Augen schloß. Er hielt die Mutter für eine sehr leidenschaftliche, aber unglückliche Frau. Das ungezwungene Wesen der Tochter war die Fröhlichkeit junger Mädchen, die nicht lange währt.

Pavle befand sich, was Frau Evdokija betraf, in einer mißlichen Lage. Er wußte nicht, wie er sich verhalten sollte. Bozitsch benahm sich gegenüber seiner Frau so grob, daß es für einen Fremden peinlich war. Pavle versuchte wegzusehen, wenn der Major ihre Handschuhe oder ihren Hut einfach beiseite warf oder seiner Gattin beim Aussteigen nicht einmal die Hand reichte. Sie mußte aus der Kutsche steigen, als springe sie über einen Zaun.

Als Bozitsch nach Pavles Alter fragte und erfuhr, daß er siebenunddreißig war, schmunzelte Frau Evdokija. »Ich dachte, wir sind gleichaltrig«, sagte sie kaum hörbar zu Pavle. Bozitsch hörte es dennoch und rief: »Die Dame will damit angeben, daß sie gerade Anfang Dreißig ist.«

Obwohl Pavle wenig über Frau Evdokija sprach, gewann Varvara später den Eindruck, daß er einer echten Schönheit begegnet war. Sie mußte schlank, groß und kräftig sein, mit schönen schwarzen Augen und Brauen, die dicken Raupen glichen, wie Jurat sagte. Zu jener Zeit wurden dichte Brauen bei Frauen besonders geschätzt. Die Damen reisten in Kleidern, als wollten sie ausreiten. Der Rock war an der linken Seite geschlitzt und mit einer goldenen Borte eingefaßt, so daß man das Bein bis zum Knie sah. Isakowitsch wandte stets den Blick ab.

Auffällig war bei Frau Evdokija die schwermütige Regungslosigkeit ihres Gesichts. Weder die dummen Scherze noch das Geschrei, ja nicht einmal das Fluchen ihres Mannes berührten sie. Wenn der Major etwas Grobes oder Unflätiges sagte, richtete sie den Blick auf ihren Reisegefährten, als suche sie Schutz. Ein seltsames Lächeln, das nicht so heiter war wie Varvaras, wich dann nicht von ihrem Gesicht.

Frau Evdokija hatte volles schwarzes Haar, das in der Sonne kastanienbraun schimmerte. Und wenn sie ihren roten Hut trug, strahlte das Gesicht in einem rosigen Glanz, als bedeckten Kastanienblüten den Erdboden. In der Abenddämmerung oder im Baumschatten wirkte ihr Haar, das den Rücken hinabwallte, wie eine wilde schwarze Mähne.

Obwohl Pavle seine Reisegefährtin so musterte wie alle sirmischen Husaren jede Frau abschätzten, verstand er nicht viel von Frauen, und er war kein Schürzenjäger, und seit er Witwer war, wollte er allein bleiben. Er war ein gesunder junger Mann, trotzdem gedachte er auf der Reise mit keiner Frau anzubändeln. Er benahm sich gegenüber Frau Evdokija mit der Herzlichkeit und Achtung eines älteren Bruders.

Was Pavle später seinen Vettern verschwieg, war die frappierende Ähnlichkeit zwischen Frau Evdokija und seiner verstorbenen Frau, was er sofort bemerkt hatte. Das erschien ihm als Teufelswerk, als schwarze Magie.

Sie hatten den gleichen Rauchschleier auf den schwarzen Augen, den gleichen geschwungenen Mund, sogar Busen und Stimme waren gleich. Das gleiche schwermütige Gesicht und den gleichen zärtlich-sanften Blick. Als Pavle die schöne blasse Hand von Frau Evdokija sah, erstarrte er.

In der Hand hielt sie einen schwarzen Fächer.

Obwohl diese Ähnlichkeit mehr in seiner Einbildung als in Wirklichkeit bestand, kam sie Pavle vollkommen, schrecklich unglaublich vor. Er benahm sich deshalb dieser Frau gegenüber mit ungewöhnlicher Zurückhaltung.

Bozitsch benahm sich auf der Reise gegenüber seiner Frau, als wäre sie nicht seine Gattin, sondern seine Magd. Seine Tochter behandelte er jedoch sehr höflich. Beim Überqueren eines Wassergrabens erschrak Fräulein Thekla und stürzte in den Schoß ihres Vaters. Bozitsch rief dem Rittmeister zu, er solle seine Frau auf den Schoß nehmen. Das erlaubte er ihm.

Pavle erblaßte.

Frau Evdokija sah Pavle herzlich an und sagte zu ihm, er solle die Scherze ihres Mannes nicht beachten. Sie habe sich schon längst daran gewöhnt. Schließlich sei sie schon sechzehn Jahre verheiratet!

Pavle merkte, daß es zwischen der schönen jungen Frau und dem abgelebten Mann keine echte Gattenliebe gab. Sondern nur eine Art Verachtung ihrerseits und eine Art Haß seinerseits.

Isakowitsch empfand das Reisen mit ihnen schon am ersten Tag als unangenehm.

Er stand gleich auf der Seite der Frau, nicht um den Ehestreit auszunutzen und eine Geliebte zu gewinnen, sondern weil ihn das Betragen des Mannes, seine Grobheit, verletzte.

Frau Evdokija war hinreißend. Der Körper einer echten Schönheit, und so nahe im Wagen. Und der Blick voller Liebesverlangen und Leidenschaft wie so oft bei vernachlässigten jungen Frauen. Sie war schweigsam wie seine verstorbene Katinka, aber in ihren dunklen Augen brannte das Feuer weiblicher Begierde. Unverhofft war sie dem Mann begegnet, den sie in ihren Träumen neben ihrem alten Manne sah. Wenn sie zum Rasten aus dem Wagen stieg, stützte sie sich auf Pavles Hände, so daß er ungewollt ihre Wärme durch das Kleid spürte, als ob sie nackt war, und er spürte auch ihre Kraft. Sie besaß Kraft wie ein junger Husar, wie ein Ringkämpfer. Pavle mußte an Trifuns Frau Kumrija denken.

Er hatte sich geschworen, sich während dieser Reise mit der Frau in keine Liebelei einzulassen, selbst wenn sie das wollte, aber er fühlte auch, daß er nicht widerstehen könnte, wenn sie ihn verführerisch riefe.

Auf seinem Weg nach Rußland erschien diese Frau völlig unerwartet.

Ihre Begegnung hatte für ihn keinen Sinn, ein Feuer wurde nutzlos entfacht.

Aber wie Donner die Pferde bei Gewitter scheu macht und der Wagen vom Wege abkommt, war Isakowitsch außerordentlich erregt wegen der Zuneigung, die ihm diese Frau vom ersten Moment an zeigte. Er wußte gleich, daß diese Frau versuchen würde, ihn von seinem Wege abzubringen, ihn in ein Leben zu locken, das für ihn nicht mehr existierte.

Jurat pflegte zu sagen, wenn Pavle nicht anwesend war: »Unser Paja ging als keuscher Witwer geradewegs nach Wien. Und diese Evdokija, das liebestolle Weib, ist wie ein Teufel in ihn gefahren, um ihn von seinem Wege abzubringen.«

Bozitsch hatte funkelnde graue Augen, alles an ihm war grau, sogar der Dreispitz. Frau Evdokija war wie eine junge Stute, an der alles bebt, sogar die Mähne. Sie hatte die Angewohnheit, ihr Haar zu schütteln, als ob es sie störte. Und sie stieg in den Wagen wie ein Engel, der auf einer Leiter in den Himmel klettert.

Für Pavle waren dieser Mann und diese Frau und diese Tochter eine zufällige Begegnung, aber Zufälle sind im menschlichen Leben oft unbegreiflich.

Eine flüchtige Begegnung ohne Sinn.

Unterwegs erkannte Isakowitsch gleich am ersten Tag, daß Trandafil Recht gehabt hatte. In dem Wagen konnte er leichter als heimlich zu Pferde nach Wien gelangen. Die Kutsche verließ Buda, ohne angehalten und untersucht zu werden.

Die Lerchen stiegen in den Feldern auf, und ihr Trillern mischte sich mit dem fröhlichen Lachen Fräulein Theklas. Sie hatte den Dreispitz, der beim Überqueren des Grabens verrutscht war, von Pavles Kopf genommen.

In den Ruinen türkischer Befestigungen, in den verwüsteten Gärten blühte nach dem Krieg alles wieder. Die Kriegszeiten waren für immer vorbei.

Bozitsch hatte den Rittmeister höflich in den Wagen gebeten, aber Pavle spürte trotz aller Liebenswürdigkeit des Majors, eines berühmten Kriegshelden, daß sie einander als Männer, sogar als Landsleute völlig fremd waren. Er sprach von seiner Absicht, nach Rußland zu ziehen, verschwieg jedoch seine Flucht. Übrigens fragte ihn Bozitsch nicht aus.

Frau Evdokija sagte, auch mehrere Verwandte von ihr wollten nach Rußland auswandern, und sie hätte ihrem Mann vorgeschlagen, sich ihnen anzuschließen. Ihr Mann hingegen habe sich in Wien an einen alten General gekettet, der Montenuovo heiße, sich Frauen gegenüber frech benehme und aus dem Munde stinke. Madame Montenuovo sei jedoch noch immer schön. Und sie protegiere Bozitsch sehr.

Bozitsch erzürnte sich darüber. »Wenn eine Frau einem Manne nichts anderes vorzuwerfen hat, erklärt sie ihn zum Greis und schreit: Was will der Alte mit der Jungfrau? Oder sie verlästert ihn als Weiberschinder. Was Rußland betrifft, so ist das für mich ein Land wie jedes andere. Ich habe nichts gegen die Verwandten meiner Frau, die nach Rußland ziehen. Falls dort Rosen blühen, und ich höre, daß es ihnen wohl ergeht, folge ich ihnen vielleicht, trotz meines Alters. Ich bin ein Verwandter des Obersten Horvat. Doch meiner

Meinung nach sind alle Staaten gleich – ein Land ist wie das andere. Auch unsere Nation, die der Herr Rittmeister so rühmt, verdient keine Tränen. Ich habe mehr Gutes von Fremden erfahren als von meinen Landsleuten. Geradeheraus muß ich sagen, daß alles Böse immer von meinen Landsleuten gekommen ist.«

Wohl um den Eindruck abzuschwächen, den seine Ausführungen bei seinem Reisegefährten hinterließen, schimpfte Bozitsch lachend auf den Wagen. »Diese Kutsche habe ich auch von einem Landsmann erhalten, von Trandafil – und der wird gepfefferte Preise für Pferde und Wagen von meinem Schwiegervater verlangen, dem Wachshändler Despotowitsch. Dabei werden wir in der Kutsche gerüttelt und geschüttelt, als wären wir keine Menschen, sondern Weinfässer, die Trandafil für die russische Mission nach Tokaj transportiert.«

Erst nachdem sie mehrere Stunden durch Wälder, Lichtungen und Täler gefahren waren, verschwand Buda in der Ferne, und der Wagen rollte nun leichter auf einer ebenen Straße nach Gran.

Isakowitsch schaute auf die sonnenbeschienene Donau, die sie auf der rechten Seite überall begleitete.

Später erinnerte er sich daran, wie am Horizont die ersten Schäfchenwolken auftauchten.

Da die Reisenden am Morgen zeitig aufgestanden waren, überkam sie eine angenehme Schläfrigkeit. Sie dösten lange vor sich hin. Frau Evdokija schmerzte der Kopf von dem Gerüttele, immer häufiger gebrauchte sie ihr Riechfläschchen.

Über die Reise bis Gran erzählte Pavle seinen Vettern nur, daß sie ganz gewöhnlich verlaufen wäre. Man hätte sich über allgemeine Dinge unterhalten.

Bozitsch kannte Wien vorzüglich und berichtete auch von dem Prozeß wegen Majestätsbeleidigung, der schon monatelang gegen ihn angestrengt wurde. Stets endete er mit der Frage: »Herr Rittmeister, gedenken Sie wieder zu heiraten, bevor Sie nach Rußland aufbrechen? Warum wollen Sie nicht in Wien bei mir wohnen?« Er habe ein gemietetes Haus in der Nähe der »Engelschenke«, wo Isakowitsch abzusteigen gedachte, und besitze noch eines in der Leopoldstadt, das für seine Frau gekauft worden sei. Im Sommer sei die Luft in Wien verpestet, in der Leopoldstadt im Grünen jedoch rein. Dort dufte alles. Isakowitsch werde sich dort wohl fühlen wie Horaz, und die Reitschule des Grafen Pahr sei auch nicht weit, so daß man jeden Tag im Sattel sitzen könne.

Isakowitsch wußte nicht, wer Horaz war, wollte jedoch nicht fragen. Er wiederholte hartnäckig, daß er bei seinen Landsleuten in der »Engelschenke« wohnen wolle, die in der Landstraße lag, aber natürlich würde er nicht versäumen, so angenehmen Reisegefährten einen Besuch abzustatten.

Bei einem solchen Gespräch meinte Fräulein Thekla, der Rittmeister müsse ein trefflicher Reiter sein und zu Roß ein stolzes Bild abgeben. In dem Gelächter behauptete Pavle, natürlich verstehe er etwas von Pferden, aber im Sattel wirke er mittelgroß. Auch stattliche Männer würden hoch zu Roß selten ein stolzes Bild abgeben.

Bozitsch ermahnte seine Tochter, nicht zu schwatzen, ein Kind habe in Gegenwart von Erwachsenen den Mund zu halten. »Sie ist reif zum Heiraten«, sagte er, »obwohl wir erst heuer einen Kalligraphielehrer für sie engagiert haben. Diesen Winter muß sie viel erdulden, sie hatte eine garstige Krankheit, die Impetigo.«

Pavle wußte nicht, was Kalligraphie bedeutet, und kannte auch nicht die Impetigo, deshalb erkundigte er sich. Und Bozitsch erklärte ihm, wie man Kalligraphie lernte, und von der Krankheit sagte er, das seine eitrige Grinde wie Räude.

Während er das sagte, versuchte Thekla, ihm den Mund zuzuhalten.

Dann begann sie zu weinen.

Als ihr Weinen verstummte – es waren keine echten Tränen –, schmeichelte Isakowitsch dem Mädchen. Er staune, wie klug, wie erwachsen und wie schön sie sei. Sie müsse der Stolz ihrer Eltern sein. Thekla erwiderte frech, daß sie kein Kind mehr sei und daß sie und alle ihre Freundinnen in Wien wüßten, was ein Offizier tauge. Offiziere würden jeder Frau dasselbe sagen. Komplimente eines Witwers seien keinen Pfifferling wert.

Sie hatte Pavles Dreispitz auf ihren Schoß gelegt, und jetzt nahm sie auch den Säbel, den Pavle bisher zwischen die Knie geklemmt hatte.

Bozitsch brüllte sie an, sie solle dem Rittmeister den Säbel zurückgeben und sich nicht ungehörig betragen. Dann entriß er ihr den Säbel, wobei er ihr die Hand so grob verdrehte, daß Thekla vor Schmerzen aufschrie.

Pavle berichtete das später befremdet seinen Vettern.

Noch mehr verwunderte ihn, daß das Lachen des jungen Mädchens bald wiederkehrte, als wäre nichts geschehen. Und dieses Lachen, das in der Hitze wie ein Springbrunnen plätscherte, gefiel ihm.

Wenn er den Kopf von Thekla abwandte, begegnete er dem dunklen Blick Frau Evdokijas.

Sie sah und hörte das alle mit unbewegter Miene.

Pavle erzählte seinen Vettern nicht alles, was sich auf dieser Reise zutrug, und verschwieg völlig, was er schon am ersten Reisetag mit Fräulein Thekla erlebte. Für einen serbischen Soldaten war das schandbar und unglaublich.

Die Kutsche hielt mittags auf einer Rodung, von der man beinahe bis Gran blicken konnte. Bozitsch hatte beschlossen, hier zu rasten.

Die Frühlingslandschaft war sanft und grün, Nadelwälder und Akaziengehölze säumten die Ebene. Holzfäller aus Gran hatten an der Straße eine Rodung geschlagen, die nach Tannenzapfen duftete. Die neue Straße, die mit Steinen gepflastert werden sollte, fiel vom Hügel aus in die Ebene ab. Isakowitsch erblickte einen Abhang voller Klatschmohn.

Auf der Rodung spiegelte sich der Himmel, auf dem Wölkchen wie eine Lämmerherde entlangzogen.

Bozitsch fand drei Kutschen von Bekannten vor.

Bekannte begrüßten einander und stellten unbekannte Mitreisende vor. Die jüngeren Paare begannen im Gras zu tanzen.

Jemand schoß mit einem Gewehr auf ein Eichhörnchen.

Isakowitsch zog sich hinter einen Strauch zurück, da er befürchtete, jemand könnte ihn ausfragen.

Im Schatten der Kutschen speisten alle fröhlich, und jeder trug zu dem gemeinsamen Mahl etwas bei. Man sprach laut und lachte viel. Bozitsch rief laut: »Sollen die Männer die

Köpfe abwenden? Oder wollen sich die Damen im Gebüsch verstecken? Das sind natürliche Bedürfnisse, und die französischen Philosophen lehren uns, daß man sich ihrer nicht zu schämen braucht.«

Die Damen und die jungen Mädchen stoben kreischend auseinander.

Isakowitsch sah erstaunt, wie Bozitsch die Damen scheuchte und wie sie mit gerafften Röcken davonliefen. Frau Evdokija wurde von einem katholischen Geistlichen aus Gran zu einem Spaziergang geführt.

Isakowitsch hatte sich versteckt, um allein zu essen.

Er aß, was er von Trandafil als Reiseproviant in einem kleinen Strohkorb erbeten hatte. Und er aß von einem türkischen Holzteller, wie er es als Soldat gewohnt war, selbst in seinem Hause.

Fräulein Thekla fand ihn jedoch in seinem Versteck.

Sie fragte ihn, warum er so allein sei, die Damen erkundigten sich nach ihm, allen gefalle er.

Als Thekla vor ihm stand, kam Pavle das junge Mädchen noch hübscher vor als in der Kutsche.

Sie betrachte ihn unverwandt.

Plötzlich sagte sie zu ihm: »Wollen wir um die Wette laufen, wer schneller ist? Ich oder Sie? Ich möchte Schmetterlinge fangen.« Thekla ergriff Pavle bei der Hand, was ihn verwunderte. Er mußte sich aus dem Gras erheben. Aus der Tiefe seines Gedächtnisses tauchte die Erinnerung daran auf, daß ihn auch seine Frau auf einem Feld bei Peterwardein so aufgefordert hatte. Das geschah in ihren ersten Ehetagen.

Seine Frau war älter gewesen als dieses Mädchen, hatte aber die gleiche Fröhlichkeit besessen.

Thekla lief gleich den Berg hinauf, wobei sie ihm zurief, sie würde es allen Leuten erzählen, wenn er sie nicht einholen könnte. Isakowitsch ließ sich auf das Spiel ein, als wäre sie seine kleine Schwester. Er war ein gesunder, kräftiger Mann, der ohne Frau lebte, aber bei einem solchen serbischen Mädchen – das noch ein Kind war – spürten die Offiziere niemals ein sinnliches Verlangen, das sie – sehr stark sogar – bei jungen Mädchen empfanden, oder bei Walachinnen, die sie vom Balkan kauften. Mädchen in diesem Alter hatte Isakowitsch schon viele gesehen, blasse oder rosige Kinder, stets stumm und schamhaft, und kein Offizier versuchte, diese künftigen Frauen zu verführen.

Wenn das einer von ihnen tat, war er als Sittenstrolch verschrien.

Diese Moralauffassung war eigentlich ein Standesgesetz. Dienstmägde und Walachinnen galten als niedere Wesen, Töchter von Standespersonen als junge Damen, die man nicht berührte, ja nicht einmal anschaute, solange sie Mädchen waren.

Isakowitsch holte Thekla bald ein. Er schämte sich, weil er sich so kindisch benahm, und führte sie am Arm, als begleite er ihre Mutter, eine Dame, bei einem Spaziergang. Diskret bemühte er sich, das junge Mädchen zu mäßigen. Er sprach davon, was für eine junge und gute Frau er hatte, wie glücklich sie zusammen gelebt hätten, daß ihr Kind starb und daß ihm auch die Frau wegstarb. Er sei jetzt allein. Er gedenke nicht wieder zu heiraten. Er liebe seine verstorbene Frau. In Verlegenheit geraten, ohne zu wissen warum, wollte er Thekla irgendwie bewußt machen, daß der Tod schrecklich ist und die Lebenden von den Toten trennt, aber daß er, Isakowitsch, diese Trennung nicht anerkannte, daß er seine Frau auch als Tote liebte.

Fräulein Thekla lachte darüber. Nie habe ihr jemand etwas Verrückteres erzählt.

Um zu vertuschen, was er geredet hatte, erzählte Isakowitsch über seine Familie, über die sirmischen Husaren, über die Leiden an der türkischen Grenze, über ihre unglückliche Nation.

Fräulein Thekla lachte auch darüber.

Pavle sagte später, auf dieser Reise hätte er das erste Mal gemerkt, daß die Frauen von den Dingen der Nation nichts begreifen würden. Die Offiziersfrauen in Sirmien redeten über die Nation ebenso wie die Männer. Er hatte nicht erkannt, daß das nur in seinem engen Kreis üblich war, während sich die Senatorentöchter in Neusatz, die Tochter des Pferdedeckenfabrikanten Grozdin, ja alle jungen Bürgermädchen kaum für die Nation und für Gespräche darüber interessierten.

An Verehrern und an Gesprächen über Verehrer lag ihnen weitaus mehr. So endete der erste Spaziergang mit Fräulein Thekla für Isakowitsch qualvoll.

Fräulein Thekla hörte ihm ungläubig zu.

»Das sind wirklich verrückte Gedanken«, sagte sie. »Ein junger Mann will für immer Witwer bleiben. Er will nicht wieder heiraten. Und was die Nation betrifft, so lebte sie nirgendwo besser als in Wien. Warum ziehen Sie nicht dorthin? Sie würden gut leben. Sie ähneln unseren Verwandten, den Rakitschs in Vukovar, wo sich die Füchse gute Nacht sagen. Sie wollen auch nach Rußland ziehen. Sie schwadronieren bloß über das Militär und reden von Rußland. Und sie sprechen nicht Deutsch!«

Isakowitsch bemerkte erst jetzt das Schönheitspflästerchen, das sie unter dem linken Auge auf die Wange geklebt hatte, um älter zu wirken. Vor ihm stand ein kleines Mädchen, das früh gereift war und dummes Zeug faselte. Thekla ahnte nicht, daß sie in Pavle die Verachtung weckte, die alle serbischen Offiziere in letzter Zeit gegenüber den Bürgern empfanden. Die Offiziere waren verwundet, erschöpft, verarmt, in Schwarz gehüllt, und die Sippen der Handwerker, Steuereinnehmer, Händler und Kaufleute wurden reich und lebten lustig. Wegen der beabsichtigten Übersiedlung nach Rußland fand die Familie Isakowitsch nur Trost bei den Offizieren der slawonischen Miliz, während sie sonst auf völliges Unverständnis stieß und Spott ausgesetzt war. Niemand billigte ihr Vorhaben, nicht die Muculs, die Malenitza, die Apostols, die Brankowitschs, die Trandofils, die Kretscharewitschs, ja nicht einmal der Metropolit.

Es gab in Temesvar solche frühreifen Mädchen, aber wie Thekla benahmen sich nur die geschminkten Dirnen, die von Kürassieren aus Wien mitgebracht wurden. Daß jemand in der Nation berühmt wurde, weil er nach Kossovo kämpfte, weil er in den Kriegen sein Blut vergoß, weil er beim Kampf um die türkischen Standarten auf dem Pferd verwundet wurde, erschien Isakowitsch natürlich. Aber daß jemand berühmt und geehrt wurde, weil er sein ganzes Leben lang Wachskerzen verkaufte, die mit dem Bild des Fürsten Lazar verziert waren, erschien ihm als Offizier nicht nur wahnwitzig, sondern sogar verwerflich. Pavle glaubte mit der Tochter eines Helden, des Majors Bozitsch, einen Spaziergang zu machen, während er in Wahrheit die Enkelin des Wachshändlers Despotowitsch am Arm führte.

Er fragte sich, mit wem er reiste und wohin.

Fräulein Thekla hatte inzwischen beschlossen, den Rittmeister noch weiter von den Wagen fortzulocken.

Sie lief den Berghang hinauf und hüpfte wie ein Kreisel, in ihren Seidenschuhen und in dem gerafften Rock sah sie wie eine Kornblume aus. Pavle mußte nicht nur ihre Wiener Schuhe bemerken, sondern auch ein Stück ihrer weißen Oberschenkel. Sie kletterte den Berg hinauf wie ein Zicklein.

Isakowitsch, der als Reiter nicht gern kletterte, folgte ihr, aber rief ihr zu, sie solle umkehren. Sie seien weit genug gelaufen.

Thekla hatte indessen auf dem Hügel eine Mulde erreicht. Sie legte sich ins Gras und atmete schwer. Scheinbar vor Erschöpfung. Sie hatte die Augen geschlossen und die Hände über dem Kopf verschränkt. Als Isakowitsch vor ihr stand, öffnete sie die Augen und lächelte.

Er erkannte, daß er ein verzogenes Kind vor sich hatte, und sagte zu ihr, da sie die Tochter seines Reisegefährten war: Als junge Frau werde sie sein wie der Mond am Himmel, den ein Mensch nicht erreichen könne, selbst wenn er Flügel hätte, aber daß sie jetzt genug um die Wette gelaufen seien. Sie reisten nach Wien, und er sei kein kleiner Junge mehr, um Schmetterlinge zu haschen. Pavle erinnerte sich später nur, daß dort, wo sie lag, überall Klatschmohn wuchs, ein Feld mit Klatschmohn vor dem dichten Wald. Er stand ratlos vor ihr.

Sie sagte nun leise zu ihm, er solle sich neben sie setzen, ja könne sich neben sie legen. Das sei der schönste Tag ihres Lebens. Ihres Mutter nehme ihr alle Verehrer weg, aber ihn lasse sie sich nicht wegnehmen.

Pavle wußte nicht, was er beginnen sollte, und setze sich neben sie auf die Erde.

In die Mohnblumen.

Sie schlug die Augen nieder und lächelte, und dann plapperte sie, das alles hätte sie geahnt, als sie die Reise antraten. Sie hätte geträumt, daß sie dem begegnen würde, den sie schon lange ersehnte. Sie sei kein Kind mehr. Der Rittmeister könne sie küssen, wenn er wolle.

Er könne sie küssen, wiederholte sie leiser.

Isakowitsch war im ersten Moment sprachlos, obwohl er wie alle sirmischen Husaren mancherlei über die Wienerinnen gehört hatte. Einer solchen Serbin war er jedoch bisher nie begegnet. Er war verblüfft. Er wußte nicht, was er sich denken sollte. Ist sie närrisch oder verdorben, oder tut sie nur, was sie von Älteren erfahren hat? Thekla nahm ihn zärtlich an der Hand, um ihn an sich zu ziehen. Ihre Hand war kalt wie eine Schlange. Sie sagte zu Pavle, daß sie von der Sonne geblendet werde und nichts sehe.

Da Isakowitsch wie versteinert neben ihr saß, flüsterte sie ihm frech zu: »Schatz, was bist du so faul?«

Erst jetzt sprang Isakowitsch auf und stieß sie mit der Stiefelspitze, als ob er im Stall einen Husaren weckte. Er bebte vor Wut. »Der Herr Major soll hören, wie sich seine Tochter beträgt!«

Er lief so hastig und erzürnt den Berg hinab, daß der Kalkstein unter seinen Füßen abbröckelte und wie ein Rinnsal durch das Gras rieselte. Fräulein Thekla blieb einen Moment zurück.

Dann lief sie ihm nach, und rief, daß er ein Ochse sei, der von Mädchenliebe nichts wisse. Er sei bei Pferden aufgewachsen. Ein Ungeheuer. Verrückt sei er und in eine Frau verliebt, die Erde und Gras bedeckten. Sie habe sich gleich gefreut, als er in ihren Wagen stieg. Und er verstehe nicht, was echte Mädchenliebe sei, und er sei ihre erste Liebe. Er solle ihrem Vater nichts sagen.

Isakowitsch kletterte den Berg hinab und antwortete nichts.

Auf der Rodung löschten die Diener schon die Feuer und spannten die Pferde an. Frau Evdokija stieg gerade in den Wagen, während sich der Major von den anderen Damen galant verabschiedete. Als Frau Evdokija ihre Tochter und Isakowitsch sah, erblaßte sie. Sie fragte ihn, warum sie nicht bei der Gesellschaft geblieben seien. Das sei nicht schön! Sehe er denn nicht, daß ihre Tochter noch ein Kind ist? Bozitsch schrie, daß man anspannen und losfahren solle.

Die Sonne beschien jetzt Fräulein Thekla, die wie goldener

Staub durch das Gebüsch huschte. Und in diesem Goldflimmer glaubte Isakowitsch ein Traumbild zu sehen, das seiner Frau ähnelte. Sie blickte ihn mit traurigem Lächeln an, als wunderte sie sich, wohin er geraten war.

Als die anderen Reisenden schon in den Wagen saßen, fiel Pavle sein Dreispitz aus der Hand. Fräulein Thekla hob ihn auf, um ihn mehrmals wie eine Taube in die Luft zu werfen. Dann schleuderte sie ihn in die erlöschende Glut, wie ein Sämann das Korn auf den gepflügten Acker streut. Alle Reisenden sahen, was sie tat. Sie jauchzten in ihren Wagen auf.

Isakowitsch sprang ab und lief zur Feuerstätte, um den Dreispitz zu retten, aber als er ihn aus der Glut nahm, hatte der Hut ein Loch wie von einem Pistolenschuß.

Bozitsch packte seine Tochter grob am Arm und forderte sie auf, sich zu entschuldigen. Sie stürzte vor Schmerzen neben ihrem Vater auf die Knie. Mädchen in ihrem Alter wüßten manchmal nicht, was sie täten, sagte der Major. Er hätte in Gran einen Freund, einen Offizier, der Isakowitsch einen neuen Hut besorgen würde. Dieser wäre sowieso nicht mehr viel wert.

Das, was geschehn war, bewog die anderen Reisenden, noch einmal aus den Wagen zu steigen, um die Hüte in die Luft zu werfen und zu fangen, als wären es Schmetterlinge. Es wurde viel gelacht, bevor alle aufbrachen.

Isakowitsch versicherte dem Major und seiner Gattin, sie träfe keine Schuld. Bozitsch erwähnte den Vorfall nicht mehr und bemühte sich, seinen Reisegefährten zu erheitern.

Pavle saß lange finster und stumm da, und Frau Evdokija schaute irgendwohin in die Ferne, als könnte sie dort am Horizont etwas Großartiges beobachten. Und ihre Tochter starrte den Rittmeister trotzig an.

So fuhren der Major Joan Bozitsch und seine Familie mehrere Stunden lang.

Und Pavle mit ihnen bis in die Stadt Gran.

Bald wurden sie immer öfter von Staub eingehüllt, da die Straße durch Täler und bewohnte Gegenden führte. Obstbäume schimmerten rötlich. Die Kutsche fuhr auch durch Dörfer, in denen viele Hunde vor den Pferden herliefen und stark bellten.

Bozitsch sagte zu Pavle: »Ich hoffe, Sie dem Herrn General Montenuovo vorstellen zu können, der demnächst kaiserlicher Kommissar in Karlowitz wird. Auch ich werde in Karlowitz sein.«

Pavle erinnerte sich von der langen Unterhaltung nur daran.

Der Major fragte ihn auch über sein Vermögen und über Verwandte Frau Evdokijas aus, die Rakitschs in Vukovar. Sie würden nach Rußland ziehen und ihm zureden, mit ihnen zu gehen. Frau Evdokija erkundigte sich erst gegen Abend danach, wie seine Frau aussah, ob sie schwarz oder blond war. Wie konnte es geschehen, daß sie bei der Geburt starb? Frau Trandafil habe ihr gesagt, daß er nicht mehr heiraten wolle. Was für ein absonderlicher Vorsatz!

Bozitsch merkte offenbar, daß zu viel über das Heiraten gesprochen wurde, und begann über Pferde zu reden. »Mein Kamerad, der junge Veterinär des Grafen Pahr, behauptet, auch Tiere würden eine Seele besitzen. Nach meiner Erfahrung sind Rappen gefährlich, und Füchse mit einem schwarzen Kopf sind die besten. Am ausdauerndsten und treuesten sind die Braunen. Pferde mit tiefliegenden kleinen Augen erblinden oft zeitig. Und man muß sich vor einem Pferd hüten, bei dem ein Ohr vorsteht und das andere nicht – hüten wie vor einer Hexe. Am meisten muß man bei einem Pferd auf den Hals achten! Der Hals spielt bei Pferden die wichtige Rolle wie bei Frauen – meine Tochter möge das entschuldigen, sie braucht nicht hinzuhören – die Knie.«

Frau Evdokija, die zufälligerweise gerade ihren Rock hochhob, zog lachend ihre Strümpfe straff.

Sie meinte, daß der Rittmeister die Ratschläge ihres Gatten durchaus entbehren könne, wenn es um Frauen gehe. Ihr Gatte bilde sich ein, wie sich das alle älteren Männer einbilden, daß man etwas Besonderes über Frauen wissen müsse. Im Grunde brauche man nicht viel über Frauen zu wissen, und durchaus nicht so viel, wie ihr Gatte zu wissen glaube.

Alles, was man über eine Frau wissen müsse, werde sie selber bei der Liebe sagen, falls es notwendig sein sollte.

Fräulein Thekla kreischte, als sie das hörte.

Sie sagte laut zu ihrem Vater, daß ihre Mutter dem Rittmeister offenbar heimlich schöne Augen mache.

Obwohl Pavle solche Gespräche auch aus Temesvar kannte, waren sie ihm unangenehm. Er dachte daran, wie sich die Serben an der türkischen Grenze von ihren Landsleuten unterschieden, die als reiche Wachshändler in Buda lebten oder in die große Welt nach Wien gelangt waren.

Um auch etwas zu sagen, meinte er, nach seiner Erfahrung sei bei Pferden eines am wichtigsten: die Hufe! Wenn sich die Hufe leicht abnutzten, tauge das ganze Pferd nichts!

Bozitsch erzählte, daß seine Frau vielleicht die einzige Offiziersfrau in Wien sei, die nicht reite. Montenuovo habe eine Schwester von neunzig Jahren, und ob es Isakowitsch glaube oder nicht, er sage die reine Wahrheit, diese Greisin besuche immer noch jeden Morgen die Reitschule des Grafen Pahr.

»Wenn man ein Pferd kauft«, fuhr Bozitsch fort, »muß man darauf achten, daß es keinen dicken Hals hat.

Das belastet zu sehr den Kopf.

Solche Pferde taugen nicht viel und verenden früh.«

So unterhielten sich die Familie Bozitsch und Pavle Isakowitsch. Dann schwiegen sie und dösten.

Erst nach langer Fahrt rief abends der Pferdeknecht, daß Gran in der Ferne aufgetaucht war.

Die Sonne ging unter. Bozitsch war eingeschlafen.

Er zischte durch seine Zahnlücken.

Als er aufwachte, zeigte er Pavle die Türme der Stadt.

Am Horizont flimmerte der Staub blau, und hinter Äkkern, Obstgärten und grünen Saaten sah Isakowitsch auf einem Berg auch zerstörte Befestigungen.

Die Dächer von Gran schimmerten an diesem Berg in der Abendröte.

Die Stadt, der sie sich langsam näherten, lag vor ihnen.

Es war die Welt, die Isakowitsch unterwegs meiden wollte.

Es war Wirklichkeit, kein Trugbild.

Und dennoch, im selben Moment erschienen Isakowitsch diese Stadt in den gelb aussehenden Donausümpfen und der Berg, der sich blau färbte und in der abendlichen Dämmerung versank, nur wie ein Spiel der Sonnenstrahlen, der Wolken, des Himmels – ein Trugbild.

Bozitsch versprach, auch für ihn ein angenehmes Nachtquartier zu finden, und dann werde man die Reise fortsetzen. Man brauche sich nicht zu beeilen.

So geschah es also, daß Pavle mit der Familie Bozitsch reiste.

So geschah es, daß er die Tochter und die Enkelin des reichen Budaer Wachshändlers kennenlernte, der sich Despot schrieb und Despotowitsch hieß.

Der Edle Pavle Isakowitsch, Rittmeister des neuaufgestellten Regiments der sirmischen Husaren, der zur Infanterie versetzt wurde und der desertierte, kam auf seinem Wege nach Rußland also in eine Stadt, die er nie sehen wollte.

In der er bisher nie gewesen war.

Die er niemals wiedersehen würde.

VI

Der weiße Hase und der schwarze Hengst

Auf seiner Reise von Buda nach Wien verbrachte Major Joan Bozitsch mit Gattin und Tochter im Frühling des Jahres 1752 die erste Nacht in der Stadt Gran. Er nächtigte bei einem Händler im serbischen Viertel unter den Ruinen der Festung. Der Rittmeister, der mit Bozitsch reiste, wurde in der Nachbarschaft untergebracht, beim erzbischöflichen Apotheker.

Der Apotheker hieß Alois Herrnhuter.

Obwohl die österreichische Post mit ihren Kutschen schon viele Orte mit der Hauptstadt des Kaiserreichs verband, freute sich jeder Reisende, nicht in einer Herberge oder in der Kutsche unter freiem Himmel übernachten zu müssen. Sicherer und bequemer war es bei einem Freund. Der Händler Kretscharewitsch, bei dem der Major einkehrte, war ein Verwandter von Despotowitsch.

Die erzbischöfliche Apotheke hieß in der Stadt »Die alte Apotheke« und bei den Geistlichen »Pharmacopolium«. Im serbischen Viertel nannte man sie einfach »Kräuterladen«.

Herrnhuter freute sich über Gäste und nahm oft Reisende auf, besonders gern Offiziere. Er hatte drei Töchter und hoffte, die Offiziere würden um die Mädchen anhalten. Bevor er starb, wollte er sie unter der Haube wissen. Die Mädchen indessen, die ihre Mutter verloren hatten, bewachten einander eifersüchtig, sie küßten sich mit Offizieren, aber wenn eine weiter gehen wollte, wußten das die beiden anderen zu verhindern. Als Isakowitsch in ihr Haus kam, waren sie schon alte Jungfern. Sie betrachteten beim Licht einer Laterne aufgeregt den schönen Offizier. Ihn begleitete jedoch Thekla wie ein Schatten, und die Apothekertöchter dachten, die beiden wären Verlobte. Die Gäste wurden im Dunkeln auf ihre Zimmer verteilt – die Szene hatte etwas Schauerliches und ein wenig Gespenstisches. Pavle sank jedoch bald in festen Schlaf. Die drei Schwestern schwatzten und kicherten in ihren Zimmern, sie gackerten wie Gänse, aber auch sie beruhigten sich vor dem Morgengrauen. Man hörte nur das Kläffen der Hunde. Die Nacht verfloß ereignislos.

Was Bozitsch in Gran suchte, wußte Pavle nicht. Gesprächen entnahm er jedoch, daß es sich um Geld seines Schwiegervaters handelte, das Kretscharewitsch in Gran verliehen hatte und das der Major eintreiben sollte. Er kehrte gegen Mittag wüst fluchend aus der Stadt zurück. Die nächste Nacht wollte man in Raab verbringen.

Isakowitsch schwieg in Gran und verbarg sich, um nicht entdeckt zu werden, und wartete ungeduldig auf den Aufbruch.

Obwohl sie sich schon aneinander gewöhnt hatten, wie das bei Unbekannten auf einer Reise zu sein pflegt, freute sich Isakowitsch nicht, als sie wieder alle in der Kutsche saßen. Bozitsch war ihm nicht angenehmer als tags zuvor, und Pavle spürte immer deutlicher, daß er ein schlechter Mensch war, den man meiden mußte. Den linken schiefen Nasenflügel zog der Major beim Sprechen hoch, als sei das Leben etwas Stinkendes, an dem er nur roch, weil er nicht anders konnte. Frau Evdokija kam Pavle noch schöner vor, aber er sprach wenig mit ihr. Der dunkle Blick, mit dem sie ihn ansah, verdroß ihn. Die Frau hatte eigenartige Wimpern, und wenn sie die Augen niederschlug, schienen schwarze Nachtfalter ihre Flügel zusammenzuklappen. Sie atmete in solchen Momenten kaum, und ihre Nüstern waren dünn, unbeweglich, fast durchsichtig. Wenn sie den schwarzen Fächer bewegte, um sich Kühlung zu verschaffen, ähnelte sie so sehr seiner verstorbenen Frau, daß ihm schauerte. Er fragte sich, woher das seltsame Spiel des Zufalls herrührt, daß ein weibliches Wesen diese Welt verläßt und ein anderes, vollkommen ähnliches, vor uns erscheint. Sie glichen einander wie Schwestern.

Und je länger sie vor ihm im Wagen saß, erinnerten ihn ihre entblößten Brüste, ihre Beine, ihr Blick, ihre Stimme immer mehr an die Brüste, die Beine, den Blick, die Stimme seiner Frau, die im Grab lag.

Frau Evdokija, die natürlich nicht wußte, was Pavle dachte, saß schweigend da. Gegen seine Erwartung schwatzte ihre Tochter unbeschwert weiter wie tags zuvor. Und Pavle gab im stillen zu, daß ihm Theklas Lachen immer mehr gefiel.

Sie besaß die Anmut sehr junger Mädchen, die bald vergeht und nie lange währt, wie auch Schönheit dieser Art.

Die Kutsche fuhr durch Felder und Wälder, durch den Frühlingstag, und Isakowitsch gestand sich das erste Mal ein, daß er gut reiste. Er war heiter gestimmt.

Er hatte alle Sorgen vergessen.

Joan Bozitsch erledigte in Raab wieder irgendwelche Geschäfte.

Wieder trieb er Geld seines Schwiegervaters ein, und wieder fluchte er. Wieder suchte er serbische Händler auf, aber er übernachtete beim Organisten der Kathedrale, der nach Wien zu Madame Montenuovo kommen sollte.

Der Organist hieß Johann Schmerz.

Nach Pavles Schilderung war er ein vertrocknetes Männlein in der Kleidung eines Sakristans, der vor Freude berauscht schien, weil er sein Leben in Wien in den Diensten einer adligen Herrin beenden würde. Schmerz hatte sich in der Kirche seine Augen so verdorben, daß er wie ein Blinder umherlief. Er schlug mit einem Stock an die Häuserwände. Gewöhnlich führte ihn seine Frau in die Kirche. Die Orgel spielte er mit geschlossenen Augen.

Schmerz verneigte sich tief vor dem Major und nahm auch den Rittmeister höflich in seinem Hause auf.

Als er erfuhr, daß Pavle Witwer war, hielt er in deutscher

Sprache eine Rede über die Ehe, die das höchste Glück im menschlichen Leben darstelle, wenn die Gatten einander gut gewählt hätten. Er unterhielt sich mit seinen Gästen bis Mitternacht, und wenn er seine Frau rief, stieß er mit dem Stock auf den Fußboden.

Frau Schmerz, eine hutzlige Greisin in schwarzem Taft, die stets einen rosenbeladenen Hut aufsetzte, wenn sie in die Stadt ging, duftete stark nach Flieder. Sie freute sich ebenso wie ihr Mann, in die Hauptstadt zurückzukehren, wo sie ihre Mädchenjahre verbracht hatte. Und sie freute sich auch über Gäste, die Deutsch sprachen und die sie darüber ausfragen konnte, wie sich jetzt die Damen in Wien kleideten.

Das Haus von Johann Schmerz – das heißt das Haus des Organisten der Raaber Kathedrale – hatte nur Fenster zum Garten. Die Wände zur Straße waren mit Fresken geschmückt, die deutsche Trompeter und italienische Engel zeigten. Wie viele andere Häuser in Raab stammte es aus der Türkenzeit und ähnelte einem Taubenschlag aus Stein. An drei Ecken schien es in einen Wachturm eingemauert zu sein. Die Vordächer lagen sehr hoch. Die schmalen Fenster erinnerten Isakowitsch an die Schießscharten im Temesvarer Kerker.

Den Hauseingang konnte man mit einem Säbel oder einer Muskete verteidigen, aber die kriegerischen Zeiten waren vorüber.

In den bischöflichen Gärten herrschte schon lange Frieden.

Nachts hörte man nur das Quietschen der Wetterhähne auf dem Dach, wenn der Wind wehte.

Schmerz trat dem Major und seiner Gattin sein Zimmer ab und gab dem Fräulein ein Zimmer im zweiten Stock. Der Rittmeister wurde im Erdgeschoß untergebracht. Dort befand sich auch ein Raum, aus dem es stank. Auf die Tür hatte man einen weißen Hasen gemalt, der im Gras auf gelben Eiern hockte.

Bevor die Gäste schlafengingen, wurde Isakowitsch auf diesen Raum hingewiesen, aber er erwiderte ärgerlich, daß er das nicht brauche.

Müde von der langen Fahrt, von der Hitze, von dem Wein, den sie unterwegs in den Schenken getrunken hatten, schlief Isakowitsch auch in Raab schnell ein. Vor dem Morgengrauen hörte er jedoch ständig seine Hausgenossen, die den weißen Hasen besuchten. Er unterschied die hinkenden Schritte des Majors, das Tapern von Johann Schmerz, begleitet von Stockschlägen an die Wand, und auch leichte Schritte einer Frau. Sie erinnerten ihn an das Rauschen von Schwanenflügeln, das er vor sieben Jahren während seines letzten Feldzuges auf einem See in der Nähe von Prag vernommen hatte. Isakowitsch besaß ein erstaunlich gutes Gedächtnis.

Im Halbschlaf kam es ihm sogar so vor, als würde eine Frau vor seiner Tür stehenbleiben, an die Klinke fassen und leise klopfen. Vielleicht täuschte ihn sein Ohr.

Er glaubte das jedoch mehrmals zu hören.

In Raab hatte Pavle hingegen einen Traum, den er später oft Jurat erzählte, aber auch Jurat erzählte er ihn verworren. Das Schrecklichste an diesem Traum war, daß er mit Gelächter endete. Mit Gelächter, das ihn weckte.

Während er Tränen in den Augen hatte.

Er träumte von seiner Hochzeit, worüber in der ganzen Batschka und in ganz Serbien gesprochen wurde.

Seine Frau sah in dem Traum genauso aus wie damals, als sich alles tatsächlich in Neusatz abspielte – blaß, wie vom Mondschein übergossen, den sie so liebte. Sie zeigte sich im Traum so, wie sie war, bevor sie beide vor die Hochzeitsgäste traten. Sie hatte ihn vor Varvaras großen runden Spiegel gezogen, um ihn zu sehen, wie sie ihn nie mehr sehen würde, und auch er sollte sie sehen, wie er sie nie mehr sehen würde. Sie preßte ihre weiße Wange an die seine und schmiegte sich an ihn. So standen sie da.

Senator Stritzeski, der unlängst seine Tochter verheiratet hatte, freute sich, die arme schwerhörige Verwandte loszuwerden. Als Schwiegersohn war ihm ein Schismatiker und Offizier nicht recht, auch Pavle nicht, der seine Pflegetochter heimsuchte. Pavle war jedoch ein ruhiger, vernünftiger, wortkarger Mann, der sich gut benahm, also verhielt sich der Senator wohlwollend.

Er fragte Pavle, was er ihm geben solle: Möbel oder das Geld für die Hochzeitsfeier. Wenn sich Pavle für die Feier entschiede, werde er so viel Geld bekommen, daß er berühmt werde.

Pavle sagte dem Senator, daß er ein Haus in Peterwardein besaß, nichts Großartiges. Seine Frau, die ohne Vater und Mutter aufgewachsen war, sollte lieber eine große fröhliche Hochzeit haben, woran sie sich zeitlebens erinnern könnte. Der Senator schickte also nur eine Fuhre Möbel nach Peterwardein, richtete jedoch eine Hochzeit aus, die im Kalender vermerkt wurde.

Im Traum sah Pavle seine Frau, die halbnackt neben ihm lag und ihm etwas zuflüsterte. Sie war unerwartet schön geworden. So hatte er sie nicht gekannt. Die arme Verwandte wirkte bei der Hochzeit wie eine Schönheit, die der Senator in seinem Hause vor der Welt verborgen hatte. Sie stellte sogar Varvara in den Schatten.

Obwohl zu jener Zeit nicht darüber gesprochen wurde, ging die arme Verwandte des Senators unschuldig in die Ehe, dabei schien sie wie geboren zu sein für Küsse und für Liebe.

Ihr Mann erkannte das erst jetzt, nach ihrem Tod.

Erst jetzt im Traum erinnerte er sich an ihre großen dunklen Augen, die voller Tränen waren, wenn sie lange mit ihm die Umarmung genoß, Tränen, die sie zurückhielt. Diese Augen waren anfangs ruhig und klar, und dann so trübe, aber voller Glanz, wenn sie vor Wollust schimmerten. Pavle begegnete in diesen Augen einer Liebe, die er nicht verstand und die er erst jetzt begriff. Es war das Verlangen, das die junge Frau jahrelang gequält hatte.

Sie war schamhaft in der Umarmung, aber vom ersten Tage an schürzte sie ihre Lippen morgens zu einem Lächeln, als ob sie Kirschen esse.

Stritzeski überließ Pavle für drei Tage das Haus in Neusatz, den Weinberg in Peterwardein und den Meierhof in Futog und gab ihm Geld für Musikanten und so viel Speise und Trank, daß die ganze Batschka eingeladen werden konnte. Er bat ihn lediglich darum, den schismatischen Popen nicht ins Haus zu holen. Das hatte er nicht einmal erlaubt, als seine Tochter heiratete. Pavle war gar nicht daran gelegen.

Niemand wußte, wieviel der Senator von den Mitrowitzer Fratern erduldete, die ihm nicht verziehen, daß er seine Tochter einem Schismatiker gegeben hatte. Sie drohten ihm mit ewiger Verdammnis in der Hölle und beruhigten sich erst, als Petar unterschrieb, daß die Kinder aus dieser Ehe katholisch würden.

Pavle ließ sich nicht einmal darauf ein.

Er verlangte, daß man seine künftige Frau nicht mit religiösen Dingen behelligte, und hielt sowohl die Mitrowitzer Frater wie die Karlowitzer Popen und Mönche von ihr fern. Diese Frage werde später geregelt, sagte er, wenn die Kinder geboren sind.

Nicht besser als die Mitrowitzer Frater waren auch Pavles Glaubensbrüder in Kruschedol. Sie verbreiteten in Sirmien, die Isakowitsch wären zu Unierten geworden und hätten um der Mitgift willen ihren alten Glauben aufgegeben.

Die Frater schrien schließlich, daß das hohe Kapital in Zagreb alles entscheiden müsse. Und die Popen schrien, daß sie sich beim Metropoliten beschweren würden.

Und Jurat schrie, man werde ja sehen, was der hohe Herr Pavle beschließe.

Leutnant Petar Isakowitsch, der Varvara heiratete, sah nur die schöne Frau, die er wegen dieser Glaubensfrage zu verlieren fürchtete. Wegen dieses Glaubensstreits mußte er viel leiden. Er versteckte sich in den Wochen vor der Hochzeit.

Pavle war ein hochmütiger, trotziger, starrköpfiger Mann und versteckte sich nicht.

Er ertrug alles mit verächtlichem Lächeln, und er strich sich nur langsam über seinen Schnurrbart, den er stark pomadisiert hatte.

Am meisten litten Varvara und ihre arme Verwandte. Sie befürchteten, Stritzeski würde ihnen die Heirat verbieten.

Alles endete schließlich gut.

Der Senator zahlte, und Gold öffnet auch die Türen, die bei Tränen verschlossen bleiben. Beide Mädchen erhielten die Eheerlaubnis. Sie durften wählen, ob sie sich katholisch oder orthodox trauen ließen.

Die orthodoxen Popen nahmen ihnen die Beichte ab und strichen ihnen heiligen Wohlgeruch über die Stirn.

Und die katholischen Frater schickten jeder Braut einen Rosenkranz.

Varvara wirkte bei der Trauung wie eine gebrochene weiße Lilie.

Während mit Pavles Braut offenbar ein Wunder geschehen war.

Sie, das bisher so stille, zurückhaltende, traurige Mädchen, tanzte ausgelassen, ohne die Augen von ihrem Manne abzuwenden, und wurde schon in der ersten Ehewoche schwanger. Sie betrachtete Pavle mit entflammtem Blick. Varvara, die irgendwie gehorsam Petar Isakowitsch geheiratet hatte, bemerkte erstaunt, wie Katinka ihren Mann anschaute, und flüsterte ihr zu:

»Hör mal! Was starrst du ihn so an?«

Aber Katinka antwortete nicht.

Am Abend vor Pavles Hochzeit veranstalteten die Kürassiere in Peterwardein einen Ball, um die Gemahlin ihres neuen Obersten zu ehren, und diesen Ball mußten auch die Isakowitschs besuchen. Sie hatten bereits erfahren, daß das Regiment der Donaugrenzer aufgelöst und entlassen würde, wie man Gesinde entläßt, und ihnen war nicht nach Tanzen zumute. Außerdem konnte nur Petar die Wiener Tänze, die anderen tanzten mehr schlecht als recht gerade Polonaise. Nur beim Kolo sprangen sie jauchzend im Kreis.

Pavles Braut erwies sich unvermutet als eine Tänzerin, wie sie die Serben in Peterwardein bisher nicht gesehen hatten. Sie tanzte nicht nur vortrefflich die Polonaise, sondern auch jeden Wiener Tanz. Das habe sie als Kind gelernt, sagte sie. Ihre Mutter habe ihr das beigebracht.

Die Offiziere wetteiferten darum, mit ihr zu tanzen, und so wurde die Braut eines sirmischen Husaren die Ballkönigin. Pavle sah jetzt im Traum, wie seine Frau in ihrem durchsichtigen Musselinkleid tanzte.

Noch größer war die Überraschung, als das schwerhörige, schweigsame Mädchen fröhlich zu plaudern begann. Sie antwortete ungeniert, sogar dem frechen Jurat. Die Offiziere, die sie bisher gemieden hatten, weil es hieß, sie sei auf einem Ohr taub und bekomme keine Mitgift, beneideten jetzt Pavle.

Als Jurat schrie, der Harem wäre der richtige Platz für eine Frau, schleuderte sie ihm entgegen: »Und deine Mutter, würdest du sie dort einsperren?«

Sie hielt eine richtige kleine Rede darüber, wie eine Frau ihren Mann erwählen müsse, und wenn sie ihn erwählt habe, müsse sie ihm bis zum Tode treu bleiben, komme was wolle. Eine Frau, sagte sie, könne sich vergessen, wie das einem Manne oft passiere, aber es gebe nur eine wahre Liebe im Leben, eben die erste Liebe, das erste Leid.

Und als Jurat erbost versuchte, sie zum Schweigen zu bringen, erzählte Pavles Braut, daß ihre Großmutter, die reiche und schöne Frau Petritschewitsch – nach der ganz Slawonien verrückt war – ihrem Manne achtzehn Kinder gebar und eine Woche nach ihm starb.

Und wenn sie Liebhaber gewollt hätte, hätte sie welche haben können – respektable, schöne Männer – Hunderte.

Am Hochzeitstag erfüllte sich Katinka einen Wunsch.

Sie wünschte, daß die Offiziere lustig im Kreis um ihre Kutsche herumreiteten.

Und sie stachelte die übermütigen sirmischen Husaren zu Torheiten an. Sie stiegen mit den Pferden in Häusern die Treppen hinauf und sprangen im Sattel von der Pontonbrücke in die Donau.

Es war ein Wunder, daß niemandem etwas zustieß.

Von den Pistolenschüssen der Husaren hallten die Gassen wider.

Die Hochzeitsgesellschaft feierte im Senatorenhaus drei Tage lang. Und am lustigsten war die Braut. Man ließ sie nicht fort, so daß sie mit dem Bräutigam nicht allein sein konnte, aber das nahm sie mit Lachen hin.

Am dritten Tag hatte Jurat ein Komplott geschmiedet, um die Hochzeitsgäste zu täuschen und die Brautleute im Meierhof zu vereinen. Im berühmten Vierspänner des Majors Raschkowitsch sollten sie sich fortstehlen.

So geschah es auch.

Die Flucht endete jedoch beinahe in einem tödlichen Unglück.

Die Paradepferde waren nicht gewohnt, daß jemand sie zügelte, bevor sie umgekehrt waren, und erst recht nicht, daß die Peitsche gebraucht wurde. Als der Pferdeknecht, der vor dem Senatorenhaus im Schritt vorfuhr, die Zügel an Pavle übergeben und Jurat die Braut sanft in den Wagen gehoben hatte, nahm sie wie ein Kind ihrem Mann die Peitsche aus der Hand und schlug auf die Hengste ein.

Sie rasten los, und der Pferdeknecht stürzte vom Bock.

Die Gäste liefen auf die Straße, wo Stritzeski stand, die Arme ausbreitete und seinen Dienern zurief, sie sollten die Pferde anhalten, aber das vermochte niemand. Dreimal raste der Wagen durch Neusatz wie vom Teufel gejagt, und erst an der Donau kam er zum Stehen. Pavle hatte geistesgegenwärtig einen Fuß zwischen die Eisen des Kutschbocks geklemmt und wartete, bis sich die Pferde ausgetobt hatten. Und Katinka kniete im Wagen, umfaßte ihren Mann und schloß die Augen, um nicht die drohende Todesgefahr zu sehen.

Freilich schrie und weinte sie nicht.

Sie sah nur, wie in der Staubwolke die Leute vor der Kutsche auswichen, und hörte, daß Pavle den Hengsten etwas zurief, als würde er sie anflehen.

Der stabile ungarische Wagen hielt diese Wahnsinnsfahrt aus, und alles endete gut.

Pavles Stimme besänftigte die Hengste auf wundersame Weise.

Später erzählte man, die Frater hätten die Hochzeit verflucht, und einer hätte die Pferde scheu gemacht, indem er sie mit einer Laterne blendete. Das waren jedoch Gerüchte.

Die Husaren beschlossen, auf dem Meierhof in Futog weiterzufeiern. Varvara war übel geworden, sie durfte ins väterliche Haus zurückkehren. Die anderen zogen nach Futog, wo sich der Reigen wieder drehte. Die Hochzeitsgäste hatten Braut und Bräutigam gefangengenommen.

Erst nach Mitternacht konnte Trifun die Gäste dazu überreden, sich hinzulegen. Die Männer schliefen im Heu auf dem Dachboden, die Frauen im Stroh in der Scheune. Das Brautpaar lag in einem Rollwagen mitten auf dem dunklen Hof.

Die Sterne am Himmel lächelten ihnen zu.

Jurat beabsichtigte, Pavle und seine Frau heimlich in den Garten zu führen, damit sie hinunter zum Wasser laufen konnten.

Die Gäste schlichen jedoch noch lange zum Rollwagen, um die Braut in Pavles Armen zu sehen. Er wiegte sie in den Schlaf wie eine Schwester. Sie ruhte in seinem Schoß, aber nicht wie in einem Ehebett, sondern reglos.

Sie schwiegen.

Der Senator hielt auf dem Meierhof Hunde, darunter den riesigen Gara, der jedem Wolf gewachsen war. Dieser Hund war der Liebling von Katinka, die der Senator jetzt verheiratet hatte.

Nachts ließ Katinka einen Arm aus dem Wagen hängen.

Der Hund erkannte sie und schmiegte seine Schnauze an ihre Hand. Er spürte offenbar, daß die schöne Frau bald im Grabe liegen würde, und blickte traurig.

Katinka glaubte, eine kalte Schlange kröche über ihre Hand, und sie sah die Augen des Tieres in der Dunkelheit. Sie schrie auf. Der schauerliche Schrei zerschnitt die nächtliche Stille.

Während Katinka in Pavles Armen schluchzte, waren die Gäste aufgestanden, um sich weiterzuvergnügen. Der Reigen drehte sich, und das Lachen gellte.

Erst später, im Morgengrauen, durfte Pavle seine junge Frau fortführen.

Und Jurat erlebte etwas, das er nie vergaß: Er hatte sich ins Heu gelegt, weil man ihn natürlich nicht zu Ana ließ, die mit den anderen Offiziersfrauen in der Scheune schlief.

Und dieser kräftige Kerl, der sonst aufwachte, wann er wollte, selbst vor dem ersten Hahnenschrei, schnarchte am Morgen wie ein Bär und erwachte erst, als die Sonne schon hoch am Himmel stand.

Und als er die Augen öffnete, hörte er, daß alle laut über ihn lachten.

Es gab etwas zu sehen.

Jemand hatte Jurats Husarenhosen aufgeknöpft und das Körperteil, das man nicht öffentlich zeigt, mit einer bunten Schleife verziert. Man hatte Jurat wie eine Kürbisflasche geschmückt, die der Hochzeitsbitter in Neusatz herumträgt.

Und am schlimmsten war, daß man später in der Garnison erzählte, nicht seine Freunde, die Offiziere, hätten das getan, sondern die Frauen, um sich für seine derben Scherze zu rächen.

Damit er sich daran erinnere, »Brautführer« auf der Hochzeit gewesen zu sein.

Major Joan Bozitsch verließ Raab bei Morgengrauen. Er wollte im Gestüt des Grafen Pahr bei Wieselburg übernachten und dort mehrere Stuten und einen Hengst ansehen, die General Montenuovo zu kaufen gedachte. Das Gestüt gehörte zu einem Gut, wo der Graf auch ein Jagdhaus besaß, das Herrenhaus.

Es war bekannt, weil sich hier vor einigen Jahren der Kaiser bei der Jagd erkältet hatte, so daß er krank nach Wien zurückkehrte und acht Tage später starb.

Isakowitsch saß an dem Morgen als erster vor dem Haus des Organisten in der Kutsche. Er zog sich unter den schwarzen Lederverschlag zurück, um nicht entdeckt zu werden, jetzt, wo er so bequem bald die Hauptstadt erreicht hatte.

Zwar besaß er ein Schriftstück voller Siegel als Nachweis, daß er aus dem Heer entlassen wurde, aber das wollte er nur zeigen, wenn es um Leben und Tod ging. Auf dem Schriftstück, das er bei der Flucht vom Lastkahn gerettet hatte, waren im Wasser einige Unterschriften verwischt, und er befürchtete, das könnte Zweifel wecken. Vorläufig wollte er nur den Freipaß vorweisen, den ihm Trandafil in Buda beschafft hatte.

Dieser Freipaß war gefälscht.

Auf dem Platz vor der Kirche rüstete man morgens zum Markt. Die Händler hatten ihre Stände im Geviert der Häuser und Arkaden aufgebaut und warteten auf das Ende der Frühmesse. Der Ratsdiener stolzierte mit einem Glöckchen in der Hand zwischen den Ständen umher. Als der Geistliche aus der Kirche trat, bimmelte er zum Zeichen, daß der Verkauf beginnen durfte.

Ein Haufen Volks, vornehmlich Frauen, kam schon gelaufen.

Isakowitsch saß allein im Wagen, die Pferdeknechte standen unter den Arkaden, und die Käufer liefen zwischen den Ständen umher wie Ameisen. Manchmal stießen sie aufeinander. Pavle dachte, wie irrsinnig das sei, daß auch er das sah und nie mehr sehen würde. Die Verbindung zwischen diesem flüchtigen Bild menschlicher Geschäftigkeit in Raab und seinem Leben, seinen Qualen, seinen Wünschen und

Hoffnungen erschien ihm völlig sinnlos. Warum mußte er herkommen und das sehen?

Das war völlig absichtslos geschehen.

Wenn er in ein, zwei Stunden diese Stadt verläßt, wird sich dieses Treiben künftig wiederholen, aber von ihm wird nicht einmal ein Schatten zurückbleiben.

Wie Trifun beim Auszug aus Mahala die weißen Flecken an der Wand sah, so fühlte auch Pavle auf dieser Reise, daß er allein war, mutterseelenallein im Staub, der bei der Fahrt aufwirbelt und sich dann wieder legt.

Unabänderlich war sein Wunsch, Österreich zu verlassen und nach Rußland zu ziehen. Unvergänglich waren die traurigen Empfindungen seiner Landsleute. Überhaupt menschliche Gefühle.

Einer von den Händlern, die sich an ihren Ständen zu schaffen machten, erblickte den einsamen Offizier im Wagen und ging zu ihm. Er pries wollenes Tuch an. Nirgendwo gebe es solches Tuch. Seine Exzellenz möge aus dem Wagen steigen und die Ware anschauen.

Und als Isakowitsch nichts sagte, betrachtete ihn der Mann verwundert und fragte: »Woher kommen Eure Exzellenz, und warum kaufen Sie nichts?«

Da der Edle von Isakowitsch weiterhin schwieg, schüttelte der Händler nur den Kopf und entfernte sich, als wäre er jemandem begegnet, der das stumme Lächeln eines Narren hat.

Schließlich erschienen Bozitsch und Frau Evdokija mit ihrer Tochter. Sie lachten über den Rittmeister, weil er so zeitig aufgestanden war. Es erschienen auch die Gastgeber, und die Abschiedszeremonie begann. Frau Evdokija versprach der Hausherrin, daß sie die Gastfreundschaft in Wien vergelten würde. Als sie einen Moment allein im Wagen waren, sagte Thekla zu Pavle, dieses Weibsstück habe ihr die schöne Nacht verdorben, die sie hätten im Garten verbringen können. Dreimal sei sie heruntergekommen, und dreimal sei ihr die Hausherrin, angeblich zufälligerweise, nachgeschlichen, um das zu vereiteln, was alte Weiber nicht mehr könnten.

Dann brachen sie unter dem Schreien des Kutschers auf.

Ohne angehalten zu werden, verließen sie Raab. Die Straße führte nach Eisenstadt und Wieselburg. Bozitsch hatte ausgeruhte Pferde und einen neuen Kutscher, der die Gegend kannte. Beim Überqueren von Gräben und Holzbrükken wußte der Mann sofort, wie er die Schwierigkeiten meistern konnte. Er kannte jede morastige Stelle. Es war ein Slawone aus dieser Gegend.

Und wenn auch er einmal inmitten von Sümpfen steckenblieb und für kurze Zeit die Orientierung verlor, hörte Isakowitsch, wie er den Pferden klagte: »Ach, das ist schlimm – diese Wege!«

Gleich darauf besann er sich und fuhr weiter. Nach zwei Stunden wurde der Boden trocken und sandig, nun kamen sie schnell voran. Mittags hatten sie Raab schon weit hinter sich gelassen.

Nachmittags tauchten in der Ferne Hügel auf.

Die Straße nach Wieselburg war nicht gepflastert – wie übrigens alle Straßen in dieser Gegend –, sondern ein ausgetrocknetes Flußbett, festgestampft von Pferdehufen. Der Wagen rollte leicht über den Lehm. Und noch leichter rollte er nachmittags, als er das grüne Gras auf den endlosen Auen bei Wieselburg erreicht hatte. Rechts zwischen Donauarmen breiteten sich Sümpfe aus, links säumten Pappeln die Straße, die an kleinen Hügeln vorbeiführte.

Pavle erinnerte sich später nur an Schenken, Ziehbrunnen, hölzerne Kruzifixe und Klatschmohn an den Orten, wo sie rasteten.

Während der Fahrt waren alle schweigsam.

Sie waren unausgeschlafen, müde, mit ihren Gedanken beschäftigt.

Indessen trabten die Pferde, als würden sie gehetzt.

Bozitsch wiederholte seine Frage: Warum wolle der Rittmeister in Wien nicht in seinem Hause wohnen? Und er fragte ihn über Trandafil aus. Er erkundigte sich, wie er in Raab die Nacht verbracht habe. Ob er schöne Träume gehabt habe.

Erst vor Sonnenuntergang, als Wolken am Himmel aufzogen und als es sich abkühlte, fuhr der Wagen durch eine Gegend mit Gehölzen und Riedflächen. Er fuhr durch Dörfer, wo die Dächer mit Maisstroh gedeckt waren. Die Unterhaltung wurde nun lebhafter. Man sah große blonde Menschen in blauer Kleidung. Der Major erklärte Pavle, das seien die neuen deutschen Siedler Maria Theresias, die Heidebauern vom Rhein. Montenuovo meine, man müsse die slawische Bevölkerung aus diesen Landstrichen aussiedeln.

Dann drohte Bozitsch im Scherz, abends beim Pharao werde er dem Rittmeister auch den letzten Taler abnehmen. Und Pavle erwiderte, daß er sich nicht fürchte, denn beim Kartenspiel verliere er nie.

Er hatte auf dem Lastkahn verloren, aber absichtlich. Dort wollte er den Kürassier, der ihn nach Esseg brachte, bei guter Stimmung halten. Rakosavlewitsch und Trandafil hatten ihn mit Geld und einem Wechsel versehen, den sein Verwandter, der Bankier Koptscha in Wien, auszahlen sollte. Pavle zeigte dem Major seine Taler, weil er auch ihn bei guter Stimmung halten wollte. Als Bozitsch das Geld sah, funkelten seine Augen wie bei einem Fuchs.

Wenn sie in einem Wäldchen anhielten, stieg der Major aus, um Wasser zu lassen, und rief Pavle laut zu, er wolle ihm Gesellschaft leisten. Er lachte über den Rittmeister, der vor Scham errötete, und sagte, daß man die körperlichen Bedürfnisse befriedigen müsse. Das würden auch die französischen Philosophen lehren.

Bozitsch wiederholte, wie schwer es sei, das Alter einer Frau zu erraten, und wie leicht das bei einem Pferde sei. Bei einem Pferd reiben sich zwei Schneidezähne ab, wenn es ins vierte Jahr kommt. Und wenn es sechs Jahre alt wird, ist der Abrieb beendet, der sich im siebenten bei den beiden nächsten Zähnen vollzogen hat und im achten Jahr völlig aufhört. Nach dem elften Lebensjahr sind alle Schneidezähne abgerieben.

Im zehnten Jahr könne man das Alter eines Pferdes noch am Gebiß bestimmen. Nach dem elften Jahr sei das schwer. Wie bei einer Frau über dreißig.

Wie Pavle meinte auch Bozitsch, daß die serbische Nation von Frauen nichts zu erhoffen habe. Sie würden der Nation zuneigen, aus der ihre Liebhaber stammten. Und wie Pavle zweifelte auch Bozitsch daran, daß die Muculas, Malenitzas und Monastirlis dafür sorgen würden, der Nation die Hand des Fürsten Lazar in dem goldenen Reliquiar zu erhalten.

Obwohl sich Bozitsch als fromm bezeichnete, erklärte er, seine Tochter auf Wunsch von Madame Montenuovo in ein katholisches Kloster gehen zu lassen, damit sie Kalligraphie und Tanz lerne. Er verwehre es ihr nicht. In dem Kloster nehme Christus während der Mitternachtsmesse die Nonnen auf seinen durchbohrten Leib und liebkose sie, behaupte Madame Montenuovo. Und Thekla sei sehr erpicht darauf, das zu sehen.

An allem sei die verrückte Rakitsch in Vukovar schuld, eine Verwandte seiner Frau, eine ordinäre, aber reiche Person, die seiner Tochter einmal alles vererben wolle. Sie verlange, daß Thekla so erzogen würde wie die Fräulein Monastirli. Übrigens gebe es Methoden, auch bei Frauen das Alter festzustellen. Das könne er dem Rittmeister nicht verraten, wenn seine Tochter zuhöre. Er würde es ihm erzählen, wenn sie unter sich seien.

Nach Meinung des Majors waren für die Offiziere, welche die Hand des Fürsten Lazar nach Sirmien mitgebracht hatten, die guten Zeiten vorbei. Jetzt würde eine große Zeit für die serbischen Geschäftsleute anbrechen, auch in Wien. Alle serbischen Offiziere sollten auf die Übersiedlung nach Rußland verzichten und in Österreich bleiben.

Sie sollten dem aufgeklärten Staat, in dem sie Zuflucht gefunden haben, treu bleiben.

Die Großen und die Kleinen. Er denke so. Und was meine der Rittmeister?

Bei einer Rast führte Bozitsch seine Tochter spazieren, als wären sie Verlobte. Seine Frau beachtete er gar nicht. Sie überließ er dem Rittmeister. Mögen sie sich amüsieren! Bei den Spaziergängen lächelten Bozitsch und seine Tochter ständig dem Rittmeister zu, und als sie zurückkehrten, faßten sie ihn an der Hand und tanzten mit ihm, wie ein Bärenführer mit seinem Bären tanzt. Pavle hatte bemerkt, daß Bozitsch gebildeter und belesener war als er, und solche Männer konnte man seinerzeit an den Fingern abzählen. Deshalb bewunderte sie Pavle.

Er wurde deshalb immer schweigsamer und mißmutiger.

Er war bedrückt, weil er nach dem Traum von seiner Hochzeit bei irrem Gelächter aufgewacht war, und es schien ihm, als existiere eine Welt, die nicht mehr Wirklichkeit ist, während Träume ihn noch immer in diese Welt zurückbrachten. Im Wachen gab es jedoch keine Rückkehr. Er wünschte deshalb, in Frieden gelassen zu werden und mit seinen traurigen Erinnerungen allein zu bleiben und nicht fortwährend ausgefragt zu werden.

Wenn der Major mit seiner Tochter spazierenging, hing sich Frau Evdokija an seinen Arm und zog auch ihn fort. Er spürte ihren warmen Busen. Sie fragte viel, aber Pavle antwortete ausweichend. Alle Fragen liefen darauf hinaus: Warum heirate er nicht wieder? Wolle er wirklich immer Witwer bleiben?

Frau Evdokija berichtete bei solchen Spaziergängen immer mehr über ihre Ehe und ihren Mann.

Zweimal hatte sie dabei Tränen in den Augen.

Isakowitsch vernahm das alles und begriff nichts. Er spürte nur, wenn er aus dem Wagen stieg, daß ihm Frau Evdokija absichtlich in die Arme stürzte, als wollte sie seine Begierde entfachen. Dann ließ er sie schnell los. Und jedesmal blickte ihn Frau Evdokija ungläubig und verwundert an.

Sie gestand Pavle, sie befürchte, er bezaubere unterwegs ihre Tochter, und das verrückte Mädchen, das nicht einmal der Vater zähmen könne, verlöre seinetwegen den Kopf.

Eltern mit einer heiratsfähigen Tochter hätten große Sorgen.

Der Major wollte Thekla mit einem alten Bruder Madame Montenuovos vermählen. Es sei kein Wunder, wenn ein Mädchen, das gewaltsam verheiratet werde, sich vorher ein bißchen amüsieren möchte. Solche Mädchen träumen davon, wenigstens zwei, drei Tage, ja eine Nacht in den Armen eines Mannes zu verbringen, der eine junge Frau glücklich machen könne. Ihre Thekla habe ihr gestanden, daß auch sie das wünsche. Bozitsch drohe, Thekla für einige Zeit in ein Kloster zu stecken, damit sie Kalligraphie lerne.

Isakowitsch versicherte seltsamerweise Frau Evdokija, daß ihre Tochter nichts getan hätte, was eines jungen Mädchens unwürdig sei, es gefalle ihr nur, mit ihm, einem ungebildeten Offizier, den sie unterwegs getroffen habe, ein wenig zu scherzen. Thekla sei ein gutes Kind, und sie werde ihn vergessen, sobald sie in Wien angekommen seien.

Frau Evdokija erwiderte, daß sie das anders sehe. Sie befürchte, der Rittmeister habe durch seine männliche Erscheinung und seine Witwerschaft ihrer Tochter den Kopf verdreht. Für ihr Alter sei sie zu reif. Sie weine im Schlaf! Und wenn sie allein seien, spreche sie nur vom Herrn Rittmeister.

Isakowitsch, in Verlegenheit gebracht, beteuerte Frau Evdokija, ein ehrenhafter Mann zu sein, der allein beim Gedanken, daß dieses Mädchen für ihn etwas empfinde, vor Scham erröte. Er könnte ja ihr Vater sein!

Er sehe in ihrer Tochter nur ein zauberhaftes Wesen wie eine kleine Schwester, die er verloren und auf der Reise wiedergefunden habe.

Frau Evdokija fügte jedoch bissig hinzu, es wäre natürlich, wenn ein junges Mädchen, das einen Mann kennenlerne – wie der Herr Rittmeister einer sei – ihr Herz und auch den Verstand verliere. Sie selber habe vor ihrer Heirat kaum etwas von Ehe und Liebe gewußt, aber jetzt könne sie sagen, daß Mädchen in diesem Alter aus den Konventionen ausbrechen wollten. Auch sie würde so handeln wie ihre Tochter. Die Männer wüßten nichts. Die Mädchen würden von der Familie und von den Leuten gezügelt, von Scham und Angst gebändigt, aber das alles helfe nichts, wenn man sie nicht wie Hündchen an der Leine halte. Habe der Herr Rittmeister einmal gesehen, wie kleine Hunde wild werden und versuchen, ihre Fesseln zu zerreißen? Niemand möchte gefesselt werden.

Sie als Muter verlasse sich mehr auf den Herrn Rittmeister als auf ihre eigene Tochter.

Töchter würden ihren Müttern nicht alles sagen.

Ihre Tochter habe ihr freilich berichtet, was auf der Rodung geschah. Als Mutter habe sie ihr verziehen und ihrem Gatten nichts verraten.

Er hätte seiner Tochter den Hals umgedreht.

Isakowitsch war das Blut in den Kopf gestiegen, als er diese vorwurfsvollen Worte anhörte.

Frau Evdokija sah ihn während der ganzen Zeit mit bleichem Gesicht an.

Nach Sonnenuntergang näherte sich der Wagen langsam dem Ort, der Wieselburg hieß.

»Dort«, sagte Bozitsch zum Rittmeister, »erwartet man mich im Gestüt des Grafen Pahr und hält uns ein anständiges Nachtlager bereit. Ich muß mir einige Rappen ansehen, die Montenuovo kaufen will, und der Veterinär des Grafen Pahr, ein gebildeter Mann, der französische Philosophen liest, kennt mich gut. Und mich kennt auch der Gestütsverwalter Andreas Waldenser. Sie werden Gelegenheit haben, dort das prächtige Herrenhaus zu sehen, wo echte Wiener inmitten dieses barbarischen slawischen Volks leben.«

Der Wagen hatte schon ein Dorf erreicht, in den Staub mischte sich Lindenduft – die Linden blühten dieses Jahr zeitig. Von einer Dorfkirche erklang aus der Ferne ein feiner Glockenton.

Isakowitsch erblickte am Ende einer Allee das Herrenhaus aus roten Ziegeln und mit weißen Fenstern, die von Heckenrosen umrankt waren. Vor dem Gebäude grünte ein Garten mit einem Springbrunnen. Pavle kam es vor, als würden die hundertjährigen Eichen den Wagen von einem Schatten zum anderen weiterreichen.

Frau Evdokija klagte über eingeschlafene Beine und erinnerte sich daran, daß vergangene Nacht in Raab die Linden ebenso dufteten. Und der Jasmin. Bozitsch erklärte dem Rittmeister, daß Frauen nicht vernünftig denken könnten. Sie ließen sich immer von der Phantasie hinreißen. Lindenblütenduft sei nutzlos, aber Lindenblütentee sei eine vorzügliche Arznei für Magen und Blase. Ohne funktionierende Blase könne der Mensch keine guten französischen philosophischen Gedanken haben. Man müsse sich darum bemühen, die serbische Nation aufzuklären. Allein Bildung könne sie glücklich machen. Alles Übel liege darin, daß die Serben einfältig und primitiv seien. Das müsse Isakowitsch erkennen.

Pavle hörte dem aufgeblasen Offizier nicht mehr zu, er schwieg.

Der Kutscher schrie laut, und aus dem Herrenhaus kam ein Lakai gelaufen. Hunde bellten.

In der Tür, zwischen zwei rosenumrankten Säulen, erschienen nun die Hausbewohner. Ein Mann von ungewöhnlicher Beleibtheit in Stulpenstiefeln und weißen ledernen Reithosen, eine ziemlich große Frau in einem langen Seidenkleid und hinter ihr ein junges Mädchen, das den Gästen zuwinkte.

Im Haus waren alle Laternen angezündet, und in den Fenstern brannten Kerzen. Das Herrenhaus flimmerte im Dunkeln, als schwimme es im Wasser.

Die Reisenden wurden herzlich begrüßt.

Isakowitsch herzlicher, als Fremde üblicherweise begrüßt werden.

Bozitsch sagte zu Pavle, daß Waldenser sein alter Freund sei, der in der Reitschule des Grafen Pahr ein Künstler auf dem Pferd war. Waldenser seufzte und erwiderte, daß der Reitkünstler jetzt alt geworden sei und auf einem Pferd wie ein leeres Faß schwanke.

Tatsächlich sah er wie ein Faß aus, als er im Hause einen langen blauen Rock angezogen hatte. Alles an ihm war rund. Er besaß jedoch offenbar ein heiteres Gemüt. Aufmerksam wies er die Damen auf die Stufen hin. Dabei schüttelte er den Kopf. In das gepuderte Haar waren schwarze Schleifen gebunden.

Die Gäste wurden in ihre Zimmer geführt.

Die Hausherrin, die in ihrer Jugend offensichtlich eine Schönheit gewesen war, hatte jetzt nur noch schöne blaue Augen. Sie glich einem angekleideten Besen, der in jedem Raum den Fußboden kehrt. Der Rittmeister war ihr ein willkommener Gast, und sie sagte ihm, daß ihnen der Graf lediglich einige Räume überlassen hatte, deren Fenster zum Hof und zu den Stallungen blickten, aber morgens im Schatten lagen. Die Sonne würde ihn nicht wecken.

Obwohl die anderen Räume verschlossen seien, fuhr sie fort, müsse sie dort jeden Tag putzen. Aber das höre man nicht, und der Rittmeister könne ungestört schlafen.

Bozitsch stellte Pavle als Verwandten und Landsmann vor und beschrieb ihn dann als berühmten Helden und vermögenden Witwer, der jedoch nicht wieder zu heiraten gedenke. Pavle war in die Stille seines Zimmers getreten, wo er sich wie in einer Gruft fühlte.

Wieder war er irgendwo angelangt, wohin er nicht zu gehen gedachte und von wo aus er bestimmt nicht nach Rußland kommen würde.

Es gab viel Geschrei und Gelächter, bis alle untergebracht waren und jeder sein Gepäck bekam, das der Lakai verwechselt hatte. Waldenser ging in jedes Zimmer, um sich nach dem Wohlbefinden der Gäste zu erkundigen.

Sobald er erschien, ertönte Lachen.

Er rief, alle sollten pünktlich im Speisezimmer sein. In einer Stunde.

Pavle berichtete seinen Vettern, daß sein Zimmer im Erdgeschoß lag. Vom Flur aus führte eine Treppe in den ersten Stock. Die Fenster hatten Eisengitter und waren mit Rosen umwachsen. Beim Licht eines Kandelabers sah Pavle im Garten blühenden Jasmin. Der gräfliche Lakai, den man für den Sommer, wenn sich die Pferde im Gestüt befanden, dem Verwalter überlassen hatte, geleitete Pavle ins Zimmer und deutete im Vorraum auf einen kleinen Mohren aus Porzellan, der eine Uhr war und die Stunden durch Kopfnicken anzeigte. Im Schränkchen, auf dem der Mohr thronte, stand das Nachtgeschirr.

Isakowitsch sagte ärgerlich, daß er das nicht brauche. Aus dem Vorraum gelangte man in das Zimmer, wo er ein riesiges Bett und so viele Spiegel erblickte, daß es ihm vorkam, als wären mit ihm zugleich fünf Doppelgänger eingetreten, die sich bewegten, wenn er sich bewegte, nach rechts, nach links, nach vorn. Auf einem Tisch aus Prophyr lagen sein Umhang und sein Säbel neben seiner Tasche.

Das erschien ihm noch kläglicher als in Gran und in Raab. Immer weiter entfernte er sich von der Welt, in der er bisher gelebt und wo er sich inmitten seiner Familie wohl gefühlt hatte. Und er gelangte in eine Welt, mit der ihn nichts verband.

In einer Ecke stand ein Notenpult mit Noten und einer Flöte. Die Hausherrin hatte ihm gesagt, ihre Tochter hätte an dem Tag aus Eisenstadt das neu Musikstück »Der Zerstreute« erhalten.

Sie erkundigte sich, ob der Herr Rittmeister Flöte spiele.

Pavle erzählte seinen Vettern, daß er nur spöttisch gelächelt und dann geantwortet habe, man hätte ihn gelehrt, wie man einem Manne den Kopf abschlage, und nicht, wie man Flöte blase. Er singe nicht. Und spiele kein Instrument.

Jurat ärgerte sich darüber. »Langer, warum hast du ihnen nichts von unseren Dudelsäcken und Guslas gesagt?«

Auf dem Bett fand Pavle ein langes weißes Nachthemd. Er schleuderte es beiseite. Sommers wie winters schlief er im Hause nackt. Das Lavoir stand hinter einem roten Vorhang.

Pavle zog die Stiefel aus, wozu er sich auf den Fußboden legte, und wusch sich lange, wie er es als Husar gewöhnt war. Dann streckte er sich auf dem Bett aus, als wäre er ohnmächtig geworden. Es kam ihm immer sinnloser vor, nach Wien zu fahren. Er hätte nach Rußland reiten sollen, heimlich über die endlosen Ebenen, durch die Sümpfe, über die Berge. Und nicht Hilfe bei Bestuschew suchen sollen.

Wozu dieser Herr Waldenser?

Wozu dieses Gestüt?

Während er ermattet in der angenehmen Kühle ruhte, schlief er beinahe ein, doch er hörte Lachen unter seinen Fenstern und Stimmen, die aus dem Speisezimmer drangen. Er sprang geschwind auf, richtete seinen Haarzopf, wie er es am besten verstand, kleidete sich an und schaute lange in den Spiegel, als ginge er auf Engelshofens Befehl zu den Kürassieren.

Er fragte sich jedoch: Wohin gehe ich? Wohin eile ich? Wem wünsche ich zu begegnen? Dann erinnerte er sich, daß auf dieser Reise noch immer der Tod auf ihn lauerte. Und als er blindlings den Flur entlang ins Speisezimmer lief, fand er es leer vor.

Auch in diesem luxuriös eingerichteten Raum gab es viele Spiegel, so daß jeder, der eintrat, in mehrfacher Gestalt erschien. Und das ängstigte Pavle. Obwohl er auch in Temesvar und Peterwardein vornehme Häuser von Kürassieren kennengelernt hatte, erstaunte ihn die Pracht im Hause eines Gestütsverwalters. Offensichtlich wurden die Häuser immer prunkvoller, je mehr er sich Wien näherte. Er und seine Vettern, die reichen Isakowitschs, waren an Einfachheit und Armut gewöhnt. In ihrem Kreise waren diejenigen, die lesen und schreiben konnten, an den Fingern abzuzählen, und Deutsch sprachen nur wenige, auch unter den Offizieren.

Major Joan Bozitsch kam Pavle wie ein echter Wiener vor.

Die Kandelaber, die im Speisezimmer strahlten, wirkten auf Pavle, der so etwas bisher nur in Kirchen gesehen hatte, als wahre Wunderwerke. Und einen Ofen aus blauer Majolika mit Rosengirlanden aus Porzellan hatte er noch nie gesehen. Er wußte, daß man Stroh zum Brotbacken verbrannte. Und er kannte offene Holzfeuer, wo die Scheite loderten.

Isakowitsch trat hinaus auf die Terrasse und ging in den Garten. Das Plätschern des Springbrunnens behagte ihm. Erst als er sich dem Brunnen genähert hatte, bemerkte er, daß er in der Dunkelheit nicht allein war. Frau Evdokija stand am Brunnenrand.

Sie trug diesen Abend ein leichtes, fast durchsichtiges Kleid, die blaue Krinoline war mit weißen Flocken besetzt. Den Busen hatte Frau Evdokija nach der Sitte jener Zeit fast völlig entblößt, und das Haar war hochgesteckt, so daß es wie ein Knäuel schwarzer Schlangen aussah. In der Hand hielt sie einen schwarzen Fächer.

Als Pavle vor ihr stand und sie ihn in dem Licht sah, das aus dem Speisezimmer in den Garten fiel, lächelte sie. »Ich bin hinausgegangen, um frische Luft zu atmen und die Sterne zu betrachten. Möchten Sie auch ein bißchen im Garten verweilen, Herr Rittmeister? Der Jasmin duftet so berauschend. General Montenuovo hat die verrückte Angewohnheit, seine Pferde nach Sternen und Sternbildern zu benennen, und hat meinen Gatten in Himmelskunde unterrichtet. Ich habe das ebenfalls gelernt, und jetzt kenne ich die Sterne.«

Sie hatte sich auf die niedrige Brunneneinfassung gesetzt.

Isakowitsch lief verlegen auf und ab, fragte nach Bozitsch und schlug vor, ins Speisezimmer zu gehen, damit sich Frau Evdokija in der feuchten Nachtluft nicht erkältete.

Sie forderte ihn jedoch auf, sich neben sie zu setzen, und pries die schöne Reise. »Solche Tage sind das einzige Glück im Leben. Sie dauern nicht lange. Vergehen bald. Dauerhaftes Glück gibt es auch nicht im menschlichen Leben. Meinen Sie nicht auch, Herr Rittmeister?«

Isakowitsch erwiderte eilig: »Sie haben einen stattlichen, tapferen, berühmten Gatten und eine reizende Tochter. Sie leben in der Hauptstadt. Sie sind bestimmt glücklich. Und Sie sind so schön, daß sich jeder nach Ihnen umdrehen muß. Ich schlage Ihnen nochmals vor, ins Speisezimmer zurückzukehren. Vielleicht wartet man schon auf uns.«

»Bei dieser Reise betrachte ich schon tagelang den Unterschied zwischen Ihnen und meinem Gatten«, sagte sie. »Während der alte, kahlköpfige Bozitsch jedem Weiberrock nachläuft oder nachlaufen würde, wenn ich nicht anwesend wäre, denken Sie nur an Ihre verstorbene Frau. Die Menschen meinen wohl, daß Sie unglücklich sind, weil Sie Ihre Gattin begraben haben, aber sie irren sich. Es kann kein größeres Glück geben als eine solche Liebe, die selbst den Tod überdauert. Ehen sind meist nichts anderes als Lüge.«

Isakowitsch, der schon lange keine solchen Gespräche geführt hatte, wich zurück, so daß ihn der Springbrunnen ins Gesicht spritzte, was er als angenehm empfand. Er betrachtete Frau Evdokija nicht als begehrenswerte Frau, sondern wie ein schönes, aber wesenloses Traumbild.

Er sagte zu ihr: »Der Herr Major sieht zehn Jahre jünger aus, als er tatsächlich ist.«

Frau Evdokija lachte gequält, nicht silbrig wie ihre Tochter, vielmehr dumpf, wie Tauben gurren. »Herr Rittmeister, Sie sind ein ganz anderer Mann als Bozitsch. Obwohl Sie kräftig und jung sind und viele Erfolge bei Frauen gehabt haben müssen, benehmen Sie sich zurückhaltend und seltsam kühl. Das ist schön! Mein Gatte ist längst gealtert, trotzdem schwatzt er immer noch den Frauen etwas vor, was ihm vielleicht vor zwanzig Jahren angestanden hätte, was aber jetzt lächerlich wirkt. Er plappert Liebesworte, selbst zu der Tochter des Hausherrn, plappert, wie eine Windmühle ihre Flügel dreht, auch wenn sie morsch ist und kein Korn mahlt.

Dieser Mann kann seine Gier nicht verbergen – die Gier nach Geld und nach Frauen – trotz seines Alters. Ich weiß, daß das jeder schon am ersten Tage bemerkt. Diese Gier wird Bozitsch bis ins Grab begleiten, die Gier nach jeder Frau, ausgenommen seiner Gattin – die ihn bald durchschaut hat. Und alle seine Erfolge bei Frauen sind lediglich Einbildung. Schade, daß Sie nicht gut Deutsch verstehen, deutsch könnte ich es besser ausdrücken. Bei Bozitsch sind das Hirngespinste. Jetzt wissen Sie, Herr Rittmeister, wie mir in der Ehe zumute ist.«

Isakowitsch war verwundert und wiederholte, daß er niemals einen stattlichen, schöneren Mann als Bozitsch gesehen hätte. Was sie sage, sei die Folge der stickigen Luft in der Kutsche, komme von den Ausdünstungen der Sümpfe, die sich hinter den Gärten, wo die Frösche quakten, erstreckten. Sei Ermattung und Unruhe, die jeder Reisende unterwegs verspüre.

Frau Evdokija schrie ihn an: »Sie brauchen nicht das zu wiederholen, was mir der Geistliche auf der Rodung hinter Gran gepredigt hat. Ich habe ihm gebeichtet, daß ich mit einem Manne, den ich so aufrichtig und wahnsinnig lieben würde, wie das nur Frauen vermögen, bis ans Ende der Welt ginge, um ihm jeden Morgen die Stiefel zu putzen. Und er hat mir erwidert, das Geheimnis der Liebe ist auch Gott heilig, aber in der Bibel steht geschrieben, man soll Perlen nicht vor die Säue werfen. Was ich Ihnen sage, ist keine Folge der Hitze und keine Ausgeburt des Lasters, sondern ist die Sehnsucht nach Glück, die jedes menschliche Wesen, also auch eine Frau, im Herzen trägt. Ich betrachte Sie, einen Mann, der nach dem Tode seiner Gattin für diese Welt gestorben ist, und jetzt töten Sie sich wegen dieser toten Frau sozusagen jeden Morgen von neuem. Und Bozitsch? Bozitsch vernachlässigt nicht nur seine junge Frau, sondern bietet sie noch dem alten Montenuovo an, der schon mit einem Bein im Grabe steht und aus dem Mund stinkt. Das sei nicht wahr? Denken Sie darüber nach, Herr Rittmeister! Bisher sind wir so angenehm gereist. Unsere Reise endet freilich morgen oder übermorgen. Ich möchte Ihnen das alles sagen, damit Sie es wissen und nicht denken, ich sei glücklich. Es ist nicht alles Gold, was glänzt. Ich verberge mein Unglück und meine Schande, so gut es geht, aber ich möchte einmal mein Leid einem Manne klagen, der so ehrlich, so treu, so grenzenlos seine Frau geliebt hat.«

Nach diesen Worten Frau Evdokijas war Isakowitsch beim Abendessen völlig verstört, wie nach dem Erlebnis mit Thekla auf der Rodung. Er stotterte, wenn man ihn etwas fragte.

Und er war sehr froh darüber, daß bei Tisch ein neuer Gast erschien, der junge Veterinär des Gestüts, der Josef Edler von Roncalli hieß. Es war ein schwarz gekleideter Mann, anmutig wie ein Mädchen. Er spielte sogar Flöte.

Der Veterinär erduldete gelassen jeden Scherz. Bozitsch fragte Pavle laut, was er und seine Gattin im Garten getrieben hätten. Seinen Freund, den klugen und gebildeten Roncalli, würde er nicht fragen. Er solle als Kind kastriert worden sein, aber der Rittmeister sei ein richtiger Kerl. Männer benähmen sich bei längerer Witwerschaft wie Hengste, wenn man sie zu Stuten auf die Weide lasse.

Pavle errötete und wollte zornig etwas entgegnen.

Roncalli beschwichtigte ihn: »Den Herrn Major brauchen Sie nicht ernst zu nehmen. So sind eben die ungarischen Husaren. Sie lieben Scherze.«

Isakowitsch schwor sich, Bozitsch künftig aus dem Wege zu gehen. Und seine Frau und seine Tochter wollte er nicht mehr sehen, sobald er Wien erreicht hätte.

Beim Abendessen wurde gelacht und gekreischt.

Der Veterinär erzählte später, wohl um Pavle zu trösten: »In Graz habe ich früher Menschen behandelt, doch das zahlt sich nicht aus. Menschen sind schlechtere Patienten als Pferde. Jetzt behandle ich Pferde. Ich bin Geburtshelfer bei Stuten und säuge Fohlen! Sie werden morgen im Gestüt so prachtvolle Pferde sehen, Herr Rittmeister, wie Sie noch keine erblickt haben.

Wenn nur dem erkrankten Jupiter nichts passiert!«

Pavle begriff nicht, was dieser stille, wohlerzogene Jüngling mit dem letzten Satz sagen wollte, aber seine Worte taten ihm wohl, so daß er sich hinter ihm verbarg. Der Veterinär wiederum versuchte, sich hinter dem Major, dem Hausherrn oder dem Rittmeister zu verstecken. Er hofierte die Frauen nicht. Bozitsch und Waldenser begannen laut zu streiten, ob man den Abend mit Pharao oder mit Gesellschaftsspielen verbringen solle.

Der Hausherr schlug Pharao vor. Bozitsch sowohl Pharao wie Gesellschaftsspiele: ein Spiel, das Mädchen in Wien mit einem Ball spielen. Beginnen werde die Dame, die man als schönste unter Venus, Juno und jener dritten, die aus dem Kopf ihres Vaters entsprungen ist, küren würde.

Die Hausherrin, die neben Pavle saß, flüsterte ihm lachend zu, Frau Evdokija sei die Venus und sie die Juno.

Isakowitsch wußte, wer Venus war, aber er kannte Juno nicht.

Und er vernahm erstaunt, daß eine Göttin dem Kopf ihres Vaters entsprungen war.

Er fragte sich, wohin er geraten war.

Bozitsch kicherte ständig wie betrunken und scharwenzelte

um Thekla und die Tochter des Hausherrn herum. Er führte sie in den Garten, und dort hörte man die Mädchen kreischen.

Waldenser geleitete Frau Evdokija höflich und stumm. Sie forderte ihn auf, neben ihr Platz zu nehmen, und der alte, schwere Mann küßte ihr wie einer Märchenprinzessin die Hand.

Seine Frau lachte darüber und erzählte Pavle, daß Waldenser vor vierzig Jahren ein fescher Reiter war. Man wollte sie ihm nicht zur Frau geben, weil er kein Vermögen besaß. Er hatte den Abschied aus dem Heer bekommen. Ihr Vater ertappte ihn in einer Regennacht an ihrem Fenster und stieß die Leiter um, aber er blieb unversehrt. Sie heiratete ihn, und sie lebten so glücklich, so gut!

Ein Diener hatte inzwischen im Speisezimmer die Spieltische aufgestellt, aber Bozitsch verlangte, daß sie an die Wand geschoben würden. Erst seien die Gesellschaftsspiele an der Reihe. Das Spiel bestand darin, dem Partner einen Ball zu übergeben, der zwischen Kinn und Brust klemmte. Dabei durfte man nicht die Hände gebrauchen. Als ob sich zwei Pferde umhalsten.

Brust an Brust gepreßt, Männer und Frauen.

Das erste Paar waren der Hausherr und die Hausherrin. Sie klemmte einen roten Ball unter ihr Kinn, und er nahm ihn ab. Die beiden Alten torkelten durchs Zimmer und ähnelten einem Bären und einem Besen. Vor Lachen erstickten sie beinahe. Und Isakowitsch beobachtete das alles wie erstarrt. Dann spielten Roncalli und Thekla.

Dem Veterinär, nach Wiener Mode stets im schwarzen Frack, gelang es schließlich, Fräulein Thekla den Ball abzunehmen. Beide beendeten das Spiel atemlos und blaß. Das junge Mädchen sah Roncalli dann lange versonnen an.

Bozitsch spielte mit der Tochter des Hausherrn.

Er bedrängte sie, als wollte er sie beißen.

Wangen und Lippen berührten sich.

Der Major glich einem alten Raubvogel, der mit den Flügeln ein Lamm schlägt, und sie wehrte sich, bis er das Spiel aufgab und wie ohnmächtig auf ein Sofa stürzte. Das junge Mädchen, das im Gestüt seiner frühen Kindheit mit Pferden umging, hatte ihn so kräftig gedrückt, daß er zusammenbrach. Er ließ sich mit der Miene eines greisen Lüstlings fallen.

Isakowitsch traute seinen Augen nicht. Obwohl er schon Gesellschaftsspiele, die zu jener Zeit beliebt waren, gesehen hatte – daß so etwas öffentlich und in Gegenwart der Eltern geschehen durfte, hatte er nicht für möglich gehalten.

Sie benahmen sich schlimmer als Knechte und Mägde in Futog, wenn sie in der dunklen Scheune das Heu abluden und aufschichteten.

Waldenser rief dem Major zu: »In Ordnung! Die Jugend wird immer siegen!«

Isakowitsch dachte, daß er in dieser Gesellschaft nichts mehr zu suchen habe, und wollte sich davonstehlen. Der Hausherr und die Hausherrin riefen jedoch seinen Namen.

»Beim Spiel«, sagte Waldenser, »sind alle gleich.«

Es gebe keine Ausnahmen!

Auch der Herr Rittmeister habe den Ball zu nehmen!

Er werde mit Madame Bozitsch spielen.

Isakowitsch war konsterniert und bat, ihm das zu erlassen. Er habe dieses Spiel bisher nie gesehen. Er könne es nicht spielen. Er würde dabei dumm und ungehörig aussehen. Er würde die Dame beleidigen, die er sehr schätze.

Bozitsch rief jedoch, daß auch der Rittmeister zu spielen habe.

Beim Spiel gebe es keine Ausnahmen.

Frau Evdokija nahm Pavle bei der Hand. »Seien Sie kein Spielverderber«, sagte sie. »Sie würden Herrn Waldenser kränken, der sich bemüht, uns gut zu bewirten. Und Sie sollten mich nicht dem Gespött aussetzen. In Wien spielen das sogar Kinder.«

Frau Evdokija stellte sich vor den Spiegel am Ofen, ein seltsames Lächeln lag auf ihrem Gesicht. Sie hielt Pavle an der Hand und flüsterte ihm zu, daß er den Major nicht zu fürchten brauche, denn er selber habe ihr das Mitspielen erlaubt. Dann breitete sie die Arme aus, als wartete sie darauf, gekreuzigt zu werden.

Isakowitsch sah im Spiegel, wie er ihr mit rotem Gesicht immer näher kam. Plötzlich stieß ihn Bozitsch lachend auf Frau Evdokija. Er prallte auf ihren Busen.

Pavle schrie beinahe auf, aber sie hatte ihn schon umfaßt, als hätte sie einen Schwanenhals, und drückte ihn an den kalten blauen Ofen. Er gedachte, den Ball heimlich mit der Hand zu nehmen, so daß sich ihre Körper nicht berührten. Sie rief jedoch, der Rittmeister wolle mogeln.

Frau Evdokija klemmte den Ball wieder unter das Kinn und ergriff Pavles Hände. Schon bei der ersten Bewegung merkte Pavle fassungslos, daß sich Wangen und Oberkörper berührten und daß sein Mund in die dunkle Furche ihres Busens glitt. Wie von Sinnen zuckte er zurück.

Er rief, ein solches Spiel nicht gewohnt zu sein, und bat, ihn zu entschuldigen.

Wie ein Windstoß die Frauen zusammentreibt und die Röcke hochhebt, drängten alle lachend die beiden Spieler aufeinander. Pavle fand sich wie in einer Umarmung wieder und taumelte. Und was ihn am meisten entsetzte: ihr Busen, ihr Gesicht, die dunklen Augen, die leidenschaftliche, traurige Schönheit – alles erinnerte ihn an seine tote Frau.

Er versuchte, Frau Evdokija mit seinen Schultern vor den neugierigen Blicken zu schützen und den Ball abzunehmen, wie ein junger Stier eine Färse umschmeichelt. Dann bat er nochmals, man möge ihm erlauben, daß Spiel abzubrechen. Frau Evdokija wirkte totenblaß und drohte umzufallen. Alle preßten jedoch die Körper der beiden Spieler weiterhin aufeinander.

Das Geschrei war groß.

Alle lachten brüllend.

Frau Evdokija vergrub ihren Kopf in seiner blauen Husarenjacke und umhalste ihn wie eine Stute. Er spürte ihre Lippen über seinen Nacken gleiten. Als er sich loszureißen versuchte, verfing sich der Ball auf seiner Brust in den silbernen Tressen. Pavle atmete kaum. Er hörte nur, daß Frau Evdokija rief, im Spiel ehrlich besiegt zu sein.

Wie von einem Rausch erfaßt, löste sich die Gesellschaft an diesem Abend nicht auf, selbst nicht nach solchen Spielen. Und als man schlafen ging, wurde noch lange in der Tür geschwatzt.

Frau Evdokija war aufgelebt und sagte laut, daß man solche

Abende nutzen und genießen müsse. »Man darf nicht an morgen denken. Das menschliche Leben ähnelt den Jahreszeiten: ein kurzer Frühling, ein trügerischer Sommer, ein Herbst, der bald vergeht, und dann kommt der Winter. Besonders die Frauen finden selten Glück. Solange ein junges Mädchen von der Mutter behütet wird, lebt es unbeschwert, aber das ist schnell vorbei, und in der Ehe erwartet eine Frau gewöhnlich nur ein kurzes Glück. Das Alter klopft bald an die Tür.«

Sie rief der Hausherrin zu: »Ihre Tochter ist bezaubernd. Und für die Gastfreundschaft werde ich mich in Wien revanchieren. Einen solch angenehmen Abend vergißt man nicht!«

Der Veterinär di Roncalli, vom Wein berauscht, wurde gesprächig und keck, er machte den Damen Komplimente und sagte: »Die Pferde sind glücklicher als die Menschen. Sie leben sorgenfrei, solange sie Fohlen sind, besser als Lämmer, die man schon als kleine Kinder schlachtet. Stuten und Hengste haben es gut in den Gestüten und auf den grünen Weiden. Sie werden bis zu dreißig Jahre alt, aber dreißig Jahre im Leben eines Pferdes sind vielleicht mehr als hundert Menschenjahre. Die französischen Philosophen sagen, daß die Länge des Lebens gar nicht wichtig ist. Wichtig ist Sorglosigkeit. Seit ich Pferde behandle und nicht Menschen, verdiene ich mehr Geld beim Grafen Pahr. Da darf ich mir erlauben, abends Flöte zu spielen. Ich brauchte nur eine junge Frau!«

Bozitsch riet ihm: »Das ist doch leicht. Nehmen Sie Franzl!«

Das kleine Stubenmädchen Franzl, blond, sehr jung, hübsch wie eine Puppe, mit einem schwarzen Velourband um den Hals, ging gerade durchs Speisezimmer. Sie errötete, als sie hörte, was über sie gesprochen wurde, und lief hinaus.

Isakowitsch blickte dem Mädchen lange nach und sah, daß es eine gute Figur und schöne Beine hatte.

Frau Evdokija bemerkte seinen Blick und sagte: »Mein Gatte erkennt das Gute, aber unser Reisegefährte möchte es offenbar kosten.«

Pavle errötete wegen solcher Reden wie das kleine Stubenmädchen. Er wollte das Speisezimmer verlassen und verneigte sich in der Tür nach allen Seiten.

Bozitsch packte ihn jedoch am Arm und hielt ihn zurück.

Er schrie: »Meine Gattin hat wahrhaftig unseren Reisegefährten durchschaut, heute nacht müssen wir Franzls Zimmertür zusperren. Der Rittmeister ist ein echter Frauenverführer. Ich beabsichtige, ihn in Wien mit Madame Montenuovo bekannt zu machen, aber befürchte, danach wird mir diese große Dame und Beschützerin der Serben den Dienst aufkündigen. Niemand wünscht einen älteren Mann, in welcher Stellung auch immer. Sogar die Hunde dulden in meiner Heimatstadt keine alten Köter. Wenn ein Mann die Sechzig überschritten hat, lebt er wie ein schuldlos Verurteilter, der auf den Galgen wartet, und was das schlimmste ist: die Hinrichtung wird von Tag zu Tag aufgeschoben – kann aber nicht ewig aufgeschoben werden.«

Verlegen von einem Fuß auf den anderen tretend, sagte Pavle: »Auf den Herrn Major sollte man nicht hören. Das Leben eines Reiters ist immer schön. Solange er jung ist, reitet er in der Schlacht bei den Attacken, und später sonnt er sich in seinen Erinnerungen, berühmt wie Joan Bozitsch, ein Held, den ich und alle Offiziere unserer Nation verehren.«

Obwohl Pavle versuchte, Bozitsch aufrichtig zu loben, merkte er, daß ihn der Major scheel ansah. Er beschimpfte ihn sogar leise.

Bozitsch sagte nun, es sei höchste Zeit, sich von den Damen zu verabschieden.

Man müsse zeitig aufstehen. Man müsse ausschlafen, auch der Rittmeister wolle nicht mehr Pharao spielen.

Und die Damen könnten es kaum erwarten, den weißen Hasen aufzusuchen, das sei ein natürliches Bedürfnis.

Von Bozitsch angewidert, verabschiedete sich Pavle eilig. Er küßte der Hausherrin galant die Hand.

Die Hausherrin sagte zu ihm: »Franziska, die alle Franzl nennen, hat verliebt geguckt, aber das ist kein Wunder. Auch ich, eine alte Frau, kann nicht verhehlen, daß ich zeitlebens keinen fescheren kroatischen Offizier gesehen habe, und dazu einen Witwer. Ich hoffe, daß Sie in unserem Haus schöne Träume haben, die Sie mir morgen erzählen können.«

Pavle entschlüpfte dann der Tochter des Hausherrn und dem Major, die ihn umzingelt hatte wie Dohlen einen Raben, trat zu Frau Evdokija und versicherte ihr, daß er es bedauere, falls er sich möglicherweise bei dem verrückten Spiel mit dem Ball, das Erwachsener unwürdig sei, grob benommen habe trotz aller Hochachtung, die er ihr gegenüber empfinde und die sie, eine göttliche Nymphe, verdiene.

Frau Evdokija drehte sich um, und als sie sah, daß ihr Mann nicht in der Nähe war, flüsterte sie dem Rittmeister etwas zu, wobei sie vom Deutschen in ihre Muttersprache überging.

Sie hielt seine Hand.

Sie war erbleicht.

Sie sah ihn direkt mit ihren großen schwarzen Augen an und flüsterte: »Bis Wien bleiben uns nur ein Tag und eine Nacht. Wir sind gut gereist, und besonders diese Nacht ist schön. Mein Gatte schläft nicht in meinem Zimmer. Er schläft bei Waldenser, morgen will er schon bei Morgengrauen mit dem Veterinär das Gestüt besichtigen. Ich bin nachts allein. Meine Tür ist die erste links im ersten Stock. Ich werde auf Sie warten! Ich werde still daliegen, bis Sie kommen! Das möchte ich Ihnen in Eile sagen!«

Während sie das flüsterte, erstarrte Pavle.

Bozitsch sprach mit dem Hausherrn und hörte nichts.

Gleich darauf faßte sich Pavle, er sagte kein Wort, sondern küßte Frau Evdokija nur die Hand und lief hinaus.

Im Flur brannten Kerzen, und ein Leuchter mit einer brennenden Kerze stand auch vor seiner Tür.

Er tappte durch den Flur, als liefe er im Dunkeln.

Obwohl Pavle von mancherlei Liebesabenteuern wußte, zumal sich dieses Jahrhundert überall in Europa, selbst in den serbischen Provinzen Österreichs, ganz ungeniert dem Vergnügen im Bett hingab, war er dennoch so verstört wie nie zuvor in seinem Leben.

Als stattlicher junger Mann, und vornehmlich als Witwer, wurde Isakowitsch von Frauen umworben, besonders von sinnlichen Frauen, die in ihrer Ehe unglücklich waren, aber keine hatte sich bisher so schamlos angeboten. Zwar sagte man bei den Serben: Wenn eine Hündin nicht mit dem Schwanz wedelt, läuft ihr kein Hund hinterher. Selbst Hündinnen wedelten jedoch nicht so unverfroren. Daß ihn eine

Dame in Gegenwart ihres Gatten dermaßen dreist in ihr Bett einlud, war für Pavle ein Schock.

Das war für ihn eine Beleidigung seiner ganzen Nation.

Als er ins Vorzimmer stürzte, sah er auf dem Schränkchen den kleinen Mohren, der mit Kopfnicken die Stunde anzeigte. Im Zimmer lag auf dem Bett ein spitzenbesetztes Nachthemd.

Da erblickte Pavle neben dem Bett das kleine Stubenmädchen Franzl. Sie fuhr auf und stand entgeistert vor ihm. Hätte er nur ein bißchen aufmerksamer in das hübsche Gesicht geschaut, wäre ihm nicht entgangen, daß sie ihn anstarrte, als träume sie.

Unverkennbar gefiel der Kleinen der Offizier wie ein schönes Traumbild, sie war ganz verwirrt. Sie faßte sich jedoch gleich und machte sich weiter am Bett zu schaffen. Ohne sich umzudrehen, fragte sie fröhlich, was sie dem Herrn Rittmeister früh bringen solle – Schokolade, Kaffee oder eine Tasse Mandelmilch. Und ob er Sachen zum Waschen habe.

Frau Evdokija hatte Pavle schockiert, als sie sich ihm anbot; dieses junge Wesen gefiel ihm jedoch wie eine Abgesandte des Frühlings und der schönen Mainacht. Er ließ unwillkürlich seinen Blick über sie gleiten. Er betrachtete ihr kastanienbraunes Haar, ihre Schultern, die entblößt waren, wie es der Mode entsprach. Als sich Franzl umdrehte, merkte er, daß sie ihn anlächelte.

Isakowitsch sagte, er brauche nichts, und sie könne gehen.

Er sah, daß sie blaue Augen hatte, und ihr schwarzes Halsband blieb ihm im Gedächtnis.

Das Stubenmädchen wies ihn darauf hin, daß hinter dem Bett eine Schnur hing, an der er nur zu ziehen brauchte, wenn er etwas benötige. Dann erklang in ihrem Zimmer ein Glöckchen.

Isakowitsch wiederholte, er brauche nichts, und sie könne gehen.

Jetzt sah er, wie hübsch und jung sie war, und bemerkte ihren weit entblößten Busen. Obwohl Pavle die Ideen der französischen Philosophen jenes Jahrhunderts nicht kannte, tat ihm die Kleine leid, die von ihrer Herrschaft in eine Sklavin verwandelt wurde. Franzl durfte nicht einmal ruhig schlafen. Das Glöckchen weckte sie. Und morgens mußte sie vor allen anderen aufstehen, wenn andere Kinder noch schliefen. Trotz des gewölbten Busens, der runden Wangen und der kräftigen Beine hatte sie offensichtlich die schwachen Arme eines Kindes. In seiner Familie wurde das Gesinde anders behandelt.

Stubenmädchen richteten nicht Offizieren das Bett.

Sie kamen auch nicht herbeigerannt, wenn ein Glöckchen klingelte.

Dadilja in Trifuns Haus saß mit der Herrschaft am Tisch, sogar bei Pavles Besuchen. Und kein Isakowitsch außer dem verwitweten Pavle hatte ein Verhältnis mit einer Dienstmagd, was in Wien üblich war, wie Jurat berichtete.

Als die kleine Franzl gebückt die Waschschüssel hinaustragen wollte, lief Pavle unwillkürlich zu ihr.

Er sagte ihr, daß sie die Schüssel hierlassen solle.

Er selber werde sie früh hinaustragen und ausgießen.

Franzl sah ihn verblüfft an und blieb wie angeschmiedet stehen. Sie lächelte beglückt. Ihre blauen Augen wurden noch blauer, während sie den Rittmeister anstarrte. Pavle hatte das nicht getan, weil das Mädchen hübsch, sondern weil es so jung war. Er empfand eine seltsame Zärtlichkeit für Jüngere. Und da er nach dem Tode seiner Frau – um den natürlichen Trieb zu befriedigen und eine neue Heirat zu vermeiden – zwei, drei Liebschaften hatte, die bei den Serben Mägdeliebe hießen, behandelte er neuerdings Dienstmädchen wie Damen. Die kleine Franzl weckte in ihm ein merkwürdiges Gefühl, das gar nichts vom Verlangen eines Mannes enthielt. Er erzählte später seinen Vettern, das junge Stubenmädchen wäre wie aus Porzellan gewesen.

Als er ihr die Waschschüssel abgenommen und nochmals gesagt hatte, daß sie gehen könne, streichelte er ihre Wangen, wie er Trifuns oder Jurats Kinder liebkoste. Sie sah ihn erschrocken, aber entzückt an.

Er streichelte sie nochmals.

Ihr Gesicht verriet unermeßliches Glück, und ein seltsamer Glanz leuchtete in ihren Augen, obwohl sie nach der Türklinke tastete. Franzl war wie verzaubert.

Sie stand atemlos da, schwieg und lächelte.

Isakowitsch sah das nicht mehr, weil er sich umgedreht

hatte und an das vergitterte Fenster trat. Franzl nahm den Kandelaber mit, das Zimmer lag nun im Halbdunkel und nicht mehr im flimmernden Schein vieler Kerzen. Nur eine Kerze brannte in dem Leuchter.

Pavle beabsichtigte nicht, Frau Evdokija zu besuchen. Er stand am Fenster, schaute in den dunklen Garten, in den nur das matte Licht der einen Kerze fiel. Aus dem Garten drang berauschender Jasminduft ins Zimmer. Ein weißer Schatten huschte durch die Sträucher.

Das Kerzenlicht beschien eine alte Eiche voller knorriger Auswüchse, als hätten sich Fledermäuse an den Stamm gekrallt. Und irgendwo rief eine Eule.

Isakowitsch war wie seine Vettern abergläubisch.

Er mochte keine Eulenschreie im Dunkeln.

Noch immer war er fassungslos über Frau Evdokijas Schamlosigkeit, und er fühlte sich müde von der rumpelnden Fahrt, von dem abendlichen Kartenspielen und Trinken, dem Nächtigen in fremden Häusern, dem Gekichere seiner Reisegefährten.

Frau Evdokija hatte sich ihm angeboten, aber er wollte nicht in den ersten Stock hinaufsteigen und sich wie ein Liebhaber in ihr Zimmer schleichen, während alle anderen schliefen. Es war keine Furcht vor ihrem Ehemann. Sondern Abscheu vor der Rolle, die er als Witwer bei Frauen spielen sollte.

Den Garten vor seinem Fenster hüllte Stille ein. Die Nacht senkte aus unfaßbarer Ferne, aus unermeßlicher Höhe einen weichen blauen Vorhang aus Luft herab. Dann wisperte sie Laute, die der Mensch nicht kennt, er weiß nicht, was sie bedeuten und warum sie ihn wie weiße Akazienblüten bedekken. Woher kommen sie?

Vielleicht von den Sternen?

Oder aus unserem vergangenen Leben und unseren Erinnerungen?

Oder sind es Nachrichten aus der Zukunft, die sich ohne unser Wissen ganz anders formt, als wir es wollen und erwarten?

Der Wechsel von Tag und Nacht in unserem Leben wiederholt sich ständig.

Obwohl er fest entschlossen war, nicht zu Frau Evdokija

hinaufzugehen, dachte Isakowitsch diesen Abend lange an die schamlose, unerschrockene, leidenschaftliche Frau. Als wäre sie hereingekommen und hätte sich auf sein Bett gelegt.

Er sah im Geist das längliche, schwermütige Gesicht, das die Tochter mit der Mutter gemein hatte. Ein Spiel der Schönheit, in beiden Fällen ungewöhnlich. Das blasse Gesicht mit den geschwungenen Lippen, die oft von einem Lächeln umkränzt waren.

Und die dunklen verschleierten Augen, Sterne aus schwarzem Rauch.

Thekla war frühreif und schön, aber ihre Schönheit hatte etwas von einem Fohlen oder Rehkitz. Es war der schöne Körper sehr junger Mädchen, eine Schönheit, die nicht lange währt und bei Männern kein Verlangen weckt, sondern Zärtlichkeit. Frau Evdokija war hingegen eine von den Frauen, denen die Männer hinterherlaufen wie Hengste mit wildem Wiehern. Bei solchen Frauen schleichen sich zahllose Männer in die Schlafzimmer, ihretwegen geschehen zahllose Morde, und das Jammern betrogener Ehemänner und verlassener Liebhaber ist maßlos.

Frau Evdokija betörte die Männer in Buda und Wien nicht nur mit der Schönheit ihres Körpers, ihrer Augen, ihrer Gebärden, sondern auch mit ihrer Verwegenheit und Kraft. Diese Kraft der schlanken Frau, die sich tänzerisch bewegte, war eine Art Wunder, das niemand zu erklären vermochte. Evdokija war eine so vitale, nervige Frau mit einer verführerischen Figur, daß es schien, als wäre sie erst eine Zeitlang ein junger Mann gewesen, ehe sie eine schöne Frau wurde. Als ob die Beine, die Hüften, die Schultern einem Jüngling gehört hätten und erst dann zart wie bei jungen Frauen wurden. Die körperliche Kraft dieser Frau bemerkte jeder zuerst, und davon schwärmte die ganze Batschka, auch Vukovar, bevor das Mädchen nach Buda zog. Der Tochter des Wachshändlers Despotowitsch, der ernsthaft glaubte, von einem Despoten abzustammen, folgte ein unsichtbarer Zug von Männern, die sie begehrten, von ihr schwärmten, von ihr sprachen, sich ihretwegen schlugen. Trotzdem konnte niemand einen Liebhaber nennen, oder die Offiziere fürchteten sich vor ihrem Mann, von dem offen gesagt wurde, er hätte zwei Freunde getötet. Frau Evdokija war schon jahrelang in Buda berühmt, bevor sie Pavle begegnete.

Isakowitsch war nur gerade zur Stelle, als sie beschlossen hatte, ihren Mann zu betrügen.

Sie wußte nicht, daß sie Pavles verstorbener Frau wie eine Schwester ähnelte. Die Sehnsucht, sich Pavle hinzugeben, war einfach deshalb entfacht worden, weil sie unvermutet einem stattlichen Mann mit blauen Augen – ihr kamen sie eisig vor – begegnet war.

Sie hatte sich Pavle angeboten, als sie vor ihm stand. Er konnte sich nun vorstellen, daß sie nackt in seinem Bett lag.

Obwohl er sie für eine unglücklich verheiratete Frau hielt und ihre Liebe zu ihm als aufrichtig empfand, wollte sich Isakowitsch aus dem einfachen Grunde nicht mit ihr einlassen, weil sie seiner verstorbenen Frau so sehr ähnelte. Allein der Gedanke, auf diese Weise seine Ehe fortzusetzen, erfüllte ihn mit Scham. Jetzt liebte er die Frau, die tot war, denn er erkannte, wie sehr sie ihn geliebt hatte.

Außerdem war auf dem Weg nach Rußland für eine Frau kein Platz.

Das sagte er sich ständig in jenen Tagen.

Während er seine Stiefel auszog und die Kleidung ablegte, murmelte der Edle von Isakowitsch, daß man keine unehrenhaften Dinge tun dürfe. Was bedeuten diese Mißgestalten, denen er auf seinem Wege nach Rußland begegnet ist? Warum hat er die Gattin des Majors Bozitsch kennengelernt?

Glück und einen Liebhaber – das möchte sie, das möchten alle Frauen, die in ihrer Ehe nicht glücklich sind. Glück suchen sie übrigens alle in ihrem kurzen Leben. Keine weint jedoch über das Schicksal und das Unglück der serbischen Nation. Jurat pflegte zu sagen, wenn die Sprache darauf kam: »Ach, mein Pajo! Eine Frau braucht etwas anderes!«

Isakowitsch, der lange Kerl, der reife Mann, jammerte indessen an diesem Abend wie ein Kind über das Unglück seiner Nation. Er trauerte an diesem Abend vor dem Schlaf. Er schrie im stillen wie ein verheultes altes Weib, daß die Serben ein unglückliches Volk sind, das umherirrt wie ein Stamm Israels. Mit knirschenden Zähnen wiederholte Pavle beim Gedanken an Bozitsch – nicht an Frau Evdokija –, daß die Serben eine Nation sind, die keinen gekrönten Herrscher wie andere Völker haben. Die keine Taler prägt wie das kaiserliche Österreich. Aber diese Nation wird durch das gemeinsame Unglück zusammengehalten, und in dieser Nation hat jeder einzelne die gleiche Träne im Auge. Und alle träumen das gleiche.

Pavle hörte die Uhr im Vorzimmer die erste Stunde schlagen, dann schlug es zwei. Im Haus schliefen alle. Wie nachts in Raab zirpten im Garten die Grillen. Und in der Ferne bellten Hunde. Pavle sah in der düsteren Nacht die Verkörperung seiner unvergänglichen Hoffnung: den Abendstern. Und weil er in den letzten Tagen deutsch sprechen mußte, sagte er leise auf deutsch: »In der Nacht ein Stern!« Pavle Isakowitsch war ein selbstgefälliger Mann. Die Eitelkeit selber.

Am nächsten Morgen, am Tage des ehrwürdigen Onuphrios des Großen – bei den Katholiken der Tag des heiligen Prosper von Aquitanien –, wußte Pavle nicht, ob er von Gekichere, vom Plätschern des Springbrunnens oder vom Klappern der Kaffeekanne und des Geschirrs erwacht war.

Er zuckte zusammen und sah vor dem Bett das kleine Stubenmädchen. Unwillkürlich rief er mit zärtlicher Stimme: »Franzl!«

Es war jedoch nicht die Franzl vom Abend zuvor, sondern ein blasses Mädchen mit verweinten Augen und geschwollenen, zerbissenen Lippen. Unter dem Arm trug sie ein silbernes Tablett. Das Mädchen drehte ihm wortlos den Rücken zu und verließ das Zimmer. Pavle erblickte erst jetzt an der anderen Seite neben seinem Bett den Major und den Veterinär. Sie lachten über ihn.

Bozitsch rief ihm zu: »Der Glückliche, der die Kleine heute nacht im Bett hatte!« Isakowitsch wollte flink aufstehen, blieb jedoch aufgestützt liegen.

Bozitsch drängte zur Eile. Es sei ein großes Unglück geschehen. Jupiter, der beste Hengst im Gestüt, verende.

Der Major wirkte diesen Morgen verschlafen und totenbleich.

Für Waldenser werde es eine Katastrophe sein, wenn der Hengst verende.

Der Veterinär sagte dann zu Isakowitsch, daß er draußen auf ihn warten würde.

Pavle empfand Bitterkeit, weil er auch weiterhin mit Bozitsch und diesem Ausländer zusammensein mußte, er mußte sogar mit ihnen gehen, als wären sie Freunde.

Aber er kleidete sich geschwind an. Die Sonne stand schon hoch am Himmel, im Haus herrschte jedoch Stille. Alle schliefen noch.

Durchs Fenster sah Pavle, wie die Sonnenstrahlen schräg auf die Jasminsträucher fielen und auch ihn durch die Gitter mit Goldstaub überschütteten. Auf dem Gras funkelte im Schatten noch Tau.

Isakowitsch lief hinters Haus, und als er zurückgekommen war, pomadisierte er seinen Schnurrbart und stellte sich vor den Spiegel. Er ließ die Troddeln an seinen Husarenstiefeln erzittern und klirrte mehrmals mit den Sporen, wie immer, bevor er unter Menschen ging. Trotz allem, was er von Bozitsch gehört hatte, freute er sich auf den schönen Tag, und über sein Gesicht huschte ein Lächeln. Dieses Lächeln war es, das Frauen und Männern lange im Gedächtnis blieb.

Isakowitsch ging dann durch eine schmale Galerie auf die Terrasse. In der Galerie standen in weißgestrichenen Nischen Skulpturen aus Majolika. Es waren Hengste aus dem gräflichen Gestüt.

Vor dem Haus wartete in einem schwarzen Kabriolett der Veterinär auf ihn.

Die Ställe lagen am Ende einer Apfelbaumallee hinter einer Orangerie, eine Viertelstunde vom Herrenhaus entfernt. Sie waren von einer Dornenhecke eingefriedet, dahinter reihten sich Gewächshäuser aneinander, umgeben von Fliederbüschen. Auf den Wiesen vor den Sümpfen tauchten manchmal die Silhouetten von galoppierenden Pferden auf.

Während der Fahrt schwieg Roncalli.

In einem weiträumigen Hof stiegen sie aus und begaben sich in die Hengstställe. Pavle sah mehrere Türen, über jeder hing in einer blauen Nische der Kopf eines berühmten verstorbenen Pferdes. Wie Büsten von Caesaren. Die Köpfe waren aus Porzellan, mit schwarzen Augen und schwarzen Nüstern.

Obwohl der Fußboden aus roten Ziegeln bestand und die

Wände gekachelt waren, so daß die Räume sauber wie in einer Kaserne oder in einem Krankenhaus wirkten, spürte Isakowitsch den ihm wohlvertrauten Geruch von Pferdemist.

Er liebte diesen Geruch.

Er hatte ihn sein ganzes Leben lang begleitet.

Trotz des sonnigen Tages kam es Pavle in dem Stall dunkel vor, bis sich seine Augen an die Dämmerung gewöhnt hatten, die in dunstige Bläue überging. Er sah mehrere Pferde. Sie reckten ihre Hälse über die Boxen. In ihren Augen schien sich Entsetzen zu spiegeln.

Der Veterinär behauptete, daß die Pferde die Anwesenheit des Todes spürten.

Im Gang zwischen den Boxen saß Andreas Waldenser auf einem Schemel, gebeugt, gebrochen, den Kopf in den Händen geborgen. Seine Schultern zitterten. Der Mann weinte.

Erst jetzt bemerkte Pavle vor Waldenser auf Stroh und Decken den sterbenden Hengst.

Es war ein riesiger Rappe, den man aus der Box gezogen hatte. Im Halbdunkel wirkte das Tier ungeheuer groß.

Der Hengst atmete schwer, seine gewaltigen Rippen hoben und senkten sich, der Leib war geschwollen wie ein praller Blasebalg. Mehrmals versuchte der Hengst mit den Vorderbeinen aufzustehen – Funken sprühten unter seinen Hufen, wenn ein Fuß von der Decke glitt. Er schaffte es jedoch nur, sich umzudrehen, dann schlugen die Hinterbeine nach oben aus. Das Tier versuchte auch, den Kopf zu heben, der aber sogleich wieder auf die roten Ziegel niedersank. Es dröhnte wie ein Trommelschlag.

Pavle betrachtete verstört das Tier.

Der Veterinär hatte seinen französischen Seidenfrack abgelegt und die Ärmel hochgekrempelt. Er knetete den Bauch des Tieres, als wollte er es mit den Händen hochheben. Bald ließ er davon ab.

»Herr Rittmeister«, sagte er, »Sie sind Zeuge eines seltsamen Phänomens.

Sie sehen den Tod eines schönen Tieres, der nicht weniger geheimnisvoll ist als der Tod eines Menschen. Vor drei Tagen ist ein Unheil über das Gestüt hereingebrochen. Mehrere alte Stuten sind erkrankt. Und dieses Prachtexemplar von einem Hengst, der den Namen des Planeten Jupiter trägt, wird sterben. Der Tod wird bald eintreten. Wir können gehen. Warum sollen wir zuschauen? Rettung gibt es keine.«

Pavle hatte sich hingekniet und betrachtete den Kopf des Pferdes. Aus dem Maul troff grüner Schleim. »Möglicherweise hat er eine giftige Pflanze gefressen«, sagte er.

Der Veterinär lächelte.

»Ihre Diagnose stimmt, es muß sich um eine Giftpflanze handeln. Die Weiden sind aber schon jahrelang dieselben, und keine Stute, kein Hengst, kein Fohlen verendet.

Nur Jupiter.«

Um das drückende Schweigen zu beenden, sagte Pavle: »Ich bin mein Leben lang auf Pferden geritten, habe aber keine Ahnung, was die Ursache für den Tod sein könnte.«

Der Veterinär meinte: »Auch ich kann den Tod dieses Hengstes nicht erklären. Ich weiß, daß es eine merkwürdige Obstipation ist, aber ich weiß nicht, weshalb sie zum Tode führt. Das Tier wird in wenigen Stunden verenden. Es war so schön. Edle Rasse. Der Stolz des Gestüts. Von einer berühmten Stute. Gesund. Ein Glanzstück der Natur, so harmonisch, so einzigartig. Ich denke, die Todesursache des Hengstes ist das, was die alten Griechen den Neid der Götter nannten.«

Isakowitsch, der von den alten Griechen lediglich das Wort Nymphe kannte, weil man in Temesvar eine schöne Frau so bezeichnete, hielt das für einen Scherz. »Sie wollen doch nicht behaupten, der Tod dieses Tiers ist unnatürlich, nicht wie jeder andere Tod?«

Der Veterinär erwiderte: »Es herrscht ein ewiger Kampf zwischen Gut und Böse. Und das Böse siegt. Der Tod eines Tieres ist ein ebenso großes Geheimnis wie der Tod eines Menschen. Unerklärlich. Ich kann bei einem Hund in wenigen Tagen ein gebrochenes Bein heilen. Der Hund wird dann wieder lustig laufen. Er läuft auch, wenn ihm ein Bein fehlt. Eine Ratte lebt selbst dann, wenn ihr die anderen ein Viertel ihres Körpers abfressen. Einen Stier kann ich mit einem Messerstich in den Rücken töten. Das dauert drei Sekunden. Aber schon jahrelang plage ich mich damit ab, bei Pferden ein gebrochenes Bein zu heilen. Umsonst, ich quäle bloß das Tier. Wenn das Bein an den Fesseln bricht, stirbt dieses edle Geschöpf. Vielen habe ich schon den Gnadenschuß gegeben. Sie erscheinen mir manchmal im Traum. Sie donnern mit ihren Hufen an mir vorüber. Diese Obstipation, die Jupiter tötet, ist mir völlig unbegreiflich. Für Waldenser, den Gestütsverwalter, ist das eine Katastrophe.

Der Graf wird ihn gewiß aus dem Dienst jagen.

Die Pferde verbringen schon jahrelang den Sommer hier in der Nähe von Wieselburg. Die Weiden sind vorzüglich. Auch früher kam es vor, daß alte Stuten erkrankten, aber niemals war es eine solche Obstipation. Aufgeblähter Leib. Verhärtete Leber. Unerklärlich. Der Tod wird im Laufe des Abends eintreten.«

Waldenser, der schweigend zuhörte, zitterte vor Weinen.

Roncalli seifte und wusch seine Hände mehrmals. Er verlangte immer neue Handtücher von den Pferdeknechten. Ernst, beinahe traurig, was nicht seiner Art entsprach, sagte er zu Isakowitsch: »Das Tier hat zufälligerweise eine giftige Pflanze gefressen, das ist zwar eine natürliche Sache, aber warum hat die Natur gerade diesen prächtigen Hengst ausgewählt, um ihn zu töten, während alle Pferde auf derselben Weide grasten? Warum ist es auch unter den Menschen oft so? Ein schönes Mädchen stirbt, ein gutes, reines Geschöpf, und schmutzige Dirnen bleiben am Leben. Der Tod rafft so viele schöne Jünglinge hinweg und geht an so vielen Mißgeburten vorüber. Das Böse ist im Leben ein großes Geheimnis. Der Kampf von Ormuzd und Ahriman!«

Isakowitsch kannte weder den einen noch den anderen, wollte jedoch nicht fragen. Der Veterinär war ernst geworden, als hätte er sich in einen anderen Menschen verwandelt. »Diese verrückte Angewohnheit des Grafen Pahr, die Pferde nach Sternbildern und Sternen zu benennen, ist schrecklich«, sagte er. »Das habe ich auch dem Grafen zu sagen. Es verdrießt mich. Der Tod ist grauenvoll, weil er sich so viele, viele Male wiederholt, hier und in Wien und in anderen Ländern auf allen Kontinenten. Unter Menschen. Unter Tieren, Fischen, Insekten. Und er wählt sich die besten Geschöpfe aus. Die schönsten Falter unter den Schmetterlingen.«

An dem Tage verlief das Mittagsmahl, als läge im Hause ein Toter.

Waldenser speiste nicht mit den Gästen. Und seine Frau lief verweint und wie geistesverwirrt durchs Haus.

Bozitsch sagte zu Pavle: »Mir ist eingefallen, daß es gut wäre, wenn Roncalli Waldensers Tochter nach Wien mitnähme, und Sie das Stubenmädchen Franzl. Ihr Schicksal ist jetzt hier unter Stallknechten besiegelt. Sie wird erst einem, dann dem zweiten, dann einem dritten Diener des Grafen in die Hände geraten. Es wäre ein gutes Werk, wenn Sie das Mädchen behielten, damit es Ihnen die Stiefel putzt und Sie morgens weckt.«

Isakowitsch fluchte im stillen vor Wut.

Er erwiderte zornig: »Die Arme kann auch hier ihr Glück finden, wenn sie einen achtbaren, ehrlichen Pferdeknecht heiratet.«

Roncalli unterstützte jedoch Bozitsch. »Sie wird selbst als Dienstmädchen in Wien in der gebildeten Welt glücklicher sein, als wenn sie hier unter Barbaren bleibt. Ich stimme mit dem Herrn Major darin überein, daß das Gute und das Schöne hier nicht lange bestehen können.«

Bozitsch fügte hinzu: »Denken Sie an Waldenser! Gestern haben Sie ihn als glücklichen Vater, glücklichen Gatten, glücklichen Bereiter des Grafen Pahr kennengelernt, als prächtigen Hausherrn. Als fröhlichen Mann. Er war so lustig im Kreise seiner Familie. Und heute?

Sie werden ihn nie mehr so sehen, wie er gestern war.

Glücklich inmitten seiner Familie. Niemals.«

Roncalli fuhr fort: »Waldenser ist heute morgen so fröhlich aufgestanden. Er freute sich über den sonnigen Tag und dachte, die Obstipation in den Ställen würde vorübergehen. Er zog seinen neuen blauen Rock an, um Sie beide in Jupiters Stall zu begrüßen. Und was wird er nun beginnen, wenn ihn der Graf fortjagt? Waldenser lebt allein für seine Tochter. Die Leute denken, er sei wohlhabend. Ich weiß jedoch, daß er kein Geld besitzt. Dabei war er sein Leben lang sparsam und fleißig. Und der Graf wird ihm für Jupiter noch das wenige wegnehmen, was er besitzt.«

»Graf Pahr ist wie General Montenuovo ein strenger Herr, der für Fahrlässigkeit hart straft«, sagte Bozitsch mit lauter Stimme. »Waldenser wird ihn nicht davon überzeugen, daß der Tod bei Tieren wie bei Menschen ein großes Geheimnis ist.«

Isakowitsch bemerkte erst jetzt, daß Bozitsch das wiederholte, was er von Roncalli gehört hatte.

Nach dem Mittagsmahl suchte Frau Evdokija eine Gelegenheit, um mit Pavle allein zu sein. Er flüchtete vor ihr wie vor einem zudringlichen Bettler. Sie war sehr blaß, und sie hatte geweint. Erst gegen Abend gelang es ihr, Pavle zu fassen.

Bozitsch war wegen Geschäften nach Wieselburg gefahren.

Roncalli begleitete ihn.

Frau Evdokija sagte zu Pavle, daß sie auf ihn gewartet und bis zum Morgengrauen wach gelegen habe. Ihr Gatte schlafe im Zimmer neben dem Hausherrn und Thekla im Zimmer der Tochter. Sehnsüchtig habe sie den Rittmeister erwartet.

Isakowitsch lief fort, als belästige ihn eine Geistesverwirrte.

Er war erschüttert über Waldensers Aussehen. Der Mann war über Nacht um zehn Jahre gealtert. Trotz seines Leids bemühte er sich, bis zum Abschied freundlich zu seinem Gast zu sein. Die Bescheidenheit und Zurückhaltung des Rittmeisters gefielen ihm. Waldenser bemühte sich, sein Unglück zu verbergen, aber seine Lippen zitterten. Seine Frau und seine Tochter schwiegen mit Tränen in den Augen.

Auch das Abendessen verlief wie ein Leichenschmaus.

Alle konnten es kaum erwarten, die Tafel zu verlassen.

Bozitsch ging als erster.

Dann ging die Hausherrin, es folgten die Gäste.

Fräulein Thekla strich noch eine Zeitlang um Isakowitsch herum und verweilte bei der Fontäne im Garten, aber auch sie begab sich bald in ihr Zimmer. Beim Hausherrn blieb am Tisch allein Isakowitsch. Und auch die Tochter des Hausherrn war geblieben.

Waldenser erzählte Pavle von seiner Vergangenheit. Er hatte vierzig Jahre lang treu und redlich dem Grafen Pahr gedient und wußte jetzt nicht, was ihn erwarten würde. Als wäre er schuld an Jupiters Tod.

Die Stimme schien aus einem hohlen Faß zu kommen. Offensichtlich sorgte sich Waldenser um die Zukunft seiner Tochter. Er betrachtete sie traurig, und wenn er sie um etwas bat – um ein Glas, um Brot oder um die Schnupftabaksdose –, sagte er das leise, nannte nur das Gewünschte, und sie reichte es ihm. Er endete jedesmal: »Möge ihr Gott vergelten, daß sie so gut zu ihrem Vater ist.«

Danach betrachtete er seine Tochter mit maßloser Traurigkeit.

Nachdem er seine behaarte Hand auf Pavles gelegt hatte, gestand er, daß sich ihm allein beim Gedanken, die Heimstatt zu verlieren, bevor die Tochter verheiratet sei, der Kopf drehe wie eine Windmühle. Es wäre ein Glück, vorher zu sterben. Dann entschuldigte er sich, weil er zu Bett ging. Ihn erwarte morgen ein schlimmer Tag.

Pavle verneigte sich zur Tochter und lief Waldenser nach, um ihm ein paar Taler in die Hand zu drücken. »Für die Übernachtung«, sagte er, »und ich bitte Sie, für Ihre Tochter ein Geschenk zu kaufen.«

Waldenser wies jedoch das Geld entrüstet zurück.

»Ich bitte Sie, Herr Rittmeister, mein Haus nicht zu beleidigen. Wir sind einfache und arme Leute, und morgen werde ich vielleicht alles verlieren, was meine Frau mit ihrer Hände Arbeit erworben hat, aber in unserem Haus wird Gastfreundschaft nicht bezahlt. Wir kennen den Major schon mehrere Jahre und haben auch Sie als seinen Verwandten gern bewirtet. Wenn Sie meiner Tochter etwas schenken möchten, können Sie das von Wien aus tun. Alle Frauen sind närrisch und lieben Geschenke aus der großen Welt. Aber was mich betrifft und die Gastfreundschaft, können Sie bei mir hundert Jahre wohnen, selbst dann wäre alles schon bezahlt. In den Türkenkriegen war ich noch ein Kind, trotzdem weiß ich, daß Wien von den Kroaten verteidigt wurde. Ich könnte kein Geld von einem Offizier nehmen, das würde wie Glut in meiner Hand brennen. Also lassen Sie das.«

Isakowitsch ging mit gesenktem Kopf in sein Zimmer.

Er saß lange schweigend da, den Kopf in den Händen, wie es seine Art war. Dann wusch er sich gründlich, wobei er in der kupfernen Waschschüssel stand. Als er sich schließlich ins Bett legte, nackt, wie er geboren wurde, lauschte er versonnen auf das Grillenzirpen in der Nacht.

Der Edle von Isakowitsch war wieder bedrückt, da zwischen unseren Hoffnungen und dem, was sich in unserem Leben ereignet, ein großer Unterschied besteht.

Die Wirklichkeit ist immer ganz anders, als wir sie uns wünschen. Alles geschieht unerwartet und ist dennoch das Ergebnis unserer widersprüchlichen Wünsche und Absichten.

Die Nacht verfloß langsam mit ihren Lauten, von denen niemand weiß, woher sie stammen und wie sie in unsere Träume dringen. Vor dem Einschlafen sagte sich Pavle, daß all das vorbeigehen würde oder schon vorbeigegangen war, aber daß er sich Wien nähere und bald zu Bestuschew gelangen werde.

Und wenn er nach Rußland aufbricht, wird er Bozitsch und Frau Evdokija vergessen, und das Fräulein Thekla aus Wien, und den weißen Hasen und den schwarzen Hengst.

Das alles ist bedeutungslos. Ameisen, die auf dem Weg krabbeln.

Frauen sind göttliche Wesen, die nur an sich und ihren Geliebten denken und keine Tränen für das Unglück ihrer Nation haben. Nicht einmal die Übersiedlung nach Rußland interessiert sie. Sie wollen hier bleiben, wo man Pferde nach Sternen benennt.

Er wird gehen, weit weg von allem, wird die schwarzen Augen hinter sich lassen, die ihn durch die Zweige blühender Lindenbäume anschauen.

Als sich der Schlaf wie ein weicher Schmetterlingsflügel auf seine Augen legte und als er gerade die Kerze löschen wollte, die über seinem Kopf flimmerte, hörte Pavle, daß jemand im Vorzimmer leise die Tür öffnete.

Er wollte aufspringen und schreien, blieb jedoch stumm.

Die Zimmertür öffnete sich, und in durchsichtigem Musselin erschien Frau Evdokija. Sie preßte lächelnd den rechten Zeigefinger auf die Lippen. Bei dem Kerzenschimmer wirkte sie wie ein Geist, und sie ähnelte seiner toten Frau, die ebenfalls so zu ihm gekommen war.

VII

Er wird sein bergiges Serbien nie mehr sehen

Nach dem Rapport eines Offiziers der Wiener Burgwache wurde im Juni 1952 ein Major Ihrer Majestät namens Johann de Bositz bei der Rückkehr aus Buda festgenommen und arretiert. Das geschah am Tage der Märtyrerbrüder Johannes und Paulus, nach dem orthodoxen Kalender war es der Tag der Märtyrerin Akylina.

Um Ihrer Römischen kaiserlichen und königlichen katholischen Majestät seine Untertanentreue zu bezeugen, meldete der Major die Ankunft eines esklabonischen Offiziers in Schwechat, der ihm zweifelhaft erschienen war.

Der Offizier, im Rapport Paul Edler von Izakowitz genannt, war aus Buda mit dem genannten Major – der wegen Majestätsbeleidigung angeklagt war – angereist und in Schwechat im Gasthof »Zum roten Hahn« abgestiegen. Er beabsichtige, nach Rußland überzusiedeln.

Die Burgwache erhielt daraufhin den Befehl, den Offizier in Schwechat zu suchen.

Der genannte Gasthof galt seinerzeit als Herberge für Händler aus slawonischen und türkischen Grenzgebieten, besonders als Treffpunkt von Teppichhändlern, die nach Wien kamen.

Man stellte fest, daß eine solche Person zwar in dem Gasthof gewesen, aber selbigen Tages nach Wien weitergereist war. Die Burgwache sollte Isakowitsch nun in Wien ausfindig machen. Obwohl die Stadt längst nicht so groß war wie heute, hatten die drei Schergen der Burgwache keine leichte Aufgabe. Sie kannten die Beschreibung des Offiziers (ungefähr sechs Fuß groß, leicht gebeugt, aber noch jung, blaue Augen, Adlernase, blonder Schnurrbart, blondes Haar, ungepuderter Zopf, bekleidet mit dem Reiseumhang ungarischer Offiziere, mit Husarenhosen, Stiefeln und einer blauen Jacke, auf dem Kopf einen neuen Dreispitz, spricht gut deutsch). Sie wußten nur soviel, daß er an dem Tag mit der Post nach Wien gefahren war, und konnten lediglich hoffen, ihm zufälligerweise auf der Straße, im Theater oder bei Dirnen zu begegnen.

Erst als sich der Major drei Wochen später im Untersuchungsgefängnis erinnerte, daß Isakowitsch einen Verwandten in Wien erwähnt hatte, den Bankier Koptscha am Fleischmarkt, lief die Burgwache dorthin.

Da war es schon zu spät.

Die Burgwache wurde nach der Haussuchung bei Koptscha davon unterrichtet, daß der genannte Offizier unter dem Schutz des russischen Gesandten stand und ordnungsgemäß aus dem Heer verabschiedet worden war.

Pavle hatte sich tatsächlich von seinen Reisegefährten in Schwechat getrennt. Bozitsch ließ den Wagen beim Gasthof »Zum roten Hahn« anhalten, wo Pavle – so behauptete er zumindest –, einen Verwandten erwartete, der ihm einen Wechsel über eine beträchtliche Summe bringen würde. Er versprach, den Major in zwei Tagen zu besuchen. Vergeblich bemühte sich Bozitsch noch einmal, Pavle in sein Haus einzuladen.

Pavle wollte in Schwechat bleiben.

Jeder hätte nun einen anderen Weg.

Es kam beinahe zu einem Streit zwischen dem Rittmeister und dem Major.

Isakowitsch zahlte schließlich die Hälfte der Reisekosten, ohne die Spezifikation eines Blickes zu würdigen. Frau Evdokija warf laut ihrem Manne vor, mit Gewalt einen Gast einladen zu wollen, der sich dagegen sträube.

Schließlich verabschiedete man sich in Eintracht.

Bozitsch küßte Pavle auf die Wange und drückte die Hoffnung aus, daß die unterwegs geschlossene Freundschaft mehr als eine Episode in ihrem Leben sein würde. Er freue sich auf einen baldigen Besuch des Rittmeisters in Wien. Während der Major die Einladung aussprach, bemerkte Pavle seinen falschen, haßerfüllten Blick. Fräulein Thekla weinte beim Abschied. Sie küßte Pavle zärtlich vor den Augen ihrer Eltern und flüsterte ihm zu:

»Mir ist die Zunge gebunden, aber ich möchte Ihnen sagen, daß ich alles weiß. Sie haben nicht mich, sondern meine Mutter gewählt. Die echte Liebe eines Mädchens verschmähen Sie wegen einer verheirateten Frau. Der Tag wird kommen, an dem Sie sehen, daß Sie auf dieser Reise an Ihrem wahren Glück vorbeigegangen sind, an mir! Ich bin noch jung, aber ich wäre Ihnen eine gute und treue Gattin! Meine Mutter kann Ihnen den Tod bringen!«

Sie bat ihn, die Familie in Wien zu besuchen.

Frau Evdokija hatte sich auf eine Bank gesetzt, während man den Wagen bereitmachte, und verabschiedete sich von Pavle unter vier Augen. Pferdeknechte luden gerade Bier in den Wagen.

Das blasse, schöne Gesicht blieb unbewegt.

Sie bewahrte die Kontenance, so daß sie jeder sehen konnte. »Ich hoffe, daß Sie uns besuchen, sobald Sie Ihre außergewöhnlichen Geschäfte besorgt haben. Daß Sie mich nicht vergessen werden! Wir sind so gut gereist! Sie haben mir«, fuhr sie leiser fort, »in Wieselburg den Himmel gezeigt. Jetzt weiß ich, was wahres Glück im Leben einer Frau ist. Jetzt weiß ich es!«

Isakowitsch befürchtete, daß ihnen jemand zuhören könnte. Obwohl er nicht noch einmal zu heiraten gedachte, hatte ihn zutiefst berührt, was er mit Frau Evdokija erlebt hatte. Er sagte zu ihr, sie solle Bozitsch verlassen und zu ihrem Vater zurückkehren.

»Bei meiner Rückreise werde ich zu dir nach Buda kommen. Gleich kann ich das nicht, der Grund ist militärisch. Ich bin bereit, dem Herrn Major zu gestehen, was passiert ist.«

Frau Evdokija lächelte darüber. »Einstweilen«, sagte sie, »müssen wir darüber schweigen wie ein Grab. Ich werde Bozitsch sagen, daß ich bald zu meinem Vater zurückkehre.

Ich fürchte Bozitsch nicht, und nichts kann mich halten.

Jetzt ist dazu aber nicht der richtige Zeitpunkt.«

Frau Evdokija sprach ruhig, leichthin. Und lächelte.

Isakowitsch war bekümmert und verwirrt.

Er versprach ihr, sie so bald wie möglich zu besuchen. Vielleicht schon in wenigen Tagen. Sie versicherte, daß ihm ihr Haus immer offenstehe.

Isakowitsch war betroffen über ihre Gelassenheit, Sorglosigkeit und Fröhlichkeit. Obwohl er, als er in Temesvar aufbrach, nicht beabsichtigte, eine Liebschaft zu beginnen, geschweige denn wieder zu heiraten, wollte er nach der Nacht in Wieselburg die Frau nicht verlassen, so wie ein Hund nach der Begattung fortläuft. Alles war zwar nach ihrem und sogar gegen seinen Willen geschehen, trotzdem fühlte Pavle, daß sie beide jetzt vor Gott, wennschon nicht vor den Menschen, miteinander fest verbunden waren. Diese Frau würde in neun Monaten sein Kind gebären. Sie war vor Gott jetzt seine Gattin.

Er sagte zu ihr, daß er sich seinen Verpflichtungen nicht entziehen würde.

Er war sehr niedergeschlagen.

Sie lachte jedoch auch darüber. »Hauptsache, du kommst möglichst bald und vergißt mich nicht bis dahin!« sagte sie.

Er bekannte, daß er in Wieselburg vor Furcht gezittert habe. Jemand hätte ihr auf der Treppe oder im Flur begegnen können.

Dann wären sie beide entehrt gewesen, und wer weiß, was geschehen wäre.

Frau Evdokija lachte wiederum. »Nichts wäre geschehen. Ich hätte gesagt, daß ich zum weißen Hasen gehe oder von dort komme. Für mich zählt, daß ich das erlebt habe, was ich vom ersten Moment an ersehnte, als ich dich sah.«

Nach diesen Worten einer Frau, der er ungewollt auf seiner Reise nach Rußland begegnet war, blieb Isakowitsch im Straßenstaub stehen. Der Vorreiter mußte ihn an den Stulpenärmeln zupfen, damit er zu sich kam und den Weg freimachte.

Bisher hatte Isakowitsch bei seinen Liebschaften niemals Gewissensbisse oder Scham verspürt. Er war ein gesunder, kräftiger Mann und konnte nicht ohne die Dienstmägde auskommen. So lebten auch die anderen ledigen oder verwitweten sirmischen Husaren.

Was er mit Frau Evdokija erlebt hatte, erschütterte und erniedrigte ihn jedoch, und was sie beim Abschied sagte – daß er für sie eine Art weißer Hase sei –, ging ihm im Kopf umher. Er knirschte mit den Zähnen.

Es kam ihm so vor, als würde er sich wegen Evdokija für immer von seiner toten Frau trennen, als würde er sie auch im Traum nie wiedersehen.

Aus Furcht, ihr Gatte und ihr Liebhaber könnten sich

schlagen, hatte ihn Frau Evdokija mit dem weißen Hasen gleichgestellt, bei dem es stank.

Sie hatte den Hasen aufgesucht, um sich mit ihm zu vergnügen.

Wahnsinnige Wut packte Pavle, als Frau Evdokija losgefahren war. Und diese Wut verdrängte das Gefühl, daß er diese Frau heiraten müsse. Vergangene Nacht hatten sie miteinander geschlafen, aber das geschah unterwegs, beiläufig, und mit dem Abschied war alles beendet.

So dachte Isakowitsch zumindest in Schwechat.

Eine halbe Stunde später hielt vor dem Gasthof »Zum roten Hahn« die Postkutsche, mit der Isakowitsch nach Wien reiste. Die Fahrt verlief ohne Hindernisse, wie Trandafil in Buda vorausgesagt hatte.

Die österreichische Postkutsche fuhr los, als es Abend wurde.

Der Wagen des Majors war schon in der Dämmerung untergetaucht, und Pavle glaube, in der Ferne noch eine Laterne zwischen den Rädern schaukeln zu sehen.

Er hatte die Postkutsche abgewartet, die aus Eisenstadt kam und in Schwechat anhielt. In der Kutsche saßen drei Klosterbrüder und eine Dame. Sie begrüßten den Offizier freundlich.

Postkutschen trafen seinerzeit abends aus allen Richtungen in Wien ein, und die österreichischen Postillione waren berühmt. Sie genossen hohes Ansehen bei den Wachen und bei den Reisenden. Wenn sie in ihr Horn bliesen, wichen ihnen die Leute auf der Landstraße aus und schauten den schnellen Kutschen froh nach. Die Postillione trugen eine gelbe Livree, die Ärmel waren mit schwarzen Doppeladlern verziert.

In der Kutsche legte Isakowitsch den Säbel auf den Schoß.

Er tastete nach der Pistole, die im Umhang steckte.

Wie alle Offiziere jener Zeit in allen Armeen Europas glaubte auch er an das Schicksal. Er wußte, daß es vom Zufall abhängen würde, ob er nach Wien gelangte oder tot auf der Landstraße liegenblieb.

Die Dame, die ihm gegenübersaß, hielt auf ihrem Schoß ein Bauer mit einem Kanarienvogel, der sich verängstigt duckte. Die Klosterbrüder unterhielten sich auf deutsch und betrachteten die silbernen Tressen an der Husarenjacke, und Pavle bemühte sich, möglichst wenig zu reden. Er saß ruhig, sogar lässig da.

Pavle sah die Häuser an der Straße vorbeiziehen, sah die Laternen an den Ortseingängen und das Blau der fernen Berge. Er wirkte wie jemand, der auch am Tage verträumt umherläuft, und die Klosterbrüder schauten ihn mehrmals verwundert an. Er wußte, daß sein Leben jetzt von dem Offizier abhing, der in der ersten Wiener Vorstadt die Papiere und Siegel überprüfen würde. Er besaß den Abschied, dessen Unterschriften vom Wasser zerlaufen waren, und den Freipaß, den ihm Trandafil in Buda beschafft hatte, aber das genügte den erfahrenen Augen von Wachoffizieren nicht.

Während der Fahrt lehnte Pavle den Kopf zurück. Er hatte sich auch deshalb von seinen bisherigen Reisegefährten getrennt, damit sie nicht der eventuellen Schießerei beiwohnen mußten, wenn der Wagen in eine Zollstation einfuhr. In den letzten Minuten zwischen Leben und Tod wollte Pavle allein sein.

Niemand sollte ihn kennen.

Seine neuen Reisegefährten ahnten nicht, daß sich der Offizier, der in ihre Kutsche gestiegen war, auf der Flucht befand und trotz seiner gelangweilten Miene mit seinem nahen Tod rechnete.

Er saß lässig da.

Wie alle, die im Krieg getötet hatten und aus dem Krieg zurückgekehrt waren, besaß Isakowitsch die Gelassenheit eines Soldaten angesichts des möglichen Todes. Die Ruhe von routinierten Kartenspielern.

Solche Männer träumen, wie leicht sie einen Abgrund überspringen können. Man schießt auf sie, aber trifft sie nicht.

Im Traum.

Als die Kutsche die Vorstadt erreichte, durch die man aus Schwechat nach Wien gelangte, strich Pavle über seinen Schnurrbart, wie es seine Art war, und niemand sah, daß seine Hand zitterte. Er war in Bestuschews Nähe und dennoch fern von ihm.

Bei den österreichischen Wachen vor Wien standen in diesem Jahr die slawonischen Offiziere aus Ungarn in schlechtem Ruf. Man wußte von den Unruhen, die es in Kroatien an der türkischen Grenze gegeben hatte. Die Wachoffiziere hatten auch von der Rebellion in der Banovina gehört, wo in Glin und Kostajnica die Offiziere flüchten mußten. Die slawonische Nation in dem Grenzgebiet wollte sich nicht dem neuen militärischen Reglement in deutscher Sprache unterordnen. Zwar hatte der Kommandant in Karlstadt, General Scherzer, die Order erhalten, bei der Bestrafung der Rebellen milde zu verfahren, weshalb er nur sechs Männer hängen ließ, aber ein noch größeres Übel bestand darin, daß auch mehrere Offiziere verdächtigt wurden, an den Unruhen beteiligt zu sein.

Zur gleichen Zeit gab es eine Rebellion in Kroatien in der Lika.

Auch dort sollten die Grenzsoldaten in deutscher Sprache befehligt werden. Da schlugen sie einem Leutnant, der Labicki hieß – er hatte begonnen, deutsch zu kommandieren – mit einem Gewehrkolben den Schädel ein.

Und noch schlimmer – in Wien wurde bekannt, daß aus der Grenzkompanie in Brinje dreißig Soldaten zur türkischen Seite übergelaufen waren.

Die Kommission in Wien, die Illyrische Hofdeputation genannt wurde, hatte also im Jahre 1752 wegen dieser Rebellionen alle Hände voll zu tun. Obwohl man serbische Offiziere als Kroaten und Ungarn bezeichnete, wußte man gut, aus welchem Volk sie stammten und zu welchem Volk sie gehörten. Man kannte die Herde der Rebellionen im Kaiserreich.

Auch die Posten wußten, daß nach Wien viele verabschiedete slawonische Offiziere kamen, die um die Entlassung aus Österreich nach Rußland nachsuchten und falsche oder gar keine Papiere besaßen. Vor zehn Jahren hatte Maria Theresia eigenhändig geschrieben, daß die serbischen Soldaten aus dem Königreich Ungarn, aus Kroatien und aus Slawonien in Bayern, Böhmen und Italien tapfer gegen die Feinde gekämpft und damit Treue und Untertanenpflicht gegenüber ihr und dem Hause Habsburg bezeugt hatten!

Das, schrieb sie, würden sie auch künftig jederzeit tun!

Aber das waren vergangene Zeiten.

Als die Postkutsche, in der Pavle reiste, bei der Quarantänestation an der Donau anhielt, stand eine Kontrolle durch

Militär bevor. Den viereckigen Platz säumten Lagerhäuser, in die man nicht durch eine Tür gelangte, sondern über eine Winde wie die Waren vom ersten Stock aus. An jeder Ecke des Platzes brannte eine Laterne. Als die Kutsche stand, trat ein Unteroffizier aus dem Wachhaus.

Er schritt langsam zur Kutsche und lugte hinein.

Er fragte die Dame etwas, deckte das Vogelbauer auf und grüßte eherbietig die drei Klosterbrüder. In dem Moment rief ihm jemand aus dem Wachhaus etwas zu. Nachdem ihm Isakowitsch die Papiere gereicht hatte, grüßte der Unteroffizier und gab sie zurück, ohne sie anzusehen.

Pavle hatte ihm den Abschied mit den roten und schwarzen Siegeln der Kommandantur in Esseg und Temesvar gezeigt. Mit Engelshofens Unterschrift.

Der Unteroffizier trat zurück und sagte etwas zum Postillion.

Als ob sich die Kutsche über die rasche Kontrolle freute, rollte sie durch die Donauvorstadt. Schon nach einer halben Stunde erreichte sie die Poststation.

Hier stieg die Dame mit dem Kanarienvogel aus, und es stiegen die drei Klosterbrüder aus, die sich bei Isakowitsch wortreich wegen irgend etwas entschuldigten. Pavle verlangte, ihn in die Landstraße zur »Engelsschänke« zu bringen.

Während man sein Gepäck – einen Lederkorb – ablud, tauchte Pavle zwischen Dienern, Postillionen, Reisenden und Pferden unter. Er verschwand, als hätte ihn der Erdboden verschluckt. Neben der Kutsche stand sein Korb – er enthielt Brot und Eßwaren, eine Decke, mehrere gewaschene Fußlappen, ein Paar alte Stiefel und einen angesengten Dreispitz, der am Scheitel wie von einem Besenstiel durchbohrt war.

Der Postillion suchte lange zwischen den Kutschen nach dem Rittmeister, fand ihn aber nicht.

Pavle war schon in die umliegenden Straßen gerannt, als würde er gehetzt. Trotz der lauen Nacht hatte er seinen Umhang übergeworfen, und in der Hand hielt er seinen Säbel. Er hielt sich im Häuserschatten.

Vor sieben Jahren war Pavle, als die slawonischen Husaren nach dem harten Winter aus Böhmen zurückkehrten, durch Wien geritten. Der französische General Chevert hatte die österreichischen Truppen bis vor Prag gedrängt. Pavle wußte, daß das Zentrum Wiens beim St. Stephansdom lag, er kannte auch die griechische Kirche am Fleischmarkt. Das siebte Haus neben dieser Kirche gehörte seinem Verwandten Koptscha, bei dem er Geld deponiert hatte. Koptscha war ihm auch von Trandafil empfohlen worden.

Zu jener Zeit war die Beleuchtung Wiens noch mittelalterlich. Die Laternen in den finsteren Straßen glichen Irrlichtern, sie schienen zu schwanken. In der Stadtmitte standen mehr Laternen, aber nicht auf den Straßen, sondern vor den Palästen der Fürsten und Grafen. Selbst im Sommer blieb nachts jeder daheim, und Pavle begegnete nur drei Passanten. Furchtlos wie stets bei Gefahr erkundigte er sich nicht nach Koptscha und dem Fleischmarkt, sondern nach der Rotenturmstraße und der Burgwache.

Die Passanten zeigten Pavle bereitwillig den Weg. Gefährlich wäre es gewesen, einem Offizier zu begegnen. Es mochte Mitternacht sein, als Pavle vor der griechischen Kirche stand.

Hier fand er sich selbst im Dunkeln leicht zurecht.

Koptschas Haus war das siebte auf der linken Seite.

Pavle lief die letzten Schritte in dem Labyrinth hoher Gebäude gemächlich, als erhole er sich von der Hast.

Er wußte, daß er nicht der einzige Offizier war, der heimlich nach Wien eilte, aber er wußte auch, daß mehrere deshalb in Arrest kamen. Von einigen war unbekannt, ob sie noch lebten.

Seine vertraute Welt, wo man in seiner Muttersprache redete, wo abends gesungen wurde, war für immer verschwunden. Wo ihn jeder kannte. Wo er sein Haus, seine Verwandten, seine Pferde hatte.

Wohin war er geraten?

In eine Welt, die ihm fremd war, die ihm wie das Theater in Temesvar vorkam, wo man in deutscher Sprache einander etwas vorheuchelte, wo auch er mitheuchelte, wenn er auf Engelshofens Befehl die Gesellschaft von Kürassieren aufsuchte.

Er wird nie mehr sein bergiges, geliebtes Serbien sehen, seinen Cer und sein Crna Bara, von wo er nach Österreich kam, sondern wird noch weiter ziehen, in ein fernes Land, nach Rußland.

Die Luft war in Serbien kühl und rein, hier atmete er schwer.

Er wird nicht mehr seine Landsleute sehen, die er mit Trifun nach Sirmien geführt hat und die jetzt auf Nachricht warten, ob er noch am Leben ist und wann sie nach Rußland ziehen. Er wird nie die Festung Peterwardein wiedersehen und die grünen Exerzierplätze in Temesvar, über die er geritten ist. Auch dort, in seinem ehemaligen Leben, war nicht alles schön, klar, vernünftig, aber er hörte wenigstens, wie sein Herz schlug, wenn es schlug. Er durfte Hoffnungen hegen. Abends, wenn er die Pferde in den Stall gebracht hatte, traf er seine Vettern. Er konnte immer auf seine Familie zählen. Jemandem zuhören, der über sein Unglück klagte. Jemanden lachen hören. Zumindest konnte er seinen Namen hören, den jeder froh aussprach.

Jetzt ist das alles für immer vergangen.

Er ist vor Garsuli geflüchtet, aber wohin?

Er ist aus seinem Sirmien fortgegangen, wo die Holzscheite im Kamin auch nachts leuchteten und wärmten und der Rauch duftete. Wo er so sorglos schlief. Sogar Hundegebell klang dort angenehm. Und wenn Jurat schnarchte, legte ihm Petar eine Hühnerfeder auf die Lippen, die sich in der Luft hob und senkte.

Bis alle vor Lachen fast erstickten.

Hier ist alles finster und stinkend, und er weiß nicht, wo er heute seinen müden Körper hinlegen kann.

Wenn er in Hartkovci erwachte und unter den Morgenhimmel trat, kamen seine Schimmel angelaufen und bäumten sich vor ihm auf. Wandte er ihnen den Rücken zu, stupsten sie ihn mit dem Maul und schüttelten die Mähne, bis er ihnen den Hals tätschelte.

Und jetzt, in der Fremde, ist das alles untergegangen im Getrappel der Kutschpferde, die ihn in diese finstere Stadt gebracht haben, wo er vielleicht schon morgen wieder im Kerker stecken und auf den Strick warten wird. Wenn er sich jetzt verirrte inmitten dieser hohen Gebäude, wo Menschen in mehreren Stockwerken wohnen, könnte er Koptschas Tür nicht mehr wiederfinden. Nachts in Temesvar durfte er immer damit rechnen, daß ihn Talglichte in den Fenstern heimgeleiteten. Hier bliebe er in einer Blutlache liegen, auf die der Mond schiene, und niemand wüßte, wer er ist, hätte er nicht die Papiere in der Tasche. Ein Unbekannter. Eine Leiche.

Er wußte, daß es für ihn nichts Klares, Sicheres und Vertrautes mehr gab. Von nun an würde er sich wie in einem Traum bewegen.

Koptschas Haus war das siebte neben der griechischen Kirche. Und als Pavle in der finsteren Gasse stand, sah er nur seinen Schatten unter der Laterne.

Dieser Schatten begleitete ihn treu auf der ganzen Reise, ebenso wie die Erinnerungen an seine verstorbene Frau.

Pavle war in dem Moment ruhig und gefaßt.

Nur in Gegenwart von Frauen und Verwandten wirkte er unbeholfen, weil er sich um ihr Wohl sorgte, allein besaß er die Tapferkeit säbelbewaffneter Reiter. Selbst wenn er in der Gasse der gesamten Burgwache begegnet wäre, hätte er nicht verzagt.

Er wußte, daß ihm Koptscha kaum helfen konnte und daß es selbst hier in Wien schwer sein würde, zu Bestuschew vorzudringen, aber er vertraute auf seinen guten Stern.

Er klopfte mit dem Säbelgriff an die Tür.

Koptschas Haus glich den anderen Häusern in diesem Wiener Viertel, das zu jener Zeit ein Labyrinth enger Gassen mit dreistöckigen Gebäuden war. Hier wohnten Händler, es gab aber auch Spielhäuser, Schenken und Dirnenquartiere. Viele Häuser und Wohnungen hatten zwei Ausgänge.

In Koptschas Haus waren hinter riesigen Fenstern auf schwarzem Samt österreichische Taler, französische Goldmünzen und venezianische Dukaten ausgestellt, als Blickfang für Passanten, auch für Diebe. Nachts war alles hinter eisernen Läden verborgen. Die Tür hatte ein Eisengitter.

Es dauerte lange, bis ein Lakai erschien.

Isakowitsch sagte ihm, daß er aus Buda komme, daß ihn Trandafil schicke und daß er seinen Verwandten Koptscha suche. Der Lakai bat Pavle zu warten. Erst nach einer Viertelstunde erschien er wieder mit einem jungen Mann in schwarzer Kleidung, wie sie damals die niederen Beamten und die Handlungsgehilfen trugen. Im Laternenlicht sah Pavle, daß der junge Mann buschige Brauen, schwarze Augen und eine Hakennase hatte. Er wirkte wie ein Rabe, der eine Brille aufgesetzt hatte und ihn mißtrauisch musterte.

Isakowitsch wiederholte, was er dem Lakaien gesagt hatte, und fügte hinzu, daß bei seinem Verwandten eine größere Geldsumme liege, die er ihm aus Ungarn über den wohlgeborenen Herrn Rakosavlewitsch geschickt habe.

Der junge Mann lachte und forderte Pavle auf, ihm zu folgen.

Er lachte gluckernd.

Pavle wurde ins Souterrain in ein Kontor geführt, das von Kerzen in Kandelabern erhellt wurde. Hier war alles so sauber und wohlgeordnet, daß sich Pavle in Herrnhuters Apotheke in Gran zurückversetzt fühlte.

Auf einem Schemel saß ein älterer, ziemlich kleiner Mann, der gerade seine Perücke aufsetzte. Offenbar hatte er sie vorher abgelegt. Er drehte sich um, verließ jedoch seinen Schemel nicht. Argwöhnisch schaute er Pavle durch die Brille an und fragte, was man zu dieser späten Stunde wünsche.

Pavle wiederholte nun, was er dem Lakaien und dem jungen Mann schon gesagt hatte, und erklärte dem Bankier, er müsse unter vier Augen mit ihm sprechen. Der Lakai ging hinaus, blieb aber hinter der Glastür stehen und beobachtete, was im Kontor vor sich ging.

Der Alte sagte nun, er sei Koptscha und der junge Mann sei sein Dolmetsch, vor dem er keine Geheimnisse habe. Den Herrn Rittmeister brauche die Anwesenheit seines Dolmetsches, des Herrn Anastas Agagijanijan, nicht zu stören. Bei Geschäften beruhe alles auf Vertrauen wie in der Religion.

Der junge blasse Mann lachte wieder gluckernd.

Pavle betrachtete schweigend den alten Koptscha. Er sah ein Gesicht, das einem Ziegenbock ähnelte, gelb wie bei Menschen mit kranken Gedärmen, und aufgedunsen, als sitze er gerade auf dem Abort und presse angestrengt. Das war also sein berühmter Verwandter in Wien.

Dann sagte Pavle, daß sie schon miteinander korrespondiert hätten und daß Koptscha persönlich seinen Pflegevater und Verwandten Vuk Isakowitsch kenne, den Obersten, der jetzt als Invalide in Sirmien lebe. Und gewiß erinnere er sich an seinen Vetter Jurat, der ihn einmal besucht habe – und gewiß habe er auch die Taler erhalten, die ihm über Herrn Rakosavlewitsch geschickt wurden. Er sei Pavle Isakowitsch Vukowitsch.

Koptscha sagte nun lebhaft, mit dem Geld sei alles in bester Ordnung, und erst jetzt, als hätte er sich besonnen, stieg er vom Schemel und umarmte seinen Gast. Er fragte, wo Pavle wohne und was ihn nach Wien treibe. Es sei nicht recht, seine Verwandten so zu überfallen. Sonst arbeite er nicht so lange. Die Nacht sei zum Schlafen da. Er forderte Pavle auf, sich zu setzen.

Isakowitsch erzählte nun ausführlich, daß er den Abschied aus dem österreichischen Heer erhalten hatte und daß sich die Familie darauf vorbereite, nach Rußland überzusiedeln. Er berichtete auch, daß er aus dem neuaufgestellten Regiment der sirmischen Husaren zur Infanterie versetzt wurde und sich in die Liste des Generals Schewitsch eingetragen hatte. »Den Beweis, daß ich auf der Liste stehe, hat die russische Gesandtschaft in Wien. Die Kommandantur in Temesvar und Peterwardein gibt uns aber keine Pässe und läßt uns nicht ziehen. So bin ich nach Wien gekommen, um zum Grafen Bestuschew zu gehen. Trandafil hat mir gesagt, daß mir in dieser außergewöhnlichen Angelegenheit niemand so viel helfen könnte wie Herr Koptscha, der Wohltäter der serbischen Offiziere in Wien.«

Während Pavle redete, nickte Koptscha ungeduldig.

Koptscha unterbrach ihn und bat, nicht so schnell zu sprechen. Er höre schlecht.

»Im wesentlichen habe ich alles begriffen«, sagte er, als Pavle geendet hatte. »Ich muß aber gleich bemerken, daß ein Paß für Rußland viel kostet. Und ich kann das auch für einen Verwandten nicht unentgeltlich erwirken, selbst wenn ich das wollte. Hier muß man Diskretion zahlen.«

Isakowitsch erklärte eilig: »Ich zahle alles, was man verlangt.«

Koptschas Miene hellte sich auf. »Für Verwandte könnte ich das gratis tun, aber ich habe mein Leben lang gespart, um mir fürs Alter ein warmes Süppchen zu sichern. Und was übrigbleibt, wünsche ich meiner Familie als Stiftung zu hinterlassen.«

Pavle wandte den Blick ab, um nicht den berühmten Verwandten anzusehen, von dem man in Sirmien sagte, er wäre allmächtig in Wien und gelte als Wohltäter aller serbischen Offiziere.

Koptscha erkundigte sich nun nach dem Herrn Senator Malenitza in Temesvar und berichtete, daß bisher etwa hundert serbische Offiziere nach Rußland gegangen waren. »In letzter Zeit ist das aber nicht mehr so einfach«, fuhr er fort. »Man hört, daß ganze Dörfer aufbrechen, und der russische Gesandte bekam große Unannehmlichkeiten. Graf Bestuschew hat Wien verlassen. Der neue russische Gesandte, Graf Keyserling, ist noch nicht eingetroffen. Unannehmlichkeiten wegen dieser Offiziere hatte auch ich. Viele Offiziere, die bei mir ein Darlehen aufnehmen, denunzieren mich später. Ich soll serbische Offiziere nach Rußland schicken. Das ist jetzt verboten. Anfangs schien es so, als würden einige Unzufriedene nach Rußland gehen, und der Hof hat das gebilligt, aber jetzt wollen ganze Karawanen fortziehen. Es ist eine richtige Völkerwanderung. Und ich soll das in Bewegung gesetzt haben.«

Dann fragte er Pavle nochmals, wo er abgestiegen sei.

»Ich bin erst abends angekommen und nirgendwo abgestiegen. Man hat mich arretiert und wollte mich nach Esseg bringen, aber ich bin geflüchtet, um in der russischen Gesandtschaft Schutz zu suchen.«

Als Koptscha das hörte, sprang er entsetzt vom Schemel auf. Er löschte die Kerzen und befahl Agagijanijan, ihm zu helfen. Er rannte durch den Raum, als wollte er sich in eine Maus verwandeln.

Pavle solle aus seinem Haus verschwinden, rief er. Möge ihm Gott beistehen.

Er wolle sich nicht einmischen.

Pavle, wie ein Schatten, sagte dann zu dem anderen Schatten – denn so sah er Koptscha im schwachen Licht, das durch die Glastür schien –, daß er keine Hilfe erbeten habe. Er bitte nur darum, ihm das Haus des russischen Gesandten in Wien zu zeigen, dort werde er allein sein Recht suchen. Er sei bereit, notfalls mit dem Leben für den Freipaß nach Rußland zu zahlen.

Niemand habe das Recht, ihn in Österreich zu arretieren.

Er habe den Abschied aus dem österreichischen Heer bekommen.

Unermeßlich seien die Leiden, die er und seine Nation seit dem Kriegsende erduldet haben. Obwohl ohne jede Schuld, wurden sie entlassen, deshalb wünschten sie fortzuziehen.

Diese Wehklage nutzte jedoch nichts.

Koptscha wollte von allem nichts mehr hören. Pavle solle gehen, wohin ihn seine Augen führten, sagte er. In seinem Haus könne er keinen Deserteur aufnehmen. Mögen sie, die Isakowitschs, ertrinken, wenn sie das möchten, aber sie sollten nicht noch andere mit ins Wasser ziehen. »Diese Familie war immer verrückt«, schloß er.

Isakowitsch stand wie versteinert da. Das ist also der Verwandte, der ihm als Wohltäter und Beschützer gepriesen wurde!

Der junge Mann, Koptschas Dolmetsch, begann nun glukkernd zu lachen. Er beschwichtigte den Bankier: »Die Panik wegen des Herrn Rittmeisters ist gar nicht nötig. Ich könnte ihn dort unterbringen, wo sich schon viele serbische Offiziere versteckt haben, die nach Rußland wollten.« Zu Isakowitsch gewandt, fuhr er fort: »Sie könnten bei Frau Hummel wohnen, die ein diskretes Haus besitzt. Ganz in der Nähe. Dort besteht keine Gefahr vor Spitzeln. Das Spielzimmer ist nachts immer voller Offiziere. Die Burgwache erscheint nicht. Die einzige Gefahr dürfte höchstens Frau Hummel darstellen.

Anne Marie Hummel, die ich gut kenne.

Sie war Sopranistin am Theater, das Graf Durazzo unterhält.

Sie ist noch schön trotz ihres Alters, wo man nicht mehr vom Schmelz der Jugend sprechen kann.

Es gibt keinen Offizier, der sie auf dem Schlachtfeld der Liebe so ermatten könnte, daß sie den Kampf aufgibt.

Allerdings kostet das etwas!«

Isakowitsch entsetzte sich allein beim Gedanken, Unterschlupf in einem Hurenhaus zu suchen, und bat, ihn zur russischen Gesandtschaft zu führen. Dann möge geschehen, was wolle. Er sei bereit zu sterben, wenn ihn Rußland preisgebe.

Er beschwor Koptscha und Agagijanijan, dem Grafen Bestuschew zu melden, daß er in Wien eingetroffen sei.

Lebend werde er sich nicht arretieren lassen.

Der junge Armenier, er an einen bebrillten Raben erinnerte, lächelte Pavle an und riet ihm, vernünftig zu handeln. »Sie würden sich und Herrn Koptscha der Rache der Wachoffiziere ausliefern. Verbergen Sie sich in Frau Hummels Haus ein paar Tage, bis die Russen unterrichtet sind und Sie rufen. Wenn Ihnen an Frau Hummel nichts liegt, werde ich ihr sagen, daß Sie auf dem Schlachtfeld der Liebe verwundet wurden und nach Wien gekommen sind, um sich von einem Doktor behandeln zu lassen. Frau Hummel wird Sie dann nicht behelligen, und keine Menschenseele wird wissen, daß sich bei ihr ein Rittmeister versteckt. In ihren Salons haben schon mehrere serbische Offiziere gewohnt. Keinen einzigen hat sie denunziert. Und kein einziger ist aus ihrem Haus in Arrest gekommen. Sie hat Beziehungen.

Allerdings kostet das etwas.

Verwandeln Sie sich für einige Tage in einen Löwen im Käfig. Es geht um Kopf und Kragen. Und es wäre nicht fein, wenn Herr Koptscha Ihretwegen leiden müßte.«

Koptscha riet nun ebenfalls, den Vorschlag anzunehmen, und Pavle mußte notgedrungen einwilligen. Mit dem Säbel in der Hand verließ er Koptschas Haus und schritt neben Agagijanijan durch die Finsternis. Sie betraten einen Hof, wo der junge Armenier kichernd an einer Tür läutete.

VIII

Durch Erinnerungen schreitet man wie durch Mondschein

Die Kaiserstadt Wien war zu jener Zeit schlecht beleuchtet, mit Laternen wie mit Kerzen. Die Menschen gingen im Sommer, im Frühling und im Herbst nachts nur auf die Straße, wenn der Mond schien. In finsteren, regnerischen Nächten und im Winter begegnete man niemandem.

Außer Trinkern und Nachtwächtern.

Die Nachtwächter riefen einander etwas zu wie die Schiffer auf den Lastkähnen.

Um so lustiger ging es in den Häusern zu.

Nach den Türkenkriegen war Wien eine Stadt der Gärten, des Jasmins, des Flieders, der Linden, des Tanzes, der Lieder und des Weins geworden.

Es gab wie anderswo in Europa viele Diebe und Prostituierte, aber Morde und Überfälle kamen selten vor. Viel seltener als in den Grenzgebieten zur Türkei, wo noch Wegelagerer und Räuber ihr Unwesen trieben.

Isakowitsch wußte das nicht und hielt den Säbel fest in der Hand, als er mit Agagijanijan durch die dunklen Gassen am Fleischmarkt schritt.

Die Gegend um den Fleischmarkt war zu jener Zeit das häßlichste Viertel Wiens, hier lebten griechische Händler und Dirnen, hier befanden sich Kaffeehäuser und Spielzimmer. Die Gossen stanken.

Das Äußere trog jedoch. Die Häuser waren keine Räuberhöhlen, sondern Liebesnester.

Isakowitsch sah in Wien, daß in Europa zwei Welten existierten.

Zum einen Menschen, die sich am Tage zeigen. Und die anderen nachts.

Die einen sieht man in aller Öffentlichkeit. Und die anderen hinter verschlossenen Türen.

Agagijanijan zog in dem dunklen Hof, wo Frau Hummel wohnte, am eisernen Griff der Glocke. Sie bimmelte im Haus wie eine Kuhglocke.

In einem Fenster des dritten Stocks tauchte bei Kerzenschein eine Frau auf und fragte: »Wer ist da?«

Agagijanijan rief: »Anastasius der Große!« Die Tür öffnete sich nun von selbst. Mit einer Schnur wurde vom dritten Stock aus innen der Riegel hochgehoben.

Als Pavle neben dem Armenier eingetreten war, befand er sich in einem engen steinernen Treppenhaus wie auf dem Boden eines tiefen Brunnens. Oben stand eine Frau, die eine Kerze in der Hand hielt und laut lachte.

Während sie hinaufstiegen, sagte Agagijanijan, wie sich Pavle in dem Hause verhalten sollte. Im dritten Stock wurden sie von einer welken Schönheit erwartet, die den Gast erstaunt und zufrieden betrachtete. Durch die Wände hörte man Musik, Geschrei, Frauenlachen, Kreischen.

In dem Haus mußte sich viel lustiges Volk vergnügen.

Frau Hummel wirkte auf Pavle äußerst befremdlich. Sie war eine Frau von etwa fünfzig Jahren mit einem stark geschminkten Engelsgesicht und blauen Augen. In ihrem roten Haar steckte eine Pfauenfeder. Die Krinoline war an beiden Hüften geschlitzt, so daß die nackten Oberschenkel entblößt wurden. Die Stiefel glänzten silbern und das Korsett golden. Die Frau ähnelte einem Kürassier, der geschrumpft ist und sich in eine Dirne verwandelt hat.

Frau Hummel empfing Isakowitsch wie eine große Dame.

Pavle verneigte sich, den Dreispitz an die Brust gepreßt – und stutzte. Agagijanijan stand offensichtlich mit der Frau in einem vertrauten Verhältnis, denn er tätschelte ihren Hintern und drehte sie herum, als wollte er sie schwindlig machen. Dann nahm er sie beiseite, aber was er ihr zuflüsterte, drang nicht bis zu Pavle.

Er hörte nur, daß sie ausrief: »Mein Gott! Mein Gott!« Agagijanijan sagte ihm später einmal, diese Worte würde sie auch im Bett von sich geben.

Pavle wurde in ein Zimmer geführt, das nach Seife und nach Frauen roch. Hier herrschte Totenstille.

In dem Zimmer hingen überall Spiegel, sogar an der Dekke. Frau Hummel hieß Isakowitsch willkommen. Sie zeigte ihm das Bett und das Lavoir und sagte, daß er sich hinlegen könne, um sich gut auszuruhen. Niemand werde ihn stören. Den Schlüssel besitze nur sie.

Agagijanijan bemerkte schmunzelnd, es sei schade, daß sie den Rittmeister ausgerechnet zu einer Zeit kennenlerne, wo er verwundet vom Schlachtfeld der Liebe heimgekehrt sei. Einen so schönen slawonischen Offizier hätte sie nie gehabt.

Als die Frau gegangen war, sagte Agagijanijan zu Pavle, in diesem Zimmer könne sich jeder unbesorgt mehrere Tage verbergen. Er werde ihn besuchen und die Russen unterrichten.

Frau Hummel sei absolut verläßlich.

Isakowitsch sei nicht der erste und der letzte serbische Offizier, den sie versteckte.

Und sie habe zur Burgwache gute Verbindungen.

Noch nie habe sie jemanden verraten.

Isakowitsch, dem all das nicht behagte und der diesen Worten nicht traute, bezeichnete das Zimmer als Mausefalle.

Der Armenier zeigte ihm nun einen Schrank, hinter dem eine kleine Tür auf einen Balkon ging. Als sie dort an einem Eisengitter standen, flimmerte im Dunkeln unter ihnen die Stadt mit ihren Dächern, Gassen, Kirchen und Gärten, man sah die Donau und die fernen Berge. Vom Balkon aus konnte man am Schornstein entlang sogar bis ans andere Ende des Hauses laufen und in eine Seitengasse hinunterklettern.

Frau Hummel kehrte zurück, um dem Rittmeister das Bett zu beziehen. Sie sagte, daß sie für jeden Tag einen Theresientaler und für jede Nacht zwei Theresientaler berechne. Und sie werde selber das Essen bringen.

Jetzt müsse sie sich beeilen, denn das Haus sei voller Gäste.

Der Rittmeister solle sich erst einmal richtig ausschlafen.

Morgen nach dem Besuch beim Doktor werde man weitersehen.

Trotz aller Wut darüber, daß er, der für das Kaiserreich sein Blut vergossen hatte, sich in Wien verstecken mußte, bezähmte sich Isakowitsch und blieb ruhig.

Er freute sich darauf, bald in der russischen Gesandtschaft vorsprechen zu können.

In ein, zwei Tagen wird er vor die Hofdeputation treten, um Temesvar anzuklagen, um Garsuli anzuklagen, damit der Wiener Hof weiß, was man ihnen, den Isakowitschs und seinen serbischen Landsleuten, den entlassenen Soldaten, nach dem Krieg angetan hat. Bis zur Kaiserin wird die Kunde dringen, wieviel Unrecht, Gesetzlosigkeit und Schändlichkeiten die Serben erleiden mußten.

Er wollte die erste Nacht in Wien ruhig schlafen.

Nachdem Frau Hummel und Agagijanijan gegangen waren, untersuchte Isakowitsch die dicke Tür, die mit einem Riegel von innen verschlossen wurde.

Er öffnete sie einen Spalt und sah die Haustür wie in einem Brunnenschacht. Von dort konnte eine ganze Rotte Soldaten nicht heraufgelangen, solange er eine Pistole besaß.

Ebenso vergewisserte er sich, daß sie nicht vom Balkon aus ins Zimmer eindringen könnten.

Die Höhe war schwindelerregend.

Das Geschrei und die Musik hörte er die ganze Nacht, und als es gegen Morgengrauen still wurde, erklangen aus einem Zimmer die tiefen, traurigen Töne eines Violoncellos.

Die Musik kam ihm bekannt vor.

Er schlief erst ein, als es tagte.

Frau Hummel stand immer gegen Mittag auf.

Sie brachte ihm das Mittagessen.

Isakowitsch erzählte irgend etwas, nur um ihr zu beweisen, daß er Deutsch verstand, und sie fragte ihn über Frauen und über seine Krankheit aus, nicht über militärische Dinge. Warum er sich verbarg, wollte sie nicht wissen.

Isakowitsch verbrachte den Tag damit, aus seinem Versteck das Treiben im Hause und auf der Straße zu beobachten.

Er sah Frauen oder Männer, die unten in den Höfen umherliefen.

Er sah auch Hände, die Körbe an Stricken von den oberen Stockwerken zu Straßenhändlern hinunterließen und sie dann mit Backwaren und Obst für unsichtbare Hausbewohner hochzogen. Er sah auch Tauben und Katzen auf den Dächern in den umliegenden Gassen. Allerdings mußte er aufpassen, um nicht entdeckt zu werden und die Neugier der Nachbarn zu wecken.

Abends hörte er wieder Geschrei und Musik. Frau Hummel erschien mehrmals, und Agagijanijan besuchte ihn ebenfalls.

Der erste Tag verging ereignislos.

Das Zimmer mit Nußbaummöbeln und Spiegeln war nicht größer als eine Besenkammer. Pavle fühlte sich wie in einem Sarg.

Nach drei Tagen wurde er ungeduldig und unleidlich. Frau Hummel konnte nicht verstehen, warum der Rittmeister nicht den Doktor rief, sondern den ganzen Tag gebeugt auf seinem Bett saß, den Kopf in den Händen, als würde er weinen.

Sie beargwöhnte nun Isakowitsch.

Sie glaubte, er wäre nicht heimlich nach Wien gekommen, um sich bei einem Arzt behandeln zu lassen, sondern weil er ein Mörder war. Er hätte jemanden getötet und wollte jetzt mit einem Beutel Dukaten seinen Kopf retten.

Agagijanijan lachte, als sie ihm das andeutete.

Er versicherte Frau Hummel, daß es sich wirklich um einen Kranken handele, der sich verstecke, weil er keine Papiere besitze. Bald würde er jedoch welche erhalten.

Isakowitsch wollte nicht einmal einen Friseur rufen lassen.

Er war stoppelbärtig geworden.

Frau Hummel mied ihn.

Sie brachte ihm das Essen in schönem Geschirr, stellte es auf den Tisch, ging aber gleich wieder mit scheuem Lächeln. Pavle hörte nur das Klappern ihrer Pantoffeln.

Tagsüber wurde es immer stiller um ihn.

Der Raum erinnerte jetzt an ein Gefängnis. Zwischen dem modrigen Kerker in Temesvar und dem Zimmer mit Spiegeln und Nußbaummöbeln bestand zwar ein großer Unterschied, aber im Grunde dienten sie demselben Zweck. Es waren die Gefängnisse, über die man so viel hörte. Dort siechten viele Offiziere dahin. Graf Brankowitsch wurde in einem solchen Zimmer gefangengehalten, und viele andere Serben waren in solchen Zimmern gestorben.

Draußen breitet sich die große Stadt aus, die Kaiserstadt Wien, dort liegen Länder, in denen Serben im Krieg gefallen sind, Holland, Schlesien, Mailand, aber er, ein kaiserlicher Offizier, wird zwischen vier engen Wänden festgehalten.

Und nachts lag er mit weit geöffneten Augen auf dem Bett.

Da Pavle kein gebildeter Mann war, sondern ein einfacher Offizier, begeisterte ihn die Stadt nicht, durch die er nur im Winter geritten war und die er jetzt von seinem hohen Balkon aus betrachtete wie ein schönes Bild.

Wien war prächtiger, glanzvoller, größer als Temesvar, Peterwardein, Esseg oder Belgrad, das Pavle aus der Kindheit kannte, trotzdem war es für ihn eine Stadt wie jede andere. Ganz Österreich glich der Prinz-Alexander-Kaserne in Belgrad, die dreihundertsechzig Fenster hatte. Es glich dem Prinz-Eugen-Tor. Es glich dem Sahat-Turm in Belgrad, den die Deutschen über zwanzig Jahre lang verteidigten. Besonders betrübte Pavle, daß er seinem Ziel so nahe und trotzdem so fern war.

Obwohl sich Frau Hummel weiterhin freundlich gebärdete und ihm Mittagessen, Abendbrot, Mandelmilch und Obst brachte, befürchtete Pavle, sie könnte vor ihren Liebhabern, den Wiener Offizieren, etwas ausplaudern, und gleich würde eine Rotte Soldaten erscheinen.

Zu jener Zeit war einem Deserteur der Tod gewiß.

Trotz aller Beteuerungen Agagijanijans, Frau Hummel sei verläßlich und wisse, daß die serbischen Offiziere wegen ihrer unerledigten Gesuche und ungerechtfertigten Strafen nach Wien kämen, um sich zu beschweren, dachte Isakowitsch, diese Frau könnte ihn denunzieren, vielleicht unabsichtlich.

Ihr Haus war jeden Abend voller Gäste.

Kartenspieler und Hurer verließen erst morgens das Haus. Wenn Pavle die Tür einen Spalt öffnete, konnte er sie beobachten wie einen Maskenzug. Einmal gab es eine Schlägerei.

Das Geschrei war groß.

Pavle saß gegen Morgen mit gesenktem Kopf auf dem Bett.

Hierhin war er also auf seiner Reise nach Rußland geraten.

Wird sich hier sein Schicksal in den nächsten Tagen entscheiden?

Wird er hier sogar sterben, wenn ihn die Burgwache entdeckt?

Die abgetakelte Dirne wird neben ihm stehen, wenn er tot auf dem Fußboden liegt, weil ihm Kugeln und Pulver ausgegangen sind.

Nach so großen Hoffnungen, nach so großen Leiden wird er im kaiserlichen Wien im Hause einer Hure sterben.

Wenn er im Dunkel auf dem Balkon stand, kam es Pavle vor, als zöge ihn die Stadt in die Tiefe, als müsse er kopfüber hinunterstürzen. Frau Evdokija hatte er vergessen. In diesem Häusermeer gab es niemanden, der ihm nahestand.

Und wenn er sich an die Berichte seines Pflegevaters Vuk erinnerte, der wegen der Vorbereitungen zur Wahl des Metropoliten nach Wien gefahren war, wurde Pavle noch schwerer zumute. In der Familie Isakowitsch wußte jeder, und schon Vuk hatte es gesagt, daß man in Wien alles kaufen konnte, aber nichts ohne Bestechung erreichte, ohne Diskretion, wie man es nannte. Diese Stadt hatte ihnen immer alles genommen, Geld und Rechte, sie hatte Blutopfer gefordert, aber lediglich leere Versprechungen gegeben.

Da Pavle kein anderes christliches Land in Europa kannte – in den Kriegen hatte er nur die Schlachtfelder gesehen –, dachte er wie die ganze Familie Isakowitsch, Wien sei Sodom und Gomorrha.

Und das übrige Europa sei aufgeklärt und gut.

Während er Tag und Nacht mit weit geöffneten Augen im dunklen Zimmer lag, begann er zu träumen, er hatte unzählige Halluzinationen. Alles schien jedoch wirklich zu sein. In seinen Träumen kehrte er sogar bis in die Kindheit zurück. Er sah den Cer im Silber des Frühlings und im Gold des Herbstes. Dann tauchte über seinem Serbien die Kaiserstadt Wien als schwarze Wolke auf, aus der ein Totenkopf herausschaute. Ein riesiger Totenkopf, der sich ihm näherte und der fragte: »Wie heißt dein Vater?« Pavle antwortete: »Nikola!« »Und die Mutter?« »Petra!« Er fügte hinzu: »Und die Großmutter Ikonija! Sie war mein Liebstes auf der Welt!«

»Geboren?«

Als er gemerkt hatte, daß ihn Wien als riesiger Totenkopf ausfragte wie die kaiserlichen Offiziere in der Belgrader Prinz-Alexander-Kaserne, bevor er ins österreichische Heer aufgenommen wurde, rief Pavle wütend: »Ich wurde 1715 am Nikolaustag geboren!«

Er erinnerte sich, daß ihn am Nikolaustag alle am Ohr zupften und sagten: »Am heutigen Tag bist du geboren worden, wir gratulieren dir zum Geburtstag!«

Großvater Gavrilo schenkte ihm etwas Kleingeld. Er dachte nun: ›Das habt ihr mir weggenommen, und ihr müßt es wiedergeben wie den Säbel und die beiden silberbeschlagenen Pistolen. Das hat mir Garsuli weggenommen!‹

Er erinnerte sich, daß er Großvater Gavrilo die Hand küßte.

Großmutter Ikonija hatte ihm zum Geburtstag neue Strümpfe angezogen.

Es kamen auch Onkel Nikodije und Tante Jovanna, um ihn am Ohr zu zupfen.

»Mutter?« Er hörte, wie Wien, der Totenkopf, wieder schrie. »Meine Mutter und meine Großmutter Ikonija waren türkische Sklavinnen, als ihr einmarschiert seid. Sie lagen neben der Sabatzer Kirche am Lagerfeuer, und meine Großmutter hörte, daß die Türken im Morgengrauen in Richtung Uschitze flüchten wollten.

Der Türke, der sie gefesselt hatte, legte sich schlafen und steckte zwei silberbeschlagene Pistolen und seinen silbernen Krummsäbel unter den Kopf. Und als er eingeschlafen war, flüsterte meine Großmutter: ›Leb wohl, Osman!‹ Sie nahm die Waffen und floh. Und als die Hunde in Crna Bara anschlugen und die Wache rief: ›Wer da?‹, antwortete sie, während sie mit meiner Mutter durch den Fluß watete: ›Eine Sklavin!

Die Türken sind nach Uschitze geflüchtet!‹«

»Gut! Jawohl! Und Großvater Teodor?«

»Ach, Großvater Teodor! Als er nach Crna Bara kam, sah er Bienenkörbe und nahm vor Hunger aus einem eine Honigwabe. Dabei stürzten die anderen Bienenkörbe um, die Bienen flogen heraus, und mein Großvater starb beinahe an ihren Stichen. Ihr Feiglinge habt von Vuk verlangt, er soll erforschen, wer die Bienenkörbe umgekippt hat. Um ihn aufzuhängen!«

»Gut! Jawohl! Und der Vater?«

»Mein Vater? Großvater Teodor hat mir erzählt, daß wir einen mehrere Jahrhunderte alten Stammbaum besaßen, auf dem die Namen unserer Vorfahren standen. Sie hießen: Desivoje, Kalajan, Putnik oder Primislav, und auch die Namen der Frauen waren verzeichnet: Tescha, Wischnja, Trnjina, Dunja!

Diesen Stammbaum hat sein Bruder Spasoje, der Unglückselige, für einen Dukaten verkauft, und er hat sich noch gebrüstet, wie vorteilhaft er den vergilbten Wisch versetzt hätte. Ja, ihr glaubt es nicht, aber es war so! Die Toten lügen nicht! Garsuli lügt!

Mir habt ihr nur ein Buch gelassen: Das Leben unserer heiligen Märtyrer.«

»Gut! Und der Mord?«

Als Isakowitsch das hörte, wurde er traurig, und dann berichtete er, daß sein Urgroßvater von allen im Dorf als rechtschaffener Mann geachtet wurde und daß ihn der leibliche Bruder getötet hatte.

»Gut! Jawohl!«

»Er rechte Heu mit seinem Bruder und verweilte bei seinem kleinen Sohn Gavrilo, um ihn zu herzen. Der ältere Bruder rief ihm zu: ›Laß das Kind sein, und reche Heu!‹

Er tat es.

Später blieb er wieder bei seinem Kind stehen, und sein Bruder schrie nun wütend: ›Habe ich dir nicht gesagt, du sollst das Kind seinlassen und Heu rechen? Du gehorchst nicht!‹

Er ergriff seine Pistole und tötete seinen leiblichen Bruder.

Als die Frau des Ermordeten, die bei der Heuernte half, die Untat ihres Schwagers gesehen hatte, nahm sie das Kind und lief zu den Türken. Wenn ein Serbe einen Serben tötete, gab es zu jener Zeit keine andere Strafe als tausend Groschen!

Die dieser Verbrecher auch zahlte, außerdem mußte er geloben, die Witwe nicht mehr zu beleidigen und dem Kind das väterliche Erbe ehrlich abzutreten.

So wurden Großvater Gavrilo und sein Bruder Mijailo zu Waisen!«

Der Totenkopf verschwand, und vor Pavle erstrahlte sein Land in blauen, grünen, goldenen und roten Farben.

Der Cer lag unter ihm im Tal, und er lief neben seiner Mutter her, obwohl er erst drei Jahre und zwei Monate alt war. Sie gingen über den Berg, durch den Wald, durch die Wolken. Seine Mutter besuchte ihren Vater am Nikolaustag und nahm den Sohn mit.

Er lief neben seiner Mutter her, bis sie an einem tränenklaren Fluß eine Fähre bestiegen. Der Fluß führte wenig Wasser.

Die Luft war warm wie im Sommer.

Der Fährmann konnte die Fähre nicht ans Ufer stoßen, er sprang ins Wasser, um sie mit einem Seil an Land zu ziehen.

Seine Mutter schrie und schlang beide Arme um ihn.

Die Fähre war schon am Ufer festgemacht.

Der Fährmann rief: »Aussteigen! Warum schreist du so und verängstigst das Kind?«

Pavle erinnerte sich, daß er sich von der Mutter losriß, um Steine im Sand aufzulesen, die er unter die Jacke steckte. Bis ihn die Mutter an der Hand nahm und sagte:

»Was machst du da? Das Wasser kann dich reinziehen und forttragen, du dummer Junge.«

Und er stand da und schaute auf die schönen Steine.

Er hörte auch, wie der Fährmann über seine Mutter lachte.

»Was redest du für Unsinn und verängstigst das Kind? Dem Jungen macht das Spaß!«

Und seine Mutter erwiderte: »Ich habe Angst!«

Das war ein Tropfen im Meer der Erinnerung, aber ihm bedeutete es viel, und er bewahrte diese Begebenheit für immer im Gedächtnis.

Während Pavle im Halbschlaf dalag, sah er in seiner Phantasie Berge, Wiesen und Wälder.

Auch an den Besuch bei seinem Großvater entsann er sich.

Auf dem Waldweg vor dem Dorf fühlte er sich erschöpft und bettelte die Mutter um die Brust. Zu jener Zeit wurden die Kinder lange gestillt. Seine Mutter hatte schon versucht, ihn zu entwöhnen, denn sie befürchtete, im Hause ihres Vaters würde man ihr das Stillen des großen Jungen verübeln.

Sie warnte ihn vor der Großmutter.

Vor ihrer Mutter, die Goscha hieß.

»Die Großmutter wird uns beide verdreschen, wenn sie hört, daß du noch gestillt wirst.«

Als er jedoch greinte, setzte sie sich auf einen Baumstumpf, um ihm die Brust zu geben. Sie flehte ihn an: »Du darfst nicht die Brust verlangen, sonst verdrischt uns meine Goscha! Sie ist alt und böse, nicht gut wie ich.«

Er weinte nun, weil Goscha böse war.

Im großväterlichen Haus fürchtete er sich vor der Großmutter. Sie merkte das und fragte seine Mutter: »Was ist denn mit dem Jungen los? Er tut so, als ob er Angst vor mir hätte!«

Seine Mutter flüsterte der Großmutter etwas zu, die dann hinausging und mit einer langen Rute wiederkam.

Als sie ihn an der Brust der Mutter sah, rief sie:

»Die Brust will er noch haben? Siehst du die Rute? Ich schlage dich krüpplig, wenn du sie ihm noch ein einziges Mal gibst!

Ein Stück Brot in die Hand, und gegessen!«

Da weinte er schon, ihm tat seine Mutter leid, die von Goscha verdroschen würde.

Seine beiden Tanten trösteten ihn mit Nüssen und Honig.

Beide hießen Andja.

Eine Tante nahm ihn auf den Arm, da kam gerade der Großvater herein.

Und als ihn der Großvater auf dem Arm der Tante sah, rief er:

»Was machst du da, Andja? Was schleppst du den großen Bengel?«

Die Tante erwiderte: »Laß ihn bloß in Ruhe! Goscha jagt ihm Angst ein!«

»Dann gib ihn seiner Mutter, wenn sie ihn so verzogen hat! Soll sie ihn schleppen! Und du geh an deine Arbeit! Es ist bald Abendbrotzeit.«

Der Alte holte einen Beutel aus der Tasche und sagte:

»Komm zu Großvater, damit ich dir Geld geben kann!«

Und zeigte ihm einige türkische Münzen.

Er zögerte eine Weile und überlegte, ob dieser Großvater auch so gut wäre wie der andere.

Seine Mutter drängte ihn. »Geh schon! Du siehst doch, er will dir Geld schenken!«

Er ging zu ihm. Dann lief er zu seiner Mutter und gab ihr das Geld. »Da, Pepa! Heb's gut auf! Damit Großvater Gavrilo sieht, was ich gekriegt habe.«

Die Mutter nahm das Geld und sagte leise: »Geh und küß Großvater die Hand!« Auch der Großvater forderte ihn auf, zu ihm zu kommen. Er fütterte ihn mit Nüssen.

Als sie das sah, rief Großmutter Goscha:

»Ja, jetzt gefällt mir der Junge! So mag ich ihn! Und du, Petra, darfst den Jungen nicht verziehen und ihm die Brust geben. Sonst verdresche ich dich!«

Darauf sagte seine Mutter:

»Bis zum Schlafengehen kriegt er sie nicht!«

An dem Abend saßen sie lange am Tisch, und er quengelte, weil er zu Bett gehen wollte. Die Tante trug ihn jedoch zu ihren Kindern. Erst morgens vermißte er seine Mutter.

Da nahm ihn die Tante bei der Hand und sagte:

»Gehen wir zu Petra!«

In der Küche fand er seine Mutter. Ein großes Feuer brannte, und an Ketten hing ein Kupferkessel voller Branntwein.

Großmutter Goscha schöpfte Honig in den Kessel, und sobald sich der Honig aufgelöst hatte, gab sie die nächste Kelle hinein.

Die Tante sagte zu seiner Mutter:

»Guten Morgen! Petra, gib uns ein bißchen Honigschnaps!« Und zu ihm gewandt: »Geh und küß Goscha die Hand!«

Und auch seine Mutter sagte: »Komm, mein Junge, küß Goscha die Hand!« Daraufhin nahm ihn die Großmutter auf den Schoß, küßte ihn auf die Wange und sagte zu seiner Mutter: »Siehst du, was das für ein lieber Junge ist?

Du verziehst ihn bloß! Du verhätschelst mir das Kind!

So mag ich ihn, und wenn du ihn noch mal verhätschelst, haue ich dir eine runter, daß du die Engel singen hörst.«

Dann schöpfte Großmutter Goscha aus dem Kupferkessel heißen Honigschnaps, verrührte noch Honig im Becher und gab ihn der Tante zu trinken. Auch ihm gab sie einen Becher.

Aber er wollte nicht einmal kosten.

Den ganzen Tag verwöhnten ihn seine Tanten mit Walnüssen, Haselnüssen, Konfitüre, Fisch und Wein, und wenn Leute im Hause waren, verbrachte er den ganzen Tag ohne seine Mutter. Abends bettelte er wieder, sie solle ihm die Brust geben.

Seine Tanten hatten ihre liebe Not, ihn von diesem Verlangen abzulenken.

Und der Großvater schenkte ihm Kleingeld, damit er zu ihm ging.

Seine Mutter verweigerte ihm die Brust und sagte, sie müsse Goscha gehorchen.

Alle lachten, und alle unterhielten sich mit ihm, bis er einschlief. Dann trugen sie ihn in die Kammer.

Am nächsten Tag, daran erinnerte er sich, lachten die Tanten über ihn, weil er im Schlaf nach der Brust verlangt hatte.

Und seine Mutter sagte:

»Das habe ich erwartet, und deshalb habe ich den Pelzmantel angezogen und zugeknöpft.

Die ganze Nacht habe ich mit dem Rücken zu ihm geschlafen, jetzt tun mir die Rippen auf der Seite weh. Ich durfte mich nicht umdrehen.«

Es kamen auch der Großvater und seine beiden Onkel, um

Honigschnaps zu trinken, und alle drei schenkten ihm Münzen. Sie lachten und sie bedauerten ihn. Seine Mutter wollte heimgehen, aber der Großvater ließ sie nicht fort.

»Was hast du's so eilig, Petra?

Heute gehst du nicht, laß den Jungen mit den andern Kindern spielen, damit er vergißt, an dir rumzunuckeln.«

So blieben sie noch einen Tag.

Auf dem Heimweg trug seine Mutter eine bunte Umhängetasche, und in dieser Tasche befanden sich Pogatschen, Pfannkuchen und eine Holzflasche mit Branntwein. Das hatte Großmutter Goscha eingepackt, und sie hatte noch Strümpfe für Vater, Mutter und Brüder dazugelegt.

Er erinnerte sich, wie sie später, als sie das Geschenk entgegennahmen, zu seiner Mutter sagten:

»Warum hast du das mitgebracht, Petra? Brauchst du jedes Jahr immer mehr Schnaps, damit du lustig sein kannst?«

Auch der Großvater hatte Branntwein in eine Holzflasche gefüllt.

»Petra, gib Jovanina auch ein Glas!«

Das war die Schwägerin seiner Mutter.

»Und die Flasche ist für Gavilo. Der Schnaps ist kräftig und gut! Kein Fusel, den er sonst trinkt. Er soll die Flasche am Gürtel tragen und einen Schluck nehmen, wenn er müde wird!«

Großmutter Goscha begleitete sie ein großes Stück Weges.

Seine Mutter und sie weinten beim Abschied.

Ein Knecht ging bis zur Fähre mit, um zu sehen, wie sie übersetzten. Sie kamen erst im Dunkeln heim.

Seine Mutter küßte ihrer Schwiegermutter Brust und Hände, und er umhalste Großmutter Ikonija. Und als ihn die Mutter zum Stillen rief, weigerte er sich. »Ich darf nicht«, sagte er, »wegen Goscha. Goscha haut.«

So erfuhr Großmutter Ikonija, daß er entwöhnt war.

»Großmutter Goscha sei gelobt! Wenn ich das gewußt hätte, dann hätte ich dich früher hingeschickt, damit du mir den Jungen nicht verziehst.«

Da kam der Großvater zur Tür herein und rief:

»Na, mein Junge, was hast du mir mitgebracht?«

Er drehte sich zur Mutter um, holte die Flasche und gab

sie Großvater Gavrilo. Und Großvater Gavrilo sagte: »Das hast du richtig gemacht, mein Sohn, daß du mir so was Gutes mitgebracht hast! Und Gevatter Luka sei bedankt!«

So tauchten nach fünfunddreißig Jahren aus dem Meer der Erinnerungen diese Szenen auf. Die Flüsse waren klar wie Tränen. Der Cer lag in ferner Bläue. Der Mohn leuchtete rot.

Und da Pavle nachts die Balkontür offenließ, drang kühle Luft ins Zimmer. Im seltsamen Spiel der Träume genügte es, daß es in Wien ein wenig kälter wurde – weil es nachts geregnet hatte –, und Pavle träumte von der frischen Bergluft in Serbien. So spielt der Schlaf, der dem Tode ähnelt, mit den Menschen.

Aus einer irrwitzigen und sinnlosen Wirklichkeit gelangte Pavle im Traum jede Nacht in eine andere Welt, die manchmal der einzige Trost eines Menschen ist. Dem eitlen Rittmeister Pavle Isakowitsch waren die Kindheitserinnerungen teurer als alle seine Tressen an der Uniform, als die Kaiserstadt Wien und die ganze Pracht der Rokokozeit.

Aus diesen Träumen erwachte er wie geläutert, mit reiner Seele, frohgestimmt. Vormittags versteckte er sich auf dem Balkon und schaute über die Dächer auf die fernen Berge, hinter denen irgendwo der Cer im Herbstlaub lag.

So hatte er es in Erinnerung behalten.

In seinen Träumen erschien nicht nur die ferne Vergangenheit, sondern auch die jüngste Zeit. Nur daß er sich an längst vergangene Dinge manchmal klar erinnerte, während das, was gestern geschah, verworren wirkte.

Wie im Kerker träumte Isakowitsch von Garsuli.

Bevor sie in Arrest gebracht wurden, hatten Pavle und Trifun viel Kummer mit ihren Grenzsoldaten in Mahala.

Die Männer empörten sich und schrien: »Sie haben uns zu Fuhrleuten gemacht, und wir schleppen Kähne auf der Bega!«

Garsuli verlangte in Pavles Traum, die Männer aus Mahala sollten einen Wintergarten nach Wien transportieren, Hunderte, Tausende von Blumentöpften. Eine lange Wagenreihe stand da und wartete auf das Beladen.

Pavle hatte in Mahala gesehen, wie die Häuser niedergerissen wurden, wenn sie nicht auf gerader Linie entlang der

Straße standen, die nach dem Plan des Grafen Mercy gebaut wurde. Die Leute wehrten sich. Peja Zekowitsch, ein Husar Trifuns, feuerte aus einem Stutzen auf die Geometer. Seine Frau Djindja sollte nach Temesvar gebracht und eingesperrt werden.

Dieses Vorkommnis wirkte im Traum sehr verworren.

Pavle träumte nicht, daß er Djindja bald lebend in Temesvar sehen würde. Was morgen im menschlichen Leben geschieht, ist ebenso unerwartet wie das, was gestern geschah.

Er sah die Frau im Traum und erinnerte sich später im Wachen nicht an ihr Gesicht. In einem anderen Traum fuhr er in einer Kutsche mit Garsuli nach Mahala. Garsuli redete während der Fahrt ununterbrochen, und er gebrauchte unflätige Worte, wie es seine Art war. »Für die Serben sind die Grenzen jetzt zu«, sagte er. »Sie können weder rein noch raus. Sie haben den Türken die Stiefel geputzt, während die auf ihren Müttern und ihren Frauen lagen, was wollen sie also jetzt?

Jetzt sind sie Offiziere Ihrer römischen kaiserlichen Majestät, des Generalfeldmarschalleutnantobersten von Montenuovo!«

Isakowitsch waren besonders die unflätigen Worte Garsulis zuwider. Auch die Serben liebten Schimpfwörter, aber als Trost, als Erkennungszeichen in der Fremde. Niemals fluchten sie in Gegenwart von Frauen. Das war ihr Rokoko!

Als Garsuli in seinem Traum zu schreien begann, sagte Pavle zu ihm, daß er sich irre, wenn er meine, Unterwürfigkeit ihm gegenüber sei Furcht vor dem Stärkeren. Das sei nur die Besonnenheit eines armen Menschen, der Streit vermeiden will.

Er, Pavle Isakowitsch, möchte ihn darauf hinweisen, daß sie sich nicht fürchten, weder vor ihm noch vor hundert Garsulis! Seine Equipage steht vor Mahala und kann nicht mehr nach Wien fahren. Ja, sein leichter schwarzer Reisewagen wird nicht Temesvar verlassen, sondern ewig am Prinz-Eugen-Tor stehenbleiben. Prinz Eugen war ein Freund und Beschützer der Serben. Neben diesem Wagen auf der Straße wird er, Konstantin Christophoros Garsuli, reglos in seinem Blute liegen. Ja! Mein wohlweiser, hochgeehrter Herr!

Garsuli hörte ihm nicht zu, er hatte schon befohlen, nach

Mahala zu fahren. In diesem Traum flog dann Garsuli in seinem Wagen durch die Lüfte von Wien nach Mahala. Am Brunnen vor der Siedlung ereignete sich etwas Ungeheuerliches.

Die Ingenieure und Geometer, die sich bei der Straßenvermessung nach dem Plan des Grafen Mercy richteten, waren geflüchtet und umringten Garsuli. Er stand in seinem Wagen und peitschte auf die Mahalaner ein. Sie wollten offensichtlich den Wagen umstürzen. Pavle hörte in seinem Traum erstaunt zwei Pistolenschüsse krachen, Husaren drängten sich durch die erbittert brüllende Menge.

Fassungslos wollte Pavle etwas rufen, er brachte jedoch keinen Laut heraus.

Petar und Jurat waren verschwunden.

Er sah, wie Garsuli wendete und über die Wiesen nach Temesvar raste. Die Menschen rannten ihm nach. Pavle ahnte, daß ein großes Unglück geschehen war.

Die Mahalaner riefen Garsuli hinterher:

»Halt, halt, du Schuft! Willst du uns an die Eier greifen? An die Eier greifen?«

Pavle lief im Traum schnell hundert Schritte auf die Siedlung zu, der Wagen jagte an ihm vorbei. Garsuli flüchtete nach Temesvar.

Da krachte ein Schuß aus einem Husarenstutzen, und Garsuli, der einen Hut mit einer Pfauenfeder trug, sank zusammen, erhob sich dann, taumelte und stürzte aus dem Wagen ins Gras, wo er liegenblieb. Das spielte sich so schnell ab, wie eine Taube mit den Flügeln schlägt. Pavle stutzte und schrie etwas. Er sprang im Traum vom Balkon in Frau Hummels Haus und lief wie besessen zu Garsuli.

Auch alle Mahalaner kamen gelaufen.

Nur zwei Husaren ritten nach Temesvar.

Als Pavle vor Garsuli stand, erblickte er um sich herum Frauen und Männer mit wutverzerrten Gesichtern. Er sah auch Spaten und Hacken. Alle Mahalaner schrien: »Wir wollen keine Knechte sein!«

Das Geschrei war betäubend, aber es wurde vom Gejammere mehrerer Greisinnen übertönt, die verzweifelt die Hände aufs Gesicht klatschten.

Die Menge hatte sie zu Boden gerissen.

Pavle mußte sich den Weg zu Garsuli bahnen. Wie auf einem Feld, wenn mit den Armen die Roggenhalme zerteilt werden, ging er die letzten Schritte, und die Menschen wichen ihm aus. Garsuli, in dem schwarzen Rock aus Seidenvelour, lebte offenbar noch. Die Schnallen an seinen Schuhen funkelten, als wären sie aus Blitzen und nicht aus Silber, und wirkten riesengroß.

Als sich Isakowitsch neben ihm hinkniete, zuckten die Beine des Sterbenden mehrmals, die Finger verkrallten sich ins Gras.

Dann wurden Garsulis Züge weich und sanft. Der Kopf sank auf die rechte Seite, und aus dem Munde rann Blut.

Es floß über den schwarzen Velourrock als rote Schlange.

Pavle betrachtete den toten Garsuli mit weit aufgerissenen Augen.

Jetzt ist alles zu Ende. Für ihn wie für seine Vettern. Man wird sie in Temesvar oder in der Esseger Festung aufhängen. Rußland wird er niemals sehen. Er hat seinen Pflegevater Vuk entehrt, den berühmten Hauptmann des serbischen Heeres.

Aus Temesvar wird eine Strafexpedition nach Mahala geschickt, sobald die beiden Husaren eingetroffen sind und über das Geschehen berichtet haben.

Pavle wunderte sich jedoch, daß er auch eine gewisse Erleichterung spürte. Jetzt wird er nicht mehr zur Infanterie versetzt werden, und er muß nicht in Gradiška marschieren, wie Trifun das in Brod nach den Befehlen der Barone Janus und Ritberg tun wird.

Alles hat ein Ende gefunden.

Im nächsten Moment besann sich Pavle und rief:

»Ihr Unglückseligen, Temesvar wird auf eure Kinder schießen!«

Das Geschrei um ihn herum war betäubend.

Pavle befürchtete nun, die Mahalaner würde außer Garsuli auch die Geometer töten. Er rannte los, die Menschen machten ihm Platz – andere trieben indessen wie wild gewordene Pferde die Menge geradewegs auf ihn zu. Alle schrien: »Wir wollen nicht reguliert werden! Wir wollen keinen Sand von der Bega schleppen!«

Pavle merkte im Traum zum ersten Male, wie diese Menschen eines Sinnes waren und wie fremd er sich unter ihnen ausnahm. Seine ganze Liebe zu ihnen, meistenteils Verwandten und Gevattern der Isakowitschs, war leeres Geschwätz. Diese Menschen zögerten nicht, den Mann zu töten, der an Mahala rührte, und sie, die Isakowitschs, spielten die Rolle des Profos von Temesvar.

Er fühlte sich einsam unter ihnen, als gehörten sie nicht zu seinem Volk.

Einer von diesen Mahalanern lief ständig neben ihm her, verlor dabei seine Opanken und zog sie an, ohne stehenzubleiben. Er schrie ihm ins Ohr: »Wir haben unsere Häuser gestützt, und die wollen sie an einer Schnur auffädeln! Wo gibt es das, Pajo?«

Offenbar ermutigt durch die Worte dieses Mannes, schrien auch die anderen: »Wir wollen Mahala nicht verlegen! So viele Männer sind krank vom Sandschleppen! So viel Vieh ist verreckt! Jetzt ist das Maß voll! Einmal muß Schluß sein!«

Als er sich dem Ziehbrunnen am Ortseingang genähert hatte, sah Pavle, daß auch im Dorf die Menschen in Aufregung geraten waren. Ein Mann schwang sich auf ein Pferd, das ihm eine Frau am Zügel zugeführt hatte, und ritt donnernd über die Holzbrücke. Dann galoppierte er durch die Sümpfe auf den fernen Weidenwald zu.

Wie aus tausend Kehlen hörte Pavle: »Peja flüchtet! Peja flüchtet!«

Pavle wurde von einem Mann angehalten, der zu ihm sagte: »Du wirst ihn nicht verfolgen, Rittmeister! Wenn es dunkel wird, kannst du ihn suchen! Jetzt nicht!«

Aufgebracht redete Isakowitsch auf die Menge ein, daß Temesvar auf ihre Kinder schießen werde, daß man Garsulis Mörder verfolgen und fassen müsse, aber niemand hörte auf ihn.

Er setzte sich schließlich ermattet auf einen Baumstumpf und sprach leise vor sich hin: »Ihr Unglückseligen, sie werden auf eure Kinder schießen!« Die Vogtmeister, die Mahala geblieben waren, berichteten ihm nun über das Geschehen. Der Mörder hieß Peja Zekowitsch, es war ein entfernter Verwandter, den Trifun aus der Theißebene mitgebracht hatte.

Zekowitsch war immer ein friedfertiger Mann gewesen, kräftig, schön, wortkarg.

Pavle erinnerte sich später, daß Zekowitsch tatsächlich jemanden getötet hatte, aber das hatte nichts mit Garsuli zu tun. Man hatte sein Haus zerstört, weil es mitten auf der Straße stand, die gebaut werden sollte. Er hatte einen Geometer erschossen.

Und Pavle erinnerte sich auch, daß Trifun deshalb große Unannehmlichkeiten bekam.

In dem irren Traum riefen in Mahala jedoch hundert Stimmen, daß sie, die Isakowitschs, an allem schuld seien.

»Ihr habt uns aus Crna Bara und vom Cer nach Hartkovci in Sirmien geholt, wo uns Trifun und sein Pope Todor zurückgehalten haben. Ihr habt uns dann alle in den Theißdistrikt geholt und versprochen, daß wir nicht unter die Gutsherrschaft geraten. Ihr habt uns alle auch hierhin geholt und versprochen, daß wir die Proviantgelder für das letzte Jahr kriegen und dann in Frieden, wie bei einer Parade, nach Rußland ziehen.

Und jetzt müssen wir fremdes Land bebauen und für den Fischfang in den Teichen zahlen!

Ständig habt ihr bloß versprochen, daß wir unser Recht bekommen und daß ihr über unsere Klagen sogar die Kaiserin, die Beschützerin der Serben, unterrichtet. Wir haben für Trifun in Sirmien Bäume gerodet. Ihr habt uns versprochen, daß es uns nächstes Jahr besser gehen würde.

Na und?

Ist einer von euch nach Mahala gekommen, um uns zu fragen, wie wir in den Sümpfen leben?

Hand aufs Herz! Wir haben auch dich nicht gesehen, Pavle!

Auch du bist nicht gekommen!

Gekommen ist der Obereinnehmer. Er hat gesagt: Zahlen!

Gekommen ist der Platzleutnant! Zahlen!

Der Stabsmedikus! Zahlen!

Der Stabsprofos! Zahlen!

Ach, Pavle!

Ja, und euer Pächter – der Pächter von euch Isakowitschs – hat bloß geschrien: ›Gebt mir mein Heu! Dann könnt ihr jammern! Als ob wir keine Verwandten wären!‹« Sie beschuldigten Pavle, der sich im Schlaf röchelnd wälzte wie im Fieber, daß sie, die Isakowitschs, sogar die Geometer geholt hätten, die vor zwei Jahren Mahala regulierten. »Das haben sie auch voriges Jahr getan. Und jetzt wieder!

Sie sagten: Mahala taugt nichts!

Sie haben Schnüre mitgebracht. Wir sollen die Häuser alle auf Linie bauen! Wie auf einer Schnur aufgefädelt! Gerade! Eine Front!

Ach, Pavle! Sind sie nicht ganz richtig im Kopf?«

Das war der erste Aufruhr in Mahala, von dem Isakowitsch in Wien träumte, aber es war nicht der erste und nicht der letzte in der Wirklichkeit. Freilich spürte er auch im Traum, daß die Menschen tobten und rasten und daß sie besänftigt werden mußten, damit nicht noch Schlimmeres geschah.

Temesvar lag in Sichtweite.

Und sie besaßen keine Waffen mehr.

Man mußte den Mörder fassen und ihn Engelshofen übergeben. Die Vogtmeister, auch im Traum harte und strenge Männer, brachten die Frau des Mörders zu ihm.

So sah Isakowitsch im Traum die Frau, die er kaum kannte und die er später leibhaftig in Temesvar sah.

Die Vogtmeister beschuldigten sie, ihrem Mann den Stutzen gegeben zu haben.

Bevor Zekowitsch losritt, hätte sie mit ihm geflüstert.

Im Traum stand sie ruhig vor Pavle.

Sie war jung und schön, aber Pavle erinnerte sich nicht daran, er wußte nur noch, daß sie barfüßig lief und einen zerschlissenen schwarzen Rock trug und daß sie ihm direkt in die Augen schaute, wenn er sie etwas fragte.

Er schrie sie an: »Du mußt alles sagen!«

Und seine Vogtmeister schrien: »Sage, wo Peja ist und was er getan hat!«

Und sie antwortete, das wisse sie nicht, und fügte hinzu: »Ich bin nicht Peja!«

Als Pavle laut zu schimpfen begann, sagte sie frech zu ihm: »Was schreist du so, Herr, du siehst doch, daß die Kinder schon Angst kriegen. Dort ist Peja, dort in dem Weidenwald! Dort könnt ihr ihn holen! Er wird euch mit Kugeln empfangen! Seit wann gibt es den kaiserlichen Befehl, daß man die Frau von einem Heiducken verhört? Das gab es nicht mal unter den Türken.«

Und als Isakowitsch schrie, Peja habe alle ins Unglück gebracht und Temesvar werde auf ihre Kinder schießen, schrie auch sie: »Sie haben Pejas Haus niedergerissen! Es kann doch keinen kaiserlichen Befehl geben, daß man ein Haus über lebendigen Menschen niederreißt. Garsuli hat Peja mit der Peitsche geschlagen. Erst dann hat Peja seinen Stutzen geholt. Erst dann, erst dann!«

Pavle sagte, daß Temesvar auch die Frau des Mörders arretieren und hängen werde.

Sie trat mit anmutiger Würde näher und erwiderte: »Ich fürchte den Galgen nicht! Ich sterbe gern für meinen Mann. Du darfst bloß Peja nicht verfolgen, solange er nicht das Schilfmoor erreicht hat, das Schilfmoor bei Bortscha. Dort lebt seine Familie. Sei um Gottes willen wie ein Bruder zu mir!«

Sie schlang ihre Arme um seinen Leib.

»Peja und ich, wir haben gut zusammen gelebt«, fuhr sie fort. »Ich werde jung in der Erde vermodern, aber Garsuli auch, das Ungeheuer. Den hat mein Liebster getötet. Er hat ihn getötet! Temesvar wird daran denken, wie Mahala reguliert wurde.«

Von ihrer Jugend gerührt, sagte Isakowitsch dann traurig zu ihr: »Ich muß ihn gleich verfolgen, und bestimmt werden wir ihn fassen.«

Sie warf sich an seine Brust und flehte: »Aber nicht heute! Morgen könnt ihr ihn suchen, alle, wenn ihr wollt. Wer sieht dich denn? Erbarme dich! Bist du ein Büttel für Frauen? Hat euch Peja nicht gut und treu gedient? Du hast versprochen, uns nach Rußland zu bringen. Wir hatten Haus und Hof. Und sieh mich jetzt an! Wir haben kein Bett, keine Kleider, keine Schuhe. Siehst du nicht, daß ich wie eine Bettlerin herumlaufe? Und daß mir diese Mißgeburt noch das Haus genommen hat?«

Pavle sagte verzweifelt zu ihr: »Peja hat einen Mann von ihnen getötet!«

Nun wurde sie noch wütender. Sie schrie so laut, daß man es weithin hörte: »Getötet, sagst du? Er hat einen Mann von ihnen getötet? Ach ja, Pajo! Und wie viele haben sie von uns getötet, und niemanden schert das. Getötet, sagst du? Und sie? Wie viele von uns hat die Zwangsarbeit getötet, und wie viele die Krankheiten. Sie töten so viele von uns, und mein Liebster einen, und schau an, was für eine Aufregung!«

Die Menge hatte sie umringt, und er versuchte nun vergeblich, sich von der Frau loszureißen. Er sagte, daß er schnell nach Temesvar reiten und seine Paradeuniform anziehen müsse, um bei Engelshofen Pardon zu erbitten.

Die Frau hielt ihn jedoch fest.

»Siehst du dort die beiden Akazien und den Erdhaufen dazwischen?

Das war mein Haus.

Peja hatte es winterfest gemacht, und ich hatte es mit Schilf gedeckt. Voriges Jahr kam die Regulierung. Sie sagten, wir sollen das Haus abreißen. Es steht nicht auf Linie. Wir sollen an die Straße ziehen, an die Schnur von den Vermessern. Wir haben auf dieses Jahr gehofft. Und Peja meinte, es lohnt sich nicht, wo wir uns in der heutigen schlechten Zeit kaum ernähren können. Sie würden auch das neue Haus wieder zerstören. Hörst du, was ich sage? Der Regen hat das Haus beschädigt, wir haben es mit Stangen abgestützt, Nachbarn haben geholfen. Und die Vermesser sagen, das geht nicht. Wir sollen auf die andere Seite von der Linie ziehen. Gott geb's, daß man alle ihre Häuser auch so niederreißt! Hängt mich ruhig an den Galgen! Ich werde im Grabe vermodern, aber Garsuli auch!«

Plötzlich schrie Isakowitsch wie auf dem Exerzierplatz, da ihm etwas eingefallen war: »Woher habt ihr eigentlich Gewehre und Pulver und Blei? Woher stammt der Stutzen?«

Daraufhin antworteten ihm die Vogtmeister, daß die Waffen in Öfen versteckt wurden und das Blei am Busen der Frauen. Daß sie immer Waffen hatten und immer welche haben würden. Und wenn er nicht aus dem Kerker nach Temesvar zurückgekommen wäre, hätten sie jeden Tag ein Pulvermagazin gesprengt.

Isakowitsch empfand nun ein wenig Mitleid für sie. Er

dachte über ihre Worte nach. In Mahala leben tatsächlich unglückliche Menschen aus Serbien, die schon sechzig Jahre lang umherziehen und eine neue Heimat suchen. Die Händler und Handwerker haben es leicht. Auch die Senatoren. Diese Menschen hingegen haben Serbien und Crna Bara, das niedergebrannt ist, mit ihnen, den Isakowitschs, verlassen, und sich ins Ungewisse begeben. Sie haben auf der Seite der Christen gekämpft, für Österreich, und was ist ihr Lohn? Tausende von Toten. Ständig Manöver, Regulieren, Exerzieren. Ihre Gesichter sind gelb, weil sie bloß Brotsuppe essen. Ständig wird ihnen etwas befohlen: Demobilisierung, Ansiedlung, Umsiedlung. Ständig gibt es Veränderungen nach den Plänen des Grafen Mercy. Hier haben sie nur Heuchelei kennengelernt.

Die Frau des Mörders folgte ihm wie ein Schatten.

Er wußte nicht, warum, aber er nahm sie bei der Hand und sagte zu ihr wie ein leiblicher Bruder: »Weine nicht, Djindja! Hör auf! Du kommst in unser Haus! Zu uns Isakowitschs!«

Pavle erzählte später seinen Vettern oft diesen Traum.

Aber erst, als der Traum zur Wirklichkeit geworden war.

Der Traum endete ebenso verrückt, wie er begonnen hatte. Garsuli erwachte wieder zum Leben, und sein Wagen fuhr nach Wien. Und das Merkwürdigste war, wie vieles im menschlichen Leben merkwürdig ist: Pavle begleitete Garsuli.

Garsuli war lustig.

Er hielt Isakowitsch eine richtige Rede.

Seine Nation, sagte er zu Pavle, wäre nicht mehr das, was sie einmal war. Serbien wäre jetzt friedlich und unterwürfig, dort herrschten aufgeklärte Griechen, und in den Kirchen würde griechisch gesungen. Alle Vorfahren Pavles, Großvater Gavrilo und Großvater Mijailo und sein Vater Nikola, von dem er nicht einmal wisse, wo er begraben liege, und seine Mutter Petra, deren verbrannte Leiche er in Crna Bara zurückgelassen habe, alle wären untertänig gekommen, um ihm, Garsuli, die Hände zu küssen. Die serbische Nation hätte keine Säbel mehr. Sondern nur Rasiermesser. Bis zur Erde hätten sie sich vor ihm, Garsuli, verneigt.

Das wären gute, zahme Menschen! Nur sie, die feigen Offiziere, würden das Volk aufhetzen, nach Rußland zu ziehen – ohne sie wäre das Kaiserreich zufrieden mit der serbischen Nation, und die Serben kämen demütig, um ihm, Garsuli, die Hände zu küssen.

Als Pavle merkte, daß zwischen ihnen Blut fließen würde, befahl er den Kutschern anzuhalten. Er lachte und fragte den Griechen: »Ist auch Onkel Janko gekommen?«

Isakowitsch besaß die üble Angewohnheit, daß er lachte, bevor er Blut vergaß.

Garsuli antwortete, auch Janko wäre gekommen, um ihm die Hände zu küssen.

»Das bezweifle ich«, erwiderte Pavle. »Und falls sich der hohe Herr Garsuli zufälligerweise irrt, werde ich ihm zur Befestigung unserer Freundschaft von meinem Großvater Mijailo einiges berichten, und einiges von Onkel Janko.

Mein unterwürfiger, zahmer Onkel hat mir einmal erzählt:

›Ich besaß achtzig Schafe, aber ein Wolf hatte sich angewöhnt, jede Nacht eines zu reißen und dann zu flüchten. Trotz der zwei großen Hunde, die ich an der Kette hielt. Sie waren sehr schlecht, manchmal schlugen sie nicht einmal an.

Ich machte also ein Dutzend Wolfsfallen und stellte sie auf. Eines Morgens hatte ich einen riesigen alten Wolf gefangen. Ich hatte mir geschworen, ihm bei lebendigem Leibe das Fell abzuziehen und ihn dann in die Berge zu lassen, damit er den anderen zeigt, wie man in Gorazitsch straft. Ich band den Wolf fest und hatte ein gutes Messer. Die Schwiegertöchter durften nicht zusehen. Meine Frau flehte mich, Gott weiß warum an, das Tier nicht zu quälen. Aber ich blieb bei meinem Vorsatz. So zog ich ihm das Fell ab und zerschnitt es an keiner Stelle. Das dauerte von Morgen bis mittags, und nachmittags kamen Kinder und sagten, daß im Wald die Wölfe heulen. Sie heulten diesen Winter wie niemals zuvor.‹

Siehst du, das ist mein unterwürfiger, zahmer Onkel, der dir die Hand geküßt haben soll. Du lügst dir etwas vor, Garsuli! Merk dir das, Garsuli!«

Wenn Pavle aus solchen Träumen erwacht war, mußte er sich den ganzen Tag auf dem Balkon vor den Nachbarn verstecken, und er ließ vom Morgen bis zur Dunkelheit den Blick über die Dächer schweifen. Unter ihm rauchten die Wiener Schornsteine.

Die Tage vergingen.

Nachts mußte er sich weiterhin das Gekreisch und Geschrei von Frauen in den unteren Stockwerken anhören, die Musik und den Lärm, wenn die Kartenspieler bei Tagesanbruch das Haus verließen, nachdem sie nicht nur ihr Geld bis zum letzten Taler verspielt hatten, sondern auch Uhren, Tabakdosen, Ringe, manchmal sogar silberne Rockknöpfe.

Tagsüber war es sehr still, und erst gegen Abend vernahm er wieder die wehmütigen Töne des Violoncellos.

In der russischen Gesandtschaft bewegte sich nichts.

Bestuschew war abgereist, und Graf Keyserling empfing noch nicht.

Agagijanijan kam fast jeden Abend, ohne Neuigkeiten mitzubringen. Wie alle Menschen, die Kriege überlebt haben, war Isakowitsch ungeduldig, wenn er auf irgend etwas warten mußte, und jetzt war er geradezu krank. Passionierte Kartenspieler, die jahrelang spielen, mögen nicht mehr verlieren. Ebenso konnte Pavle nicht den Gedanken ertragen, daß er sein Ziel nicht erreichte, obwohl er ihm so nahe war.

Unrasiert und mit zerzaustem Haar lief er in dem winzigen Zimmer hin und her wie ein Tier im Käfig.

Nach dem zehnten Tag stürzte er eines Morgens wie ein Geistesgestörter hinaus, um einen Friseur aufzusuchen, der ihn rasierte, ihm den Kopf wusch, den Zopf herrichtete und parfümierte.

Frau Hummel befürchtete, der Friseur könnte verraten, daß sie einen Offizier in ihrem Haus versteckte.

Sie wußte nicht einmal seinen Namen, denn Agagijanijan wollte ihn nicht nennen. Von einer plötzlichen Laune gepackt, verlangte Isakowitsch geputzte Stiefel und ein neues Jabot. Er fragte Agagijanijan, wie man zur russischen Gesandtschaft in die Leopoldstadt komme und wo man eine Kutsche mieten könne. Er war entschlossen, vor aller Augen zum russischen Gesandten zu fahren. Möge kommen, was wolle.

Das Warten, zumal an diesem Ort, sei seiner unwürdig.

Agagijanijan lachte ihn aus.

Nachts gab es in einem unteren Stockwerk wieder Lärm und Geschrei, schlimmer als bisher, und Isakowitsch hörte eine Frau schluchzen. Frau Hummel sagte ihm am nächsten Tage, daß eine Freundin von ihr, die sie vom Theater des Grafen Durazzo kenne, Kummer mit ihrem Liebhaber habe. Er betrinke sich und verprügele sie.

Als Isakowitsch den Namen Durazzo hörte, erstarrte er.

Agagijanijan hatte diesen Namen schon einmal erwähnt. Das hatte Isakowitsch in ein Ohr hineingelassen und zum anderen hinaus. Jetzt hingegen, als er den Namen wiederum vernahm, erinnerte er sich.

Der Name war damals in Wien wohlbekannt. Die Wienerin, mit der Pavle vor seiner Heirat zusammengelebt hatte, war Schauspielerin im Theater des Grafen Durazzo gewesen. Allein der Gedanke, daß er seiner ehemaligen Konkubine begegnen könnte, ließ Pavle erschauern.

Das war der Tropfen Galle, von dem ein Becher überläuft.

Frau Hummel fragte er nicht nach dem Theater und nach der Frau.

Er freute sich, daß Wien eine große Stadt war – ein Makrokosmos, wie Bozitsch sagte – und daß diese Frau dort irgendwo lebte. Obwohl es sich um dasselbe Theater handelte, kannte sie diese Unglückliche, die von ihrem Liebhaber verprügelt wurde, wahrscheinlich nicht einmal.

Wer weiß, ob seine Geliebte noch in Wien lebte.

Aber auch sie tauchte jetzt in Pavles Erinnerungen auf.

Nach dem Friedensschluß von Aachen, der den letzten Krieg um die österreichische Erbfolge beendete, verirrte sich 1748 zu den Feierlichkeiten eine Theatertruppe aus Wien sogar bis Temesvar.

Diese Theatertruppe diente in jenem Winter dem alten Feldmarschalleutnant Engelshofen als Divertissement, wie Jurat zu sagen pflegte. Es war kein Theater im heutigen Sinne, vielmehr spielten venezianische Komödianten, die auch hübsche Wienerinnen mitführten, in Schenken. Das erste richtige französische Theater wurde erst in den folgenden Jahren gegründet, auch in Wien.

Unter den Komödianten in Temesvar befand sich eine

schöne Blondine – Fräulein Berghammer –, die ein Kürassier aus Wien, wo seine Frau lebte, als Geliebte mitgebracht hatte. Sie stellte auf einem Seil den Mond dar und verkörperte mit einem Stern auf der Stirn die Königin der Nacht. Diese lustige Komödiantin hatte den Teufel im Leib, und sie war auch schreibkundig und nicht ohne Geist. Da die Stücke zu jener Zeit nicht aufgeschrieben wurden, sondern die Schauspieler bei den Aufführungen improvisierten, war Grete Berghammer in der Truppe willkommen, denn sie hatte eine flinke Zunge und war schlagfertig. Sie brauchte nicht lange zu überlegen.

Am Schluß der Vorführung, nachdem der Gaukler auf dem Seil seinen Riesensprung über sie hinweg vollbracht hatte, spielte sie gewöhnlich auf ihrem Violoncello. Sie spielte sehr gut.

War eine Schauspielerin mit einem Mitglied der Truppe verheiratet, lebte sie wie jede andere Ehefrau. Hatte sie keine Familie, schlief sie fast jede Nacht mit einem anderen Mann. Grete Berghammer ging von Hand zu Hand.

Einer der besten Reiter von General Serbellonis Kürassieren, Rittmeister Padovani, hatte die junge Frau aus Temesvar nach Peterwardein mitgenommen. Padovani war ein schwarzhaariger kleiner Mann mit einem Affengesicht, aber er war sehr reich.

Bei einem Wettkampf stürzte sein Pferd über ein Hindernis, und daß Padovani am Leben blieb, verdankte er Isakowitsch, der ihn in letzter Sekunde unter dem Pferd hervorzog. Während er mit Verletzungen und Knochenbrüchen im Bett lag, hatte er nur einen Wunsch, seine Geliebte loszuwerden, bevor seine Frau eintraf. Er wollte sie aber nicht auf die Straße setzen. Als er Pavle bat, sie zu übernehmen, betonte er, daß Grete Berghammer ein liebes und sanftes Geschöpf sei.

Die ledigen sirmischen Husaren hielten sich gewöhnlich eine Walachin, die sie aus der Türkei holten. Es waren sehr junge Mädchen. Sie küßten, als würden sie die Fußsohlen kitzeln. In der Öffentlichkeit durften sie sich nicht zeigen.

Isakowitsch war ein eitler Mann und übernahm die Wienerin gern.

Grete Berghammer betrachtete den stattlichen Slawonen in den ersten Tagen leicht verwundert, wie ein Husar einen großen Falben mustert, wenn er vorher auf einem kleinen Rappen geritten ist. Sie gewann ihn bald lieb und zog sogar zu ihm. Die Rückkehr nach Wien schob sie von einem Monat zum anderen auf. Pavle lebte mit ihr einträchtig zwei Jahre lang zusammen, es war keine Liebe, aber etwas Ähnliches. Niemals verlangte Grete Berghammer von Pavle Geld für sich. Sie kam schweigend mit dem aus, was er ihr gab. Er mußte lediglich ihre Familie unterhalten. Die einzige Schwäche der jungen Frau bestand darin, daß sie oft von ihrer Familie sprach. Sogar im Bett erzählte sie Pavle von ihren Eltern, besonders von der Mutter. Ohne ihm jemals begegnet zu sein, kannte Pavle also den alten Berghammer, einen Gastwirt in einer österreichischen Kleinstadt an der Donau, einer Stadt, die im Frühling, wenn die Apfelbäume blühten, sehr schön war, und noch schöner im Winter bei Schnee. Jedenfalls meinte das Grete Berghammer. Noch mehr erzählte sie von ihrer Mutter, der sie alles Ersparte schickte. Und sie berichtete ihm auch von einem Müller, ihrem ersten Mann, der sie auf die Mehlsäcke geworfen und dann genommen hatte.

Die Isakowitschs waren im deutschen Belgrad ins Heer eingetreten und empfanden anfangs keinerlei Groll gegen Österreich. Pavle langweilten die Geschichten seiner Geliebten, er schlief gewöhnlich ein, während sie traurig über ihre Heimat erzählte, aber er haßte dieses Land nicht. Als einziger in der Familie verhielt sich Jurat ihr gegenüber feindselig, denn er befürchtete, sie könnte ein Kind bekommen. Alle mochten die Frau, und nur Jurat wiederholte: »Ich weiß, was ihr heute nacht gemacht habt. Du wirst ihr noch eine Gastwirtschaft pachten. Und der Appetit der Frau Mutter muß auch gestillt werden.«

Die gutherzige Grete Berghammer war glücklich, daß sie nicht mit der Theatertruppe umherziehen mußte, und genoß die Nächte mit dem stattlichen jungen Mann, der niemals ein häßliches Wort zu ihr sagte. Sie lehrte ihn manches, nicht nur die deutsche Sprache, die er vorher radebrechte. Er wußte auch nicht, wie man zu einer Frau ein bißchen zärtlich ist.

Wenn er nackt war, durfte sie ihn anschauen, wogegen er sich gesträubt hatte. Weil sie es wünschte, drehte sich Pavle um, wenn er das Haus verließ, denn sie liebte seine Augen und ihr Blau. Und sie mußte ihn auch lehren, daß eine Frau manchmal auch am Tage Liebe braucht und nicht nur nachts. Das alles hatte der schöne Mann mit den blonden Locken nicht gewußt.

Er hatte sich im Bett benommen, als reite er ein Pferd.

Obwohl sich Isakowitsch während der letzten zwanzig Jahre in eine Rokokopuppe verwandelt hatte wie die anderen ausländischen Offiziere in österreichischem Sold – Venezianer, Iren, Jakobiter, Franzosen –, blieb er ein sonderbarer Mann und ein Barbar, sowohl für Österreich wie für diese sinnliche Wienerin.

Niemals sprach er mit ihr über Liebe und Ehe.

Ein Kind hätte er nicht anerkannt.

In der Öffentlichkeit schien sie für ihn nicht zu existieren.

Sie hatte ihn geduldig und fröhlich so verändert, wie sie sich ihn wünschte – da gestand er ihr eines Morgens, daß er heiraten wolle und daß sie sich trennen müßten.

Für Pavle war das mehr als natürlich.

Ihn betrübte das nicht.

Für sie war es schwer, aber sie faßte sich bald – sie erbleichte und starrte ihn mit weit aufgerissenen Augen an. Die rechte Hand hatte sie auf ihr Herz gepreßt.

Bis zur Abreise nach Esseg sprach sie kaum.

An jenem Tag saß sie lange reglos da, bis es dunkelte und Pavle heimkam. Sie klagte jedoch nicht. Sie bat ihn, niemandem etwas von ihrer Abreise zu sagen, und verließ am nächsten Morgen die Stadt. Von den Offiziersfrauen, die diese Konkubine nicht in ihr Haus ließen, aber gern mit ihr am Fenster plauderten, verabschiedete sie sich nicht. Jeder mochte die schöne, zurückhaltende Frau wegen ihrer Augen, die so kindlich in die Welt schauten.

Das Bedauern war allgemein, als bekannt wurde, daß sie abgereist war.

Pavle sprach beim Abschied nicht von einem Wiedersehen und erkundigte sich später nicht nach ihr. Er gab ihr einen Wechsel über die Summe, die sie sonst in drei Monaten für ihre Familie bekommen hatte, und kaufte ihr ein Seidenkleid. Mit einem Lächeln, das nicht fröhlich war, schwenkte sie das Kleid und sagte: »Pauls Abschiedskleid!«

Isakowitsch erwähnte die Frau später niemals.

Zufälligerweise erfuhr er von Rittmeister Padovani, daß sie wieder in Wien lebte und in einem Theater auftrat, das Graf Durazzo unterhielt. Der inzwischen genesene Kürassier wiederholte, sie sei trotz ihrer Vergangenheit ein liebes und sanftes Geschöpf.

Isakowitsch sprach nicht einmal den Namen richtig aus. Wie die anderen slawonischen Offiziere merkte er sich fremde Namen schlecht, obwohl er bis nach Holland gekommen war. Der einzige Name, den Isakowitsch und seine Husaren genau kannten, war der des Grafen Wallis. Dieser General hatte sie in Serbien befehligt. Sie riefen auch vor Prag noch, wenn sie zur Attacke ritten: »Serben! Vivat für Graf Wallis! Vivat!«

Österreich nahm ihnen die roten Umhänge weg, die sie siegreich durch ganz Europa getragen hatten, zog ihnen ungarische Reithosen und Stiefel an, setzte ihnen Hüte auf, entriß ihnen die Lanzen und gab ihnen dafür Gewehre, aber es vermochte nicht, ihnen die deutsche Sprache beizubringen und sie zu germanisieren, so daß sie ihr Serbien vergaßen, und erlebte nun – da sie nicht zurück in ihre Heimat konnten –, daß sie nach Rußland wollten.

Isakowitsch war am zehnten Tage seiner Gefangenschaft in Frau Hummels Zimmer aufgesprungen und hatte sich angekleidet, um allein zur russischen Gesandtschaft zu gehen.

Gegen Abend kam Agagijanijan und meldete glücklich, daß Isakowitsch auf einer Liste als russischer Offizier verzeichnet war, den man in Temesvar festhielt. Der Zweite Sekretär des neuen Gesandten Graf Keyserling hatte angeordnet, Isakowitsch ausfindig zu machen.

Diesen Abend feierte Pavle.

Er scherzte sogar mit Frau Hummel.

Agagijanijan betrank sich.

Gegen Mitternacht zog sich Pavle in sein schmales Zimmer zurück, ohne zu wissen, was ihm der Zufall, der größte Komödiant der Welt, diese Nacht bringen würde. Um Mitternacht ertönten Schreie im unteren Stockwerk, und Möbel krachten.

Nachdem er die Tür einen Spalt geöffnet hatte, sah Pavle im Treppenhaus eine zerzauste, fast nackte Frau. Ein betrunkener rothaariger Offizier hatte sie aus dem Zimmer ins Treppenhaus gestoßen. Er warf ihr einen Stuhl hinterher, dann Kleider, einen Hut und zuletzt ein Violoncello, das aufstöhnte und beinahe zerbrach. Die Frau lief weinend zu dem Instrument.

Der Offizier schlug die Tür zu.

Irgendwo wurde eine andere Tür geöffnet, jemand rief etwas, aber daraufhin herrschte Stille.

Das Treppenhaus wurde nur vom matten Licht einer verrußten Laterne erhellt, deren Flamme kaum noch brannte. Die Frau schluchzte so laut, daß es Pavle deutlich hörte.

Sie setzte sich auf den Stuhl, um Unterrock und Strümpfe anzuziehen, dann nahm sie das Violoncello zwischen ihre Beine und strich mehrmals mit dem Bogen über die Saiten.

Danach stellte sie es vorsichtig auf der Erde ab und begann ihr Haar zu ordnen.

Das Licht fiel jetzt auf ihr Gesicht, und Isakowitsch schrie beinahe auf.

Er sah seine Wienerin.

Wien war zu jener Zeit sicherlich ein Makrokosmos, aber die Mädchen vom Theater und die Kartenspieler waren hier um den Fleischmarkt zu finden. In Frau Hummels Etablissement verkehrten die Offiziere nicht nur, um Karten zu spielen, hier trafen sie sich auch mit ihren Geliebten.

Grete Berghammer besuchte das Haus während dieser Jahre mit Hauptmann Hans Georg von Horkheimer, der am Tage ein gesitteter Mann war. Nachts, wenn er sich betrunken hatte, wurde er jedoch brutal. Er war seiner Konkubine überdrüssig und wollte sich eine andere nehmen.

Sie hatte der Rivalin in dieser Nacht Wein ins Gesicht geschüttet.

Als Pavle die Frau erkannt hatte, die höchstens zehn Schritte von ihm entfernt war, duckte er sich an der angelehnten Tür.

Er sah eine zerzauste Frau in zerfetzter Unterwäsche. In

Temesvar hatte sich Grete Berghammer schön gekleidet, auch für die Nacht stets hübsch zurechtgemacht. Ohne zu überlegen, wollte er sie beim Namen rufen, als hätte sie am Morgen sein Haus verlassen. Als wäre kein Gestern gewesen.

Pavle lief ins Zimmer, um seine Jacke anzuziehen.

Er spürte plötzlich maßlose Zärtlichkeit für diese Frau, die halbnackt an der Wand lehnte und weinte. Während sie ihr Haar ordnete, hob sie den Kopf, aber sie sah nicht den Mann im oberen Stockwerk.

Die Wendeltreppe lag dazwischen.

Oben war es dunkel.

Grete Berghammer setzte sich müde auf den Stuhl und ergriff wie im Traum ihr Instrument. Dann legte sie es wieder hin und suchte Haarnadeln an ihrem Hut, den der Offizier auf den Flur geschleudert hatte. Mit diesen Nadeln befestigte sie ihr Haar. Sie wischte die Tränen ab, wandte Pavle den Rücken zu und zog sich an.

Offensichtlich wollte sie das Haus verlassen.

Pavle bohrte die Fingernägel in die Hand, und als er sich gefaßt hatte, sagte er unhörbar zu sich selber, daß er jetzt auf keinen Fall schwach werden dürfe, daß er dem Verlangen, das ihn zu dieser Frau hinzog, widerstehen müsse. Wenn er sie riefe, wenn er hinunterginge, um ihr zu sagen, daß er in Wien sei und sie beschützen werde, würde man ihn entdekken. Er mußte erst zur russischen Gesandtschaft gehen, dann Frau Hummel fragen und Grete suchen, die offensichtlich kein Glück im Leben hatte.

Sie blickte zu ihm hinauf, als wüßte sie, daß sie von jemandem dort im Dunkeln beobachtet wurde. Aber ihre Augen suchten nicht Isakowitsch, sondern Trost irgendwo in der Höhe. Das Gesicht war gewelkt, obwohl sie erst Anfang Dreißig war. Und auch ihr Körper wirkte erschlafft. Nur das üppige blonde Haar war wie ein Wasserfall aus Gold.

Pavle schnürte es die Kehle zusammen, und er spürte seine trockene Zunge.

Diese Frau, mit der er über zwei Jahre ungetrübt zusammengelebt hatte, war ihm in dem Moment viel näher, viel lieber als Evdokija. Wieder überkam ihn Zärtlichkeit, stärker als das Gefühl, das er früher für sie empfunden hatte. Obwohl die Vernunft ihm sagte, daß er sich verbergen müsse, daß die Frau vielleicht inzwischen verkommen sei, wuchs das zärtliche Verlangen nach ihr, und er wollte sie leise mit ihrem Namen rufen.

In dem Moment gehörte sie zu ihm wie seine tote Frau, während ihm Evdokija fremd war. Plötzlich wurde die Tür aufgerissen. Der rothaarige Offizier rief Grete Berghammer etwas zu, und sie ging in das Zimmer, aus dem sie eben erst hinausgeworfen wurde.

IX

Nur sein Traum begleitet ihn

Der Bankier Koptscha ersuchte über seinen Dolmetsch Agagijanijan – der überall seine Hände im Spiel hatte – in der russischen Gesandtschaft um eine Audienz für Isakowitsch. Diese Audienz wurde an dem Tag gewährt, den die nicht unierten Griechen zum Gedenken an die Wunder der hochgepriesenen Großmärtyrerin Euphemia feierten, und die Katholiken als Tag der heiligen Christine. Die eine wie die andere kannte man nur aus dem Kalender.

Isakowitsch verließ an dem Tag zum ersten Male seinen Unterschlupf. Nachdem er seine Wienerin mit dem Violoncello gesehen hatte, schritt er wie benommen durch die Stadt. Er hatte sich bei Frau Hummel nebenher nach Grete Berghammer erkundigt und erfahren, daß das Fräulein eine ehemalige Artistin sei, die nicht mehr auf dem Seil tanze und sich aus Eifersucht mit ihrem Kavalier schlage. Übrigens werde sie nicht mehr ins Haus kommen. Die beiden seien in seine Garnison abgereist. Nach Tätlichkeiten würden sie sich immer besonders heftig lieben.

Isakowitsch fragte nicht mehr.

In seinem Herzen sang ein kleiner Vogel: Rußland! Rußland!

Die Welt, in der wir jetzt leben, bildete sich in jenen Jahren erst heraus. Kolonialkriege, Revolutionen, schicksalhafte Geschehnisse in Indien, Amerika und fernen Ländern schufen eine neue Welt, neu auch für die Europäer. Die Isakowitschs wußten nichts davon.

Ihr Horizont reichte nicht über Rußland hinaus.

Obwohl ihre Landsleute im österreichischen Heer auf allen europäischen Schlachtfeldern jener Zeit gefallen waren, nicht nur in Preußen, Frankreich und Italien, sondern auch in Holland und Spanien, sehnten sich die Isakowitschs nur nach Rußland. Auch im russischen Heer hatten Serben in Persien schon den Tod gefunden.

Da an dem Tage die Audienz in der russischen Gesandtschaft bevorstand, vergaß Isakowitsch seine Wienerin, so wie wir Tote vergessen, wenn wir sie begraben haben. Koptscha hatte ihn unterrichtet, daß Graf Bestuschew, der Wohltäter der Serben, nicht mehr in Wien weilte. Feinde des serbischen Volkes hatten ihn nach Sachsen versetzt.

Das war für alle serbischen Offiziere in Wien ein Blitz aus heiterem Himmel.

Sie fluchten laut und weinten im stillen.

Zwar wußte jeder, daß Bestuschew bestochen werden mußte, aber wer nahm zu jener Zeit kein Bestechungsgeld? Er vergaß jedoch niemals das Testament Peters des Großen und hatte die Obersten Horvat, Schewitsch, Preradowitsch, Joan Tscharnoewitsch und viele andere Offiziere nach Rußland gebracht.

Und er hatte in Petersburg erreicht, daß den Serben ein abgesondertes Gebiet am Dnjepr zugewiesen wurde. Auch künftig würde er für die Serben eintreten, ließ er ihnen aus Sachsen ausrichten! Seinen Posten als russischer Gesandter nahm Baron Keyserling ein, von dem Koptscha behauptete, er wäre Graf.

Von diesem Grafen – der zu jener Zeit nur Baron war – berichtete Koptscha, daß er ein großer Herr wäre, ein Deutscher, in Kurland geboren. Früher hätte er in polnischen Diensten gestanden. Er wäre hochmütig, dünkelhaft und sehr mächtig.

Keyserling habe einen Sekretär, der Bittner heiße und Preuße sei und die Serben nicht möge, vor dem Mittagessen hasse er die Serben, und nach dem Mittagessen die ganze

Welt. Isakowitsch solle sich in acht nehmen und jedes Wort abwägen. Als Pavle das hörte, schwindelte ihn fast. Wie unglücklich sind doch die Serben! Nach so vielen Leiden trifft er hier in Wien anstelle von Bestuschew auf Deutsche, auf Preußen, die keine Serben mögen, und er wird ihnen im russischen Zarenreich und in der russischen Gesandtschaft begegnen. Wie soll er sich das erklären? Agagijanijan lachte, als Pavle das fragte.

All das Jammern half Isakowitsch nichts.

Nachmittags zur festgesetzten Zeit betrat er die russische Gesandtschaft in der Leopoldstadt, von Agagijanijan begleitet, als würde er wieder in den Arrest gebracht. Er hatte den Kopf gesenkt und sah in vielen Spiegeln sein Ebenbild, das jeden Schritt von ihm wiederholte. Vom langen Warten in einem düsteren Vorzimmer waren seine Augen ermüdet, und es kam ihm vor, als wäre außer ihm niemand anwesend. Gegen vier Uhr wurde Isakowitsch von Wolkow empfangen, dem Zweiten Sekretär des Grafen Bestuschew und jetzt des Grafen Keyserling. Er und der Premiersekretär Tschernew hatten unter Graf Bestuschew die Akten über die serbischen Offiziere geführt und waren auch unter Graf Keyserling dafür zuständig.

Schon vor dieser Audienz hatte die Burgwache die Mitteilung erhalten, daß sich Paul Edler von Izakowitz – so schrieb man den Namen – in Wien frei bewegen dürfe und daß sein Abschied aus dem österreichischen Heer gültig sei.

Pavle trug zur Audienz in der russischen Gesandtschaft und auf den Wiener Straßen die Uniform des illyrischen Husarenregiments. Er wolle allen zeigen, sagte er zu Agagijanijan, daß er sich seiner ehemaligen Uniform nicht schäme und auf die neue russische Uniform ebenso stolz sein werde! Er sei ein Offizier der serbischen Nation. Das werde er auch als russischer Offizier bleiben!

Dieser Isakowitsch war die Eitelkeit selber!

Agagijanijan lachte über ihn!

In der großen Welt, sagte er, wären die Nationen nichts wert!

Wert hätten Geld und Edelsteine!

Vor allem dürfte der Rittmeister nicht schüchtern sein, er

müßte einen höheren Dienstrang fordern! Das wäre allen serbischen Offizieren zugestanden worden!

Isakowitsch hörte nicht zu, sondern bewegte sich wie im Traum. Der russische Gesandte residierte in einem kleinen Barockpalais, das von einem weitläufigen Platanenpark umgeben war. Durch das prunkvolle Tor konnten zwei Kutschen nebeneinander fahren. Vor dem Tor empfing die Besucher ein Portier, ganz in Silber und Gold, und in den ersten Stock wurden sie von einem eigens dazu beorderten Lakaien geführt. Dort lag die Kanzlei des Zweiten Sekretärs. Isakowitsch glaubte durch Wände zu schreiten. In einer blauen Nische stand eine Statue der Göttin Venus, die eine Hand auf den Nabel hielt.

Als Isakowitsch Wolkows Büro betrat, glaubte er sich in völliger Dunkelheit zu befinden.

Zu jener Zeit hatte man in der russischen Gesandtschaft ein Reglement darüber verfaßt, wie mit serbischen Offizieren, die nach Rußland übersiedeln wollten, zu verfahren war. Unter Graf Bestuschew wurden diese Offiziere in der Korrespondenz mit Behörden nicht als österreichische, sondern als russische Offiziere bezeichnet, deren Übersiedlung nach Rußland gestattet war. Wenn Bestuschew in der Hofkanzlei intervenierte, forderte er gewöhnlich die Freilassung festgenommener oder arretierter Offiziere, da sie angeblich russische Untertanen waren. Diese Praxis setzte auch Graf Keyserling eine Zeitlang fort.

Ebenso wurden die Offiziere alle auf die gleiche Weise empfangen und befragt.

Nach einem Reglement, an das sich Tschernew strikt hielt.

Der Zweite Sekretär Wolkow nahm es nicht so streng. Ihm war auch die Korrespondenz mit dem Montenegriner Bischof Vasilije anvertraut worden, der zu der Zeit über Wien nach Rußland reiste. Der Bischof wollte die Genehmigung erlangen, alle Bewohner Montenegros nach Rußland umzusiedeln!

Enttäuscht und verbittert stand Isakowitsch vor Wolkow – wie vor Garsuli bei der Parade. Er sah die Spiegel an der Wand, die Gobelins, den großen Versailler Tisch, die Gardinen und draußen die Wipfel der Platanen. Am Tisch saß ein

Mann mit Perücke, der etwas schrieb, ohne sich von den Eintretenden unterbrechen zu lassen.

Beim Schreiben bewegte er die Lippen.

Der Mann wirkte wie ein Bär in französischer Kleidung.

Schließlich faltete er das Papier zusammen, reichte es einem Lakaien und rief laut, als stünde dieser im anderen Zimmer: »Zu Asch!« Baron Asch war der Sekretär des Premiersekretärs Tschernew.

Als Wolkow aufgestanden war, sah Isakowitsch, daß es ein großer junger Mann mit strohblondem Haar war, das jetzt von der Perücke verdeckt wurde. Er hatte grünliche Augen und ein heiteres Gesicht. Während er höflich nähertrat, sagte er: »Choroscho! Choroscho!«

Pavle verstand ihn nicht.

Wolkow sagte dann, er entsinne sich, daß Isakowitsch nicht Russisch spreche, aber Deutsch verstehe. Das habe ihm Agagijanijan erklärt. So versicherte er nun Pavle in deutscher Sprache, daß die Isakowitschs nichts zu befürchten brauchten. Alle bekämen einen Paß zur Übersiedlung, alle, die sich in die Liste eingetragen hätten, und niemand könnte das verhindern. Die Hofkanzlei müßte höchstens beweisen, daß der General, der den Abschied aus dem österreichischen Heer unterschrieb, kein Recht dazu besaß! Das dürfte kaum geschehen! Die Generalkommandantur in Esseg und Temesvar würde eine Kopie des Passes erhalten.

Wolkow sprach vorzüglich deutsch, nuschelte aber ein bißchen, und Pavle verstand ihn nicht gleich. Er starrte auf den französischen Frack, die kräftigen Schenkel, die dicken Waden in Seidenstrümpfen und besonders auf die weiße Weste mit Brillantknöpfen. Russen hatte er sich ganz anders vorgestellt.

Nach dem Reglement fragte nun Wolkow, warum Isakowitsch umsiedeln wolle.

Isakowitsch zuckte zusammen und erzählte, daß die Serben bei der Schlacht auf dem Amselfeld ihr Königreich verloren, daß Fürst Lazar fiel, aber Milos den Sultan Murad erstach, und daß sie, die Isakowitschs, nach Österreich gegangen waren und jetzt in Sirmien im Temeser Banat lebten, das sie Neu Serbien nannten.

Der Sekretär unterbrach ihn.

Das sei interessant, sagte er, aber das habe man schon gehört! Herr Nikolai Tschernew, der Premiersekretär, könne ihretwegen nicht mehr ruhig schlafen. Er träume schon von Murad und Fürst Lazar auf dem Amselfeld. Das habe man alles schon gehört. Vielmehr solle der Rittmeister aufrichtig sagen, was ihn aus Österreich treibe. Nur das solle er erklären, und er möge nicht zu schnell sprechen.

Wolkow schritt im Zimmer auf und ab, als wäre Isakowitsch eine Uhr und er der Perpendikel, und wischte sich mit einem umhäkelten Spitzentüchlein den Schweiß von der Stirn.

Pavle wunderte sich darüber, was er hier hören mußte.

Dieser junge Mann, ein russischer Bruder, will ihm nicht erlauben, vom Unglück des serbischen Volkes zu berichten, er will nicht wissen, was alle Serben erlitten haben. Er läßt ihn nicht ausreden. Das wäre interessant! Aber das hätten sie schon gehört! Pavle sprach nun über die jüngste Vergangenheit und die Leiden, die sie erdulden mußten. Wie die Isakowitsch mit Vuk aus Crna Bara nach Österreich zogen, wie sie Offiziere wurden, wie sie gegen Franzosen und Preußen kämpften, wie sie …

Wolkow unterbrach ihn wiederum.

»Ich habe in letzter Zeit mehrere serbische Offiziere nach Rußland schicken wollen. Manche verzichten dann auf den Paßport. Sie, Rittmeister, sollen mir sagen, ob sich die Isakowitschs in Österreich wirklich so unwohl fühlen, daß sie sich bestimmt nicht anders besinnen werden! Laut Vorschrift muß ich Sie das fragen.«

Pavle erwiderte mit rotem Gesicht, daß Österreich den Serben nicht nur den Glauben nehmen und die ererbten Sitten verbieten wolle. Es habe die Serben aus dem Heer entlassen, als die Kriege vorbei waren, und verlange jetzt, daß sie Knechte werden und für die Gutsherren in Ungarn das Land beackern. Die Isakowitschs hätten ihren armen Landsleuten versprochen, daß es ihnen bei Christen besser ergehen würde als unter den Türken. Aber sie seien betrogen worden.

Wolkow blieb stehen und sagte: »Choroscho! Choroscho!« Diese Worte verstand Pavle nicht. Ihm direkt in die Augen blickend, fragte der Sekretär: »Sagen Sie mir kurz und knapp: Wann haben Sie beschlossen, nach Rußland zu gehen?«

Pavle antwortete: »Als die sirmischen Husaren von der Kavallerie zur Infanterie versetzt wurden! Als der Krieg vorbei war! Wir wollen nicht zur Infanterie!«

Wolkow war stehengeblieben und lächelte nun. »Das wollte ich hören. Dasselbe haben mir auch andere gesagt, die auf den Paßport warten. Sie haben recht. Aber was wird geschehen, wenn die Serben in Rußland zur Infanterie abkommandiert werden? Für das, was sie hier getan haben, gibt es in Rußland harte Strafen. Dort schneidet man sogar die Zunge heraus, und wegen Ungehorsam werden Offiziere nach Sibirien verbannt.«

Pavle erblaßte und sagte, daß ihn Schewitsch bei den Husaren eingetragen habe. Aber eher wolle er nach Rußland zur Infanterie, als nach Temesvar zurückkehren und um Pardon bitten. Er wolle nicht sehen, wie seine Leute, die er aus Serbien hergeführt habe, bei den Gutsherren auf dem Acker schuften und im Wald Stöcke roden. Lebend gehe er nicht zurück. »Ich will nach Rußland, auf jeden Fall«, schloß er.

Wolkow fragte, ob alle Serben so dächten.

Isakowitsch antwortete, daß darin alle Serben einig wären. Alle würden Rußland als ihren Patron betrachten und dorthin ziehen, wenn sie könnten. Einen anderen Patron hätten sie nicht.

Wolkow schritt nun wieder vor Isakowitsch auf und ab und fragte, wie viele Pferde, Wagen und Knechte er habe. Pavle überlegte eine Weile, ob er ihm sagen sollte, daß sie, die Isakowitschs, verarmt waren und nicht wie Grafen reisen würden. Mit ihnen würden nur Frauen und Kinder ziehen, sagte er dann, und ein paar alte Bedienstete. Er rechne mit ungefähr zweihundert Seelen. Ganze Dörfer würden gehen, wenn sie könnten!

Wolkow sagte nun: »Wenn Sie dem neuen Gesandten vorgestellt werden, schweigen Sie darüber! Sprechen Sie nur von Offizieren! Etwas wollte ich Sie aber noch fragen. Österreich will den Serben den rechten Glauben nehmen, es jagt sie aus dem Heer, siedelt sie auf ungarischen Gütern an, so daß viele Menschen fortziehen wollen. Wenn das wirklich so ist, warum mißbilligt dann der Metropolit die Umsiedlung? Wie kommt es, daß das Wiener Metropolitenamt schlimme Intrigen gegen diejenigen spinnt, die aussiedeln wollen? Es prozessiert gegen Schewitsch wegen irgendwelcher Schulden, hat Preradowitsch denunziert, und mehrere Offiziere befinden sich wegen dieser Denunziationen im Gefängnis.«

Pavle antwortete, darüber brauche man sich nicht zu wundern.

Er wisse, daß der Metropolit den Bischof von Montenegro ins Kloster Kruschedol gesperrt habe, dessen Inhaber, wie Pavle die Stifter bezeichnete, die Familie Isakowitsch sei. Er wisse, daß sich in Wien ihr Nationalkanzler befinde, womit er den Sekretär des Metropoliten meinte, und die Offiziere denunziere. Der Metropolit meine, man dürfte sich nicht von Wien lösen. Die Serben wären in ein christliches Land gekommen und sollten nun nicht in ein fernes unbekanntes Land ziehen und Haus und Habe – Pavle sagte: unser Kuh und Ochsen – zu einem Spottpreis verschleudern. Der Metropolit meine, den Serben würde es in Österreich bald besser ergehen!

Wolkow sagte: »Die Kirche ist vernünftig!«

Isakowitsch erwiderte, daß es für unterwürfige, schmeichlerische Geistliche ohne Familie leicht wäre. Sie hegten noch Hoffnungen, aber für Soldaten und Offiziere gäbe es in Österreich keine Hoffnungen mehr. Österreich hätte ihr Blut getrunken und ließe sie jetzt fallen. Für sie wäre hier kein Platz mehr. Darin stimmten alle Offiziere überein, und alle würden gehen, wenn ihnen Bestuschew noch helfen könnte.

Wolkow sagte daraufhin freundlicher: »Um die Serben kümmert sich die Gesandtschaft auch ohne Graf Bestuschew. Aber denken auch gewöhnliche Soldaten so wie die Offiziere?«

Isakowitsch antwortete: »Wir sind alle eine Familie, die Soldaten sind unsere Verwandten, Gevattern und Landsleute. Alle wollen nach Rußland.«

Der Sekretär fragte nun: »Was sind Landsleute? Diener oder Bauern? Männer? Landbesitzer?«

»Serben aus einem Dorf, und unserem Herzen manchmal lieber als der eigene Bruder.«

»Das ist sehr interessant«, sagte Wolkow. »Doch«, fuhr er fort, »die Gesandtschaft hat schon zu Zeiten des Grafen Bestuschew mit den Serben genug unangenehme Erfahrungen gemacht. Und in Rußland sperren sie Mund und Nase auf! Hier stellen die Serben die Dinge so hin, als wäre die Situation in Österreich unerträglich, aber wenn sie in Rußland ankommen, sind sie unzufrieden. Sie fordern höhere Ränge! Und das schlimmste ist: Mit ihnen hat man es schwer. Jeder will besser als der andere sein. Mir scheint, es gibt ein gemeinsames Laster der Serben: Neid!«

Pavle sagte nun, nachdem er über seinen Schnurrbart gestrichen hatte, mit den Isakowitschs werde er es leicht haben. Ihnen sei es gleichgültig, welche Ränge ihnen Rußland gebe. Sie gingen nicht wegen höherer Ränge oder wegen höherem Sold, sondern um in den ruhmbekränzten russischen Truppen zu kämpfen. Alles, was er für sich und seine Vettern erbitte, sei Dienst bei der Kavallerie und nicht bei der Infanterie.

Wolkow rief nun wiederum: »Choroscho! Choroscho!«

Dann fügte er hinzu: »Die Gesandtschaft wird das Kriegskollegium in Petersburg unterrichten, daß die Familie Isakowitsch einwandert und nichts fordert. Sie möchte nur für Rußland kämpfen und sich den Georgsorden verdienen.«

Während Wolkow das sagte, kam es Pavle vor, als lächelte er spöttisch über ihn.

Pavle sagte nun: »Seine Hochwohlgeboren braucht sich nicht wundern. Serbien ist Bergland, wo wir reine Luft atmen, und die Mutter hat mir erzählt, daß kein Isakowitsch den Rücken gebeugt hat, auch nicht vor den Türken. Ich will nicht allein nach Rußland. Im christlichen Österreich ist kein Christentum, alles ist bloß Lüge, Heuchelei, Gewalt und Unrecht.«

Wolkow betrachtete ihn nun mit ernster Miene.

Er fragte ihn nochmals, ob seine Entscheidung endgültig sei. »Vielleicht bereuen Sie das später, weil Sie auch in Österreich gut leben könnten? Wer im Lande bleibt, erhält jetzt von Österreich Güter und den Adel. In Akten und Bittschreiben verwechselt man schon die Namen. Es ist schwer, die serbischen Namen zu schreiben: Wir schreiben jemanden

Schterba, und die Österreicher Csorba, und niemand weiß, ob es sich um einen oder zwei Offiziere handelt.«

Isakowitsch sagte, daß es ein Verwandter von ihm sei, ein und derselbe Offizier, den er kenne. Man möge ihre Namen schreiben, wie man wolle, sie möchten Offiziere bleiben und ihr Leben in einer Schlacht beenden. Sie möchten nicht im Bett sterben und Kaufleute oder Händler in Slawonien werden.

Wolkow sagte lächelnd, die Isakowitschs würden ihm gefallen, solche Menschen wären ihm sympathisch. Sympathischer als die Serben wären nur noch die Ungarn. Sie wären lustiger! Aber Isakowitsch möge gestatten, ihn auch das zu fragen: Ob etwa eine unglückliche Liebe mitspiele? Eine Frau, die schöne Augen und schöne Beine habe. Ob Isakowitsch deshalb so für Rußland entflammt sei.

Wolkow war im Gespräch unwillkürlich ins Russische übergegangen – jedenfalls erzählte das Pavle später seinen Vettern.

Pavle war gekränkt, und er erwiderte, daß er Witwer sei, daß vergangenes Jahr seine Frau bei der Geburt seines Kindes gestorben sei und daß er an Frauen nicht einmal denke.

Wolkow ging nun auf Pavle zu.

Er sagte auf russisch: »Rittmeister, trauern Sie nicht Vergangenem nach!« Da ihn Pavle nicht verstand, übersetzte er es ins Deutsche mit den Worten: »Nein, Sie sind nicht ohne Hoffnung! Grübeln ist nicht gut!«

Wolkow lächelte und schien Pavle umarmen zu wollen. Er sagte, daß er voriges Jahr auch große Trauer hatte. Sein Vater war gestorben. Man dürfe jedoch nicht ewig trauern.

Und er wiederholte: »Rittmeister, trauern Sie nicht Vergangenem nach!«

Und als er sah, daß sich Pavles Gesicht verfinsterte, trat er zu ihm und umarmte ihn wirklich. Er forderte ihn auf, morgen oder übermorgen wiederzukommen. Dann hoffe er, ihn dem Gesandten vorstellen zu können.

Jetzt solle er beruhigt gehen und durch Wien spazieren!

Niemand dürfe ihm ein Haar krümmen.

Er befinde sich unter dem Schutz der Zarin Elisabeth und des russischen Gesandten in Wien. Übrigens habe Agagijanijan den Auftrag, ihn zu begleiten und nicht aus den Augen zu lassen.

Wolkow klingelte mit einem Glöckchen, das er vom Tisch nahm.

Ein Lakai trat ein und geleitete Pavle die Marmortreppe hinunter.

Pavle schritt mit gesenktem Kopf.

Er war so matt, als wäre er auf einem wilden Pferd ohne Pause von Temesvar bis Wien geritten. Er bemerkte nicht einmal Agagijanijan, der am Tor auf ihn wartete.

Der Pförtner ging auf Pavle zu und fragte: »Wo haben Ihro Gnaden die Kutsche?«

Pavle sah den Mann an, als erwache er aus einem Traum, und antwortete nichts. Er ging weiter, ohne sich umzuwenden, auch nicht zu Agagijanijan, der ihn verwundert mit Blicken verfolgte.

Pavle ließ den Säbel über das Pflaster schleifen. So etwas hatte man in Wien noch nie gesehen, die Leute drehten sich um. Der Rittmeister lief mit schaukelndem Gang wie die einfachen sirmischen Husaren zu jener Zeit.

X

Zwischen Lebenden und Toten zerreißen alle Bande

Über die Nachricht, daß Isakowitsch vom Grafen Keyserling empfangen würde, freute man sich nicht nur im Hause des Bankiers Koptscha, sondern auch in der Herberge »Zum Engel«.

In diesem Gasthof wohnten serbische Offiziere, die man aus den österreichischen Grenzertruppen entlassen hatte. Sie hofften in Wien auf einen Paß, um auswandern zu können.

Die Versetzung des russischen Gesandten, des Grafen Michail Petrowitsch Bestuschew-Rjumin – dessen Bruder der mächtige Großkanzler in Petersburg war –, traf diese Unglücklichen und ihre Familien wie ein Blitz aus heiterem Himmel. Mehrere Offiziere wurden später verhaftet und auf die Wiener Hauptwache gebracht, und einige sollten nach Graz auf den Schloßberg kommen. Das bedeutete, daß sie lebendig begraben waren. Aus dieser Festung kehrte selten jemand wieder.

In der Mitte des 18. Jahrhunderts, nach dem Ende der Türkenkriege, war der Orient weit von Wien entfernt. Die Türken blickten auf die österreichischen Länder – und auf Europa – nur noch aus einem Fenster, aus der Belgrader Festung Kalemegdan.

Zwar verteidigten die türkischen Armeen noch verbissen die Küsten des Schwarzen Meeres gegen das Zarenreich, aber die Trommeln der Janitscharen waren auch dort verstummt. Und die einst blutbefleckten Fahnen der türkischen Paschas verblichen in Regen und Wind. Der muselmanische Orient besaß kein Heer mehr, das die Donau überschreiten konnte.

Wenn jetzt die österreichische Kaiserin ruhig einschlief, da der Halbmond nicht mehr am Himmel über Wien, sondern über dem Bosporus hing, wo er ein friedliches Meer beschien, so hatte sie doch unruhige Träume. Der preußische König Friedrich II., den Maria Theresia als Bestie in Menschengestalt betrachtete, war ihr Todfeind geworden. Sie sah ihn im Traum, wie er in seiner preußischen Uniform, den Dreispitz auf dem Kopf, vor ihr stand und sie mit seinen schrecklichen, irren tiefblauen Augen anstarrte.

Der muselmanische Moloch war nach so vielen Kriegen zu einem Operetten-Sultanat geschrumpft, aber nun erschien Preußen als bedrohlicher neuer Feind.

Zur russischen und österreichischen Kaiserin und dem englischen und französischen König setzte sich der preußische Friedrich an den Kartentisch. In diesem Spiel wurden Länder gewonnen und verloren. Hunderttausende Soldaten blieben als Leichen auf schneeverwehten Feldern liegen. Russische Verwundete begrub man lebendig, damit sie nicht genesen und in der nächsten Schlacht weiterkämpfen konnten.

Dieser preußische König, hoch zu Roß, mit Stiefeln bis über die Knie, vermochte die österreichische Kaiserin niemals zu beschwichtigen oder für sich zu gewinnen – er war ihr auch als Mensch widerwärtig. Maria Theresia war eine gute Mutter und gebar Kinder – sechzehn an der Zahl.

Die Kriege zwischen Österreich und Preußen waren schlimmer als die Türkenkriege. Man stritt nicht um ferne Balkanländer oder um die Hälfte Ungarns. Jetzt ging es um die Grenzen des Kaiserreichs, um die Kaiserin persönlich, um Wien, um Österreich, um Europa.

Die Rettung Österreichs erhoffte man sich von jenem neuen russischen Heer, das Peter der Große geschaffen und seiner Tochter hinterlassen hatte. Ein Bündnis mit der Zarin Jelisaweta wurde zum politischen Axiom in Maria Theresias Hofkanzlei.

Die Anmaßungen des russischen Gesandten in Wien sollten vorläufig geduldet werden.

Was die eigensinnigen schismatischen Serben betraf, so waren sie mit ihrem Patriarchen, ihren Popen und ihren Pferden willkommen gewesen, solange die Türkenkriege dauerten. Serben und Kroaten hatten ihr Blut in vielen Ländern vergossen, und ihre Gebeine lagen überall in Europa. Noch vor zwölf Jahren, nach dem Ende der Türkenkriege, zählte das österreichische Heer über achtzigtausend Mann, mehr als die Hälfte waren Serben.

Diese Zeiten waren vergangen.

Man wollte im Süden des Reichs verwüstete Gebiete besiedeln, Sümpfe trockenlegen und die entlassenen Soldaten in Landarbeiter verwandeln. Und als einige Regimenter rebellierten und forderten, nach Rußland auswandern zu dürfen, versperrte ihnen die Hofkanzlei nicht den Weg.

Sollen sie in Gottes Namen ziehen!

Bestuschew erhielt vor einem Jahr ohne Schwierigkeiten die Pässe für die Obersten Schewitsch, Preradowitsch, Tscharnojewitsch, etwa fünfzig weitere Offiziere und mehrere hundert Soldaten. Ausgestellt wurden die Pässe direkt vom österreichischen Hofkriegsrat.

In einem Bericht der russischen Gesandtschaft hieß es: »Der Wiener Hof entledigt sich freiwillig der tapferen serbischen Armeen.«

General Leontjew, der Gouverneur von Kiew, plante im Herbst 1751 die Bildung von zwei Husaren- und zwei Infanterieregimentern mit serbischen Emigranten.

Erst als sich ganze Dörfer im Temeser Banat in die Aussiedlerlisten eintrugen, wurde man in Wien stutzig. Und als in Temesvar und Sombor russische Emissäre gefaßt wurden, geriet die Hofkanzlei in Panik. Der Kanzler Baron Uhlfeld beklagte sich bei Maria Theresia darüber, daß ihn der russische Gesandte, Graf Bestuschew, den ganzen Winter nicht aufsuchen wollte, und die Kaiserin schrieb am 11. März 1752, daß die Auswanderung der Serben nach Rußland ein für allemal aufhören müsse. Sechs russische Offiziere serbischer Herkunft, die sich angeblich wegen Geschäften in Wien aufhielten, wurden festgenommen und Ende Mai ausgewiesen.

Graf Bestuschew hatte seine Kräfte überschätzt. Der Gesandte der Zarin Jelisaweta mußte Wien verlassen. Sein Bruder, der russische Großkanzler, versetzte ihn nach Sachsen.

In der Wiener Hofkanzlei dachte man, die Serben würden es sich nun aus dem Sinn schlagen, nach Rußland zu ziehen.

Man irrte sich.

In jenen Tagen hatten der Wiener Mentor der Familie Isakowitsch, der Bankier Koptscha, und sein Dolmetsch Agagijanijan den Rittmeister in den Gasthof gebracht, der in der Landstraße lag und von den serbischen Offizieren Engelschenke genannt wurde.

Hier wohnten serbische Offiziere, die auswandern wollten.

Isakowitsch bekam ein bescheidenes Zimmerchen auf der Hofseite über der Toreinfahrt. Jedesmal, wenn Wagen eintrafen oder abfuhren, erzitterte der Fußboden.

Der Rittmeister des neuerrichteten illyrischen Husarenregiments Pavle Isakowitsch, der den Abschied erhalten hatte, wartete in diesem Zimmer darauf, vom neuen russischen Gesandten in Wien, dem Grafen Keyserling, empfangen zu werden. Er erkundigte sich jeden Tag bei der russischen Botschaft in der Leopoldstadt nach dem Termin.

Pavle hatte dieser Tage viele Sorgen.

Im Gasthof wurde nur zweimal jährlich gewaschen, und so hatte er überhaupt keine saubere Wäsche mehr. Das Spitzenhemd und der Kragen jedoch, zu jener Zeit unabdingbar bei der Kleidung von Offizieren, mußten genau passen. Isakowitsch hatte daher die größte Mühe, sich ein sauberes Hemd zu verschaffen.

Nach einem Brief an die Familie wurde Isakowitsch schließlich am Tage des Hieromärtyrers Anthegones, dem Tag, den die Katholiken der heiligen Martha weihten, vom russischen Gesandten empfangen. Nach dem alten Kalender war es der sechzehnte und nach dem neuen der neunundzwanzigste Juli.

Es war ein Mittwoch, ein schwüler Tag.

Über Wien ballten sich Gewitterwolken zusammen. Man hörte Donnergrollen.

Graf Keyserling, wohlgelitten von Maria Theresia, beabsichtigte nicht, Bestuschews Politik fortzusetzen. Das Problem der serbischen Aussiedler hielt er für nebensächlich. Er befürchtete, deswegen könnten die guten Beziehungen zwischen dem russischen und dem österreichischen Hof gestört werden. Diesen aufgeklärten und dünkelhaften Mann interessierte jedoch der Streit zwischen den Konfessionen – schon in Polen und Sachsen hatte er dieses Problem mit lebhaftem Interesse verfolgt. Sein Zweiter Sekretär wies ihn auf diesen Umstand hin, und Keyserling beschloß, einige serbische Offiziere, die gegen Österreich klagten, persönlich anzuhören.

Beiläufig, wie er Schmetterlinge im Garten betrachtete.

Als Wolkow mit Isakowitsch in der Tür erschien, bereitete sich der Gesandte gerade zum Ausgehen vor.

Er stand vor dem Spiegel.

Die prunkvollen Möbel, die Spiegel und die großen Fenster blendeten Pavle. Er verneigte sich aufgeregt vor Keyserling – besser gesagt, er verneigte sich vor Keyserlings Spiegelbild und nicht vor dem Gesandten, der auf der anderen Seite stand, den linken Fuß auf einen Lehnstuhl gestützt. Keyserling heftete sich gerade einen Orden an die Brust, den man ihm kürzlich in Wien verliehen hatte.

Wolkow mußte Pavle zur richtigen Seite drehen, dann verbeugten sich beide. Der Zweite Sekretär verkündete laut den Namen und den militärischen Rang des Besuchers.

Hätte ihn Wolkow nicht zurückgehalten, wäre Pavle zu dem Gesandten gelaufen, um ihm die Hand zu küssen.

Keyserling war siebenundfünfzig Jahre alt. Dieser Balte in russischen Diensten hatte das Gesicht der Menschen aus dem Norden – Träumer und Seemann zugleich. Dagegen gebärdete er sich hochmütig wie ein deutscher Ritter. Seine kalten Augen musterten Pavle. Seine Nase war groß, und das Doppelkinn deutete auf einen Mann, der gerne ißt und beim Speisen viel Zeit verbringt. Das häufige barsche Befehlen hatte dem Mund einen groben Zug verliehen.

Durch die riesige Perücke, die man zu jener Zeit trug, wirkte das sonst edle Gesicht noch gröber.

Isakowitsch erzählte später seinen Vettern, daß ihm Keyserling wie ein rasierter Löwe vorkam. Und weil in der Familie Isakowitsch niemand je einen Löwen gesehen hatte außer auf Ikonen in der Kirche, stellte sich jeder den Mann nach der eigenen Phantasie vor. Pavle sagte auch, daß ihm Keyserling wie ein russischer Garsuli erschien.

Der Gesandte trug an jenem Tag einen langen französischen Frack aus blauem Samt, geschmückt mit Orden und Brillanten. Die kräftigen Beine steckten in Kniehosen aus weißer Seide, die flachen Schuhe waren mit silbernen Schnallen verziert. Keyserling war keineswegs von Natur aus grausam. Wie alle Deutschen in russischen Diensten benahm er sich dünkelhaft, aber als gebildeter und aufgeklärter Mann war er zu allen freundlich. Pavle war für ihn ein Niemand, ein bedeutungsloser Besucher eines bedeutungslosen Tages zu Beginn seiner Tätigkeit in Wien.

Keyserling hatte weitaus größere Sorgen als die Serben.

Während sich Isakowitsch verneigte, winkte ihm der Gesandte gnädig zu. In der Hand, die aus einem weiten goldbestickten Stulpenärmel hervorsah, schwenkte er lange Handschuhe. Er betrachtet den großen schönen Offizier eine Zeitlang mit Zufriedenheit. Dann wandte er ihm den Rücken zu und sagte, daß er ihn als Offizier der Zarin begrüße. Der Rittmeister habe sein Ziel erreicht. Jetzt stehe er unter dem Schutz, dem vollständigen Schutz des russischen Hofes und brauche nichts mehr zu befürchten.

Diese Phrasen, die sein Vorgänger beim Empfang serbischer Offiziere gebraucht hatte, hielt auch Keyserling für angemessen. Er verteilte sie bei solchen Gelegenheiten wie Almosen.

Dann schritt er um den großen Schreibtisch, den eine Marmorplatte bedeckte, und setzte sich.

Wolkow wies nun devot den Gesandten darauf hin, daß Isakowitsch leider nicht Russisch spreche. Keyserling schaute Pavle ins Gesicht und rief schallend in deutscher Sprache: »Das wird Er lernen! Das wird Er lernen!«

Isakowitsch werde den Paßport erhalten, sagte er. Sowohl für sich wie für seine Vettern. Wer auf der Liste des Generals Schewitsch stehe – der anscheinend jetzt durch Slawonien streife – erhalte einen Paßport. Das geschehe mit Erlaubnis des österreichischen Hofes und der Kaiserin Maria Theresia, der die Serben dankbar sein müßten. Der Rittmeister möge ihm nun sagen: Stimme es, was ihm der Zweite Sekretär erklärt habe, daß *alle* serbischen Offiziere aus dem österreichischen Heer nach Rußland gingen, wenn sie könnten?

Pavle antwortete: »Alle – und auch ganze Dörfer!«

Keyserling wies ihn zurecht: *»Das* habe ich Ihn nicht gefragt.« Der Gesandte musterte Pavle einen Moment mit finsterer Miene, bevor er sich an den marmornen Kaminsims unter dem Spiegel lehnte, und fragte dann: »War Er einmal in Montenegro?«

Pavle antwortete verwundert: »Nein, gnädigster Graf!«

Darüber mußte Keyserling lächeln.

»Ich frage Ihn«, sagte er, »ob Er sich unter Montenegrinern zurechtfinden würde, wenn man Ihn dorthin schickte. Könnte Er alles ergründen, was sie reden, was sie denken, was sie fühlen? Würde Er ihr Vertrauen gewinnen?«

Da der Gesandte ungeduldig auf eine Antwort wartete, sagte Pavle verwirrt, Serben und Montenegriner würden zur selben Familie gehören. Keyserling lächelte auch darüber und sagte: »Ich betraue Ihn mit einer delikaten Mission. Der montenegrinische Bischof Basilio« – womit er den Wladika Vasilije meinte – »ist auf dem Wege nach Rußland und erklärt, daß er ganz Montenegro nach Rußland umsiedeln möchte. Viele Menschen weilten angeblich schon in Triest, während seine Landsleute von den österreichischen Behörden hier in Wien festgehalten würden. Überall an der Adriaküste sollen sich Menschen aufhalten, die nach Rußland auswandern wollen. In Wien sind die Montenegriner in einem Lazarett an der Donau interniert. Die Angelegenheit ist sehr heikel. Er, Rittmeister, soll diese Menschen kennenlernen und sich erkundigen, wer sie zur Auswanderung angestiftet hat. Was hat Bischof Basilio mit seinen Landsleuten in Rußland vor? Wer steht in Montenegro hinter Bischof Basilio und wer nicht? Was hat dieser alberne Mönch den Menschen versprochen? Und die Hauptsache: War Basilio hier in Wien beim venezianischen Gesandten Korner? Der Pope in unserer Gesandtschaft bestreitet das, während ein gewisser Herr Agagijanijan das behauptet. Seine Aufgabe, Rittmeister, besteht darin, die Wahrheit herauszufinden. Der Zweite Sekretär hat Ihn empfohlen, und Ihm bietet sich eine Gelegenheit, jetzt seine Ergebenheit gegenüber der Zarin und mir persönlich zu beweisen. Hat Er verstanden?«

Der Edle von Isakowitsch brachte kein Wort heraus. Dann faßte er sich und sagte auf deutsch, daß er für diese Aufgabe ungeeignet sei und möglichst bald nach Rußland aufzubrechen wünsche.

Keyserling stutzte, seine Augen weiteten sich, und über seine Wangen ergoß sich Röte.

Er fuhr Pavle an: »Ich habe nicht nach Seiner Meinung gefragt. Er hat zu befolgen, was Ihm befohlen wird! Laß Er sich das gesagt sein!«

Und als Pavle den Mund aufmachte, um etwas zu erwidern, schrie Keyserling wütend: »Merke Er sich, bevor es zu spät ist, daß im russischen Heer ein Untergebener nicht fragt, sondern gehorcht. Er sagt nur: Zu Befehl!«

Die letzten beiden Worte hatte Keyserling russisch gesagt.

Und Isakowitsch, verblüfft und betroffen, wiederholte russisch: »Zu Befehl!« Keyserling lächelte nun gnädig und erklärte, alles übrige werde der Zweite Sekretär erledigen. Und wenn der Rittmeister seine Mission gut erfülle, was er nicht bezweifle nach allem, was er über ihn gehört habe, würde die Belohnung nicht ausbleiben. Isakowitsch würde seinem Namen große Ehre machen, endete er in schwülstigem Tonfall.

Pavle schwieg wie betäubt.

Er spürte jedoch, daß ihn Wolkow am Ärmel zog, weil die Audienz beendet war. Mit einer tiefen Verbeugung verließ Pavle rückwärts den Raum, wie es die Etikette vorschrieb.

Auf dem Gang prustete Wolkow leise vor Lachen und sagte: »Bisher hat noch niemand gewagt, dem Grafen zu widersprechen! Ihre Mission ist ein Zeichen großen Vertrauens, und ich werde alle Vorkehrungen treffen. Wenn Sie erfolgreich sind, werden Sie mit Keyserlings Empfehlung triumphal nach Rußland ziehen. Der Graf möchte vor allem wissen, ob Wladika Vasilije den venezianischen Gesandten in Wien aufgesucht hat.«

Isakowitsch schritt neben Wolkow die Treppe hinunter, blaß, mit gesenktem Kopf, stumm.

Wolkow erkundigte sich frohgelaunt: »Wo verbringen Sie die Abende? Gehen Sie in Gesellschaft? Spielen Sie Karten oder speisen Sie irgendwo mit Damen? Besuchen Sie abends das Theater und sehen Sie sich den Hanswurst an? Oder das Feuerwerk?«

Pavle antwortete mit schwacher Stimme, als wäre er krank, daß er die Gesellschaft meide, nicht ins Theater gehe, sich niemals den Hanswurst angesehen habe und allein in seinem Gasthof speise.

Erstaunt fragte ihn Wolkow: »Sie kennen wirklich niemanden in Wien?«

»Ich kenne bloß den Bankier Koptscha.« Dann fügte er zögernd hinzu, daß er auf der Reise nach Wien einen Landsmann, seine Gattin und seine Tochter kennengelernt habe.

Wolkow begann ihn auszufragen: »Wie sehen die Damen aus? Sind sie hübsch?«

»Alle Serbinnen sind hübsch. Häßliche gibt es kaum.«

Das erheiterte Wolkow noch mehr. »Wie wäre es«, schlug er vor, »wenn wir mit den Damen einen Ausflug ins Grüne machten? Ein wenig tanzen und singen?«

»Ich singe und tanze nicht«, entgegnete Pavle unwirsch.

Wolkow erzählte nun: »In der Gesandtschaft lernen wir viele Damen kennen, aber sie sind langweilig. Auch die feinste Wiener Gesellschaft ist nicht amüsanter. Sehr hübsche Mädchen gibt es in den niederen Ständen. Könnten Sie es nicht einrichten, daß Sie die Herren von der Gesandtschaft den serbischen Damen vorstellen? Wir könnten einen lustigen Ausflug machen. Um das Arrangement brauchten Sie sich nicht zu kümmern. Dafür haben wir Herrn Agagijanijan, der alles kann. Ich würde für die Damen eine kleine Fête champêtre auf dem Kahlenberg veranstalten! Die Sache könnte sehr interessant werden!«

»Zwischen Lebenden und Toten«, fuhr Wolkow fort, »zerreißen alle Bande, und Sie können das Andenken Ihrer toten Frau ehren, ohne dem Leben zu entsagen und auf lebende Frauen zu verzichten. Nennen Sie mir nur den Namen Ihrer Landsleute, und Herr Agagijanijan wird für alles andere sorgen.«

Pavle nannte ihm den Namen des Majors Bozitsch.

»Verübeln Sie dem Grafen Keyserling nichts«, sagte Wolkow später. »Er hat jetzt den Kopf voll mit anderen Dingen. Aus Petersburg sind schlechte Nachrichten eingetroffen.

Achten Sie darauf, was Sie tun, und schweigen Sie wie ein Grab. Die Sekretäre der Gesandtschaft wohnen alle im selben Haus, und gemeinsam gehen wir auch abends aus. Das ist langweilig. Es sind vier, und ich bin der fünfte. Wenn sich etwas Passendes in der Damenwelt findet, wissen wir nicht, wie wir es gerecht teilen sollen. Ich bin neugierig darauf, die Damen zu sehen. Die Serben trauern ständig, beklagen immer etwas, schimpfen immer auf etwas. Das ist nicht recht! Leben muß man wie die Ungarn! Lustig! Und nicht verbittert wie die Serben.«

Pavle verabschiedete sich von Wolkow mit verdrossener Miene, so wie er Keyserling verlassen hatte. Wolkow sagte am Tor, daß er gehört habe, der Rittmeister besitze in Wien keine Kutsche. Er bot ihm seine Equipage an. Solange sich Isakowitsch in Wien aufhalte, könne er den Wagen benutzen. Die Gesandtschaft verfüge über mehrere Equipagen.

Der Edle von Isakowitsch zierte sich, stieg aber schließlich in die Equipage des Zweiten Sekretärs, die der Portier vorfahren ließ. Wolkow umarmte Pavle zum Abschied und wiederholte nochmals: »Trauern Sie nicht Vergangenem nach!«

Isakowitsch fuhr triumphierend am Wachoffizier der Burgwache vorbei. Der Offizier grüßte.

Dann fuhr er wie ein Garsuli durch das Rotenturmtor und durch die Straßen, die zum Fleischmarkt führten. Die Equipage rollte auf der Schattenseite den sonnenübergossenen Graben entlang, vorbei am Palais des Grafen Harrach und am Palais des Grafen Lobkowitz. Pavle wußte, daß sich hier irgendwo auch Garsuli aufhielt.

Die Wienerinnen, die sich zum Gürtel ausfahren ließen, betrachteten den feschen Offizier wohlwollend. Es hatte sich aufgeklärt, das Gewitter war vorüber.

Pavle saß in gebeugter Haltung da und schaute wie geblendet auf diese Welt. Ihm begegnete ein Zug von Equipagen, die damals jeden Nachmittag die Innenstadt verließen. Aufgeputzte Wienerinnen aus der großen Welt und aus der Halbwelt lachten Pavle an, aber er fröstelte im Inneren. Als die Equipage des Zweiten Sekretärs, die von schönen Schimmeln gezogen wurde, in eine düstere Gasse einbog, erinnerte er sich daran, daß Bozitsch gesagt hatte, Wien sei ein riesiger Festplatz, eine zauberhafte Welt voller schöner Frauen, die nicht aus Liebe stürben. Weitaus mehr Wiener und Wienerinnen würden an Verstopfung sterben als an unglücklicher Liebe oder aus Trauer über einen toten Gatten.

Die serbischen Offiziere, die in der Engelschenke wohnten und auf einen Paß warteten, jubelten bei Pavles Rückkehr. Daß Keyserling einen von ihnen empfangen hatte und wahrscheinlich auch andere empfangen würde, nahmen diese Unglücklichen als Nachricht auf, die man mit Böllerschüssen feiern mußte.

Nachdem Graf Bestuschew, der Beschützer der Serben, Wien verlassen hatte, betrachteten alle den ersten Empfang beim neuen russischen Gesandten als Hoffnungsschimmer. Als Sonnenstrahl, der durch Gefängnisgitter dringt.

Die frohe Stimmung der Offiziere, deren Zukunft ungewiß war, wurde nur dadurch verdorben, daß Pavle hartnäckig darüber schwieg, was er bei Keyserling gesehen und gehört hatte. Er sagte nur, daß den Paßport alle bekommen würden, die auf der Liste von General Schewitsch stünden, und daß das niemand verhindern könnte, nicht einmal zehn Garsulis.

Im Juli des Jahres 1752 wohnten in dem Gasthof mehrere serbische Offiziere aus Slawonien und Sirmien, die den Abschied aus dem österreichischen Heer erhalten hatten und nun auf den Paß zur Übersiedlung nach Rußland warteten.

Andere hatten den Abschied noch nicht erhalten und warteten trotzdem ungeduldig auf einen Paß. Unter ihnen befanden sich auch abenteuerlustige junge Männer. Sie versteckten sich nachts im Gasthof bei ihren Landsleuten oder wohnten in umliegenden Häusern. Die Schergen der Burgwache fahndeten nach ihnen. Einige waren schon verhaftet worden. Als man sogar Oberst Rajko Preradowitsch festnahm und ins Stockhaus sperrte, verloren viele die Hoffnung, jemals ihr ersehntes Rußland zu erblicken.

Sie suchten sich in Wien anderswo einen Unterschlupf. Und flüsterten untereinander, daß die Russen die Serben verraten hätten.

Nenadowitsch, der Sekretär des Metropoliten, unternahm alles, damit diese Verzweifelten in Österreich blieben.

Dabei war er nicht wählerisch in den Mitteln.

Und noch schlimmer war, daß sich sogar zerstrittene Freunde nach alter serbischer Sitte gegenseitig denunzierten. Pavle Isakowitsch, der sich darüber abschätzig äußerte, wurde in der Engelschenke gehaßt, als wäre er ein Verwandter Garsulis.

Zu jener Zeit erwartete man den Rittmeister nicht mehr im Hause des Majors Bozitsch, man erwähnte ihn nicht einmal. Thekla wunderte sich einige Tage, daß Isakowitsch nicht erschien, dann schwieg auch sie.

Sie schrieb einen Brief an Frau Femka Trandafil und beklagte sich darüber.

Auch Frau Evdokija hoffte nicht mehr auf ein Wiedersehen.

Nach der erneuten Verhaftung ihres Mannes mußte sie oft nach Neustadt und zu General Montenuovo fahren. Sie erbat die Gnade, Bozitsch nicht nach Graz auf den Schloßberg zu bringen.

Von dort kam keiner lebend wieder.

Frau Evdokija fragte sich, ob es nicht besser wäre, den Major zu verlassen und zu ihrem Vater nach Buda zurückzukehren. Bozitsch bereitete ihr überall Schande.

Sie erkundigte sich in der Engelschenke nach Isakowitsch, aber er hatte dort noch nicht Quartier genommen. Die serbischen Offiziere im Gasthof wußten nicht, wo er sich aufhielt.

So vergingen die Tage.

Nachts lag Frau Evdokija auf ihrem Bett wie im Fieber. Sie konnte nicht vergessen, was sie mit Isakowitsch, dem schweigsamen, aber feurigen Mann, erlebt hatte. Sie sehnte sich danach, wieder in seinen Armen zu liegen.

Und wenn Thekla den Rittmeister erwähnte, mußte sich Frau Evdokija zusammenreißen, um nicht in Tränen auszubrechen oder zu erröten, und sie sagte wie beiläufig, daß Isakowitsch ein stattlicher, schöner Mann sei, aber offensichtlich der Sohn einfacher Eltern, dem das Glück umsonst zugelächelt habe. Er verstehe nicht, das Glück festzuhalten. Er lasse es fortfliegen wie einen Vogel.

Er sei ein Wirrkopf.

Ein Witwer, verliebt in seine verstorbene Frau!

Nicht ganz richtig im Kopf.

Fräulein Thekla lachte über ihre Mutter. Ihrer Meinung nach hatte Frau Evdokija vorschnell gehandelt, und jetzt ärgerte sie sich darüber. Isakowitsch sei nicht so wie die anderen Kurmacher, sagte sie. Er gleiche dem keuschen Joseph in der Bibel. Den Potiphar, eine verheiratete Frau, abschreckte. »Und du, meine Liebe, hast ihn abgeschreckt und nicht gemerkt, daß er ein ganz durchtriebener Mann ist!«

Als Frau Evdokija erwiderte, sie solle kein dummes Zeug faseln, sie solle sich schämen, so mit ihrer Mutter zu reden, meinte Thekla, daß man Isakowitsch mit Gewalt an sich binden müsse. Er sei ein Schwächling. Nicht er erwähle seine Frau, sondern die Frauen erwählten ihn. Bekommen werde ihn diejenige, die sich ihm an den Hals werfe.

Mutter und Tochter stritten nun darüber, ob Isakowitsch etwas tauge oder nicht, und nach zwei Wochen redete man nicht mehr darüber. Man vergaß ihn, wie man, wieder bei sich zu Hause angelangt, eine schöne Landschaft, ein angenehmes Ereignis, eine bequeme Bank vergiß.

Frau Evdokija lag jedoch in den warmen Sommernächten nackt auf dem Bett, dachte an Isakowitsch und vergrub den Kopf in den Kissen. Vor einigen Jahren hatte sie sich einem Offizier hingegeben, aber nur einmal. Er war um nichts besser als Bozitsch. Nicht liebevoller. Nicht zärtlicher. Bald bereute sie das Abenteuer. Dieses Mal war sie entzückt und entflammt. Auch ihre Mutter hatte kein Glück im Leben gehabt, klagte Frau Evdokija.

Isakowitsch lief indessen während der ganzen Zeit, in der Frau Evdokija ihn nicht mehr aufsuchte und auch nicht mehr nach ihm fragte, in der Engelschenke umher wie sein eigener Schatten. Er saß grübelnd in seinem ärmlichen, düsteren Zimmerchen und dachte an den merkwürdigen Auftrag, den ihm der russische Gesandte in Wien erteilt hatte.

Ihm war nicht klar, was von ihm erwartet wurde.

Er wußte nicht, daß schon mehrere russische Offiziere in Triest und an der Adriaküste die Lage auskundschafteten. Er wußte auch nicht, daß dem Grafen Keyserling die Montenegriner gleichgültig waren und daß er Isakowitsch nur aufgrund eines Vorschlags des Zweiten Sekretärs Wolkow prüfen wollte, bevor man ihm den Paß ausstellte.

Wolkow erklärte Pavle das Allernotwendigste über die Montenegriner im Lazarett. Man wollte aus ihrem Munde erfahren, ob sie wirklich Verwandte des Bischof Vasilije waren und nicht etwa von venezianischem Territorium stammten. Und man wollte auch wissen, ob einige von Lepra befallen waren.

Isakowitsch sollte eine Antwort auf all diese Fragen finden, aber das einzige, was er wußte, war, daß man die Montenegriner in einer alten Quarantänestation eingesperrt hatte, einem ehemaligen Marinelazarett, das an einem Donauarm beim Leopoldsberg lag.

Vor allem sollte Isakowitsch erkunden, ob Vasilije den venezianischen Gesandten in Wien aufgesucht hatte.

Anistas Agagijanijan behauptete das. Nach seiner Ansicht wurden die Montenegriner nur deshalb festgehalten und eingesperrt, weil niemand für sie zahlte. Sie wurden bewacht. Niemand durfte zu ihnen. Schon längere Zeit wurde ihnen verwehrt, in die Stadt zu gehen. Das Essen wurde ihnen durch Gitter auf den Erdboden gestellt, wie Hunden. Früher waren ein Arzt und ein Apotheker zu ihnen gekommen, jetzt kümmerte sich niemand mehr um sie.

Sie waren lebendig begraben.

Der Bankier Koptscha und sein Faktotum meinten, man sollte sich lieber nicht einmischen. Was mit den Montenegrinern geschah, wäre eine große Schande für die Wiener und die Serben. Man schickte ihnen milde Gaben, damit sie nicht verhungerten. Man hatte auch ans Platzkommando geschrieben. Die Antwort lautete immer: Lepra!

Koptscha hatte gehört, daß im Lazarett zwei Männer im Sterben lagen, und hoffte, nach ihrem Tode würde sich jemand besinnen und sich der Armen annehmen. Schuld an ihrem Unglück hätte auch der Pope Mikailo, der früher die Montenegriner besuchte. Er hätte das Ohr des russischen Gesandten.

Mikailo erkläre, diese Menschen wären sowohl von der irdischen Obrigkeit wie von Gott abgefallen.

Man dürfte nicht erlauben, daß sie ihre Reise nach Kiew fortsetzten.

Koptscha mochte Mikailo nicht und erklärte: »Dieser Pope weiß nicht einmal, wie man sich bekreuzigt und wie man Kranken das Abendmahl reicht. Er beerdigt Tote, dabei soll er gar kein Pope sein, sondern ein Mönch. Wenn er sagt: ›Im Namen des Vaters!‹, trifft er den Vater noch richtig auf der Stirn. Und am Nabel den Sohn. Aber wenn er sagt: ›Und des Heiligen Geistes‹, halbiert er den Geist und tippt mit drei Fingern auf die eine und dann auf die andere Schulter. Und das ›Amen‹ schmeißt er irgendwo hinter seinen Rücken. So bekreuzigt sich Mikailo Vani!« Pavle versuchte nun, mit Hilfe Agagijanijans ins Lazarett zu gelangen.

Sie begaben sich in der Dämmerung dorthin.

Es lag hinter dem ehemaligen Hafen für Kriegsschiffe, die hier ausliefen, um bis zum türkischen Belgrad zu fahren. Jetzt ankerten bei dem sumpfigen Gelände mehrere leere Getreidekähne aus Preßburg. Das Lazarett bestand aus einem Konglomerat alter steinerner Gebäude.

Dort waren siebenunddreißig Männer und zwanzig Frauen mit ihren Kindern eingesperrt. Sie waren als erste mit dem Bischof Vasilije nach Rußland aufgebrochen.

Graf Bestuschew hatte vom österreichischen Hof gefordert, ihnen auf seine Kosten die Weiterreise nach Sachsen zu gestatten. Sie könnten auch mit einem Schiff bis Buda und dann nach Tokaj reisen, wo sie von der russischen Mission empfangen würden. Der venezianische Gesandte behauptete jedoch, es wären auf venezianischem Territorium rekrutierte Männer, die in die Heimat zurückkehren müßten. In der Korrespondenz zwischen Bischof Vasilije und dem Zweiten Sekretär Wolkow wurden diese Menschen nicht erwähnt. Die österreichischen Behörden betrachteten sie als türkische Untertanen.

Alle fragten also: Woher kommen sie?

Koptscha hielt mit dem Ingrimm eines alten Mannes nur einen für den Schuldigen, Mikailo Vani, den er als Gauner bezeichnete. »Dieser Mönch hat in Wien den Bischof Vasilije begleitet. Er ging auch ins Lazarett zu den Montenegrinern, bis sie drohten, ihn zu kastrieren, weil er ihre Frauen verführen wollte. Niemand weiß, wer er ist und woher er stammt. Er ist barfuß und mit Büßermiene nach Wien gekommen, und jetzt läuft er in Samt und Seide herum. Seine Reden würze er mit philosophischen Sprüchen und zotigen Bemerkungen. Der Premiersekretär Tschernew empfängt aber diesen Mikailo, und niemand vermag etwas gegen ihn zu unternehmen.

Wenn Mikailo Vani in Keyserlings Dienste tritt, ist das Ende für die Serben in Wien gekommen. Das ist ein schrecklicher Mensch! Eine Schlange!«

Pavle beschloß, diesen Mann kennenzulernen, und Agagijanijan versprach ihm, noch am selben Abend eine Begegnung zu vermitteln.

Die Kutsche, in der auch Agagijanijan mitfuhr, kam im Dunkeln bei dem Lazarett an. Es schimmerte gespenstisch zwischen Weidenbüschen in der Sumpflandschaft. Neben einer zerstörten Bastion lag die ausgemusterte Donaufregatte »La Fortuna«, längst ohne Kanonen und Masten. Geblieben war lediglich das Gerippe des Rumpfes, schmierig und schwarz von Teer. Bei dem alten Wrack quakten Frösche.

In der Ferne grünte die bewaldete Pyramide des Leopoldberges.

Zum Lazarett führte eine alte Pontonbrücke, neben der ein erleuchtetes Wachhaus stand.

Isakowitsch freute sich, als er hörte, daß die Wache von einer halben Rotte slawonischer Soldaten gebildet wurde.

Vor dem Wachhaus brannte ein Feuer.

Das Wachhaus war einst eine Ziegelbrennerei. Hinter dem

Gebäude trockneten aufgespannte Fischernetze, die von Schwärmen großer Mücken umschwirrt wurden. Die ersten Häuser der Wiener Vorstadt lagen hundert Schritte entfernt. Wenn das Hundegebell verstummte, herrschte Totenstille. Keine menschliche Stimme drang bis zum Lazarett. Die Donau wirkte wie ein grenzenloses Meer.

Pavle schickte Agagijanijan vor, um die Lage zu erkunden. Er selber blieb im Wagen. Notfalls hoffte er, an der Wache vorbei ins Lazarett zu gelangen. Er wollte sich im Dunkeln nähern, die Wache anbrüllen und dann fluchend dem Posten das Gewehr abnehmen. Diese Operation war gefährlich, aber bei den sirmischen Husaren war sie ihm immer geglückt. Der verschlafene Posten würde erschrecken, wenn er den wütenden Offizier erblickte. Er würde das Gewehr abgeben und Arrest und Prügel gewärtigen.

Agagijanijan sagte laut, er wäre ein Apotheker und müsse ins Lazarett, um zwei Sterbende zu sehen. Der Vogtmeister solle ihm die Schlüssel aushändigen. Er habe die Erlaubnis.

Die Wache öffnete tatsächlich das Tor, holte aber den Vogtmeister. Es war ein Unteroffizier neuen Schlages, bei jedem Schritt wackelte sein Zopf, als wäre er aus Eisen. Der Mann betrachtete mißtrauisch den Zivilisten und erklärte dann, daß er niemanden hineinlasse. Er stand zugeknöpft bis zum Hals vor Agagijanijan in der neuen Uniform, die Österreich in diesem Jahr den Slawoniern verpaßt hatte. Mehrmals wiederholte er, der Herr Apotheker solle zum Kommandeur gehen.

Das Tor werde nur dem Kommandeur geöffnet.

Und als Agagijanijan sagte, daß er eine Erlaubnis aus Wien besitze, und hinzufügte, hinter dem Gitter würden Montenegriner dahinvegetieren, Brüder der Slawonier, ergriff der Unteroffizier das Gewehr eines Wachsoldaten, stellte sich in Positur und rief: »Ruhm und Ehre den Montenegrinern! Sie sind unsere Brüder!«

Aber er dürfe dem kaiserlichen Befehl nicht zuwiderhandeln!

Agagijanijan suchte vergeblich, ihn umzustimmen.

Isakowitsch rief den Dolmetsch zurück in den Wagen.

Sie fuhren unverrichteter Dinge los.

Auf Agagijanijans Rat sprach Pavle am selben Abend mit dem Popen Mikailo. Sie trafen sich in einem griechischen Kaffeehaus am Fleischmarkt.

Wer Mikailo Vani war, ersieht man aus einem vertraulichen Bericht eines gewissen Karl Imbriani, Polizeischreiber in Wien, den die venezianische Gesandtschaft als Spion bezahlte. Dieser Bericht unter dem Datum des 31. Juli 1752 wurde vierzig Jahre später gefunden, als der Staat Venedig nicht mehr bestand und Österreich das Palais der Gesandtschaft übernahm.

Imbriani schrieb, daß er für Geld und Versprechungen und ein paar hübsche Mädchen vom Popen Mikailo neue Angaben über die Montenegriner und einen Offizier, der die Internierten besuchte, erhalten hatte. Auch weiterhin wollte Imbriani über die Montenegriner und den Offizier berichten, er bat nur darum, ihm möglichst bald sein Geld, das ihm noch nicht ausgezahlt worden war, auf dem vereinbarten Weg zuzustellen. »Ich bitte Eure Exzellenz um diese Bagatelle aus Notdürftigkeit«, heißt es wörtlich.

In späteren Berichten Imbrianis werden andere Offiziere erwähnt, Isakowitsch jedoch nicht mehr.

Mikailo Vani bezauberte Pavle und gewann sogleich seine Freundschaft, und er erleichterte ihn um einige Taler.

Pavle beschrieb Mikailo später seinen Vettern als freundlichen, gesitteten Mann zwischen vierzig und fünfzig Jahren. Er war hochgewachsen und dunkel im Gesicht wie Ikonen, vor denen ein halbes Jahrhundert lang eine Kerze brannte. Er hatte große schwarze Augen wie die meisten seiner Landsleute und eine schöne weiße Hand, mit der er häufig über den angegrauten, seidigen Bart strich. »Solche Hände, so sauber, glatt und warm, sind selten bei unseren Landsleuten«, sagte Pavle. »Er hatte ein gütiges Lächeln und ungewöhnlich rote volle Lippen. Wenn er sprach, mußte ich auf seinen Mund schauen. Trotz seiner Größe war er dürr, wie ausgebrannt. Und wenn er einen anschaute, strahlten seine Augen, als würde in ihnen ein Feuer glühen. Man sagte, daß er auch im Dunkel sehen konnte wie eine Eule.

In seinem schwarzen Priesterrock schlich er so leise, daß ihn keiner hörte.«

Pavle betrachtete ihn erstaunt und fragte sich, woher ein solcher Mann wohl stammen mochte.

Zwar trug Mikailo eine kostbare Kappe und Seidenstrümpfe, und er zeigte ein vornehmes Gebaren, aber Pavle vermochte nicht festzustellen, wer er war und woher er kam. Agagijanijan wollte wissen, daß Mikailo ein Mönch aus dem Kloster Hodos war, der in klösterlichen Angelegenheiten nach Wien geschickt wurde, das Geld des Klosters verpraßte und in der Stadt blieb. Koptscha behauptete, der Metropolit Nenadowitsch würde die Festnahme des Mannes fordern.

Als Betrüger und Wüstling.

Es ist aber verbürgt, daß Mikailo Vani in der russischen Gesandtschaft verkehrte und das Wohlwollen des Grafen Bestuschew genoß, besser gesagt des russischen Popen, den er später bei Bestuschew anschwärzte, um seinen Posten zu erhalten.

Es stimmte nicht, daß Mikailo Vani weder lesen noch schreiben konnte. Er hatte es in Wien gelernt, obwohl er sich dabei sehr quälen mußte.

Niemand kennt seine Zukunft, und so vermochten weder Vani noch Isakowitsch ihr Schicksal vorauszusehen. Auch Mikailo Vani begab sich später nach Rußland, wie er Pavle angedeutet hatte.

In Rußland verlor sich jede Spur von ihm.

An diesem Abend im griechischen Kaffeehaus auf dem Fleischmarkt bezauberte Mikailo den Rittmeister. Er erklärte, für ihn wäre es ein leichtes, Pavle ins Lazarett zu bringen. Er kenne den Apotheker, der früher die Montenegriner aufgesucht habe. Dieser Mann werde die Erlaubnis erwirken. Allerdings sei nichts umsonst zu haben.

Während der Unterhaltung ließ sich Mikailo Speisen und Wein schmecken.

Er bekannte, daß er kein Pope war, sondern daß man ihn lediglich so nannte, und schimpfte auf den Metropoliten, aber manierlich. Der Metropolit würde ihn hassen, weil er die Knie vor dem Montenegriner Bischof Vasilije gebeugt hätte, den Nenadowitsch ins Kloster Kruschedol einsperren ließ. Vasilije predige, daß alle nach Rußland auswandern sollten.

Pavle saß bei flimmerndem Kerzenlicht im ersten Stockwerk, wo die Wände nach Kaffee dufteten, und lauschte Mikailo, der begeistert vom Bischof Vasilije erzählte. Ins Lazarett zu gelangen wäre leicht, wiederholte Mikailo. »Morgen oder übermorgen kommst du rein, wenn du etwas springen läßt.«

Pavle sagte, daß die Montenegriner für Mikailo ein Kastriermesser bereithalten würden, deshalb wollte er lieber allein hineingehen.

Als Mikailo das hörte, lächelte er milde.

»Das verbreiten böse Zungen aus Neid. Niemand droht mir mit einem Kastriermesser. Ein paar Montenegriner wurden närrisch, weil die Frauen zu mir kamen und mir ihre Kinder brachten. Und wenn ich auch gesündigt habe: Kein Mann ist zum Mönch geboren, sondern er wird dazu gemacht. Das Verlangen nach einer Frau brennt in jedem Manne, auch in einem Mönch, weil das Gottes Wille ist. Damit der Mönch später in klösterlicher Stille, im Gebet und mit Tränen in den Augen alles bereut und Buße tut, denn er hat die Eitelkeit der Welt gesehen und erkannt!«

Pavle fragte nun: »Gut und schön, aber was geschieht mit dem Sünder in der Todesstunde? Wenn er in die Hölle muß?«

Mikailo lächelte mitleidig über diese Worte.

»Die Papisten haben die Schrecken der Hölle erfunden!

Das gibt es nicht in unserem Volk und in unserem geliebten rechten Glauben!

Unser Herr Jesus Christus hat als Gottes Sohn durch seinen Kreuzestod alle Sünden der Menschen losgekauft. Wer in der Todesstunde seine Sünden bereut, braucht keine Angst zu haben und keine Höllenqualen zu erleiden! Alles wird ihm vergeben.« Über sich sagte er: »Niemals haben mich Frauen verwünscht, sondern mich segnen die Frauen, wenn sie fragen: Wo mag jetzt Pope Mikailo sein? Und die Geschichten vom Kastrieren und von der Unzucht haben meine Landsleute erfunden, die Taugenichtse, das hat ihnen Nenadowitsch eingeflüstert. Der Tutor der serbischen Kapelle in Wien hat die Gerüchte zusammengebraut, und er hat mich sogar bei den Behörden denunziert!«

Isakowitsch fragte nun nach dieser Einleitung: »Kennst du den Bischof?«

Der Mönch erwiderte gekränkt, daß er nicht lüge und den Bischof Vasilije gut kenne. »Vasilije kam über Triest nach Wien, und ich habe ihm auf Knien die Hand geküßt. Er wollte mich nach Rußland mitnehmen, aber der Graf hat mich in Wien festgehalten. Damit ich der Gesandtschaft diene. Du mußt aber bedenken, daß die Russen den Bischof Vasilije nicht mögen!

Lieber schweigen, wenn sie ihn erwähnen. Ein Lamm legt sich nicht mit einem Stier an. Bis Bischof Vasilije gesund aus Rußland zurückkommt, werde auch ich schweigen.«

»Ist es wahr, was die Russen behaupten, jedenfalls sagt das Koptscha, mein Verwandter, daß Vasilije den Bischof Sava angegriffen hat? Daß es ihm nicht um Rußland geht, sondern darum, in Montenegro möglichst bald Sava abzulösen? Und seine Verwandten läßt er hier im Stich.«

Mikailo erklärte ihm mit wohlgesetzten Worten, daß Montenegro von Sava fromm regiert werde, aber Vasilije besitze Weisheit und Kraft. »Sava ist alt geworden, und die Menschen kommen zu Vasilije, so sind sie eben. Das war immer so und wird immer so sein. Vasilije ist jetzt in den besten Mannesjahren. Ich verneige mich vor ihm und küsse in Gedanken jeden Morgen seine Hand, wie ich sie in Wirklichkeit geküßt habe. Ihn muß man unterstützen! Und Sava verehren.«

Die Zukunft in Montenegro gehöre Vasilije.

Pavle entgegnete: »Ich habe gehört, daß Vasilije ganz Montenegro nach Rußland umsiedeln wollte, und das Volk empörte sich dagegen. Er hat nur die Minderheit hinter sich, und Sava die Mehrheit.«

Pavle kannte weder Montenegro noch seine Bischöfe, vermochte aber Mikailo dazu zu bringen, ihm so viel wie möglich über die Montenegriner im Lazarett zu erzählen. Er begann, Vergnügen an seiner neuen Rolle als Geheimagent zu finden.

Während dieses Gesprächs huschte häufig ein Lächeln über des Popen Gesicht, dann wieder ließ er seinen Blick durch das Kaffeehaus schweifen, schaute ins Spielzimmer und betrachtete in den Spiegeln die Frauen, als wären sie bunte Vögel, die angeflogen kommen, eine Weile vor ihm flattern und dann fortfliegen. »Das stimmt«, sagte er traurig, als er zu essen aufgehört hatte. »Vasilije hat für die Auswanderung nur die Minderheit hinter sich, aber wenn er aus Rußland wiederkommt, wird sie sich in die Mehrheit verwandeln. Der Bischof ist ein weiser Mann. Er macht gute Geschäfte. Nach Rußland reist er nicht ohne Grund. Er wird an der Adriaküste unsere heilige orthodoxe Kirche vergolden.«

Pavle wandte ein: »Bischof Vasilije verkauft sein Volk als Soldaten an Rußland. Die Montenegriner sollen für Rußland sterben.«

Der Mönch verfinsterte sich.

»Wer du auch bist, Rittmeister, und wem du auch dienst, du solltest keine Sünden auf dich laden! Du weißt nicht, was du redest! Vasilije ist ein großer Märtyrer! Jeder weiß, was er vorhat! Sicher, er will Männer schicken, damit sie für Rußland sterben, aber nicht umsonst. Vasilije will auch für sich ein russisches Regiment fordern. Und wenn das die Türken hören, werden sie künftig um Montenegro einen Bogen machen!«

Pavle sagte nun, er habe gehört, daß Vasilije auch dem venezianischen Gesandten eine Visite abgestattet habe.

Mikailo musterte ihn nachdenklich.

»Aus der venezianischen Gesandtschaft wäre er nicht lebend wieder herausgekommen! Wenn er dort war und trotzdem lebend herausgekommen ist, hat er großes Glück gehabt. Venedig hat einen langen Arm. Er reicht bis Wien. Die Venezianer sind gegen Vasilije, weil sie möchten, daß die Montenegriner nicht für Rußland, sondern für Venedig kämpfen. Auch die Venezianer wollen ein Regiment aufstellen, und Vasilije hat ihnen einen Strich durch die Rechnung gemacht.«

Pavle schenkte nun immer häufiger Wein in Mikailos Becher. »Trinken wir«, sagte er, »um unsere Sorgen zu vergessen. Unser Sinn trachtet nach fernen Meeren, während der Tod vielleicht schon an die Tür klopft.«

Der Mönch blickte irgendwohin ins Ungewisse und hörte auf zu trinken.

»Der Tod wiegt wie eine Mutter den Sünder, den Wüstling und den Mörder in den Schlaf. Du fürchtest ihn umsonst. Wir sind Sandkörner, und der Tod ist wie das Meer, das den Sand von der Küste wegspült. Es gibt keine Hölle, ich werde nicht in der Hölle braten, keiner wird das. Alles, was im Leben war, wischt der Tod fort, wie eine Mutter die Tränen ihres Kindes abwischt. Denn das Leben ist schwer. Die Menschen sind Wölfe. Wer weiß, wer dich, Rittmeister, geschickt hat, um mich, den armen Mönch, auszufragen und zu vernichten.«

»Ich bin nur deshalb gekommen, weil mir gesagt wurde, Pope Mikailo könnte mich ins Lazarett zu den Montenegrinern bringen.«

Mikailo erhob sich und sagte, daß er das morgen einrichten werde. Er brauche nur Geld. Der Lärm im Kaffeehaus hatte sich inzwischen verstärkt, es erschienen immer mehr Gäste, darunter auch Frauen. Der Mönch beachtete sie nicht mehr.

Pavle bemerkte, daß Agagijanijan in der Tür wartete.

Mikailo sagte beim Abschied zu Pavle: »Um Bischof Vasilije brauchst du dich nicht zu sorgen. Der Bischof möchte Montenegro aussiedeln und die Männer in das serbische Husarenregiment einreihen, das man in Sankt Petersburg aufgestellt hat. Am Ende will er die Russen in sein Vaterland führen.

Und wenn der russische Bär an der Adriaküste auftaucht, werden sich alle unsere Blutsauger in Mauselöcher verkriechen.«

Als Pavle mit Agagijanijan das Kaffeehaus verließ, war der Fleischmarkt schon in blaue Nacht getaucht. In der Bläue flimmerten Laternen. Was Mikailo beim Abschied gesagt hatte, kam Pavle so schrecklich und großartig vor, als hätte er ein Wunder geschaut. Wie ein Blitz in der Finsternis plötzlich den Weg erhellt, sah Pavle auf einmal Rußland ganz anders als zuvor.

Pavle blieb stumm in der Tür stehen, als dieser ungebildete Mönch, der Klostergelder veruntreut hatte und in Wien ein unzüchtiges Leben führte, das Kaffeehaus verließ. Er sah ihm lange nach, wie er sich entfernte: Mikailo schien in die Lüfte zu steigen.

Mit Hilfe des Mönchs, das heißt jenes Apothekers, der Ignaz Stengl hieß und früher das Lazarett besucht hatte, erhielt Pavle tatsächlich die Erlaubnis, die konfinierten Montenegriner zu sehen. Doktor Dolcetti, ein berühmter Arzt in Wien, stellte ein Zeugnis darüber aus, daß es im Lazarett schlimme Fälle von fiebriger Diarrhoe gebe, auch Pilzkrankheiten und Krätze, aber keine Lepra!

Isakowitsch war am 1. August 1752 im Lazarett.

Er ging mit Stengl und dem Vogtmeister, aber ohne Vani hinein.

Er trug seine sirrnische Husarenuniform, und als er eintrat, entstand Unruhe unter den Montenegrinern. Man erklärte ihnen, eine Kommission wolle die beiden Sterbenden sehen. Daraufhin wurde es wieder still.

Niemand beachtete Isakowitsch sonderlich.

Im Dunkel langer feuchter Gänge, in die kein Tageslicht zu dringen schien, standen Männer und Frauen schweigend da, während Pavle und seine Begleiter an ihnen vorbeischritten. Das Lazarett war eine alte Quarantänestation. Unter den hohen Fenstern, die Schießscharten glichen, breitete sich Wasser und Sumpf aus. Die Mauern ruhten auf Pfosten aus roten Ziegeln, es gab mehrere Säle, jeder so groß wie ein Kirchenschiff.

Die Räume waren gedielt, zwischen den Brettern sproß Gras. Auch Schlangen sollten da herumkriechen, erfuhr Pavle, aber dieses seltsame Volk würde sie nicht totschlagen. Das wären für sie Hüterinnen des Hauses!

Aus diesen Räumen gelangte man nur durch das Tor bei der Pontonbrücke ins Freie. Die Brücke war mit Palisaden befestigt, hinter denen die Wache postiert war. Das Lazarett »Mariahilf« war von der Welt abgeschnitten. Wie alle Gefängnisse jener Zeit.

Je weiter Pavle ins Innere der Gebäude vordrang, um so dunkler wurde es, so daß sich seine Augen erst an die Dämmerung gewöhnen mußten. Vor dem Eingang hockten ein paar rüstige Greise, die in dem Fleckchen Sonne ihren Rükken wärmten.

Sie würdigten Isakowitsch kaum eines Blickes.

Alle Internierten trugen seltsame, narrenhaft wirkende Kleider, sogar die Kinder, die um Pavle herumsprangen. Der

Apotheker erklärte ihm den Grund. Man hatte den Montenegrinern, als Lepra vermutet wurde, die Kleidung bis zum Hemd weggenommen und verbrannt. Dafür erhielten sie Sachen, die man gerade fand. Es war darum sogar zu einem Handgemenge mit den Wachsoldaten gekommen, die Montenegriner besänftigten sich erst, als man drohte, ihnen das Essen zu entziehen. Ihre Kinder waren immer hungrig.

Den Apotheker Stengl kannten die Internierten. Obwohl er nur wenige Worte ihrer Sprache verstand, wußten alle, daß sie von ihm Nahrung erhielten, und sie benahmen sich ihm gegenüber zurückhaltend, manchmal sogar vertrauensvoll. Als sie hörten, daß Isakowitsch serbisch sprach, begannen sie zu schreien: »Wer bist du?«

Sie fragten ihn, ob er ein Ragusaner, Albaner, Venezianer oder Papist sei.

Und sie begleiteten ihn beim Rundgang durch das Lazarett. Sie hielten die drei Männer wirklich für eine österreichische Kommission.

Als Pavle durch die modrigen Gänge schritt, in denen es kalt war wie im Herbst oder Winter, erkannte er deutlich nur die Kinder, die um ihn herumsprangen. Sie waren in Lumpen gehüllt und bis auf die Knochen abgemagert.

Er schritt unsicher durch die Gänge.

Er ging hinter dem Apotheker, der sich freundlich mit dem Vogtmeister unterhielt, und sah Schlafstätten auf dem Fußboden, als wäre er in einem Viehstall. Das Stroh war offensichtlich monatelang nicht gewechselt worden. Die Menschen deckten sich mit Lumpen zu.

Trotz dieses Elends hörte Pavle kein Jammern und kein Klagen, die Menschen wahrten Abstand zu ihm, so daß er ihre Gesichter kaum unterschied. Die meisten Männer und Frauen lehnten reglos an den Wänden.

Alle waren zu Skeletten abgezehrt und sterbensbleich. Sie ließen die Kommission ruhig vorbeigehen. Und wenn sie sich bewegten, schlichen sie wie Schatten an den Wänden entlang. Pavle wußte nicht, wohin sie sich begaben. Er konnte nichts hören außer dem ununterbrochenen Geräusch ihrer leisen Schnitte. Einige liefen ständig hin und her.

Als er sich an die merkwürdige Stille gewöhnt hatte, hörte

Pavle, daß die Menschen miteinander redeten, als riefen sie sich etwas von Bergen und Felsen zu. Ihre Worte schienen aus Höhlen zu kommen und wie Schwalben durch das Lazarett zu fliegen.

Pavle vernahm Worte und Fragen, auf die dann keine Antworten folgten.

Und die Menschen sprachen weiter miteinander.

Pavle vermochte nicht zu erfassen, wer fragte, was er fragte, wer antwortete, was er antwortete. Er hörte nur unverständliche Worte. Trotzdem herrschte weiterhin diese sonderbare Stille.

Vor Entsetzen verstummte er.

Stengl erklärte entschuldigend, daß es nicht von Anfang an so gewesen sei. Die Montenegriner durften regelmäßig bis zum Sonnenuntergang in die Stadt gehen. Sie erhielten anständige Nahrung und wurden von Ärzten behandelt. All das änderte sich, als man im Lazarett einen toten Mann fand. Lepra!

Man verbrannte die Kleidung, verbot den Ausgang und stellte die Nahrung vor die Tür. Niemand besuchte sie, niemand fragte nach ihnen. Der Apotheker sagte, er würde sich nicht wundern, wenn die Armen eines Morgens alle tot wären.

Und sie würden nicht schreien, nicht lärmen, niemand brülle durch die Tür.

Jetzt, wo der Rittmeister Doktor Dolcetti erreicht habe, werde sich etwas ändern. Dolcetti habe Verbindungen zu höchsten Stellen.

Pavle blieb in einer Ecke stehen, bei mehreren Frauen mit kleinen Kindern. Die Schönheit war selbst von den ausgezehrten Totengesichtern nicht völlig gewichen.

Er trat zu einer Frau, deren kleine Tochter sich hinter ihr verbarg. Für ihn war diese Frau eine wahre Schönheit. Sie war schlank und groß, ein schwarzer Umhang bedeckte ihren Körper von den Schultern bis zu den Knöcheln. Der Umhang erzitterte, sobald sie sich bewegte.

Sie hatte ein schönes Gesicht und mußte sehr jung sein.

Und sie sah ihn mit großen grünen Augen an.

Ihre langen Wimpern waren aschfarben.

Er war von ihrer Schönheit, so unerwartet an diesem Ort, dermaßen berührt, daß er irrsinnigerweise dachte, diese Frau müßte in der Umarmung leidenschaftlich und wild sein.

Es fehlte wenig, und er hätte ihr das gesagt.

Er wollte sie an sich reißen und forttragen.

Er sagte zu ihr: »Dein Töchterchen ist krank, aber mit Gottes Hilfe werdet ihr alle bald das Lazarett verlassen. Du mußt hoffen! Du mußt dich noch ein paar Tage gedulden.« Seine Stimme zitterte, als wäre er ein Schürzenjäger. Er konnte den Blick nicht von ihrem Körper wenden und betrachtete ihre Augen mit den aschgrauen Wimpern. Über der blassen Stirn sah er eine rote venezianische Kappe, eine silberne Quaste baumelte bis zum Ohr. »Du kommst hier heraus«, versicherte ihr Pavle noch einmal, aber sie erwiderte nichts.

Als sie ihn in einer verständlichen Sprache reden hörte, fragte ihn eine kleine alte Frau, wer er sei. Für sie wäre er die Sonne, die nach einer langen dunklen Nacht aufgeht. Auch andere Frauen riefen ihm etwas zu.

Aber Pavle stand immer noch wie verzaubert vor der Frau mit dem Töchterchen, der er ein drittes Mal sagte, daß sie bald herauskommen würde.

Sie erwiderte: »Du redest wie ein Verrückter, lauter Unsinn. Du bist einer von denen, die ihre Augen zukneifen, bevor sie eine Frau küssen!

Sag uns geradeheraus, was uns erwartet!«

Pavle ging nun weiter, denn alle lachten und spotteten über ihn. In einer Ecke lagen die beiden Sterbenden. Er sah zwei ältere zerzauste Männer, unter den Decken lugten die nackten Füße hervor.

Zwei Frauen kauerten neben den beiden Todkranken auf dem Stroh.

Beide starrten mit verdrehten Augen zur Decke.

Von der Decke tropfte Wasser, schmutzig wie Jauche.

Pavle blieb stumm stehen.

Stengl behauptete, die beiden würden sich noch unterhalten, auch im Sterben, mit zitternden Lippen.

Als sie zurückgingen, fragte Pavle, ob es unter ihnen jemanden gebe, auf den sie hörten. Ein Mann rief den Namen Radul Bajewitsch. Er deutete auf einen Greis, der am Ausgang in der Sonne hockte und Pavle gar nicht beachtet hatte. Dieser Greis mit einem grauen Haarpelz auf der Brust erzählte gerade den anderen alten Männern etwas. Als er gerufen wurde, musterte er Pavle griesgrämig. Pavle sagte ihm nun, daß das Ende ihrer Leiden gekommen sei und daß sie die Reise nach Kiew fortsetzen könnten.

Er möge ihm sagen, wer sie aufgefordert habe, ihre Heimat zu verlassen.

Bajewitsch fragte: »Wer bist du?«

»Ich bin ein russischer Offizier und ein Freund des Rittmeisters Podgoritschanin, der in Sirmien geblieben ist und nach Rußland auswandert.« Bajewitsch wußte weder, was ein Rittmeister ist, noch kannte er Podgoritschanin. Trotzdem lebte er sofort auf und begann zu erzählen.

»Wir gehören zur Familie von Bischof Vasilije und sind mit ragusanischen Schiffen nach Triest gesegelt, aber der Bischof hat Wien verlassen, und wir wurden unrechtmäßig festgehalten. Seit Triest begleitet uns das Unglück. Durch Betrug haben wir unsere Waffen verloren, deshalb sind wir durch Wien gezogen. Es sind noch mehr unterwegs nach Rußland, überall warten sie in den Häfen. Hier haben sie uns eingesperrt, als wären wir keine freien Menschen. Wir essen Fleisch, das sie vor die Tür stellen wie in einer Fastenwoche. Das Fleisch stinkt. Wahrscheinlich ist es Katzenfleisch.«

Pavle sagte: »Es sind zahme Kaninchen.«

Bajewitsch wiederholte: »Das Fleisch stinkt.«

»Ihr müßt euch gedulden«, beschwor ihn Pavle.

Jemand rief ihm zu, daß sie Wäsche und Kleidung brauchten.

Pavle fragte sie nun, wer sie zum Auswandern überredet hätte. Bajewitsch antwortete, daß niemand sie überreden mußte. Sie wären von allein mit Vasilije nach Rußland aufgebrochen. Niemand mußte sie dazu überreden! Und als Pavle fragte, ob sie mit Geld und Versprechungen verlockt wurden, ihr Vaterland zu verlassen, erregten sich alle. Es gelang Bajewitsch kaum, die Menschen zu beschwichtigen.

»Gleich, wer du bist, Offizier«, sagte er, »du hast einen Verstand wie ein Kind. Du kennst Montenegro nicht! Der russische Zar Peter hat den Fürsten Luka vor vierzig Jahren um Hilfe gegen die Türken gebeten. Jeder weiß also, wer uns geworben hat. Wir brauchen keine anderen Werber.«

»Und warum brecht ihr jetzt auf, wo Frieden herrscht und auch die Türken ruhig sind? Hättet ihr nicht lieber warten sollen, bis der Bischof zurückkommt?«

Bajewitsch kreischte: »Warum sollten wir warten? Wir haben lange genug gewartet. Vor fünfundzwanzig Jahren hat Pascha Dschengis Betschir unsere Dörfer niedergebrannt. Vor zwanzig Jahren Pascha Topal Osman. Worauf sollen wir noch warten? Wir gehen, weil wir in Frieden leben und sterben wollen. Wir haben lange genug gewartet.«

Nun schrie Isakowitsch: »Habt ihr etwas Schriftliches in der Hand? Hat euch Vasilije ein Schreiben von den Russen gezeigt?«

Bajewitsch entgegnete wütend: »Wozu brauchen wir ein Schreiben? Sie haben ihr Wort gegeben. Das verpflichtet. Wortbruch wäre eine große Schande.«

»Und was geschieht, wenn euch niemand gegen die Türken hilft, die drei Sultane haben? Warum erwartet ihr gerade Hilfe von den Russen?«

Nun wurden die Menschen wieder unruhig.

Bajewitsch überschrie die aufgeregten Stimmen: »Sie brennen unsere Dörfer nieder und plündern, wir hoffen auf niemanden mehr, nicht auf die Österreicher und nicht auf die Venezianer, auf niemanden aus der Christenheit. Uns ist bloß noch die Hilfe von Drekalowitsch gewiß.«

Pavle fragte nun den Greis: »Könntet ihr nicht in Wien eine Arbeit finden? Damit ihr euch besser ernährt und zu Kräften kommt vor der langen Reise?«

»Anfangs sind die Wiener gekommen und haben uns gemustert«, sagte Bajewitsch. »Sie haben uns auch Almosen angeboten, als uns die Scudi ausgingen. Wir sollten Sänften tragen, solche wie in Ragusa, Männer sollten zu Weibern werden. Unsere Frauen sollten für die Wiener Wäsche waschen. Sie haben uns auch angeboten, Kehricht und Abfälle aus den Schenken wegzuschaffen.«

»Und was werdet ihr tun, wenn man euch nach Montenegro zurückschickt? Es gibt Sterbende unter euch?«

Die Menschen verstummten.

»Wir werden unterwegs sterben, wenn uns Rußland vergessen hat. Ein solches Leben ist auch nichts wert. Wenigstens wissen dann die Daheimgebliebenen, was sie erwartet. Aber wir glauben nicht, daß uns Vasilije und Rußland vergessen. In Kiew warten unsere Verwandten auf uns.«

Als Pavle erklärte, daß sie Vasilije zu sehr vertraut hätten, widersprachen alle heftig.

Sie schrien, daß sie keinen Besseren brauchten!

Pavle forderte sie nun auf, sich um ihn zu scharen.

Und ihm zuzuhören.

»Ihr sollt alle wissen, daß ich nicht leeres Stroh dresche, sondern geschickt wurde, um euch zu sehen. Rußland hat euch nicht vergessen, und der Paßport wird für euch vorbereitet. Die Tore des Lazaretts werden sich für euch öffnen, das ist ganz gewiß. Das kann schon morgen oder übermorgen oder auch in wenigen Tagen sein, aber sie werden sich für euch öffnen. Auch ein Arzt wird kommen. Die Kranken werden in ein Spital gebracht. Die Gesunden können nach Kiew aufbrechen.«

Er schwor ihnen das bei seinem Schutzpatron, dem heiligen Mrata.

Pavle erlebte nun etwas völlig Unerwartetes. Warum erklären wollen, was sich nicht erklären läßt?

Durch die düsteren Gänge gingen seine Worte von Mund zu Mund.

Daß ein russischer Offizier gekommen sei und daß sie bald weiterziehen dürften. Alles war in Bewegung geraten. Und es wurde gelacht. Manche lachten aus Freude, aber das Lachen klang nicht so wie bei anderen Menschen. Es hörte sich an, als würden Tauben gurren.

Diese ausgezehrten Menschen, die nach so viel Blutvergießen und Elend scheinbar das Lachen verlernt hatten, lachten nun wie mit kleinen Vogelstimmen.

Pavle hörte, daß sie einander etwas zuriefen.

Am Tor fragte er, wer die Frau mit dem kranken Töchterchen sei, die Frau mit der roten Kappe. Von Bajewitsch erfuhr er, daß sie Joka Stana Drekowa hieß und von ihrem Mann in Triest entehrt und verlassen wurde, weil er des Wartens überdrüssig war.

Als sich Pavle umwandte, um noch einmal das Grauen und Elend zu betrachten, sah er, wie sich im Halbdunkel die jungen Männer zusammenfanden und zum Kolo anfaßten, der sich langsam zu drehen begann.

Er hörte das dumpfe Stampfen der Füße.

Während sich die Männer in Temesvar wie ein Kreisel drehten, bewegten sie sich hier, als trügen sie schwere Steine.

Das Stampfen wurde immer stärker.

Pavle glaubte es durch das Lazarett und durch das Wasser zu hören. Durch die Dämmerung, die schon niederging.

Und das dumpfe Stampfen hallte auch draußen wider, im Himmel, in Wien.

Isakowitsch wurde ein zweites Mal vom Grafen Keyserling empfangen, es war am einundzwanzigsten Juli nach dem russischen oder am dritten August nach dem neuen Kalender.

Man führte ihn wieder durch Spiegel, wie ihm schien, vorbei an Marmornischen, Kandelabern und Gobelins.

Er hatte sich geschniegelt und den Zopf parfümiert.

Während er vor der Tür des Grafen wartete, versammelten sich um ihn der Zweite Sekretär Wolkow und seine Gäste, die einem Offizier von so stattlicher Figur, so vornehmer Haltung und solcher Großzügigkeit beim Pharao wohlwollend, aber auch ein wenig spöttisch, zulächelten. Dieser schöne Serbe wußte nicht einmal, wer die nackten Göttinnen waren, die in den Gängen des Palais standen, und kannte auch keine Göttin Psyche.

Als Gäste weilten in der russischen Gesandtschaft derzeit zwei Salonlöwen aus Sankt Petersburg, Herr Lewaschow und Herr Alexej Semionowitsch Mussin-Puschkin, von dem Wolkow sagte, er sei kurzsichtig, aber von allen der reichste. Und schüchtern bei Frauen.

Lewaschow kam aus England und Mussin-Puschkin aus Paris.

Es waren zwei Wölfe in Perücke.

Da Isakowitsch selbst der Name Apulejus fremd war, wurde er für die russischen Herren zu einem bestaunenswerten

Subjekt wie Eingeborene amerikanischer Urwälder. Lewaschow lachte ihm ins Gesicht.

Der russische Bruder.

Bevor sie zum Gesandten gerufen wurden, sagte Wolkow nochmals, daß die Angelegenheit der Montenegriner beendet sei. Darüber dürfe der Rittmeister kein Wort verlieren. Jemand hätte ihn inzwischen bei den Venezianern denunziert.

Keyserling sei verärgert. Isakowitsch solle achtgeben, was er rede.

Der Zweite Sekretär fügte hinzu, daß in dem Rapport, den Baron Asch nach Pavles Angaben für Keyserling verfaßt hatte, der Bischof Vasilije zu sehr gelobt würde. Der Graf denke anders über den Bischof.

Isakowitsch erwiderte grob: »Ich denke so. Ihre Hochwohlgeboren, wie Sie wollen!«

Wolkow brauchte immer einige Momente, um Pavles Deutsch zu verstehen, und staunte, wie sich der Offizier verändert hatte.

Er spürte nichts mehr von der früheren Ergebenheit ihm gegenüber.

Die Uhr schlug im Vorzimmer, als Isakowitsch und Wolkow von einem Lokalen zum Gesandten geführt wurden.

Graf Keyserling lehnte wieder am marmornen Kaminsims. Der Gesandte war ordengeschmückt, an der Brust heftete ein Kordon, den er gerade von Maria Theresia erhalten hatte. Tags zuvor war er von der Kaiserin zur Audienz empfangen worden.

Jetzt trug er eine frischgepuderte Perücke und einen bordeauxfarbenen Seidenfrack, dazu schwarze Seidenstrümpfe an den dicken Beinen, die auf den ersten Blick dünner als sonst wirkten. Eine Hand steckte in seiner weißen Seidenweste und die andere – als suche er etwas – in dem riesigen Stulpenärmel. Das Gesicht war von der Hitze leicht gedunsen. Während sich Isakowitsch verneigte, lächelte Keyserling gut gelaunt.

Wolkow war zwei Schritte hinter Pavle stehengeblieben.

Keyserling musterte den Offizier ruhig mit seinen sandfarbenen Augen.

»Ich habe Seinen Bericht über das Lazarett gelesen«, sagte er. »Das genügt vorläufig.

Vielleicht muß Er später nach Montenegro reisen, aber vorläufig ist es genug über Bischof Basilio. Nach dem Referat des Barons Asch scheint mir, daß Er den Bischof zu mild beurteilt. Das ganze Projekt vom Exodus der Montenegriner hat sich der Spitzbube von Bischof nur deshalb ausgedacht, um möglichst viel Geld aus Sankt Petersburg herauszuschlagen. Ich habe Berichte russischer Offiziere, daß Montenegro aus kahlen Felsen besteht und ein armes Land ist, dagegen spricht der Bischof von schönen großen Feldern und fruchtbarem Boden. Bischof Basilio hat außerdem vor dem Aufbruch nach Rußland alle montenegrinischen Soldaten zu Offizieren befördert. Er hat ihnen die Bestätigung dieser Ränge durch Rußland versprochen, während das ein Privileg des russischen Gesandten in Wien ist. Schließlich steht im Bericht nichts darüber, daß Bischof Basilio als Bescheidener Hirte des Slawenoserbischen Montenegrinischen Volkes unterschreibt.« Keyserling las das mühsam in russisch von einem Zettel ab, den er aus dem Ärmel gezogen hatte. Dann fuhr er fort: »Er hat einem seiner Verwandten sogar den Rang eines Gouverneurs versprochen, den es in Montenegro nie gab.«

Keyserling verstummte nun. Er ging um den Tisch herum, setzte sich auf seinen Stuhl und wühlte in Papieren. Isakowitsch schwieg.

Der Graf hob den Kopf und sagte ärgerlich: »Hat Er seinem Bericht noch etwas mündlich hinzuzufügen?«

Isakowitsch fragte stammelnd, ob es gestattet wäre, mündlich das zu sagen, was er im Lazarett gehört und möglicherweise nicht gut übersetzt habe.

Keyserling erklärte, deshalb habe er ihn gerufen. »Sage Er mir kurz und knapp, aber ehrlich: Weshalb sind so wenige Montenegriner aufgebrochen, während der Bischof behauptet, daß er ganz Montenegro umsiedeln wird? Die gesamte Bevölkerung?«

Isakowitsch sagte, er habe gehört, das sei die erste Gruppe. Und da sie nicht angekommen sei, sondern unterwegs festgehalten werde, zögerten die anderen. Er denke, daß mehr

Menschen auswandern würden, wenn sie ungehindert ziehen dürften.

Keyserling bemerkte nun: »Ich verstehe Sein Deutsch nicht gut, aber ich frage mich, wie Bischof Basilio auf dieses Exodusprojekt verfallen ist. Das ist«, sagte er zu Wolkow gewandt, »die Phantasmagorie eines Mystikers. Eines Mystificateurs.«

Pavle verstand weder das eine noch das andere Wort.

Keyserling wandte sich nun immer mehr an Wolkow und sagte, das sei entweder ein großes Unglück oder ein großer Betrug. Pavle fragte er: »Kann ich also glauben, daß Bischof Basilio wirklich das ganze Land umsiedeln will? Warum hat Er das nicht in seinem Bericht betont? Zu diesem Plan hat den Bischof niemand, absolut niemand ermächtigt.«

Isakowitsch antwortete, man hätte ihm im Lazarett erklärt, daß die Montenegriner einer Einladung folgten, die ihnen der russische Zar vor vierzig Jahren geschickt hatte.

Als sie gegen die Türken kämpfen sollten. Das Volk vertraue deshalb Vasilije!

Keyserling schrie wütend: »Diesem Spitzbuben genügt es nicht, als Metropolit von Montenegro, Skutari und dem Adriagebiet zu unterschreiben, er nennt sich auch noch Exarch des serbischen Throns. Basilio ist völlig übergeschnappt.«

Pavle verstand die meisten Worte Keyserlings nicht.

Als er sah, wie erzürnt der Gesandte war, blieb Pavle stumm. Auf einen fragenden Blick Keyserlings lächelte er jedoch kühn. »Ich verstehe nichts von Titeln«, sagte er, »nur etwas von Pferden und Pistolen, aber ich und die Montenegriner stammen aus einer Familie, und ich weiß, der Herrscher von Montenegro ist der Exarch von serbischen Königen und Zaren. Das stimmt. Ob ganz, ist nicht wichtig. Die Montenegriner glauben Vasilije, sie hoffen auf ihn. Das ist es«, murmelte er zum Schluß, als müsse er sich entschuldigen.

Keyserling schob die Papiere beiseite, warf die Gänsefeder auf den Tisch und schrie: »Basilio ist ein alberner Mönch! Ein Abenteurer! Er wiegelt auch auf venezianischem Territorium das Volk auf, und das beunruhigt den venezianischen Gesandten in Wien zu Recht.«

Zu Wolkow gewandt, fuhr er fort: »Im Bericht des Barons Asch klingt alles nicht so irrwitzig, wie es jetzt aussieht. Es ist viel schlimmer, als ich dachte. Warum hat er das verschwiegen?«

Wolkow antwortete unterwürfig: »Baron Asch wollte wohl keine Panik hervorrufen. Vielleicht ist auch übertrieben, was der Rittmeister über das Lazarett berichtet.«

Keyserling erhob sich und schritt zu Pavle.

Er sah ihn mit seinen sandfarbenen Augen kalt an.

»Sage Er mir: Woher rührt die Unruhe in diesem Volk? Und hat er erfahren, warum Bischof Basilio in Wahrheit nach Rußland reist? Was redet man? Was verbirgt man?«

Isakowitsch trat von einem Bein aufs andere und antwortete: »Ich denke, die Unruhe kommt vom Krieg. Die Montenegriner singen von russischen Siegen. Für sie ist Montenegro und Rußland dasselbe! Bischof Vasilije weiß, daß in Sankt Petersburg ein serbisches Husarenregiment steht. Er möchte auch ein solches russisches Regiment haben! Und Geld für Montenegro! Vasilije ist wichtig. Er wird für den russischen Staat von höchstem Interesse und Nutzen sein.«

Den letzten Satz hatte Pavle viele Male von Wolkow gehört. Er fügte hinzu: »Mit Vasilije soll man reden.«

Keyserling erboste sich darüber. Er schrie, daß er nicht um Rat gefragt habe.

»Dieser Spitzbube wird sich noch zum Monarchen ausrufen, wenn man ihn nicht daran hindert. Er zieht nach Rußland, um dort als Prinz zu leben! Hat Er im Lazarett darüber etwas gehört?«

Isakowitsch antwortete nun kurz und klar.

»Ich kenne Vasilije nicht, ich habe ihn nicht gesehen. Ich kenne Montenegro nicht. Ich habe die Leute im Lazarett gefragt. Ich wette, daß Bischof Vasilije nicht Prinz in Rußland sein will. Er reist nicht nach Sankt Petersburg, damit er Montenegro nach Rußland umsiedelt, er will Russen und Rußland nach Montenegro holen. Bischof Sava bettelt um Geld für Kirchen, Vasilije will, daß überall auf türkischem Territorium ein Aufstand ausbricht, gnädigster Graf!«

Als Pavle das gesagt hatte, zuckte Keyserling zusammen, als hätte er sich verbrüht.

Er befahl Wolkow, den Premiersekretär Tscherniew zu rufen.

Dann trat er ganz nahe zu Pavle.

»Er hat vorläufig in Wien zu bleiben, dann wird Er zu einer neuen Mission in die südlichen Grenzgebiete aufbrechen, woher Er gekommen ist. An die türkische Grenze. Schon Graf Bestuschew hat erfahren, daß Montenegriner bei Mitrowitz die Grenze überschreiten und nach Rußland weiterziehen. Das könnte die Türkei beunruhigen, was vorläufig unerwünscht ist. Er wird dorthin gehen, Rittmeister. Und über alles berichten: die Grenze, die Menschen, die Aussiedler, die Offiziere, die nach Rußland wollen, und wie viele Montenegriner aus der Türkei herübergekommen sind. Wolkow wird Ihm alles übrige sagen. Hat Er verstanden?«

Isakowitsch stand stumm da.

Obwohl er kaum eine Schule besucht und nur zerfledderte Fibeln gesehen hatte, so daß er mit Mühe einige Bücher lesen konnte, wußte er doch Bescheid in der Geographie. Er hatte bei den sirmischen Husaren gelernt, sich auf einer Landkarte zurechtzufinden, und fragte sich: Woher sollen die Montenegriner nach Mitrowitz kommen?

Soll ich dorthin zurückkehren, woher ich geflohen bin?

Wieder am Grabe meiner Frau stehen?

Nach Temesvar reiten, anstatt nach Rußland aufzubrechen?

Er stand da, als hätte er einen Alptraum.

Aber er riß sich zusammen. Er ergriff seinen Dreispitz, blickte Keyserling in die Augen und rief forsch: »Zu Befehl!«

Der Graf lächelte huldvoll.

»Jetzt weiß ich, warum mein Kollege, der venezianische Gesandte in Wien, nicht ruhig schläft.«

Sogar als Isakowitsch und Wolkow schon die Tür erreicht hatten, ohne sich aufzurichten, winkte ihnen der Graf noch gnädig zu.

XI

Die Frau mit den grünen Augen gibt es nicht

Der Zweite Sekretär des Grafen Bestuschew und des Grafen Keyserling, Herr Alexj Stepanowitsch Wolkow, hatte den elften August nach dem Wiener Kalender als Abreisetermin festgesetzt. An dem Tag sollte Isakowitsch zu seiner neuen Mission nach Sirmien aufbrechen. Nach Sankt Demeter, genannt Mitrowitz.

Keyserling hatte, um seine Kenntnisse zu beweisen, hinzugefügt: »Comitat Sirmiensis«, was »Gespanschaft Sirmien« bedeuten sollte. Da die Papiere erst ausgestellt wurden, schlug Wolkow vor, sich die Zeit mit Frauen zu verkürzen.

Am besten wäre es, sagte er zu Pavle, wenn er ihn mit der Majorin Bozitsch bekannt machen würde!

Um mit ihr eine kleine Fête champêtre zu veranstalten!

Pavle wußte nicht, was das ist, aber er vermutete es.

Er wollte auch den Major als Ehemann einladen. Wolkow wehrte ab: »Der Teufel soll den Ehemann holen! Und alle Ehemänner auf der ganzen Welt!«

Nun verbrachte Isakowitsch die Tage abwartend in seinem Zimmer in der Engelschenke. Über Rakosavlewitsch in Buda und Koptscha in Wien erhielt er die ersten Briefe von seiner Familie aus Temesvar, und diese Briefe klangen nicht heiter. Man teilte ihm mit, daß Petar und Jurat unter Hausarrest standen, daß Kumrija ihren Mann verlassen hatte und zu ihrem Vater zurückgekehrt war und daß in Mahala ein Unglück geschehen war. Zwei Invaliden Trifuns, die rebelliert hatten, waren gehängt worden. Die Briefe zeigten Tränenspuren. Die Vettern hatten die Hoffnung aufgegeben, Pavle jemals wiederzusehen.

Der heilige Mrata möge ihnen beistehen!

Pavle lief mit gesenktem Kopf durch Wien. Alles, was sich auf seinem Wege nach Rußland ereignete, geschah anders als gewünscht und erwartet. Statt schöner Tage und großartiger Erlebnisse eine Kette von Schicksalsschlägen und Kümmernissen.

Nach zwei Tagen des Zögerns beschloß Pavle, Frau Evdokija mitzuteilen, daß er in der Engelschenke abgestiegen war. Er bat sie, einen Tag für einen Besuch zu bestimmen.

Mit dem Brief schickte er nach derzeitiger Sitte für die Damen eine Schachtel Konfekt. Auf der Schachtel ließ er sein Monogramm in Gold anbringen.

Als er das getan hatte – das heißt, als Agagijanijan das für ihn erledigt hatte –, lag er sinnierend auf dem Bett und murmelte etwas vor sich hin.

Er fühlte sich wie eine Fliege in einem Spinnennetz.

Alles war anders, als er erwartet hatte.

Nach drei Tagen – am Tage des Hieromärtyrers Hermolaos –, als er von Koptscha zurückkehrte, geschah ihm etwas wirklich Unerwartetes.

Er stieg die breite Holztreppe des Gasthofs hinauf und begegnete dem Schankburschen, der ein leeres Bierfaß herausrollte.

Der Bursche hieß Sepp Rutsch und hatte nur ein Auge.

Auf dem anderen trug er eine schwarze Binde.

Gewöhnlich kicherte er, wenn er jemandem begegnete.

Er sagte, daß eine schöne Dame den Rittmeister schon den ganzen Tag suche. Sie sei sogar in sein Zimmer gegangen.

Der Edle von Isakowitsch zuckte zusammen, fragte jedoch den Burschen nicht, wer die Dame war, sondern sagte nur, er solle keinen Unsinn reden und sich um seine eigenen Angelegenheiten kümmern.

Pavle stieg nachdenklich die Treppe zum ersten Stock hinauf und begab sich in sein Zimmer.

Die Luft war sehr schwül, und Donnergrollen näherte sich.

Die Zimmertüren in der Engelschenke standen den ganzen Tag sperrangelweit offen, niemand schloß sie auf der Pawlatsche. Wer einen Gast suchte, lugte durch die Spitzenvorhänge an den Türen. Die Pawlatsche lag völlig im Schatten, an den Pfosten hingen Geranientöpfe.

Über diesen Blumentöpfen schienen nachts Laternen, und ihr Licht fiel in jedes dritte Zimmer. Abends brannten auch Kerzen in den Fenstern.

Pavle wusch und frottierte sich an diesem Tage lange, sein nackter Oberkörper leuchtete weiß in der Dämmerung. Wie viele Reiter hatte Pavle schmale Hüften und breite Schultern.

Über dem rechten Oberarm zeigte ein roter Streifen eine längst vernarbte Wunde. Quer über die Brust zog sich eine breite Narbenwulst, die aussah, als stamme sie von einem Peitschenhieb.

Wie es seine Art war, brummte und murmelte Pavle etwas vor sich hin.

Bevor er in die Küche hinunterging, die in der Engelschenke gleichzeitig als Speiseraum diente, wollte er sich auf dem breiten französischen Bett, dem einzigen luxuriösen Gegenstand in diesem Zimmer, ein wenig ausruhen.

In diesem Augenblick tauchte jemand in der Tür auf.

Pavle stutzte.

Es war Frau Evdokija, die schnell hereinschlüpfte und die Tür hinter sich schloß.

Sie lachte leise und wollte ihn umarmen.

Dann fragte sie ihn: »Wo hast du dich den ganzen Tag herumgetrieben? Ich habe auf dich gewartet und dich gesucht, und hatte schon die Hoffnung aufgegeben, dich noch anzutreffen. Zufälligerweise habe ich dich im Vorbeigehen gesehen.«

Frau Evdokija gab sich heiter und unbefangen, aber es geschah etwas, was sie nicht erwartet hatte.

Der Edle von Isakowitsch schrie sie an: »Bist du verrückt geworden? Verschwinde, bevor ich dich rausschmeiße! Hast du völlig den Verstand verloren? Willst du deine und meine Familie entehren?« Er packte sie am Arm und wollte sie zum Gehen zwingen.

Mit der anderen Hand versuchte er, die Tür zu öffnen.

Wie oft in Pavles Leben, wenn es um Frauen ging, verwandelte sich jedoch plötzlich größte Wut in Mitgefühl. Nun erklärte er Frau Evdokija teilnahmsvoll, daß sie ihr Leben, ihre Ehre, ihren Namen aufs Spiel setze, wenn sie zu einem alleinstehenden Mann, noch dazu einem Witwer, in einen Gasthof gehe. Das könnte jemand bemerken! Jeder könnte sie gesehen haben! Bozitsch könnte es erfahren. Wozu das alles?

Sie weinte.

Er fuhr fort: »Besinne dich! Du bist in der Wiener Gesellschaft bekannt und hast einen Mann, den du zum Mörder machen würdest! Wenn ich sterbe, ist mir das egal, aber Bozitsch wird auch dich töten! Und was schlimmer ist: Alle werden entehrt! Du entehrst deine und meine Familie. Du bist schließlich eine verheiratete Frau!«

Frau Evdokija erwiderte gefaßt: »Bozitsch sitzt in Neustadt im Gefängnis und soll vor Gericht, und ich weiß nicht, wann er je wieder heimkommt. Ich bin verrückt geworden, als ich hörte, daß du in der Engelschenke wohnst, und wollte dich sehen. Ich konnte meinem Herzen nicht widerstehen! Ich möchte dich wenigstens einmal umarmen. Nachts schlafe ich schlecht. Ich laufe wie eine Irre durchs Haus. Wo warst du so lange? Warum hast du dich nicht gemeldet? Niemand hat mich hier gesehen. Wen fürchtest du? Bozitsch? Ich fürchte ihn nicht! Warum bist du so zu mir? Wieder einmal benimmst du dich wie ein Pferdeknecht. Ein anderer wäre glücklich an deiner Stelle.«

Isakowitsch predigte nun wie ein Pope. »Ich tue nichts Ehrloses und kann nicht der Liebhaber einer verheirateten Frau sein. Wir müssen warten, bis Bozitsch zurückkommt, und mit ihm die Sache klären. Ich will nicht meinen Namen schänden. Übrigens glaube ich, dir liegt gar nichts an meiner Liebe, sondern du suchst nur einen Zeitvertreib. Wer weiß, wen du in Wien alles hast. Wer weiß, der wievielte ich in deinem Merkbüchlein bin. Du wirst schon nicht nach mir vergehen!«

Seltsamerweise war Frau Evdokija darüber belustigt.

»Du bist verrückt«, sagte sie, »wie alle Männer, und du weißt nicht, was du redest. Willst du mich denn nicht umarmen und küssen? Ich habe sehnsüchtig auf dich gewartet!«

Sie stand vor ihm in einem silberdurchwirkten blauen Sommerkleid, den Busen entblößt. Die Handschuhe flatterten um ihre nackten Hände, kalte Schlangenhände, wie Pavle meinte. Sie bot sich ihm schamlos an. Er konnte nicht anders, er mußte seine Nase in die dunkle Furche ihres Busens stecken. Ihr Haar fiel als schwarze Mähne auf die Schultern. Als er sie in dem dämmrigen Zimmer zu küssen begann, spürte Pavle, wie ihm schwindlig wurde. Die großen dunklen Augen waren stärker als seine Entschlossenheit, Evdokija zurückzuweisen. Er wurde schwach in ihrer atemlosen Umarmung.

Diese dunkelhaarige Frau, die keine Scham kannte, hatte

etwas Berauschendes. Und wenn auch ihr Gesicht während der Umarmung traurig blieb, war sie doch so kräftig, daß er glaubte, einen jungen, ungestümen Ringkämpfer vor sich zu haben, der jedes Mal freudig herausfordernd aufschrie, wenn er ihn anpackte. Unaufhörlich wiederholte sie keuchend: »Los, mein Schatz, los!«

Diese schöne Schamlose lag dann nackt auf seinem Bett. Während der Umarmung ließ sie den Kopf über die Bettkante hängen, so daß die Haare auf dem Fußboden schleiften.

Sie sprach wirr wie eine Besessene.

Der Edle von Isakowitsch erinnerte sich später daran, daß er in ihre weit aufgerissenen Augen blickte, in das Weiße, in dem die Pupillen als schwarze Sterne flimmerten. Diese Sterne stürzten in die Tiefe und zogen auch ihn in eine andere Welt hinab.

Als sie ihm – der sie gerade erst fortjagen wollte – mit ihrem herunterhängenden Kopf leid tat, mit diesem roten Gesicht, in das Blut geschossen war, schrie sie auf. Er wollte ihren Kopf hochheben, aber sie ließ es nicht zu, sondern flüsterte, daß es so schön sei.

Dann sagte sie unter Tränen: »Mir ist gleichgültig, wann Bozitsch zurückkommt und ob er lebend zurückkommt. Am liebsten wurde ich ihn nie mehr sehen. Mir ist gleichgültig, was morgen auf mich zukommt. Es ist eine Sünde, eine große Sünde vor Gott, mit einem Manne verheiratet zu sein, den ich nicht liebe und der mich einem Lustgreis zuschieben will. Daß ich dich gefunden habe! Und ganz zufällig! Trandafil hat uns zwei Tage in Buda aufgehalten. Bozitsch wollte früher fahren. Wäre das geschehen, wüßte ich nicht, daß es auch für mich Glück gibt!«

Als sich Frau Evdokija beruhigt und schamhaft zugedeckt hatte, fragte sie: »Warum schaust du so feindselig? Merkst du nicht, daß ich dich wahnsinnig liebe? Was siehst du? Was suchst du in meinen Augen? Woran denkst du?«

Isakowitsch warf ihr nun vor, daß sie gekommen war. Und dann, wer weiß warum – aus welchem Abgrund menschlicher Erinnerungen –, sagte er, daß sie schön sei, aber daß sie noch schöner wäre, wenn sie große grüne Augen und aschfarbene Wimpern hätte. Er sagte das, ohne zu überlegen, mit einem spöttischen Unterton. Er hatte an die Montenegrinerin im Lazarett gedacht.

Frau Evdokija kniete sich aufs Bett. Einen Moment blickte sie ihn wie ein aufgeschrecktes Tier an. Sie spürte, daß es diese Frau mit den grünen Augen wirklich gab. Daß Pavle, während er sie umarmte, in Gedanken diese Frau sah. Sie schlug ihn mit der Hand auf die Augen und stürzte dann weinend auf den Fußboden. Unter lautem Schluchzen sagte sie: »Du bist ein Schwein, ein Dreckskerl, ein Bauernlümmel!«

Und merkwürdigerweise lachte Pavle über ihre Tränen und ihre Schläge. Obwohl er sie eben noch zur Tür hinausschieben wollte, hob er sie nun auf, stammelte Koseworte und umarmte sie zärtlich. »Du bist verrückt, hör nicht hin, was ich sage. Die Frau mit den grünen Augen ist eine Fremde, sie ist fort. Wir haben uns nicht mal berührt. Ich habe gescherzt. Diese Frau gibt es nicht. Es tut mir leid, daß du dich der Schande aussetzt wegen einem Witwer, der nichts von Liebe versteht, wegen einem Landsknecht. Es gibt keine aschfarbenen Wimpern.«

Frau Evdokija hörte jedoch nicht auf zu schluchzen. »Ich weiß, daß es diese Frau gibt. Sie nimmt mir dich weg, ich habe niemals Glück im Leben. Bozitsch seufzt ständig seiner ersten Gattin nach, wie der alte Montenuovo.

Für euch Männer ist immer die erste, die verstorbene Frau die beste.

Aber beide, Bozitsch und Montenuovo, sind bloß alte Lüstlinge. Als ich dich in Buda in die Kutsche steigen sah, habe ich beschlossen, alle Rücksichten fahren zu lassen, gegenüber den Eltern, dem Gatten und den Leuten, bloß um dir zu gehören, und jetzt habe ich meinen Lohn bekommen. In meinen Armen denkst du an eine andere. Und das ist nicht mehr deine Frau, die du begraben hast, sondern eine neue Liebschaft, eine Dirne mit grünen Augen und aschfarbenen Wimpern.«

Frau Evdokija zitterte, da sie das Weinen unterdrückte.

Der höchstehrenwerte Isakowitsch war nicht witzig wie Jurat, nicht kalt und selbstgefällig wie Petar, nicht einfach und aufrichtig wie Trifun. Als er sich in dieser peinlichen Situation befand, wußte er sich nicht zu helfen, sondern wiederholte nur, daß es keine Frau mit grünen Augen gebe. Evdokijas Tränen wegen der Montenegrinerin im Lazarett, an die er sich zufällig erinnert hatte, erschienen ihm lächerlich. Er fände das Ganze nur erheiternd!

Dann sagte er: »Es ist albern, wegen jemandem zu weinen, den es nicht gibt, und du weinst wegen einer Frau, die gar nicht existiert. Es gibt keine aschfarbenen Wimpern!«

Mit ihrem weiblichen Instinkt spürte Frau Evdokija jedoch, daß es diese Frau wirklich gab und daß Pavle bei der Umarmung an sie dachte. Sie konnte sich nicht besänftigen. Pavle mußte sie lange trösten und liebkosen, bis sie sich ihm wieder hingab.

Sie flüsterte ihm zu, wobei ihre Lippen zitterten, daß sie und ihre Tochter Thekla schon mehrere Wochen nur von ihm sprächen. Er wäre ihr einziger Trost. Die einzige Hoffnung!

Die Welt der Liebenden – der Liebenden in der Umarmung – ist so wunderbar, daß manches geschehen kann. Alles in dieser Welt ist gelöst von der Wirklichkeit, folgt anderen Gesetzen. Der Streit, der Pavle und Frau Evdokija für immer entzweien konnte, brachte sie einander noch näher. Sie hatte bald die Frau mit den grünen Augen vergessen und gab sich ihm noch leidenschaftlicher, noch entzückter hin.

Sie sagte, daß ihn keine jemals so wie sie lieben werde!

Von Koptscha hatte sie gehört, daß sich Isakowitsch auf eine weite Fahrt vorbereitete, aber sie wußte nicht, daß die Abreise nahe bevorstand.

Und Pavle schwieg darüber, da er ihre Heftigkeit und ihren Zorn fürchtete. Auf ihre Fragen versuchte er, die Wahrheit zu verheimlichen.

Sie genoß die Nacht bis zum Tagesanbruch und sagte mehrmals, in ihrem Hause sei alles bereit, so daß sie diesen Sommer gemeinsam verbringen könnten. Eine solche Gelegenheit biete sich selten! Sie möchte ihn in ihrem Hause haben, wenigstens einen Monat lang, um alle Freuden auszukosten. Den Wunsch hätte sie schon gehabt, als er in Buda in die Kutsche stieg. Sie würde vor Kummer vergehen, wenn ihr dieser Wunsch nicht erfüllt würde.

Vergeblich bemühte sich Isakowitsch, ihr zu beweisen, daß es eine Schande wäre, wenn er in ihrem Haus herumlotterte. Frau Evdokija entgegnete, in ihrem Hause würden oft serbische Offiziere wohnen, warum nicht auch er?

»Bozitsch ist im Gefängnis, und auch sonst würde ich es einrichten, daß wir allein sind.«

Sie bemerkte jedoch, daß Pavle sie mit einem sonderbaren Blick ansah, deshalb erschrak sie. Beim Flackern der Kerze bemühte sie sich, Pavle möglichst stark zu betören und zu beglücken. Während sie nackt dalag, dachte sie, daß er die Nacht in Wieselburg vergessen hätte.

Pavle fröstelte, weil Evdokija auch in der Umarmung seiner Frau ähnelte.

Seine verstorbene Frau, die er nicht genug geliebt hatte, war jetzt anwesend, in Evdokija, in ihrem Flüstern, ihren Blicken, ihrer Umarmung.

Der Unterschied bestand nur darin, daß die Frau, an die er sich erinnerte, blaß und stumm war und ihn traurig wie auf dem Sterbebett ansah, während Evdokija bei der Liebe zu tanzen schien und sich so dem Genuß hingab, daß sie manchmal laut stöhnte.

Erst als es tagte, dachte Frau Evdokija daran, daß sie draußen von den Leuten gesehen werden könnte und gehen mußte.

Sie sprang aus dem Bett, kraftvoll wie ein Jüngling, der vom Pferd steigt, und begann sich rasch anzukleiden, diese Zeremonie mit ständigen Küssen unterbrechend.

Noch war sie in der Engelschenke, und schon wollte sie ein Wiedersehen verabreden. »Ich erwarte dich am Donnerstag«, sagte sie. »Thekla wird nicht zu Hause sein, dafür sorge ich. Du mußt unbedingt kommen! Wenn du ausbleibst, werde ich wahnsinnig. Ich brauche Liebe. An Bozitsch brauchen wir nicht mehr zu denken.

Ich werde General Montenuovo und seine Gemahlin bitten, sich für Bozitsch zu verwenden. Ich werde alles tun, um ihn aus dem Gefängnis zu befreien. Aber auf dich verzichten werde ich nicht.

Ohne dich könnte ich nicht mehr leben.

Meine Jugend habe ich sinnlos vertan mit Bozitsch, vor dem ich mich ekle.

Meine Jugend vergeht auch jetzt sinnlos.

Ich möchte noch etwas von meiner Jugend genießen.

Meine Tochter ist erwachsen, bald werde ich sie verheiraten müssen. Diese kurze Zeit, diesen Sommer, möchte ich mit dir verbringen. Uns kann niemand mehr trennen. Auch Bozitsch nicht! Nur der Tod!

Es gibt so viele schlechte Ehen, die ohne Liebe sind.

Du mußt Bozitsch vergessen. Du darfst nur an mich denken.

Du darfst nur an diesen Sommer denken, den wir gemeinsam verbringen werden. Das habe ich mir vom ersten Moment an gewünscht, als ich dich sah. Ich würde vor Kummer vergehen, wenn mein Wunsch, diesen Sommer mit dir zu verbringen, nicht in Erfüllung geht.«

Isakowitsch schwieg dazu.

Es war ziemlich heiß auf den Straßen, als Frau Evdokija die Engelschenke verließ.

Sie wollte sich nicht von Pavle begleiten lassen.

Sie hatte entfernte Verwandte, die Familie Ziminski, im Gasthof besucht und war durch den Hintereingang im Garten hereingekommen.

Sie sagte Pavle, er brauche sich nicht zu sorgen, sie werde allein hinausfinden.

»Ich werde verschwinden, als wären sich nachts zwei Schatten begegnet. Thekla weiß nicht, daß ich spät abends ausgegangen bin, aber vielleicht ahnt sie etwas? Sie ist kein Kind mehr und beobachtet jeden Schritt von mir.

Du hast ihr den Kopf verdreht.«

Während sie leise die Tür öffnete, ermahnte sie ihn, am Donnerstag zu kommen. Sie werde es einrichten, daß sie allein sei. Die Husaren ihres Gatten würden nicht im Hause sein. Auch Thekla nicht.

Übermorgen sei Vollmond.

Von ihrem Bett aus könne man ihn wunderbar sehen.

Und wirklich, ob gewollt oder ungewollt, bereitete sich Isakowitsch an diesem Donnerstag – der in der Kirche der Tag des Gedenkens an Prochoros, Nikanor, Timon und Parmenas aus der Schar der Siebzig war – vom frühen Morgen an darauf vor, Frau Evdokija zu besuchen.

Sie hatten vereinbart, daß Frau Evdokija ihm einen Wagen schicken würde.

Freilich war Isakowitsch an jenem Tag nicht sehr begierig auf ihre Liebe.

Er wollte ihr gestehen, daß er sich auf eine militärische Reise begebe, die er nicht aufschieben könne. Er wollte ihr sagen, daß er sich wegen ihrer Liebe schäme und nicht der Liebhaber einer verheirateten Frau sein wolle – einer Landsmännin, die einen Ehemann und eine heiratsfähige Tochter hatte.

Er wollte sich von Frau Evdokija losreißen.

Er hoffte, nach der Reise wäre dieses verrückte Sommergewitter vorüber. Frau Evdokija würde ihn vergessen. Sie würde einen anderen finden.

Isakowitsch war in Wieselburg für kurze Zeit betroffen und beseligt gewesen.

Aber er ernüchterte, als Frau Evdokija beim Abschied erklärte, sie hätte gesagt, wenn man sie diese Nacht gesehen hätte, daß sie zum weißen Hasen gehe.

Obwohl er ein einfacher Mann war, betrachtete Pavle das als Blasphemie gegen die Gottheit der Liebe. Obwohl er es nicht mit Worten auszudrücken vermochte, erblickte er in Frau Evdokija, einer großen Dame, kaum einen Unterschied zu den Wiener Dirnen!

Und besonders schwer wog für ihn, daß sie ihn einlud, während ihr Mann im Gefängnis schmachtete, und ihre Tochter, ein zauberhaftes junges Mädchen, im selben Haus war.

Pavle spürte, daß er durch die Liebe zu dieser leidenschaftlichen Frau seine Ehre verlieren würde, und er würde auch die Familie Isakowitsch entehren. Was war, ist gewesen, dachte er. Ich habe meiner männlichen Natur nachgegeben. Aber ich muß jetzt dieser schlimmen Liebe ein Ende setzen.

Ich gehe fort. Nach Rußland.

Niemand kann mich mehr davon abbringen!

An diesem Donnerstag – in der zehnten Woche nach Pfingsten des Jahres 1752 – lastete auf Wien seit dem frühen Morgen große Schwüle.

Selbst das Wasser im Eimer, in dem sich Pavle lange die Füße wusch, war lau wie eine Pfütze.

Er gähnte bei der Hitze, während er an Bozitsch dachte.

Bisher war er nie der Liebhaber einer verheirateten Frau gewesen.

Pavle wußte wenig über den Major Joan Bozitsch.

Der Kornett Ziminski, der ebenfalls in der Engelschenke wohnte, erzählte Pavle mancherlei über ihn – daß er ein lasterhafter Mensch sei, ein Mörder, Spieler und Schürzenjäger. Wohlhabend. Mutwillig. Man sage, daß er dieser Tage aus dem Gefängnis befreit werde. Das lasse Bozitsch selber verlauten. Andere meinten, mit dem Major sei es aus. Er werde auf dem Schloßberg enden.

Seine Landsleute, mit denen er Karten spielte, hatten ihn erneut denunziert – er hätte wieder Ungebührliches über die Kaiserin geschwatzt. Und Bozitsch rächte sich an allen. Er denunzierte jeden, der nach Rußland ziehen wollte.

Pavle war während seines Aufenthalts im »Engel« in ein Intrigennetz geraten. Er hatte Bozitsch bisher nur als Kriegshelden gekannt.

An diesem Morgen zögerte Pavle lange, in die Küche des Gasthofs hinunterzugehen, wo man speiste. Obwohl er sich schon halb angekleidet hatte, dachte er, es wäre besser, ohne Abschied fortzugehen, den Besuch bei Frau Evdokija zu lassen, der nur Unglück, Schande und Tränen über ihn bringen könnte.

Warum geht er am Tag vor der Abreise zu dieser Frau?

Es war ihm viel besser gegangen, als er sie noch nicht kannte.

Sie war zwar schön, bezaubernd, hinreißend – ein Prachtweib –, aber diese Nacht hatte er geträumt, daß sie beide auf einem schmalen Balken einen Abgrund überquerten. Er mußte sie im Arm tragen wie ein Schäfchen.

Unschlüssig setzte sich Pavle aufs Bett. Es mochte gegen zehn Uhr sein, als er vor seiner Tür die Stimmen eines Mannes und einer Frau hörte.

Jemand klopfte.

In der Glastür erkannte Pavle die Silhouette des Schankburschen Sepp.

Als Pavle aufgestanden war und die Tür einen Spalt geöffnet hatte, stand Thekla vor ihm, Frau Evdokijas Tochter.

Sie schritt wie ein Pfau in sein Zimmer.

Pavle brachte kein Wort hervor.

Er hörte nur, daß Sepp kicherte, während er sich entfernte.

Thekla Bozitsch sagte fröhlich, sie wisse, daß er ihre Mutter erwartet habe, aber nun sei die Tochter gekommen. Sie wisse, daß er heute ihr Haus besuchen wollte, obwohl ihr das die Mutter nicht verraten habe – und sie sei hergelaufen, um ihm zu sagen, daß er nicht kommen solle. Ihr Vater sei aus dem Kerker freigelassen worden.

Sie wisse nur allzugut, sagte sie, daß ihre Mutter und er drauf und dran seien, sich ins Unglück zu stürzen.

Sie habe Angst wegen ihres alten Vaters.

»Ich warne dich, du Verrückter!«

Isakowitsch hatte gerade noch so viel Zeit gehabt, die blaue Husarenjacke über seinen nackten Oberkörper zu ziehen. Stumm stand er mitten im Zimmer.

Während Thekla so dahinplapperte, war er so verdutzt, daß er nicht einmal den Eimer mit dem schmutzigen Wasser beiseite räumte. Sie ging um den Eimer herum, als wäre er ein kostbares Gefäß voller Blumen.

Sie mußte auch die Fußlappen sehen, die an einer Leine unter einem Spiegel trockneten.

Thekla Bozitsch war gewachsen in den wenigen Wochen, in denen Pavle sie nicht gesehen hatte. Sie war nicht mehr das schwatzhafte Kind wie auf der Reise.

Immer mehr ähnelte sie ihrer Mutter.

Sie trug ein blaßrotes Musselinkleid mit einer grünen Seidenschärpe um die Taille und Wiener Schuhe. Der riesige Strohhut war mit seidenen Feldblumen beladen.

Sie war so aufgeputzt, wie sich seine ehemalige Geliebte, die Wienerin vom Theater, gekleidet hatte.

Das Gesicht war von weißen Spitzen und schwarzem Taft verdeckt, nur die Stupsnase lugte hervor. Und die Augen leuchteten wie bei einer Muselmanin.

Die Augen wirkten jetzt größer und ähnelten denen der Mutter.

Isakowitsch war vor Schreck erstarrt.

Thekla warf den Hut aufs Bett und setzte sich lachend hin. »Ich rette meine verrückte Mutter«, sagte sie, »und rette auch dich. Meine Mutter und mein Vater lieben sich nicht mehr, aber sie und du, ihr liebt euch! Das weiß ich.«

Sie sah Isakowitsch mit ihren dunklen Augen versonnen an.

»Meine Mutter hat mir vieles verschwiegen, was in Wieselburg passiert ist«, fuhr sie fort. »Und da heißt es, zwischen Mutter und Tochter soll es keine Geheimnisse geben!«

Pavle war entsetzt, sowohl über ihr Kommen wie über ihre Worte, so daß er im ersten Moment nicht wußte, was er tun sollte. Er schrie sie wütend an: »Es ist eine Schande, daß du in den Gasthof kommst, und was du über deine Mutter schwatzt, ist reiner Unsinn. Ich bitte dich, möglichst schnell wieder zu verschwinden.

Die Engelschenke ist voll von serbischen Offizieren, die dich sehen und dann schlecht über dich reden könnten, weil du einen Witwer besuchst. Was für ein verrückter Einfall!«

Sie entgegnete lachend: »In der Engelschenke wohnen Bekannte von uns, die Familie Ziminski, und niemand wird sich wundern, wenn ich sie besuche.

Ich bin hergelaufen, um dir zu sagen, daß mein Vater heimgekommen ist.

Hast du das nicht gehört? Oder bist du taub geworden?«

Isakowitsch, vor Scham errötet, stammelte nun, wie sehr er ihren Vater und seine Freundschaft achte. Er würde dem Major bald einen Besuch abstatten.

»Ich bin sein Freund«, schloß er.

Thekla musterte ihn spöttisch.

In den wenigen Wochen war sie nicht nur gewachsen, sondern auch schöner geworden.

Sie war kein Kind mehr wie auf der Reise. Trotz ihrer fünfzehn Jahre war sie ein reifes junges Mädchen. Ihr Gesicht hatte zwar noch die Schönheit einer Puppe, wirkte aber nicht mehr kindlich weich. Die Lippen waren fest wie Rosenknospen.

Die schwarzen Brauen bewegten sich nicht.

Das dunkle Haar fiel auf die Schulter wie der Schweif eines lustigen Fohlens.

»Ich weiß«, sagte sie, »daß meine Mutter vorgestern in der Engelschenke war. Und das wissen auch Ziminskis. Was wird geschehen, wenn mein Vater das erfährt? Er wird euch einfach beide umbringen!«

Isakowitsch pries nun Frau Evdokija als Muster von Tugend und Bozitsch als ritterlichen Mann und guten Freund. »Deine Mutter hätte mich niemals heimlich besucht wie du. Vielleicht ist sie in der Engelschenke bei Verwandten gewesen.«

Thekla Bozitsch lachte darüber.

»Was für Verwandte haben wir denn in der Engelschenke?« fragte sie. »Höchstens den Teufel! Meine Mutter ist aus Eifersucht hergekommen, weil sie sehen wollte, ob du mit einer Frau lebst. Ich selber war auch neugierig. Jetzt weißt du, daß mein Vater entlassen ist, ich werde eine Weile hierbleiben und dann gehen wie eine Verwandte. Ich werde bei Ziminskis vorbeischauen. Der Fuchs vermischt seine Spur, wenn Schnee gefallen ist – das sagt meine Tante in Vukovar immer.«

Isakowitsch forderte sie grob zum Gehen auf.

Er wollte sie am Arm packen und zur Tür hinausschieben.

Thekla sträubte sich.

»Du solltest dich schämen!« sagte sie. »Wie wäre dir zumute, wenn du mich besuchen würdest und ich würde dich so hinauswerfen? Ich will ein wenig sitzenbleiben, und dann gehe ich.

Ich bin gekommen, um dir zu sagen, daß ein großes Unglück geschehen kann.

Meine Mutter wird von Eifersucht gequält, sie spricht bloß über dich. Und sie belügt mich, wenn sie sagt, daß zwischen euch nichts passiert ist. Mein Vater weiß nichts, aber wenn er etwas erfährt, gibt es ein großes Unglück. Ich bin kein Kind mehr, um das nicht zu wissen. Mein Vater verzeiht niemandem! Er vergißt nichts! Aber ich verstehe mich gut mit ihm. Er ist gut zu mir, ich kann ihn um den kleinen Finger wickeln. Als er aus dem Kerker kam, fragte er: Wo ist der Lange?

Und er hat gesagt: Wenn Isakowitsch für dich das Glück bedeuten würde, gebe ich ihm schriftlich, daß ich ihm jeden Morgen bis ins hohe Alter die Stiefel putze!«

Pavle schrie sie nun an: »Du bist ein unverschämtes Ding

und redest Unsinn. Du achtest deinen Vater nicht! Es ist eine Schande, im Zimmer eines Offiziers und Witwers zu sitzen.

Du redest Unsinn, den du selber nicht glaubst. Du schwatzt wie ein Marktweib. Scher dich so schnell wie möglich fort!«

Die Tochter Frau Evdokijas war wie ihre Mutter hartnäkkig und schamlos. Sie fragte mit ernster Miene: »Glaubst du, in der Liebe zu einer verheirateten Frau findest du Glück?

Welches Glück kann dir eine verheiratete Frau geben?

Welches Glück kann dir meine Mutter geben?

Sie hat mir auch früher die Verehrer weggenommen, es war eine Schande, und jetzt hat sie mir dich weggenommen. Aber dich gebe ich nicht her. Wenn ich allein mit meinem Vater in der Kutsche gesessen hätte, dann hättest du die reine Liebe eines Mädchens erkannt und schließlich um mich angehalten. Das ahne, ja das weiß ich.

Aber meine Mutter hat alles verdorben.

Ich weiß, daß du älter bist als ich, ganze zwanzig Jahre, aber was macht das? Wir würden uns lieben, solange wir beide jung sind, und wenn man in die Jahre kommt, taugt die Ehe sowieso nichts. Auch die Ehe meiner Eltern taugt nichts. Sie lügen, wenn sie miteinander sprechen. Sie verbergen vor mir, daß ihre Ehe voller Schmutz ist.

Aber ich weiß das.

Du bist Witwer, und weil du Witwer bist, kannst du nicht bis zum Lebensende allein bleiben. Ich habe dich vom ersten Augenblick an erwählt, als du in Buda in die Kutsche gestiegen bist.«

Thekla hatte sich aufs Bett zurückgelehnt, wie sie es auf Bildern gesehen hatte, und starrte Pavle seufzend an.

Pavle war verblüfft und sagte, sie solle aufstehen und gehen.

Sie könne nicht länger bei ihm bleiben.

Und als käme ihm das selber lächerlich vor, sagte er: »Du bist ein dummer Fratz und solltest endlich gehen. Du bist ein Fratz und kein heiratsfähiges Mädchen. Du entehrst deinen Vater und merkst nicht, wie schamlos, abstoßend und verzogen du bist.

Ich würde doch keinen solchen Fratz heiraten, der sich noch vor kurzem in die Hosen gemacht hat.«

Er hatte Thekla am Arm gepackt, um sie hochzuheben und hinauszuwerfen.

Sie erhob sich und sagte: »Ich geh' ja schon.

Ich bin gekommen, um dir zu sagen, daß du dich mit meiner Mutter ins Unglück stürzt.

Wenn du nicht auf mich hörst, liegt dir auch nichts an meiner Mutter. Auch an ihr liegt dir nichts. Du bestehst bloß aus Lüge und Heuchelei! Du bist ein Schwächling. Ein Witwer, der keine Frau richtig lieben kann. Du liebst auch meine Mutter nicht aufrichtig. Uns beiden, meiner Mutter und mir, bringst du bloß Unglück!

Ich habe gehört, wie meine Mutter nachts weint.

Du hättest nicht mit ihr scherzen dürfen! Meine Mutter ist ein verrücktes Geschöpf!

In der Familie Despotowitsch weiß jeder, daß sie zu allem fähig ist. Wenn sie sich etwas vorgenommen hat, will sie mit dem Kopf durch die Wand. Tante Rakitschka in Vukovar, wo die Gänse auf der Straße gackern, sagt immer, Evdokija ist störrisch wie ein alter Esel.

Sie wird etwas anstellen, worüber alle Welt staunen wird.

Seit gestern, seit mein Vater zurückgekommen ist, läuft sie durchs Haus wie eine Irre. Sie spricht bloß von dir.«

Als Pavle merkte, wie die Zeit verstrich, führte er Thekla wieder vor Augen, welche Schande es wäre, wenn jemand von ihrem Besuch erführe. Wie anstößig es wäre, daß ein junges Mädchen einen Witwer in einem Gasthof aufsuchte.

»Du redest viel, aber glaubst selber nicht, was du sagst. Ich habe nichts zu verbergen, was mich und deine Mutter betrifft, weder vor den Leuten noch vor dem Major. Ich achte ihn sehr. Ich achte auch deine Mutter sehr, eine reizende, untadelige Dame.

Ich bin stolz darauf, deinen Vater kennengelernt zu haben.

Und ich bin auch stolz darauf, deine Mutter kennengelernt zu haben.

Und dich mag ich auch. Du bist ein schönes Mädchen und wirst die Freude deiner Eltern sein. Obwohl du noch jung bist, wirst du bald heiraten, aber wenn dich jemand hier sieht, werden die Leute über dich herziehen. Du entehrst deinen Vater, einen berühmten Offizier, und deine Mutter. Vielleicht war sie in der Engelschenke, aber natürlich würde sie mich niemals auf diese Weise besuchen, auch wenn wir gemeinsam aus Buda nach Wien gereist sind.«

Thekla nahm nun Pavle zärtlich bei der Hand.

»Warum lügst du? Ich trage mein Herz immer auf der Zunge und sage ehrlich, was ich denke. Ich weiß, warum meine Mutter heimlich das Haus verlassen hat und wo sie war.

Sie ist zu Ziminskis gegangen, aber sie war auch hier. Das spüre ich und habe es ihr auch gesagt. Und sie hat meinem Blick nicht standgehalten, sondern ist ihm ausgewichen.

Sie hat mir so viele Verehrer weggenommen, und jetzt auch dich, meine erste Liebe. Aber dich gebe ich nicht her!«

»Jetzt reicht's!« schrie Pavle wütend.

»Du machst deinem Vater Schande, verdächtigst deine Mutter, als wäre sie eine Dirne.

Verschwinde, sonst schmeiße ich dich raus!«

Thekla senkte den Kopf.

»Du bist nicht besser als die Katholischen, die nach meiner Mitgift gieren und mich ins Bett zerren möchten.

Ein Heuchler bist du, weiter nichts. Du verschmähst die Liebe eines Mädchens, weil du bloß verheiratete Frauen willst. Jetzt weiß ich, warum du im Wald bei Gran – als wir im Gras zwischen den Mohnblumen saßen – den keuschen Joseph gespielt hast.

Du wolltest nicht ein Mädchen küssen, das dir ihre ersten Küsse anbot, und nur deshalb, damit du's mit meiner Mutter treiben konntest. Dir liegt mehr an verheirateten Frauen als an der wahren Liebe. Aber seit wann ist solche Liebe echt?

Ruhig hast du angehört, daß man mich mit einem reichen Manne verheiraten will, der älter ist als mein Vater und der aus dem Mund nach Grab stinkt.

Ich gehe jetzt.

Ich bin gekommen, um dich vor Unglück zu retten, vor einem Skandal.

Ich hatte gehofft, du würdest dich vielleicht ändern.

Du würdest nicht weiter meine Mutter ins Unglück bringen.

Du würdest an den Wald bei Gran denken und glauben, daß ich dir nach Gottes Willen bestimmt bin, weil das mein Schicksal ist. Du verschmähst das Glück, das ich dir angeboten habe. In meiner Liebe, die ich gleich für dich empfunden habe, lag Glück.

Aber du bist hirnverbrannt und läufst einer verheirateten Frau nach.

Mein Vater wird euch beide erschießen. Mit ihm ist nicht zu scherzen.«

Als Pavle sah, daß sie zur Tür gegangen war, freute er sich und wollte ihr zum Abschied etwas Gutes, Zärtliches sagen.

Sie tat ihm leid, und er war von ihrer Jugend gerührt.

Unbewußt beugte er sich zu ihr und küßte sie auf die Wange wie ein Kind, wie seine Tochter.

Thekla schlang ihre Arme um seinen Hals und begann ihn zu küssen, als wäre sie bei Frau Evdokija in die Lehre gegangen.

Isakowitsch stieß sie zurück.

Sie stand blaß und atemlos da.

Wie ein Kind, das versucht, mit Erwachsenen zu ringen.

Er wollte sie endlich hinausjagen.

Bevor er jedoch die Tür öffnen konnte, hörte er draußen laute Stimmen. Dann pochte jemand an die Tür und brüllte: »Aufsperren!«

Er erblickte die Frau, die jeden Morgen den Fußboden in seinem Zimmer wischte.

Das fette, ungepflegte Weib hieß Resa. Sie hatte ein grünes Tuch um den Kopf gebunden.

Resa schrie aus vollem Halse: »Wo ist die Metze, die mir die Waschschüssel zerteppert und nicht bezahlt hat? Das ist die Metze beim Rittmeister!«

Isakowitsch verstand im ersten Moment nicht, was sie schrie, er wollte ihr die Tür vor der Nase zuschlagen, aber Resa hatte einen Fuß dazwischengeklemmt. Sie stürzte ins Zimmer, um Thekla die Haare zu raufen.

»Das ist die Metze, die in den Engel zu den Offizieren kommt! Sie hat das Waschbecken zerteppert und nicht bezahlt.«

Aus mehreren Zimmern kamen Gäste heraus, vom Geschrei angelockt. Pavle schrie die Frau an: »Scher dich fort, oder ich schmeiße dich kopfüber die Treppe runter!«

Resa hörte jedoch nicht auf zu kreischen.

Wer weiß, was geschehen wäre, hätte Sepp nicht Resa gepackt und hinausgezerrt, wie man Betrunkene aus einer Schenke wirft.

Isakowitsch folgte Sepp bis zur Treppe, und erst dort erinnerte er sich an Thekla, die in seinem Zimmer geblieben war.

Sie empfing ihn mit weit aufgerissenen Augen.

Pavle bebte vor Wut und Abscheu.

In dem luftigen Kleid wirkte Thekla wie ein heller Sommertag, der versehentlich in eine finstere Spelunke geraten ist, in diesen Gasthof, den die Slawonier Engelschenke nannten.

Sie war totenbleich.

Plötzlich sagte sie jedoch lachend: »Da sieht man's! Wer alles Verwandte besucht!«

Der Schankbursche Sepp war inzwischen wiedergekommen, um sich zu entschuldigen.

Er sagte keuchend zu Pavle: »Der Mann von der armen Resa ist gestorben, und sie sitzt da mit kleinen Kindern. Manchmal dreht sie durch und betrinkt sich. Und dann weiß sie nicht, was sie tut. Ich weiß, daß das Fräulein nicht zu Offizieren gekommen ist, auch nicht zum Herrn Rittmeister. Ich habe Resa ein paar Backpfeifen verpaßt, aber sie kreischt weiter, daß das Fräulein die Waschschüssel zerteppert hat. Und nicht bezahlt hat.«

Isakowitsch sagte: »Noch heute ziehe ich aus. Ruf mir den Wirt. Und jetzt verschwinde.«

Thekla setzte sich mit ernster Miene aufs Bett und legte den Hut ab.

Jetzt betrachtete sie Pavle mit traurigem Blick.

»Wie soll ich jetzt heimgehen? Mein Vater ist gut, aber jähzornig. Wenn er etwas erfährt, werde ich das büßen müssen. Wer weiß, was er mit mir macht.

Und ich werde auch meiner Mutter in die Augen sehen müssen.

Zwischen meinem Vater und mir gibt es keinen Streit.

Streit gibt es zwischen meiner Mutter und mir, deinetwegen.

Ich spüre, daß es ein gnadenloser Kampf wird.

Heute morgen war ich so glücklich. Ich bin zu dir gekommen, weil ich viele Küsse erhoffte. Jetzt ist für mich alles verloren. Zu Hause erwarten mich schwere Stunden.«

Pavle sagte zu ihr: »Ich bringe dich zu deinen Eltern zurück und erzähle alles, was passiert ist. Du brauchst nichts zu verheimlichen. Auch nicht, warum du gekommen bist. Zwischen uns ist nichts Unziemliches gewesen. Ich liebe dich wie eine Tochter.«

Das junge Mädchen war jetzt völlig verändert.

Sie schien zu weinen.

»Ich bin gekommen«, sagte sie, »um ein Duell zwischen dir und meinem Vater zu verhindern. Ich bin gekommen, damit ihr, meine Mutter und du, nicht ins Unglück rennt.

Und nun?

Der ganze Gasthof hat meine Schande gesehen. Alle werden es erfahren.

Mein Vater wird mir vielleicht glauben, daß es harmlos war. Aber meine Mutter wird mir nicht glauben. Sie war auch unterwegs eifersüchtig auf mich.«

Um Thekla zu trösten, nahm Pavle sie bei beiden Händen.

Sie blickte ihm direkt in die Augen.

»Ich bin kein Kind mehr«, sagte sie.

»Ich weiß, daß sich meine Mutter in dich verknallt hat. Sie liebt meinen Vater nicht. Es ist schändlich – sie liebt dich, obwohl sie eine verheiratete Frau ist. Nie zuvor war sie dermaßen verrückt. Sie weiß nicht mehr, was sie tut. Sie hat alle Scham verloren.

Sag mir die Wahrheit: Ist sie die Deine oder nicht?«

Nach diesen Worten stand Pavle wie versteinert da.

Er sah Theklas dunkle Augen, die fragten, lauerten, flehten, und wußte nicht, was er sagen sollte.

Als sie ihn zu umarmen versuchte und wieder die Wahrheit verlangte, senkte Pavle den Kopf und sagte leise: »Ich und deine Mutter sind durch Liebe verbunden, die allein Gott mit meinem Tode lösen kann!«

Thekla begann zu schluchzen.

»Die eigene Mutter nimmt mir den Liebsten weg. Ich wollte dich bitten, mich hierzubehalten, weil ich mich nicht nach Hause traue.«

Pavle war erschüttert und bot ihr an, in seinem Zimmer zu bleiben, er werde zu ihrem Vater gehen, um ihm alles zu erklären und für alles Vergebung zu erbitten. Sie sei schuldlos.

Thekla schluchzte unablässig und wiederholte, daß die eigene Mutter ihr den Liebsten wegnehme – als ob sie sich darüber wunderte und als ob allein das schmerzte.

Plötzlich wischte sie die Tränen ab und bat Pavle völlig beherrscht, sie hinauszubegleiten.

»Ich fürchte mich nicht vor den Klatschweibern«, sagte sie. »Meine Tante in Vukovar wurde einmal mit einer Popenfrau verwechselt, die zu einem Offizier ging, und alle haben sie durchgehechelt. Ich habe bloß Angst vor dem einäugigen Mann, der so böse guckt. Manche sehen auch mit dem Auge durch die Binde.«

Pavle kleidete sich schnell an, faßte Thekla um die Schulter, als wollte er sie vor fremden Blicken schützen, und führte sie auf die Pawlatsche. Wie Blinde stiegen sie die Treppe hinunter.

Er wollte sie bis zu ihrem Haus geleiten.

Thekla besuchte jedoch erst allein die Familie Ziminski.

Nach diesem häßlichen Erlebnis zog Isakowitsch zu Anastas Agagijanijan.

Er fuhr sogleich zur russischen Gesandtschaft und verlangte seine Papiere, damit er Wien bald verlassen konnte.

Er schützte Eile vor.

Er wollte die Karpaten erreichen, bevor der Schnee den Duklapaß verwehte. Als der Zweite Sekretär den Rittmeister so erregt sah, dachte er, daß eine Liebschaft, eine Frau, der Grund dafür wäre. »Ach, die schönen Beine; ach, die schönen Augen; ach, die schöne Brust«, seufzte er in seiner Muttersprache.

Er fragte jedoch Isakowitsch lediglich, ob er schon beim Premiersekretär Tschernew gewesen sei und seinen Paßport erhalten hätte.

Wolkow ermahnte ihn nochmals, auf der Reise nicht an Geld zu sparen und über seinen Auftrag wie ein Grab zu schweigen. In diesem Gebiet an der Save weilten schon mehrere serbische Offiziere, die mit derselben Aufgabe betraut wurden. Er wünschte Isakowitsch gutes Gelingen. Agagijanijan würde alles übrige erledigen. Beiläufig erwähnte er, daß es wegen der Ränge, die seine Vettern im russischen Heer erhalten würden, gewisse Schwierigkeiten gäbe, aber das würde alles leicht in Kiew geregelt.

Vielleicht wäre es gut, wenn auch seine Vettern nach Wien kämen, um sich dem Grafen Keyserling vorzustellen.

Wolkow fügte hinzu, daß die Montenegriner, die sich als Verwandte des Bischof Vasilije bezeichneten, durch Sachsen geschickt würden. Graf Keyserling wäre sehr zufrieden darüber.

Isakowitsch hatte die Montenegriner schon vergessen.

Plötzlich erinnerte er sich an das Elend, den Jammer und das Grauen, an die schöne Frau und ihr Töchterchen mit dem geschwollenen Hals – Doktor Dolcetti hatte ihm gesagt, das Kind wäre gestorben, hätte man es nicht aus dem Lazarett geholt, um es zu operieren.

In diesem Aufblitzen der Erinnerung sah Isakowitsch auch die schlanke schöne Frau mit der venezianischen Kappe, er sah die grünen Augen und die langen aschfarbenen Wimpern. Unwillkürlich fuhr er zusammen.

Bevor er aus der Engelschenke auszog, hatte er einen Brief an seine Familie hingekritzelt. Der Brief sollte vor ihm in Temesvar eintreffen.

Isakowitsch war nicht sonderlich schreibgewandt.

Mit einfachen Worten, aber herzlich, tröstete er seine Verwandten und kündigte seine baldige Rückkehr nach Temesvar an. Er schrieb, daß er heimkomme, um Besitz und Pferde zu verkaufen. Den Paßport habe er erhalten.

Und den Paßport würden auch sie erhalten, und alle, die sich in die Liste eingetragen hatten. Die Generalkommandantur in Temesvar und Esseg würde davon unterrichtet.

Sie sollten also nichts befürchten, das könnte niemand mehr ändern, weder Garsuli noch irgendein anderer. Sie sollten sich auf die Reise nach Rußland vorbereiten!

Da er alles erledigt habe, sei er aus Wien aufgebrochen.

Pavle schrieb in diesem Brief auch, daß er für Ana schöne Brüsseler Spitze gekauft hatte, und für Kumrija besonders hübschen hellblauen Taft. Für Varvara das gleiche in Veilchenblau.

Und für alle drei feine Mailänder Taschentücher. Sie sollten selber auswählen.

Er schrieb, daß er für Petar, Jurat und Trifun mehrere Ellen kostbare goldene Tressen erworben hatte.

Pavle besaß keinen Sinn für solche Dinge und hatte alles nur widerwillig gekauft, um seinen Verwandten etwas mitzubringen. Weil er sie in die Fremde trieb, wollte er sich bei ihnen einschmeicheln.

Er wollte sie mit seinem Brief wohlgesonnen stimmen.

Solche Geschenke waren zu jener Zeit in Familien serbischer Offiziere und Händler selten.

Der Brief wurde durch Vermittlung von Koptscha und Rakosavlewitsch schnell befördert und erreichte Temesvar vor Pavle. Er ist in der Hinterlassenschaft von Leutnant Isak Isakowitsch erhalten geblieben, dem kränklichen Verwandten, der Pavle überlebte.

Pavles Handschrift zeigt einen ernsten, heftigen und zugleich zärtlichen Mann. Wie es zu jener Zeit bei österreichischen Offizieren üblich war, hat die Unterschrift viele Schnörkel. Das große P in der Initiale sieht wie eine Akazie aus, über die man eine Schlinge gezogen hat, oder wie ein Storch mit verdrehtem Hals. Darunter mehrere Striche wie Pfade in einer wegelosen Gegend. Die Schnörkel am Ende erinnern an Wildgänse, die im Nebel auffliegen.

Als unter den geplagten, erniedrigten Offizieren in der Engelschenke laut wurde, daß Isakowitsch die Papiere erhalten hatte und aufbrechen konnte, wurde er sogar in Agagijanijans Wohnung belästigt. Die Offiziere suchten ihn auf, um nur eines zu fragen: Besteht Hoffnung, daß auch sie einmal bessere Tage sehen und nach Rußland auswandern dürfen?

Beim Abschied von denen, die aufbrachen, gab es in der Engelschenke stets viele Tränen, Umarmungen, Flüche und Versprechungen. Und viele Offiziere verbrüderten sich bei einer solchen Gelegenheit.

Diese Menschen hatten viel erlitten und waren ohne Hoffnung.

Isakowitsch hatte in der Engelschenke fast nur mit einem

Offizier gesprochen, mit Marko Ziminski, und das kränkte die anderen. Hinter seinem Rücken schimpften sie auf ihn. Sie wußten nicht, daß ihn Keyserling nach Sirmien schickte, an die Save, wo angeblich Montenegriner bei Mitrowitz die Grenze überschritten.

Keyserling ist dumm! Ein Garsuli! dachte Pavle.

Woher sollen dort Montenegriner kommen?

Als die Isakowitschs ins österreichische Heer eintraten, konnten sie gut reiten und im Galopp aus Pistolen schießen, aber sie besaßen keine Bildung. Sie wurden berühmt durch die Gefangennahme von Offizieren, nachts, aus dem Hinterhalt, und bei der Attacke.

Im österreichischen Heer lernte Pavle viel. Nicht nur, in deutsch zu befehlen – einem seltsamen Deutsch. Statt »Wer da?« riefen die simrischen Offiziere: »Ber do?« Er lernte auch, über Sättel, Pferde, Pistolen, Hindernisse und anderes zu sprechen. In Esseg lernte er, Landkarten zu lesen. Er vermochte jeden befestigten Ort an der Save und an der Grenze zu finden. Jedes Kloster. Jede Insel. Jede Schanze im slawonischen Grenzgebiet. Deshalb fragte er sich jetzt: Wie sollen die Montenegriner bei Mitrowitz nach Rußland gelangen?

Pavle glaubte in der Engelschenke zu hören, wie ihn seine Vettern auslachten. Wie ihm der stämmige Jurat zurief, daß sein Wachtmeister Pivar, der im Stall aufgewachsen war, die Landkarte besser als Keyserling kenne. Keyserling kam Pavle bereits immer mehr wie ein russischer Garsuli vor!

Wie seine Landsleute in Wien meinte Isakowitsch, daß für die Serben mit Bestuschews Abreise eine traurige Zeit angebrochen war. Keyserling war in seinen Augen ein Fremder, ein Ausländer. Ein Deutscher, der sich wie ein Wurm in die russische Eiche eingefressen hatte und der ihnen, die auswandern wollten, nur Unglück brachte. Haßte er doch Vasilije und Montenegro. Ihn ließen die Tränen der Serben ungerührt! Er war kein Russe! Hörte auf das, was ihm die Österreicher einflüsterten!

Pavle erinnerte sich, daß ihm Wolkow einmal im Scherz gesagt hatte, in Wien würden alle Bestechungsgeld nehmen.

Über Keyserling täuschte sich Isakowitsch. Keyserling war kein Russe, aber er diente jetzt in Wien weder Österreich noch Preußen oder Sachsen. Dieser Balte in russischen Diensten beabsichtigte tatsächlich, Bestuschews Politik nicht fortzuführen. Damit wollte er nicht Maria Theresia willfahren, sondern Österreich enger an Rußland binden. Das hielt er nicht für Verrat an der serbischen Sache. Die Auswanderung serbischer Offiziere war für ihn eine Bagatelle. Alle Serben konnten ihm das Spiel verderben, das er mit Maria Theresia spielte.

Bestuschew hatte dem russischen Hof die serbischen Offiziere wegen ihrer »grenzenlosen Ergebenheit gegenüber dem russischen Volk« empfohlen. Keyserling trachtete danach, Rußland des österreichischen Heers zu versichern, um eines Tages in die Türkei einzufallen. Im übrigen war es nicht seine Aufgabe, viel zu überlegen: Alles wurde in Petersburg entschieden. Er hatte nur zu sagen wie Isakowitsch: »Zu Befehl!«

Keyserling war gerade in Wien angekommen, und er wurde der Kaiserin vorgestellt.

Er hatte ihr gefallen und befürchtete, die Serben könnten das gute Verhältnis trüben.

Er und die Kaiserin befanden sich in diplomatischen Flitterwochen.

Er gedachte nicht, die Serben preiszugeben, und noch weniger, sie zu verraten – sollten sie doch ruhig nach Rußland auswandern! Aber daß ganze Dörfer aufbrachen, war nicht wünschenswert. Keineswegs.

Was Isakowitsch nicht kannte, waren die religiösen Interessen Keyserlings.

Keyserling war schon in Polen ein Patron der Orthodoxen geworden.

Obwohl er wie die meisten aufgeklärten Männer jener Zeit nicht an Gott glaubte, schützte er die Schismatiker vor den Katholiken. Er redete und handelte im bigotten Wien mit großer Bedachtsamkeit, wollte sich aber nicht dem Katholizismus fügen.

Auf seine Weise verfolgte der neue russische Gesandte in Wien mit seiner Religionspolitik dieselben Ziele wie sein Vorgänger Bestuschew, und er war nicht minder hartnäckig.

Am Abend vor seiner Abreise hatte Isakowitsch zwei Begegnungen, die er später niemandem gegenüber erwähnte. Er traf seinen Verwandten, den Kornett Marko Ziminski, und die Montenegrinerin, die er im Lazarett an der Donau gesehen hatte.

Ziminski war der einzige Offizier im Gasthof, mit dem Pavle verkehrte, und zu der Montenegrinerin zog ihn etwas hin, was er selbst nicht erklären konnte.

Warum etwas erklären, was nicht erklärbar ist?

Im Gasthof speiste, besser gesagt darbte Marko Ziminski mit seiner Frau und seiner Schwägerin.

Die Küche diente gleichzeitig als Speiseraum. Sie lag im Souterrain, und nach jedem Mittagessen wurde der rote Ziegelboden gewischt.

Der Schankbursche Sepp Rutsch hatte seinen Platz unter einem Fenster, er schälte dort Kartoffeln und sang den ganzen Tag. Niemals war er traurig. Er bot ein Bild vollkommenen Glücks. Sein Lachen erklang mal im Keller, mal im Treppenhaus.

Pavle aß von seinem türkischen Soldatenteller und trank kein Bier. Daß dieser stattliche, schöne Offizier kein Bier trank, sondern jeden Mittag zu dem Wasserfaß ging, das man wie in einem Joch mitten in der Küche aufgehängt hatte, belustigte und verwundene Sepp stets von neuem.

Er beobachtete das von seinem Platz aus.

Ziminski war der einzige unter den serbischen Offizieren im Gasthof, der nicht lachte. Die anderen waren trotz ihrer Leiden und trotz der Gefahr, in der sie ständig schwebten, lärmende lustige junge Männer. Zu Isakowitsch kamen sie ungern und nur, um zu fragen: Besteht Hoffnung, daß auch sie einmal Rußland erblicken würden?

Es waren meist ledige Leutnante, Kornette oder Fähnriche, und wenn sie eine Frau hatten, wartete diese daheim an der Theiß oder der Maros, bis ihre Männer den Paß erhalten würden. Diese Serben sprachen nicht gut über Isakowitsch, und ihre Frauen erst recht nicht. Sie hielten ihn für einen eingebildeten Mann, der nur das Kartenspiel liebte. Und alles irgendwie erreichte. Diese reizbaren, abgehärmten, verarmten Menschen waren imstande, andere zu verleumden und zu denunzieren, aber was sie von Isakowitsch am meisten trennte, war etwas anderes. Sie vergaßen abends alle Sorgen und Leiden, verdrängten sie mit Wein und Fröhlichkeit, aber Isakowitsch ging dann schweigend und finster an ihnen vorüber.

Die Frau des Leutnants Petar Schewitsch sagte über Pavle: »Verdammter Kerl! Hoch aufgeschossen wie ein Apfelbaum! Aber er trägt keine Früchte und spendet keinen Schatten!«

Marko Ziminski hingegen mochte Pavle sehr.

Er war ein Mann von gerade zwanzig Jahren, der in der Engelschenke wohnte, weil er schon lange auf einen Paß wartete. Die Tage vergingen, und sein Geld schwand. Um sich die Zeit totzuschlagen, stattete er häufig seinen Landsleuten Besuche ab, bekleidet nur mit einem kurzen Hemd und seinen enganliegenden roten Husarenhosen. Beim Gehen machte er ganz kleine Schritte in seinen kurzen Stiefeln, die ihm seine Frau jeden Tag auf Hochglanz polierte.

Abends saß Marko Ziminski verloren in einer finsteren Ekke des Speiseraums.

Er beharrte auf der Auswanderung nach Rußland, obwohl Österreich seit diesem Sommer denjenigen, die blieben, Land zuteilte. Sie erhielten nicht nur Grund und Boden, sondern auch eine Pension und das Adelspatent.

Isakowitsch mochte diesen Verwandten ebenfalls.

Ziminski war klein von Gestalt, hatte ein braungebranntes Gesicht, einen gestutzten Schnurrbart und Haare wie Borsten oder Igelstacheln. Er war nicht häßlich, hatte aber merkwürdig kleine Augen und galt als großer Schlendrian, der sich sogar bei Paraden verspätete. Seine Knöpfe rissen vor einer Parade wundersamerweise immer ab, obwohl er sich geschworen hatte, daß ihm das nie mehr passieren würde. Er mußte sie dann eilig annähen.

Ziminski war jedoch ein vortrefflicher Reiter, ein tapferer Offizier und ein herzensguter Mensch. Für Kameraden hätte er seine Seele gegeben. In der Zeit, da Pavle in der Herberge wohnte, folgte er ihm wie ein Schatten.

Er war mit einer sehr schönen Frau verheiratet, die eine ebenso schöne, aber hinkende jüngere Schwester hatte. Dieses Mädchen benahm sich daher in Gegenwart von Männern sehr schüchtern. Sie hatte die Hoffnung aufgegeben, jemals zu heiraten. Ziminski wollte sie jedoch unbedingt unter die Haube bringen.

Er wußte, daß Pavles Frau gestorben war, und meinte, das hübsche, wenn auch hinkende Mädchen wäre eine gute Partie für einen Witwer, den er als älteren, reichen Verwandten und als Kriegshelden hochschätzte.

Pavle unterhielt sich immer gern mit ihm; ihre letzte Begegnung verlief jedoch anders, als Ziminski gedacht hatte.

Nachdem sich Pavle von Frau Ziminski verabschiedet hatte, bat ihn Marko hinaus, um ihm etwas zu sagen. Sie flüsterten miteinander auf der hölzernen Pawlatsche, dann gingen sie in den Speiseraum und setzten sich in eine Ecke.

Marko Ziminski eröffnete Pavle, daß seine Frau gesehen hatte, wie ihn die Majorin Bozitsch und ihre Tochter Thekla besuchten.

»Ich habe meiner Frau gedroht, daß ich sie grün und blau schlage – was ich bisher nie getan habe –, wenn sie zu irgendeinem etwas davon verlauten läßt, und sie hat mir versprochen, daß sie den Mund hält, aber du weißt, wie ein Geheimnis jede Frau quält. Ehe man sich's versieht, ist es ausgeplaudert. Ich möchte dir deshalb raten, dich vor Bozitsch zu hüten. Er hat schon zwei Morde auf dem Gewissen!«

Isakowitsch entgegnete ruhig: »Die Majorin ist zu euch als ihren Verwandten gekommen, war aber niemals in meinem Zimmer, ja nicht einmal auf meiner Pawlatsche. Deine Frau muß sie mit einer anderen verwechselt haben, oder ihr ist es im Dunkeln nur so vorgekommen.«

Ziminski schwieg verdutzt eine Weile, ehe er hinzufügte: »Meine Frau war nicht die einzige, die das gesehen hat – auch ich habe es beobachtet.«

Isakowitsch sagte nun: »Dann hast auch du dich im Dunkeln getäuscht, ganz bestimmt! Und was Bozitsch betrifft, so solltest du ihn nicht schlechtmachen. Man weiß nie, wer wie viele Morde auf dem Gewissen hat.

Du mußt dich geirrt haben. Welche Frau wäre so verrückt, einen Witwer zu besuchen?

Wir müssen uns jetzt verabschieden.

In Kiew sehen wir uns wieder.«

Isakowitsch umarmte Marko Ziminski und ging in sein Zimmer.

Ziminski blieb verstört stehen. Der Mann, den er so sehr geachtet hatte, ein Offizier, den er bewunderte, ein reicher, angesehener Herr, lügt!

Das war für Marko Ziminski eines der schlimmsten Erlebnisse, die er je hatte. Er schaute lange zur Tür, durch die Pavle verschwunden war.

Oben im Zimmer fragte ihn seine Frau besorgt, ob er Pavle darauf hingewiesen habe, daß sie von Evdokija wüßten. Ziminski bat, ihn in Ruhe zu lassen.

Man dürfte sich da in nichts einmischen.

Irgendwann werde er das Glück für seine Schwägerin finden.

»Ich habe ihm gesagt, daß wir sie gesehen haben, habe ihm gesagt, daß Bozitsch ein Mörder ist, aber Pavle lacht bloß darüber. Er kann wegen dieser Frau sterben, und was das schlimmste ist, er wird auch die Familie entehren. Bozitsch wird ihn nicht selber umbringen, sondern wird einen Meuchelmörder dingen, der Pavle im Finstern auflauert. Bis heute habe ich gehofft, deine Schwester mit Pavle zu verheiraten. Diese Hoffnung habe ich jetzt nicht mehr. Pavle war bis heute in meinen Augen ein Riese, der aufrecht dasteht und niemandem ausweicht. Ein ehrlicher, furchtloser Mann.

Jetzt kommt er mir vor wie ein dummer kleiner Junge. Ich warne ihn, und er lügt mich an! Er ähnelt dem Bettelmönch, der Almosen sammelte und bei einer Christin im Dorf Ribaritza übernachtete. In sein Heft schrieb er: Dorf Ribaritza. Die Frau schrieb dazu: ein Kübel Käse und ein Ballen Linnen!«

Die Sonne war in Wien schon untergegangen, als sich Isakowitsch zu einem zweiten Besuch ins Lazarett begab.

Die Internierten durften es schon verlassen, und ihre Weiterreise wurde vorbereitet.

Vor dem Lazarett ankerte ein Lastkahn, auf dem die Laternen brannten. Von diesem Kahn aus wurde Kleidung, Wäsche, Nahrung und Salz verteilt. Einige Boote schaukelten im Wasser, und Wagen mit schwarzen Verdecken standen als lange Reihe am Ufer. Pavle wurde von Bajewitsch empfangen. Radule Bajewitsch sagte zu ihm, alle wüßten, wer sie befreit habe.

Sie wüßten jetzt auch, daß Rußland sie nicht vergessen habe und daß alle, die irgendwie reisefähig waren, jetzt aufbrechen würden. Aber jetzt vor dem Aufbruch hätten sich die Wiener noch einmal als töricht erwiesen. Sie würden den Montenegrinern alle Sachen wegnehmen und ihnen dafür neue, doch schlechtere bunte Kleider geben. Und was die Wäsche anginge, so sei die wirklich schon völlig unzumutbar.

Bajewitsch hatte seine Leute kaum besänftigen können.

Alle würden bis zum Tode daran denken, wie man sie in Wien behandelt hatte.

Pavle erkundigte sich scheinbar beiläufig nach der Frau mit dem kranken Töchterchen und erfuhr, daß es ihnen gutging. Der Kleinen hatte man den Kehlkopf aufgeschnitten, inzwischen war sie genesen. Ein Bruder der Frau lebte in Kiew. Bajewitsch beklagte sich, daß man ihnen die Waffen nicht zurückgegeben hatte. Auf Pavles Frage, ob er das Kind sehen könnte, das der Arzt geheilt hatte, und auch die Mutter, erwiderte Bajewitsch mürrisch: »Joka Stana Drekowa? Was willst du von ihr?«

Auf der Pontonbrücke stehend, schaute Pavle in den Widerschein der Sonne, der auf der Donau flimmerte, und fragte sich, was er wollte und warum er gekommen war. Bajewitsch hatte ihn verlassen, um jüngere Männer zu begleiten, die ein Faß ins Lazarett schleppten.

Die Kinder sprangen wie Zicklein um Pavle herum, den sie an dem Dreispitz wiedererkannt hatten. Plötzlich sah er die Frau, die er suchte. Sie ging zum Wachhaus, auf das sandige Ufer zu. Dort stapelte sie mehrere Brote auf ihren Kopf und kehrte zum Lazarett zurück, wobei sie auf einem schmalen Balken balancieren mußte. Ob sie erfahren hatte, daß er gekommen war, oder ob sie ihn ganz zufällig bemerkte, wußte er nicht. Sie blieb unter der Brücke stehen und starrte zu ihm hinauf. Dann näherte sie sich langsam.

Sie trug ein ehemals elegantes schwarzes Kleid, das wie ein Hemd um ihren Körper schlotterte.

Als sie mit kleinen Schritten auf Pavle zukam – ihr Kleid genierte sie offensichtlich –, schien sie zu schweben. In der

Nähe wirkte sie wie eine Säule, um die sich schwarze Schlangen winden. Pavle rief sie laut bei ihrem Namen, und sie errötete.

Dann fragte er sie nach ihrem Kind und ihrem Mann.

Da die Frau offenbar dachte, Isakowitsch kommandiere die Wache und verteile das Brot, trat sie näher. Von ihren blauen Wiener Seidenschuhen hatte jemand die Absätze abgerissen, so daß sie wie barfuß lief.

Sie sagte ruhig, als hätte sie ihn nie gesehen: »Ich bin Joka Stana Drekowa, mein Mann hat mich in Triest verlassen. Das Warten langweilte ihn, da ist er verschwunden. Ich fahre zu meinem Bruder nach Rußland. Drekow wird bestimmt wiederkommen. Wer du auch bist, Gott möge dir vergelten, was du für uns getan hast. Jetzt weiß ich, daß mein Kind todkrank war und gestorben wäre, hättest du nicht den Arzt mitgebracht. Mit dir ist für uns die Sonne aufgegangen!« Sie betrachtete Pavle mit ihren großen grünen Augen, die Wimpern hatten tatsächlich die Farbe von Asche.

Isakowitsch beugte sich über die Brücke, so daß er mit seinem Gesicht beinahe ihre Augen berührte, und sagte: »Ich reise auch nach Kiew. Ich an Drekows Stelle hätte dich nicht verlassen!«

Kaum hatte er diese Worte ausgesprochen, bereute er es, weil sich ihr Gesicht mit Totenblässe überzog. Ihre Augen trübten sich. Sie sagte nun: »Du bist jedenfalls einer von denen, die auf dem Kopf fremdes Haar tragen, das von Toten stammt. Warum lügst du und sagst, daß du mit uns nach Rußland willst? Wer bist du?«

»Ich lüge nicht, sondern gehe wirklich nach Rußland. Und wenn ich könnte, würde ich dich wie einen Wassertropfen in der Hand tragen. Um dir das zu sagen, bin ich hergekommen.«

Sie blieb eine Zeitlang schweigend neben den Broten stehen, die sie vom Kopf heruntergenommen und auf die Erde gelegt hatte. Als Isakowitsch wiederholte, daß er gekommen sei, um ihr das zu sagen, veränderte sich ihr Gesicht völlig. Sie lächelte so merkwürdig, wie es Frauen zu tun pflegen, wenn sie nichts mehr sagen wollen. Sie hob die Brote auf und ging wortlos zum Lazarett. Aber ihr schwankender

Gang hatte jetzt etwas Leichtes. Isakowitsch schaute ihr nach, bis sie sich im Dunkel des Tors in einen Schatten verwandelte.

In den hinterlassenen Papieren Pavles fand niemand ein Wort über diese Frau.

Als Isakowitsch am Tag nach dem Besuch im Lazarett aus Wien abfuhr, fühlte er sich wie ein Flüchtling, wie ein Deserteur.

Als würde er bei einem Sturmangriff plötzlich umkehren und in eine ganz andere Richtung reiten, ließ er jetzt Evdokija zurück. Sie schien ihm nichts zu bedeuten.

Die Kutsche, die Wolkow geschickt hatte, wurde von prächtigen Schimmeln gezogen. Solche Pferde besaß ein gewöhnlicher Reisender nicht. In Raab sollte der Wagen des Händlers Kretscharewitsch für Pavle bereitstehen.

Um alles hatte sich der Armenier, Koptschas Dolmetsch, gekümmert.

An diesem Tag war Anastas Agagijanijan völlig verändert.

Isakowitsch hatte sich für die Reise parfümiert und geschniegelt, wirkte aber sehr bedrückt. Und das erste Mal, seit Pavle ihn kannte, war auch der stets lächelnde Agagijanijan nicht frohgelaunt. Der junge Stutzer ähnelte in seinem französischen Frack nicht einem Raben, sondern einer durchnäßten Elster. Außer dem schwarzen Frack war er völlig weiß gekleidet: Er trug weiße Kniehosen, weiße Strümpfe und ein weißes Jabot.

Wie für ein Begräbnis.

»Das Leben ist nur eine lange Marter für einen armen Mann«, sagte er, »und ich, ein Armenier, muß überall leiden, wohin ich auch komme. Sie haben es gut, Sie haben eine Familie und fahren zu ihr. Ich habe den Russen in Konstantinopel treu gedient und mußte miterleben, daß die Türken meine Familie ermordet haben. Ich habe Wolkow auch in Wien gedient, und was ist der Lohn dafür?

Wolkow hat mich sehr enttäuscht. Gestern abend hat er mich sogar zum ersten Mal mit einem Stock geschlagen.

Wegen einer Frau.

Das hatte ich Wolkow nicht zugetraut. Wenn ich könnte,

würde ich mit Ihnen fortgehen und nie mehr nach Wien zurückkehren.«

Als Pavle das hörte, dachte er, daß es viele unglückliche Menschen auf der Welt gibt. Wie die unzähligen Sterne. Agagijanijan tat ihm leid.

Er fragte ihn, was er in Wahrheit für den Zweiten Sekretär bedeutete und warum die Russen ihn und Koptscha bei allen Angelegenheiten beteiligten, als ginge es nicht ohne sie ab. Agagijanijan sagte nun zum ersten Mal, daß er Wolkow als Geldwechsler, Dolmetsch und Bote, ja sogar als Kuppler diente.

»Von irgend etwas muß der Mensch leben, wenn er kein Haus und keine Familie hat. Koptscha ist alt geworden. Er scheut jedes Risiko. Aber ich kann Ihnen auf jeden Paßport ein Siegel drücken, ein österreichisches mit dem doppelköpfigen österreichischen Adler, und ein russisches mit dem doppelköpfigen russischen Adler und der Zarenkrone, und dazu die Unterschrift des Wiener Polizeimeisters und die Unterschrift des Offiziers auf der Hauptwache. Zu einem falschen Siegel!«

Inzwischen war der Zeitpunkt gekommen, an dem Isakowitsch einsteigen mußte.

Der Kutscher, ein ehemaliger Donauschiffer, trug einen riesigen Strohhut und hieß Schiff. Agagijanijan hatte ihn empfohlen. Der Mann kannte den Weg genau, und er war schweigsam und fragte nichts. Isakowitsch saß wie eine Puppe in der Kutsche.

Er verkroch sich unter dem schwarzen ledernen Verdeck, als befürchtete er, Frau Evdokija, vor der er floh, könnte ihn vom Himmel aus beobachten.

Als die Kutsche durch die Wiener Vorstädte rollte, befanden sich nur wenige Menschen auf den Straßen, aber auch sie wichen erschrocken vor den wild trabenden Schimmeln zurück.

Die Pferde, die man zeitig geweckt hatte, waren unruhig.

Wolkows Kutscher fuhr auf der Straße nach Schwechat, als brächte er Pavle zu einer Hochzeitsfeier.

Bei der schnellen Fahrt zogen Eichen, Kastanien und die letzten Häuser an der Landstraße an ihm vorüber. Hasen liefen über den Weg, und Füchse lugten aus den Straßengräben. Als die Sonne aufging, erblickte Isakowitsch sogar ein Reh.

Es ließ die Kutsche ganz nahe herankommen und floh erst, als ihm Pavle zärtlich die Hand entgegenstreckte.

Wie im Traum hörte er, daß der Kutscher sagte, es würde nicht lange leben. In der Gegend würde viel gejagt.

Pavle döste vor sich hin, und im Halbschlaf sah er die Bäume, die er auf der Reise mit Frau Evdokjia gesehen hatte. Er dachte daran, daß das unbefugte Jagen eines Rehes in Sirmien den Kopf kostete, wenn eine gräfliche Exzellenz in Esseg keine Gnade walten ließ.

Er merkte nicht, wie sich Erinnerungen an seine Frau mit Erinnerungen an Evdokija vermischten. Evdokija begleitete ihn jetzt mit ihrem Flüstern und ihren sehnsüchtigen Blikken. Pavle schämte sich, daß er seiner männlichen Begierde nachgegeben und sich mit dieser Frau eingelassen hatte. Er gelobte sich, sie nie mehr zu sehen.

Ihm fiel ein, was Ziminski gesagt hatte. Für alle, die nach Rußland ziehen wollten, wäre ein Duell wegen dieser Frau eine große Schande gewesen. Diese einfachen Menschen verknüpften ihr Ungemach mit dem Unglück ihres Volkes. Jeder achtete darauf, daß die Ehre der serbischen Nation nicht durch sein Handeln befleckt wurde.

Der Edle von Isakowitsch gelobte deshalb noch einmal in der Kutsche auf der Landstraße, daß er Witwer bleibe, seine verstorbene Frau nicht vergessen würde.

In der Erinnerung war sie jetzt schön und rein. Der Schatten der toten Frau wurde seinem Herzen immer lieber. Pavle verklärte die Vergangenheit.

Daß die junge Frau, die so gut zu ihm gewesen war, lediglich ein Jahr mit ihm zusammengelebt hatte, hielt er für eine Ungerechtigkeit. Ihr Tod hatte ihn erschüttert, aber er hatte das als natürlich betrachtet. Es war ein Schicksalsschlag, der jeden treffen konnte. Jetzt indessen, wo er diese Frau längst begraben hatte, tauchte sie immer öfter in seinen Gedanken und Träumen auf. Immer größer kam ihm die Ungerechtigkeit vor, immer schrecklicher ihr Los. Gottes Wille erschien ihm als etwas Böses, Heimtückisches, Bestialisches.

Der schwere blaue Himmel, der wie aus Blei war, die verblühten Kastanien, die Weiden und die Eichen, die vorüberspringenden Hasen, die Füchse – das alles war sinnlos.

Er fuhr weiter. Fuhr und fuhr. Die Pferde wieherten.

Ebenso hätte er tot, mit geschlossenen Augen, vorüberfahren können.

Aber er reiste jetzt wie ein großer Herr.

Der lange Kerl in hohen Stiefeln, weißen ledernen Reithosen, einer dunkelblauen Offiziersjacke mit weißen Revers, mit schwarzen Schleifen im Haar und mit silbernen Tressen auf der Brust ähnelte einer Marionette.

Er gebärdete sich stolz und dünkelhaft.

Den feinen Dreispitz zierte eine russische Kokarde.

Sein Gesicht, das den Zweiten Sekretär des Grafen Keyserling an die Krieger erinnerte, die ihre Frauen töteten, damit sie nicht den Römern in die Hände fielen, strahlte nicht mehr. Die blauen Augen blickten müde. Das Lächeln um die roten Lippen – ein Lächeln, dessentwegen ihn die Frauen im Gedächtnis behielten – war nicht mehr herzlich.

Isakowitsch war in Wien völlig verbittert.

Auf dem Wege nach Buda wurde er das erste Mal auf der Landstraße angehalten, die nach Eisenstadt abbog. Der Wachoffizier benachrichtigte die Kommandantur. Er schrieb, daß der russische Rittmeister Isakow auf dem Wege nach Buda vorbeigekommen sei und sich in Wieselburg aufhalten werde. Sein Paß sei in Ordnung. Kornett Franz Baumeister meldete das untertänigst. »Ungehindert passiert, Grenzposten Nr. 7.«

Der Edle von Isakowitsch erreichte Wieselburg erst am nächsten Tag.

Er nächtigte in einem Weizenfeld.

Später erzählte er, daß er wie im Traum nach Wieselburg gelangt war.

Es war aber kein Liebeskummer wegen Evdokija.

Unterwegs sah er am Wegrand oft eine Pflanze, von der Frau Evdokija gesagt hatte, daß sie Frauentreu heiße, aber eigentlich Männerliebe heißen müßte.

Man brauchte sie nur anzuhauchen, und die gefiederten Früchte flogen fort wie eine verzauberte Spinnwebe aus einer anderen Welt.

Der Edle von Isakowitsch dachte auf dieser Reise überhaupt nicht an Thekla.

Er wünschte nur, daß die Nacht voller Sterne lange währte und die Fahrt durch Felder und Wälder und Sümpfe nicht endete.

Daß er den Weg zurückkehren mußte, auf dem er unlängst gekommen war, vermochte er nicht zu fassen. Sein Plan zur Übersiedlung nach Rußland war dadurch zunichte gemacht. Alles stürzte bei dieser unerwarteten Rückkehr in die Heimat noch einmal zusammen wie ein Kartenhaus. Alles, was sich in Wien ereignet hatte, kam ihm jetzt wie verrückt vor. Nicht nur Frau Evdokija und ihre Tochter waren verrückt, sondern ganz Wien war es. Das ganze Kaiserreich war verrückt. Alle Kriege, an denen er teilgenommen hatte, waren Streiche eines großen Gauklers, der alle wie Marionetten tanzen ließ. Die Kaiserin tanzt, und Wien, und Evdokija, und er, alle tanzen. Und dieser große Gaukler belügt das Volk, das an Christus glaubt. Die Wienerinnen seufzen, vergießen Tränen, flüstern verliebt, als ob die Liebe für sie eine Frage von Leben und Tod wäre. Dabei trösten sie sich gleich mit einem anderen Mann.

Und das österreichische Heer, das christliche Heer, das den Serben Toleranz und Privilegien versprach, damit sie im Namen Christi gegen die Ungläubigen kämpften, ist nicht besser. Es wird von Männern kommandiert, die Komödianten, Glücksspieler, Lügner, Abenteurer, käufliche Subjekte sind. Sie bezeichnen sich als Schild der Christenheit und brandschatzen schon dreißig Jahre lang, nicht nur die seligen serbischen Siedlungen auf türkischem Territorium, sondern auch Dörfer und Städte in christlichen Ländern, in Frankreich, Flandern, Preußen, Böhmen und Italien.

Und das kaiserliche Wien, nach dem sich die Frauen der serbischen Händler sehnten – Wien, das sie für eine Insel der Seligen hielten, mit Marmorpalästen, Gärten und Straßen, in denen prächtige Rosse trabten, auch Wien war voller Lüge. Nichts erreichte man ohne Diskretion, wie hier die Bestechung hieß. Alle nahmen Schmiergelder.

Die Wiener hielten die stinkende Kammer, auf deren Tür ein auf bräunlich gelben Eiern sitzender Hase gemalt war, für einen großen Fortschritt. Diesen Raum im Hause schätzten sie am meisten, wie eine Familienreliquie, wie eine Wiege oder einen Sarg.

In Wien glorifizierte man den Arsch.

Diese Welt der Garnisonen, der Hauptstadt, der Offiziere, des Kaiserreichs, eine Welt, in der Isakowitsch und seine Nation bisher im Stil des Rokoko gelebt hatten, war auf einmal völlig wertlos.

Pavle fragte sich: Das ist es also, was ich verlieren werde?

Diese Hauptstadt, wo sich abends sogar die Kaiserin den Hanswurst anschaute?

Hartkovci und Panjevi waren ihm in seiner Erinnerung nie zuvor besser und menschenwürdiger erschienen als jetzt. Über ihnen leuchteten Milliarden Sterne.

Als Kind hatte Pavle in Belgrad die Offiziershüte bewundert, die mit Pfauenfedern geschmückt waren. Mit Vuk und seinen Vettern trat er ins österreichische Heer ein. Er mußte ansehen, wie sich dieses Heer über Serbien ausbreitete, als wollte es ewig bleiben, und wie es wieder verschwand wie der Schnee im Frühling. Und nur Krankheiten und niedergebrannte Dörfer hinterließ. Das Heer schleppte Wagen voller Beutegut mit und zog als bunter Jahrmarkt an den Brandstätten vorüber, wo Jammern und Wehklagen zu hören war, bis die Türken kamen.

Als das österreichische Heer vor dreizehn Jahren Serbien räumte, hoffte Pavle, eines Tages mit diesem Heer in seine Heimat zurückzukehren.

Jetzt, auf dieser Reise, hatte er diese Hoffnung nicht mehr. Sein früheres Leben, seine Eltern, seine Häuser, seine Pferde, alles hatte ihm der Krieg genommen. Vom anderen Ufer der Save konnte er sein gebirgiges Serbien nur als reinen blauen Himmel sehen. Warum trachteten sie danach, sich irgendwo anzusiedeln, ein Haus auf dieser Seite des Flusses zu haben – warum überhaupt dieses Fortziehen in die Fremde? Alles endete wieder im Unglück!

Sie hätten nicht gehen sollen!

Sie hätten dort auf dem Cer und in Crna Bara sterben sollen.

Die gleiche Vergänglichkeit und Sinnlosigkeit erblickte

Pavle auch in vielen Dingen seines Lebens. In alltäglichen Geschehnissen. Pferde, die er liebte, die er jahrelang für sich aufgezogen hatte, mußte er in einer fremden Welt zurücklassen. An verschiedenen Orten. Selbst Säbel, denen er sein Leben verdankte, mußte er verkaufen.

Und ihn verließ nicht die Erinnerung an seine tote Frau, die in seinen Gedanken auch jetzt in der Kutsche saß und ihn mit traurigen Augen anschaute.

Zum hundertsten Mal sagte er sich, daß er sie nicht richtig geliebt hatte. Und jetzt reitet er auf übermütigen Stuten und beleidigt ihr Andenken! Diese Erinnerung beklemmte ihn so, daß er den Kragen aufknöpfen mußte. Er barg den Kopf müde in den Händen, als weinte er.

Die Grillen im Gras begannen zu zirpen, und am dunklen Himmel leuchteten wieder die Sterne. Bis zu ihnen dringt keine menschliche Stimme, kein Lachen und kein Weinen, und sie antworten niemals.

Was ihn dazu bewog, auf der Rückreise einen Abstecher nach Wieselburg zu machen, vermochte Pavle seinen Vettern nicht deutlich zu erklären. War es die Erinnerung an die Nacht mit Evdokija? An den lustigen Abend, den er beim Gestütsverwalter Waldenser verbracht hatte, oder nur der Wunsch nach einem bequemen Nachtlager? Oder die Erinnerung an den Tod des schönen Hengstes, der den Namen Jupiter trug?

Pavle behauptete, er hätte beabsichtigt, seine Pferde aus Temesvar in dieses Gestüt zu schaffen und an den Veterinär des Grafen Pahr zu verkaufen. Für die Reise nach Rußland hätte er viel Geld gebraucht.

In Wahrheit trieb ihn etwas Unerklärliches, eine Ahnung in dieses Gestüt. Als erwarte ihn dort etwas, was er unbedingt sehen mußte. Als lebte dort jemand von den Seinen. Deshalb kehrte er dorthin zurück.

Als Jurat ihn später fragte, was er dort vorgefunden hatte, sagte er, im Gestüt hätte sich vieles verändert: Waldenser war entlassen worden. An seine Stelle war ein anderer Bereiter getreten, ein Verwandter Roncallis. Und für Waldenser war kein Platz mehr im Herrenhaus. Er war mit seiner Familie ins Armen- und Waisenhaus nach Raab gezogen.

Waldenser hatte abgenommen. Alles an ihm hing schlaff herunter. Sein Bauch, seine Wangen, seine Kleider. Wenn er weinte, blieben die Tränen in den Augen haften. Frau Waldenser hielt sich erstaunlich gut. Das sei der Lohn für vierzig Jahre treue Dienste beim Grafen Pahr, sagte sie. Sie trauerte vor allem ihrem Wintergarten nach, einer Schöpfung ihrer Hände. Pavle erzählte später, daß er sich nur kurze Zeit bei ihnen in Raab aufgehalten hatte. Er bedauerte die beiden alten Leute, obwohl sie für ihn fremde Menschen waren. Sie saßen im Dunkeln in einem kahlen, niedrigen Stübchen, das viel schlechter war als die Ställe beim Herrenhaus.

Graf Pahr konnte den Verlust seines Hengstes nicht verwinden. Er hatte allen verboten, den Namen Waldenser vor ihm zu erwähnen.

Die Stübchen im Armenhaus hatten winzige Fenster aus buntem Glas, und alles, was man draußen sah, wirkte dunkel und verzerrt.

Frau Waldenser wiederholte unter Tränen ihre Geschichte, daß man sie ihrem Andreas nicht hatte geben wollen und daß ihr Vater eines Nachts Waldenser unter ihrem Fenster überraschte und die Leiter umstürzte, so daß er wie eine reife Birne herunterplumpste.

Und Waldenser fügte mit traurigem Lächeln zu, daß sie jetzt trotzdem hier zusammen seien und für ewig zusammenbleiben würden. Auf dem Friedhof.

Als sich Isakowitsch nach der Tochter erkundigte, freute sich Waldenser. Seine Tochter war dieser Tage als Zimmermädchen zu seinem Freund Roncalli nach Wien gegangen. Roncalli hatte zuerst Franzl mitgenommen, aber die Kleine war töricht und wurde in Wien schwanger. Jetzt verheirate man sie, sagte Waldenser.

Alle würden sich fragen, mit wem sie gesündigt hatte.

Seine Tochter gehe jetzt nach Wien, um die Unglückliche zu ersetzen. Sie würde es im Hause seines Freundes gut haben. Er freue sich, wenigstens seinem Kind das Armenhaus zu ersparen.

Pavle verabschiedete sich.

Er mußte jedoch in Wieselburg noch die Bürgermeisterei aufsuchen.

Man zeigte ihm den Getreidespeicher und neue hölzerne Göpel, mit deren Hilfe das gräfliche Land bewässert wurde. Am Schluß forderte man ihn auf, ins Stadtbuch zu schreiben, was er über Wieselburg denke.

Er habe sogar gereimt, berichtete er seinen Vettern.

Pavle schrieb: »Wieselburg ist eine schöne Stadt! Die einen guten Bürgermeister hat!«

Er fragte, ob er noch etwas hinzufügen solle. Man antwortete ihm, das sei nicht nötig.

Diesmal mußte er in Raab die strenge Kontrolle des Wachoffiziers über sich ergehen lassen. Polizeikontrollen in den Städten gab es auch später. Die Kutsche wurde beinahe vor jeder Stadt angehalten. Pavle mußte immer seinen Paß zeigen; auch sein Gepäck wurde kontrolliert. Und man stellte Fragen und notierte die Antworten. Warum ist er auf Reisen? Wo hat er die letzte Nacht verbracht? Bei wem gedenkt er in Buda abzusteigen? Welchen Glaubens ist er? Führt er russische Bücher bei sich? Worüber wurde im letzten Nachtquartier gesprochen?

Und völlig unsinnigerweise wurde die Kutsche auch auf Märkten angehalten.

In Wieselburg zeigte man Pavle in der Kirche den Gekreuzigten, der am Karfreitag eine Träne absonderte. In Raab geriet er in einem Gasthof in Lebensgefahr. Ein Kürassier bot ihm seine Tabakdose zum Kauf an. Er brauchte das Geld, weil er alles verspielt hatte.

Als Isakowitsch das Angebot ablehnte und sich in sein Zimmer zurückziehen wollte, schoß der Kürassier aus Wut auf ihn. Der Mann war kaum zu bändigen.

Isakowitsch konnte die Nacht nicht ruhig schlafen. Über dem Fenster hing eine große Uhr, aus der jede Stunde ein hölzerner Kuckuck heraussah und die Stunden rief. Dieser Kuckuck, dachte Pavle, ruft auch, wenn niemand hier ist.

Die Stunden werden überall auf der Welt angezeigt, ob ich lebe oder tot bin.

Er war so ermüdet von Wien, daß ihn Waldensers Unglück nur betrübte, aber diese Betrübnis dauerte nicht lange.

Er dachte, daß es Waldensers Tochter vielleicht in Wien besser ergehen würde als im Armenhaus bei ihren Eltern.

Sie wird aber wie Franzl enden, wie das kleine Stubenmmächen.

Isakowitsch spürte Verbitterung, die er vorher nicht gekannt hatte. Der Luxus und der Reichtum in Wien hatten ihn verbittert. Er mußte Haus und Hof, Silber und Pferde verkaufen, bevor er nach Rußland ging, und für den Erlös hätte er gerade ein Jahr lang eine Wiener Konkubine aushalten können.

Auch Waldensers Tochter erhielt wahrscheinlich, wenn sie schwanger wird wie Franzl, einen kleinen Gasthof in der Umgebung von Wien und einen Mann dazu.

Alle Offiziere, die nach Wien kamen wie Pavle, glaubten diese Stadt zu kennen, nachdem sie eine Zeitlang dort verbracht hatten. Zu jener Zeit der Liebeleien, der Musik, des Prunks, der Unmoral und der Aufklärung sahen sie in Wien nur Betten aus Rosenholz, Tische aus Marmor, Geschirr aus Majolika, Gläser aus Kristall. Isakowitsch galt in Sirmien als reich und besaß doch nicht einmal so viel, wie die Generalin Montenuovo für Kleider ausgab. Die serbischen Offiziere, die nach Rußland wollten, spürten das erste Mal in Wien, wie arm sie waren.

Vor Buda ging ein heftiger Sommerregen nieder, der dann lange von den Ästen, von den Blumen, vom Gras tropfte. Pavle mußte immer wieder an Frau Evdokjia denken. Diese Frau war schön, zärtlich, wunderbar.

Ihn störte nur, daß alles, was zwischen ihr und ihm geschehen war, nicht nach seinem Wissen geschah, sondern weil sie es so gewollt hatte. Auch unter seinen Bekannten und Verwandten in Temesvar gab es solche zügellosen, leidenschaftlichen Frauen, aber zwischen ihnen und Evdokija bestand ein großer Unterschied. Sogar in Futog warteten solche Frauen, bis ein Mann um sie warb, und gaben erst dann ihrem Verlangen nach. Keine einzige Frau in Peterwardein, nicht einmal eine Witwe, hätte einen Offizier durch die Tür ins Haus gelassen. Er mußte geduldig ausharren, auf dem Hof beim Hund, und erst in der stillen Nacht durfte er durchs Fenster steigen. Evdokija hatte alles in seinem Leben auf den Kopf gestellt. Sie hatte ihn genommen, als wäre er eine junge Frau und sie der Liebhaber, unter dem man vor Wollust vergeht.

Bei der Kontrolle seines Gepäcks in Raab wurde Isakowitsch von zwei Franziskanern höflich gebeten, sie nach Gran mitzunehmen.

Niemand schlug zu jener Zeit eine solche Bitte ab.

Pavle nahm die beiden katholischen Mönche auf, zwängte sich zwischen sie und antwortete mißmutig auf ihre Fragen.

Der Ältere, Pater Leonhard Gabritsch, sprach slawonisch, der jüngere, Pater Celestin Cora, stammte aus Triest. Beide entschuldigten sich bei Pavle wegen der Belästigung und dankten ihm umständlich für seine Freundlichkeit.

Pavle mußte im Gespräch mit den Patres manches hören, was er niemals gehört hatte. Der Zufall, der größte Komödiant auf der Welt, spielte wieder mit ihm. So sehr, daß Pavle vieles im Gedächtnis behielt.

Gabritsch, dessen Gesicht an ein ältliches Ferkel erinnerte, jammerte darüber, daß die Russen jetzt auch die schismatische Kirche an der Adriaküste mit Geld unterstützten. Der jüngere, Pater Celestin, sah aus wie ein Hahn, der ein Pincenez auf dem Schnabel trägt. Er wollte vernommen haben, daß die Russen auch den Kirchen im venezianischen Küstengebiet Geld schickten, was noch betrüblicher wäre. Isakowitsch erwiderte, er verstehe gar nichts von solchen Dingen und habe nie etwas davon verstanden.

Da sich Pavle an das Gespräch mit Mikailo Vani entsann, sagte er, sie möchten ihm als gelehrte Männer erklären, ob alle Sünder in die Hölle kämen.

Während er sein Pincenez putzte, erklärte ihm der jüngere Pater in seltsamem Deutsch, daß das sehr traurig sei, und sogar der Heilige Vater, ein Mann der Aufklärung, bedauere das. Lambertini, wie er den Papst nannte, vergieße Tränen, weil Sokrates und Marc Aurel zur Hölle verurteilt seien. Und nur deshalb, weil sie vor unserem Erlöser geboren wurden, unserem Herrn Jesus Christus.

Pavle wunderte sich darüber, daß die Patres meinten, ein Ungebildeter würde das verstehen, denn er wußte nicht, wer Sokrates und Marc Aurel waren. Er fragte aber nicht danach und gestand ihnen nur, schon lange nicht mehr in der Kirche gewesen zu sein und auch nicht gebetet zu haben. Er sei ein

Reiter, ein Soldat, der sein Leben mit den Toten und den Pferden verbracht habe.

Gabritsch entgegnete, die Kirche würde das verzeihen, sogar einem Schismatiker. Wenn man sie nicht verstehe, können auch die erhabensten Gebete wie Geplapper von Unreinen sein. Das komme in der schismatischen Kirche oft vor! Aber Gott vergebe das. Man könne nicht das Himmelreich wie bei einem Sturmangriff erobern. Das wahre Bild unseres Herrn Jesus Christus sei aufgerichtet. Alle müßten auf ihn schauen.

Isakowitsch gestand ihnen nun, daß er lediglich das Vaterunser kannte.

So verwildert war er in den Kriegen.

Gabritsch meinte, es genüge, wenn ein Schismatiker wenigstens das Vaterunser kenne, weil es das schönste Gebet der Menschen sei und so viel wert wie jene, die mancher den ganzen Tag in der Kirche murmele. Sogar der heilige Augustinus habe nicht verlangt, wir sollten den ganzen Tag in Kirchen verbringen, vielmehr sollten wir danach trachten, selber ein Tempel Gottes zu werden.

Pater Celestin wurde unduldsamer, als er hörte, daß Pavle ein russischer Offizier war.

Weil die drei in einer Sprache redeten, die keiner von ihnen gut beherrschte, sprachen sie wie in den Wind. Für Pavle war alles, was die Franziskaner sagten, merkwürdig, unbegreiflich und lächerlich. Er lachte auch über sie. Der jüngere Pater machte ihm Vorwürfe und wiederholte, daß Gott jedes Gebet, auch das schlechteste, höre. Man müsse beten!

Pavle fragte die Franziskaner, ob sie ernsthaft glaubten, Gott habe ein so großes Ohr, daß er im selben Moment alle hören könnte, die auf der ganzen Welt ihre Gebete flüstern, murmeln oder schreien? Es gebe so viel Elend und Leid.

Seine ganze Nation habe jahrhundertelang gebetet. Und habe Gott das gehört? Der jüngere Pater erboste sich darüber. Der Schismatiker lästere Gott! Der menschliche Verstand begreife nichts, und der Tod stehe hinter uns. In der Todesstunde beten wir alle zu Gott! Jeder Mensch habe Angst vor der Fahrt ins unbekannte Meer des Todes! Beim letzten Gebet, in jedem Gebet, erhebe sich der Mensch aus der Vergänglichkeit und schaue in die Ewigkeit.

Wer richtig bete, spüre Gottes Nähe.

Pavle sagte nun, daß er einen Hauspatron habe, den heiligen Stefan von Detschani, den heiligen Mrata, aber daß er alle Gebete in den Kriegen vergessen habe. Er hoffe, im Stehen zu sterben, mit erhobenem Haupt und einem Säbel in der Hand.

Er werde den Tod nicht fürchten wie ein Weib, das im Dunkeln vor allem Angst habe.

Der ältere Franziskaner erklärte ihm, die Schismatiker würden sündigen und nicht wissen, daß der heilige Mrata eigentlich der heilige Martin sei. »Er war Ritter wie der Herr Rittmeister, und ein guter Heiliger, denn er gab die Hälfte seines Mantels einem Bettler, der keinen hatte. Der heilige Martin war Franzose und lebte in der Stadt Tours!«

Obwohl Pavle seine Gebete vergessen hatte, ärgerte es ihn, daß der Franziskaner den Patron der Familie Isakowitsch in Frage stellte, er wollte die Geistlichen jedoch nicht verletzen, die sich demütig verneigt hatten, als er sie in seiner Kutsche mitnahm.

Seltsam! Seltsam! Sie feiern schon viele Jahre als Patron einen französischen Ritter, aber das hindert sie nicht daran, sich mit den Franzosen vor der Stadt Prag zu schlagen, mit Pistolen auf sie zu schießen und sie grausam zu töten. Und sieh an, ihr heiliger Mrata gibt den halben Mantel einem Bettler. Sie, die Isakowitsch, verehren ihn, ohne ihn zu kennen. Seltsam! Seltsam! Nur wird er seinem Vetter Jurat nicht sagen dürfen, woher der Heilige stammt. Jurat würde spotten, weil die Stadt Tours heißt, und in ihrer Sprache bedeutet das Hosenboden. Alles auf der Welt ist verrückt. Niemals hätte er das erfahren, wäre er nicht unterwegs den Mönchen begegnet.

Und was die Gebete in der Todesstunde betreffe, kämen sie ihm wie Geplapper vor, sagte er.

Gabritsch ergriff nun Pavles Hand und streichelte sie. Der Rittmeister solle sich trösten, weil die Schismatiker keine Gebete kennen! Auch wenn es nur Geplapper sei, ein Gebet sei niemals umsonst. Das versichere uns der heilige Apostel Paulus, sein Namensbruder, wenn er sage: »Denn was wir beten sollen, wie es sich gehört, wissen wir nicht. Aber der

Geist selbst legt Fürsprache für uns ein mit unaussprechlichen Seufzern.«

Aber da tauchte gerade Gran hinter einer Wegbiegung auf, und die Kutsche hielt vor einer kleinen barocken Kirche. Die Franziskaner stiegen aus, und Isakowitsch setzte seinen Weg allein nach Buda fort.

Als er sich Buda näherte, ersehnte er Ruhe nach allem, was er in Wien erlebt hatte. Er hatte sich in dieser Stadt stark verändert. Nach Buda kam er mit der Hoffnung, sich bei Trandafil oder Rakosavlewitsch erholen zu können. Er vermochte sich im Leben nicht mehr zurechtzufinden.

Alles, was er erlebt hatte, war anders als erwartet.

Buda war diesen Sommer ganz in den Duft von Linden und Akazien gehüllt. Das serbische Viertel, das in den vergangenen Kriegen dem Kaiserreich so viele Soldaten gegeben hatte, genoß geröstete Kürbisse und gekochtes Hammelfleisch, denn der Sold für treue Kriegsdienste war ausgezahlt worden. Der Handel gedieh wie die riesigen Sonnenblumen, die überall blühten.

In Trandafils Haus jedoch, wo sich Pavle auszuruhen gedachte, traf er keine Fröhlichkeit an, sondern Trübsal wie bei einer Totenmesse.

Frau Femka aus Futog hatte ihren Georgije verlassen. Trandafil war mit seinen Töchtern allein geblieben. Er war völlig verstört und hilflos. Verwandte, die ihm helfen sollten, bis die Frau zurückkehrte – falls sie jemals zurückkehrte –, hatten das Haus in einen Jahrmarkt verwandelt, nichts war mehr an seinem Platz. Alle Rechnungen waren durcheinandergeraten.

Als Jurat später einmal fragte, zu wem Femka fortgelaufen war, wußte das Pavle nicht. Trandafil hatte es ihm nicht deutlich gesagt. Er hatte nur mehrmals erklärt, daß ihm Brkitsch, ein Gehilfe aus der Nachbarschaft, ein großer Schelm, die Frau entführt hätte. Ein großer Schelm.

Niemand wußte, wie Brkitsch das angestellt hatte.

Niemand wußte, wohin die beiden geflohen waren. Sie verschwanden, als hätte sie der Erdboden verschluckt. Auf Trandafil lasteten die Sorgen um die Kinder. Kranke Kinder. Die Mutter fragte nicht nach ihnen.

»Es wird leicht sein«, sagte Trandafil, »mit guten Pferden nach Rußland zu ziehen, wir werden alles erledigen, Rakosavlewitsch und ich. Die Isakowitschs werden wie zu einer Hochzeit fahren. Auch das Haus und den Grundbesitz werde ich verkaufen. Um das Geld brauchst du dich nicht zu sorgen. Doch ich bin nicht mehr der, der ich einmal war, und werde es auch nie mehr sein.

Du suchst immer etwas in der Luft, immer läufst du etwas am Himmel hinterher. Wegen unseres elenden menschlichen Schicksals klagst du das Kaiserreich an. Du verläßt das Heer und meinst, ein Garsuli wäre schuld daran. Nichts können uns die Garsulis und die Kürassiere anhaben. Schlimm ist, wenn uns Gott eine schlechte Frau gibt! Niemand kann einen Mann zu Grunde richten, solange das seine Frau nicht tut! Wenn das einem Manne zustößt, kann ihm nicht einmal der heilige Mrata helfen!«

Pavle ließ Trandafil als gebrochenen Mann in Buda zurück. Er saß abends bei Kerzenlicht und wiederholte, daß Brkitsch ein großer Schelm sei. Er brachte die Kinder ins Bett und wusch selber ihre Windeln. Bis zum Morgengrauen konnte er nicht einschlafen.

Währenddessen tanzte, trank und sang das ganze serbische Viertel von Buda, das direkt unter Trandafils Garten lag. Man hatte den Leuten den Sold für ein ganzes Jahr ausbezahlt. Die Fenster flimmerten im Dunkel. Pistolenschüsse krachten. Es gab Belobigungen für Attacken bei den vorjährigen Manövern, und Buda brüstete sich vor Pest. Selbst der Metropolit fehlte nicht. Es war der Metropolit Pavao zu dieser Gelegenheit erschienen. Er tanzte und sang mit den Budaern. Und er aß sogar Fleisch mit ihnen.

Man solle nicht nach Rußland auswandern, predigte er, und das Kaiserreich verlassen, wo unsere Vorfahren auf dem Friedhof ruhen und unsere Verwandten im Kerker schmachten.

XII

Nur Gräber bleiben zurück

Der Edle von Isakowitsch, der Ende August 1752 nach Temesvar zurückkehrte, wurde zweihundert Schritte vor dem Prinz-Eugen-Tor am Vorposten angehalten.

Sein russischer Paß rief Verwunderung hervor.

Der Wachoffizier schickte einen Husaren zur Kommandantur, denn er wußte nicht, wie er mit dem russischen Offizier verfahren sollte.

Zu jener Zeit hatten so viele serbische Offiziere nach Rußland auszuwandern begonnen, daß man am Wiener Hof aufhorchte. Sogar die Kaiserin höchstpersönlich ließ sich unterrichten.

Der Hof verkündete ein Strafpatent, und die Strafen wurden immer härter. Noch schlimmer war, daß man mehrere russische Spione faßte, die Serben zur Emigration verleiten wollten. Es waren meist ehemalige österreichische Offiziere serbischer Herkunft. So wurde ein russischer Leutnant festgenommen, der sich als ein gewisser Rista Hrnitsch herausstellte. Ebenso ein russischer Wachtmeister, der in Wahrheit Pavle Vuitsch hieß.

Zehn Tage vor Pavles Rückkehr ins Temeser Banat wurde die Akte über die Bestrafung eines jeden veröffentlicht, der für die Auswanderung nach Rußland warb. »Werber, Emissäre, Aufwiegler« hieß es in dem Schriftstück.

Sogar die Todesstrafe war angedroht.

Trotz des russischen Passes riskierte auch der Edle von Isakowitsch immer noch seinen Kopf.

Zur gleichen Zeit wurden Belohnungen für Denunziationen ausgesetzt. Agenten bekamen zweihundert Forint.

Ein Denunziant für jede Anzeige sechzig Forint.

Der Besitz der Verhafteten wurde konfisziert.

Im Temeser Banat herrschte Angst.

Dann ordneten die Militärbehörden an, daß die Orthodoxen an katholischen Feiertagen ihre Läden schließen mußten.

Die Erregung wuchs immer mehr.

Sogar diejenigen am Wiener Hof, die bisher gewillt waren, über die Emigration von Serben hinwegzusehen, weil ihnen an guten Beziehungen zu Rußland lag, forderten nun strenge Strafen. Maria Theresias Berater für auswärtige Angelegenheiten, Minister Baron Uhlfeld, wollte den Russen nachweisen, daß die Serben wahnwitzig seien. Sie würden sich einbilden, jederzeit ziehen zu dürfen, wohin sie wollten. Angeblich beanspruchten sie »liberae migrationis«.

Pavle Isakowitsch willigte ein, sich ohne Widerstand auf die Hauptwache zu begeben. Er lächelte und strich sich über den Schnurrbart. Er genoß die Heimkehr mit einem russischen Paß und die Verwirrung darüber.

Nachdem er seinen Offiziersdreispitz in der Wache abgenommen hatte, protestierte er höflich und beobachtete die Kontrolle seiner Papiere. Der Kürassier bot ihm einen Stuhl an und entschuldigte sich. Schließlich sagte er, es handele sich um einen Irrtum. Isakowitsch dürfe sich begeben, wohin es ihm beliebe. Er bat ihn lediglich als Offizier, sich beim Verlassen der Stadt zu melden, falls ihn die Kommandantur verlange.

Der Edle von Isakowitsch erhob sich und bat um eine Audienz beim Kommandanten von Temesvar, dem Feldmarschalleutnant Franz Karl Leopold Baron von Engelshofen. Er besaß sogar die Kühnheit, darum als ehemaliger Rittmeister des neuerrichteten illyrischen Husarenregiments zu ersuchen.

Das Gepäck wurde inzwischen in den Gasthof. »Zum goldenen Hirsch« getragen.

In diesem Gasthof wohnten Pavles Vettern mit ihren Frauen.

Petar und Jurat bereiteten ihre Umsiedlung vor. In einer Stimmung, in der sich Freude und Leid, Betrübnis und Hoffnung miteinander mischten.

Auf den Gasthof fiel an Sommerabenden der dunkle Schatten des gegenüberliegenden Klosters, in dem oft die Glocken läuteten.

Petar und Jurat standen manchmal am Fenster und sprachen über ihr Schicksal und über Rußland. Schwalben flogen an ihnen vorbei, und wenn es dunkelte, schwirrten Fledermäuse aus dem Kirchturm. Als die beiden hörten, daß man Pavle bei der Rückkehr festgenommen hatte, waren sie völlig niedergeschlagen. Sie hofften nicht, ihn jemals wiederzusehen.

Ana saß mit verweinten Augen auf dem Bett und nähte.

Varvara stand am anderen Fenster.

Pavle lief mit großen Schritten auf der anderen Straßenseite an der Klostermauer entlang und war aus dem Gasthof nicht zu sehen. Ein Balkon verdeckte ihn vor den Augen seiner Verwandten, bis er den Eingang erreicht hatte.

Varvara erblickte ihn als erste.

Sie schrie laut auf und rannte zur Tür, ehe die anderen etwas fragen konnten. Sie eilte die breite Holztreppe von der Pawlatsche hinunter, ohne darauf zu achten, daß sie die Pantoffeln verlor.

Ihr rotes Haar war gerade gewaschen und hing lose herab, und an dem Tage hatte sie zufälligerweise ein neues Kleid angezogen, mit einem weiten Rock und einem tiefen Ausschnitt. Das Kleid war rot wie Klatschmohn.

Der weiße Schleier um die Schultern, die nackten Arme, das rötliche Haar – alles flatterte wie im Wind.

Die grünen Augen strahlten vor Freude.

Varvara stürzte auf Pavle zu, der an der Tür stehengeblieben war, um sich nach seinen Vettern zu erkundigen. Sie umarmte ihn, als wäre sie seine Frau. Und sie küßte ihn, als wäre sie seine Frau.

Er lachte im ersten Moment, dann stieß er sie zurück und rief: »Du bist ja närrisch! Wo ist dein Mann?«

Ana war Varvara gefolgt. Sie blieb verblüfft stehen.

Dann kamen auch Petar und Jurat, obwohl sie nicht wußten, was geschehen war. Petar sah nicht mehr, wie seine Frau Pavle küßte, aber er sah, wie sie ihn unterhakte, als wäre sie seine Braut. Er erblaßte, sagte jedoch nichts. Er runzelte nur die Stirn, packte seine Frau am Arm und zog sie von Pavle weg.

Beschämt und zornrot sagte Varvara zu ihm: »Du bist ein Kind, Petar! Ein großes Kind!«

Im allgemeinen Umarmen und Küssen gingen diese Worte unter, aber Pavle bemerkte Petars feindselige Blicke. Er ahnte, daß er nach so viel Unglück hier, an dieser Holztreppe, weiterem Unglück begegnete.

Petar blieb den ganzen Abend schweigsam.

Varvara hatte Freudentränen in den Augen und schaute Pavle unverwandt an. Die Isakowitschs saßen lange in der Küche des Gasthofs, wo sie aßen, dann unterhielten sie sich bis zum Morgengrauen in Petars Zimmer.

Während des Abendessens zeigte Jurat – der kein dummer Mann war, sondern nur dumme Scherze machte, um das Unheil in der Familie zu bemänteln –, wie sich die Katholiken vor dem Abendessen bekreuzigten.

Er fand es nicht komisch, daß sich die Katholiken vor dem Essen bekreuzigten, sondern wie sie das taten. Indem sie mit dem Zeigefinger Stirn, Nase und Kinn berührten. Jurat sagte: »Uns Orthodoxen knurrt der Magen vor Hunger, und den Katholischen juckt das Kinn!«

Umsonst versuchte ihm Varvara zu erklären, daß die Menschen Gott für ihr tägliches Brot dankten.

Petar saß schweigend da und aß schweigend.

Ana bemühte sich, fröhlich zu wirken, und erzählte, was in Temesvar während Pavles Abwesenheit geschehen war. Wie jede Mutter war sie jedoch um ihre Kinder besorgt und fragte sich auch an diesem Abend ständig, ob es ihnen jetzt in Neusatz gutgehen würde. Obwohl sie eine Kinderfrau hatten.

Ana war schöner denn je.

Sie trug ihre geliebte schwarze Krinoline und ein grünes Samtkorsett. Die schwarzen Brauen schienen zusammengewachsen zu sein. Heimlich beobachtete sie jede Bewegung und jeden Blick ihrer Schwägerin.

Jurat und Ana boten ein Bild vollkommenen Glücks. Sie lebten ohne Kinder im Gasthof und fühlten sich wie in den Flitterwochen. Ana war wieder schwanger.

Ihr einziger Kummer bestand darin, daß ihr Vater die Kinder mitgenommen hatte. »Was mögen sie jetzt ohne Mutter in Neusatz machen?« fragte sie nun laut.

Ihren Mann ärgerte das.

»Darüber brauchst du dich nicht zu sorgen. Die Kinder sind nicht bei Fremden, sondern beim Großvater und bei der

Ahne.« Als Ahne bezeichnete Jurat bissig seine Schwiegermutter Agrippina Bogdanowitsch, eine berühmte Schönheit. Sie zählte erst dreiundvierzig Jahre und hielt sich noch für sehr jung. Jurat wußte, daß sie ihm Ana verweigert hatte. Deshalb mochte er sie nicht. Und auch sie mochte ihren Schwiegersohn nicht. Sie bezeichnete ihn als ordinär. Ihre Tochter hätte sie für etwas Besseres erzogen.

Als sich Ana beim Gedanken, daß die Kinder von einer Kinderfrau umsorgt wurden, ein wenig beruhigt hatte, erblickte sie schließlich auch darin einen Grund zu Kummer. »Eine Kinderfrau kann die Mutter nicht ersetzen. Was machen die armen Waisen, wenn sie sehen, daß sie bloß eine Kinderfrau und keine Mutter haben?«

»Sie zwicken einfach die Kinderfrau in den Hintern!« sagte Jurat.

Wenn sie an anderen Abenden danach bei Jurat zusammensaßen, zogen sich Petar und Varvara meist sehr früh auf ihr Zimmer zurück.

Und wenn Pavle fragte, warum sie so zeitig gingen, wies Jurat mit dem Finger auf die Wand, hinter der sein Bruder und Varvara hausten, und fügte betrübt hinzu: »Ach, mein Pajo, bei denen ist wohl nichts mehr so, wie es früher war.«

Jurat war davon überzeugt, daß irgend etwas in der Ehe seines Bruders nicht mehr stimme: Petar war am nächsten Morgen wortkarg. Und Varvara hatte verweinte Augen. Den Grund wollten sie nicht sagen.

Ana hielt das Übel für sehr groß. Sie meinte, die beiden würden sich nicht mehr lieben.

Petar äußerte sich nicht darüber, wurde aber böse und grob, was er früher niemals gewesen war. Grob verhielt er sich sogar zu Varvara. Pavle dachte daran, daß sich Petar auf seine Tapferkeit, seinen Reichtum und auf seine Frau viel zugute gehalten hatte. Er war stets liebevoll zu ihr gewesen. Jetzt fuhr er sie grob an.

Jurat erzählte Pavle, wie er jeden Tag versucht hatte, die beiden ein bißchen fröhlich zu stimmen. Er erinnerte sie daran, wie glücklich verliebt sie früher waren, wie gut es ihnen ging. Aber das half nichts. Petar schwieg verbissen, und seine früher so sanften Augen hatten jetzt einen eisigen, bösen

Glanz. Und Varvara weinte nachts. Den Grund wollten beide nicht sagen.

Am ersten Abend nach Pavles Rückkehr schien es lustig herzugehen wie einst.

Alle fragten Pavle über Wien aus.

Pavle wollte seine Vettern und ihre Frauen mit Bildern des barocken Wiens entzücken, er beschrieb ihnen lange den Belveder Garten, die Karlskirche und das Schloß Schönbrunn, aber das interessierte niemanden.

Petar war wie Pavle einmal durch Wien geritten. Ana hatte es nie gesehen. Und Varvara nur als Kind. Allein Jurat kannte Wien, ihm war es jedoch am gleichgültigsten.

Die Isakowitschs lauschten gähnend den Berichten über die Residenz.

Die Frauen fragten lediglich, wie sich die Wienerinnen kleideten. Pavle erzählte ihnen, daß Kleiderhändler aus Paris Frauenpuppen von natürlicher Größe nach Wien schickten, um die neuesten Schöpfungen ihrer Schneiderinnen zu zeigen.

Da hörten Varvara und Ana gespannt zu.

Jurat hatte in Wien das Theater besucht und nur den Abend im Gedächtnis behalten, als er in einer Loge plötzlich eine Verwandte erblickte, die er jahrelang nicht gesehen hatte: Darinka, die Frau des Rittmeisters Simeon Vukosavlewitsch.

Er rief ihr in der Pause vom Rang aus zu: »Rinka, bist du das?«

Und das ganze Theater hatte sie angeschaut.

Pavle berichtete am ausführlichsten über die Reitschule in Leopoldstadt.

»Was gibt es Neues in Wien?« wurde Jurat von den Offizieren gefragt, als in Temesvar die Rückkehr Pavles bekannt wurde.

Jurat antwortete ihnen nur, daß es in Wien nichts Neues gebe und daß Pavle dort einen Falben gesehen habe, wie ihn Gevatter Malischa in Temesvar besitze.

Die Isakowitschs fragten Pavle natürlich auch über die russische Gesandtschaft aus. Er erzählte ihnen von Wolkow. Der Zweite Sekretär des Grafen Keyserling habe ihm versprochen, daß sie gemeinsam fortziehen würden. Daß sie in Rußland nicht getrennt würden. Pavle hoffte deshalb auf ein gutes Ende, wenn sie sich in Kiew bei ihrem Verwandten, dem Brigadier Stepan Vitkowitsch, und seinem Sohn, dem Regimentskommandeur Oberstleutnant Vitkowitsch, melden würden. Er werde dann zum starken russischen Zarenreich gehören und Österreich wie einen bösen Traum vergessen.

Sie werden fühlen, daß sie nicht mehr hilflos sind. Man wird sie nicht mehr in andere Regimenter versetzen, zu Knechten machen, ihre Leute verkaufen wie Vieh. Im russischen Heer werden sie das empfinden, was das Schönste auf der Welt ist: Kraft, Macht, Stärke.

Allerdings bekannte Pavle wahrheitsgetreu, daß Wolkow gesagt hatte, sie würden von Rußland zu viel erwarten.

Jurat fragte nun: »Kriegen wir bei den Russen einen höheren Rang, wie uns Schewitsch versprochen hat, als er uns auf die Liste setzte?«

Pavle hatte diese Frage befürchtet.

Er antwortete: »Du wirst im Paßport bloß als Rittmeister und Trifun als Titularmajor geführt, wie ich auch.«

Dann fügte er eilig hinzu: »Wolkow hat mir gesagt, wir könnten vielleicht die Zarin in Rußland sehen. Sie verschönt dieses Jahr mit ihrer Anwesenheit Moskau und wohnt in einem Schloß, das Golowin heißt.«

»Wo haben sie bloß einen so komischen Namen gefunden?« scherzte Jurat mit gekünstelter Heiterkeit.

Pavle berichtete weiter: »Die Frauen werden in Petersburg die berühmten Schlösser sehen, die Monplaisir und Monbijou heißen, und dabei auch die Fontäne, die Peter der Große so sehr liebte und die Samson heißt. Wolkow hat mir auch erzählt, daß die Frauen bei einem Hofball in einer Nacht dreimal das Kleid wechseln müssen.«

Als Varvara nach der Zarin fragte, antwortete ihr Pavle: »Sie soll schön und lustig sein, sagt Wolkow, und den Tanz lieben. Und sie liebt auch Maskeraden. Mal verkleidet sie sich als holländischer Matrose, mal als französischer Musketier. Und mal als Kosake, der Hetman heißt.«

Das belustigte die Frauen.

»Pavle hat also den Titel Major gekriegt«, sagte Jurat. »Wir Isakowitschs haben in der Familie auch einen Kosaken. Wolkow würde staunen, wie gut Kumrija in Husarenhosen aussieht.«

Pavle fuhr fort: »Wolkow hat mir auch etwas erzählt, was kaum zu glauben ist, ein richtiges Wunder. Wer in Kronstadt zum Ball geladen ist, geht nicht über eine Treppe in den ersten Stock, sondern wird mit einer blumengeschmückten hölzernen Vorrichtung direkt in den Saal gehoben.«

Aber auch dazu hatte Jurat etwas zu bemerken: »Warum hast du Wolkow nicht gesagt, daß das alles gut und schön ist, aber daß überall bloß mit Wasser gekocht wird?«

Petar schaute Pavle mit kaltem Blick an. »Mich hast du vergessen. Welchen Rang habe ich denn?«

Pavle senkte bekümmert den Kopf.

»Es ist mir peinlich, das zu gestehen, aber Wolkow behauptet, du stehst in der Liste als Kornett.«

Seltsamerweise lachte Petar, während sich Jurat und die Frauen entrüsteten.

Petar sagte mit saurem Lächeln zu Jurat: »Hast du gehört, Dicker, wohin wir gekommen sind, als wir auf Pajo hörten? Was sagen sie? Meine Charge steht nicht auf der Liste? Du, Dicker, wirst vor deinen Senator als Premiermajor treten, und ich werde meinem Schwiegervater Stritzeski sagen, daß mich Pajo vom Pferd heruntergeholt und auf einen Esel gesetzt hat. Ha! Ha!«

Und als sich Pavle verteidigte, daß er daran nicht schuld sei, schrie Petar erregt: »Jetzt ist's zu spät, Langer! Ha! Ha! Von mir aus sollen sie schreiben, was sie wollen, Premierleutnant, Leutnant, Kornett, Wachtmeister, wie's ihnen beliebt. Ich gehe nicht wegen der Charge und auch nicht, um dort mein Glück zu machen. Ich gehe, weil du mich beschwatzt hast. Die Russen haben auch meinem Kameraden Atanacko Adjanski den Rang weggenommen, und in der ersten Schlacht hat er ihn wiedergewonnen. Ha! Ha! Ich gehe, und lieber will ich in Kiew betteln, als in Temesvar zu Kreuze kriechen.«

Varvara sagte, um den Kummer ihres Mannes zu lindern: »Auch in Rußland müssen sie sich an Recht und Ordnung halten. Sie müssen euch die Ränge geben, die auf der Liste stehen. Den Rang, den Petar in Österreich hat!«

Petar fuhr sie grob an: »Weiber haben in militärischen Dingen das Maul zu halten.«

Pavle verstummte, als hätte ihn jemand auf den Mund geschlagen. Ihm wurde kalt ums Herz. Niemals hatte Petar so mit seiner Frau gesprochen.

Um sich zu rechtfertigen, berichtete Pavle nun: »Ich habe mich beim Grafen Keyserling beschweren wollen, aber Wolkow hat mich gewarnt. Auch in Rußland könnte ich Kerker und Wache kennenlernen. Dort gibt es noch die Prügelstrafe mit Auspeitschen! Und manchen wird die Zunge rausgeschnitten!«

Die Frauen schrien entsetzt auf. »Wolkow hat mir gesagt, das Zarenreich wünscht nach so vielen Kriegen keine neuen mehr. Alle Russen möchten mit Österreich gut auskommen. Die Serben sollen nicht dauernd gegen etwas protestieren! Rußland hat sich sehr angestrengt im letzten Krieg, und gelitten haben auch Frankreich, Österreich und Preußen. Alle wünschen Frieden! Alle sind kriegsmüde!«

»Was du nicht sagst!« meinte Jurat. »Alle sind krank, bloß der kleine Bruder mit dem Leistenbruch ist gesund. Und das sind wir!«

Über sein Abenteuer mit Madame Bozitsch erzählte Pavle nichts. Und er verschwieg auch, daß er seine Wienerin gesehen hatte.

Er erkundigte sich nur nach Trifun und Kumrija.

»Trifun hat den Verstand verloren«, erklärte Jurat. »Er hat sich eine junge Frau aus Mahala ins Haus genommen. Ihren Mann haben die Häscher auf der Bega erschossen. Die Frau stammt aus der Lika und gehört zu denen, die wegen des Popen Todor nach Hartkovci gekommen waren.«

Pavle erinnerte sich, daß der junge Zekowitsch auf einen Ingenieur in Mahala geschossen hatte und daß er die Frau kannte. Er hatte sie auch im Traum gesehen, jetzt aber längst vergessen.

»Kumrija hat gehört, was die Leute darüber reden, und hat Trifun ausrichten lassen, daß sie bei ihrem Vater bleibt und die Kinder behält«, berichtete Jurat. »Wegen des Kebsweibs will sie nie mehr zu Trifun zurückkommen.«

Pavle erstarrte, als er das vernahm.

»Was haben Zekowitsch und seine unglückselige Tat mit Trifun und Kumrija zu tun?« fragte er bestürzt. »Zerstört sein Tod jetzt die Ehe, die so gut war? Ist hier etwa Hexerei im Spiel?«

Petar lachte darüber. »Trifun handelt richtig. Ein Mann, ein Offizier, sollte nicht heiraten. Nichts ist besser, als geschieden zu sein und frei zu leben!«

Ana, Jurats Frau, wies Petar zurecht: »Das mag ja sein, aber Trifun und Kumrija haben Kinder. Sechs.«

Petar erwiderte schroff: »Ich würde gern Trifuns Kinder aufnehmen, denn ich habe keine. Und wahrscheinlich werde ich nie welche haben.«

Alle schauten auf Varvara, die den Kopf senkte.

Sie sagte, als hätte sie Petars Worte nicht gehört: »Kumrija und Trifun gehen bestimmt nicht so weit. Man braucht doch nichts Schlechtes darin zu sehen, wenn Trifun die arme Witwe in sein Haus geholt hat. Das ist Mitleid. Trifun hat ein gutes Herz.«

Jurat schüttelte jedoch ungläubig den Kopf.

»Trifun mag ein gutes Herz haben, aber eine junge Frau ins Haus zu holen ist nicht gut. Ein Mann wird leicht schwach. Er freut sich über einen schönen Apfel und beißt auch rein, ob er ihm gehört oder nicht.«

Ana erboste sich über solche Reden. Sie bedauerte Kumrija. »Was Trifun getan hat, ist eine Sünde und eine Schande. Es ist eine große Sünde, wenn eine Frau, die ihrem Mann sechs Kinder geboren hat, solchen Kummer erleiden muß. Da braucht man sich nicht zu wundern, daß Kumrija zu ihrem Vater zurückgegangen ist. Soll sie etwa zugucken, wie Trifun der jungen Witwe schöne Augen macht? Oder irren wir uns? Trifun ist ein guter Mensch. Er war ein guter Vater und ein guter Ehemann. Vielleicht hat es bei ihm ausgehakt, und er wird sich wieder besinnen. So wie sich Licht und Dunkelheit im Leben abwechseln. Trifun ist offenbar kindisch geworden. Er sagt, daß die Witwe so ist, wie Kumrija vor zehn Jahren war. Da haben wir's! Aber er täuscht sich, wenn er denkt, daß seine Frau das hinnehmen wird, bloß weil ihre Jugend vorbei ist. Wir sind keine Türken. Kumrija könnte auch die Kinder vergessen und zu einem jüngeren Mann gehen. Die wartet nicht, bis man sie fortjagt. Wenn Trifun sie entehrt hat, wird sie nicht mal auf die Kinder Rücksicht nehmen. So weit darf man eine Frau nicht treiben.«

Jurat winkte ab.

»Die Frauen schwatzen über Dinge«, sagte er, »von denen sie nichts verstehen.

Kumrija wird die Kinder nicht verlassen, weil ihren Vater der Hafer gestochen hat, und die junge Witwe wird beim alten Trifun kein Glück finden. Für das, was sie braucht, gibt es Gott sei Dank genug junge Männer in Mahala. Das Übel liegt bei Trifun. Kumrija wird sich besinnen, wenn sie ihre Kinder sieht. Die junge Witwe wird abkühlen, wenn die erste Hitze verflogen ist. Alter Mann und junges Blut geht nur kurze Weile gut. Aber um Trifun müssen wir bangen. Wenn ein alter Baumstumpf brennt, kann ihn nicht mal Gott löschen!«

Petar lachte. »Warum jammert ihr so? Trifun ist nicht der erste und nicht der letzte Mann, der seine Frau fortschickt. So haben es auch unsere Alten gemacht, wenn die Ehe nichts taugte. Was mischen wir uns da ein?«

Varvara sagte, an allem wären die vielen Schwangerschaften schuld. »Und auch, daß ihr Trifun kaum geholfen hat. Ihre Armut ist an allem schuld. Kumrija war so schön in Peterwardein. Und jetzt ist sie giftig und unausstehlich. Dauernd ist sie in anderen Umständen. Hätten sie mehr Geld, wäre auch Trifun fröhlicher. Weil sie arm sind, müssen sie wie Zigeuner in einem Planwagen nach Rußland ziehen. Ein Kind verschönt eine Frau, heißt es. Aber nur eine häßliche Frau! Eine reiche Tante von mir, Malvina Stritzeski, hatte sechs Kinder. Trotzdem schwärmten alle Offiziere für sie, und zwei bezahlten das mit ihrem Leben. Häßlich wurde sie erst nach dem siebenten Kind.«

Pavle hörte die ganze Zeit versonnen zu.

Petar betrachtete ihn verstohlen. Plötzlich stand er auf und lief unruhig im Zimmer umher. Seine blauen, mädchenhaften Augen blickten böse. Er trat zur Kerze, die vor Pavle auf dem Tisch brannte, und zündete seine erloschene Pfeife an. Die Kerzenflamme beleuchtete einen Moment sein Gesicht: Er hatte etwas Teuflisches.

Petar wandte sich an seine Frau: »Ich höre dein Gefasel,

Katholsche, und überlege, was du dir gestern abend in die Augen geträufelt hast. Für wen machst du dich schön? Warum mischst du dich in ein Gespräch ein, wo du lieber still sein solltest? Fragen wir eine gelte Kuh nach einem Kalb?«

Alle erschauderten, als Petar das sagte.

Er hatte auch früher seine Frau verdächtigt, mit französischen Tropfen den Glanz ihrer Augen zu verstärken, aber das hatte er stets scherzhaft gemeint. Und niemals hatte er erwähnt, daß Varvara kinderlos war.

Sie saß wie versteinert da. Ana kreischte auf und schrie Petar an. Und Jurat hatte sich erhoben und vor seinen Bruder gestellt, um ihn zurechtzuweisen.

Aber bevor er etwas sagen konnte, war Pavle aufgesprungen und hatte ihn beiseite geschoben. Er stand breitbeinig da, fast einen Kopf größer als Petar, und packte ihn an der Jacke. Mit seinen breiten Schultern verdeckte er ihn, so daß die anderen nicht sahen, was zwischen ihnen vor ging. Es geschah jedoch nichts.

Pavle zitterte am ganzen Körper. Er stammelte etwas, was niemand verstand.

Petar riß Pavles Hände von der Jacke und sagte ruhig, aber haßerfüllt: »Laß das! Hörst du! Was geht dich das an, Langer? Du hast dich selber zum Quartiermeister gemacht bei unserem Umzug nach Rußland, und jetzt willst du noch den Vormund von unseren Frauen spielen? Willst du eine Frau vor ihrem Mann beschützen? Da hättest du lieber deine eigene beschützen sollen!«

Jurat wollte dazwischentreten, Pavle ließ jedoch Petar ebenso plötzlich los, wie er ihn gepackt hatte.

Obwohl Jurat schwer wie ein Sack war, stieß Petar auch ihn beiseite. »Laß das! Halt dich da raus, wenn dir dein Leben lieb ist. Du siehst ja, wie weit es mit uns gekommen ist. Und alles bloß, weil uns dieser Witwer aufgehetzt hat. Als wäre ich schuld, daß seine Frau tot ist. Hau ab, Dicker, sage ich dir!«

Und als ihn Jurat losließ, betroffen von dem feindseligen Blick, verließ Petar das Zimmer, ohne sich umzudrehen.

Ana begann laut zu weinen.

Varvara, die das alles am meisten betraf, saß stumm da. Sie hatte die Augen nicht von Pavle und ihrem Mann abgewandt. Ein unerklärliches Lächeln flackerte auf ihrem Gesicht. Als Petar das Zimmer verlassen hatte und Ana zu ihr ging, um sie zu umarmen, sagte sie ruhig: »Jetzt hat er euch gezeigt, wie er ist. Ein Kind ist er. Ein großes Kind!«

Pavle hörte das nicht. Er war von Zorn übermannt worden, der ihn in solchen Momenten bis zum Wahnsinn trieb. Es hatte so ausgesehen, als wollte er sich auf Petar stürzen. Indessen stand er mitten im Zimmer, als hielte er mit den Händen einen Schatten. Er stammelte etwas:

»Hör nicht hin, Katholsche. Das vergeht. Aus ihm spricht die unvernünftige Jugend. Ich fühle mich schuldig. Habe ich dir das nicht gesagt, Jurat? Solange die Serben ein Fürstentum hatten, war bei ihnen alles gut und ehrbar. Und jetzt? Söldner sind wir, und wie Söldner benehmen wir uns auch. Unsere Übersiedlung nach Rußland wird mit Schimpf und Schande enden!«

Varvara war unterdessen aufgestanden und wortlos ihrem Mann gefolgt.

Jurat setzte sich und winkte ab. Um Pavle zu beschwichtigen, erzählte er ihm, daß gleich nach seiner Abreise zwischen Petar und Varvara etwas Ungutes begonnen hatte. »Und ihr Schwiegervater hat dazu beigetragen. Der alte Stritzeski verlangt, daß Petar, wenn er schon nach Rußland will, Varvara in Neusatz lassen soll. Er möchte seine Tochter in seinen letzten Tagen bei sich haben. Als Trost des Alters. ›Geh nur‹, sagte er, ›wohin dich deine Augen führen. Zigeuner seid ihr Serben, und keine privilegierte Nation! Geh nur, aber laß meine Tochter in ihrem Elternhaus. Und dann im Frühling werden wir weitersehen. Vielleicht wird auch sie ihr Glück finden. Du bist nicht der einzige hübsche Kerl auf der Welt! Ich selber habe sie dir gegeben, aber ich habe mich getäuscht. Ich gebe mein Kind keinem Eisbären! Keinem Moskowiter!‹«

Ana mit ihrem weiblichen Gespür erklärte Petars Wut als dumme Eifersucht. Sie sagte nicht, wen sie meinte, schielte aber zu Pavle hinüber. Pavle saß jedoch mit Unschuldsmiene da.

»Varvara würde eher tot auf dem Wege nach Rußland liegenbleiben, als nicht mitkommen. Sie hat zu ihrem Vater gesagt, daß sie niemals die Menschen verlassen wird, die ihr lieb und teuer geworden sind!«

Alle Isakowitschs hatten diese schöne rothaarige Katholikin wie eine Welle mitgetragen.

Sie war nur unter ihnen fröhlich.

In ihrem Elternhaus langweilte sie sich.

Sie gab zu, daß sie ihrem alten Vater Achtung schuldete, aber sie erklärte ihm, Moskau läge nicht auf dem Mond, nach Rußland könnte man zu Besuch kommen. Sie werde die Eltern besuchen, wenn sie das erste Kind geboren habe.

»Es ist nicht gut«, sagte Ana zu Pavle, »daß wir Serben uns so oft umarmen und küssen, auch unter Schwägern und Verwandten. Bei den Katholischen stört das die Ehe.«

Pavle sah Ana mit offenem Munde an.

Der arme Jurat, der seinen Vetter selber vorsichtig auf die wahre Ursache von Petars Eifersucht hinweisen wollte, tadelte seine Frau wegen ihrer Worte. Er sagte: »Es ist nicht Varvaras Kinderlosigkeit, was Petar zur Tobsucht treibt, obwohl auch das schwer ist. Es ist keine Eifersucht auf einen bestimmten Mann. Niemand zweifelt an Varvara. Schlimm ist, daß sie von Petar wie von einem grünen Jungen spricht. Das kann er nicht vertragen. Er mag manchmal kindisch sein. Er mag sich auch zu viel auf seine Schönheit einbilden. Aber wenn er wütend wird, dauert das lange bei ihm. Wie die Brände auf dem Cer, die klein anfangen und sich immer mehr ausbreiten.

Und schwer ist auch, daß Varvara keine Kinder kriegt. Sie sind schon drei Jahre verheiratet. Das kann nicht leicht für Petar sein. Die sirmischen Husaren sind Schweine. Sie rufen, sobald er dort erscheint: ›Na, Petar, wann ist's soweit? Warum strengst du dich nicht an? Du gibst aber einen aus, wenn es ein Junge wird!‹

Wenn sie unterwegs nach Rußland zusammen sind, kann noch alles gut enden. Das ist nicht die erste und letzte Ehe, die Gott flickt. Aber wenn Varvara in Neusatz bleibt und Petar in Kiew ist, hat ihre Ehe keinen Bestand. Man kann eine Frau nicht halten, wenn man abends auf den Mond schaut und dabei an sie denkt. Auch mit Liebesbriefen aus Kiew in die Batschka kann man sie nicht halten. Frauen brauchen etwas anderes!«

Ana hielt ihm erschrocken den Mund zu und rief: »Jurat!« Sonst hätte Pavle vielleicht erfahren, wie man eine Frau hält. Er hörte wie geistesabwesend zu.

Als Jurat verstummt war, fragte Pavle: »Was habe ich Petar bloß getan?«

Er fragte das aufrichtig.

Ana und Jurat sahen einander an.

Pavle wußte nicht, daß Petar auf ihn eifersüchtig war. Warum auch? Nicht der kleinste Verdacht konnte auf Varvara fallen. Pavle dachte, daß ihn Petar wegen der Umsiedlung nach Rußland haßte, auf Eifersucht wäre er niemals gekommen. Er hatte Petar im Arm getragen, als sie das erste Mal in einem Boot über die Save setzten, und hatte vor seinen Kinderaugen die Leichen verborgen. Niemals, keine Minute, hatte er Varvara Stritzeski in Neusatz den Hof gemacht, sondern er war gleich bereit gewesen, ihre arme Verwandte zu heiraten. Und jetzt erlebte er, daß ihm dieser Grünschnabel sagte, er hätte sie zum Fortziehen angestiftet, ohne die Folgen zu bedenken.

Pavle war von den Erlebnissen der letzten Monate so ermattet, daß er älter aussah, als er war. Alle hatten die plötzlich ergrauten Schläfen bemerkt, aber niemand sagte es ihm.

Während er Ana und Jurat zuhörte, saß er gebeugt da, den Kopf in den Händen geborgen, wie es seine Art war. Wie unter einer unsichtbaren Last.

Als Varvara zurückkam, zuckte Pavle zusammen und sagte: »Es wird Zeit, daß wir euer Zimmer räumen. Sagt Petar, daß ich den Streit schon vergessen habe, morgen ist alles wie früher.«

Dann verließ er das Zimmer, ohne Varvara anzusehen.

Varvara hielt auch Ana und Jurat nicht zurück. Sie sagte nur: »Petar ist verschwunden und wie immer fortgelaufen, bis sein Zorn verraucht ist. Dann kommt er wieder, als wäre nichts gewesen. Ein Kind ist er. Ein großes Kind!

Aber wenn er ein Kind ist, bin ich es nicht. Ich bin entschlossen wie Kumrija, Petar zu verlassen und zu meinem Vater zurückzufahren.«

Jurat war so fassungslos, daß er einen Moment stumm dastand, ehe er eine nervöse Handbewegung machte und zur

Tür hinausrannte. Um seine Meinung über Frauen und Ehe kundzutun, schlug er die Tür krachend hinter sich zu.

Ana versuchte nun mit Tränen in den Augen, Varvara zu besänftigen. »Das Gewitter, das sich über unserer Familie zusammengebraut hat, wird nach Blitz und Donner vorübergehen.«

Auf ihrem Bett sitzend, hörte Varvara ruhig zu.

»Du irrst dich, Ana. Ich werde gehen, weil ich lieber zu meinem Vater zurückgehe, als daß mich Petar eines Nachts umbringt. Umsonst habe ich nächtelang geredet. Bis zum Morgen haben wir uns gestritten. Er kann mir nichts vorwerfen, ich bin ihm eine gute und treue Frau. Er sagt, wir sind nicht glücklich, und wir passen nicht zueinander.

Das stimmt auch. Ich habe bei Petar nicht das Glück gefunden, das man in einer Ehe sucht. Wir haben kein Glück.«

Und als Ana bestürzt fragte, ob sie bei Sinnen sei, begann Varvara zu weinen. »Es ist kein Wunder, daß ich in der Ehe nicht das wahre Glück finden konnte. Petar ist ein Kind.

Er haßt mich, weil ich nicht schwanger werde. Und die Wahrheit ist, daß ich ihn deshalb nicht mehr liebe. Er wird mir lästig, als hätte man mich mit einem grünen Jungen verheiratet.«

Ana packte und schüttelte sie. »So etwas sagt man nicht!«

Varvara entgegnete mit bitterem Lächeln: »Die Brautwerber haben mich mit Petar verheiratet, und wir haben uns kurze Zeit geliebt. Ich habe den schönen jungen Offizier geheiratet, ohne zu wissen, was eine Ehe bedeutet. Meine Puppe habe ich mit ins Ehebett genommen. Am Morgen nach der Hochzeitsnacht habe ich ihr ein neues Kleid genäht. Petar ist hübsch und lieb, aber er ist nicht der Mann, den eine Frau braucht. Eine Frau braucht Liebe, und in Petar ist keine Liebe. Alles ist Spielerei für ihn.«

Ana ermahnte sie nochmals, sich zu besinnen.

»Was ich dir anvertrauen möchte, ist schwer zu erklären«, fuhr Varvara fort. »Ich wurde Hals über Kopf mit Petar verheiratet, einfach deshalb, damit auch die arme Verwandte mit Pavle aus dem Haus kam.

Sie hat mir begeistert und ohne Scham erzählt, wie glücklich sie ist, wie Pavle sie liebt. Petar wirft mir seit einiger Zeit jede Nacht vor, ich wäre unfruchtbar, und ich kann ihm nicht sagen, daß mir nichts daran liegt, mit ihm ein Kind zu haben. Er ist selber noch ein Kind. Er liegt wie ein Kind in meinem Schoß. Ich sehne mich nach einem reifen Mann, der tief und wahrhaftig liebt. Petar ist nicht so. Während ich nach der Liebe im Bett müde seufze, sitzt er am Tisch und lacht. Als ob wir Sperlinge wären. Ja, manchmal kommt es mir so vor, als würde er mich lieben wie ein Sperling. Deshalb kann ich nicht schwanger werden.«

Und als Ana sie anschrie, sie solle schweigen, sagte Varvara: »Jetzt verdächtigt er mich, ich hätte mich in Pavle verguckt. Umsonst wiederhole ich immer wieder, daß er verrückt geworden ist. Es ist eine Schande, so etwas zu seiner Frau zu sagen. Wir sind mit Pavle verwandt, und ich habe niemals das geringste Verlangen nach ihm gespürt. Petar hat mir verboten, Pavle zu umarmen und zu küssen. Er bringt mich um, sagt er, wenn er noch einmal sieht, wie ich mich dem Langen an den Hals schmeiße. Ein Kind ist er. Ein großes Kind.

Und er hat mich schon mehrmals als gelte Kuh beschimpft. Das will ich nicht länger dulden.«

Ana beschwor sie, niemandem etwas zu sagen. Varvara erwiderte, daß sie nicht mehr zu schweigen gedenke, sondern zu ihrem Vater zurückgehe.

Und wie beiläufig fügte sie hinzu: »Wäre ich mit Pavle verheiratet, hätten wir längst Kinder.«

Ana sprang nach diesen Worten kreischend auf.

Und als Varvara in Tränen ausbrach, weinte Ana ebenfalls und bekreuzigte sich.

Nach einer Aufzeichnung des Wachoffiziers in Temesvar wurde der russische Rittmeister Pawel Isakowitsch Vukowitsch am Sonntag, dem 28. August 1752, von Engelshofen empfangen.

Isakowitsch suchte vormittags den Kommandanten auf, und er ging, als die Glocken der Kirchen von Temesvar zu läuten aufhörten. Was er alles diesem großen Herrn sagte, den die serbischen Offiziere in Temesvar und Peterwardein als Beschützer der Serben betrachteten, und was der große Herr alles sagte, war der Familie Isakowitsch niemals völlig klar.

Pavle war bei den Isakowitschs dafür bekannt, daß er ungern erzählte und manches verschwieg. Warum soll man über bekannte Dinge reden? meinte er. Warum über Vergangenes berichten? Wir sind alle sterblich und werden diese Welt früher oder später verlassen. Dann wird alles Vergangene sinnlos. Als ob es nicht gewesen wäre.

Wenn ihn jedoch seine Vettern später in Rußland in seinem Hause sehr baten, berichtete Pavle über seine letzte Audienz in Österreich.

Sie fand nicht in Engelshofens Wohnsitz statt, sondern in der Korpskommandantur auf dem Hauptmarkt, wo das Denkmal der Heiligen Dreifaltigkeit stand. Eine Zeitlang saß Pavle im Vorzimmer bei Kürassieren, die ihn gehässig anschauten, als wollten sie ihn in Stücke hauen. Damit er es auch hörte, erwähnten sie laut den Rittmeister Tercini.

Pavle sah, wie die Wache vor der Kommandantur paradierte, er schaute aus dem Fenster und strich sich über den Schnurrbart, als sitze er auf einem Thron.

Es hatte ihm außerordentliches Vergnügen bereitet, als russischer Offizier durch Temesvar zu schreiten. Eine halbe Stunde vor Mittag waren sie ihn holen gekommen, als sollte er wiederum in Arrest geführt werden.

Engelshofen, von zwei Hauptleuten flankiert, empfing Isakowitsch, ohne ihn anzusehen.

Plötzlich begann er zu schreien.

Er war in den letzten Monaten sehr gealtert. Pavle sah, daß er die Beine unter dem Tisch ausstreckte.

Es dauerte lange, bis sich Engelshofen beruhigte. Er schloß oft die Augen, und manchmal wirkte er wie ein Tauber. Pavle ließ alles gelassen über sich ergehen.

Der Alte schrie: »Ich weiß, daß die Isakowitschs, wenn sie könnten, das ganze Temeser Banat nach Rußland brächten, aber das wird sie teuer zu stehen kommen. Wenn ich erfahre, daß sie die Bevölkerung zur Übersiedlung nach Rußland aufhetzen, werde ich alle hier auf dem Marktplatz hängen. Ich habe versucht, sie in Wien zu verteidigen, meinetwegen mögen sie Serben und Schismatiker bleiben, aber ich erlaube nicht, daß sie Moskowiter werden.«

Als Engelshofen verstummt war, sagte Pavle: »Wir wissen,

daß Eure Exzellenz uns in Wien verteidigt haben und daß Sie bei der Demobilisierung auf unserer serbischen Seite standen. Wir wissen, daß Sie uns nicht mit leichtem Herzen dem Königreich Ungarn gaben. Daß Sie nicht billigten, was man unserer schismatischen Religion bei Hofe vorwirft. Eure Exzellenz billigen nicht, daß man uns in Ungarn zu Knechten macht. Und daß uns Herrschaften kaufen und verkaufen können. Wie Vieh. Das wissen wir. Und darum bin ich gekommen, damit ich Eurer Exzellenz sage, daß wir Ihren Namen immer ehren werden. Auch unsere elenden Armen werden Sie nicht vergessen. Ich verneige mich vor Eurer Exzellenz und bin gekommen, um Ihnen zu sagen, daß ich nach Wien gegangen bin und, wie andere auch, einen russischen Paß bekommen habe, und daß ich zahle, wenn ich hier irgendwelchen Schaden gemacht habe. Ich wollte nicht ohne Verneigung vor Eurer Exzellenz fortgehen.«

Der Alte hörte ihn mit weit aufgerissenen Augen an, die Hände hinter den Ohren wie ein haarloser riesiger Hase.

Dann schrie er: »Ich bin in Temesvar wegen der Serben ergraut, und mich braucht niemand zu belehren, was den Serben zugestanden wurde und was nicht, als sie nach Österreich kamen. Ich kenne es auswendig: Extractus Punctorum Privilegialium! Die Isakowitschs können gehen, wenn sie das durchaus wollen, aber sie haben kein Recht, auch Mahala mitzunehmen. Und Ihn werde ich als Emissär arretieren!«

Pavle wurde schwarz vor Augen, und er bereute, überhaupt zu diesem Feigling gegangen zu sein. Eben hatte er ihm noch anvertrauen wollen, warum er nach Mitrowitz mußte.

Er besann sich jedoch und sagte Engelshofen, daß ihn der Wachoffizier offenbar nicht genau unterrichtet habe, wie die Dinge jetzt stünden. Und was für Papiere er besitze. Er überreichte seinen russischen Paß und das Schreiben des Grafen Keyserling, in dem schwarz auf weiß alle Kommandanturen und alle Behörden gebeten wurden, dem Rittmeister bei der Übersiedlung keinerlei Hindernisse in den Weg zu legen, sondern ihm im Gegenteil jede Hilfe zu erweisen. Und auf dem Schreiben befand sich nicht nur der russische doppelköpfige Adler, sondern auch der österreichische, das Hofsiegel.

Als der Alte mit verzerrtem Gesicht die Papiere und die Unterschriften gesehen hatte, veränderte er sich völlig. Er befahl den Hauptleuten, ihn allein zu lassen. »Ihm blieb nichts anderes übrig«, berichtete Pavle später, »als mich zum Sitzen aufzufordern, damit wir uns als Offiziere miteinander unterhalten konnten. Er wünschte mir Glück in Rußland. Es ist bedauerlich, sagte er, daß so viele dorthin gegangen sind. Die Serben haben Österreich treu gedient, sagte er, und sie werden auch Rußland treu dienen. Bedauerlich. Bedauerlich.«

Engelshofen erkundigte sich dann, wen Isakowitsch alles in Wien gesehen hatte. Und Pavle berichtete von seinem Leben. Er wurde 1715 geboren, sah mit einem Auge die Kriege, seit er im Jahre 1735 ins österreichische Heer aufgenommen wurde. »Der erste große Betrug war«, sagte er zu Engelshofen, »daß sie uns dauernd mit Versprechungen täuschten, wir werden nach Serbien zurückkehren. Dabei waren wir bloß Söldner in Österreich. Tekelija hat bei Senta alle Truppen des Prinzen Eugen nachts durch die Sümpfe geführt, und er hat den Sieg ermöglicht, aber er hat niemals dafür Dank bekommen. Jetzt sind die Tekelijas in Rußland.«

Engelshofen durchbohrte Isakowitsch mit seinen Blicken und sagte: »An alledem ist nur die Kirche schuld. Sie teilt die Menschen in Katholiken und Schismatiker ein, und nicht einmal der Hof kann etwas dagegen tun. Ich habe mich deshalb mein Leben lang mit den Geistlichen gestritten, aber sie sind mächtig in Wien. Übrigens freue ich mich, daß ich auch fortgehe. Nicht nach Rußland, sondern nach Wien auf den Friedhof. Die menschliche Dummheit hat es geschafft, nur den Tod angenehm zu machen. Aber Ihm wird es nicht besser ergehen, auch in Rußland nicht.«

»Gleich, was kommt«, sagte Pavle zu dem Alten, »schlechter als nach der Demobilisierung in Temesvar kann es uns nicht ergehen. Wenn wir könnten, würden wir alle in die Türkei zurückkehren. Für Serben gibt es keine Gerechtigkeit in diesem Kaiserreich, alles ist bloß Heuchelei. Sie verlangen von uns, was nicht einmal die Türken verlangt haben. Daß wir Knechte auf fremdem Land werden.«

Engelshofen erwiderte: »Auch in Rußland wird man das verlangen.«

»Niemals!« rief Pavle. »Dort werden alle Soldaten sein. Die Isakowitschs wollen als Soldaten in der Schlacht sterben. Und nicht im Bett als Syndikusse, Händler oder Schreiber.«

»Das könnte Er auch in Österreich.«

»Wir sind nicht allein aus Serbien gekommen, wir haben viele Menschen mitgebracht. Mit uns sind Verwandte und Gevattern und Arme gekommen. Alle wollten sich vom Waffenhandwerk ernähren und nicht den Herrschaften das Land umgraben, wie das ungarische Hörige müssen. Wir sind alle betrogen. Damals sind wir nicht mit gesenktem Kopf aus Serbien gekommen. Die österreichischen Generäle haben uns gerufen, damit wir unter Christen leben – und wo sind die Christen? Nicht bloß die Isakowitschs haben sie betrogen, alle sind ins Unglück geraten. Das ist ein großer Betrug.«

Engelshofen sagte wie Keyserling: »Die Serben beklagen sich viel, daß andere sie betrügen, dabei betrügen sie sich selber.«

Pavle erwiderte nun: »Ich möchte Eurer Exzellenz das sagen, was ich Garsuli nicht sagen konnte. Ich wollte Ihnen sagen, warum wir es satt haben. In der Türkei hat uns niemand belogen. Der Türke hat selten sein Wort gebrochen. Und wenn doch, dann war es gewöhnlich ein Pandur, ein Renegat, also Gesindel, aber in Österreich ist es umgekehrt. Am meisten belügen und betrügen uns die Hochgestellten. In der Türkei hat uns der gemeine Soldat belogen. Bei den Christen sind es die in Samt und Seide. Eure Exzellenz mögen verzeihen, daß ich so frech rede, aber Gott ist mein Zeuge: Ich sage die Wahrheit.«

Engelshofen ermunterte ihn: »Rede Er nur frei heraus! Ich kenne die Arschlöcher bei Hofe. Sie sind an allem schuld. Darin stimmen wir überein.«

Pavle sagte nun zu dem Alten: »Alle verehren Eure Exzellenz wie einen Vater, aber in Wien ist nichts heilig, ein gegebenes Wort nicht, die Wunden für das Kaiserreich nicht und die Tränen der Armen nicht. Ich bin glücklich, daß ich fortziehe. Ich bin nicht zum Profos meiner Landsleute geschaffen. So denken auch meine Brüder. Die Herren hier sind sehr freundlich, versprechen alles, unterschreiben alles, und dann tun sie nichts, und später bestreiten sie alles. Sie sagen uns: Wir haben sie falsch verstanden! Das treibt uns aus Österreich. Wir waren keine privilegierte Nation, sondern wir waren Söldner, die einfach entlassen werden. Und weil wir nicht die deutsche Sprache verstanden, oder nur selten, betrogen sie uns auf dem Papier. In letzter Zeit steigt mir das Blut in den Kopf, wenn ich einen österreichischen Hut und eine Pfauenfeder sehe. Der Tag wird kommen, wo sie uns nachtrauern werden. Wenn sie an der türkischen Grenze die Leere sehen.«

Der Alte erhob sich schwerfällig. »Ich habe Ihm aufmerksam zugehört. Weil ich Ihn nicht mehr als meinen Offizier betrachte, sondern als russischen, habe ich alles geduldet. Ich möchte als höflicher Mann in Seiner Erinnerung bleiben wegen der Soldaten, die in meinem langen Leben unter meinem Kommando gefallen sind. Es waren tapfere, ehrliche, achtbare Männer. Er ist jedoch ein Tor, wenn Er meint, daß den Serben in Wien jemand nachtrauern wird. Wenn die Serben fortziehen und an der Donau und in Slawonien ein leeres Gebiet hinterlassen, werden der Hof und mein alter Freund, Graf Harrach, dort Elsässer und Lothringer ansiedeln. In einem Jahr wird kein Hahn mehr nach den Serben krähen. Der russische Gesandte in Wien erweist Österreich einen großen Dienst, wenn er die Serben nach Rußland übersiedelt. Ihr geht, als wolltet ihr Garsuli den größten Gefallen erweisen!«

Isakowitsch sagte später: »Mir war zumute, als hätte mich der Blitz getroffen.«

Alles sah nun anders aus.

Er wollte noch etwas entgegnen, aber Engelshofen forderte ihn zum Gehen auf. »Und als ich rückwärts hinausging«, berichtete Pavle, »rief er plötzlich: Was machen die schönen Damen? Möchten sie auch nach Rußland? Was macht die rothaarige Schöne, die bei der Polonaise die Augen schließt wie ein Unschuldslämmchen?«

Pavle fragte: »Varvara?«

Und der Alte rief: »Ja! Ja! Ja!«

Dann fragte er: »Und die Schwarze mit den zusammengewachsenen Brauen, die jedem Blick standhalten kann, ohne zu blinzeln? Hat sie noch so schöne Beine?«

Pavle antwortete, daß Ana glücklich sei und hübsche Kinder habe.

»Und die Große, der Grenadier mit den gelben Augen, wie geht es ihr?«

Pavle sagte, daß es ihr auch gutgehe! Was konnte er sonst sagen?

Engelshofen winkte liebenswürdig, bis Pavle die Tür erreicht hatte.

»Sage Er ihnen«, rief er Pavle zu, »daß der alte Engelshofen sie nicht vergessen hat. Die schönen Kroatinnen!

Ich erinnere mich natürlich auch an andere hübsche Frauen, aber sie nehme ich aus Temesvar als eine der liebsten Erinnerungen mit. Alles andere zählt nicht.

Grüße Er sie! Und glückliche Reise!«

»Ich stand nun stramm«, berichtete Pavle, »und es kam mir komisch vor, daß sich der Alte an die Frauen erinnerte, aber euch drei nicht erwähnte. Und als ich hinausging, wunderten sich die Kürassiere, wie aufgeräumt ich war.«

Engelshofen war wieder hinter dem Tisch zusammengesunken. Das letzte, was Pavle von ihm sah, waren seine gestiefelten Beine unter dem Tisch, die immer länger und länger zu werden schienen.

Draußen verklang das Mittagsgeläut.

»Und ich blieb stehen, als hätte mir jemand einen schweren Stein aufs Herz gewälzt«, erzählte Pavle.

Unschlüssig drehte er sich dreimal um, und die Schildwache salutierte dreimal vor ihm.

Was ihm Engelshofen spöttisch gesagt hatte, ging ihm nicht mehr aus dem Sinn. Sollen sie ruhig nach Rußland ziehen! An ihre Stelle kommen Lothringer und deutsche Bauern aus dem Elsaß. In einem Jahr wird im Temeser Banat kein Hahn mehr nach ihnen krähen. Es bleiben nur verfallene Gräber zurück. Stille wird dort herrschen, wo jetzt Akazien duften und die Blüten auf Mahala fallen.

XIII

Solange er lebt, möchte er in ihren Armen unter Akazien einschlafen

Nach einem Brief des kränklichen Verwandten, des Leutnants Isak Isakowitsch in Neusatz, scheint Pavle bis Ende August 1752 in Temesvar geblieben zu sein.

Er fuhr nach Gradiska und Mitrowitz am Tage des heiligen Märtyrers Myron, was nach dem neuen Kalender der Tag der heiligen Rosalia war, der dreißigste August. Es war ein Dienstag. Der Mond zeigte sein letztes Viertel.

Der Tag war heiß wie die Hölle.

Der Sommer ist manchmal in Temesvar trocken und glühend, die Hitze kommt aus Asien. Sie überquert die Steppen und endlosen Ebenen, dringt durch die Karpatenschluchten und ergießt sich wie Lava auf die flache serbische Wojewodschaft, die einst bis zum Meer reichte.

An solchen Tagen flüchten dort die Menschen vor der Sonne in den Baumschatten und schlafen ermattet. Und wehe dem, der jemanden weckt. Er kann gewärtigen, daß man ihm ein Messer in den Leib stößt!

Die Hunde strolchen an solchen Tagen mit heraushängender Zunge durch Temesvar und japsen, als hätten sie salzigen Fisch gefressen. Sie knurren sogar Kinder an.

An die letzten Tage, die er in Temesvar bei seiner Familie verbrachte, erinnerte sich Pavle später oft in Rußland, aber was sich in der Familie ereignet hatte, war nicht klar und verständlich.

Nach dem Streit erschien Petar am nächsten Morgen an Pavles Tisch, und sie küßten sich wie immer. Er zögerte verschämt, war etwas blaß, aber Varvara streichelte beide Männer übers Haar und lächelte sie glücklich an. Petars Eifersucht auf Pavle war verflogen, wie von einem lauen Wind weggeweht.

Ana und Jurat strahlten, als sie die wiederhergestellte Harmonie sahen. Pavle schaute Varvara an und dachte, daß diese Frau ein schönes Lachen und noch schönere Tränen hat. Die Rothaarige schien in einer Nacht aus der Seele ihres

Mannes alle Eifersucht vertrieben zu haben. Wie sich nach einem Gewitter auf unbegreifliche Weise ein Regenbogen am Himmel wölbt, so war es auch in Varvaras Ehe.

Petar rief: »Was gaffst du meine Frau an, Langer?« Aber alle merkten, daß er scherzte.

Pavle redete Petar zu, dem Schwiegervater zu gehorchen und entweder auf die Übersiedlung nach Rußland zu verzichten oder Varvara bis zum Frühjahr in Neusatz zu lassen. Das würde das Herz des Alten erweichen, im Frühjahr könnte er seine Frau holen.

Petar lächelte Varvara an und behauptete, mit seinem Schwiegervater, dem Senator in Neusatz, würde er sich leicht einigen.

Auch Varvara lächelte ihr seltsames Lächeln und blickte Pavel direkt in die Augen.

Petar war mit seinen fast dreißig Jahren tatsächlich so, wie ihn seine Frau sah: ein Kind! Beim Rückzug der Franzosen aus Prag hatte er zwar tapfer geschossen, aber nach seiner Verwundung benahm er sich wie ein kleines Fohlen.

Als er nun hörte, daß man ihn im russischen Heer nur als Kornett führte, verlor er seine Selbstsicherheit – er war stets auf seine Frau, seinen Reichtum und seine Schönheit stolz gewesen.

Petar wurde von der Generalkommandantur in Peterwardein nicht geschätzt, und man beließ ihn nur deshalb im Heer, weil er die Tochter des angesehenen Senators Stritzeski geheiratet hatte. Erst nach seiner Heirat wurde Petar zum Premierleutnant befördert, seine Papiere waren jedoch nicht in Ordnung. Er hatte sie zurückgelassen.

Wie die anderen Isakowitschs avancierte er in Friedenszeiten nicht.

Seine Karriere verdarb er mit einem Federstrich, als er sich in die Liste des Generals Schewitsch eintrug.

Die übergroße Zärtlichkeit einer fremden Frau, Petars Frau, war Pavle nicht angenehm. Er spürte ihr gegenüber keinerlei Verlangen. Er war überzeugt davon, daß seine Frau Varvara niemals beargwöhnt hatte. Aber jetzt hatte er das Gefühl, daß Ana und Jurat nicht unbedingt davon überzeugt waren. Alle wußten, daß es auch solche Verirrungen und solche Liebe gab. Jurat pflegte manchmal auf Kosten seiner Schwägerinnen zu scherzen, daß einer betrunkenen Frau auch der Schwager lieb sei, aber er betonte das »betrunken«.

In Sirmien und Slawonien waren solche Liebesverhältnisse innerhalb der Familien bekannt geworden, und die Isakowitschs hüteten sich vor Schande und Unglück.

Bei den Katholiken fand man kaum Frauen, die schreiben konnten, in Gesellschaft gingen oder Wien gesehen hatten, und bei den Orthodoxen waren es noch weniger. Alle diese jungen Frauen lebten wie auf einer kleinen Insel allein im Familienkreis.

Die heiratsfähigen Mädchen warteten auf den Brautwerber.

Sie wurden bis zur Heirat wie am Strick gehalten, und man konnte diejenigen an den Fingern abzählen, selbst in Futog, die sich mit einem Mann verabreden durften.

Die Senatorentöchter sahen ihre Verehrer selten.

Zeitlebens machten sie nur zwei oder drei Reisen.

Sie heirateten den Mann, den der Brautwerber brachte.

Und das Unglück war groß, wenn später in der Familie ein schöner Verwandter auftauchte. Trotz aller Zucht konnten sich viele Frauen nicht beherrschen. Meist beschränkte sich jedoch alles auf Blicke, Händedrücken oder ein flüchtiges Wort, höchstens einen Kuß, und dann weinte die Frau nachts im Bett, während ihr Ehemann schnarchte.

Von der Welt abgeschieden, in ihren engen Bereich eingesperrt, waren auch Pavles Landsleute solchen Versuchungen ausgeliefert, sogar auf dem Lande unter der sengenden Sonne. Die Verwandten besuchten einander oft. Sie saßen an Feiertagen bei Wein und Schnaps beisammen. Das Getreide wogte in der Erntezeit auf den Feldern. Man zog sich in die Hütten zurück, um den Durst zu löschen. Eine Frauenstimme klang bei solchen Gelegenheiten verführerisch. Und der Blick eines Mannes konnte in einer solchen schattigen Hütte auch eine Verwandte erregen!

Während es den Städtern meist gelang, ihre Schande gut zu verbergen, endete sie auf dem Lande oft mit dem Tod. Bei Besuchen, bei Hochzeiten, während die Brüste der Frauen im Kolo hüpften. Und oft blieb eine solche Liebe ein

Wunschtraum. Ein böser, heimtückischer göttlicher Wille brachte manchmal zwei Verwandte zusammen. Die Männer konnten in ihrem Haus oder bei Besuchen ihre Frau mit einer anderen vergleichen. Die Frauen sahen den eigenen Mann neben einem hübschen Verwandten. Zuweilen lebte die Familie unter demselben Dach, und über diesem Dach dufteten berauschend die Akazien. Die Blüten fielen ab, aber nicht wie Schnee, der die Stirn kühlt, sondern wie eine warme Seidendecke, unter der man keinen Schlaf findet. Auch in der Familie Stritzeski waren in der Ehe nicht immer alle glücklich gewesen. Manche Männer waren kahlköpfig. Manche Frauen welkten frühzeitig. Und daneben gab es stattliche schnurrbärtige Männer und hübsche Frauen.

Varvara wußte, daß ihre Tanten, wenn ein geliebter Verwandter erschien, wie Birken im Frühlingswind zitterten. Die Herzen fanden sich. Mochten die Geistlichen predigen, was sie wollten.

Noch schlimmer war es in Anas Familie.

Die überkommene Moral hielt auch ihre Tanten, deren Ehen nicht glücklich waren, bis zum Tode in Ketten. Im Hause von Jakov Bogdanowitsch mußte ein Mädchen warten, bis sie ihrem Bräutigam vorgestellt wurde. Und wenn dieser Bräutigam kein Mann war, wie man ihn erträumt hatte, erlöste erst der Tod die Unglückliche, die sich ihr Leben lang nach Liebe sehnte. Manchmal verliebte sich auch in der Senatorenfamilie eine verheiratete Frau in einen Verwandten. Dann schmachtete die Unglückliche, und manchmal erlag sie auch der Versuchung.

Von Varvara konnte man das nicht sagen.

Ihr seltsames Lächeln, ihre Blicke, ihre übergroße Zärtlichkeit gegenüber Pavle, all das verletzte ihren Mann, er konnte ihr jedoch nichts vorwerfen. Sie verbarg diese Zärtlichkeit nicht. Und ihrem Petar war sie, auch nachts, eine liebende Frau. Niemand in der Familie konnte zwischen ihr und Pavle etwas Unziemliches entdecken. Trotzdem fühlte Pavle, daß er nicht weiter mit ihr und Petar unter einem Dach leben, sondern möglichst schnell fortgehen müßte.

Viel schwerer läßt sich berichten, was Pavle vor seiner Abreise in Trifuns Haus erlebte.

Pavle mußte jetzt als russischer Offizier darauf achten, daß man ihn nicht in der Kommandantur verdächtigte, die demobilisierten Grenzsoldaten aufzuwiegeln. Er lud Trifun deshalb in den Gasthof ein. Um zu besprechen, wie sie fortziehen würden.

Trifun kam, war aber völlig verändert.

Er trug eine neue Uniform, war geschniegelt, geputzt, parfümiert. Nicht im mindesten ähnelte er dem gealterten Mann, der er vor kurzem noch gewesen war.

Er hatte die Angewohnheit, sich zu recken, um die Müdigkeit aus den Gliedern zu treiben.

Mit der jungen Witwe, die in seinem Hause lebte, hatten bisher weder Petar noch Jurat gesprochen, und die Senatorentöchter ließen sich auch nicht dazu herab. Jurat sagte, er hätte die Frau einmal flüchtig in Temesvar gesehen, als sie verhört wurde. Sie sei wirklich jung, schön, schlank, schwarzhaarig. Und wie sie die Hüften schwenkte, vergesse man nie. »Schau, schau!« rief Ana, ihrem Mann einen eisigen Blick zuwerfend.

Alle meinten, die Frau sollte mit einem ehrbaren Grenzsoldaten verheiratet werden, bevor man nach Rußland aufbrach. Davon sollte Pavle seinen Vetter Trifun überzeugen. Diese Frau konnte ihren ganzen Umzugsplan vereiteln. Die Kommandantur suchte sie als Frau eines Mörders, und der Metropolit erkundigte sich nach Trifun als Frevler, der eine zweite Frau neben der ersten im Hause hielt.

Trifun ähnelte zwar nicht einer Maus in der Falle, aber er wirkte bedrückt, als er in Pavles Zimmer trat und sah, daß ihn alle erwarteten. Nachdem er vernommen hatte, was der Metropolit sagte, begann er zu fluchen. »Ich kann mich nicht genug darüber wundern, woher sie das alles schon wissen. Woher so schnell? Aber solange ich lebe, kriegt kein Richter diese Frau in seine Klauen.«

Zu Ana und Varvara gewandt, wohl in der Hoffnung, sie zu rühren, behauptete er, Djindja Zekowitsch wäre ihre Verwandte, und eine Verwandte müßte jeder beschützen. Und als ihn Ana fragte, wie sie mit ihnen verwandt sei, antwortete ihr Jurat, bevor Trifun etwas sagen konnte: »Hör mal, Anka! Als ob du das nicht wüßtest! Eine Nichte von der Popenfrau Zivka, die eine Nichte von unserer Großmutter Milka ist! O du mein armer Trifun!«

Trifun schaute nun seine Brüder ernst an. »Du solltest nicht über eine arme Waise spotten! Ich rette eine Verwandte vor dem Arrest.«

Ana warf ihm nun vor: »Als alter Kerl holst du dir eine Geliebte ins Haus neben der Mutter deiner Kinder!«

Trifun stand auf, verneigte sich vor Ana und erwiderte: »In meinem eigenen Hause könntest du jetzt was zu hören kriegen!« Er musterte alle der Reihe nach und fügte hinzu: »Ich dachte, ihr habt mich als Bruder gerufen! Dabei spielt ihr euch als Moralapostel auf. Schert euch zum Teufel, und laßt mich in Ruhe!«

Er wollte das Zimmer verlassen.

Sie konnten ihn kaum zurückhalten.

Jurat, der noch immer glaubte, daß Trifun nicht völlig den Verstand verloren hatte, hielt ihm vor, alle sirmischen Husaren und alle Leute würden ihn auslachen. »Und in ein paar Jahren, wenn du auf die Sechzig zugehst, werden die jungen Männer scharenweise angelaufen kommen.«

Trifun schüttelte den Kopf und entblößte seine gelben Pferdezähne, die manchmal durch den Schnurrbart lugten. »Das laß meine Sorge sein, Dicker. Vielleicht werden junge Männer scharenweise angelaufen kommen. Warum auch nicht? Die Frau ist schön, ihre Schönheit ist berühmt. Sollen sie doch angelaufen kommen. Es stimmt, ich bin mit Frau und Kindern alt geworden. Aber jetzt habe ich mich verjüngt, was ihr bitte zur Kenntnis nehmen möchtet. Sicher, den Jahren nach könnte ich ihr Vater sein. Aber die jungen Männer werden es sich überlegen. Sie werden angelaufen kommen und dann wieder weglaufen, wenn sie den alten Trifun mit einem Messer und einer Pistole sehen. Sollen sie's doch versuchen! Solange ich lebe, wird keiner die junge Frau anrühren.«

Trifun spürte, daß er in eine Falle geraten war, aber er benahm sich in dem Käfig wie ein alter Adler. Seine Miene verriet jedoch, daß er mit seiner Geduld am Ende war.

Jurat blinzelte seiner Frau zu. Ana erhob sich und forderte auch Varvara auf, mit ihr hinauszugehen. »Wir kommen wieder, wenn zwischen euch Brüdern Gottes Frieden herrscht! Wir halten zu Kumrija und wollen das, was Trifun sagt, nicht hören.«

Trifun wartete, bis die Frauen hinausgegangen waren, dann wandte er sich mit einem Blick, den man in seinen Augen bisher nie gesehen hatte, an Pavle.

»Obwohl ich älter bin, habe ich auf dich gehört, weil Vuk das so bestimmt hat, aber jetzt brauche ich keinen mehr, der mir in meinem Hause befiehlt. Genug von der Frau.«

Pavle betrachtete Trifun wie einen Husaren, der über ein Hindernis gestürzt ist. »Du wirst einen Paßport aus Wien bekommen, das wissen sie schon in der Kommandantur. Wie viele Seelen und Pferde Petar und Jurat nach Rußland mitnehmen werden, muß bloß registriert werden; es ist schon bewilligt. Du aber, Trifun, mußt in Temesvar die Erlaubnis für deine hundertdreiundsiebzig Mann verlangen, die du eingetragen hast. Mit Frauen und Kindern. Ich fordere niemanden mehr auf, nach Rußland zu ziehen, ich will auch keinem befehlen. Wir werden am Kreuzfest aus Tokaj aufbrechen, bevor der Schnee den Duklapaß zuweht. Wer dann in Tokaj ist, soll uns willkommen sein, und wer hierbleibt, dem möge Gott Glück bescheiden! Ich fahre morgen nach Mitrowitz und komme nicht mehr zurück.«

Um von seiner jungen Geliebten abzulenken, berichtete Trifun nun, als wäre das eine Neuigkeit: »Ich habe gehört, daß aus Rußland der Sohn des russischen Generalmajors Jovan Stojanow gekommen ist, ein entfernter Verwandter von uns, und viele Menschen führen wird. Und die Kommandantur will jetzt viele Eingetragene in Temesvar zurückhalten. Offiziere, die bleiben, sollen Land und den Adel kriegen. Oberrittmeister Janiko Antonowitsch hat unterschrieben, daß er bleibt, und soll den Adel und über zweihundert Morgen Land in Ungarn gekriegt haben. Es gibt Feiglinge in der Theißebene, aber es gibt keine an der Maros, keinen einzigen. Alle ziehen, die sich bei Schewitsch eingetragen haben. Und mein Mahala singt und jubelt und flucht auf uns, die Isakowitschs, weil wir nicht aufbrechen.«

Jurat, der den älteren Bruder ehrlich bedauerte, sagte leise: »Ich verstehe, daß das Fortgehen für Trifun am schwersten ist. Mahala liegt zu nahe bei Temesvar. Um sie umzustimmen, bietet die Kommandantur jetzt auch denen einen Militärstatus an, die keine Knechte werden wollten. Sie sollen nach Sirmien und Slawonien zurückziehen. Daraus könnten sich ernstliche Komplikationen für Trifun ergeben.

Vor siebzehn Jahren – so erzählt man wenigstens – ritten zwei Schwadronen nach Rußland, mit Musik, mit Karabinern, Pistolen und Säbeln, und sie hatten ihren Sold und ihr Proviantgeld.

Sie hatten es leicht! Die Grenze war nahe!

Unter uns wird es aber Leid und Elend geben, bis wir Rußland erreichen. Die alten Zeiten sind vorbei!«

Petar, der alle gern mit Spitznamen schmückte und der auch während der Schlachten scherzte, fragte Trifun: »Hast du gehört, daß Witwen und Hurenböcke von Engelshofen keinen Paßport kriegen? Die russische Zarin erlaubt nur kirchlich Getrauten die Ansiedlung, und keinen Kebsen.«

Trifun entgegnete mit ernster Miene: »In der Generalkommandantur redet man tatsächlich davon, daß die Russen nicht bloß zwei serbische Husarenregimenter aufgestellt haben, sondern auch ein ungarisches, ein moldauisches und ein grusinisches Regiment bilden wollen.«

Pavle bestätigte mit ruhiger Stimme diese Nachricht. »Das weiß auch die russische Gesandtschaft in Wien.«

Weil Pavle in der Familie Isakowitsch die Umsiedlung betrieben hatte, zählte er nun diejenigen auf, die mit ihren Leuten zum Fortziehen entschlossen waren. Er schloß: »Es gibt so viele, die warten, und andere sind arretiert, und manche werden im Kerker sterben. Alle würden gehen, wenn sie könnten. Wer wollte nicht gehen, wenn er weiß, daß uns woanders etwas Besseres als hier erwartet?«

Petar, dem der Teufel keine Ruhe ließ, fragte Trifun nun wie ein unschuldiges Kind, ob auch Frau Kumrija und ihre Verwandte, die Witwe Zekowitsch, sich auf die Reise vorbereiteten.

Für einen Moment trat Stille ein.

Trifun erwiderte mit dumpfer Stimme: »Unsere Verwandte Djindja Zekowitsch hat ihren Mann verloren, trotzdem ist sie eine heitere Natur wie ein sonniger Sommertag. Sie ist eine Bäuerin und lächelt auch unter Tränen, wenn sie Trauer hat. Meine Frau Kumrija ist leider die Tochter des Pferdedeckenmachers Grozdin, eines Handwerkers, sie ist engstirnig und nörglerisch und hat an allem etwas auszusetzen. Sie kann nicht die Flügel ausbreiten. Oder die Tränen eines Mannes trocknen.«

Jurat sagte später, daß das Verrückteste bei ihrem Familienrat im »Goldenen Hirsch« das Selbstmitleid Trifuns war, während ihn das Schicksal seiner unglücklichen Frau, die ihm sechs Kinder geboren hatte, völlig gleichgültig zu lassen schien.

Pavle fragte nun geradeheraus: »Wo ist deine Frau?«

Trifun antwortete ruhig und ohne Scham, als handele es sich um eine läppische Angelegenheit: »Kumrija ist zu Besuch bei ihrem Vater in Ruma. Sie hat die Kinder mitgenommen, damit sie vor dem Fortziehen noch einmal den Großvater sehen. Und erst als Kumrija in Ruma angekommen war, hat sie mir ausgerichtet, daß sie nicht mehr zu mir zurückkehren will und mir auch die Kinder nicht gibt. Sie will mich beim Metropoliten wegen Vielweiberei verklagen. Die Scheidung wird sie mir schriftlich mitteilen.«

»Was ist das für eine Witwe, die du dir da ins Haus geholt hast? Und was wirst du machen, wenn wir verlangen, daß du die Frau der Familie ihres Mannes oder den Behörden herausgibst?«

Trifun wurde wütend; er stotterte wie ein kleines Kind.

»Über die Witwe haben wir schon genug geredet. Ich wußte, daß sich Pavle in den Kopf gesetzt hat, immer wieder nach ihr zu fragen. Du solltest nicht auf Weibergeschwätz hören. Wenn du nach Mahala kommst, wirst du sehen, was das für eine Frau ist. Auf der Bega haben sie ihren Mann erschossen, und er war einer meiner Grenzsoldaten. Er war aus der Theißebene nach Mahala gekommen. Das ist eine arme Frau, gelb im Gesicht von der täglichen Brotsuppe, und sie hat niemanden auf der Welt.«

Und als ihn Pavle fragte, wo denn die arme Witwe nachts schlafe, kreischte Trifun auf, wie von einer Schlange gebissen. »Ganz Mahala weiß, alle Leute wissen, daß die Bedauernswerte im Häuschen unseres alten Dieners Ananije lebt.

Ich habe niemals den Namen Isakowitsch entehrt und werde das auch nicht tun nach soviel Unglück. Ihr solltet nicht glauben, was die Leute schwatzen.

Du solltest nicht vergessen, Pavle, daß ich der Vater von dieser unglücklichen jungen Frau sein könnte.«

Und als Petar lachend fragte, ob Trifun nach Rußland Frau Kumrija und die Kinder und die arme Witwe – die in Ananijes Häuschen schlafe – mitnehmen wolle, schlug Trifun mit der Faust auf den Tisch und schrie: »Was denn sonst? Ich kann doch nicht die Waisen und die Witwe im Stich lassen, dann würde mich die ganze Lika und die ganze Batschka verdammen. Ich habe auch meine Verwundeten selbst in den schlimmsten Schlachten nicht im Stich gelassen. Die Frau wird mit uns, das heißt mit mir, nach Rußland gehen. Es gibt keine Macht auf der Erde, die diese unglückliche junge Frau und mich trennen könnte.«

Und als Trifun sah, daß sich Jurat und Petar anstießen und lachten, sagte er erbost: »Ihr seid Rotzjungen und solltet aufpassen, daß euch das Lachen nicht vergeht. Wenn es schon so weit gekommen ist, will ich mit Pavle allein reden.«

Jurat winkte ab und sagte, daß er bei den Frauen im Speiseraum warten würde. »Ihr werdet euch hoffentlich nicht totschlagen.«

Nachdem Jurat und Petar gegangen waren, setzte sich Trifun auf Pavles Bett. Er wirkte jetzt völlig verändert und sprach in einem anderen Ton.

»Vielleicht ist es das letzte Mal, daß wir als Brüder miteinander reden«, sagte er, »wir haben keine Zeit zu langem Geschwätz. Niemand braucht mir etwas vorzumachen, ich kenne mein Unglück. Auch früher hatte ich kein Glück, ich wurde viermal verwundet. Und meine sechs Kinder hat mir Kumrija jetzt für immer weggenommen. Meine Frau war eine Schönheit, die ich geliebt habe. Und sie war eine gute und treue Frau.

Niemals habe ich in Mahala anderen Frauen nachgestellt. Keine einzige kann sich über mich beklagen. Auch die Witwe habe ich nicht gesucht. Und sie hat mich nicht gesucht. Wir sind uns unverhofft begegnet. Das ist Gottes Wille.

Hinter mir liegen sechs, sieben Jahre mit Schwangerschaften, Kindergeschrei, Armut, Lamentieren. Nach dem letzten Kind hat Kumrija kaum noch mit mir gesprochen. Keine Lieder, keine Sonne, nie ein freundliches Wort, Kumrija war bloß mufflig.

Jetzt habe ich eine Mohnblume mitten im Getreide gefunden, die Ähren wogen, ein sanfter Windhauch weht, die Akazien blühen für mich. Das Leben macht mir wieder Spaß, vom Morgen bis zur Nacht. Mich hat ein Sturmwind gepackt, ich atme wieder frei wie nach einer schrecklichen Beklemmung. Ich fühle mich zehn Jahre jünger. Ich gehe nach Rußland. Ich stehe an der Schwelle eines neuen Lebens. Diese Frau gebe ich nicht mehr her! Ich habe nichts dagegen, daß Kumrija zu mir zurückkehrt. Daß auch sie mitgeht. Sie hat ihren Platz neben ihrem Mann. Du hast keine Kinder, Pavle, und weißt nicht, daß für einen Vater jeder Bissen Brot von Tränen bitter wird, wenn er an seine Kinder in der Ferne denkt. Aber das wird mich nicht von der Übersiedlung nach Rußland abhalten. Ich gehe einem anderen Leben entgegen. Sogar wenn Frau und Kinder nie mehr zurückkommen! Diese Frau aus Mahala, dieses Glück, das mir vor dem Alter unter den Akazien begegnet ist, werde ich zeitlebens nicht aufgeben! Und einen Weg zurück gibt es nicht!«

Trifun hatte bisher niemals so viele Worte hintereinander gesprochen.

Pavle war jedoch kein Mann, der wegen solcher Worte nachsichtig wurde.

»Unsere Väter«, sagte er, »waren Brüder. Und als ich die Leiche meiner Mutter sehen mußte, hielt mich deine Mutter an der Hand. Trotzdem werde ich in Wien alles unternehmen, daß deine Ausreise mit einem Kebsweib nicht genehmigt wird!«

Einen Moment sah es so aus, als würden sich die Vettern an der Gurgel packen.

Trifun senkte den Kopf, richtete sich aber wieder auf. Er war nur zwei Fingerbreit kleiner als Pavle. Dann verbeugte er sich wie ein Türke. »Gut, gut! Ich würde es nicht länger ertragen, Djindja bei dir freien zu müssen. Und paß gut auf, was ich dir jetzt sage! Dein Tod, Pajo, wird tausend Gründe haben!«

Er nahm seinen Dreispitz und ging hinaus. Da er die falsche Richtung einschlug, brauchte er lange, bis er den Ausgang aus dem »Goldenen Hirsch« fand.

Ana, Jurats Frau, riet an jenem Abend, mit der jungen Witwe zu sprechen. »Wir müßten wenigstens wissen, mit wem wir's zu tun haben. Ist sie eine Dirne, die sich bloß einen Offizier angeln will? Jurat sollten wir lieber nicht hinschicken, und Petar ist zu aufbrausend. Am besten wär's, wenn Pavle ginge. Er ist der Gutmütigste.«

Petar lachte aus vollem Halse!

Sie beschlossen, Trifun noch einmal in den »Goldenen Hirsch« zu rufen; indessen würde sich Pavle nach Mahala begeben und erkunden, was diese Bäuerin wollte.

So geschah es auch.

Pavle fuhr also noch einmal über die Exerzierplätze, die er nie mehr hatte sehen wollen, und in der Ferne flimmerte Mahala, fast ertrinkend unter blühenden Akazienbäumen, in der Sonne.

Es fiel Pavle schwer, Trifuns Haus zu betreten, in dem er jetzt kein Kinderlachen hörte. Alles war völlig ausgestorben.

Alle Lebewesen schienen vor ihm geflüchtet zu sein. Und als er an Ananijes Häuschen klopfte, wirkte sein Schatten an der Tür so schwarz und groß wie nie zuvor.

Pavle erzählte später, daß ihm Djindja die Tür öffnete. Als sie ihm die Hand reichte, spürte er, wie sie zitterte.

»Ist sie schön?« fragten Varvara und Ana zugleich.

»Ja«, erwiderte Pavle bekümmert.

»Ist sie so wie Kumrija vor zehn Jahren?«

»Nein, das kommt Trifun bloß so vor. Kumrija war auch als junges Mädchen kräftig, hochmütig, herausfordernd. Sie ähnelte einem Haiducken. Djindja ist kleiner, zarter, schlanker. Und mädchenhaft schüchtern.«

Als Petar hörte, wie Pavle die Frau lobte, lachte er.

»Jurat sagt, daß sie mit dem Hintern wackelt!«

»Ja, das stimmt. Sie wackelt mit den Hüften. Wohl deshalb, weil sie schamhaft ist. Sie kann nicht antworten, ohne ein bißchen mit den Hüften zu wackeln. So, als würde sie mit den Armen die Halme auf einem Getreidefeld zerteilen. Jedem schaut sie offen in die Augen. Sie ähnelt Kumrija wie eine jüngere Schwester. Aber sie ist anders.«

»Und ist sie eine Bäuerin?« erkundigte sich die Tochter des Senators Bogdanowitsch.

Pavle schwieg eine Weile, ehe er sagte: »Kumrijas Kleider würden keiner besser stehen als ihr. Sie könnte geradewegs auf den Ball zum alten Engelshofen gehen. Niemand würde merken, daß sie keine Senatorentochter ist. Schlank, dunkelhäutig, die Augen wie zwei Dukaten.«

»Du mußt ihnen sagen, was sie für einen schönen Hintern hat!«

»Das habe ich nicht gesehen, aber davon werdet ihr euch selber überzeugen können.«

Die Frauen kreischten auf und fragten, ob Trifun sie etwa mitbringen und vorstellen wolle.

Pavle erwiderte, daß die ganze Familie bestimmt bald Djindja Zekowitsch kennenlernen würde.

Alle waren nun begierig, mehr zu hören.

»Ich habe eingewilligt und bin nach Mahala gefahren und habe mit der Frau gesprochen. Eher hätte ich mir die Fingernägel ausreißen sollen, als mich da einzumischen. Ich habe nur schon lange geschworen, als Witwer der Familie keine Ratschläge mehr zu erteilen. Nicht um alles in der Welt! Aber ich habe gesündigt. Trandafil hat recht, eine Familie ist schwerer als ein Kaiserreich zu regieren! Die junge Frau hat mir erschrocken die Tür geöffnet, und ich bin wie ein Ochse eingedrungen.

Wer ich bin, brauchte ich ihr nicht zu sagen.

Sie sagte mir ruhig, daß sie das weiß. Und wollte mir die Hand küssen.

›Wenn du das weißt‹, habe ich geschrien, ›dann pack deine Lumpen und verschwinde! Wir verheiraten dich, wir zahlen, was nötig ist, aber wenn du nicht gehorchst und Trifun weiter entehrst, bringe ich dich in den Arrest, wie das die Dirnen verdienen, die gesetzmäßigen Frauen die Männer wegnehmen und den Kindern den Vater.‹ Ich habe erwartet, sie würde zu zetern anfangen. Wie ein Waschweib! Und jetzt schäme ich mich, wenn ich daran denke.

Sie hat mich nur stumm angesehen. Und Tränen traten ihr in die Augen. Hätte ich mir doch lieber die Fingernägel ausgerissen, als dorthin zu gehen, um Trifuns Dijndja zurechtzuweisen. Ich bin nicht imstande, ein Lamm zu schlachten.«

»Ist denn diese Dirne ein Lamm?« schrie Petar grob. Seine Augen waren in dem Moment wieder haßerfüllt auf Pavle gerichtet.

»Du solltest dich nicht versündigen, meine Geschichte ist noch nicht zu Ende. Diese Frau hat weder die Augen noch das Gesicht von einer Dirne. Sie strahlt Wärme und Anmut aus.

Ich habe gebrüllt, daß sie sich einem alten Mann an den Hals geworfen hat und dem Vater die Kinder und der Ehefrau den Mann wegnimmt. Ich habe geschrien wie ein Pope in der Kirche. ›Du hast die Kleider einer anderen Frau angezogen und denkst, jetzt bist du die Herrin, wenn du dich herausputzt!‹«

»Und was hat sie geantwortet?« fragten die anderen ungeduldig.

Pavle wirkte müde und versonnen.

»Sie hat mir gesagt, daß Trifun sie ins Haus geholt hat. Sie dachte, Temesvar würde sie als Frau des Mörders erschießen. Hinterhältig und gemein ist sie von Trifun getäuscht worden. Er hat ihr gesagt, sie müßte sich mehrere Tage vor den Häschern verstecken. Aber schon in der nächsten Nacht hat er bei ihr geschlafen. Er hat sogar über seine Frau gelacht. Sie würde glauben, er sitzt in Temesvar im Kerker. Was konnte sie tun? Etwa schreien? Trifun hatte ihr eingeredet, daß von ihr das Leben ihres Mannes, des Mörders Zekowitsch, abhinge, aber daß sie ihn wieder freilassen würden, und dann dürfte sie auch zu ihm. Das natürlich unter der Bedingung, daß sie Schweigen über die ganze Angelegenheit bewahre. Er hat ihr nicht gesagt, daß ihr Mann erschossen wurde. Und danach war alles – die Dame Kumrija und ihre Kinder, die Sonne, der Regen – für sie wie im Traum, völlig verschwommen. Sie begriff überhaupt nicht mehr, was ihr zugestoßen war. Trifun ist verrückt. Solange er lebt, sagt er, will er in ihren Armen unter den Akazien einschlafen. Umsonst sagte sie zu ihm, daß ihr dabei sicher die Arme erlahmen würden«, schloß Pavle leicht erstaunt.

»Schämt sie sich denn nicht vor Kumrija?«

»Trifun hat sie mit Gewalt ins Haus geholt, weil ihm Kumrija weggelaufen war. Sie hat ihn angefleht, das sein zu lassen. Er wird sie nach Rußland mitnehmen und dort zusammen mit ihr glücklich werden, hat er gesagt. Aber sie meint: ›Ist das denn Glück, was mir Gott nach dem Tode meines Mannes gibt?‹«

»Warum hast du ihr nicht gesagt, sie soll mit Gott nach Drnisch gehen, wo sie herstammt?«

»Das habe ich ihr mehrmals gesagt, aber sie hat bloß traurig gelächelt. Sie kann nicht mehr fortgehen. Seit man die Aufwiegler Maljkowitsch und Meandschitsch in Ketten fortgeführt hat, wird sie von ganz Mahala verflucht. Alle halten sie für schuldig. Aus Ananijes Häuschen kann sie nirgendwohin. Auch das Haus von Zekowitsch steht nicht mehr. Trifun droht ihr, sie würde niemals bis Drnisch kommen. Ja, so ist es, fragt doch Trifun.«

Ana fragte Pavle: »Bist du sicher, daß die Frau nicht lügt?«

»Sie ist eine stille, vernünftige Frau, sie hat unter Tränen gelächelt und erzählt, daß sie von den Kindern mit Dreckklumpen beworfen wird. Als wäre sie eine Tote im Sarg. ›Ich weiß‹, sagt sie, ›daß Trifun eine schöne und reiche Frau hat, und Gott möge seine Kinder glücklich machen. Ich weiß auch, daß Trifun mich eines Tages fortjagen wird, wenn er meiner überdrüssig ist. Aber wohin? Wohin soll ich gehen, und wohin kann ich flüchten? Ich bin nicht geboren, um die Hure von einem alten Mann zu sein. Das erträumen sich die Mädchen aus Drnisch nicht. Ich hatte einen jungen und ansehnlichen Mann. Ich weiß, was Glück ist. Bisher hat keiner in Mahala eine Frau so behandelt wie mich, und was mir passiert ist, kann bloß Hexerei sein. Nach Gott bist du mein Bruder‹, sagt sie, ›überlaß mich meinem Schicksal und beleidige mich nicht.‹«

Jeder hatte eine eigene Ansicht über das, was Pavle berichtete. Ana bedauerte Kumrija, Varvara diese Frau, und Jurat tat Trifun leid, aber alle waren sich darin einig, daß Pavle sich von den Tränen der jungen Frau hatte rühren lassen.

Jurat empörte sich darüber, daß eine Frau, die einer Mutter von sechs Kindern den Mann wegnimmt, als unglückselig bezeichnet wurde. »Hör mal, Pajo!« schrie er. »Ihr Vater war ein Guslispieler.«

Varvara fragte nun: »Wo sind denn ihre eigenen Kinder?«

»Mit Zekowitsch hat sie keine Kinder, und sie glaubt, das sei nur deshalb, weil sie verflucht ist. Zekowitsch hat damals seine alte Mutter verlassen und ist mit Djindja, die seinetwegen von ihren Eltern fortgelaufen ist, in die Theißebene gezogen.

Ich habe ihr hundertmal vorgehalten, daß Tränen nicht helfen. Daß man sie von Trifun wegholen, in den Arrest bringen, nach Drnisch fortjagen wird.

Ich habe ihr mit allen möglichen Strafen gedroht.

Aber sie hat bloß traurig gelächelt.

Sie wundert sich, sagt sie, daß auch ich, ein Offizier, ein Herr, ein Verwandter von Zekowitsch, ihr befehle, sie soll Trifun einfach abschütteln wie eine Henne, wenn sie der Hahn auf dem Misthaufen bestiegen hat. Hast du denn keine Schwester? fragt sie mich.

Dann kam sie zu mir und streichelte mich, immer noch mit ihrem traurigen Lächeln. ›Wenn Zekowitsch lebte‹, sagt sie, ›würde ich gehen, auch wenn er mich krumm prügelte. Ich habe stillgehalten, um das Leben meines Mannes zu retten. Ich weiß, daß mich Trifun eines Tages fortjagen wird, wenn er seine Lust gestillt hat. Doch ich kann nicht fortgehen.

Weil du vor Gott mein Bruder bist‹, sagt sie, ›könntest du dir denken und in meinen Augen lesen, daß es hundert Gründe gibt, warum ich Trifun nicht verlassen kann, aber einer ist der Hauptgrund. Von Zekowitsch habe ich keine Kinder, aber jetzt, von Trifun, bin ich gleich schwanger geworden, und die alte Ananijewa meint, ich werde in sieben Monaten niederkommen. Wohin soll ich gehen?

Noch habe ich Trifun nichts davon gesagt, ich traue mich nicht.‹ Wir sollen es ihm sagen. Dann weinte sie wieder.«

Über diese Neuigkeit weinte auch Ana, und Varvara saß wie versteinert da.

Petar lachte jedoch lauthals über Pavle.

Jurat seufzte als einziger über Trifun. »Ach, Trifun! Wo er hinkommt, der Alte, läßt er ein Kind zurück.«

Pavle wollte einen Wagen bestellen, um noch am selben Abend zur Bega zu fahren. Er verlasse Temesvar und werde nie mehr zurückkehren.

Ana weinte, und Varvara flehte umsonst. Umsonst baten ihn auch die Vettern, die Reise aufzuschieben, wenigstens zwei Tage, bis man noch einmal mit Trifun gesprochen habe. Pavle wurde von Jähzorn gepackt, so daß ihm alle aus dem Wege gingen. Im Gasthof »Zum goldenen Hirsch« gab es große Aufregung. Aber Geld öffnet alle Tore, auch die der Remisen.

Es war keine Stunde vergangen, und die Kutsche für Pavle stand vor dem Haus.

Der Edle von Isakowitsch reiste aus Temesvar ab, obwohl ihn die Familie zurückhalten wollte. Seine Starrköpfigkeit und sein Wunsch, sie möglichst bald zu verlassen, kränkte sie.

Zum Abschied umarmten ihn die Brüder, wollten ihn jedoch nicht zum Wagen begleiten.

Ana weinte in ihrem Zimmer.

Und Varvara zeigte sich gar nicht.

Pavle hatte nur eine Bitte, die er seinen Vettern mitteilte: Sie sollten Trifun ausrichten, daß er seine Drohung zurückziehe, die Umsiedlung nach Rußland in Wien zu hintertreiben, weil er ein Familienleben führe, das eines Offiziers unwürdig sei. Im Gegenteil, er werde raten, Trifun bald den Paß zu geben. Trifun könne eintragen, wen er wolle. Er könne soviel Leute mitnehmen, wie er wolle.

Aber was ihn persönlich betreffe, er, Pavle, wünsche Trifun nicht mehr zu begegnen, weder lebendig noch tot.

Der Edle von Isakowitsch stieg in die Kutsche, als schon der Mond schien. In einem Fenster des Gasthofs erblickte er Varvara. Sie hielt einen Leuchter über ihrem Kopf. Pavle glaubte Tränen in ihren Augen zu sehen. Das war das letzte, was ihm aus Temesvar in Erinnerung blieb, als die Pferde anzogen und der Wagen losfuhr.

XIV

Der Edle benahm sich nur bei Frauen unbeholfen

Nach einem Brief an seinen kranken Verwandten, Leutnant Isak Isakowitsch, erschien Pavle bei der Generalkommandantur in Esseg am ersten September 1752 nach dem neuen Kalender, am Tage des Abtes Ägidius. Bei den Orthodoxen war es der Tag des heiligen Märtyrers Andreas der Stratilat.

Pavle reiste von Esseg nach Gradiska, wohin er zur Infanterie versetzt worden war. Dort wollte er den Abschied und den russischen Paß vorweisen und die Proviantgelder abrechnen.

Mit den Papieren, die ihm Engelshofen in Temesvar ausgestellt hatte, traf Isakowitsch nirgendwo auf Schwierigkeiten. Dem Wachoffizier meldete er dann die weitere Reise nach Ruma, wo er bei seinem Verwandten, dem Pferdedekkenmacher Grozdin, wohnen wollte. Von dort würde er nach Hartkovci fahren, um den Grundbesitz und das Gestüt der Isakowitschs zu veräußern, und außerdem nach Mitrowitz, um ihr Haus zu verkaufen.

Dann wollte er sich über Wien nach Rußland begeben.

Unterwegs besuchte er in Neusatz seine Verwandten, die Senatoren Bogdanowitsch und Stritzeski.

Und in Peterwardein verweilte er am Grabe seiner Frau.

Nirgendwo hielt er sich länger auf.

Zweck seiner Reise sei allein der Verkauf der Besitzungen, gab er an.

Pavle war nicht der einzige, der zu jener Zeit nach Rußland zog, und seine Ankunft erweckte trotz der vorangegangenen Geschehnisse kein Aufsehen.

Die österreichischen Behörden hatten jedoch zu der Zeit, als Pavle nach Ruma kam, einen Emissär entdeckt, der das Volk aufwiegeln sollte. Es war Nikolai Tschorba, ein Serbe, Major im russischen Heer. Er hatte seine Familie besucht und in Sirmien ein Agentennetz geflochten.

Pavles Schritte wurden deshalb beobachtet.

Der Edle von Isakowitsch war jedoch nur bei Frauen unbeholfen. In militärischen Angelegenheiten war er weit gewandter; er bereiste Sirmien und kehrte später nach Wien zurück, ohne festgenommen worden zu werden.

Am fünften September hatte seine Kutsche in Ruma vor dem Hause des Pferdedeckenmachers Grozdin gehalten.

Da Mitternacht nahte, dauerte es lange, bis die Hausbewohner erwachten und bis in einem Fenster bei Kerzenlicht der Kopf von Frau Kumrija auftauchte.

Die Ankunft seiner Tochter – die ihm nicht gleich sagte, daß sie ihren Mann verlassen hatte – war für Grozdin eine der großen Freuden gewesen, die am Lebensende selten sind.

Grozdin hatte allerdings in letzter Zeit bemerkt, daß seine Tochter und Trifun nicht mehr glücklich waren. Er empfing seinen Verwandten zwar freundlich, aber in die Freundlichkeit mischte sich Mißmut. Brummend leitete er Pavles Kutsche in den Hof.

An das Lehmhaus hatte Grozdin einen Laden aus Ziegelsteinen angebaut. Die Fenster wurden auch am Tage von Maulbeerbäumen beschattet. Grozdin verbrachte seine letzten Lebensjahre unter diesen Maulbeerbäumen.

Jeder in Ruma kannte ihn, und wie alle Menschen, deren Todesstunde naht, wurde Grozdin geachtet. Er schloß das Tor mit einem riesigen Schlüssel auf, der dem heiligen Petrus als Himmelschlüssel wohl angestanden hätte, und als es weit geöffnet war, fuhr die Kutsche ratternd auf den gepflasterten Hof. Über dem Tor befanden sich Böden, zu denen große Leitern hinaufführten, als ob hier Engel in den Himmel stiegen.

Pavle schlug wütendes Hundegebell entgegen.

Grozdin, in Unterhosen und mit einem Gewehr in der Hand, küßte Pavle und geleitete ihn in sein Zimmer auf dem Hof. Der Raum hatte dem Pferdedeckenmacher früher als Werkstatt gedient, jetzt hockten hier Glucken mit frisch ausgeschlüpften Küken, die Grozdin vor dem Regen schützen wollte. Wenn er allein war, sprach Grozdin mit den Hühnern, als unterhalte er sich mit seiner Frau. Er schlief auf einer Pritsche an einem Lehmofen, der von außen geheizt wurde. Das Haus hatte er seiner Tochter und den Kindern überlassen.

Er wollte hier auf der Pritsche sterben.

Das Haus betrat er wie ein Besucher. Er hängte sich einen Mantel um.

Als Pavle sagte, er wolle höchstens drei Tage in Ruma verweilen, heiterte sich der Alte auf. Er bewirtete ihn mit Schnaps und versprach ihm auch ein Abendessen, wenn Kumrija erscheine.

Der Pferdedeckenmacher war sehr heruntergekommen, seit er verwitwet war. Seine alten Bediensteten versorgten noch Haus und Stall und bestellten das Land. Grozdin saß währenddessen auf einem Schemel unter den Maulbeerbäumen wie ein König, der Audienzen gibt.

Er erzählte, daß ihm in letzter Zeit, bis seine Tochter kam, das Leben verleidet war. Pavle fragte, ob Menschen aus der Türkei bei Mitrowitz über die Grenze kämen.

Nicht nur in Ruma, sondern auch tiefer in Serbien und Bosnien wäre alles ruhig, erfuhr er von Grozdin. Die Türken hätten sich völlig zurückgezogen, und am Fluß gäbe es nirgendwo Janitscharen oder Späher. Nach Grozdin – der nicht wußte, warum ihn Isakowitsch ausfragte – herrschte auch in der Türkei überall Ruhe. An der Save brannten keine Lagerfeuer, und im Grenzgebiet befanden sich keine Soldaten.

Grozdin achtete nicht darauf, was er gefragt wurde, aber wunderte sich über das Gepäck, denn Isakowitsch trug jetzt Pistolen bei sich, und sogar Eßgeschirr und Kristallgläser. Der Pferdedeckenmacher inspizierte alles beim Schein einer Talgkerze und rief mehrmals aus: »Mein Gott, wie viele Gläser!«

Ebenso wie Kumrija mißbilligte Grozdin die Auswanderung nach Rußland, und am allermeisten natürlich die seiner Tochter. Er sah darin, daß das Gebiet an einem Saveufer zu Österreich und am anderen zur Türkei gehörte, keinen großen Unterschied. Serbien war hier, in Reichweite. Man konnte es sehen. Warum noch weiter ziehen? Nicht die Herrschaft ist wichtig, sondern das Volk, das hier wie dort wohnt. Serben leben an beiden Ufern der Save.

Dieses Bewußtsein, daß das Volk wichtig ist und nicht das Territorium, erfaßte zu jener Zeit alle Stände. Als Österreich an einem Ort nicht erlaubte, Reliquien, Ikonen und sakrale Gerätschaften nach Rußland mitzunehmen, weil sie zur Kirche gehörten, riefen die Aussiedler: »Die Menschen sind die Kirche. Nicht die Gemäuer!« Diese Umsiedler führte Fähnrich Sava Jozitsch.

Grozdin hörte gern, daß sein Gast nur wenige Tage blieb. Wegen Trifun war ihm auch Pavle mit seinem pomadisierten Schnurrbart verhaßt. Er fragte ihn lange über den Aufbruch nach Rußland aus, und die Rede kam dabei auch auf seinen Schwiegersohn. »Mir scheint«, sagte er, »meine Tochter ist mit Trifun nicht glücklich.« Pavle war jedoch entschlossen, über Djindja zu schweigen.

Grozdin und Pavle unterhielten sich eine Zeitlang, Frau Kumrija erschien erst später und lud sie ins Haus ein. Sie trug ein Kleid, als besuche sie auf Engelshofens Geheiß das Temesvarer Theater, eine schwarze Seidenkrinoline mit einem Korsett aus gelbem Brokat und weißer Gaze. Stets trachtete sie danach, daß ihre Kleider denen Anas und Varvaras in nichts nachstanden. An dem Abend lief sie aber in Pantoffeln herum. Wenn sie sich setzte, zog sie ihre Seidenstrümpfe straff.

Pavle zuckte zusammen, als sie auf ihn zukam. Er klopfte ihr auf die Schulter und küßte sie. Sie küßte ihn nicht und empfing ihn ziemlich kühl, lächelte aber zufrieden.

Im Gästezimmer waren die Wände blau gestrichen wie Ostereier. Die Fenster blickten auf die Maulbeerbäume. Eine Tür führte über drei Stufen hinunter in den Laden.

Die Möbel waren türkisch, mitten im Zimmer stand jedoch ein schwarzlackierter Damentisch im Rokokostil. Frau Andja hatte ihn in guten alten Zeiten in Wien gekauft, und das war alles, was von ihr geblieben war.

Frau Kumrija hatte in diesem Zimmer auf einer Matratze für Pavle das Bett bereitet. Sie forderte Grozdin auf, schlafen zu gehen, denn sie habe mit Pavle etwas zu bereden. Pavle spürte ihren Unmut und wußte nicht, daß sie sich in dem Gemütszustand befand, den Frauen haben, wenn sie ein Kind entwöhnen.

Sobald ihr Vater gegangen war, drehte sie sich zu Pavle um und zischte wie eine Schlange: »Warum bist du gekommen? Wer hat dich geschickt? Was willst du hier?«

Bei dem nächtlichen Kerzenlicht wirkte die Frau noch jünger, als sie war. Sie hatte noch immer die Haltung eines feschen Haiducken. Die Fältchen in ihrem Gesicht – schon mit zweiunddreißig Jahren – sah man nicht. Die gelblichen Augen blickten wild. Das schwarze Haar wallte den Nacken hinunter wie ein Pferdeschweif. Und die dichten, mit Ruß geschwärzten Brauen verstärkten den Eindruck, daß sie eine Frau für die Nacht war.

Pavle dachte, daß Djindja ihr nicht wie eine jüngere Schwester ähnelte, sondern – obgleich das unmöglich war – wie eine Tochter. Als Frau Kumrija die Strümpfe straffte, sah er ihre schönen kräftigen Beine, die ihn an Evdokija erinnerten.

Der Edle von Isakowitsch dachte nun, daß ihn, den Witwer, ein seltsames Schicksal dazu verdammte, sich ständig mit dem Leben von Frauen und all deren komplizierten Angelegenheiten zu befassen.

Er war entschlossen, über Djindja zu schweigen.

Frau Kumrija setzte sich so hin, wie sie es in Gegenwart ihres Schwagers nie getan hatte. Sie saß auf dem Bett mit der Schamlosigkeit unglücklicher, verlassener Frauen, und so redete sie auch. Sie sprach dreist und unverblümt wie eine betrogene Ehefrau.

»Warum bist du gekommen? Was willst du von mir?«

Pavle erinnerte sich, wie er diese Frau während der ersten Jahre ihrer Ehe mit Trifun brüderlich geliebt und wie sie seine Liebe als Schwester erwidert hatte. Wie schön und gut und bescheiden sie damals war. Sie hatten sich grundlos zerstritten. Eines Tages in Temesvar bildete sie sich ein, er hätte sich bei ihren Schwägerinnen wegen irgendwelcher weiter Ärmel über sie lustig gemacht.

Eine Zeitlang wollte sie ihn gar nicht mehr sehen.

Nach einigen Minuten peinlichen Schweigens sagte Pavle nun: »Ich komme aus Temesvar und habe in Wien den Paß erhalten. Auch Trifun hat ihn erhalten und bereitet sich darauf vor, mit dir und den Kindern nach Rußland zu ziehen. Ich muß in Mitrowitz etwas erledigen und möchte ein paar Tage hierbleiben. Dann fahre ich nach Wien. Die Angelegenheit in Mitrowitz ist militärisch, darüber mußt du schweigen.«

Frau Kumrija erwiderte: »Warum lügst du? Warum verstellst du dich? Du weißt doch, daß ich Trifun verlassen habe und nicht mehr zu ihm zurück will. Warum bist du gekommen?«

Pavle antwortete mit gesenktem Blick. »Ich weiß das, aber ich hoffe, alles wird noch gut enden. Du mußt zu deinem Mann zurückgehen.«

Frau Kumrija stand auf, lehnte sich aber wieder zurück auf die Matratze und sagte: »Nirgendwo habe ich soviel Lüge, Verstellung und Heimtücke kennengelernt wie in deiner Familie. Warum redest du um den heißen Brei herum? Ich weiß, daß du gekommen bist, um mich zur Rückkehr zu überreden. Aber ich werde nie mehr zurückgehen. Hast du in Mahala die Kebse gesehen, die sich der alte Trifun ins Haus geholt hat?

Was sagst du dazu?

Ich bitte dich bloß darum, vorläufig meinem Vater nichts zu sagen, selbst wenn er nach Trifun fragt.« Sie war aufgestanden und umkreiste Pavle erregt.

»Ich habe zwar etwas über die Frau gehört, aber ich habe sie nicht gesehen und weiß nichts Genaues. Trifun behauptet, sie ist eine Verwandte, deren Mann getötet wurde.«

Frau Kumrija postierte sich jetzt vor ihn. Vor Lachen zitterten ihre Brüste. »Trifun lügt. Er hat also auch das Lügen gelernt auf seine alten Tage!

Ich kenne ihn! Zehn Jahre lang haben wir gemeinsam unser Brot gegessen. Und du, Pavle, bist auch nicht besser. Du bist gekommen, um mich zum Zurückkommen zu überreden.«

Der Edle von Isakowitsch war wie alle Witwer unbeholfen bei Frauen, aber er besaß eine Eigenschaft, die bei Männern selten vorkommt und die ihm Frauenherzen wie ein Schlüssel öffnete. Er hörte den Frauen geduldig zu. Mit lächelnder Miene, was sie für ein Zeichen von Bewunderung hielten. In Wahrheit kümmerte ihn nicht, warum die Frauen etwas sagten, aber er vernahm, was sie sagten. Und dabei lächelte er sie mitfühlend an. Am Ende vermochte er sie immer zu besänftigen. Oft brachte er sie sogar zum Lachen.

Seine mitleidige Miene rührte auch Frau Kumrija. Sie barg das Gesicht in ihren Händen und begann zu weinen.

»So weit ist es gekommen«, sagte sie schluchzend, »nach zehn Jahren Ehe. Ich war schön, reich und jung, als ich heiratete, und viele junge Männer hielten um mich an. Man hat mir einen Mann ausgesucht, der achtzehn Jahre älter war als ich.«

Pavle glaubte einen Moment Frau Evdokija zu hören.

»Ich habe meine Jugend einem Manne geopfert, der mich jetzt mit dieser jungen Witwe entehrt. Ich habe ihm sechs Kinder geboren und war ihm eine gute und treue Frau. Und was ist mein Lohn dafür? Dieser Mann, alt wie ein Pferd, hat sich eine Geliebte gesucht. Und sie sogar ins Haus geholt.«

Pavle tröstete nun Frau Kumrija. Er setzte sich neben sie und umarmte sie zärtlich. »Ich weiß nicht, wie diese Frau ist, aber ich stehe auf deiner Seite, obwohl Trifun mein Bruder ist. Solange ich lebe, wird dich diese Frau nicht aus dem Hause drängen.

So etwas hat es bei den Isakowitschs nie gegeben. Aber du mußt möglichst bald nach Temesvar zurückkommen. Und jetzt sage mir, warum du Trifun verlassen hast.«

Frau Kumrija blickte Pavle erstaunt an.

»Was soll ich dir sagen? Ich habe ganz zufällig erfahren, daß Trifun eine Geliebte hatte, und war entsetzt, als ich hörte, daß er diese Frau sogar ins Haus geholt hat. Ich war blind. Nie hätte ich Trifun so etwas zugetraut. Mir ist völlig egal, was das für eine Frau ist. Sie ist jung und schön. Viel jünger als ich. Das ist es.«

Isakowitsch kanzelte sie nun ab wie ein Pope. »Du hast gesündigt, als du deinen Mann verlassen hast. Wärst du geblieben, hättest du's vielleicht schwer gehabt, aber Trifun wäre das alles bald über den Kopf gewachsen, und die junge Witwe wäre geflüchtet.

Auch wir, die Isakowitschs, hätten dich unterstützt.«

Pavle täuschte sich jedoch.

Die schöne, stattliche Frau schüttelte den Kopf und wiederholte wie im Fieber, daß sie nie mehr nach Temesvar zu Trifun zurückgehen werde. Als er sie näher betrachtete, bemerkte Pavle in ihrem Gesicht die Spuren durchwachter Nächte.

Sie schlug die Beine übereinander, und ein Pantoffel fiel herunter. Als sie sich wieder an Pavle wandte, spürte er, daß er in den Wind geredet hatte. Er sah, wie tief verletzt sie war.

Sie sagte: »Mich ekelt schon, wenn ich nur an den alten Hengst denke.«

Pavle versuchte nun, über die Kinder zu sprechen, die ohne Vater aufwachsen müßten.

Frau Kumrija entgegnete: »Du irrst dich, weil du keine Kinder hast. Ich würde mich vor meinen Kindern schämen, wenn ich zu diesem Mann zurückginge. Eine Frau mit sechs Kindern verläßt man nicht, und man holt sich auch keine Geliebte ins Haus. Ein Mann, der das tut, ist Abschaum. Eine Ehe, bei der es soweit kommt, ist nicht zu flicken und zu heilen. Ich könnte nie mehr zu einem solchen Mann ins Bett.

Trifun hat die Witwe nicht im Rausch hinter einem Heuschober umgelegt, sondern hat sie ins Haus geholt, zur Schande seiner Kinder, in das Haus, wo seine Frau lebte. Mir geht es vorläufig gut bei meinem Vater, und ich werde nicht die Kinder hergeben, damit Trifuns Kebse ihre Stiefmutter wird. Soll er nach Rußland ziehen, für mich gibt es kein Zurück. Ich will nicht neben diesem Mann liegen, nicht mal im Grab.«

Pavle nahm sie bei der Hand und redete ihr nun mit weichem, zärtlichem Werben zu.

»Ich bin nicht gekommen, um dich nach Temesvar zu holen, ich bin in militärischem Auftrag hier. Aber du darfst nicht vergessen, daß du erst zweiunddreißig bist, daß du jung und schön bist. Willst du dich lebendig in Ruma begraben? Sollen die Kinder niemals ihren Vater wiedersehen? Wir müssen vor dem Winter nach Rußland ziehen, bevor der Schnee in den Bergen die Wege zuweht.

Soll ich erleben, daß Trifun mit seiner Geliebten nach Rußland zieht und nicht mit der angetrauten Frau? Bist du toll? Willst du hierbleiben und hören, wie deine Kinder weinen und nach dem Vater rufen? Weißt du nicht, daß du in Rußland unter den Offiziersfrauen bald als Schönheit berühmt wärst?«

Frau Kumrija schüttelte jedoch nur den Kopf.

Offensichtlich genoß sie es, daß Pavle sie tröstete, aber sie schaute ihn betrübt an. »Es ist kein Wunder«, sagte sie, »wenn ein kinderloser Witwer ein Frauenherz nicht begreifen kann. Weißt du denn nicht, was im Leben eines Mädchens, besonders eines Mädchens, das keine Mutter mehr hat, die Heirat bedeutet? Wenn die Jahre vergehen und ein Mädchen sehnsüchtig auf Liebe, sehnsüchtig auf einen Mann wartet? Sie ist völlig unerfahren. Und dann kommt ein Mann, der ihr ewige Treue schwört. Der sagt, er hätte bisher nicht gewußt, was wahre Liebe ist. Sie ist seine erste Liebe. Er überschüttet sie dann mit Küssen, umarmt sie und redet, redet. Er tanzt vor Freude wie ein Bär, als sie ihm einen Sohn schenkt. Und sagt, daß er für sie sein Herzblut geben würde. Sie soll alles von ihm verlangen, was sie will. Und dann? Da erwacht die Frau eines Tages und sieht, daß derselbe Mann sie verläßt, so wie man eine Stute wechselt.

Nein, niemals werde ich ins Haus dieses Mannes zurückkehren. Es ist spät. Du mußt müde sein. Mitternacht ist längst vorüber. Wir können uns morgen weiter unterhalten. Ich weiß, warum du gekommen bist.«

Pavle behauptete nun, daß er nicht daran denke, sie zu überreden. Er meine nur, sie könnte Trifun verzeihen und zurückkommen.

Sie sprang auf und stand erhobenen Hauptes im Zimmer: »Schon beim Gedanken, zu Trifun zurückzukehren, sehe ich diese Kebse, nackt, besprungen. Und zu Trifun würde ich nie mehr zurückgehen, außer, Gott möge mir verzeihen, wenn er tot ist. Nur als Toten könnte ich Trifun küssen. Das ist nicht mehr mein Mann. Ich sehe ihn bloß als alten Gaul. Das ist nicht mehr der Mann, den ich geheiratet habe.«

Frau Kumrija schlüpfte mit einem Fuß in den heruntergefallenen Pantoffel und deutete auf die Wand, hinter der Kinder schluchzten. Mit traurigem Lächeln sagte sie, daß sie gehen müsse. Die Kinder seien aufgewacht. Ihr Seidenkleid raschelte, als sie mit forschen Schritten hinausging.

Der Edle von Isakowitsch wurde nun mutlos und erkannte, daß sich auch in diesem Hause seine Seele nicht aufheitern würde. Mit gesenktem Kopf setzte er sich aufs Bett. Wie es seine Art war, saß er lange so da. Er hörte, daß hinter der Wand die Kinder verstummten.

Die Stille bezwang später auch das Hundegebell in der Ferne. Pavle schlief im Sitzen ein, und als er aufwachte, lag er angekleidet auf dem Bett. Morgens hatten ihn die Kinder im Nebenzimmer geweckt.

Trifuns Kinder, die ihm Grozdin anbrachte, liebten den kinderlosen Pavle und die kinderlose Varvara. Pavle wußte nie, wie er sich mit ihnen unterhalten sollte, aber er spielte mit ihnen. Sie vergötterten den großen Offizier, auf dem sie wie auf einem Esel reiten durften.

Pavle wurde von Trifuns Kindern mit großem Geschrei begrüßt. Sie zogen ihn an den Haaren, ritten auf ihm, rauften sich um ihn, purzelten von seinem Rücken. Grozdin trug das Jüngste auf dem Arm.

Als Frau Kumrija erschien, sperrte sie die Kinder wieder in ihr Zimmer, wo sie wie in einem Gefängnis lebten. Und Grozdin lud Pavle ein, sich bei einem Schnaps vors Haus unter die Maulbeerbäume zu setzen. Vorher mußte Grozdin einem Schwarm von Hühnern, Tauben und Sperlingen, die alle auf ihn zustürzten, Hirse hinstreuen. Das war eine geheiligte Handlung für den Pferdedeckenmacher.

Er zeigte Pavle den Hof, die Stallungen und die Scheune, wo unter den Wagen eine schwarze Paradekutsche stand. Pavle könne sie benutzen, sagte er. Sie war eingestaubt und voller Spinnweben. In dieser Kutsche war schon jahrelang niemand gefahren. Mehrere Hennen flogen aufgeschreckt aus dem Verschlag.

Grozdin redete mit ihnen wie mit seiner verstorbenen Frau. Hinter der Scheune lag der Garten. Er war in zwei Teile getrennt. Eine unbebaute Fläche ersetzte die Tenne, an Heuschobern nagten festgebundene Pferde. Auf der anderen Seite wuchsen Weinreben, Himbeersträucher, Erdbeeren und Blumen – Rosen, Geranien, Sonnenblumen. Neben einer Bank fiel ein exotischer Nadelbaum auf. Einen solchen Nadelbaum gab es nirgendwo in Sirmien. Er trug rosa Blüten wie Locken, gepflanzt hatte ihn Frau Andja. Den Steckling hatte jemand aus Wien mitgebracht, als Kumrija geboren wurde.

Pavle hielt den Baum erst für eine Weide.

Er hatte lange blaßgrüne Nadeln, die Zweige ähnelten einer Mähne, und das ganze Jahr hingen rosa Blüten herab. Die riesigen Sonnenblumen, die diesen Raum umringten, waren eingeknickt.

Grozdin saß nicht oft in diesem Garten.

Er saß vor dem Haus unter den Maulbeerbäumen, wo ihn die Bürger Rumas im Vorübergehen grüßten. Er war ein angesehener Mann geworden. Pavle eröffnete ihm dort unter den Maulbeerbäumen, warum er gekommen war.

Sie riefen Onkel Spasoje herbei, jenen entfernten Verwandten, der die Isakowitschs früher oft zu Fuß besucht und bei dieser Gelegenheit immer wieder die Fenster und Türen ihrer Häuser gezählt hatte. Onkel Spasoje verschwand darauf mit einigen Bootsleuten, um die Ufer zu beobachten. Er begab sich zwei Tage lang auch in die Türkei. Dorthin brachten ihn sirmische Fischer, die ihre Netze nachts auch auf der türkischen Seite auswarfen. Als er zurückgekommen war, berichtete er, daß in der Türkei alles ruhig sei, daß es am Ufer keine Soldaten gebe, und auch tiefer im Landesinneren nicht. Auf Pavles Frage nach Montenegrinern, die angeblich bei Mitrowitz, aus Serbien kommend, die Save überquerten, lachten alle. Außer einigen Händlern war dort schon monatelang niemand mehr über den Fluß gekommen.

Grozdin unterstützte nun Pavle bei seiner außergewöhnlichen Aufgabe und besuchte Beamte von Mitrowitz bis Semlin. Es waren Kameraden, mit denen er in seiner Jugend getrunken und gerauft hatte. Sie bestätigten, daß in der Türkei alles ruhig sei und daß es am Ufer keine Soldaten gäbe. Niemand war herübergekommen. Nur einzelne verschlafene Wachposten standen auf der türkischen Seite.

Pavle sattelte ein Pferd und ritt am Ufer entlang.

Er ritt bis Semlin und Mitrowitz.

Er besichtigte alle Orte, die Wolkow auf der Landkarte gekennzeichnet hatte. Diese Karte hatte er bei der Abreise erhalten. Er sah St. Demeter an der Furt. Die Festung auf der Insel Sabatz. Und daneben die Festung Drinavar. Auf der türkischen Seite sah er außer grünem Weidengebüsch nichts. Keinen einzigen Menschen. Er ritt auch zu der Stelle, wo Kelpen eingezeichnet war, und zur Festung Ujvar an der Drinamündung. Außer Gräben, Palisaden und Sumpf erblickte er keine Festung, die dieses Namens würdig gewesen wäre. Alles war verfallen.

Eine große, gewaltige Stille war das gegenüberliegende Ufer mit seinen Sümpfen und fernen blauen Bergen.

Eine riesige, traurige Leere.

Fischer brachten auch ihn ans türkische Ufer, damit er sich davon überzeugte, daß dort niemand war. Während sie hinter einem Gebüsch lauerten, konnten sie die kleinen Pferde und die Menschen beobachten, die Holz schleppten.

Ruhig war es auch auf der österreichischen Seite.

Nur in den neubesiedelten Dörfern der Deutschen wimmelte es vor Menschen wie in einem Ameisenhaufen oder einem Bienenkorb. Da erinnerte sich Pavle daran, was ihm Engelshofen gesagt hatte: daß Österreich, wenn die Serben fortziehen, das Land mit Deutschen besiedeln würde. Grozdin versicherte, auch der Kontumaz-Inspektor Schnur in Mitrowitz und der Postmeister Tschiritsch und der Polizeimeister Terstjak wären sich darin einig, daß es hier keine Montenegriner gäbe. Der Polizeimeister hatte ihm geraten, keine weiteren Erkundigungen mehr nach ihnen anzustellen. Jemand werbe die Ärmsten unter den armen Sirmiern an und verkaufe sie dann als Montenegriner.

Pavle besuchte nun mit Frau Kumrija seine Verwandten in Mitrowitz, dazu benutzten sie die Paradekutsche. Grozdin zog genüßlich den Geruch nach Wagenschmiere und Teer ein, der von dem Gefährt ausging, nachdem er es selber für seinen Besucher gewaschen hatte. Dann trat er stolz aus seinem Tor, um zuzuschauen, wie seine Tochter nach Mitrowitz fuhr.

Frau Kumrija erzählte Pavle, daß die Frauen in Mitrowitz darüber redeten, weil sie allein aus Temesvar gekommen war. Sie hatte in Mitrowitz viele Bekannte aus ihrer Mädchenzeit und mußte sie besuchen. Ihre Männer könnten Pavle vielleicht mehr über die Montenegriner sagen.

Seit sie zu diesen Besuchen fuhren, lebte Frau Kumrija auf. Pavle bemerkte unschwer, daß sie im Hause einer alten Freundin, der Frau des Hauptmanns Peritsch, der aus dem Stabsquartier des Regiments nach Esseg versetzt worden war, besonders fröhlich wirkte. Kumrija und Frau Peritsch hatten sich lange nicht gesehen. Wie es zu sein pflegt, wenn sich Freundinnen aus der Kinderzeit wiederfinden, waren sie gleich ein Herz und eine Seele.

Einmal, als sie heimkehrten, sagte Frau Kumrija zu Pavle: »Hast du gehört, was sie sagte, als wir aus der Kutsche gestiegen waren? Sie sagte, wir beide wären ein schönes Paar.«

Diesen Abend blieb Frau Kumrija in der Kutsche versonnen und schweigsam, während sie auf staubigen Wegen durch den lauen Sommerabend heimfuhren.

Die Isakowitschs hatten viele Gevattern und Freunde in Mitrowitz, und Pavle durfte kein Haus auslassen, um niemanden zu kränken. Kumrija begleitete ihn gern auf diesen Besuchen.

Die Leute in Mitrowitz hatten Pavle jahrelang nicht gesehen.

Am nächsten Abend sagte Frau Kumrija unterwegs: »Alle Leute denken erst, du wärst Trifun. Ich sehe, wie du dich gibst, und mir wird traurig zumute. Du bist gelassen, klug, schön. Gott verzeihe mir, ich denke, du hättest mich bestimmt nicht entehrt, wenn ich die sechs Kinder mit dir hätte. Hätte ich zufälligerweise dich geheiratet, wäre ich heute nicht ohne Mann und ohne Haus. Ich schaue dich an, Pavle, und denke, warum mir Gott nicht gegeben hat, dir vor Trifun zu begegnen.«

Pavle versuchte von neuem, Kumrija zur Rückkehr zu bewegen.

Als sie das nächste Mal Frau Peritsch besuchten, war zufälligerweise wieder ihr Bruder anwesend, Leutnant Vulin. Er zählte kaum zwanzig Jahre und war ein schöner Mann, aber schüchtern wie ein Diakon. Der Leutnant wich nicht von Frau Kumrijas Seite und himmelte sie an, als wäre sie ein überirdisches Wesen. Jeder sah, daß er bis über beide Ohren verliebt war.

Pavle sagte ihr das bei der Rückfahrt.

Und sie entgegnete ihm etwas, was er nicht erwartet hatte.

»Eigentlich dürfte ich dir als Vetter meines Mannes das nicht sagen, trotzdem möchte ich dir etwas anvertrauen, was unter uns bleiben muß. Falls ich je wieder heirate, wenn Trifun nach Rußland gezogen ist, würde ich einen gleichaltrigen oder jüngeren Mann nehmen. Was mir angetan wurde, hat mir die Augen geöffnet. Trifun hat mir eine gute Lehre erteilt. Kannst du dir vorstellen, wie berauschend es für eine Frau ist, noch einmal das zu erleben, was sie bei ihrer ersten Liebe erlebt hat? Statt der erkaltenden Liebe eines alten Mannes die Liebe eines jungen Mannes spüren, der völlig entflammt ist? Dieser junge Offizier verfolgt mich wie ein Schatten. Seine Schwester hat mir gesagt, daß es für ihn keine anderen Frauen gibt, seit er mich gesehen hat. Kannst du dir vorstellen, was für eine berauschende Freude das für eine betrogene, verlassene Frau ist, noch einmal leidenschaftlich geflüsterte Worte zu hören? Zu spüren, daß man für jemanden Glück bedeutet? Zu sehen, wie er zittert? Zu hören, wie er gurrt? Das solltest du Trifun sagen, wenn du ihn triffst. Erst habe ich über den jungen Mann gelacht, der sich in eine Frau mit sechs Kindern verliebt hat, aber jetzt lache ich nicht mehr. Vielleicht werde ich ihn bald erhören. Das kannst du Trifun sagen. Niemals werde ich zu Trifun zurückgehen. Wenn ich wieder meinen Bauch wie eine Trommel vor mir hertragen soll, dann von dem schönen, blutjungen Mann.

Ich werde nicht mehr dem alten Trifun als Zuchtstute dienen. Ich werde Trifun keine Kinder mehr gebären, sondern noch einmal wie in meiner Jugend in reiner Liebe empfangen.«

Frau Kumrija ging an dem Abend weinend ins väterliche Haus, so daß ihr Grozdin erstaunt nachschaute. Pavle schwieg jedoch und sagte Grozdin, er wolle diese Nacht unter freiem Himmel schlafen. Er breitete die Matratze im Garten unter dem fremdartigen Baum der Frau Andja aus. Grozdin befürchtete, zwischen seiner Tochter und ihrem Verwandten könnte etwas vorgefallen sein. Er legte sich schlafen, um nichts zu hören und zu sehen.

Pavle spürte im Garten keine Erleichterung. Er lag auf dem Rücken, als beobachte er am Sternenhimmel große Manöver und Paraden. Die jungen Burschen sangen auch in Ruma. Ihr Gesang ertönte bis Mitternacht. Pavle beschloß nun, einzuschlafen und wie Grozdin alle Erlebnisse dieses Tages zu vergessen.

Wahrscheinlich hätte er noch viele Tage in Ruma verbracht, wäre er nicht am Morgen zeitig geweckt worden. Grozdin stand vor ihm und sagte, daß ihn ein Offizier sprechen wolle. Er sitze in der Kutsche auf der Gasse.

Fröstelnd ging Pavle hinaus und sah in der Kutsche, die vor dem Haus stand, nur ein Paar Stiefel. Der Offizier zeigte sich nicht. Als Pavle zwischen die Räder trat, erblickte er einen unbekannten Mann.

»Ich bin Peritsch«, sagte er. »Vorige Nacht bin ich aus Esseg zu meiner Frau heimgekommen. Sie schickt mich, damit du möglichst schnell Ruma verläßt. In Esseg ist man dem russischen Major Nikolai Tschorba auf die Schliche gekommen, der Übersiedler anwirbt. Seine Agenten sammeln arme Leute in Sirmien und Slawonien, um sie als Montenegriner über Tokaj nach Rußland zu schicken. Ich habe auch deinen Namen auf der Liste derjenigen gesehen, die arretiert werden sollen, und als ich von meiner Frau hörte, daß du sie in Mitrowitz besucht hast, bin ich hergeeilt, um dich zu warnen.

Einstweilen denkt kein Offizier mehr an Auswanderung, manche wurden nach Graz auf den Schloßberg gebracht.«

Pavle umarmte Peritsch und sagte ihm, daß er am selben Tage abreisen werde.

Peritsch berichtete ihm kurz über die Lage Sirmiens und riet ihm, nicht mehr zurückzukommen. Wien hatte angeordnet, die Todesstrafen zu vollstrecken.

Der Kutscher, der bei den Pferden gestanden hatte, stieg auf, und Peritsch verabschiedete sich.

Pavle schaute lange der Kutsche hinterher. Jetzt spürte er, daß alles zu Ende war und daß er gehen mußte, daß er nicht mit vielen Menschen fortziehen würde, wie er geträumt hatte. Die Umsiedlung seiner Landsleute, die anfangs so aussah, als würde ein Sturm ganze Scharen davontragen, wurde zu einer armseligen Flucht von einzelnen.

Österreich hatte zu der Zeit begonnen, die Machenschaften mit der Umsiedlung von angeblichen Montenegrinern aufzuklären, aber Pavle reiste ab, bevor die Ermittlungen auf das gesamte Sirmien und das Savegebiet ausgedehnt wurden. Eine Bande verdiente gutes Geld mit Menschen, die angeblich in Mitrowitz aus der Türkei herüberkamen, um sich in Rußland anzusiedeln. Dieser Menschenhandel wäre wohl noch fortgesetzt worden, hätten sich nicht die Männer eines Transports in einer Mitrowitzer Schenke geprügelt. Sie droschen so aufeinander ein, daß man sogar auf der Straße das Krachen der Stöcke hörte. Da erkannte man in ihnen Sirmier.

Der Pferdedeckenmacher Grozdin war nicht traurig, als Pavle ihn so plötzlich darum bat, ihn mit seiner Kutsche nach Peterwardein zu bringen, aber Frau Kumrija bedauerte es. Sie brach in Tränen aus. Für sie hätte dieser Sommer mit Pavle ewig währen können.

Im ersten Moment redete sie wie eine Geistesverwirrte auf Pavle ein, er solle die Übersiedlung nach Rußland aufgeben. Wie das Frauen zu tun pflegen, wenn etwas unmöglich und zu spät ist, wiederholte sie es klagend. »Daß wir unser geliebtes Serbien verlassen mußten, war ein großes Unglück, aber warum dieses Unglück noch durch die Übersiedlung ins ferne Rußland vergrößern? In den Schnee, ins Unbekannte gehen? Monatelang schneit es dort, und der strenge Winter dauert lange. Alle werden in den riesigen Weiten irgendwo in einem namenlosen Grabe liegen.«

Pavle hatte eilig sein Gepäck geschnürt und wartete auf dem Hof. Als er sich von Frau Kumrija verabschiedete, umarmte und küßte er sie wie eine Schwester. Und da er keine Schwestern besaß, tat er das ziemlich ungeschickt. Er bedauere ihre Kinder, sagte er, und hoffe noch immer, daß Kumrija zu Trifun zurückkehren und mit der Familie nach Rußland gehen werde. Er werde in Tokaj auf sie warten.

Frau Kumrija weinte aufrichtig, weil Pavle abreiste. Sie hatten einander vor drei Jahren sehr gemocht, obwohl darin kein sinnliches Verlangen lag. Pavle war der Mann gewesen, der ihr das Reiten beibrachte, der sie vor den Hindernissen belehrte und der ihre Haltung im Sattel korrigierte. Er kannte deshalb ihren Händedruck. Er kannte ihre kräftigen Beine. Die Wärme unter ihren Achseln, wenn sie müde vom Pferd stieg. Alles war eine Zeitlang zwischen ihnen wie bei Eheleuten gewesen – außer der ehelichen Liebe. Zu ihm war sie atemlos und glücklich angeritten gekommen, wenn sie ein Hindernis gut bewältigt hatte. Sie hatte ihn mit leuchtenden Augen angeschaut, wenn er sie lobte.

Jetzt umarmte sie ihn zum Abschied wie in einem Fieberwahn. Ihre Lippen waren naß vor Tränen. Sie spüre, sagte sie, daß sie einander nie wiedersehen würden. Das komme ihr schrecklich vor. Frau Kumrija zitterte vor Schluchzen in seinen Armen, obwohl sie niemals einen begehrenden Blick gewechselt hatten – oder wenigstens war ihnen das so vorgekommen. Trotzdem tanzte ihre rote Zunge jetzt auf seinen Lippen, und ihre Hände liebkosten seine Wangen. Er hörte, daß sie ihm seufzend zuflüsterte: »Wir, mein Herz, werden uns auf dieser Welt nie wiedersehen. Ich habe keine Hoffnung, sondern weiß: nie!« Und als sie das gesagt hatte, schrie sie auf.

Sie riß sich weinend los und lehnte sich unter der Toreinfahrt an die Wand.

Nun stand Grozdin vor Pavle, um sich zu verabschieden. Er umarmte seinen Gast und flüsterte ihm zu: »Es wäre nicht gut und ehrlich, wenn ich dir beim Abschied nicht sagte, daß ich alles weiß. Ich weiß, daß Trifun meine Tochter entehrt und unglücklich gemacht hat. Gott möge es ihm heimzahlen. Ich bin zu alt, um meine Tochter noch einmal zu verheiraten. Mit meiner verstorbenen Frau Andja haben wir sie aufgezogen, so wie Schwalben ihre Jungen aufziehen. Das menschliche Leben ist kurz, und ich werde bald im Grabe liegen. Ich bin zwar nur ein unscheinbares Geschöpf Gottes, trotzdem gedenke ich ein Wunder zu bewirken und Trifun die Frau und die Kinder zurückzugeben, und wenn mir das gelingt, werde ich in Frieden sterben. Das wird meinem Leben noch einen Sinn geben. Ich werde diese Welt nicht verlassen, bevor ich Trifun nicht die Kinder zurückgegeben habe. Das kannst du ihm ausrichten.«

Unter den Maulbeerbäumen, in einen Mantel gehüllt, blieb Grozdin zurück, Pavle sah ihn so ein letztes Mal. Und als er in die Kutsche stieg, sah er noch, daß Frau Kumrija an der Wand lehnte, ihr Gesicht mit den Händen bedeckte und vor Weinen zitterte.

So verließ Isakowitsch frühmorgens Ruma und seine Maulbeerbäume.

XV

Der menschliche Verstand kann das nicht mehr fassen

Nach einem Rapport des Grazer Polizeimeisters Schramm an die Generalkommandantur war der russische Rittmeister Isakowitsch am zehnten September 1752 mit der Postkutsche aus Marburg eingetroffen.

Er wohnte im Hause des Eisenwarenhändlers Kleinstetter.

Schramm beschrieb den russischen Rittmeister als einen friedlichen, wohlgesitteten, vermögenden Mann, der lediglich zu Spaziergängen das Haus des genannten angesehenen Bürgers verließ. Er besuchte zweimal Kleinstätters Werkstatt für Sensen und Sicheln. Nachdem er seinen Offiziersrock abgelegt hatte, erprobte er die Blasebälge. Und begutachtete die Eisenwaren, die nach Rußland geschickt werden sollten.

Schramm schreibt, daß Kleinstetter, den er gut kenne, im Vertrauen behauptet habe, dieser Offizier stünde im Dienst des russischen Gesandten und wäre aus Wien geschickt worden. Es wäre ein ehemaliger österreichischer Offizier, der aus dem Heer entlassen wurde, ein Schismatiker, der nach Rußland zöge und in Esseg gewesen war, um seinen Besitz zu verkaufen.

Rittmeister Isakowitsch – meldete Schramm – reiste am dreizehnten September nach Leoben ab. Die Generalkommandantur sandte den Rapport nach Wien.

Wir wissen heute, daß die Angaben in diesem Bericht im wesentlichen stimmen.

Rußland kaufte zu jener Zeit tatsächlich Sensen und Sicheln in Graz. Und Isakowitsch wohnte im Haus des Eisenwarenhändlers Kleinstetter. Er ging auch in Graz spazieren.

Man muß sich nur fragen, wo er überall war.

Isakowitsch kam an dem genannten Tag aus Marburg nach Graz, als die Dämmerung niederging. Die Laternen wurden gerade angezündet.

Aus seinem Fenster im Hause des Eisenwarenhändlers sah Pavle die Stadt, die von einem Fluß durchschnitten wird. Die spitzen Dächer und die Türme der Barockkirchen zogen jedoch nicht seine Blicke auf sich. Auch die fernen Steirischen Alpen über der Stadt beachtete er nicht. Alles, was er in dieser Stadt zu sehen wünschte, lag auf der anderen Seite, auf dem Schloßberg. Dort befand sich das berüchtigte Gefängnis – die Kasematten, in die slawonische Offiziere aus Wiener Neustadt gebracht wurden.

Auf anständiges Bitten hatte Wolkow gestattet, daß Isakowitsch in Graz übernachtete, um sich den Schloßberg anzusehen und nach der Rückkehr darüber Bericht zu erstatten. Keyserling wurde nicht unterrichtet.

Es war jedoch auch vereinbart, daß der russische Gesandte seine Hände in Unschuld waschen und Isakowitsch fallenlassen würde, wenn ihm in Graz etwas zustoßen sollte. Wolkow gab offiziell nur die Einwilligung, Kleinstetter aufzusuchen.

Alles übrige müsse Isakowitsch mit Agagijanijan besprechen. Er sei ein Fachmann für Sicheln und Sensen.

Kleinstetter schätze ihn sehr.

So hielt es Isakowitsch in Graz für das klügste, am ersten Abend das Haus nicht zu verlassen. Er saß ohne Jacke am Fenster und rauchte. Am Fenster, damit ihn jedermann sah.

Auf der anderen Straßenseite saß unter dem Torbogen auf einem Schemel ein Flickschuster, der Schuhe besohlte. Und im ersten Stock tauchte in einem Fenster voller Blumen bisweilen eine junge Frau auf. Beide betrachteten neugierig den Gast im Nachbarhaus. Pavle verneigte sich, als ihm die junge Frau zulächelte.

Die schmale Gasse versank in Dunkelheit.

Isakowitsch bewohnte ein geräumiges Zimmer mit einem Fenster, das französisch »fenêtre en rotonde« genannt wurde und zu der Zeit sehr beliebt war.

Diese Fenster glichen verglasten Logen, in denen dem Betrachter nichts auf der Straße entging.

Junge und alte Frauen ergötzten sich an solchen Fenstern.

Kleinstetter ließ Pavle allein.

Er war ein älterer Mann mit einem Gesicht, wie es Eisenwarenhändler und Schmiede in fortgeschrittenem Alter haben. Braungebrannt, gerötet, ein struppiger Backenbart, blutunterlaufene Augen. Auf dem Kopf trug er eine Lederkappe. Obwohl Kleinstetter ein wohlhabender Mann war, arbeitete er den ganzen Tag in der Schmiede. Seine riesige Brille hatte er auf die Stirn geschoben. Er benutzte sie nicht, nahm sie aber auch nicht ab.

Kleinstetter sagte zu Pavle, daß er sich in seinem Hause gut ausruhen könne und daß ihn niemand belästigen würde. Er wolle ihn nicht einmal seiner Familie vorstellen.

Er erwarte ihn schon lange.

Der edle Herr Anastas habe ihm geschrieben.

Demnach scheint man in der russischen Gesandtschaft nicht gewußt zu haben, daß Kleinstetter die Polizei über seine Kunden informierte. Er war Pavle als Mann genannt worden, dem man voll vertrauen durfte.

Polizeimeister Schramm erfuhr jedoch nicht alles über den Aufenthalt des Rittmeisters.

Entweder sah und wußte Kleinstetter nicht, wohin Isakowitsch in Graz ging, oder er wollte es nicht wissen.

Am nächsten Tag bog Isakowitsch bei seinen Spaziergängen immer öfter in die Straßen ein, die zum Schloßberg führten. Er arbeitete zwar tagsüber um der Kurzweil willen am Blasebalg in der Eisenschmiede, schlich aber schon am zweiten Abend zum Schloßberg. Kleinstetter hatte an dem Tage zu Ehren seines Gastes persönlich eine Sichel und eine Sense geschmiedet, wie sie die Russen bestellt hatten.

Beide speisten heiter zu Mittag.

Nach dem Mittagessen übergab Kleinstetter seinen Gast einem Manne, der ihn als Stadtführer begleiten sollte.

Isakowitsch bemerkte schon am ersten Tag, daß ihn Spitzel verfolgten. Wenn er und sein Begleiter aus einer Kirche oder einer Bierstube kamen, lauerten sie an den Straßenekken.

Es waren drei.

Sie waren anständig gekleidet. Aber alle drei hielten einen Ochsenziemer in der Hand und beobachteten Pavle mit flackerndem Blick. Wenn er eine Straße entlangging, lehnten sie an den Häuserwänden.

Nach drei Stunden wurde ihnen die Verfolgung jedoch langweilig.

Pavle ging in einem Wirtshaus durch die Hintertür in den Garten. Es war nicht schwierig, durch das Gehölz, das den Hang erklommen hatte, den Weg zum Schloßberg zu finden. Auf dem Gipfel thronte drohend die Festung. Das berüchtigte Gefängnis.

Im Regen schlich Pavle bis zur Allee, die zum Wachtor führte.

Zu jener Zeit sangen die jungen Burschen in Neusatz – seit kurzem königliche Freistadt – ein Lied, in dem es heißt, daß das geliebte Mädchen wie ein Magnet ihren Verehrer anzieht. Auf Pavle wirkte das Gefängnis wie ein Magnet.

Pavle gelang es, sich bis auf zehn und weniger Schritte dem Tor zu nähern, vor dem er einen durchnäßten Soldaten der Schildwache erblickte.

Die Kasematten waren nicht mehr beleuchtet.

In den oberen Stockwerken waren die Eisengitter an den Fenstern noch bei Laternenlicht zu erkennen. Die Allee, die zur Zugbrücke führte, war menschenleer, und im Wachhaus unter der Torwölbung bewegten sich nur schattenhaft zwei oder drei Soldaten. Nachts schien die Zugbrücke nicht hochgezogen zu werden.

Die Brücke war befestigt, aber die Gebäude dahinter ähnelten barocken Wohnhäusern. Als sich Pavle näher an die Schildwache heranschlich, konnte er deutlich hören, daß eine Frau in einem Zimmer laut sang.

Ob der Hof befestigt war, vermochte Pavle nicht zu erkennen. Auf dem Hof liefen Männer und Frauen umher, offenbar mit häuslichen Arbeiten beschäftigt.

Ins Wachhaus gingen zwei Kinder.

Der Soldat der Schildwache stand da, als schliefe er.

Isakowitsch wußte nicht, wie viele Häftlinge und wie viele von seinen Landsleuten dort oben hinter Gittern dahinsiechten. Darüber wurde in der Engelschenke und auch in Temesvar unter Offizieren viel gemutmaßt. Alles mußte nicht wahr sein, aber vieles war zweifellos grauenvolle Wirklichkeit.

Unter den Eingekerkerten befand sich auch ein Verwandter Pavles. Und es hieß, daß niemand den Schloßberg lebend verlassen würde, auch nicht nach fünfzig Jahren.

Man erzählte, daß sich mehrere Häftlinge erhängt hatten.

Pavles Herz verkrampfte sich, jedoch weniger wegen des düsteren Anblicks, vielmehr beim Gedanken an die Gleichgültigkeit seiner Landsleute gegenüber dem Schicksal der Eingekerkerten. Er stand da und murmelte wie verzaubert etwas vor sich hin, während er auf die Gitter an den hellen Fenstern starrte.

Er wußte, daß manche dort oben in den Zellen lebendig begraben waren, nur weil sie wegen der Aussiedlung mit Russen korrespondiert hatten.

Und dennoch wurden die Männer, die man nach Graz gebracht hatte, schnell vergessen.

Man seufzte eine Zeitlang, bedauerte sie, aber das Leben ging weiter wie nach einer Beerdigung. Manche Frauen von Häftlingen heirateten wieder, und die Kinder wuchsen auf, ohne ihren Vater zu kennen.

Hier oben im Gefängnis bereiteten sich in dem Moment die lebendig Toten wohl darauf vor, sich hinzulegen und den Schlaf zu suchen. Der Schlaf ist der einzige Trost des Eingekerkerten, Pavle wußte das. Viele werden hier zehn, zwanzig, ja mehr Jahre verbringen. Sie werden sich in lebendige Skelette verwandeln. Und wenn man sie eines Tages begnadigt, werden sie das Gefängnis nicht mehr verlassen wollen. Wohin sollen sie gehen?

Sie werden sich an ihre Zelle, an den Brotkanten, an die Einsamkeit, an die Mäuse gewöhnen. Die Maus ist dort der einzige Freund und Besucher des Menschen.

Es werden viele Tage, Wochen, Monate, Jahre vergehen.

Eine Zeitlang wird man noch von ihnen, den Eingekerkerten, im unteren und oberen Sirmien reden. Man wird sagen, daß sie das nicht verdient haben, weil sie für das Kaiserreich kämpften und verwundet wurden. Für das Christentum. Und zum Lohn werden sie von Profosen geohrfeigt und in den Hintern getreten.

Pavle überlegte, was geschehen würde, wenn er hier vor dem Tor sein langgezogenes O ... o ... oj schrie.

Vielleicht würde er dort hinter den Gittern einen abgezehrten Häftling wecken.

Vielleicht würde man ihn hören.

Vielleicht ließen sie den Brotkanten fallen und teilten nicht mehr die Krumen mit den Mäusen und vertrieben nicht die Ratten von den Fenstern. Vielleicht stürzten sie zu den Gittern, um zu sehen, wer sie rief. Vielleicht glaubten sie, daß sie nicht vergessen sind, daß da jemand ist, der ihnen die Freiheit ankündigt. Aber vielleicht dächten sie auch, das alles wäre nur ein trügerischer Traum, und sie versänken wieder in ihre Gedanken, die im Gefängnis unablässig durch den Kopf schwirren wie im Fieberwahn.

Dabei brauchte nur jemand die Flure aufzuschließen, und

die Unglücklichen würden zu den Türen laufen und zum Gehölz und ins Tal, das sich bis nach Ungarn erstreckt. Man brauchte nur zehn bis zwanzig todesmutige Männer, um die Brücke anzugreifen, in die zwei Kanonenrohre eingegraben waren – wohl um Wagen an der Einfahrt zu hindern. Man brauchte nur die Wache zu überwältigen und mit Säbeln und Petarden ins Gouverneurszimmer einzudringen, wo sich die Schlüssel befanden. Alles könnte man in wenigen Minuten vollbringen.

Auf den Gängen könnte im Zweikampf nur ein Mann siegen. Auf dem Hof würden nur Tote liegenbleiben. Bis Alarm geschlagen würde, bis Verstärkung käme, könnten die meisten Häftlinge flüchten. Und Helfer könnten sie durch Ungarn und Polen nach Rußland führen.

Gewohnt, daß man ihnen Überfälle aus dem Hinterhalt auftrug, waren alle Isakowitschs auch zum wahnwitzigsten militärischen Abenteuer bereit. Pavle empfand sein Unvermögen, wenigstens etwas am Schicksal seiner Landsleute zu ändern, als so schmerzhaft, daß er beinahe aufschrie.

Seine Landsleute in der Engelschenke werden früher oder später nach Rußland gehen, sie werden feierlich ins russische Heer aufgenommen! Sie bekommen einen höheren Rang! Sie werden Majore, Oberste und Generäle.

Manche werden als Grafen und Fürsten sterben. Und auch denjenigen, die in Österreich bleiben, wird es wohl ergehen, wenn sie sich verstellen und klug wie die Schlangen sind. Sie werden heiraten, Kinder zeugen, zum Ritter des Maria-Theresia-Ordens erkoren werden. Sie werden Oberste, Generäle, Feldmarschälle!

Nur diese Unglücklichen hier oben, die sich auflehnten, die sich niemandem beugten, sie werden nie mehr die Sonne über Sirmien scheinen sehen und werden nie mehr über die grünen Wiesen reiten. Sie werden nie mehr den Mond über Peterwardein sehen. Nicht das Getreide wachsen sehen, nicht den roten Mohn im reifen Korn.

Sie werden für immer hier auf dem Schloßberg bleiben, lebendig in einem Grab.

Sie werden im Kerker sterben, ergraut, verwahrlost, wirr.

Es verwundert nicht, daß Isakowitsch an diesem Abend aufgebracht in Kleinstetters Haus zurückkehrte. Niemand wußte, wo er gewesen war.

Die Wolken waren so tief herabgesunken, daß ihn niemand sah.

Er konnte nicht einschlafen, als er sich gewaschen und hingelegt hatte.

Erst lief er im Zimmer hin und her wie ein Gespenst, dann murmelte er etwas vor sich hin, führte erregt Selbstgespräche, schließlich schrie er Jurat an, der sich in Temesvar befand.

Jurat lachte und fragte: »Ist das der Weg nach Rußland, Langer?«

Und Pavle schrie: »Zähle, Dicker, zähle! Wie viele von uns sind im Arrest? Wie viele von uns sind tot? Kannst du mir sagen, wie viele von uns in den Kriegen gefallen sind? Niemand in dieser Christenheit hat sie beweint. Mit unseren Schädeln kannst du eine Straße bis Venedig pflastern. Sie wird im Dunkeln weiß glänzen. Die Straße kannst du mit unseren Gebeinen bauen, nach dem Plan des Grafen Mercy!

Was meinst du, Dicker, wieviel Schmach uns zugefügt wurde, wie viele Frauen und Mädchen vergewaltigt wurden, wie viele Schwangere auf den Bauch geschlagen wurden? Erinnerst du dich an die Greise, die weinend vor dem Gefängnis in Komorn, in Marburg, in Saloniki und in Smyrna standen, und hat sich jemand erbarmt? Ihre Söhne sind niemals zurückgekehrt. Zähle sie, wenn du kannst. Wie viele waren es? Wie viele Mütter haben geschluchzt und geklagt, und wer hat sie gehört?

Wir haben dem christlichen Österreich treu gedient, gegen Venedig und gegen die Türkei gekämpft, wurden berühmt und haben uns ausgezeichnet und herausgeputzt. Alle die ruhmvollen Serben sind aber bloß gewöhnliche Söldner. War unser Verstand vernebelt? Nun, jetzt sind wir im Arrest, sogar in Haifa, sagt man. Und in Ägypten. Überall sind wir schuldig!

Dein Wachtmeister Pivar wird eher bis Triest zum Abendmahl gehen, ehe wir heimziehen. Wir dürfen, sagen sie, aber müssen griechisch singen. Alles bestimmen sie. Daß wir die

Häuser in einer Linie bauen und Maulbeerbäume pflanzen! Sie haben sogar über unsere Kirchen in unserem Serbien bestimmt, daß dort griechische Popen griechisch jaulen und Gott preisen, während wir serbisch nur Amen sagen dürfen.

Damit Gott auch ein Wort von uns hört.

Ja, mein Jurat, wie lange werden wir so weitermachen?

Da bin ich allein auf den Schloßberg in Graz gegangen, um meinem Herzen einen Wunsch zu erfüllen und über Joanowitsch zu weinen, der Vuk nach Rußland gerufen hat. Sie sagen, daß wir uns nicht beruhigen. Wie sollen wir uns beruhigen, Dicker? Das sind doch nicht wir, du und ich, die sich nicht beruhigen wollen, sondern unsere Knochen, die aus der Erde springen. In Italien und Frankreich, in Preußen und den Niederlanden, und bald auch schon in Rußland. Hat jemand die Arretierten begnadigt? Die Türken haben jetzt nur mehr die Bulgaren zum Abschlachten, und Maria Theresia bleiben nur mehr die Ungarn, die so gerne für sie in den Tod gehen. Aber wir lassen uns weiterhin für jeden schlachten und sterben für weiß Gott wie viele Herren. Sie sagen sogar, wir wären untreu, würden Verrat üben! Wir sind ein Wunder, wie man es nie gesehen hat, Jurat!

Die Serben sterben am Rhein, in der Lombardei, in Schlesien, wo man sie erfroren begräbt. Hast du nicht im Schnee gegen die Franzosen bei Prag gekämpft? Ich habe dort sieben Tote unbegraben liegenlassen müssen. Und wie viele von uns sind im gelben Laub und im Schnee liegengeblieben? Kannst du sie zählen? Um unser Serbien zurückzugewinnen, folgten wir österreichischen Generälen, die wie alte Weiber aussahen, wir drangen vor und zogen uns zurück. Sie belügen und betrügen uns! Jeder soll für Christus sterben, sagen sie.

Die Viehhändler in Temesvar erzählen, daß in unserem Serbien jetzt nicht einmal Vögel singen. Die Stille ist in den niedergebrannten Dörfern so groß, daß man nachts bloß Eulen hört. Serbien ist leer, Jurat. Schwarze Tücher findet man in unserem Crna Bara nicht auf dem Friedhof, sondern entlang der Wege, in den Ästen der Bäume. Die Leichen werden nicht mehr begraben, Hunde fressen sie auf.

Ja, Dicker, wenn wir nach Rußland ziehen, werden wir

keine Standarten vor uns hertragen, sondern ein schwarzes Tuch.

Solche Öde ist in Serbien, erzählt man, daß man eine Schlange über die Brandstätte kriechen hört. Sie ist das einzige Lebendige dort. Ja, Jurat, ich bin auch zum Schloßberg gegangen.

Wir haben den kaiserlichen Befehl befolgt, waren Engelshofen und Serbelloni gehorsam.

Ich war auch in Wien.

Wir baten den erlauchten Dogen in Venedig.

Wir warteten dem Pascha in Belgrad auf.

Jetzt bin ich unterwegs nach Rußland, Dicker. Ich gehe nach Rußland. Ich werde auch dich mitnehmen, und Ana, und Trifun, und Petar und Varvara.

Die Russen sagen, daß wir jetzt ihnen zu gehorchen haben und aufpassen müssen, was wir tun.

Von nun an werden wir gehorchen: Seiner Exzellenz Stepan Feodorowitsch Apraxin. Ihrer Kaiserlichen Majestät hochgebietendem General und Reichskommissar, Oberstleutnant der Leibgarde des Simenowsker Regiments und Ritter aller russischen Orden und unser gnädiger Herr!

Hörst du das, Dicker? Hörst du?«

Auf der Fahrt nach Leoben döste Isakowitsch in der Kutsche, als wäre er an dem Fieber erkrankt, das damals in seiner Heimat alle Menschen befiel. Er hatte einen heißen Kopf und murmelte ständig etwas vor sich hin.

Kleinstetters Kutscher gehörte zu den Bediensteten, die ihrem Herrn gleichen. Er war ein plumper, unfroher, schweigsamer Mann.

An Pavle zogen wieder Eichen, Buchen und Kastanien vorbei, und in der Ferne blieben die schneebedeckten Berggipfel zurück. Das Laub der Straßenbäume war dicht und tauchte die Kutsche immer häufiger in kühlen Schatten.

Am Wegrand blühten im Gras duftende Blumen.

Obwohl Pavle dem russischen Gesandten grollte, weil er ihn auf die Reise geschickt hatte, fand er im russischen Heer den einzigen Trost. Wie verhaßt ihnen Österreich auch in letzter Zeit sein mochte, die Isakowitschs und ihre Landsleute hatten sich nicht leichten Herzens zur Umsiedlung entschlossen. Die Bindungen an das österreichische Heer, mit dem sie Serbien verlassen und sich bis Buda und Gran zurückgezogen hatten, wurden nicht schmerzlos zerschnitten. Mit diesem Heer waren sie nach Belgrad vorgedrungen und hatten auf die Rückkehr gehofft, und sie haßten es erst, als sie erkannten, daß man sie belog und daß das Christentum und der Wiener Krieg lediglich eine grobe Täuschung waren.

Das russische Heer war erst unlängst so berühmt geworden wie das französische und preußische, und weil im Zarenreich der orthodoxe Glaube herrschte, wurde dieses Heer von den armen, gequälten Balkanvölkern mit einer Aureole versehen. Sobald Pavle daran dachte, daß er in dieses brüderliche Heer aufgenommen wurde, richtete er sich innerlich auf. Jetzt hatte er in seinem Leben einen Trost gefunden. Er blieb Kavallerist, und die Straße führte ihn trotz der Umwege nach Rußland.

Wenn ich auch sterben werde, dachte er, so sterbe ich bei einer Reiterattacke – durch die das russische Heer zu jener Zeit berühmt war – und nicht als zahnloser Tattergreis wie die Kaufleute und Händler in Ruma, Mitrowitz und Esseg.

Die Isakowitschs werden alle einen schönen Tod sterben.

Mit dem Gedanken schlief Pavle zufrieden ein, während die Pferde neben der Kutsche im Gras ausruhten.

Er übernachtete in Leoben, und am nächsten Morgen fuhr er zeitig weiter.

Es regnete, und als er sich Wien näherte, mußte er in leere Schenken einkehren, was jeden sehr traurig stimmt.

In Leoben hatte er wieder einen Traum, der sich später oft als Wachtraum wiederholte. Er träumte vom Grab seiner Frau, das er auf der Reise nach Ruma besucht hatte.

In Neusatz hatte er einen Tag in den Häusern der Senatoren Stritzeski und Bogdanowitsch verbracht.

Er war auch nach Peterwardein gefahren, um das Grabmal zu sehen, das seine Vettern über dem Grab seiner Frau errichtet hatten. Der Spitzel der Generalkommandantur, der ihn in Neusatz verfolgte, konnte nur melden, daß der Rittmeister in Peterwardein auf den Friedhof ging.

Sein Bericht wurde mit Erstaunen zu den Akten gelegt.

Pavle hatte das Grab seiner Frau nicht aus religiösen Gründen oder der Sitte gemäß besucht, sondern weil er diese Frau nun als Tote mehr liebte und bewunderte als in ihrem Leben. Und jetzt, unterwegs nach Wien, so fern von diesem Grab, fröstelte ihn.

Auch in seinem Traum schritt er schweigend durch die schmalen Gassen der Festung Peterwardein und sah schon von weitem den Friedhof.

Das Grabmal lag im Schatten eines Pflaumenbaums, das blaue Blechdach leuchtete durch das Geäst. Davor stand eine Bank inmitten eines Quadrats aus immergrünem Buchsbaum, und man blickte auf abgeerntete Felder und ferne Wälder und die Donauebene. Das Dach wölbte sich als Kuppel.

Pavle verweilte eine Zeitlang stehend, dann setzte er sich auf die Bank, streckte die Beine aus und schloß die Augen. Er spürte, wie ihm der sanfte Wind das Haar und die Wangen streichelte. Später pflegte er zu sagen, daß das der beste Lohn in seinem Leben war.

Ihn schauderte beim Gedanken, wie jetzt der Körper seiner jungen Frau aussehen mußte, aber das hinderte ihn nicht daran, sie im stillen zu umarmen und zu küssen, mehr als er sie im Leben geküßt hatte. Wenn er sich an Leichen erinnerte – und er hatte viele Leichen gesehen –, riß er entsetzt die Augen auf, faßte sich aber bald wieder. Alles um ihn herum kam ihm vor wie Staub und Asche, vergänglich wie dieser Sommer, der bald enden würde. Dieses Jahr war Pavle ständig unterwegs, und er spürte, wie der Sommer über die gemähten Wiesen und über die Dächer Peterwardein und über den Friedhof und über Sirmien hinwegging, über alle Länder und alle Reiche. In Temesvar war der Sommer noch heiß gewesen, hier brachte der Wind von der Donau schon herbstliche Kühle. Der Tod seiner Frau gehörte zur Vergänglichkeit all dessen, was in seinem Leben wirklich war. Temesvar, das sirmische Husarenregiment, der Grundbesitz, die Häuser, alles ließ er zurück, und nur die tote Frau begleitete ihn, wobei sie ihm Haar und Wangen streichelte. Seine Vettern hatten Kinder und glaubten, daß sich ihr Leben in den Kindern fortsetzen und somit ewig währen würde. Er bildete sich das nicht ein. Alles lebte für ihn nur im Traum weiter. Trotzdem verließ er Peterwardein nicht klagend. Im Gegenteil, er nahm die Lieder junger Burschen mit, die in mondhellen Sommernächten umherzogen und sangen. Den Gesang dieser jungen Burschen hörte er später auf seiner Reise, wenn er an seine Frau dachte.

Das zählte für ihn zum Schönsten auf der Welt.

Nach den Papieren, die in der Hinterlassenschaft des Leutnants Isak Isakowitsch gefunden wurden, befand sich Pavle am siebzehnten September 1752 wieder in Wien. Dieser Tag war dem heiligen Franziskus geweiht. Bei den Orthodoxen war es der vierte September, der Tag des Hieromärtyrers Babylas.

Zufälligerweise war es für die einen wie die anderen ein Freitag.

So wissen auch wir, wann es war.

Isakowitsch kehrte das letzte Mal nach Wien zurück, ohne unterwegs Unannehmlichkeiten erlebt zu haben.

In Leoben hatte man ihm ein Wunder gezeigt: eine Madonna, die an einem Tag im Jahr Tränen absonderte. Ihr Gesicht aus weißer Fayence gefiel Pavle, auch die Lilienkrone, die man ihr auf den Kopf gesetzt hatte. Ihre schwarzen Augen schauten ihn stumm an. Sie hatten etwas Heiliges.

Auch in Leoben, im Gasthof, wo er übernachtete, mußte er die Uhr hören, einen hölzernen Kuckuck, der im Dunkel die Stunden rief. Pavel dachte wiederum, daß die Zeit schnell vergeht und daß diese Uhr die Stunden auch dann verkünden wird, wenn er aus Leoben abgereist und selbst wenn er gestorben ist.

Die Landstraßen in Österreich waren damals schon in gutem Zustand, Pavle reiste bequem, sein Gepäck wurde nur einmal in Leoben durchsucht. Seine Antworten auf die Fragen, wohin und warum er reise, wurden notiert.

Bei der Abfahrt sah er auf dem Leobener Marktplatz etwas, was er nie vergaß. Man hängte einen Dieb. Einen Schneidergesellen, der ein Stück Tuch gestohlen hatte. Der schmächtige Mann sträubte sich und brüllte, so daß seine

Stimme die Trommelschläge und das Weinen der Frauen übertönte. Aus allen Fenstern in den umliegenden Häusern gafften Menschen, und ein Haufe drängte sich auf dem Marktplatz. Nach dem Brauch jener Zeit sprang der Henker von hinten wie ein Affe auf den Erhängten und schaukelte mit ihm, als läute er eine große stumme Glocke. Das Genick sollte möglichst schnell gebrochen werden.

Pavle war glücklich, Leoben zu verlassen, und reiste weiter nach Wien mit offenen Augen, die ins Leere starrten. Er brummte und murmelte etwas vor sich hin.

Die Reise endete jedoch gut.

Er fuhr die mit Obstbäumen bepflanzten Berghänge durch den Wienerwald hinab und erblickte vor der Stadt wie einen bunten Blumenteppich die Weinberge und Gärten mit weißen und roten Häuschen. Mehrere Schornsteine wurden von Storchennestern gekrönt.

Isakowitsch war in einem armen, rückständigen Land aufgewachsen und spürte, daß die Unwissenheit, die Roheit und der Analphabetismus in seiner Heimat nicht gut waren, daß ein aufgeklärtes Land besser war, obwohl er nicht alles in Österreich billigte und manches widerwärtig und dumm fand.

Er wurde bei der Einfahrt in die Stadt angehalten, durfte aber gleich weiterfahren.

Seine Papiere, an denen große Siegel hingen, waren in Ordnung.

In Wien überraschte ihn ein Regenschauer, so daß es von der Kutsche tropfte, als er vor dem Gasthof »Zum goldenen Berg« ausstieg. Zum großen Erstaunen der Hoteldomestiken, die eine Leiter herbeigeschafft hatten, um das große Gepäck vom Wagendach herunterzuholen, erklärte der Edle Isakowitsch, er besäße kein solches Gepäck. Er habe lediglich eine Ledertasche, die ihm Agagijanijan besorgt hatte, und einen Säbel.

Da er unangemeldet im Gasthof ankam, war kein Zimmer frei. Man gab ihm vorläufig ein Stübchen im Hof und bestellte ihm einen Friseur.

Der abschüssige Hof glich einer breiten Pyramide und war mit roten Ziegelsteinen gepflastert. Pavle verbrachte mehrere Stunden in der Küche, die zugleich Speiseraum war. Dorthin führte zwischen Eisengeländern eine steile Steintreppe. Später erhielt er ein hübsches, französisch eingerichtetes Zimmer über dem Eingang.

Es enthielt drei Spiegel.

Pavle kam es vor, als würde Frau Evdokija durch die Spiegel treten, hinter denen sie gewartet hatte.

Schon am nächsten Morgen suchte Pavle den Zweiten Sekretär des Grafen Keyserling auf. Er legte einen in holprigem Deutsch verfaßten Bericht über den Zustand an den Südgrenzen des Reiches vor, den Baron Asch – der Sekretär Tschernews – abschrieb und für den Gesandten stilisierte.

Nach zwei Tagen wurde Pavle bei Keyserling vorgelassen.

Der Graf war diesmal nicht festlich gekleidet und ordensgeschmückt, sondern trug zu Pavles Erstaunen einen Morgenrock. Seine nackten, behaarten Beine steckten in einem Scheffel, und er nieste unablässig. Während der gesamten Dauer der Audienz behielt der Gesandte die Beine im dampfenden Wasser, und ein Lakai rasierte ihn.

Keyserling empfing diesmal Isakowitsch überaus gnädig.

Er habe ihn sogleich erkannt, sagte er.

Wolkow und Isakowitsch durften sich setzen.

Wolkow setzte sich hinter Pavle, einen Stoß Papiere in den Händen haltend.

Keyserling sagte: »Ich habe Seinen Rapport gesehen und bin zufrieden. Er vertritt zwei Gesichtspunkte, wie ich sehe. Erstens, daß die österreichische Seite der Grenze gut bewacht wird, und zweitens, daß das gegenüberliegende türkische Ufer schwach befestigt und leer ist. Mir gefällt, wie Er eine Festung auf einer Insel beschreibt – den Namen habe ich vergessen –, und mir gefällt auch die Liste mit den Angaben über die Offiziere. Hat Er noch etwas mündlich hinzuzusetzen?«

Isakowitsch sagte nun, nachdem er sich erhoben hatte, er möchte untertänigst hinzufügen, daß es ihm so vorkomme, als wäre auch die türkische Seite auf ihre Weise gut befestigt. Auch dort gebe es viele Soldaten, obwohl sie nicht in Uniformen steckten. Und das ganze türkische Flußufer sei eine natürliche Fortifikation.

Das Übersetzen über die Save erscheine auf den ersten Blick leicht, würde aber Österreich in den folgenden Tagen teuer zu stehen kommen und verlustreich sein.

Keyserling betrachtete Pavle freundlich, während er sich den Schweiß von der Stirn und der großen Nase wischte. »Heißt das – in ultima analysis – daß Er als ehemaliger österreichischer Offizier meint, Österreich müßte im Falle eines Krieges mit der Türkei viele Truppen an die Grenze bringen?«

Isakowitsch antwortete: »Ja, gnädigster Graf!«

Keyserling schüttelte den Kopf und brummte: »Schön! Schön!«, und dann, nachdem er Wolkow angesehen hatte: »Choroscho! Choroscho!«

Während er in Papieren auf dem Tisch wühlte, den man ihm hingeschoben hatte, fuhr er fort: »Mir scheint, daß es in Seinem Rapport auch eine Veränderung gibt. Bisher hat Er stets behauptet, die gesamte Bevölkerung dieser Grenzgebiete würde gemeinsam mit ihren Offizieren gern nach Rußland ziehen, und jetzt sagt Er, daß die Umsiedlung nach Rußland nicht mehr populär ist und daß nur wenige Offiziere einen Paßport beantragen. Woher kommt dieser Sinneswandel?«

Isakowitsch strich über seinen blonden Schnurrbart, der an dem Tage besonders stark parfümiert war, und sagte, das komme daher, daß jetzt in Wien der Metropolit mehr Einfluß besitze als die russischen Herren. Die Offiziere würden abgeschreckt. Viele befänden sich in Arrest. Die Todesstrafe sei eingeführt worden. Und die Kirche verbreite das Gerücht, daß es den Serben bald besser ergehen würde und daß sie sich nicht von Wien trennen sollten. Man solle in Österreich zum Wohle des serbischen Volkes arbeiten, sage der Metropolit. Die große Umsiedlung, die wie ein Sturmwind angefangen habe, verwandele sich jetzt in die Flucht einiger unglücklicher Offiziere, und Oberst Horvat, der aus Rußland gesandt wurde, sammele mit unerlaubten Mitteln Menschen auf österreichischem Gebiet. Die Offiziere in Esseg meinten, die russische Hilfe müßte sichtbarer sein!

Kaum hatte er das ausgesprochen, schlug Keyserling mit der Faust auf den Tisch und schrie, daß er keine Ratschläge brauche! Sondern nackte Fakten verlange! Der Rittmeister habe ihn davon überzeugen wollen, daß die gesamte Bevölkerung gern ziehen würde, daß Hunderte Offiziere aufbrechen wollten, und jetzt ändere er seine Aussage. Warum?

Isakowitsch spürte im Rücken Wolkows Hand.

Er nahm Habachtstellung ein und antwortete ehrerbietig. In den Gebieten an der Grenze tauche der Gedanke auf, es wäre Unglück genug gewesen, daß sie Serbien mit den Österreichern zusammen hatten verlassen müssen, aber es wäre ein noch größeres Unglück, wenn sie nach Rußland zögen, woher sie nie mehr zurückkehren würden. Wenn Seine gräfliche Exzellenz es gestatte, werde er etwas vortragen, was er von seinem ehemaligen Oberkommandierenden, Feldmarschalleutnant Baron von Engelshofen, gehört habe. Er habe ihm folgendes gesagt: Graf Bestuschew erweise Österreich einen Dienst, wenn er die Serben nach Rußland hole, denn Österreich werde in die leeren Grenzgebiete sehr gern Deutsche aus dem Rheinland und aus Lothringen ansiedeln. Diese Ansiedlung habe schon begonnen.

Unter den serbischen Offizieren rufe das große Besorgnis hervor.

Und zu gleicher Zeit habe Österreich damit begonnen, ihnen Besitz und Adelstitel zu verleihen, wenn sie auf die Übersiedlung nach Rußland verzichteten.

Keyserling sagte, daß er darüber unterrichtet sei.

»Er kann jetzt aus Wien aufbrechen!

Er wird alle notwendigen Papiere für sich und Seine Familie erhalten, und die russische Mission in Tokaj wird über Seine Ankunft informiert. Ich gebe Ihm ein Empfehlungsschreiben für den General en chef Pjotr Spiridonowitsch Sumorokow, der Mitglied im Petersburger Militärkollegium ist, und auch eine Empfehlung für den General en chef Stepan Feodorowitsch Apraxin, den Vizepräsidenten. Ich hoffe, daß Er sich in Rußland meines Vertrauens als würdig erweist.«

Der russische Gesandte in Wien gab allen Offizieren, die nach Rußland gingen, solche Empfehlungsschreiben, tat aber so, als erweise er Isakowitsch eine besondere Gnade.

Isakowitsch verneigte sich nun und verließ rückwärts, wie es die Etikette vorschrieb, den Salon. Da hielt ihn Keyserling noch einmal auf. Zu Wolkow gewandt, sagte er:

»Bevor der Rittmeister abreist, soll er auf jeden Fall erst Tschernew konsultieren. Vielleicht sollte man ihn doch nach Montenegro schicken?«

Pavle erstarrte, als er das hörte.

Keyserling fragte ihn noch: »Woher kommt es, daß Er bei Seinen Landsleuten so verhaßt ist? In der Kanzlei häufen sich die Denunziationen über Ihn. Der Sekretär des Metropoliten droht, auch mich zu verklagen, da ich eine Familie nach Rußland lasse, die den heiligen rechten Glauben verraten habe und zur Kirche der Unierten übergetreten sei. Ich möchte alle Schismatiker schützen, aber das ist schwer. Unter ihnen gibt es viele Denunzianten. Erkläre Er mir das!«

Pavle lächelte und sagte, daß die Sache, sofern es die Isakowitschs betreffe, einfach sei. »Wir wurden ins österreichische Heer aufgenommen, als wir noch jung waren. Noch ledig. Und als wir in Österreich heirateten, fragten wir nicht nach der Religion, sondern nach der Schönheit unserer Frauen. Was sie für ein Gesicht und für einen Hintern haben.

Wegen dieser Mischehen hassen uns die rechtgläubigen Mönche und die katholischen Patres. Und der Metropolit haßt uns wegen der Ansiedlung.

Wir sind alle seit eh und je rechtgläubig.«

Keyserling nieste und sagte belustigt: »Ich meine ebenfalls, bei einer Frau ist nicht die Religion wichtig, sondern die Figur.« (Pavle hatte auch Figur sagen wollen, aber Hintern gesagt.)

Er wünschte eine glückliche Reise.

Keyserling war jetzt wieder so gut gelaunt, daß er mit den Armen zu fuchteln begann und Pavle mit dem Handtuch winkte, das er vom Kopf genommen hatte.

Der Graf erwies sich als völlig kahlköpfig.

XVI

Niemand kennt Joan Tekelija

Im Herbst des Jahres 1752 oblag dem Ersten Sekretär Tschernew die Erledigung der Formalitäten bei der Umsiedlung von Serben. Die Korrespondenz mit Vasilije, Bischof der Montenegriner, führte jedoch der Zweite Sekretär Wolkow. Zufälligerweise mußte er sich auch mit den Papieren für die Ausreise der Familie Isakowitsch befassen.

Nachdem Pavle nach Wien zurückgekehrt war, erledigte Wolkow alles sehr schnell, und Pavle sollte in wenigen Tagen nach Rußland aufbrechen.

Die Ausstellung der Pässe für alle Isakowitschs wurde im Hause des Bankiers Koptscha gefeiert.

Die Offiziere in der Engelschenke priesen nun Wolkow als neuen Beschützer der Serben. Gegenüber Isakowitsch hatte sich Wolkow jedoch in den letzten Tagen stark verändert.

Isakowitsch war ebenfalls verändert.

Er lief leicht gebeugt, hatte trübe Augen und sprach leise.

Er bewegte sich müde und zuckte manchmal unverhofft zusammen.

Isakowitsch hielt Wolkow mehrmals vor, daß es eine Schande sei, wie sich beide Reiche gegenüber den serbischen Offizieren verhielten, wie man ihre Abreise hinauszögerte und erschwerte. Warum lasse man sie wochen- und monatelang warten? Ihre Papiere seien in Ordnung.

Wolkow erwiderte: »Auch die Österreicher haben Papiere.

Die Papiere heben sich gegenseitig auf.

Auch mit amtlichen Papieren kann man in Arrest kommen!«

Im September dieses Jahres wurden die Vorgänge um die serbischen Aussiedler immer verworrener, selbst Maria Theresia, die Kaiserin, schaltete sich mehrmals ein. Die Hofkanzlei warf nun auch Keyserling die Hilfe für die Serben vor. Zur Unterstützung wurde der Metropolit Pavao nach Wien gerufen.

Und am wahnwitzigsten war, daß Pavle mit seinen Berichten über das Grazer Gefängnis manche Offiziere im Gasthof aufgewiegelt hatte und selbst nicht von dem Gedanken abließ, die Russen sollten mit einem Dutzend Offiziere einen nächtlichen Überfall auf die Festung wagen, um diejenigen zu befreien, die unschuldig im Kerker schmachteten. Wolkow war über diese Pläne höchst verwundert.

Isakowitsch beteuerte, daß die Männer unschuldig waren und nur auf den Schloßberg gebracht wurden, weil sie mit den Russen korrespondiert hatten, und Rußland würde sie jetzt im Stich lassen. Man könnte leicht in die Festung eindringen und die befreiten Gefangenen über Ungarn nach Tokaj in die russische Mission bringen.

Er wies auch Pläne vor, die er selbst angefertigt hatte.

Die Wachen könnten mühelos überwältigt werden.

Und auf dem Festungshof würden nur Tote zurückbleiben.

Wolkow war des Geschwätzes allmählich überdrüssig und konnte es kaum erwarten, Isakowitsch nicht mehr zu sehen. »Der russische Gesandte«, sagte er, »hat andere Mittel, um denen zu helfen, die um Rußlands willen leiden.

Darum braucht sich niemand zu sorgen.

Ich habe Ihnen doch schon erklärt, daß Ihr Plan völlig aberwitzig ist und keinen Erfolg hätte.

Sie wollen den Eingang mit dem Säbel nehmen und vergessen die Artillerie, die Königin der Waffen. Sie kennen die Befestigungen nicht. Man würde nur Alarm auslösen. Schon auf der ersten Brücke würden alle getötet, und die Brücke wird übrigens nachts hochgezogen. Schon im ersten Hof würden alle ins Kreuzfeuer geraten.«

Wenn Pavle wegen seiner Papiere die Gesandtschaft aufsuchte, redete er jedoch stets von neuem über seinen Plan. »Ich bin Witwer«, sagte er. »Ich hinterlasse niemanden, der betteln gehen müßte. Ich scheue den Tod nicht. Und ich würde in der Engelschenke ein Dutzend Männer für das Unternehmen finden.«

Dreist, aber mit einem höflichen Lächeln, erklärte er ein andermal: »Ich weiß vielleicht nicht, was eine Enfilade ist, und ich kenne nicht die Befestigungen, aber auch ich bin in militärischen Dingen nicht ganz unerfahren. Ich war als Soldat nicht taub und blind. Zum Beispiel habe ich gelernt, daß die Wachen in der Türkei nie schlafen, aber in Österreich schlafen sie. Die Preußen schließen immer die Tore, die Österreicher vergessen das oft. In den Kriegen, an denen ich teilgenommen habe, wurden mehrere österreichische Generäle wegen Kapitulation gehängt. Seine Wohlgeboren scheinen nicht zu wissen, was eine Petarde ist. Eine Petarde in einer starken Faust öffnet jede Tür. Mit Petarden könnten die Männer ganz bestimmt bis zu den Gefangenen vordringen.«

Wolkow entgegnete ärgerlich: »Sie kennen nicht das Tor in Graz. Sie wissen nicht, daß es nur scheinbar verlassen ist, aber für ein Kreuzfeuer gebaut wurde, durch das niemand hindurchkommt. Herr Rittmeister, Sie sind zu selbstgefällig. Niemals habe ich selbstgefälligere Offiziere als die serbischen gesehen.«

Isakowitsch entgegnete ihm, während er sich über den Schnurrbart strich: »Ich werde Seiner Wohlgeboren sagen, warum. Kennen Sie Joan Tekelija? Haben Sie von Joan Tekelija gehört? Nein? Sie haben aber bestimmt schon vom großen Heerführer Prinz Eugen von Savoyen gehört?

Ganz Europa kennt ihn!

Jeder weiß, daß er der Mann ist, der Europa vor den Türken gerettet hat!

Er hat Wien gerettet und Belgrad befreit.

Beinahe wäre er bis Istanbul vorgedrungen!

Jeder hat gehört, wie genial er das türkische Heer bei Senta vernichtet hat.

Aber niemand hat etwas von Joan Tekelija gehört!

Prinz Eugen hatte wirklich das türkische Heer aus Ungarn verdrängt, und er schien die Türken nach Asien zu jagen, blieb aber dann bei Senta stehen.

Weiter kam er nicht.

Die türkischen Armeen hatten vor ihm die Theiß erreicht und waren ins Temeser Banat übergesetzt. Die Türkei war vorläufig gerettet. Sie konnte die Wiederaufnahme des Krieges ruhig abwarten. Zwischen den österreichischen Generalen mit den Pfauenfedern am Hut und der türkischen Armee floß die breite Theiß, flimmerten nachts endlose Sümpfe, breiteten sich Moor und Ried aus. Es ging nicht weiter.

Der Prinz war stehengeblieben.

Nach tagelangen Beratungen mit seinem Offiziersstab beschloß der Heerführer abzuwarten.

Und niemand wußte, was der Morgen bringen würde.

Joan Tekelija und seine serbischen Reiter waren anderer Meinung. Er schlug vor, die Theiß zu überqueren, nachts bei Sternenlicht durch den Fluß zu gehen. Mit seinen Reitern führte er die österreichischen Truppen durch Wasser und Sumpf, wobei er sich nach den Sternen richtete.

Im Morgengrauen tauchten sie unerwartet im Rücken der Türken auf.

Prinz Eugen errang einen überwältigenden Sieg.

Alle rühmen jetzt den großen General, den Prinzen, den Kriegsgott, das Idol Europas, aber niemand kennt den Mann, der ihm den Sieg erst ermöglichte und der in dieser schrecklichen Nacht die Armee durch die Dunkelheit über den Fluß führte.

Tekelija wußte den Weg nach den Sternen zu finden.

Prinz Eugen von Savoyen richtete sich nur nach militärischen Karten.

Tekelija durchschwamm die Theiß auf dem Rücken seines Pferdes.

Prinz Eugen hatte vor dem Fluß angehalten.

Ohne Tekelija hätte Prinz Eugen im nächsten Jahr nicht in die Türkei ziehen können.

Ohne Tekelija würde die Türkei noch Jahrhunderte überdauern.

Ist es etwa kein Unrecht, daß niemand den Namen Tekelija kennt?

Österreich hat Tekelija niemals erwähnt. So ist er jetzt in Rußland. Aber wenn auch der Name Tekelija in den österreichischen Armeen nicht bekannt ist, wir, die Isakowitschs, tragen diesen Namen in unserem Herzen und werden ihn dort bewahren, solange einer von uns auf dieser Welt ein Pferd sattelt.

Seine Wohlgeboren wissen jetzt, woher bei den Serben, bei den sirmischen Husaren, diese Selbstgefälligkeit herrührt. Wenn wir Isakowitschs in Temesvar an den Kürassieren vorbeigehen, die mit großen Helmen herausgeputzt sind und damit die Kinder erschrecken, stoßen wir uns an und räuspern uns.

Und mein Vetter Jurat gibt manchmal auch andere Laute von sich, um den Lügnern und Angebern unseren Spott und unsere Verachtung zu zeigen.«

Wolkow tröstete Pavle, daß jeder Sieg gewöhnlich das Werk eines unbekannten Mannes sei. Und daß die Isakowitschs im russischen Heer Gelegenheit hätten, auch ihren Namen in den Ruhmeskranz zu flechten, den Tekelija schon gefunden habe.

Nach diesem Streit beeilte sich Wolkow, Isakowitsch die notwendigen Papiere auszustellen. Der russischen Mission in Tokaj schrieb er: »Isakowitsch ist ein Mann, der auch in Rußland kaum Erfolg haben wird, denn er ist ein notorischer Melancholiker, weiß es nur selber nicht.

Und zeigt es auch nicht gleich.

Die Melancholie überfällt ihn jedoch immer wieder.

Er ist eingebildet, will andere belehren, spielt den Propheten und möchte die Welt neugestalten, ist aber nur fähig, über Hindernisse zu reiten. Er hatte sich weder der Wiener noch der ungarischen Lebensweise anzupassen gewußt. Man weise den Kommandanten von Kiew darauf hin, daß die Offiziere, die ins russische Heer eintreten, kräftige und ehrliche Männer sind, die jedoch nicht die Vergangenheit vergessen können.

Sie sind seltsam! Sie klagen unaufhörlich.

Anfangs freuen sie sich maßlos, wenn sie ihren russischen Brüdern begegnen. Sie möchten sich dem russischen Lebensstil annähern und so werden wie die Russen. Aber wenn erst mal ihr Wunsch in Erfüllung gegangen ist und sie russische Offiziere geworden sind, läßt ihre Begeisterung schon in Wien nach.

Sie vermögen nicht in unserer Zeit zu leben.«

Am Abend vor Maria Geburt, am Mittwoch, dem achten September 1752, brach Isakowitsch in Wien auf, um mit Wolkows Papieren im Ärmel nach Rußland zu ziehen.

DRITTES BUCH

I
Isakowitsch verläßt das kaiserliche Wien

Auf der Flucht vor sich selbst und vor der Frau, der er auf dem Weg nach Rußland begegnet war, hatte Isakowitsch, als er im August 1752 zum erstenmal Wien verließ, um sich wegen seiner Mission nach Mitrowitz zu begeben, nicht von Frau Evdokija Abschied genommen. Auch nach seiner Rückkehr hatte er sich vor ihr verborgen gehalten. Ohne die Familie fühlte er sich in der Fremde völlig verloren, wußte nicht mehr, was gut, was böse war.

Als er sich anschickte, das kaiserliche Wien für immer zu verlassen, war er wiederum entschlossen, Evdokija nicht mehr zu sehen.

Aber je näher der Tag der Abreise rückte, desto törichter erschien ihm sein Vorsatz. Ob er wollte oder nicht, Evdokija war in dieser großen Stadt das einzige menschliche Wesen, an das ihn unlösbare Bande fesselten. Sie war pro forma – wie Jurat gesagt hätte – die Frau von Major Joan Bozitsch, doch vor Gott, nicht vor den Menschen, war sie die Seine.

Außerdem schämte er sich bei dem bloßen Gedanken, seine Landsleute könnten von ihm sagen, er sei aus Angst vor dem Ehemann heimlich nach Rußland entwichen.

In diesen letzten Wiener Tagen bewegte sich Isakowitsch wie mechanisch unter den Menschen.

Plötzlich tat ihm Evdokija sogar leid.

Trotz allem empfand er große Zärtlichkeit für sie.

Er beschloß also, sie zu besuchen und ihr vorzuschlagen, daß sie Bozitsch verlassen und zu ihrem Vater nach Buda zurückkehren solle.

In der Hoffnung, daß sie, gekränkt durch sein Verhalten, ihn dennoch nicht empfangen würde, schickte er ihr durch Agagijanijan einen Brief und Konfekt in einer Schachtel mit seinem Namenszug in Seidenstickerei. Er bat sie um Nachricht, wann er Visite machen dürfe.

Anstelle Evdokijas antwortete Bozitsch:

Er wolle keine umständliche Korrespondenz, sondern lade Pavle am Tag der Märtyrerin Kleopatra, einem Sonntag, zu sich nach Leopoldstadt zum Abendessen ein. Man werde ein wenig Pharao spielen.

Für Isakowitsch war dieser Sonntag der Tag des Märtyrers Autonomus, aber er kannte dessen Martyrium genausowenig wie Bozitsch das der heiligen Kleopatra. Die Märtyrer und ihre Leiden wechselten und gerieten in Vergessenheit.

Für beide war es Sonntag, für den einen der zwölfte, für den anderen – nach dem Wiener Kalender – der fünfundzwanzigste September des Jahres 1752.

Ein schwülwarmer, wolkiger Tag, der mit einem Unwetter endete.

Agagijanijan brachte Pavle gegen Abend zu Bozitsch.

Isakowitsch kam sich vor wie ein Pferd, das bisher auf deutsches Kommando gehört hatte und nun nach russischen Befehlen exerzieren sollte. Wolkow hatte ihm Agagijanijan mit seiner Karosse geschickt.

Am Mittag desselben Tages war Pavle zum Abschiedsessen bei seinem Verwandten Koptscha. Sie regelten ihre Geschäfte. Die Rechnungen des Verwandten waren gepfeffert. Koptscha bedauerte, daß so viele serbische Offiziere das Kaiserreich verließen, tröstete sich aber, daß sie das von Peter dem Großen geschaffene Zarenreich stärken würden. Er hielt die Griechen für die größten Helden Homers, die Serben betrachtete er als Trojaner. Der Bankier war in letzter Zeit unpäßlich, weise und belehrend, wie es kranke alte Menschen oft sind. Er erzählte, er habe Pavle Wagen und Kutscher besorgt, die ihn nach Raab bringen sollten, von wo er mit dem Wagen des Kaufmanns Kretscharewitsch nach Buda zu Trandafil weiterreisen würde. Alles würde laufen wie geschmiert: »Wenn sich in der Welt die Räder drehen, dann ist es das rollende Geld, das sie in Bewegung setzt.«

Koptscha erzählte Pavle auch, daß sich Bozitsch nach seiner Entlassung aus dem Arrest nach ihm erkundigt und daß Evdokija wie närrisch beim »Engel« nach ihm gesucht hatte – so wußten die dort verkehrenden Offiziere zu berichten.

Er riet Pavle, vor Bozitsch auf der Hut zu sein. Der

schrecke vor nichts zurück, auch nicht vor Mord. Kaum aus dem Arrest zurückgekehrt, habe er die eigene Tochter in ein katholisches Kloster gesperrt, weil sie angeblich gewissen Offizieren nachgelaufen war.

Weil er den Rittmeister Joan de Runitsch für den Denunzianten hielt, der seine Festnahme bewirkt hatte, war er in einer der dunklen Gassen um den »Engel« mit seinem Wagen über den Unglücklichen hinweggerollt. Der Rittmeister war zwar gottlob am Leben geblieben, aber mit einem Beinbruch und Rippenprellungen. In dem davonstürmenden Wagen wollte Runitsch einen Diener Bozitschs erkannt haben; dieser aber behauptete lachend, der Rittmeister habe sich im Mondschein geirrt. Koptscha beschwor seinen Verwandten, keine Visite bei Bozitsch zu machen.

Aber am Abend jenes Tages machte sich Pavle doch auf den Weg.

Er war schweigsam und richtete kaum das Wort an Agagijanijan. So fuhren sie bis zur grünen Leopoldstadt. Auch Agagijanijan bemerkte lediglich, der Major sei seit seiner Entlassung hoffärtiger denn je. Er käme mit zwei Begleitern zum »Engel«, stelle den Passanten Beine, provoziere, sorge täglich für Schlägereien. Er verkündete lauthals, die unglückliche serbische Nation habe vor den Türken, diesen Asiaten, bei Maria Theresia Zuflucht und im kaiserlichen Wien ihr Glück gefunden. Für Kroatien und Serbien und alle slawischen Regionen sei Österreich der Vogel Phönix! Pavle hörte dem Armenier kaum zu; er war eher traurig als besorgt. Angst hatte er keine. Die sirmischen Husaren hatten in den vergangenen Kriegen so tief in Blut gewatet, daß sie auf Schläge, ja auf den Tod stets gefaßt waren. Am Leben lag ihnen nicht mehr viel. Wenn er auch keine Angst hatte, so schämte sich Isakowitsch doch, weil seine Landsleute Prügeleien in Wien anzettelten und einander nach dem Leben trachteten. Weil sie, ihrer nur ein paar hundert, diese fröhliche Stadt zum Irrenhaus gemacht hatten. Weil sie von den freundlichen Wienern gemieden wurden wie Aussätzige. Er war bereit, Bozitsch in die Augen zu sehen und alles zu gestehen, was sich mit Evdokija zugetragen hatte. Daß es gekommen war wie Regen im Frühling. Er fühlte keinen Haß gegen den Ehemann.

Aus seiner Umgebung ließen sich so viele Offiziere auf der Reise, in einer Herberge, mit fremden Frauen auf eine Sache ein, die Serbellonis Kürassiere »Amour« nannten. Und nach einer stürmischen Nacht, in der man zu zweit das Feuer geschürt hatte, rannte man wieder auseinander. Was war schon dabei?

Pavle wußte aber auch, daß Frau Evdokija vielleicht sein Kind unter dem Herzen trug. Denn obgleich es damals viele Damen in Wien gab, die es so einzurichten wußten, daß der Mann nichts erfuhr und daß sie auch nach einer solchen heißen Nacht nicht schwanger wurden – unter seinen Landsmänninnen waren solche Frauen selten. Die Liebesnächte in seiner Nation hatten stets eine Niederkunft zur Folge. Und die unglücklichen Weiber, die unfruchtbar waren, hatten ein trauriges Leben.

Isakowitsch hätte die heißblütige Evdokija, die sich ihm so schamlos an den Hals geworfen hatte, nicht sitzenlassen, falls sie schwanger war und zu ihrem Vater zurückkehrte. Aber er wünschte sich sehr, daß sie nicht empfangen hatte und daß sie ihn allein nach Rußland ziehen ließ. So sind eben die Witwer.

So fuhr Pavle weniger um seiner Liebe willen zu Bozitsch als in dem Wunsch, nicht als Feigling dazustehen. Denn obwohl diese Offiziere aus den serbischen Grenzmilizen schon aufgeputzt umherliefen wie die Kürassiere: in ungarischen Stiefeln, in Hosen aus weißem Leder wie die Preußen, in blauen Uniformröcken, den französischen Dreispitz auf dem Kopf, waren sie im Grunde ihres Herzens dieselben geblieben, die sie bis vor kurzem in ihrem heimatlichen Serbien gewesen waren.

Mit Schande konnte man nicht leben.

Sie hatten noch die Lieder auf den Lippen, die davon sangen, wie Bakitsch und Monasterlija vor ihren Heeren mit den Türken kämpften. Selbst der dümmste Husar in Jurats Schwadron hätte keinen Spaß mehr verstanden, wenn man ihm gesagt hätte, er könne kein zweiter Milos sein. Sie wiederholten den traurigen, gedehnten Refrain der Totenklage für Milos, und keiner unter ihnen hätte den Gedanken ertragen, nicht Milos sein zu können.

Das bedeutet nicht, daß Isakowitsch Streit mit Bozitsch suchen wollte.

Im Gegenteil, seine Gedanken schienen plötzlich durch einen Jasminhain im Mondlicht zu wandeln. Er mußte an Bozitschs Tochter Thekla denken, die ihm seit jener Reise in lieber Erinnerung war. Er hörte hinter sich ihr Lachen, aber als er sich umwandte, war da natürlich niemand, nur in der Ferne die anderen Wagen auf der Straße.

Vor der Einfahrt in eine Kastanienallee sagte Agagijanijan, sie seien angekommen.

Bozitsch behauptete, dieses Haus in der Leopoldstadt für seine Frau gekauft zu haben, aber Agagijanijan wußte, daß es in Wirklichkeit dem Veterinär des Grafen Pahr gehörte, der di Roncalli hieß. Er und Bozitsch hatten gemeinsame Geschäfte, irgend etwas Außergewöhnliches, aber keineswegs sauber.

Pavle erblickte am Ende der Kastanienallee, die auch tagsüber dunkel war, das hellerleuchtete Haus. Die Laternen hingen wie Trauben daran.

Hinter diesem Haus konnte man weit bis zum Fuß der Hügel blicken, wo die Donau wie im Mondlicht flimmerte. Am jenseitigen Ufer gingen die grünen Hügel in noch dunklere Vegetation über.

Isakowitsch glaubte dort bereits Regen zu sehen.

Über der Leopoldstadt lag noch das Licht der letzten Sonnenstrahlen, sie waren wie Pfeile, an denen Regentropfen glänzten. Als sie vor Bozitschs Haus anhielten, brach sich die Sonne Bahn durch eine düstere Wolkendecke.

Agagijanijan sagte, er könne nicht mit ins Haus kommen, sondern müsse zu Wolkow zurückkehren, der ausfahren wolle. Er würde Pavle später abholen. Das sei ein Befehl, ein russischer Befehl.

Die Hand auf dem Säbelknauf unter der Pelerine, machte Pavle ein, zwei Schritte auf das Haus zu, das still war wie ein Toten- oder ein Arresthaus. Aber als er vor dem Tor stand, schien das Haus zu erwachen – das von wilden Rosen umrankte Tor öffnete sich, und Pavle wurde von Bozitschs Husaren empfangen.

Er neigte den Kopf, um nicht gegen den Torbalken zu

stoßen. Der Husar, der ihm geöffnet hatte, erklärte, er werde bereits erwartet.

Beim Eintreten sah Pavle zufällig die Hand dieses Mannes, behaart, riesig, knotig, und dachte, daß sie sehr gut einem Mörder gehören könnte.

Er merkte sich auch das Gesicht dieses Dieners, breit, mit abstehenden Ohren, kleinen schwarzen Schweinsaugen, dicken Hängebacken. Er war viel kleiner als Pavle, und sein kahler Schädel war voller Grind.

Drinnen wurde Pavle von einem zweiten Husaren übernommen, der ihn eine prachtvolle Holztreppe hinaufführte. Pavle fiel ein, daß Bozitsch als einer der reichsten serbischen Offiziere galt.

Das Haus war halbdämmrig und angenehm kühl. Im Obergeschoß wurde Isakowitsch in einen Raum geführt, der ihm wie ein Saal vorkam, aber nur von einem Leuchter mit fünf Kerzen erhellt wurde. Der eiserne Balkon ging auf den Garten hinaus, aus dem Blumenduft kam.

Isakowitsch wurde gebeten, Platz zu nehmen und zu warten. Man wies ihm einen Stuhl, wie er ihn nie gesehen hatte, ganz aus Seide mit eingestickten Rosen. Und alle vier Beine dieses Stuhls waren krumm.

Ihm kam das fremd und närrisch und viel zu zeremoniell vor. So war er nur bei Engelshofen empfangen worden. Er fand, daß Bozitsch sich weit von seiner Nation entfernt hatte.

Die Isakowitschs in Temesvar hatten zwar – gleich anderen Landsleuten – auch Möbel aus Wien bezogen, aber die Einrichtung im Hause Bozitsch betrachtete Pavle mit verächtlichem Blick. Alles war krummbeinig. Vor sich auf dem Tisch mit den vier Tabakspfeifen sah er eine Blumenvase, wie er sie nie zu Gesicht bekommen hatte, und in einer Ecke war ein Marmorkamin mit Gitter und Rost aus Silber. Am meisten wunderte ihn die Tapete an der Wand mit Vögeln und Früchten und Blumen aus Leder und Perlmutt.

Er runzelte die Stirn.

Ihre Hütten im sirmischen Hartkovci waren dem Wald zugewandt, über ihren Feuerstellen hingen Kupferkessel, und die Fenster seines Hauses in Temesvar gingen auf wilde Haselnußsträucher und den Stall hinaus.

Obwohl ihre Frauen, die Senatorentöchter, von ihnen verlangten, im Zimmer zu schlafen, nächtigten die Isakowitsch-Vettern, wann irgend es ging, unter freiem Himmel: unter dem Vordach, auf einer Pritsche oder einem Holzklotz. Jurat pflegte zu sagen, daß er träumte, in Federn zu ersticken, sobald er nicht auf seiner Frau schlief.

Pavle mußte ziemlich lange in diesem Wiener Salon warten.

Die Türen dieses Hauses lagen alle in einer Reihe an der Rückseite, und als sich eine öffnete, erblickte Pavle nicht Bozitsch, sondern Evdokija. Sie kam zeremoniell auf ihn zu.

Sie war noch schöner als sechs Wochen zuvor, in einer raschelnden schwarzen Seidenkrinoline, um die Taille eine gelbe Schärpe, die Brüste halb entblößt. Ihre Augen waren groß und fiebrig.

Pavle wollte sie umarmen. Auf einmal hatte er große Zärtlichkeit für diese Frau. Seine Frau.

Sie aber wich aus und sagte schroff, er wisse wohl, daß sie nicht allein im Haus sei, Bozitsch sei ganz in der Nähe, in der Reitschule des Grafen Pahr, und könne jeden Augenblick zurück sein. »Setzen Sie sich, Rittmeister, und erklären Sie mir, weshalb Sie ohne Abschied aus Wien fortgegangen und nun nach Wien zurückgekommen sind. Wo waren Sie, warum haben Sie sich nicht gemeldet, wenn schon nicht meinetwegen, dann wenigstens der Leute wegen? Zufällig mußte ich erfahren, von fremden Menschen, daß Sie gegangen und daß Sie zurückgekommen sind. Ich habe Sie beim ›Engel‹ gesucht«, fügte Sie leiser hinzu. »Sie haben das Benehmen eines Stallknechts. Alles haben Sie verdorben.«

Isakowitsch entgegnete verletzt, es habe so sein müssen.

Er sei Soldat und werde abkommandiert, ohne daß man ihn frage, ob es ihm recht sei und wann er zurückkommen wolle. Sei es da nicht besser, zu gehen und nicht den Blick zu wenden? Wozu Bedauern, das nichts ändern konnte?

Frau Evdokija antwortete, in seiner Familie müsse man seltsame Begriffe von Frauen und Liebe haben. Es stimme wohl, was ihr Frau Femka gesagt habe: Der Rittmeister kenne sich nur bei Dienstmägden aus.

Frau Evdokija sagte: Liebesdienerinnen!

Isakowitsch fuhr zusammen, beherrschte sich jedoch und sagte bedauernd, er sei nach Mitrowitz und nach Graz abkommandiert gewesen. Selbst wenn er es gewollt habe, er hätte nichts verschieben können.

Er habe gehört, daß Bozitsch aus dem Arrest entlassen und nach Hause zurückgekehrt sei, und habe das Familienglück nicht stören wollen.

Evdokija antwortete, sie hätte ihn, obwohl er unter militärischem Befehl stand, auf der Reise begleiten können, hätte er ihr nur mitgeteilt, daß und wann er abreiste. Sie habe eine Tante, Frau Rakitsch, in Vukovar, und hätte auch gern ein paar Tage mit ihm in Graz verbracht, wo sie noch nie gewesen war. Sie hatte gehofft, daß dieser Sommer der schönste ihres Lebens sein würde, er aber hatte ihn für sie zur Hölle, Schmach und Schlaflosigkeit gemacht. Sie wisse nun, sagte sie, was eine Frau empfinde, die in all ihren Hoffnungen betrogen worden ist. Und sie fügte bitter hinzu: »In Wieselburg hatte ich immerhin, was ich wollte!«

Isakowitsch erklärte ihr, er sei in geheimer militärischer Angelegenheit unterwegs gewesen. Er versuchte sie zur Vernunft zu bringen.

Sie entgegnete, daß viele Offiziere in geheimer Mission reisten, aber von geliebten Frauen begleitet würden. Auch sie wäre heimlich so mit ihm gereist.

Isakowitsch erklärte, er sei überraschend abkommandiert worden und sei wegen großer Ausgaben, um es ehrlich zu sagen, im Augenblick der Abreise nicht bei Kasse gewesen. Er habe keine Zeit gehabt, sich vorzubereiten.

Frau Evdokija wußte auch darauf eine Antwort.

Unter Menschen, die sich liebten, dürfe es solche Geheimnisse nicht geben. Sie sei in der Lage, dem Rittmeister auszuhelfen, und hätte es in dem Fall gern getan.

Isakowitsch war tief verletzt und bat, das Gespräch zu beenden. Er sei gekommen, um Bozitsch zu sehen, und wolle nicht leugnen, was zwischen ihnen geschehen war.

Wenn ihre Gefühle und Absichten rein seien, möge sie zu ihrem Vater zurückkehren. Sobald er höre, daß sie ihren Mann verlassen hatte, werde er sie holen. Mit seinem Kind unter dem Herzen werde er sie nicht verlassen. Er sei nicht ehrlos.

Frau Bozitsch jedoch stand auf und bat ihn atemlos, zu schweigen und Bozitsch auf keinen Fall etwas zu sagen. Sie erwarte vielmehr von ihm, daß er ihr Geheimnis hüte wie das Grab. Sie entscheide darüber, was sie ihrem Mann sagen werde und wann die Zeit dafür gekommen sei. Jetzt sei nicht der Augenblick, Bozitsch zu verlassen.

»Der Sommer geht zu Ende, aber auch der Herbst ist schön in Wien. Wenn Sie nur ein wenig auf meinen Rat hören, können wir den Herbst in meinem Haus verbringen. Und uns lieben. Bozitsch geht dieser Tage mit General Montenuovo auf Reisen. Meine Tochter Thekla ist nicht daheim. Haben Sie etwas Geduld, einen Monat oder zwei – ich kann noch nicht mit Bozitsch sprechen. Er ist gerade erst aus dem Arrest freigekommen. Seine Ehre ist wieder hergestellt und auch die meine. Ich will auch meinem Vater die Schande ersparen. Er glaubt mich glücklich. Er ist alt, sein Leben hängt an einem seidenen Faden.«

Isakowitsch erhob sich verlegen und sagte, so sei nun alles in bester Ordnung, und er könne gehen. Er bäte sie, ihrem Mann zu sagen, daß er hiergewesen und wegen dringender Angelegenheiten fortgegangen sei. Bozitsch könne ihn in der Herberge »Guldenberg« finden.

»In wenigen Tagen verlasse ich Wien für immer, und damit ist alles vorbei. Ich wünsche Ihnen Glück, denn wir werden uns wohl nie wiedersehen. Ich gehe nach Rußland. Mein weiterer Weg ist ungewiß.«

Evdokija saß im grünen Widerschein des Lichts aus dem Garten vor ihm. Ungeduldig stieß sie mit dem Fuß gegen ihre Krinoline. Sie trug goldene Sandalen, wie sie Isakowitsch noch nie gesehen hatte, und schaute ihn nicht nur bitter, sondern fast haßerfüllt an.

»Wenn ich nun schwanger bin und niederkomme«, fragte sie leise, »was, glaubt der Herr Rittmeister, soll dann aus mir werden?« In ihren Augen standen Tränen.

Pavle war fassungslos und fand keine Antwort. Er sah nur ihr Gesicht, das dem seiner verstorbenen Frau ähnelte, und ihre schwarzen, glänzenden, fiebrigen Augen, das schwere, dunkelkupferfarbene Haar. Er setzte sich wieder und sagte, er sei bereit, sie mit sich zu nehmen.

Er sei zu voreilig, entgegnete sie fast flüsternd, und denke stets nur an seine, nie an ihre Familie. Bozitsch habe die Gunst ihres Vaters, und Bozitsch wolle sehr bald die Tochter verheiraten, sie aber wisse nicht aus noch ein. Warum dränge Isakowitsch so sehr? Er müsse auf sie warten. Sie werde Bozitsch verlassen, doch eine Ehe sei nicht so leicht zu lösen, wie er glaube. Könne er nicht seine Reise nach Rußland ein wenig verschieben?

Das sei unmöglich, erklärte Pavle. Es ginge um militärische Dinge. Ihm schiene, daß sie gar nicht mit ihm ziehen wolle, sondern ihn vergessen würde, sobald er fort sei. Verheiratete Frauen hingen nicht an ihren Liebhabern und wechselten sie mit Leichtigkeit.

Frau Evdokija kicherte: Man könne sehen, daß er mit Pferden aufgewachsen sei, worauf er sich so viel zugute hielte. Er verstünde nichts von Liebe. Verheiratete Frauen vergäßen weder ihre Liebhaber, noch wechselten sie diese. Schon in der ersten Nacht nach seiner Freilassung habe Bozitsch bei ihr sein wollen, aber sie habe sich ihm verweigert.

Sie sei fest entschlossen, zu ihrem Vater zurückzukehren, brauche aber etwas Zeit. All der kostbare Schmuck, den Mutter und Großmutter ihr vererbt hatten, sei bei Bozitsch unter Verschluß. Sie wisse, wie sie ihm die Juwelen abschmeicheln könne, aber das ginge nicht so schnell. Von diesem Schmuck könnten sie beide jahrelang gut leben!

Isakowitsch erinnerte sich später, daß er sich während dieses peinlichen Gesprächs gefragt hatte, ob er träumte und ob diese Frau dieselbe war, die er auf der Reise getroffen hatte und die kürzlich noch, nackt und schön, in der Herberge mit ihm im Bett gelegen und geschworen hatte, ohne ihn nicht mehr leben zu können. War sie es, die in seinen Armen mit Tränen in den Augen behauptet hatte, ihr Leben lang unglücklich gewesen zu sein und vor ihm niemanden geliebt zu haben? Die bereit war, mit ihm davonzugehen, selbst wenn sie betteln mußte?

Sie saß vor ihm, förmlich, und schwätzte, als schickten sie sich an, die Polonaise zu tanzen und nicht gemeinsam nach Rußland zu ziehen, unverheiratet, und das kaiserliche Wien für immer zu verlassen.

Sie wiederholte bloß, daß er ihr den schönsten Sommer verdorben hatte.

Er war bereit, sie mitzunehmen, wenn sie Bozitsch verließ und zu ihrem Vater zurückkehrte, sie aber wiederholte bloß, daß sie Bozitsch, der im Arrest so gelitten hatte, jetzt nicht verlassen konnte. Daß sie warten sollten, daß der Sommer vorbei, aber der Herbst in Wien so schön war. Bozitsch würde verreisen. Thekla war nicht daheim. In diesem Herbst konnten sie es so schön haben! Alles wäre vielleicht noch gut ausgegangen, hätte sie nicht den Schmuck erwähnt, den sie Bozitsch abschmeicheln wollte.

Er war aufgesprungen, wie er sich später erinnerte, und hatte sie beschimpft (»Was soll dieser Schmuck, verdammtes Frauenzimmer?«). Wollte sie ihm vielleicht in Petersburg von diesem Schmuck eine neue Uniformjacke und Stiefel kaufen, damit er sich bei den Husaren in Rußland und in ganz Sirmien lächerlich machte? Er stieß seinen Stuhl um und lief zur Tür.

Er erinnerte sich, daß sie ihm nachrannte, ihn umarmte und jammerte. Sie attackierte ihn wie ein Vogel, dessen Nest man antastet. Sie schrie, er solle sie nicht vor den Bediensteten bloßstellen, außerdem höre sie schon Bozitschs Stimme auf der Treppe.

»Sie haben den Verstand verloren, Sie werden mich und meine Tochter ins Unglück bringen. Haben Sie Erbarmen, lassen Sie mich nicht mit Bozitsch allein. Setzen wir uns wieder hin.«

Sie brachte schnell ihr Haar in Ordnung, trocknete sich die Tränen und zog ihn zu seinem Stuhl. Gleich darauf erschien wirklich Bozitsch.

Er sah Isakowitsch finster an, wurde aber nicht laut.

Mürrisch fragte er, wo der Rittmeister so lange gesteckt habe. »Meine Frau verzehrt sich nach ihrem Galan, den sie in ganz Wien anpreist. Meine Tochter mußte ich einsperren, weil sie sich in den Herrn Rittmeister vergafft hat wie ihre Mutter, die ihrem Kind ein schönes Beispiel gibt. Ich mache der Generalin Montenuovo seit einem Jahr vergebens den Hof, und der Herr Rittmeister, hol's der Teufel, erobert meine Tochter im Sturm. Sie sind von hübschen Frauen umgeben wie die Männertreu von den Tausendschönchen in meinem Garten in Tschurug! Aber lassen wir das. Wir wollen zu Abend essen. Und verzeihen Sie, daß ich nicht zu Ihrem Empfang an der Tür war – ich bin aufgehalten worden. Gastfreundschaft ist mir ansonsten heilig!«

Gleich darauf schickte er in barschem Ton seine Frau hinaus, weil er mit dem Rittmeister unter vier Augen zu sprechen habe.

Pavle sah Evdokija aufstehen und sich demütig entfernen, wobei sie ihm einen flehenden Blick zuwarf. Er war sicher, daß der Major ihn jetzt wegen seiner Frau zur Rechenschaft ziehen würde.

Er war aufgestanden, bereit, ihm an die Gurgel zu gehen. Bozitsch indes trat an den Tisch, nahm zwei Pfeifen von der Silberschale, stopfte und entzündete sie und reichte eine davon Isakowitsch.

Er erzählte von seiner Festnahme, von seiner Furcht, nach Graz ins Gefängnis gebracht zu werden, von wo er nicht lebend zurückgekommen wäre. In der Hauptwache sei er sogar geschlagen worden. Von einem Stockmeister, den er sich gemerkt habe. Dieser Profos werde kein langes Leben haben.

Seit seiner Freilassung habe er sich ein wenig erholt, jedoch seine philosophische Ruhe verloren, die er aus den Büchern von Frau Montenuovo gelernt hatte. Er habe auch viel beim Pharao verloren. Er habe halt kein Glück im Spiel.

Nur in der Familie – und in der Liebe.

Der Rittmeister sei ihm willkommen, und es gebe allerhand zu besprechen!

Während er Isakowitsch die Pfeife reichte, erklärte Bozitsch, daß er sonst nie vor dem Abendessen rauchte, so ein Gespräch unter Männern mache sich aber besser bei Tabakrauch.

»Auf dieser Welt ist ohnehin alles Rauch: Familie, Heim, Gastfreiheit, Freundschaft. Wenn man im Arrest sitzt, ist einem alles Rauch.« Als junger Mann, in Pavles Alter etwa, sei er recht hoffärtig gewesen und habe sich oft geschlagen. Jetzt habe er nicht mehr die Kraft dazu. Das sei das einzige, was ein Mann in reiferen Jahren bedauern müsse, nicht nach Meinung der Philosophen, sondern nach der bescheidenen Meinung von Joan Bozitsch aus Tschurug!

»Und jetzt, Rittmeister, frage ich Sie als Vater: Haben Sie das angetastet, was mir als einziges im Leben noch lieb und teuer ist? Diese Klatschbase, die Frau des milchbärtigen Marko Ziminski, erzählt, daß meine Thekla Sie im ›Engel‹ aufgesucht haben soll. Was haben Sie darauf zu sagen?«

Pavle schwieg und wunderte sich über den ruhigen Ton des Majors und darüber, daß sie beide friedlich dasaßen und rauchten, während sie doch in wenigen Augenblicken aufeinander losgehen würden. Er überlegte, ob dieser Mann, der da vor ihm saß, bei all seinem vielgepriesenen Wiener Schliff, der den Isakowitsch-Frauen so imponierte, wohl ein Messer in seinem Stiefelschaft hätte.

Er, Isakowitsch, hatte eins.

Aber er mußte dem Mann antworten, und er tat es wie betäubt, ruhig und so, wie der alte Engelshofen sie für solche Fälle unterwiesen hatte. Er war nicht redegewandt, und er war kein Lügner. Wäre es um eine verheiratete Frau gegangen, hätte er die Antwort verweigert. Der alte Engelshofen hatte ihnen eingeschärft, bei den Frauen auf der Hut zu sein und, wenn man sie mit einer Verheirateten erwischte, Schweigen zu bewahren, wenn es sich jedoch um jemandes Tochter handelte, zu heiraten oder mit dem Leben zu bezahlen.

»Ich habe Ihnen nichts zu sagen, Major. Sicher hat Thekla, wenn sie bei den Ziminskis war, auch bei mir hereingeschaut, aber so wie ein kleines Mädchen seinen Onkel besucht. Es wäre peinlich, darüber noch Worte zu verlieren. Ich habe nichts zu verbergen. Nur ein Wahnsinniger oder ein Schwein könnte glauben, daß ich mich an der einzigen Tochter meines Landsmanns vergreife, die noch dazu ein Kind ist. Das ist meine Antwort, und jetzt werde ich lieber gehen. Diese Verdächtigungen sind wie ein böser Traum. Wir müssen beide aufwachen, ich und Sie als Vater dieses unschuldigen und zauberhaften Mädchens. Es ist unter unserer Würde, auf Weiberklatsch zu hören.«

Bozitsch sah ihn mit scheelem Lächeln an. Das sei ein Mißverständnis, sagte er.

Er traue dem Rittmeister nicht zu, daß er Kinder oder minderjährige Mädchen verführe, jedoch die Unbesonnenheit seiner Tochter mache ihm Sorgen. Ein Mädchen im Lenz des Lebens, das nichts im Kopf habe, als möglichst bald zu heiraten. Es solle ihn nicht wundern, wenn sie dem Rittmeister in die Herberge nachgelaufen wäre, um ihn einzufangen. Und Männer würden bei so jungen Dingern leicht schwach. Er wisse das aus eigener Erfahrung. Als er im Arrest erfahren habe, daß Thekla im »Engel« gewesen sei, habe er Angst bekommen, daß ihre Blüte geknickt wurde und daß der Rittmeister, ungewollt natürlich …

Er aber als Vater wisse besser, was gut für seine Tochter sei.

Er stolzierte wie ein Pfau vor dem Rittmeister auf und ab und breitete die Arme aus, als bedauere er, daß Pavle dasaß wie ein begossener Pudel.

An diesem Tag trug Bozitsch eine funkelnagelneue Uniform, wie sie sein ungarisches Regiment, gleich allen anderen in Österreich, in jenem Jahr für die Offiziere eingeführt hatte. Er glänzte vor Silber. Seit seiner Entlassung aus dem Arrest war alles neu an ihm. Er war sorgfältig frisiert und stark parfümiert. Dennoch hatte der Arrest sichtbare Spuren bei ihm hinterlassen. Sein Gesicht war bleich, das Zopfhaar lächerlich dünn. Er hatte nur noch wenige Zähne im schlaffen Mund. Noch immer aber straffte er jeden Moment die Schultern. Wenn er sich setzte, sah er Isakowitsch haßerfüllt an, war jedoch bemüht, sich starr gerade zu halten. Wenn auch sein rechtes Bein ständig zuckte.

Pavle entgegnete, was er über seine Tochter sage, sei unsinnig. Sie sei ein reines, liebes, vernünftiges, zauberhaftes Mädchen.

Alles schön und gut, versetzte Bozitsch, aber Pavle schwätze über Kinder, obwohl er keine habe und sich in ihnen nicht auskenne. »Wir leben in französischen, offenherzigen Zeiten, und überall auf der Welt, also auch in Österreich, spielen die Rittmeister mit den Weiberchen im Bett. Ich alter Knabe bin auch nicht besser. Vor zwanzig, vor vierzig Jahren hat unsere Nation in Blut gewatet. Das waren heroische Zeiten. Aber jetzt sind es die Zeiten der Tänze, der Menuette, der Spinette, der Parfüms und Fächer. Alles lügt, was liebt, wie man so sagt. Ich weiß, wie die Fräulein in Wien und in

Italien und in Frankreich sind, und ich weiß auch, wie sie in Sombor, Wardein, Buda und Vukovar sind: Alles durchlöchert, bevor es erwachsen wird. Es freut mich zu hören, daß meinem Kind nichts geschehen ist. Falls doch, würden Sie das Haus nicht lebend verlassen. Eine Decke, Kalk darüber, und ein Brunnen in der Leopoldstadt würde zugemauert. Wer meine Tochter anrührt, macht nicht lange!«

Isakowitsch erinnerte sich später, daß es ihm bei diesem heiklen Gespräch mit dem irre dreinblickenden Mann kalt über den Rücken gelaufen war, daß er sich erhoben und gebrüllt hatte, er reiche ihm. Und daß Bozitsch ihn zum Bleiben genötigt hatte. »Jetzt können wir zu Abend essen«, sagte er ruhig. »Als Gastgeber muß ich mich entschuldigen, aber ich war außer mir vor Angst, daß Sie mir das einzige genommen haben, was mir im Leben geblieben ist. Nichts auf der Welt ist so stark wie die Liebe eines Vaters zu seiner Tochter.«

Er trat zu Pavle, umarmte ihn sogar.

Er wolle seine Tochter verheiraten – und er wolle auch wieder nicht. Sein Schwiegervater, der reiche Despotowitsch in Buda, sei Witwer und sehr alt. Er wolle sein Enkelkind versorgt sehen und sei bereit, viel dafür auszugeben. Jeder habe so seinen letzten Wunsch im Leben. Und Thekla erkläre, wenn sie heiraten solle, so wäre ihr Isakowitsch willkommen. Seine Gattin Evdokija aber – wer weiß warum – finge an zu zetern, wenn man den Rittmeister als Schwiegersohn auch nur erwähne. Was ihn, Bozitsch anginge, so habe er eine Partie für sein Kind im Auge. Herrn Trauschenfels, den Bruder von Frau Montenuovo, einen steinreichen Mann, dem vier Wiener Spielbanken gehörten und der schon in den Siebzigern sei. Über kurz oder lang würde er seiner Frau ungezählte Dukaten auf seinem Totenschein hinterlassen. Gab es denn ein schöneres Leben als das einer reichen Witwe in Wien? Er, Bozitsch, sei einer von den wenigen Kroaten und Serben, die Zugang zur hohen Wiener Gesellschaft hätten, und Thekla wäre die erste gewesen, die man bei Hof vorstellte.

Aber Isakowitsch habe ihm das alles nun verdorben.

Pavle bereute jetzt aufrichtig, hergekommen zu sein, und

er zitterte vor Wut, weil er sich diese Tiraden anhören mußte. Er war darauf gefaßt gewesen, nach Evdokijas Besuchen im »Engel« gefragt zu werden, und er wollte alles erdulden, wenn nur Thekla aus dem Spiel blieb. Er war auf einmal ganz glücklich gewesen, weil das Gespräch über Theklas Anwesenheit in der Herberge so gut ausgegangen war. Er empfand Zärtlichkeit für Evdokijas Tochter, sah sie vor sich, glaubte ihr fröhliches Lachen zu hören.

Einem Vater wie Bozitsch war er unter seinen Landsleuten noch nie begegnet, und er verabscheute und verachtete ihn immer mehr. Das war ihm jetzt bereits anzumerken, es war in seinen Augen zu lesen. Bozitsch schien es zu spüren. Er warf sich in die Brust und schlug vor, nun hinunterzugehen.

Er wisse, sagte er, was der Rittmeister denke, seit er sein Haus betreten habe, und er wisse auch, was diese Lumpen beim »Engel« über ihn, Bozitsch, redeten. Er seinerseits habe im Arrest viel an Pavle gedacht und anfangs nicht übel Lust gehabt, ihm seine Tochter zur Frau zu geben. Dabei lachte er laut und böse.

Seltsamerweise konnten weder Bozitsch noch Evdokija richtig lachen.

Später, fuhr Bozitsch fort, habe er das Gefühl gehabt, daß der Rittmeister nicht davor zurückschrecken würde, sich ohne Rücksicht auf den alten Vater an die Tochter heranzumachen. Er sei froh, sich geirrt zu haben.

Isakowitsch rief ungeduldig, er sei nie vom Weg der Ehre abgewichen. Heiratsabsichten vorausgesetzt, wisse er, wie man um die Hand der Tochter eines Mannes anhalte, der bei Soldaten und Nation in Ansehen stand.

Bozitsch führte ihn zur Tür, um ihm den Garten zu zeigen. »Sie beteuern unablässig, Rittmeister, so zu leben, wie es uns die Zehn Gebote Gottes vorschreiben. Sie behandeln mich wie ein Kind, das Sie in den Schlaf wiegen wollen, als wäre ich nicht in meiner Jugend ein Schürzenjäger gewesen. Sehen Sie, wie sich da unten die Zweige im Wind biegen? So biegen auch wir uns, sogar im Schlaf. In meiner Jugend habe ich getrunken und gehurt und gespielt, ich hatte hundert Laster, aber ich habe mich nie geduckt. Das hat mir schon meine Mutter eingeschärft. Vor keinem habe ich den Kopf geneigt.

Das hat mir sowohl der Metropolit als auch unser Nationalsekretär Nenadowitsch hoch angerechnet. Aber wegen meiner Tochter ist das alles anders geworden. Dieses Kind, meine letzte Freude im Leben, ist mannbar. Und da kommen allerlei Fremde aus der weiten Welt daher, die nur, weil sie jung sind, einem alten Mann die letzte Freude nehmen können.«

Bozitsch hatte die Pfeifen weggelegt, und Isakowitsch spürte, daß er ihm diese lehrhaften Worte mit Absicht sagte. Daß er ihm drohen wollte. So weiden sich manche Mörder daran, ihrem Opfer im voraus die Totenrede zu halten.

Inzwischen hatte das Unwetter den Garten erreicht. Der Himmel war bewölkt, es donnerte, und Wind kam auf.

Verblüfft ob seines Spiegelbildes hob Pavle seine schwarze Husarenmütze vom Boden auf, richtete sich auf und lächelte. Er sah Bozitsch mit der Verachtung an, die junge Menschen so häufig empfinden, wenn ihnen Ältere predigen und drohen. Er sagte indes ruhig, daß er an Thekla und eine Heirat nie gedacht habe und auch nicht denke. Er gehe nach Rußland. Und zwar als Witwer, allein, ohne Frau.

Bozitsch zuckte zusammen wie ein Hund. Er blieb in der geöffneten Tür stehen und sah Pavle mit unsagbarem Haß in den irre glänzenden Augen an. Dann lachte er wieder.

Der Rittmeister – hol's der Teufel! – werde Frau Evdokija Kummer machen. Er müsse eigentlich wissen, daß die Wiener Damen, wenn ihre Männer alt wurden, ihre Galane nicht gern davonziehen ließen. Sie wollten sie immer in der Nähe haben, statt daß sie fortgingen und im moskowitischen Schnee erfroren.

»Aber nun wissen wir wenigstens, woran wir sind. Sie haben also nie an Thekla und an eine Heirat gedacht? Das ist nur Weibertratsch? Sie sind jetzt Gast in meinem Haus, und es gibt keine Fragen mehr. Als Sie damals in meinen Wagen stiegen, hätte ich nie gedacht, daß es zu so einem Gespräch zwischen uns kommen würde, aber ich freue mich, daß es so ausgegangen ist. Ich werde nicht vergessen, was Sie mir gesagt haben. Ein anderer an Ihrer Stelle hätte nicht gezögert, um Thekla anzuhalten. Sie wird ihrem Mann eine gute und treue Frau sein. Sie aber gehen an ihr vorbei wie an einem türkischen Friedhof. Ach, Rittmeister, ich habe ja nicht gewußt, wen ich in mein Haus bitte. Lebende Frauen verzehren sich nach Ihnen, aber Sie denken nur an die eine, die unter der Erde liegt. Sie Nekromant!«

Er sagte es leise, aber Isakowitsch verstand.

Was das Wort bedeutete, wußte er nicht, doch als Bozitsch ihn über die dunkle Treppe nach unten führte, war ihm, als hielte ihn ein Skelett bei der Hand.

Das Abendessen wurde in einer Veranda serviert, von der man in den Garten hinuntergehen konnte. Sie war festlich beleuchtet, und Bozitschs Husaren bedienten stumm. In der Nähe des Tisches lagen die Hunde des Hausherrn, die, knurrend, kein Auge von Pavle ließen. Im Garten fielen die ersten Tropfen.

Noch nie hatte Isakowitsch mit einem Mann zu Tisch gesessen, dessen Frau er besessen hatte, und er hätte nicht erwartet, daß ihm das je widerfahren würde, obwohl er einiges erlebt hatte. Er fragte sich, ob er träume. Wohin war er geraten? Wer waren dieser Bozitsch und diese Frau, die ihn kühl betrachtete und aß wie ein Vögelchen?

Pavle pflegte zu essen wie ein Bauer nach der Arbeit auf dem Feld – geruhsam, schweigend, Bissen für Bissen. Bei Bozitsch wurde beim Essen geplaudert, so daß er kaum etwas zu sich nahm.

Um etwas zur Unterhaltung beizutragen, erklärte er, daß sie nach Rußland zögen, weil sie dort ein neues Leben erhofften nach all den Erniedrigungen und Ungerechtigkeiten. Man wollte Hörige aus ihnen machen, die fremdes Land bestellten. Obwohl sie sechzig Jahre lang Österreich in allen Kriegen treu und unter den größten Opfern gedient hatten, entließ man sie jetzt kurzerhand wie Bedienstete, deren man nicht mehr bedurfte.

Bozitsch entgegnete scharf, ein aufgeklärtes Land verließe man nicht. Von hier aus könnten sie mit dem österreichischen Heer vielleicht eher als erwartet nach Serbien zurückkehren. Von Rußland sei es sehr weit. Wenn sich der Rittmeister im letzten Augenblick zum Bleiben entschlösse, könne er, Bozitsch, ein Wort für ihn bei Herrn Orengi von der Hofdeputation einlegen, der ihm gnädigst Protektion gewähren würde.

»Es ist nicht gut, als Witwer zu leben. Warum heiraten Sie

nicht in Wien? Es wird bald wieder Krieg mit Preußen geben. Die nach Rußland gehen, verlassen sich auf das Mitleid der Moskowiter für unsere unglückliche Nation, aber es ist nicht recht, daß einzelne aus dem Leid eines ganzen Volkes ihren Vorteil ziehen.«

Pavle wollte schweigen und dulden, was Bozitsch auch sagte. Es war wohl Hexenwerk, daß er sich in Wien mit dieser Frau eingelassen und diesen Bozitsch getroffen hatte. Bald würde er Bozitsch und Wien und diesem ganzen aufgeklärten Land und der Hofdeputation der illyrischen Nation für immer den Rücken kehren.

Ein Offizier, sagte da Frau Bozitsch, der von Österreich nach Rußland ginge, übe Verrat. Dieser Meinung sei auch Herr Montenuovo! Sie sprach schnell und hochfahrend, und ihr Blick schien Pavle versengen zu sollen.

Pavle schwieg, während Bozitsch hinzufügte, die Rettung sei Maria Theresias Thron. So dächten auch die Ungarn. Pavles Kameraden, diese Habenichtse, hockten nur im »Engel« herum, forderten Rechte, forderten Geld und rannten der russischen Gesandtschaft die Türen ein. Und dann wunderten sie sich, wenn sie von der Burgwache gejagt wurden. Statt dem österreichischen Thron dankbar zu sein!

Daß Bozitsch, den er verachtete, so affektiert vom österreichischen Thron, von diesem aufgeklärten und glücklichen Land redete, hielt Pavle auf seinem Platz fest, von dem er gerade aufspringen wollte. Er erkannte, daß es die ganze Zeit so weitergehen würde. Bozitsch wiederholte, was die Isakowitsch-Vettern seit Jahresfrist in Temesvar, in Wardein, in Esseg hörten. Was auch die Ausrufer mit ihrem Trommeln in den Dörfern verkündet hatten.

»Sie wollen uns zu Katholiken machen!« hatten die Leute in Sombor darauf erwidert.

Bozitsch bemerkte wohl selbst, daß seine Belehrungen keinen Erfolg hatten. Er rief, es gäbe zwei Welten. Pavles Welt sei voller Wünsche und Hoffnungen, die Welt eines Menschen, der die Vierzig noch nicht erreicht hatte, und seine Welt, die eines Menschen, der die Sechzig überschritten hatte. Er sähe, wie auch in Ungarn, ihr Glück im Thron, in Wien, in der österreichischen Armee, die große Zukunft der

Nation im aufgeklärten Denken, das die Kaiserin ihrem Sohn weitergeben werde. Isakowitsch hingegen zöge in ein fernes, barbarisches Land voller Schnee, von dem man sage, daß es brüderlich, stark, gleichen Glaubens sei, das aber noch keiner von ihnen je gesehen habe.

Er habe dem Rittmeister seine Hilfe angeboten, aber wenn der Rittmeister so töricht sei, werde er ihn nicht weiter belästigen. Er schlüge vor, in die Reitschule zu gehen, damit der Rittmeister sehe, was er aufgab, damit er sehe, wie man in Wien lebte, damit er sehe, wie angenehm, schön, menschenwürdig das aufgeklärte Leben sei.

Wenn er erst in dem Barbarenreich sei, werde er daran denken!

Pavle erwiderte gereizt, an der Reitschule läge ihm nichts, außerdem müsse er zurück zur Herberge, wo man ihn erwarte. Aber wenn ihm der Vater erlaube, als Bittsteller für die Tochter aufzutreten, schlüge er vor, daß man ihn am nächsten Tag zu dem Kloster brächte, wo das unschuldige Mädchen eingesperrt war. Nur sie zu sehen und ihre Freilassung zu erwirken.

Evdokija schrie auf, wie von einer Natter gebissen: Das sei ein monströses Ansinnen. Und sie lief davon, wie von Nattern gejagt. Bozitsch lachte.

Er verstehe das Mitgefühl des Rittmeisters und hätte seinem Wunsch gern entsprochen, aber nach seiner Freilassung sei er mit seiner Frau übereingekommen, daß alle Sorge für die Tochter nunmehr ihr obliege. Und bei der bloßen Erwähnung, daß ihre Tochter von Gott für den Rittmeister bestimmt sei, schrie seine Gattin zum Himmel.

Außer der Welt des Mannes, der die Sechzig überschritten hatte, und der Welt, wie sie sich ein Mann vorstellte, der noch keine Vierzig war, gebe es eine dunkle und den Männern fremde Welt, die der Frauen. Er könne Madame ohrfeigen, weil sie einfach so vom Tisch weggelaufen war, aber was nütze das? Wenn sie beide – er und Pavle – jetzt aufbrächen, die Tochter heimzuholen –, diese Frau wäre glatt imstande, sich dem Kutscher vor die Räder zu werfen. Und das sei kein schöner Anblick für einen Mann, der ein Kind mit ihr gezeugt habe, das werde der Rittmeister wohl zugeben.

Bozitsch rekelte sich, leerte sein Glas und fügte hinzu: »Am besten gehen wir jetzt zu dritt in die Reitschule, wo wir erwartet werden. Lassen wir Thekla in Ruhe. Sie ist meine einzige Freude im Leben. Mit Gottes Hilfe wird auch sie ihr Glück finden!«

Wie von einem Fieber, einer fixen Idee besessen, beharrte Isakowitsch darauf, zu erfahren, wo das Kloster sei, in das man Thekla eingesperrt hatte – er werde den Weg dorthin schon allein finden. Er wolle Wien nicht für immer verlassen, ohne dieses gute, zauberhafte, unschuldige Kind gesehen zu haben, das bestraft wurde, nur weil es ihn besucht hatte. Es sei von seinen Eltern nicht eingesperrt worden, um Schönschrift, Tanzen und anderes zu lernen, sondern weil diese Eltern ihn, Isakowitsch, für einen Hurenbock hielten. Das sei er indes nicht. Er bitte sie, bevor er ginge, die Tochter heimzuholen. Sie hätten so eine schöne gemeinsame Reise von Buda gehabt. Auch Trandafil werde von der Schande erfahren, daß man Kinder von ihm fernhalte.

Bozitsch lachte, dann wurde er ernst.

Nicht er entscheide, wer zur Familie heimkehre oder nicht, sondern Evdokija. Außerdem sei Thekla nicht ins Kloster gesteckt worden, um Schönschrift zu lernen, sondern sie solle dort nach Frau Montenuovos Vorstellungen erzogen werden. Er selbst sei entsetzt gewesen, als er gesehen habe, wohin seine Tochter gebracht worden war. Mariahof sei eine ganze kleine Stadt auf einem Hügel, wo die Wiener ihre Töchter einsperrten, die ohne elterliche Erlaubnis heiraten wollten. In Wien meine man, daß verheiratete Frauen ihrem Vergnügen nachgehen dürften, daß aber Mädchen erst einen Mann finden müßten. Zeigten sie sich widerspenstig, so würden sie Jesus angelobt. Die unterirdischen Gänge dort seien lang und voller Krüppel, Blinder und Kranker, die auf Heilung hofften. Auch Rosenkränze würde dort verkauft, wenn der Rittmeister wisse, was das sei. Und fünfzig Gewänder in Gold und Silber für die Muttergottes. Und es gebe da auch ein Bild unseres Herrn Jesu Christi auf Leinwand.

»Was mir vornehmlich Eindruck gemacht hat«, sagte Bozitsch, »das sind die Nonnen, die schweigend vorübergehen und keine Antwort geben. Viele Arme warten auf dem Hof, wo man Essen an die Bettler verteilt. Und ein Bild hat sich mir besonders eingeprägt. Es stellt die Auspeitschung unseres Herrn Jesus Christus dar. Und wissen Sie, was für Uniformen die Soldaten tragen, die ihn geißeln? Unsere slawonischen Uniformen!«

Isakowitsch erhob sich und erklärte, das alles interessiere ihn einen Dreck. Er gehe fort. Er habe nur Gnade für Thekla erbitten wollen. Er könne das fröhliche Lachen dieses Mädchens nicht vergessen. Es sei ein Fehler von ihm gewesen, der Einladung ihres Vaters zum Essen zu folgen. Menschen wie Bozitsch und seine Frau verdienten den Namen Eltern nicht. Er warte nur, daß Frau Evdokija zurückkäme, um sich zu verabschieden. Unter solchen Umständen hätten sie ihn nicht einzuladen brauchen.

Bozitsch nahm auch diese Worte mit lautem Lachen auf.

Evdokija erschien wieder, als sei nichts geschehen. Sie hatte sich umgekleidet.

Sie bestand nicht nur darauf, daß er blieb, sondern nahm liebenswürdig seinen Arm, als wollten sie sich zur linken Hand trauen lassen.

Er solle sich keine Sorgen um Thekla machen, sagte sie. Thekla sei gut aufgehoben, und sie würde dort viel lernen. Sie sollten jetzt lieber zur Reitschule des Grafen Pahr gehen. Sie würden dem Rittmeister – mit dem sie so angenehm gereist waren – Pferde zeigen, wie er sie nie gesehen hatte. Er müsse Bozitsch den Gefallen tun!

Isakowitsch nahm also auch das noch auf sich, doch als sie gingen, erhaschte er Bozitschs Blick und las nur Haß darin. Alles an diesem Tag blieb ihm als aberwitzig in Erinnerung: Bozitsch und Evdokija und er selbst kamen ihm vor wie jene Maskentänzer, die ihnen unterwegs begegnet waren. Sie waren so neu für ihn gewesen wie die Regenmädchen in seiner Kindheit – jene Zigeunermädchen, die, mit Girlanden aus Blumen und Früchten geschmückt, zu Zeiten großer Dürre über die serbischen Felder ziehen und mit monotonem Singsang Regen vom Himmel erflehen. Auf der Fahrt zur Reitschule des Grafen Pahr in der Leopoldstadt hatte er das Gefühl, daß weder das Ehepaar Bozitsch noch er selbst richtig im Kopf waren.

Wenn er sich die beiden so ansah, meinte er, daß sie das eine sagten und das andere dachten. Bisweilen schienen sie sich zu mögen und in vielem einig zu sein.

Ihre Auseinandersetzung beim Abendessen endete damit, daß Isakowitsch versprach, der Familie Ziminski den Mund zu stopfen, damit sie im »Engel« keinen Tratsch über Thekla verbreiteten.

Als sie in den Wagen einsteigen sollten, nahm Evdokija gutgelaunt die Peitsche und trieb die beiden Männer kichernd an.

Ihr Mann, der seine Frau sonst auch vor anderen zu beschimpfen pflegte, ging auf ihren Scherz ein und tänzelte, wieherte sogar. Isakowitsch nahm ihr schweigend die Peitsche aus der Hand und sah sie finster an. Sie fragte ihn lachend, ob seine verstorbene Frau denn auch schön gehorsam gewesen sei.

Isakowitsch antwortete nicht. Er saß mit gesenktem Kopf im Wagen, während Bozitsch schwätzte.

Durch eine finstere Allee fuhren sie zur Reitschule, die drei-, vierhundert Schritt entfernt war und deren Auffahrt und Eingang beleuchtet waren wie bei einer Herberge oder einer Kirche.

Diese Reitschule war eine Mischung aus Manege und Theater im Stil Palladios: ein Kuppelbau mit Ställen im Erdgeschoß und einem Zuschauerraum in der Manege, umgeben von Logen. Logen gab es auch im Obergeschoß. Die Gänge dienten zum Promenieren.

Alles roch nach Sägespänen und Pferden.

Abends gab es hier auch Musik, und im Obergeschoß war eine Spielbank. Aus den Logen erklang Frauenlachen.

In den beleuchteten oder halbdunklen Gängen, vornehmlich um die Aborte, wimmelte es von Müßiggängern – Offizieren, Spielern, Zimmermädchen, Schauspielerinnen, Tänzerinnen, und in den Treppenhäusern sah man ungenierte Liebespaare. In den Logen geschah bisweilen allerhand.

Die jungen Männer aus reichen Häusern – die goldene Jugend, die häufig schwach und kränklich war – kamen hierher, um sich zu kräftigen. Sie lernten reiten, mit der Pistole schießen und im Galopp mit dem Säbel eine Schleife vom Boden aufheben. Die Kammerkätzchen – arme Mädchen vom Dorf – dienten, wenn sie hübsch waren, in diesen vornehmen Häusern als Erzieherinnen. Die Söhne der Herrschaften gingen – mit Wissen der Eltern – bei ihnen in die Schule.

Die Pferde in dieser Arena indes waren wirklich edel.

Für viele Wiener Offiziere war dieses Gebäude Heimstatt und Mutter. Graf Friedrich Wilhelm Haugwitz nahm – so Bozitsch – hier auch seine Post in Empfang.

Als er eintrat, war Isakowitsch nicht nur über die vielen Laternen erstaunt, die wie Blumen leuchteten, sondern auch über die zahllosen Kandelaber, die dem Inneren des Gebäudes feenhaften Glanz verliehen.

Von allen Seiten erscholl Applaus für die Reiter.

Der Veterinär des Grafen Pahr, di Roncalli, hatte hier seine Loge, in die er Frau Bozitsch geleitete, und kaum hatte sie Platz genommen, war sie von Offizieren umringt, die ihr im Vorübergehen die Hand küßten. Zwei von ihnen hielt Bozitsch im Gespräch fest. Pavle kannte beide vom Sehen aus dem »Engel«. Der eine war Ladjewitsch, aus dem Banovatz-Regiment, der andere, ein Verwandter des Metropoliten, Leutnant Filipowitsch.

Pavle war überrascht, in einer gegenüberliegenden Loge auch den Sekundsekretär des Grafen Keyserling zu sehen. Seine Hochwohlgeboren winkte ihm gnädig zu. Und ließ kein Auge von Frau Evdokija. Frau Evdokija fragte Pavle, wer das sei. Als sie es erfahren hatte, fügte sie hinzu, daß dieser Herr Wolkow ein schöner Mann sei.

Pavle saß anfangs in dieser Arena, als träumte er.

Di Roncalli hatte sich vor der Loge plaziert und hielt Evdokijas schwarzen Fächer in der Hand. Alle Augenblicke wurde er gerufen, um die Fesseln der Pferde zu untersuchen. Der Veterinär betastete die Pferdebeine und rief auf deutsch, daß alles in Ordnung sei: kein Gelenk verstaucht, keines verletzt. Wenn er wütend wurde, ging er in seine Muttersprache über: Quando dico niente, è niente!

Zum erstenmal im Leben sah Pavle eine Kapriole. Sechs Pferde sprangen gleichzeitig aus dem Stand hoch und schlugen mit den Hinterbeinen aus wie Böcke im Frühling, wenn sie den Geruch der Ziegen wahrnehmen.

Die Reiter waren für Pavle nichts Besonderes, aber die Pferde, Hengste und Stuten, die in der Arena sozusagen eine Polonaise aufführten, waren ein wahres Wunder. Dagegen war das, was sie in Temesvar auf Engelshofens Befehl vollbracht hatten, ein reines Nichts.

Aber mit seiner guten Stimmung war es bald vorbei, als er Frau Evdokija vor sich betrachtete. Sie war auch aus dieser Perspektive schön, doch sie benahm sich schamlos. Mit dieser Frau war er in ein Unglück geraten, das einen schändlichen Ausgang nehmen mußte. Früher oder später würde es zum Skandal kommen, und niemand in Temesvar und in seiner Familie könnte begreifen, was ihm geschehen war. Er war ein Spielzeug in ihrer Hand, nicht mehr jener Isakowitsch, der er einst gewesen war.

Für diese verheiratete Frau war er nur ein weiterer Galan, der seine Rolle zu spielen hatte. Solche Frauen verschonten nicht einmal die eigenen Töchter. Sie wieherten und schnappten zu und wollten auch ihn beißen. »Ich freß dich auf!« schrie Evdokija jedesmal, wenn sie in seiner Umarmung Lust empfand.

Er war am Rand der Verzweiflung, aber ihre Augen lachten, wenn sich ihre Blicke begegneten. Isakowitsch floh aus der Loge, um diese Frau nicht mehr sehen zu müssen.

Aber als die Wetten um Pferde, Hindernisse und Reiter begannen, mußte er umkehren. Bozitsch wollte unbedingt mit ihm wetten, und sie wetteten. Pavle gewann.

Die Freunde von Bozitsch begannen zu sticheln, und Pavle spürte, daß sie nur deshalb hier waren. Um sich über ihn lustig zu machen.

Nikola Ladjewitsch, stattlich, schwarz, mit einem Gesicht wie aus Marmor, wäre schön gewesen, hätte er nicht den Ziegenbart unter der Unterlippe, den stark gestutzten Schnurrbart und vor allem die knorrige, tiefe, böse Falte zwischen den Augenbrauen gehabt.

Bozitsch sagte, Ladjewitsch habe einen Kopf wie Apoll.

Isakowitsch wußte nicht, wer das war, aber er fragte nicht.

Er wußte nur, daß Ladjewitsch im »Engel« als Trinker und Schläger verrufen war. Da ihm die Männer aus dem Weg gingen, prügelte er die Frauen.

Theodor Filipowitsch, der Verwandte des Metropoliten, war hingegen die Sanftheit selbst, jung und schön wie ein Diakon. Er hatte blaue kindliche Augen und lachte ständig. Beim Pharao brachten die Männer ihr Geld vor ihm in Sicherheit, aber die Frauen liehen es ihm bereitwillig. Sie zausten ihm so gern das Haar.

Ladjewitsch lachte mit seiner Wolfsstimme, weil er sich scheinbar unabsichtlich auf Pavles Dreispitz gesetzt hatte. Filipowitsch, der nur Deutsch sprach, sagte Isakowitsch, beim »Engel« sei bekannt, daß er heimlich die russische Gesandtschaft aufgesucht hatte.

Deshalb sei er dort auch ausgezogen, entgegnete Pavle, weil selbst die Landsleute über ihn tratschten. So bahnte sich in der Loge einer jener Streitfälle unter Serben an, die mit Sticheleien beginnen und in Schlägereien enden.

Ladjewitsch verlor schon bei Pavles ersten, freundlichen Worten die Fassung. Isakowitsch habe nicht das Recht, Jüngere zu beleidigen, sagte er, vielmehr seien die Leutnants im »Engel« im Recht. Man müsse auch die hören, die nicht nach Rußland gehen wollten.

Filipowitsch lachte. Er sei nur Leutnant, wisse aber, daß der Rittmeister sich bereits heimlich einen Paß von den Russen beschafft habe. Die Leutnants seien nicht blind. Sie sähen, daß die Isakowitsch-Vettern fort wollten und nicht danach fragten, was aus denen werden sollte, die blieben. Damit schadeten sie denen, die auf ihren Paß noch warteten.

Ladjewitsch sagte, die Aussiedler drängten nach Rußland wie die Ziegen ins Kohlfeld. Die Isakowitsch-Vettern hofften darauf, in Rußland Grafen zu werden, doch die Zurückbleibenden, das gewöhnliche serbische Soldatenvolk im Generalat von Karlovatz und in Sirmien, würden teuer dafür bezahlen. Die würden geprügelt und dürften nicht einmal weinen.

Filipowitsch fügte hinzu, es sei ein Glück, daß er, der Verwandte des Metropoliten, und der Stutzbart Ladjewitsch endlich Gelegenheit gefunden hätten, ihm das zu sagen.

Isakowitsch beschimpfte sie gedämpft, aber unflätig.

Nur Bozitsch und Evdokijas Geschrei verhinderten, daß es vor allen Leuten zur Schlägerei zwischen Isakowitsch und den beiden Offizieren kam.

Ladjewitsch verließ fluchend die Loge, und Filipowitsch kicherte.

Bozitsch hatte, den Arm um Pavles Schultern gelegt, alles lachend mitangehört. Mit Jüngeren, sagte er, lohne es nicht zu streiten. Jugend sei töricht. Isakowitsch werde jetzt, um sich vor den Leuten nicht zu blamieren, mit ihm nach Hause fahren, um ein Spielchen zu machen und etwas zu trinken. Er solle unbesorgt sein, der Wagen des Hausherrn werde ihn gegen Morgen in seine Wiener Herberge zurückbringen.

Vergebens sträubte sich Isakowitsch; es verging keine Viertelstunde, und Frau Evdokija nahm seinen Arm.

Vor dem Haus warteten Wagen und darin die Kutscher, die vor dem Regen Schutz suchten. Pavle erkannte eine Gestalt, wie einen Schatten.

Es war Agagijanijan, der ihm seinen Wagen anbot: Die russischen Herren warteten bereits.

Pavle bat ihn verlegen, zu Bozitschs Haus zu kommen, sobald er die Herren an Ort und Stelle gebracht habe. Er, Isakowitsch, wolle zum »Engel«, wo er mit gewissen serbischen Herren etwas zu besprechen habe. Er tobte.

Auf der Fahrt indessen, während er im Halbdunkeln Frau Evdokija gegenübersaß, erinnerte sich Pavle der Reiter und Pferde in der Manege, die sich wie Polonaisetänzer vornehm umkreisten, einander näherten und voneinander entfernten.

Wie gern hätte er diese beiden Scheusale, Bozitsch und Madame, verlassen und wäre zurückgekehrt, um zu reiten und die Hindernisse zu nehmen, was er schon so lange nicht mehr getan hatte. Da sagte Bozitsch, nun hätte er gesehen, wie schön es sich in der aufgeklärten Wiener Gesellschaft lebe.

Kaum waren sie in Bozitschs hellerleuchtetem Haus zum Pharaospiel angekommen, da traf nach ihnen auch der Veterinär di Roncalli ein.

Während die Husaren servierten, rief Bozitsch, der Rittmeister glaube, alles Glück sei in der Treue einer Frau und in der Ehe.

Di Roncalli, der das ernst nahm, begann langsam auf deutsch zu erläutern, daß das Glück in der Wissenschaft liege, in der Anatomie, in der Betrachtung schöner Pferde und der Natur, in einem angenehm verbrachten Abend. Isakowitsch sei sehr traurig. Und das sei nicht gut. Die Seele sei Ursache allen Kummers im Leben. Das Glück sei ein Ergebnis guter Erziehung. Und es liege in der Reitschule, in der Überwindung der Hindernisse, in der Kapriole der Hengste, im schönen Trab und Galopp. In der Gesundheit der Pferde liege das Glück. In der Gesundheit überhaupt.

Isakowitsch besah sich diesen jungen, schwarzgekleideten Mann und lachte ohne Anlaß.

Frau Bozitsch, die sich kurz zurückgezogen hatte, erschien wieder, und in einem unbeobachteten Augenblick flüsterte sie Pavle zu, sie werde ihn tags darauf bei »Guldenberg« besuchen wie damals im »Engel«. Pavle sah sie nur kalt an und erwiderte nichts.

Der Veterinär indessen, der Isakowitsch kaum kannte, redete, während sie sich zum Spiel setzten, auf ihn ein: Wie schade es sei, daß er nicht in Wien bleibe und hier heirate. Er könnte hier so schön leben.

Für Roncalli war alle Weisheit dieser Welt auf einen einzigen Satz in seiner Muttersprache reduzierbar: Es gab zwei Sorten von Menschen: Die einen waren weise und bedachtsam und lebten gut, die anderen waren dumm und leichtsinnig und hatten das Nachsehen.

Der Veterinär stand aufrecht vor Isakowitsch und wiederholte, gestikulierend: »I furbi! E i fessi!« – als klassifizierte er so die ganze Menschheit.

Isakowitsch, schweigsam, düster, verlor beim Pharao alles, was er an dem Abend bei sich hatte.

Spät erst fand sich Bozitsch grinsend bereit, dem Rittmeister zu gestatten, daß er in seine Wiener Herberge zurückkehrte. Er sei überzeugt, sagte er, daß Isakowitsch nicht vergessen werde, was er in der Reitschule des Grafen Pahr gesehen hatte.

Beim Abschied sagte Evdokija wieder, flüsternd und zärtlich, sie werde Isakowitsch am Tag darauf in seiner Herberge besuchen.

Er hatte schon Säbel und Pelerine an sich genommen. Hinter ihrem Rücken jedoch sah er – neben di Roncalli, der sich verneigte – Bozitschs haßerfüllten Schielblick.

Da begriff Isakowitsch endlich, daß der Ehemann entweder alles wußte oder ahnte oder gehört hatte, was Madame flüsterte.

Bozitsch indes begleitete ihn liebenswürdig hinaus.

»Hol's der Teufel, Rittmeister«, sagte er, »Sie sind mir ans Herz gewachsen.« Zu schade, daß er nicht um die Hand seiner Tochter angehalten hatte. Er hätte eine gute und treue Frau bekommen und sie sicher liebgewonnen. Thekla hätte ihn geliebt, wie eine Frau ihren Mann rechtens zu lieben habe – so wie Isakowitsch seine Frau selig liebe, obwohl sie unter der Erde war. Wir alle müßten eines Tages unter die Erde.

Pavle war jetzt gegen diesen abstoßenden Mann etwas weicher gestimmt, vielleicht weil Bozitsch ihn nicht nach Evdokijas Besuchen bei der Familie Ziminski gefragt hatte, vielleicht, weil sie beim Pharao reichlich dem Wein zugesprochen und sich erheitert hatten.

Jedenfalls begann er zu erklären, daß er nichts heimlich unternommen habe. Die Isakowitsch-Vettern hätten der Hofdeputation und dem Hofrat Mahler geschrieben, aber alles vergebens. Auch ihre Verwandten aus dem Generalat Karlovatz hätten ähnliche Beschwerden geführt, ebenso die aus der Lika und der Banija, die nach Rußland wollten. Im Namen der Großen und Kleinen! Auf daß man es wisse! Wien wolle ihnen nehmen, was sie sich mit dem Säbel erkämpft hatten! Sie zu Fronbauern machen! Im Banat von Temesvar dürften sie an katholischen Feiertagen nicht arbeiten, weder Handwerker noch Kaufleute noch Bauern. Sie seien unter falschen Vorspiegelungen aus Serbien fortgelockt worden.

Bozitsch entgegnete fluchend, nur in Österreich, an der Grenze Serbiens, an der türkischen Grenze sei die Zukunft ihrer Nation, nicht irgendwo fern im Schnee!

Er begleitete Isakowitsch bis zur Haustür. Nicht ans Tor.

Er bot ihm nicht an, bei ihm zu übernachten. In einem jener Fauteuils, die sich als Nachtlager für unerwartete Gäste herrichten ließen. Isakowitsch selbst war der Gedanke zuwider, die Nacht in einem Haus zu verbringen, in welchem SEINE Frau – seine vor Gott – mit Bozitsch schlief, dem sie vor den Menschen angehörte.

Darum verabschiedete er sich hastig, als fliehe er vor Bozitsch.

Die Husaren geleiteten ihn ans Tor. Draußen donnerte und blitzte und regnete es immer noch. Es mochte Mitternacht sein.

Im Schein der Laternen suchte Isakowitsch vor dem Haus nach Herrn Agagijanijan und seinem Wagen, entdeckte sie jedoch nirgends. Die Husaren erklärten, Agagijanijan sei dagewesen und wieder abgefahren, und der Wagen warte bei der Reitschule auf Isakowitsch – deren Laternen jenseits der finsteren Allee in drei-, vierhundert Schritt Entfernung leuchteten.

Da ihm das mit Wolkows Wagen noch nie geschehen war, staunte, zürnte und fluchte Isakowitsch. Er konnte wählen: zu Bozitsch zurückkehren und seinen Wagen erbitten oder zu Fuß den Tempel der Pferde aufsuchen. Er beschloß, sich nur eine Laterne geben zu lassen und die Allee entlang zur Reitschule zu wandern.

Er meinte, dort werde man ihn wohl erwarten. Vor dem Eingang gab es ganze Wagenkarawanen aus Wien, und irgendwer würde ihn schon zu seiner Herberge bringen.

Als Isakowitsch gegangen war, sagte Evdokija, plötzlich verändert, sie ginge jetzt schlafen. Sie nahm weder Bozitsch beim Arm, noch lehnte sie sich schamlos an di Roncalli, sondern stieg allein ins Obergeschoß, wo ihr Schlafgemach lag.

Dort fand sie ihr Nachthemd auf dem großen französischen Bett ausgebreitet – wie sie es bei Madame Montenuovo gesehen hatte –, und neben Bett und Spiegel brannten die Kerzen in den beiden venezianischen Leuchtern, die Roncalli aus Graz mitgebracht hatte.

Durch die Fenster kam der Duft des feuchten Gartens, und es war angenehm kühl im Zimmer. Die Linden- und Kastanienzweige reichten bis zum ersten Stock, und die Blitze erleuchteten das Bett, als wolle jemand aus den Wolken ihr beim Ausziehen zusehen.

Auf einem Silbertablett brannte eine große, weiße, lilienförmige Kerze aus der Werkstatt ihres Vaters, des Wachshändlers Despotowitsch.

Frau Evdokija verriegelte die Tür und legte sich hin. Dann richtete sie sich nackt im Bett auf und dachte nach.

Ihr Gesicht und ihr Dekolleté, verbrannt von der Sonne, wirkten wie eine dunkle Maske. Sonst war sie weiß wie eine Lilie aus Wachs. Nur ihr Haar hing schwarz wie eine Mähne über ihren Nacken. Sie faltete die Hände über den Knien und legte den Kopf darauf. Weinend. In diesem Augenblick war sie eine Evdokija, wie sie weder Bozitsch noch Isakowitsch kannten – nur ihre Tochter Thekla.

So gibt es Frauen, die selbst ihren Nächsten fremd sind.

Diese Frau, die jetzt beim Grollen des Donners und beim Zucken der Blitze allein an ihrem Bett weinte, war bis zu ihrem dreizehnten Lebensjahr ein Mädchen gewesen wie alle in ihrem Volk. Ein barfüßiges Mädchen, die Lippen blau von Maulbeeren. Ihre Tante, die Frau Rakitsch aus Vukovar, hatte ihr vor dem Schlafengehen noch immer Geschichten von Nasreddin Hodscha und Märchen erzählt. Evdokija – von der Tante Evdja genannt – war gewöhnlich mit dem Märchen von Bär und Fuchs eingeschlafen, vom gastlichen und gutherzigen Bären und vom durchtrieben listigen Fuchs. »Und nun ein Löffelchen Honig!« war der Satz, mit dem das Mädchen einschlummerte. Es waren sorglose Zeiten.

Der Krieg war durch die niedergebrannten Dörfer und über die Save hingegangen, hatte Serbien verwüstet, aber Sirmien hatte tiefen Frieden gehabt. Der Wachshändler Despotowitsch, dem die Frau gestorben war, hatte mit seinen Kerzen, die er nach Wiener Modellen fertigte und längs der Donau zu Tausenden verkaufte, Reichtümer angehäuft. Danach hatte er sich auf den Viehhandel verlegt. Während er mit seinem Blutsbruder, dem Budaer Kaufmann Georgije Rakosavlewitsch, redlich gewirtschaftet hatte, war er mit seinem Kompagnon, Herrn Trandafilowitsch, dazu übergegangen, Geld gegen Zinsen zu verleihen. So hatte er sein Vermögen um das Drei-, Vier-, ja Zehnfache vermehrt und begonnen, von Koptscha in Wien reihenweise Dukaten zu erwerben.

Als die serbischen Kaufleute in Wien 1728 beschlossen, ihrer Kirche das notwendige Ansehen zukommen zu lassen, war Despotowitsch als Wohltäter hervorgetreten, der eine offene Hand hatte. Im Jahr 1733 hatte Despotowitsch bereits einen eigenen Kutscher und eine Karosse besessen, und die Budaer Kirche war bereit gewesen, seine Zweitehe einzusegnen. Die Verlobte indessen hatte urplötzlich das Zeitliche gesegnet. Daraufhin hatte der Wachshändler sein einziges Kind, das bei seiner Schwester lebte, nach Hause beordert. Und die Schwester hatte ihm nicht nur die Tochter gebracht, sondern war auch selbst in Buda geblieben. In großer Scham – wie sie damals jede Frau vor einem Mann, und sei er ihr noch so nahe, empfand oder spielte – hatte Frau Rakitsch ihrem Bruder gesagt, sie käme in sein Haus, um Evdokija zu verheiraten. Die Zeit sei gekommen.

Und die Zeit der Vorbereitung begann.

Man unterwies Evdokija im Lesen und Schreiben, das heißt Krakeln. Sie fing auch an, auf deutsch zu radebrechen, lernte tanzen, Harfe spielen und Strümpfe tragen.

Sie lief nicht mehr barfuß, sie durfte nicht mehr kichern. In einem Budaer Klarissenstift wurde sie zum Schweigen gebracht.

In diesem Jahr 1737 war Bozitsch der eleganteste Offizier eines ungarischen Husarenregiments, das bei Maria Theresia in Hofdiensten stand und für seine Schlägereien berühmt war. Obwohl Bozitsch nunmehr nur eine Ruine seiner selbst war, hatte er in Wien noch immer Zutritt zur Gesellschaft seiner einstigen Freunde und Kameraden.

In dieser Gesellschaft hatte sich seine Frau verändert.

Kaum hatte sie das erste Kind geboren, hatte Bozitsch diese Frau durch seine maßlose Grobheit für immer von sich entfremdet. Indem er Tag für Tag von seiner ersten Gattin und ihren Tugenden redete, hatte er diese Frau derart zum Schweigen gebracht, daß sie ihm weder Freuden noch Leiden mehr anvertraute. Mit jedem neuen Kleid, mit jedem Perückenmacher, der ihre Frisur veränderte, mit jedem neuen Verehrer, der sie im Stil der damaligen Schäferspiele zu erobern suchte, entfernte sich Frau Bozitsch weiter von ihrem Mann. Sie begegnete jungen Offizieren, parfümierten, die ihr zu Füßen lagen und ihr sagten, daß sie schön sei, mehr als schön – eine Göttin der Nacht –, und ihr die Frauen aus ihrer Umgebung zeigten, die ihr Mann besessen hatte.

Evdokija Bozitsch hatte mit siebzehn geheiratet – vier Jahre nach ihrer Übersiedlung aus dem Gänsenest Vukovar –, wobei sie unschuldig war und keine Ahnung von ihrem Körper hatte, obwohl ihre Tante, die Rakitsch, jetzt anstelle der Märchen von Bär und Fuchs Geschichten erzählte, die von Ehen handelten, von Geburten, von Umarmungen und von Königinnen, die mit ihrem Kind an der Brust von den bösen Königen verlassen wurden.

Bozitsch aber benahm sich seiner jungen Frau gegenüber genauso wie gegenüber den Huren, die er morgens bezahlte und aus seinem Bett warf.

Und so hatte auch Evdokija Bozitsch an einem Sommerabend – zu Gast bei Madame Montenuovo – dem Drängen eines Verehrers nachgegeben. Dem sehr jungen Herrn Wohlgemut, der sie allein, beim Umkleiden, überrascht hatte. Er war ein parfümierter, aufgeputzter Offizier, zärtlich und verliebt, aber schüchtern. Sie hatte sich lange gewehrt und ihn lange gequält, ehe sie ihm endlich erlaubte, die letzten Knöpfe zu öffnen.

Wohl weil sie ihn so lange hingehalten hatte, erwies sich dieser Verehrer als unfähig. Ihr war all das widerwärtig, was er mit ihr zu treiben versuchte. Dabei verwandelte er sich aus einem schönen Jüngling in ein Schwein. Sie fragte sich, ob es das war, was die Frauen so rühmten und ersehnten. Bei Bozitsch wußte sie wenigstens, was sie erwartete.

Obwohl sie sich vor Bozitsch ekelte – vor dem, was er in der Umarmung lallte, vor seiner Gewöhnlichkeit, wenn er sich befriedigt hatte –, mußte sie ihm zugestehen, daß er mit seinen sechzig Jahren noch viel Kraft hatte.

Sie erduldete ihn, denn bei ihm hatte sie das Gefühl, auf angenehme Weise vergewaltigt zu werden.

Herr Wohlgemut hatte sich einen Augenblick ihrer Schwäche zunutze gemacht, ihres Wunsches zu sehen, was das eigentlich war – dieser Ehebruch –, von dem sie soviel gehört hatte.

Aber dieser Mann hatte sich als Stümper erwiesen, und nie wieder hatte sie jemandes Bitten nachgegeben.

Nach diesem Stümper – der als einziger erzählen konnte, bei dieser schönen, wilden Fremden unter den Wienerinnen gewesen zu sein –, hatte es noch andere Männer gegeben, die hofften, Frau Evdokija wenn nicht heute, so morgen verführen zu können. Frau Evdokija, parfümiert, zurechtgemacht, ständig in neuen Kleidern, war auch nach diesem Erlebnis bereit, Mondscheinspaziergänge zu unternehmen, sogar Küsse zu tauschen – aber weiter ging sie nicht.

Sie hatte Deutsch gelernt, parlierte wie eine Wienerin, sie war ausgelassen, aber sie wies alle ihre Verehrer in die Schranken.

Ihren Freundinnen pflegte sie zu sagen, daß sie auf den Richtigen warte, auf einen, der von weither kommen werde.

Wer weiß, wie lange Frau Evdokija so schön und aufgeputzt durch die Häuser und Gärten ihrer Bekannten spaziert wäre – darunter Frau Montenuovo aus der höchsten Gesellschaft –, hätte nicht gerade diese Frau Montenuovo ein Auge auf sie geworfen.

Isakowitsch bildete sich ein, daß alle Wiener, besonders oben bei Hof und unter den Generälen, seine Nation haßten, aber dem war nicht so. Unter den alten Offizieren mit Erinnerungen aus den Türkenkriegen gab es wirkliche Verehrer von Isakowitschs Landsleuten, die der Hofjargon unter dem Namen Kroaten zusammenfaßte.

Der alte Montenuovo mochte den Hurenbock und Spieler Bozitsch mit seinen Taschen voller Schuldscheine besser als viele andere Offiziere seiner Bekanntschaft leiden, die Deutsche waren. Frau Montenuovo, die sich Bozitsch gegenüber benahm, als wäre er ihr Galan, setzte sich für Hunderte serbischer Offiziere ein, die er ihr empfahl. Verwirrung entstand erst, als sich die Grenztruppen für das russische Zarenreich erklärten und den Abschied von der österreichischen Armee verlangten, um auszuwandern.

Frau Montenuovo, die jetzt fünfzig Jahre alt war, hatte sich in ihrer Jugendzeit schrecklich vor dem Ehebruch gefürchtet. Sie hatte geglaubt, sofort schwanger zu werden, wenn sie ihren Mann betrog, mit dem sie keine Kinder hatte – und das hatten ihr auch ihre Freundinnen prophezeit. Die außereheliche Liebe, so glaubte man damals, sei viel inniger und tiefer als die unter Eheleuten. Viel schamloser und deshalb auch fruchtbarer. Frau Montenuovo war deshalb das klassische Beispiel einer Wienerin, die sich den Anschein gab, ihren Mann hundertmal betrogen zu haben, was in Wirklichkeit aber gar nicht stimmte. Aber so war es nur in den ersten Jahren.

Nachdem sie sich überzeugt hatte, daß sie kinderlos bleiben würde, hatte sich Frau Montenuovo nach dem Vorbild der anderen Damen bei Hof einen Liebhaber genommen, und danach waren ihrer mehr, als sie an Fingern und Zehen abzählen konnte. Aber obgleich sie kein Hehl daraus machte, wollte es in ihrer Gesellschaft niemand glauben. Bozitsch – damals schon über fünfzig, zahnlückig, trunksüchtig – figurierte nicht auf der Liebhaberliste von Frau Montenuovo. Sie bedauerte Bozitsch, denn sie sah das Ende dieses Mannes voraus, der in den Schlachten so kühn gewesen und ihrem Gatten so treu ergeben war. Des Mannes, dessen Frau so schön und soviel jünger war als er.

Frau Montenuovo fühlte sich nicht von Bozitsch angezogen, sondern von Evdokija.

Sie begehrte diese schöne Fremde wie einen Mann.

Als das hier Berichtete sich ereignete, herrschte in Europa bei den Bauern große Not und große Freiheit der Liebe bei den höheren Ständen, besonders bei den Kreisen um die Höfe.

Die Frauen aus diesen Kreisen wechselten häufig ihre Liebhaber, und es kam auch vor, daß eine ältere Schöne nach der Liebe einer jüngeren Frau oder eines Mädchens verlangte.

Trotz aller Freiheit, welche die Männer ihren Frauen ließen, konnte es einem Liebhaber geschehen, daß er erstochen wurde, wenn der Gatte ihn im Schlafzimmer ertappte. Den Frauen, die Liebhaberinnen von Frauen waren, geschah nichts. Diese Liebe, obwohl sie weit verbreitet war, blieb fast immer ein sorgsam gehütetes Geheimnis. Und wurde sie entdeckt, betrachtete man sie als verzeihliche Spielerei. Von den jungen Mädchen, die vornehmen alten Damen zum Opfer gefallen waren, sprach man erst, wenn die eine oder andere Selbstmord verübte oder den Verstand verlor.

Madame Montenuovo war kein altes Weib, als sie Evdokija wie einen Mann begehrte. Obwohl sie die Fünfzig überschritten hatte, konnte man sie für zehn Jahre jünger halten. Sie hatte einen Körper von fast unvergänglicher Jugendfrische. Und sie war eine stadtbekannte Schönheit.

Was am erstaunlichsten ist: Bevor sie Evdokija begegnete, hatte sie diese Art Liebe nicht gekannt und nicht ersehnt. Sie war glücklich und zufrieden mit ihrem vornehmen Gatten, der längst aufgehört hatte, Beweise ehelicher Treue von ihr zu verlangen, und wechselte die Liebhaber mehr um des Zeitvertreibs willen als auf der Suche nach Erfüllung oder einem Sinn im Leben. Evdokija hatte sie in Raserei versetzt wie bei der unverhofften Begegnung zweier Königinnen. Nachdem sie sie zum erstenmal gesehen hatte, schilderte sie sie ihren Freundinnen nicht als schöne Frau, sondern als jemanden mit »beaucoup de chien«. Sie selbst hatte die junge Fremde mit heißem Blick angestarrt.

Frau Montenuovo war damals eine überaus anziehende Erscheinung – von mittlerem Wuchs, schlank, trug sie nicht nur extravagante blaue Seidenpantöffelchen, sondern hatte auch außergewöhnliche Brüste. Sie glich den Statuen ihrer Zeit aus Marmor oder Porzellan. Sie hatte große dunkelgrüne Augen, ein warmes Lächeln und um das schöne bleiche Gesicht üppiges Haar von der Farbe rötlichen Strohs.

Sie kleidete sich wie eine Hofgärtnerin. Besonders auffällig war ihr roter Mund mit der vollen, prallen spanischen Unterlippe.

Ihr Vater war ein Bayer spanischer Herkunft – von jenen Spaniern, die in den deutschen Ländern gekämpft hatten – und ihre Mutter eine berühmte Polin.

Evdokija Bozitsch wurde ihr vorgestellt, als sie zum erstenmal zu General Montenuovo kam, um Gnade für ihren Mann zu erbitten. Frau Montenuovo hatte Mitleid mit dieser Frau, die nicht von ihrem Stand, weder elegant noch interessant, aber wunderschön war. Während sie mit ihr plauderte, sie tröstete, ließ sie keinen Blick von ihren Brüsten, ihrem Gesicht. Ihren Freundinnen erzählte sie, was für Augen diese Slawonin hatte – wahnsinnig! So riesig! So dunkel! Wäre sie ein Mann, sagte sie, würde sie diese Frau im Bett mit Küssen und Umarmungen ersticken, ihr vor Lust die Rippen brechen. Sie sprach auch von den Brauen dieser Slawonin, die hatten in ganz Wien nicht ihresgleichen. Sie verliehen ihren starren, dunklen Augen eine schreckliche Macht des Blickes. Und was für runde Brüste, was für eine Gestalt diese Frau von Major Bozitsch hatte!

Sie erinnere sie an einen jungen italienischen Offizier ihres Mannes, der imstande war, ein Pferd zu überspringen und um einer Wette willen nackt die reißende und trübe Adige bei Verona zu durchschwimmen.

»Schade, daß Frau Bozitsch keine Wienerin aus unseren Kreisen ist«, sagte Madame Montenuovo.

Trotzdem wurde Evdokija bald wieder zur Generalin eingeladen, und Bozitsch prahlte tagelang in ganz Wien damit, daß seine Frau die einzige aus der ganzen Nation war, der solche Ehre widerfuhr. »Keine einzige von unseren verdammten Schlampen hat es je so weit gebracht!«

Bozitsch ahnte nicht, was seiner Frau bevorstand. Und sie bewahrte über das, was sie erlebte, tiefstes Schweigen.

Schon bei der nächsten Visite – die beiden Damen waren im »Engel« gewesen, wo Frau Montenuovo Geschenke an die kranken Kinder serbischer Offiziere verteilte – wurde sie aufgefordert, über Nacht zu bleiben. Vor Überraschung wurde Evdokija puterrot.

Der Luxus von Frau Montenuovos Schlafgemach überstieg all ihre Vorstellungen, und vollends schwindlig wurde ihr, als die Gastgeberin, angetan mit einem prachtvollen durchsichtigen Nachthemd, in dem Nebenzimmer erschien, wo man für Evdokija das Bett bereitet hatte. Lachend erklärte sie, nicht schlafen zu können.

Sie schlage vor, gemeinsam ein Buch mit hübschen pikanten Geschichten zu lesen, und wenn Frau Bozitsch nichts dagegen habe, würde sie sich zu ihr legen.

Es waren verwirrende Geschichten, die ein paar hundert Jahre zuvor von einer französischen Königin gesammelt worden waren. Sie schilderten unglaubliche Dinge.

Evdokija wurde leichenblaß, als die große Wiener Dame ihr Schlafzimmer betrat, und als sie sich zu ihr legte, verstummte sie vor Verwirrung. Frau Montenuovos Freundinnen, die sie unbekleidet gesehen hatten, erzählten, daß ihr Körper wunderbar jung, weiß, von reizvollen Formen war.

Und die Männer, die ihre Galane gewesen waren, berichteten später, nachdem sie ihnen den Laufpaß gegeben hatte, sie sei beim Liebesspiel ebenso kunstfertig wie anspruchsvoll. So redete man damals in Hofkreisen.

Der Hof führte Krieg mit Preußen, bereitete die Teilung Polens vor, wollte einen französischen Prinzen auf den sächsischen Thron setzen, aber wenn der Tag sich neigte und die Nacht herabkam, waren es die Frauen, die hinter den hellen Fenstern der Häuser, in den Gärten, in den Pavillons das Heft in die Hand nahmen.

Evdokija war konsterniert, als sie die Nacktheit dieser Frau sah, die für sie fast eine Kaiserin Maria Theresia war und die sogar auch Theresa hieß. Als sie hörte, was Frau Montenuovo ihr vorlas, atmete sie ganz tief, und als Frau Montenuovo fragte, ob sie ihr einen Kuß geben dürfe, glaubte sie sich verhört oder sogar den Verstand verloren zu haben. Frau Montenuovo indes gab ihr nicht nur einen Kuß auf den Mund, sondern küßte auch ihren Körper, den sie wie im Scherz entblößt hatte und der sie in Entzücken versetzte, ebenso wie Evdokijas Augen und ihr Haar.

Und als Evdokija, die sich nicht hatte träumen lassen, daß es auch so etwas auf Erden gab, unter den Händen und Lippen dieser Frau zu zittern begann, verlangte ihre Gefährtin, wiedergeküßt zu werden. Evdokija solle sich vorstellen, sie wäre ein Mann.

Schließlich zog sie Evdokija auf sich, küßte wie von Sinnen ihre Brüste, ihren Mund und stieß irre Schreie der Wollust aus.

Mit einer für Evdokija unerhörten und unbegreiflichen Schamlosigkeit forderte Frau Montenuovo immer gewagtere Liebkosungen, und Evdokija, verwirrt und außer sich, gab nach, nicht so sehr, weil sie Wollust verspürte, sondern aus Angst, als eine Schülerin zu erscheinen, die nicht leisten konnte, was man von ihr erwartete.

Beim ersten Morgengrauen schlief Frau Montenuovo in Evdokijas Armen ein. Ihre Augen waren nur halb geschlossen, und unter den zuckenden Lidern war das Weiße zu sehen.

Der unter dem Eindruck des Erlebten halb wahnsinnigen

Evdokija prägte sich unauslöschlich ein, wie diese Frau – vor der sie beim ersten Besuch das Knie gebeugt hatte wie vor einer Kaiserin – atemlos Liebesworte stammelte. Bis ans Ende ihres Lebens sollte sie diese Stimme hören, die in deutscher Sprache und wie unter Schmerzen keuchte: »Komm! Komm! Nimm mich, tu mir weh! Bring mich um, ich will sterben, ich will sterben. Du bist herrlich! Du bist stark! Ich brauche dich!«

An diesen unfruchtbaren, schamlosen, obszönen weiblichen Umarmungen, an diesem wahnwitzigen Ringkampf zweier Nymphenkörper beteiligte sich Evdokija als trunkene, verwirrte Unwissende, die gerade deshalb um so verrückter, wilder, kräftiger war, als daß sie all das mehr erschöpfte, ermüdete, ermattete als hundert Tage ihrer Ehe.

Als Frau Montenuovo aus dem Bett sprang, sprang auch Evdokija auf und hatte einen Ohnmachtsanfall, der sie niederwarf, aber dann so schön, angenehm, herrlich war.

Frau Montenuovo trennte sich erst von ihrer Besucherin, nachdem sie ihr eingeschärft hatten, ihr treu zu bleiben. Sie werde nicht nur dafür sorgen, daß Bozitsch von allen Anklagen freigesprochen würde, sondern daß Evdokija von nun an öfter bei ihr Visite machte. Sie werde auch bei Hof vorgestellt.

Nur solle sie so rein und unschuldig bleiben, wie sie ihr begegnet war.

So begann eine Liebe, wie sie Frau Evdokija bisher nicht gekannt hatte, und die andauerte, bis sie Isakowitsch auf der Reise begegnete.

Als sie von dieser Reise zurückkehrte und zu ihrer Freundin ging, um die Freilassung ihres Mannes aus dem Arrest zu erwirken, schrie Frau Montenuovo bei ihrem Anblick auf. Sie sähe einen Mann in ihren Augen! Sie wisse, daß sie ihr untreu geworden sei. Sie gewöhnliches Frauenzimmer habe sich ihrer großen Liebe als unwürdig erwiesen.

Danach wurde Bozitsch freigelassen, Evdokija jedoch nicht mehr in das Haus Montenuovo eingeladen.

Sie bedauerte es nicht, sie schrie erst entsetzt auf, als sie hörte, daß ihre Tochter in der Reitschule des Grafen Pahr Frau Montenuovo kennengelernt hatte und daß Frau Montenuovo sich für die Tochter von Joan Bozitsch interessierte, die eine so gelehrige Reitschülerin und so hübsch war.

Es stimmte nicht, daß Frau Bozitsch darauf bestanden hatte, ihre Tochter nach deren Besuch bei Isakowitsch ins Kloster zu sperren. Bozitsch hatte es auf Anordnung von Frau Montenuovo getan. Nach seiner Freilassung aus dem Gefängnis brüstete er sich damit, daß seine Tochter als erste aus ihrer Nation bei Hof vorgestellt werden sollte. Als indes Evdokija von ihrer Tochter hörte, daß Frau Montenuovo sie in ihrer Loge empfangen, gestreichelt und als liebes kleines Mädchen abgeküßt hatte, verkrampfte sich ihr Herz. Ein Schauer überlief sie.

Aber sie war in diesen Tagen viel zu sehr mit ihren eigenen Liebesdingen beschäftigt. Isakowitsch, den sie seit dem Augenblick begehrte, da er ihren Wagen bestiegen hatte, war für sie ein unverhofftes, unerwartetes, unerhörtes Erlebnis. Er erweckte in ihr Erinnerungen an Barfüßigkeit, Gänse, Feldblumen; erweckte Liebessehnsucht, wie sie sie empfunden hatte, bevor sie heiratete. Er war schon in der ersten Nacht in Wieselburg für sie das geworden, was der Traum aller Frauen ist: ein Mann, auf dessen starkem Arm man einschlummern kann wie auf einem weichen Kissen.

In ihrer Erinnerung besaß Isakowitsch die Kraft eines schwarzen Hengstes, eine allesverzeihende Güte, eine Tugend, die ewig ist, eine Zärtlichkeit, wie sie nicht einmal ihre Tochter für sie empfand. Er glich keinem anderen ihrer Verehrer, und die Wonnen, die er ihrem Körper schenkte, waren Blitzschläge gegenüber dem schwachen Taumel, den sie bei Frau Montenuovo gefühlt hatte. Evdokija war halbtot vor Wollust, wenn sie sich in Isakowitschs Umarmung wand und in seine blauen Augen blickte. Sie waren kühl, hell und ruhig, als wollten sie ihren Körper, ihre Gedanken, ihre Gefühle bis zum Grund durchschauen. Als lauerte er ständig auf den Punkt, wo er sie so treffen konnte, daß sie sich selbst vergaß. Dieser Blick machte sie verrückt.

Mit seinem überraschenden Aufbruch in das ferne Rußland zerriß er das Netz, das sie um Vater, Tochter, Ehemann geknüpft hatte, um sich von allem zu befreien – von der Ehe mit Bozitsch, von Frau Montenuovo, von Wien. So weinte sie allein in dieser Nacht auf ihrem Bett, weil Isakowitsch nicht warten wollte, weil er sie beide zugrunde richten wollte, aber sie war fest entschlossen, ihn tags darauf in der Herberge aufzusuchen.

Doch sie ahnte nicht, was draußen in der Finsternis mit Isakowitsch geschah. Er hatte sich inzwischen – die Pelerine um die Schultern, die Laterne in der Hand – auf den Weg gemacht. Sein Säbel schleppte nach, und Pavle rutschte mehr, als daß er ging, denn der Kiesbelag der Allee war im nassen Schlamm versunken. Mitternacht war vorüber, es donnerte und blitzte aus den düsteren Wolken. Ergrimmt über sich selbst und über die ganze Welt, strebte Isakowitsch den fernen Lichtern der Reitschule entgegen. Die Regentropfen, die ihm ins Gesicht schlugen, störten ihn nicht; er liebte die sommerlichen Gewitter. Man schrieb September, doch im Grün der Leopoldstadt hielt sich noch immer der Sommer. Der Regen ließ auch nach, das Gewitter zog ab.

In den Gärten zu beiden Seiten der Allee war alles still. Da hörte er plötzlich Hufgetrappel und das Räderrollen eines in großer Eile herannahenden Wagens. Der Instinkt des Reiters, der mit Pferden groß geworden ist, sagte ihm, daß das Gespann schon ganz dicht auf war, und er zuckte zusammen. Er wandte sich um, und im selben Augenblick schrie er auf.

Im schwachen Schein der Laterne, die er über den Kopf erhoben hatte, sah er die Umrisse riesiger schwarzer Pferde, die so schnell auf ihn zujagten, daß er spürte, er würde keine Zeit zum Ausweichen haben. Platz dafür gab es ohnehin nicht. Gleich hinter den Kastanien begannen die Gartenmauern. Die Allee war gerade so breit, daß ein Wagen passieren konnte. Trotzdem warf er sich zur Seite, aber da waren die Rappen schon auf gleicher Höhe.

Er erhielt einen Stoß, der ihm die Laterne aus der Hand schleuderte, und er stürzte über seinen Säbel wie über einen Knüppel, den man ihm zwischen die Beine geworfen hatte. Er lag im Schlamm und hatte heftige Schmerzen am Knie.

Pferde und Wagen – so schien es ihm wenigstens – tobten über seinen Kopf hinweg und verschwanden in der Finsternis.

All das war blitzschnell gegangen, und Pavle erinnerte sich

später nur, daß er einen Stoß erhalten, sich überschlagen und wie ohnmächtig dagelegen und erst nach längerer Zeit die Kraft gefunden hatte, sich an einen Baumstamm zu lehnen.

Er wußte, daß er nur zufällig am Leben geblieben war.

Erst eine gute halbe Stunde später erreichte Isakowitsch humpelnd, mit starken Schmerzen in der Leistengegend und am Knie, den Eingang zur Reitschule.

Wer in jener Nacht von wem in wessen Wagen kutschiert worden war, das blieb ein Rätsel. Isakowitsch konnte es niemals lösen oder darüber sprechen. Er wollte es auch nicht.

Nach diesem Abendessen bei Bozitsch tauchte er in tiefster Nacht in seiner Herberge auf. Und er war so verschmutzt, erschöpft und mitgenommen, daß große Aufregung entstand. Man rief nach dem Feldscher. Man war bis zum Morgen beschäftigt, seine Kleider in Ordnung zu bringen.

Pavle erklärte, er sei in weinseliger Gesellschaft bei einer tollkühnen Kutschfahrt aus dem Wagen gestürzt. Und er wolle schlafen. Er müsse frühmorgens Wien verlassen und brauche einen Wagen bis Schwechat, ganz gleich, was das koste.

Es war noch dunkel in Wien, obwohl es außerhalb der Stadt, auf den Hügeln, schon graute, als er, todmüde und von den Schmerzen erschöpft, zu Bett ging. Sein Zimmer lag über dem Hof der Herberge, an den sich ein Garten anschloß. Hier entfalteten die späten Rosen nach dem Gewitterregen ihren Duft.

Er schlief sofort ein und lag wie tot, stöhnte und murmelte etwas im Schlaf. Aber er hörte, daß ihn jemand beim Namen rief. Tatsächlich rief jemand von draußen nach ihm. Die Stimme kam aus weiter Ferne.

»Komm her, Isakowitsch, du Hundesohn, wir haben zu reden! Russischer Fürst will er werden, der feine Herr! Wieviel hat dir Wolkow bezahlt?«

Anfangs glaubte Pavle zu träumen, aber begriff gleich darauf, daß er wach war. Die Rufe kamen von der Straße oder aus dem noch dunklen Garten. Der da rief, mußte die Lage der Zimmer und der Fenster in der Herberge genau kennen.

An der Stimme erkannte er Ladjewitsch.

Dann erscholl ein albernes Kichern wie von jemandem, der gekitzelt wurde, und ein Spottvers: »Bei der Jungfer nicht zum Ziel gekommen, hat er seine Strafe doch bekommen! Oooj!«

Er erkannte Filipowitsch.

Isakowitsch lag mucksmäuschenstill im Bett. Dann flog ein größerer Stein durch die geöffnete Balkontür und zerschlug das Waschbecken. Er sprang auf, und nackt wie er war, ganz voller Pflaster, trat er auf den Balkon. Er fluchte auf serbisch wie ein Viehhändler.

Unten sprang jemand über die Gartenmauer, und er vernahm wieder die Stimme von Ladjewitsch: »Wer Krebse fängt, macht sich die Hosen naß! Komm her, Pavle, du Hundesohn!«

Während sich Isakowitsch hastig ankleidete und das Messer in den Stiefelschaft steckte, wurde es still im Garten. Auf der Straße jenseits der Mauer fuhr ein Wagen davon, und das Gelächter entfernte sich.

Isakowitsch legte sich nicht mehr hin. Als die Sonne aufging, beglich er die Rechnungen in der Herberge und begab sich zum Wagen, den man für ihn geholt hatte.

Der Wirt verbeugte sich schläfrig vor seinem Gast und bat um Entschuldigung, weil seine Uniformjacke zwar gewaschen, aber nicht getrocknet war. An der roten Pelerine haftete noch Schmutz. Isakowitsch ließ sie fallen, und sie blieb bei »Guldenberg« wie eine abgestreifte Schlangenhaut.

Seine überstürzte Abreise aus Wien fand am Sonntag, eigentlich Montag, dem neunzehnten September statt, soweit aus einem Brief hervorgeht, der nach dem Tod seines kranken Verwandten in der Familie verwahrt wurde. Aber vielleicht bezeichnete das Datum in diesem Brief den Tag seiner Ankunft in Buda? Der Satz ist nicht eindeutig. Sicher ist nur, daß es für die Familie Isakowitsch der Tag des Märtyrers Troofim war.

Und der zweite Oktober im Kalender der Katholiken. Für sie war dies der Tag der Schutzengel.

In Rußland wurde der Rittmeister mehrmals gefragt, warum und wie er Österreich und Wien verlassen hatte. Er wurde von den Russen gefragt und auch von der eigenen Familie.

Isakowitsch sprach ungern darüber und erwähnte dabei

niemals Bozitsch. Er sagte, Österreich sei ein aufgeklärtes europäisches Land und Wien eine wunderschöne Stadt. Eine glückliche. Die mit Rußland verbündete österreichische Armee sei stark.

Was ihm bei den Österreichern nicht gefallen habe, das sei der Unterschied zwischen den alten Wienerinnen und den serbischen Großmüttern, zwischen den dortigen alten Herren und den serbischen Greisen. »In unserer Nation gibt es unter den alten Männern nicht so viele Schürzenjäger. Unsere alten Frauen meinen, daß das Alter gottgegeben ist und man den Abgang von dieser Welt nicht bedauern muß. Bei den Wienerinnen ist das anders. Jede Alte in Wien möchte hundert Jahre lang jung und schön und halbnackt sein und Galane haben. Jede möchte zu ihrer Jugend zurückkehren und wieder ein schönes Mädchen werden. In ihren Gesichtern ist nicht die Ruhe und Güte unserer alten Frauen. Sie wenden irgendwelche Elixiere und Klistiere an, die den Körper verjüngen sollen. Die alten Männer in Wien sind auch nicht besser. Sie putzen sich und parfümieren sich und jagen dem jungen Fleisch nach. Sie wollen ewig leben. Sie wollen wieder jung sein, und einige sagen sogar, daß sie neu geboren werden!« Als er das über die Wienerinnen und Wiener in Kiew erzählte, lachten die Russen. Genauso sei es auch in Sankt Petersburg, sagten sie.

Seinen Vettern erklärte Pavle, er bedaure nicht, Österreich und die dortigen Landsleute verlassen zu haben, unter denen die Familie Isakowitsch so viele Verwandte und Gevattern hatte.

Bisher habe er geglaubt, daß sie als Söhne derselben privilegierten Nation alle gleich seien. In Wien habe er sich jedoch vom Gegenteil überzeugt.

Vielmehr gebe es Majore, Kaufleute, Stutzer, Spieler, Schürzenjäger, Vielfraße, Schweine, Speichellecker und neben tollkühnen Helden auch viele Fettärsche und bequeme Feiglinge. Seinem Vetter Jurat sagte er des öfteren: »In Wien, mein Dicker, bei unseren Landsleuten habe ich den Unterschied zwischen Gut und Böse begriffen. Zwischen Adel und Abschaum. Im Dunkeln traue ich keinem Landsmann mehr über den Weg. So ist das, mein Lieber!«

Im übrigen hatte Isakowitsch kaum etwas über das kaiserliche Wien zu berichten, und noch weit weniger über seine Einwohner. Eine Stadt wie viele andere. Er habe, wie auch Jurat, dort einen Braunen gesehen, der dem ihres Gevatters Malischa ähnelte. Daß er auch seiner Luna begegnet war, die in Temesvar auf dem Seil getanzt hatte, mochte er nicht erwähnen.

Obwohl ihn diese Blondine im Namen ihrer Familie um viel Geld erleichtert hatte, zweifelte Pavle nicht daran, daß sie ihn liebte. Und daß sie nur fortgegangen war, weil er sie vor seiner Heirat verlassen hatte. Unter den Offizieren in Temesvar und Esseg gab es viele, die über reichlich Geld verfügten und bereit waren, noch mehr für so ein Mädchen zu bezahlen. Sie aber war bis zum Ende ihm treu geblieben. Und daß er auch noch ihre Familie unterhalten mußte, war seine eigene Schuld. Die Isakowitsch-Vettern hatten selbst von angeblichen großen Reichtümern erzählt, die sie aus Serbien nach Srem mitgebracht hatten, als handelte es sich um den Schatz der Nemanjiden. Dabei beschränkte sich all das auf ein paar silber- und perlmuttverzierte Frauengürtel, ein paar silberbeschlagene Pistolen, hundert bis zweihundert Dukaten und die Pferde ihres Adoptivvaters Vuk.

Trifuns Habe, bevor er die Tochter des Deckenmachers Grozdin ehelichte, hatte aus einigen Silberlöffeln und einem goldverzierten Helmschmuck bestanden. Dazu ein paar Silberleuchter und ein Goldbecher, der als Schenkung dem Kloster Zischatovatz vermacht worden war.

Der Grund für Jurats Zorn auf diese Deutsche, die freundlich und lustig war und Pavle offenbar aufrichtig liebte, war nicht der Argwohn, sie könne es auf Pavles Geld abgesehen haben. Sondern die Angst, sie könne Pavle einen Sohn gebären. Was sollte dann werden? Sollte er Isakowitsch heißen oder Berghammer?

So waren die Zeiten.

Denn Serbien, die serbische Nation waren im Bewußtsein all jener, die den Namen Isakowitsch trugen, stets gegenwärtig, mit ihnen wurde niemals Scherz getrieben. Allein sie waren heilig.

Es war dreizehn Jahre her, daß die Isakowitsch-Vettern Serbien mit den Grenzertruppen verlassen hatten, und keiner unter ihnen konnte diesen Verlust verschmerzen. Für Jurat und Petar war es wie der Abschied von der ersten Liebe gewesen. Für Trifun, der damals schon siebenunddreißig Jahre alt war, hatte jenes Erlebnis den Herbstfeuern auf abgeernteten Feldern geglichen, da der Reif fällt und einen langen Winter ankündigt. Für Pavle jedoch, der beim Einmarsch der Türken in Belgrad ein kraftstrotzender junger Mann von vierundzwanzig Jahren gewesen war, kam es einer unerträglichen Schmach gleich. Einem Peitschenschlag ins Gesicht, den man nicht vergißt.

Österreich war den Isakowitsch-Vettern fremd geblieben. In den ersten Jahren hatten sie gehofft, mit dessen Armee nach Crna Bara, zu ihrem im Himmelsblau badenden Cer zurückkehren zu können. Als sie bemerkten, daß sie einer Täuschung aufgesessen waren, hatte Vuk ihnen das Gelübde abgenommen, nach Rußland zu ziehen. In jenen Jahren waren alle Offiziere in der abtrünnigen Donauebene voller Haß auf Österreich, besonders nachdem das Gerücht laut geworden war, daß Despot Georgij heimtückisch festgenommen und im Gefängnis von Eger langsam vergiftet worden sei. Ihre Nation glaubte alles.

Die Massen, die nach Europa, nach Österreich gekommen waren, weil sie hofften, im Kampf gegen die Türken ihr Serbien zurückzubekommen, wurden mißbraucht, um die ungarischen Aufstände niederzuschlagen.

Das kostete fast hunderttausend Tote.

Aber als man diesen Massen die Waffen nahm und sie und ihre Kinder zu hörigen Bauern machen wollte – die für die Herren arbeiteten –, rebellierte auch diese Nation, und ihre Aufstände wurden in ungarischem Blut erstickt.

Das kaiserliche Wien stiftete in den Donauländern große Verwirrung.

Pavle erinnerte sich an Wien und an Evdokija wie an eine Übernachtung in einer Herberge, an dumpfes Hufetrappeln vor der Tür, vor dem wartenden Wagen. Als ihn der Kutscher fragte, ob er auch nichts vergessen habe, rief Isakowitsch, es sei alles erledigt und Eile sei geboten.

Stumm wie ein Toter reiste er nach Buda, erst bei Trandafil wollte er sich erholen.

Nach fünf Tagen traf er unbehelligt in Buda ein.

Er sehnte sich nach Ruhe, nach Mitgefühl, nach ein paar Tagen im Gespräch mit Trandafil, der ihm geholfen hatte, seine Angelegenheiten um den Aufbruch nach Rußland in Wien zu erledigen. Er wollte den Mann trösten, dem man die Frau weggenommen und den man mit den kranken Kindern im öden Haus allein gelassen hatte.

Als er Trandafils Garten betrat, staunte er jedoch, daß das Haus hell erleuchtet war und daß ihm Trandafil freudig entgegenlief. »Ich habe Ihnen doch gesagt, man soll nicht schwarzsehen! Ich habe Femka wieder! Sie hat diesen Taugenichts verlassen. Er hat sogar ihren Trauring verkauft! Windelweich hätt' ich ihn prügeln sollen, diesen Brkitsch! Der mir meine Frau weggenommen hat! Na!«

In der allgemeinen Fröhlichkeit traf Isakowitsch auch Frau Femka an. Sie war schön, sah ihn lieb an und küßte ihn aufs Ohr.

Isakowitsch neigte den Kopf, bat um ein Nachtlager und erklärte Trandafil, er wolle Herrn Rakoslavlewitsch treffen, um die Rechnungen zu begleichen und Abschied zu nehmen. Er müsse möglichst schnell nach Tokaj und weiter nach Rußland.

Er konnte das Glück dieser Menschen nicht mit ansehen. Es war für ihn noch schlimmer als der Anblick eines menschlichen Unglücks.

II
Einst Serbe und nun Russe

Aus den Papieren in der Hinterlassenschaft von Leutnant Isak Isakowitsch, Pavles Verwandtem in Neusatz, ist das Datum von Pavles Ankunft in Tokaj nicht ersichtlich, wo schon seit Jahren eine russische Mission bestand, die die Lazarette und den Hof mit Wein versorgte.

Isakowitsch muß Anfang Oktober, nach dem alten Kalender Ende September des Jahres 1752 in Tokaj eingetroffen sein. Der Edle Isakowitsch verbrachte die erste Nacht auf

Stroh unter dem Wagen, in dem er mit Trandafils leeren Fässern aus Buda angekommen war.

Nach einem seiner späteren Briefe zu schließen, muß ihm das Städtchen Tokaj sehr gefallen haben. Still, fern von aller Welt, umgeben von Grün am Fuß niedriger Berge, spiegelte es sich im Wasser der hier ineinandermündenden Flüsse Theiß und Bodrog. Pavle hatte nie beabsichtigt, nach Tokaj zu kommen, und er wußte, daß er, wenn er es einmal verließ, nie mehr dorthin zurückkehren würde.

Die Häuser hatten rote Dächer, die Straßen waren krumm und unbelebt, und über der Stadt erhob sich der Kirchturm. Am Ufer ragten schwarz die Ruinen der berühmten, von belgischen und venezianischen Ingenieuren für Österreich errichteten Festung auf. Die Ungarn hatten sie während ihres letzten Aufstands zerstört.

Auf allen Hügeln um Tokaj wuchs Wein.

Als er früh am Morgen erwachte, sah Isakowitsch, daß sich die Stadt zu einer grünen, von Bäumen bestandenen Halbinsel senkte und daß am Ufer hohe Pappeln wie Wächter standen. Wie jedes Jahr, war der Herbst in Tokaj schön und warm. Beim Anblick der Stadt hatte Isakowitsch das seltsame Gefühl, das alle Reisenden am ersten Tag in der Fremde befällt – in einer anderen Welt angekommen zu sein, wo alles friedlich und glücklich ist.

Eine andere Welt.

Die russische Mission in Tokaj – so hatte Isakowitsch von Trandafil erfahren – unterstand einem gewissen Wischnewski. Aus den Isakowitsch-Papieren ist indes nicht genau ersichtlich, ob es sich um General Teodor Wischnewski oder um Oberst Gavrilo Wischnewski handelte. Vater und Sohn. Vielleicht vertrat der Sohn den Vater für einige Zeit, vielleicht kam er auch erst später. Sicher ist nur, daß jener Wischnewski, den Pavle in seinen Briefen erwähnt, Serbe war. Das heißt serbischer Herkunft, gebürtig aus dem Dorf Wischnitza.

Da sich diese Mission lange Zeit auch mit Spionage befaßte, ist Pavle möglicherweise von Trandafil oder von Wischnewski belogen worden, und vielleicht hat man ihm später in Kiew den Missionschef verschwiegen. Pavle hat auch kein besonderes Interesse für diesen Mann gezeigt.

Er bat nach seiner Ankunft einfach um Visite.

Wischnewski entschied sich für den achtundzwanzigsten September nach dem russischen Kalender. Den Tag des Ehrwürdigen Bekenners Chariton. Wischnewski empfing Isakowitsch gegen Mittag.

Wischnewskis Haus glich einem kleinen Palast. Das große Anwesen lag außerhalb der Stadt vor den Bergen an der Straße nach Ujhély. Es war von einem Wäldchen umgeben, hatte ein riesiges Tor und vor dem Tor einen Brunnen. Um diesen Brunnen wimmelte es den ganzen Tag von Menschen und Tieren.

Ganz Tokaj wußte, wer hier wohnte.

Die Besucher gingen durch dieses Tor, das sich sogleich wieder hinter ihnen schloß – wie im Gefängnis – in das von Grün umgebene Haus unter Kastanien in einem verwahrlosten herrschaftlichen Garten. Das imposante Gebäude hatte indes nur zwei Fenster.

Große, mit Eisengittern.

Hinter diesen nachts erleuchteten Fenstern wurde jeden Abend musiziert und gesungen, denn Wischnewski führte in Tokaj ein Leben auf großem Fuß. Als Aufkäufer von Wein für den russischen Hof unterhielt Wischnewski freundliche Kontakte mit den ungarischen Grafen und Adelsherren der Umgebung und war jeden Tag zu Pferd in der Stadt unterwegs.

Pavle Isakowitsch empfing er bei dessen erstem Besuch in seinem Schlafzimmer. Als er den Landsmann zur Begrüßung küßte, war sein Schnurrbart noch feucht von der morgendlichen Wäsche, und aus dem Mund roch er nach Wein. In Pavles Gegenwart wurde er von seinen Dienern in eine prächtige russische Uniform gekleidet.

Pavle überreichte ihm die Briefe, die Wolkow ihm mitgegeben hatte. Wischnewski sah sie nicht einmal an, stellte aber Pavle allerlei Fragen.

Wie die meisten ihrer Landsleute war Wischnewski ein stattlicher Mann. Hochgewachsen, aufrecht, obwohl er die Sechzig überschritten hatte.

Auf den ersten Blick erinnerte er Pavle an Bozitsch, aber später wurde ihm der große Unterschied zwischen beiden klar. Wischnewski hatte ein schönes, jugendliches Gesicht mit roten Wangen und guterhaltenen Zähnen, mit ungewöhnlich roten Lippen und großen, glänzenden schwarzen Augen.

Sein Haar war auf französische Art gepudert und mit schwarzen Schleifen zum Zopf gebunden. Nach den ersten Sätzen in serbischer Sprache ging er sogleich zum Deutschen über. Er gab sich liebenswürdig, aufgeklärt, aber auch arrogant.

Dieser alternde Mann glaubte offenbar, noch jung und fröhlich sein zu können, und er kam jedem Gast zunächst sehr freundlich entgegen. Jeder seiner Wünsche, sagte er zu Isakowitsch, sei ihm Befehl.

Alles an Wischnewski war sauber und glatt: Wangen, Hände, Spitzenjabot. Glatt waren auch seine Bewegungen und das Lächeln, das seine Rede begleitete.

Wenn Pavle später seinen Vettern von Wischnewski erzählte, pflegte er zu Jurat zu sagen: »Sei auf der Hut vor jedem Serben, der nicht flucht, der weiße Hände und ein glattes Gesicht hat. Das sind Hundesöhne!«

Als sie sich an diesem ersten Tag zu den anderen Besuchern gesellten, wußte Isakowitsch nicht, was er mehr bewundern sollte: die Erscheinung dieses Mannes, seine vornehme Ausdrucksweise, seine Liebenswürdigkeit oder sein Wissen. Er kannte Wien, Sankt Petersburg, die Geographie, die ungarischen Grafen, die Karpatenpässe, alles, worauf die Rede kam. Von Keyserling wußte er, daß er häufig an Schnupfen litt. Von Wolkow, daß sein Vater gestorben war. Von Trandafil, daß seine Frau den Teufel im Leib hatte. Temesvar beschrieb er, als sei er erst gestern dort gewesen.

Isakowitsch sagte er, daß er jeden Tag bei ihm essen könne. Er habe täglich zehn Gäste. Auf einen mehr oder weniger komme es nicht an. So war der Mann, den Trandafil als Analphabeten bezeichnet hatte!

Als Isakowitsch fragte, wo er absteigen könne, um auf seine Vettern zu warten, meinte Wischnewski, am besten wende er sich an den Postmeister Hurka. Obwohl Österreicher, sei er vertrauenswürdig und hilfsbereit. Er kenne alle Häuser, alle Wetterbedingungen auf dem Karpatenpaß und alle zugänglichen Damen.

Wischnewski wollte Pavle zum Abendessen einladen, dieser aber entschuldigte sich, weil er todmüde von der Reise war.

Wischnewski antwortete auf russisch, obwohl er bemerkt haben mußte, daß Isakowitsch diese Sprache nicht verstand: »Sie müssen sich ausruhen. Ich bin den Jahren nach alt, aber im Herzen jung.«

Danach ließ Wischnewski den Postmeister Hurka holen. Dieser, bleich, still wie ein Apotheker, klein von Wuchs und schwarzgekleidet wie die niederen Stände in Österreich, mit vortretenden Augen, demütig und zuvorkommend – er verneigte sich alle Augenblicke –, fand noch am selben Tag ein Haus für Isakowitsch. Es hatte früher der Gemeinde gehört. Bis vor drei Jahren hatte ein Syndikus mit seiner jungen Frau und seinem kleinen Kind darin gewohnt. In einem Anfall geistiger Verwirrung hatte er beide eines Nachts getötet.

Das Haus war für einen Pappenstiel zu haben.

Hurka vertraute Isakowitsch unter vier Augen an, daß Wischnewski überaus gütig, gebildet und liebenswürdig, aber ein großer Frauenheld sei. Er habe einen ganzen Harem im Haus, vier sehr schöne Frauen. Zwei stünden kurz vor der Niederkunft, darum verstecke er sie. Eine Schwarzhaarige stelle er als seine Frau vor – mit ihr habe er einen kleinen Sohn. Eine andere, blond, präsentiere er als Schwester der Gattin. Die erstere habe er von ihrem Mann, der auf der Durchreise nach Kiew war, gekauft – gekauft! Die andere werde als Fräulein ausgegeben, doch ihre Zofe erzähle, daß auch sie schwanger sei.

Ob er bemerkt habe, was für ein schöner Mann Wischnewski sei? Isakowitsch bejahte, fügte aber hinzu, daß all das unwürdig, eines Offiziers wahrhaft unwürdig sei.

Erst als er sein Haus bezogen hatte, sah Isakowitsch, wie schön diese Gebäude war. Langgestreckt lag es am Fuß eines Hügels, und alle Fenster blickten auf gemähte Wiesen. Es hatte einen Garten voller Herbstrosen und Weinpergolen, von denen die Trauben hingen. Lange saß Isakowitsch auf der Schwelle. Der Mond schien.

Er schlief dann in einem Zimmer, das er sich für diese Nacht erwählt hatte und das er Petar und Varvara nach deren Ankunft geben wollte. Er träumte von Evdokija. Um Mitternacht erwachte er wie im Fieber und von seinem eigenen Aufschrei, wie er später erzählte. Er hatte gespürt, wie sich eine eiskalte Hand auf seine Kehle legte und ihn würgte. Der kalte Schweiß brach ihm aus, und er fand gerade noch die Kraft, sich zum Fenster zu schleppen und den hölzernen Laden zu öffnen. Im Zimmer war niemand, doch er hätte schwören mögen, daß jemand dagewesen war.

Als er sich dem Postmeister anvertraute, riet ihm dieser, Wischnewski nichts davon zu erzählen. Er, Hurka, wisse nicht, was Wischnewski mit diesem Syndikus verband, der Frau und Kind ermordet hatte, aber auf jeden Fall werde in seiner Gegenwart nicht darüber gesprochen.

Tags darauf nahmen am Abendessen bei Wischnewski auch die Gattin und die Schwägerin teil. Die Frau, die Wischnewski als seine Gemahlin vorstellte, war eine schwarzhaarige, dunkelhäutige, schlanke Schönheit und sah aus wie eine hübsche Zigeunerin. Sie erzählte Pavle, daß sie aus Mohol stamme und mit Familiennamen Birtschanski heiße. Wischnewski fügte hinzu, sie sei die Witwe eines jungen Leutnants, der auf dem Weg nach Rußland gestorben war. Ihn habe sie in Kiew geheiratet.

Die andere, die Wischnewski als seine Schwägerin vorstellte, ähnelte ihrer Schwester überhaupt nicht. Sie war eine Blondine mit ungewöhnlich üppigem Busen und sehr schönen grauen Augen. Auch sie heiße Birtschanski, sagte sie, und habe einen Verlobten, der in der russischen Armee diene.

Isakowitsch fühlte sich an die Familie Bozitsch erinnert und dachte, daß seine Landsleute, ganz gleich wo sie lebten, niemals ihre Lebensweise änderten.

Den beiden Frauen gegenüber verhielt er sich reserviert.

Ganz offensichtlich waren sie nicht das, was sie zu sein vorgaben, und ebenso offensichtlich war, daß sie sich sehr gut verstanden. Sie schwärmten von Kiew, von Petersburg und besonders vom Leben der serbischen Emigranten in Rußland.

Sie wiesen Isakowitsch darauf hin, daß Wischnewski ungern deutsch sprach, seine Muttersprache kaum verstand und das Russische bevorzugte. Auch sie bemühten sich, nur russisch zu sprechen, obwohl sie die Sprache nur mangelhaft beherrschten.

Während dieses ersten Abendessens im Haus Wischnewski gewann Pavle den Eindruck, daß er bis zur Ankunft seiner Angehörigen in Tokaj ein fröhliches Leben in angenehmer Gesellschaft haben würde. Man war wie in einer großen Familie, und keiner schien sich irgendwelche Sorgen zu machen.

Als es schon sehr spät war, schlug Wischnewski vor, daß Pavle nicht in sein Haus am anderen Ende von Tokaj zurückkehrte, sondern bei ihm übernachtete. Sie hätten alle Platz in seinem Schlafzimmer mit den zwei Betten. Es würde zwar ein wenig unbequem, aber lustig sein!

Da Pavle ablehnte, befahl Wischnewski den Frauen, schlafen zu gehen. Seinen Gast bat er höflich, ihm noch ein wenig Gesellschaft zu leisten und Neuigkeiten aus Wien zu erzählen. Sein Freund in Wien sei nicht Wolkow, sondern der Premiersekretär Tschernew, mit dem er dort eine sehr schöne Zeit verbracht habe.

Es gefalle ihm nicht, daß Isakowitsch mit den Frauen ständig serbisch spreche. Ein serbischer Offizier, der nach Rußland ziehe, müsse das Serbische möglichst schnell vergessen und das Russische erlernen. Er betonte lautstark: »In diesem Haus wird russisch gesprochen! Das walte Gott!«

Er sähe es gern, fuhr Wischnewski fort, wenn Pavle die Mission in Tokaj übernähme und sein Nachfolger würde. Er werde das in Kiew mit General Kostjurin regeln und in Petersburg perfekt machen.

Isakowitsch sei Witwer und glaube, das Russische leicht erlernen zu können, ja auch genügend Zeit dafür zu haben. Doch er täusche sich: Gerade weil die beiden Sprachen einander so nahe und so ähnlich seien, werde er Schwierigkeiten haben, das Russische gut zu beherrschen, und sich in Rußland lächerlich machen. Er selbst fühle sich jung, aber nur im Herzen. Den Jahren nach könne er Pavles Vater sein. Die Mission in Tokaj mache ihm keine Freude mehr. Sie sei eine Insel in einem deprimierenden, unablässigen Menschenstrom. Durchreisen, Abschiede, Trennungen für immer, Tränen, Begräbnisse. Drei Jahre lang sähe er nun zu, wie seine ehemaligen Landsleute nach Rußland aussiedelten. Zwei Jahre lang sei das ganz unterhaltend gewesen, aber nun habe er genug. Es gebe zuviel Leid und Unglück hier in Tokaj. Männer, Frauen, Kinder seinen vorübergezogen, und das gelbe Laub decke ihre Spuren. Viele habe er kennengelernt und bei sich zu Gast gehabt; er habe von denen Abschied nehmen müssen, die ihm ans Herz gewachsen waren, und nun wisse er nicht, ob sie noch lebten und wo. Sie seien fort, auf Nimmerwiedersehen. Er habe ihr Lachen gehört und ihre Lieder, doch erinnern könne er sich nur an ihr Weinen. Sie alle seien in Rußland verschwunden, im Schnee, in der Stille, wie in einem großen, verwehten Grab. Er könne das nicht mehr mit ansehen. Isakowitsch habe keine Vorstellung, wie traurig das stimme.

Es sei Zeit, daß ein Jüngerer an seine Stelle trete.

Der Edle Isakowitsch war so aufgewühlt und mit so vielen tristen Erinnerungen aus Wien nach Tokaj gekommen, daß er all das sehr gut verstand. Trandafil hatte ihn mit einem Wagen voller wertvoller Weinfäßchen nach Tokaj entsandt, Fäßchen, in die das Porträt der Zarin geschnitzt war und die Wischnewski für den Transport eines besonders edlen, im Auftrag des Petersburger Hof gekauften Weins bestellt hatte. Der Wagen war über holprige Straßen gerumpelt, und das hohle Dröhnen der Fäßchen hatte Isakowitsch noch im Traum verfolgt. Er hatte Tokaj in einer seltsamen Stimmung erreicht. Wischnewski war liebenswürdig, aber er fiel Pavle bald lästig. Den Posten in Tokaj könne er auf keinen Fall übernehmen. Er wolle so bald wie möglich die Karpaten überqueren.

Er wunderte sich nicht wenig, als Wischnewski, obwohl noch immer liebenswürdig und, groß und schön in seiner prächtigen Uniform, kühl erklärte: »Vergessen Sie bitte eines nicht: Auf Ihrem und Ihrer Familie Weg nach Rußland bin ich das Karpatengebirge!«

Isakowitsch, der sich nach all den Anstrengungen in Tokaj – voller Grün und Bäume, am Wasser, in der silbernen Dämmerung – wie auf einer Insel der Seligen vorgekommen war, hörte diese Worte mit Bestürzung. Er wußte nicht, wie ihm geschah.

Er hatte keine Ahnung, wer und wie Wischnewski war, wieviel Macht und wieviel Einfluß er in Kiew hatte, aber bei Wolkow war ihm gesagt worden, daß er sich in Tokaj umsichtig verhalten solle. Rußland unterhielt hier seit Jahren eine Militärmission, die Wein aufkaufte. Die Österreicher duldeten diese Mission ihrer Verbündeten, obwohl bekannt war, daß sie die Aussiedlung der serbischen Landmilizen nach Rußland unterstützte. Mehr noch, sie entsandte russische Agenten und Spione in die Gebiete zwischen Maros und Theiß, Donau und Save. Sie versteckten sich unter den Schismatikern wie die Nattern im Gras.

Isakowitsch wußte, daß in diesen Jahren einige hundert serbische Offiziere und in ihrem Gefolge mehrere tausend Menschen auf dem Weg nach Polen und Rußland durch Tokaj gezogen waren. Von Wischnewski wußte er nur, daß er Serbe war, also ein Bruder, und so hatte er geglaubt, daß er sich wie ein Bruder verhalten würde.

Er wiederholte ruhig, daß er den Posten in Tokaj nicht übernehmen könne.

Wider Erwarten wurde Wischnewski weder laut noch ausfällig. Isakowitsch sei jung und unvernünftig, entgegnete er gelassen. Der Posten des Missionschefs in Tokaj sei nämlich einträglich. Er werde die Militärhospitäler sowie den Hof mit Wein beliefern, nach dessen Preis niemand frage. Wenn er seine Sache verstünde, könne er hier binnen ein, zwei Jahren reich werden. Die ungarischen Grafen der Umgebung seien sehr gastfreundlich und großzügig. Nie im Leben habe er so viele Geschenke erhalten. Und am Ende werde ihn noch der russische Hof für eifrige Pflichterfüllung belohnen.

Isakowitsch erklärte, ihm länge nichts an Wohlstand und Auszeichnungen, sondern nur daran, das Unglück seiner Nation nicht mehr mit ansehen zu müssen. Die Lügen, die Ungerechtigkeiten, die Tränen. Deshalb zöge er nach Rußland.

Mit väterlichem, nachsichtigem Lächeln hielt Wischnewski dagegen, daß er hier in Tokaj heiraten könne. Es gäbe in der Nähe so viele ungarische Baroninnen, deren Türen dem Missionschef immer offenstünden. Und selbst wenn er keine Heiratsabsichten habe – Frauen könne er hier finden, soviel er wolle. Landsmänninnen. Es gebe zahlreiche, die, mit oder ohne Mann, auf der Durchreise in Tokaj geblieben seien. Natürlich sagten sie alle, daß sie keinen Mann außer dem eigenen brauchten. Doch später gäben sie nach, wenn man es nur richtig anstellte.

Und neben den Müttern dürfe man die Töchter nicht vergessen. Sie spielten die Unschuldigen, seien es jedoch überhaupt nicht. Ein paar Schmeicheleien, ein wenig Wein, und schon hätte man sie. Wie die Vögel auf der Leimrute. Er habe nie im Leben so viele Frauen besessen wir hier in Tokaj.

Da erzählte ihm Pavle, daß er vor Jahresfrist seine geliebte Frau begraben hatte, die nach einer Totgeburt im Kindbett gestorben war. Er könne sie nicht vergessen, und ihm stehe nicht der Sinn nach anderen Frauen.

Um der Natur und dem tierischen Trieb in sich Genüge zu tun, begnüge er sich hin und wieder mit einer Dirne. Frauen zögen ihn nicht mehr an. In Wien hätten sie ihn sogar abgestoßen. Er wunderte sich jedoch, daß Wischnewski in Tokaj so viel an Frauen denke, statt sich das Unglück seiner Nation angelegen sein zu lassen. Er solle eine schöne Frau erwählen, die er liebe, und seine Ehre nicht mehr beschmutzen. Ein Mann müsse eine, seine Frau lieben und dürfe keine andere kennen. Er habe in Wien ein deutsches Buch gelesen, in dem das Leben auf einer fernen Ozeaninsel beschrieben wurde. Dort wurden die Paare schon in ihrer Kindheit füreinander bestimmt und wuchsen zusammen auf. Wie schön und rein das sei!

Wischnewski nahm auch diese Vorwürfe mit Fassung hin. Isakowitsch, dem man gesagt hatte, daß Wischnewski bäuerlicher Herkunft war, wußte nicht, worüber er mehr staunen sollte: über die Uniform dieses Offiziers, sein Haar, sein schönes Gesicht, seine Augen – die Art, wie er rauchte, redete, zuhörte, antwortete und liebenswürdig lächelte –, über sein Haus, seine reiche Tafel, sein Silber, seine Pferde, seine Bediensteten oder über seine Weltkenntnis.

Wischnewski rauchte seine Pfeife und hörte Isakowitsch nachdenklich zu. Er habe in vielem recht, gab er zu.

Jeder Mensch, selbst der Ärmste, sehne sich nach einer reinen und glücklichen Liebe. Unser aller Leben indes sei nur

Rauch und Asche, und die erste reine Liebe existiere lediglich in der Kindheit. Später suche man. Die Frau. Die richtige. Die einzige. Die süßeste. Die unter den Frauen strahle wie die russische Zarin unter den gekrönten Häuptern.

Ob Isakowitsch ein Weinkenner sei?

Und bevor Isakowitsch antworten konnte, befahl Wischnewski dem Husaren, der vor der Tür stand, Wein zu bringen, wobei er nicht nur die Sorten, sondern auch die Jahrgänge nannte. Kurz darauf hatte Isakowitsch eine Batterie von Kelchen vor sich stehen, in denen verschiedene Tokajerweine funkelten, rötlich oder von der Farbe alten Goldes. Wenn diese Kelche zwischen den vielen Kerzen auf dem Tisch aneinanderstießen, gaben sie einen feinen Klang. Wischnewski schickte die Husaren fort und ordnete die Kelche. Er forderte Pavle auf, den ersten, zweiten, dritten, vierten Wein zu kosten.

Allein mit Wischnewski in dem kostbar möblierten Speisesaal wie in Evdokijas Wiener Haus –, fühlte sich Isakowitsch höchst unbehaglich. Er hatte den Verdacht, daß sein Gastgeber ihn betrunken machen wollte. Einen Streit vom Zaun brechen.

Er wußte nicht aus noch ein. Wischnewski war der Chef der Mission und auf dem Weg nach Rußland der Herr über Leben und Tod. Pavle war Gast in seinem Haus. Was sollte er tun?

In Pavles Natur lag eine gewisse Lernbereitschaft gegenüber Männern und eine große Zärtlichkeit für die Frauen, denen er vieles verzieh und geduldig nachsah. Es sei denn, er geriet in Rage. Dann kannte er kein Pardon. Er beschloß, sich zu fügen und zu trinken, gleichzeitig aber – wenn auch immer noch lächelnd – lauerte er, wie er Wischnewski notfalls blitzschnell an der Gurgel packen könne.

Wischnewski indes betrachtete ihn gutmütig und schenkte ihm nach. Er fragte, welcher Wein ihm am besten munde, welcher ihm als der edelste erscheine, welcher ihn am schönsten berausche.

Isakowitsch entgegnete, er fände sie alle gleich.

Wischnewskis Miene verdüsterte sich. Der Rittmeister solle es nicht persönlich nehmen, sagte er, aber das träfe auf den Wein nicht zu und noch viel weniger auf die Frauen, diese schönen Geschöpfe, diese Blumen auf dem Felde. Nur die Schweine unter den Männern vermöchten nicht zwischen ihnen zu unterscheiden. Was Isakowitsch aus dem ersten und zweiten Glas getrunken habe, sei gewöhnlicher, ordinärer Tokajer, wie er ihn täglich zum Abendessen reiche. Im vierten Glas sei der edle Szamorodni gewesen. Den kredenze er am Tag des Heiligen Alexander Newski. Was er jedoch ins dritte Glas gegossen und wozu er Isakowitsch nach den anderen wieder genötigt habe, sie Tolcsvaer Wein, den er nur für die Zarin kaufe. Er als russischer Offizier und einstiger Serbe trinke ihn, wenn er das Glas auf das Wohl der Zarin und Imperatorin Jelisaweta erhebe.

Von den Fratres in Tokaj habe er gelernt, was Wein sei.

Und ebenso sei es mit den Frauen!

Man dürfe nicht bei der ersten bleiben, sondern müsse mehrere kennenlernen, um jene ein, wahre zu finden, die wie ein Stern am Himmel strahle. Er habe gesucht.

Da lachte Isakowitsch den betrunkenen Mann zum erstenmal an und fragte: »Und, haben Sie sie gefunden?«

Wischnewski setzte sich, schob alle Gläser beiseite und sagte heiser, wenn auch ruhig: »Ja, aber ich habe sie nicht bekommen. Als ich um ihre Hand angehalten habe, war sie am selben Tag einem anderen versprochen worden.«

Um endlich gehen zu können, entschuldigte sich Pavle nochmals und gab seiner Überzeugung Ausdruck, daß Wischnewski sicher einen anderen Nachfolger finden werde.

Wischnewski verneigte sich höflich. Der Rittmeister solle unbesorgt sein. Obwohl er ihm die letzte Hoffnung nähme. Das Kollegium in Petersburg stimme seiner Versetzung nicht zu, um die er mehrmals ersucht habe. Es verlange, daß er zuerst einen Nachfolger finde. Aber wen auch immer er bisher vorgeschlagen habe, er sei abgelehnt worden. Weil er nicht persona grata sei. Gegen Pavle jedoch würde es nach seiner Meinung keine Einwände geben. Nach Wolkows Papieren zu schließen, sei Isakowitsch der geeignete Mann für die Mission in Tokaj. Der Posten der hiesigen Missionschefs sei sehr wichtig.

Wer auf diesem Posten reüssiere, werde eine glänzende

militärische Karriere machen und eines Tages sogar der Imperatorin vorgestellt werden.

Pavle wiederholte, er sei für so einen Posten nicht geeignet.

Wischnewski staunte ehrlich.

»Sie als Witwer, ohne Frau«, sagte er, »könnten in Tokaj alles erreichen! Sie könnten einige Jahre wie ein König leben!«

Pavle senkte den Kopf und sagte, ihm liege schon lange nichts mehr am Leben. Nach allem, was er und seine Vettern nach dem Fortgang aus Serbien gesehen hatten, sei es ihr einziger Wunsch, mit ihren Säbeln der russischen Armee beizutreten und mit ihr in den Krieg zu ziehen. So wollten sie ihr Leben beenden, nicht neu damit beginnen. Dies sei ihr Vermächtnis für die Nachkommen und für die serbische Nation. Für sie sei es zu spät für einen Neubeginn. Sie wollten nur noch ihre Familien dort ansässig machen, wo sich auch ihre anderen Landsleute niedergelassen hatten – in der Neu-Serbien genannten russischen Provinz. Sie hätten gehört, daß es an einem Fluß namens Donez – sie nannten ihn »Danubetz« – bereits Land für sie gebe. Sie wollten nur das, nichts anderes.

Wischnewski lachte. Der Rittmeister werde Zeit haben, sich das alles gut zu überlegen. Wenn er erst die serbischen Offiziere sähe, die in der russischen Armee dienten. Uniformiert, gut besoldet, aufgeputzt, ganz in Silber, in Petersburg, wie die Fürsten!

Für Pavle Isakowitsch wurde Wischnewski zu einer Art geisterhafter Erscheinung, wie man ihr auf dem Friedhof begegnet. So würde er also auch bald sein.

Er würde sein liebes Serbien vergessen, nie wieder seinen Cer und sein Crna Bara sehen, sondern, wie Wischnewski sagte, uniformiert, aufgeputzt, wohlbesoldet im serbischen »Gusaren«-Regiment durch Petersburg spazieren.

In Wien, bei Keyserling und Wolkow, hatte Isakowitsch mehr Luxus und Geldverschwendung gesehen als bei Engelshofen. In der russischen Gesandtschaft waren alle voller Brillanten, Keyserling, Wolkow, Tschernew und ihre Gäste, die weit in Europa herumgekommen waren. Er erinnerte sich an einen dieser feinen Herren, Lewaschow, den er, zu

Gast bei Tschernew in Wien, getroffen und als »Bruder Russen« angesprochen und der ihm gesagt hatte: Sein Bruder habe sein Vermögen durchgebracht, ihm die Geliebte ausgespannt, das väterliche Testament gefälscht, und deshalb könne er keinen riechen, der ihn Bruder nenne. Und was das slawische Reich betreffe, von dem Isakowitsch erzähle, so solle er wissen: Er, Lewaschow, sei ein englischer Weltbürger, der Serbien nicht kenne und diese türkische Provinz nie gesehen habe und auch nicht zu sehen wünsche.

Die serbischen Offiziere, die er in Wien getroffen habe, sagte Wischnewski, müßten in Rußland vor allem erklären, daß sie bedürftig seien und der Armut entfliehen wollten, um Mitleid zu erwecken, damit Rußland ihre Not lindere. Das russische Zarentum sei reich und könne diesen Elenden helfen, die von den Türken geknechtet wurden, aber diejenigen, die nach Rußland aussiedelten, müßten vernünftig sein und aufhören, von ihrem Reich in Europa zu reden. Von dem nie jemand gehört hatte und das vielleicht nur sie kannten. Für ein Reich waren sie viel zu klein!

Nach solchen Abenden bei Wischnewski verbrachte Pavle die Tage gewöhnlich allein in dem Haus, das er von Postmeister Hurka gemietet hatte. Nach dem alten Kalender hatte der Herbst in Tokaj erst begonnen, nach dem neuen war er auf dem Höhepunkt. Die Rosen blühten noch.

Alles stand in vollem Laub. Die Wälder auf den Hügeln, die Pappeln am Fluß, die Bäume im Garten. Die Blätter begannen sich kaum gelb zu färben. Jeden Tag schien die Sonne durch die Zweige.

Pavle schien es, als wäre er nicht unterwegs nach Rußland, sondern daheim in seinem lieben Varadin. Auch dort war es im September oft so warm. Wenn es auch im Frühherbst überraschend zu heftigen Regenfällen kommen konnte, ja sogar zu Schnee. In Varadin konnte es selbst im Mai Hagel geben. In solchen Jahren stellten die Varadiner vergebens die Stühle verkehrt vors Haus, damit der Hagel aufhörte. Vergebens trugen sie auch Glut ins Haus gegen die frühen Schneefälle. In seiner Heimat half die Zauberei nicht.

Da herrschten Kräfte, die stärker waren als der Mensch.

Der Winter fragte nach nichts. Er war einfach da. Vor der Tür.

Isakowitsch hoffte, daß es in Tokaj nicht so sein würde.

Die Rosen blühten dort auch im Oktober, und die Weinlese hatte eben erst begonnen. Das Wasser der Flüsse bewahrte noch die laue, zärtliche Wärme des Sommers.

Der Edle Isakowitsch verbrachte in Erwartung seiner Vettern schöne Tage. Er studierte die Karten der Karpatenpässe, die er von Hurka und Wischnewski bekommen hatte. Dabei ging ihm nicht aus dem Kopf, wie Wischnewski vor ihm gestanden und erklärt hatte, daß er das Karpatengebirge sei!

Er fand sich auf diesen Karten nur schwer zurecht, aber da er sich auch bei den Soldaten damit beschäftigt hatte, ließ er die Finger darüber gleiten, so gut er es verstand. Er war auf die närrische Idee gekommen, daß es für die Aussiedler nicht gut war, im Herbst aus Tokaj aufzubrechen, so daß sie im Gebirge von Regen, Gewittern, Wolkenbrüchen überrascht wurden. Es war besser, auf den Schnee zu warten, auf ruhiges Frostwetter. Auf Schlitten kam man schnell voran. Ansonsten war man Regengüssen, Blitzen, Unwettern ausgeliefert. Umgestürzte Bäume versperrten die Wege, Steinlawinen gingen nieder.

Wischnewski billigte den Plan nicht.

Es werde so gehen wie immer, sagte er lächelnd zu Pavle. Sie würden die Karpaten vor den ersten Schneefällen überqueren, oder Isakowitsch müsse in Tokaj den Frühling abwarten.

Wischnewski sagte, der Mensch sei eine einsame Kreatur. Wischnewski könne nur von Wischnewski Hilfe erwarten. Ohne Wischnewski sei Wischnewski völlig allein. Pavle denke bloß an die Familie, an die Nation, an Gott weiß wen. Er, Wischnewski, habe alles aus eigener Kraft erreicht. Ohne Hilfe. So wie er sich seine prachtvolle Uniform selbst bezahlt habe, so habe er auch seine Karriere im russischen Heer ohne jegliche Hilfe gemacht, sogar ohne die seines Vaters. Der Mensch sei einsam. Er habe keine wahren Freunde. Wer sich nicht selbst helfe, dem helfe auch Gott nicht. Er, Wischnewski, erwarte dieser Tage seine Beförderung. Und die habe er selbst erwirkt und bezahlt. Gott sei Dank!

Also würden sie reisen, wie Wischnewski entschied, und nicht anders!

In diesen Tagen sah Pavle den ersten Transport seiner Landsleute, die nach Rußland übersiedelten. Sie gehörten zu Leutnant Petar Bojanatz aus Kanjitza, fünfundzwanzig Männer, siebzehn Frauen und viele Kinder. Und sie hatten nur drei Wagen und neun Pferde, wirklich arme Leute. Sie kamen langsam voran. Sie hatten eine mühselige Reise durch Ungarn hinter sich und ruhten am jenseitigen Ufer der Theiß aus. Überall hatten die Leute sie für Zigeuner gehalten, die Bären auf den Märkten tanzen ließen. Es gab auch Kranke unter ihnen.

Als man sie über den Fluß setzte, freuten sie sich über die Weinberge in Tokaj, erschraken aber sehr, als sie hörten, was für Berge sie zu überwinden hatten. Und sie rebellierten, weil man sie schnell aus Tokaj loswerden wollte. Sie hatten sich ein wenig ausruhen wollen. Es tat ihnen auch weh, daß Wischnewski sie wegschickte, den sie für einen echten Russen hielten. Sie seien losgezogen wie die blinden Hühner, sagte er. Und ihre Papiere seien nicht in Ordnung. Hinter seinem Rücken beschimpften sie ihn unflätig, aber er lachte, als es ihm zu Ohren kam. Das sei kein Wunder, sagte er. Er an ihrer Stelle hätte ebenso geflucht.

Wischnewski war vor Lachen fast erstickt, als er hörte, daß diese Unglücklichen tatsächlich hofften, in Rußland der Zarin zu begegnen.

Sie setzten auf Wischnewskis Anordnung sogleich ihren Weg in Richtung Ujhély fort. Langsam und stumm.

Der Unteroffizier, der diesen Transport begleitete, hatte sich in Tokaj betrunken, beteuerte jedoch Pavle gegenüber, er kenne in den Karpaten alle Straßen und Pfade. Er mache den Weg nicht zum erstenmal. Nur führten mehrere von Tokaj nach Jaroslau in Polen, und er habe noch nicht entschieden, welchen er einschlagen wolle.

Als sie fortgezogen waren, hörte der Edle Isakowitsch nie wieder von ihnen. Auch nicht, als er in Jaroslau angekommen war.

Er hatte großes Mitleid mit ihnen und sah ihnen lange und traurig nach. Seine und seiner Landsleute Übersiedlung nach Österreich hatte er als einen großen Irrtum betrachtet. Er war bedrückt, als er jetzt den Auszug nach Rußland sah, und fragte sich: Was soll daraus werden?

Er hatte die Idee, diese armen Leute auf seine Kosten in Tokaj aufzuhalten, obwohl er sich verausgabt hatte. Er wollte, daß sie auf seine Vettern warteten und daß sie alle zusammen aufbrächen. In Tokaj sollte sich das schöne Wetter halten, aber in Polen und Rußland seien schreckliche Schneeverwehungen zu erwarten.

Wischnewski indes wollte von einem Aufschub nichts hören. Die Transporte hatten abzugehen, wie er es entschied.

Und auch bei Isakowitsch hielt das Mitleid für seine unglücklichen Landsleute nicht lange an. Wie bei allen reichen, verwitweten Männern war dieses Gefühl bei ihm zwar tief, aber auch von kurzer Dauer. Es verwandelte sich nie in ein wahres, unvergängliches Feuer der Liebe zu den Leidenden, sondern war schwankend wie die Zweige junger Weiden im Wind.

Ein paar Stunden ritt er geneigten Kopfes seinen Landsleuten hinterher, dann kehrte er um.

An warmen und hellen Abenden saß Isakowitsch auf der Schwelle seines Hauses, auf den Steinstufen vor den Rosen- und Weinpergolen des Gartens.

Die beiden Hähne, die er in dem Aberglauben, sie würden ihm die Geister verscheuchen, gekauft hatte, kämpften jeden Abend miteinander, um zu entscheiden, wer die Hühner zum Schlafen entführen durfte. Seit er die Hähne hatte, schlief er ruhig.

Sie krähten vor dem Morgengrauen, er aber kam erst bei Sonnenaufgang von Wischnewski nach Hause und schlief wie dieser bis Mittag. Unter der Wirkung des Weines, den er jetzt trank – und den er nicht gewöhnt war –, kam ihm Tokaj nicht mehr vor wie eine Insel der Seligen. Sondern alles bei Wischnewski und in Tokaj war verrückt.

Da sich Pavle nach dem Abschied von Wien einsam fühlte, hatte er den starken Wunsch, sich der Gemeinschaft seiner Landsleute anzuschließen, die wie er nach Rußland unterwegs waren. Er genoß die Vorstellung, in einer großen Nation aufzugehen, die ein grenzenlos weites Gebiet bewohnte.

Wischnewski aber sprach davon, daß jeder sich selbst sein Glück schaffen müsse, seine Macht, sein Ansehen, seine Stellung in der Welt, seinen Reichtum – mit einem Wort, sich selbst die Krone aufs Haupt setzen.

Isakowitsch war es bald überdrüssig, das zu hören, und so ging er Wischnewski aus dem Weg, unternahm Bootsfahrten auf dem Fluß. Bisweilen fuhr er stromabwärts, und oft badete er gegen Abend in dem lauen Wasser. Zum Erstaunen und Vergnügen der Bewohner von Tokaj, die sich fragten, was dieser russische Offizier im Fluß und im Weidengebüsch machte. Und zum Verdruß der örtlichen Spione, welche diese russischen Offiziere observierten und vom Ufer zusahen, wie Isakowitsch im Wasser plätscherte.

Und wenn er nicht zum Fluß ging, saß er auf der Hausschwelle und las, was auch merkwürdig war. Die Bücher gehörten Wischnewski, der sie aus Wien bezog und Pavle mit der Lektüre beauftragte. Nicht weil er Isakowitsch bilden wollte, sondern weil er selbst nur buchstabieren konnte – Pavle sollte ihm erzählen, wovon sie handelten. Diese Bücher, von den Österreichern geschickt, waren für das Kriegskollegium in Petersburg bestimmt. Wenn er sie an Kostjurin weiterleitete, mußte er etwas dazu sagen. Also brauchte er Pavles Hilfe, um den Begleitakt und Brief aufzusetzen.

Die Bücher waren in deutscher, eines in französischer Sprache, und er buchstabierte sie halblaut, ohne sie recht zu verstehen. Das Deutsche sprach er fehlerhaft und gebrochen, und Französisch hatte er lediglich von seinen Gefangenen bei Prag gehört. Er begriff nicht, wovon in dem französischen Buch die Rede war, aber die Illustrationen betrachtete er eingehend. Es war die Geschichte eines französischen Generals, dessen Namen er sich mühselig zusammenklaubte: V-i-c-o-m-t-e d-e T-u-r-e-n-n-e.

Mit den deutschen Büchern kam er ganz gut zurecht.

Am besten gefielen ihm die blinden Augen auf einer Zeichnung, welche die Porträtbüste eines römischen Generals namens Julius Cäsar darstellte. Und Pavle las, wie man es anstellte, Gallien zu erobern und mit seinen Völkern fertig zu werden.

Am gründlichsten studierte er die Zeichnungen in diesen

Büchern, und er studierte auch alle Karten der Karpatenpässe, die Wischnewski besaß. Dieser bedankte sich am Ende bei ihm. Mit Pavles Augen und den eigenen Ohren habe er sich das alles eingeprägt.

In eine Kiste verpackt, würden diese Bücher jetzt dem Oberkommandanten von Kiew, Seiner Hochwohlgeboren General Iwan Iwanowitsch Kostjurin, geschickt, der für die Mission in Tokaj gleich nach dem lieben Gott käme und ein sehr gebildeter Mann sei. Er, Wischnewski, werde auch ein Fäßchen beigeben.

Pavle irre sich, wenn er glaube, daß man mit Büchern Schlachten gewann und daß man mit Hilfe von Büchern General werden konnte. Ein Feldherr mußte vor allem eine gute Natur haben. Den Generalsrang erhalte man mittels Verbindungen am Hof.

»Kaiserreiche sind ebenso vergänglich wie der Ruhm. Ewig ist nur das Gesetz, sich anzupassen und dem Souverän zu schmeicheln. Die Zukunft Ihrer Familie wird von der Meinung abhängig, die sich Kostjurin über sie bildet. Er ist ein guter und fröhlicher Mensch, hat eine schöne Frau und eine heiratsfähige Tochter. Es lebt sich gut bei ihm. Sie sollten bei passender Gelegenheit erwähnen, daß Wischnewski diese Bücher speziell für den Herrn General und für das Kollegium besorgt hat!«

Wischnewski erklärte weiter, daß Pavle und seine Vettern in einem strategisch bedeutsamen Augenblick nach Rußland kommen würden. Im Kollegium gebe es einige junge Hitzköpfe, die glaubten, daß die Reiterei in künftigen Kriegen der Infanterie unterlegen sein würde. Wenn das Fußvolk das Herz auf dem rechten Fleck hatte! Bei Kavallerieattacken bilde die preußische Infanterie jetzt ein Karree und spucke Feuer. Sie weiche nicht vom Platz! Das wichtigste Problem für das Kollegium bestünde jetzt darin, herauszufinden, ob Rußland überhaupt imstande wäre, eine Infanterie aufzustellen, die ebenso eisern standhielte. Wenn der Mushik das lernte, würde Rußland über unendliche militärische Ressourcen verfügen.

Kostjurin behaupte mit Tränen in den Augen, daß die russische Reiterei noch immer die Schlachten entschiede. Keine

Infanterie könne standhalten, wenn die russischen Reiter stürmten.

Das Kollegium indes stelle Infanterieregimenter auf; es könne Isakowitsch passieren, daß man ihn in Rußland zur Infanterie versetzte!

Pavle sagte, das Kollegium in Sankt Petersburg habe recht. Er als Reiter sei jedoch für Kostjurins Methode.

Bei den Manövern im österreichischen Heer hatte Isakowitsch den Reiterangriff geübt, der nichts anderes war als die Taktik des schwedischen Königs aus dem Dreißigjährigen Krieg. Diese Taktik hatte Peter der Große nicht mehr zugelassen. Die schwedische und französische Reiterei rückten in geschlossener Reihe, wie eine Mauer, langsam gegen die feindliche Infanterie vor und eröffneten aus kurzer Distanz das Feuer. Der Gegner wurde in Konfusion versetzt, dann erst erfolgte der Angriff.

Die französische Reiterei verfügte auch über Grenadiere, die manövrierten, sich im Trab näherten, absaßen und die Granaten warfen.

Pavle neigte zur ungarischen und sirmischen Methode: Sturmangriff mit blankem Säbel! Wischnewski sagte lachend, das werde Kostjurin gefallen. Das sei ganz in seinem Sinne!

In Wien, in der russischen Gesandtschaft, in der Familie Bozitsch, hatte Isakowitsch die Hoffnung verloren, für sich und seine Nation einen Sinn im Leben zu finden. Wischnewski, der Trunkenbold und Wüstling, die Marionette in Tokaj, gab dieser Hoffnung neue Nahrung. Die Serben würden also nicht umsonst nach Rußland gehen. Sie würden die russischen Reiter im Sturm nach Serbien führen!

Wischnewski riet Pavle, sich in Kiew zur Infanterie zu melden, denn das Kollegium sei stärker als Kostjurin. Auf diese Weise könne Pavle eines Tages bis nach Sankt Petersburg gelangen. Im Heer dürfe man den Vorgesetzten nicht widersprechen. Kostjurin sei ein guter, vornehmer Mann, aber alt geworden.

Die Zeit der Reiter, Säbel und Lanzen sei vorbei. Er, Wischnewski, bewundere die Kanonen, die Kostjurin bekommen habe. Der aber liebe noch immer den Dolch!

Wischnewski erzählte, er habe Kostjurin gemeldet, daß die französischen und österreichischen Kürassiere nur noch Niederlagen erlitten.

Pavle erwiderte, das käme daher, daß sie gerade und stumpfe Säbel hatten, mit denen sie nicht einmal einen türkischen Turban ritzen könnten. Aber dort, wo die ungarische Reiterei und die sirmischen Husaren angriffen, rollten die Köpfe. Wischnewski hielt es für das wichtigste, eine starke russische Infanterie aufzustellen, die wie eine Mauer stand, wenn die Preußen angriffen. Pavle trank auf das Wohl Kostjurins, dessen Reiterei wie ein Gewitter über Serbien und die Türkei niedergehen konnte!

So räsonierten sie, wenn ihnen der Wein zu Kopf stieg.

Wischnewski lachte über Pavle, weil der glaubte, daß die Russen in Serbien einfallen würden, ebenso wie er über jene lachte, die nach Rußland zogen und hofften, dort der Zarin vorgestellt zu werden.

Er bleibe ein Anhänger der Infanterie und setze alle Hoffnungen auf das Kollegium. Kostjurin aber werde er den besten Wein dieses Jahres schicken. Pavle solle es sich noch einmal gut überlegen, um Kostjurins Tochter anhalten und in Tokaj die Mission übernehmen.

Das wiederholte er jedesmal, wenn er nach neuester Gewohnheit auf dem Heimweg von seinem Ausritt bei Isakowitsch vorbeischaute. Er habe gehört, daß die hübsche Magd des Postmeisters Hurka Pavles Wäsche wasche. Dabei könne er viel bessere Weiber haben, wenn er nur wolle.

Er brauche sich lediglich an Wischnewski zu wenden!

Wenn Pavle später seinen Vettern in Rußland erzählte, wie ihm die Tage dieses Herbstes in Tokaj vergangen waren, lief alles am Ende darauf hinaus, daß er und Wischnewski sich im Kreis gedreht hatten: Wischnewski sprach ungern deutsch, und Pavle erriet das Russische mehr, als daß er es verstand, und so sahen sie sich oft nur funkelnden Blickes an oder lachten grundlos.

Das Unglück der Serben, die nach Rußland aussiedelten, meinte Wischnewski, läge darin, daß sie sich bei ihrer Ankunft keine Rechenschaft ablegten, wo sie sich befänden. Sie redeten immer nur, daß sie gekommen seien, um Serben zu bleiben. Das sei unvernünftig. Sie müßten sich beeilen und möglichst schnell Russen werden! Petersburg sie die Hölle für Fremde! Obwohl es in Rußland viele von ihnen gebe! Sogar am Hof! Aber sie alle seien verdächtig, und einige hätten bereits mit Sibirien Bekanntschaft gemacht!

Er meine es gut mit seinen ehemaligen Landsleuten. Sie alle sollten sich an ihm ein Beispiel nehmen.

Die serbische Nation und die anderen kleinen Völker seien nur Bäche, die glücklich und zufrieden sein sollten, sich ganz schnell mit dem großen russischen Meer zu vereinigen. Mit dem unendlichen, mächtigen russischen Volk! Das walte Gott!

»Wenn Ihre Landsleute«, sagte Wischnewski ein andermal, »in Rußland eintreffen, wollen sie nicht russisch sprechen; sie befehlen auf serbisch und jammern auf serbisch. Sie wollen keine russischen Mädchen heiraten, sondern schleppen ihre Frauen mit und ziehen in Kiew alle in dieselbe Straße. Und nachher wollen sie von den Russen in derselben Gegend angesiedelt werden. Sie klammern sich aneinander wie der Betrunkene an den Zaun. Und was das Schlimmste ist, sie belästigen Kostjurin mit ihren Forderungen, daß die Russen Rache für Kossovo nehmen müßten. Aber der russische Weg führt nicht nach Serbien, wenn Sie entschuldigen, sondern nach Konstantinopel, an den Bosporus.«

Isakowitsch vertrat bei solchen Auseinandersetzungen gereizt die Meinung, daß es natürlich sei, wenn unglückliche Menschen über ihre Not sprächen und Hilfe von einem starken, brüderlichen Land erwarteten. Auch die Montenegriner hätten ihren Bischof Vasilije nach Rußland geschickt, von dem er in Wien gehört habe.

Wischnewski versuchte ihm zu beweisen, daß das bei weitem nicht das Wichtigste sei, sondern daß die Ankömmlinge einander helfen müßten und sich nicht streiten dürften. Sie müßten vor allem Verbindungen mit Petersburg aufnehmen. Wenn Isakowitsch nach Kiew käme, solle er zum Beispiel alles loben, was er in Tokaj gesehen habe, und verschweigen, wenn ihm etwas mißfallen habe. Die Serben hielten sich leider nicht an diese Regel. Sie beklagten sich und fielen damit allen in Kiew lästig.

Mit unbewegter Miene erklärte Wischnewski, er wisse, daß die Serben auch in Wien über ihn und seinen Harem redeten, aber was mache das dem Russischen Reich und dem orthodoxen Glauben aus? Sie, die durch Tokaj zogen, ginge das alles nichts an.

Wichtig sei, daß man sich bei Hof eine gute Meinung über die Serben bildete. Das serbische Volk müsse den Russen aus der Ferne wie ein Ritter erscheinen, der das Seine dazu tat, die Türken aus Europa zu vertreiben. Man müsse Karriere machen, Fuß fassen, russisch sprechen, Serbien vergessen. Gewesen und vorbei! Vom Eismeer irgendwo im Norden Asiens bis nach Triest, von dem Isakowitsch erzählt hatte, werde alles russisch sein. Er, Wischnewski, empfinde sich als Russe, nicht als Serbe.

Ein Serbe sei wenig, ein Russe viel!

Isakowitsch versuchte eine Zeitlang, zu widersprechen, aber dann verabschiedete er sich nur traurig und verbittert von Wischnewski. Nach solchen Gesprächen fand er keinen Schlaf und lag wach, bis der Morgen graute.

Wischnewski nahm Pavle die Opposition nicht übel, sondern versprach, Kostjurin günstige Berichte über ihn und alles, was er von Wien und Temesvar erzählt hatte, zu schicken.

Ein andermal versuchte er Pavle zu beweisen, daß die Serben selbst schuld seien, wenn die Russen mißtrauisch gegen sie waren. Anfangs seien einige Serben schnell befördert worden, es gebe sogar schon serbische Generale im russischen Heer, und einer von ihnen habe den Grafentitel und eine Grafschaft erhalten. Im Kaukasus genössen sie einen guten Ruf. Aber die Serben hörten nicht auf, ihr eigenes Territorium zu fordern, eine serbische Provinz, ein Neu-Serbien. Sie seien ungehorsam. Im Krieg seien sie gute Soldaten, aber kaum sei der Krieg vorbei, stifteten sie Unruhe im Heer. Isakowitsch würde in Kiew davon hören – kaum seien sie ansässig geworden, suchten sie Streit. Sie seien geborene Aufrührer.

Isakowitsch entgegnete niedergeschlagen, soweit ihm bekannt, sei den Serben feierlich versprochen worden, daß sie eine eigene Provinz in Rußland bekämen. Dasselbe Versprechen sei ihnen auch von den Österreichern gegeben worden, aber im brüderlichen Land werde man sich wohl daran halten müssen.

Wischnewski betrachtete das als eine Illusion, die man begraben müsse. Während die Serben ihren Streit führten, schnappten ihnen andere die Ränge in der russischen Armee weg. Die Serben jammerten nach einem Neu-Serbien, und dieser verdammte Kroate Horvat, der sich für einen Serben ausgab, jedoch auf der Durchreise in Tokaj nicht einmal bei ihm, Wischnewski, Visite gemacht habe, der habe sich die Erlaubnis erschlichen, in Rußland sein neues ungarisches Regiment aufzustellen. Er habe sogar vorgeschlagen, gesonderte moldauische, mazedonische, bulgarische und albanische Husarenregimenter zu gründen. Was sagten denn die Serben dazu?

Der Kroate würde bekommen, was er forderte, denn im Gegensatz zu den Serben kenne er seinen Preis. Sie seien Schewitsch mit seiner Liste auf den Leim gegangen, statt sich von den Russen schriftlich geben zu lassen, daß man sie sofort nach ihrer Ankunft befördern würde. Kostjurin sei wütend wie ein Luchs, wenn die Sprache darauf kam. »Aber auf mich wollen die Serben ja nicht hören.«

Sie saßen zusammen im Garten, Pavle ließ Wischnewskis Suada über sich ergehen und gestand ihm dann, wie unerträglich es für ihn war, daß die Serben von allen Seiten nur betrogen wurden. Indes sei es jetzt zu spät zum Jammern, er ginge nach Rußland und fordere nichts; die Isakowitsch-Vettern wollten als Soldaten fallen und nicht mit ansehen müssen, wie ihre aus Serbien geflohenen Landsleute als Hörige das Land der Grafen und der Katholischen beackerten. Sie wehrten sich gegen das Joch der Leibeigenschaft.

Wischnewski riet ihm nachzudenken, ob er nicht doch den Posten in Tokaj übernehmen wolle.

Wieso sei es denn besser, ein kleines, separates Serbien in Rußland zu haben, die Grenzen dieser Wüstenei gegen Tataren und Türken zu verteidigen oder die polnische Grenze zu bewachen, damit die Ukrainer nicht nach Polen flüchteten, als in dem mächtigen russischen Meer aufzugehen, Russe zu werden und in Freuden zu leben? Das Kollegium in Petersburg erwarte von ihnen Treue zum Zarenreich, er aber gestehe, daß er seine Zweifel habe. Völker, die an der Grenze zwischen zwei Großmächten lebten, seien selten zur Treue, stets jedoch zum Verrat bereit. »Ich weiß, daß Sie solche Wahrheiten nicht gern hören, aber verzeihen Sie mir meine Aufrichtigkeit. Sie muß sein. Bei den Offizieren, die auf dem Weg nach Rußland durch Tokaj kommen, bemerke ich immer denselben Starrsinn. Ich kann das Kostjurin nicht verschweigen. Sie haben mir selbst gesagt, wie sehr Sie Österreich hassen, wo Sie doch anfangs dort nur Zuflucht und Trost gefunden haben.«

»Zweifeln Sie doch nicht an Menschen«, rief Pavle aufgebracht, »die ihr Vaterland verlassen haben, weil es ihnen übel ergangen ist und weil sie das Unrecht nicht mehr ertragen. Es sind redliche und ehrenhafte Menschen, das werden auch die Russen einsehen. Und die Militärbehörden in Kiew. Österreich war ein großer Betrug. Wir können einfach nicht glauben, daß es auch in Rußland so ist.«

Wischnewski versuchte Pavle zu beschwichtigen, indem er leise hinzufügte, viele Offiziere hätten tatsächlich Sold und Verpflegungsgeld für sich und ihre Leute in Empfang genommen, worauf sie verschwunden und nach Österreich zurückgekehrt seien. Auch den Russen läge viel am Geld, aber sie liefen wenigstens nicht fort.

Isakowitsch verlor allmählich die Geduld im Gespräch mit diesem ersten Serben in russischen Diensten, dem er begegnet war. Man müsse auch bedenken, daß diese Männer ihr Land und ihre Häuser für fast nichts verkauft hatten und sich verzweifelte Sorgen um ihre Familien machten. Sie verließen ihre Heimatorte, ihre Verwandten und zogen umher wie die Zigeuner. Das sei kein leichtes Leben. Sie ließen Friedhöfe zurück, wo ihre Väter, Brüder, Schwestern zur ewigen Ruhe gebettet waren. Solche Menschen konnten in ihrer desperaten Situation schon einmal fehlen.

Wischnewski riet Isakowitsch wieder, in Tokaj zu bleiben. Er würde es hier gut haben.

Pavle unterdrückte einen unflätigen Fluch und sagte wegwerfend, er sei nicht aus Serbien weggegangen und aus Österreich hergekommen, um in Tokaj als Weinhändler Karriere zu machen.

Er erwartete ein Ungewitter, aber Wischnewski lächelte nur und sagte, Pavle mache seine Pläne zunichte und zwinge ihn, auf seinem Posten auszuharren und – wie der Rittmeister sich auszudrücken beliebte – mit Wein Karriere zu machen. Es sei denn, Kostjurin beschlösse etwas ganz anderes!

Nach diesem Gespräch verließ Wischnewski Pavle zum erstenmal unfreundlich und kühl. Er wahrte die Form, war aber sichtlich verärgert. Der Husar brachte ihm sein Pferd, und Wischnewski saß auf. Er hatte die Gewohnheit, seine Stute zu kneifen, die daraufhin unruhig wurde und tänzelte, während Wischnewski sich elegant in den Sattel schwang. Danach griff er ihr in die Nüstern, und das Tier bäumte sich, ging aber dann folgsam im Trab. Pavle wunderte sich, daß ein Pferd das duldete. Er sah seinem davonreitenden Gast lange nach. Sein Aufbruch nach Rußland war voller Hoffnungen gewesen, und nun hatte er gehört, was ihn dort erwartete.

Danach erhielt er auch den Besuch von Wischnewskis Frau und Schwägerin. Obwohl er sie weder eingeladen noch erwartet hatte. Sie kamen, um mit Isakowitsch im Garten Mandelmilch zu trinken.

Wenn sie gegen Abend eine Spazierfahrt in die Umgebung machten, kehrten sie lachend bei Isakowitsch ein. Und Wischnewski wußte davon und billigte es. Er war durchaus nicht eifersüchtig.

Er benahm sich seiner Frau gegenüber ganz anders als Joan Bozitsch. Wischnewski ließ sich nie zu Beschimpfungen und Beleidigungen hinreißen, weder bei seiner eigenen noch bei einer anderen Frau. Er behandelte alle Frauen so, wie Bozitsch nur seine Tochter behandelte. Und ganz offenbar hatte er damit Erfolg und war gut bei ihnen angesehen.

Wischnewski hatte Pavle für Tokaj angenehme Tage in Damengesellschaft prophezeit. Witwer könnten viel bei Frauen erreichen, wenn sie sich nur ein wenig bemühten. Nicht weil sie auf dem Feld der Liebe besser waren als andere Männer, sondern weil sie keine Frauen hatten. Zwar genösse es jede Frau, wenn sie einer anderen den Tort antun und ihr den Mann wegnehmen könne. Aber noch lieber sei es ihr, die Neigung eines Mannes zu gewinnen, wenn er keine Frau hatte – denn sie störte doch nur.

Wenn er solche Reden führte, amüsierten sich die beiden Damen sehr. Und Wischnewskis Gattin erklärte, keine Frau nähme gern einen Witwer als Liebhaber oder als Ehemann. Er vergliche ständig die eine mit der anderen, die verstorbene und die gegenwärtige. Das könne keine Frau vertragen.

Sie, die als Wischnewskis Angetraute galt, besuchte Pavle offenbar nur, um sich die Zeit zu vertreiben. Sie sah nicht bloß im Gesicht wie eine junge schöne Zigeunerin aus, sondern tanzte auch wie eine solche, hatte die dunklen, festen Brüste einer Zigeunerin und sehr schöne Beine. In ihrem schwarzen Haar steckten stets rote Kämme, und unter der gelben Seidenkrinoline trug sie viele rote Unterröcke.

Pavle gefiele ihr, sagte sie, weil er groß und aufrecht war, genau wie Wischnewski, als sie ihn kennengelernt hatte. Wäre Wischnewski nicht, könne mit Pavle allerlei geschehen, so aber kaum. Denn wenn Wischnewski die Ehe mit ihr auch nur aus Spaß geschlossen hatte, ihr sei es ernst damit.

»Sie müssen öfter in unser Haus kommen, Herr Isakowitsch, ich werde Ihnen meinen kleinen Sohn zeigen. Bevor ich ihn hatte, war ich ganz allein auf dieser Welt«, sagte sie noch zu Isakowitsch.

Obgleich er diese Frau verachtete, ließ sich Isakowitsch von ihrer Fröhlichkeit anstecken.

Für sie gehörte Wischnewski zu den Menschen, die machtgierig, hoffärtig, böse erschienen, es aber nicht waren. Schlimm sei, daß Wischnewski alles haben wollte, was er sich wünschte, und den Gedanken nicht ertragen konnte, verzichten zu müssen. Er habe einen starken Willen und duldete nicht, daß ihm jemand entkam, an dem ihm lag. Am allerwenigsten Frauen. Sonst sei er eine Seele von Mensch, man müsse ihn nur zu nehmen verstehen. Und sie könne es!

Die Schwägerin hatte offenbar, was Pavle anging, andere Absichten. Diese etwa zwanzigjährige, blonde, vollbusige und mutwillige Frau versuchte von Anfang an, mit Pavle allein zu bleiben. Wie die Zofen im Haus Wischnewski dem Postmeister Hurka erzählt hatten, war sie schwanger, versuchte aber diesen Zustand zu verbergen. Sie war dreist und gut gebaut und zeigte ihre kräftigen Beine fast bis zu den Hüften, wenn sie den Wagen bestieg oder verließ. Sie verlangte nur – mit gespielter Scham –, daß sich die Männer abwandten. Wenn sie tanzte, hüpften ihre Brüste, die wie ihre Schultern pfirsichfarben und von feinem goldenem Flaum bedeckt waren. Sie seufzte ständig und belauerte Pavle mit ihren lichtgrauen Augen hinter gesenkten Wimpern wie ein wildes Tierchen. Sie hatte dichtes, strohblondes Haar und trug große, weiße Ohrgehänge.

»Wischnewski? Mit dem habe ich nichts im Sinn. Im Frühjahr werde ich heiraten«, erklärte sie.

Trotz der angeblichen Schwangerschaft hatte dieses Mädchen, dem Pavle aus dem Weg zu gehen suchte, eine enggeschnürte Taille und einen beschwingten, raschen Gang. Die weißen Rüschen der Corsage flatterten ihr dabei um Schultern und Hals.

Wenn Wischnewski angetrunken war, erzählte er, daß dieses Fräulein, war es erst einmal verheiratet, ein ganzes Regiment zur Strecke bringen könne. Sie habe einen kräftigen Körper und einen noch stärkeren Willen. Sie sage ständig zu seiner Frau: »Wie du willst, Julijana! Du entscheidest, Julijana!« Getan werde indes, was Fräulein Dunda wollte und entschied.

Wischnewski wollte, daß man ihn in Tokaj als hochherzig, freigebig und vornehm in Erinnerung behielt. Auf seinen Wunsch besuchte seine Frau einmal wöchentlich die Kranken und Armen, brachte ihnen Essen, Geschenke und Heilkräuter für Tee.

Sie verlangte, daß Isakowitsch sie begleitete.

Fräulein Dunda besuchte keine Kranken, sondern die jungen Damen in den ungarischen Adelshäusern der Umgebung. Sonntags ging sie in die katholische Kirsche, und sie fand es beklagenswert, daß Isakowitsch nicht bereit war, sie zu begleiten.

Weder Frau Julijana noch Fräulein Dunda konnten reiten. Aber sie holten Pavle regelmäßig gegen Abend zu Spazierfahrten ab. Fräulein Dunda kam auch hinunter zum Fluß und sah ihm vom Boot aus beim Schwimmen zu. Bei dieser

Gelegenheit erklärte sie ihm, sie hätte ihm schon seit langem etwas zu sagen.

Beide Frauen erzählten Pavle vom fröhlichen Leben in Kiew, versuchten ihn aber zu überreden, daß er in Tokaj blieb. Wischnewski sei bedrückt, er sehne sich nach Abwechslung und Beförderung. Er habe Einfluß und Verbindungen in Kiew und könne Pavle eine schöne Zukunft sichern, falls er sich zum Bleiben entschlösse. Sie beide jedenfalls würden in Tokaj verweilen, solange Wischnewski in Kiew zu tun habe. Sie könnten mit Pavle eine schöne Zeit haben.

Sosehr er sich bemühte, Isakowitsch bekam nicht heraus, wer diese Frauen und wer ihre Männer waren, von welchem Vater sie abstammten. Wischnewskis Frau gefiel ihm, und er schloß mit ihr eine Art Freundschaft, aus der auch leicht mehr werden konnte. Und die Schwägerin versuchte sich ihm aufzudrängen, wie es Fräulein tun, die nicht wirklich Fräulein sind.

Beide kühlten Pavle gegenüber erst ab, als ihnen der Postmeister Hurka hinter dessen Rücken erzählte, daß der Rittmeister sich mit dem Dienstmädchen eingelassen habe, das ihm die Wäsche besorgte.

Isakowitsch bekam auch nicht heraus, wer die beiden anderen Frauen in Wischnewskis Haus waren. Frau Julijana sagte ihm lediglich, es seien Fremde, mit denen sie und ihre Schwester nichts zu tun hätten, sehr vornehme, schöne Damen, die Wischnewskis Kinder aus erster Ehe in Musik und Fremdsprachen unterrichteten.

Pavle hörte von den beiden nur das Beste über Wischnewski: wie gut und fein er sei, wie sehr er Pavle mochte, welchen Einfluß er in Petersburg hätte.

Je weiter der Oktober ins Land ging, desto häufiger und länger wurden die Besuche der beiden Frauen in Pavles Haus, und wer weiß, wie alles geendet hätte, wäre nicht eines Tages der Postmeister Hurka mit der Nachricht herbeigeeilt, daß die Ankunft der Vettern bevorstand; daß der Titularmajor Jurat Isakowitsch nur noch eine Tagesreise von Tokaj entfernt war.

Am nächsten Tag, dem fünften, dem Tag des heiligen Märtyrers Charitina, beziehungsweise dem achtzehnten Oktober jenes Jahres, für den Postmeister dem Tag des Evangelisten Lukas, traf vor Pavles Haus, von Hurka geleitet, sein Vetter Jurat ein, der zu Pferd war und drei Wagen sowie fünf Husaren mit sich führte. Weder Jurat noch Pavle kannten den Märtyrer Charitina, aber der Postmeister wußte, wer der Evangelist Lukas war.

So vermerkten alle drei denselben Tag.

Major Jurat Isakowitsch traf am erwähnten Tag des erwähnten Jahres mit seiner im dritten Monat schwangeren Frau und ohne die Kinder in Tokaj ein. Durch Ungarn war er geritten und seine Frau im Wagen des Senators Bogdanowitsch mit dem schwarzen Lederverdeck gefahren. Jurat lief breitbeinig, als ritte er noch immer. Ana war schöner denn je.

Auf Wunsch seiner Schwiegermutter, Frau Agrippina Bogdanowitsch, hatte Jurat die Kinder bei den Großeltern in Neusatz lassen müssen. Nur unter dieser Bedingung hatte Frau Agrippina ihre Tochter nach Rußland ziehen lassen. Zuerst werde man sehen, ob und wie ihr Schwiegersohn in Rußland eine neue Heimstatt gründete, um ihm dann die Kinder zu geben. Ihre verrückte und mit Blindheit geschlagene Tochter könne er mitnehmen. Falls er bis zum nächsten Frühjahr einen Hausstand habe, möge er die Kinder holen kommen.

Die Begegnung zwischen Ana, Jurat und Pavle in Tokaj war herzlich, aber unfroh. Ohne ihre Kinder war Ana bedrückt und voller Sorgen, in ihren fiebrig glänzenden Augen standen Tränen.

Auch Jurat war nicht mehr der fröhliche, dreiste Offizier von einst. Das Leben sei närrisch, sagte er, wenn man neben seiner Frau auch noch eine Schwiegermutter habe, und noch närrischer, wenn man den Plan fasse, in ein fremdes Land zu ziehen. Er habe seine Kameraden, die sirmischen Husaren, zurückgelassen, sein Haus, seine gewohnte Umgebung, und er sei traurig, seine Fruska Gora und seine Donau nicht mehr sehen und keinen sirmischen Wein mehr trinken zu können. In Rußland, habe er gehört, würden höchst verdächtige Dinge getrunken. Dieses ewige Herumvagabundieren tauge nichts. Sie hätten lieber in Sirmien und Temesvar bleiben und Garsuli an Ort und Stelle den Garaus machen sollen. Er beschimpfte – so, daß seine Frau ihn nicht hören konnte – seine Schwiegermutter, Frau Agrippina, weil sie die Kinder behalten hatte. »Gott verzeihe mir«, sagte er, »aber ich hab' sie doch nicht mit ihr gemacht, sondern mit ihrer Tochter.«

Jurat erzählte, wie schwer die Reise durch Ungarn und beim Übersetzen über die Theiß gewesen sei. Sie hätten sich von Herberge zu Herberge geschleppt. Es gäbe nichts Traurigeres als diese leeren, aus Lehm gebauten Gasthäuser in der ungarischen Puszta unter heißer Sonne. Er habe dort kaum atmen können.

Ana umarmte Pavle ganz glücklich, als sie das geräumige und behagliche Haus sah, das er gemietet hatte. Besonders freute sie sich über den Blick auf den blühenden Garten. In Tokaj würden sie sich nun ein paar Tage ausruhen können. Sie habe ihre Kinder leicht und freudig zur Welt gebracht, jetzt aber habe sie Angst vor der Geburt des dritten, ohne Mutter, ohne Hebamme. »Bei den ersten beiden war die Mutter bei mir, aber jetzt werde ich in den Wehen nur den Schnee vor dem Fenster oder ein fremdes Dach sehen.«

Der Postmeister Hurka fand in Tokaj schnell Unterkunft für Jurats Husaren und seine Wagen, und Jurat bezahlte zum erstenmal in seinem Leben, ohne zu feilschen. »Zum Teufel mit den Dukaten«, sagte er, »alles andere hat er sowieso schon geholt.« Auch er lobte Pavles Haus und Garten, nur gefiel ihm nicht, wie in Tokaj die Eheleute schliefen. Die Ehebetten in den Zimmern waren schmal und standen ein, zwei Spannen voneinander entfernt. »Liegen denn hier die Eheleute wie die Holzscheite, wie im Sarg? Wenn man in die Fremde kommt, geht einem alles verquer!«

Ana erzählte, daß Petar und Varvara in Begleitung zweier Husaren in einem alten, schwerfälligen Wagen des Senators Stritzeski aufgebrochen seien, weshalb sie zurückgeblieben waren. Varvara sei unterwegs zweimal übel geworden, aber sie habe von einer Unterbrechung der Reise nichts hören wollen. Stritzeski habe ihnen im voraus Übernachtungen in den ungarischen Städten gesichert, so daß Petar hoffe, den Bruder in Tokaj einzuholen. Das Generalkommando habe Petars Umsiedlung ohne weiteres gebilligt, aber mit seinem

Schwiegervater habe es vor der Abreise wieder schrecklichen Streit gegeben. Stritzeski habe Varvara um keinen Preis nach Rußland lassen wollen. Überall in Temesvar und Wardein rede man von Stürmen, Platzregen, Überschwemmungen, Wäldern und Gebirgen, die den Reisenden auf dem Weg nach Rußland erwarteten – und von Räubern. Von himmelhohen Felswänden werde erzählt, die man zwischen Ungarn und dem Königreich Polen zu überwinden habe. Und man wisse von den Friedhöfen längs des Weges, wo viele bei der Umsiedlung Verstorbene lagen.

Petar war unschlüssig gewesen. Varvara indes habe den Vater umgestimmt: Sie werde sterben, wenn sie nicht mitginge: Sie wolle in das neue, unbekannte Land, sehen, wie dort die Menschen lebten, und sich nicht von der Familie ihres Mannes trennen. Die Isakowitsch-Vettern seien für sie keine Fremden, keine Abtrünnigen, sie seien nicht schuld daran, daß man sie unter Serbellonis Kürassieren nicht haben wolle. Sie sei nicht nur durch Stritzeskis Unterschrift an diese Familie gebunden, sondern durch die Fesseln des Herzens, der Liebe, der glücklichen Tage. Wenn es ihr mit ihrem Mann schlecht ergehen sollte, könnte sie auch allein zum Vater zurückkehren. Und wenn ihr erstes Kind in Rußland geboren sei, werde sie kommen und dem Großvater den Enkel zeigen. Moskau sei nicht aus der Welt. Sie wolle die Reise unternehmen, solange sie noch jung war.

Aus Anas Worten gewann Pavle den Eindruck, daß jetzt in Petars Ehe alles in Ordnung war. Daß nach jenem Streit in der Temesvarer Herberge nun Friede zwischen den Eheleuten herrschte und sie gut zusammen lebten.

Vieles habe sich in Petars Ehe geändert, erzählte Ana.

Pavle hörte ihr zerstreut zu. Ana beobachtete ihn verstohlen, während er ihr schweigend beim Auspacken von Kleidern und Hausrat half. Er sagte nicht, was er dachte und fühlte.

Leise fügte sie hinzu, es sei noch ein Weibergeheimnis, aber sie wisse, daß Varvara endlich empfangen habe und im zweiten Monat schwanger sei, nur Petar verschwiege es verschämt wie ein Mädchen. Doch sei er überglücklich; er lächle und schweige.

Als er das vernahm, schien Pavle zusammenzuzucken. Er hielt inne, richtete sich auf und lächelte gezwungen.

Er freute sich, das zu hören, sagte er, nun sei in der Familie alles zum Besten bestellt. Also auch diese verwöhnte und wehleidige Senatorentochter hatte sich schließlich als fruchtbare Nachfahrin Adams und Evas erwiesen. Man brauchte sie nicht mehr zu bedauern, und das war ihm lieb.

Ana belauerte Pavle auch nach diesem Gespräch noch eine Zeitlang, aber am Ende glaubte sie davon überzeugt zu sein, daß er nicht insgeheim etwas Unerlaubtes für Varvara empfand. Sie wurde so froh, daß sie plötzlich zu tanzen begann und sich mit Pavle im Kreis drehte, bis ihr Mann Einhalt gebot. In der Familie Isakowitsch gebe es keine unfruchtbaren Frauen, flüsterte sie Pavle zu.

Bei Sonnenuntergang saßen sie auf der Hausschwelle. Ana nähte, Jurat richtete einen Sattel her, und Pavle erzählte von Wien, wie er seine Entlassung erwirkt, wie er Joan Bozitsch kennengelernt hatte, wie es ihm im »Engel« ergangen war. Er berichtete auch von Bozitschs Tochter, erwähnte aber weder Frau Evdokija noch die verhängnisvolle Begegnung mit dem Wagen in der Allee vor der Reitschule.

Nach Petar und Varvara stellte er keine weiteren Fragen. Ana versuchte das Gespräch auf ihre Schwägerin zu lenken, doch Pavle ging nicht darauf ein.

Ihr fiel auf, daß Pavle sich verändert hatte; seine Schläfen waren noch grauer geworden, und er schwieg viel. Nur daß er häufig wiederholte: »Gewesen und vorbei!« Was sie am meisten verwunderte: Dieser in Fragen der Familienmoral so strenge Mann sprach mit herzlicher Anteilnahme von der Ehebrecherin Femka, der Frau Trandafils: Sie habe zwar den Teufel im Leib und sich von dem Draufgänger Brkitsch betören lassen wie eine einäugige Stute vom Hengst, aber sie sei zu Mann und Kindern zurückgekehrt, und nun lebten sie wieder gut zusammen. Gewesen und vorbei, als hätte es nie etwas gegeben. Aber Frau Femka habe so ein fröhliches Lachen. Wenn er noch einmal heiratete, würde er eine solche Frau nehmen. Nur Fröhlichkeit könne Licht in dieses düstere Leben bringen.

Jurat beschimpfte Femka unflätig, und wohl um dem Gespräch eine andere Wendung zu geben, berichtete er von dem Unglück, das über die Menschen im Temesvarer Banat hereingebrochen war, seit diejenigen, die auf der Liste von Schewitsch standen, die Erlaubnis zum Fortgehen erhalten hatten.

Ganze Dörfer wollten sich auf den Weg machen, aber die Unteroffiziere aus dem Generalkommando hätten Verwirrung im Volk gestiftet, und so gebe es jetzt zwei feindliche Lager, und man wisse nicht mehr, wer gehen und wer bleiben wollte. Die Frauen jammerten, die Kinder weinten. Was am schlimmsten sei, keine Partei habe die Mehrheit, das Volk sei in gleiche Hälften gespalten wie ein Apfel, und man prügele sich. In Mohol habe es beim Aufbruch sogar eine Schießerei gegeben.

Pavle hörte sich das seltsamerweise unbewegt an.

Jurat winkte wütend ab und erklärte, es sei dasselbe Unglück, ob man nun ginge oder bliebe. Warum kämen die Menschen nicht zur Ruhe, warum rannten sie umher wie die närrischen Ameisen? Es sei überall schön, wo man gute Gesellschaft habe. »Wo unsere Kameraden sind, dort ist es gut. Ganz gleich wo. Ganz gleich, in welchem Reich.«

Pavle bemerkte trocken, das solle er doch Bozitsch sagen. Solche wie Bozitsch seien schuld an all dieser Verwirrung. Sie gäben ihre Seele für den Majorsrang her. Und für den eines Obersten auch ihre Frauen. Sie reihten Dukaten auf Schnüre und hörten nicht das Krächzen der Krähen auf den serbischen Friedhöfen.

Er spürte wohl, daß er als Hausherr Jurat, seinen Gast, beleidigte, darum nahm er sich zusammen und fragte, warum sie ihm nichts von Trifun erzählten.

»Wie geht es Trifun? Was gibt es Neues bei ihm?«

Ana senkte den Kopf, und Jurat beugte sich über seinen Sattel, von dem er mit den Zähnen die Lederfetzen abriß. Es wurde still, und die Eheleute sahen einander an, als handelten sie aus, wer als erster über Trifun sprechen solle.

Im Garten senkte sich allmählich die Dämmerung auf die Kastanien, und auf den Wiesen mit den Grasschwaden sah man Zieselmäuse von einem Loch zum anderen huschen.

Das gemähte Gras duftete betäubend.

Unter den Vordächern aus roten Ziegeln gurrten die Tauben, und einige weiße schwebten noch am Himmel. Das Haus war von Frieden und Abendruhe umhüllt.

Als habe er Pavles Frage nicht gehört, begann Jurat von den Ärgernissen zu berichten, die er und seine Frau vor dem Aufbruch gehabt hatten. Stritzeski habe gedroht, Varvara zu enterben, und seine Schwiegermutter, Frau Agrippina, habe ihrem Mann verboten, Jurats Schulden zu bezahlen, die er in Rußland machen werde. Die Alte habe gekreischt, er solle seine Kinder in Neusatz lassen, oder er werde aus dem Haus des Senators keinen Forint mehr bekommen. Flüsternd, damit ihn die Frau nicht hörte, fügte Jurat hinzu, die Schwiegermutter habe selbst für den Senator nur dann eine offene Hand, wenn er sich in der vorhergehenden Nacht im Ehebett gut geführt habe.

Pavle unterbrach Jurats Geschwätz mit der kategorischen Frage, warum sie auswichen und ihm nichts von Trifun erzählten.

Darauf murmelte Jurat, Trifun habe den Kopf verloren, und es sei nicht ratsam, ihm über den Weg zu laufen, am allerwenigsten nachts. Soweit er wisse, sei Trifun die Frau weggelaufen und zu ihrem Vater, dem Pferdedeckenmacher, nach Ruma zurückgekehrt, und zwar nicht nur vorübergehend. Sie wolle ihm die Kinder nicht geben. Aus Ruma sei zu hören, daß sie sich mit einem Kornett namens Vulin eingelassen hatte, einem rechten Milchbart. Die beiden seien wie behext. Nicht nur, daß sie sich liebten, sondern sie turtelten und hielten sich an den Händen wie die Katholikinnen, wenn sie zur Kirche gingen. Er sei schön wie ein Engel und vierzehn Jahre jünger als Kumrija. Die Geschichte sei in ganz Mitrowitz herum, und man könne sich vorstellen, wie Trifun zumute sei.

Er habe vor seiner Abreise nicht einmal die Kinder sehen wollen.

Und Kumrija sei nicht bereit, zu ihrem Mann zurückzukehren und mit nach Rußland zu gehen.

Als Ana mit Tränen in den Augen ins Haus gegangen war, saß Pavle lange schweigend, und dann erzählte er Jurat, daß in dem Zimmer, wo sie schliefen, ein Mann seine Frau und sein Kind umgebracht hatte. Es sei ein Glück im Unglück, daß Trifun so etwas nicht getan habe.

Jurat riß die Augen auf, als er hörte, was in diesem friedlichen Haus mit dem blühenden Garten geschehen war, und bat Pavle, vor Ana nicht darüber zu sprechen. Sie sei im dritten Monat ihrer Schwangerschaft und dürfe solche schrecklichen Geschichten nicht hören. Er wolle nicht, daß seine Frau in diesem Haus unruhig schliefe. Wie war nur Pavle auf dieses Haus verfallen? Jurat, dieser sonst so tollkühne Offizier, blickte zum Dach auf, als erwartete er, daß Blut von dort herabtropfte. Diesem Mann, der im Krieg feindliche Soldaten getötet hatte, ging es nicht in den Kopf, daß ein Mann seine Frau, die er liebte, und noch weniger, daß ein Vater seine Kinder umbringen konnte. Pavle hätte ihm das lieber nicht erzählen sollen.

Bedrückt und mit abgewandtem Blick fuhr er fort, daß er über Trifun noch mehr zu sagen habe, das jedoch Petar überlassen wolle. Pavle werde noch viel über Trifun hören. Vergebens bemühte sich Pavle, mehr von Jurat zu erfahren. Der winkte nur ab.

Dann instruierte Pavle seinen Vetter, was er Wischnewski zu sagen habe, und weihte ihn in seinen Plan ein, nicht gleich über die Karpaten gehen zu wollen, sondern nach den ersten Schneefällen. Er sei überzeugt, daß sie dann leichter und schneller vorwärtskommen könnten.

Bevor sie sich in ihrem Zimmer schlafen legten, fragte Ana ihren Mann, was Pavle noch über Trifun erzählt habe, und er erwiderte, das Schlimmste hätte er verschwiegen. Und er fuhr fort, ihm scheine, daß die Trennung von den Familienangehörigen schlimm, aber das Wiedersehen noch schlimmer sei. Manchmal veränderten sich die Nächsten wie die Jahreszeiten im Frühjahr und im Winter. Man fand Dornen, wo man Rosen erwartet hatte. Und was seinen Vetter Pavle beträfe, so schlüge der vor, nicht jetzt im schönen Herbst mit dem fallenden Laub nach Rußland zu ziehen, sondern auf den Schnee zu warten. So würden sie schneller ihr Ziel erreichen.

»Ich dachte, wir würden sofort über die Berge nach Polen ziehen, aber er sagt, nein, erst wenn Schnee liegt. Und nun sieh zu, Frau, daß du nicht im Schnee niederkommst, wenn wir aus Ungarn aufbrechen. Pavle will uns im Schlitten nach Rußland kutschieren!«

Drei Tage später, an einem trüben und wolkigen Nachmittag, kam der Postmeister Hurka mit der Nachricht, daß Leutnant Petar Isakowitsch mit seiner Frau eingetroffen sei. Sie seien bei der Schenke vor den Toren Tokajs und beschlügen die Pferde. Er habe sie erkannt, obwohl er sie nie gesehen hatte. Einen Hut, wie ihn die Dame im Wagen trüge, hätte man in Tokaj noch niemals gesehen. Auch keinen Offizier, der so im Sattel saß. Sie stünden mit ihren drei Wagen am Ziehbrunnen, und das Volk versammle sich um sie.

Pavle ging, um Varvara und seinen Vetter zu begrüßen. Allein, denn Ana und Jurat waren gerade nicht im Haus.

Die Begegnung war herzlich, und Pavle bemerkte sofort, daß sich Petar sehr verändert hatte – er war heiter und fröhlich, sonnengebräunt, aber nicht zerzaust und unordentlich wie Jurat bei seiner Ankunft. Sogar unterwegs war Petar ganz in Blau und Silber gekleidet, aufgeputzt, und er freute sich, Pavle zu sehen. Er umarmte ihn lachend: »Wo warst du denn, Langer? Wohin hast du uns entführt? Nun sind wir da, um mit dir in dein Rußland zu gehen. Aber wo sollen wir übernachten?«

Varvara jedoch begrüßte Pavle nicht wie in Temesvar. Sie war voller geworden, und sie war nicht fröhlich. Sie umarmte und küßte Pavle, aber ohne wirkliche Herzlichkeit und Wärme, sondern unter Tränen. Sie war blaß. Nur ihre Hände streichelten ihn zärtlich.

»Wir sind angekommen, Pavle, mein Herz! Und müde sind wir! Du weißt nicht, was wir durchgemacht haben. Hast du Jurat und Ana getroffen?«

Trotz ihrer Blässe war Varvara schön, vielleicht noch schöner als in Temesvar – anders, stiller, und ihre Augen schienen größer. Es war, als schiene die Sonne durch ihr rötliches Haar, durch ihre warmen Hände, durch ihre Brüste, die Pavle bei der Umarmung spürte. Mit ruhigem Blick nahm sie alles hin, was Petar sagte und tat.

Diese kühle, stille Trauer lag noch immer auf Varvaras Gesicht, als er sie ins Haus führte und sie Ana und Jurat trafen.

Petar war jetzt ganz offenbar glücklich und fröhlich, doch seine Frau nachdenklich und eher bedrückt.

An diesem Abend redeten sie alle auf einmal, als sie einander erzählten, wie es ihnen ergangen war. Petar verkündete, daß seine Frau in anderen Umständen war, als sollte die ganze Welt und sogar die Spatzen auf dem Dach diese Neuigkeit erfahren. Seiner Frau sah man an, daß ihr das nicht lieb war. Sie hielt schweigend den Kopf gesenkt, als müsse sie etwas vernehmen, was sie nicht gern hörte.

Petar ließ keinen Blick von ihr, er bewachte jeden ihrer Schritte, und wenn er sie in die Arme nahm, berührte er sie wie eine Taube.

Danach aßen sie, heiter, im Garten zu Abend. Gegen Ende der Mahlzeit fragte Pavle unvermittelt: »Und wie geht es meinem Vetter Trifun?«

Sie verstummten, als hätten sie die Sprache verloren.

Selbst Petar, der so fröhlich geschwatzt hatte, verdüsterte sich und sagte dann mit herablassendem Lächeln: »Darüber später, Apostel! Du wirst nichts Gutes zu hören bekommen!«

Er sagte es mit so heiserer Stimme und in so wegwerfendem Ton, daß Pavle zusammenzuckte. Er wiederholte seine Frage und fügte hinzu, er habe genug von dem Altweibergeschwätz und der Geheimniskrämerei. Er verlange zu erfahren, was mit Trifun los war.

Varvara schob den Leuchter mit der Kerze beiseite, um die sich ein Schwarm von Nachtfaltern gebildet hatte. Sie streichelte Pavles Hand und begann leise zu erzählen, wie es dazu gekommen war, daß die Profos in der Mahala gewalttätig wurden und allen Leuten mit dem Galgen drohten. Kumrija wolle weder zu Trifun zurückkehren noch ihm die Kinder geben. Sie spaziere mit diesem Grünschnabel Arm in Arm durch Mitrowitz und Esseg, als hätte sie der Pope getraut. »Bei den Frauen brüstet sie sich, wie jung sie beide sind und wie sie sich lieben und daß sie ihr Lebtag nicht mehr zu dem alten Trifun zurückkehren wird!«

Pavle sagte, das wisse er bereits. Aber sie hielten etwas anderes vor ihm geheim.

Varvara senkte den Kopf und fuhr noch leiser fort, nach

Pavles Weggang sei ein großes Unglück geschehen. Trifun habe tagelang gebrüllt wie von Sinnen und geweint wie ein kleines Kind. Er habe blutunterlaufene Augen gehabt und Petar mit dem Messer bedroht. Jene junge Frau, Djindja, die er ins Haus genommen hatte und deren Mann, Zekowitsch, von den Häschern im Weidengebüsch an der Bega getötet worden war, sei eines Abends fortgegangen und nicht zurückgekommen. Sie habe sich im Fluß ertränkt. An einer Weide habe man sie gefunden, nicht in Kumrijas Kleidern, sondern in dem schwarzen Bettlergewand, das sie am Tag ihrer Ankunft getragen hatte. Sie sei ganz blau im Gesicht gewesen.

Bei dieser Nachricht wurde Pavle vor Entsetzen ganz still. Er ließ den Kopf hängen und stellte keine Fragen mehr.

Um das bedrückte Schweigen zu brechen, in dem sie alle das Klagen der jungen Selbstmörderin zu hören glaubten, fügte Varvara hinzu, Trifun habe sich von der Familie losgesagt und nicht mit ihnen gehen wollen. Zwei, drei Tage lang habe man ihn nicht zu Gesicht bekommen.

Seine Leute hätten erzählt, er zöge nicht nach Rußland.

Indes sei er plötzlich doch aufgebrochen, aber er folge nicht ihnen. Sie hätten gehört, daß er über Arad und Debrecen ins Gebirge wolle.

Er habe fast zweihundert Menschen bei sich, darunter viele Frauen und Kinder, in einer langen Wagenkolonne.

Es gehe bei ihnen sehr unordentlich zu, es gebe Zechgelage und Schlägereien.

Ana wußte von Kumrija zu berichten, daß sie völlig den Verstand verloren habe. Sie trüge jeden Tag Stadtkleider, tanze und spaziere mit dem Grünschnabel herum. Sie erzähle, so gut wie jetzt sei es ihr nie gegangen. Sie sei jung, und der Kornett Vulin sei jung. Zu Trifun wolle sie niemals zurück.

Varvara beschrieb diesen jungen Offizier als halbwüchsigen Knaben, dem eben die ersten Barthaare sprossen. Er sei der jüngste und hübscheste Offizier in Mitrowitz. Alle Welt amüsiere sich über die verliebten Augen, die er, der kaum Zwanzigjährige, der Dame Kumrija machte, immerhin einer Mutter von sechs Kindern. Er folge ihr wie ein Schatten. »Es ist, als wären beide verhext«, schloß Varvara.

Jurat erging sich in Einzelheiten, wie man die Unglückliche gefunden hatte, die in den Bega-Fluß gegangen war. Wie ihr Mann, Zekowitsch, aus der Mahala geflüchtet und im Weidengebüsch am Fluß getötet worden war. Wie Trifun die junge Witwe in sein Haus genommen hatte. Er habe damals, genauso wie jetzt seine Kumrija, einfach den Verstand verloren.

Pavle fand bald wieder zu sich.

Nach kurzem Schweigen fragte er wieder nach denen, die nach Rußland aufbrachen, so als wäre nichts gewesen. Nur einmal kam er auf Djindja zurück und sagte heiser, er werde die Unglückliche, die, ein Kind unter dem Herzen, ins Wasser gegangen war, ewig bedauern. Doch dann, als sei auch dies vergangen und vergessen, stellte er weiter seine Fragen.

Petar sagte, es sei für ihn am besten, Trifun eine Zeitlang nicht unter die Augen zu kommen, ihm möglichst in Tokaj nicht zu begegnen. Dabei lächelte er.

Als Pavle fragte, was er damit sagen wolle, lachte Petar: »Ach, Apostel, frag doch Jurat. Er soll es dir sagen!«

Zögernd berichtete Jurat, daß Trifun, als man Djindja gefunden hatte, getobt und Verwünschungen gegen Pavle ausgestoßen habe.

Auf Pavles Frage: »Was habe ich ihm denn getan, Dicker?« wurde Jurat verlegen. Das sei eine lange Geschichte. Trifun behaupte, daß Pavle der letzte gewesen sei, der Djindja lebend gesehen und mit ihr gesprochen habe. Wer weiß, womit ihr der Lange gedroht habe und warum sie nach diesem Gespräch so von Sinnen gewesen sei.

Trifun halte Pavle für Djindjas Mörder!

»Mich?« rief der Edle Isakowitsch.

Und Petar bestätigte lächelnd: »Ja, Apostel, dich!«

Als erster der Isakowitsch-Vettern setzte Jurat die Reise nach Rußland fort. Er wollte mit seiner schwangeren Frau möglichst bald die Karpaten hinter sich lassen. Einem Brief in der Hinterlassenschaft von Isak Isakowitsch ist zu entnehmen, daß er schon fünf Tage nach seiner Ankunft Tokaj wieder verließ.

Am zehnten Oktober, dem Tag des Märtyrers Eulampios. Weder Jurat noch seine Frau wußten von Eulampios' Martyrium, aber sie erinnerten sich später, daß es ein Sonntag gewesen war.

Mit zwei Wagen und fünf Husaren fuhren sie zu den Hügeln jenseits Tokajs ab. Einen Wagen ließen sie für Petar zurück.

Im Morgengrauen des erwähnten Tages versammelten sich herrenlose Hunde um die Wagen. Den ganzen Sommer jenes Jahres hindurch empfingen und verabschiedeten diese Tiere die Karawanen, die durch Tokaj zogen.

Sie bellten die Wagen an, die beim Ziehbrunnen in die Stadt einfuhren und ein, zwei Tage später in den Wäldchen an der Straße verschwanden. So ging es bis Ende Oktober. Die Wagen setzten sich meist schon vor Tagesanbruch in Richtung der Toltschvaner Weinberge in Bewegung, und die Hunde rotteten sich zusammen; erschreckt von den Schatten der Menschen, die sich im ersten Morgenlicht auf den Weg machten, vom Geräusch ihrer Schritte, vom Trappeln der Pferdehufe, verkrochen sich die Hündinnen zwischen den Rädern, unter den Ladeflächen. Sie bellten bis zur Abfahrt.

Der Herbst jenes Jahres war in Tokaj schön und warm wie gewöhnlich. Die Weinlese begann nach katholischem Kalender erst Ende Oktober – am Simon-und-Judas-Tag – und dauerte bis Ende November.

Bis dahin jedoch pflegte Tokaj um diese frühe Morgenstunde zu schlafen. Die Hauptstraße und die Weide am Stadtausgang waren menschenleer.

Im Morgendämmer jenes Tages saß Jurats Frau Ana auf dem Bock des Wagens, in ihre Umschlagtücher gehüllt wie eine Muselmanin. Von den Karpaten wurde damals gesprochen wie heute vom Himalaja, und alle hatten Angst vor der Reise nach Polen.

Diese Angst spiegelte sich auch in Anas Gesicht, das die wilde Schönheit der gesunden und schwangeren Frauen von dunklem Haar und schwarzen Augen hatte. Angst vor der Ungewißheit, der sie entgegenging, und Trauer, weil die Welt, in der sie bis dahin glücklich gelebt hatte, in ferne Vergangenheit rückte.

Im Halbdämmer unter dem schwarzen Lederverdeck des Wagens zählte Ana vernehmlich noch einmal die Gegenstände durch, die zu ihrem Hausstand auf vier Rädern gehörten: Steppdecken, Kissen, Kleider, Schafspelze, Töpfe, Uhren, Spiegel, die Gewehre und Stiefel ihres Mannes, die Säcke, die in den anderen Wagen verstaut waren. Und sie beendete die Aufzählung mit der bangen Frage, was ihre Kinder in Neusatz jetzt wohl tun mochten.

Mit ihrem weißen Kopftuch und der langen schwarzen Reisepelerine glich die Tochter des Senators Bogdanowitsch eher einer Nonne auf dem Weg nach Polen als einer Majorsgattin, die unter dieser Pelerine alles andere als eine Nonne war.

Ihre Augen glänzten fiebrig, und ihre Lippen waren nicht blaß und blutleer wie die einer Nonne, sondern schwellend rot, die Lippen einer leidenschaftlichen Frau nach einer in den Armen ihres Mannes verbrachten Nacht.

Hin und wieder streckte sie den Kopf unter dem Verdeck vor und schaute hinüber zu der Hügelkette jenseits der Stadt, deren Konturen sich immer deutlicher abzeichneten. Und sie fragte sich ängstlich, ob dort die Unwetter auf sie warteten, von denen sie so viel gehört hatte.

Dann wandte sie sich ihrer Schwägerin zu, die, auf der Hausschwelle sitzend, den Augenblick des Abschieds erwartete, und sagte zum wer weiß wievielten Mal: »Nun bleibst du allein, mein Herz, ganz allein!«

Varvara war tags zuvor wieder übel geworden, und sie hatte beschlossen, mit Petar in Tokaj zu bleiben, bis sie von Jurat Nachricht bekamen, wie die Wege und das Wetter im Gebirge seien. Zwar war sie nicht krank, aber sie hatte, seit sie schwanger war, häufig Ohnmachtsanfälle. Trotzdem war sie mit dem ersten Hahnenschrei aufgestanden, um ihrer Schwägerin Lebewohl zu sagen. In ihrem seidenen Hemd, um die Schultern die seidene Steppdecke, die sie stets mit sich führte, saß Varvara an diesem Herbstmorgen vor dem Haus wie eine Sterbende.

Ihr Gesicht war nicht mehr so fröhlich wie in Temesvar, ihre hellblauen Augen spielten nicht mehr so keck ins Grünliche wie bei Pavles Ankunft aus Wien. Sie war schön wie immer mit ihrem rätselhaften Lächeln, aber blaß und schweigsam und lebte erst auf, wenn die Sonne schien und das Haus von Geräuschen widerhallte.

Sie lachte nicht mehr so, daß ihr die Brüste hüpften, und ihr Gang war träge geworden. Sie kreuzte nicht mehr alle Augenblicke die Beine, als seien sie Windmühlenflügel. Ihr sorgloses Geplapper war verstummt. Sie saß vor dem Haus und lehnte sich kraftlos gegen die Tür. Sie trug den Kopf mit dem dichten roten Haar nicht mehr so aufrecht, sondern hielt ihn gesenkt wie unter einer Flut von Sorgen. Sie hatte ein Bein über das andere gelegt und hielt die Knie umfaßt, als hätte sie einen Korb mit Obst oder Tauben oder ein in den Herbst verirrtes Osterlamm auf dem Schoß.

Jetzt hielt sie sich die Ohren zu, um das Hundegebell nicht zu hören, und sagte beschwichtigend zu ihrer Schwägerin: »Laß gut sein. Wischnewski ist nicht so schlimm, wie er aussieht. Und ich bin kein kleines Mädchen mehr!«

Frisch und herausgeputzt so früh am Morgen, ganz in Silber und Fransen, inspizierte ihr Mann den Wagen und rief Jurat lachend zu, daß am vorderen Gefährt eine Achse beschädigt war, und fragte seinen Bruder, ob er etwa in Irig gewesen sei, einem Ort, der durch häufige Schlägereien berüchtigt war.

Der hübsche Petar beneidete Jurat kindlich um seinen Witz und bemühte sich, ebenfalls witzig zu sein. Er war von früh bis spät in bester Stimmung und strahlte vor Freude, wenn er seine Frau sah. Was den stolzen jungen Mann so schön machte, war eben diese Heiterkeit, die ihn auch in der schwierigsten Lage nicht verließ.

Er war der einzige, der die Reise nach Rußland sorglos unternahm, und er hatte sogar vergessen, daß ihn Stritzeski in einem Anfall seniler Wut verflucht hatte. Mit der Freude eines Kindes, dem man ein Spielzeug in die Hand gibt, untersuchte er Wagen und Pferde, Hufeisen und Bremsen. »Fahr los, Dicker!« rief er seinem Bruder immer wieder zu.

Die Husaren des Majors Jurat Isakowitsch waren, so behaupteten sie jedenfalls, entfernt mit ihm verwandt, und sie waren unverheiratet und jung, fast noch Kinder. Jurat hatte sie nicht wegen ihrer kriegerischen Fähigkeiten, sondern wegen ihres Familienstandes ausgewählt. Er wollte Leute, die weder Frau noch Mutter in der Heimat zurückließen und die im Dorf als Draufgänger bekannt waren. Alle fünf waren mittellose Waisen, gehorsam und ungebildet, aber willens, sich zu bewähren. Sie drängten sich um den Wagen, als der Premierleutnant verkündete, eine Achse sei beschädigt, krochen darunter, hoben ihn mit den Schultern aus.

Diese Jungen waren mit Pferden aufgewachsen, und ihnen sprossen eben die ersten Barthaare. Sie saßen wie die kleinen Bären im Sattel und konnten mit Waffen nicht umgehen. Sie kannten nur Messer und hatten jeder ein Beil bei sich. Erst unterwegs hatte ihnen der Major gezeigt, wie man ein Hindernis übersprang und mit der Pistole schoß. In Rußland, so hatte er versprochen, würden sie Säbel bekommen.

Als Petar ihn auslachte, weil er Kinder nach Rußland mitnahm, erwiderte Jurat, er wisse, was er tue. Fünf Jahre zuvor habe er vor seinem Haus in Hartkovci kleine Akazien umgesetzt, und die seien jetzt hoch wie die Ziehbrunnen. Ebenso würde es mit seinen Burschen sein. Sie alle seien künftige russische Obristen, obwohl sie vorerst noch wie die Esel schrien.

Er hatte sich in Temesvar verausgabt und ihnen darum unterwegs nur abgetragene ungarische Uniformen kaufen können, um die sie sich gerissen hatten wie ums Goldene Vlies. Der Major hatte versprochen, sie in Rußland für alles schadlos zu halten.

Wenn sich diese Jungen auf dem Weg durch Ungarn in den Städten vergafften und verirrten, hatte der Major sie verprügelt und gedroht, sie nach Wardein zurückzuschikken. Er hatte erfahren, daß man dort plante, ein neues »Peterwardeiner National-Grenzinfanterieregiment« aufzustellen. Er brüllte, daß nicht er sie nach Rußland eingeladen habe und daß sie gehen könnten, wohin sie wollten. »Nur eins sollt ihr wissen: Wenn ihr Lazar Schande macht, der für uns alle sein Leben auf dem Amselfeld hingegeben hat, dann schicke ich euch zurück ins Kommando, wo man die Rekruten für jenes Regiment einkleidet, das serbisch weder spricht noch singt und für immer zu den Päpstlichen abmarschiert, in eine Stadt namens Mantua. Und von dort gibt es für die Serben keine Rückkehr!«

Obwohl sie nicht wußten, wo dieses Mantua lag oder was das für ein Regiment war, in das sie getrieben werden sollten, begriffen sie, daß das die endgültige Trennung von ihrem Volk bedeutet hätte. Also drängten sie sich um die Achse und wechselten sie aus, als wären sie dadurch alle aneinandergefesselt. Bis nach Rußland zerrten sie stöhnend die Wagen aus dem Schlamm.

Wie alle Frauen, die Kinder haben und noch dazu gesegneten Leibes sind, hatte Ana viel Mitgefühl für diese Burschen ihres Mannes. Sie bemühte sich, sie zu verteidigen, wenn sie etwas falsch machten, unterwegs zurückblieben oder in den Wirtshäusern Schlägereien anzettelten wie die Erwachsenen. Obwohl sie nur wenig älter war, behandelte Ana sie wie eine Mutter, ging in die Wirtshäuser, um sich persönlich zu überzeugen, ob sie satt zu essen hatten.

Sie hatten Angst vor dem Major, obwohl sie ihr Leben für ihn hingegeben hätten, aber die Majorin vergötterten sie. Vor Jurat standen sie erschrocken stramm wie vor einem schweren drohenden Bären, aber Ana blickten sie an wie eine himmlische Erscheinung. Sie war schöner als alles in ihrem bisherigen Dasein.

Nur wenn sie bisweilen Zeuge wurden, wie sie die Röcke raffte, um in den Wagen zu steigen, stießen sie einander hinter ihrem Rücken an. Voller Angst, daß ihre Gesichter verrieten, was sie dachten.

Jurat erzählte später in Rußland, daß er niemals bessere Husaren gehabt habe.

An jenem Morgen brach er in schlechter Stimmung aus Tokaj auf.

Die Tage und besonders die Nächte, die sie bei Wischnewski verbracht hatten, lasteten schwer auf ihm. An Wischnewskis Tafel hatten sie so manches gesehen und erlebt, was den Auffassungen des Majors zuwiderlief.

Wenn man in Rußland so lebte – und Wischnewski behauptete, daß man so lebte –, wenn dort die Ehen so waren – und Wischnewski behauptete, daß sie so waren –, dann war es besser, zurückzukehren, sagte Jurat seinem Bruder und seiner Frau.

Obwohl Wischnewski sich bemühte, ihm in allem behilflich zu sein, ging Jurat noch enttäuschter als Pavle von ihm und seiner Familie fort. Essen, trinken, tanzen, spielen, den

Frauen das Hinterteil tätscheln – war dies das Leben in Rußland, nach dem sie sich in Temesvar gesehnt hatten?

Wischnewski schickte ihm den Perückenmacher, der ihn so rasierte, daß er nur einen kurzen Schnurrbart zurückbehielt, aber Jurat ging zerzaust aus Tokaj fort und scherte sich nicht darum, wie er bei der Ankunft aussehen würde.

Er sprach nicht darüber, aber es fiel ihm schwer, seine Kinder verlassen zu haben, in der vagen Hoffnung, sie im Frühjahr wiederzusehen. Und am schlimmsten war für Jurat die Angst, daß seine Frau irgendwo unterwegs ohne Hebamme niederkommen würde. Der Dicke äußerte sich nicht so freimütig wie Pavle, doch haßte er die Ungerechtigkeit, die Demobilisierung und Garsuli nicht weniger als dieser. Er haßte auch die Österreicher, die sie aus Serbien geholt hatten, um Krieg zu führen, und die dann mit den Türken Frieden geschlossen hatten. Besonders sie, die Kürassiere, waren gut genug gewesen, das Christentum zu verteidigen, und jetzt wurden sie davongejagt, wenn es nicht anders ging, in die Türkei.

Nur hatte Jurat in all seinem Haß nie den Wunsch gehabt, wegzugehen. Er hatte stets für die Familie und in der Familie gelebt, in einem engen Kreis, mit seinen Kameraden, wie auf einer Insel der Seligen. Wäre es nach Jurat gegangen, hätte die ganze Familie Isakowitsch abgewartet, bis Garsulis und Serbellonis Zeit und all die Unruhe im Temesvarer Banat vorbei war, um zu bleiben. Um zu sehen, was weiter würde. Die Nacht konnte nicht ewig dauern. Und wenn diese Nacht unerträglich wurde, konnte man sich unermüdlich beschweren, sich auf seine Verdienste berufen, in Temesvar, Wardein, Esseg und Wien vor Gericht gehen, sich mit den Kürassieren prügeln, statt die Häuser zu verkaufen und herumzuziehen wie die Zigeuner.

Hätten sie nicht daheimbleiben und Garsuli den Garaus machen sollen?

Jetzt war es freilich zu spät, an so etwas zu denken.

Bei diesem Aufbruch aus Tokaj erinnerte sich Jurat, wie er, bezaubert von den Geschichten über Rußland, besessen von einer Phantasmagorie, seinen Namen auf die Liste des Generals Schewitsch gesetzt hatte. Er mußte sich selbst gestehen, daß er mehr als jeder andere der Isakowitsch-Vettern nach Ruhm, Erfolg und Beförderung strebte. Und wie oft hatte er halb zornig, halb belustigt von seinem Traum erzählt, in dem er sich in Rußland mit Generalshut und -schärpe gesehen hatte. Dennoch hatte er sich vor allem deshalb auf die Reise gemacht, weil er Pavle an der Not und Schande und Ungerechtigkeit leiden sah. Daß man sie von der Reiterei zum Fußvolk versetzen wollte, war ebenso schmachvoll, als hätte man ihnen die Unterhosen ausgezogen.

Jetzt, da Wardein und die Fruska Gora, wo sie ihre Frauen gefunden und ihre Kinder zurückgelassen hatten, immer weiter in die Ferne rückten, wurde auch Jurat von unendlicher Schwermut ergriffen. Auch ihm erschien das ganze menschliche Leben wie ein Tollhaus.

Sie hatten vereinbart, daß Jurat seinen Bruder Petar in Jaroslau jenseits der Karpaten erwartete, wo Wischnewski ihnen bequeme Unterkunft versprochen hatte.

Als er endlich aufgesessen und zum Abritt bereit war, warf er noch einen Blick auf seine Burschen. Sie umringten ihn stumm und in Erwartung seiner Befehle. In diesem Moment hatte der sonst so rauhe Dicke großes Mitleid mit diesen Grünschnäbeln, die niemanden auf der Welt hatten außer ihm. Er bedauerte diese Waisen, die ihm gern gefolgt waren, ohne zu fragen, wohin er sie führte, warum sie aus Sirmien fortgingen und was sie in Rußland erwartete.

Beim Anblick ihrer sonnengebräunten, groben, aber kindlichen Gesichter, ihrer großen Augen, ihrer offenen Münder, ihrer zerzausten Schöpfe – denn sie ritten ohne Pelzmütze – fragte sich Jurat, was künftig aus ihnen werden sollte.

Er kam sich auf einmal so viel älter vor als sie.

Was hielt das Schicksal in dem fernen, brüderlichen Zarenreich für sie bereit? Dem Menschen indes ist es nicht gegeben, in die Zukunft zu blicken. Und das ist sein Glück.

Denn hätte der Edle Major Jurat Isakowitsch bei seinem Aufbruch aus Tokaj sehen können, was ihm und diesen Milchbärten ein paar Jahre später widerfahren sollte, hätte er vor Entsetzen die Augen abgewandt.

Er hätte nämlich gesehen, wie er und sie in prächtigen neuen Uniformen fünf Jahre später im Serbisch-Ungarischen

Regiment auf die Stadt Großjägersdorf zuritten, in kurzen Trab verfielen oder, wenn sein Säbel aufblitzte, im gestreckten Galopp gegen den Feind stürmten. Oder wie sie ein Jahr später im serbischen, neu-serbischen Regiment Nr. 35 stillstanden, während unter dem Kichern der Trompeten die erste Schwadron zum Angriff auf eine Windmühle zog, um die sich, wie vom Himmel gefallen, die preußische Reiterei versammelt hatte. Bei einem Ort namens Zorndorf.

Wo der Kornett Marko Ziminski tödlich getroffen vom Pferd stürzte.

Während auf dem Hügel die preußischen Kürasse in der Sonne glänzten.

Und wie noch zwei Jahre später er und diese Burschen – nun schon kraftstrotzende, bärtige Husaren – langsam mit der Reiterei Todtlebens und Tschernyschows vorrückten.

Als Graf Fermor zum Feldzug nach Berlin rüstete, war Jurat bereits Oberstleutnant, beleibt, ein »Meterzentner«, wie die Russen sagten.

Eines Abends erkannte er seine Husaren und rief ihnen auf russisch etwas zu, denn da sprachen sie nur noch russisch.

Aber tags darauf vernahm er nicht mehr, wie sie serbisch sprachen und wie die Kinder weinten, als sie sahen, wie er an der ersten Schwadron vorbeigetragen wurde, bewußtlos, mit zerfetztem Unterschenkel, den ihm die russischen Militärärzte bei Sonnenuntergang bis zum Knie amputierten.

Er würde niemals einen Sonnenuntergang im Schmuck der Generalsschärpe erleben, aber das wußte er noch nicht, als er von Tokaj aufbrach.

Er ritt noch einmal die Wagenkolonne ab, und die Husaren saßen nach seinem Befehl auf oder bestiegen die Wagen.

Varvara war aufgestanden, um ihre Schwägerin noch einmal zu umarmen, und während die Wagen sich in Bewegung setzten, hielten sie sich an den Händen, bis sie getrennt wurden. Varvara taumelte und wäre gestürzt, hätte ihr Mann sie nicht aufgefangen.

Petar und seine Frau sahen noch lange auf der Straße der davonfahrenden kleinen Karawane nach, bis sie in einer Staubwolke verschwand. Dann kehrten die beiden schweigend ins Haus zurück.

Pavle war vorausgeritten, um die Wege zu inspizieren.

Jurat saß breitbeinig im Sattel, neben Anas Wagen, aber sie waren stumm.

Er hatte die Majorin in der letzten Nacht mit Gewalt genommen, aber sie lagen seit Tagen im Streit und sprachen nicht miteinander. Ohne ein Wort, ohne ein Lachen fuhren sie den bewaldeten Hügeln und den Weinbergen entgegen.

Wischnewski hatte den Major nicht nur mit Hufeisen und Wein versorgt, sondern ihm auch den besten, mit den Wegen nach Jaroslau vertrauten Führer und einen erfahrenen Kutscher für Anas Wagen mitgegeben.

Und verabschiedet hatte er sich von ihnen wie von Gästen der Zarin in Person.

Vor ihrer Abreise hatte er für Jurat und Ana einige Gesellschaften in seinem Haus bei Musik und Pharaospiel gegeben. An diesen Abenden erschien Frau Julijana besonders aufgeputzt bei Tisch, und die vollbusige Dunda unterhielt die Anwesenden mit ihrem Gesang. Wischnewski war Ana gegenüber besonders liebenswürdig.

Varvara und Petar bemerkten, daß er Ana, die wie ein schwarzer Pfau auf dem Ehrenplatz zu seiner Rechten saß, alle Augenblicke scheinbar selbstvergessen die Hand tätschelte und sie um die Taille faßte, wenn sie sich zum Spaziergang im Park erhoben.

Jurat plazierte er links von seiner Schwägerin, deren Büste und Rüschengeriesel ihm den Blick auf Ana versperrten. Er sah nur, daß Wischnewski sich zu seiner Frau beugte, aber nicht, wie er seine Nase in ihrem Haar vergrub, wenn er ihr etwas zuflüsterte.

Als Wischnewski seine Gäste nach dem Essen zum Spaziergang in den Park führte, erklärte er lauthals, der Mensch sei ein unglückliches Geschöpf, ein wildes Tier, das nur die schwarzen Augen einer schönen Frau zähmen könnten. Das walte Gott!

Ana war sehr schön in ihrer schwarzen Krinoline, aber sie verlor nicht den Kopf, obwohl Wischnewski, straff, schlank, hochgewachsen, in seiner Paradeuniform wirklich eine hinreißende Erscheinung war, ein Mann, der zu altern begann, aber noch immer die Kraft und den Blick eines wilden Tiers hatte. Wenn sie an seiner Seite schritt, war ihr, als tanzten sie eine – wie er es nannte – mitternächtliche Polonaise.

Diese leidenschaftliche Frau indes – die an ihren Mann gewöhnt und zufrieden und glücklich mit ihm war – brachte es zuwege, daß Wischnewski sie stets wie eine Zarin behandelte. Lag es nun an ihren kräftigen Armen, ihren geschmeidigen Hüften oder ihren Augen, jedenfalls versuchte Wischnewski bei diesen Spaziergängen durch die dunklen Rondelle und Alleen niemals, sie an sich zu ziehen. Er benahm sich auch auf dem Rasen wie im Ballsaal.

Hin und wieder rief er entzückt, wie herrlich die Blumen dufteten, doch wenn Ana sagte, es sei genug und sie wolle ins Haus zurück, senkte er den Kopf und antwortete: »Zu Befehl!«

Erst Pavle setzte diesem Treiben ein Ende.

Eines Abends sagte er, ihm werde übel, wenn er zusehe, wie ein russischer Offizier und Repräsentant der Zarin im Ausland eine Frau belästigte, die in gewissen Umständen war.

Wischnewski wurde blaß und wäre fast auf Pavle losgegangen, aber er änderte von Stund an sein Verhalten.

Während dieser ganzen Zeit ließ sich Wischnewskis Frau keinerlei Eifersucht anmerken, ja, sie ermunterte ihren Mann sogar. Sie sorgte dafür, daß Wischnewski und Ana im Garten allein blieben. Wenn Pavle ihnen folgen wollte oder nach Ana fragte, fand Frau Julijana immer einen Vorwand, seinen Arm zu nehmen und ihn laut lachend beiseite zu führen. Und lehnte er sich auf, erklärte sie, so fröhlich ginge es auch in Kostjurins Haus und überhaupt an den russischen Abenden zu.

Pavle fühlte sich mehr und mehr an Wien und an Frau Bozitsch erinnert.

Anas Mann Jurat merkte von alldem nicht viel. Varvara tat in ihrer Angst alles, um Jurat abzulenken, damit er nicht sehe, wie Wischnewski seiner Frau nachstellte.

Mehr noch bemühte sich Wischnewskis vollbusige Schwägerin um ihn, die großen Gefallen an Jurat gefunden hatte. So sehr er sich auch sträubte, sie ließ weder im Haus noch im Garten von ihm ab. Bei Tisch nahm sie die letzten Bissen von seinem Teller, beim Spiel stand sie hinter ihm und strich ihm übers Haar. Gewann er beim Pharao, schenkte sie ihm Wein ein. Sie hing förmlich an seinem Hals.

Jurat wunderte sich sehr, aber er meinte, daß in Wischnewskis Familie alle zwar lieb und gut, aber auch ein bißchen närrisch seien.

Zwei Abende vor dem Aufbruch jedoch schlug Wischnewski einen Besuch in seinem Weinkeller vor, und die ganze heitere Gesellschaft fand sich unter der Erde wieder, wo die Dunkelheit und das Licht der Handlaternen wie Nacht und Tag wechselten.

Wie ein mutwilliges Kind saß Fräulein Dunda gerade in dem Augenblick auf Jurats Schoß, als Wischnewski, Ana und Julijana dazukamen. Ana blieb bestürzt stehen und verlangte, sofort nach Hause gebracht zu werden. Niemand wußte, was geschehen war.

Als sie allein waren, redete Jurat bis zum Morgen auf seine Frau ein: Nicht er sei schuld, alles sei nur ein Spaß gewesen; dieser Birtschanska aus Mohol sei einfach der Wein zu Kopf gestiegen. Ana entgegnete kein Wort.

Sie löschte zweimal die Kerze, und Jurat zündete sie in seiner Verzweiflung zweimal wieder an, um das Gespräch fortzusetzen und seiner Frau klarzumachen, daß er sich schäme, weil dieses verflixte Mädchen ihn überrumpelt hatte.

Ana schwieg.

Es geschah zum erstenmal nach Jahren ungetrübten Eheglücks, daß Ana ihm in Gegenwart anderer den Rücken gekehrt hatte und daß sie jetzt stundenlang am Fenster stand, als beobachtete sie etwas draußen in der Finsternis.

Am Ende sagte sie mit eisiger Kälte, daß sie das, was sie gesehen hatte, ihr Leben lang nicht vergessen werde. Ihre Ehe könne nicht mehr sein, was sie gewesen war.

Jurat verstummte. Er wartete ein wenig, ob sie ihm noch mehr zu sagen hatte. War das seine Frau oder ein Phantom, das da in der Nacht vor ihm stand?

Schließlich ging er wortlos hinaus.

Pavle fand ihn am Morgen vor der Tür auf dem Sattel sitzend, den er ein paar Tage zuvor geflickt hatte. Er hatte kein Auge zugetan. Als ihn der Vetter fragte, was ihn so in aller

Herrgottsfrühe hinausgetrieben habe, erhob sich Jurat. Er murmelte etwas Unverständliches, wandte Pavle den Rükken zu, stapfte zur Wiese hinter dem Haus und legte sich ins Heu.

In der kommenden Nacht, der vor dem Aufbruch aus Tokaj, versuchte er noch einmal, seine Frau um Verzeihung zu bitten, aber sie zeigte ihm wieder die kalte Schulter. Da warf er Ana aufs Bett und nahm sie mit Gewalt. Sie wehrte sich heftig, ohrfeigte ihn sogar, aber schließlich begann sie zu stöhnen und seine wilden Liebkosungen zu erwidern.

Als sie jetzt im Licht des Tages abfuhren und Jurat mit ihr redete, als hätte es nie Streit zwischen ihnen gegeben, sah ihn Ana kühl an und sagte, er solle sich nicht täuschen, sie wisse, daß sie durch die Kinder bis zum Tod aneinander gebunden seien, aber das Geschehene habe alles verändert. Sie könne es niemals vergessen. Ein gesprungenes Glas ließe sich nicht kitten. Es habe nicht mehr den reinen Klang von Kristall.

In seiner Verblüffung stieß Jurat Beschimpfungen gegen seine Frau aus und gegen das, was sie ihm gesagt hatte. So etwas vernahm er zum erstenmal. Er wußte nicht, was Kristall war.

Als ihr Mann darauf dem Pferd die Sporen gab und davonpreschte, sah Ana ihm nach und sagte sich, daß sie bis jetzt in ihrer Ehe geträumt hatte wie ein Mädchen vor der Heirat, daß aber nun die Stunde des Erwachens gekommen war. Alles, was sie bisher über Liebe geschwätzt hatte, war Täuschung, Mädchenphantasie und Männerlüge. Eine solche Meinung von der Ehe hatte übrigens auch ihre Mutter.

Wie ein Besessener war Wischnewski nach Anas Abreise nicht zur Ruhe gekommen, sondern bemühte sich nunmehr um Varvara. Ganz offensichtlich wollte er diese Frau nicht aus Tokaj weggehen lassen, bevor er sie besessen hatte.

Pavle war außer sich.

Er sagte Wischnewski wiederum, daß er sich schämte, wenn er zusähe, wie ein russischer Offizier und Chef der Mission in Tokaj sich gegenüber der Frau eines jungen Offiziers benahm, der nach Rußland zog, um der Zarin zu dienen. Er warnte ihn: Varvaras Mann werde ihn umbringen, wenn er seiner Frau zu nahe trat. Das sei er sich als Serbe schuldig. Bei Gott!

Wischnewski war wütend, weil Pavle ständig serbische Worte gebrauchte, die er selbst längst vergessen hatte. »Sie sind ein Pädagoge«, sagte er auf russisch, »ein verdammter Pädagoge! Das walte Gott!«

Pavle wiederum geriet in Rage, wenn dieser Landsmann bäuerlicher Herkunft mit Fremdwörtern um sich warf. Pavle verstand das Wort Pädagoge nicht.

Wie für Ana gab Wischnewski jetzt für Varvara jeden Abend Gesellschaften, arrangierte Spaziergänge im nächtlichen, mondbeschienenen Garten, Kutschfahrten durch Tokaj und seine Umgebung. Und er bemühte sich nach Kräften, Varvaras Mann nicht dabeizuhaben.

Pavle sah angewidert, daß Frau Julijana ihn dabei unterstützte, und zwar mit Eifer. Andererseits erstaunte es ihn, daß die Schwägerin Dunda nicht mittat – entweder war sie eifersüchtig auf Varvara oder sie zeigte plötzlich mehr Anstand als ihre Schwester. Petar jedenfalls bemerkte gar nichts.

Unter dem nächtlichen Sternenhimmel rief Wischnewski wiederum entzückt, wie betäubend die Blumen dufteten. Der Mann sei ein wildes Tier, das nur die Augen einer Frau zu bezähmen, zu beglücken und zu adeln vermöchten. Nur daß es jetzt nicht Anas große schwarze Augen waren, sondern Varvaras Augen, von denen er behauptete, daß sie die Farbe wechselten, vom Himmelblau zum sanften Grün der Weiden. Nie habe er solche Augen gesehen, nie solche langen dunklen Wimpern, nie solch wunderbares, dichtes rotes Haar. Nie solche kleinen Brüste, die beim Lachen hüpften. Er sei bereit, für Varvara sein Leben hinzugeben.

Varvara fragte ihn lachend: »Haben Sie denn Ana so schnell vergessen?«

Aber als Wischnewski vorschlug, sie solle mit ihrem Mann in Tokaj bleiben, sah sie ihn erschrocken an.

Wenn er ihr bei den Abendspaziergängen – wie Ana – Schmeicheleien sagte, gab er sich keine Mühe, das Vokabular zu wechseln. Aber er versuchte auch nicht, Varvara mit

Gewalt zu verführen, sondern in aller Sanftheit. Wie es sich bei einer Bojarin gezieme, sagte er.

Wann immer es ihm gelang, Petar und Pavle fortzuschikken, machte Wischnewski zu Pferd bei Varvara Besuch, oder er kam heimlich zu Fuß. Oft tauchte er morgens, wenn der Tau noch im Gras funkelte, aus einem Gebüsch im Garten auf, und nicht selten schlich er auch in der Abenddämmerung herbei, ergriff zärtlich Varvaras Arm, angeblich, um ihr zu sagen, daß er überall Quartiere für sie gesichert habe, in den Bergdörfern, in Dukla, in Komarnik und in Jaroslau. Und daß er sich nach Varvaras engelhaft reiner Liebe sehne, die er für immer als Erinnerung im Herzen tragen werde. Aber wenn Varvara lachend auf seine Gattin, Frau Julijana hinwies, entschuldigte er sich lauthals und unter Anrufung Gottes.

Damit hätte es vielleicht sein Bewenden gehabt, wäre Wischnewski nicht dazu übergegangen, auch im Dunkeln aufzutauchen, so daß Varvara vor Schreck aufschrie, wenn sie ihm plötzlich im Hof begegnete. Sie verbarg das alles vor Pavle und wagte auch ihrem Mann nichts zu sagen. Wischnewski konnte unverhofft wie eine Geistererscheinung im Haus, im Garten, auf dem Flur vor ihr stehen. Nur daß er nie versuchte, Varvara zu umarmen, wie er es bei Ana auf den Parkbänken getan hatte.

Seine Diener umstellten tagelang das Isakowitsch-Haus, wenn Wischnewski dort einen Besuch plante. Sahen sie von ferne einen Menschen, gaben sie einander Meldung durch Käuzchenschreie, Kuckucksrufe, Krähenkrächzen oder Hundegebell. Niemand konnte sich unbemerkt dem Haus nähern. Trotzdem begnügte sich Wischnewski damit, Varvara bei seinen abendlichen Visiten mit Liebesgeflüster und zartem Streicheln zu umgarnen, er wurde nie zudringlich wie bei Ana.

»Ihr Mann ist ein Milchbart«, erklärte er, »und wird es in Rußland schwer haben. Mit seiner zarten Gesundheit ist er nicht für das Soldatenhandwerk geschaffen.« Er, Wischnewski, dagegen könne ihr ein standesgemäßes Leben bieten, Empfänge bei Hof, Gesellschaften, Reichtum, Ansehen in Sankt Petersburg. Die Isakowitsch-Vettern seien offensichtlich niederer Herkunft, sie aber als Bojarentochter habe ein anderes Schicksal verdient. Mit einem Lidschlag könne sie einen Mann zur Raserei bringen. Ein Kuß mit den Wimpern sei in Sankt Petersburg der letzte Schrei in Liebesdingen.

Aber nichts verfing. Mit jedem Tag – er fühlte es – rückte Varvara in weitere Ferne.

Und zudem hatte Petar das Datum der Abreise festgelegt.

Am Tag davor wußte es Wischnewski einzurichten, daß er Petar zur Erkundung des hügeligen Terrains hinter Tokaj aussandte, von wo man auf dem Weg nach Dukla ins Tal der Ondava gelangte. Petar sollte die beiden Holzbrücken in Augenschein nehmen, welche die Wagen zu passieren hatten: Wischnewski gedachte ihm zwei Wagen voller Weinfässer mitzugeben, von denen er behauptete, sie seien für die Zarin bestimmt. Am frühen Morgen waren Petar und zwei seiner Husaren fortgeritten. Und Pavle hatte Wischnewski an die Theiß beordert. Einige serbische Transporte seien eingetroffen, und Pavle solle jede Fähre kontrollieren.

Varvara ahnte zwar, daß dieser Tag mit Wischnewski ihr schwerster sein würde, dennoch hatte sie keine Vorstellung, was sie erwartete. Sie war darauf gefaßt, daß er sie wieder besuchen, ihren Arm nehmen, ihr den Hof machen, ihr vorschlagen würde, mit ihm in den Büschen zu verschwinden, nicht aber, daß dieser vornehme, parfümierte Offizier versuchen könnte, der Frau eines Untergebenen Gewalt anzutun. Und sie war seiner außerdem wirklich überdrüssig.

Wischnewski indes erschien nicht an jenem Tag.

Gegen Mittag kam Julijana, seine Frau, um Varvara zum Essen abzuholen.

Bei Tisch wurde viel und laut gelacht.

Frau Julijana – in roter Krinoline, mit großem Dekolleté – erzählte Varvara, sie kenne alle Geheimnisse ihres Mannes. Und sie hindere ihn nicht daran, andere schöne junge Frauen zu erobern. »Nur so erhält man sich die Liebe eines Mannes, wenn er wirklich ein Mann ist«, erklärte sie. »Sonst dauert sie keine drei Tage.«

Varvara kam sich vor wie in einer Spelunke. Seltsamerweise schien die Frau dieses Menschen vollkommen glücklich zu sein.

Petars Frau, aufgewachsen unter dem strengen Blick eines

jähzornigen Vaters, war an solche Gespräche nicht gewöhnt und noch weniger ans Trinken. Wischnewskis pompöser Speisesaal drehte sich um sie. Als sie sagte, ihr sei schwindlig und heiß wie in einem Backofen, schlug ihr Julijana lachend vor, sich ein wenig Luft zu machen. Sie werde ihr ein Beispiel geben – und sie warf ihre Röcke ab, bis sie sozusagen nur noch ihr durchsichtiges Hemd auf dem Leib hatte.

Dann geleitete sie Varvara zu einer Chaiselongue, damit sie ausruhen könne. Frau Julijana zeigte ihrer Besucherin Strümpfe, Kleider, Hüte, die sie eben gerade zum Geschenk erhalten hatte, und erzählte ihr, was Wischnewski über Ana sagte. Wischnewski habe sich gegenüber Ana – dieser schwarzhaarigen Schönheit, sie gebe es neidlos zu – verhalten, wie es unter General Kostjurins Offizieren in Kiew üblich sei, zu denen ja auch Petar bald gehören würde. Das seien fröhliche Leute.

Wischnewski habe versucht, Ana zu bekommen, so wie er vorher alle bekommen hatte, die er wollte. Aber er sei gescheitert. Nicht weil Ana abgeneigt gewesen wäre, sondern weil Jurat stets in ihrer Nähe gewesen sei und sich keine Gelegenheit ergeben habe. Jede Frau habe Angst vor ihrem Mann. Ihr zum Beispiel gefiel Pavle, und sie würde an einem so schönen warmen Tag liebend gern an seiner Schulter einschlafen, aber wie könne das geschehen, da Wischnewski oder einer seiner Husaren sie ständig im Blick hatte. Eine junge Frau brauche hin und wieder so eine Gelegenheit, vorausgesetzt, niemand würde je davon erfahren.

Varvara fand diese Geschichten widersinnig und abstoßend. Keine Frau in der Familie hatte jemals so geredet und gelacht. Obwohl vom Wein schläfrig, versuchte sie, das Gespräch mit der Gastgeberin auf die Kinder zu lenken.

Frau Julijana dagegen stand aufrecht mitten im Zimmer, als wollte sie gleich zu tanzen beginnen. Sie nötigte ihre Besucherin in einen angenehmeren Raum – kühl, schattig, mit Fenstern, die auf den Garten gingen.

»Alle Frauen behaupten«, sagte sie, »daß sie nie, nie, nie einen Fehltritt in der Ehe begangen haben, aber am Ende gestehen sie immer, daß es ein einziges Mal doch dazu gekommen ist!«

Wischnewski sei deshalb bei Ana nicht weitergekommen, weil Ana – auch wenn sie endlich allein waren – ständig um ihre Kinder gejammert habe. Und wenn sie ihn im Augenblick seiner höchsten Leidenschaft nach den eigenen Kindern fragte – deren viele waren –, habe es ihn getroffen wie ein kalter Guß.

Sie, Julijana, halte das Vorgehen ihres Mannes für falsch. Von jeder Frau verlange er Liebe, und jeder rede er von Liebe, genau wie die Offiziere um Kostjurin. Aber sie machten es alle falsch. Liebe sie für Frauen etwas Abschreckendes. Wäre sie, Julijana, ein Mann, würde sie mit den Frauen nicht von Liebe reden, sondern ihnen Wollust verschaffen, wie sie sie im Traum erlebten, mit einem Unbekannten. Sie zum Beispiel habe tagelang kein Begehren nach Wischnewski oder anderen, sie lache über die leidenschaftlich geflüsterten Worte der Männer. Dann aber kämen so schöne, warme Nachmittage, an denen sie die Lust packte, sich auszutoben. Denke Varvara denn auch manchmal so?

Bisher hatte sich Varvara der Frau des Hausherrn gefügt, immer in der Hoffnung, daß sie sich bald verabschieden könnte und das Geplapper dieser Frau – von der ihr Pavle erzählt hatte, daß sie einen Sohn mit Wischnewski hatte – verstummen würde. Daß sie all das mit einem gewöhnlichen Frauengespräch über Haus und Kinder beenden würden oder daß sie in den Garten hinausgingen oder in die Umgebung fuhren, wie es bei den Wischnewskis bei Sonnenuntergang üblich war – so hatte es ihr Ana erzählt. Die ungewohnte Umgebung dieses Hauses, das extravagante Auftreten der Gastgeberin hatten sie so verwirrt, daß sie, auf der Chaiselongue liegend, ihr Korsett geöffnet hatte.

Als ihr die Gastgeberin unvermittelt vorschlug, all das von sich zu werfen, fuhr sie auf wie aus einem Traum. Sie sah diese halbnackte, schöne schwarze Frau vor sich, die ihr wie eine Fremde erschien. Eilig begann sie ihre Knöpfe zu schließen und rief, sie müsse nach Hause.

Wahnsinnige Angst hatte sie ergriffen, und es ekelte sie, dieser Frau zuzuhören, die so über die Liebe sprach. Sie glaubte nicht mehr zu wissen, wie sie in Wischnewskis Haus geraten war, warum sie hier zu Mittag gegessen und wieviel sie getrunken hatte. Alles, was sie wußte, war, daß die Wischnewskis immer betrunken waren und daß die Frau des Hausherrn eine Dirne war.

Sie sprang auf und sagte, sie müsse nach Hause gehen.

Frau Julijana, auf der Chaiselongue ausgestreckt, zog sie lachend an sich.

Leise öffnete sich die Tür, und Wischnewski erschien.

Varvara versteinerte, als sie diesen hochgewachsenen, aufrechten, schönen, aber alternden Mann in seiner russischen Paradeuniform eintreten sah. Seine Augen erschienen ihr riesig.

Die Damen sollten keinen Anstoß nehmen, sagte er, wenn er sich ein wenig zu ihnen setzte. Hier sei es so angenehm kühl gegen die Schwüle draußen.

Demütig küßte er Varvara die Hände.

Seine halbnackte Frau lachte und verlangte, auf seinem Schoß zu sitzen. Sie wolle ihrer Besucherin zeigen, was für einen schönen Mann sie habe, der außerdem wisse, was eine junge Frau brauche. Sie taten sich keinen Zwang an, obwohl Varvara bleich und zitternd vor ihnen stand. Wischnewski versuchte sie neben sich auf die Chaiselongue zu ziehen.

Und Frau Julijana erhob sich, küßte ihre Besucherin und erklärte lachend, sie überließe ihr ihren Mann. Sie selbst werde sich entfernen, damit sie keinen Zeugen ihrer Wollust hatten. Sie könnten den Tag wie die Turteltauben verbringen.

Was sich danach in Wischnewskis Haus zutrug, das erzählte Varvara nicht einmal sich selbst zur Gänze, aber einiges vertraute sie Ana an. Daß sie, mit Wischnewski allein geblieben, versuchte, zur Tür zu gelangen. Daß Wischnewski sie grob und rücksichtslos daran hinderte. Er hatte sie gepackt wie einen Sack und aufs Bett gestoßen. Sie konnte nicht um Hilfe schreien, weil er ihr den Mund zuhielt. Sie hörte ihn sagen, daß sie dumm sei und sich vergebens wehre. Er werde sie eher umbringen, als sie laufen lassen.

Erst viel später, in Jaroslau, als sie eines Nachts allein im Bett lagen, vertraute Varvara ihrer Schwägerin weinend an, daß sie nahe daran gewesen war, nachzugeben. In so einer Situation könne eine Frau ungeahnte Kräfte entfalten, aber wie lange währte das gegen die Kraft eines Mannes? Sie habe sich in Wischnewskis Umklammerung nicht rühren können.

Ihre Rettung war ein Getöse, das sich im Haus erhob, gerade als ihr die Kräfte und die Sinne zu schwinden drohten. In der offenen Tür prügelten sich Frau Julijana und Fräulein Dunda – mit der Varvara bis dahin kaum zwei, drei Worte gewechselt hatte. Dieses vollbusige, blonde Mädchen stürzte in das Schlafgemach der Wischnewskis wie eine Furie. Sie schrie die häßlichsten Worte.

Frau Julijana bemühte sich, ihr den Weg zu vertreten.

Und Wischnewski ließ von Varvara ab.

Beide hatten große Mühe, das starke junge Mädchen wegzuschleppen, das aus vollem Hals schrie.

Varvara erinnerte sich nur, daß Dunda Wischnewski als Hurenbock beschimpft hatte. Sie sei ihm gut genug gewesen, bis sie schwanger geworden war. Er habe ihr Liebe geschworen. Jetzt sei er hinter Petars Frau her und wolle sie, Dunda, verkuppeln. Er sei ein Gauner, der das Geld der Zarin veruntreue.

Dann war noch jemand dazugekommen, und man hörte Klagelaute. Und Wischnewskis Stimme wie die eines Stallknechts, wenn die Pferde scheuten. Irgendwelche Gegenstände gingen zu Bruch, Möbel, Spiegel oder was? Aber die Schlägerei wollte ebensowenig einhalten wie die häßlichen Verwünschungen des Mädchens.

In ihrer Verwirrung und schrecklichen Angst hatte Varvara nur den einzigen Gedanken, dieser Hölle zu entkommen und sich in Sicherheit zu bringen. Gegenüber der Tür, in der sich Wischnewski, Frau Julijana und Fräulein Dunda in den Haaren lagen, gab es eine andere. Als Varvara hinlief und sie zu öffnen versuchte, gab die Klinke nach, und sie fand sich in einem Wintergarten, von wo sie den gemähten Hang hinter dem Haus erblickte. Sie rannte mit flatterndem Haar, wie vom Sturmwind getrieben. Und von dieser gemähten Wiese gelangte sie in einen Hof, von dem die Hühner aufstoben.

Ein Pferdeknecht, die Gabel in der Hand neben einem großen Dunghaufen, erschrak mächtig, als die Tochter des Senators Stritzeski vorüberrannte, aber er ließ sie passieren.

Die Pferdeknechte in Wischnewskis Haus waren allerlei gewöhnt und wußten daß es am besten war, zu schweigen.

Varvara rannte wie von Sinnen bis zu den ersten Häusern Tokajs, wo sie erschöpft und keuchend hinfiel. Sie brauchte lange, um gewahr zu werden, daß sie weder träumte noch jemand hinter ihr her war. Kein Mensch war in der staubigen ärmlichen Straße, die sie nicht kannte, der sie aber in Richtung des Kirchturms folgte. Zerzaust, mit zerrissenen Kleidern wurde sie später zu ihrem Haus geführt – dem Haus, das kein Bewohner Tokajs je betreten wollte. Weil es darin angeblich spukte.

Die Sonne ging unter, als Varvara wieder im Garten vor dem Haus erschien. Sie hatte sich beruhigt und umgekleidet. Voller Angst vor neuen Tränen setzte sie sich auf die Schwelle. Sie fragte sich, was von alldem sie ihrem Mann und was sie Pavle erzählen sollte. Würde sie Tokaj lebend verlassen?

Erst am Abend erschien Postmeister Hurka. Schwarz gekleidet, still, demütig. Er wolle melden, daß ihr Verwandter Trifun (Hurka sagte Trofim) bald einträfe. Die Nachricht sei aus Debrecen gekommen. Wischnewski habe ihm befohlen, der gnädigen Frau die Nachricht zu überbringen. Habe ihm die gnädige Frau etwas zu befehlen? Habe sie Seiner Exzellenz etwas zu bestellen?

In der Hinterlassenschaft des Senators Stritzeski gibt es eine Notiz, wonach der Premierleutnant Petar Isakowitsch am Tag der ehrwürdigen Paraskeva, dem vierzehnten Oktober 1752, Tokaj auf dem Weg nach Rußland verlassen hat. Der Senator Stritzeski soll sich über dieses Datum im Brief seines Schwiegersohns geärgert haben, denn dieser Tag war für ihn als Katholiken der Heiligen Sabina gewidmet, einer großen Märtyrerin vor mehr als tausend Jahren.

Es war ein Donnerstag. Der Mond stand im letzten Viertel.

Bei jedem Mondviertel waren damals die älteren Leute in Ungarn überzeugt, daß es das letzte war, das wie eine gelbe Melone am Himmel leuchtete. Daß das Ende der Welt nahe war.

Petar brach trotz allem überglücklich aus Tokaj auf.

Jurat hatte ihm aus Jaroslau in Polen die Botschaft geschickt, daß er die Karpaten ungehindert passiert hatte und daß der Herbst in den Bergen schön und die Wege gut seien wie im heimatlichen Wardein. Überall hätten ihn Wischnewskis Quartiere erwartet, nirgends sei er aufgehalten worden, die Menschen unterwegs seien gut, es gebe keine Wegelagerer.

In jenen Jahren zogen viele Auswanderer durch das Königreich Sachsen, und Jurat war entzückt, so leicht über die Karpaten nach Polen gelangt zu sein. Er habe die Spuren ihres Verwandten, General Schewitsch, und des Obersten Johann Horvat de Kurtitsch gefunden. In Horvats Transport gebe es viele Diebe. Sie machten der serbischen Nation Schande. Er erwarte Petar und Pavle in der Stadt Jaroslau. Auch Ana erwarte sie.

Petar hatte keine Ahnung, was seiner Frau in Tokaj widerfahren war – sie hatte ihm alles verschwiegen, was sie in Wischnewskis Haus erlebt hatte. Petar, der Wohlhabendste unter den Vettern, stolz, fröhlich, sorglos, bewegte sich auch in Tokaj wie in einer Schenke voller Kürassiere. Ihm wagte keiner nahezutreten, und das war ihm genug. Die schönen Frauen im Hause Wischnewski ließen ihn unberührt wie ein türkischer Friedhof.

War seine Frau dabei, zwinkerte er einer anderen nicht einmal zu. Und wenn er in ihrer Gegenwart mit anderen lachte, ließ er deutlich merken, daß es nur aus Höflichkeit geschah. Für ihn existierte einzig Varvara.

Nun, da sie nach dreijähriger Ehe endlich empfangen hatte, war seine größte Sorge, sie gut nach Kiew zu bringen. Er war überglücklich und ließ keinen Blick von ihr. Auf Wischnewski war er nicht eifersüchtig, wie er es eine Zeitlang auf Pavle gewesen war. Mit seinen mehr als fünfzig Jahren erschien ihm Wischnewski viel zu alt für Frauen, und daß er ihnen beharrlich den Hof machte, fand Pavle ebenso abgeschmackt wie Trifuns Affäre. Für ihn war es undenkbar, daß eine Frau ihn, den schönen jungen Mann, mit einem Greis betrügen könnte.

Und wenn er bei den Spaziergängen im Garten dennoch bemerkte, daß Wischnewski sich um Varvara bemühte wie vorher um Ana, dann lachte er in sich hinein, unbekümmert und etwas mitleidig, wie er auch das galante Gebaren des alten Engelshofen beobachtet hatte. Seiner Frau pflegte er zu sagen, daß ein Mann über Fünfzig zu nichts mehr tauge.

Als er von dem Erkundungsritt am Vortag seiner Abreise zurückkehrte, war er auf Wischnewski nur wegen der Brükken wütend, die nämlich in Ordnung waren. Hatte er ihm, dem Premierleutnant, einen Auftrag geben müssen, den auch ein Husar erledigen konnte? Was den Transport der Weinfässer betraf, so hatte er nur mit halbem Ohr zugehört. Deshalb würde er den Aufbruch nicht verschieben.

Pavle, der den Tag an der Theiß bei den Fähren verbracht hatte, um einen Lagerplatz für Trifuns Konvoi ausfindig zu machen, kam gegen Abend zurück, als sich Varvara eben gewaschen und etwas beruhigt hatte. Er traf sie auf den Stufen an, die zum Garten führten. Die Holzgeländer auf beiden Seiten sahen aus wie Hürden. Auf dem Vordach gurrten ein paar Tauben, welche die Hausbewohner in Hof und Garten stets begleiteten. Die rechte Hauswand hinter Varvara lag im Schatten, in dem noch die Herbstrosen blühten und in den Baumzweige mit vergilbendem Laub hingen. Die Fensterläden im Obergeschoß waren weit geöffnet. Auf den gemähten gelben Grashängen jenseits des Hauses weideten gefesselte Pferde. Gelb und rot waren auch die Wäldchen.

Um Varvaras Kopf flatterten ein paar weiße Falter.

Ein Blick genügte, und Pavle spürte, daß etwas geschehen war, etwas Böses, ein Unglück. Als er sie fragte, was sie habe, brach sie in Tränen aus. »Wir müssen so bald wie möglich aus Tokaj fort«, erwiderte sie.

Sie hatte ihr seltsames Lächeln. Ihr großer Strohhut lag im Gras wie ein Korb mit Blumen.

Dann erzählte sie ihm, daß sie im Haus Wischnewski zu Gast gewesen und es dort zu sehr merkwürdigen Dingen gekommen war. Der Tag dort habe mit einer Schlägerei geendet wie im Wirtshaus. Sie sei nicht schuld und müsse sich für nichts schämen. Noch rechtzeitig habe sie unbeschadet diesem gräßlichen Haus entfliehen können, aber sie müsse ihm sagen, daß dort nicht Männer und Frauen ihres Volkes lebten, sondern Hengste und rossige Stuten. Böse Geister. Er solle ihr keine Fragen stellen und Petar nichts sagen, damit nicht noch Schlimmeres geschehe. Julijana sei nicht die Frau ihres Mannes, sondern eine schamlose Verführerin. Sie, Varvara, habe die andere, die vollbusige blonde jüngere Birtschanska, gerettet. Gott möge es ihr vergelten.

Pavle fand keine Worte.

Varvara beschwor ihn, Petar nichts zu sagen, damit der sich nicht die Hände mit Blut beschmutzte und ihnen allen Unglück brachte. Solle sie denn ihr erstes Kind einem Mörder gebären, einem Vater in Ketten oder einem Hingerichteten?

Sie habe sich retten können, aber sie müßten jetzt ganz schnell fort.

Petar dürfe nichts erfahren, beim bloßen Gedanken daran überliefe sie ein Schauder. Ihr Vater hatte ihren Mann beim Abschied verflucht, und daran trüge Petar schwer. Seitdem sei ihnen das Unglück auf den Fersen. Sie glaube nicht an Hexerei, aber Petar könne den Fluch nicht vergessen, obwohl er es verheimlichte. Sie höre ihn im Schlaf stöhnen.

Sie beschwor ihn bei seiner toten Frau, zu schweigen und Wischnewski aus dem Weg zu gehen.

Damit sie lebend Tokaj verließen und keine Schande auf sich luden – wenn sie das ferne Land erreichten, würde es ihnen vielleicht besser ergehen.

Pavle fuhr auf, als sie ihn vor Wischnewski warnte, aber die Erwähnung seiner verstorbenen Frau besänftigte ihn.

Mit großer Zärtlichkeit streichelte und küßte er Varvara, die sich an ihn geklammert hatte. Er wischte ihr die Tränen ab und redete ihr zu, wie er auch Trifun und Kumrija zugeredet hatte: »Hör auf zu weinen, Katholsche! Wer hat uns denn auf diese weite Reise getrieben? Du weißt doch, daß es uns daheim auch nicht gutgegangen ist und wir sind trotzdem durchgekommen. Auch ein Wischnewski, der nach Bock stinkt und die Zarin preist, kann uns nicht aufhalten. Wir sind bis nach Tokaj gekommen und werden es auch weiterhin schaffen. Ich sehe jetzt meine Fehler ein: Ich hätte dich nicht mit Wischnewski allein lassen sollen. Aber du kennst meinen Stolz und weißt, daß wir uns nicht vor ihm fürchten. Niemals waren wir einander so nahe – jetzt liegt mir deine Ehre am Herzen. Du gehörst zu Petar, aber es ist, als würdest du mir gehören. Wenn ihr abgereist seid, gehe ich zu Wischnewski und nehme ihn ins Gebet. Er wird erleben, wie es ist, von einem Husaren entmannt zu werden.«

Später in Rußland, in ihrem Haus in der Provinz Bachmut, erzählte Varvara oft im Kreis der Familie, daß Pavle damals in Tokaj zum erstenmal einen abwesenden Blick, ein seltsames Lachen und eine beängstigend heisere Stimme gehabt habe.

So hatte sie ihn vorher nie erlebt.

Bei Varvaras Bericht war Pavle in seinen Jähzorn verfallen, in dem er jede Vernunft vergaß; er durfte nämlich Wischnewski nicht nur für einen gewöhnlichen alten Bock halten. Wischnewski war viel mehr. Er wußte nur allzugut, daß mit dem Mann dieser jungen Frau, wenn er etwas bemerkte, nicht gut Kirschen essen war. Daß Petar ungeachtet des großen Rangunterschieds sich auf ihn stürzen würde, um seine Frau zu rächen. Nur daß Wischnewski in seiner blinden Gier nach Frauen bereit war, nicht nur sein Leben, sondern auch alles andere aufs Spiel zu setzen. Dieser einstige Bauernjunge aus Wischnitza war, wenn er eine Frau begehrte, ebenso wie die russischen Offiziere jener Zeit bereit, den Mann zu töten, aber auch selbst getötet zu werden. Sie waren nicht wie Bozitsch! Sie stellten keinem ein Bein! Sie versuchten es so einzurichten, daß der Mann nichts bemerkte, aber wenn er es bemerkte, wichen sie nicht feige zurück und riefen nicht ihre Diener zu Hilfe.

Sie tanzten Polonaise, töteten, wurden getötet nach einem Ehrenkodex, den in Sankt Petersburg jeder kannte und billigte.

Und Wischnewski folgte dem Vorbild dieser Russen.

Bei solchen Gelegenheiten hatte er ein kaltes Lächeln und behandelte den Mann – nicht die Frau – sehr höflich. Als er sah, daß Pavle seine Eroberungsversuche gegenüber Ana bemerkt hatte, und als Pavle ihm vorwarf, wie schändlich es war, schwangeren Frauen von Offizieren nachzustellen, hatte er zurückgesteckt, nicht weil er Angst vor Pavle oder Jurat hatte, sondern weil er in der schwächeren Position war. In diesem Sommer hatte er auf den Oberstenrang und den

Empfang bei Hof gehofft und vom Kriegskollegium in Petersburg seine Ablösung aus Tokaj beantragt. Er konnte Jurats Abreise nicht im Guten verhindern, und um die Frau allein zurückzuhalten, gab es keine gesetzliche Grundlage. Wenn es in Kiew zum Prozeß kam, stand er allein gegen die Zeugenschaft der drei Isakowitsch-Vettern und ihrer Frauen.

Seine Kreatur, der Postmeister Hurka, war keine Russe.

Als Ana ihm die Ohren über ihre Kinder volljammerte, hatte er beschlossen, von ihr abzulassen – er lud sie in sein Haus ein und zeigte ihr seine vielen illegitimen Kinder. Sie fielen der parfümierten fremden Dame freudig um den Hals. Ana küßte sie, und damit hatte es sein Bewenden.

Die andere jedoch, Varvara, gedachte Wischnewski nicht einfach so laufenzulassen.

Er hätte auch von Ana später nie zugegeben, sie nicht bekommen zu haben. Er vermochte nicht einzusehen, daß sie nicht bereit war, ihm zu Willen zu sein, es sei denn, sie war tot. Wischnewski behauptete, es gebe keine Frau, die mit einem Mann im Leben zufrieden war, und so dachten alle in Petersburg. Sie alle, sagte Wischnewski, wollten wenigstens noch einen oder zwei im Leben ausprobieren, obwohl sie es leugneten.

Wischnewski sagte das nicht nur über fremde Frauen, sondern auch über seine Julijana, wobei er lachend alle Augenblicke die goldene Tabaksdose, die Uhr und das Miniaturporträt der Zarin präsentierte – die schön war und berühmt für ihre Kraft, über die im Flüsterton erzählt wurde.

Dieser Serbe und Sohn eines Serben, der seine Sprache vergessen hatte und nur Russisch sprach, empfing seine Landsleute verschwenderisch wie ein Graf und war außerstande, sich vorzustellen, daß eine ihrer Frauen ihm Widerstand leisten könnte.

Daß ihm überhaupt jemand Widerstand leisten könnte.

Höflich und zuvorkommend wies er jeden darauf hin, daß die Welt, die Menschen, das Leben der Menschen, daß Paläste und Parks, Fontänen und Brillanten in Petersburg der Zarin gehörten.

Und in Tokaj ihm.

Ein kleiner Zar.

Der Unterschied zwischen diesem Serben und den anderen kleinen Zaren in Rußland bestand darin, daß die parfümierten russischen Offiziere dieses Leben in vollen Zügen genossen, während der Bauernsohn Wischnewski todunglücklich war.

Das menschliche Leben sei die Hölle, sagte er hin und wieder. Gescheit, aber ungebildet, fast Analphabet, stellte sich Wischnewski damals vor, daß alles anders wäre, wenn es ihm gelänge, sein seltsames, trauriges kleines Reich und all die ehemaligen Landsleute auf der Durchreise zu verlassen.

Es galt, sich anzustrengen, im Rang noch höher zu steigen, bis zum Hof. Bis zur Zarin, um die sich wie um eine Bienenkönigin im Korb die Offiziere drängten, in Waben voller Honig, süß und köstlich.

Er ahnte nicht, was für ein ernüchterndes Erlebnis er für Pavle Isakowitsch war, der nun die Schuld an allem Elend nicht mehr Österreich, Wien, Bozitsch oder Frau Bozitsch gab, sondern den Serben selbst und den ehemaligen Serben – sie waren die Verkörperung alles Bösen.

Isakowitsch hatte mit eigenen Augen gesehen, was sowohl Türken als auch Österreicher beim Einmarsch in die eroberten Dörfer und Städte den Frauen angetan hatten, doch er hätte nicht für möglich gehalten, daß Wischnewski es bei Varvara mit Gewalt versuchte, und noch weniger, daß seine Frau ihm dabei half. Als er erriet, daß Varvara – eine glücklich verheiratete, schwangere, noch so junge und so zarte Frau – in Wischnewskis Haus fast geschändet worden war, fielen ihm die Montenegriner in Wien ein, die Mikailo Vani mit Entmannung gedroht hatten. Dieser Wischnewski kam ihm vor wie ein Rüde, der alle Hündinnen besprang.

Dabei war dieser selbe Mann so gastlich, vornehm, schön, klug, stolz. Er war kein Bozitsch. Pavle sah Wischnewski vor sich mit seiner hohen bleichen Stirn, den edlen Zügen, seiner aufrechten Haltung, und er glaubte ihn über das Leben und das Glück des Menschen reden zu hören. So ein Mensch – aber ein Bock, ein Rüde, ein Wüstling.

Als Petar und Varvara schon schlafen gegangen waren, wanderte Pavle in seiner Verwirrung noch lange durchs Haus, trat in den Garten, ging an den Ställen vorüber, wo die Pferdeknechte schliefen, und schlug unwillkürlich den Weg zu Wischnewskis Haus ein.

Es stand weiß und stumm in der Herbststille. In der hellen Nacht erkannte er den Ziehbrunnen auf der Straße vor dem Eingang und die Palisaden, die parallel zu den Kiefernwäldchen hügelan verliefen, und Wischnewskis Fenster, die dunkel waren.

Vor dem Haus begegnete er einer Bäuerin, die gebückt unter einem riesigen Reisigbündel vorüberging. Und er sah die drei Eichen, die ihm schon vertraut waren.

Eine stand am Eingang zu Wischnewskis Park mit der niedrigen Mauer, die man überklettern konnte, die zweite an der Biegung der Allee, die zum Tor führte; hier begann die hohe Umfriedungsmauer des Hauses, in dem Wischnewski und sein Harem wohnten. Und vor diesem Tor sah Isakowitsch auch die dritte alte Eiche mit den gewaltigen Wurzeln. So ungehörig es um diese Stunde war, er wollte bei Wischnewski um Visite ersuchen.

Vor dem Haus angelangt, dachte er: Hier wohnt dieses Vieh, dieses Scheusal, das sich einbildet, das Gebirge zu sein, welches uns von Rußland trennt. Lachend erinnerte er sich, wie stolz Wischnewski gerufen hatte: »Ich bin für Sie das Karpatengebirge!«

Was hatten er und seine Familie nicht alles seit ihrem Auszug aus Serbien, in den Lagern von Temesvar bis zur Theiß erlebt und gehört.

Später erzählte er den Vettern, daß er den Cer weinen gehört habe.

»Ja, unser Berg hat um uns geweint! Ich habe es gehört!«

Jurat lachte zuerst, dann bekreuzigte er sich und sah Pavle voller Angst an.

»Sei Crna Bara«, fuhr Pavle fort, »verfolgen uns die Sümpfe, und wir spiegeln uns in jedem Wasser wie tote Reiter. Wo wir in der ungarischen Puszta übernachten, wo wir erwachen, sieht der Mond aus wie das Gesicht eines Toten. Ich sehe es.«

Da begann Jurat zu glauben, worauf Varvara sie als erste sorgenvoll aufmerksam gemacht hatte. Pavles Gesichtsausdruck war manchmal abwesend und sein Blick fast irre.

Später in Rußland nahm Pavle den Faden seiner in Tokaj begonnenen Geschichten wieder auf: »Erinnert euch, wie wir in Fruska Gora angekommen sind, zu Tode erschöpft, hungrig, ausgedörrt, in Lumpen. Unsere Trommeln waren verstummt. Auch die Musikanten waren uns unterwegs gestorben. Aber wir sind nach Rußland gezogen, im Herbst, als das Laub gelb wurde. Und dieser Saukerl, dieser ehemalige Serbe, schreit: Ich bin euer Gott! Ich bin für euch das Karpatengebirge. Haben wir uns dafür von Garsuli befreit?«

»An jenem Tag«, fuhr er fort, »es war der Tag der Ermordung von Uros dem Schwachen, stand ganz Tokaj in den Farben des Herbstes, Blätter, Bäume, Wälder, Hügel, alles welkte und vergilbte. Die Kastanien waren rot. Da hatte ich zum erstenmal den Wunsch, nicht mehr da zu sein, als Witwer dort zu sterben, in Rußland. Ich wollte alles vergessen, auch euch alle, ich wollte, daß wir einander vergessen, aber als andere Menschen in Rußland ankommen.«

Große Zärtlichkeit empfand Pavle für Varvara, seit sie von seiner verstorbenen Frau gesprochen hatte. Und Angst um Varvara, die er vergessen hatte zu küssen, wenn er es hätte tun sollen. »Nicht in Wischnewskis Manier«, erklärte er, »sondern so, als küßte ich meine verstorbene Frau.«

Als er das erzählte, sahen sich seine Vettern an. Denn auch seine verstorbene Frau erschien ihm im Traum nicht mehr als halbnackte leidenschaftliche Schönheit im Mondschein oder in blauer Krinoline mit schwarzem Fächer, sondern als Kind im Grab vor dem Hintergrund der Donau, der von Sümpfen umgebenen Wardeiner Schanzen und der von grünem Weidengebüsch gesäumten Theiß im Licht des Sonnenuntergangs.

Er rief sich Katinka jetzt so in Erinnerung, wie sie von sich selbst erzählt hatte: Ohne Mutter. Ohne Vater. Ein Kind von drei, vier, sieben, acht Jahren. Damals hatte sie nicht widerstehen können, in der Küche von den frischgebackenen Krapfen zu naschen. Bis die Mutter in ihrer Verzweiflung, weil sie ihr das nicht abgewöhnen konnte, sie in den Schweinestall sperrte, wo sie sich halbtot fürchtete. Was für eine Mutter! Oder: Katinka mit dem hölzernen Fußbänkchen, das sie stets hinter sich herschleppte und auf dem sie nach dem

Tod der Mutter stundenlang saß und mit sich selbst redete. Er sah, wie sie sich zu ihrem toten Vater in den Sarg legte, um mit ihm begraben zu werden, denn sie liebte ihn um seiner Güte willen. Sie hatte sich schreiend gewehrt, als man sie herausholen wollte.

Seltsamerweise sah Pavle später in Rußland Katinka genauso vor sich wie in Tokaj. Die kleinen, bedeutungslosen Erinnerungen aus ihrer Kindheit banden den stolzen Pavle viel inniger an seine verstorbene Frau als die Träume, in denen sie nackt und zitternd vor Lust bei ihm lag. Wenn er sich Katinka als Nymphe im Mondschein vorstellte, die ihn bei der Hand nahm und mit ihm zum Bett lief, dann trat auch Frau Bozitsch in dieses Bild, die schamlose, verrückte Evdokija. Wenn er aber an Katinka als Kind dachte, dann waren sie allein, sie rannte mit ihren kurzen Kinderbeinen hinter ihm her, und hatte sie ihn eingeholt, umschlang sie ihn und schlief auf seinen Armen ein.

»Manchmal träume ich so von ihr«, erzählte er, »und wenn ich aufwache, halte ich noch immer ihre kleine eiskalte Hand. Diese Träume sind so lebhaft, daß ich aufwache, weil ich glaube, jemand ruft nach mir. Und ich halte die Kerze hoch, um die kleine Hand zu suchen. Manchmal höre ich auch Kinderlachen, aber wenn ich zum Fenster oder zur Tür renne und sie aufmache, sehe ich Varvara und ihre Augen vor mir.«

Als er das Ana zum erstenmal erzählte – später in Rußland –, bekreuzigte sie sich.

Pavle indes behauptete, das alles in Tokaj erlebt zu haben. Erst im Licht der Kerze wurde er gewahr, daß er allein im Zimmer war.

Nie kam heraus, wo überall Pavle bei seiner nächtlichen Wanderung um Wischnewskis Haus gewesen war und auf wen in jener Nacht geschossen wurde. Als die Vettern später in Rußland Pavle ausforschten, ob er eine Waffe bei sich gehabt habe, antwortete er zerstreut, er könne sich nur an das Messer im Stiefelschaft erinnern. »Ich hätte nicht gedacht«, sagte er, »daß ich vor verschlossener Tür stehen würde. Weil ich nicht schlafen konnte, wollte ich zu Wischnewski. Varvara hatte über Leibschmerzen geklagt, nachdem sie aus seinem Haus weggelaufen war. Und ich dachte an meine Frau, die bei der Geburt gestorben ist, und so hatte ich mir vorgenommen, mit Wischnewski abzurechnen. Varvara hatte die größte und schönste Freude vor sich. Nach all den Leiden sollte sie endlich gebären. Und wenn es ein Junge war, wollte sie ihn Pavle nennen. Dasselbe hat mir auch Petar beim Abschied gesagt.«

Diese Einzelheit aus Pavles Geschichte traf zu.

Als sie sich beide am Morgen des Abreisetags in einem Eimer auf dem Hof wuschen, sagte ihm Petar, er und Varvara hätten gestern abend beschlossen, ihr Kind, wenn es ein Junge war, Pavle zu nennen.

Sehr früh erhielten sie Besuch von Postmeister Hurka, der ihnen meldete, Wischnewski sei fortgegangen, und man wisse weder, wann er zurückkäme, noch habe es Zweck, nach ihm zu suchen. Was den Transport der Weinfässer betraf, so habe Wischnewski dafür jemand anders gefunden. Nicht Petar!

Also verabschiedeten sich Petar und Pavle gegen Mittag nicht weit hinter Tokaj bei der ersten Holzbrücke an der Straße, die hier ins Tal führte und dann wieder sanft anstieg.

Hurka hatte für Petar denselben Führer gewonnen, der auch Jurat nach Dukla und Jaroslau begleitet hatte. Petars Kutschen verrieten den Reichtum des Besitzers, und beide waren vollgestopft mit Kisten, Säcken, Möbelstücken.

Die drei Pferdeknechte kamen aus Stritzeskis Diensten, und die beiden Husaren stammten aus Hartkovci.

Daß es Varvara wieder schlechtging, lastete schwer auf Petar. Er war bedrückt und mutlos. Zwar versuchte er, munter zu lächeln, aber Pavle gestand er, ihm gefröre das Blut in den Adern, wenn seine Frau einen Schwächeanfall hatte und er sich an den Fluch seines Schwiegervaters erinnerte. Er habe ihn bei jedem Sturm und Gewitter im Ohr, auf jeder Fähre, an jedem Wasser, jedesmal, wenn Varvara blaß wurde.

»Gehab dich wohl, Langer«, sagte er, »und gib auf dich acht. Ich glaube, uns wäre leichter auf der Reise, wenn du auch bald nachkämst, bevor die Bäche anschwellen. Dieses hübsche grüne Tal erinnert mich an unseren Cer. Es heißt Ondava, das weiß ich von Hurka. Das Flüßchen ist klar wie eine Träne. Wenn ich mich mit dieser Reise abgefunden habe, dann nur meiner Frau und meinem Kind zuliebe. Wo Solomon Kurtitsch durchgekommen ist, werden wir wohl auch durchkommen. Ansonsten ist mir alles dunkel und unverständlich. Aber ich kehre nicht um.«

Blaß, in ihre seidene Steppdecke gehüllt, die sie überallhin begleitete, saß Varvara unter dem Verdeck. Sie bemühte sich, dem Gespräch der beiden Männer zu folgen, verstand aber nicht alles. Unter dem seidenen Kopftuch glänzte ihr goldrötliches Haar in der Sonne. Sie ließ keinen Blick von Pavle, mischte sich jedoch nicht ins Gespräch. Nur ihre grünen Augen glänzten.

Wenn der Wagen sich zur Seite neigte, erschrak sie zu Tode. Sie hatte panische Angst, das Kind zu verlieren.

Ihr Mann, der neben dem Wagen ritt, saß leicht im Sattel und bemühte sich, sie zu erheitern und zu ermutigen. Näherte sich der Wagen einem Graben, sprang er vom Pferd, um ihn zusammen mit seinen Husaren zu stützen. Wenn er in Varvaras angstvolle Augen sah, legte er seine Hand auf ihre, als könnte seine Wärme ihre Furcht mildern. Beim Aufbruch aus Tokaj war Petar zufrieden. Wo er hinging, gab es keinen Stritzeski. In Rußland waren er und seine Frau allein, und das genügte ihnen.

Als die Rede auf Trifun kam, sagte er herzlich zu Pavle: »Du hast keine Schuld, Langer. Und Trifun weiß das auch. Ich habe es ihm hundertmal gesagt. Wer von dieser Welt gehen will, den kann keiner aufhalten oder zurückholen. Du bist ja auch alleine ohne deine geliebte Frau.«

Als sie ein Stück hinter Tokaj waren, kam die Stunde des Abschieds. Petar umarmte Pavle, Varvara küßte ihn.

Das Unterholz wurde immer dichter, die Berge immer höher, und auf den fernen Gipfeln standen nur einsame Bäume. Dazwischen erstreckten sich unwegsam erscheinende Wälder.

An einer Holzbrücke mit Kruzifix neben einem kleinen Dorffriedhof – am Wegrand stand auch eine Schenke – schwenkte Petar mit seinen Wagen auf die breite gepflasterte Straße ein, deren weißes Band sich in der Ferne verengte. Sie führte zum Dukla-Paß.

Hier übergab Varvara flüsternd und mit Tränen in den Augen Pavle ein Briefchen, noch warm von ihrer Brust und bestimmt für Trifun, auf den sie nicht hatten warten können. Sie gab es ihm wie ein Vermächtnis, das sie aussöhnen sollte. Was sie Trifun bei seiner Ankunft hatte sagen wollen, stand im Brief.

»Beim Andenken eurer Mütter, ladet nicht Schande auf euch, schlagt euch nicht, wenn ihr euch begegnet. Petar ist ein guter Junge, aber ich werde erst wieder froh, wenn du gesund und munter bei mir bist. Wir sind nicht Mann und Frau, doch wenn du nicht lebend nach Jaroslau kommst, wird das mein Tod sein.«

Pavle wußte nicht, ob er lachen oder sie schelten sollte. Er sah nur ihr seltsames Lächeln und ihre glänzenden Augen und dachte, daß dieser Frau eine einzige Nacht genügt hatte, alle die häßlichen Erlebnisse mit Wischnewski zu vergessen und ihren Mann zum sofortigen Aufbruch zu bewegen.

Und diese Augen verrieten, daß ein Mann wie Wischnewski diese Frau weder besessen hatte noch jemals besitzen würde.

III

Unter Lachen und Weinen ziehen sie nach Rußland

Im Herbst des Jahres 1752 kamen die letzten Wagenzüge auf dem Weg nach Rußland durch Ungarn und setzten über die Theiß, und wie Hochzeits- oder Leichenzüge waren sie von Lachen und Weinen, Freude und Trauer begleitet. Wie zuvor im Krieg wurden sie von Offizieren angeführt, und die russische Mission in Tokaj registrierte sie und gab Meldung nach Kiew. Aber niemand wußte genau, wie all diese Menschen hießen, wer von ihnen ging, wer blieb, von wem sie vorwärtsgetrieben oder aufgehalten wurden. Sie waren wie ein Wolkenbruch, eine Überschwemmung.

So wie die Herbstwinde das welke Laub von den Zweigen reißen und die gefallenen Blätter am Weg hochwirbeln, so wurden die Aussiedler aus der Batschka und dem Banat in diesem Herbst über die ungarische Ebene und durch die bergige Slowakei gewirbelt, um jenseits der Karpatenpässe zu verschwinden.

Die einen waren fröhlich und kauften Wein von den Bauern, andere wollten in den ungarischen Dörfern nicht einmal das Essen bezahlen. Mit ihrem Blut, sagten sie, sei alles schon überreichlich bezahlt. Die einen schleppten sich dahin wie beim Begräbnis, die anderen schienen zu tanzen. Bei jedem Nachtlager hallte der Reigen wider.

Einige schliefen in den Wirtshäusern am Weg, die meisten unter freiem Himmel.

Tags darauf setzten sie unausgeschlafen, eine Brotrinde in der Hand, ihren weiten Weg fort. Wenn sie nach ein, zwei Wochen hörten, daß weitere Wochen vor ihnen lagen, ehe sie Rußland erreichen würden, schimpften und fluchten sie: »Wie sollen wir das aushalten?«

Vor dem Aufbruch hatten sie sich die Bäuche vollgeschlagen wie die Waisenkinder am Totengedenktag, jetzt aber plagte sie der Hunger. Und ohne Geld bekamen sie nur Wasser.

Am schlimmsten erging es denen, die aus Schwäche oder Krankheit zurückgeblieben waren. Später liefen sie, wie vereinzelte welke Blätter, um ihren Konvoi einzuholen. Isoliert und verloren in einer fremden Welt, jagten sie den Frauen und Kindern unterwegs große Angst ein: Sie hinkten wie Bettler, jammerten, wenn sie sich verirrten, wickelten ihre geschwollenen Füße in Lumpen. Und manchmal brüllten sie und rollten mit den Augen, weil niemand sie verstand.

Wenn sie mit ihren Krücken fuchtelten, gingen ihnen die Leute aus dem Weg wie Geistesgestörten.

Viele fanden auf den Dorffriedhöfen zwischen Temesvar und Dukla ihre letzte Ruhestätte. Und noch mehr blieben später zwischen Dukla und Kiew im Schnee liegen.

Und dieser Menschenstrom floß nun schon das dritte Jahr. Zu diesen Transporten gehörte auch der von Trifun (Wischnewski sagte: Trofim), auf den Pavle in Tokai wartete. Von der Maros war in diesem Jahr kaum noch jemand dabei, aber aus der Batschka, dem Banat und dem Theißbecken zog das Volk immer noch fort. Bisweilen gab es darunter auch Leute aus der Lika, aus Pastrovitz und dem Arnautischen.

Wie es in einem Brief Trandafils heißt, erreichte Trifun Isakowitsch, aus Debrecen kommend, am neunzehnten Oktober, dem Tag des ehrwürdigen Johannes von Rila, die Fähren an der Theiß bei Tokaj. Das Datum ist aus einem Satz dieses Briefes ersichtlich, wo davon die Rede ist, daß Trifun in Geldangelegenheiten nach Buda geschrieben und dabei Frau Femka als Verwandte seiner Kumrija – an die er seine sechs Kinder losgeworden war – heftig beschimpft hatte.

Es waren die ebenso schrecklichen wie rührenden Flüche eines Vaters, der allein auf dem Weg in die weite Welt war, von wo es keine Rückkehr gab. Trifuns Transport war einer der größten, und es dauerte einige Tage, bis an den Fähren von Tokaj alle wieder beisammen waren. Unter ihnen gab es viele Kinder und Frauen, Kranke, Arme, Bettler.

Aus der Ferne glichen sie einem Zug von Landstreichern.

Aber selbst Trifuns schlimmste Trinker waren jetzt stille Trinker, seine Kranken waren stumme Kranke, und es gab keine Schlägereien. Große Mühe kostete es, den Transport mit Fähren über die Theiß zu bringen. Unruhige Pferde stürzten in den Fluß, Frauen kreischten, Kinder weinten. Trifun im Sattel war zu Tode erschöpft, als er bei Einbruch der Dunkelheit als letzter übersetzte.

Wischnewski befahl ihm, tags darauf ohne weiteren Aufenthalt seine Reise fortzusetzen. Er versorgte ihn mit Nahrung, Hufeisen und Wein, denn das Trinkwasser war verunreinigt.

Postmeister Hurka hatte für ihn in einem Haus am Rande Tokais Quartier gemacht, aber Trifun zog es vor, bei seinen Leuten zu bleiben. Still, ganz in Schwarz und unterwürfig kam der Postmeister mit Botschaften von Wischnewski und Pavle zu Trifun. Wischnewski ließ bestellen, daß er am nächsten Tag das Lager inspizieren werde, Pavle dagegen, daß sein Haus Trifun stets offenstehe. Und daß die Schwägerin Varvara einen Brief hinterlassen hatte. Der Postmeister fügte hinzu, daß Jurat und Petar auf ihn gewartet, aber wegen der fortgeschrittenen Jahreszeit Tokaj schon verlassen hätten. Pavle sei noch hier.

Zu Wischnewski zurückgekehrt, berichtete Hurka, daß im Lager an den Fähren viel Elend herrschte, daß Trifun kein

Wort Deutsch verstand, daß er aussah wie ein Räuber und viele Kranke bei sich hatte.

Als erstaunlich bezeichnete Hurka ebenfalls, daß Pavle nicht bei seinem Vetter erschienen war und daß Trifun bei der bloßen Erwähnung von Pavles Namen einen Wutanfall bekommen hatte. Den Brief von der Familie habe er ungeöffnet in den Stiefel gesteckt, und seine einzige Frage sei die nach einem Schmied gewesen.

Am Ufer der Theiß würden Feuer brennen, aber Trifuns Lager sei voller Not und Leid.

Pavle hörte ruhig und mit abwesendem Lächeln zu, als der Postmeister ihm Trifun beschrieb und erzählte, daß er weder den Brief gelesen noch nach seinem Vetter gefragt hatte. Hurka verschwieg, daß Trifun bei der Nennung von Pavles Namen einen schrecklichen Fluch ausgestoßen hatte. Hurka, der zwar nur Deutsch sprach, aber ein feines Ohr besaß – er spielte abends bei Wischnewski Flöte –, hatte sehr wohl erraten, wie unflätig Trifuns slawische Beschimpfungen waren.

Hurka, ein Wucherer, Kuppler und Spitzbube, wußte sehr wohl, was Haß ist, ja sogar Haß zwischen Brüdern, nur daß er in seiner Welt still und gesittet aussah wie das Gebet in der katholischen Kirche: die zum Segen sanft ausgebreiteten Arme – und dahinter die Leere.

Trifuns blutunterlaufene Augen und Pavles seltsam abwesendes Lächeln – Gott verzeih mir, wie bei einem Verrückten – waren diesem farblosen, unterwürfigen Menschen unverständlich, der allein und ohne Familie lebte.

Wischnewski befahl ihm, sich um die Isakowitsch-Vettern nicht mehr zu kümmern.

Er ritt am nächsten Tag zu Trifuns Lager und wohnte seinem Aufbruch in Richtung Ujhély bei, wo Trifun weitere Instruktionen abwarten sollte.

An diesem Tag ließ er Pavle weder zu sich kommen, noch suchte er ihn auf.

Seit Petars Abreise hatte sich Isakowitsch völlig zurückgezogen, und weder Frau Julijana noch Fräulein Birtschanski betraten sein Haus. Nur die junge hübsche Wäscherin, die Hurka für Pavle in Dienst genommen hatte, kam abends vom Garten her durch die Hintertür. Und wenn Pavle nicht da war, saß nur der alte Diener auf der Schwelle, der Isakowitsch nach Jaroslau führen sollte und außer Ungarisch kein Wort einer anderen Sprache beherrschte. Auch ihn hatte Hurka empfohlen.

Trifuns Arme-Leute-Zug wirkte um so trauriger, als der Tokajer Herbst gerade in diesen Tagen wie ein himmlisches Feuer zu leuchten begann.

Die Sonne wärmte, leuchtete, flimmerte. Der Duft der Trauben aus den Weingärten zog in die Häuser und berauschte die Menschen. Die bewaldeten Hügel in der Ferne waren rot, wie vom Licht eines ewigen Sonnenuntergangs übergossen. In allen Gewässern um Tokaj spiegelten sich nachts die Sterne.

Am nächsten Morgen wartete Pavle zu Pferd in einem Wald an der Straße, die eigentlich keine Straße war, sondern ein gerodeter Pfad zwischen zwei Hügeln.

Er wollte Trifun – den er sehr mochte – beim Aufbruch sehen, wenn es auch nur von ferne möglich war.

Das war für Pavle das letzte große Ereignis beim Auszug aus Österreich, über das später in seinem Haus in Rußland viel gesprochen werden sollte. Daß Trifun seinen Vetter nicht einmal sehen wollte, war für die ganze Familie unbegreiflich und eine große Schande. Für Pavle ein Erlebnis, mit dem er nicht gerechnet hatte und das ihn zutiefst bedrückte. Wäre es ihm in Temesvar oder in der Mahala widerfahren, hätte er Trifun noch verstehen können – es kam öfter zu solchen Zwistigkeiten in den Familien. Daß aber jetzt nach so viel Unglück, in der Fremde, auf dem Weg ins Ungewisse der Bruder den Bruder nicht sehen wollte, das war für den stolzen Pavle wie der Biß einer Natter ins Herz, wie ein Fieber, das ihm den Sinn verdunkelte. Dabei hatte er Trifun überhaupt nichts getan.

Hätte er Varvaras Brief an Trifun gekannt, wäre er noch verstörter gewesen, denn die arme Katholsche versuchte Trifun mit Tränen und rührenden Worten zu erweichen.

Unter dem 26. Oktober im Jahr des Herrn 1752 schrieb sie ihrem hochwohlgeborenen Herrn Schwager: »Mit Tränen in den Augen bitte ich Dich, vergiß in Tokaj Deinen Zorn auf den Vetter und Dein Unglück, das auch Pavle betroffen hat.

Der Tod derer, die wir geliebt haben, muß unser Herz offen machen für alle Leidenden. Pavle ist über Dijndjas Tod nicht weniger betrübt als Du. Er zieht mutterseelenallein durch die Welt. Soll er auch noch die Familie verlieren und den Trost der Liebe derer, die vom selben Steg mit dem trüben Wasser der Theiß in die Fremde ziehen? Denk an Deine Mutter, die um Euer beider willen geweint hat. Vergib Pavle, auch wenn er schuldig wäre, aber wir wissen, daß er es nicht ist. Weil ich eine Angeheiratete in Eurem Haus bin, sehe ich alles klarer, und ich beschwöre Dich bei meinem Leben und dem guten Namen, den ich durch das heilige Sakrament der Ehe trage, reiche Pavle Hand und Bruderkuß, ihm, der vom Glück verlassen und ohne Kinder ist. Trifun, Bruder, ich flehe Dich an, höre auf mich, damit wir uns alle in Kiew wiedertreffen und wie Menschen zusammenleben. Mag Gott und alle Welt sehen, wie wir in Liebe verbunden sind bis zum Tod.«

Das Pferd, das Pavle ritt – es war geliehen –, stand schnaubend am Rand des Waldes, unter dem in zwanzig Schritt Entfernung der Weg verlief. Vom gelben Herbstlaub verborgen – ohne daß er es beabsichtigte –, blickte Pavle auf das Gewimmel hinunter.

Wagen knarrten, Hunde bellten, die Reiter riefen sich etwas zu, die anderen Männer schoben Stangen zwischen die Räder und bremsten die Fahrt auf der abschüssigen Strecke. Pavle erkannte Trifun, der, in Hemdsärmeln, am jenseitigen Wegesrand, gefolgt von zwei Husaren, neben der Wagenreihe einherritt. Die vom Regen ausgewaschenen Verdecke schimmerten weißlich.

Pavle unter den Eichen oberhalb des Weges rief in einer plötzlichen Aufwallung Trifuns Namen. Er empfand auf einmal ein rührseliges Mitleid mit dem Älteren, an dessen Seite er aufgewachsen war.

Trifun zuckte zusammen und blickte zum Wald auf. Das Pferd unter ihm begann zu tänzeln. Auch die beiden Husaren sahen sich suchend um.

Das Echo der menschlichen Stimme war in dieser Schneise weithin zu hören.

Einer von Trifuns Burschen bemerkte den Reiter im Laub über dem Weg und schien Pavle zu erkennen. Er rief etwas und wies mit der Hand auf ihn. In diesem Augenblick griff Pavle, bei Trifuns Anblick weich geworden, in die Zügel und wollte zum Weg hinunterreiten. Bei einem Baumstumpf blieb das Pferd plötzlich stehen und schnaubte.

Pavle sah jetzt deutlich Trifuns Gesicht.

Er sah, daß sich dieses Gesicht verfinsterte und daß ihn der Vetter mit den blutrünstigen Augen eines Wolfs anblickte. Im nächsten Augenblick gewahrte er, daß Trifun die Pistole zog. Und er sah das Mündungsfeuer.

Wie einen Peitschenhieb spürte er den Windzug, der ihm den Dreispitz vom Kopf fegte. Ein zweiter Peitschenhieb traf ihn am Scheitel.

Trifun hatte genau auf seinen Kopf gezielt und ihn um Fingerbreite verfehlt.

Das alles kam so unverhofft und schnell, daß Pavle sich in seinem Schreck nur an die Stirn griff, wie um das Blut abzuwischen. Mit der Linken riß er verzweifelt am Zügel, damit ihn das Pferd nicht abwarf. Im selben Augenblick sah er, daß der eine Husar Trifuns Hand packte und daß er sofort von anderen Männern umringt war. Trifun versuchte ganz offensichtlich, auch seine zweite Pistole abzufeuern. Ohne zu wissen warum, zwang Pavle sein Pferd zum Stehen und bot sich Trifun ruhig zum Ziel dar, wie einer jener Türken aus Holz, an denen die sirmischen Husaren das Pistolenschießen geübt hatten.

Trifun indes stieß die ihn Umringenden beiseite, sein Pferd bäumte sich, und er trieb es mit Fausthieben voran. Die Burschen riefen Pavle etwas zu, fuchtelten mit den Armen und folgten dann Trifun im Galopp. Die lange Wagenreihe war nicht einmal zum Stehen gekommen, sondern kroch weiter wie eine Raupe.

Unter großem Lärm und Geschrei.

In Pavle aber war Stille und ein unendliches Bedauern.

Er sah nicht mehr, wie Trifun davonritt, gefolgt von der langen, trägen Reihe der Wagen und den sie eskortierenden erschöpften armen Leuten aus der Mahala. Er sah nur – oder glaubte es zumindest zu sehen –, wie er aus sich selbst heraustrat und hinter Trifun und der unendlichen Wagenkolonne verschwand.

Das Pferd unter ihm schnaubte und stampfte.

Da erst glitt Pavle aus dem Sattel und hob seinen Dreispitz vom Boden auf. Er hatte ein Brandloch.

Genau so ein Brandloch, fiel ihm ein, wie damals auf jener Lichtung, als Thekla seinen Dreispitz ins Feuer geworfen hatte. Als sie ihn aus jenem Wäldchen entführte, um mit ihm Schmetterlinge zu fangen.

An diesem Tag saß Pavle lange auf der Hausschwelle, den Kopf in den Händen. Er hatte jenes seltsame Lächeln im Gesicht, das Varvara als erste in Tokaj bemerkt und das auch Ana und Jurat beunruhigt hatte. Er murmelte Unverständliches vor sich hin.

Am nächsten Tag besorgte Pavle mit Postmeister Hurkas Hilfe ein paar Ellen Seide und hinterließ sie, zusammen mit einigen Talern, für das Mädchen, das ihm die Wäsche gewaschen hatte.

Hurka fand auch einige silberne Gürtelschnallen, bestimmt für Frau Julijana und Fräulein Dunda, wie aus dem Abschiedsbrieflein hervorging.

Zwei Tage nach Trifuns Aufbruch beglich Pavle seine Rechnung beim Postmeister und verließ Tokaj ohne Abschied von Wischnewski.

IV

Der Weg nach Rußland führt bergauf

In der Familie Isakowitsch wurde erzählt, daß beim Aufbruch nach Rußland eine große Veränderung mit Pavle vor sich gegangen war. Sein Charakter und seine Seele veränderten sich.

Und sein Lächeln. Er lächelte geistesabwesend.

Ein paar Spuren des Lebens, das der Edle Isakowitsch in Rußland führte, haben sich in den Briefen erhalten, die er seinem Adoptivvater Vuk und seinem kranken Verwandten Isak Isakowitsch nach Neoplatensa schrieb.

Wir wissen jetzt, wie es Isakowitsch in Rußland erging und wie er endete.

Es ist eine seltsame und unglaubliche Geschichte.

Den Tag seiner Abreise aus Tokaj notiert der Verwandte nach altem Kalender als Tag des apostelgleichen Aberkios; es war der 12. Oktober 1752. Die Katholiken in Neoplatensa feierten an diesem Tag den heiligen Carolus Borromäus, den ebenso wie Aberkios niemand kannte. Für die einen wie für die anderen war es ein Freitag.

Am Vorabend dieses Tages war in Tokaj Vollmond. Isakowitsch stand frühzeitig auf und verließ im Morgengrauen die Stadt.

Wischnewski hatte ihm durch Hurka einen Wagen für sein Gepäck besorgen lassen und ihm eine Adresse in Ujhély gegeben.

Von Ujhély aus ritt Isakowitsch auf einem Bergpferd weiter, das lammfromm war und einem friedlichen Muli glich – das heißt, da es keine friedlichen Mulis gibt, einem friedlichen Esel –, wie man sie in den Bergen findet. Vor Pavle ritt der ihm von Hurka empfohlene Mann, der ihn nach Jaroslau in Polen führen sollte. Wie er schon vor ihm Petar und Jurat dorthin geführt hatte.

Er war ein flinker, wortkarger Slowake, der schweigend ritt, schweigend aß und Pavle schweigend zuwinkte, wenn der ihm voraus war.

So hatte Isakowitsch das Gefühl, daß er schweigend immer höher geführt wurde.

Hinter Pavle folgte langsam der Wagen, den Jurat ihm überlassen hatte. Den Mann, der ihn begleitete, hatte ebenfalls Hurka ausfindig gemacht.

Bis Ujhély war die Reise leicht, danach wurde der Weg schwerer und hatte bis Dukla viele Serpentinen. Sie nahmen auch Abkürzungen durch die Wälder. Die eben erst gebaute Straße in den Karpaten glich eher einem Hohlweg als einer Chaussee.

Jetzt im Spätherbst sammelten sich in Dukla viele Reisende, die von Ungarn nach Polen wollten, und alle sahen zu, die Karpaten möglichst schnell zu passieren. Sie hatten Angst, von Unwettern überrascht zu werden, die hier im Gebirge mit ihren Wolkenbrüchen schrecklich sein sollten. Und man wußte auch, daß einen Monat später dort oben alles verschneit sein würde.

Tot, öde, verweht, unwegsam. Mit Bären, die auch am Tag bis zur Straße hinunterkamen. Mit Wolfsrudeln, die den Reisenden heulend im Dunkeln folgten.

Über Isakowitsch gibt es in jenen Bergdörfern keine Notiz, weder in den Büchern der Postmeister noch in denen der Priester, wo die auf den Friedhöfen Begrabenen verzeichnet sind. In den Schenken und Herbergen erinnerte sich niemand an einen einsamen Reisenden.

Ein einzelner Reiter zog vorbei und hinterließ keine Spur. Ebensowenig ein einzelner Wagen. Wenn sich ein Reisender verspätete und in eine Schneewehe geriet – dann sah man im Frühjahr nach dem Tauwetter bisweilen ein menschliches Skelett am Weg oder ein Paar von Wölfen benagte Stiefel.

Niemand wußte, wer da in den Karpaten sein Ende gefunden hatte.

Pavle jedoch brach von Ujhély in eine fast idyllische Natur auf. Am Weg in die Berge leuchtete alles gelb und rot in der Herbstsonne.

Der Herbst jenes Jahres war auch in dieser Gegend schön und warm, die Sonne ging groß und strahlend am heiteren Himmel über Ujhély auf, einem Himmel, der ewig blau zu sein schien.

Nur ganz fern über den Gipfeln sah man ein paar Wölkchen.

Obwohl die österreichischen Mariatheresientaler damals in ganz Europa ein gern gesehenes und geschätztes Zahlungsmittel waren, hatte sich Isakowitsch auf Hurkas Rat mit Dingen eingedeckt, die in Rußland das Doppelte, ja Hundertfache brachten.

Der stille, schwarze, unterwürfige Postmeister hatte sich vor Pavles Aufbruch aus Tokaj bemüht, in den während des Krieges verarmten Adelshäusern der Umgebung eine Menge Gegenstände zu kaufen, die man in Rußland weit besser los wurde als Silber.

So führte Pavle in seinem Wagen ein ganzes Vermögen mit: neue russische Husarenmützen, Uniformen, Stiefel, Sporen, wie sie nur Wischnewski besaß. Einige neue Pistolen, darunter zwei französische. Zahlreiche Silberknöpfe und -schnallen, Messer, Tabakspfeifen. Dazu kamen seine eigenen Hemden und Unterhosen und Fußlappen, und Hurka hatte ihm auch – zu einem Spottpreis, als wäre es Diebesgut – wertvolle Schnupftabaksdosen, Ringe und Medaillons verkauft, von denen er behauptete, sie würden bei den Offiziersgattinnen in Kiew märchenhafte Summen erzielen. Er habe das alles von den ungarischen Adligen der Umgebung.

Der Wagen hinter Pavle transportierte auch einige Fäßchen des berühmten Tokajer Weins, aber nicht Wischnewskis, sondern extra für Isakowitsch besorgt. Diese Fäßchen, sagte Hurka, würden ihm in Kiew auch solche Türen öffnen, bei denen sonst weder Tränen noch Gold halfen.

Isakowitsch nahm das alles wider Willen an und zahlte Hurka aus.

Später sah er ein, daß ihm der Postmeister, wer weiß aus welchem Grund, einen großen Dienst geleistet hatte. Isakowitsch galt vom Tage seiner Ankunft in Kiew als reicher Mann.

Pavles heitere Ruhe bei der Abreise aus Ujhély hatte jedoch ganz andere Gründe. Sie lagen nicht in den Einkäufen oder anderen sichtbaren Dingen der Wirklichkeit, sondern in seiner Phantasie. Pavle bildete sich ein, auf seinem Weg nach Rußland immer größere Höhen zu erklimmen.

Und über diesen Höhen schien die Sonne so hell.

Wie Garsuli, der aus Korfu stammende Kriegskommissar in Temesvar, gewahrte auch Pavle auf einmal die große Helligkeit, die Kraft, die Macht, die Herrlichkeit der Sonne, die unser aller Leben wärmt. Nur während der kastrierte Garsuli die Sonne vergötterte, weil sie seinen von der Wassersucht geplagten Beinen wohltat, empfand Pavle die Sonne wie den Abglanz eines blitzenden Säbels auf der Stirn. Er ritt erhobenen Kopfes bergauf, der Sonne entgegen.

Ein bis zwei Reitstunden hinter Ujhély gelangte Isakowitsch in einen Wald und fing an, mit seinem Pferd und mit sich selbst zu reden. Er war in einer Welt, wie er sie nie gesehen hatte und die ihm noch seltsamer erschien als die, in welcher er bisher gelebt hatte. Gleich seinen Landsleuten hatte Isakowitsch nie über die Natur nachgedacht und nie einen Wald betrachtet. Der Wald war ihm wie die ganze Natur allzu nahe gewesen. Ein Wald wie der andere. Jetzt, in der

Fremde, staunte er über die Eichen- und Buchenwälder, die sich vor ihm öffneten, groß wie Kirchen, mit verzweigten Kronen, mit dicken knorrigen Stämmen, mit dichtem gelbem, welkendem und fallendem Laub.

Das erste Wunder dieses Tages war die riesige, helle Sonne.

Und dann dieser unendliche, unwegsam scheinende Wald.

Pavle, nachdenklich, machte sich an diesem Tag bewußt, daß er, obwohl er allein reiste, nur einer von vielen war, die nach Rußland unterwegs waren.

Während der paar Monate in Wien war er an den Schläfen tatsächlich ergraut und, bei all seiner Länge, obgleich noch keine Vierzig, etwas krumm geworden – aber unterwegs nach Rußland richtete er sich noch einmal hoch auf.

Er fühlte, daß er für immer eine Welt verließ, in der er bisher gelebt hatte, in der nicht nur sein Haus in Temesvar zurückblieb, nicht nur das Grab seiner Frau in Wardein, nicht nur seine Angehörigen, sondern ein ganzes Volk, dem er angehörte. Voller Staunen drang er immer tiefer in diesen dichten schwarzen Wald voller knorriger Äste ein, der so neu und merkwürdig für ihn war, als sähe er so etwas zum erstenmal im Leben. Die herbstliche Sonne malte wundersame Muster in das Grün und das gelbe abgefallene Laub, und dieses Gelb der Blätter war so mannigfaltig – es spielte ins Rote, ins Gelbe, ins Braune. Statt des Himmels hatte er über sich das Gewölbe der herbstlichen Bäume, die sich bis in die unendlichen Höhen verloren. Und wenn er sich im Sattel umwandte, schien ihm, daß sie sich nicht nur bis hinab nach Tokaj fortsetzten, von wo er aufgebrochen war, sondern bis nach Wien und zur Donau, die er nicht vergessen konnte, über die ganze ungarische Ebene bis nach Buda und Raab und Wieselburg, überall da, wo er gewesen war.

Das Licht der Herbstsonne durchdrang nicht nur die Waldschneise vor ihm, sondern auch seinen Dreispitz, seine Uniformjacke, seine Brust und seine gesenkten Augenlider.

Sein Bergpferdchen eilte nicht, es schaukelte ihn wie ein Kind in der Wiege, aber es kam leicht und sicher in den Bergen voran. Es machte einen Bogen um jeden Baumstumpf, streifte ihn nur mit seinem langen Schweif.

Nicht nur das Gewirr der Äste und Stämme in diesem Wald war seltsam, sondern auch all die Schatten, die sie warfen, wohin das Pferd auch seine Beine setzte. Eine ganze Welt von Schatten, wie Pavle sie im Gras, im Gebüsch niemals beobachtet hatte.

Wenn er absaß, um sich die Beine zu vertreten, und ausschritt, war das Rascheln der Blätter noch seltsamer. Sie flogen vor ihm auf und fielen herab wie gelbe, rote, braune tote Schmetterlinge, hochgewirbelt vom Wind, doch ohne die Kraft der eigenen Flügel.

Je höher er in die Berge kam, desto dichter war der Boden vom welken Laub bedeckt. Die Äste der Bäume im Dunkel des Waldes waren immer enger verflochten. Und in der Ferne tauchten kahle Gipfel auf, und jenseits dieser Gipfel war nur der Himmel.

Es war ein seltsames Gefühl, daß der Weg nach Rußland immer höher bergan führte.

Lag es am Schaukeln im Sattel, wenn er wieder aufgesessen war, oder an seiner Müdigkeit nach dem langen Mangel an Schlaf – Isakowitsch hatte auf dem Weg in die Karpaten das Gefühl, sich immer weiter von allem zu entfernen, was vergangen war.

Im Dämmer dieses Waldes, dem Geflecht der brechenden Zweige, den endlosen Schatten, durch die ihn sein Pferd trug, sah er noch einmal die Männer und Frauen, von denen er Abschied genommen hatte.

Er sah im schwarzen Wagen den in schwarzen Samt gekleideten Kriegskommissar Garsuli, wie er in Temesvar gewesen war, als er ihn in Fesseln legte. Lange hatte er in Wien mit Agagijanijans Hilfe nach ihm gesucht, indes vergebens.

Er sah auch den Griesgram Koptscha auf seinem dreibeinigen Schemel im Comptoir, und sein Spiegelbild in der Glasvitrine, wo er auf rotem Samt seine blitzenden Taler ausstellte.

Er sah Agagijanijan, traurig, weil Wolkow ihn mit dem Stock gezüchtigt hatte und weil ihm das zum erstenmal widerfahren war, seit er dem Russen diente.

Und er sah Wolkow, den er sich seltsamerweise stets neben Frau Evdokija vorstellte, mit der er sich so »vollkommen« verstand! Er glaubte zu hören, wie er ihm sein übliches: »Aber, Rittmeister! Trauern Sie nicht um das Vergangene!« zurief.

Als ihm Wischnewski – bleich, vornehm, schön – ins Gedächtnis trat, wandte er den Kopf.

Gleich aber lachte er, als er in Gedanken Keyserling vor sich sah, den verschnupften Aristokraten, seine Füße im Holzbottich erwärmend.

Bozitsch erschien ihm – die ehrliche alte Haut und der Verbrecher –, an dem er zum erstenmal gesehen hatte, wieviel Böses in einem einzigen Menschen und in einem Landsmann stecken konnte.

Bozitsch folgte ihm mit schielendem Blick.

Und schließlich erschien ihm auch Evdokija Bozitsch, nackt, toll, schön, leidenschaftlich, keuchend. Er glaubte sie stöhnen und vor Wollust schreien zu hören. Bei diesem Erinnerungsbild senkte er den Kopf.

Das Lachen ihrer Tochter aber war für ihn immer noch ein Balsam, ein Trost, er lauschte ihm in die Vergangenheit nach wie einem Springbrunnen.

Und er fragte sich, ob er in Petersburg die Springbrunnen sehen würde, die Peter der Große so geliebt hatte. Auf seinem bisherigen Weg waren Isakowitsch die Fontänen in Wien als etwas erschienen, was zum Schönsten auf der Welt gehörte.

Er dachte, daß er das fröhliche Lachen der Tochter von Frau Bozitsch gern noch einmal gehört hätte.

Kein halbes Jahr war vergangen, seit dieser stolze, steife und moralisch so gestrenge Isakowitsch aus Temesvar aufgebrochen war, und wie hatte er sich verändert.

Auf seinem Pferd dahindösend, erinnerte er sich auch an Trandafil in Buda. Bei dieser Erinnerung verzieh er Frau Femka all ihre Unmoral. Das Vergnügen erschien ihm auf einmal als das einzig Menschenwürdige im Leben.

Als er in seinen Erinnerungen bei der Familie angelangt war, empfand er Mitleid für Petars Schwiegervater, der in seinem großen Haus in Neusatz allein geblieben war. Pavle sah den Senator Stritzeski vor sich, wie er vornehm und hoffärtig nicht einmal mit seinen Dienern ein Wort reden wollte, die mit ihm zusammen alt geworden waren, sondern allein mit seinen Windhunden beim Kerzenlicht saß und an seine Tochter Varvara dachte, die in die Ferne gezogen war.

Wenn er so zurückdachte, mußte er sich sagen, daß es in den Familien seiner Schwiegerväter nicht nur Trauriges gegeben hatte.

Er erinnerte sich an das Haus von Jurats Schwiegervater, dem Senator Bogdanowitsch, gegenüber dem Haus von Stritzeski. Anas Vater hatte immer eine Gesellschaft fröhlicher Menschen um sich. Um Mitternacht kamen häufig sirmische Husaren aus diesem Haus, die nicht nur des Weines wegen beim Senator gewesen waren, sondern auch, um Frau Agrippina den Hof zu machen, die erst die Vierzig überschritten hatte und eine berühmte Schönheit war.

Diese jungen Leutnants und Sekundmajore kamen angeblich, um ihren Kameraden Jurat zu sehen, in Wirklichkeit aber wollten sie sich vor der Senatorin herausstreichen. Alles natürlich im Rahmen von Sitte und Moral. Wenn die Senatorin zu strahlen begann und die Leutnants aufs Seufzen verfielen, war es schon Mitternacht und Zeit für sie zu gehen. Die Leutnants verabschiedeten sich höflich, küßten der Dame des Hauses – die kokett ihre Augen verdrehte – die Hand, und der Senator geleitete sie hinaus.

Wenn er zurückkam, pflegte er die Senatorin nachdenklich anzutreffen.

Sie nahm dann seinen Arm und flüsterte: »Jascha, mein Herz, sei ein bißchen zärtlich zu mir.«

Und der Senator – über Sechzig – war dann sehr verlegen.

Jurat schüttelte sich vor Lachen, wenn er in Anas Abwesenheit Pavle von diesen Dingen erzählte.

Während er durch das welke Laub in die Berge jenseits Ujhélys ritt, nahm Isakowitsch mit diesen Erinnerungen für immer Abschied von seinem Sirmien.

All das war Vergangenheit und für immer vorbei.

Was ihn bei seinen Erinnerungen am meisten bestürzte, war die Wandelbarkeit des menschlichen Glücks. Das menschliche Glück war so launisch. Ein unverhoffter Ortswechsel, eine Krankheit, ein Trauerfall, ein Streit in der Familie, eine unbeglichene Schuld, ein Geldmangel – ganz zu schweigen von Liebestragödien – genügte, und schon wurde aus einem glücklichen Menschen ein unglücklicher, als hätte er niemals das Glück gekannt, denn die Menschen verloren ihr Glück wie die Bettler ihren Beutel, wenn die Hunde hinter ihnen her waren.

Pavles erstes Nachtlager auf dem Weg nach Dukla war nahe einer armseligen ruthenischen Siedlung in einer Bretterhütte, durch deren Ritzen die Mondstrahlen drangen. Sie hatten auch die Landschaft ringsum in ungewöhnliche Klarheit und Helligkeit getaucht. Es schien, als würden der Himmel und die umliegenden Hügel das Mondlicht reflektieren.

Wie jede Nacht seit einiger Zeit dachte Pavle auch heute an seine Frau, die er begraben hatte. Erst jetzt in der Erinnerung begriff er, wie sehr er sie geliebt hatte.

Auch auf dieser Reise durch die Karpaten nach Rußland kehrte seine tote Frau zu ihm zurück, wenn er einschlief, obwohl sich ständig Gesicht und Gestalt von Frau Evdokija in seine Erinnerung stahlen, vor denen er floh.

Auf dem Stroh unter dem Wagen flüsterte Pavle vor sich hin, wenn ihm Katinka erschien, wälzte sich unruhig, und obwohl er tagsüber um nichts Tränen vergossen hätte, hatte er beim Erwachen nasse Augen.

Als wäre es hier am Waldrand, im Mondschein, sah er das Tor von Jurats Schwiegervater Senator Bogdanowitsch in Neusatz vor sich. Und gegenüber das Tor von Senator Stritzeski, auf dessen Tochter er damals ein Auge geworfen hatte.

Einmal im Vorbeigehen hatte Pavle in diesem Tor Varvara mit einem Kuchen in der Hand gesehen. Sie war vor dem hochgewachsenen, geschniegelten Offizier erschrocken stehengeblieben und hatte ihn wie verhext angesehen. Und gleich darauf war sie geflohen, wie vom Wind davongetragen.

Im selben Augenblick hatte Pavle ein Lachen vernommen und im Fenster das ernste und traurige Gesicht einer jungen Frau gewahrt. Nur eine Sekunde, dann war das Gesicht verschwunden.

Er erinnerte sich an jeden Zug dieses Gesichts, und er sah sein Spiegelbild im Mondschein, im Wasser, manchmal auch in den Fensterscheiben der Häuser, wo er lebte. Die Stirn dieser schönen Erscheinung war blaß und kalt, der Mund aber fröhlich, als verspeiste er eine rote Kirsche. Die Augen waren so dunkel, daß sie unter den langen Wimpern schräg zu blicken schienen, und von Traurigkeit verschleiert.

Die Tochter der berühmten Schönheit Petritschewitschka hatte die sanfte Schönheit der Frauen mit etwas länglichem Gesicht, umrahmt von dichtem schwarzem Haar. Das Gesicht von Frauen, die lange warten, die aber, wenn ihre Leidenschaft erwacht, bedingungslos und stumm lieben.

Als er mit Petar darüber sprach, sagte ihm der Vetter, er habe Stritzeskis Adoptivtochter – eine Kusine Varvaras – gesehen, die sich den Dreißigern näherte. Man hätte sie gern verheiratet. Sie sei schön und gut, habe aber keine Mitgift und solle etwas schwerhörig sein.

Petar Isakowitsch hatte damals als erster ein katholisches Haus betreten.

Pavle erinnerte sich auch, wie ihm bei der ersten Begegnung die anmutige Gestalt seiner künftigen Frau aufgefallen war.

Sie überquerte die Straße.

Verschwand wie ein vorüberhuschendes Reh.

Pavle sah nur eine schlanke, flinke junge Frau mit schönen Beinen, die den Rock geschürzt hatte, weil es an jenem Tag heftig regnete. Er war kein Weiberheld, aber der schöne Gang dieses Wesens beeindruckte ihn tief. Es lief von einem Haus zum anderen, wie Schatten durch eine Gasse huschen.

Pavle gewahrte nur das Wirbeln der Röcke um ihre Beine. Ihre Schultern waren nackt im Sommerkleid und von der Sonne gebräunt.

Ohne ihn zu beachten, betrat sie Anas Haus.

Aus der Nähe sah er diese Kusine Varvaras zum erstenmal, als er mit Petar in das Haus des Senators geladen wurde. Aber auch da sprach er kein Wort mit ihr. Das Haus war an jenem Tag voller Gäste, und die arme Verwandte zog sich zurück, um Varvara und den Senator allein zu lassen, denn die Offiziere waren gekommen, um Varvara zu sehen, nicht sie.

Pavle aber war sie aufgefallen, als sie verlegen an der Wand saß.

Sie saß unter einem Spiegel, in einer blauen Krinoline, und hielt einen schwarzen Fächer in der Hand. Ihre Brust war nach damaliger Mode weit entblößt. Als er eintrat, sah sie ihn unverwandt an.

Pavle war, wie gesagt, kein Weiberheld, doch seine Nachtgöttin, seine Luna aus dem Theater, hatte ihm viel darüber erzählt, was an den Frauen gut und was häßlich war. Welche Frau falsches Haar und welche ein Kissen über dem Gesäß trug. In jener Zeit hatten sogar die Kavaliere falsche Waden, und flachbrüstige Frauen stopften sich Knäuel unter die Rüschen.

Der Unterschied jedoch zwischen seiner Nachtgöttin im Theater, deren Familie er aushielt, und dieser armen Verwandten war gewaltig, und er fiel auch Isakowitsch auf, obwohl er von Frauen nichts verstand. Seine blonde Wienerin war stets zur Liebe bereit, aber ihr war nichts mehr neu, nicht der Kuß eines Mannes, nicht das Stöhnen der Wollust, nicht die Freuden der Umarmung. Diese Wienerin trat schon lange nackt als Seiltänzerin in dem Theater auf, das ein gewisser Graf Durazzo finanzierte.

Auch die Kürassiere kannten sie hüllenlos.

Aber das schwarzhaarige, schlanke Mädchen, das auf die Dreißig zuging, war unberührtes Gold. Sie wurde totenblaß, als man ihr sagte, daß der Offizier aus dem sirmischen Regiment gekommen war, um sie zu sehen.

Bei dem bloßen Gedanken, daß man sie mit diesem Mann verheiraten wollte, stockte ihr der Atem. Sie erstarrte, als er an ihr vorüberging, und sie rannte erleichtert hinaus, als ihr der Senator einen Wink gab. Ihr Herz schlug bis zum Hals, und sie war puterrot.

Als die Zeit herankam, daß Vavara und Petar, sie und Pavle heirateten, gestand Katinka ihrer Kusine verschämt, daß ihr die Knie zitterten, wenn Pavle sich näherte, und daß das auch in der Ehe so sein würde.

Stritzeski, der bemerkt hatte, daß die arme Verwandte kein Auge von Pavle ließ, ordnete an, daß die Heiratsvermittler nach Wardein kamen.

Nach einer schlaflosen Nacht im ersten Quartier in den Karpaten brach Isakowitsch frühmorgens auf.

In die Erinnerungen an seine Frau waren gegen Morgen die Erinnerungen an Evdokija eingedrungen. Er schämte sich und wollte möglichst rasch fort.

Der Tag war wieder herbstlich warm und in einen fast rosigen Nebel getaucht. Rosig waren die Wälder am Weg und die Berge, die, je ferner, desto höher wurden. Und das Laub fiel.

Unter diesem Nebel blühten Winterblumen in einem kleinen Dorf, das er passierte, begleitet von den Rufen der Pferdeknechte und den Axtschlägen der Holzfäller, die den Wald rodeten.

Berge, Wälder, Straße, Wagen, alles vor und hinter ihm war in diesen seltsamen durchsichtigen Nebel getaucht, in dem die Herbstlandschaft alle Augenblicke die Farbe wechselte.

Sie war rot, gelb, braun, schwarz in der Höhe und blau im Tal, als wäre der Himmel auf die Erde gefallen. So behielt Isakowitsch das Tal des Flusses Ondava wie ein Wunder im Gedächtnis.

Er sah eine silberne Espe.

Er sah goldenes Laub.

Er sah Steine, die wie Juwelen glitzerten.

Und als sich der Nebel plötzlich hob, sah er Schnee auf einem Gipfel.

Dieser wundersame Nebel rührte ihn fast zu Tränen.

Hier fragte sich Isakowitsch zum erstenmal, wohin er und seine Vettern eigentlich unterwegs waren. Welches Schicksal erwartete Jurat und Ana, Petar und Varvara? Er empfand keinen Haß auf Trifun – bei dem Gedanken an ihn strich er sich nur über die Stirn, als wollte er sich einen Schleier von den Augen reißen.

Isakowitsch wußte, daß in Kiew ihre Verwandten, die Familie Schewitsch, auf sie warteten und daß dort viele ihrer Landsleute waren. Und vor seinem Aufbruch hatte er nichts sehnlicher gewünscht, als daß auch er und seine Familie in der Menge dieser Landsleute aufgingen und ihr Schicksal teilten.

Nun auf einmal spürte er, daß er in Wien durch seine Besuche bei Bestuschew und Keyserling von den Seinen abtrünnig geworden war.

Er wollte in Rußland irgendwo sein, wo man nicht Töchter und Schwägerinnen mit ihm zu verheiraten wünschte. Er wollte in Ruhe gelassen und nicht gefragt werden, wie einem Witwer ohne Frau zumute war. Ihm war es recht so.

Sein einziger Wunsch war, die Zarin zu sehen, vor ihr das Knie zu beugen, ihr die Hand zu küssen und ihr zu sagen, was seine serbische Nation durchlitten hatte. Und sie zu bitten, daß sie ihre russischen Truppen, wenn schon nicht nach Crna Bara, so doch wenigstens nach Serbien schickte. Eine Audienz bei der Zarin galt unter den Auswanderern nach Rußland als höchste Gnade, die einem lebenden Menschen widerfahren konnte. Wischnewski hatte gelacht, als Isakowitsch davon gesprochen hatte.

Pavle ging es nicht darum, berühmt zu werden oder sich unter seinen Landsleuten hervorzutun, sondern um die letzte Hoffnung, daß man in Rußland, und zwar höchsten Orts, von den serbischen Leiden erfuhr.

Fünf Tage nach dem Aufbruch aus Tokaj, am Tage des Heiligen Demetrios, erreichte Isakowitsch mit seinem Wagen den Dukla-Paß.

Der Weg durch die Karpaten war keineswegs so beschwerlich, wie man ihm erzählt hatte. Außer den Klötzen, mit denen man den Wagen bei den Berg-und-Talfahrten bremsen mußte, war nichts schwer gewesen. Sanft wand sich die Straße bis zur polnischen Grenze.

Er hätte schneller vorankommen können, doch er wollte seine Leute und die fremden, an langsame Gangart gewöhnten Pferde nicht überanstrengen. Nur: Die Geschichten von schwindelnden Abgründen und Kletterpartien bis unter die Wolken hatten sich als Märchen erwiesen.

Gegen Abend mündete der Weg, der jetzt fest und steinig war, auf eine Lichtung unter Felsen. In der Ferne erblickte Isakowitsch den österreichischen Grenzvorposten und in einer Senke ein Dörfchen mit Holzhäusern, aus deren Schornsteinen Rauch kräuselte. Auf der Wiese vor dieser Siedlung weidete friedlich eine Herde zottiger brauner Schafe. Die Fichten dufteten nach reifen Zapfen.

Aus der Siedlung rief ihnen jemand etwas zu. Sein Wegführer, der ein-, zweihundert Schritt voraufritt, richtete sich im Sattel auf und gab das Zeichen zum Anhalten.

Isakowitsch brachte sein Pferd zum Stehen und drehte sich nach seinem Wagen um. Obwohl dieser Wagen wahre Schätze mit sich führte, hatte Pavle ihn fast vergessen. Jetzt kam er, begleitet von Hurkas Pferdeknecht, im Schneckentempo näher. Die Pferde spannten sich beim letzten Aufstieg an.

Dahinter sah Pavle in der Ferne am Horizont die hohen Gipfel und Felsen der himmelragenden Beskiden. Davor lagen sanfte Hügel, und in der Tiefe blauten die Täler. Dort schlängelte sich zwischen Wäldern und Feldern die Ondava, reißend und klar wie ein Bergbach.

Ungewohnter Friede lag über dem Land, von wo er nach Dukla aufstieg.

Zu seiner Rechten ging die Sonne über diesem Land unter. Sie malte eine Feuersbrunst an den Himmel, in der sich die hohen Gipfel rot färbten und von der sich die grünen Nadelbäume auf den Hängen dunkel abhoben. Die Wälder im Tal sahen schwarz und unwegsam aus. Das Licht des Sonnenuntergangs fiel in das Tal der Ondava wie durchsichtiger goldener Staub, in dem alles flimmerte. Beim Anblick dieses Abendrots wurde auch Isakowitsch von einer feierlichen Ruhe ergriffen.

In diesem feurigen Rot verschwand auf immer das Land, das er verließ, und mit ihm all seine Erinnerungen an das bisherige Leben. Er hoffte, nie wieder Frau Evdokija oder Bozitsch mit seinem scheelen Blick zu sehen. Auch nicht Wolkow oder Keyserling. All das würde mit dieser roten abendlichen Stille vergehen.

Im Sattel der Sonne zugewandt, fühlte er, wie sie ihm die Brust wärmte, und ihm war, als stünde er in Flammen und als würde der Isakowitsch, der er bisher gewesen war, verbrennen und in diesem Abendrot vergehen. Zu Asche werden und von der Sonne über das gefallene Laub verstreut werden.

So saß er eine Weile im Sattel, verzaubert vom Sonnenuntergang und der Vergangenheit zugewandt. Er ahnte, daß er auf dieser Welt so winzig war wie ein Sandkorn in diesem unendlichen Rot. Später, in seinem Haus in der russischen

Provinz Bachmut, erzählte er seinen Vettern oft, daß er in jenem Augenblick alle Hoffnung auf eine Wendung ihres Schicksals aufgegeben hatte.

Erst als der Wagen heran war, ritt Pavle ins Gebüsch, um ihn vorbeizulassen. Die Stille auf dieser Lichtung war jetzt so tief, daß er glaubte, eines der vier Räder gefährlich quietschen zu hören.

Hurkas Stallknecht, der nun die Pferde anführte, wischte sich den Schweiß von der Stirn und rief, sie seien am Ziel.

Pavle lächelte zufrieden. Er hatte sich über Hurkas Leute auf dem ganzen Weg nicht zu beklagen gehabt. Sie waren träge und ruhig.

Der Begleiter machte Quartier für ihn in einem Holzhaus unterhalb des österreichischen Grenzpostens. Ein Haus wie andere auch, aber als Pavle in der niedrigen, geräumigen Stube mit den hohen weißen Betten den Kopf hob, erblickte er auf einem Holzbalken die vier Buchstaben vom Kreuz Christi in Golgatha. Der Stallknecht sagte, daran könne er erkennen, daß er sich bereits in einem russischen Haus befände.

Er verstand kein Wort von dem, was ihm die Männer und Frauen zuriefen, die ihn mit Verbeugungen vor dem Haus empfingen, aber er sah, daß es friedliche und sanfte Menschen waren – die Männer groß und kräftig, die Frauen rotwangig. Später fiel ihm auf, daß die Männer Stiefel trugen, daß aber das, was an den Beinen der Frauen wie Stiefel aussah, nur die Spuren von Erde und Schlamm waren.

Dieses Sklavenzeichen war durch nichts mehr abzuwaschen.

Als die Vettern später darüber sprachen, sagte Jurat, es habe ihn erstaunt, wie weiß diese Beine weiter oben waren, wenn die Frauen ihre Röcke hoben und schürzten. Dort hätten sie kein Sklavenzeichen mehr getragen.

Isakowitsch hatte an diesem Abend Streit mit einem Sergeanten, der mit dem Wegeführer kam und sagte, er müsse beim Vorposten einige Tage warten. Er, der Sergeant, habe den Befehl, ihn festzuhalten. Sein Offizier sei in dieser Angelegenheit zur Stadt hinuntergegangen. Er erzählte, daß Petar und Jurat hiergewesen seien, wußte aber über Trifun nichts zu sagen. Weder er noch seine Leute seien in Dukla erschienen. Er tröstete Pavle jedoch damit, daß Dukla nicht der einzige Übergang nach Polen war.

Pavle hatte den Sergeanten zuerst wütend am Kragen gepackt, aber bei dem Gedanken, daß ein Streit alles verderben konnte, riß er sich zusammen. Die österreichischen Grenzer hatten das Haus umstellt, verschwanden jedoch mit Einbruch der Dunkelheit.

Zwei Wochen lang kampierte Isakowitsch in diesem ruthenischen Haus wie in einer Bärenhöhle. Nachts lag er wach und schlief tagsüber hinter dem Haus unter den Nadelbäumen im Gras.

Obwohl die Menschen um ihn in einer Sprache redeten, die der seinen ähnelte, verstand er sie ebensowenig wie sie ihn. Wenn er aus Langeweile ein Gespräch begann, hörten sie demütig, lächelnd, stumm zu.

In seinem Zorn, daß er an diesem gottverlassenen Ort unnötig Zeit verlieren mußte, wollte Isakowitsch später tagelang nicht hinausgehen. Und wenn, führte er die Pferde spazieren. Er versuchte seinem Bergpferdchen beizubringen, auf zwei Beinen zu stehen, und amüsierte sich sehr über das störrische Verhalten des Tiers.

Die Soldaten vom Vorposten kamen und boten ihm Wild zum Kauf an, das sie in der Umgebung geschossen hatten.

Von ihnen hörte Pavle, wie seine Vettern durchgereist waren.

Jurat habe nach kurzem Wortwechsel passieren können.

In seinem Müßiggang befreundete sich Pavle mit einem alten Mann, der ihm zeigte, wie man Holz schnitzte, die Stirnseiten der Betten mit Rosen und die Türen mit Sonnen verzierte.

Nach wenigen Tagen war das harte, widerspenstige Holz in Pavles Hand willfährig, und bald war er imstande, eine Sonne mit herausgestreckter Zunge in Holz zu schneiden, so leicht, als schälte er einen Apfel. Erst am Tag der Märtyrer Onesiphoros und Porphyrios, dem neunten November, erschien bei ihm mit fettglänzenden Riemen und Stiefeln und in dunkelblauem Mantel der Offizier, um ihm zu sagen, daß alles in bester Ordnung sei und er am nächsten Morgen weiterziehen könne.

Er war ein ehemaliger Landsmann namens Ignatz Stützen.

Hochgewachsen, mit blatternarbigem Gesicht, aus dem die gelben Augen eines Trinkers blickten, stotterte er und nickte bei jedem Satz.

Der russische Hauptmann, sagte er, möge verzeihen. Um die Grenze strichen viele Tagediebe herum, und ihm sei es schon überdrüssig, gemeldet zu bekommen, daß wieder einer mit Namen Isakowitsch im Anzug sei. Wieso gab es nur so viele davon? Aber auch er wußte nicht zu sagen, ob und wann und wohin Trifun Isakowitsch und seine Leute den Grenzposten passiert hatten.

Pavle hatte sich beim Anblick dieses Flegels empört, wurde aber ruhig, als Stützen hinzufügte, er sei von Wischnewski bevollmächtigt, ihm zu helfen.

Er verlangte weder, Pavles Wagen zu kontrollieren, noch die Papiere des russischen Offiziers zu sehen. Pavle blätterte ihm seine Freipässe mit den großen schwarzen österreichischen Doppeladlern hin, aber Stützen erklärte, das sei überflüssig.

Er wisse, daß Pavle eine hohe Persönlichkeit in russischen Diensten sei.

Zufrieden verabschiedete er sich von Isakowitsch und nahm auch einen Theresientaler als Trinkgeld für seine Leute an.

So beschloß Pavle, da er freie Hand hatte, am Tag des heiligen Martin die Grenze zu überschreiten, an den sich die Familie Isakowitsch seit jeher hielt, obgleich sie eigentlich niemals gewußt hatte, wer dieser Hauspatron war. Die Nacht vor dem Aufbruch verbrachte Isakowitsch in Träumen, an die er sich später als schwere und bittere Träume erinnerte.

Obwohl es kühl geworden war, schlief er nackt, wie üblich in der Familie. Die festen Käsenudeln, die ihm der Hausherr serviert hatte, lagen ihm schwer im Magen. Er redete im Schlaf und kämpfte mit dem Federbett, das ihm ständig wegrutschte. Frierend erwachte er mitten in der Nacht.

In dieser Nacht ging das Spiel weiter, das gewisse Teufel auf der Reise nach Rußland mit ihm spielten. Er träumte von seiner verstorbenen Frau, die nackt und weinend dalag und die er küßte.

Zum erstenmal hatte er im Temesvarer Gefängnis von ihr geträumt, als Garsuli ihn in Eisen gelegt hatte und er nur von der Deputation der serbischen Kaufleute, die bei Engelshofen vorsprach, vor dem Erhängen gerettet worden war.

Diese junge Frau, die er ein Jahr nach ihrem Tod schon fast vergessen hatte, war ihm damals im Gefängnis zum erstenmal im Traum erschienen, um ihm das Haar zu streicheln und ihn zu küssen.

Auf der ganzen Reise nach Wien, wo er den Paß nach Rußland bekommen wollte, hatten ihn diese Träume verfolgt. Sie hörten auch nach dem verrückten, ihm aufgezwungenen Abenteuer mit Evdokija in Wien nicht auf. Im Gegenteil, in den Träumen wurde seine verstorbene Frau immer schöner, immer begehrenswerter, immer leidenschaftlicher in ihrer Liebe, die seine Schläfen vorzeitig ergrauen ließ und von der er niemandem zu erzählen wagte.

Obwohl manchmal ihr schönes Gesicht im Traum mit dem Gesicht Evdokijas verschmolz, obwohl ihr nackter, schlanker Körper in der Erinnerung manchmal vor den kräftigen, schönen Beinen Evdokijas zurückwich, löste sich diese tote Frau weiß und schön aus aller Verwirrung und war, wenn er im Morgengrauen erwachte, mit ihm allein.

Sie war in dieser geträumten Liebe so wunderbar, so leidenschaftlich, daß Isakowitsch beim Wachwerden von Scham erfüllt war.

Er saß dann mit gesenktem Kopf auf dem Bettrand, entsetzt ob dieser völligen Übereinstimmung von Traum und Wirklichkeit.

Hier in seinem letzten Nachtlager in den Karpaten dachte Pavle, daß ihm seine Frau in den Träumen wie eine Lebende zu erscheinen begann und daß diese Träume ganz neu und wunderbar waren.

Sie stieg von ferne, lautlos, in einer durchsichtigen blauen Krinoline mit dem flutenden Abendlicht zu ihm herab. Und sie trug stets ihren schwarzen Fächer. Ihr vorsichtiger Schritt war nicht zu hören, sie kam nur lächelnd näher. Wenn sie dann etwas flüsterte – woran er sich am Morgen nicht mehr erinnern konnte –, war sie ebenso verschämt, aber leidenschaftlich wie zur Zeit ihrer Vermählung. Ihre traurigen dunklen Augen erglühten in Lust.

Tagsüber mühte sich Isakowitsch, all das zu vergessen und für Hexerei zu halten, aber im Traum war sie schöner, viel schöner als seine Wienerin, die auf dem Seil die Nachtgöttin darstellte, und schöner als Frau Bozitsch, die sich ihm in Wieselburg so schamlos aufgedrängt hatte. Die Küsse der Verstorbenen wurden immer leidenschaftlicher, und ein blendendes Licht ging von ihr aus. Er zitterte, wenn sie ihn mit ihrem Körper deckte.

Wenn er morgens erwachte, glaubte er den Verstand zu verlieren. Um sie zu vergessen, versuchte er wach zu bleiben, doch sie kam jede Nacht zu ihm.

Hier in den Karpaten hatte er zum erstenmal einen neuen Traum, der noch schöner, noch berückender war als die vorangegangenen. Katinka war zu ihm gekommen, umarmte und küßte ihn und schmiegte sich an ihn, und er spürte überrascht, daß sie nicht mehr auf der Erde waren, sondern flogen.

Sie flogen über das Tal der Ondava, über die Beskiden, über Dukla hinweg, und dieser Flug war so angenehm, lautlos, leicht, als hätten sie keine Flügel, mit denen sie schlagen mußten. Sie erhoben sich einfach schwerelos in die Lüfte.

Im warmen Mondlicht überflogen sie leicht wie Blätter im Wind die Berggipfel, und die Erde blieb mit ihren Hügeln und Wäldern unter ihnen. Dieses Schweben von Gipfel zu Gipfel war aberwitziger und schöner als alles, was Pavle je erlebt hatte.

Sie flogen über die hohen Felsen und die sich entlaubenden Wälder wie Wolken der untergehenden Sonne entgegen. Pavle fühlte im Traum, daß sie sich umarmt hielten, daß ihn Katinka wie wahnsinnig liebkoste, aber sie flogen und waren nicht mehr auf der Erde. Und dabei hatte er dumpfe Angst, mit ihr in das finstere Tal der Ondava zu stürzen, die immer mehr in der Tiefe verschwand. Katinka hatte vor Wollust den Kopf zurückgeworfen.

Daß er so flog, war in seinen Träumen etwas Neues und so berauschend, daß er nicht wußte, wo er sich befand, wenn er erwachte. Wäre er auf einem Hügel zu sich gekommen, auf einer Wiese, einem Felsen – er wäre hinabgestürzt, als ginge der Traum weiter und ihm könne nichts geschehen.

Aber er wurde auch von bösen Geistern heimgesucht. Vor dem Aufbruch träumte Isakowitsch einen Traum, der ihn niederschmetterte.

Er träumte vom Tod seiner Frau.

Sie schrie: »Gib mich nicht her!« und wiederholte, daß alles zu kurz gewesen war, daß sie sich noch nicht aneinander gewöhnt hatten, daß sie gebären wollte.

Bis zu ihren Schmerzensschreien, als sie – nach nur sieben Monaten Schwangerschaft – in die Wehen kam, war Pavle in Anwesenheit anderer niemals zärtlich zu seiner Frau gewesen, er hatte sie vor anderen Menschen nicht umarmen und küssen wollen.

Die Isakowitsch-Männer zeigten ihre Gefühle nicht.

Erst als er sie aufhob und ins Haus trug, vorbei an der erstarrten Varvara und dem herbeieilenden Jurat, begann Pavle seine Frau zu beruhigen und zu küssen. In jener Zeit waren die Frauen oft ihre eigenen Hebammen, und eine Niederkunft hinter dem Haus war auch bei wohlhabenden Familien keine Ausnahme.

Pavle ahnte nicht, daß seine Frau sterben mußte.

Sie aber wußte vom ersten Augenblick an, daß es das Ende war und daß der Tod kam. Stumm, mit weitaufgerissenen Augen sah sie ihren Mann an. Nach einer schrecklichen Nacht umklammerte sie gegen Morgen seine Hand, flüsterte, verkrampfte sich. In den Qualen der vorzeitigen Geburt stieß sie Schreie aus, die außer Jurat niemand mehr ertragen konnte, und wenn die Schmerzen etwas nachließen, wiederholte sie ihre Klage, daß ihr Leben mit Pavle allzu kurz gewesen war. Jetzt, in Pavles Erinnerung, glichen ihr Flüstern, ihre Schreie keiner menschlichen Stimme mehr, die Worte waren ohne Sinn, waren wie ein Raunen im Wald, wie das Rascheln des toten Laubs unter den Schritten. Dann war nur noch keuchendes Atmen und leere Bewegung der blauen Lippen.

Während ihr Mann sie in den Armen hielt, sie vor allen küßte und Liebesworte flüsterte, als ob diese Küsse und zärtlichen Worte ihre schrecklichen Schmerzen lindern könnten, gebar sie gegen Abend ein totes Kind, winzig, mit fahler Haut.

Sie sagten es ihr nicht.

Katinka hatte das Bewußtsein verloren, und das Blut strömte unaufhaltsam, unstillbar aus ihrem Leib.

Sie kam noch einmal zu sich und flüsterte bis zum letzten Atemzug, daß alles so schrecklich kurz gewesen war.

Wenn er später, allein in der Nacht, wieder und wieder ihr Flüstern und ihre Schreie hörte, glaubte er fast den Verstand zu verlieren.

Vor der Eheschließung hatte er seine Wienerin ausbezahlt und verabschiedet, als hätten sie nur eine Polonaise zusammen getanzt. Nachdem er Witwer geworden war, tat er seinen natürlichen Bedürfnissen in den Armen von Dienstmädchen Genüge, aber das wurde ihm bald zuwider. Evdokija Bozitsch hatte ihn überlistet, sie hatte leichtes Spiel gehabt wie jede hübsche Verführerin bei jedem gesunden kräftigen Mann. Als er sie jedoch in ihrer Familie erlebte, als sie begann, sich ihm aufzudrängen, hatte er ihr den Rücken gekehrt, wie man sich von betrunkenen Zechkumpanen abwendet, deren Grölen die Ohren beleidigt.

Unzählige Male und in unzähligen Abwandlungen wiederholte er sich später Katinkas letzte Worte. In der Nacht von Dukla aber hörte er ihre Stimme zum erstenmal wie aus dem Jenseits.

Dieser einfache, aber stolze, an das Leben unter Husaren und Pferden gewöhnte Soldat ging seit jenem Halt am Dukla-Paß mit einer großen Empfindlichkeit für jeden neuen Herbst, für alles menschliche Leid durch die Welt. Er hatte die Macht der Liebe und des Todes im Leben der Menschen erfahren.

Hatte er in Temesvar und Wardein die Liebe zwischen Mann und Frau noch als eine Art Naturtrieb betrachtet, wie die Paarung von Hengst und Stute, so dachte er nun auf dem Weg nach Rußland, daß die menschliche Liebe ewig dauern müßte und daß er nie wieder einer solchen Frau begegnen würde wie der, die er zu Grabe getragen hatte.

Er erinnerte sich, wie ihre schönen, anmutig geschwungenen Lippen geblutet hatten, während er ihr den Schweiß auf der Stirn trocknete. In der Qual der Wehen hatte sie sich blutig gebissen. Und als die Schmerzen nachließen, war ihr Gesicht so schön geworden wie in ihrer gücklichsten Zeit.

Große heile Tränen hingen an ihren Wimpern. Im Traum sah er hinter ihr die Sonne untergehen. Ihr Kopf, der vom Kissen gesunken war, gemahnte, so weiß und rot, an eine Blume, die in ihrem Garten wuchs und die in Wardein den komischen und rührenden Namen Ohrringlein trug.

Pavle war vollkommen ruhig und erlaubte den Frauen nicht, die Tote herzurichten.

Er selbst wusch sie im flackernden Kerzenlicht.

Am Morgen seines Aufbruchs aus Dukla erwachte Isakowitsch starr und kalt, wie vereist, aus seinem Traum.

Als er zu sich kam, spürte er trotz der Dunkelheit in seiner Stube, daß draußen Tag sein mußte. Die Lampe war erloschen, und durch die Ritzen in den Laden des scheibenlosen, mit Schafwolle ausgestopften Fensters sickerte Helligkeit.

Als er sich angezogen hatte und zur Tür eilte, blieb er geblendet stehen.

Die ganze Welt schien sich verändert zu haben, so hell war es.

Die Wiesen, die Schafe, sein Wagen, die Hügel und Wälder in der Ferne, die Gipfel und Felsen der Beskiden, alles war weiß von Reif, als läge ein Spinnennetz aus Schnee über der Landschaft.

Die ganze Erde war von einer unendlichen Reinheit.

Auch Isakowitsch selbst war seltsam verändert. Sein Pferdeknecht und die Leute aus den Nachbarhäusern sahen erstaunt, wie er von seinem Wirt und den Dorfbewohnern Abschied nahm, bevor er aufsaß.

Für jeden fand er ein Wort, alle küßte er, als wäre auch er nichts anderes als ein Stallknecht oder Bergführer. Dann überprüfte er noch einmal die Seile an seinem Wagen, die er selbst verknotet hatte, dann schwang er sich in den Sattel.

Ein-, zweihundert Schritt von hier war in einer Holzhütte am Wegrand die polnische Grenzwache. Die Grenzer mit blauen Uniformmänteln, schwarzen Pelzmützen, Stiefeln und Krummsäbeln, aber mit freier Brust, auf deren Behaarung der Reif glitzerte, machten sich um den Wagen zu schaffen. Der Offizier lachte, als Pavle ihm seine Pässe und Papiere mit den schwarzen österreichischen und russischen Adlern präsentierte.

All das sei nicht nötig, sagte er. »Sie wurden mir schon avisiert, und ich werde Sie nicht aufhalten. Glückliche Reise nach Jaroslau!«

Nach ein paar hundert Schritten öffnete sich vor Pavle ein weites, nebelverhangenes Panorama. Unter den nassen Wäldern im Tal floß die Jasiëlka.

Der schwere Abstieg nach Polen begann.

Ächzend und fluchend mußten seine Leute alle Augenblicke den Wagen abbremsen, und Isakowitsch stieg selbst häufig vom Pferd, um ihnen zu helfen.

Die bisher so ruhigen und zuverlässigen Pferde wurden nervös und störrisch und drohten das Gefährt umzustürzen. Der Pferdeknecht bat Pavle, haltzumachen und die Sonne abzuwarten. Pavle legte sich am Wegrand unter einen bereiten Baum. Der Reif begann zu tauen, und sein Traum endete wie unter dem Tropfen von Tränen.

Obwohl er vor seinen Träumen jetzt schon Angst hatte, gewöhnte sich Isakowitsch auf dieser Reise allmählich an solche Dämmerzustände. Den Tod seiner Frau empfand er als große Ungerechtigkeit, und bei allem Respekt, den er – wie alle in der Familie – der Religion entgegenbrachte, sah er den Ratschluß Gottes, der ihm Katinka genommen hatte, über sich wie eine riesige Schweineschnauze, die alles vor sich auffraß. In Gedanken sah er die Pferde galoppieren, die er Trifun in Temesvar zum Verkaufen überlassen hatte, sah das Geld, das ihm Trandafil gegeben und wieder abgenommen hatte, sah das Haus, das ihm der reiche Malenitza abgekauft hatte. Und dann wurde alles, zusammen mit Keyserling und Evdokija Bozitsch, vom Nebel verschluckt.

Männer und Frauen aus seinem bisherigen Leben flogen über ihn hinweg wie abends in Temesvar die Fledermäuse. Nur für eine Sekunde fiel ihr Schatten auf sein Gesicht, und gleich darauf verschwanden sie.

Isakowitsch, der sonst in sich so Gefestigte, war beim Überschreiten der Karpaten von dem Wunsch beherrscht, sich zu verändern, alles zu vergessen, als ein Gewandelter in

Rußland anzukommen. Nur die Trauer um seine verstorbene Frau blieb die gleiche. Er nahm die närrische Gewohnheit an, Selbstgespräche zu führen. Sich des Quartiers erinnernd, von dem er soeben aufgebrochen war, und der armen Bäuerinnen, die keine Stiefel hatten wie die Männer, sondern barfuß durch den Schlamm wateten, redete er auf Jurat ein, der schon weit weg war.

»Ich weiß nicht«, sagte er, »wer ihnen die Opanken weggenommen hat. Nur die Männer tragen Stiefel, und sie würden sie nicht einmal der eigenen Mutter gönnen. So sind die Menschen. Mir war ganz elend, als ich gesehen habe, welche Not die Armen in den Karpaten leiden.«

Jurat lachte, als er ihm später davon erzählte.

Auf dieser Reise machte sich Pavle klar, daß all sein Glück im Leben jene Frau gewesen war, die jetzt unter der Erde lag. Mit ihr war sein guter Stern verblaßt. Das Leben war zu kurz. »Wir quälen uns, Dicker«, fuhr er fort, »wir alle. In Dukla sterben so viele Menschen, weil sie Not leiden und frieren. Und unser Leben ist so kurz. In einem Sommer hat es mir all mein Glück genommen. Könnte ich wenigstens das in Rußland vergessen.«

Er war wieder eingeschlummert und schreckte erst auf, als die Sonne strahlte und den Nebel zerriß. Sein Bergführer blickte vom Sattel auf ihn herab. Dann brachte man ihm sein Pferd, und er saß auf.

Die getauten Wege hatten sich im Schlammbäche verwandelt. Isakowitsch ritt wie ein Toter, den man am Sattel festgebunden hat, in Polen ein. Schwankend.

Wir wissen, daß er am fünfzehnten November gegen Abend Jaroslau erreichte. Es war ein Montag. Der erste Tag des Weihnachtsfastens.

Jaroslau am San war in Finsternis und Schlamm versunken, aber es gab dort einige reiche Kaufleute, Schmuggler, in deren Häusern es lustig zuging, wenn der Schnee fiel.

In der Stadt lebten auch einige ungarische Damen, Witwen von Generalen aus Rakoszys Kuruzenaufstand, die in Ungarn Schlösser und Ländereien besessen hatten. Einige dieser Generale waren in die Türkei gegangen, um dort zu sterben, andere nach Polen, weil es näher war.

Wischnewski hatte in Jaroslau eine Station eingerichtet, für die Menschen und für die Weinfäßchen, die er nach Kiew schickte. Sie unterstand einem Glashändler namens Josef Pfaler, der seine Ware anfangs aus Venedig, später aus Triest bezog. Glas war zu jener Zeit selten und teuer. Pfaler stammte aus Wien.

Zwei Jahre zuvor war er mit einem Glastransport bei Wischnewski in Tokaj eingetroffen und – wer weiß warum – geblieben, um sich später in Jaroslau anzusiedeln. Hier machte er gute Geschäfte, denn sein Kristall war bei Kennern geschätzt. Als Ausländer hatte er anfangs große Schwierigkeiten gehabt. Aber er hatte die Gunst der Schlachta gewonnen und genoß auch kirchlichen Schutz. Von seiner Verbindung mit Wischnewski, das heißt mit Hurka, wußte kaum jemand. Er bewohnte ein verlassenes Kaufmannshaus am Ufer des San. Und in der Stadt unterhielt er eine Herberge.

Sein Haus war voller Frauen und Fröhlichkeit.

Die meisten Wagen und Reisenden schickte er schnell weiter nach Krakau oder Kiew. In seinem Haus empfing er nur Gäste, die ihm von Wischnewski, das heißt von Hurka, empfohlen worden waren. So wurde auch Pavle an jenem Abend zu Pfalers Haus geleitet. Er wollte in Jaroslau Pferde mieten.

Das Haus dieses Glashändlers war ein Wunder, unten aus Stein, oben aus Nußbaumholz. Nichts schütze so gut vor Kälte, sagte der Hausherr, wie Nußbaumholz. Er selbst habe Schränke aus Nußbaum gebaut, bevor er sich dem Glashandel zuwandte.

Im Garten des Hauses, der sich zum Fluß hinabsenkte, stand ein gläserner Pavillon. Durch einen Ausgang war er mit dem Haus verbunden, der andere führte zum Ufer.

In Pfalers Haus hatten sich auch Jurat und Petar aufgehalten, von denen Pfaler erzählte, sie hätten bereits die polnische Grenze passiert und einen Ort namens Shelegowka erreicht, wo alle Einwanderer nach Rußland Station machen mußten.

Von Trifun Isakowitsch hatte er nichts gehört.

Pavle brachte er für die Nacht im Pavillon unter.

Dort werde er schlafen wie ein Graf. Und ein hübsches Zimmermädchen werde ihm auch zur Verfügung stehen.

Pavle indes fertigte diesen Mann kurz ab, der unterwürfig war wie Hurka und schwarzgekleidet wie alle Postmeister, Priester und Musikanten jener Zeit.

Er verlangte nur Pfalers Pferde zu sehen, die Hurka so gerühmt hatte. Ansonsten wolle er am nächsten Morgen die Reise fortsetzen. Ein Zimmermädchen brauche er nicht, da er gewöhnt sei, sich selbst das Lager zu bereiten. Pfaler lachte freundlich und schickte ihm trotzdem das Mädchen, um Pavle das Bett zu richten und seine Wäsche zu holen. Das Bett in diesem Pavillon war breit, mit Vorhängen aus Seide und Glas. Solche Portieren aus Glasstäbchen hatte Pavle nie gesehen – bei jeder Berührung klangen sie wie leises Harfenspiel.

Nachdem er seinen Beutel mit Geld und Schmuck unter dem Kopfkissen verstaut hatte, schickte Isakowitsch Pfalers Zimmermädchen zu dessen großem Erstaunen fort.

Danach konnte er lange nicht einschlafen. Draußen wehte der Wind, und die Glasportieren tönten leise wie Harfensaiten. Erst gegen Morgen entschlummerte er. Als er erwachte, war es so still, daß er erschrak.

Über Nacht hatte sich ganz Jaroslau mit einer Schneedecke überzogen. So bewahrheitete sich Pavles Ahnung, daß er bei Schnee in Rußland eintreffen würde.

Am Morgen widerhallten die rhythmischen Hammerschläge des Schmieds, der den Wagen von den Rädern hob und auf Kufen setzte. Der Hausherr war bereit, Pavle die drei Rappen aus seinem Stall zu leihen, die er sich ausgesucht hatte. Aber als Pavle sagte, er wolle die Pferde kaufen und gut bezahlen, jammerte Pfaler, die Tiere seien Wischnewskis Eigentum, tatarische Pferde, wahre Wunder. Es half nichts: Pavle zog den Beutel heraus, und Pfaler mußte sich dareinfinden.

Am Tag des Propheten Obadja, dem neunzehnten November, erhielt Pfaler die Nachricht, daß Pavle den Ort Brody, und einen Tag später, daß er Kremenetz passiert hatte.

Strenge Fröste und Schneestürme gab es zwar auch in Serbien, doch die Isakowitsch-Vettern waren daran gewöhnt, im Frühling, Sommer und Herbst zu leben, sich zu bewegen, Krieg zu führen und mit Einbruch des Winters heimzukehren. Eisige Nächte und einen endlosen Winter hatte Pavle nur einmal mitgemacht, als sie die Franzosen aus Prag vertrieben.

Auf seiner Reise nach Rußland verbrachte er jetzt Tag für Tag im Schnee. Auf den Kufen glaubte er zu fliegen.

Weiß, blau und eisig lief der Winter vor ihm her, und zum erstenmal erfuhr er, was eine russische Troika ist. In Crna Bara hatten auch sie ihren Gespannen bisweilen ein drittes Pferd beigegeben, das aber kein Zugtier war, sondern nur neben den beiden anderen herlief. Hier indes gingen alle drei gleichermaßen im Geschirr. Und sie stürmten so voran, daß ihre schneebedeckten Mähnen wie weiße Flügel flatterten. Der sonst so kühle und besonnene Pavle war ganz aus dem Häuschen. Er packte die Zügel, stand auf, schrie und sang.

Nach all den Jahren der Betrübnis lachte ihm das Herz.

Unter ihm erstreckte sich der Schnee wie ein endloser Teppich, wie ein weißer Himmel, an dem er emporschwebte.

Der Kutscher, den Pfaler ihm mitgegeben hatte und der außer Ruthenisch kein Wort einer anderen Sprache beherrschte, sprang ebenfalls auf und begann mit Pavle zu schreien und zu singen.

Die Pferde, die sich Pavle in Jaroslau ausgesucht hatte, waren Rappen mit roten Nüstern, und es gefiel Isakowitsch, wie sich ihr dunkles Fell von der endlosen weißen Ebene abhob. Kein Pfad war mehr zu sehen, alles war Weg: Felder, Lichtungen, zugefrorene Flüsse. Sie flogen in höllischer Fahrt darüber hin.

Nur am Dröhnen merkte er, wenn er eine Brücke überquerte.

Und silbern klangen die Glöckchen.

Sie übertönten all das Dröhnen und Trappeln, sie lockten immer weiter, sie klangen in ihm. Und ihm war, als erhöbe er sich vom Schlitten, schwebte, jagte, jagte der Ferne, einer unbestimmten Freude, dem Blau am weiten Horizont entgegen.

Als ihn seine Vettern vom Turm des Vorpostens in Shelegowka erblickten, glaubten sie, er wäre auf der Flucht vor einem Rudel Wölfe, das ihn hetzte.

V

Rußland in Pavles Traum

In einem Protokoll des Brigadiers Vitkowitsch vom Stabsquartier Kiew ist vermerkt, daß die Isakowitsch-Vettern im Dezember 1752 in Kiew eintrafen. Zuerst Jurat und Petar, danach Pavle. Trifun wird nicht erwähnt.

In Vuks Hinterlassenschaft fand sich auch ein Brief, in dem Vitkowitsch berichtete, Petars Wagen habe Schönheit und Trauer hergefahren, Jurats dagegen einen Narren und Mörder. Pavle sei voller Geld und Geschmeide gewesen und mit drei Rappen unter Schellengeläut in Kiew eingezogen.

Im Scherz fügte Vitkowitsch hinzu, die Isakowitsch-Vettern seien wohl deshalb nach Kiew gekommen, damit es unter den Serben auch ein paar Verrückte gab.

Ana werde – so behaupte seine Frau – im April niederkommen.

Vuk lebte damals in einer Pension in Mitrowitz und besuchte die Familie kaum. Er ging nur noch zum Kloster, um mit dem Heiligen Stefan Štiljanowitsch Zwiesprache zu pflegen; um seinen Hauspatron, den heiligen Martin, kümmerte er sich nicht mehr. Auch nicht um die Isakowitsch-Vettern, deren Briefe er nicht verwahrte. Er litt an Asthma und wußte, daß er, alt und schwach, sterben würde, ohne Rußland je erblickt zu haben.

Der Witwer Oberst Wolfgang Isakowitsch hatte seine Töchter verheiratet und erwartete den Tod mit jener Verachtung für die Menschen – auch die Nächsten –, wie sie allen eigen ist, die durch viele Kriege gegangen sind und im Alter an Atemnot leiden.

Damals mußten alle Reisenden, die nach Kiew wollten, für sechs Wochen in die Quarantäne – in Shelegowka oder Wassilkow oder anderswo. Wie es Jurat mit seinem Bruder und seinem Vetter bewerkstelligt hatte, die Quarantäne zu umgehen, wußte niemand. Die Angst vor der Pest – die im Süden Österreichs, an der türkischen Grenze häufig wütete – hatte ganz Europa ergriffen. Wenn Jurat später danach gefragt wurde, wie sie so schnell über die Grenze gelangt waren, winkte er nur ab und fügte hinzu: »Wer glaubt, daß ich die Pest einschleppe, den soll der Teufel holen!«

Wie dem auch sei, im Stabsquartier wurden alle drei freundlich empfangen. Man wußte, daß sie im Arrest gewesen waren wie der Rittmeister Pischtschewitsch aus Sid – der uns all das später beschrieben hat – und so viele andere aus Sirmien.

Vitkowitsch fand ein Haus für seine Verwandten. Es gehörte einem Kaufmann namens Scholobow.

Jurat fand sich am schnellsten und besten zurecht. Wo es gute Gesellschaft gibt, sagte er, ist unser Reich. Nur wer keine Gesellschaft findet, hat es schwer. Schon im ersten Monat nach seiner Ankunft in Kiew war er dreimal Taufpate. Alle serbischen Häuser sahen ihn gern als Gast. Unbekümmert schmatzte er sich mit den Söhnen von Brigadier Vitkowitsch, General Schewitsch und General Preradowitsch ab und, als wäre er ihr leiblicher Bruder, auch mit den Gattinnen dieser jungen Offiziere, deren Väter auf den Tod verfeindet waren.

Ana warf ihm manchmal wütende Blicke zu.

Bei aller Veränderung, die seit Wien und dem Aufbruch nach Rußland mit ihm vorgegangen war, fand Pavle, der einige Tage nach Jurat und Petar eintraf, Gefallen an Kiew.

Es kam ihm vor wie der Ort, wohin er immer hatte gehen wollen und wo er auch früher schon gelebt hatte.

Im Schnee erschien ihm die Stadt mit ihrer Umgebung wie Belgrad, wie sein liebes Wardein und am Dnjepr-Ufer wie Crna Bara.

Kiew war ein Ort, der den Fremden wie einen vertrauten Gast empfing. Isakowitsch kam es vor wie eine schöne Fata Morgana im Schnee.

Der breite Dnjepr unter seiner Eisdecke, der ihn an die Donau erinnerte, strömte dahin und hinterließ am rechten Ufer die Stadt auf dem Hügel wie ein glitzerndes Märchen auf einer Wolke. Die sauberen, schneebedeckten Häuser schienen frierend zum Fluß hinabzusteigen, und am linken Ufer erstreckte sich die Siedlung in der Ebene wie im Überschwemmungsgebiet der Batschka. Die Kuppeln auf den Hügeln sahen aus wie die Kuppeln in Sirmien.

Nach den strohgedeckten Hütten, in denen er unterwegs genächtigt hatte, funkelten die Festungsbauten, die Kirchen, die Häuser der oberen Stadt wie die russische Zarenkrone, die sich die serbischen Offiziere ganz aus Edelsteinen vorstellten.

Die Sophienkathedrale, die Andreaskirche, das Höhlenkloster, das Goldene Tor im Schnee auf dem Hügel erschienen den Ankömmlingen nicht wie Werke von Menschenhand, sondern wie Phantasiegebilde aus Schnee und Eis. Pavle wußte nicht, daß die russischen Ingenieure ihre Städte nach den Plänen des Grafen Rastrelli bauten, der nach Rußland gekommen war, um ein Italien im Schnee zu errichten.

Es war für die Isakowitsch-Vettern eine um so schlimmere Enttäuschung, als sie sahen, wie ihre Landsleute in Kiew hausten.

Ein paar tausend Männer und Frauen hatten sich in Kiew und seiner Umgebung bis nach Mirgorod niedergelassen und warteten, was weiter mit ihnen werden sollte. Die weniger Begüterten und die, welche auf ihre Aufnahme in die russische Armee hofften, lebten am Fuß der Hügel im Vorort Podol, in Hütten, in Ställen, manche unter freiem Himmel.

Diese ärmliche Vorstadtsiedlung unter den prächtigen Kirchen auf dem Hügel war von Litauern, Juden, Armeniern bewohnt. Und die Zuwanderer wußten nicht aus noch ein. Sie warteten auf den Frühling. Ihr Alltag war Not und Elend, Streit und Trunksucht.

Kaum hatten sie Scholobows Haus bezogen, mußten die Isakowitsch-Vettern hören, daß ihre Landsleute sich vor der Kommandantur zusammenrotteten und protestierten, daß sie nachts die Schlachthäuser überfielen und bei den reichen Kaufleuten einbrachen.

Wohlversorgt mit Geld, das sie im Gürtel transportiert hatten – besonders Pavle, der seine Schätze günstig losschlug –, beteiligten sie sich nicht an den Intrigen und Streitigkeiten unter den drei Generalen, die unter den Emigranten in Kiew das Wetter machten und um Anhänger buhlten.

Der Zank zwischen Horvat, Schewitsch und Preradowitsch steigerte sich in diesem Winter derart, daß er dem Kiewer Oberkommandanten, General Iwan Iwanowitsch

Kostjurin, das Leben vergällte. Er pflegte fluchend aus dem Schlaf hochzufahren. Diese Serben hatten aus Kiew ein Wespennest gemacht.

Kostjurin oblag es, sie in die Armee einzugliedern.

Auch Artilleriegeneral Iwan Fjodorowitsch Glebow, der ihre Ansiedlungsgesuche bearbeitete, hatte es nicht leicht.

Sowohl Hotvat als auch Schewitsch und Preradowitsch besaßen die Genehmigung, ein Husarenregiment zu gründen.

Horvat hatte sich in die Krylow-Schanze zurückgezogen. Sein Bruder Mihailo versuchte die Neuankömmlinge dorthin zu locken. Die Isakowitsch-Vettern weigerten sich. Sie warteten auf die Rückkehr von General Schewitsch, der wie Preradowitsch nach Moskau gegangen war, um Klage zu führen. Sie hatten sich noch in Sirmien auf seine Liste setzen lassen.

Jurat und Petar sowie ihre Frauen verließen kaum das Haus, während Pavle fröhlich durch die Vorstadt Podol kutschierte, unter den Rufen der Passanten, die stehenblieben und seinem Schlitten nachblickten. Seine Rappen waren in ganz Kiew bekannt. Und man wußte, daß er Witwer war.

Zum Heiraten.

Indes verließ ihn bald der Frohsinn. Seine Landsleute liefen zerlumpt durch Podol. Die seltsame Kleidung ihrer Frauen rief den Spott des jungen Volks in der Vorstadt hervor, besonders der Seminaristen, die sich vor Lachen ausschütteten, wenn sie sahen, was diese Frauen auf dem Kopf trugen. Bunte, faltenreiche Hauben, mit Nadeln befestigt, die wie in den Kopf selbst gestochen schienen.

Man verhöhnte sie auf offener Straße, nannte sie Zigeunerinnen, und die armen Frauen mußten sich im Dunkeln vor diesen Grünschnäbeln in Sicherheit bringen. Die Isakowitsch-Vettern wunderten sich ebenso wie die Männer dieser Frauen, was ihnen da im bürgerlichen, rechtgläubigen Zarenreich widerfuhr.

Inzwischen dauerten in Petersburg die Verhandlungen um die Ansiedlung dieser Menschen, die Bestuschew nach Rußland geschickt hatte und die hartnäckig ihr eigenes Territorium und ihre Armee forderten. Darin waren sich Horvat und Schewitsch und Preradowitsch einig. Nur darin.

Aus dem Haus des Kaufmanns Scholobow, das auf einer Anhöhe stand, konnte man weit sehen, wie aus einem Vogelnest. Alles war von Schnee bedeckt, Bastionen, Ruinen am Ufer und Kirchen, und in diesem Schnee konnten sie auch ihre Landsleute sehen, die wie schwarze Ameisen auf Nahrungssuche durch Podol wimmelten. Die Familie Isakowitsch versteckte sich in ihrem Haus, um in keinen Streit verwickelt zu werden. Es hatte sich aber herumgesprochen, daß unter ihnen eine Päpstliche war – Petars Frau Varvara. Die Metropolie hatte nach Kiew gemeldet, daß die Familie Isakowitsch zu den Unionisten übergegangen sei.

Der Anführer der Opposition gegen General Horvat war damals der Protopope Bulitsch. Er verlangte zu wissen, welchen Glauben Varvara bekannte. Den orthodoxen? Der Protopope war bis aufs Messer mit Horvat verfeindet, der ihn denunziert hatte, und zahlte, wo er konnte, mit doppelter Münze zurück.

Mit den serbischen Offizieren war in jenen Jahren auch eine kleine Anzahl Katholiken aus Österreich nach Rußland gekommen, nachdem sich herumgesprochen hatte, daß man dort sofort befördert würde.

Der Protopope Bulitsch, der aus seinem Mirgorod General Horvat attackierte, intrigierte auch gegen sie. So gerieten die Katholiken in Rußland unschuldig in eine prekäre Lage.

Horvat prahlte gegenüber den Russen, daß er hundert Offiziere hergebracht hatte.

Der Protopope, daß zu seiner Partei Kaiser Konstantin und seine Mutter Helena, die heiligen byzantinischen Kaiserinnen Pulcheria und Irene sowie hundert orthodoxe Märtyrer gehörten. »Dies hier ist unser Reich«, schleuderte der Protopope Horvat entgegen. »Wo sind die Verdienste eurer Altvorderen?«

Wie im päpstlichen Wien jeder orthodoxe Offizier verdächtig war, so war in Kiew jeder Katholik verdächtig.

Der Protopope behauptete, Joan Horvat de Kurtitsch sei niemals Serbe gewesen, sondern habe nur eine Serbin geheiratet, um die Spuren seiner Herkunft zu vermischen. Horvat, ein hartgesottener, grobschlächtiger Krieger, erwiderte giftig, Österreich habe keinen besseren Freund als den serbischen Metropoliten, und wären nicht die Popen gewesen, hätte er sogar tausend Offiziere in seinem Gefolge gehabt.

In seiner Kampagne ließ der Protopope Bulitsch auch die Familie Isakowitsch nicht aus. Welchen Glaubens also war diese Frau, die sie mitgebracht hatten, diese Varvara? War sie orthodox oder katholisch?

Jurat schrie, er werde dem Popen alle Rippen brechen, aber in der Familie vertrat er die Meinung, Varvara solle den Glauben wechseln. Petar drohte öffentlich jedem, der seiner Frau ein Leid antat, mit Waffengewalt. Pavle versuchte Varvara mit guten Worten zu trösten:

»Hör auf zu weinen, Katholsche, du hast keine Schuld. Laß den Popen kläffen. Ich werde dir sagen, was Gottes Wille ist: Unsere Liebe zu dir und deine Liebe zu Petar. Weißt du, was mir Tekelija erzählt hat, der Enkel des berühmten Joan? Sein Großvater hat jahrzehntelang mit den Ungarn in Fehde gelegen und sich geschworen, dem ungarischen Fürsten Rakoszy das Fell über die Ohren zu ziehen, wenn er ihn nur zu fassen kriegte. Und Rakoszy hatte auch nicht die Absicht, Joan mit Feigen zu füttern, wenn er ihn fing. Und was war Gottes Wille? Die Serben haben den Belgrader Distrikt verloren, und die Türken haben das ganze Land verwüstet, aber Rakoszy ist es auch nicht besser ergangen. Er hat Ungarn verloren und ist zu den Türken gegangen. Da hat er sein bitteres Brot mit Tränen gegessen. Und so vergingen viele Jahre, bis Joan eines Tages ins Türkische reist und hört, daß sein Todfeind, der Fürst, in einer Stadt Rodosto am Meer sitzt. Tekelija geht hin und macht Visite bei Rakoszy. Nicht um ihn zu schelten und zu verlachen, sondern um mit ihm über die Vergangenheit zu sprechen und ihren schrecklichen, törichten Haß. Und der Fürst hat ihn freundlich empfangen. So haben die beiden Todfeinde beieinandergesessen und sich an die fernen Tage erinnert und zugehört, was ihnen das Meer zu ihren Füßen erzählte.«

Jurat, der Pavles belehrende Art nicht ertragen konnte, versuchte den Sermon seines Vetters zu unterbrechen. Er sagte lachend, die beiden Todfeinde hätten wie die Weiber dagesessen, weil sie alt und närrisch geworden waren. Wären sie in der Kraft ihrer Jugend gewesen, hätte die Begegnung anders ausgesehen. Und Pavle solle ihnen doch einmal sagen, was das Meer so alles zu erzählen wisse.

Pavle entgegnete ruhig, es sei ungehörig, über Greise zu spotten. Und was das Meer erzählte, habe nie ein menschliches Ohr in der Jugend verstanden. Im Alter hingegen sei es zu spät.

Aber wahr sei, daß die beiden alten Todfeinde friedlich zusammengesessen hätten.

Vor aller Augen streichelte er Varvara:

»Du hast dich in Liebe mit uns verbunden und bist mit uns gegangen. Und dieser Liebe kann die ganze russische Armee kein Ende setzen. Nur unser Tod!«

Nach dieser Verwirrung um Varvara und ihren Glauben vermieden sie es, das Haus zu verlassen und unter Menschen zu gehen.

Die Familie Isakowitsch lebte auch in Kiew so, wie sie in Wardein und in der königlichen freien Stadt Neoplatensa gelebt hatte.

In Eintracht und Liebe. So zumindest erschien es denen, die zu Gast in ihr Haus kamen.

Während des ganzen Monats Dezember hörten sie jedoch von Trifun nichts, als wäre er für immer im Schnee verschwunden.

Anfang Januar 1753 wurde das Stabsquartier des Brigadiers Vitkowitsch mittels eines Akts aufgefordert, die Isakowitsch-Vettern über ihren Militärdienst in Österreich und ihre Offiziersränge zu befragen.

Als Jurat hörte, daß er sich auch in Kiew mit Akten herumzuschlagen hatte, bekam er einen Wutanfall. Und da er in der Zwischenzeit – er rechnete mit einem Empfang bei Kostjurin – die Titel des Kiewer Kommandanten auswendig gelernt hatte, fluchte er untätig auf die Hochwohlgeborene Exzellenz, den Herrn Generalleutnant, Mitglied des staatlichen Kriegskollegiums der Festung Sankt Petersburg und Ritter Iwan Iwanowitsch Kostjurin.

Vergebens warnte ihn Pavle, daß die Russen, wenn sie das hörten, ihn voll Blei pumpen würden. Man mußte wohl oder übel im Stabsquartier schriftlich erklären, was der Unterschied zwischen dem bisherigen militärischen Status der

Serben und ihrem jetzigen war. Der Unterschied zwischen »Austriaco-Politicum« und »Hungaricum provinciale«, zwischen österreichischem Untertan und Angehörigem der ungarischen Provinz.

Während die drei Isakowitsch-Vettern in ihrem Kiewer Haus voller Ungewißheit darauf warteten, daß man sie den neugegründeten serbischen Regimentern zuteilte, schneite es unablässig.

Der Streit zwischen den serbischen Generalen Horvat, Schewitsch und Preradowitsch entbrannte immer heftiger.

Nach seiner Rückkehr aus Moskau und Sankt Petersburg war Horvat so stark, daß er es ablehnte, die anderen beiden auch nur zu sehen, geschweige denn mit ihnen zu sprechen oder zu korrespondieren.

»Von jetzt ab spreche ich nur noch mit den Russen, mit Generalen und Senatoren. In der Krylow-Schanze werde ich meine Kanzlei mit sechs Abteilungen eröffnen. Wenn Sie zu mir kommen«, erklärte er den Isakowitsch-Vettern, »werden Sie sofort befördert.«

Horvat bekam erst einen Dämpfer, als aus Sankt Petersburg die Nachricht eintraf, die Zarin habe auf einer gemeinsamen Konferenz mit Senat und Kriegskollegium unter dem Datum des 20. November nicht nur seinen Generalsrang, sondern auch den von Schewitsch und Preradowitsch bestätigt.

Daraufhin meldeten sich die Isakowitsch-Vettern im Stabsquartier für Schewitsch oder Preradowitsch. Und dann kam es zum Waffenstillstand zwischen den Generalen.

Jetzt aber begannen sich die Regimenter von Schewitsch und Preradowitsch um die Offiziere zu streiten. Wer konnte mehr Zuwanderer auf seine Seite ziehen? Diese Regimenter standen nunmehr unter dem Befehl der Generalssöhne. Schewitsch hatte seinen ältesten Sohn und Preradowitsch den Premiermajor Georgije eingesetzt.

Und ein stiller Krieg wurde auch zwischen ihren Frauen geführt.

Es ging darum, welche von ihnen die besseren Mütter, welche den Russen gegenüber willig und welche standhaft waren.

Jurat fluchte auf Horvat und Schewitsch und Preradowitsch und auch auf Kiew. Als Pavle ihn fragte, warum auf Kiew, schrie Jurat: »Weil es hier keine Hebammen gibt.«

Varvara hatte sich erholt und strahlte mit ihrem roten Haar in ihrem gesegneten Zustand Schönheit und Ruhe aus.

Petar stolzierte wie ein Hahn um sie herum und verkündete lauthals, daß seine Frau, nach ihrer Gesichtsfarbe zu schließen, einen Sohn zur Welt bringen würde.

Sie, die sich angstvoll an ihn geklammert hatte, solange sie fürchtete, das Kind zu verlieren und selbst zu sterben, sah jetzt, da sie wieder gesund und kräftig war, seinem Gebaren leicht spöttisch zu. »Er ist ein großes Kind!« sagte sie, schien es aber dennoch zu genießen, einen so jungen und schönen Mann zum Gatten und Liebhaber an ihrer Seite zu wissen, wenn sie auch von etwas anderem, jemand anderem geträumt hatte. Sie erstickte fast vor Lachen, als Jurat eines Tages sagte, man dürfe eine Frau nicht behandeln wie eine Blume, die von jedem Windhauch umgeknickt werden könnte. Petar und Varvara, sagte er, liebten sich wie die Lämmlein. Das sei nicht gut! Trifun und Kumrija hätten sich geliebt wie zwei Ringkämpfer. Das sei das Richtige!

Während dieser ganzen Zeit lebte Pavle unter ihnen, als wären sie ihm fremd und nicht mehr seine Familie. Daß er sich sehr verändert hatte, fiel auch Ana und Varvara auf.

Tagsüber war er nie zu Hause. Und wenn sie ihn fragten, wo er umherwandere und was er in Kiew suche, antwortete er, er suche eine Frau mit grünen Augen und aschfarbenen Wimpern.

Ana bereitete mit den Dienstmädchen das Essen für sie alle und sah oft befremdet, wie Pavle stundenlang ins Herdfeuer starrte, wenn er daheim war und auf Brigadier Vitkowitsch wartete.

Sie sah auch, daß Varvara sich jetzt Pavle gegenüber gelassen verhielt, ihm nur manchmal den Nacken streichelte und ihn nicht mehr küßte. Indes war Pavles große Zärtlichkeit für Varvara nicht zu übersehen. Obwohl sie nichts Schlüpfriges hatte und Petar nicht mehr eifersüchtig war, schauderte Ana vor dieser närrischen Zärtlichkeit des sonst so kühlen, stolzen Witwers. Die Leute lachten, sagte er, wenn die Frauen mit Blumen verglichen wurden. Er aber denke auch so. Die Frau sei einer Blume gleich!

Selbst ein Blinder konnte merken, daß zwischen Pavle und Varvara nichts Unerlaubtes war, doch wenn Ana sah, wie Pavle Varvara verwöhnte und sie anblickte, wurde ihr kalt ums Herz.

Denn das kurze Glück zwischen Varvara und ihrem Mann war endgültig vorbei. Die Liebe und Wärme, die in Tokaj zwischen ihnen geherrscht hatte, war einer merkwürdigen Kühle in Varvaras Verhalten gewichen.

Gottlob hatte Petar nur Augen für die Schwangerschaft seiner Frau und bemerkte nicht, welcher Überdruß zuweilen in ihrem Blick lag.

Pavle bemühte sich, die beiden einander näherzubringen, als wäre er schuld an der Kühle ihrer Beziehungen. Er versuchte sie zu erheitern, lobte sie als Beispiel einer glücklichen Ehe.

Wenn sich Petar und Varvara an unfrohe Momente in ihrer Gemeinsamkeit erinnerten, rief Pavle: »Vorbei und vergessen!« Aber wenn sie an schöne Augenblicke zurückdachten, senkte er den Kopf und sagte, leise, dasselbe: »Vorbei und vergessen!«

Die ganze Familie bekreuzigte sich, wenn Pavle manchmal schweigend dasaß, als lauschte er auf etwas Fernes, und wenn er grundlos lächelte. Eines Tages sagte Ana, sie sollten mit Pavle ins Kloster gehen und Gebete für ihn lesen lassen, und es könne auch nicht schaden, wenn er sich besprechen ließe. Irgendwelche Frauen hätten ihn behext. Das käme bei Witwern vor.

Zur Verblüffung aller entgegnete Pavle lachend: »Das ist wahr! Nicht eine, sondern zwei – Mutter und Tochter!«

Eines Abends erklärte Pavle amüsiert, ihm kämen alle Menschen, denen er auf dem Weg nach Rußland begegnet war, närrisch vor. Außer ihm selbst. Einer von ihnen bilde sich ein, das Karpatengebirge zu sein.

Nur Rußland habe ihn nicht enttäuscht, fuhr er fort.

Es sei so ganz anders als Sirmien, Temesvar, Wardein, wo sie vorher gelebt hatten. Rußland sei wie ein großer Winter, und in seinen Träumen verwandelte es sich in einen großen Fluß, mit dem er spräche. Dieser Riese, der ihm im Traum erschiene, sage ihm, daß er, selbst wenn er wollte, nie wieder nach Temesvar zurückkehren könne. Ihre Häuser dort seien leer. *»Wasch dom«*, sage er, *»pustoi dom!«* In Gestalt eines großen Bären sage er, daß sie in ihrer Heimat jetzt Fremde seien: *»Wy inostranzi tam!«* Doch er tröste ihn, daß er, Isakowitsch, hier der Bruder aller Menschen sei: *»Wy brat moi sdes!«*

Die Familie Isakowitsch hatte sich schon im Januar einige russische Worte angeeignet, und es hatte dabei viel Gelächter unter ihnen gegeben. Wenn Pavle russische Vokabeln in die Berichte über seine Träume einflocht, amüsierten sich alle.

Nur Ana sah ihn entsetzt an.

Später erzählte sie, damals sei ihr zum erstenmal der Gedanke gekommen, daß diese so fröhlich und sorglos geschilderten Träume Vorstellungen eines Menschen sein mußten, der nicht richtig im Kopf war. Sie habe nur nicht gewagt, mit der Familie darüber zu sprechen.

Pavle aber erzählte, daß Rußland in seinem Traum nicht nur das Gesicht eines riesigen Russen habe, sondern auch eisig sei wie der Mond.

Das Haus des Kaufmanns Scholobow lag am Fuß des Hügels, auf dem die weißen Kirchen Kiews standen, und Pavle hörte Tag und Nacht zu jeder Stunde Glockengeläut. Das war sein erstes unvergeßliches Erlebnis in Kiew.

Dieser tiefe Glockenton wiegte nicht nur ihn, sondern Podol, ganz Kiew, die ganze Welt, Erde und Menschen in den Schlaf, wie die Wellen des Meeres.

Sein zweites unvergeßliches Erlebnis war der Schnee. Allgegenwärtiger, unendlicher Schnee, über Kiew, an den Ufern des Dnjepr, in der Ferne, Schnee. Und es schneite und schneite, als wollte es nie wieder aufhören.

Und eine große Stille kam.

Die Nacht war ohne einen Laut, der Tag wurde still, und auch das Leben der Menschen, all ihre Leiden, ja sogar ihre Schritte wurden von dieser Stille zugedeckt. »Ich kann die Passanten vor dem Haus kaum hören«, sagte Pavle zu den

Seinen. »Ich weiß nicht, ob sie jetzt frölich, angetrunken oder betrübt sind.«

Zum erstenmal habe er in Kiew auch Espen unter Schnee gesehen. Wie ruhig sie in der Kälte waren.

Und schließlich hatte er ein drittes Erlebnis, aber das erzählte er nur den Vettern, nicht Ana. Es ging um das Dienstmädchen, das Scholobow ihnen gegeben hatte.

Pavle schlief in einer Kammer, wo Scholobow allerlei Waagen verwahrte, die jedoch warm und behaglich war. Das Feuer in dem großen Tonofen erkaltete erst gegen Morgen. Dann war die Glut von einem Aschehäufchen bedeckt. In der Frühe erschien das Dienstmädchen, um das Feuer neu zu entfachen.

Am ersten Morgen sah Pavle beim Erwachen verwundert, daß diese junge Frau lächelte und ihn demütig anblickte. Er sah ihre breiten Schultern und hörte, wie sie in die Glut blies, und ihr Atem war wie ein Sturmwind. So kräftigen Atem hatte er nie gehört.

Nach zwei, drei Sekunden flammte das Kienholz unter ihrem Atem auf. Sie verschwand noch im Halbdunkel, aber Pavle vergaß dieses Atmen nie wieder. Das war sein drittes Erlebnis in Rußland.

Dieser Tage erfuhren sie im Stabsquartier, daß sie schriftlich über ihr Leben, ihre Erfahrungen und ihre militärischen Ränge berichten sollten.

Brigadier Vitkowitsch empfahl ihnen, der russischen Armee möglichst viel Lob zu spenden. Sie sollten sich hüten, die Franzosen oder die Preußen zu verherrlichen.

Jurat, der es haßte, sich mit Papierkram abzugeben, erklärte, er werde lediglich anführen, daß er als Kornett in die österreichische Armee gekommen und in den Kriegen bald befördert worden sei. Petar meinte, sie müßten die Karriere ihres Adoptivvaters Vuk herausstreichen. Er hatte gegen Franzosen und Preußen gekämpft und war an der Wahl des Metropoliten beteiligt gewesen. Von sich werde er berichten, wie viele feindliche Offiziere er gefangengenommen hatte. Er gedenke nicht zu betteln.

Pavle erklärte, er werde schreiben, daß die österreichische Armee gut bewaffnet war, aber schlechte Befehlshaber hatte, und er werde nicht verhehlen, daß die Franzosen der sirmischen Miliz bei Prag viel Kopfzerbrechen bereitet hatten. Er werde auch die Pracht ihrer Uniformen und den Mut ihrer Offiziere nicht verschweigen. Und von den Preußen werde er sagen, daß sie im Kampf wie eine Mauer standen und dem Feind niemals den Rücken kehrten.

Jurat ärgerte sich über Pavles »Aufschneiderei«. Damit werde er die Beziehungen zu den Russen sofort verderben. Wenn er den Feind so lobte, konnte Kostjurin glauben, es mit einem Spion zu tun zu haben. Er würde meinen, daß ihm ein Isakowitsch eine militärische Niederlage prophezeite.

Pavle widerlegte lächelnd Jurats Argumente: Er gedenke nur zu sagen, was die Wahrheit und für Kostjurin nützlich sei. Nicht Jurat sei derjenige gewesen, der Garsuli gesagt habe, was er hören mußte, sondern er, Pavle.

Rußland könne keine Niederlage erleiden!

Die preußischen, französischen, schwedischen, türkischen Armeen konnten Kriege gegen die Russen führen, sie konnten sogar Schlachten gewinnen, wenn die Russen schlecht bewaffnet waren, doch am Ende würde der Sieg auf seiten der Russen sein.

Jurat fragte giftig, ob er das in den Sternen gelesen habe.

Nein, sagte Pavle. Er habe gehört, wie Scholobows Dienstmädchen morgens das Feuer entfachte. Sie atmete wie ein Sturmwind. Und dieser Wind würde alle Feinde der Russen wegfegen.

Seit diesem Tag flüsterte man in der Familie Isakowitsch, daß Pavle nicht richtig im Kopf sei. Er hatte auch wieder angefangen, von der schönen Montenegrinerin mit den grünen Augen und den aschfarbenen Wimpern zu sprechen!

Ende Februar ließ die Kälte etwas nach. Das Eis im Windschatten der Matwejewbucht bekam Risse. Die Isakowitsch-Vettern erhielten vom Stabsquartier den Befehl, bei den russischen Offizieren der Kiewer Garnison Visite zu machen. Kostjurin wünschte, daß die zugewanderten Offiziere vor ihrer Beförderung Kontakt mit den Russen aufnahmen. Und die Mannschaften sollten bei den russischen Chören singen.

In der Kiewer Garnison lag damals das 5. Grenadierregiment.

Es war 1700 gegründet worden und gehörte zu den ältesten Regimentern des stehenden Heeres. Sein erster Inhaber, Fürst Nikolai Repin, hatte nicht nur durch seine Tapferkeit, sondern auch durch seinen Reichtum und die rauschenden Feste, die er in seinem herrlichen Palast veranstaltete, von sich reden gemacht. Die Isakowitsch-Vettern konnten nicht ahnen, daß sie sieben Jahre später an der Seite dieses Regiments vor Berlin stehen würden.

Von den dreien gefiel Jurat den Russen am besten. Bei den Frauen der russischen Offiziere war Ana am beliebtesten.

Varvara wurde der Schwarm aller Offiziere, und Petar hatte bei den Russinnen großen Erfolg.

Pavle wurde für das berühmt, was Wischnewski in seinem Bericht an Kostjurin über ihn gesagt hatte, nämlich, daß dieser Isakowitsch ein Pädagoge sei. Ein verdammter Pädagoge.

Pavle wußte nichts von seinem Ruf.

Unerfahren wie sie waren, erlebten die Mitglieder der Familie Isakowitsch zum erstenmal Feuerwerke, Bälle und Abendgesellschaften. Sie waren überwältigt von der Gastfreundschaft der Russen, die alles, was sie kannten, in den Schatten stellte. Sie brauchten nur zu sagen, daß ihnen etwas gefiel – ein Pelz, Pferde, Schlitten –, und schon wurde es ihnen zum Geschenk angeboten.

Wenn die Russen kutschierten, und sei es bei Nacht und Nebel, riskierten sie Kopf und Kragen. Wenn sie ritten, kannten sie kein Hindernis, weder Zaun noch Tor. Wenn sie tanzten, dann drei Tage lang. Wenn sie spielten, verloren sie alles, Geld, Haus und sogar die Mätresse. Und wenn sie tranken, dann bis zur Bewußtlosigkeit.

Jurat wurde als Ringer berühmt.

Keinem der Grenadiere gelang es, ihn umzuwerfen; er aber schickte jeden mit seinem Gürtelgriff zu Boden. Ihm fehlte ein halbes Ohr, und als eine Fürstin ihn fragte, ob das von einem türkischen Säbelhieb käme, verneinte er ernst: Seine Gouvernante habe, als er klein war, nicht gut auf ihn aufgepaßt, und eines Tages sei er in den Schweinestall gekrochen, wo eine Sau ihm das halbe Ohr abgefressen habe.

Pavle wurde angeboten, sofort in ein russisches Regiment einzutreten, doch er lehnte ab und begab sich seiner Chance.

Am dreiundzwanzigsten Februar – tags darauf beging man die Auffindung des Hauptes Johannes des Täufers – bestellte Brigadier Vitkowitsch die Isakowitsch-Vettern zu sich, um ihnen mitzuteilen, welche Ränge man ihnen in Rußland zuerkannt hatte.

Jurat hatte man zum Rittmeister degradiert, während er in Wardein bereits Titularmajor gewesen war. Kostjurin hatte eigenhändig auf seiner Akte vermerkt, daß selbst der Rang eines Rittmeisters für einen so jungen Mann schon viel sei.

Petar blieb Leutnant.

Pavle Rittmeister.

Nur Trifun war als Major eingetragen.

Über Trifun hörten sie erst jetzt, daß er vom Weg abgekommen und an die türkisch-moldawische Grenze geraten war, wo er bei einem russischen Vorposten sogar an einem Geplänkel teilnahm, in dem es auch Tote gegeben hatte. Er persönlich hatte die Attacke geführt!

Die drei Männer verstummten und liefen rot an, als man ihnen ihre Ränge mitteilte. Petar unterschrieb den Akt, Jurat und Pavle weigerten sich. Vitkowitsch tröstete sie damit, daß sich alles regeln werde, sobald sie ihre neuen Bestimmungsorte erreichten.

Am meisten verstimmte es die Vettern, daß ihr Verwandter, Sekondemajor Zivan Schewitsch, der in Kiew die Stelle seines Vaters vertrat, das alles arrangiert hatte. Sie hatten vergessen, welche Mißgunst in den serbischen Sippen herrschte.

Im Haus des Kaufmanns Scholobow war einige Tage lang bedrückte Stimmung, als wäre jemand gestorben.

Nur Petar lachte und sagte, darüber müsse man hinweggehen. Er für sein Teil sei darüber hinweg. Er wäre bereit gewesen, zu unterschreiben, selbst wenn man ihn zum Kornett gemacht hätte. Man dürfte sich im Ausland nicht gleich beim ersten Schritt beschweren.

Er forderte Jurat und Pavle auf, ebenfalls zu unterschreiben. Es sei im Interesse der Familie.

Im Stabsquartier gehe das Gerücht, daß Kostjurin den Befehl bekommen habe, Truppen für den Krieg gegen Preußen aufzustellen. Dieser Krieg werde bald weitergehen. Die Truppen von Horvat, Schewitsch und Preradowitsch würden mit Beginn des Frühjahrs Manöver veranstalten. Sie müßten nur Geduld haben.

Sobald es mit dem Krieg Ernst werde, würden die höheren Ränge auf sie herabregnen. Er habe sich wie ein Waschweib vor dem Fluch seines Schwiegervaters gefürchtet. Jetzt jedoch werde er schweigen und dem Alten zeigen, daß er auch ohne ihn und auch als Leutnant gut und glücklich mit seiner Frau in Rußland leben konnte. Er werde warten, bis Kostjurin ihn empfing, und verlangen, der Zarin in Sankt Petersburg vorgestellt zu werden.

Und Petar, auf den bisher in der Familie niemand gehört hatte, gelang es tatsächlich, seinen Bruder und Pavle zur Unterzeichnung des Akts zu überreden.

Jurat fluchte. Er sei Pavle nach Rußland nachgelaufen, und das habe er nun davon.

Pavle schwieg, aber auch er unterschrieb.

Sei es, daß Petar, mit seinen dreißig Jahren ein Kindskopf, sich plötzlich stark fühlte und glaubte, das Haupt der Familie spielen zu können, so wie Belgrad das Haupt der Nation war – jedenfalls hielt er Pavle noch eine belehrende Rede.

»Im Stabsquartier habe ich gehört«, sagte er, »daß Trifun in Kiew ist. Sein Lager ist in Podol, und er ist im Haus von Schewitsch abgestiegen. Zur Familie will er nicht. Ich glaube, ich muß zu ihm gehen und ihm sagen, daß er uns keine Schande machen darf und zu uns kommen soll. Am besten gehen Ana und Varvara und Jurat mit mir. Du, Pavle, solltest dich zurückhalten und Trifun zunächst nicht begegnen. So wie er ist, könnte es zur Schlägerei kommen. Aber wir haben nicht das Recht, den Namen der Familie in Rußland zu entehren. In Podol leben so viele Landsleute von uns in Not und Armut, aber sie schicken sich drein und streiten sich nicht. Wir als Offiziere haben diese Armen nach Rußland gebracht, und statt uns um sie zu kümmern, suchen wir Zwist untereinander. Unsere Familie hat in der Vergangenheit durch Brudermord genug Schande auf sich geladen. Trifun kann seine Geliebte nicht vergessen. Und er ist imstande, auf dich zu schießen, Pavle, obwohl du keine Schuld hast. Darum schlage ich vor, daß du ihm eine Zeitlang nicht unter die Augen kommst.«

Die anderen hörten Petars Sermon beim flackernden Kerzenlicht bedrückt zu. Daß sie gleich auf dem ersten Schritt in Rußland bei der Zuteilung der Ränge eine ungerechtfertigte Niederlage erlitten hatten, betrübte die ganze Familie.

Sie schwiegen und warteten darauf, daß Pavle sich Petars Ratschläge zu Herzen nahm.

Es kam jedoch ganz anders.

Pavle hatte anfangs schweigend und finster zugehört, dann aber schlug er ein böses Gelächter auf, so daß sich sein Gesicht verzerrte und rot anlief. Er schob seinen Teller so heftig weg, daß er umkippte.

»Ich bin aus dem Temesvarer Banat weggegangen, weil ich nicht ansehen konnte, wie meine Husaren hörige Bauern werden und wie sich diese Kriecher, die Krämer und die Senatoren bereichern, weil man uns Offiziere nicht mehr braucht. Wie sie unsere Häuser und Weiden und Ländereien aufkaufen. In Sirmien habe ich um die Isakowitschs geweint. Aber jetzt sehe ich ihnen bis in die Seele. Ich kenne sie jetzt. Warum sollte ich mich vor Trifun verkriechen? Bist du noch bei Sinnen, Petar? Du bist Trifuns Bruder, aber ich nicht! Ihr habt bei derselben Mutter gesäugt, Gott hab sie selig! Ich nicht! Ich bin ein Söldner ohne Haus und Hof. Meine Frau habe ich begraben. Vorbei und vergessen! Warum soll ich Trifun aus dem Weg gehen? Wenn ihm daran liegt, unserem Namen keine Schande zu machen – ich bin dabei. Aber wenn er hier in Kiew Streit mit mir sucht, dann Gnade ihm Gott! Ich bring' ihn um wie einen räudigen Hund. Das kannst du deinem Bruder von mir bestellen!«

Obwohl Pavle nach diesen Drohungen ruhig das Zimmer verließ, ahnte die Familie, daß er seiner Sinne nicht mehr mächtig war.

Seine sonst so kühlen und sanften blauen Augen blickten irre.

VI

Serbien bleibt, wo es ist

Anfang März 1753 ging man in Kiew daran, die Zuwanderer aus Sirmien und dem Temesvarer Banat anzusiedeln.

Der Oberkommandant von Kiew, Kostjurin, hatte viel Kopfzerbrechen damit. Das unglückliche serbische Volk verlangte nach der Hilfe Rußlands, und deshalb war es hergekommen, doch nur die Menschen konnten umsiedeln, das Vaterland blieb, wo es war. Trotz Kostjurins gutem Willen gab es unter den Eingewanderten viel Elend, Leid und Unzufriedenheit. Und der unflätigen serbischen Flüche waren so viele wie Sterne am Himmel.

Der Drang nach Rußland war bei diesen Menschen nicht neu – er datierte schon aus den Zeiten des russischen Gesandten in Wien, Nefimow, und des Patriarchen Ischarnojewitsch, der in seinen Lamentationen sein Volk mit einem Boot verglich, das in finsterer Nacht auf stürmischem Meer schwankte. Sein ziellos herumirrendes Volk betrachtend, hatte der Alte in seinen Briefen schließlich an Gott gezweifelt, der nicht helfen wollte.

Der Patriarch von Petsch, Atanasije, mißtraute bereits dem nächsten russischen Gesandten Bestuschew und schrieb ihm keine Briefe mehr. Auch der Metropolit Aksentije Palikutscha hüllte sich in Schweigen. Keiner von beiden konnte die Infanteriereform verhindern, während der Österreich die Serben ihres größten Schmucks, des langen Haars, beraubte.

Das serbische Volk aber setzte zu der Zeit, als die Familie Isakowitsch auswanderte, viel Vertrauen in den neuen Gesandten Bestuschew, von dem es glaubte, daß er ihm in Wien Vater und Mutter sein werde.

In der Ära Bestuschew kam die Nation in Bewegung wie ein Fluß, der über die Ufer tritt. Die Serben bewunderten und segneten Bestuschew, denn sie meinten, die Wendung zum Guten sei sein Verdienst. Sie wußten nicht, daß dieser vorübergehende Erfolg ein Zufall war: Bestuschew hatte nämlich in Sankt Petersburg ein As im Ärmel. Seinen leiblichen Bruder und Kanzler der Zarin, Alexei Petrowitsch, der faktisch darüber entschied, mit welchem Volk Rußland gute Beziehungen unterhielt und mit welchem König es in Fehde lag.

So kam es, daß der eine Bestuschew Tausende Waffenfähiger nach Kiew schickte und der andere beschloß, diese Menschen entlang der türkischen und tatarischen Grenze seßhaft zu machen. Horvat gedachte er an die Grenze nach Polen abzukommandieren, um des Stroms der Flüchtlinge Herr zu werden, die sich der russischen Leibeigenschaft entzogen und dabei nicht ahnten, daß sie auf den Ländereien der Schlachta dasselbe Los erwartete.

Als die Familie Isakowitsch in Kiew eintraf, wußte Kostjurin nicht mehr, wo ihm der Kopf stand. Wenn die Rede auf die Serben kam, begann er zu fluchen, und nachts wälzte er sich schlaflos.

Soweit möglich, lud er seine Sorgen auf den Artilleriegeneral Ilja Alexandrowitsch Bibikow ab, der in der Festung Bachmut residierte. Ihm oblag es, Schewitsch und Preradowitsch mit ihren Leuten unterzubringen.

Jurat und Petar bekamen im Rayon von Schewitsch am Donez Land zugeteilt, Pavle dagegen in dem von Preridowitsch nahe Bachmut.

Während sie auf ihren Umzug warteten, mußten sie viel Not und Elend mit ansehen, von denen die einfachen Soldaten und ihre Familien viel schmerzlicher betroffen waren als die Offiziere. Zu Beginn dieses Monats März hallte die Vorstadt Podol von den Liedern der Zuwanderer und von den Klagen ihrer Frauen wider.

Vor Jahresfrist aus der Heimat aufgebrochen, waren diese Menschen nach dem finsteren Winter, den sie hungernd und frierend, mit Krankheiten und ständigem Zwist in Katen, Ställen und Erdhütten verbracht hatten, der Verzweiflung nahe. Ihr Elend war grenzenlos wie das Meer.

Besonders schlimm traf es die Frauen, die ein schwereres Leben, härtere Arbeit, mehr Sorgen und weniger Zerstreuung hatten als die Männer. In Podol gab es viel Schläge, Tränen und Geschrei und viele zerstörte Ehen.

Aus dem allgemeinen Unglück wurde eine Vielzahl einzelner Tragödien.

Sogar in der Familie Isakowitsch war zu Beginn dieses Monats März nicht mehr alles so wie früher. So hatte zum Beispiel Jurats Frau das Gerücht gehört, Wischnewski nebst seiner Gattin Julijana und seiner Schwägerin Dunda Birtschanski sei unterwegs nach Kiew oder bereits eingetroffen.

Und so lief sie wie von Sinnen im Haus umher.

In Alpträumen erschien ihr Dunda auf Jurats Schoß. Da sie im achten Monat schwanger war, hatte sie alle Augenblicke Appetit auf Essig oder Zitronen, und dazu quälte sie die Eifersucht.

Der Winter ging zu Ende, doch unverhofft kamen heftige Vorfrühlingswinde auf, so daß die Männer der Familie das Dach über ihrem Kopf mit Balken und Steinen beschwerten. Es gab auch ein paar letzte, schreckliche Schneestürme, und die Launen des Wetters schienen sich in Anas und Varvaras Verhalten zu spiegeln.

Major Jurat Isakowitsch war auf den ersten Blick der Alte geblieben, obwohl jetzt noch stattlicher, noch kräftiger, noch breitbrüstiger. Doch er war nicht mehr die Seele von Mensch, wie ihn seine Kameraden in Wardein und Temesvar gekannt hatten.

Mit der Majorin konnte Jurat nicht mehr schlafen, sondern lag nachts auf den tatarischen Kissen zu ihren Füßen, als wäre sie seine Mutter. Er lachte und scherzte nicht mehr so oft wie daheim. Einerseits war er mit seinem neuen Rang und mit der Übersiedlung an den Donez nicht einverstanden, und andererseits machte er sich Sorgen um Ana. Er hatte eine Hebamme ausfindig gemacht, ein kleines, rundes russisches Weiblein, das behauptete, nur lebenden Kindern auf die Welt verholfen zu haben. Im Stabsquartier aber wurde erzählt, daß es bei Kindstaufen bisweilen Überraschungen gab, wenn die Popen an den Händen froren und die Säuglinge fallen ließen. Das war ein dummer Scherz der Offiziere, aber weil sie ihn mit ernstem Gesicht erzählten, glaubten die Zugewanderten daran.

Ana erwartete ihre Niederkunft im nächsten Monat.

Auch sie war nicht mehr so fröhlich wie in der Heimat und nicht mehr so verliebt wie in der ersten Zeit ihrer Ehe, die sie mit siebzehn geschlossen hatte und in der sie fünf

Jahre lang glücklich gewesen war, ständig zur Liebe bereit, als wäre sie die Konkubine ihres Mannes. Trotz der Schwangerschaft war sie mit ihren wilden Augen und Lippen noch immer schön, aber mit ihrer Heiterkeit, stets so ansteckend für die anderen, war es vorbei.

Sie hatte Angst vor der Niederkunft in der Fremde.

Wenn ihr Mann abends aus dem Stabsquartier kam und sich nach dem Essen zu ihren Füßen hinlegte, gönnte sie ihm kaum einen Blick und wandte den Kopf, als hätten sie einander nichts zu sagen.

Jurat traf sie oft am Fenster sitzend an, dessen Scheibe – eine Seltenheit in Kiew – aus deutschem Glas war. Sie hauchte Löcher in die Eisblumen und sah hinaus in den weißen Winter. Vergebens fragte er, was sie dort sähe und woran sie denke. Als er ihr eines Tages vorwarf, daß sie sich verändert hatte und nicht mehr so zu ihm war wie früher, wandte sie sich um und fauchte ihn an wie eine Tigerin:

»Was verlangst du denn? Soll ich hier in meinem Gefängnis tanzen vor lauter Glück? Weil meine Kinder weit weg in Neusatz sind und ich sie vielleicht nie wiedersehe? Du weißt, wie leicht ich zu Hause bei meiner Mutter geboren habe. Wie die Küken sind sie geschlüpft, der Junge und das Mädchen. Wer weiß, was mir hier in der Fremde bevorsteht.«

Das wiederholte sie am nächsten Tag vor allen, während die Familie im schwachen Kerzenschein beim Abendbrot um den Tisch saß.

Jurat, der es nicht mochte, wenn seine Frau über ihre Ehe sprach – obwohl er über die eigene Ehe wie über die seiner Brüder ohne Hemmungen redete –, erinnerte Ana daran, daß sie hier in Kiew ihren Mann zur Seite habe, der sie liebte, sie vor allem Übel schützte und ihr auch bei ihrer Niederkunft beistehen werde, wie überhaupt ein Mann seiner Frau beistand. Aber Ana erregte sich wieder:

»Sieh einer an!« rief sie. »Was für ein Heiliger! Du hast wohl vergessen, Dicker, was in Tokaj war? Haben wir diese Birtschanska auf deinem Schoß gesehen oder nicht? Wer hat ihr denn so eingeheizt, wenn nicht du?«

Der Edle Jurat Isakowitsch war ratlos, als seine Angetraute ihn vor allen derart abkanzelte, und es gelang ihm kaum, sie ein wenig zu beruhigen. Als sie zu Bett gingen, sprachen sie kein Wort miteinander.

Aber am folgenden Abend wiederholte sich die gleiche Szene.

Die arme Varvara bemühte sich, ihre Schwägerin zu besänftigen, indem sie Jurat als guten Ehemann pries, aber wann immer sich Jurat seiner Frau näherte, spürte er ihren Widerwillen und Zorn.

Er selbst hatte den Besuch in Wischnewskis Weinkeller und die vollbusige Birtschanska, die ihm angeheitert auf den Schoß geklettert war, längst vergessen.

Er versuchte Ana zur Vernunft zu bringen.

Er schrieb das alles ihrer Jugend und ihrer Angst in der Fremde zu. Sie war siebzehn gewesen, als sie heirateten, wie andere Töchter aus wohlhabendem Haus. Ohne Mutter sollte sie hier in der Fremde niederkommen. Die unbekannte Stadt, die Ungewißheit, Schnee und Winter stürzten sie in Verwirrung. »Das alles wird vorübergehen«, sagte sich Jurat.

Da er nicht mehr mit der Majorin schlafen konnte – die inzwischen keine Majorin, sondern nur noch Rittmeisterin war –, begann Jurat vor allen tagsüber seiner Frau schön zu tun und erklärte der ganzen Familie lauthals, eine Liebe wie die seine zu Ana gäbe es wohl auf der ganzen Welt nicht mehr. Sie werde ewig währen. Die Liebe zwischen Mann und Frau ende erst mit Alter und Tod. Aber auch das beruhigte Ana nicht. Sie gab sich auch tagsüber bockig. Und warf ihm verächtliche Blicke zu.

Jurat hatte die Gewohnheit, bei jedem Ball mit seiner Frau Polonaise zu tanzen, bevor sie nach Hause gingen. Er tanzte die Polonaise wie den heimischen Kolo: hüpfend und jauchzend. Am Ende küßte er seiner Frau die Hand und verkündete vor aller Ohren, eine solche Frau habe niemand in Neusatz.

Als er es indes am nächsten Tag beim Abendessen damit versuchte, keifte Ana: »Laß mich in Ruhe! Du hast wohl vergessen, was im Keller war? Ich habe Wischnewski nicht einmal meinen Handschuh küssen lassen, aber du? Wie ein gemalter Türke hat sie dir auf den Knien gesessen. Ich werde das nie vergessen, merk dir das!«

Jurat hörte auf zu essen und ließ seinen Blick über die Familie wandern, als erwartete er christliche Hilfe in seinem Kampf gegen den Drachen. Doch seine bittenden Blicke trafen auf stumme Gesichter im flackernden Kerzenschein. Jurat fühlte sich sehr allein in der Familie an diesem Abend. Und er fluchte – was er zuvor in Gegenwart seiner Frau nie getan hatte.

Aber damit war es nicht vorbei.

Nicht nur, daß ihm Ana beim Abendessen die vollbusige Birtschanska vorwarf – sie wiederholte es auch in der Schlafkammer und brach dabei in Tränen aus.

Da begann Jurat sich zu bekreuzigen. Er konnte sich nicht vorstellen, daß seine Ehe, die fünf Jahre lang ungetrübtes Glück gewesen war, unter so einer Bagatelle leiden konnte. Nur weil sich ein angeheitertes Mädchen auf seinen Schoß gesetzt hatte, als sie einen Augenblick im Keller allein waren. Es war ein Scherz gewesen! Dunda hatte ihm ja nicht im Hemd auf den Knien gesessen. Und er hatte keine Zeit gehabt, ihr Einhalt zu gebieten.

Wie konnte es möglich sein, daß so ein Scherz eine Ehe zerstörte, die Liebe zwischen einem Mann und einer Frau, die Kinder miteinander hatten und einander zärtliche Gatten waren.

Dieses Mädchen in Tokaj hatte wirklich nichts Böses im Sinn gehabt.

Wie dem auch sei, jetzt in Kiew hatte Jurat das Gefühl, daß Anas Aufregung um diesen Zwischenfall nicht von dieser Welt war. Daß Zauberei im Spiel war. Daß der alte Feind der Menschheit seinen Scherz mit ihnen trieb. Der Leibhaftige!

Er versuchte also seiner Frau klarzumachen, daß eine unreine Kraft sie entzweien wollte. Er redete Ana gut zu, erklärte, was sich in Tokaj zugetragen hatte. Aber es half ihm nichts. Ana sah ihn verletzt an und wandte den Kopf. Sie habe alles genau gesehen. »Das ist keine Kaprice von mir. Unsere Liebe ist nicht mehr wert als jede andere auf der Welt. Ich oder diese Birtschanska, das ist dir doch einerlei! Rock ist Rock! Wären wir doch dort in dem Keller gestorben!«

Vergebens erinnerte sie Jurat daran, daß sie fünf Jahre lang in Liebe und Eintracht und ohne ein böses Wort gelebt hatten. »In all der Zeit habe ich keine andere auch nur anrühren wollen. Ich habe mir nichts vorzuwerfen. Alle in unserer Nation wissen, daß man eine Betrunkene leicht haben kann. Aber ich liebe nur dich, Ana, nur dich in Ewigkeit!«

Ana antwortete weinend, es tue ihr nur leid, daß sie ihn nicht – wie Trifuns Kumrija – sofort verlassen und zu ihrer Mutter zurückkehren könne. Zu Frau Agrippina! Und sie schluchzte so herzzerreißend, als hätte sie eben erfahren, daß Frau Agrippina im Sterben lag.

Als Jurat den Namen seiner Schwiegermutter hörte, verließ er das Zimmer und warf die Tür zu.

Danach sprachen sie drei Tage lang auch vor der Familie kein Wort miteinander. Am vierten Tag beim Abendessen konnte Ana nicht mehr an sich halten. Alle Männer seien Türken, rief sie. Um nicht zu sagen Hengste. »Auch der Major hier am Tisch, mein teuerster Gatte, ist nicht besser. Alles was über die Liebe der Männer geredet wird, ist nur ein ›Kalabaluk‹, ein türkisches Märchen zu Klängen der Laute. Männer wie Jurat können nur im Harem glücklich sein. Wo sie die Wahl haben. Heute diese, morgen jene. Das ist ein Walache!«

Für einen Augenblick wurde es still am Tisch. Man fürchtete, der Mann würde die Frau schlagen, deren Augen wie im Fieber brannten. Weder Varvara noch Petar noch Pavle hatten so etwas von Ana erwartet. Sie legten stumm die Messer hin.

Jurat indes beherrschte sich. Er stand auf und sah seine Frau wortlos an, dann drehte er sich um und verließ das Zimmer. Ana begann laut zu weinen.

Als man sie ein wenig beruht hatte, ging Petar zu Bett.

Pavle saß noch ein Weilchen bei ihnen, aber schließlich blieb Ana allein mit Varvara, und sie flüsterten lange miteinander.

Jurat kam nach Mitternacht zurück. Er war von Schnee bedeckt. Ana empfing ihn mit Tränen in den Augen und fragte, wo er gewesen sei. Habe er vielleicht Wischnewskis Schwägerin Dunda besucht, die er einen slowakischen Engel nannte? Nach dem, was in Tokaj geschehen war, könne ihrer beider Liebe nicht mehr sein, was sie gewesen war. »Wenn die Fetzen hängen, soll man sie abreißen«, sagte sie.

Der Edle Jurat Isakowitsch indes sagte seiner Frau in dieser Nacht kein böses Wort. Er half ihr, schwer wie sie war, auf die tatarischen Kissen und streichelte ihr die Wangen wie einem Kind. Nur seine schwarzen Augen waren unnatürlich geweitet.

Ana kannte seine Augen so nur, wenn sie sich liebten. Sie waren glanzlos, dunkel und grenzenlos traurig. Einen Moment lang glaubte Ana, daß er sie schlagen würde.

Jurat aber bettete sie auf die Kissen und deckte sie zu. Dann sprach er mit sanfter Stimme auf sie ein:

»Als ich dich geheiratet habe, dachte ich, daß du schon eine Frau bist, aber dabei bist du ein Mädchen. Jetzt wirst du das dritte gebären und bist kaum über die Zwanzig hinaus. Du machst mir Sorgen, meine Seele. Du jammerst soviel, mein Herz, weil du die Tochter eines Senators bist.«

Ana warf ihm bissig vor, daß er ihr bei der Heirat ewige Liebe geschworen hatte. Sie richtete sich auf und löste ihr dichtes, üppiges, duftendes Haar – sie wollte nicht schlafen.

Jurat bettete sie wieder auf das weiche Kopfkissen.

»Leg dich hin, mein Herz, schlaf, und halte keine Reden. Ich bin nicht deine Mutter, sondern nur dein Mann. Aber du jammerst jetzt um deine Mutter, Frau Agrippina. Der Teufel soll sie holen!«

Ana erwiderte, Frau Agrippina habe recht gehabt, als sie sagte, daß er ein sirmischer Bulle sei und kein Mann, der zärtlich mit seiner Frau umgehen konnte.

Jurat deckte sie wieder zu.

»Sieh doch, viele von uns haben hier bei Schnee und Kälte nicht einmal Brot für ihre Frauen und Kinder. Und du jammerst! Ich bin ebenso wie sie als Habenichts losgezogen, weil ich die Predigten deiner Mutter nicht mehr hören konnte. Und ich bin hier mit meinen Brüdern in der Finsternis, weil wir hoffen, daß es besser wird. Wenn alle schreien, daß ich als Schwiegersohn mein Glück gemacht habe, kann ich nur den Mund halten.«

Seine Frau sagte, in Rußland wäre alles gut geworden, hätten sie nur diese Birtschanska nicht getroffen. Daraufhin rief Jurat, dieses Mädchen sei wohl nicht das größte Übel! Wozu dieses Gerede? So viele ihrer Landsleute froren und hungerten, und sie denke nur an diese Birtschanska und glaube von ihrem Mann, er ziehe durch die Welt, um es mit Dunda zu treiben. Ach, dieser Weiberverstand!

Ana fragte, wieso denn Wischnewski und diese Birtschanska nach Kiew kämen? Er könne es sicher kaum erwarten, sie zu sehen und zu besuchen.

Jurat streichelte sie, küßte ihr die Wange und sagte ruhig: »Du weißt, daß deine Niederkunft bevorsteht. Sei vernünftig, damit uns der Leibhaftige nicht auseinanderbringt. Schlaf jetzt, und vergiß diese Birtschanska. Vergiß, was war und was wir gesprochen haben und den Krug, der zerbrochen ist. Wenn es Tag wird, singen wir wieder. Denk daran, wie glücklich wir waren und wie wir uns geliebt haben. Im letzten Jahr.«

Ana weinte noch immer, und Jurat nahm sie in die Arme, wie um sie einzuwiegen. Nachdem sie sich etwas beruhigt hatte oder so tat, als fielen ihr die Augen zu, löschte er die Kerze.

Dann bettete er sich zu ihren Füßen und wartete auf den Schlaf.

Am nächsten Abend setzten bei Ana unverhofft die Wehen ein, und im Morgengrauen des zweiten Sonntags des großen Fastens brachte sie mühelos ein Mädchen zur Welt. Während dieser Nacht schien in Kiew ein silberheller Vollmond.

Damals glaubte man von Kindern, die bei Vollmond geboren wurden, daß aus ihnen berühmte Generale, Prinzessinnen oder Verrückte würden.

An diesem Sonntag hatten die Isakowitsch-Vettern im Stabsquartier Vitkowitschs anzutreten: Kostjurin wünschte sie zu sehen.

Die serbischen Offiziere, die in der Mitte des achtzehnten Jahrhunderts mit dem Strom der Auswanderer nach Rußland kamen, wußten nur wenig von der russischen Armee, in die sie von der österreichischen überwechselten.

Viel wußten auch die Isakowitsch-Vettern nicht.

Nur die Patriarchate und Klöster wußten, daß schon seit mehreren hundert Jahren Verbindungen zwischen Serbien und Moskau bestanden. Als die Familie Isakowitsch sich auf den Weg machte, konnte man diejenigen an den Fingern herzählen, die je im Leben einen richtigen Russen gesehen hatten. Händler, die aus Kiew kamen und Heiligenleben verkauften, Mönche, die nach Hilandar gepilgert und dann wieder in der Ferne, im Schnee verschwunden waren.

Peter der Große, Zar von Rußland, war der erste Name, der im Haus Isakowitsch genannt wurde. Groß wie die Vision eines Hünen, dreimal größer als gewöhnliche Menschen. Allmächtig. An ihn wandten sich zum erstenmal die Klagen und Hilferufe vom Balkan, in der Hoffnung, daß er seine mächtige Hand ausstreckte (man stellte sich vor, daß sie ganze Länder fassen konnte) und jene unter seinen Schutz nahm, die klein und verlassen in Sklaverei und Not und Unglück waren.

Von Moskau sprachen nur jene Schwarzröcke, die weit in dem gewaltigen Reich herumgekommen waren und für die Kirchen gebettelt hatten. Bevor die russischen Gesandten in Wien während der Türkenkriege Sirmien besuchten, dachte niemand daran, nach Rußland auszuwandern. In die russische Armee einzutreten. Ganz wenige waren bis dahin gegangen. Erst zu Zeiten Peters des Großen wollten ganze Regimenter und ganz Montenegro nach Rußland – und die Offiziere träumten schon davon, wie sie beim Flanieren ihre Säbel über das Pflaster von Moskau schleppen ließen.

Die Schwadroneure, die Verseschmiede schrieben Hymnen über Peter. In den Kirchen kam der russische Zar gleich nach Gott.

Sie wußten nicht, daß Peter der Große damals krank, mit der Brille auf der Nase, wie ein hölzerner Riese in seinem Rußland saß und daß dieses Rußland wie ein gewaltiges Schiff durch die Eismeere dem Himmel entgegenschwamm. Peter sah den Tod vor sich und eine Leere, groß wie Rußland, hinter sich.

Er fragte sich, was von seinem Werk bleiben würde, wenn er ging.

Eine Frage, auf die es keine Antwort gibt.

Obwohl damals die europäischen Monarchien, also auch Österreich und Rußland, bereits stehende Heere schufen, wußten alle Offiziere der Rokokozeit – auch die ungebildeten Isakowitsch-Vettern –, daß sie und ihre Regimenter das Privateigentum ihrer Obersten und Generale waren, in der Mehrzahl Grafen, Marquis, Barone, Fürsten.

Die niedrigen Offiziere waren Söldner, wie die Sbirren. Das einzige, was ein Leutnant selbst in der reichsten, der französischen Armee täglich sicher erwarten konnte, war eine Hammelschulter.

Alles andere – höhere Ränge, Orden, Brillanten – bekamen die Marquis.

Die Zukunft der niedrigen Offiziere hing auch im Krieg nicht von ihrer Tapferkeit und ihren Verwundungen ab, sondern vielmehr von der Bekanntschaft mit einem Grafen oder von einer Dame, die man im Bett bezaubert hatte.

Die Grenzmilizen der österreichischen Armee unterschieden sich zwar einigermaßen von den anderen europäischen Heeren, aber jeder Isakowitsch wußte, daß auch seine Zukunft von jemandes Gnade abhängig war.

Von einem Hanswurst mit Pfauenfeder am Hut, der in den Schlachten ein Fernglas benutzte und die neuen Offiziere bei ihrer Vorstellung im Regiment durch ein Lorgnon musterte.

Sie bereiteten sich also mit gemischten Gefühlen auf die Begegnung mit Kostjurin vor.

So wie sie bereits russische Wörter in ihre Rede zu flechten begannen, so gingen ihnen Geschichten über die russische Armee im Kopf herum.

Für Brigadier Vitkowitsch war der Sturm auf Perekop – obwohl er nicht daran teilgenommen hatte – ein Gewürz, das in die tägliche Vorsuppe gehörte. Die Armeekommandeure Münnich und Ostermann jedoch, die dem vorigen Souverän gedient hatten, waren Fremde gewesen, nicht rechtgläubig, sondern Abgesandte des Satans!

Jurat stimmte mit Beschimpfungen in Vitkowitschs Geschichte ein, als sähe er die Antichristen vor sich.

Pavle wurde nachdenklich, während er dem Brigadier zuhörte. Obwohl er solche Geschichten schon gehört hatte und obwohl er in militärischen Dingen Autodidakt war, hatte er das Motiv begriffen, das in Vitkowitschs Bericht immer wieder auftauchte: Epidemien. Die russischen Siege im Krieg gegen die Türken an der Grenze zur Moldau und zur tatarischen Krim hatten mit Epidemien geendet, die an die hunderttausend russische Soldaten dahingerafft hatten. Winter und Epidemien hatten die russischen Siege ihrer Glorie beraubt. Diese Wahrheit überraschte Pavle ebenso, wie sie ihn bedrückte.

Vitkowitsch beendete seine Geschichten über die russische Armee gewöhnlich mit der Anekdote, wie die gegenwärtige Regentin Jelisaweta auf den Thron gelangt war.

Das Gardekorps in Sankt Petersburg, die berittene Leibgarde, das Preobrashenski-, Semjonowski- und Ismailowski-Regiment hatten de facto – wie Jurats bevorzugte Redewendung lautete – den russischen Thron auf den Schultern getragen.

Die Zarin war eine allmächtige Autokratin, aber sie kredenzte den Gardeoffizieren eigenhändig den Wein. Bis vor zwölf Jahren hatten die Garderegimenter entschieden, wer den Thron Peters des Großen bestieg. Und die Kommandeure dieser Regimenter waren Deutsche gewesen. »Damit ist jetzt ein für allemal Schluß!« rief Vitkowitsch, wenn er einen über den Durst getrunken hatte. »Von nun an herrscht Rechtgläubigkeit. In der Armee weht ein russischer Wind! Kostjurin hat es mir nicht nur einmal gesagt!«

In einer Novembernacht vor zwölf Jahren war die schöne, junge und starke Tochter Peters des Großen barhäuptig und im Küraß, wie Pallas Athene, vor den Baracken des Preobrashenski-Regiments erschienen, hatte sich an die Spitze der Soldaten gesetzt und mit ihnen das Winterpalais eingenommen.

»Vivat Jelisaweta, die Zarin aller Russen und aller russischen Länder!«

Vitkowitsch, der gerade wieder aus Sankt Petersburg zurückgekommen war, gab den Isakowitsch-Vettern gute Ratschläge, wie sie sich Kostjurin gegenüber verhalten sollten. Flüsternd erzählte er, in der russischen Armee herrschte eiserne Disziplin, und wer seine Zunge nicht im Zaum hielt, bekäme sie abgeschnitten. Er beschrieb ihnen den Grafen Peter Iwanowitsch Schuwalow, von dem jetzt in der Armee alles, also auch das Schicksal der Serben abhing, als einen reichen, prunksüchtigen, schrecklichen Menschen. Noch schrecklicher sei Generalfeldmarschall Alexander Iwanowitsch Schuwalow, dessen Geheimkanzlei absolut alles wisse.

Obwohl Pavle nicht begriff, wieso Münnich und Ostermann Propheten des Antichristen waren, und obwohl er sich von Schuwalow nur merkte, daß er ein Doppelkinn, einen Frauenmund und schöne große Augen hatte, verdroß ihn Vitkowitschs Bericht, denn er glich nur zu sehr all dem, was er über die österreichische Armee und das kaiserliche Wien wußte. Pavle sah der Audienz bei Kostjurin viel skeptischer entgegen als Jurat und Petar. Er wußte nicht, was er antworten sollte, falls er gefragt wurde, warum er gekommen war, was er in Kiew suchte, worauf er gehofft hatte, als er aufbrach.

Er hatte auch keine Ahnung, wer diese Göttin Pallas war, doch er stellte keine Fragen.

Nach all diesen Gesprächen mit Brigadier Vitkowitsch und seinen Ratschlägen bereiteten sich die Isakowitsch-Vettern allein in Scholobows Haus auf die Audienz bei Kostjurin vor, die für den zweiten Sonntag des großen Fastens nach russischem Kalender festgesetzt war. Das Wetter an diesem Tag war schön, der Schnee funkelte in der Sonne.

Das Kind, das im Morgengrauen geboren war, hatte aufgehört zu weinen und schlief.

Jurat ging murrend im Haus herum. Als Vater von nunmehr drei Kindern war er noch wütender über seine Degradierung. Pavle war ebenso verbittert, schwieg jedoch. Petar war schläfrig und schaute gähnend zu, wie Scholobows Mägde seine Knöpfe putzten. Die drei Männer waren zeitig aufgestanden.

Ein Unglück indes kommt nie allein: An dem Tag, als man ihnen mitteilte, daß sie in Kiew nicht befördert worden waren, erhielten sie aus dem Stabsquartier ihre erste Post.

In seinem Brief aus Neusatz drohte Senator Stritzeski, seine Tochter zu enterben, wenn sie ihn nicht alsbald besuchte. Er erwarte sie im Sommer. Ohne sie ginge es nicht weiter. Er werde sterben, wenn sie nicht käme.

Varvara las der Familie den Brief gelangweilt vor.

Was Jurats Schwiegervater schrieb, war überraschend: Senator Bogdanowitsch teilte ihm mit, daß sich seine Kinder wohl befanden und um die Eltern nicht weinten. Sie seien verwöhnt. Im übrigen sei Anas Mutter, Frau Agrippina, in gesegneten Umständen! Bei dieser Nachricht lief Ana rot an. Das hatte ihrer Mutter gerade noch gefehlt nach mehr als zwanzig Jahren Ehe! Jurat winkte nur ab.

Pavle erhielt über die Mission in Tokaj einen Brief von Agagijanijan. Dieser Brief war deutsch geschrieben und lange umhergeirrt und auch geöffnet worden. In seiner gestochenen Handschrift teilte Herr Anastas mit, daß sein Patron Koptscha an Darmverschluß gestorben war. Und daß der Sekondsekretär Wolkow ungehalten sei wegen der Berichte, die Wischnewski dem Premiersekretär Tschernew über Pavle aus Tokaj geschickt hatte. Von sich selbst berichtete Agagijanijan, daß er vor Keyserling Gnade gefunden habe, nachdem er ihm aus einer Wiener Apotheke ein Mittel gegen Glatzköpfigkeit beschafft hatte. Er bedaure, »ohne Nachrichten Ihro Gnaden geblieben zu sein!«

Und schließlich erwähnte Herr Agagijanijan beiläufig, die serbischen Familien in Wien seien entsetzt über das, was in der Familie von Major Bozitsch geschehen war. Joan Bozitsch habe seine Frau mit Fußtritten bearbeitet und sie auf die Straße geworfen, und Evdokija sei mit ihrer Tochter zu ihrem Vater zurückgekehrt. Joan Bozitsch sei wieder im Arrest, aber nicht wegen dem, was er seiner Frau angetan hatte, sondern wegen einiger Pferde, die General Montenuovo gekauft hatte. Es ginge um Geld.

Der Brief war nach Tokaj adressiert. Dort hatte jemand hinzugefügt: Zu der kayserlichen preußischen Armee, Kiew, gegangen!

Herr Agagijanijan hatte ein weiteres Postskriptum über Frau Bozitsch angefügt. Das hatte jemand, vielleicht er selbst, später ausgestrichen.

Die Offiziere, die damals bei einem General zum Rapport erscheinen mußten, hatten es nicht leicht. Wegen eines nicht blank genug geputzten Knopfes, wegen eines kleinen Flecks auf der Montur ging es ins Gefängnis. Und es war schwer, geplättete Spitzen und ein weißes Jabot aufzutreiben. In der russischen Armee gab es damals noch weniger Schneider als Hebammen in Kiew.

Petar als einziger gewann langsam seine gute Laune wieder.

Er wisse, sagte er zu Pavle, daß auch Trifun im Stabsquartier sein würde, und er hoffe, daß Pavle rücksichtsvoll sein werde, worum er ihn schon mehrmals gebeten habe. Pavle sei Witwer und könne leicht verstehen, wie schwer es Trifun ums Herz war, der seine Geliebte verloren hatte. Ihre arme Verwandte, die Pavle als letzter gesehen hatte, bevor sie sich in der Bega ertränkte.

»Du weißt, daß Trifun nie im Leben Glück gehabt hat. Man muß nachsichtig mit ihm sein. Er ist im dreiundfünfzigsten Jahr, das Alter naht, und der Tod. Diese Frau aus der Lika ist für ihn wie eine Luna auf dem Seil gewesen, wie der Mond, der durch die Tannenzweige scheint. Ich hoffe, daß du keinen Streit mit ihm suchst!«

Pavle drückte Petar gelangweilt einen Lappen und ein Talglicht in die Hand und bat ihn, seinen Säbel zu putzen.

Nichts beweist besser die strenge Ordnung, die seit Vuk in der Familie herrschte, als daß dieser junge, eingebildete, schöne Mann gehorchte.

Er erwähnte nur noch, daß er Trifun bereits im Stabsquartier getroffen hatte.

Pavle fuhr fort, sich anzukleiden, und sagte kühl, er fühle sich älter als Trifun, obwohl er dreizehn Jahre jünger war. Trifun und er könnten ruhig aneinander vorbeigehen, als hätten sie niemals zusammen um ihre Väter geweint. Er werde Trifun den Pflichtgruß entbieten wie jedem, dem er in der Belgrader Württembergischen Kaserne begegnete.

Vorbei und vergessen.

An diesem Morgen hatte ihnen Brigadier Vitkowitsch auch den Perückenmacher des Grenadierregiments geschickt.

Petar zog sich in eine Ecke zurück, um Pavles Säbel zu putzen, und der Perückenmacher stellte seine Schüsseln mitten im Zimmer auf und korrigierte Pavles Haltung auf dem dreibeinigen Schemel, als säße er auf einem Thron.

Jurat saß dabei und wartete, daß er an die Reihe kam.

Der Perückenmacher tat seine Arbeit ruhig, aber flink.

Er hob Pavle das Kinn, als sollte er in die Wolken blicken.

Sich selbst zog er ständig die Hose hoch, steckte sich die Scheren ins Haar und die Kämme hinters Ohr.

Pavle überließ sich den Händen des Barbiers und schloß die Augen wie ein Toter, der für den Sarg zurechtgemacht werden sollte. Er stand noch ganz im Bann von Agagijanijans Brief.

Er fragte sich, was in Wien geschehen war, daß Bozitsch seine Frau verstoßen hatte, und er schüttelte sich innerlich bei dem Gedanken, daß diese außergewöhnliche, schöne, leidenschaftliche Frau von ihrem Mann getreten worden war wie ein Flittchen in einer Kutscherschenke. Obwohl er seit seiner Abreise aus Wien nicht oft an sie gedacht hatte, kamen ihm die Tränen bei der Vorstellung, daß man diese Frau geschlagen und auf die Straße geworfen hatte.

Seit er Agagijanijans Brief bekommen hatte, träumte Pavle immer weniger von seiner toten Frau und immer mehr von Frau Evdokija. Bisweilen stand seine Frau noch für einen Augenblick wie ein weißer Schatten im durchsichtigen Kleid im dunklen Hintergrund, aber in seinen Armen lag Frau Bozitsch, schön, nackt, mutwillig.

Obwohl sie einander in seinem Traum ähnelten, war sich Isakowitsch bewußt, daß sie in seinem Leben den Engel und den Teufel verkörperten. Die eine war die reine Unschuld, die andere war Schamlosigkeit. Die eine Zärtlichkeit, die andere Wollust.

Zumindest schien es ihm so.

Der Körper seiner Frau, wie er ihn im Traum sah, war liebreich, kühl, angenehm und hell wie ein Springbrunnen. Der Körper von Frau Evdokija dagegen war dunkel, heiß, animalisch, kräftig wie der eines jungen Mannes. Die Augen seiner Frau blickten traurig und verschleiert, aber die Augen von Frau Bozitsch funkelten, als wollten sie töten. Die Augen seiner Frau bekamen erst in der Umarmung Glanz, aber die Augen Evdokijas bewegten Tag und Nacht ihre langen Wimpern wie schwarze Schmetterlinge ihre Flügel. Evdokija wollte auch in der Umarmung Pavles Augen sehen, und wenn er sie schloß, öffnete sie ihm sanft die Lider. Wenn sie vor Wollust zitterte, erlaubte sie jedoch nicht, daß er ihren Blick erhaschte. Sie stammelte nur seinen Namen.

Von diesen Erinnerungen heimgesucht, war Isakowitsch eingeschlummert, und der Kopf sank ihm herab.

Hätte der Perückenmacher nicht zufällig gerade die Hand mit dem Messer gesenkt, hätte er ihn töten können.

Der Barbier schrie erschrocken auf. Er wollte nicht wegen Mordes gehängt werden, und er zeigte dem Rittmeister seine Hand, die noch immer zitterte.

Hastig richtete er Pavles Zopf, band ihm die Schleifen und rief, er werde seine Arbeit bei Jurat nur auf dem Hof fortsetzen; in dieser Stube sei es zu stickig und warm. Hier würden sie ihm unter dem Messer einschlafen.

Pavle entschuldigte sich, und Petar lachte. »Die Magd, die bei dir das Feuer schürt, hat dich wohl müde gemacht? Du solltest heiraten, Apostel, und nicht wie ein Hund leben. Ein Witwer läuft jedem Rock nach wie ein Hund den heißen Hündinnen.«

Petar Isakowitsch wollte Pavle beweisen, daß auch er belehrend reden konnte. Er hatte bereits gestanden, Trifun im Stabsquartier begegnet zu sein, und nachdem der Perückenmacher hinausgegangen war, berichtete er über sein Gespräch mit Trifun. Jetzt, da die Mahala so weit hinter ihnen lag, hatte er von Trifun wissen wollen, warum dieser jene arme Frau in sein Haus gebracht hatte. Und Trifun hatte nach wie vor behauptet, nicht er habe sie ins Haus gebracht, sondern Gott! Immerhin, fuhr Petar fort, spreche Trifun nun schon gelassener über diese vergangenen Dinge.

Da Pavle schweigend in seiner Toilette fortfuhr, versuchte Petar ihn aufzumuntern, indem er erzählte, Trifun sei der Ansicht, sie hätten gut daran getan, die Heimat zu verlassen. In Temesvar hoffte niemand mehr, daß der Plan des Grafen Mercy für das Banat Wirklichkeit wurde. Bei Trifuns Aufbruch sei alles beim alten gewesen, und die Unruhe in den Dörfern habe eher zu- als abgenommen. In Arad, Sombor und Zemun hatte es Händel gegeben, und im Generalat von Karlovci war Blut geflossen. »Du hattest recht, Apostel! Hätten wir uns in die Fron begeben, wer weiß, was uns geschehen wäre!« Nur ginge das leider nicht in Stritzeskis Kopf.

Übrigens sei es völlig sicher, prahlte Petar zum Schluß, als sei das sein Verdienst, daß Trifun sich nicht auf Pavle stürzen werde, wenn sie sich im Stabsquartier begegneten.

»Na und?«

Petar lief rot an und rief: »Was heißt denn ›na und‹, Apostel? Ich sage dir nur, daß sich der alte Trifun beruhigt hat. Warum fährst du mich an? Ich habe dir nichts getan. Wir stehen kurz vor der Abreise, meine Frau und ich. Wartet wenigstens, bis wir Kiew verlassen haben. Dann könnt ihr euer dummes Spiel treiben, solange ihr wollt!«

Solange es Varvara nicht gutging, war Petar vor Angst, sie könne das Kind verlieren, mehr tot als lebendig gewesen. Matt, blaß und zerstreut war er ins Stabsquartier gegangen und zweimal fast von dahinjagenden Schlitten umgefahren worden. Beim Ausweichen in letzter Sekunde waren die russischen Offiziere im Straßengraben gelandet und hatten geschimpft und geflucht, während Petar traurig lächelnd Entschuldigungen stammelte. Aber seit sich Varvara erholt hatte, war Petar wieder der lebhafte und fröhliche Junge wie eh und je. Als beschiene ihn eine unsichtbare Sonne durch Schneegeriesel und grauen Nebel.

Stritzeskis Fluch konnte ihm nichts anhaben. Er war nicht mehr eifersüchtig auf Pavle, aber er respektierte ihn auch nicht. An diesem Tag gedachte er aufgeputzt und silberglänzend im Stabsquartier zu erscheinen, und den ganzen Morgen machte er Jurat und Pavle Vorwürfe, weil sie die Nase hängen ließen. »Es ist doch schön in Kiew! Wozu das lange Gejammer und die vielen Bitten und Gesuche? Hätten wir lieber Garsuli einen Tritt in die Kessilka gegeben!«

Pavle wußte nicht, was Kessilka war, frage jedoch nicht.

Petar erzählte weiter, wie ihm Zivan Schewitsch geholfen hatte, sein Protokoll aufzusetzen, und wie sehr er sich über ihre Erlebnisse und Leiden in Österreich gewundert habe. War nicht jeder mit kleinem Gepäck, ein Wagen höchstens, aus Esseg angekommen? Und hatte nicht jeder bei der Weiterreise zehn Wagen für seine Sachen gebraucht? Warum hatten sie so lange gewartet! Er fühle sich in Kiew wohl. Wenn seine Frau einem Knaben das Leben schenkte, würde er niemals bedauern, Neusatz verlassen zu haben. »Du hattest recht, Apostel! Längst hätten wir gehen müssen. Bis jetzt habe ich auf dich gehört, weil Vuk es so bestimmt hatte. Aber künftig mache ich, was mir der eigene Schädel sagt. Ich habe keine Angst vor dem Fluch meines Schwiegervaters. Ich nicht!«

Pavle lächelte abwesend und hörte Petar kaum zu.

Ihm war nicht leicht an diesem Morgen. Als auch Petar gegangen war, um sich dem Perückenmacher zu überlassen, saß er wieder ein Weilchen mit gesenktem Kopf. Seit er Agagijanijans Brief erhalten hatte, war er müde und wie zerschlagen.

Nach einer schlaflosen Nacht war er an diesem Morgen zeitig aufgestanden, um sich die Füße zu waschen und die Wäsche zu wechseln, und dann hatte er lange auf dem Bett gesessen und Selbstgespräche geführt. In seinem Kiewer Domizil bei Scholobow gab er sich Rechenschaft, daß er nur eine tiefe Trauer empfand, keinen Haß.

Neben den Vettern, die alle verheiratet waren, fühlte er seine Einsamkeit um so schmerzlicher. Und diese Stube erinnerte ihn an das Gefängnis in Temesvar. Er konnte nicht mehr darauf hoffen, Garsuli eines Tages hinter Gitter zu bringen. In allen Städten, in allen Schenken und auch in den Kiewer Häusern gab es immer solche Stuben, in denen man schrecklich einsam war. Einsamkeit auch dort, wo viele Menschen waren, in Wien, Einsamkeit in einem Meer von menschlichen Gesichtern und Stimmen, in der Menge auf den Straßen, vor den Reihen der Fenster, Türen und Zäune.

Am Vorabend, als Ana in den Wehen lag und das Haus voller brennender Talglichter war, hatte er hinter den Vorhängen Varvara und die Hebamme durch die Räume eilen sehen. Zurückgekehrt in seine warme, nach Mehl und Korn duftende Stube, war ihm, als läge auf dem breiten russischen Bett seine Frau, weiß und nackt, und sähe ihn betrübt an. Ihr Kind sei tot geboren, sagte sie und fragte, wo er all die Zeit gewesen und warum er zurückgekehrt sei.

Jetzt, am Morgen, den Kopf müde in die Hände gestützt, sah Pavle nur den Tisch aus Lindenholz mit den Essensresten, um die eine Maus herumhuschte. Sie kroch in seinen Dreispitz neben dem Teller und schlüpfte wieder heraus, als hätte er ein Loch. Manchmal hielt sie im Spiel inne und sah den Menschen am Tisch aus kleinen schwarzen Augen an, und manchmal lugte nur ihr Schwänzchen unter dem Hut hervor. Pavle tat ihr nichts.

Während er dann in Ruhe seine Paradeuniform anlegte, sah er nicht mehr seine verstorbene Frau vor sich, sondern Frau Evdokija und ihre Tochter Thekla.

Vornehme, elegante Verführerinnen, die er aus seinem Gedächtnis vertrieben hatte.

Nach Agagijanijans Brief empfand Isakowitsch an diesem Morgen, während er sich auf die Audienz bei Kostjurin vorbereitete, unendliches Bedauern für Evdokija und ihre Tochter. Bozitsch war ein Schuft, der seine Tochter verkuppeln wollte und seine Frau, die einstige Braut mit reicher Aussteuer, auf die Straße geworfen hatte. Für einen Augenblick sah Isakowitsch hier in Kiew diese Mutter und ihre Tochter als unglückliche und gute Frauen und wünschte sich zu ihnen zurück. Beide waren fröhlich und anscheinend zufrieden mit dieser Welt gewesen, nun aber konnte er sich vorstellen, wie schwer sie es im Leben hatten. Beide hatten gern gelacht, doch jetzt wußte er, daß sie nachts im Dunkeln verstohlen weinten.

Sie litten vor Sehnsucht nach dem, was sie nicht hatten und nicht haben konnten, wenn sie auch tagsüber anders redeten und dabei wußten, daß sie logen. Manchmal im Dunkeln mußten sie einander die bittere Wahrheit gestanden haben. Ihr Leben war scheinbar leicht und angenehm, aber voller Heuchelei und verheimlichter Not. Trotz ihrer körperlichen Schönheit war es Evdokija nicht gelungen, Katinka aus Pavles Träumen zu vertreiben. Den Lebenden nicht mehr sichtbar, lebte diese Frau schon seit einem Jahr mit ihm in seinen Träumen als etwas Schönes, das um so schöner erschien, weil es für immer vergangen war.

So hatte sich der Edle Isakowitsch im Traum wieder in seine einstige Frau verliebt, obwohl er vor kurzem mit einer anderen zusammengewesen war.

Er dachte darum zum erstenmal, daß es im Leben zwischen Mann und Frau innigere Verbindungen geben müßte – sie sollten am selben Tag geboren werden und am selben Tag sterben.

Nach dem Brief von Agagijanijan vermochte er dennoch die Erinnerung an Frau Bozitsch nicht zu verdrängen, so wie sich Schwalben aus dem Nest, zu dem sie im Frühling zurückkehren, nicht mehr verscheuchen lassen. Er fühlte, daß er diese Frau und ihre Tochter nicht für immer losgeworden war. Der Zufall, der sie ihm auf der Reise zugeführt hatte, war Schicksal gewesen.

Und noch nie war jemand seinem Schicksal entronnen.

An diesem Fastensonntag vor Ostern in Kiew war Isakowitsch also wieder verwirrt, obwohl er der Welt in Wien überhaupt nicht nachtrauerte. In seiner Welt in Serbien hatte man genau gewußt, was Glück und was im menschlichen Leben erlaubt war. Was schön und was häßlich war. Was Freude und was Trauer war. Das wurde niemals verwechselt. Ob Mann, ob Frau, man wußte, wer und was ein jeder war, nichts änderte sich überraschend. Aber in der Welt von Evdokija war alles so wandelbar! Als trügen sie alle Masken!

Sie hatte nicht mit ihm nach Rußland gehen wollen, weil sie offenbar fürchtete, unterwegs verlassen zu werden. Und nun hatte ihr vornehmer Major sie mit Füßen getreten. In den Leib. Wie eine Stute.

Als sie an diesem Morgen von Schlitten aus dem Stabsquartier abgeholt wurden, war Pavle in Gedanken an Evdokija sehr bedrückt. Er hatte kurz nach Ana gesehen. Sie schlief, das schöne Gesicht nach der Niederkunft von Schweißperlen betaut. Auch das Neugeborene schlief.

Auf dem Hof bestiegen die drei Vettern den Schlitten. Die Sonne zeigte sich am heiteren Himmel, es war warm, und der Schnee taute.

Es fiel Pavle auf, daß Jurat das Haus verließ, ohne noch einmal nach seiner Frau im Wochenbett gesehen und sein neugeborenes Töchterchen geküßt zu haben.

Er machte ihm Vorwürfe.

Jurat schwieg.

Petar rief: »Du mußt etwas spendieren! Ich habe nie ein hübscheres Kind gesehen. Du hast mit Gottes Hilfe eine Schönheit gemacht!«

Jurat aber erwiderte halblaut und böse: »Was soll ich gemacht haben? Ein Kind? Ganz ehrlich: Wenn ich ein Kalb gemacht hätte, könntest du staunen! Aber ein Kind? Kinder gibt es wie Sterne am Himmel. Kein Grund, sich zu brüsten!«

Und so begaben sich die Isakowitsch-Vettern am zweiten Sonntag des großen Fastens im Jahr 1753 zur Audienz bei General Kostjurin!

Wenn Pavles drei Vettern Jurat, Petar und Trifun Isakowitsch später davon erzählten, wie sie von Kostjurin in Kiew empfangen und wie sie in ihrem Neu-Serbien angesiedelt worden waren, dann variierten diese Geschichten von Mal zu Mal und schienen weder Sinn noch Ende zu haben.

Auch Pavles Geschichten waren nicht besser.

Sie beschrieben das Stabsquartier von Brigadier Vitkowitsch auf dem Hügel über Podol, zwischen Bastionen und Ruinen, neben dem sogenannten Goldenen Tor, als wäre es in Wardein. Pavle erzählte, er habe das Gefühl gehabt, zu Engelshofen zu gehen.

An der Einfahrt standen zwei neuerrichtete Festungstürme, von deren spitzen blauen Dächern der tauende Schnee tropfte.

Beide Schildwachen am Tor trugen ziemlich schäbige Uniformen. Jenseits des Tors, vor dem Wachtposten, mußten die drei Vettern den Schlitten verlassen und wurden über den gepflasterten Hof ins Kommando geführt. Der Hof war leer, denn Vitkowitschs Kompanien befanden sich in der Kirche. Die Isakowitsch-Vettern ließen nach Sitte der sirmischen Husaren ihre Säbel übers Pflaster schleppen, und das vertraute Geräusch heiterte sie auf.

Die Vitkowitschs hatten eine schöne Kommandantur.

Die Generale Horvat, Schewitsch und Preradowitsch stritten darum, wer von ihnen in Österreich höheres Ansehen genossen und wer die meisten Soldaten mitgebracht hatte. Die Vitkowitschs brauchten sich in diesen Zwist nicht einzumischen. Sie waren vorher nach Kiew gekommen und bereits fest etabliert.

Im Korridor der Kommandantur mußten die Isakowitsch-Vettern warten, und mit ihnen warteten viele zugewanderte Offiziere, deren Bekanntschaft Kostjurin machen wollte.

In diesen Kiewer Kommandanturen wurde damals eine Armee begraben und eine andere, vor kurzem geborene, ausgebildet.

Begraben wurde die serbische Miliz, die in den Türkenkriegen für Österreich beziehungsweise, wie es hieß, für Christus und das Christentum gekämpft hatte. Wiedergeboren wurde die einstige Armee Peters des Großen.

Der ersteren hatten die österreichischen Kaiser Dankbriefe geschickt, weil sie General Piccolomini geholfen hatte, bis nach Skopje in die Türkei vorzudringen. Die zweite entstand auf der Grundlage dessen, was Peter geschaffen hatte, und wurde nach dem Muster der dortigen »Janitscharen« – der Garderegimenter in Sankt Petersburg – für den Krieg in Europa ausgebildet. Diese Armee sollte sieben Jahre später in Berlin einmarschieren und auf 300 000 Mann angewachsen sein. Für damalige Zeiten eine unerhört starke Armee. Sie hätte ganz Europa erobern können.

Die Armee, aus der die Isakowitsch-Vettern wie so viele andere nach Rußland gekommen waren, hatte schon lange dorthin gestrebt. Bereits 1710 hatten Joan Tekelija, Hadschi Rashkowitsch und Vulin Potiski dem Zaren Peter 10 000 Serben angeboten. Und auch sechzig Jahre nach den ersten Aussiedlungen weigerte sich diese Armee, entwaffnet zu werden und zu verbauern.

Tschurug protestierte in Wien: »Wir erklären ein für allemal, einer für alle und alle für einen, daß wir um unseres Namens und unserer Ehre willen Soldaten bleiben wollen. Wir geben unsere Waffen nicht ab, und wir werden keine Fronbauern!« Das bedeutete nicht, daß sie Räuber, Faulpelze, Müßiggänger waren oder den Boden haßten. Aber sie wußten genau, daß es mit der Nation eine böse Wendung nehmen würde, wenn sie entwaffnet wurden.

Wovor fürchteten sie sich in Europa?

In einem aufgeklärten Reich, das Gerichte und Richter hatte?

Sie riefen: »Die Richter sind unsere Feinde! Sie leugnen Tatsachen, die sonnenklar sind! Sie weisen unsere Klagen zurück, sie lassen uns einsperren und schlagen!«

War der Krieg vorbei, mußte das Land zurückgegeben

werden. War Frieden geschlossen, hatte man die Waffen abzuliefern, den Grund und Boden zu verkaufen, um die Steuern bezahlen zu können. Binnen sechs Wochen!

Warum lehnten sie sich auf? Sie antworteten: »Wir können das Böse nicht dulden!« Was war die Ursache, daß auch so viele Arme auswanderten? »Die Armen können die Not nicht ertragen!« Kiew, wo sie empfangen wurden, stand damals unter dem Eindruck der Veränderungen, die in Rußland eingetreten waren.

Peter der Große hatte seinen leiblichen Sohn umbringen lassen, damit nicht jemand sein Nachfolger wurde, der alles von ihm Geschaffene rückgängig machte. Einer seiner letzten Sätze hatte gelautet: »Wozu Gesetze? Vergebene Mühe, sie zu schreiben, wenn sich niemand daran hält!«

Seine Thronerbinnen waren Frauen. Jede hatte ihre Anhänger. Und es waren die Offiziere der Garde, die sie stürzten oder auf den Thron setzten.

Die Minister, so wurde erzählt, sahen nur zu, sich zu bereichern.

Wie es so geht, wenn die Wogen der Erregung hochschlagen: Zu Fall kamen diejenigen, die über die anderen hinausragten. In der Armee waren das die Deutschen. Münnich, der davon geträumt hatte, Konstantinopel für Rußland zu erobern, Ostermann, der für Rußland eine Marine aufstellen wollte, die selbst die schwedische Flotte schlagen konnte – sie endeten, gefoltert, in sibirischen Gefängnissen.

Nur ein Schotte, Lascy, überlebte.

Einer dieser Ausländer, der Herzog von Kurland, Biron, spürte, wo die Wurzel des Übels in Rußland lag. Für ihn waren es die Garderegimenter, das Preobrashenski, Semjonowski, Ismailowski, die er Janitscharen nannte. Wären sie Soldaten und Offiziere wie in den regulären Regimentern – Rußland würde Kriege gewinnen!

Der Kiewer Oberkommandant Kostjurin gehörte zu seiner Fraktion.

Ein Russe, ein russischer Bär.

Die Isakowitsch-Vettern bekamen es bald am eigenen Leib zu spüren.

Dieser russische Bär wirkte auf Pavle an jenem Sonntag freilich ganz anders: schlank, mit blondem, angegrautem Haar, das in einem stark gepuderten Zopf endete. Kostjurin begann zu altern.

Pavle hielt ihn für etwa sechzig.

Auffällig waren seine geraden dünnen Beine in den eleganten französischen Stiefeln und der weißen, enganliegenden Lederhose. Er bewegte sie leicht, hielt sie aber steif wie Stangen, an denen hoch erhoben die Regimentsfahnen flatterten.

Zu seiner Begleitung, die sich diensteifrig und sprungbereit hinter seinem Rücken hielt, gehörten Grenadiere in blauer Uniform und Infanterieoffiziere in grünen Jacken mit roten Revers und weißen Kokarden. Kostjurin selbst trug einen schwarzen Uniformrock, eng wie ein französischer Frack. Er hielt sich aufrecht, war offenbar noch bei Kräften, jedoch von angegriffener Gesundheit. Revers und Ärmelaufschläge trugen Goldstickerei, so daß er aussah wie mit goldenen Blumen bestreut. Die Silberknöpfe standen in tadellosen Reihen wie Soldaten auf dem Exerzierplatz.

Er war, wenn auch nicht mehr jung, ein schöner Mann. Seine Nase ließ auf bäuerliche Herkunft schließen, die milden grünen Augen auf aristokratische Abkunft.

Er hatte ungewöhnlich dichte Brauen – das einzig Bärenhafte an ihm. Bemerkenswert an seinem schönen Gesicht war auch die Haut, faltig, von Winden und Frösten gegerbt und selbst im Winter gebräunt wie von ewiger Sonne.

Dieser Eindruck wurde durch das reichgefältelte weiße Jabot und das schwarze Seidenhalsband noch verstärkt.

Man erzählte sich von Kostjurin, daß er ein liebevoller Gatte und Vater, aber auf dem Exerzierplatz und bei Manövern überaus streng war. Diese aberwitzige russische Strenge erschreckte die Vettern Isakowitsch ebenso wie die anderen serbischen Offiziere in russischen Diensten. Sie war heftig, impulsiv, unbegreiflich.

Sie vernahmen mit einigem Entsetzen, daß die Mitglieder der Familie Peters des Großen aus dem Winterpalais in die Kasematten der Peter-und-Paul-Festung hatten umsiedeln müssen und daß die abgesetzten Oberkommandierenden

Münnich und Ostermann gefoltert und nach Sibirien geschickt worden waren. Und vollends verstummten sie, als sie hörten, daß tatsächlich Zungen abgeschnitten wurden und daß selbst Bestuschews Frau der Verbannung nach Sibirien nicht entgangen war.

Jurat hatte dieser Tage eine Knute nach Hause gebracht.

Diese grausame Strenge war um so unbegreiflicher, als sie mit Geschichten über die große Sanftheit der hiesigen Männer und Frauen einherging, wie sie Ana und Varvara in Kiew erzählt wurden. Von der Zarin munkelte man, ihre erste Liebe sei ein einfacher Kosak mit einer wunderschönen Stimme gewesen. Die Damen, die in diesem Winter aus Moskau zurückgekommen waren, berichteten, während einer Theatervorstellung sei ein kleiner Kadett in der Garderobe eingeschlafen, und die Zarin habe ihn eigenhändig entkleidet und zu Bett gebracht.

Und was noch verrückter war – wer solche Geschichten selbst im Flüsterton verbreitete, konnte im Gefängnis landen.

In Begleitung von Brigadier Vitkowitsch betrat Kostjurin, aus dem Salon kommend, den fahnengeschmückten Gang der Kommandantur. Zivan, der Sohn von General Schewitsch, stellte die serbischen Offiziere brüllend mit Namen und Rang vor.

Vitkowitsch wünschte sich einen guten Empfang der Vettern Isakowitsch durch Kostjurin, während Zivan Schewitsch darauf bedacht war, sie als Stutzer, Müßiggänger, Dummköpfe zu präsentieren. Zuerst plazierte er die Vettern Isakowitsch in einer Ecke, und danach übersah er sie geflissentlich. Die Liste der vorzustellenden Offiziere befand sich bei einem Albaner namens Shejtani, den Pavle aus Esseg kannte.

An diesem Morgen standen die Vettern Isakowitsch nicht auf Shejtanis Liste, und Schewitsch, ein schöner, stattlicher, blonder Offizier, grinste schadenfroh.

Mit den ersten vier, die Schewitsch ihm vorstellte, war Kostjurin in zwei, drei Minuten fertig. Während er die nächsten vier musterte, die strammstanden, hörte Pavle in der ansonsten tiefen Stille des Flurs, daß Sewitsch die Leutnants Djurko Gajitsch und Mihailo Gajdas aufrief, und für einen

Augenblick glaubte er sich nach Temesvar in die Kaserne und zu Engelshofen versetzt.

Gajitsch und Gajdas führten Klage, weil Horvat ihnen irgendwelche Rechte und irgendwelches Geld vorenthalten habe. Kostjurin befahl ihnen, ihre Beschwerde zu Papier zu bringen und zuerst Horvat vorzulegen. Er bäte sich aus, mit materiellen Dingen nicht belästigt zu werden. Von nun ab sei er nur noch für die Serben zu sprechen, die militärische Angelegenheiten vorzutragen hatten. Für materielle und juristische Fragen sei General Bibikow zuständig.

In freundlicherem Ton erklärte er den beiden Offizieren, das bedeute nicht, daß man ihre Beschwerde abweisen werde. Sie sollten die Hoffnung nicht aufgeben und sich keine Sorgen um die Zukunft machen. Die Zarin werde sich um alles kümmern.

Zwei Offiziere, die mit Vitkowitsch gekommen waren, Rittmeister Pavle Kneshewitsch und Leutnant Stanisa Kneshewitsch, baten um die Erlaubnis, ihre Familien nachholen zu dürfen.

Kostjurin gewährte sie ihnen unter der Bedingung, daß sie ihre Papiere in Kiew bei dem Generalprokurator Nikita Jurjewitsch Trubetzkoi zur Genehmigung einreichten. Einige Offiziere seien beim Passieren der Grenze nach Österreich verhaftet worden.

Rittmeister Gawrilo Novakowitsch und Leutnant Georgije Novakowitsch baten untertänigst um Versetzung. Sie hatten den Wunsch, dem serbischen Husarenregiment in der Hauptstadt beizutreten.

Kostjurin drehte sich zu Vitkowitsch um. »Die Herren kommen ein wenig spät«, sagte er mit säuerlichem Lächeln. »Das serbische Husarenregiment in Sankt Petersburg hat schon der Zarin Anna gedient. Es besteht seit fast fünfzig Jahren. Wenn die Herren in diesem Regiment dienen wollten, hätten sie früher nach Rußland eilen müssen, mit Pana Bozitsch beispielsweise und anderen! Jetzt müssen sie ein wenig warten. Wir werden untersuchen, ob die Herren nicht zu hohe Ansprüche stellen. Beim nächsten Rapport werde ich mich mit ihnen unterhalten.«

Zivan Schewitsch hatte es darauf angelegt, daß Kostjurin

die Vettern Isakowitsch übersah und sich den anderen Offizieren zuwandte, die noch warteten. Da sagte Vitkowitsch etwas zu Kostjurin, wobei er mit dem Finger auf die Vettern wies. Worauf Schewitsch eilig zu ihnen rannte und rief, sie sollten vortreten.

Erst jetzt bemerkte Pavle, daß Trifun hier war. Schewitsch führte ihn herbei, so daß er Schulter an Schulter mit Pavle stand.

Die vier standen ein paar Minuten ausgerichtet und stramm einen Schritt vor den anderen. Kostjurin, dem Vitkowitsch etwas über sie zuflüsterte, musterte sie schweigend.

Bisher hatte Pavle fast alles gehört, was hier gesprochen wurde, aber nur sehr wenig davon verstanden. Alle Offiziere, die vor ihm in Kiew eingetroffen waren, sprachen Russisch, und Kostjurin unterhielt sich nur in dieser Sprache mit ihnen.

Nur daß das Russisch, das die Offiziere sprachen, eher ein entstelltes Serbisch war, ein Gemisch, an dessen Oberfläche einige russische Ausdrücke schwammen. Merkwürdigerweise begann Kostjurin einige scheinbar serbische Worte in sein Russisch einzuflechten. Wenn er es gewahr wurde, zuckte er ärgerlich zusammen.

Als Trifun mit abgewandtem Blick neben ihm Aufstellung nahm, kam er Pavle verändert vor. Er wirkte stutzerhaft und verjüngt. In seinem Gesicht war keine Spur von Haß auf Pavle. Er war glattrasiert. Und trat ruhig zu seinem Vetter. Stellte sich wortlos so neben ihm auf, daß sein Säbel und seine Hand Pavles Seite berührten.

Der Edle Isakowitsch, der sich Kostjurin und Kiew völlig anders vorgestellt hatte und dem es nicht paßte, daß Schewitsch ihn am Ärmel an seinen Platz zog, dachte unwillkürlich, daß hier alles genauso ablief wie bei Garsuli.

Er ließ sich soweit gehen, daß er sich den Schnurrbart strich.

Dann flüsterte er auf Trifun ein: »Bin ich denn nie und nirgends vor dir sicher, Trifun! Nicht genug, daß ich dir im Banat und in Tokaj aus dem Weg gegangen bin, mußt du auch noch hierher kommen und uns Schande machen. Du zielst auf den Kopf, mein wohlgeborener und liebwerter Bruder, aber du verfehlst dein Ziel!«

Nach einem Augenblick der Stille antwortete Trifun stöhnend und mühsam: »Laß mich in Frieden, du Schwarzseher! Meiner Kinder wegen habe ich das Vaterland verlassen. Und hier habe ich niemanden und nichts. Die ganze Erde ist für mich wüst und leer. Also gib Ruhe, und kläff mich nicht an!«

Vielleicht hätte Pavle das Gespräch fortgesetzt, wäre nicht Kostjurin zu ihnen getreten. Er begann nicht bei Trifun, welcher der Rangälteste war, sondern links bei Petar, dem Rangjüngsten. Pavle hörte Kostjurin – den man wohl informiert hatte, daß die Vettern Isakowitsch noch nicht Russisch konnten – zu Schewitsch sagen: »Erklären Sie ihnen, daß ich mich über ihren Anblick freue. So schöne Männer! Und alles an ihnen ist sauber und ordentlich.«

Mit eigener Hand richtete er Petar die Mütze, die etwas schief saß.

Für solche Nachlässigkeit pflegte Horvat Ohrfeigen auszuteilen, auch an Offiziere.

»Ich bin informiert, daß er nachts und bei Schnee aus dem Hinterhalt zwei Offiziere gefangengenommen hat und dabei verwundet wurde. Er ist jung, und er wird es noch weit bringen. Sagen Sie ihm das!«

Die russischen Offiziere staunten. Kostjurin war dafür bekannt, daß er den Jungen übermäßig viel abforderte und nichts vergalt. Er hatte wie viele ältere Leute einen heimlichen Haß auf die Jugend.

Jurat ließ er verdolmetschen, er habe seine Ränge zu schnell bekommen, und das sei nicht gut. Sobald aber Schewitsch einträfe und sie an den Donez übersiedelten, könne der Rittmeister sein Recht verlangen. Eine Beförderung. Er, Kostjurin, habe gehört, daß er sich tapfer geschlagen hatte.

Als er zu Pavle trat, bemerkte dieser, daß ihn die sanften grünen Augen des schönen alten Mannes mit Wohlwollen betrachteten. Er überragte Kostjurin um Haupteslänge, aber der schlanke, aufrechte General mit seinem jetzt träumerischen Blick machte trotzdem eine sehr gute Figur. In diesem Augenblick – Pavle wußte das nicht – erinnerte sich Kostjurin an seine eigene Jugend. »Sagen Sie dem Rittmeister«, befahl er Schewitsch, »daß ich einen Prachtkerl wie ihn jederzeit in das Petersburger Husarenregiment versetzen kann. Wenn er darum ersucht, werde ich es gewähren.«

Schewitsch übersetzte es wütend und ungenau.

Er war vor Neid auf seinen Verwandten ganz blaß geworden.

Pavle indes blickte zufällig auf Kostjurins Hand, die das Taschentuch aus dem Ärmel zog und an die Stirn hob, um sie zu trocknen. Diese Hand im Spitzengeriesel war knotig und häßlich.

Da Schewitsch in seinem Bemühen, die Freundlichkeit des Generals abzuschwächen, beim Übersetzen aus dem Takt kam und stotterte, fragte Kostjurin, ob Pavle Russisch könne. Er habe aus der Gesandtschaft in Wien und aus der Mission in Tokaj Berichte über ihn erhalten.

Pavle verstand die Frage.

Aber in einer seltsamen Gereiztheit antwortete er hochfahrend: »Ich kann nur Serbisch!«

Das war ein Ausspruch von Joan Tekelija, an den man sich in der Familie Isakowitsch oft erinnerte.

Und der Edle Isakowitsch war so närrisch, sich einzubilden, daß er nicht nur die Seele von Bakitsch und von Vuks ungeborenem Sohn besaß, sondern auch die freche Zunge, mit der Tekelija selbst Monarchen verblüfft hatte.

Kostjurin lachte und ließ Pavle sagen, daß hier in seiner Garnison kein Platz für Witwer sei. Der Rittmeister solle ein russisches Fräulein heiraten. Sie werde ihm die Sprache schnell und auf sehr angenehme Weise beibringen.

Danach wandte er sich so vertraulich an Trifun, als wären sie miteinander verwandt.

»Sie können mir jederzeit schreiben, wenn Sie es wünschen oder für nötig halten!«

Damit war für die Serben die Audienz bei Kostjurin beendet.

Anschließend mußten alle in die Kirche zum Gottesdienst.

Kostjurin war Atheist wie viele andere bei Hof, doch er wagte nicht, es zu zeigen. Das hätte tödliche Gefahr bedeutet. Was Peter der Große als Vater und großer Administrator für das russische Reich gewesen war, das war Gott für die ganze Welt. Offiziell.

So wie indes die Imperatorin Jelisaweta Petrowna in der Kirche dieselben ukrainischen Sänger benutzte, die sie vorher mit Zigeunerliedern unterhalten hatten, so wollte Kostjurin nach dem Gottesdienst auch seinen Offizieren Zerstreuung bieten. Er lud sie ein, im Anschluß an das Mittagessen auf seinem Schießplatz zu erscheinen.

In seiner Residenz.

Kostjurin hatte Töchter im heiratsfähigen Alter.

Über Kostjurins Residenz erzählten die Vettern Isakowitsch später wahre Märchen. Sie schilderten sie als einen Palast in der Nähe des Höhlenklosters oberhalb von Podol. Von der Terrasse bot sich ein überwältigender Blick weit über den Dnjepr in die Ebene jenseits der Truchanow-Insel.

Vor dem Palast war ein Teich, zu dem Marmorstufen hinabführten.

Wenn sie der Gesellschaft entfliehen wollten, saßen die Vettern gern auf diesen Stufen und betrachteten die Statuen von Nymphen und Satyrn, die sich im Wasser spiegelten.

Den Palast gibt es nicht mehr. Auch er spiegelte sich im Wasser, und er ist verschwunden, als wäre er auf Wasser errichtet gewesen.

So verbreitet wie die Furcht vor Gott, an dem selbst die Zarin nicht zu zweifeln, geschweige denn Zweifel zu äußern wagte, war damals in Kiew der Wunsch, daß der Traum Peters des Großen – sein Vermächtnis – Wirklichkeit werde: ein europäisches Rußland. Wenn sich das an der Newa und dem Finnischen Meerbusen erbaute Sankt Petersburg bemühte, wie Paris oder London zu sein, so hatte Kostjurin seine Residenz nach dem Vorbild der Petersburger Paläste errichten lassen, und diese wiederum waren nach dem Rat des französischen Gesandten, des Marquis de la Chétardie, eines Favoriten der Zarin, von italienischen Architekten geschaffen worden.

Kostjurin wollte eine Residenz, die den Sommersitzen polnischer Könige glich.

Die Zarin, die in Versailles gewesen war, wollte, daß ihre Erinnerung an das dortige Schloß im russischen Winter Gestalt annahm.

All jene, die sie in einer Novembernacht auf den Thron erhoben hatten, kleideten sich europäisch. Sie sahen aus wie Franzosen. Kostjurins Uniform war geschnitten wie ein französischer Frack.

Dennoch war die Zarin Russin geblieben, ebenso wie diejenigen, die ihr auf den Thron verholfen hatten, Russen geblieben waren. Das wurde mit Beförderungen belohnt, bei denen mehrere Ränge übersprungen werden konnten. Der erste Liebhaber der Zarin Jelisaweta, wenn man der Geschichte glauben kann, war, wie gesagt, ein einfacher Kosak. Und der Sohn eines anderen Kosaken, Alexei Rasumowski, war ihre Liebe bis zum Grab. Ihr Nebengemahl. Sein Bruder Kirill wurde Präsident der Akademie der Wissenschaften.

Unterleutnant Schuwalow wurde Generalmajor.

Leutnant Rasumowski wurde Generalleutnant.

Sergeanten wurden Oberste.

Korporale wurden Rittmeister.

Und daß all diese Menschen – die die Franzosen nachäfften wie der Hof Versailles nachäffte – sehr wohl imstande waren, Rußland zu stärken und ihm in Europa Achtung zu verschaffen, bewiesen die Brüder Bestuschew-Rjumin.

Der Vizekanzler Bestuschew ließ den Leibarzt der Zarin, Lestocq, beseitigen, der am Hof zu mächtig geworden war, und er hatte auch Briefe des Marquis Chétardie dechiffrieren lassen, die er nicht versäumte der Zarin zu zeigen. Damit sie sah, wie man in Frankreich über sie dachte.

Danach wurde der Stil der Achitektur immer russischer.

An jenem Sonntag jedoch, als die Vettern Isakowitsch neben vielen anderen Offizieren in Kostjurins Residenz zu Gast waren, war hier noch alles französisch, die Statuen auf dem Dach und im Park, die Rondelle im Garten und die bis zum Boden reichenden Fenster. Pfeifen aus der Zeit Peters des Großen wurden hier nicht mehr geraucht, sondern alle höheren Offiziere spielten mit ihren Tabaksdosen und schnupften mit langbehaarten Nüstern.

Die Vettern Isakowitsch gingen wie im Traum durch dieses Haus.

Pavle hatte sich den Kommandanten von Kiew ganz anders vorgestellt.

Kostjurin aber als Gastgeber bemühte sich besonders um

den Brigadier Vitkowitsch, der ein serbisches Husarenregiment für ihn aufstellen wollte. Und er übertrug sein Wohlwollen auch auf die Vettern Isakowitsch als des Brigadiers Verwandte.

Hinter dem Haus mit seinem französischen Park war ein Schießplatz, zu dem man durch eine Pappelallee gelangte. In einer Senke gelegen, hatte er eine Bastion mit Zielfiguren.

Sie waren aus Holz und kamen den Vettern Isakowitsch vor wie gemalte Türken.

Man erklärte ihnen jedoch, daß sie Mamelucken des ägyptischen Emirs Ibrahim Kahya darstellten. Ibrahim hatte mit Hilfe seiner Partei und des Volkes seine Gegner besiegt, deren Partei sich Kvazimiya nannte. Schon fünf Jahre behauptete er die Macht in Kairo. An der Spitze seiner Partei, die Fakariya hieß und deren sich die Russen gegen ihre Türken und Tataren zu bedienen hofften.

Von dieser Geschichte verstanden die Vettern Isakowitsch rein gar nichts.

An den Holzpuppen war das Ziel durch die Nasen markiert, die rot waren wie ein rotes As. Und man schoß auf einen Punkt zwischen den Augen, der schwarz war wie ein schwarzes As.

Der ganze Park dröhnte und hallte von Pistolenschüssen wider.

Geschossen wurde aus zwanzig Schritt Entfernung auf vier Figuren. Kostjurin, der sich auch selbst beteiligte, traf zweimal und verfehlte zweimal. Er sei nicht mehr der alte, rief er lachend.

Shejtani notierte freudestrahlend die Treffer.

Der Sekondemajor Zivan Schewitsch war ständig um Kostjurin herum. Er trug ihm einen zusammenlegbaren dreibeinigen Schemel hinterher, den er dem General dienstbeflissen unterschob, wenn dieser sich zu setzen wünschte.

Als sie sahen, wie sich ihr Verwandter aufführte, wechselten die Vettern Isakowitsch spöttische Blicke.

Diese Liebedienerei Schewitschs und der anderen Serben gegenüber Kostjurin mißfiel Pavle. Und daß auch die russischen Offiziere Unterwürfigkeit zeigen, sobald der General das Wort an sie richtete, schmerzte ihn geradezu.

Er fand das alles übertrieben, und wenn er zurückdachte, stieg Engelshofen in seiner Achtung.

Kostjurin verlangte natürlich, daß auch die Vettern Isakowitsch ihre Fertigkeit unter Beweis stellten. Jurat feuerte seine Waffe ab wie eine Kanone, zielte, traf, verfehlte. Petar war ein guter Pistolenschütze. Trifun hielt, wer weiß warum, den Kopf gesenkt.

Pavle rief ihm zu: »Schieß, Alter! Halte auf den Kopf!«

Da begann Trifun zu schießen und verfehlte nur einmal sein Ziel.

Ihn schien Kostjurin am meisten zu mögen, jedenfalls lud er ihn zweimal ein, neben ihm Platz zu nehmen. Sie unterhielten sich, wobei Brigadier Vitkowitsch dolmetschte, obwohl Trifun schon Russisch konnte.

Pavle stand im Lärm der Detonationen da und schaute abwesend in die Ferne. Als Kostjurin es bemerkte, sagte er zu Vitkowitsch: »Der Witwer scheint mir nachdenklich!«

Die Pistolen lagen in einer Reihe auf einem Gartentisch, an dem Kostjurin und Vitkowitsch saßen. Im Hin und Her der Offiziere, im Stimmengewirr, im Getöse der Schießerei überhörte Pavle, daß Kostjurin nach ihm rief.

Schewitsch holte ihn herbei.

Als Kostjurin fragte, warum er nicht schösse, antwortete Pavle, er sei es gewöhnt, zu Pferd im Galopp auf bewegliche Ziele zu schießen.

Daraufhin wollte Kostjurin wissen, was der österreichische Rittmeister von der Schießkunst seiner Offiziere hielt.

Wäre er nicht Österreicher genannt worden, hätte Isakowitsch dem General vielleicht eine ruhige und höfliche Antwort gegeben. So aber war er beleidigt und wütend, weil in Kostjurins Umgebung soviel auf Unterwürfigkeit, Artigkeit und Schmeichelei gegeben wurde.

Er beschloß, mit seiner Meinung nicht hinter dem Berg zu halten.

»Mir scheint, mit Verlaub«, sagte er, »daß Ihre Offiziere flüchtig, leichthin, ohne Bedacht schießen. Das ist vielleicht hier so Sitte, aber ich glaube, für eine Armee ist das nicht gut. Etwas mehr Ruhe und Überlegung wäre besser.«

Kostjurin befahl Schewitsch, der neben Isakowitsch stand

und dolmetschte, dem Rittmeister zu sagen, daß er sich nach den Berichten Wischnewskis bereits eine Meinung über ihn gebildet hatte. Könnte Isakowitsch denn nicht bestätigen, daß die Russen auf ihre Art gute Schützen waren?

Er solle ihm zeigen, wie man in Österreich schoß.

Pavle erwiderte, bei den sirmischen Husaren werde gelehrt, daß von der Schule des Zielens viel abhänge. Daß niemand als guter Schütze zur Welt komme, sondern die französische, preußische oder österreichische Schule durchlaufen müsse, um einer zu werden, und sicher sei es auch in Rußland so. Er wolle damit sagen, daß ihm aufgefallen war, wie sorglos, blindlings, gewaltsam hier geschossen wurde. Bei den sirmischen Husaren hatte das als stümperhaft gegolten und sei bestraft worden.

Schewitsch warf ungefragt ein, daß alle Russen gut zielten, daß sie blindlings träfen, eine Gabe Gottes, die alle Russen besäßen.

Kostjurin wandte sich stirnrunzelnd zu Vitkowitsch um und sagte, wer nicht schnell und blindlings treffen könne, brauche auch nicht zu schießen. Übrigens werde er jetzt gleich beweisen, wie seine Offiziere schossen.

Er rief einen Infanteriehauptmann herbei, der laut lachend in einer Gruppe nahe dem Tisch mit den Pistolen stand. Als er Kostjurins Stimme hörte, verstummte sein Lachen.

Er brüllte: »Zur Stelle!« Kostjurin befahl ihm, zu laden und auf die erste Figur zu schießen.

Der Offizier griff eine Pistole vom Tisch und lud sie, wobei er den Lauf sorglos zuerst auf den General, dann auf Vitkowitschs Brust und schließlich auf den eigenen Kopf richtete. Er drehte sich um und traf die Figur.

Kostjurin fragte Pavle lachend: »Nun, was meinen die Österreicher dazu?«

Pavle antwortete, wenn ein sirmischer Husar beim Laden so mit der Waffe hantiert hätte, wäre er mit zwanzig Stockschlägen aufs Hinterteil bestraft worden.

Kostjurin erhob sich wütend, hielt sich jedoch im Zaum und bat mit beherrschter Stimme, dem Rittmeister Isakowitsch zu verdolmetschen, daß schon viele Menschen durch die Pistole umgekommen seien, beim Laden jedoch nur sehr wenige. Eine solche Haarspalterei stehe einem Offizier nicht an.

»Der Herr Sekondmajor Schewitsch hat ganz recht: Ein gutes Auge ist eine Gabe Gottes. Und wer nicht als guter Schütze geboren ist, wird es niemals lernen.«

Isakowitsch erwiderte respektlos lächelnd: »Bei den sirmischen Husaren habe ich viele im Schießen unterwiesen. Die Schützen, die ich heute gesehen habe, treffen, aber sie verfehlen auch oft. Sie wären viel besser, wenn sie der Waffe ein wenig mehr Aufmerksamkeit schenkten.«

Schewitsch übersetzte diese Worte laut und mit diebischem Vergnügen.

Und er fügte von sich aus hinzu, Isakowitsch meine, nicht der Mensch sei das Wichtigste, sondern die Waffe. Und er grinste.

Während dieses Dialogs hatten sich mehrere Offiziere um den General versammelt, die gutmütig über Pavle lachten. Für sie war er ein Kuriosum, ein Serbe, der nicht recht verstand, was man russisch zu ihm sagte. Keinem erschien seine Antwort zu dreist.

Kostjurin jedoch begann auf und ab zu gehen, ein Zeichen, daß ihn der Rittmeister verärgert hatte. Vitkowitsch wollte Pavle beiseite führen, doch der General richtete noch einmal das Wort an ihn: »Sie haben aberwitzige Ideen, Rittmeister, aber da Sie Ausländer sind, werden wir Ihnen Gehör schenken. Wollen Sie uns bitte erläutern, wie Sie, wenn es von Ihnen abhinge, Ihre künftige Schwadron im Schießen unterweisen würden?«

Da diese sonntäglichen Empfänge bei Kostjurin als Auszeichnung und Zerstreuung galten, ließen immer mehr Offiziere von den Schießübungen ab und drängten sich um den Tisch, an dem Vitkowitsch mit finsterer Miene saß und keinen Blick von Isakowitsch ließ, während Kostjurin weiter auf und ab spazierte.

Pavle trat von einem Bein aufs andere und begann zu erklären, daß man bei den sirmischen Husaren die Waffen mit höchster Sorgfalt behandelte.

»Obwohl ich schon lange Rittmeister war, mußte ich oft die Pistolen meiner Husaren auseinandernehmen und wieder zusammensetzen. Wäre der Mensch alles und die Waffe nichts, dann wäre es nicht nötig, daß die berühmtesten Schützen nach der Waffe suchen, die genau für ihre Hand paßt. Am liebsten würden sie sie nach Maß anfertigen lassen. Wenn der Mensch alles und jede Pistole gut ist, warum ist dann der erste Schuß aus einer gereinigten Waffe besser als die anderen, ganz zu schweigen vom siebenten und achten? Von der Sauberkeit des Laufs hängt sehr viel ab und auch davon, wie die Munition gegossen ist. Man muß auf die Gußform achten. Und schließlich muß der Abzug richtig funktionieren.«

Das sei alles unwichtig, rief Kostjurin. Wichtig sei der Mensch, der schnell ziele, ohne Zeit zu verlieren.

Isakowitsch hielt dagegen, daß ein Husar immer Zeit genug hatte, zu zielen und zu treffen. Im Sattel oder zu Fuß. Und mit einer Schweizer oder französischen Pistole traf er leichter. Selbst wenn ein gutes Auge eine Gabe Gottes wäre – auch Gott verteile diese Gabe nicht wie aus dem Sack. Das sei einigen wenigen vorbehalten. Aber wenn die Reiterei absaß oder anhielt, um zu schießen, würde derjenige siegen, dessen Schwadron gute Waffen besaß und eine Feuerwand vor sich errichtete. Ein Husar mit dem Auge war ein einsamer Schütze. Mit einer guten Waffe und guter Ausbildung war er wie ein Hagelschlag im Getreide.

Der Mensch sei nicht alles.

»Wenn ein guter Schütze in eine brennende Straße vordringt, kann er jedem feindlichen Offizier Einhalt gebieten. Er trifft ihn auf zwanzig oder vierzig Schritt mitten in die Stirn. Manche sirmische Husaren treffen auch auf achtzig Schritt. Und in der Formation schießen sie wie die Infanterie. Wenn am Ende die Pistolen schweigen, kommen die Säbel an die Reihe.«

Pavle sagte das in seiner Muttersprache, in die er einige russische Wörter einflocht, und er wollte Kostjurin lediglich beweisen, daß die Russen mit den serbischen Husaren keine wertlose Erwerbung gemacht hatten. Er glaubte, daß seine Zuhörer ebenso waren wie er selbst. Die Vettern Isakowitsch hatten sich in der serbischen Miliz und bei den sirmischen Husaren daran gewöhnt, daß sie sogar den Bischof beschimpfen konnten. Und sie begriffen nicht, daß man bei Kostjurin nicht mucksen durfte. Später sahen sie ein, daß es besser war, auf russische Manier zu gehorchen, aber kurz nach ihrer Ankunft in Kiew bäumten sie sich eben auf wie ein Pferd unter dem ersten Reiter.

Pavle hatte nicht die Absicht, Kostjurin zu verärgern.

Schewitsch aber gab beim Übersetzen noch einiges hinzu.

Isakowitsch hatte keine Ahnung, daß er komisch wirkte und daß die Offiziere, die ihn jetzt umringten, über ihn lachten.

Jurat rief ihm zu: »Halt doch den Mund! Was geht die das an, wie die sirmischen Husaren furzen! Furz auf russisch!«

Allein Trifun nahm ihn in Schutz, seltsamerweise. Er, der am besten Russisch konnte, erklärte den um Pavle Versammelten laut, sein Vetter habe die Russen nicht beleidigen, sondern ihnen nur erklären wollen, wie man in Österreich schoß.

In diesem Augenblick rief Kostjurin, es sei jetzt genug der Schießerei, und man ginge hinüber zur Reitschule. »Der Herr Rittmeister aus Österreich wird sich überzeugen, daß Rußland keine Waffenschmiede oder Schlosser braucht, sondern Offiziere, die sich auf die Attacke verstehen!«

Vorbei an einem Rondell, in dem die Rosenstöcke mit Pferdemist angehäufelt waren, begab sich Kostjurin zur nahen Reitschule, einer von Holzplanken umgebenen und teilweise überdachten Arena.

Statt mit Sägespänen war sie mit Sand bestreut, den die Hufe wie Fontänen aufwirbelten. In der Arena erhoben sich mehrere Hindernisse in einem großen Kreis.

Sie waren, aus Schilf oder Planken errichtet, über den Wassergräben gut angeordnet. Die letzten beiden waren schwer und über mannshoch, weißgekalkt, gefährlich.

Das sechste Hindernis hieß bei den Offizieren »die Mauer«. Das siebente »das Grab«.

Gegenüber den Hindernissen befanden sich einige Logen aus Holz.

Beim Aufbruch vom Schießplatz waren die Vettern Isakowitsch bedrückt. Sie meinten, daß Pavle sie vor den Russen bloßgestellt hatte. Schewitsch und die russischen Offiziere hefteten sich an die Fersen Kostjurins, der ausschritt wie der Anführer einer Herde. Er hielt Brigadier Vitkowitsch untergefaßt, der sich lauthals für Pavles Kritik entschuldigte. In der russischen Armee stand damals auf so etwas die Knute oder zumindest das Gefängnis.

Aber Kostjurin war ein Mensch, der durchaus nachdachte.

Schon nach wenigen Schritten blieb er stehen und sagte fast schuldbewußt zu Pavle: »Sie sollten wissen, Rittmeister aus Österreich, daß wir auch in Rußland Offiziere schätzen, welche sich bemühen, in die Mechanik der Waffen einzudringen und so weiter. Wir dürfen nicht vergessen, daß auch der Protektor unseres Regiments, Seine Exzellenz Pjotr Iwanowitsch Schuwalow, ein großer Kenner der Waffen und ihrer Fabrikation ist. Ich selbst habe in seiner Werkstatt wahre Wunder gesehen. Kanonen, wie ich sie noch nie erblickt hatte, und eine Haubitze, die Seine Exzellenz persönlich erfunden hat.«

Demnach, fuhr Kostjurin fort, müsse man jeden anhören, besonders die Zuwanderer aus Österreich, denn sie hätten die große Mühe der Übersiedelung auf sich genommen, um der Zarin treu zu dienen. Wenn Isakowitsch noch lernte, zuzuhören und weniger zu räsonieren, könne er eines Tages dank seiner Kenntnis der österreichischen Bewaffnung das Wohlwollen seiner russischen Vorgesetzten erlangen und befördert werden.

Nur müsse er seine Zunge in Zaum halten.

Die Vettern Isakowitsch würden in Rußland sicher eine schöne Zukunft haben.

Pavle folgte der Offiziersgruppe wie im Traum. Er war irritiert, weil alle vermieden, neben ihm zu gehen.

Kostjurin aber schenkte ihm ein gnädiges Lächeln, bevor er in Begleitung seiner Offiziere die Manege betrat wie eine Kirche.

In der Reitschule war ein Hindernisreiten vorgesehen.

Kostjurin und Brigadier Vitkowitsch nahmen ihre Logenplätze ein, und die russischen Offiziere rannten über die Arena zu den Pferden und Stallknechten. Die Sonne schien, und die Pferde nahmen die Hindernisse unter lauten Rufen ihrer Reiter. Die Russen schwangen sich in den Sattel, wie vom Sturmwind getragen oder wie Kinder. Ein Oberst aus der Leibgarde, der bei Kostjurin zu Gast war, führte die Liste der russischen Offiziere und überwachte die Aufstellung der Hindernisse. Schewitsch, der die Liste der serbischen Offiziere führte, hatte die Vettern Isakowitsch als letzte eingesetzt.

Pavle stand einsam und besorgt nahe der Generalsloge und beobachtete. Wie jeder gute Reiter, zumal wenn er lange kein Springreiten mitgemacht hat, interessierte er sich mehr für die Pferde als für die Männer im Sattel.

Fast alle Reiter waren gut, aber sie verließen sich nur auf ihre Kraft. Manchmal nahmen sie die Hindernisse, als wären sie betrunken, und sie behandelten die Pferde grob und unbarmherzig.

Die meisten dieser Jungen, mutwilligen, reichen Offiziere kamen aus fürstlichen Familien, obwohl sie das nicht herausstrichen. Die Vettern Isakowitsch waren für sie ein Kuriosum.

In der Wiener russischen Gesandtschaft hatte man über den Rittmeister gelacht, weil er nicht wußte, wer Psyche war. In Kiew lachte man über die Vettern Isakowitsch, weil sie keine Ahnung von der Genealogie europäischer Fürsten- und Grafengeschlechter hatten und ständig nur von der Familie eines gewissen Fürsten Lazar redeten.

Aber keiner dieser hoffärtigen jungen Adligen wollte sie beleidigen.

Pavle war hingerissen von der Schönheit der Pferde, die an diesem Tag auf den Parcours gingen. Es waren Araber, wie er sie noch nie gesehen hatte. Besonders fielen ihm ein riesiger schwarzer Hengst und eine kraftvolle Stute auf, eine nicht mehr junge, aber elegante Isabelle.

Von Schewitsch begleitet, schritt eine Gruppe Offiziere nach dem Reiten die Arena ab und feuerte die Reiter an, die wie von Dämonen gejagt auf die Hindernisse losstürmten. Wenn einer vor einer schwierigen Barriere aus dem Sattel geschleudert wurde, beschrieb er mit seinem Körper eine Art Kurve in der Luft, saß jedoch nach seinem plötzlichen Sturz sofort wieder auf.

Seltsamerweise versagten an diesem Tag alle Pferde vor

der »Mauer« und erst recht vor dem Hindernis, das das »Grab« genannt wurde.

Sie wichen im letzten Augenblick zur Seite aus und bäumten sich. Da halfen auch Peitschenhiebe nichts.

Als Jurat an der Reihe war, gelang es ihm, alle Hindernisse bis zur »Mauer« zu nehmen, aber davor blieb sein Pferd stehen. – Dreimal versuchte er vergeblich, die Isabelle darüberzujagen.

Es gab großes Getöse.

Petar ritt kühn und erhob sich bei jedem Hindernis so hoch in den Steigbügeln, daß es aussah, als werde er kopfüber abstürzen. Auch er nahm alle Barrieren bis zur »Mauer«. Der Hengst, den er ritt, blieb wie angewurzelt stehen oder warf sich so herum, daß Petar sekundenlang über seiner Mähne schwebte.

Die russischen Offiziere applaudierten ihm höflich.

Trifun machte vor den Hindernissen einen majestätischen Eindruck.

Er saß ruhig und sehr aufrecht, fast steif, wie es die österreichische, das heißt die spanische Schule vorschrieb. Sein Ritt sah aus wie ein Spaziergang. Über den Hindernissen schwankte er im Sattel, stürzte jedoch nicht.

Am Ende war er völlig außer Atem. Kostjurin belohnte ihn mit Bravorufen.

Da dieses Reiten eine Zerstreuung und keine Pflichtübung war, meinte Pavle, nicht antreten zu müssen. Er trug an diesem Tag seinen Offiziersredingote, der voller Silberknöpfe war wie Kostjurins Rock, hohe österreichische Stiefel und den Dreispitz.

Ein eigenes Pferd hatte er nicht. Der Rapphengst und die Isabelle gefielen ihm ausnehmend gut, aber er brachte die Bitte nicht über die Lippen, eines der beiden Tiere vor so vielen Zuschauern reiten zu dürfen.

Er hielt sich für einen mittelmäßigen Springreiter.

Schewitsch aber machte Vitkowitsch und Kostjurin darauf aufmerksam, daß sich Isakowitsch abseits hielt und keinerlei Interesse für die Hindernisse und die Pferde bekundete.

Er rief laut Pavles Namen.

Daß Isakowitsch vom ersten Tag an den Russen die Stirn

bot und dennoch offenbar Kostjurins Wohlwollen erlangt hatte, ließ dem cholerischen jungen Mann keine Ruhe, zumal er von dem Wunsch besessen war, das Kommando über das väterliche Regiment zu übernehmen.

Wie ein Franzose betrachtete Schewitsch das Regiment seines Vaters in Rußland als Familieneigentum. Er hatte sich Kostjurin gegenüber sogar über seine beiden leiblichen Brüder hinweggesetzt.

Da Pavle Ruhe bewahrte und auf Schewitschs Rufe nicht reagierte, versuchte dieser ihn durch grobe Scherze herauszufordern, die im Grunde Beleidigungen waren. Die Gelassenheit und die Arroganz Pavles, der ihn keines Blickes würdigte, brachten ihn in Rage.

Isakowitsch indes betrachtete mit leuchtenden Augen die Pferde.

Die meisten Reiter, die ihre Runden absolviert hatten, versammelten sich um die Generalsloge. Sie debattierten lebhaft darüber, warum die Pferde heute so hartnäckig den Gehorsam vor den beiden Hindernissen verweigerten, die zwar schwierig, aber für einen guten Reiter zu bewältigen waren.

Alle bemühten sich geflissentlich, die Pferde von General Bibikow schlechtzumachen und Kostjurin davon zu überzeugen, daß seine beiden Pferde – die sie mit Namen nannten – selbstverständlich imstande seien, diese schwierigen Hürden zu nehmen.

Pavle fand es abstoßend, wie diese Männer nach absolviertem Ritt Kostjurin umschmeichelten, als wären sie Pferde, die auf ihr Stück Zucker warteten.

Er stand allein da, schweigend und peinlich berührt, und fragte sich, wie lange er das noch mitmachen sollte. Am Ende beschloß er, in Richtung der Ställe zu verschwinden. Isakowitsch hatte sich seinen ersten Tag bei Kostjurin ganz anders vorgestellt. Als er sich eben zu den Ställen aufmachte und an den Logen vorbeiging, wurde der General jedoch aufmerksam und rief belustigt: »Was hat denn der serbische Fürst? Will er uns nicht zeigen, wie man bei den sirmischen Husaren geritten ist? *Tschto s Wami, knjas?*«

Kostjurin sagte es ohne böse Hintergedanken, zufällig, aber Pavle war pikiert, denn der dumme Scherz stammte von Schewitsch, der ihn bei den ersten Besuchen im Kreis der Familie stets so tituliert hatte.

Schewitsch ergänzte, sein Verwandter sei ein seltsamer Heiliger, der in seinem heimatlichen Crna Bara das Reiten ohne Sattel gelernt hätte, wenn er die Stute zur Tränke brachte. Und nun habe er Angst.

Vitkowitsch erklärte dem General lachend, wie man in der Matschva ohne Sattel ritt und wie die Geographie von Crna Bara beschaffen war. Für Kostjurin war dieser Ort so rätselhaft wie eine Mondlandschaft.

Erheitert ließ er Isakowitsch sagen, am Stolz des Rittmeisters auf sein einstiges Vaterland und auf sein sirmisches Husarenregiment sei nichts Böses, jetzt aber müsse er Österreich vergessen und den Blick auf das richten, was vor ihm lag: Rußland!

Es sei schön, wenn er an seine Heimat denke, aber es sei nicht schön, nur eine Einheit, ein Regiment zu lieben statt einer ganzen Armee und Sirmien statt des großen russischen Imperiums.

»Und nun gehen Sie in die Arena und zeigen uns, wie die sirmischen Husaren reiten!«

Und Isakowitsch rief prompt ein: »Zu Befehl, mein General«, was ihn jetzt überraschte.

Er bat nur um die Erlaubnis, jenen Rapphengst oder die isabellfarbene Stute reiten zu dürfen. Er sei überzeugt, daß diese beiden Tiere die höchsten Hindernisse nehmen könnten, wenn man sie nur richtig behandelte.

Da sein Gast, der Oberst aus der Leibgarde, den Rapphengst bereits bestiegen hatte, befahl Kostjurin Pavle, die Stute zu nehmen. Sie sei allerdings schon etwas alt und springe nicht mehr wie früher.

Isakowitsch begab sich eilig zur Arena.

Der Hengst und die Stute waren so nervös, daß die Stallknechte sie kaum beruhigen konnten. Der Rappe ging wie ein Sturmwind auf die Hindernisse los und nahm alle, aber vor der »Mauer« wich er aus. Mit wütenden Peitschenhieben trieb ihn der Reiter auf das »Grab« zu – und flog hoch aus dem Sattel, so daß er unsanft auf dem Gatter landete.

Der Oberst wurde hinausgetragen. Er hatte sich schwer

verletzt. Den Stallknechten gelang es nur mit Mühe, den tobenden Hengst wegzuführen.

Die Stute stand, zitternd, etwas abseits.

Während er auf das Tier zuging, nahm Isakowitsch den Dreispitz ab, zog den Redingote aus, und als er heran war, nahm er das Pferd am Zügel und begann mit ihm zu Fuß eine Runde durch die Manege zu drehen. Beim Näherkommen hatte ihn das Pferd mit seinen großen schwarzen Augen wild angeblickt, und er hatte ihm sanft Mähne und Knie gestreichelt.

Das Tier begann sich ein wenig zu beruhigen.

Pavle erkundigte sich bei einem Stallknecht nach dem Namen der Stute. Sie heiße Lissa, antwortete dieser, die »Füchsin«. Vor einem Jahr noch sei sie ausgezeichnet gesprungen, aber heuer sei sie wie närrisch. Sie fiele vom Trab in Galopp, schwanke wie betrunken, und vor den höchsten Hindernissen weiche sie aus, als wollte sie sich hinlegen.

Sie sei ein verdammtes Weibsbild. Ein gefährliches.

Die ganze Zeit über, in der Pavle mit seiner Stute fertig zu werden suchte, hielt sich Schewitsch dicht neben ihm und setzte ihm mit unaufhörlichen Vorwürfen zu: »Du beteiligst dich nicht am Schießen, willst aber den anderen Lehren erteilen. Du redest nur und lieferst keine Beweise. Was willst du hier in Kiew, was stellst du dir vor? Mit welchem Recht trägst du die Nase hoch und lobst die sirmischen Husaren? Und unsere ganze prachtvolle Nation? In der russischen Armee hast du zu schweigen. Du wirst Männer treffen, Husaren, denen du nicht das Wasser reichen kannst. Und soweit mir bekannt ist, hat die Reiterei von Preradowitsch neben dem Regiment meines Vaters in den Schlachten Österreichs keine Rolle gespielt. Sie war nur simpler Grenzschutz.«

Der Sekondmajor Zivan, der seinen Vater, den General, vertrat, war tief beleidigt, daß Pavle sich nicht für dessen Regiment gemeldet hatte, sondern für das von Preradowitsch. Außerdem kannte er den Rapport, den Wischnewski über die Vettern Isakowitsch nach Kiew geschickt hatte. Darin wurde Pavle als arrogant bezeichnet, als ein Angeber, ein Witwer, der mit Dienstmädchen lebte.

Schewitsch war überzeugt, daß Pavle ein schlechter Schütze sei und daß er sicherlich vom Pferd stürzen werde.

Schewitsch war schon über ein Jahr in Rußland, er hatte eine reiche Frau, bewegte sich in der besten Gesellschaft und betrachtete die Russen nicht nur als Brüder, sondern als höhere Wesen. Die Begegnung mit Pavle, den er jahrelang nicht gesehen hatte, empfand er als peinlich, lästig, herabwürdigend. Pavle kannte Zivan Schewitsch seit der Kindheit, aus Temesvar, aus Wardein, aber jetzt kam er ihm wie ein böser, herzloser Mensch vor, doppelzüngig und hinterhältig. Am liebsten hätte er diesen Gecken hier vor allen verprügelt, aber er hielt sich zurück. Denn ihm fiel ein, daß er schon einen Todfeind hatte: Bozitsch. So begnügte er sich damit, ihm zu sagen, er sei sicher, daß er Schewitsch aus fünfzig Schritt Entfernung in den Kopf treffen würde.

Er bot ihm eine Wette an: Wenn er vom Pferd stürzte, sollte Zivan alles gehören, was er besaß. Wenn er aber alle Hindernisse nahm, sollte ihm Zivan in Gegenwart seiner Frau die Stiefel küssen.

Dann wandte er ihm den Rücken.

Er nahm der Stute den Sattel ab und sprach leise auf sie ein, als wäre sie seine Vertraute.

In diesem Augenblick war ihm das Pferd tatsächlich näher als all die Männer in der Reitschule. Er hatte vergessen, wo er sich befand.

Pferde hatten Isakowitsch stets mehr bedeutet als den anderen die Menschen.

Er liebte ihre Wildheit, ihre Kraft, ihren stolzen Gang. Er streichelte ihre Mähnen wie Frauenhaar. Das Pferd war ein kluges, treues Tier, es konnte zärtlich, aber auch zornig sein, es war dem Menschen Bruder und Schwester, es trug ihn aus dem Feuer der Schlachten und ließ ihn selbst in seiner Todesstunde nicht allein. Isakowitsch ritt, als hätte er den Wind im Nacken, an den Pferdehals gelehnt – so hatte er es in der Kindheit gelernt. Schewitsch war ein guter Reiter, hielt aber das Pferd für das närrischste und dümmste aller Tiere. Er sei einverstanden, sagte er im Weggehen, Isakowitsch die Stiefel zu küssen, wenn er auch das letzte Hindernis bewältige.

»Was willst du«, fragte er spöttisch, »damit beweisen, daß

du all dein Eigentum für eine Stute und ein Hindernis verwettest? Daß du dir für das Fußvolk zu gut bist? Aus dem Regiment von Preradowitsch werden ohnehin alle zur Infanterie versetzt. Ich habe es von Kostjurin gehört.«

Isakowitsch rief, er solle verschwinden, wenn er nicht wolle, daß sie sich prügelten. Und was die Pferde betreffe, die Vettern Isakowitsch seien nach Kiew gekommen, weil sie ihrer Familie und ihrer Nation Ehre machen wollten, nicht Schande wie gewisse Proviantoffiziere namens Schewitsch!

Das war eine schwere Beleidigung, denn dieser Tage war auf Horvats Anzeige eine Untersuchung gegen General Schewitsch wegen Diebstahls von Hafer und Heu geführt worden. Obwohl Schewitsch unbeschadet daraus hervorgegangen war, glaubten alle serbischen Zuwanderer dem Gerücht, daß er der russischen Intendantur hatte Schaden zufügen wollen.

So also verlief die Auseinandersetzung zwischen den beiden miteinander verwandten serbischen Aussiedlern, ehe sie sich für immer trennten.

Und das war auch gut so, denn die Isakowitschs kannten, wenn sie sich einmal über jemanden hermachten, kein Erbarmen: Jurat würgte seinen Gegner bei einem Handgemenge bis zur Bewußtlosigkeit; Petar hieb zwar nur einmal, aber dafür mit dem Säbel zu; Trifun zielte auf den Kopf, während Pavle erst im letzten Augenblick, nachdem er zugebissen, zugeschlagen, gewürgt, Glieder gebrochen oder abgehackt hatte, von dem Menschen abließ, den er an der Kehle gepackt hielt, ihn dann wie einen Kadaver mit dem Fuß wegstieß und dazu nur gutmütig lachte.

Schewitsch entfernte sich, von Wut zerfressen. Isakowitsch aber erfreute sich wie ein Kind an seinem neuen Spielzeug: Er streichelte seine Stute, wischte sie trocken, legte ihr den Sattel wieder auf und sprach dabei zärtlicher mit ihr als mit Frau Evdokija. Der russische Stallknecht, der diese Stute betreute, erzählte später, Isakowitsch sei beim Aufsitzen trunken gewesen.

Er habe sie fast angesungen und den Namen Lissa gegurrt, als wäre sie seine Braut.

Wie immer, wenn er zu einer Sache wild entschlossen war,

stand Pavle ein, zwei Augenblicke nachdenklich und mit abwesendem Blick.

Schewitsch, dachte er, hat keine Ahnung von Pferden, aber die Russen wissen, was ein Pferd ist. Sie werden sehen und verstehen, was ein sirmischer Husar kann.

Die ersten drei Barrieren aus Schilf erschienen Pavle leicht, der Abstand dazwischen ausreichend. Mit den Wassergräben verhielt es sich ebenso. Die beiden nächsten Hindernisse ragten nicht höher auf als die bei Engelshofen in Temesvar.

Die »Mauer« indes war halsbrecherisch.

Und das »Grab« am Ende strebte so steil auf, daß es jedem unglaublich vorkommen mußte, wie ein Pferd darüberspringen sollte.

Pavle jedoch hatte solche Hindernisse schon genommen. Als er aufsaß, ahnten die Offiziere in der Menge, daß sich da etwas Außergewöhnliches anbahnte.

Schewitsch bemühte sich, lauthals allen zu verkünden, daß sie sich auf etwas sehr Komisches gefaßt machen könnten: Wenn Pavle sich nämlich jetzt erkühnte, mit dieser Stute auch das siebente Hindernis anzugehen – das »Grab«.

Die beiden Generale hatten sich in ihrer Loge erhoben. Vitkowitsch war besorgt, Kostjurin dagegen überzeugt, daß die Stute das Hindernis nicht nehmen würde, nicht nehmen konnte.

Pavle saß auf wie zu Eis erstarrt – er fragte nichts, er sagte nichts, er sah niemanden an.

Er spürte nur wie immer seine Einsamkeit.

Er hatte sich gemerkt, daß der Hengst wie im Fieber dahingerast war, die Stute aber ruhig zum Galopp gewechselt hatte. Beide Tiere waren leicht über die ersten vier Hindernisse gekommen. Beim fünften hatte der Hengst den Reiter hoch aus dem Sattel gehoben, und die Stute hatte es mit gesenktem Kopf schwer und widerwillig übersprungen.

Beim sechsten Hindernis war der Hengst unter der Knute ängstlich geworden, und die Stute war so zur Seite geschwenkt, daß ihr der Reiter fast auf dem Kopf saß.

Ihm fiel auch ein, daß er selbst während seiner Reise schwerer geworden war. Und er trug nicht die leichten Husarenstiefel, sondern die schweren deutschen. Aber er atmete den Geruch des Sandes und des Tiers unter sich und erinnerte sich, wie es bei seiner Annäherung geschnaubt hatte.

Sie hatten sich direkt in die Augen geblickt, und Isakowitsch hatte ihr zugelächelt.

Er hatte das schwitzende Pferd eigenhändig trockengerieben und ihm dann die Kandare so sanft angelegt, als streichelte er die Wange einer Frau. Jetzt ging es ruhig und fröhlich unter ihm wie im Tanz. Er murmelte zärtlich ihren Namen: »Lissa, Lissa!«

Während er die Zügel fester packte, sah Isakowitsch die Gesichter der Offiziere wie in einem Amphitheater: das von Vitkowitsch, das von Kostjurin, der ihm etwas zurief, die Gesichter seiner drei Vettern, die sich unter die Menge gemischt hatten, als wollten sie sich verstecken. Die Stute ging ruhig zum Trab über.

Es war jetzt zu spät, daran zu denken, was in Wien mit Frau Evdokija geschehen war und was mit ihm in Kiew geschehen würde. Dies war nicht das Rußland, auf das er gehofft hatte. Es war ein gigantischer Garsuli, der mal das Gesicht von Schewitsch, mal das von Kostjurin, mal das von Trifun hatte, dessen schrecklich finsterer Blick jedoch stets derselbe war.

Pavle dachte noch einmal daran, wie der Rapphengst Jupiter verendet war. Dann brachte er wiederum seine Stute zum Stehen, sagte ihr zärtliche Worte in seiner Muttersprache, so wie er im Traum mit seiner verstorbenen Frau redete. Das Tier lauschte und spielte mit den Ohren, als verstünde es ihn.

Dann trieb er die Stute auf den Parcours.

Sie ging leicht wie der Wind, ganz anders, als er sie eben gesehen hatte, und er fühlte in ihrem Wiegen die Bereitschaft, ihn zu tragen, ihm zu gehorchen. Sie reagierte willig auf den leisesten Druck seiner Knie wie eine Frau, die seine Liebkosungen erwiderte.

Isakowitsch spürte, daß dieses Tier noch immer stark und jung genug war, um die schwersten Hindernisse zu nehmen.

»Lissa!« rief er so laut, daß alle es hörten.

Und die Stute fügte sich dem Rhythmus, den er ihr diktierte.

Wenn er sie wendete, neigte sie sich instinktiv auf das Zeichen seiner Hand nach rechts und links, und ebenso beugte sie ihren schönen Kopf.

Es war, als tanzten sie Polonaise.

Pavle trieb sie in leichtem Galopp auf das erste Hindernis zu.

Die Stute folgte freudig, und er spürte, wie sie den Sand unter sich hochwarf.

»Lissa, Lissa!« echote es in der Manege, und in dieser menschlichen Stimme hallte etwas wie ein Schrei wider.

Der Mensch berührte dann mit den Sporen die Weichen des Tiers. Es nahm das erste, zweite, dritte Hindernis wie neugeboren.

Es sprang so fröhlich, als höbe es nur die Hufe.

Als die Stute das vierte Hindernis anging – eine höhere Schilfhecke mit Wassergraben –, erkannten die Zuschauer, daß da etwas Besonderes geschah, und applaudierten dem Reiter.

Isakowitsch ritt sehr leicht auf dieser hohen isabellfarbenen Stute.

Als sie den Applaus hörte, fiel sie in noch schnelleren Galopp, schnaubte fröhlich.

Pavle spürte, daß sie ihn aus eigenem Willen zum fünften Hindernis trug. Drei Balken, unter denen er ein tiefes Wasser erblickte.

Er hatte keine Zeit zum Überlegen. Sie flog kräftig, tadellos darüber hin.

Das einzige, was der Reiter tun konnte, war, wenn sie die Hinterbeine zu hoch hob, sich nach hinten zu legen.

Die Zuschauer klatschten erfreut.

Erst als die Stute weiterlief, gewahrte Isakowitsch das sechste Hindernis – die »Mauer« –, das ihm uneinnehmbar erschien und jetzt mit mörderischer Geschwindigkeit auf ihn zukam.

Die Stute rannte darauf los, als sollten sie zusammenstoßen.

Die Zuschauer schrien auf.

Pavle hatte das Gefühl, daß ihm die Stute aus den Händen glitt und daß er ihr fast machtlos im Nacken hockte. Sein

Kopf lag rechts neben ihrem Hals, als wären sie in einer wilden und heißen Umarmung.

Im entscheidenden Augenblick drückte er ihr die Fersen in die Weichen, und sie hob sich, wie vom Wind getragen. In wildem Lauf vor dem Hindernis angelangt, überflog sie es in einem wunderbaren, hohen Sprung.

Alles applaudierte.

Bevor er einen Gedanken fassen konnte, spürte er, daß die Stute der siebenten, »Grab« genannten Barriere entgegenstürmte – einer über mannshohen Mauer in einem Wassergraben. Das Pferd wäre nicht mehr aufzuhalten gewesen, selbst wenn er es gewollt hätte.

Man hörte ihn nur einen durchdringenden Schrei ausrufen: »Lissa!«

Die Offiziere sahen, wie sie die Vorderbeine hochriß und sie jenseits des Grabens aufsetzte. Der Sprung war so erschreckend, daß man glaubte, Pferd und Reiter würden stürzen. Die Stute indes setzte ganz leicht auf und schüttelte wild den Kopf, als wollte sie Sattel und Reiter von sich werfen.

Für Pavle versank alles in Schreien und Applaus.

Danach konnte er die Stute im Galopp nur mühsam bändigen. Sie schüttelte den Kopf, bis er sich auf ihren Hals legte und ihr die Mähne streichelte und ihr sanfte Worte zuflüsterte.

Mit einem Gefühl großer Freude durchritt Isakowitsch noch einmal den Parcours in leichtem Galopp, begleitet von enthusiastischem Applaus, und dann blieb er vor der Loge stehen, aus der ihm Kostjurin entgegentrat.

Schewitsch rannte herbei, als wollte er dem Reiter aus dem Sattel helfen, aber Pavle beschimpfte ihn unflätig in ihrer Muttersprache.

Die Stute war zur Ruhe gekommen. Von Schaum bedeckt.

Pavle ließ sich herabgleiten wie in einem Wasserfall.

Während er sie trockenrieb, zitterte sie.

Und als der Stallknecht kam, um sie wegzuführen, wandte sie den Kopf und sah dem Reiter mit ihren großen schwarzen Augen nach. Als bedauerte sie, daß sie sich trennten.

Die Stallknechte riefen dem Rittmeister zu, sie gehöre dem

General Bibikow, und Seine Exzellenz werde entzückt sein zu hören, was sich ereignet hatte.

Als Pavle auf Kostjurin zuging, um den sich die Offiziere scharten, war ihm, als wäre er wieder unter seinen sirmischen Husaren, als erlebte er einen Augenblick, der sich niemals wiederholen würde – wie in einem Traum.

VII

Der russische Befehl lautet: Attacke, Attacke!

Am Sonnabend vor dem Sonntag der Kreuzverehrung, es war in jenem Jahr der Tag der 42 Märtyrer von Amorion, fand für die Vettern Isakowitsch und ihre Grenzer in Kiew eine Zeremonie statt, die sie in Österreich »Fassung« genannt hatten: Empfang von Lebensmitteln, Löhnung, Waffen, russischen Uniformen und russischen Regimentsfahnen.

Es war eine feierliche Veranstaltung vor den Baracken des Stabsquartiers von Vitkowitsch. Kostjurin persönlich wohnte der Parade der Serben bei, die bereits in die Regimenter von Schewitsch und Preradowitsch aufgenommen waren. Etwa dreißig Mann sollten in das Kosakenregiment nach Tschernigow gehen.

Die meisten kamen in ihren Uniformen, mit ihren Pferden und Waffen, und sie hatten auch Frauen und Kinder mitgebracht.

Wer ohne Ausrüstung war, erhielt auf Kostjurins Anweisung Waffen, Pferde und Uniformteile, die nicht zusammenpaßten.

Auf dem viereckigen, vom Schnee gesäuberten Hof des Stabsquartiers hatte man eine kleine Holztribüne errichtet, auf welcher der Kommandant von Kiew, umgeben von Grenadieren, Fürsten und Grafen, Platz nahm, um dem Defilee der Serben beizuwohnen.

Er war an diesem Tag sehr guter Stimmung.

An der Spitze seiner glänzenden Suite, zu der auch Vitkowitsch gehörte, nahm er die buntscheckige Parade der Zugewanderten ab, die sich in Mirgorod, Krylow, Bachmut ansiedeln und im kommenden Herbst bei den Manövern erscheinen sollten.

Das Bild, das sich Kostjurin bot, war pittoresk.

Rechts vor sich erblickte er mehr als zweihundert Mann, die für das Fußvolk vorgesehen und an diesem noch winterlichen Tag bereits seit dem frühen Morgen angetreten waren. Links standen die Reiterschwadronen, die in die Husarenregimenter der Generale Schewitsch und Preradowitsch eingehen sollten. Es war den Männern erlaubt, die frierenden und erschöpften Pferde zu bewegen, aber mit dem Erscheinen Kostjurins und seines Stabs hatten sie in geordneter Formation Aufstellung genommen. Die Pferde schüttelten wegen des lästigen Zaumzeugs mit den Köpfen oder scharrten mit den Hufen. Die Reiter, die bessere Uniformen bekommen hatten als das Fußvolk, richteten sich, des langen Sitzens entwöhnt, im Sattel auf, als wollten sie ihre Landsleute, die mit gegrätschten Beinen dastanden, so weit wie möglich überragen. Die Infanterie war in Schwarz und Grün, die Reiterei in Rot und Blau gekleidet.

Am rechten Flügel standen drei Kompanien aus dem Kiewer Grenadierregiment, die Kostjurin bei der Übung den serbischen Infanteristen entgegenschicken wollte. Den linken Flügel bildete eine Formation Kosaken, die für Tschernigow vorgesehen waren. Sie saßen auf nervösen Pferden, die Lanzen in die rechten Steigbügel gestützt. Um sie abzuholen, war Rittmeister Uksumowitsch hergekommen, der sich auf seinem Rappen vor der Schwadron im Kreis drehte, wobei er das Pferd beschimpfte und mit Faustschlägen bearbeitete.

Jenseits der Formationen erstreckte sich der Blick auf die schneebedeckten Böschungen, den über die Ufer getretenen Dnjepr mit seinen Eisschollen und am anderen Ufer auf die endlose, noch weiße, von langen Weiden- und Pappelreihen durchzogene Ebene.

Im Hintergrund flimmerte der Horizont wie vom Widerschein der gefrorenen und verschneiten Erde. Und über diesem Flimmern wölbte sich der Himmel an jenem Tag so blau, als hätte sich Rußland in Italien verwandelt.

Kostjurin hörte sich die Verlesung der Listen, Protokolle

und Verzeichnisse nebst Anzahl der Offiziere und Soldaten in aufrechter Haltung an.

Durch Vitkowitsch hatte er befehlen lassen, daß man bequem stehen durfte.

Kostjurin wußte aus den Berichten, die ihm die Kanzlei des Grafen Keyserling und das Kollegium in Sankt Petersburg schickte, daß Österreich – in Erwartung weiterer Kriege mit Preußen – die serbischen Regimenter entlang der türkischen Grenze reorganisierte und nicht nur österreichische Uniformen, sondern auch deutsche Kommandos einführte. Er wußte, daß die Befehlsgewalt dort, soweit möglich, nur Deutschen katholischen Glaubens gegeben wurde, und er wußte von einer Reihe serbischer Rebellionen. Obwohl er nicht in Einzelheiten darüber unterrichtet war, wie man jetzt mit den Regimentern aus der Lika, aus Otoschan, Ogulin, Slunj, dem Ersten und Zweiten aus Banja verfuhr, war ihm bekannt, daß einer serbischen Armee das Grab gegraben wurde, die beim Einmarsch der Österreicher in die Türkei die Vorhut und bei ihrem Rückzug die Nachhut gebildet hatte.

Für die Vettern Isakowitsch, die jetzt zusahen, wie die Reste dieser Armee neu eingekleidet wurden, war es ein noch viel traurigeres Bild.

Die Armee, die nicht nur am Rhein, sondern auch in der Provence, in Holland und Italien ihre Toten hinterlassen hatte, war begraben und vergessen. Sie waren hier in Kiew wie Geister aus dem Grab auferstanden und zu den Russen übergegangen.

Der österreichische Imperator Ferdinand hatte die Anführer dieser Armee als ehrenwerte, edle, hochwohlgeborene Christen bezeichnet, die ihm herzlich lieb waren. So stand es in den kaiserlichen Reskripten.

Ihren Kampf für Österreich und das Christentum und ihren Tod hatte er ein schönes Beispiel genannt. Ein Beispiel, das vorbildlich war und nicht genug gelobt werden konnte. So stand es in den Briefen aus Wien.

Das wurde den serbischen Grenzerregimentern auch auf dem nationalen Kongreß bestätigt, der 1731 in Karlovci stattgefunden hatte. Und dieselben Worte gebrauchte die Frau des serbischen Gouverneurs Alexander von Württemberg, die Prinzessin, die in jenem Jahr 150 Dukaten als Geschenk empfangen hatte, wenn sie sich an die Befehlshaber der serbischen Truppen wandte. So redete auch Graf Olivier Wallis, der diese Regimenter befehligte, als die österreichischen Truppen vor den Türken den Rückzug antraten. Und das hatte ihnen auch einst Prinz Eugen von Savoyen geschrieben, der Marschall und Eroberer von Belgrad, der den Serben eine wahre Mutter war und dem Tekelija das Tor zum Krieg und zu den Türken geöffnet hatte.

Karl Alexander, Prinz von Württemberg, der 1720 zum Gouverneur von Serbien ernannt worden war, hatte entsprechend seinem Gesuch zur Aufbesserung seiner Finanzen 300 Dukaten erhalten, während seine Frau 150 empfing. Und General Graf Maruli empfing im selben Jahr 200 Dukaten.

Sie alle sprachen sehr gut von den Serben. Aber während Kostjurin nur einige dieser Einzelheiten wußte, die ihm neben vielen anderen überflüssigen Einzelheiten über die Serben berichtet worden waren, sahen die Vettern Isakowitsch den Uniformwechsel dieser Truppen mit wissenden Augen und mit der Erkenntnis dessen an, was das Schicksal ihrer Nation war. Kostjurin dachte natürlich über die Vergangenheit dieser Truppen nach, aber diese Überlegungen waren abstrakt.

Er hatte sie niemals im Kampf *erlebt*.

Die Vettern Isakowitsch trugen diese Vergangenheit in ihren Augen. Und in ihren Tränen.

Obgleich dieser balkanische Haufen bei Piccolominis Rückzug nur eine riesige Menge Zerlumpter gewesen war, die mit türkischen Lanzen in der Hand im Sattel saßen, hatten sie dennoch die türkischen Provinzen um Belgrad und Temesvar wie im Sturm erobert.

Wie ein Wolfsrudel hatten sie dann die Türken beim Rückzug von Buda verfolgt.

Fünfzig Jahre lang hatten menschliche Gebeine, gebleicht von Wind und Wetter, ihre Spuren markiert.

Und ihre roten Pelerinen flatterten später auf allen europäischen Schlachtfeldern und blieben vielen in Erinnerung. In den fremden Ländern erinnerte man sich auch der Schönheit und Männlichkeit dieser Reiter, die von irgendwo kamen und irgendwohin gingen, mit ihrer unverständlichen Sprache und ihren traurigen Liedern.

Die Vettern Isakowitsch entsannen sich dieser Armee aus ihrer Kindheit. Als Österreich diese Armee zum Fußvolk degradierte, ließ es ihr die roten Pelerinen, die von nun an zu Fuß durch Europa getragen wurden und die Toten auf allen Schlachtfeldern bedeckten.

Eine Zeitlang blieb der rote serbische Umhang allen Armeen im Gedächtnis, bis später fast die gesamte europäische Infanterie rote Mäntel zu tragen begann.

Und diese Fußsoldaten, die in Opanken gingen, die zwei Pistolen und den Jatagan im Gürtel trugen, prägten sich allen ein durch ihre Stattlichkeit und ihre entblößte Brust voller Narben und Haarbüschel. Und durch ihre Pelzmützen, die auch die Ärmsten unter ihnen besaßen, geschmückt mit Gurken, Möhren, Rüben, Pflaumen, gelbem Laub und Sonnenblumen. Und durch die Gemetzel in den französischen und preußischen Kriegen. Und durch die Musikanten, die mit ihren Flöten und Dudelsäcken, Schalmeien und Trommeln an der Spitze der Truppe marschierten.

Leider hatte man auch nicht die Massaker vergessen, die sie in den Kriegen gegen Frankreich und Preußen veranstaltet hatten.

In den letzten Jahren – seit den französischen und preußischen Kriegen – boten sie freilich ein anderes Bild, sie schienen, ganz in Silber und scharlachfarbenem Tuch, aus ruhmreichen alten Zeiten auferstanden. Die Offiziere mit silberbeschlagenen Säbeln, Silberknöpfen, silbergesteppten Westen und Perlen. Einige von ihnen trugen sogar goldene Armbänder.

Sie waren hochgewachsen, aufrecht, und ihre Kopfbedekkungen waren mit Pfauenfedern geschmückt.

Die Frauen im kaiserlichen Wien sprachen über sie, ebenso wie einst über die Ungarn.

Und weil viele von ihnen aus Kroatien stammten und weil sie mit den kroatischen Truppen vermischt wurden und den Kroaten ähnlich waren, nannte man sie Raizen oder Kroaten. Jetzt, da Österreich sie in dieselben Uniformen steckte wie die eigenen Soldaten, gingen sie in der Masse des Heeres unter und waren nur an ihrer Nummer, ihrem Gesicht und ihrer Sprache zu erkennen.

Aber noch immer hoben sie sich durch ihren Tritt hervor.

Jeder österreichische Offizier wußte sofort, wenn eines ihrer Regimenter durch Wien marschierte, ob es das Erste oder das Zweite aus Banja war.

Man nahm ihnen die Fahnen weg, weil es angeblich Kirchenfahnen waren, die Lanzen, weil sie für Europa veraltet waren, die serbischen Kommandos, weil das Deutsche die Sprache aller österreichischen Armeen wurde. Und sie ahnten nicht, daß diejenigen, die nach Rußland auswanderten, weil sie nicht zum Fußvolk wollten, das erste Zeichen für das Ende jener einst so großen Armee setzten. Später, während der napoleonischen Kriege, tauchten sie noch einmal wie wiedergeboren im österreichischen Heer auf, und auch da wurden Wunderdinge über sie erzählt.

Aber sie waren kein Volk mehr, sondern Regimenter von Söldnern und Knechten, die mit ihren Sturmangriffen und Bajonetten zu Ruhm gelangten, doch nicht mehr wußten, was ihr Vaterland war.

Unter ihnen gab es Barone, Grafen, Ritter des Maria-Theresia-Ordens, österreichische Generale und Feldmarschälle, ihr Lied indes war verstummt. Bei den Truppen wurde nicht mehr über Schlachten gesungen, sondern über Weiberröcke. General Davidow, einer der elegantesten österreichischen Reiter, kam zur Sommerfrische in sein banatisches Dorf – statt das kaiserliche Bad Ischl aufzusuchen –, aber wenn er sich von seiner Mutter, einer Bäuerin, verabschiedete, küßte er ihr die Hand wie Maria Theresia und den Prinzessinnen.

Und die Mutter sah ihn mit Tränen in den Augen an, als wäre er nicht ganz bei Trost.

Das einzige, was sie in Ehren hielten, um sich vor ihren Landsleuten nicht bloßzustellen, war der Name ihres Heimatdorfs. Wenn sie von Österreich den Adelstitel erhielten, wählten sie diesen Namen als Prädikat, So wurden sie zum Beispiel Edle »von Brlog«; Buda, der Gran, Temesvar, Lipa, Senta waren die Schlachten jener ursprünglichen Armee und die Siege der ganzen Nation. Die der letzten nach hundert

Jahren – Custozza, Solferino – waren nicht mehr Schlachten der Nation, sondern österreichische Schlachten unter Verwendung serbischer Soldaten.

An jenem Spätwintertag des Jahres 1753 wollte sich Kostjurin nur vergewissern, ob diese zerlumpten Zuwanderer zu einem stehenden Heer taugten, das man in künftigen Kriegen einsetzen konnte. Deshalb hatte er Brigadier Vitkowitsch gebeten, ihm zu zeigen, wie diese struppigen Männer mit ihren langen Schnurrbärten in Uniform aussähen. Er begab sich unter sie, die mit Pferden und Fahnen vor der Tribüne strammstanden, und stellte ihnen nach links und rechts Fragen.

Von der Tribüne aus sah er dann zu, wie sie zum erstenmal auf russische Kommandos hörten und den Wachtmeistern in russischer Sprache antworteten.

Als der ganze Haufen brüllte: »Seine hochwohlgeborene Exzellenz, der Herr Generalleutnant und Ritter, unser Väterchen Iwan Iwanowitsch Kostjurin, er lebe hoch!«, lächelte er zufrieden.

Obwohl dieser Gruß nach russischem Reglement nicht korrekt war, gefiel er ihm. Er wandte sich um und klopfte Vitkowitsch auf die Schulter.

Die anwesenden Offiziere des Kiewer Grenadierregiments lachten ebenfalls und stießen einander heimlich an. Sie waren froh, daß dieser bunte Haufen Kiew verließ. Die Serben hatten nämlich begonnen, in der Grenadierkaserne Unruhe zu stiften und die Offiziere unflätig zu beschimpfen.

Kostjurin war zu dieser Parade in einem Pelz erschienen.

Darin sah er noch blasser, erschöpfter und anfälliger aus, obgleich er breitschultrig und stattlich war. Seine hellgrünen Augen blickten melancholisch und nachdenklich.

Er ließ die Truppen vor seiner Tribüne exerzieren, als vertriebe er sich die Zeit mit Spielzeug.

Die Serben ahnten nicht, daß er sie bedauerte. Er wußte, daß sie bald alle im Krieg fallen würden, und dabei gefielen sie ihm, weil sie fast alle groß und gut gebaut waren und elegant exerzierten.

Wenn er neben Vitkowitsch Platz nahm, zeigte er ihm ab und zu mit erhobener Hand etwas in der Ferne. Dann erhob er sich wieder und stand stumm und gedankenverloren da.

Trotz vorgerücktem Alter war sein von Frost und Winden gegerbtes und zerfurchtes Gesicht gebräunt wie von einer Sonne, die allein für ihn ewig schien.

Während die neu eingekleideten Einwanderertruppen nach lauten, jetzt schon russischen Befehlen ihre Positionen einnahmen, wandte sich der General zu seinem Stab um und sprach belehrend, aber mit legerem Ton auf ihn ein. Sobald er das Wort ergriff, scharten sich die Offiziere dichter um ihn und lauschten.

Als läge ihnen sehr daran.

Auch diejenigen, die vor der Tribüne standen, hörten zu, darunter die Vettern Isakowitsch.

Kostjurin ging es darum, daß sich die neuen serbisch-österreichischen Truppen möglichst schnell an die russischen Kommandos gewöhnten. Und im weiteren Sinne, nach Plan des Kollegiums, ging es darum, in kürzester Frist eine möglichst vielköpfige russische Infanterie aufzustellen, die den Preußen die Stirn bieten konnte. »Der Mushik«, sagte er, »muß lernen, auf der Stelle still zu stehen, selbst wenn er dabei fallen sollte!«

Nach den Berichten der Spione zu schließen, rüsteten die Preußen aufs neue, und ihr König, dieser Satan in Menschengestalt, war bestimmt wieder dabei, wer weiß welche strategischen und taktischen Finten für den künftigen Krieg zu ersinnen.

Es hieß, er studiere die Möglichkeit einer neuen Attacke durch Umzingelung von der Flanke aus.

Und er schicke die Artillerie in die Vorhut.

Und seine Infanterie feuere in jeder Minute eine Salve ab.

Das Kollegium, so sagte Kostjurin, meine, daß die russische Attacke noch immer auf dem Stand der schwedischen im Dreißigjährigen Krieg sei. Einige Feuerköpfe im Kollegium forderten, daß die Reiterei die russischen Lanzen ablegte. Die wichtigste Aufgabe seiner Offiziere sei es, darauf zu achten, daß das Fußvolk nicht zu hoch schoß. Zu diesem Zweck würden sie englische Stöckchen bekommen, um die Salven zu dirigieren. Ein französisches Regiment namens »chasseurs de Grassin« – Kostjurin sprach es französisch aus – hatte durch gezieltes Feuer das Umzingelungsmanöver einer ganzen Brigade verhindert. Es sei ein Fehler gewesen, daß die Armee auf der Krim um die Fortifikationen stehengeblieben war. Man hätte sie umkreisen müssen, marschieren, vorrücken!

Dann fielen die Festungen wie reife Birnen.

Das Kollegium verlange mehr Geschwindigkeit beim Manöver, besonders vom Fußvolk.

Feldschlachten. Attacken, Attacken!

Während dieses ganzen Sermons schwiegen die Offiziere, obwohl ihnen ausdrücklich gesagt worden war, daß Kostjurin Kritik nicht nur vertrug, sondern sogar von ihnen forderte.

Nach Kostjurins Ansprache leiteten einige Offiziere Übungen mit den Kiewer Grenadierkompanien und den künftigen serbischen Kosaken, die abzuholen Rittmeister Uksumowitsch eingetroffen war. Unter Schewitschs Offizieren kam als erster Petar an die Reihe.

An der Spitze der Husaren von Zivan Schewitsch ritt er vor die Tribüne.

Er machte zu Pferd eine sehr gute Figur.

Stritzeskis Fluch hatte er vergessen und die Nacht neben Varvara verbracht, die im siebenten Monat schwanger war und Petar jetzt liebte wie eine Schwester den Bruder.

Sie hatte ihn damit getröstet, daß sie sich langsam an das Leben in Kiew zu gewöhnen begann und daß ihr Kind hier zur Welt kommen würde. Glücklich und verliebt war er am Morgen aufgestanden.

Kostjurin rief ihm zu, er wolle seine Kommandos auf russisch hören.

Petar gab dem Pferd – einer nervösen närrischen Artillerie-Stute – die Sporen und demonstrierte einige Übungen mit seiner Schwadron. Die Männer, von Zivan Schewitsch streng gedrillt, führten sie aus wie auf dem Schachbrett. Und Petar beherrschte die Kommandos in russischer Sprache.

Kostjurin war zufrieden.

Als Petar danach vor die Tribüne ritt, fragte ihn Kostjurin, welchen Befehl er geben würde, wenn er von der Flanke her durch Grenadiere unter Beschuß genommen wurde.

Petar antwortete verlegen: »Zur Attacke!«

Kostjurin stellte noch ein paar Fragen und sagte dann zu Vitkowitsch, dieser Offizier habe sehr gute Manieren und gefalle auch seiner Frau und den Töchtern. Sie hätten gehört, daß er mit einer Bojarin verheiratet sei. Er werde ihn nach der Rückkehr vom Donez in seinen Stab aufnehmen.

Er sei ein wahrer Apollo, ein Bild von einem Mann!

Inzwischen ritt Petar Isakowitsch zu den Wachtmeistern und Stallknechten hinüber, die hinter der Tribüne in Schlamm und Schnee warteten. Die Stute wurde unruhig, als ein Stallknecht näher kam, und dieser drohte ihr mit der Knute. Beim Anblick des roten Ärmelaufschlags ging die Stute hoch, und Petar schwankte im Sattel. Er schlug das Tier mit der flachen Hand auf den Hals und wollte absitzen.

Aber er wußte nicht, wen er geschlagen hatte.

Diese Stute hatte die Angewohnheit, sich unverhofft mitsamt ihrem Reiter hinzulegen. Petar stürzte zu Boden und wurde von einem Huf am Kopf getroffen. Obwohl der Tritt nicht heftig und sicher unbeabsichtigt war, schrie Petar auf und verlor das Bewußtsein.

Die Stallknechte mußten ihn wegtragen.

Der herbeigerufene Feldscher befahl, ihn unverzüglich ins Bett zu bringen. Im Schlitten kam er zu sich, und als er hörte, was geschehen war, bat er, ihn nicht nach Haus zu seiner schwangeren Frau zu fahren. Der Schreck konnte böse Folgen für sie haben. Aber in der Aufregung hörte niemand auf ihn, und dann wurde er wieder ohnmächtig.

Weder Kostjurin noch Vitkowitsch noch die Vettern Isakowitsch hatten gesehen, was mit Petar geschah.

Ein Sturz vom Pferd während einer Parade wurde übrigens streng bestraft, nicht jedoch bei einer solchen inoffiziellen Gelegenheit, die Kostjurin als Zeitvertreib betrachtete.

Er wußte, daß die Zugewanderten auf Pferden saßen, die ihnen von der Artillerie geliehen waren, aber ihm lag jetzt nicht daran, ihre Reitkunst zu sehen, sondern ihre russischen Kommandos zu hören.

Diese Artilleriepferde waren richtige Bestien mit struppigen Köpfen, hartem Gebiß, starken Bäuchen und langen Schweifen. Unter fremden Reitern gebärdeten sie sich störrisch wie alte Esel.

Schewitsch fuhr fort, die Offiziere von seiner Liste aufzurufen, im selben Ton, wie er über seine Wachtmeister die Husaren zum Säubern der Latrinen abkommandierte.

Als Jurat Isakowitsch – nunmehr Georgi Issakowitsch Zeremski – an die Reihe kam, erschien er wie ein schöner Zigeuner im Sattel vor Kostjurin.

Er hatte mit zwei Grenadierkompanien zu exerzieren, die Bajonette trugen, wie man sie erst unlängst eingeführt hatte.

Das Fußvolk marschierte geradewegs auf Jurat zu.

Er ritt ihnen, wie er es bei Manövern gelernt hatte, im gleichen Schritt entgegen, seine Reiter in zwei parallelen Reihen ausgerichtet. Wie eine blitzende Mauer bewegten sie sich majestätisch auf die Infanterie zu.

Herangekommen, entsicherten die Husaren auf Kommando die Pistolen und feuerten ab, so daß die feindlichen Reihen ganz in schwarzen Rauch gehüllt waren.

Auf Jurats nächstes Kommando zogen sie die Säbel, aber Kostjurin gebot Halt.

Zu seinen Offizieren gewandt, sagte er, was sie eben gesehen hätten, sei Vergangenheit. Das Kollegium hätte künftig diese Art von Manövern verboten.

Bis vor kurzem seien sogar die Grenadiere zu Pferd dicht an den Feind herangerückt und erst dann abgesessen, um die Granaten zu entsichern.

Aber das war eine schwierige Operation, die man in Rußland abgeschafft hatte.

Eine Reiterei, die sich auf diese Weise dem feindlichen Fußvolk näherte, werde schwerlich siegen.

Gewiß, der Rittmeister habe die Übung gut und befehlsgemäß ausgeführt. Er, Kostjurin, wolle jedoch den anwesenden Offizieren beweisen, daß es für die Reiterei ohne Lanzen keinen Sieg gab. Er sei im Gegensatz zum Kollegium für die Lanze.

»Die Herren sollten sich gut merken, was sie da eben gesehen haben. Bei künftigen Manövern will ich keine Reiterei mehr sehen, die nicht weiß, was eine Lanze ist!«

Kostjurin war wohl inzwischen eingefallen, daß dieser stämmige Rittmeister für die Gefangennahme feindlicher Offiziere aus dem Hinterhalt befördert worden war. Er rief Jurat heran. Er solle gut aufpassen, befahl er ihm, und sich die Unterstadt Podol, den Fluß und die Ebene am jenseitigen Ufer vorstellen.

»Dort befindet sich der Stab einer auf Kiew anmarschierenden Schwadron, deren Vorhut schon in die Stadt eingedrungen und gefangengenommen worden ist. Der Stab weiß davon nichts. Er nähert sich in Schlitten und mit Husarengeleit dem Fluß. Wo würde der Rittmeister den Hinterhalt legen?«

Jurat, den noch kein Feind hatte schrecken können, empfand Furcht vor diesem großen und mächtigen Mann, von dem, wie er glaubte, sein Schicksal und das seiner Familie in Rußland abhing.

Er glaubte mit seiner Übung bewiesen zu haben, wie unerschrocken die Reiterei beim Angriff auf das Fußvolk war und daß sie ihre Pistolen wie eine einzige Salve abfeuerte.

Der Vormarsch seiner zwei Reiterreihen – man hätte sie für Centauren halten können – war tatsächlich ein unvergeßliches Bild gewesen: ein Wald, eine Mauer aus Pferden und Reitern, die Feuer spie und der nach seiner Überzeugung keine Infanterie standhalten konnte.

Bei der neuen Aufgabe, die Kostjurin ihm stellte, zuckte Jurat zusammen.

Er gab dem Pferd die Sporen, wendete es und sah vor sich den Wintertag, den Dnjepr, die Ebene im schmelzenden Schnee, schraffiert von den schwarzen Silhouetten der Bäume und Boote. In der Nähe der Truchanow-Insel lagen einige Fähren im Eis fest, und dreihundert Schritt weiter ragte ein verwehtes, dunkles Wäldchen auf.

»Dort, Euer Hochwohlgeboren!« rief er. »Hinter diesem Wäldchen würde ich warten, bis der Stab sich eingeschifft hat. Während sie die Fähren abbringen, würde ich das Geleit niedermachen und dann versuchen, die Offiziere lebend zu fangen.«

Beim Anblick des dicken Jurat, der sich mit seinem imposanten Hinterteil im Sattel aufgerichtet hatte, konnte Kostjurin nicht umhin zu lächeln.

Es hatte ihm gefallen, wie Jurat mit seiner Mauer den Grenadieren entgegengerückt war. Das Fußvolk schien gegen diesen unaufhaltsamen Ansturm, diese martialische Kavalkade von Reitern in ihren blauen und schwarzen Uniformröcken mit den weißen russischen Kokarden auf den Mützen, vollkommen machtlos. Und als Jurat jetzt so schnell den geeigneten Hinterhalt fand, war Kostjurin wiederum zufrieden.

Zu seinen Offizieren gewandt, sagte er, dieser Dicke sei nicht so dumm, wie er aussah, sondern ein guter Offizier. Man konnte natürlich gegen seine List einwenden, daß es auch hätte geschehen können, daß der Stab, der sich dem Dnjepr näherte, einige Husaren aussandte, um zu erkunden, ob sich hinter dem Wäldchen etwas verbarg, aber das sei wenig wahrscheinlich. Der Rittmeister habe sich richtig für das Wäldchen entschieden, den einzig geeigneten Hinterhalt. Wenn auch unbelaubt, bot es doch durch den Schnee genügend Dunkelheit, und der Überraschungseffekt sei gegeben.

Der einzige Irrtum des Rittmeisters war, daß er glaubte, die Stabsoffiziere lebend fangen zu können. Man dürfe sich nie auf die Kapitulation feindlicher Offiziere verlassen. Verweichlichte und in das Leben verliebte Offiziere ergaben sich vielleicht. »Aber die russischen Offiziere – nie!« rief Kostjurin.

Als die Reihe an Trifun war, wurde wieder offensichtlich, daß er Kostjurins Favorit war. Er billigte jede Bewegung, die Trifun ausführen ließ, und jedes seiner Kommandos. Am Ende rief er ihn zu sich auf die Tribüne.

Zu seinen Offizieren sagte er: »Sehen Sie sich diesen Offizier gut an. Er ist mehrmals verwundet worden, er hat seine geliebte Frau und seine Kinder verlassen, nur um nach Rußland zu kommen. Und schon bevor er Kiew erreichte, hat er an einem Angriff auf den Feind teilgenommen!«

»Es gibt kein größeres Heiligtum«, fuhr Kostjurin fort, »als zu entdecken, daß Rußland in dieser Welt Freunde und Brüder hat, von denen es bisher nichts wußte. Dem Achtyka-Kavallerieregiment wird es zweifellos zur Ehre gereichen, wenn ich Trifun Isakowitsch zu seinem stellvertretenden Kommandeur ernenne, sobald er sich endgültig hier angesiedelt hat. Die Parzellen für die Familien Isakowitsch sind bereits ausgewählt: fruchtbare Schwarzerde am Donez in einer idyllischen grünen Landschaft. Sie heißt Rajewka!«

In seiner unkleidsamen alten russischen Uniform war Trifun an diesem Tag nicht gerade eine elegante Erscheinung, aber mit dem schwarzen Kragen, dem weißen Jabot, dem braungebrannten, großnasigen, schnurrbärtigen Gesicht und der weißen russischen Kokarde am Dreispitz ein echter, breitschultriger Soldatenkerl.

Er stand mit gespreizten Beinen stramm und sah Kostjurin mit seinen großen, silberfarbenen, müden und leeren Augen an, ohne zu begreifen, wieso dieser mächtige, sonst so strenge Mann ihm schon von allem Anfang soviel Freundlichkeit entgegenbracht hatte.

Kostjurin befahl ihm, aufzusitzen, denn die russischen Offiziere sollten hören, wie er die russischen Kommandos beherrschte.

Trifun schwang sich in den Sattel und übte mit den Husaren, als befände er sich noch immer auf dem Exerzierplatz von Temesvar. Dabei schrie er mit heiserer Stimme seine Kommandos auf russisch heraus.

Kostjurin akzeptierte alle.

Als er schließlich Trifun wieder zu sich auf die Tribüne rief, fragte er ihn, wie sein Kommando lauten würde, wenn er auf eine Reiterei träfe, die der seinigen zweifach überlegen war.

Trifun – der stets schweigend zugehört hatte, wann immer Zivan Schewitsch davon sprach, daß für Kostjurin nichts anderes als die Attacke existierte – rief: »Attacke!«

Dann fragte ihn Kostjurin lächelnd, welchen Befehl er denn seinen Leuten erteilen würde, wenn sie beim Einmarsch in das brennende Kiew sich plötzlich Grenadieren gegenübersähen?

Trifun rief wieder: »Attacke!«

»Gut!« entgegnete Kostjurin. »Aber wenn Artillerie auftaucht?«

Trifun ließ ihn nicht ausreden und schrie: »Attacke!«

Kostjurin trat zu ihm und lachte laut. »Bravo!« sagte er zu Trifun. »Solche Offiziere brauche ich!«

Die Grenadieroffiziere stießen einander hinter Kostjurins Rücken an und kicherten leise, sie hatten die Angewohnheit, Kostjurin selbst in Gegenwart ihrer Frauen, bei Tanzvergnügen und bei Zechgelagen zu imitieren und unerwartet jemanden zu fragen: »Nun, Fürst, wie würde dann Ihr Befehl lauten?« Die Vettern Isakowitsch hatten davon rein zufällig von Zivan Schewitsch erfahren.

Erst gegen Ende der Übung, als Kostjurin zum Essen gehen wollte – Mittag war längst vorüber –, gelang es Vitkowitsch, ihn an die Existenz eines vierten Isakowitsch zu erinnern, Pavle, der in der Gruppe seiner Offiziere vor der Tribüne stand.

Seit dem Springreiten war Vitkowitsch stolz auf Pavle.

Er wollte seinen Verwandten herausstellen, den er für einen fähigen Offizier mit exzellenten Manieren hielt und für den er außerdem als Adoptivsohn Vuks besondere Wertschätzung und Sympathie empfand.

Also befahl Kostjurin Pavle, aufzusitzen und zu zeigen, was er bei den Österreichern gelernt zu haben glaubte.

Pavle schwang sich im Laufen aufs Pferd und ritt vor die Tribüne.

Als einziger unter den Vettern Isakowitsch ritt er sein eigenes Pferd, einen Rappen, den er den Tataren auf dem Markt von Podol abgekauft hatte. Kostjurin sah das Pferd wohlgefällig an.

Isakowitsch trug eine neue Uniform, keine russische, sondern eine im Stabsquartier von Vitkowitsch eilig zusammengestoppelte. Dennoch war sie prächtig.

Der schwarze Rock glich dem französischen Frack Kostjurins. Eng in der Taille und in den Schultern, weitabstehend in den Hüften, hatte er breite gepaspelte Revers und einen Kragen, der bis unter den Zopf ragte, auf dem der Dreispitz saß.

Die Ärmel waren reich mit Silber bestickt. Unter diesem schwarzen Rock trug er eine weiße Weste mit Seidenjabot und weiße Lederhosen. Die Silberknöpfe in zwei Reihen glänzten.

Der schwarze Kragen umrahmte Pavles Gesicht mit dem Schnurrbart und den Locken von der Farbe alten Goldes. Seine blauen Augen waren an diesem Tag dunkel, die Züge scharf und streng, als blickte er dem Tod in die Augen.

Kostjurin blickte ihn erstaunt an.

Auch Pavle war, aufrecht im Sattel sitzend, eine schöne Erscheinung.

Nach dem ungünstigen Bericht Wischnewskis hatte sich Kostjurin eine falsche Vorstellung von diesem Isakowitsch gemacht: daß er ein überheblicher, eingebildeter Österreicher war, ein Streithammel, ein Glücksspieler, der mit Dienstmädchen schlief.

Wolkow beziehungsweise Keyserling hatte jedoch diesen Isakowitsch empfohlen, und Kostjurin hatte ihn nicht verletzen oder hintanstellen wollen. Kostjurin, der selbst ein guter Reiter war, hatte Pavles totale Überlegenheit beim Hindernisritt anerkennen müssen. Er hatte ihn, obwohl er eigentlich nichts gegen ihn hatte, für einen simplen Nachkommen bäuerlicher Vorfahren gehalten, der weder tanzen noch singen, sondern nur spielen konnte, der dreist und geschwätzig war und sich hervortun wollte und wie ein blindes Huhn ab und zu auch mal ein Korn fand.

Pavle Isakowitsch wiederum erschien diese ganze Zeremonie, diese Übungen, diese Parade lästig, lächerlich und dumm. Er hatte alle Fragen Kostjurins und seine lehrhafte Ansprache, die von den Offizieren wie das Evangelium aufgenommen wurde, mit Aufmerksamkeit angehört. Kostjurin mit seiner Pedanterie erschien ihm wie eine Holzpuppe, seine Anweisungen wie Spielerei. Ärgerlich war auch, daß die Fragen des Generals, kindisch herausfordernd und lächerlich rätselhaft, nur platte Besserwisserei verrieten.

Denn der Edle Isakowitsch, obgleich ohne jegliche Bildung, war nicht dumm und pflegte in letzter Zeit über viele, auch militärische Dinge nachzudenken. Wie Hirten und Bauern mit ihren Fragen und Gedanken über die Sterne, über Leben und Tod des Menschen gelehrte Leute oft überraschen können – so grübelte Pavle neuerdings nicht nur über seine Übersiedlung nach Rußland und das Geschick seiner Vettern, sondern auch über die großen Herren und die Ereignisse dieser Welt. Warum war seine ganze Nation so unglücklich? Wozu die menschliche Hoffnung? Warum soviel Unrecht in der Welt? Warum soviel Leid im Leben von Trifun und Petar und Jurat? Ganz besonders verletzte es ihn, daß Kostjurin all diese schmeichlerischen und unterwürfigen Gesichter um sich zu sehen wünschte. Er hatte sich die Welt, der er bei dem Kommandanten von Kiew begegnen würde, ganz anders vorgestellt.

Sein Vetter Jurat war ihm heute beim Exerzieren wie ein Sack auf dem Pferd vorgekommen, und bei Trifuns Antworten war er vor Scham errötet.

Pavle erinnerte sich noch, was ihm Wischnewski über Kostjurin erzählt hatte, und er begriff, daß das Kollegium möglichst schnell eine starke russische Infanterie aufstellen wollte, in der nicht nur die Petersburger Grenadierregimenter marschierten, sondern Hunderttausende von Bauern – eine riesige Armee russischer Mushiks. Obwohl Autodidakt, sah er auch ein, daß die asiatische Lanze eine schwache Waffe gegen die französischen Jäger und die preußische Infanterie war, die jede Minute eine Salve abzufeuern vermochte. Der Reiter in Isakowitsch indes konnte nicht billigen, daß die Reiterei aus der Armee verschwinden sollte.

Als ihn Kostjurin nach seiner Meinung über Jurats Übung fragte, ließ Isakowitsch Seiner Hochwohlgeboren übersetzen, er habe bei den sirmischen Husaren gelernt, daß die französische Manier der langsamen Annäherung an die Reihen des Fußvolks Kinder erschrecken könnte, nicht aber eine Infanterie, die bereit war, aufrecht den Tod zu erwarten. Er wisse von einem Vorfall aus dem letzten Krieg, wo die Infanterie im Laufschritt die Reiterei angegriffen hatte. Ihm habe Jurats Manöver nicht gefallen.

Kostjurin fragte lachend, wie er denn angegriffen hätte. Er solle es freiheraus sagen. Dazu sei diese Parade ja da. Jeder Ankömmling aus den fremden Armeen solle seine Erfahrungen vortragen und werde angehört!

Isakowitsch erläuterte, die sirmischen Husaren und die Ungarn in Österreich ritten in geschlossener Phalanx zur Attacke wie ein Gewittersturm. Sie trugen keine Lanzen mehr, sondern Säbel. Die Pistole diente nur als zusätzliche Waffe beim Kampf um die Fahnen und im Getümmel auf den Straßen. Die Infanterie wurde durch diesen unaufhaltsamen Sturm aufgebrochen. Selbst die besten Jägerregimenter konnten ihm nicht standhalten. Alles war vom Rauch der Salven verhangen. Im letzten Krieg war die Reiterei noch immer die Königin der Schlachten gewesen. Er selbst hatte Husaren gesehen, die mit einem einzigen Säbelhieb einen Kopf vom Rumpf trennten, sogar rückwärts gewandt, im Vorbeireiten – die Häupter waren gefallen wie die Barthaare unter dem Messer des Barbiers. In seiner Schwadron waren Männer gewesen, die mühelos einen Menschen mit dem Säbel zerspalten konnten.

Er bat darum, einen Sturm der sirmischen Husaren vorführen zu dürfen, die jetzt zur russischen Armee gehörten.

Kostjurin befahl Schewitsch, dem Rittmeister die Reiter zur Verfügung zu stellen.

Pavle, so fuhr er fort, könne beginnen. Er als Reiter denke ebenso wie der Rittmeister, zweifle jedoch daran, daß zwischen dem, was Georgi Isakowitsch gezeigt hatte, und dem, was sie von Pawel Isakowitsch sehen würden, ein großer Unterschied bestehen könne. Das Kollegium habe den Glauben an die Reiterei verloren, obwohl sie noch ein Drittel der russischen Armee darstellte. Es wolle nach preußischem Beispiel eine vielköpfige Infanterie und Artillerie aufstellen. Aber wie dem auch sei, man wünsche jetzt die russischen Kommandos des Rittmeisters zu hören. Wenigstens das!

Obwohl er schon zum Aufbruch bereit gewesen war, setzte sich Kostjurin noch einmal und begann mit Brigadier Vitkowitsch zu plaudern. Diese Übungen waren für ihn nicht nur eine Zerstreuung, sondern weckten in ihm auch Erinnerungen an so manche Anekdote. Und so beschloß er, noch ein wenig zu bleiben und sich auch Pavles Übung wie eine Theatervorstellung anzusehen.

Für Kostjurin war Pavle an diesem Tag ein Spielzeug – ein Serbe, der mit einem Häuflein von Landsleuten nach Rußland gekommen war und wie ein Pfau durch Kiew spazierte; ein Witwer voller Hoffnung auf Wohlstand und Ruhm.

Zu jener Zeit waren Slawonen und Venezianer – mit in Ragusa käuflich erworbenen Adelstiteln – in Rußland ansässig geworden, hatten russische Fürstinnen geheiratet und stolzierten in weißen, brillantengeschmückten Westen herum.

Indes hatte man in Sankt Petersburg später entdeckt, daß die Grafentitel falsch und daß die Herren von Dänemark, Schweden, Frankreich und Venedig bezahlte Spione waren.

Kostjurin hegte keinen derartigen Verdacht gegen Pavle, aber er hielt ihn für eine gehorsame Kreatur der Österreicher, der seine Imperatorin nicht vergessen konnte und Wien als Mittelpunkt der Welt betrachtete.

Die um Kostjurin versammelten Offiziere waren zwar ungeduldig, aber die Tatsache, daß Pavles Übung die letzte dieses Tages war, hob ihre Stimmung.

Ob sie nun zur Kommandantur und zum Stab oder zum Grenadierregiment gehörten, sie hielten es für ihre Pflicht, den fremden Offizieren liebenswürdig zu begegnen. Und das hatten sie gegenüber den Vettern Isakowitsch von Anfang an getan.

Nach ein, zwei Monaten jedoch wurde Trifun, ein Mann offensichtlich armen Standes, schweigsam und sorgenvoll, nicht mehr zu Gast geladen, und ebenso erging es Jurat, dessen Frau wegen ihres hochschwangeren Zustandes nun die Gesellschaft dieser vornehmen Offiziere mied. Den größten Erfolg hatte jetzt Petar.

Pavle allerdings weckte an diesem Tag ihre Neugier, denn im Unterschied zu seinen Vettern hatte er sowohl beim Pistolenschießen als auch beim Hindernisritt mit etwas Neuem, Verrücktem, Unverhofftem aufgewartet, und sie machten sich auch jetzt beim Exerzieren auf etwas Kurioses von diesem aufgeblasenen, arroganten Serben gefaßt. Sie rieten ihm lauthals, vernünftig zu sein und Kostjurins Befehle nicht zu ernst zu nehmen. Sie amüsierten sich königlich, während sie versuchten, ihn und Schewitsch von der Ausführung der Aufgaben abzuhalten.

Isakowitsch aber ritt neben Schewitsch – ohne diesem auch nur einen Blick zu gönnen – ans Ende des fünf-, sechshundert Schritt langen Exerzierplatzes zu den Kanonenschuppen. Die Fläche hatte eine dünne, tauende, aber gegen die Uferböschung hin noch vereiste Schneedecke. Pavle begab sich an die linke Seite des Feldes und wartete, bis sich die Reiter um Schewitsch versammelt hatten. Die meisten dieser Zugewanderten kannten Pavle und erinnerten sich sehr gut an ihn. Da sich seine Vorführung lange hinzog, waren einige dieser sirmischen Husaren vom Pferd gestiegen. Die anderen saßen im Sattel und sprachen miteinander über ihre Nöte, seit sie auf Ehefrau und Haus und auch auf regelmäßigen Sold hatten verzichten müssen. Sie hörten Tag für Tag, daß die Zarin für die Einwanderer eine große Summe Goldes gestiftet habe, sie hörten, daß man ihnen Land zugewiesen habe und daß sie Waffen bekommen würden, doch es war dabei geblieben, daß man sie in russische Uniformen gesteckt und denjenigen, die zu Fuß gekommen waren, wilde tatarische Pferde gegeben hatte.

Das einzig Wertvolle, was sie erhalten hatten, waren ihre neuen asiatischen Säbel: blitzend, scharf, seltsam gebogen, reich verziert.

In diesem Augenblick erscholl Pavles Kommando: »Aufgesessen!«

Auch aus der Ferne hob sich Isakowitsch auf seinem Rappen deutlich von der weißen Schneefläche ab. Seine Stimme trug weit wie die eines Hirten, eine Stimme, wie man sie noch häufig bei serbischen Familien hören konnte, auch wenn sie längst keine Hirten mehr waren.

Der Ruf schallte bis zu Kostjurin herüber.

Er hob sein Fernglas – letzter Modeschrei bei den Generalen zu damaliger Zeit – und beobachtete, wie sich die Reiter um ihren Kommandeur scharten.

Er begriff nicht recht, was Isakowitsch da eigentlich vorhatte. Der führte die Reitergruppen bis weit hinter die Kanonenschuppen, wo sich der Exerzierplatz sanft zum Dnjepr hinabsenkte.

Ehe Kostjurin nach Schewitsch rufen und ihn fragen konnte, ob dieser Isakowitsch vielleicht mit den Husaren abziehen und zum Mittagessen gehen wollte, erschien Pavle in leichtem Trab an der Spitze der Truppe, die nicht in zwei Reihen, sondern in einem ungeordneten Haufen ritt. Und er rief: »Zur Attacke!«

Wie ein Mann fielen sie aus leichtem Trab in wilden Galopp und stürmten mit erhobenen Säbeln auf die Tribüne zu.

Kostjurin sah nur Pavle an der Spitze, seinen Rappen, seinen wirbelnden und blitzenden Säbel und hinter ihm die verwegene Jagd der Reiter. Auch sie schwenkten die Säbel und brüllten: »Hurra! Hurra!«

Unter ihren Hufen dröhnte und bebte die Erde.

Diese beängstigende Masse aus Menschen- und Pferdeleibern raste geradewegs auf die Tribüne zu, wie ein Unwetter, wie eine Flutwelle, die das Gerüst und die daraufsitzenden Offiziere fortzureißen drohte. Es war unmöglich, ihr Einhalt zu gebieten.

Kostjurin hatte das Fernglas abgelegt und umklammerte die Brüstung. Sein Mund stand offen, aber er brachte keinen Laut hervor. Er sah den Reitern mit weit aufgerissenen Augen entgegen. Das war seine Jugend. So war er im letzten Krieg mit gezücktem Säbel gegen die Türken und die Preußen angestürmt. Das war die russische Kavallerie.

Dieser sirmische Husar zauberte ihm noch einmal die Vergangenheit herbei!

Als die rasende Flut aus Pferden und Reitern bis auf ein paar Dutzend Schritt heran war, wurden die Offiziere vor der Tribüne unruhig. Es sah aus, als wollte Isakowitsch alles vor sich niederreißen, als sollte alles in einem wüsten Chaos aus gebrochenen Gliedmaßen und zersplitterten Holzplanken enden.

Es war schmählich, zurückzuweichen, aber im letzten Augenblick sprangen die Offiziere doch beiseite oder kletterten verlegen lachend auf die Tribüne zu Kostjurin.

Niemand vermochte zu glauben, daß diese Reiterhorde noch zwanzig Schritt vor der Tribüne zum Stillstand kommen konnte.

Aber genau das trat ein.

Der Rappe mit Isakowitsch, der weiter Befehle austeilte, hielt plötzlich inne, die Vorderbeine hoch in der Luft. Und um ihn stand der verwegene Haufen: dampfende, schnaubende, sich bäumende Pferde, die Reiter mit hochgereckten Säbeln.

So endete alles mit Lachen und Jubelrufen, mit stampfenden Hufen, die schneevermischte Erde aufwirbelten.

Aus der allgemeinen Fröhlichkeit erhob sich Kostjurins Stimme: Soeben hätten die Herren Offiziere einen Wahnwitzigen gesehen, der jedoch ein ausgezeichneter Kommandeur sei und Beförderung verdient habe. »Dieser Rittmeister hat bewiesen, daß die Kavallerie noch nicht ausgedient hat. Noch wird man solche russischen Reiter auf den Schlachtfeldern sehen!«

Danach wurde Isakowitsch durch ein Spalier von Offizieren, die ihm lachend auf die Schultern klopften, zu Kostjurin geführt.

Dieser drehte sich zu Vitkowitsch um, lobte Pavle und fügte vernehmlich hinzu, daß Horvat und Schewitsch und Preradowitsch den Vorschlag gemacht hatten, aus den Zugewanderten je zwei Kavallerie- und Infanterieregimenter zu bilden, und daß er, Kostjurin, dafür sei, diese Serben bei der Reiterei zu belassen.

Wie ein Automat begann der General im selben Atemzug Isakowitsch mit Fragen zu überschütten, obwohl der Rittmeister keuchend vor ihm stand und aus seinem Mißmut kein Hehl machte. »Alles gut und schön«, begann er, »wenn aber hier anstelle der Tribüne zwei Reihen Infanterie gestanden und Feuersalven abgegeben hätten – wie hätte dann der Befehl gelautet? Attacke?«

Isakowitsch erwiderte darauf ausweichend, er hätte gelernt, daß die Reiterei das Überraschungsmoment brauchte. Deshalb habe er die Kanonenschuppen als Ausgangspunkt gewählt, denn das Fußvolk benötigte schon zum Laden für die erste Salve zwei bis drei Minuten und wäre dann dem Ansturm nicht gewachsen gewesen. Und im übrigen bediene man sich der Reiterei stets am Ende einer Schlacht.

»Sehr schön, sehr schön«, gab Kostjurin zu. »Aber nehmen Sie an, Rittmeister, Sie hätten nicht nur die gerade von Ihnen attackierten Infanteriereihen vor sich, sondern es rückten weitere von der Flanke an.«

Immer noch irritiert, versetzte Pavle, da die Reiterei stets auf freiem Feld eingesetzt werde, müsse er notwendigerweise schon vor dem Angriff sehen, daß von der Flanke Gefahr drohe. Und dann sei immer noch Zeit genug, eine Entscheidung zu treffen.

»Sehr gut, sehr gut ... wenn Sie aber auch noch aus dem Rücken unter Feuer genommen werden?«

Isakowitsch schwieg.

Kostjurin jedoch erklärte lachend, der Befehl laute auch in diesem Fall: »Attacke!«

Was werde denn der Rittmeister tun, fuhr er fort, wenn er, solcherart von Infanterie eingekreist, frontal auch noch von der Artillerie beschossen werde. Wie werde denn da sein Kommando lauten? »Tschto budjet komanda?«

In diesem Augenblick erschien Pavle dieser Mann mit dem wetter-, frost- und kampfgegerbten Gesicht wie ein Wischnewski, der sich als Karpatengebirge in seinen Weg stellte. All das war ein dummer Scherz des Schicksals, das ihm jetzt diesen neuen Garsuli präsentierte. Er blieb vom Unglück verfolgt. So hatte er sich die Sprache, die Rußland mit ihm führen würde, nicht vorgestellt.

Kostjurin indes wiederholte in bester Laune seine Frage.

Pavle erwiderte, sein Befehl würde in dem Fall lauten: »Zum Gebet!«

Nach diesen Worten wurde es still, man hörte nur das Kichern eines jungen Fähnrichs aus dem Kiewer Grenadierregiment.

Kostjurin riß Mund und Augen auf und starrte Pavle an. Er schien nicht zu wissen, was er denken sollte. War der Rittmeister einfach dumm, oder erlaubte er sich einen Scherz? Einen Scherz auf seine, Kostjurins, Kosten?

Der Serbe stand auf Husarenart locker vor ihm da. Sein Blick, so wenigstens kam es Kostjurin vor, drückte grenzenlose Traurigkeit aus, in die sich Haß mischte.

Kostjurin wußte nicht, daß diese einfachen Männer, diese Offiziere der serbischen Miliz, überaus empfindlich waren und keine Furcht vor den Großen und Mächtigen kannten. Daß sie es in ihrer Verzweiflung, ihrer Rage, ihrem Mutwillen fertigbrachten, sowohl ihre Bischöfe und den Metropoliten als auch Grafen wie Mamula und Wallis unflätig zu beschimpfen.

Kostjurin nahm in diesem Augenblick Pavles Worte als persönliche Beleidigung. Er drehte sich schroff zu Vitkowitsch um und ließ dem Rittmeister sagen, bei der russischen Armee seien Übungen nicht nur dazu da, die Fähigkeiten eines Kommandeurs, sondern auch dessen Charakter und Naturell auf die Probe zu stellen. Seinen unbedingten Gehorsam gegenüber dem Vorgesetzten, was auch immer er fragen möge. Er, Kostjurin, werde nichts gegen den Rittmeister unternehmen. Er werde ihn nicht bestrafen, ihm nicht auf seinen ersten Schritten in Rußland die Tür vor der

Nase zuschlagen. Er wisse, daß er Witwer sei, im Kerker gesessen und Graf Keyserlings Wohlwollen gefunden habe. Seine Karriere jedoch – und das solle er sich gut merken – werde mit Knute, Verbannung und Zungeausschneiden enden. Er werde keine Strafe erhalten, er möge gehen, wohin er wolle, ihm jedoch nicht mehr unter die Augen kommen. Zu Kostjurins Haus habe der Rittmeister keinen Zutritt mehr!

In der allgemeinen Stille, die Offiziere schienen zu Stein erstarrt, wandte sich Kostjurin brüsk von Pavle ab und hastete wie gejagt von der Tribüne. Vitkowitsch folgte ihm heftig gestikulierend, und Schewitsch bahnte ihm diensteifrig den Weg durch die Menge der bestürzten Offiziere und rief nach seinem Wagen.

Mit den anderen entfernten sich auch Trifun und Jurat.

Um Pavle herum, der immer noch auf der Tribüne stand, wurde es leer. Er vernahm nur aus der Ferne ein russisches Kommando und den Abmarsch der Reiter und Grenadiere vom Exerzierplatz.

Mittag war längst vorbei, und die Sonne begann ihren Abstieg über der Dnjepr-Ebene.

VIII

Rajewka ist voller Akazienblüten und Bienengesumm

Am Palmsonntag, gewidmet dem Einzug des Herrn in Jerusalem – er fiel in jenem Jahr auf den 28. März alten Stils – gingen die Schneeschauer in Regen über. In Kiew begann der Frühling.

Es taute, und am Vorabend war der Dnjepr so stark über die Ufer getreten, daß er die tiefer gelegenen Straßen in der Unterstadt Podol überschwemmte. Gegen Mitternacht war das Wasser auch in die Häuser geflutet und hatte Betten und Tische umgestürzt, Türen aus den Angeln gehoben und hier und da sogar Schuppen und Dächer abgetragen.

Die Pferde in den Ställen schnaubten und wieherten und

bäumten sich vor Angst, zerrissen ihre Leinen, sprangen über Zäune und jagten über die überfluteten Höfe, durch die Sümpfe und bergauf.

Das Hochwasser war so stark, daß es sich tosend dahinwälzte, als wäre es schon ein Meer. Es führte in seinen Strudeln entwurzelte Bäume, Boote und Stege mit sich, aber auch verendete Kälber und Lämmer, ja selbst die gedunsene Leiche einer alten Frau, die auf der Ofenbank im Schlaf überrascht worden war.

Im Dunkeln hörte man das Brüllen der Rinder, das Heulen der Hunde und das Geschrei der Menschen in Podol, die zum bevorstehenden Jahrmarkt nach Kiew gekommen waren. Als der Morgen graute, mischte sich das Wimmern der Frauen auf den Dächern mit dem schrecklichen Tosen des entfesselten schmutzigen Wassers.

Zum Glück war Vollmond, so daß sich die Bewohner der Unterstadt auf die Hügel über Kiew retten konnten. In den Straßen fuhren Fischerboote, um Frauen und Kinder von den Dächern zu bergen und mit Bootshaken die Ertrunkenen aus dem Wasser zu ziehen.

Aber schon gegen Mittag ging die Überschwemmung zurück, und die Sonne begann sich zu zeigen.

Das Haus des Kaufmanns Scholobow, in dem die Familie Isakowitsch wohnte, blieb verschont, denn es lag auf halber Höhe des Hügels. Es ragte weiß und stattlich empor, erhaben über das Tosen des Elements und die Schreie der Nachbarn aus den tiefer gelegenen Häusern. Lange hörte es die heiseren und verzweifelten Hilferufe.

Am nächsten Tag konnte man aus seinen kleinen und schmalen Fenstern die verheerenden Folgen der Überschwemmung sehen.

Podol, wo die eingewanderten Serben aus dem Gebiet um Maros und Theiß hausten, bot ein Bild des Grauens. Häuser ohne Dach und Tor und darin keine lebende Seele. In den Straßen wateten die Menschen durch das noch knietiefe Wasser und suchten nach ihren Angehörigen und fischten ihren Hausrat aus dem Schlamm.

Von der Andreaskirche herab kamen zwei Kompanien des Kiewer Grenadierregiments, angeführt von einem Offizier mit gezücktem Säbel. Die Mützen der Grenadiere, weiß wie Zuckerhüte, schwankten im Rhythmus der Schritte.

An der Seite marschierte ein Trommler. Er verkündete, ein jeder, den man beim Plündern ertappte, werde auf der Stelle erschossen.

Die Menschen in den Straßen mußten beweisen, daß die wiedergefundenen Gegenstände ihr Eigentum waren.

Von der Familie Isakowitsch verließ an diesem Tag niemand das Haus.

Sie hockten alle wie nasse Dohlen im Halbdunkel vor der Stubentür, hinter der Petar lag; nur Varvara, gleich einem rothaarigen Phantom, huschte hin und wieder flüchtig in sein Zimmer.

Man hatte den Feldscher des Stabsquartiers, einen Griechen aus Korfu namens Spyros Trikorfos, zu Petar gerufen. Ein Mann von niedrigem Wuchs, großköpfig, ein wahrer Makrozephalos. Er hatte verboten, daß irgend jemand außer der Ehefrau das Zimmer des Kranken betrete. Er müsse Ruhe haben. Schlaf sei das beste Heilmittel.

Dieser von Kostjurin geschickte russische Arzt beruhigte die Familie, daß sie um Petar nicht zu bangen brauchte. Er werde leben. Nur das linke Auge mache ihm Sorgen. Hoffentlich würde er es nicht verlieren.

Der Sturz vom Pferd und die Verletzung durch den Huftritt konnte auch andere Folgen haben. Wann immer Varvara den Raum verließ, wiederholte der Feldscher: »Die arme junge Frau! Die arme junge Frau!«

Im Haus war eine große Stille eingetreten.

Indes schon ein, zwei Tage später bot sich der Familie Isakowitsch unten am Dnjepr ein völlig anderes Bild. Es leuchtete vor ihren Augen.

Der breite Fluß strömte ruhig dahin, die endlose Ebene am linken Ufer war fast trocken, nur hier und da blitzten kleine Lachen wie Spiegel. Die Weiden hatten über Nacht einen zartgrünen Schleier bekommen.

Dieses zarte Grün überzog alle Bäume in Kiew und unterhalb der Stadt und auch die endlose Ebene. Der breite, immer noch geschwollene Fluß besaß eine schreckliche Kraft, die Kiew und die Hügel am rechten Ufer weiterhin bedrohen konnte, aber sie war nicht mehr so wild und ungezügelt wie in jener Nacht.

Die Sonne war jetzt lau und sanft, die Erde zwar kühl, aber jenseits der Kirchen, der Bastionen, des Exerzierplatzes, der Wohnhäuser meldeten sich die ersten Vogelstimmen. Sie waren unsichtbar, so klein, doch sie waren überall: in den Zweigen, im Gras, auf dem feuchten Boden, wo weiß die Schneeglöckchen schimmerten.

Die Glocken in Kiew waren verstummt, dafür widerhallten von den Kirchen die österlichen Läutebretter wie die Schnabelschläge riesiger Spechte.

Die Sonne bestrahlte den Dnjepr und Kiew und Podol. Sie schien auch über dem aus Lindenholz gebauten Haus des Kaufmanns Scholobow.

Nach seinem Besuch bei dem Kranken am Tag des Märtyrers Artenon, an welchem auch anderer Märtyrer gedacht wird, erlaubte Trikorfos der Familie, Petars Stube zu betreten. Er habe seine Arbeit beendet. Nun würden Jugend und Natur das Ihre tun. Nur wenn Petar Ohnmachts- oder Tobsuchtsanfälle bekäme, solle man ihn sofort rufen.

Nach seinem Sturz vom Pferd hatte man Petar bewußtlos in einem Schlitten nach Hause und in sein Bett gebracht. Vor Entsetzen und voller Angst, so kurz vor der Niederkunft Witwe zu werden, schrie Varvara laut auf. Während sie um sein Leben zitterte, erklärte sie ihrer Schwägerin Ana, sie fühle, daß der Fluch ihres Vaters an alldem schuld war.

Einige Jahre später gestand sie Ana flüsternd, sie habe damals in Kiew den wahnwitzigen Traum gehabt, daß sie – wenn ihr Mann trotz aller Pflege und Zuwendung starb – Pavle heiratete, den sie seit langem liebte wie einen Bruder, da sie selbst keinen hatte. Sie wußte, daß es unmöglich war, dennoch hatte sie mit diesem Gedanken gespielt. Obgleich seitdem viel Zeit vergangen war, bekreuzigte sich Ana bei ihren Worten.

Petars Brüder waren an jenem Tag spät aus dem Stabsquartier heimgekehrt, ohne zu ahnen, daß Petar vom Huf eines Pferds am Kopf getroffen worden war. Sein Sturz vom Pferd war für sie eine Bagatelle im Leben eines Reiters. Erst gegen Abend eilte Trifun herbei, nach dem man geschickt hatte.

Noch später erschien Pavle. Er hätte sich nicht träumen lassen, was ihn erwartete. Im Haus herrschte Hast und Aufregung, und man ließ ihn nicht zu dem Verletzten hinein.

Trifun trat ihm mit drohender Miene entgegen, den Kopf gesenkt, als laste alles Unglück der Familie auf seinem Nakken. Er packte Pavle bei den Schultern und drückte ihn auf einen Schemel.

»Ich verbiete dir, Petar zu sehen. Du hast die Familie überredet, nach Rußland zu gehen, und jetzt siehst du, was in Kiew geschehen ist. Zwar sagt der griechische Feldscher, ein Sturz vom Pferd und ein Tritt gegen den Kopf ist nicht schlimm, und all das wird vergehen. Er ist vielen begegnet, die vom Pferd gestürzt sind oder vom Pferd getreten wurden, und alle konnten wieder reiten, als wäre nichts gewesen. Petars Zustand sei zwar nicht angenehm für einen jungen Offizier, aber er werde alles überwinden. Er soll nur Ruhe haben. Viel gefährlicher ist die Aufregung für Varvara und das Kind, das sie im nächsten Monat gebären soll.«

Trifun war der Meinung, daß ein Gespräch mit Pavle für Petar unnütze Aufregung bedeuten würde. Man dürfe nicht vergessen, daß Petar sich auf Pavles Anstiften in die Liste von Schewitsch hatte eintragen lassen, und fast hätte er es in Kiew erleben müssen, daß man ihn zum Kornett degradierte. Schwer laste auch der Fluch des Schwiegervaters auf ihm.

Kein Brief Varvaras hatte den Senator Stritzeski je besänftigen können, immer noch tobte und fluchte er aus Neusatz wie ein altes Weib.

Pavle hörte Trifun ruhig an. Dann schob er ihn sanft beiseite und betrat die Stube des Kranken mit einem Gesichtsausdruck, als näherte er sich einem Sterbenden. Ana und Jurat gesellten sich zu ihm, und plötzlich sah er auch Varvara. Sie kam weinend auf ihn zu, umarmte und küßte ihn zart. Sie war bleich, mit riesigen Augen.

Als sie in die Stube kamen, erblickte Pavle seinen Vetter, wie er ihn nie zuvor gesehen hatte. Er war auf hohe Kissen gebettet. Auf den ersten Blick schien er zu schlafen. Sein blutleeres Gesicht war starr wie das eines Sterbenden auf dem Weg ins Jenseits.

Als sich Pavle ihm näherte, zuckte er jedoch zusammen und hob die linke Hand ein wenig, als wollte er zeigen, daß er sie bewegen konnte. Mit dieser Hand ergriff er Pavle am Ärmel, während der sich niederbeugte und ihn auf die Wange küßte.

Dann sagte er ganz deutlich:

»Was guckst du mich so an, Apostel, als wäre ich eine alte Vettel auf der Totenbahre? Bis gestern hab' ich noch ein schiefes Maul gezogen und phantasiert, aber wie du siehst, mein seliges Ende ist verschoben. Jawohl!«

Und als ihn seine Frau streichelte, fügte er hinzu:

»Keine Angst, Katholsche, heute habe ich mein erstes Pfeifchen zwischen den Zähnen gehabt.«

Pavle hatte gefürchtet, daß Petar ablehnen würde, ihn zu sehen, oder daß er etwas sagte, was den anderen verriet, wie schlecht sie eigentlich miteinander auskamen. Petar jedoch verhielt sich so herzlich, als hätte es nie Streit zwischen ihnen gegeben.

Was noch schöner war: Als sich alle ängstlich um ihn setzten, begann der Kranke fröhlich zu schwatzen und ließ Pavle nicht aus den Augen. Das linke, geschwollen, blutunterlaufen, blickte Pavle starr und schrecklich an.

Dieser wurde erst jetzt allmählich gewahr, wie fürchterlich dieser entstellte Blick war, und er stammelte Trostworte von der baldigen Genesung des Vetters. Auch Herr Spyros Trikorfos habe das bestätigt.

Das schien Petars Stimmung noch zu heben.

Er habe keine Gelegenheit gehabt, begann er, Pavle zu erzählen, wie es ihm und Jurat bei Kostjurin ergangen war. Der habe Varvara wie ein verliebter Kater angestarrt.

»Dann hat er uns gefragt, warum wir nur mit fünf Wagen gekommen sind, während doch unser teurer Bruder Pawel in Wien herumerzählt, daß er Donau und Save nach Rußland schicken will, daß unsere ganze Nation sich vor Sehnsucht nach Rußland verzehrt. Ich warte ab, was unser schlauer Dicker antworten wird. Der aber denkt gar nicht daran. Mich schiebt er vor: ›Sag ihm, daß ich nicht Moses bin! Tausende von uns sind aufgebrochen, woher soll ich wissen, wie viele noch unterwegs sind? Wo steht denn geschrieben, daß Georgi Issakowitsch für seine Landsleute verantwortlich ist?‹ Und da wendet Kostjurin sich direkt an ihn: ›Sie wollen Sekondmajor sein? Darüber steht auch nichts in den Papieren von Schewitsch!‹ Und Jurat stammelt: ›Das, Exzellenz, ist eine lange Geschichte.‹ Und Kostjurin fragt und fragt und hört gar nicht auf. Mir hat er auch Fragen gestellt. Ich sage: ›Auf der Liste von Schewitsch stehe ich als Kornett, aber noch in Esseg hat man mir den Rang eines Rittmeisters und meinem Bruder den Majorsrang versprochen. So hat man uns im Namen der Kaiserin von Österreich belogen, und das wird man doch wohl im Namen der russischen Imperatorin nicht tun, Euer Hochwohlgeboren!‹ Und darauf war er still. Jawohl!«

Als hätte ihn das Reden erschöpft, schwieg Petar wieder und legte sich zurück. Sein Kopf sank zur linken Seite. Nur das geschwollene, blutunterlaufene Auge sah alle Anwesenden wild und schrecklich an.

Bevor er wieder einschlief, hob der Kranke noch einmal die linke Hand und sagte halblaut, aber vernehmlich, solange er noch bei Verstand sei, wolle er Pavle seinen innigsten Wunsch mitteilen:

»Sollte ich sterben, will ich, daß meine Katholsche nicht in dein Haus, sondern in das von Jurat oder Trifun zieht. Damit mein Name nicht entehrt wird. Und daß du, Langer, ihnen nicht mit Besuchen lästig fällst. Ich will auch nicht in mein Vaterland zurückgebracht werden, sondern selbst im Tod hier bleiben, wo meine Frau ist und mein Kind sein wird.«

Dies sei sein Vermächtnis, das sie zu respektieren hätten.

Bei Petars Worten waren alle still geworden und wie versteinert.

Pavle erhob sich abrupt, beugte sich über seinen Vetter und küßte ihn wie vorher bei der Begrüßung. Dann wandte er sich stumm ab und verließ langsam die Stube.

Ihm nach eilten Trifun und Jurat und Ana, die mit ihm über ihre vielen anderen Sorgen sprechen wollten, doch Pavle hörte sie nicht an.

Als hätte Petar nichts gesagt, als hätte keiner seine Worte

vernommen, erklärte er ruhig, Trikorfos verlange, daß in Gegenwart des Kranken alle fröhlich seien und ihm kein trauriges, böses oder beleidigtes Gesicht zeigten.

Der Grieche hätte ihm gesagt, daß Rußland nichts für Petar sei. Er, Trikorfos, kenne die Moskowiter gut. Sie seien wild und zügellos, besonders im Sattel. Nach Kiew sollten – Pavle verzeihe ihm diesen Ausdruck – nur Wilde kommen. Petar aber sei schmal und schön wie ein Mädchen.

Der Grieche hatte gesagt, daß er bald genesen werde, daß sie aber nicht vor Anbruch des Sommers zu ihren Siedlungen weiterreisen sollten. Es gebe keine Brücken, man überquere die Flüsse auf Fähren oder führe mit dem Wagen hindurch. Am besten warteten sie bis zum Juli. Und wenn sie das nicht wollten, dann sollten die Männer zunächst allein aufbrechen. Er, Trikorfos, würde jedenfalls seine Frau jetzt nicht über den Dnjepr oder den Ingul mitnehmen.

Er, Pavle, wolle ihnen mitteilen, daß er sich mit dem Gedanken trage, nach Tokaj zurückzukehren und dort die Mission zu übernehmen. Sie sei ihm angeboten worden. Er sei auch bereit, seinen Abschied einzureichen und das russische Heer zu verlassen.

Er werde Vitkowitsch um zeitweilige Suspension bitten.

Als Ana in Tränen ausbrach und fragte, was er denn in Tokaj wollte, erwiderte Pavle lachend, er wolle jene Mutter und Tochter und vielleicht auch die Frau mit den aschfarbenen Wimpern suchen.

Wie es zuweilen so geht, war Petar an jenem Tag von Todesahnungen ergriffen worden und auch von Eifersucht auf denjenigen, der neben seiner geliebten Varvara am Leben bleiben würde. Diese dumpfe Eifersucht auf Pavle kam nicht aus schmutzigem Argwohn, daß seine Frau eine Liebschaft mit seinem Vetter anfangen könnte. Sie kam aus dem bedrückenden Gefühl, daß dieser Lange, keiner wußte warum, ihnen allen in der Familie die Zärtlichkeit nahm, daß ihn Ana und Varvara auf seltsame Art liebten und begehrten, obwohl sie ihren Männern die Treue hielten. Jurat sah darüber hinweg, als fände Ana neben ihm, dem sehr lebendigen Menschen, Gefallen an einem schönen Rapphengst. Petar aber war durch die Zuneigung seiner Frau zu einem anderen Mann, obgleich sie rein war, tief verletzt. Trifun bemerkte überhaupt nichts. Er meinte einfach, daß die Frauen sich bemühten, den Witwer ein wenig zu trösten und aufzuheitern.

Mit Petar ging es schließlich wie mit so vielen jungen Leuten, denen nach solchen Todesahnungen eine baldige Genesung und ein langes Leben beschieden ist.

Schon nach ein paar Tagen wurde sein Auge besser, die Ohnmachtsanfälle hörten auf, und die Brüder trugen ihn auf den Hof, damit er in der Sonne liegen konnte.

So schrecklich der Dnjepr in jener Nacht des Hochwassers gewesen war, so klar und friedlich trug er jetzt die letzten Schneereste davon.

Das über Nacht gesprossene Gras leuchtete grün in der Ebene wie ein riesiger, bis zum Horizont gebreiteter Teppich. Nicht nur die Weiden, die den majestätischen Fluß säumten, standen, genährt von der fetten schwarzen Erde, üppig im Laub, sondern auch die Pappeln, die Akazien und die Obstbäume in der Stadt und um sie herum. Die Sonne stieg morgens wie eine Fackel über der Ebene auf und ging abends rot wie ein flammender Scheiterhaufen über den Kirchen, Türmen und Hügeln unter.

Der Frühling zog in Rußland ein wie auf einer Troika, als würde die Sonne selbst von drei Rappen gezogen.

Die Luft vibrierte, alles grünte und blühte, es war warm. Der Jahrmarkt in Podol schien ein Reigentanz aus Verkaufsbuden, Händlern, Käufern, Kiewern, Armeniern, Juden, Tataren und zugewanderten Serben, die dieser Tage zu ihren Siedlungsgebieten abreisten.

Der Winter war vergessen.

Die Wärme der Sonne durchdrang alles, Erde, Fluß, Hügel, Dächer, Zäune, Kleider, Körper.

Die Vettern Isakowitsch und ihre Frauen waren überwältigt von der Großartigkeit des russischen Frühlings.

Vom Hof des Hauses Scholobows bot sich ein unendlicher Ausblick, und Petar konnte von seinem Bett aus weit in die Ferne schauen. Die Hunde – die Scholobow im Haus gelassen hatte – zu seinen Füßen, lag Petar hochgebettet auf tatarischen Kissen, wie man Tote aufbahrt. Doch er sah mit weit geöffneten Augen über das unendliche Kiewer Panorama hin.

Nur seine Frau Varvara – die diese blauen Augen genau kannte – bemerkte, daß Petars linkes Auge bisweilen zu erstarren und schräg, wie schielend zum Himmel aufzublicken schien.

Schon nach zwei Wochen hatte die Sonne den Kranken so gekräftigt, daß er eines Tages aufstand – wie sich regennasse, windgepeitschte Zweige oder Getreidehalme nach kaltem Nachttau aufrichten. Und er tat seine ersten Schritte.

Varvara schrie ängstlich auf, als sie ihn im Hof umherspazieren sah, doch er lachte nur und ging aufrecht, erhobenen Kopfes weiter.

»Mir kann ein Fluch nichts anhaben!« rief er.

Kurz darauf, am Karfreitag, meldete er sich im Stabsquartier. Und nicht nur das, er stieg auch wieder in den Sattel.

Er ging zu den Kanonenschuppen, erbat von den Artillerieoffizieren jene Stute, die die böse Angewohnheit hatte, sich mitsamt dem Reiter hinzulegen, und führte sie zum Exerzierplatz, an die Steile, wo sie ihn abgeworfen hatte.

Die Stallknechte waren entsetzt, als sie sahen, wie grausam straff er sie an die Kandare nahm, wie er ihr, als sie beim Aufsitzen die Zähne zeigte, die Knute gab, vom Sattel glitt und wieder aufstieg. Ein paarmal schlug er unbarmherzig auf das zitternde Tier ein. Es tobte, schüttelte den Kopf, dann wurde es still.

Petar saß wieder auf. Die Stute blieb ruhig. Er stieg ab, als stieße er sie von sich.

Seiner Familie erzählte er davon kein Wort.

Als hätte ein riesiges, unsichtbares Ohr vernommen, wie gut die Vettern Isakowitsch, seit die Sonne schien, über Kiew, Rußland und Kostjurin sprachen, begannen aus dem Stabsquartier keine schlechten Nachrichten mehr einzutreffen, sondern so günstige, wie sie sie schon längst nicht mehr erhofft hatten.

Petar bekam im Regiment von Zivan Schewitsch einen Posten, wie er sonst nur einem Rittmeister zustand. Jurat sollte als Sekondemajor zum Mirgoroder Regiment, Trifun als Premiermajor nach Achtyrka gehen. Und Pavle wurde nur mit einem Tadel bestraft und dem Stabsquartier als Rittmeister zugeteilt, unter der Bedingung, daß er ein Jahr lang keine Beförderung verlangte.

Kostjurin persönlich hatte die Papiere unterschrieben.

Nach dem gewaltigen österlichen Glockengeläut in Kiew erlebten so auch die Vettern Isakowitsch eine überraschende Auferstehung. Petars rasche Genesung erfreute sie ebenso wie dieser wundersame, unermeßliche, ungestüme russische Frühling, der so gar nicht dem viel kürzeren und milderen in Sirmien und Wardein glich. Und sie waren auch glücklich, weil Petar, kaum daß er wieder auf den Beinen war, vor allen anderen Pavle aufsuchte und ihn umarmte, als wäre nie etwas Häßliches zwischen ihnen gewesen. Die entzückte Varvara wiederholte lachend: »Er ist ein Kind, ein großes Kind!«

Sie war, so kurz vor ihrer ersten Niederkunft, überglücklich, daß ihr Mann gesund und munter war, und sie behandelte ihn so lieb und zärtlich, wie es nur eine Frau mit Muttergefühlen versteht. Wenn sie neben ihm saß, flüsterte sie mit ihm, als wären sie Brautleute.

In der Familie Isakowitsch wurde später oft über diesen schönen ersten Frühling in Rußland gesprochen, über die Auferstehung, die sie empfanden, als sprössen sie aus einer anderen, neuen Erde. Und diese Auferstehung war nicht nur ihnen vergönnt, sondern auch den anderen zugewanderten Serben.

Ganz Podol hallte jetzt abends von serbischen Liedern wider.

Und fast täglich zogen diejenigen, die Uniformen und Waffen und Sold bekommen hatten, aus Kiew fort. Den Offizieren hatte man beträchtliche Summen als Entschädigung für erlittene Verluste, Reisekosten und ausgebliebene Bezüge bewilligt. Die Vettern Isakowitsch, wie auch alle anderen, konnten sich nicht genug wundern. Nach so vielen Entbehrungen und Verwirrungen kamen sie sich vor wie auf einem großen Hochzeitsfest bei Angehörigen, die nicht geizten. Die nicht ängstlich ihr Geld zählten.

Als wäre er selbst auferstanden und aller früheren Strenge ledig, besichtigte Kostjurin fast täglich in heiterer Laune die nach Mirgorod abziehenden Truppen. Und diese Truppen, wie aus einem schweren Traum in Fröhlichkeit erwacht, schienen wie ausgewechselt.

Sie waren sauber, wohlgenährt, herausgeputzt.

Fröhlich.

Selbst die Männer, die bis gestern noch Podol unsicher gemacht und sich als Trinker und Schläger aufgeführt hatten, hielten sich jetzt aufrecht wie die Tannen. Kostjurin verabschiedete entzückt diese Männer, die stattlich, dunkel, ernst und einig wie die Brüder waren. Seit dem Augenblick, da man sie eingekleidet und ausgerüstet hatte, legten diese Männer ohne Befehl ein stolzes und würdiges Verhalten an den Tag. Frauen und Kinder reisten ihnen in Planwagen nach, nicht ohne Mühen und Geschrei, aber die Truppen, die neuen Truppen waren ruhig, gehorsam, geschniegelt, feierlich.

Unter ihnen war eine Liebe, als wären alle von derselben Mutter geboren. Und kein einziger Streit mehr.

Sie zogen singend aus Kiew ab. An ihre russischen Fahnen hatten sie eigene gestickte Zeichen geheftet, als gingen sie wirklich zur Hochzeit, und Kostjurin – dem man erklärte, es seien Kirchenfahnen – erlaubte vorübergehend selbst das. Was ihn besänftigte, war vor allem die Stattlichkeit und Körpergröße dieser Männer. Das wurde damals im Heer am höchsten geschätzt. Und ihm gefiel auch, daß diese Truppen, obwohl ohne Offiziere, nur mit ihren Wachtmeistern abmarschierten, als stünden sie unter dem Kommando unsichtbarer Generale. Er konnte nicht glauben, daß er dieselben Menschen vor sich hatte, die sich in Podol denunziert und geprügelt und Metzgereien überfallen hatten.

Kostjurins Begleiter erzählten später, daß er bei diesen Inspektionen, an Vitkowitsch gewandt, unablässig und hingerissen »Ein Wunder!« und »Teufel auch!« gerufen habe.

Zivan Schewitsch, der die Pferde nicht liebte, dieser diensteifrige, dreiste, neidische Speichellecker, saß aufrecht, streng, stolz im Sattel, den Säbel in der Hand – wie eine Märchenerscheinung. Die Silbertroddeln hingen ihm auf die Schultern wie die ersten Schneeglöckchen dieses Frühlings des Jahres 1753.

Im Mai dieses selben Jahres ließ Kostjurin viele serbische Offiziere und Zuwanderer aus dem Gebiet um Maros und Theiß und aus Temesvar einkleiden und längs der tatarischen und polnischen Grenze ansiedeln. Dreitausendeinhundertzwölf Soldaten und Offiziere, darunter die Vettern Isakowitsch.

Unter den Zuwanderern waren auch einige Kroaten und Ungarn, und neben dem Gebiet Neu-Serbien erstreckte sich das Gebiet Arnautka. Dort ließen sich die Albaner nieder, die mit den Truppen von Tscharnojewitsch nach Sirmien gekommen und dann mit den Serben fortgezogen waren.

Keiner von ihnen wußte, was die Zukunft in Rußland für ihn bereithielt, auch nicht die Vettern Isakowitsch. Der Mensch weiß nie, was ihn erwartet, und das ist gut so.

An den Tagen vor ihrem Aufbruch aus Kiew waren die Vettern Isakowitsch ganz im Bann des russischen Frühlings, der ihnen unermeßlich und ewig erschien. Sie verfügten damals über keine großen Kenntnisse in Geographie und Geschichte, aber auf Kostjurins Befehl mußten sie im Stabsquartier die russischen Landkarten studieren. Soweit es möglich war, erklärte man ihnen die Größe und Ausdehnung der russischen Erde.

Pavle Isakowitsch glaubte, dieser Kiewer Frühling müßte auch in ganz Sibirien und gar bis zum Eismeer, bis nach China und zur Kamtschatka so sein.

Sie waren wie betäubt.

Auferstehung und Frühling in Kiew wurden so im Bewußtsein der serbischen Auswanderer zu einer großen Vision, einer Gewißheit, daß es auf der Erde ein so unendlich riesiges Land gab. Besonders der Edle Isakowitsch, Pavle, gewann neue Freude am Leben. Freude darüber, daß er in dieses Rußland gekommen war und daß sich dieses so geartete Rußland eines Tages in Bewegung setzen würde.

Nach Serbien!

Jurat gab jetzt zu, daß er recht gehabt hatte, als er sie überredete, aus Österreich wegzugehen, und ihnen versprach, sie würden aus Garsulis Temesvar an das unendliche russische Meer ziehen.

Und auferstehen!

Petar und Trifun schwiegen. Sie wollten Jurat nicht widersprechen.

Jurat war der erste, der zu den neuen Siedlungen aufbrach. Bei seiner Abreise waren alle vier noch überzeugt, mit der Ankunft in Rußland die Schwelle zum großen Glück betreten zu haben.

Als Jurat Isakowitsch – jetzt Georgi Issakowitsch Seremski – die Reise zu General Bibikow an den Donez antrat, wo man ihm Land zugeteilt hatte, war es auf den Tag genau ein Jahr her, daß Pavle Temesvar verlassen hatte.

In der Familie Isakowitsch gehörte der Aberglaube zur Religion der Väter!

Es war der Tag des Ehrwürdigen Pachomios des Großen.

Der fünfzehnte Mai.

Jurat zog mit seinen fünf Husaren davon, und er hatte drei Wagen, vor die je drei Pferde gespannt und die mit Hausrat, Kleidern, Zaumzeug, Waffen vollbeladen waren.

Unter dem Verdeck des ersten saß Ana, über die Wiege ihres Töchterchens gebeugt. Sie hatte sich von der Entbindung erholt und war wieder die schöne, schwarze, geschmeidige Tigerin.

Nur ihr Gesicht war blaß, nicht mehr so heiter und fröhlich und weniger jung als zuvor. Ihre Augen nicht mehr voller Freude, sondern groß, dunkel, wild unter den dichten, schwarzen, zusammengewachsenen Brauen. Die Lippen rot und ruhig.

Diese junge Frau, die mit siebzehn geheiratet hatte, empfand nach sechs Ehejahren voller Liebe eine Kühle gegenüber Jurat, die ein Fremder nicht bemerkt hätte, die jedoch der Familie nicht entgangen war.

Anfangs erklärte sich die Familie diese Kühle mit Verletztheit, denn Jurat hatte das Neugeborene kaum angesehen, geschweige denn geküßt. Er hatte verärgert behauptet, er habe dieser Tage zu viele andere Sorgen, aber Ana war tief getroffen und konnte ihm nicht verzeihen.

Sie stillte ihr Kind selbst – obwohl Jurat ihr eine Amme ins Haus gebracht hatte –, und ihr Mann schlief wieder mit ihr. So lief sie in diesen Frühlingsnächten hin und her zwischen ihrem Kind, das auch nachts die Brust bekam, und diesem schönen Zigeuner, auf dessen leidenschaftliche Umarmungen sie nicht verzichten konnte.

Aber eines Morgens gestand sie ihrer Schwägerin mit Tränen in den Augen, daß dieses Glück nicht mehr so war wie zuvor. Jurats Liebe zu ihr war jetzt zurückhaltender, ohne diese Vergötterung, diese Bewunderung, an die sie gewöhnt war und die sie mit Lachen quittiert hatte. Es war noch immer stürmische Leidenschaft bei diesem schönen, dunkelhaarigen, kräftigen jungen Mann, aber nicht mehr jene zärtliche Anbetung für seine Frau, jenes Besondere, das ihre Nächte zu mondhellen Wundern gemacht hatte.

Jurat schlief auch jetzt manchmal neben ihr ein. Meist aber zog er sich, wenn er seine Befriedigung gefunden hatte, in die Dunkelheit auf das andere tatarische Bett zurück, wo ihn die Kerze ebensowenig störte wie die Wiege.

Kurz vor der Geburt war Ana ihrem Mann gegenüber kühler geworden, weil ihr Dunda Birtschanski nicht aus dem Sinn ging. Es war ihr sogar angenehm, daß gegen Ende der Schwangerschaft ihre ehelichen Beziehungen eine Unterbrechung erfuhren. Sie konnte in diesen Tagen ihren Mann nicht ertragen.

Als sie jedoch nun bemerkte, daß auch er ihr gegenüber kühler, weniger aufmerksam, gewöhnlicher war, hatte sie sich anfangs gewundert und dann Angst bekommen.

Bedeutete das, daß ihre große Liebe für immer vorbei war? Daß sie gestorben war? Gab es nur noch die körperliche Vereinigung? War sie für ihn wie jede andere Frau geworden?

Bei diesem Gedanken überlief sie ein kalter Schauder.

Vieles davon, darunter manches, was sie sich nicht einzugestehen gewagt hatte, erzählte sie Varvara, als griffe sie nach dem rettenden Strohhalm.

Die anderen Familienmitglieder verstanden natürlich nicht all die kleinen Zeichen der beginnenden Abkühlung zwischen den Eheleuten, aber sowohl Petar, dem seine Frau einiges andeutete, als auch Pavle bemerkten, daß Jurats und Anas Liebe nicht mehr so heiß war wie in den vergangenen fünf Jahren. Petar versuchte sich mit Anas Kind zu beschäftigen, und Pavle versuchte Jurat auszufragen. Trifun wollte sich nicht einmischen.

Vor dem Aufbruch aus Kiew kam es dann zwischen Jurat und Ana zu kleinen, aber deutlich sichtbaren Streitigkeiten. Ana machte ihrem Mann jetzt Vorwürfe: Er hatte das Neugeborene kaum angeschaut, weil er sich eigentlich einen Sohn wünschte. Er zeigte nicht viel Liebe für das kleine Mädchen. Petar behauptete, nie ein schöneres Kind gesehen zu haben, doch der leibliche Vater dieses Kindes schwieg dazu.

Mit Tränen in den Augen erzählte Ana ihrer Schwägerin, Jurat habe ihr ungerührt vorgeschlagen, in diesem Sommer ihre Kinder aus Neusatz zu holen, wo sie bei ihren Eltern geblieben waren. Und auf ihre Frage, wie sie ihn hier in der Fremde allein lassen solle, wo er doch noch gar nicht seßhaft war, habe er gemeint, er werde schon zurechtkommen. Er habe anderes zu tun, als Kindermädchen zu spielen.

Ana beklagte sich, daß Jurat in Kiew wie taubstumm geworden sei, er habe kein liebes Wort mehr für sie und mustere sie nur von der Seite, als wäre sie ein Regenmädchen oder eine Flickenpuppe. Zuvor hatte er seine Frau in den Himmel gehoben und auch vor Fremden gezeigt, wie stolz er auf sie war; jetzt machte er ihr nicht einmal unter vier Augen den Hof. Es kam ihr so vor, als habe sie, angebetet, auf einem Piedestal gestanden, und nun, da sie vom Sockel gestürzt war, bekümmerte das Jurat nicht weiter.

»Unsere Liebe ist zerschlissen«, sagte Ana, »und das kann ich nicht ertragen und nicht überleben. Es ist, als wäre der Leibhaftige in Kiew erschienen und hätte mir all mein Glück genommen. Ich sitze da mit dem Kind im Arm, und Jurat vernachlässigt mich.«

Vergebens hielt ihr die Schwägerin entgegen, daß sie sich all das nur einbildete. Jurat habe den Kopf voll mit dem neuen Heim, das er mit ihr und den Kindern beziehen würde. Vergebens lenkte sie Anas Aufmerksamkeit darauf, daß dieser Mann im Stabsquartier keinen Blick für fremde Frauen hatte und nur ständig seine Untergebenen nach seiner Frau fragte. War sie etwa zu ihm gekommen, saß sie irgendwo und wartete auf ihn? Mit allen anderen sprach er, als wären sie seine Schwestern. Es gebe in ganz Kiew keinen besseren Ehemann.

»Du verstehst mich nicht«, erwiderte Ana. »Unsere Liebe

war rein und heiß wie ein Feuer, aber nun ist sie erloschen. Wie nasses Stroh: Rauch ohne Flamme. Wenn er sich zu mir legt oder wenn er aufsteht, ist mir, als wäre ich der Ersatz für eine andere. Das demütigt mich. Auf dem Weg hierher, wo wir jetzt leben werden, ist etwas zwischen uns geschehen. Ich habe etwas verloren und weiß nicht, was es ist. Das Leben geht weiter, wir ziehen fort in die neuen Siedlungen, aber unsere große Liebe ist gestorben.«

Auf Varvaras besänftigende Worte, sie sei doch eine glückliche Frau, die Kinder und einen guten und schönen Mann habe, lächelte Ana bitter: In jeder Ehe herrsche Dunkelheit, die beiden, Mann und Frau, die Vergangenheit verbirgt und sie daran hindert, die Zukunft zu sehen. Zumal die Frauen versuchten geheimzuhalten, was in ihren vier Wänden geschah. »Ich ziehe jetzt nach Mirgorod, wo mich ein neues Leben erwartet, aber ich weiß nun, daß es die große Liebe zwischen Mann und Frau nicht gibt, von der ich einst geträumt habe. Was ich mit meinem Mann habe, ist keine große Liebe. Es gibt sie nicht! Meine Liebe wird in den Kindern weiterleben, so wie das Leben selbst, das ich ihnen geschenkt habe. Aber meine Liebe zu Jurat ist nichts als Kummer. Ich hatte Hoffnung, doch ich bin enttäuscht worden, und das wird so sein bis zu meinem Tod.«

Ana hatte in Kiew bleiben wollen, bis Varvara niederkam, Jurat jedoch war entschlossen, möglichst bald nach Mirgorod zu ziehen. Er gab vor, daß ihn dort dringende militärische Angelegenheiten erwarteten. Er gedenke nicht in alle Ewigkeit Sekondemajor zu bleiben, sondern strebe danach, ein eigenes Regiment zu bekommen, um nicht länger einem Schewitsch oder Horvat oder Preradowitsch dienen zu müssen.

Und so kam es, daß Jurat und Ana hastig und ohne Rücksicht auf den Rest der Familie aus Kiew fortzogen.

Kaum daß der Tag graute, verließ Jurat mit seinen fünf Husaren und den drei Wagen voller Hausrat den Hof des Hauses von Kaufmann Scholobow. Der Himmel begann hell zu werden, war aber noch voller Sterne, und die Hunde bellten aufgeregt.

Den schwarzen Reisemantel um die Schultern, saß Ana im

ersten Wagen, neben sich die Wiege, in der das Kind unter der weißen Decke schlief. Varvara, deren Niederkunft jeden Tag bevorstand, war dennoch herausgekommen, um sich von ihrer Schwägerin zu verabschieden. Ihre Augen standen voller Tränen.

Trifun und Petar halfen Jurat beim Anschirren.

Als Jurat aufsaß, warf Pavle ihm vor, wie grob er seine Frau behandelte. Warum erlaubte er ihr nicht, in Kiew zu bleiben, bis Varvara ihr Kind zur Welt gebracht hatte? Jurats Antwort beim Abschied war derart, daß später in der Familie immer wieder darüber gesprochen wurde.

»Lieg mir nicht in den Ohren, Apostel!« sagte er. »Du als Witwer verstehst nichts von Frauen. Was will denn dieses Senatorentöchterlein? Daß ich mich verneige, als wäre sie eine Ikone? Ich kenne meine Pflicht, aber ich bin keine Amme. Sie hat gesehen, was ihre Mama, die Dame Agrippina, aus ihrem vertrottelten Mann gemacht hat, und dasselbe versucht sie jetzt mit mir. Ich soll den Diakon spielen, der sie beweihräuchert, als wäre sie vom Himmel herabgestiegen. Ich habe meine eigenen Sorgen, und zwar genug, und ich brauche keine andere Frau. Fünf Jahre lang habe ich das Püppchen in Neusatz herumgeschleppt, und ich werde sie auch weiter auf Händen tragen. Sie hat sich um ihre Kinder und ihren Mann zu kümmern. Aber ich laß mich nicht zum Esel machen wie ihr Vater. Auf dem Weg nach Rußland hat Jurat einiges gelernt. Alle reden, wie schön meine Frau ist und wie gut sie duftet. Wunderbar! Nichts für ungut, Apostel, aber auch andere Frauen duften gut. Sie sind nicht schlechter als meine. Hat sie ein Recht, auf andere herabzuschauen? Sie ist nicht die einzige auf der Welt, die schön und voller Tugenden ist. O nein! Sieht sie denn nicht, daß wir hier in der Fremde alle zusammen mit Frauen und Kindern unglücklich sind? Und nun Gott befohlen. Ich erwarte euch in Mirgorod. Der Tag verspricht schön zu werden und warm. Und ein kühles Lüftchen wird uns erfrischen.«

Er gab dem Pferd die Sporen und ritt davon, ohne sich noch einmal umzublicken.

Als die kleine Karawane mit den tatarischen Führern unter Hundegebell den Hof verlassen hatte, war Trifun derjenige, der den Abschied am leichtesten nahm. Dank seiner Erfahrung aus langjähriger Ehe hatte er die unheilvolle Stille zwischen Ana und Jurat wohl bemerkt, da er aber seine eigenen Sorgen hatte und nicht mit ihnen in Scholobows Haus wohnte, hielt er die Mißstimmung in Jurats Ehe für eine vorübergehende Erscheinung, die ebenso mit der Geburt eines neuen Kindes einhergehen konnte wie übergroße Freude.

Petar, der jetzt von Gott und der Welt nur eines erwartete, nämlich Varvaras Niederkunft, meinte, daß die neuen Kameraden, die Jurat durch Schewitsch in Kiew kennengelernt hatte, schlechten Einfluß auf seinen Bruder ausübten. Er nahm keine Rücksicht mehr, hielt sich öfter in Gesellschaften auf als bei der Familie. Eines Abends hatte er ungerührt zu Pavle gesagt: »Hör zu, Apostel, meine Familie ist da, wo meine Kameraden sind und wo es lustig zugeht. Eine Familie, die flennt, ist keine Familie, sondern ein Klotz am Bein. In Kiew gibt es keine Madame Agrippina, die mir in den Ohren liegt mit ihrem Gejammer. Rußland singt und tanzt! Und ich bin dabei!«

Jurat war in letzter Zeit der einzige gewesen, der Petar aufheitern konnte, und Petar wiederum hatte sich in seiner angstvollen Erwartung von Varvaras schwerer Stunde schutzsuchend an Jurat angelehnt. Um so tiefer traf es ihn, daß Jurat seiner Frau nicht erlaubte, Varvara beizustehen, wenn es soweit war. Das war etwas Neues in ihrer brüderlichen Liebe – die in der Familie Isakowitsch besonders stark war –, so unerhört, daß es den jüngeren schmerzte und bekümmerte.

Pavle hatte kein Wort des Abschieds für Jurat gefunden.

Seit sie von Kostjurin unverhofft mit höheren Rängen, Geld und Parzellen am Donez beehrt worden waren, genoß Pavle wieder hohes Ansehen in der Familie. Sie hörten auf ihn, denn es hatte sich gezeigt, wie recht er hatte, als erster Vuks Rat zu folgen, daß sie Österreich verlassen sollten. In Petars und Trifuns Gegenwart hatte Pavle nicht mit dem Vetter streiten wollen. Er sah nur traurig Ana nach, dieser jungen Frau, die, als man sie vor fünf Jahren mit siebzehn verheiratete, geglaubt hatte, ihre Vermählung sei nicht wie alle anderen, sondern ein überirdisches Glück. Eine Liebe, wie sie noch nie dagewesen war. Zierlich, brünett, geschmeidig wie eine Tigerin, war ihm diese junge Frau ebenso lieb wie Varvara, obwohl sie nicht annähernd so zärtlich mit ihm sprach wie die schöne rothaarige Katholikin, die in der Familie eine Fremde war wie seine eigene verstorbene Frau. Im Wagen über die Wiege ihres Kindes gebeugt, hatte Ana mit ihren schwarzen Zöpfen und den großen dunklen Augen jetzt die sanfte Schönheit junger Mütter. Für Pavles Gefühl irrte Jurat, wenn er nicht sah, daß diese Frau für ihn das einzige wahre Glück war und daß sie, liebte sie einmal, für immer liebte. Pavle verstand als einziger, daß jene winzige Umarmung mit dem Mädchen bei Wischnewski für eine solche Frau große Bedeutung haben konnte.

Varvara mit ihren tränennassen Augen sah Anas Wagen am längsten nach, denn sie fühlte, daß ihre Schwägerin mit etwas Dunklem im Blick fortging, so als hätte sie in Kiew jemanden begraben, vielleicht sogar sich selbst. Doch der Wagen mit Ana in ihrem schwarzen Mantel der Trauer verschwand bald im Halbdämmer der Straßen.

Nachdem sie den ganzen Mai vergeblich auf ihre Niederkunft gewartet hatte, brachte Varvara endlich im Morgengrauen des Pfingstmontags den Sohn von Petar Isakowitsch zur Welt.

Während Anas Geburt leicht gewesen war, mußte sich Varvara einen ganzen Tag und eine ganze Nacht lang quälen. Ihr Stöhnen und ihre Schreie brachten Petar fast um den Verstand. Er bildete sich ein, daß der Fluch seines Schwiegervaters, des Neusatzer Senators, schuld daran war, und zitterte vor Angst, das Kind könnte tot geboren werden.

Als er es dann lebend gesehen hatte, begann er, die Hände an den Ohren, einen wilden Tanz durch die stickigen Räume des Kaufmannshauses und über den Hof, so daß die Mägde über ihn lachten und die Kühe erschraken. Sie hoben die Köpfe und glotzten ihn aus ihren großen schwarzen Augen an.

Über diese Niederkunft gab es später in der Familie Isakowitsch zahllose Geschichten, und sie ging auch in ihre Briefe ein.

Ana, die ihre ersten beiden Kinder, Sohn und Tochter, daheim im Haus der Mutter geboren hatte, war voller Angst gewesen, in der Fremde ohne den Beistand der Mutter niederkommen zu müssen. Aber sie hatte nur ein paarmal aufgestöhnt, während sie Jurats Arm umklammert hielt und er ihr den Schweiß von der Stirn wischte, und dann war das Mädchen geboren, ganz weiß und rosig, mit einem schwarzen Haarbüschel. Und kerngesund.

Varvara hatte auf der ganzen Reise bis Tokaj an Übelkeit und Durst gelitten, und auf dem Weg von Tokaj nach Kiew war sie zu Tode erschöpft gewesen und hatte oft erbrochen. Sie wußte nicht, wann sie empfangen hatte und wann die Stunde der Geburt kommen mußte. Als die Wehen einsetzten, wußte sie nicht, was mit ihr geschah. Sie wehrte sich gegen die Hebamme – die Jurat ins Haus geholt hatte – und schrie vor Schmerzen. Mit weitaufgerissenen Augen blickte sie zu den Deckenbalken auf, in die Christi Initialen geschnitzt waren. In ihrer Hilflosigkeit war ihr, als lastete das ganze Haus mit Dach und Boden und dann ganz Kiew und die ganze Erde auf ihr. Sie erstickte fast und glaubte, das Kind werde ihr die Rippen sprengen.

Als man ihr das Neugeborene zeigte, waren ihre Augen voller Tränen.

Sie als einzige bemerkte, wie klein, schwach, nackt und häßlich der Säugling war – gleich einem frischgeschlüpften Taubenjungen.

Diese junge Erstgebärende ahnte sogleich, daß ihr Kind kein langes Leben haben würde. Aber das sagte sie nicht einmal Petar. Sie lag lange, den Blick an die Deckenbalken mit der eingeschnitzten Sonne gerichtet.

Unverhofft und seltsamerweise bekam Varvara bei ihrer ersten Entbindung noch Hilfe von einer Frau, mit der sie nicht gerechnet hätte. Es war Julijana, Wischnewskis Frau.

Die Familie hatte gehört, daß sich der Chef der Tokaier russischen Mission in Kiew aufhielt, um seine Schwägerin mit einem zugewanderten Offizier zu verheiraten. Sie wußten auch, daß er häufig bei Kostjurin zu Gast war, hatten ihn aber durch merkwürdigen Zufall nie bei den russischen Abendgesellschaften getroffen. Er schien es auf zauberische Weise so einzurichten, daß er kam, wenn sie gegangen waren, oder das Haus verließ, bevor sie eintrafen. Petar, der nicht wußte, was seiner Frau im Haus dieses einstigen Serben und jetzigen Russen widerfahren war, suchte Wischnewskis Nähe. Jurat hatte Angst, Dunda zu begegnen, und hielt sich von diesen Leuten fern, mit denen er in Tokai Umgang gepflegt hatte. Und Pavle knirschte mit den Zähnen bei der bloßen Vorstellung, Wischnewski sehen zu müssen und ihm nicht an die Kehle gehen zu können. Als eines Tages Frau Julijana in Petars Begleitung unerwartet und fröhlich lachend zu Besuch kam, verschlug es Pavle die Sprache.

Varvara hatte ihn gebeten, über den Vorfall in Tokaj Stillschweigen zu bewahren. Die Zeit werde kommen, wo sie Wischnewski mit gleicher Münze heimzahlen konnten. Sie hatten genug Kummer und Unglück gehabt, und in Kiew und Mirgorod warteten neue Sorgen auf sie. Hatten sie erst im russischen Boden Wurzeln geschlagen, konnten sie mit Wischnewski abrechnen. Von Julijana überrumpelt, konnte sie nicht umhin, sie als ihren Gast zu empfangen. Sie war sogar liebenswürdig, so wie Damen liebenswürdig zu Dirnen sind.

Julijana indes war darüber unterrichtet, daß im Haus eine Geburt bevorstand und daß die Schwangere auf den Beistand ihrer Schwägerin verzichten mußte. Sie bot sich an, bei ihr die Rolle von Mutter, Schwester, Schwägerin und Freundin zu übernehmen. »Unter diesen Umständen sind alle Frauen Schwestern!« erklärte sie.

Was Varvara am meisten überraschte: Diese ihr doch so widerwärtige Frau brachte eine Fröhlichkeit ins Haus, wie sie lange nicht dagewesen war. Tagelang schallte ihr Lachen durch alle Räume, und sie benahm sich, als gehörte sie zur Familie.

Erstaunlich war auch, daß diese aufgeputzte, parfümierte Frau die ganze Nacht bei Varvara wachte und der Hebamme bei den weder angenehmen noch wohlriechenden Verrichtungen half, von denen Männer ohnehin nichts verstanden. So peinlich es ihr auch war, Varvara erzählte später, sie glaube, nur diese Frau habe ihr wirklich geholfen, nur sie habe ihr die Qualen erträglich gemacht, und wäre sie nicht gewesen, die Geburt wäre trotz Hebamme tödlich ausgegangen.

Julijana erklärte ihre Geschicklichkeit bei der Geburtshilfe mit ihrer eigenen jahrelangen Einsamkeit. Als ihre Wehen einsetzten, sei niemand bei ihr gewesen. Die Nabelschnur habe sie selbst durchbissen und dann mit dem Kind an der Brust im Dunkeln dagelegen. Wischnewski habe sie erst einen Monat später seines Besuchs gewürdigt. Außer ihrem Sohn habe sie keinen Menschen auf dieser Welt.

Als Julijana sich nach der Geburt des Kindes verabschiedete, hinterließ sie die Spur einer geborenen gefährlichen Verführerin, die allen Männern den Verstand rauben konnte. Diese schlanke, sonnengebräunte brünette Frau, die einer schönen Zigeunerin glich, war in ihrer prachtvollen grünen Krinoline schon am frühen Morgen eine sehr anziehende Erscheinung und abends hinreißend bei Pharao und Fröhlichkeit. Früh saß sie, nur spärlich bekleidet, am Bett der Wöchnerin und ließ unter den gelben Unterröcken ihre gutgeformten Beine sehen, und abends hoben sich ihre festen Brüste aus dem Dekolleté, wenn sie lachend ihr Haar mit den roten Kämmen darin richtete. Varvara stellte sofort fest, daß ihr an Petar nicht viel lag, während sie Pavle mit allen Mitteln zu umgarnen suchte. Er mußte ihr den Schal umlegen und abnehmen, zu ihren Füßen sitzen, wenn sie ein Knäuel aufwickelte, es dulden, daß sie ihn umhalste und ihm von hinten ihre dünnen, langfingrigen Hände über die Augen hielt. »Wie lange will dieser Mann als Witwer durch die Welt laufen und jeder Frau aus dem Weg gehen?« fragte sie. »Varvara hat recht. Er hätte längst wieder heiraten müssen!«

Daß diese Frau nicht so ganz zufällig in ihr Haus gekommen war, zeigte sich bei ihrem Abschied, doch Varvara ahnte davon nichts. Julijana hatte es so einzurichten gewußt, daß sie an diesem letzten Nachmittag ein wenig mit Pavle allein blieb.

Sie kam in Pavles Stube, angeblich um auch diesen Raum zu besichtigen, denn sie habe vor, das Haus nach der Abreise der Familie Isakowitsch für Wischnewski zu mieten. Petar hatte sich fröhlich und mit Dank für ihre Hilfe von ihr verabschiedet. Dieser Isakowitsch hatte in Gegenwart seiner Frau keinen Blick für irgendeine andere. Trifun hatte sich gleich mit Frau Julijana angefreundet und von ihr sogar zum Tanzen überreden lassen.

Pavle verachtete sie trotz ihrer Anmut und Heiterkeit, und er hätte sie am liebsten wie eine Hündin aus dem Haus gejagt. Ihr Lachen klang fad in seinen Ohren, ihre Schönheit langweilte ihn, mit ihr zu sprechen widerte ihn an. Nach ein paar Minuten des Alleinseins mit ihr wollte er sich entfernen, aber sie stellte sich mit ausgebreiteten Armen vor die Tür und versperrte ihm den Weg. In ihrem schwarzen, eng taillierten Kleid wirkte sie wie ein Schatten. Sie sah ihn mit den starren Augen einer beutegierigen Schlange an.

»Ich meine es gut mit Ihnen, und darum muß ich Ihnen etwas sagen«, begann sie. »Sie sind stets als Ehrenmann aufgetreten, und niemand kann Ihnen etwas vorwerfen. Aber gestern abend hat Wischnewski gedroht, Sie in die Verbannung zu schicken, von wo kein Kostjurin und kein Vitkowitsch, niemand Sie wieder befreien kann. Wischnewski hat viel Macht und ist heimtückisch. Ein Hurenbock, obwohl er der Vater meines Kindes ist. Meine Schwester hat er auch gehabt. Die heiratet jetzt. Der Sack hat den passenden Flicken gefunden. Seien Sie auf der Hut vor Wischnewski. Wenn er Sie in den Arrest bringt, kann weder ich Ihnen helfen noch der liebe Gott. Gehen Sie ihm aus dem Weg, Sie wären nicht der erste, den er ruiniert. Obwohl oder gerade weil er eine hohe Meinung von Ihnen hat!«

Pavle hörte sich schweigend an, was diese schöne Frau, die noch immer zwischen den Türpfosten stand, zu ihm sagte. Sie und ihr Mann erinnerten ihn an das Ehepaar Bozitsch. Aber dieser Isakowitsch war nicht der Mann, dem ein Schatten Angst machen konnte.

»Mir ist bekannt, daß Wischnewski ein Hurenbock ist«, erwiderte er. »Obwohl er in Tokaj geprahlt hat, so hoch wie die Karpaten zu sein. Und ebenso weiß ich, daß Sie eine Dirne sind und Ihrem sauberen Herrn Gemahl als Kupplerin zur Hand gehen. Eine Schlampe, die in ihren Seidenroben die Dame spielt. Und wer im Arrest enden wird, das ist noch nicht sicher. Wischnewski soll schön aufpassen, daß er nicht eines Tages hängt. Sagen Sie ihm das. Ich bin nicht der einen Tyrannei entronnen, um mich der nächsten auszuliefern. Dazu sind die Wischnewskis zu klein, selbst wenn sie zu dritt wären und nicht nur einer, der seine Frau vorschickt, um mich einzuschüchtern. Weil er nicht den Mut hat, persönlich zu kommen. Ihre Majestät die Zarin hat uns nicht nach Rußland gerufen, damit wir vor einem Hurenbock wie Wischnewski kriechen, sondern damit sich unsere christliche Nation unter ihren mächtigen Schutz begibt.«

Julliana war weiß wie ein Laken. Sie werde Wischnewski seine Botschaft ausrichten, natürlich nicht das, was er über sie gesagt hatte. Er rede wie ein aufgeblähter Puter, der sich nur mit Wäscherinnen abgab. Sie wisse von Postmeister Hurka, in wessen Armen er in Tokaj gelegen hatte. Wischnewski habe sie nicht als Dirne bekommen, sondern nachdem er ihren Mann zugrunde gerichtet und in den Arrest geschickt hatte und sie allein und schutzlos in Tokaj zurückgeblieben war. »Ich bin von früh bis spät am Fluß entlanggegangen und habe geweint und nach dem tiefsten Strudel Ausschau gehalten. Aber ich konnte nicht ins Wasser gehen. Ich bin jung. Mir fehlt der Mut, mein Leben in einem Brunnen zu beenden.«

Isakowitsch war schon dabei, Julijana – unter Verbeugungen – vor die Tür zu setzen, aber bei ihren letzten Worten erstarrte er. Er sah Djindja Zekowitsch vor sich, die er mit seinem harten Urteil über ihre Liebesbeziehung in die Bega getrieben hatte. Dann reichte er Julijana den Arm und verließ mit ihr das Haus.

Über diesen plötzlichen Umschwung in Pavles Benehmen war Frau Julijana ebenso verblüfft wie erfreut. Unter den blühenden Akazien ging Isakowitsch mit ihr durch Kiew, wie er seinerzeit Kumrija durch Temesvar zu Engelshofens Theater begleitet hatte, und bemühte sich, mit seinen langen Beinen nicht zu große Schritte zu machen, und zum Abschied küßte er ihr sogar die Hand. Trifuns arme Geliebte, die in der Bega geendet hatte, war völlig seinem Gedächtnis entschwunden gewesen, und als er sich jetzt in Kiew wieder an sie erinnerte, verneigte er sich so höflich vor Julijana, als sei jenes unglückliche Mädchen in ihre Krinoline gekleidet gewesen, als man es ertrunken aus dem Fluß fischte.

Julijana teilte dem Rittmeister mit, Wischnewski reise dieser Tage nach Sankt Petersburg, während sie in Kiew bliebe. Sie könnten sich bei ihr treffen und besprechen, was man für die Vettern Isakowitsch – bei Kostjurin – tun solle. Das sei gut möglich, denn sie sei oft bei Frau Kostjurina zu Besuch.

Isakowitsch hatte Mühe, ihr zu entrinnen. Sie lachte fröhlich und drückte ihm immer wieder die Hand, und ihre Augen strahlten vor Glück, während er ihr all das sagte, was für jene unglückliche Geliebte Trifuns bestimmt war – hätte er sie aus dem Tod zurückrufen können. Es waren gute, sanfte, tröstliche Worte.

Auf diese Weise knüpfte Wischnewski über seine Frau wieder freundschaftliche Beziehungen mit den Vettern Isakowitsch.

Ende Mai verließ Varvara das Wochenbett, schön, wenn auch stark abgemagert. Ana hatte während der Schwangerschaft Flecken im Gesicht gehabt, ein Zeichen, daß ein Mädchen unterwegs war.

Aber Varvaras Haut war makellos rein.

Wenn sie im Hof auf dem tatarischen Bett saß, wo bis vor kurzem ihr Mann die Strahlen der Sonne genossen hatte, trocknete sie ihr frisch gewaschenes Haar. Dicht und rotgold fiel es bis zum Boden herab, so daß man Laken darunter ausbreitete. Es nahm die Wärme und das Licht der Sonne in sich auf, und so kam auch die junge Frau wieder zu Kräften. Petar ließ sich nicht träumen, daß die Vorübergehenden am Zaun stehenblieben, um dieses Haar zu bewundern, von dem bald ganz Kiew sprach.

Petar war wie von Sinnen vor Freude und Glück. Er erlaubte nicht, daß seine Frau den Sohn wickelte: »Was verstehst du schon davon, du Senatorentöchterchen? Ich werde dir zeigen, wie man bei uns in Belgrad den Kindern die Windeln anlegt!« Nachts brachte er Varvara das Kind zum Stillen, und damit sie ihre Ruhe hatte, trug er es in einen entfernten Raum und wiegte es in den Schlaf. Er schaukelte es auf den Armen und legte es vorsichtig wie einen Wassertropfen in die Wiege. Dabei sprach er sanft auf es ein oder summte leise. Auch tagsüber wurde er nicht müde, mit dem Kind auf den Armen umherzugehen.

Aber es weinte häufig. Wenn die Mutter ihm die Brust

gab, betrachtete sie es voller Sorge. Petar sah nicht, wie klein und schwach der Säugling, wie gelb und faltig seine Haut war. Die Hebamme hatte ihn an den ersten Tagen zwischen erwärmte Ziegel gebettet und sich über ihm bekreuzigt – wenn ihr der Vater dabei nicht zusehen konnte.

Anfang Juni, am Tag des Märtyrers Timotheos von Prusa, traf Fähnrich Simeon Hrnitsch, ein Verwandter von Major Feodor Tschorba, in Kiew ein und begab sich zum Stabsquartier. Da er aus Sirmien kam, wußte er Neuigkeiten zu berichten. Er habe den Auftrag, die Familie Isakowitsch vom plötzlichen Tod des Senators Stritzeski – Schwiegervater des Premierleutnants Petar Isakowitsch – in Kenntnis zu setzen.

Trifun hörte als erster die Nachricht und suchte mit dem Fähnrich Pavle auf, obwohl er sonst seine Nähe mied, und Pavle überlegte lange, ob und wann und wie man es Petar beibringen sollte. Als sie es ihm sagten, brach er fast zusammen.

Dieser dreißigjährige Offizier, der zwei feindliche Soldaten mit der Pistole erschossen und in Kampfgetümmel, Schneegestöber und Pulverdampf vielleicht noch mehr getötet hatte, der selbst zweimal verwundet worden war, stand wie versteinert vor Bruder und Vetter. All seine Freude war plötzlich dahin, als wäre die Sonne über Kiew erloschen; er glaubte zu ersticken.

Er beschwor sie, Varvara nichts zu sagen. Er trug den Sohn mitsamt der Wiege in Pavles Stube. Er bat sie, Varvara abzulenken, bis er einen klaren Gedanken gefaßt hatte. Auf jeden Fall wollte er ihr die Nachricht verheimlichen. Vergebens hielt ihm Trifun vor, daß das unrecht sei, daß man den Tod eines Menschen nicht verschweigen dürfe. Von ihm, Trifun, könne keiner verlangen, daß er Varvara belog. Immerhin war Stritzeski ihr Vater gewesen.

Da sank Petar vor ihnen auf einen Stuhl und brach in Tränen aus. Er allein sei schuld am Tod des Senators.

»So sind wir!« sagte er. »Wir kommen dahergelaufen, gehen in ein fremdes Haus, nehmen dem Vater die Tochter weg und lassen den Alten inmitten seiner Hunde und Diener verrecken, ohne einen nahen Menschen in der letzten Stunde. Ich wollte gerade eine Epistel an den Schwiegervater aufsetzen. Wenn meine Frau erfährt, daß ihr Vater einsam in der Ferne gestorben ist, wird sie der Kummer überwältigen. Die Milch wird ihr versiegen.«

Pavle schwieg, er wußte nicht, was er Petar raten sollte. Trifun aber geriet in Zorn.

»Was willst du eigentlich?« rief er. »Soll die Tochter des Verblichenen durch Kiew spazieren und kichern, weil sie nicht weiß, daß ihr Vater schon kalt und im Jenseits ist? Ist das dein Recht als Schwiegersohn, dein Mitgefühl als Ehemann? Ich kann das nicht mit ansehen und anhören, ich sage Varvara die Wahrheit.«

Petar konnte sich nicht beruhigen. »Ich weiß noch«, jammerte er, »wie ich zum erstenmal im Haus des Senators war, wie freundlich er mich empfangen hat. Er hat mich so gebeten, nicht in die Fremde zu ziehen, ihm seine Tochter nicht wegzunehmen. Sie war sein einziger Trost im Leben. Was nützte ihm das Haus und aller Reichtum, wenn er von früh bis spät nur seine Jagdhunde um sich hatte? ›Genügt es nicht, daß du mir die Tochter vom Tisch weggeheiratet hast, daß ich ihr Lachen im Haus nicht mehr höre? Soll ich sie nie mehr wiedersehen? Warum nur? Könnt ihr nicht warten, bis ich die Augen geschlossen habe? Soll ich allein bleiben, allein die Kerze auf dem Grab meiner Frau entzünden? Sie ist ihre Mutter gewesen.‹«

»Es ist nicht gut, was wir tun«, fuhr Petar fort. »Wir sirmischen Husaren haben nur ans Heiraten gedacht, während noch die Dörfer an der Save brannten und die Straße nach Belgrad von Leichen gesäumt war. Ich habe dem Alten die Tochter genommen, und er mußte noch dazu auf meiner Hochzeit tanzen. Und ich bin mit ihr fortgegangen, so daß sie ihm nicht einmal in seiner letzten Stunde beistehen konnte.«

Endlich beruhigte sich Petar ein wenig. Er und Trifun baten Pavle, Varvara die Nachricht vom Tod ihres Vaters zu überbringen. Petar selbst hatte nicht den Mut. Noch vor zwei Tagen hatten sie zusammen einen Brief aufgesetzt und dann wieder zerrissen, weil er ihnen nicht schön und fröhlich genug erschien. Sie hatten einen neuen geschrieben, um ihm die Geburt seines Enkelsohns anzuzeigen, mit dem sie, wenn er ein wenig größer war, zu Besuch kommen würden, im Herbst oder übers Jahr.

Petar wiederholte noch einmal, was ihm Stritzeski zum Abschied gesagt hatte: »Du wirst mir noch nachtrauern, wenn ich nicht mehr bin. Verflucht sollst du sein!«

Da übernahm es Pavle aus Furcht, daß Varvara ihren Mann in diesem Zustand sah und alles in der Familie noch schlimmer wurde, Stritzeskis Tochter mitzuteilen, daß ihr Vater in Neusatz verstorben war.

Pavle war in letzter Zeit sehr wortkarg geworden und hatte das Lachen völlig verlernt. Den ganzen Tag war er außer Haus und schaute auch abends nicht bei den anderen herein. Varvara schämte sich, in seiner Gegenwart das Kind zu stillen.

Petar aber freute sich, wenn Pavle seinen Sohn in der Wiege schaukelte, über der er einen Holzkäfig mit einem fröhlich hüpfenden und zwitschernden Vogel angebracht hatte. Er wusch dem Kind sogar die Windeln. Stumm hatte er zugesehen, wie die Hebamme das Kind zwischen die Ziegelsteine bettete, und hatte mit dem Ellenbogen deren Wärme geprüft.

Als ahnte er, welche Nachricht Petar über seinen Schwiegervater erhalten würde, hatte Pavle beim Wickeln des Kindes mehrmals davon gesprochen, daß in der Familie Isakowitsch die einen starben, aber andere geboren wurden. Und so würden sie ewig weiterleben.

Wenn sie die Wiege des Kindes in den Hof brachten, redete der Edle Isakowitsch sogar mit Trifun ruhig, freundlich, versöhnlich, als hätte es nie ein böses Wort zwischen ihnen gegeben.

Trifun lachte dann und sagte: »Ich habe sechs und weiß, wie ich sie gemacht habe, aber daß sie so winzig und schwach aus dem Mutterleib kommen – jeder Wind könnte sie umblasen – und danach wachsen und groß und stark werden, bis sie einen Mann mit dem Säbel zerspalten können, das ist doch ein unbegreifliches Wunder! Hätte sich die Meinige in Ruma nicht vor aller Augen mit diesem Grünschnabel eingelassen, könnte ich vielleicht alles vergessen, nur damit ich meine sechs Kinder wiedersehe. Wer weiß, wo sie mich alten Wallach verscharren werden.«

Varvara fühlte sich an diesem Tag nicht wohl und hatte sich ein wenig hingelegt. Pavle ließ ihr seinen Besuch ankündigen, und nachdem sie das Dienstmädchen fortgeschickt hatte, trat er ein und erblickte sie, auf hohe Kissen gebettet, am Fenster, unter dem der Krokus blühte und die Akazien dufteten. Sie hatte ihr Haar gelöst.

Durch das geöffnete Fenster sah er den ruhig dahinströmenden Fluß und die Truchanow-Insel, deren Pappeln sich im Wasser spiegelten. Oberhalb der Fähren waren die Bäume saftig grün, und einige standen in Blüte. Rechterhand hügelan ragten die Mauern der Andreaskirche, an der Kiew nach italienischem Plan seit Jahren baute. Die unteren Fenster des unvollendeten Bauwerks funkelten in der Sonne. Und hinter den goldenen Kuppeln oben auf dem Hügel ging das Tageslicht in rötlichen Nebel über.

Das Haus des Kaufmanns Scholobow mit seinen hölzernen Fensterläden und Balkons erinnerte eher an eine Hütte oder einen Stall, aber die Natur ringsum war an diesem Frühlingstag so schön, daß er Pavle lange im Gedächtnis blieb. Und mit ihm auch Varvara. Als er eintrat, lächelte sie.

Ihm fiel ein, daß sie ihn mit diesem Lächeln – das sie, wie ihr Mann behauptete, selbst im Schlaf nicht verließ – auch in seinem Haus in Wardein begrüßt hatte, wenn er eintrat und seine Frau und Petar nicht zugegen waren.

In seiner Erinnerung bestand zwischen Varvara und seiner verstorbenen Frau eine enge Verbindung, die ihn fern jeder Leidenschaft unwiderstehlich zu ihr hinzog. Er streichelte ihr die Wange und sagte, er habe ihr etwas mitzuteilen.

Obwohl Varvara seit einiger Zeit nicht mehr so liebevolle Blicke für ihn hatte wie einst, wenn er in Temesvar zu ihren Füßen saß, verrieten ihre Stimme, die Berührung ihrer Hände eine Hingabe, die weder er noch sonst jemand in der Familie verstehen oder gar billigen konnte.

Varvara sagte ihm, wie sehr sie sich freute, daß er und Petar sich nicht mehr scheel ansahen, wie sie es bislang zu ihrer und ihrer Familie Schande getan hatten, und daß Petar alles vergessen hatte und mit Pavle sprach und sogar nach ihm suchte, wenn er nicht zum Abendessen kam.

Pavle entgegnete, er sei jetzt oft mit dem Kosakenhetman

Ukschumowitsch zusammen, der ihm Pferde verkauft und ein Haus in Bachmut versprochen hatte. Ein seltsames Haus, wie er nie eines gesehen habe. Aus Lindenholz. Dort wurden diese Häuser von den Zimmerleuten so vorbereitet, daß man nur noch die Balken aufeinandersetzen und das Dach zu decken brauchte. Und fertig. Wie ein Taubenschlag.

»Der Hetman schwört mir, daß mich das Haus im nächsten Monat erwartet. Als hätte er es schon bei meiner Geburt in Auftrag gegeben.«

Varvara erinnerte ihn daran, daß er sie alle sowohl in Tokaj als auch hier gut untergebracht hatte und daß sie ohne ihn sicher nirgends ein Dach über dem Kopf gehabt hätten.

»Weder Petar noch ich haben Sinn für diese Dinge. Was wir können, ist lustig sein und Polonaise tanzen und die Dukaten meines Vaters verschleudern.«

Darauf senkte Pavle den Kopf.

Er dürfe Petar nicht ernst nehmen, fuhr Varvara fort.

»Er ist ein Schmetterling, ein Sperling, ein Hähnchen. Aufbrausend. Er wäre imstande, mit dem Messer auf Wischnewski loszugehen, aber er hat ein weiches Herz und ist nicht nachtragend. Und wenn er auf dich böse war, dann bin ich mit meiner dummen Ehrlichkeit daran schuld. Als er damals um meine Hand anhielt, wußte ich von der Ehe nicht mehr als das, was mir die selige Katinka abends vor dem Schlafengehen erzählte. Petar war ein lieber und hübscher Junge, den der Brautwerber ins Haus brachte, aber ich habe damals nicht gewußt, ob Katinka für ihn oder für dich bestimmt war, und ebensowenig wußte ich, ob man mich mit ihm oder mit dir verheiraten wollte. Ein paar Tage lang, ich schwöre es bei meiner Mutter, ging mir alles im Kopf durcheinander. Ich habe jetzt meinen Sohn und bin glücklich, aber warum soll ich es verheimlichen – es ist ja auch nichts Böses dabei: Ich mag auch dich, Pavle, als wäre in mir noch eine zweite Varvara. Ich habe oft mit Katinka darüber gesprochen, wie das Schicksal mit uns Menschen spielt. Wir haben immer sehr gelacht, wenn wir uns vorstellten, daß jede von uns deine Frau hätte werden können.«

Und Varvara fügte laut lachend hinzu: »Ja, so ist eben das Leben der Frauen.« Dann fuhr sie fort:

»Ich habe jetzt wieder daran denken müssen, als mein Kind geboren wurde und diese Kokotte plötzlich auftauchte. Ich verachte sie, aber ich kann sie nicht hassen, denn auch sie hat ein Kind von dem, den sie sich nicht selbst ausgesucht hat, sondern das Schicksal.«

Das habe sie ihm sagen wollen.

Sie habe während ihrer schweren Niederkunft am Rand des Grabes gestanden, aber wer weiß warum zurückkehren können, vielleicht weil seine Frau nicht zurückgekehrt war.

Da sie nun einen Sohn hatte, werde wohl auch Petar mit seinen Verdächtigungen aufhören und einsehen, daß sie ihm eine gute und treue Frau war, er werde sie nicht mehr vor den Leuten als eine Unfruchtbare bloßstellen.

Nach dem ersten Kind, so hatte sie gehört, würden die anderen leichter geboren. Und so wolle auch sie wie andere Frauen neues Leben schenken. Doch solange sie selbst am Leben sei, werde sie Pavle zugetan bleiben. Und darum beschwöre sie ihn und ihren Mann, ihre Eifersucht zu begraben und die Ehre der Familie hochzuhalten. Sie sei keine Stute, die sich mit jedem hinlegte und auf die man achtgeben mußte. Sie als Katholikin sei eine Fremde unter ihnen, aber sie sei mit ihnen nach Rußland gezogen wie eine Gans im Nebel. Und jetzt, da sie den Sohn hatte, werde sie Petars Feindseligkeit gegen Pavle nicht mehr dulden. Wenn noch ein einziges Mal ihretwegen ein häßliches Wort in der Familie fiel, werde sie zu ihrem Vater, dem Senator, nach Neusatz zurückkehren. Das dürfe er nicht vergessen!

In höchster Verwirrung über diesen Empfang und diese heitere Plauderei stand Pavle auf und erklärte, er sei nicht gekommen, um sich zu unterhalten, sondern weil er eine schlechte Nachricht habe.

Sie werde sich daran erinnern, wie viele verbrannte Dörfer und wie viele Tote hinter ihnen in Serbien zurückgeblieben waren, darunter auch Mütter. Er selbst kenne nicht einmal das Grab seines Vaters. Der Tod sei das, was Freunde und Angehörige am stärksten verbinde. Stockend fuhr er fort, sie müsse jetzt, da sie ein Kind hatte, um dieses hilflosen kleinen Wesens willen, das ihrer bedurfte, bereit sein, alles im Leben zu ertragen. Sie müsse stark sein und dem Tod eines ihr sehr nahestehenden Menschen ins Auge blicken und dürfe sein Andenken nicht durch sinnloses Jammern entehren.

Varvara wurde ganz blaß und richtete sich auf.

»Willst du damit sagen, daß mein Vater tot ist?«

Pavle entgegnete ruhig, daß er im Stabsquartier den Fähnrich Simeon Hrnitsch getroffen hatte. Er war aus Wardein nach Kiew gekommen, mit der Nachricht vom Hinscheiden ihres Vaters.

Entgegen Pavles Befürchtungen erhob Varvara kein Klagegeschrei. Sie duckte sich wie unter einem Peitschenhieb und sprang von ihrem Lager auf. Sie begann zu weinen, legte sich wortlos wieder hin und barg ihr Gesicht im Haar. Ihre Schultern zuckten.

Ohne zu wissen warum, sagte Pavle, sie müsse jetzt an ihr Kind denken und dürfe nicht weinen. Stammelnd fügte er hinzu, von den Dienerinnen (Petar erwähnte er nicht) gehört zu haben, daß übergroßer Schmerz die Milch versiegen ließe, was für das Kind tödlich sein konnte.

Sie hob den Kopf und erzählte weinend, sie habe letzthin häufig von ihrem Vater geträumt, der sie gestreichelt und zu ihr gesprochen habe, als segne er sie. Und sie habe ihrem Mann niemals zu gestehen gewagt, daß jeder Besuch bei ihrem Vater mit einem Fluch auf den Schwiegersohn geendet hatte. Erst vor zwei Tagen hatten sie und Petar einen Brief geschrieben, um ihn Leutnant Bojanatz mitzugeben, der nach Temesvar abreiste. Während ihr Weinen stiller wurde, fuhr Varvara fort, sie habe geahnt, daß die Tage ihres Vaters gezählt waren, und ihn noch in diesem Jahr besuchen wollen, sobald das Kind geboren war.

Sie schwieg einen Augenblick und fügte flüsternd hinzu, daß sie dem alten Mann seit ihrer Heirat und den Vorbereitungen zur Abreise ganz fremd geworden war. Und dennoch war er da. Sein Pfeifentabak duftete, seine Hunde umschmeichelten sie, wann immer sie ihn in seinem Haus besuchte. Er lebte, und sie konnte auf ihn zählen. Beim letztenmal hatte er sie lange mit tränenfeuchten Augen angesehen und gesagt, wie sehr sie ihrer Mutter gliche, an die sie sich kaum erinnern konnte. Sie hatte jemanden auf dieser Welt, zu dem sie gehörte. Jetzt würde es ihr so vorkommen, als könne sie ihm in Kiews Straßen begegnen. Ihn von weitem an seinem zugleich jugendlichen und greisenhaften Gang erkennen, zu dem sich der Stock wie ein drittes Bein gesellte, der aber trotzdem fest war, so daß sie ihn unter Hunderten herauszufinden vermochte: Schaut, dort geht mein Vater!

Nie wieder würde sie ihm begegnen, das wußte sie jetzt.

Das neugeborene Kind brachte in diesem Kiewer Sommer für die Ehe von Petar Isakowitsch viele Veränderungen. Varvara saß an der Wiege und ließ den Säugling nicht aus den Augen. Petar lief wie betäubt durchs Stabsquartier, unterzeichnete Papiere und bereitete die Abreise in die neuen Siedlungsgebiete vor, doch in Gedanken war er ständig bei seinem kleinen Sohn. Um Zeit zu gewinnen, legte er den Weg im Sattel zurück. Die Leute auf den Straßen von Podol wichen dem wilden Reiter ängstlich aus.

Auch Trifun und Pavle waren wie an die Wiege gefesselt, sie war der Mittelpunkt, um den sich alles im Haus drehte. Denn das Weinen des kleinen Geschöpfs wurde immer kläglicher.

Weder die Mutter noch die Amme, weder Trifun noch Pavle vermochten es zum Schlafen zu bringen. Es wimmerte, als litte es unter einem unsichtbaren Schmerz.

Wie ein Schatten trug der Vater es jede Nacht auf den Armen, wiegte es, streichelte es, küßte es. Petar kam wochenlang nicht aus den Kleidern.

Nach solchen durchwachten Nächten hatte er morgens oft Tränen in den Augen. Es kam vor, daß er nicht zum Stabsquartier ging, obwohl er dort zu tun hatte, und statt dessen im Hof unter der Akazie saß und über der Wiege des Kindes wachte, das die ganze Nacht geweint hatte und hier im Schatten, in der frischen, duftenden Sommerluft endlich eingeschlafen war. In solchen Augenblicken traf ihn Pavle häufig an, den Dreispitz in die Stirn gezogen, mit dem erloschenen Blick eines Nachtschwärmers, Spielers, Witwers, dem nichts mehr am Leben lag.

Das Leben indes ging weiter, und dieser junge Offizier war immer noch groß, schön wie ein Ephebe, gerade wie eine Tanne, mit einem Teint von der Farbe der Malrosen. Aber seine Nüstern bebten nicht mehr vor Zorn, vor Spott; er atmete schwer, als würgte ihn die Angst.

Varvara hatte mit Entsetzen bemerkt, daß der Kopf des Kindes schneller wuchs als sein Körper, doch sie schwieg ebenso wie Petar, der seine Frau mit seinen Ahnungen nicht erschrecken wollte.

Er drückte seinen runzligen kleinen Sohn an die Brust, wie um ihn vor Blicken zu schützen, war jeden Tag zärtlicher zu diesem winzigen Geschöpf mit den leeren blassen Augen, deren Blicke es gähnend auf die Hunde zu Petars Füßen richtete oder auf die Sonnenblumen am Zaun oder auf die weißen Schmetterlinge über seiner Wiege.

Hinter dem Haus gab es mehrere Höfe und Ställe, einen Obstgarten und einen Rasen voller duftender Salvien, Hahnenfuß und zwei Reihen Sonnenblumen am Zaun. Von den Ställen mit einem Misthaufen davor führte ein Pfad zu einer Akazie mit einer Bank darunter. Unaufhörlich vernahm man die scharfen Geräusche des Sensendengelns, und über Petars Kopf gurrten eintönig die Tauben. Als hätte er nichts weiter auf der Welt zu tun, saß Petar hier tagelang auf den Kissen wie im Sattel, obwohl ihm seine Frau zuredete, auszugehen, Vitkowitsch aufzusuchen und sich von der Amme an der Wiege ablösen zu lassen.

Wenn Trifun oder Petar ihn hier im Schatten des Baumes antrafen, reglos, stumm, und ihn tadelten und aufforderten, von dem Kind abzulassen, hob Petar ärgerlich seine dünnen, schöngeschwungenen Brauen und blinzelte gähnend. Er brauche weder Trost noch Ratschläge. Für ihn gebe es kein Glück, das wisse er nur allzugut. Wohin immer er ginge, wo immer er sich verbarg, der Fluch des Schwiegervaters ereilte ihn. Halb wahnsinnig vor Angst nahm er dann das Kind hoch, um es zu wickeln. Wenn er es aufdeckte und aus der Wiege hob, konnten Bruder und Vetter sehen, wie runzlig, schwach und jämmerlich der Körper des kleinen Wesens war. Schwer wie voller Wasser war nur sein Kopf.

Hatte er das Söhnchen mit unendlicher Zärtlichkeit auf die Arme genommen, seine winzigen Füßchen und Knie geküßt, stand Petar da, als wollte er es den Hügeln und Gräsern zeigen, dem Haus, den Hütten am Hang, der Unterstadt Podol, dem Dnjepr und den Weiden und der ganzen weiten Steppe unter den Wolken. In den Augen dieses stattlichen jungen Mannes war in solchen Momenten soviel Zärtlichkeit und Liebe für das kleine Menschenwesen, daß man glauben mochte, er wäre bereit, um seinetwillen das Haus herzugeben, das er mit seiner Frau bewohnte, die Unterstadt mit seinen Landsleuten, all die Fähren, Boote, Getreidespeicher, die Lager am Fluß und den Fluß selbst und die endlose Ebene und all die Schönheit dieses Sommertags, den Himmel und sogar sein eigenes Leben.

Jurat hatte vor seiner Abreise der Familie erklärt, er liebe natürlich seine Kinder, aber es sei närrisch und peinlich, sein Kind derartig zu vergöttern, wie Petar es verhieß, falls seine Frau einen Sohn gebar. Auf dieser Welt gebe es so viele Kinder, so viele Eltern, wie der Nepr (so nannte Jurat den Dnjepr) Sand führte. Sein Bruder Petar aber verlange, daß sein Kind ein einsamer Stern am Himmel sei.

So etwas gebe es nicht im menschlichen Leben. Da seien die Kinder ohne Zahl.

Anfang Juli schienen sich Petars Ahnungen zu bewahrheiten. Das Kind wurde von einem schrecklichen Zittern befallen. Petar nahm es in die Arme, und Varvara lief weinend fort – sie konnte es nicht mit ansehen.

Petar hatte gerade den Tag ihres Aufbruchs nach Mirgorod festgelegt, denn er wollte das Kommando über eine Schwadron Husaren übernehmen und sich an den Manövern beteiligen, die Kostjurin für den September in der Umgebung von Mirgorod und Kiew angesetzt hatte – da begannen die Anfälle bei dem Kind.

Sein ganzes Gesicht verkrampfte sich, selbst die Lippen zitterten, und es weinte jämmerlich. Jeder neue Anfall schien dieses kleine Leben auslöschen zu wollen. Wenn sich das Kind in Petars Armen beruhigt hatte, versuchte er es in den Schlaf zu wiegen wie ein gelbes, runzliges, gehäutetes Lamm oder einen kleinen gehäuteten Hasen. Es war schrecklich, Petar mit dem Kind auf den Armen anzusehen.

Bei einem solchen Anfall, nachdem er sich vergebens bemüht hatte, den kleinen Körper mit Küssen und Liebkosungen zur Ruhe zu bringen, hob Petar das Kind in die Höhe, wie um die Gnade des Himmels zu erflehen, dann kniete er mit ihm nieder, als hoffte er, die Erde werde sie beide verschlingen. Wenn das Kind diese Attacken hatte, vermochten Trifun und Pavle kaum, Petar zu bändigen, und an dem erwähnten Tag rang Pavle so wild mit seinem Vetter, bis er ihn endlich überwältigte und ihm das Kind abnehmen konnte. Petar umklammerte es in dem Glauben, nur an seiner Brust werde es von der furchtbaren Krankheit genesen, und er wurde nicht gewahr, daß er ihm mit seiner verzweifelten Umarmung noch mehr Schmerz zufügte.

Pavle hatte Petar vor sieben Jahren nach einem Sturmangriff gesehen, den sie im Schnee gegen die Husaren des Generals Chevert geritten hatten, welcher sich bei schrecklicher Kälte aus Prag zurückzog. Es hatte bei diesen Scharmützeln unter den sirmischen Husaren keinen kaltblütigeren, mutigeren, stolzeren Offizier gegeben als diesen jungen Kornett, Petar. Und jetzt mußte er erleben, wie er von Sinnen, weinend auf den Knien lag und das Kind zum Himmel erhob, den er mitsamt Gott verfluchte und lästerte. Er brüllte vor Schmerz.

Der russische Regimentsfeldscher Trikorfos, den Trifun gegen Abend ins Haus geholt hatte, tröstete den Vater des Kindes, daß dieses schreckliche Zittern nichts bedeute. Es sei nur ein Zeichen der Hölle, ein Scherz, den sich der Leibhaftige mit den Menschen erlaubte. Er schlug vor, Petar zur Ader zu lassen. Dem Kind gab er Pulver und Mohn, damit es schlafen konnte.

»Es ist nichts weiter«, sagte er. »Das geht alles vorüber.«

Allein mit Pavle und Trifun, gestand der Feldscher allerdings, es gebe Grund zur Sorge. Er fürchte, daß das Kind diesen Wasserkopf behielt und das nächste Frühjahr vielleicht nicht mehr erlebte.

Als der Grieche fortging, hinterließ er tödliches Grauen und Apothekengeruch und wiederholte, als täte es ihm nur um Varvara leid, so leise, daß sie es nicht hören konnte: »Die arme junge Frau!«

Inzwischen ließ Jurat aus Mirgorod wissen, das Land, das man Petar, ihm und Trifun zugeteilt hätte, sei ausgezeichnet und jede der drei Parzellen so riesig wie die eines Lehnsherrn. Sie seien so nebeneinander am Donez gelegen, daß sie in Rußland ihr gewohntes Familienleben wie bisher fortsetzen könnten. Die ganze Gegend mit ihren vielen Bäumen, Blumen und Vögeln sei so schön, daß man sie Rajewka – die Paradiesische – nenne. Tags summten die Bienen, und nachts dufteten die Akazien!

Er habe beschlossen, keine Beschwerde einzulegen. Der Sekondemajor sei ihm ohnedies sicher. Mirgorod sei zwar eher ein Dorf, aber ein sehr schöner Ort, in dem es sich gut leben lasse, bis die Häuser fertig gebaut seien. Die Zarin sei letzten Winter in Moskau gewesen, und man rede davon, daß sie im Sommer auch nach Kiew kommen werde.

Ana gehe es gut, und sie spiele wieder Harfe wie in Neusatz. Das Instrument hatte repariert werden müssen, weil es unterwegs Schaden genommen hatte. Es war wohl gegen die Wagenrunge gedrückt worden. – Jurats Handschrift erinnerte an Krähenspuren im feuchten Erdreich.

Nach dem Besuch von Frau Julijana hatte auch Wischnewski selbst bestellen lassen, er habe den Wunsch, seinen lieben Bekannten aus Tokaj in Kiew seine Aufwartung zu machen. Er ließ auch Einladungen an Petar und Varvara ergehen. Vitkowitsch erzählte, wie mächtig dieser Mann war und welches Ansehen er bei Kostjurin besaß. Er solle Kostjurin ersucht haben, da das Kollegium schon seiner Ablösung nicht zustimmte, ihm einen jungen Offizier nach Tokaj zu schicken, der ihm bei der Abfertigung der serbischen Aussiedlerkarawanen half. Im Stabsquartier werde gemunkelt, er habe Petar vorgeschlagen.

Wischnewski rüste zur Abreise nach Sankt Petersburg und habe es eilig.

Pavle ließ ihm bestellen, er erwarte seinen Besuch. Als Varvara von alldem hörte, überredete sie während einer Nacht ihren Mann zum baldigen Aufbruch aus Kiew. Sie habe Sehnsucht nach ihrer Schwägerin.

Seit dem Tod des Vaters habe sie neben ihrem Mann nur noch einen Freund auf der Welt, Ana. Petar beschloß, am Donnerstag, dem 4. August, dem Tag der Sieben Jünglinge von Ephesos, abzureisen. So steht es in einem Verzeichnis, das Varvara später von ihren lebenden und verstorbenen Kindern anfertigen ließ und das nach längerem Umherirren in den Besitz einer Verwandten aus Sombor gelangte, welche Stritzeskis Begräbnis ausgerichtet und alle Möbel Varvaras, das heißt ihrer verstorbenen Mutter, geerbt hatte. Diese Verwandte, eine Frau Emilija, war in Esseg mit dem Hauptmann der Grenztruppen Kuzman von Gvozdenatz verheiratet.

Petars Aufbruch aus Kiew, mit nur zwei Wagen und zwei Husaren, lief an dem erwähnten Tag noch schneller ab als der von Jurat.

Ohne zu wissen, warum es sie so drängte, hieß Trifun Varvaras Wunsch gut. Sie dürften nicht länger in Kiew warten, sondern müßten möglichst bald das ihnen zugesprochene Land in Besitz nehmen, denn Kostjurin könne anderen Sinnes werden, und dann standen sie nackt und bloß mit zwei, drei Dukaten im Gürtel in Rußland da. Das Glück lächelte ihnen, und es mußte beim Schopf gepackt werden.

Er selbst gedenke nicht, seine Frau, diese Hure, wieder aufzunehmen, aber seine Kinder werde er zurückfordern. Diese sechs trugen nicht den Namen des Deckenmachers Grozdin, sondern den Namen Isakowitsch. Seit jeher hatten die Männer dieser Familie ihr Blut vergossen, und ihr Blut werde von nun an die russische Erde tränken, nicht Filz und Tuch und Ahlen. Vitkowitsch habe ihm versprochen, daß die Russen dem Anspruch auf seine und damit auch ihre Kinder Nachdruck verleihen würden. »Ich setze dem Metropoliten das Messer an die Kehle!«

Pavle riet seinem Vetter, die Reise nicht zu unternehmen, solange der Mond im letzten Viertel stand. Und schon gar nicht am Vorabend der Verklärung des Herrn.

Trikorfos hingegen versorgte Petar mit allerlei Pülverchen für das Kind und gab ihm auch einen Brief für einen Feldscher mit, der mit Horvat hergekommen und in Mirgorod ansässig geworden war. Der Grieche tröstete Isakowitsch wiederum, die Krankheit des Kindes sei nicht schlimm, und selbst wenn dieses erste starb, so dürfe er Gott nicht lästern, sondern müsse der Natur das Ihre überlassen. Frau Varvara werde noch mehr Kinder haben. Vielleicht sieben oder acht.

Petar war blaß geworden. Er warf dem Griechen einen haßerfüllten Blick zu. Seine Nüstern hatten sich vor Wut so verengt, daß er kaum atmen konnte. Wenn sein Kind starb, erklärte er, werde es auch Trikorfos nicht mehr lange machen.

Der Grieche lief so eilig davon, daß er beinahe über die eigenen Beine gestolpert wäre. Er wußte nicht, wie ihm geschah. Was waren das nur für Menschen?

In der Ehe zwischen Petar Isakowitsch und Varvara Stritzeski war jetzt, da sie um ihr Kind bangten, eine neue Liebe und große Zärtlichkeit erblüht. Sie lebten wie die Turteltauben. Sie gaben einander das Kind auf den Schoß, in die Arme, legten beide im selben Augenblick ihr Gesicht an das des Kindes, das sie vielleicht nicht einmal wahrnahm. Und wenn es einmal lächelte oder es ihnen auch nur so vorkam, tanzten sie vor lauter Freude um es herum.

Zu Pavle sagte Varvara, sie habe jetzt zwei Söhne: einen in der Wiege, der andere war ihr armer Ehemann. Sie empfand ganz offenbar großes Mitleid für ihn. Wenn er den Kopf hängen ließ, streichelte sie ihm das Haar.

Der Vater war in seiner Angst um das Leben des Kindes selbst zum Kind geworden.

»Ich weiß mir keinen Rat«, sagte Varvara. »Was soll nur aus Petar werden, wenn der Kleine stirbt? Werde ich noch andere Kinder haben, oder ist das das einzige, das Gott mir gewährt hat? Ich kann es kaum erwarten, Ana zu sehen und in das neue Haus einzuziehen.«

Am Tag der Abreise bekam das Kind wieder einen Anfall. Es schrie erbärmlich, das Gesicht verzerrte sich, und der kleine Körper zitterte. Das ging zum Glück schnell vorüber, und nach dem Stillen schlief der Säugling ein.

Die Sonne ging auf, als Petar ans linke Dnjeprufer übersetzte. Trifun und Pavle begleiteten ihn zu Pferd. Die Straße nach Mirgorod war eher ein breiter Weg durch Sandboden, Gras- und Sumpfland.

Obwohl sie wußten, daß Trifun in wenigen Tagen und Pavle etwas später in Mirgorod eintreffen würden, nahmen Petar und Varvara mit bangem Herzen von ihnen Abschied. Pavle küßte Trifun und Petar, und als hätte er all seine eigenen Sorgen und Nöte vergessen, bat er sie, nicht aufeinander loszugehen, sobald sie allein waren. Sie sollten wenigstens warten, bis sie alle in Mirgorod angekommen waren. »Dann könnt ihr euch meinetwegen auch gegenseitig umbringen.«

Das Gras auf diesem Weg, den hin und wieder Reiter benutzten, die nach Kiew wollten, stand niedrig, so daß Petars Wagen mit ihren weißen Planen noch lange zu sehen waren.

Pavle spürte beim Abschied, daß Petar seinen kleinen Sohn aufgegeben hatte und sogar fürchtete, er könne unterwegs sterben. Er hatte den Dreispitz tief in die Stirn gezogen, nicht um seine Augen zu beschatten, sondern um die Trauer in ihrem Blick zu verbergen. »Ich weiß, daß alles umsonst ist, was ich auch beginne. Der Fluch dieses alten Katholiken wird mich ereilen.«

Als die kleine Karawane sich entfernt hatte, rief Trifun den ihn beleitenden Husaren und erklärte Pavle, er habe es mit der Rückkehr sehr eilig. »Laß dir nur Zeit. Was sollen wir miteinander reden nach allem, was zwischen uns war?« Er sagte es nicht zornig oder haßerfüllt und fuhr dann fort: »Du bist zu beneiden, so allein und ohne Kinder. Manchmal wäre ich am liebsten ein einsamer Räuber, der keinen Menschen hat, der von keinem erwartet wird, der es seinem Pferd überläßt, wohin es ihn trägt.« So kam es, daß Pavle allein nach Kiew zurückritt.

Trifun sprengte davon, als wäre er sein Späher in der Steppe.

IX

Trofim Isakowitsch in Kiew erhebt Anspruch auf seine Kinder

Varvara und Petar hatten zwar Trifun und Pavle gebeten, sich zu versöhnen, doch herrschte nur in der Öffentlichkeit Friede zwischen ihnen. Trafen sie allein aufeinander, ging jeder unter Beschimpfungen seiner Wege. Trifun war nachgiebiger, Pavle dreist und verletzend. Er bedauerte Trifun ebenso, wie er ihn verachtete. Trifun tat ihm nur leid, wenn er beobachtete, wie er in Podol hin und wieder ein fremdes Kind streichelte, weil es angeblich seinem eigenen ähnelte, das er im fernen Sirmien zurückgelassen hatte.

Nach Jurats und Petars Abreise begegneten sich Pavle und Trifun lediglich im Stabsquartier, wechselten kaum ein Wort und rannten auseinander, als hätten sie nie auf dem Schoß von Müttern geweint, die Schwägerinnen waren.

Was Pavle am meisten schmerzte – Trifun suchte Wischnewskis Gesellschaft und folgte wie ein Schatten Dunda Birtschanski, um die sich die jungen Offiziere scharten. Ganz offensichtlich bestand schon eine Liebschaft zwischen Trifun und dieser vollbusigen jungen Frau, die immerhin ein Kind in Tokaj hatte. Fragte man ihn, ob er sich nicht schäme, in seinem Alter mit den Jungen zu rivalisieren, erklärte Trifun, von nun an werde er es nur noch mit ihnen aufnehmen. Und mit ihren Frauen.

Er wohnte in dem Haus, das ihm Zivan Schewitsch überlassen hatte, bei der Witwe eines Hauptmanns und ihrer sehr jungen Tochter. Zu Varvara hatte er einmal gesagt, er habe Pavle von einer gewissen Mutter und ihrer Tochter schwätzen hören. Sein Vetter, dieser Scheinheilige, habe es dabei vermutlich auf die Mutter abgesehen. Er, Trifun, bevorzuge die Töchter. Seine Kumrija, diese abgehalfterte Stute, sei ihm mit bestem Beispiel vorangegangen, indem sie ihn verließ, ihm die Kinder nahm und sich mit diesem grünschnäbligen Fähnrich herumtrieb. Das könne er auch. »Alles, was über Dreißig ist, taugt nichts. Von diesen Alten werde ich im Jenseits noch genug sehen. Nein, solange ich kann, will ich etwas haben, was nach mir bleibt, hier auf der Welt in der lieben Frühlingssonne, wenn ich unter der Erde bin.«

Mit einem Wort, Trifun war in Rußland auf die Jungen aus. Das sprach sich herum und warf ein schlechtes Licht auf die Familie. Pavle bekam ihn nicht mehr zu Gesicht, er hörte nur das Gerede über Trifun.

Mit ihm war wirklich eine seltsame Veränderung vor sich gegangen. Er hatte alle seine Grenzer, die mit ihm und dem Popen Todor aus Serbien nach Hartkovci gezogen waren, hergebracht und sofort Kostjurins Herz gewonnen, weil er sich vor der Ankunft in Kiew zufällig an die türkisch-moldauische Grenze verirrt und dort das Blut seiner Leute vergossen hatte. Er hatte schon mit seinen ersten Schritten in Rußland eine glänzende militärische Karriere eingeschlagen.

Wider Willen. Gott sei Dank.

Er hatte dreiundfünfzig Jahre auf dem Buckel, aber wenn er sich in Temesvar unter ihnen gebeugt hatte, so richtete er sich jetzt in Kiew wieder auf. Er war wie Jurat noch kräftiger geworden, selbst seine Beine schienen länger. Setzte er sich in Marsch, konnte niemand mit ihm Schritt halten.

Trifun war in einer grünen russischen Infanterieuniform mit roten Revers nach Kiew gekommen. Für die Abreise nach Mirgorod hatte ihm aber Wischnewski einen blauen Uniformrock mit Silbertressen nach der Mode des Fürsten Repin verschafft. In Kiew bekam damals ein Gemeiner siebzig Kopeken im Monat. Ein Hauptmann fünfhundert und ein Oberst achthundert Rubel im Jahr. Kostjurin zahlte Trifun dreimal soviel als Besoldung und Entschädigung für Aufwendungen und Verluste während der Reise. Trifun verschleuderte das alles beim Spiel, bei Pferdewetten und mit Frauen. Bis an sein Lebensende werde er sich nach Wischnewskis Wahlspruch richten: Prassen, Staat machen, huren!

Auch im Gesicht hatte sich Trifun verändert. Es war jetzt von metallischer Härte. Er glich nicht mehr einem alten Gaul oder Hammel, sondern mit seiner langen Nase und den silbrig glänzenden grauen Augen eher einem beutegierigen Raubtier. Er parfümierte sich und pflegte seinen Schnurrbart mit Pomade, so daß er ihm nicht mehr in die Suppe hing. Er schämte sich sogar seiner großen gelben Zähne, benutzte Asche, um sie aufzuhellen, und kaute Nelken. Er hüllte sich nicht mehr in Wolken von Tabakrauch, sondern gewöhnte sich das Schnupfen an. Und wenn er dann in Gegenwart von Damen nieste, sagte er höflich: »Nu, iswinjatj! Prostitje!« So drücke man sich, wie er meinte, in der feinen Gesellschaft aus. Er glaubte diese Redewendung von Wischnewski gehört zu haben.

Laut Befehl hatte Trifun am 12. August, dem Tag des Märtyrers Photias, nach Mirgorod abzureisen. Wie seine Brüder hatte er eine Parzelle am Donez bekommen. Und zu den

Herbstmanövern hatte er mit dem Reiterregiment von Achtyr zu erscheinen.

Aus Pavles Briefen an die Vettern zu schließen, führte Trifun in Kiew zwar ein unmoralisches und verwerfliches Leben, doch gab Pavle später zu, daß Trifun noch während des Sommers in Kiew einen Prozeß anstrengte, um seine Kinder zu bekommen und die Scheidung von Kumrija zu erwirken. Sein Pope Todor und der Protopope Bulitsch in Mirgorod meinten, die Kirche könne ihn vielleicht bei seinen Bemühungen um die Kinder unterstützen, aber von der Erlaubnis für eine zweite Heirat könne, solange seine Erstangetraute lebte, keine Rede sein. Vitkowitsch und Kostjurin beteuerten, daß er die Kinder ganz sicher bekommen werde. Wischnewski riet ihm, seine Frau des Diebstahls an seinem Eigentum zu beschuldigen und die Herausgabe der Kinder auf Grund seines Passes zu verlangen. Seine Frau könne ihm nicht Kinder vorenthalten, die in einem russischen Paß eingetragen waren. Und die damit Russen geworden waren.

Kostjurin versprach, sich in seiner Angelegenheit bei Keyserling zu verwenden – Österreich müsse ihm einfach die Kinder ausliefern.

Große Verwirrung entstand allerdings, als Vitkowitsch die Nachricht verbreitete, der Fähnrich oder Kornett Vulin habe Kumrija geschwängert und sitzengelassen. So stünde es in dem Brief, den das Stabsquartier als Antwort auf Trifuns Gesuch beim Generalkommando in Esseg erhalten hatte. Vitkowitsch und Kostjurin wollten alles für Trifun tun, indes mußten sie auf Vulins Rang und Stand Rücksicht nehmen. Sein Großvater Vulin Potiski hatte eine Medaille von Peter dem Großen erhalten, als er dem russischen Zaren 10 000 serbische Soldaten anbot. Diese Medaille war Vulin gestohlen worden, und Schewitsch hatte sie – als sein angebliches Eigentum – nach Kiew mitgebracht. All das war also sehr verworren, und man mußte zusehen, die Frage der Kinder getrennt zu behandeln. Zumal Frau Kumrija im Wardeiner Generalkommando zu Protokoll gegeben hatte, sie sei bereit, die Kinder nach Rußland zu ihrem Vater zu bringen.

Trifun ließ am Vorabend seines Aufbruchs aus Kiew Frau Kumrija, mit der er zehn Jahre gelebt und sechs Kinder gezeugt hatte, bestellen: Am besten ertränke sie sich in der Bega! Er sähe sie lieber tot als mit den Kindern hier in Rußland. Sie werde die Kinder ohnehin den Profosen ausliefern!

Der Edle Pavle Isakowitsch, als er von alldem hörte, entsetzte sich nicht nur über diese menschliche Niedertracht, sondern auch darüber, wie schnell es Wischnewski gelungen war, Trifun – den er in Tokaj nicht einmal hatte sehen wollen – zu beschwatzen und auf seine Seite zu ziehen.

Dieser Tage hatte Vitkowitsch auch einen Brief von Vuk Isakowitsch erhalten, der krank war und vor seinem Tod nichts sehnlicher wünschte, als daß Pavle sein Vagabundendasein aufgab und wieder heiratete. Dies sei das Vermächtnis seines Adoptivvaters.

Diese Nachrichten trafen in einem Augenblick ein, in dem es Pavle ohnehin nicht leicht hatte.

Jurat, der in seinem ersten Brief die neuen Siedlungen als Paradies auf Erden geschildert hatte, wo die Akazien dufteten und die Bienen summten, meldete ihm jetzt, er werde fruchtbares, aber ödes Land betreten, wo er nicht einmal sicher sein konnte, für den Winter ein Dach über dem Kopf zu haben. Die Saporoshjer Kosaken in der Umgebung verhielten sich feindselig. Die neuen Regimenter seien offenbar dazu bestimmt, an den Grenzen ihr Blut zu vergießen. Kostjurin werde Horvat an die polnische Grenze abkommandieren und sie vom Donez nach Otschakow und auf die Krim, gegen die Tataren. Das solle Pavle, so schrieb er, Vitkowitsch wissen lassen.

Vitkowitsch war dieser Tage in schlechter Stimmung, weil er angeblich seit acht Monaten keinen Sold erhalten hatte, und um so wütender empfing er Pavle, der mit den schlechten Nachrichten kam. Wenn er nichts Gutes zu vermelden habe, solle er ihn nicht zu Hause und im Familienkreis belästigen. Dafür sei das Stabsquartier da.

So kehrte Pavle Trifun, Vitkowitsch und Kostjurin den Rücken und zog sich in die Einsamkeit und Stille des Hauses von Kaufmann Scholobow zurück. Er erhielt keine Nachrichten mehr über die Siedlungen an der türkischen und tatarischen Grenze, er wußte auch nichts von den Befehlen, die im Stabsquartier eintrafen und darauf lauteten, die Grenze nach Polen zu schützen, weil die Ukrainer überzulaufen versuchten.

Pavle hatte gehört, daß unweit Mirgorods eine Festung errichtet wurde, die den Namen der Zarin tragen sollte, und daß die serbischen Grenzer Stellungen von der Kowarlik-Mündung bis zum Tur, von der Kamenka-Mündung bis zur Berjosowka-Quelle und zum Zusammenfluß von Omelnik und Dnjepr besetzen sollten.

Im Stabsquartier lief Pavle an diesen Karten, die man für Kostjurin anfertigte, vorüber, als ginge ihn all das nichts an und als wollte er nicht wissen, wo er und seine Vettern hingeraten und verschwinden würden. Er nahm nur zur Kenntnis, daß das ihnen zugeteilte Land nicht riesig war wie bei Lehnsherren, sondern kaum größer als das, was die russischen Landmilizen oder ausgedienten Militärs bekamen.

Indessen trafen die Dokumente tatsächlich ein: über den Bau der Festung nach Plan des Artilleriegeneralmajors Iwan Fjodorowitsch Glebow; über die Donation der Schanze Krylow an Horvat; über die Donation Slawisch-Serbiens mit der Schanze Donezkoje an Schewitsch unter dem Datum des fünften und der Beglaubigung vom fünfundzwanzigsten Mai.

Die Imperatorin hatte ihr Versprechen gehalten.

Den ganzen Sommer über erhielt Kostjurin daraufhin Bittschriften von den Serben. Die meisten begannen mit dem Ersuchen um Beförderung und endeten mit dem Antrag auf Entschädigung für erlittene Verluste beim Verkauf der Güter, die zum halben Preis verschleudert worden waren. Jedesmal stand am Schluß: »Geben Sie mir Genugtuung!«

Im Februar des vergangenen Jahres hatte Horvat vor dem Senat in Sankt Petersburg lauthals erklärt, die rechtgläubigen Völker wie Serben, Mazedonier, Bulgaren und Walachen seien willens, Rußland mit der Waffe in der Hand zu dienen und ihr Blut zu vergießen. Sein Plan sah je zwei Reiter- und Husarenregimenter zu 4000 Mann und dazu 1000 Grenadiere vor.

In Friedenszeiten die Handelslizenz für die Krim, Moldawien, Polen, Rußland. Von Kamenez bis zur polnischen Grenze sollte kein anderes Volk Siedlungsrecht haben, und jede Husaren- oder Pandurenkompanie sollte ihre Wirtshäuser und Metzgereien und andere Handwerke betreiben dürfen. Für den Festungsbau war Fronarbeit zu leisten.

Und er hatte Erfolg. Sein Plan wurde genehmigt.

Wer keine Waffen besaß, erhielt einen Karabiner und zwei Pistolen.

Glebow bekam Instruktionen, den Plan ins Werk umzusetzen.

Peinlich war nur, daß Horvat Tausende neuer Zuwanderer angekündigt hatte, aber mit Beginn des Sommers 1753 kam niemand mehr nach Kiew. Bestenfalls einige wenige, die ihre Habe wie ein Schneckenhaus mit sich schleppten.

Österreich hatte die Aussiedlung unterbunden.

Der Oberstleutnant Jovan Schewitsch aus Tschanad war bereits 1742 mit seiner Abordnung in Wien gewesen und hatte die Frage der Aussiedlung nach Rußland aufgeworfen. Im November 1750 war gegen den Einspruch des Generalauditors in den Gebieten zwischen Maros und Theiß ein Plebiszit veranstaltet worden.

Schon 1723 waren die ersten Einwanderer für Rußland in den Krieg gegen Persien gezogen.

Vier Jahre vor der Familie Isakowitsch war auch Petar Tekelija gegangen.

Jetzt aber schreckte Österreich auf. Es versuchte der Aussiedelung mit allen Mitteln Einhalt zu gebieten.

Im Stabsquartier von Vitkowitsch trafen Offiziere ein, die berichteten, wie reich einer belohnt werden konnte, wenn er sich zum Bleiben entschloß. Fähnrich Nikola Dudvarski in Ada hatte ebenso wie die Fähnriche Gavrilo Ilijewitsch, Maksim Mirilowitsch und Vuja Voinowitsch in Földvár 44 Joch Land bekommen.

Die Leutnants Sava Karapandzitsch, Maksa Nintschitsch und Lazar Medjanski in Kanjiza je 58 Joch.

Obwohl Bündnispartner, stritten Österreich und Rußland seit 1746 derart um die Söldner eines kleinen, ungücklichen Volkes, die außer ihrem Leben nichts mehr besaßen.

Um sie aus der Türkei nach Kroatien zu locken, versprachen ihnen die österreichischen Kaiser Ländereien, Distrikte und Schlösser, jedem nach seinen Verdiensten. Agris, pagis, et castellis, con digna praemia! Sie bekamen auch die Erlaubnis, ihre Kirchenfahnen zu tragen – aber nur bis in die Kirche. Und man bezahlte ihre Popen, damit sie ihnen auf dem Schlachtfeld das letzte Abendmahl reichten.

So hatte sich Österreich schon 1718 über Serbien bis zur Morava und über die Walachei bis zur Aluta ausgedehnt.

Aber als der Friede geschlossen war, durften sie keine Kirchen mehr bauen, und wer ohne Erben starb, dessen Eigentum ging an das Kaiserreich über.

Als immer mehr Serben nach Rußland strebten, gab Maria Theresia nach, denn sie hatte sich mit der russischen Zarin verbündet, die sich wohl zum selben Glauben bekannte. Zugleich aber wurde in ihrem Kabinett ein Elaborat vorgelegt, das aus den Rechtgläubigen Unierte machen wollte. Das geriet bald in Vergessenheit.

Der Pope Aleksa Gatschesa in Ogulin wurde mit hundert Stockschlägen bestraft.

An den Banater Straßen ließen die Generale Maulbeerbäume pflanzen.

Im Banat Maulbeerbäume, an der »Ungarischen Grenze« Prügel!

Aber selbst Stockschläge konnten diesem Volk nichts anhaben; wenn die Regimenter aus der Lika, aus Otok und Ogulin, aus Slunj und aus der Banija in Wien einmarschierten, dann bekamen die Wiener Lust zu singen.

Was den abgewirtschafteten Rittmeister und Titularmajor der Grenzmiliz Trofim Isakowitsch in Kiew so verändert hatte, war nichts anderes als dieser Lebenswille, der in ihm keimte wie ein Korn aus tausendfacher Saat der Lebenden und der Toten seines Volkes. Wie Trifun wären zahllose seiner Landsleute von den Toten auferstanden, hätte ihnen jemand die Hand zum Schutz geboten und ihnen Nahrung gegeben.

Vergebens hatte ihm Jurat ins Gewissen geredet: »Ein alter Mann und eine junge Frau, das geht nicht zusammen.« Trifun erwiderte, alle Frauen seien nur für eine Sache gut, und von nun an bis zu seinem letzten Atemzug werde er sich nicht mehr an solche halten, die sechs Kinder hatten, sondern an solche, denen die Brüste schwollen, daß ihnen das Mieder platzte.

Was Wischnewski mit Trifun vorhatte, wurde Pavle klar, als er hörte, daß jener bei Kostjurin den Antrag gestellt hatte, Trofim Isakowitsch als Missionschef in Tokaj einzusetzen. Dieser Kavalier stamme aus einer wohlbeleumdeten Familie, kenne Österreich und verstünde etwas von Weinen. Hatte er sich erst aus den Fesseln seiner Ehe befreit und seine Kinder zu sich genommen, gedenke er seine, Wischnewskis, Schwägerin, Fräulein Dunda Birtschanski, zu heiraten.

Vergebens warf Pavle ihrem Verwandten Brigadier Vitkowitsch vor, daß er all diesen schändlichen Dingen ruhig zusah. Vitkowitsch erwiderte nur mürrisch, er sei Wischnewski nicht gewachsen, der Kostjurins Gunst genoß und eines Tages sein Nachfolger werden konnte. Vor hundert Jahren sei die ganze Dnjeprebene im Besitz von gewissen Wischnewetzkis gewesen. Wischnewski behaupte, von ihnen abzustammen, und weise auch irgendwelche Papiere darüber vor. Alle glaubten ihm, sogar Kostjurin.

Isakowitsch war bestürzt.

»Jedermann weiß«, sagte er, »wer Wischnewski ist, auch die Brüder Rakosavlewitsch in Buda und Trandafil können es bezeugen. Er hat einen serbischen Vater und stammt aus dem Dorf Wischnitza. Nach Rußland ist er eingewandert wie alle anderen. Das muß man den Russen sagen.«

Es sei ihnen gesagt worden, doch umsonst. Sie seien bestechlich. Wer auch immer unter den Landsleuten eine Andeutung machte, wurde von Wischnewski in den Arrest geschickt, wo er in seinen Ketten verfaulen mochte.

Als Pavle außer sich laut rief: Es sei eine Schande, das alles zu verschweigen, man müsse Kostjurin die Wahrheit sagen, empfahl ihm Vitkowitsch trocken: »Geh doch hin, und sag es ihm!«

Wischnewski sei nicht der einzige ihrer Landsleute, der den Russen Lügen auftischte und sich als Aristokrat ausgab. Da seien noch viele, die in Ragusa ihre venezianischen Adelstitel gekauft hatten und als Grafen durch Moskau und Sankt Petersburg spazierten und sogar von der Zarin empfangen wurden.

Isakowitsch fand keine Worte. War so etwas möglich in diesem großen und starken Reich, wo man für das kleinste

Vergehen die Knute bekam oder einem gar die Zunge ausgeschnitten wurde? Das bedeutete ja, daß Feiglinge, Lügner und Wüstlinge von der Art Wischnewskis an ihrer Spitze reiten würden, wenn sie mit der russischen Armee auszogen, um Rache für das Amselfeld zu nehmen. Solche also waren berufen, den serbischen Grenzerregimentern in Rußland die roten Pelerinen abzunehmen und sie in russische Monturen zu stecken? Das also war das Ziel, das sie in ihrem Elend gesucht hatten, sie, die ferne Länder wie die Provence oder Spanien mit ihrem Blut getränkt hatten? So also endete der Ruhm einer Armee, die arm, aber ehrenvoll in Holland, in Preußen und am Rhein gekämpft hatte? Noch waren die Klagen der Mütter und Schwestern um die Gefallenen nicht verstummt, und schon mußten sie wieder einem Wischnewski dienen.

Vor ein paar Jahren hatte in Kiew das Salz eine Kopeke gekostet, in diesem Sommer mußte man sechs dafür bezahlen.

Bereitete man so neue Kriege vor?

Isakowitsch haderte vergebens. Wischnewski, der im Begriff stand, nach Sankt Petersburg abzureisen, ließ Pavle bestellen, sofern er nicht kam und ihm seine Aufwartung machte, werde er ihn wegen Majestätsbeleidigung in einen Kerker stecken, aus dem ihn keiner mehr herausholen könnte.

Und um das Maß des Hohns vollzumachen, bestimmte Wischnewski, daß Trifun nicht nur seine Schwägerin Dunda nach Mirgorod mitnahm, sondern auch die Frau des Rittmeisters Andreowitsch. Deren Mann er in seinen Diensten behielt.

Trifun brach hocherfreut aus Kiew auf. Am Tag seiner Abreise mit Frau Sofika Andreowitsch und ihren beiden kleinen Töchtern stand der Mond im letzten Viertel. Der rechte Augenblick für einen fröhlichen Witwer, sagte Trifun zu Pavle. Schon auf der ersten Station werde er Madame helfen, die kleinen Mädchen zu Bett zu bringen. Sie könne es kaum erwarten!

X

Die Wunder der Natur und des menschlichen Lebens

Nach Trifuns Abreise blieb der Edle Isakowitsch – nun schon Wolkowitsch – mutterseelenallein in Kiew zurück. Für ihn, der sein ganzes Leben in der Gemeinschaft verbracht hatte – wie in einem Vogelschwarm, einer Viehherde, einem Wolfsrudel –, war dieses Alleinsein noch schlimmer als seine Einsamkeit im Schoß der Familie.

Das Haus des Kaufmanns Scholobow war nun völlig leer, man hörte nur die leisen Schritte der Mägde und Knechte, aber kein Lachen mehr. Pavles Tritte in den Stiefeln ließen die Holzdielen dumpf erdröhnen.

Der August jenes Jahres in Kiew und Podol war heiß, und alle Fenster standen offen. Ganz gleich, ob sich Pavle im Haus oder draußen im Schatten aufhielt, er sah stets die Felder, den Fluß, das Weidengebüsch, die Wäldchen, die Pappelreihen, die Fähren und Boote und die endlose grüne Ebene am jenseitigen Ufer.

Es war ein wahres Wunder, wie der Dnjepr mit dem Wechsel der Tageszeiten sein Gesicht wandelte. Er glänzte und flimmerte, golden in der Sonne, silbern im Mondlicht, aber er floß ruhig in seinem Bett dahin. Nur wenn man ans Ufer trat, hörte man sein Rauschen.

Wundersam war auch der Anblick der vielen Boote und Fähren, die mit ihren weißen Segeln an Schmetterlinge gemahnten. Und die langen, langen, reglosen Reihen der Pappeln. Und die unendliche ukrainische Steppe im roten Abendlicht.

Einige Tage lang saß Pavle müßig im Haus und hüllte sich in Rauchwolken wie damals Trifun in der Mahala, als seine Ehe zu zerbrechen begann. Das Haus war still geworden, und niemand besuchte ihn jetzt mehr. Alles in seinem Leben war zur Ruhe gekommen.

Nach all der Mühe und Arbeit, nach Bitten und Disputen, Trennungen und Begegnungen hatte er nun sein Ziel erreicht und war in Rußland, wohin er und alle Mitglieder seiner Familie seit Jahren gestrebt hatten. Aber all seine Luftschlösser waren in sich zusammengefallen. Er hatte seine Vettern überredet, die Heimat zu verlassen, und dieser Weg hatte nur Leid und Kummer gebracht. Petar hatte in seiner wahnwitzigen Eifersucht das gesamte Vermögen seiner Frau verschleudert, und Varvara hatte ein halbtotes Kind geboren. Jurat hatte sich völlig verändert und würde für einen höheren Rang selbst Frau und Kinder opfern. Ana würde ihr Leben lang um die verlorene Liebe trauern und ihrer Mutter Agrippina nachweinen. Und Trifun, dieser Alte, der Schlag sollte ihn treffen – er war zum Hengst geworden und war doch einst, grauhaarig, von allen geachtet, ein so guter Vater gewesen.

Und er selbst?

Er war ein Abkömmling rebellischer Serben. Er lehnte sich gegen das verlogene Wien auf, gegen die Christen, die nicht christlich waren, gegen die Türken in seinem Crna Bara, und er weinte um sein Serbien, das er seit dem Aufbruch aus Sirmien nicht mehr gesehen hatte. Und? Hatte sich ihre unglückliche Nation aus Not und Finsternis erhoben, oder war sie in den Sümpfen der Batschka versunken, in Sirk-Bara, wo man den Popen Todor angesiedelt hatte? Und hatte sich denn Sirk-Bara als christliches Land wirklich in eine märchenhafte Gegend verwandelt, in der die Blumen blühten und die Bienen summten, in der Mohn und Kürbis reiften?

Als die Kriege vorüber waren, sollten sie Fronbauern werden.

Waren sie siegreich wie die Erzengel im silbernen Harnisch und mit blitzenden Waffen auf die Schlachtfelder ihres Landes zurückgekehrt?

Mitnichten!

Sie waren hierhergekommen wie ein Haufen Bettler. Und Vitkowitsch als Brigadier mußte acht Monate auf seinen Sold warten.

Und Serbien?

Da kamen Leute von der Save und aus Sirmien ins Stabsquartier und erzählten, in Serbien sei Frieden, für sie aber, die Wien verteidigt und beim Rückzug vor den Türken die Nachhut gebildet hatten, die als erste aus Senta abmarschiert und blutüberströmt vor Belgrad angekommen waren, gab es keine Rückkehr.

Die Trommeln der Janitscharen waren verstummt, aber die Türken waren in Serbien geblieben, und wenn die Sonne unterging, erscholl der Ruf der Muezzine wie seit dreihundert Jahren. Ihre serbischen Landsleute hatten sich wieder in Lehmhütten verkrochen, die Dörfer waren Brandstätten, und keine Glocke läutete. Es gab keine Popen, die den Sterbenden beistanden und die Toten begruben. Die neuen Priester waren Griechen, die auch für die Lebenden griechische Gebete lasen.

Und die den Armen Geld abpreßten, für jede Geburt, für jedes Begräbnis.

Aber hier in Kiew fragte sie niemand nach Serbien. Sondern sie wurden an die polnische Grenze geschickt. Es wurde sogar gemunkelt, daß Peter, der große preußische Fürst, sie unter seinem Kommando dem preußischen König zuführen wollte.

Alles kam anders, als man gedacht hatte. Für Pavle war auch hier in Rußland alles anders, als er erträumt hatte.

Vitkowitsch, der sein Verwandter war, hatte ihm versprochen, seine Abreise aus Kiew zu betreiben, sobald Kostjurins Zorn sich etwas gelegt hatte. Und vorerst hatte er ihm durch den griechischen Feldscher bis zum Herbst eine zeitweilige Suspension erwirkt. Unter der Bedingung, daß er heiratete.

Diese Forderung stand nicht nur in den Briefen von Vuk Isakowitsch aus Sirmien, sondern sie wurde von allen erhoben. Alle schienen zu wollen, daß das Band zwischen ihm und seiner verstorbenen Frau zerriß. Er müsse vergessen. Er müsse heiraten.

Alle verlangten es, sobald sie hörten, daß er Witwer war: ganz Podol, ganz Kiew, Grenadiere und Landsleute, das Stabsquartier und die Damen. Alle Menschen um ihn schienen sich in Heiratsvermittler verwandelt zu haben. Kaum saß oder stand er neben einem Mädchen, fing man an, sie zu loben und feilzubieten.

Es sei eine Sünde vor Gott und den Menschen, Witwer zu sein.

Vitkowitsch behauptete, Kostjurin sei bei all seiner übertriebenen Strenge nicht nachtragend und könne verzeihen. Bei den Kiewer Herbstmanövern werde er Pavle, so versprach Vitkowitsch, Kostjurin wieder vorstellen, und alles werde gut enden.

So verging der August, und Pavle sah zu, Kostjurin und dem Brigadier möglichst nicht unter die Augen zu kommen. Er machte sich auch im Stabsquartier rar und auf den Jahrmärkten von Podol, die berühmt waren. Er blieb zu Hause und verbrachte die meiste Zeit bei seinen Rappen im Stall.

Abends sahen ihn die Dienstmägde beim Kerzenlicht über einem Buch sitzen. Es war die Biographie von Johannes Chrysostomos. Das Buch hatte ihm Wischnewski geschickt.

Die Familie Isakowitsch in Temesvar besaß zwar einige unzüchtige deutsche Bücher mit französischen Illustrationen, welche vor allem ledige Kürassiere aus Wien besorgt hatten – die Frauen gerieten bei ihrem Anblick in Aufruhr –, aber Pavle gefiel dieser Johannes Chrysostomos. Er warf das Buch nicht weg, obwohl es von Wischnewski stammte.

Die Familie der Isakowitschs, vor allem Pavle, wenn sie auch nur mühsam deutsch las, liebte alles Heilige, Überirdische, Wunderbare. An erster Stelle das Wunderbare.

Pavle, mit seinen achtunddreißig Jahren ein stattlicher Mann, war wie seine Vettern kindlich, sanft zu Frauen und sehnte sich nach einem besseren Leben. Bei diesen groben, kaum lese- und schreibkundigen, hoffärtigen Offizieren mischte sich die Neugier für alles Übernatürliche ins alltägliche Leben, wie sich der Aberglaube in ihre Religion mischte.

Sie glaubten, daß eine Mutter beim Anblick ihrer toten Söhne vor Schmerz zerspringen konnte. Sie verrichteten zwar ihre Notdurft – auch die Frauen – hinter den Scheunen, aber sie sehnten sich nach Freundlichkeit und Güte unter den Menschen, und wenn sie liebten, dann bis zum Grab. Sie waren bereit, für eine schöne emaillierte Tabatiere, für Knöpfe, für ein Wiener Kamisol, für einen Gürtel aus Silber und Perlmutter, für duftende Seifen ihre Taschen zu leeren und für eine geliebte Frau ihr Leben zu lassen.

Petar hatte nicht ansehen können, wie sich seine Frau bei der ersten Geburt quälte, und Gott angerufen, ihn sterben und sie leben zu lassen.

Trifun, der auf Pavle geschossen hatte, hatte im Krieg keine Frau getötet. Ebensowenig seine Husaren.

Dieser in das Rußland Jelisawetas eingewanderte Pavle las die Vita des Chrysostomos nicht als theologisches Werk, sondern als Märchen. Wischnewski hatte ihm das Buch geschickt, um ihn zu verhöhnen, aber Isakowitsch genoß es.

Wenn Scholobows Dienstmädchen mit dem kräftigen Atem ihn abends beim Kerzenschein über diesem Buch antraf, sah er durch sie hindurch, als wäre sie Luft, wandte den Kopf und las weiter. Und sie verließ leise die Stube.

War sein Talglicht erloschen, sah Isakowitsch in der dunklen Nacht den Dnjepr schimmern und hörte die Lieder seiner Landsleute aus der Unterstadt Podol. Der Himmel war voller Sterne.

Pavle versuchte sich vorzustellen, wo und wie sein Leben enden würde, das so gar nicht dem von Chrysostomos glich. Das Wunderbare war, daß man nie wußte, was die Zukunft brachte, nicht einmal im Leben der Ärmsten und Niedrigsten.

Gegen Ende August wurde der Mond über Kiew immer heller, und am Sonnabend, dem siebenundzwanzigsten, dem Tag des Ehrwürdigen Pimen des Großen, war Vollmond.

In der Nacht zuvor träumte Pavle von seiner Frau, die ihn zärtlicher streichelte denn je. Sie sagte, daß sie ihn liebte und daß ihn auch Varvara liebte, die jetzt weinte, weil sie ihren kleinen Sohn verloren hatte. Der auf den Namen Pavle getauft war.

Obwohl Isakowitsch nicht an Träume glaubte und wie seine Landsleute sagte, Träume sind Lügen, und Gott ist die Wahrheit, wurde er von einer bösen Vorahnung ergriffen. Seine Familie war vom Unglück verfolgt.

Als er aus dem Schlaf aufschreckte, war der Himmel über Kiew noch voller Sterne, die in geometrischen Figuren flimmerten und glänzten wie Schwadronen, nur daß sie nicht aus Pferden und Menschen, sondern aus Mondschein und Perlen bestanden. Er kannte nur den Morgenstern.

Bedrückt von seinem Traum, fragte er sich, warum die Sterne manchmal so stark leuchteten. War es wirklich so, wenn eine Sternschnuppe fiel, daß dann irgendwo ein Mensch von dieser Welt ging? Hatte denn der Tod – den ihm der Pope Mikailo tröstlich als bedeutungslos wie ein Sandkorn im Meer erklärt hatte – einen so hohen Preis, war er ein solches Ereignis, daß ihn die Sterne am Himmel vermerkten?

Gegen Abend traf im Stabsquartier die Nachricht ein, daß das Kind des Premierleutnants Petar Isakowitsch in Mirgorod gestorben war. Pavle war wie vom Blitz getroffen, da sich sein Traum bewahrheitet hatte.

So würde sich also das Leben der Familie Isakowitsch in Werden und Vergehen fortsetzen, auch hier in Rußland, wo sie nicht wußten, was sie erwartete. Anders, als er beabsichtigt und gehofft hatte. In Ungewißheit.

Der Zerfall der Familie Isakowitsch, der im niedergebrannten Serbien, in Sirmien, in Temesvar begonnen hatte, würde also in Kiew weitergehen.

Seine Vettern Jurat und Petar und ihre Frauen waren jung. Sie würden noch weitere Kinder haben und eines Tages selbst den Mond am Himmel verlachen. Nur er war ohne Kinder, allein, Witwer. Mit ihm würde ein Zweig der Isakowitschs in Sirmien aussterben.

Seine geliebte Frau war tot. Ihrer beider Kind war tot.

So kam Isakowitsch beim Tod von Petars kleinem Sohn zum erstenmal der Gedanke, daß das Dasein eines Witwers menschenunwürdig, elend und trostlos war.

Ihm fiel ein, daß seine Vettern und ihre Frauen, auch wenn ihr Leben nicht leicht war, immer einen Grund zum Fröhlichsein gefunden hatten. Jurat und Ana, Petar und Varvara waren aus Temesvar fortgegangen und hatten über böse Träume und den Mond gelacht. Sie fanden es sogar lächerlich, daß sie nach Jurats Kalender im Juli und nach Varvaras katholischem Kalender im August abreisten.

Jetzt aber, als seine Landsleute unter Schimpf und Streit, in Trunkenheit und Armut wegzogen, fand Pavle all das schrecklich.

Er saß in Kiew fest wie im Gefängnis. Jurat und Ana, Petar und Varvara, ja sogar der närrische Trifun waren aufgebrochen wie zu einer Hochzeitsfeier. Das Wetter war schön gewesen, sie hatten ihre Pferde und Wagen mit jenem leichten und wehmütigen Lächeln bestiegen, das junge Menschen auf ihrem Weg begleitet.

Am Ende des Monats August verbrachte Isakowitsch seine Tage im Stall. Obwohl er Bedienstete hatte, striegelte er die Pferde eigenhändig. Die langen Schweife seiner Rappen waren in Kiew berühmt.

Tagelang ging Pavle nicht aus dem Haus. Sein Leben schien stehengeblieben. Doch es kam unverhofft wieder in Bewegung, wie es oft so geht.

Drei Tage nachdem er die Nachricht erhalten hatte, daß Petars kleiner Sohn in Mirgorod gestorben war, mußte die gesamte Kiewer Garnison auf Kostjurins Befehl zum Tag des Heiligen Alexander Newski in der Kirche antreten.

Obwohl er auf der Invalidenliste stand, hatte Isakowitsch darum gebeten, an der Parade teilnehmen zu dürfen. Das gefiel Kostjurin. Er befahl Vitkowitsch, daß Isakowitsch unter den Offizieren des Stabs zu reiten habe.

So kam es, daß Pavle auch die Manöver in der Umgebung von Kiew und Mirgorod sah, die am Mittwoch, dem siebenten September, dem Tag des Märtyrers Sozon, begannen. Er sah auch sein fertiges Haus aus Lindenholz in Bachmut, das ihm der Hetman Ukschumowitsch besorgt hatte, sein Partner beim Pferdehandel in Kiew. Das Haus stand in einer Senke voller Akazien, umgeben von mannshohen Sonnenblumen und Maisstengeln.

Von der Schwelle aus sah man ganz Bachmut und weit in die endlose Steppe. Pavle war bereit, den kommenden Winter in diesem Haus zu verbringen.

Im Verlauf mehrerer Tage hatte Pavle auch Gelegenheit, zusammen mit Vitkowitsch in Kostjurins Stab an den Übungen am Ingul, an den Dnjeprnebenflüssen Glubotschiza und Ljubed teilzunehmen. An diesen Flüßchen übte Kostjurin Pontongefechte und Nahkämpfe mit Bajonett.

Bei einem dieser Scharmützel von Reiterei und Fußvolk erblickte Pavle auch Trifun aus einer Entfernung von fünfzig bis hundert Schritt. Er war abgesessen und führte mit dem Säbel in der Hand einen Haufen Grenadiere an, den er während der Schlacht, das heißt während des Manövers, neben seiner Reiterei unter Kommando genommen hatte.

Von Staub und Schweiß bedeckt, marschierte Trifun an dem drückend heißen Sommertag unter Trommelwirbel wie auf einer Parade. Den Dreispitz hatte er verloren, das rötliche Haar klebte ihm an der Stirn, der Zopf im Nacken. Dreihundert Soldaten folgten ihm, rhythmisch im Morast stampfend, und brüllten »Hurra! Hurra!« Sie drangen wie eine Wand, die alles niederriß, in ein Wäldchen ein.

Trifun war nie so adrett, geputzt, geschniegelt gewesen. Seine Beine in den engen weißen Lederhosen bewegten sich wie beim Tanzen. Seine Stiefel glänzten. Sein Säbel blitzte. Er wirkte zwanzig Jahre jünger.

Die Offiziere erzählten Pavle später, Trifun habe eine junge Geliebte, die er beim Pharao gewonnen hatte und bei sich im Zelt versteckt hielt.

Kostjurin erwähnte in seinem Bericht an das Kollegium zweimal Trifuns Regiment.

An einer Furt über den Ingul sah Pavle auch Jurat.

Seine Schwadron hatte aus der Schanze Krylow die Infanterie überrascht, sie in den Fluß getrieben, und das Fußvolk rannte, da es nicht tiefer in den Fluß waten konnte, wie eine Schafherde am Ufer entlang. Jurat jagte ihm unbarmherzig nach, ritt mitten durch diesen stolpernden Haufen, und obwohl es nur ein Manöver war, hieb er wütend hinterrücks mit der flachen Klinge auf die Soldaten ein.

Die Selbstzufriedenheit Jurats, der, so massig und breitbrüstig, im Sattel von weitem wie ein Oberst wirkte, war Pavle zuwider.

Kostjurin war der Meinung, daß es Jurat gelingen würde, dieses ganze Fußvolk bis zum letzten Mann niederzumetzeln und dem Tod in den Fluten zu überantworten.

Beim Anblick Petars wurde Pavle tieftraurig.

Das neuserbische Regiment von Preradowitsch wurde in einem Dorf überrascht, und Petars Halbschwadron fand sich mit diesem Regiment zwischen Häusern und Zäunen in hoffnungsloser Situation. Horvats sogenannte Moldauische Infanterie hatte die Reiter bei einer Kohlengrube im Schlaf überrascht. Zivan Schewitsch brüllte, Petar sei schuld daran, weil er keine Posten aufgestellt hatte, und Kostjurin drohte, alle Offiziere zu bestrafen und zu degradieren.

Pavle sah Petar mit drei weiteren Offizieren an einem Zaun stehen. Schewitsch brachte sie dann zu Kostjurin, der bei einer kleinen Holzkirche abgesessen war und frühstückte. Petar stand blaß und abgemagert vor ihm, offensichtlich angetrunken. Er lächelte einfältig, traurig. Nie hatte ihn Pavle so gesehen.

Nach den Manövern nahmen Kostjurin und Bibikow mit allen Offizieren eine kritische Einschätzung vor, und am folgenden Abend war in Mirgorod Manöverball. Alle Frauen der in der Umgebung stationierten Offiziere hatten daran teilzunehmen.

Auf Grund der harten Disziplin, die damals im russischen Heer herrschte, bekam Isakowitsch seine Familie kaum zu Gesicht. Er hatte wie die anderen Offiziere von Kostjurin und Vitkowitsch ständig im Stab anwesend zu sein und nachts allein zu schlafen.

Dieser erste Besuch in Bachmut und Mirgorod hinterließ in seiner Erinnerung die Bilder eines Kaleidoskops. Horvat, Schewitsch, Preradowitsch sah er nur flüchtig, ebenso wie seine Vettern und ihre Frauen, mit denen er ein paar belanglose Worte wechselte. Es war wie im Traum.

Ana begegnete er in Begleitung der alten Frau Schewitsch auf der Holztreppe, die zum Festsaal der Mirgoroder Kommandantur führte, wo gegessen, getrunken und getanzt wurde. Alles war mit Feldblumen geschmückt. Die welken Mohnblüten hingen schlaff im Grün. Die Luft war so stickig, daß man kaum zu atmen vermochte.

Ana hatte sich längst vom Wochenbett erholt und sah neben der alten Frau Schewitsch schön, aber nicht froh aus. Es war ihr erster Gesellschaftsabend in Mirgorod, und sie mußte Polonaise tanzen. Jurat tanzte nicht mit ihr, sondern forderte die Generalin Bibikowa auf. Als sie auf der hölzernen Galerie mit den Logen voller kichernder Pärchen und dem Schmuck der welkenden Sonnenblumen einen Moment allein blieben, nahm Ana Pavles Arm und wischte sich eine Träne aus dem Augenwinkel. Sie wollte nicht weinen.

Ihrer kleinen Tochter gehe es gut. Er werde sie sehen, wenn er sein Haus in Bachmut bezogen habe. Das Kind sei so reizend, daß ganz Mirgorod behaupte, nie ein hübscheres gesehen zu haben.

Ganz die Mutter, füge Bibikow jedesmal hinzu.

Jurat habe von Schewitsch Papiere erhalten, aus denen hervorging, daß ihr Vater, Senator Bogdanowitsch in Neusatz, schon um die Erlaubnis ersucht hatte, ihr die beiden anderen Kinder zu bringen. Das werde im Frühjahr geschehen. Nun hatte sie drei. Und mit einem seltsam wehmütigen Lächeln fuhr sie fort, es würden sicher noch mehr. Alle Leute sagten, das sei Gottes Wille und ein Glück für die Eltern, wenn sie so in ihren Kindern fortlebten. Jurat freilich habe sich sehr verändert, und mit ihrer großen Liebe sei es vorbei.

Fast jeden Tag ließ er sie allein zu Hause sitzen, ging zum Spiel, auf die Jagd oder ritt mit den Offizieren und Frau Bibikowa aus. Dieser Mann, der früher nicht zugelassen hatte, daß seine Frau mit einem anderen tanzte, drängte sie jetzt in Mirgorod seinen Offizierskameraden förmlich auf.

»Tanze, solange du jung bist«, sagte er. »Die Zeit steht nicht still. Wenn deine Kinder erst groß sind, wirst du nicht mehr tanzen.«

So sehe es jetzt in ihrer Ehe aus.

Pavle versuchte Ana zu trösten: Jurat nehme seine Pflichten als Familienoberhaupt sichtlich ernst, er sei seßhaft geworden und denke an die Zukunft. Er sei ein guter Vater!

»Meinst du?« fauchte Ana. »Seine einzige Sorge ist die Armee, nicht die Familie und die Frau. Er legt es darauf an, in den nächsten Jahren Oberst und dann General zu werden. Bibikow persönlich soll ihm die Rangabzeichen aus Sankt Petersburg herbringen. Er will genauso sein wie die Russen. ›Damit wir leben können wie Menschen, Frau‹, sagt er, ›und nicht mit leeren Händen dastehen.‹ Da hast du den guten Vater und Ehemann!«

Sie würde alle russischen Generalsschärpen für ein einziges Lächeln von Jurat hergeben, wenn er seine kleine Tochter ansah. Doch er schnarchte, sobald er sie auf den Schoß nahm. Ganz Rußland würde sie hergeben, um einmal zu sehen, daß er zärtlich zu diesem Kind war wie früher zu den ersten beiden. Um ihn noch einmal zu ihr sagen zu hören: »Dieser Rittmeister Radoevitsch ist von bösen Geistern besessen. Jede Nacht erscheinen ihm die Franzosen, die er getötet hat, und er träumt, daß sie ihn fesseln und abstechen wollen. Dann schreit er: ›Nicht mich, nicht mich!‹ und erwacht, ganz in Schweiß gebadet.«

Er, Jurat, schlafe ein wie ein Kind, kaum daß er den Kopf auf Anas Schoß gelegt habe.

In ihrer schwarzen Krinoline mit den roten Samtschleifen am Dekolleté stand Ana so einige Minuten vor Pavle. Ihre langen schwarzen Zöpfe waren um den Kopf geschlungen, darüber trug sie ein Silbernetz. Der Blick ihrer wilden dunklen Augen war von erloschenem Glanz. Sie erinnerte an eine Tatarin.

Pavle versprach ihr, sobald er konnte, aus Kiew nachzukommen.

»Du bist so weit weg von uns«, flüsterte Ana. »Uns hast du hierhergeschickt und unserem Schicksal überlassen. Ich hätte dir noch viel zu erzählen, was kein anderer weiß. Mir liegt nichts an diesem Generalsrang, und, Gott verzeih mir, ich denke auch kaum noch an meine Kinder. Ich habe geheiratet, weil die Liebe für mich das Höchste war. Was soll ich mit Jurat, wenn es das nicht mehr zwischen uns gibt?«

Pavle wollte Ana gerade erklären, daß er in Kiew, wo er wie im Gefängnis lebte, nichts für sie tun konnte und daß sie Geduld haben müsse, da rief die alte Frau Schewitsch laut nach ihr, und Pavle mußte sich verabschieden. Ana warf ihm noch einen betrübten Blick zu und entfernte sich.

Die Generalin Schewitsch und die anderen Offiziersfrauen umringten im Ballsaal einen Hauptmann, der breitbeinig dastand, einen langen Stab mit einem Blumenstrauß an der Spitze in der Hand hielt und unter lauten Jubelrufen der Gäste einen neuen Tanz demonstrierte.

Es war das erste Menuett in Mirgorod.

Pavle wußte überhaupt nicht, was das war.

Er sah Ana noch einmal, auffällig blaß und jung in dieser Gesellschaft, dann verschwand sie in der Menge.

In der sommerlich durchsichtigen Dämmerung des nächsten Abends machte Pavle mit der Hilfe des Kosakenhetmans Ukschumowitsch die Hütte ausfindig, wo Petar Isakowitsch wohnte, solange sein neues Haus noch nicht fertig war.

Wie Jurat und Trifun hatte Petar ein ausgedehntes, aber ödes Stück Land bekommen. Auf diesem Land am Donez gab es nichts außer hohem, duftendem Gras, Akazien und Linden. Nur hin und wieder tauchte am Horizont ein einsamer Reiter auf. Alle Offiziere in Mirgorod hausten beengt in hölzernen Katen. Horvat, Schewitsch und Preradowitsch indessen lagen weiterhin im Streit.

Jurats Briefen an den Schwiegervater nach zu schließen, muß Mirgorod mit seinen Holzkirchen und Befestigungen, den Katen und der aus Stein gemauerten Kommandantur damals ein schöner und angenehmer Ort gewesen sein. »Ein riesiges Dorf«, schrieb Jurat, »aber seine Bewohner sind Fürsten und Fürstinnen.«

Das Zentrum der Stadt glich einem großen Park mit Linden und Akazien und mehreren Brunnen, deren Wasser als heilkräftig galt und für jedermann zugänglich war. Diese Brunnen, die Pavle besonders gefielen, rauschten und plätscherten die ganze Nacht, die vom Duft der verblühten Linden, der Levkojen und Salvien erfüllt war.

Die Hütte, in der Petar Isakowitsch hauste, gehörte Schewitsch. Sie stand auf dessen großem Hof und war eigentlich eine Unterkunft für die Dienerschaft. Die alte Generalin Schewitsch mochte Varvara nicht leiden und hatte ihr gerade soviel Mobiliar überlassen, daß sie essen und schlafen konnten.

Als Pavle kam, saß Varvara am einzigen Fenster der Hütte und sah den Knechten und Mägden zu, die am anderen Ende des Hofs um ein großes Feuer tanzten und sangen.

Auf Befehl, dem Besuch Kostjurins zu Ehren.

Beim Anblick des fröhlichen Dorfvölkchens, dessen Tanz an den Reigen im heimatlichen Sirmien erinnerte, kam Pavle der Gedanke, daß sie, die Vettern Isakowitsch, in Kiew ebenso um Kostjurin herumgehüpft waren und daß sie außer Domestiken noch keinem dieser Russen begegnet waren, von denen sie zu Hause in Temesvar so oft gesprochen hatten. Das Lied, das er vernahm, klang kaum anders als die Lieder in Hartkovci.

Zum Abschied klopfte ihm Ukschumowitsch auf die Schulter, und als Pavle herankam, wandte Varvara den Kopf und schrie freudig überrascht auf. Sie fiel ihm weinend um den Hals, dann führte sie ihn ins Haus.

Als sie den Leuchter mit der Kerze hob, um einen Stuhl für ihn zu finden, sah Pavle, daß sie Trauer trug, die noch düsterer wirkte, da in einer Ecke ein Öllämpchen brannte.

Nur ihr rotgoldenes, offenes Haar hob sich deutlich von all dem Schwarz ab und die großen, erschrockenen Augen im blassen Gesicht. Sie hatte nicht gewußt, daß er hier war, hatte ihn nicht erwartet. Petar war noch nicht zu Hause.

Pavle erzählte später, er sei auf Jammer und Klagen vorbereitet gewesen. Die junge Frau aber trocknete ihre Tränen und sprach, wenn auch betrübt, so doch ruhig und gefaßt mit ihm. Nur hin und wieder schluchzte sie auf und sagte, es sei allzuviel, was in letzter Zeit auf sie herabgestürzt war.

Sie fragte ohne Vorwurf, warum er noch immer in Kiew bliebe, wann er endlich nach Mirgorod komme, damit sie wieder alle zusammen seien. Dabei versuchte sie zu lächeln.

Sie hatte nichts von ihrer Schönheit verloren. Ganz im Gegenteil.

Obwohl ganz in Trauer, hatte sie ihr goldrotes Haar nicht verhüllt. Nur ihre Augen waren aus der Nähe ungewöhnlich blau. Leise erzählte sie, Petar habe fast den Verstand verloren, als er nach all den schrecklichen Anfällen, unter denen das Kind gelitten hatte, eines Morgens gewahr wurde, daß der Sohn in seinen Armen nicht mehr lebte. Einen ganzen Tag und eine ganze Nacht hatte es gedauert, bis er wirklich daran glaubte. Er hatte das Kind auf den Armen gehalten, es immer wieder geküßt und geschrien, bis es dem Protopopen Bulitsch endlich gelang, ihm den kleinen Leichnam abzunehmen.

Seitdem hatte Petar kaum einen Bissen gegessen. Als Jurat ihn zum Manöver abholte, war er betrunken gewesen.

»Ein Kinderbegräbnis ist schrecklich«, erzählte Varvara. »Petar mußte den Sarg unter dem Arm tragen. Und ich mußte mir anhören, wie Bulitsch ihn tröstete, daß er nicht der einzige ist, dem das erste Kind wegstirbt, und daß er mit einer so hübschen jungen Frau mindestens noch sechs haben wird. Gott würde ihm da sicher beistehen. Und er habe noch viel Zeit vor sich.«

Sie selbst habe sich tapfer gehalten. Jetzt wisse sie, daß die Menschen, wenn der Tod ihr Haus heimsuchte, unter Tränen auch lächeln konnten.

Pavle fragte, ob sie denn nicht ein Haus hatten finden können, in dem sie mit Ana und Jurat zusammenwohnten. Varvara verneinte und fügte hinzu, es sei auch besser so. Niemand, nicht einmal sein eigener Bruder, solle sehen, in welchem Zustand Petar war. Jurat sei allzu sorglos. Am meisten habe ihr Trifun geholfen.

»Wieso?« fragte Pavle erstaunt.

»Zuerst hat er Petars Pistolen versteckt, und dann ist er nicht von seiner Seite gewichen. Sogar geweint hat er mit ihm, obwohl er eigentlich gar nicht weinen kann. Nur schnaufen.«

Wie ein Besessener rede Petar jetzt nur davon, daß er ihr Unglück sei, daß er sie freigeben und zu ihrer Familie zurückschicken wolle. Sie solle doch gehen und sich in Neusatz um das Grab ihres Vaters kümmern, er werde hier beim Grab des Kindes bleiben.

»Ich habe etwas erlebt«, sagte Varvara mit rätselhaftem Lächeln, »was ich nie erwartet hätte. Daß mein eigener Mann zu mir sagt: ›Geh mit Gottes Segen, und lebe glücklich mit deinem reichen Erbe. Was willst du mit mir? Auf mir liegt ein Fluch! Die Leute sollen nicht sagen, daß ich dir Unglück gebracht habe!‹«

Daraufhin habe ihm Trifun wütend vorgehalten, die Leute würden nicht über ihn, sondern über Varvara herziehen. Wollte er etwa, daß sie diese Schmach auf sich lud, solange die sechs Trauerwochen andauerten, in denen sie täglich das Grab besuchten? Ihr Platz sei hier in Mirgorod! Wollte er sie vom Grab ihres Kindes verjagen?

»›Wenn es einen Fluch gibt‹, hat Trifun gesagt, ›dann nimm ihn auf dich, und laß nicht sie leiden. Und mach der Familie keine Schande. Gott hat dir eine Frau gegeben, schön wie eine Blume. Für so eine Frau würde ich hundert Flüche ertragen!‹«

»So etwas hat Trifun gesagt?«

»Ja, das hat der Alte gesagt. Und hinzugefügt, daß Petar jetzt für mich Vater und Mutter und Kind ist. Es gäbe nichts

Besseres auf der Welt. ›Hüte, was du hast‹, hat er dann wieder zu ihm gesagt. ›Solche Frauen fallen nicht jeden Tag vom Himmel. Sicher, der Senator hat dich verflucht, aber Gott hat dir ein Glück geschenkt wie keinem von uns. Zieht weg von hier an einen anderen Ort, und lebt in Frieden.‹«

Pavle bot Varvara das Haus in Kiew an. Sie jedoch lehnte freundlich ab.

Er als Witwer könne nicht wissen, was sie empfand, nachdem sie auch dies erlebt hatte. Daß ihr Mann sie freigeben wollte, kam ihr jetzt bereits lächerlich vor. Sie wußte, daß er vor Kummer um sie verrecken würde wie ein Hund. Trifun hatte gute Worte gefunden und ihr beigestanden, als sie es am nötigsten brauchte, aber er irrte, wenn er meinte, daß Petar Vater- und Mutterstelle an ihr vertreten konnte. Nur die eines Kindes. Sie mußte ihn hüten und zugleich verhüten, daß er hier in Rußland, am Ziel seiner sehnlichsten Wünsche, vom Dienst suspendiert wurde und Schewitsch zur Last fiel oder sich bei Spiel und Trunk zugrunde richtete. Sie konnte nicht vergessen, wie fröhlich, jung und schön er einst gewesen war, als er sie holte. Wie ihn seine kindische Eifersucht jahrelang gequält hatte. Er war eben ein großes Kind. Ebensowenig konnte sie vergessen, wie er mit seinem verletzten linken Auge den toten kleinen Sohn angesehen hatte. Er hatte geglaubt, sie für ewig an sich zu binden, wenn er ein Kind mit ihr zeugte. Durch den Tod ihres Kindes waren sie jetzt noch viel inniger miteinander verbunden. Sie dachte überhaupt nicht daran, fortzugehen. Was sollte sie ohne die Familie Isakowitsch anfangen? Was sollte sie bei ihrem toten Vater? Natürlich waren die Häuser in Neusatz, in Wardein, in Subotitza von Plünderung bedroht. Immer wenn jemand starb, rissen sich die Verwandten um die Hinterlassenschaft. Es war genug da. Die Fratres in Mitrowitz wußten Bescheid und hüteten den Rest. Solange sie lebte, brauchte Petar nicht in Kiew betteln zugehen. Die Zeit würde kommen, da er wieder stolz im Sattel saß und die Frauen sich nach dem schönen Husaren umdrehten.

Sie weinte, als sie Pavle in den grasbewachsenen Hof geleitete, hinter sich die brennende Kerze und das glimmende Öllämpchen. Der Edle Isakowitsch wußte nicht, woher diese

Tränen, stellte aber auch keine Fragen. Er war verwirrt ob der Veränderung, die mit seiner schönen Verwandten vorgegangen war, seit er sie an fernem Ort zum erstenmal und dann so oft gesehen hatte. Sie war nicht mehr jene Frau, die neben seiner seligen Katinka wie eine jüngere Schwester sommers und winters vor seinen Augen durch Wardein gelaufen war. Sie verabschiedete ihn wie Ana mit den Worten, daß er allzu fern war und daß sie auf ihn warteten.

Später konnte sich Isakowitsch nur daran erinnern, daß Varvara ihn bei diesem Besuch durch ihr verändertes Wesen sehr verwirrt hatte.

Am selben Abend traf er Jurat am Spieltisch. Er gewann unaufhörlich. Der Majorsrang sei ihm sicher, sagte er, und Bibikow persönlich habe ihm erlaubt, sein Geburtsdatum auf dem Taufschein um fünf Jahre vorzuverlegen. Der alte Bibikow interessiere sich ausschließlich für Ana. Er sei völlig übergeschnappt.

Unter den Vettern war Jurat derjenige, der die Grenze zwischen ihrem früheren und ihrem jetzigen Leben am leichtesten und fröhlichsten überschritten hatte. Er und der Protopope Bulitsch fühlten sich in Mirgorod ebenso zu Hause wie in Sirmien und im Banat. Und die Akazien am Donez sahen genauso aus wie an der Bega.

Jurat lebte im Haus von General Schewitsch, als sei er dort geboren. Die alte, grauhaarige, leichenfahle und gelbäugige Generalin Schewitsch, eine ehemalige Lebedame, deren Hals ein schwarzes Samtband schmückte und die mit eiserner Hand in der Familie regierte, duldete einzig Jurats Scherze. Er hatte sie gelehrt, Polonaise zu tanzen.

Ebenso beliebt war der Dicke bei den jungen Frauen im Hause Schewitsch. Obwohl er nicht die Absicht hatte, einer von ihnen zu nahe zu treten, hatte er die Gewohnheit angenommen, ihnen zuzuflüstern: »Anitza, Smiljana, Savka, Alka, wenn wir nicht miteinander verwandt wären, könnte allerlei geschehen.« Dieser Mann, der fast Analphabet war – er haßte das Schreiben und biß sich die Zunge blutig, wenn er dazu gezwungen war –, verfaßte Briefchen, die sie dann unter dem Kopfkissen fanden und die aussahen, als hätte sie irgendein ihnen bekannter Offizier geschrieben, etwa so:

»Mein Herz, ich setzte mich aufs Bänkchen und nahm die Feder in mein Händchen ...«

Jurat, der Österreich aus vielen Gründen haßte, ihm aber vor allem seine bürokratische Aktenkrämerei vorgeworfen hatte, war derjenige, der den Akten um die Rückführung von Trifuns Kindern am eifrigsten nachlief, Gesuche und Mahnungen abschickte. Er glaubte den Nachrichten nicht, die aus dem Neusatzer Senatorenhaus über seine Schwägerin eintrafen, nach seiner Meinung hatte sich Trifuns Frau nur aus Rache mit dem Fähnrich Vulin eingelassen, und all das war bloß Rauch ohne Feuer. Sie hatte alles nicht ernst gemeint und es nur darauf angelegt, daß es Trifun zu Ohren kam. Es war nicht recht, ihr jetzt die Kinder abzufordern.

Aber als sich herumsprach, Vulin habe Kumrija geschwängert und sitzengelassen, ging Jurat einige Tage stumm umher. Damit hatte er nicht gerechnet.

Wie seine Brüder war er empfindlich für alles, was über ihre Familie getratscht wurde, und sah jedem neuen Ankömmling mißtrauisch entgegen. Er hatte jedoch keine Lust, im neuen Siedlungsgebiet sein »Rittergut«, wie er es nannte, zu übernehmen, sondern tat alles, damit Bibikow ihn in Mirgorod behielt.

Das Neuland mochten Trifuns Leute beackern.

Jurats Nächstenliebe beschränkte sich auf den engsten Kreis der Familie. Wo stand denn geschrieben, daß er Anteil am Schicksal anderer zu nehmen hatte? Bis nach Kiew hatte sich Jurat verhalten, als richte er sich nach Pavles Plänen und Anordnungen. In Kiew freilich hörte er auf, sich an Garsuli zu erinnern, erwähnte ihn nicht mehr. Seine Erinnerungen an Sirmien und Neusatz bestanden aus Flüchen an die Adresse seiner Schwiegermutter, Frau Agrippina, diese alte Vettel, die sich erdreistete, noch Kinder zu bekommen, und damit Anas Erbe schmälerte. Er sprach nicht mehr über die Donau, Crna Bara oder den Cer, nicht mehr von Serbien, seinem Himmel, seinen Wäldern und Pflaumenplantagen und nicht von seinem Verwandten Isak Isakowitsch, der in Neusatz lebte. Gute Worte fand er einzig für seinen Schwiegervater, den er jetzt hochschätzte und zugleich bedauerte.

Jascha, den Senator und Einfaltspinsel.

Pavle gegenüber sprach er abfällig von Petar.

»Seit dem Tod seines Kindes geht es bergab mit diesem Menschen«, erklärte er. »Wie konnte er bei den Manövern mit seinen Reitern in einem Dorf zwischen Palisadenzäunen übernachten, so hoch und spitz, daß kein Pferd darüberspringen kann! In die Falle ist er gegangen und hat sich von Unteroffizieren gefangennehmen lassen! Den Unteroffizier möchte ich sehen, der sich so etwas mit mir erlaubt! Den Schädel hätte ich ihm eingeschlagen. Dabei ist Petar wach gewesen, er leidet an Schlaflosigkeit. Nicht einmal die Pistole hat er gezogen, hat sich abführen lassen wie ein Lamm zur Schlachtbank. Eine Schande für die ganze Familie.«

»Er ist nicht der einzige, der sein erstes Kind verliert«, fuhr Jurat fort. »Mit diesem Kind hat er das Seinige bei seiner Katholschen nicht beendet, sondern erst angefangen. Das war das Signal, daß er kann. Von jetzt an werden die Kinder aus ihr herauspurzeln wie die Pillen in der Apotheke der Mitrowitzer Fratres. Nach meiner Meinung sollte Petar zur kaukasischen Armee gehen. Dort lebt es sich gut, und die Beförderungen hageln nur so vom Himmel. Tekelija zum Beispiel ist Oberleutnant gewesen, als er in Wien um den Paß ersucht hat, und wie weit hat er es im Kaukasus schon gebracht! Was will Petar denn noch hier?«

Wenn er, Jurat, im Namen der Familie Isakowitsch Pavle nach Kiew gefolgt war, wenn er nach Mirgorod gegangen war, weil ihre Nation hier angesiedelt wurde, so hatte er von nun an ein einziges Ziel: die Generalsschärpe.

Pavle und Jurat saßen in einer Ecke des Raums neben dem Festsaal, wo General Ilja Alexandrowitsch Bibikow im Kreis von Damen den tanzenden Paaren zuschaute. In diesem Nebenraum wurde eifrig gespielt, und er war auch nicht mit Feldblumen geschmückt, nur der Boden war mit Gras bestreut. Die Spieltische standen sternförmig, und vor der Eingangstür hing eine schwere tatarische Portiere. Fast alle Pharaospieler hatten eine Dame neben sich – die eigene Frau oder die eines anderen, natürlich eines Offiziers. Während sich Pavle und Jurat in ihrem Winkel halblaut unterhielten, herrschte unter den Spielern tiefe Stille.

Pavle und Jurat warfen schwarze Schatten auf die schlicht

weiß getünchten Wände. Alles, was in diesem Raum geschah, wiederholte sich als Schatten an der Wand. Wenn jemand die Kerzen auf den Tischen umstellte, bewegten sich diese Silhouetten, als wären es eingemauerte, in Schatten verwandelte Wesen. Wenn Pavle später an seine Begegnung mit Jurat in Mirgorod zurückdachte, konnte er sich nur an diese Schattenspiele erinnern.

Er verabschiedete sich ziemlich kühl von seinem Vetter.

Jurat versprach, ihn Bibikow vorzustellen, sobald er in der Siedlung eingetroffen war. Im Festsaal nebenan, wo man in der vom Feldblumenduft geschwängerten Luft tanzte, versuchten sich die serbischen Generale Horvat, Schewitsch und Preradowitsch vor Kostjurin zu verstecken wie Hasen, die von Gebüsch zu Gebüsch flüchteten. Kostjurin selbst trat auf wie ein kleiner Zar, umströmt von der Suite seiner Offiziere.

Das heißt, sie strömten seinen Töchtern nach, die recht hübsch waren, aber von ihrem Vater sehr streng gehalten wurden. Jeder Offizier, der eine von ihnen zum Tanz auffordern wollte, mußte zuvor die Erlaubnis des Vaters einholen, und zwar in militärischem Ton, als ersuche er darum, an einem Artilleriegeschütz eingesetzt zu werden.

Die Offiziere wußten, daß Kostjurin es für ungezogen hielt, wenn einer von ihnen seine Frau zum Tanz aufforderte, daß er es hingegen gern sah, wenn seine Töchter als Tänzerinnen begehrt waren. Die Offiziere umflatterten diese Mädchen wie verliebte Täuberiche. Wenn ihr Vater ermüdete, setzte er sich und nahm die Perücke ab, doch er verließ den Ball nicht vor Morgengrauen.

Er hatte die Gewohnheit, an solchen Tagen, nachdem sich seine Familie zurückgezogen hatte, nicht schlafen zu gehen, sondern sein Pferd zu besteigen und ein Manöver zu besichtigen oder eine Parade abzunehmen. Aus Mirgorod pflegte er in seiner Equipage nach Kiew zurückzukehren, gefolgt von einer Dragonerschwadron und seinem Stab. Die Offiziere rissen sich darum, in dieser Eskorte reiten zu dürfen. Trifun war diese Ehre zufällig zuteil geworden, weil er Kostjurins besonderes Wohlwollen genoß.

Trifun, der von Pavles Anwesenheit wußte, begab sich auf

die Suche nach ihm, und als er ihn gefunden hatte, zog er ihn am Ärmel bis zu einem kleinen, dunklen Garten hinter den Ställen der Kommandantur.

Pavle hatte sofort gespürt, daß Trifun keinen Haß empfand und keine Schlägerei anzetteln, sondern in Ruhe und ungestört von den Straßenpassanten mit ihm sprechen wollte. Trifun sagte lediglich, er habe ihm etwas Wichtiges mitzuteilen.

Als sie an einer Laterne vorbeikamen, sah Pavle wieder, wie sich Trifun verjüngt hatte. Er hielt sich straff, wirkte gepflegt, sein parfümierter Zopf glänzte von Pomade. Sogar seinen Schnurrbart hatte er so gekürzt, wie es in Frankreich Mode war. Er hatte nur einen Rest stehenlassen, schmal wie eine Zahnbürste, und sorgfältig nach rechts und links gekämmt. Über der Brust trug Trifun eine blauweiße Seidenschärpe, die ihn als stellvertretenden Kommandeur des Achtyrka-Regiments auswies.

Als sie auf einer Bank Platz genommen hatten, fragte Trifun, ob Pavle mit Wischnewski bekannt sei. Er und Wischnewski seien Todfeinde.

Pavle antwortete ruhig: »Ich kenne Wischnewski sehr gut. War es das, was du mir sagen wolltest? Man kann nie wissen, wer wessen Todfeind ist. Was Wischnewski betrifft, so bin auch ich sein Todfeind, und wir werden noch sehen, wer wen unter die Erde bringt.«

Trifun fuhr fort, er habe nicht lange Zeit, mit Pavle zu reden, nur soviel: Er habe aus dem Mund einer Frau gehört, halte es aber dennoch für glaubwürdig, daß Wischnewski einen Coup gegen Pavle vorbereite, der ihn nicht nur Säbel und Ehre, sondern sogar den Kopf kosten könnte. Worum es ging, wisse weder er noch jene Frau, aber es habe mit einer Reise nach Sankt Petersburg und nach Montenegro zu tun.

Pavle erwiderte, er plane keine Reise in die Hauptstadt oder nach Montenegro. Ihm sei das alles unverständlich.

Trifun wiederholte, seine Konfidentin sei absolut zuverlässig, und Pavle schwebe in Lebensgefahr. Er sagte es so atemlos und erregt, daß Pavle begriff: Sein Vetter erlaubte sich keinen dummen Scherz mit ihm, sondern war ehrlich besorgt.

»Entweder gehst du hin und wirfst dich vor Wischnewski auf die Knie«, schlug Trifun vor, »oder wir treffen uns in Kiew und schlagen ihn zusammen. Zu mir ist Wischnewski die Freundlichkeit in Person, aber ich bin ein Isakowitsch und bereit, diesen hohen Herrn so zuzurichten, daß ihn die eigene Mutter nicht wiedererkennen würde.«

Pavle erzählte Trifun daraufhin in aller Eile, was Wischnewski sich Varvara gegenüber herausgenommen hatte. Trifun geriet außer sich. Pavle, der wie Petar jeder Gefahr mit kühlem Kopf und Arroganz begegnete, begann sich über Trifun lustig zu machen: »Na und? Willst du Wischnewski auf dem Rost braten, weil er deiner Schwägerin zu nahe getreten ist? Was war denn mit Frau Sofika Andreowitsch, als du beim ersten Nachtlager ihre Kinderchen in den Schlaf gewiegt hast?«

Das sei doch etwas völlig anderes, widersprach Trifun aufgebracht.

Wischnewski hatte wie ein Wüstling die Frau eines anderen angefallen. Er aber, sozusagen Witwer, obwohl Vater von sechs Kindern, hatte im gegenseitigen Einvernehmen gehandelt. Das eine war mit dem Tod zu bestrafen, das andere kam wie ein warmer Regen im Frühling. Unverhofft.

Als er sah, daß sich Pavles Miene aufgehellt hatte, kam Trifun auf die Angelegenheit seiner Kinder zu sprechen. Was seinen Bemühungen um diese Kinder im Weg stand, war, daß er nicht nur sie, sondern auch ihre Frau Mutter in seinen Paß hatte eintragen lassen. Wischnewski hatte ihm gesagt, daß Pavle helfen könne, indem er ein Gesuch an die Russen in Wien richtete, die er gut kannte. Und so weiter.

Als sie sich trennten, war Trifun aufrichtig betrübt.

»Ich kann jederzeit nach Kiew kommen«, versprach er, »und ich werde mit Wischnewski abrechnen, wenn er unsere Familie anzutasten wagt. Spätestens im Winter sind wir wieder alle zusammen auf unseren Siedlungen in Bachmut. Kostjurin hat mich im Achtyrka-Regiment auf einen hohen Posten gesetzt, und ich werde es noch viel weiter bringen, aber was nützt mir das alles, wenn ich meine Kinder nicht von diesem Deckenmacher zurückbekomme?«

Jeder Bissen bliebe ihm, noch ehe er fürs Essen danken

konnte, im Hals stecken, wenn er an seine sechs Kinder dachte. Und wenn er hinter Kostjurin eine Kirche betrat, fiel ihm das Jüngste ein, das noch an der Mutterbrust gelegen hatte, als er es zum letztenmal sah. Am liebsten wäre er vor ihnen nach Sibirien geflohen. Doch er konnte nicht, sie kamen im Traum und wärmten ihm den Rücken.

Als er sie gemacht habe, sei ihm nicht klar gewesen, was ihn erwartete.

Gott hatte Petar den Sohn genommen, und Petar haderte mit Gott.

Und er? Ihm hatten der Deckenmacher Grozdin und seine Tochter die Kinder genommen. Was sagte Gott denn dazu?

Nach dem Manöverball suchten die Männer aus Kostjurins Stab und Geleit ihre Nachtlager in Mirgorod auf. Die meisten blieben gleich im Ballsaal, auf Stühlen oder am Boden. Sie wußten, daß jeder, der Kostjurins Aufbruch am nächsten Morgen verschlief, künftig keinen Zugang mehr zum Haus des Generals hatte, mehr noch – so verlangte es die Etikette –, wegen mangelnder Wachsamkeit im Dienst vor Gericht mußte.

Isakowitsch legte sich, den Sattel unter dem Kopf, vor der Kommandantur auf der Wiese am Ufer eines Baches zur Ruhe nieder. Sein Husar, der bis jetzt bei den Pferden geschlafen hatte, hüllte den Offizier in seine eigene Decke.

Diese Decke hatte ihm in Sirmien das Dach über dem Kopf ersetzt. Sie war alles, was er besaß, als er heiratete. Und nun schleppte er sie mit sich durch die Welt wie seine Frau und seine Kinder, die er im Gefolge der Vettern Isakowitsch nach Rußland gebracht hatte.

Er hieß Marinko Moissilowitsch und stammte aus Golubinci.

Über Mirgorod stand der junge Mond im ersten Viertel. Alles war still.

Der Husar, der bis zur Ankunft Pavles friedlich und tief bei den Pferden geschlafen hatte, sah jetzt kopfschüttelnd zu, wie der Offizier, dem er als Ordonnanz zugeteilt war, sich im Traum wälzte, mit den Gliedern zuckte und Unverständliches murmelte. Erst gegen Morgen lag er ruhig, die

Decke bis zur Nase gezogen, aber er schlief nicht. Mit offenen Augen starrte er in den Mond.

Marinko erzählte später in Podol, in der Familie Isakowitsch schliefe man mit offenen Augen.

Kostjurin kehrte mit seiner Familie in einer vierspännigen Equipage aus Mirgorod nach Kiew zurück, eskortiert von seinen unterwürfigen Offizieren, so wie Pavle von dem hinter ihm einhertrottenden, ständig etwas murmelnden, murrenden Marinko eskortiert wurde.

Die damalige Mirgoroder Kommandantur lag an der langen und geraden Hauptstraße, bestanden von Linden und Akazien, unter denen sich die bunten Holzhäuser mit ihren Gärten voller Geißblatt und Sonnenblumen und Unkraut duckten. Nach dem langen und heißen, trockenen Sommer war alles verwelkt. Nur Disteln wucherten in jedem Hof.

Ganz Mirgorod roch am frühen Morgen nach Kuhstall. Auf der Hauptstraße allerdings hatten historische Ereignisse ihre Spur hinterlassen, zum Zeichen, daß die Menschen nicht vergessen wollten, was ihrem Volk und ihrem Land widerfahren war. Es war ein Rondell mit Bäumen, die man wie in Versailles gestutzt hatte, und mitten darin ein versiegter steinerner Brunnen in Form einer barocken Klepsydra. Dieses hundert Jahre alte Denkmal sollte an den Tag der Vereinigung zwischen Rußland und der Ukraine erinnern.

Und hier fand die große Zeremonie der Verabschiedung des Kiewer Kommandanten statt.

Unter einem Mast, an dem eine Seidenfahne mit dem schwarzen russischen Doppeladler flatterte, hatte das Dragonerregiment von Pek, zu dem auch Serben gehörten, Aufstellung genommen.

Bei Sonnenaufgang hatten sich viele zugewanderte Einwohner von Neu-Serbien, aber auch Mushiks aus der Umgebung, Tataren und Kosaken eingefunden, um Kostjurins Verabschiedung und die dazugehörige Parade zu sehen.

Nach dem Erwachen begab sich Isakowitsch zur Kommandantur, um sich am Brunnen zu waschen, und betrat dann das Gebäude, damit man ihm die Uniform säuberte und abbürstete, ihn parfümierte und frisierte.

Kostjurin hatte sich noch nicht am Fenster gezeigt.

Während Pavle der Zopf gebunden wurde, meldete ihm Moissilowitsch, sein Vetter erwarte ihn vor dem Tor.

Als Pavle hinaustrat, sah er Petar neben seinen Pferden kraftlos an einem Baum lehnen. Er war zerzaust, abgemagert und blaß, als hätte er die ganze Nacht gefiebert. Sein Dreispitz saß schief, die Uniformjacke stand am Hals offen, seine Stiefel waren ungeputzt, und er hatte offensichtlich getrunken. Er hatte weder Säbel noch Offiziersschärpe angelegt. Bei Pavles Erscheinen rief Petar, er habe ihn am Vorabend vergeblich gesucht und sei jetzt herbeigeeilt, weil er ihn um etwas bitten wolle. Er habe Hausarrest und nicht viel Zeit.

Seine sonst so blauen Augen funkelten grün vor Zorn, und seine Haltung war trotzig.

Pavle faßte ihn am Ärmel und führte ihn etwas abseits.

Petar erklärte, daß er seine Frau freigeben wollte, und bat ihn, ein Wort bei Trifun und Jurat einzulegen, damit auch sie ihre Zustimmung erteilten und die Familie keine Schande auf sich lud. Varvara könne in der Batschka ein reiches Leben führen. Sie habe Tanten in Slawonien. Es werde ihr an nichts fehlen.

Sie war jung und konnte wieder heiraten.

Ihrer beider Kind war tot. Auf ihm lastete der Fluch des Schwiegervaters, wohin er auch ging. Er wollte es seiner Frau ersparen, mit ihm von einem Unglück ins andere zu fallen. Das Gewesene war vorbei, aber jetzt hatte er nur noch einen Wunsch: bei seinem eigenen Begräbnis allein zu sein. Von einer Frau nahm er kein Almosen an!

Pavle versuchte seinen Redeschwall zu unterbrechen und schlug ihm vor, das Gespräch in Kiew fortzusetzen oder später, wenn er in der Siedlung eingetroffen war, was bald geschehen würde.

Petar aber entgegnete heftig, er bäte ihn auch darum, sich bei Vitkowitsch dafür zu verwenden, daß man ihn nicht vor Gericht zerrte wie einen Tanzbären. Sollten ihn die Russen doch degradieren, sollten sie ihm den Abschied geben, aber keine Verhöre mit ihm anstellen, über ihn tratschen oder ihn gar bedauern. Er würde sogar auf das Land verzichten, das sie ihm zugeteilt hatten, wenn sie ihn dafür nur in Ruhe ließen.

Nicht er, sondern Schewitsch habe das Kommando gehabt. Schewitsch habe das Terrain für die Reiterei ausgewählt. Andere hatten bestimmt, wo sie ihr Nachtlager aufschlugen, andere hatten ihn in die Falle geschickt. Er hatte bewiesen, daß er sich auf die Kriegskunst verstand. Aber stets hatte er für andere die Suppe ausgelöffelt. »Diese Kornetts, Leutnants, Premierleutnants, Rittmeister, Sekondemajore, Premiermajore, Oberstleutnants, Obersten – all das will kommandieren, dreht sich aber in Wirklichkeit nur im Kreis. Und die Generale scheuchen uns nach rechts und links, vorwärts und zurück und befehlen Feuer, und wir müssen blindlings drauflosschießen. Hätte ich das Kommando über ein einziges Dorf Kosaken, ich gehe jede Wette ein, ich schwöre, daß ich mit meiner Schwadron bis ans Asowsche Meer reiten würde.«

Ihm brauchten sie nicht beizubringen, was Krieg war. Im Gegenteil, sie konnten von ihm lernen. Statt dessen hatten sie ihm den Leutnantsrang angehängt wie eine Viehglocke, und das war nun das Ende von allem. Er konnte es kaum erwarten, den Husarenrock auszuziehen.

»Ich weiß, was Zivan über mich redet. Daß ich nicht mehr ganz beisammen bin, seit mich das Pferd getreten hat. Und daß ich auch bei meiner Frau zu nichts mehr tauge. Sollen sie ruhig – irgendeiner wird am Ende ins Gras beißen. Die Leute erzählen, daß du wieder einen guten Stand bei Kostjurin hast. Du könntest erreichen, daß sie mir in Kiew den Abschied geben. Es ist das letzte, worum ich dich bitte.«

Pavle umarmte ihn und bat ihn um eine Woche Zeit. Um Bestechungsgelder aufzubringen. Eine Gerichtsverhandlung werde es nicht geben. Inzwischen aber müsse Petar Stillschweigen bewahren.

»Im übrigen, Petar: Wenn die Richter erführen, was du bei den sirmischen Husaren warst, würden sie sich schämen. Und was Varvara betrifft, so eine Frau kannst du nicht wegschicken. Keinem von uns hat Gott eine solche Frau gegeben. Bist du denn blind? Sieh dich doch um, wie ihr die Männer nachblicken. Ganz Kiew würde, wenn es nur könnte, einen Plüschteppich vor ihr ausbreiten, damit sie nicht in den Schmutz treten muß. Aber sie ist einzig deine Frau. Und jetzt, nachdem euer Kind gestorben ist, willst du sie an einen anderen verkuppeln? Hast du denn völlig den Verstand verloren?«

Einen Augenblick hatte es den Anschein, als wollte Petar in seiner Verzweiflung auf Pavle losgehen und zuschlagen.

Aber da kam Kostjurins Wagen herangebraust und hielt vor dem Tor der Kommandantur. Die Diener eilten herbei, um die nervösen, sich bäumenden Pferde zu beruhigen, und eine Kompanie Fußvolk drängte die Menge der Gaffer von der Straße.

Pavle sah nur, wie Petar vor ihm den Kopf neigte. Er hatte den Dreispitz tief in die Stirn gezogen, als störten ihn die Sonnenstrahlen. Bleich und abgezehrt wie nach einer schweren Krankheit stand er da und sagte traurig: »Ach geh doch, Langer! Du hast mich hierhergebracht, und nun sprechen wir beide mit fremder Zunge wie in Babel, obwohl wir Vettern sind. Ich schicke meine Frau nicht weg, weil es mir so gefällt, sondern weil es gerade noch Zeit ist. Noch sind wir jung und nicht am Ziel. Soll sie gehen, solange sie nicht so alt ist, daß sie an den Tod denken muß!«

Dann wandte er sich schnell ab, als hätte er Angst, Kostjurin zu begegnen, und ging davon. Pavle konnte ihn weder aufhalten noch ihm folgen. Er saß auf und ritt zu den Offizieren, die sich vor der Kommandantur um Kostjurins Equipage sammelten. Er war im Geleit unter den letzten.

Alles, was sich dann noch in Mirgorod abspielte, erlebte er wie im Traum.

Irgendwo jenseits der Stadt krachten Böllerschüsse. Durch die Straße hallten Kommandos. Unter Trommelwirbel und Gesang erschienen die Husaren.

Am Wagen verabschiedete sich Kostjurin von Bibikow und Glebow, und danach von Horvat, Schewitsch und Preradowitsch.

Während er jedoch bei den beiden ersteren den Dienstgrad nannte und vorschriftsmäßig salutierte, tippte er sich bei den serbischen Generalen nur mit einem Finger an den Dreispitz. Horvat begrüßte ihn mit lauter Stimme. Der alte Schewitsch stand stramm. Preradowitsch rannte herbei und ordnete Kostjurins Schärpe, die durch die offene Wagentür aufs Rad hing.

Von seinen ersten Manövern in Rußland kehrte der Edle Isakowitsch müde und erschöpft nach Kiew zurück.

Drei Jahre zuvor hatte Pavle an Manövern bei Pest teilgenommen, die unter Anwesenheit Ihrer Majestäten Franz I., römisch-deutscher Kaiser, und Maria Theresia, römisch-deutsche Kaiserin und Königin von Ungarn, stattfanden. Diese russischen Manöver waren etwas gänzlich anderes.

Nach denen von Pest war er seinerzeit jung, zufrieden, fröhlich, auf Türkenart im Sattel sitzend, inmitten seiner singenden sirmischen Husaren heimgekehrt. Auf einem großen, schweren, unermüdlichen Apfelschimmel.

Er war glücklich mit einer Frau verheiratet, die ihn liebte und ein, zwei Monate später niederkommen sollte. Sorgen kannte er nicht.

Bei den Nachtlagern traf er seine Vettern, die ebenso glücklich und fröhlich waren wie er und bis in die Morgenstunden hinein tanzten und sangen. Soweit man sehen konnte, brannten jede Nacht bei den Dörfern die Feuer der donauländischen Reiterei.

Sie bekamen Dankschreiben und den ausstehenden Sold.

Das Leben erschien ihnen angenehm.

Obwohl sie schon damals die Majestäten nicht mochten, obwohl Pavle Maria Theresia nur von weitem gesehen hatte wie die ungarischen Offiziere, die sich der Tribüne nähern durften, auf der im Schmuck der Blumen die schöne und dicke Kaiserin mit ihrem Mann saß – den sie Franzl nannte –, waren sie vom Glanz des österreichischen Hofs geblendet. Trifun in seiner Einfalt glaubte, daß Maria Theresias Kleid aus purem Gold und die vielen glitzernden Steine darauf Brillanten waren. »Genauso muß die serbische Zarin Militza ausgesehen haben«, sagte er.

Jurat, der sich Maria Theresia bis auf fünfzig Schritt genähert hatte, beschrieb und rühmte ihre körperlichen Reize derart, daß es ihm – wären seine Worte an die unrechten Ohren gedrungen – genauso hätte ergehen können wie Joan Bozitsch. Nur Petar hatte damals, als alle darauf warteten, daß Varvara schwanger wurde, Sorgen mit seinem Schwiegervater; aber er tröstete sich damit, daß seine Frau denselben Glauben bekannte wie ihrer aller oberste Kriegsherrin.

Im Leben der Vettern Isakowitsch zeigten sich noch keine dunklen Wolken am Horizont.

Sie waren geschniegelt, herausgeputzt, stolz, und obwohl die Türkenkriege vorbei waren, betrachteten sie sich noch immer als die Elite der Nation. Mit ihren Husaren pflegten sie fast familiären Umgang, während sie alles, was keine Waffen trug – Handwerker, Kaufleute, Kanzlisten, ja sogar die Senatoren in Neusatz – zutiefst und schweigend verachteten. »In Lazars Heer auf dem Amselfeld«, pflegte Jurat zu sagen, »hat es keine Pfeffersäcke gegeben.«

Die Heimkehr von diesen Manövern war für sie wie ein einziger, ununterbrochener Hochzeitzug von Baja über Sirig, Sombor, Ada, Moschorin bis Wardein, wo sich ihre Wege trennten.

Obwohl dieses Land zu einem fremden Kaiser- und Königreich gehörte, wußten sie nicht viel davon, sie betrachteten es als das ihre, das sie den Türken »mit dem Säbel« abgerungen hatten!

In ihrer Unwissenheit war all das serbisches Land und erstreckte sich unendlich weit. Diese Offiziersfamilien hatten sich im Lauf der Zeit derartig miteinander versippt und verschwägert, daß sich jeder, ob in Arad, in Temesvar, in Vukovar, in Sid und Mitrowitz gleichermaßen zu Hause fühlte. Das bedeutete nicht, daß sich diese serbischen Zuwanderer unter den Muculas, Koptschas, Trandafils, Darvars nicht ihrer Armut bewußt waren! Gold und Dukaten galten im Heer und in Wien mehr als der Säbel. Sie schämten sich zwar ihrer Mittellosigkeit, doch das hinderte sie nicht, selbst die eigenen Frauen ob ihres Reichtums zu verspotten, dem der Säbel weit überlegen war. Der stolze Petar sah seine Frau, die Senatorentochter, scheel an, wenn sie ihren Vater lobte, und sagte: »Schon gut, Katholsche, er ist dein Vater, aber kein Feldherr!«

Für Petar Isakowitsch war nur ein Krieger ein ganzer Mann.

Die Trandafils betrachtete er als kleinliche Krämerseelen.

Für Pavle Isakowitsch war der Verlust ihrer Reiterei, der Fahnen, Kirchen, Fortifikationen gleichbedeutend mit einer neuen Enthauptung des Zaren Lazar.

Vom Pferd absteigen und Fußsoldat werden – das war das Ende!

Jetzt, bei der Rückkehr von den Manövern nach Kiew, war der Edle Isakowitsch in gänzlich anderer Stimmung. All seinen Angehörigen in Mirgorod war aufgefallen, daß er, obwohl erst achtunddreißig Jahre alt, an den Schläfen immer grauer wurde. Nach dem Abschied von Petar hatte er bei Kostjurins Abfahrt nur noch Trifun gesehen, der lediglich ein paar Worte mit ihm sprechen konnte. Wieder von seinen Kindern.

Pavle war so bedrückt und müde gewesen, daß er kaum verstand, was Trifun sagte. Er wußte nicht einmal, welchen Tag man schrieb, bis er Trifun danach fragte. Er erfuhr, es sei Sonnabend, der Tag der Märtyrerin Sophia und ihrer Töchter. Das erinnerte ihn an Frau Sofika, mit der sich Trifun trotz seiner Dunda Birtschanski – und seinem Jammer um die Kinder – auf der Reise vergnügt hatte, und er runzelte die Stirn. Aber dann mußte er unwillkürlich lächeln.

Trifun prahlte, übermorgen werde er als stellvertretender Kommandeur das Achtyrka-Regiment übernehmen. Dabei sei Zauberei im Spiel, denn übermorgen sei Montag, der Tag des Märtyrers Trofimos – wie bestellt.

»So etwas gibt es nur in Rußland!« sagte Trifun.

Bei der Rückkehr nach Kiew war Pavle auch niedergedrückt ob des großen Unterschieds zwischen seinem heimatlichen Sirmien und diesem Land, in dem er fortan leben sollte. Das Gebiet, das er in Kostjurins Gefolge durchritt, war zu Beginn des Herbstes warm, die Atmosphäre drückend. Es glich der Batschka, dennoch war es für ihn ein trauriges Erlebnis. Wenn er sich umwandte und in die Runde schaute, dachte er: Hier also werden wir uns niederlassen und leben, und hier wird unser Leben enden. Sind wir mit unseren Wanderungen am Ziel?

Dieses ebene, unendlich weite Land schien ihm fruchtbar. Fetter, schwarzer Boden. Steckte man einen dürren Zweig hinein, so hieß es, schlug er aus. Aber es war öd. Es zitterte noch unter der Erinnerung an Türken und Tataren. Nur hier und da ein Wäldchen. Ein Flüßchen. Ein Hügel. Eine Akazie, ein Dorf voller Sonnenblumen, und dann wieder nur Gras und Gras. Bis ein Fuchs vorüberlief. Oder ein Hase. Bis am Horizont ein Reiter auftauchte und verschwand.

Und die Sonne brannte und brannte, riesig, und glich einer Sonnenblume.

In dieser großen Leere hörte Pavle kaum ein Lied, und wenn, dann kam es mit dem Hufgetrappel von Reitern und zog mit ihnen vorüber. Die Zugewanderten waren nirgends dem russischen Volk begegnet – dem unermeßlich großen russischen Volk –, von dem sie in Kiew so viel gehört hatten. Nur einzelne Menschen hatten sie gesehen, bei einer Hütte, an einem Flüßchen, einen schwatzhaften Greis, der allein in seiner Kate mit den Bienenstöcken lebte, einen jungen Mann, der seine Fischernetze auf dem Dach seines Hauses voller Kinder ausgebreitet hatte und sie haßerfüllt ansah.

Was für die Vettern Isakowitsch am merkwürdigsten war: Bei diesen Manövern waren sie einigen deutschen Offizieren begegnet, die mit höchster Bewunderung über Preußen und den preußischen König sprachen. Nicht verstohlen, sondern offen und ohne Zurückhaltung. Und als die Vettern Isakowitsch fragten, wieso und warum, hatte man ihnen geraten, zu schweigen. Der künftige Herrscher aller Russen und aller russischen Lande sei im Herzen ein Preuße und ließe seine Garde nach preußischer Manier exerzieren. Sie glaubten zu träumen, als sie das von Vitkowitsch hörten. Sie begriffen es einfach nicht.

Wenn unter den Offizieren die Rede von den Generalen war, die sich in den Kriegen ausgezeichnet hatten und den nächsten Manövern bei Kiew – im Frühjahr, und viel größer als die augenblicklichen – beiwohnen würden, fielen zahlreiche fremde Namen, die den Vettern Isakowitsch aus dem österreichischen Heer geläufig waren, von denen sie nur nicht wußten, daß es irische, schottische, französische Namen waren.

Und was sie noch mehr erstaunte, all diese Deutschen, auch die Unteroffiziere, die sie in Mirgorod und Kiew kennenlernten, sprachen nicht deutsch, sondern russisch. Sie selbst aber konnten kein Russisch.

Für sie war jeder ein Russe, der russisch sprach.

Die vielen Offiziere, die sie jetzt schon kannten, kamen

den Vettern Isakowitsch vor wie eine Mauer vor dem russischen Volk, nach dem sie neugierig suchten und das sie nicht finden konnten. Pavle hatte sich seine Begegnung mit diesem Volk ganz anders vorgestellt.

In diesem Land, so hörte er, trugen schon viele Dörfer serbische Namen, und viele seiner Landsleute waren hier ansässig geworden, nur daß diese Siedlungen weit verstreut lagen.

Nirgends hatte er Verwandte und Gevattern gefunden, nirgends gab es ein Sirig oder Titel oder Ovtscha oder Bortscha. Nur die Feuer derer, die von den Manövern heimkehrten, brannten auch hier bis spät in die Nacht.

Obwohl sich Isakowitsch mit heutigen Worten nicht hätte ausdrücken können, obwohl er nicht besonders gut lesen und schreiben konnte und unter allen Büchern nur ein einziges deutsches in Erinnerung behalten hatte, in dem das Leben auf einer Insel der Seligen im fernen Ozean geschildert wurde, war er kein Mensch ohne Gedanken und Empfindungen.

Nachts am Lagerfeuer ahnte er, worin der Unterschied zwischen jener Fröhlichkeit nach den Manövern bei Pest und der Traurigkeit hier bestand.

Sie waren nicht in diesem Land geboren.

Auch in Sirmien waren sie Zugewanderte aus Serbien gewesen, aber sie waren damals zu ihren Landsleuten gekommen. Sie hatten sowohl in dem neuen Serbien – wie sie Sirmien und die Batschka nannten – als auch im Temesvarer Banat, an den Ufern von Save und Donau, Theiß und Maros und Bega Tausende und Hunderttausende aus ihrem Volk angetroffen.

Aber hier in Rußland keinen einzigen.

Sie waren, ein paar Tausend, in einer gewaltigen Leere verstreut. Nur um ein Land, das Kriwoi Rog hieß, lebten sie etwas enger zusammen.

Während dieser Manöver waren sich die Vettern Isakowitsch nicht nur bewußt geworden, daß ihrer in diesem riesigen Land nur wenige waren, sondern auch, daß sie mit ihrer Ankunft andere von Haus und Herd vertrieben, die selbst nicht zahlreich waren in diesen blühenden Tälern, wo das Gras so betäubend duftete, die Sonnenblumen so riesig waren und überall die Bienen summten.

Sie jagten die Menschen, die hier geboren waren, von ihrem Land.

Pavle hatte die Häuflein dieser Mushiks am Wegesrand stehen und glotzen sehen, während die Soldaten vorüberzogen und serbische Lieder sangen. In ihren Siedlungen war er schweigsamen Männern und ihren schönäugigen, barfüßigen Frauen begegnet, die stumm die Arme über der Brust kreuzten. Auch ihre kräftigen schönen Beine waren bis zu den Knien voller Schlamm, den kein Wasser je abwaschen konnte. Sie standen vor ihm, wie sie in den Karpaten vor ihm gestanden hatten.

Die Kommandantur in Kiew hatte auf Forderung der Generale Horvat, Schewitsch und Preradowitsch begonnen, die Bevölkerung entlang der polnischen und tatarischen Grenze zu evakuieren. Die Zuwanderer forderten ihr Territorium in diesem fremden Land. Sie wollten nicht nur die Hand des Zaren Lazar an einen neuen Ort verbringen, sondern glaubten, daß sich auch das Land des Zaren Lazar versetzen ließ.

Diese Evakuierung der Alteingesessenen, damit Horvats Leute sich niederlassen konnten, hörte später mit den türkischen Kriegen auf, aber zur Zeit dieser Manöver Kostjurins war sie noch in vollem Gang. Als Horvat, ein gewalttätiger Mann, anfing, seine Offiziere zu erpressen, wurde eine Untersuchung gegen ihn angestrengt, und er kam in den Arrest. Erst da hörten die Evakuierungen auf. Aber der Edle Isakowitsch erlebte sie noch.

Er hatte im Haus des Kaufmanns Scholobow mit der Dienstmagd angebändelt, die schön und leichtfertig war und die wundersame russische Fähigkeit besaß, mit Worten, Geschichten und Liedern Wehmut um sich zu verbreiten.

Sie war nicht so parfümiert und so erfahren in Liebesdingen wie Frau Evdokija in Wien, aber leidenschaftlich und stark, und sie erzählte Pavle im Bett von ihrer Familie und von dieser Gegend, in der die Familie Isakowitsch sich ansiedeln sollte. Es waren traurige Geschichten. Ein ganzes, ohnehin geschundenes Volk wurde aus seiner Heimat vertrieben.

So wie die Ansiedlung der Deutschen vom Rhein und aus

Lothringen in ihrem Land, das sie mit ihrem Blut getränkt und freigekauft hatten, ein großes, unbegreifliches und himmelschreiendes Unrecht war, empfand Isakowitsch auch die Ansiedlung der Serben um Mirgorod und bei der Festung Jelisawetgrad als unrecht.

Jurat hatte mit dem Rang eines Sekondemajors soviel Land am Donez bekommen, daß es fast einer Puszta glich.

Petar hatte man gleich neben ihm ein sanft abfallendes Gelände zugesprochen, das zu umreiten er eine halbe Stunde brauchte. Die Menschen, die dort lebten, hatten entweder wegzuziehen, oder sie fielen mitsamt ihren Hütten aus Lindenholz und ihren paar Schafen und Schweinen unter die Militärfron. Und dieses Joch war noch schwerer als das, welches der Minister Kolowrat in Wien der entlassenen serbischen Miliz im Temesvarer Banat hatte auferlegen wollen.

Trifun hatte unweit von Petars Siedlungsplatz etwa dreihundert Joch Boden, fünf Wassermühlen und ein ganzes Dorf voller russischer Bauern bekommen, unter denen er seine Leute ansässig gemacht hatte. Diese wiederum entfalteten einen schwunghaften Handel mit den mitgebrachten Spaten, Sicheln und Hacken. Sie waren aus Eisen und erzielten hohe Preise.

In dieser an Eisenerz so reichen Gegend waren Äxte selten.

Pavle, der in Kiew das meiste Geld besaß, war bei der Landverteilung am schlechtesten weggekommen.

Er hatte sich in Kiew beim Würfeln mit einem der lustigsten und beliebtesten Spieler befreundet: dem Kosakenhetman Ukschumowitsch. Dieser junge Offizier, ein Landsmann von Isakowitsch und bäuerlicher Herkunft, hatte seine reiche russische Frau auf einem Ball kennengelernt. Er konnte zwei Pferde überspringen, war schlank und schön, mit sprechenden Augen.

Er war es, der seinerseits Pavle dazu überredet hatte, ein Haus zu bestellen, wie man einen fertigen Taubenschlag aus Lindenholz bestellte. Das Haus stand am Ausgang aus Bachmut und wartete auf Pavle. Jeder, der diesen befestigten Ort verließ, mußte an der Holzbrücke vorbei, von der ein Pfad bis zu Pavles Haus führte. Es war von einem Garten umgeben, der an ein Wäldchen grenzte. Auch dieses Wäldchen gehörte Pavle, nach der Zeichnung der Parzelle zu schließen, die sich sanft zur Stadt herabsenkte.

Ukschumowitsch erzählte Pavle, in ein, zwei Jahren werde diese Straße nach und von Bachmut voller Obstbäume stehen. Und Zimmerleute und Schmiede würden ihre Werkstätten eröffnen. Bachmut werde Pavles Garnison sein, sagte er.

Dieser junge Hetman machte den Eindruck eines kindlichen, unernsten Verschwenders und Glücksspielers. Zu Pavle sagte er, sein einziger Wunsch im Leben sei, sich von seiner Frau einen Vierspänner kaufen zu lassen, die Zügel in die Hand zu nehmen wie die Raschkowitschs in Neusatz und den Russen zu beweisen, daß es nicht taugte, mit drei Pferden zu kutschieren. Vier mußten es sein!

Ukschumowitsch, der fast Analphabet war, hatte Kostjurin ein Elaborat vorgelegt, wonach alle Zugewanderten Kosaken werden sollten.

Den Adoptivsohn von Vuk Isakowitsch schätzte er sehr und bemühte sich, ihn mit einer Russin zu verheiraten. Es gebe keine besseren Frauen, sagte er.

Der Edle Isakowitsch hatte ein seltsames Gefühl, als er während der Manöver das Haus besichtigte, in dem er von nun an leben würde. Es unterschied sich nicht von den anderen Häusern in Bachmut und der Bachmuter Provinz. Es war festgefügt aus Lindenholz, noch duftend und vorerst ohne Türen und Fenster. Es leuchtete weiß und gelb am Weg vor den Wäldchen, die schon die ersten Blätter verloren. Ein Haus wie andere – aber völlig leer. Ohne ein Möbelstück, ohne eine Menschenseele.

Ukschumowitsch hatte für Pavle auch zwei Bedienstete ausfindig gemacht, Landsleute, die mit Russinnen verheiratet waren und sich auf Pavles Territorium niedergelassen hatten. Sie hatten begonnen, den Boden zu beackern und Raine zu ziehen. Pavle machte zu Pferd eine Runde um seinen Besitz. Die Rodung um das Haus war voller Eichhörnchen. Die Rotröcke kamen bis zu Pavles Hand gehüpft, als er sich auf die Schwelle setzte.

Hier also würde er den nächsten Winter verbringen und von nun an leben.

Dieses leere, fensterlose, von hohem Gras umgebene Haus war bedrückend. Er irrte durch die Räume, und seine Schritte hallten dumpf wider, als wäre noch jemand im Haus, aber immer in einem anderen Zimmer. Der Edle Isakowitsch blieb auch vor den leeren Fensterhöhlen stehen. Unter ihm waren Felder und das Städtchen, über ihm Wäldchen mit gelbem Laub, gefällten Stämmen und Baumstümpfen im Gras.

Es gab weit und breit keine Nachbarn.

Als er sich dann in der Dämmerung aus den leeren Fenstern beugte, war alles von Düsternis verschluckt: Bachmut, die Straße, die Wege und die gelben Wäldchen. Am Himmel zeigten sich früh die bleichen Sterne. Dieser Tage war Neumond.

Unter dem Eindruck von alldem fühlte Isakowitsch später auf dem Heimweg nach Kiew, daß für ihn und seine Vettern ein Lebensabschnitt zu Ende ging. Ein neues Leben würde beginnen. Jurat würde – Pavle ahnte es – nur noch für das Militär, für sein Regiment dasein und immer weniger für Ana, die ihn nur nachts zu sehen bekommen würde. Trifun würde sich immer mehr verändern und bis zum Schluß sein neues Junggesellendasein genießen, wie es damals die Witwer – nur Pavle bildete darin eine Ausnahme – in aller Öffentlichkeit führten. Sobald Andreowitsch in Bachmut auftauchte, würde Jurat anstelle von Frau Sofika etwas anderes, aber ebenso Junges finden. Bis er eines Tages bei einem Duell erschossen oder von seinen Landsleuten totgeprügelt wurde.

Pavle wollte nicht mehr daran denken.

Von diesen Manövern kehrte er mit einem Gefühl der Vergeblichkeit aller Dinge nach Kiew zurück, wie es die Menschen zeitweilig überkommt, wenn sie eine Absicht nicht verwirklichen konnten und alles entgegen ihren Wünschen ausgefallen ist. Pavle hatte sich eingebildet, daß nicht das blinde Schicksal, sondern er persönlich sie alle nach Rußland geführt hatte, und er sah mit Unmut, wie man ihre Ansiedlung betrieb und an welchem Ort sie ihr Leben beschließen würden. Dieser stolze, aber ungewandte Offizier legte keinen Wert auf den reichen Landbesitz, den man ihnen nach dem Plan von General Bibikow übereignet hatte. In seiner Eitelkeit war dieser Isakowitsch auf etwas ganz anderes aus.

Sich vor allen anderen auszuzeichnen. Die Not Serbiens namhaft zu machen.

Rache an Garsuli zu nehmen.

Wien zu beweisen, was es an ihnen verloren hatte!

Wie auch Petar hatte Pavle den unstillbaren Wunsch, der russischen Zarin Jelisaweta vorgestellt zu werden. Einigen Zuwanderern war das bereits gelungen, und Pavle hatte dasselbe für sich erhofft.

Angesichts all der Ungelegenheiten mit und um Kostjurin begann diese Hoffnung zu schwinden. Er würde wohl nie nach Sankt Petersburg gelangen. Sein Traum würde nicht wahr werden. Zumal er drauf und dran gewesen war, vorzeitig suspendiert zu werden. Mit einer Invalidenpension von dreihundert Rubeln jährlich, wie sie ihm als Rittmeister zustand.

Die Zukunft zeigte sich ihm jetzt in den Umrissen von Bachmut. Ein Leben, wie es Ukschumowitsch führte, sorglos, beim Spiel, beim Reiten, auf der Jagd, beim Manöver.

Wer das nicht wollte, konnte ans Asowsche Meer gehen und sich, nächtlicherweile, Schlachten mit den Tataren liefern. Petar Tekelija hatte sich für den Kaukasus im Schnee entschieden.

Wie dem auch sei, der Edle Isakowitsch konnte bei all seiner mangelnden Bildung behaupten, während der Manöver von Mirgorod einiges gelernt zu haben. Er sah ihrer aller und auch sein eigenes Ende in Rußland voraus. Und es war genauso, wie es auch in Österreich gewesen wäre.

Die einen würden an die polnische Grenze gehen, um die Mushiks einzufangen, die der Leibeigenschaft in der Ukraine zu entfliehen versuchten. Die anderen würden an der moldauisch-türkischen Grenze ihr Leben lassen. Sie würden das russische Volk, Moskau, Sankt Petersburg weder sehen noch kennenlernen. Eine unsichtbare Mauer schien zwischen ihnen und dem russischen Volk zu stehen – der Bruderkuß war ihnen verwehrt, sie waren und blieben Söldner, und ihre Nachbarn waren und blieben Kosaken und Tataren.

Sie waren weiter von ihrem Serbien entfernt, als sie es in Sirmien und an der Maros gewesen waren.

Sie würden ihr Blut vergießen, und ihre Spuren würden sich in der herbstlichen Steppe, am Asowschen Meer verlieren.

Ein Mensch indes auf der Höhe seiner Lebenskraft ist nicht bereit, seine Hoffnungen und Jugendträume einfach aufzugeben. Ein Schwimmer, der sich zum jenseitigen Ufer aufgemacht hat, wird nicht umkehren, selbst wenn ihn Atemnot und Schwäche zu übermannen drohen. Und so war die zweite Hälfte im Leben der Vettern Isakowitsch, wie im Leben vieler Männer, noch bewegender und von größerer Tiefe als die erste. Bewegender als ihre Jugend.

Nur wissen wir nichts über diese zweite Lebenshälfte.

Nach jenen Manövern werden sie in den Dokumenten der Zeit noch ein paarmal erwähnt, dann verliert sich ihre Spur wie die so vieler anderer, die ihr Vaterland verließen.

Wir wissen lediglich, daß die Vettern Isakowitsch sich auch dann nicht von Rußland lossagten, als sie begriffen hatten, welches Geschick sie in den Siedlungen am Donez erwartete. Nirgends ist vermerkt, daß sie zurückkehrten. Sie waren also entschlossen, ihrem russischen Traum bis zum Tod treu zu bleiben.

Unter den Zuwanderern, die damals wie eine Flut in die russische Armee und nach Sankt Petersburg drängten, wurden die Serben immerhin gut aufgenommen. Wie die österreichische Armee zu Beginn des 18. Jahrhunderts Serbien abwechselnd befreite, okkupierte, verlor und verriet, von fremden Kommandeuren befehligt wurde, den diversen Savoyen, Lothringen, Hamilton, Marulli, Hohenlohe, Wallis oder Sukow, so war es auch in Rußland. Der Edle Isakowitsch verlor dennoch nicht die Hoffnung, daß die Russen eines Tages in Serbien und Montenegro einziehen würden. Horvat, Schewitsch und Preradowitsch konnten mit dem Empfang, den man ihnen in Rußland bereitete, und mit den Schenkungen, die man ihnen gemacht hatte, wirklich zufrieden sein. Auch sie waren zwar Fremde, den Russen galten sie aber als Brüder, als Verwandte und wurden entsprechend verhätschelt. Bei aller strengen Disziplin in der russischen Armee, der sich die Fremden ebenso zu beugen hatten, wurden die Pläne und Vorschläge der Generale Horvat und Schewitsch, des Bischofs Vasilije und sogar Bestuschews erst nach einigen Jahren als vorerst unrealisierbar verworfen. Das Vermächtnis Peters des Großen, das keiner gesehen hatte, aber jeder kannte, war nicht in Vergessenheit geraten. Der Hof wußte davon, die Zarin, die Schuwalows und selbst Kostjurin.

In jenem Jahr 1753 unterzeichnete die Zarin noch jeden ihr vorgelegten Akt zugunsten der serbischen Ansiedler. Oder vielmehr war es der Kanzler Bestuschew, der seinen Namenszug daruntersetzte. Die Zarin, obwohl sie auch Elegien verfaßte, war so schreibfaul, daß sie für einen Brief drei Jahre benötigte.

Bei allen Ungelegenheiten, die er in Kiew hatte, mußte der Edle Isakowitsch einsehen, daß es nicht die Schuld der Russen, sondern seine eigene war, wenn er nicht mit Serbien im Gepäck nach Sankt Petersburg gelangen konnte.

Er verhehlte ebensowenig wie sein Vetter Petar, daß er nichts sehnlicher wünschte, als von der Zarin empfangen zu werden und ihr die Not seines Volkes vor Augen zu führen, das in der türkischen Sklaverei auf ihre Hilfe wartete.

Einige seiner Landsleute waren ja schon bei den Zarinnen Anna und Jelisaweta vorgelassen worden, und auch noch anderen konnte ein solches Glück widerfahren, selbst wenn er dazu verdammt war, sein Leben mit der Magd Scholobows in der Einsamkeit von Bachmut zu beschließen. Bei den Offizieren des Stabsquartiers hatte sich Pavles fixe Idee bereits herumgesprochen. Er schien die Imperatorin für ihre, der Serben, Mutter zu halten. Die nicht nur zahllose Brillanten besaß, sondern auch Ländereien bis nach Kamtschatka und eine Armee von der Größe Sibiriens.

Bei der Rückkehr von Mirgorod nach Kiew hatte Pavle – und einigen wenigen seiner Landsleute erging es ähnlich – eine weitere böse Vorahnung.

Es stand nicht in seiner Macht, es würde und konnte ihm nicht gelingen, seinen Vettern und ihren Frauen in Rußland ein glückliches Leben zu sichern.

Er wußte nicht, und es hing nicht von ihm ab, was aus Jurat und Petar und dem alten Trifun werden sollte. Sie alle waren jetzt wie Sandkörner am Ufer eines Ozeans. Sie teilten als einzelne das Schicksal der großen Gemeinschaft serbischer Einwanderer und der noch größeren Gemeinschaft der russischen Armeen.

Bei einer Begegnung während der Mirgoroder Manöver hatte der Protopope Bulitsch zu ihm gesagt: »Deine Geschichte in Rußland, mein Sohn, wird sich in die Geschichte vieler verwandeln.« Und die alte Generalin Schewitsch, die Zeugin ihres Gesprächs war, hatte hinzugefügt: »Die Romanze, die von Ihnen, von Ana und von Varvara handelt, wird in die Romanze über alle Zugewanderten eingehen.«

Pavle hatte keine Ahnung, was eine Romanze war – und wollte nicht danach fragen –, aber er hatte gehört, daß diese alte Dame des Französischen mächtig war, und er erriet, daß sie da, die Literatur zu Hilfe nehmend, das Aufgehen von etwas Kleinem in etwas Großem, Allumfassendem hatte ausdrücken wollen. In dem Wäldchen hinter seinem zukünftigen Haus gab es nicht nur ein Eichhörnchen, sondern viele, die auf ihren buschigen Schwänzen hockten. Sie schienen ohne Zahl auf dieser Welt zu sein.

Die Schicksale der Familie Isakowitsch, ihre Liebesaffären, ihre Totenfeiern, ihre Freude und ihr Schmerz würden nicht mehr, wie in Sirmien und Temesvar, etwas Besonderes, Einmaliges, Unwiederholbares sein, sie würden aufgehen in einem neuen, gemeinsamen Auswandererschicksal, das sie alle miteinander verkettete und gleichermaßen glücklich oder unglücklich machte.

Beim Anblick des Dnjepr auf dem Heimritt aus Mirgorod fühlte der Edle Isakowitsch, daß er nicht mehr derselbe war. Bis eben noch hatte er das Leben eines Witwers und Sonderlings geführt – einsam wie ein Wolf, ein Schmetterling, ein Bach –, nun aber würde er in den allen gemeinsamen Dnjepr eingehen, das war es wohl, was die alte Schewitsch im Sinn gehabt hatte. In einen Fluß des Lebens, der von Kiew an bis hin zum Meer alles mit sich forttrug, den Sommer, den Herbstanfang, das welkende und fallende Laub der Espe in Scholobows Hof.

Die Manöver der neu aufgestellten serbischen Regimenter

in Mirgorod und seiner Umgebung hatten Pavle eine Armee vor Augen geführt, die nicht annähernd so prächtig war wie die österreichische. Bis auf das fünfte Kiewer Grenadierregiment des Fürsten Repin, das sie sogar an Prunk übertraf. Diese neue russische Armee war indes ganz offensichtlich härter, kampfesmutiger, ausdauernder als diejenige, welche Engelshofen zur Verfügung stand, oder als Serbellonis Kürassiere. Wie auch hier die Sonne heißer brannte, die Gewitter heftiger tobten und der Dnjepr mächtiger dahinströmte als alle nach dem Plan des Grafen Mercy regulierten Flüsse.

Die Märsche waren länger, die Kommandeure strenger, die Pferde ungestümer, der Schlaf kürzer, die Verpflegung kärglicher, sie konnte beim Manöver auch ganz ausfallen. Obwohl das Reglement den Kampf Mann gegen Mann theoretisch untersagte, hatte es bei diesem Kriegsspiel auch Verwundete gegeben. Die in den Generalstabskarten vorgezeichneten Scharmützel an Brücken und Flußübergängen waren so erbittert gewesen, daß sie sogar Tote gefordert hatten.

Fünf Tage lang hatten Bibikows Geschütze nicht geschossen, sondern verrückt gespielt. Wolken von Gewehr- und Kanonendampf hatten über dem Ingul geschwebt.

Im Grenadierregiment des Fürsten Repin kursierte der Witz, daß man durch Bibikows Kanonade sogar von der Latrine gescheucht wurde. Er brachte es fertig, den Geschützlauf auch auf einzelne zu richten. Er konnte nicht an sich halten, wenn sich irgendwo etwas bewegte.

Unter dem Eindruck der Belobigungen und der Feiern am Ende der Manöver herrschte im Stabsquartier von Vitkowitsch eitel Freude, und man munkelte, die Frühjahrsmanöver 1754 würden noch größer sein, und die Zarin selbst werde nach Kiew kommen.

Das Thema, erzählte Vitkowitsch, werde der nächste Krieg gegen Preußen sein.

Obwohl also ein preußischer Krieg bevorstand, sagte Vitkowitsch tröstend zu Pavle, die Serben, das heißt die Türken, seien nicht vergessen, und man werde mit Anbruch des Frühlings die serbischen Regimenter an die moldauische Grenze abkommandieren.

Und wirklich war es so, daß diese russischen Offiziere und jungen Fürsten, die nur das Spiel und die Frauen im Kopf zu haben schienen und sich albern um einen Platz in Kostjurins Eskorte drängten, ernstlich aufmerkten, sobald Pavle von der Türkei sprach. Sie hatten keine Ahnung von Belgrad, noch weniger von Serbien und den Völkern auf dem Balkan.

Aber sobald die Rede auf diesen Krieg gegen die Türkei kam, der eines Tages fortgesetzt werden mußte, hatten diese jungen Russen denselben Gedanken wie Pavle, sahen sie in ihrer Phantasie dasselbe Bild vor sich. Es war in ihr Gedächtnis eingegraben, auf ihre Stirn geschrieben, stand am Grund ihrer Augen.

Es war das Bild, das Peter der Große seiner Armee als Vermächtnis hinterlassen hatte.

Es brannte in ihrem Bewußtsein wie im Dunkeln das Feuer ferner Vulkane. Sobald es erwähnt wurde, verstummte jedes Lachen. Es hatte keinen christlichen oder sonst religiösen Inhalt, wie die Philosophen im Okzident am Ende des XVIII. Jahrhunderts meinten. Es war vielmehr ein Symbol, ein Zeichen für die Größe Rußlands und seine militärische Macht.

Das Kreuz auf der Hagia Sophia!

XI

Der Edle Isakowitsch bei der Imperatorin

Nach den Manövern in Mirgorod figurierte Isakowitsch im Protokoll des Stabsquartiers von Vitkowitsch als Instrukteur einer halben Grenadierkompanie in Kiew.

Sie hatten Angriffsübungen durchzuführen.

Die Kompanie hatte den Feind frontal zu attackieren und unter Feuer zu nehmen, während sie selbst von den Flanken aus beschossen wurden. Kostjurins Idee war, daß sich das Fußvolk daran gewöhnte, daß ihm die Kugeln um den Kopf flogen, während es weitermarschierte bis zum Bajonettkampf Mann gegen Mann.

Bibikow hatte Kostjurin vorgeschlagen, mit seinen Geschützen die Formationen zu begleiten und über ihre Köpfe hinwegzuschießen, bis sie dicht an den Gegner heran waren. Sowohl Bibikow als auch Kostjurin kalkulierten ein, daß es bei diesen Übungen mit scharfer Munition auch Tote geben konnte. So war es halt. Der Mensch lernte, solange er lebte. Ihrer beider Vorschlag wurde im Kollegium präsentiert.

Dieser Tage war Wischnewski im Stabsquartier aufgetaucht und hatte angeregt, daß man den russischen Instrukteuren auch den einen oder anderen aus Österreich gekommenen Offizier an die Seite stellte. Zum Beispiel Isakowitsch. Er kenne diesen Offizier aus Tokaj und wisse, daß er in einer österreichischen Festung namens Graz die Kunst des Kreuzfeuers erlernt hatte.

Vitkowitsch wußte zwar, daß alle sirmischen Husaren Österreich verlassen hatten, als man ihnen androhte, sie aus der Reiterei ins Fußvolk zu stecken, aber mit Tagesbefehl vom 20. September 1753 setzte er Isakowitsch als Kommandeur über diese Halbkompanie ein. Nach den Manövern bei Mirgorod hatte Pavle um eine Audienz bei der Zarin ersucht, und Vitkowitsch, der alt geworden war, ohne jemals dieser Ehre teilhaftig gewesen zu sein, betrachtete Pavles Ansinnen als unerhörte Dreistigkeit.

Da Pavle Empfehlungsschreiben des Grafen Keyserling aus Wien für den »Général-en-chef« Peter Spiridonowitsch Sumorokow, Mitglied des Kriegskollegiums in Sankt Petersburg, und für den» Général-en-chef« Stepan Fjodorowitsch Apraxin, Vizepräsident des nämlichen Kollegiums, besaß, wagte es Vitkowitsch nicht, sein Gesuch ad acta zu legen, sondern präsentierte es Kostjurin, der sich über Pavle und all diese Serben lustig machte. Alle wollten nur die Zarin sehen und eine Audienz haben.

Dafür war noch Zeit, wenn sie Generale geworden waren!

Pavles Ernennung zum Instrukteur genehmigte er freilich.

Statt nach Sankt Petersburg zu reisen, setzte also der Edle Isakowitsch mit der Fähre ans andere Dnjeprufer jenseits der Truchanow-Insel über, wo die Halbkompanie Grenadiere schießen übte. Mit scharfer Munition. In Wolken von Schießpulverdampf.

In den frühen Morgenstunden dieser Septembertage erwachte Isakowitsch also und ritt nach seiner Morgentoilette zu den Fähren hinunter, setzte über den Fluß und beaufsichtigte die zwei Reihen Grenadiere, deren erste schoß, während die zweite lud.

Pavle schwieg fast immer.

Mit den Vorderladern umzugehen war nicht leicht, zumal die Schießbaumwolle, die in den Lauf gestopft wurde, mit den Zähnen zerrissen werden mußte. Und das alles geschah beim Marschieren.

Es gab viel Gelächter, wenn die Kompanie von der Flanke zu tief zielte und ihre Munition in der Morgenluft unter der Nase des Instrukteurs abfeuerte, aber nach zwei bis drei Wochen lief alles, als tanzten diese schweren Grenadiere Ballett.

Da Isakowitsch höflich grüßte, immer freundlich war und in seine Rede russische Vokabeln einflocht, die er von Scholobows Magd gelernt hatte, faßten die Instrukteure Zutrauen zu diesem fremden und wortkargen Offizier. Nach wenigen Tagen stellte ihm keiner mehr Fragen.

Schwer war für Isakowitsch nur der Anblick Wischnewskis zu ertragen, der dieser Tage nach Sankt Petersburg abreisen wollte und wie aus lauter Bosheit kam, um die Übungen zu inspizieren. Isakowitsch mußte vor ihm salutieren, obwohl Wischnewski ganz unverhüllt über ihn lachte.

Pavle entschloß sich, Vitkowitsch alles zu erzählen, was sich in Tokaj mit Wischnewski begeben hatte, und um Urlaub wegen Krankheit zu ersuchen, bis Wischnewski in die Hauptstadt abgereist war. Der Alte jedoch war entsetzt über das, was er von Wischnewski hören mußte, und befahl Pavle, schweigend auszuharren.

»Sieh zu«, sagte er, »daß du dich nicht völlig zugrunde richtest. Du hast schon einige Feinde in Kiew, die dich bei Kostjurin anschwärzen.«

Isakowitsch hielt sich also zurück, aber er ahnte, daß der Haß zwischen ihm und Wischnewski böse enden würde. Das Messer, das er im Stiefel trug, flüsterte ihm dieses und jenes zu.

Er bemühte sich also um Ruhe, saß ab und marschierte mit der Kompanie, die rhythmisch ausschritt, lud und Salven abfeuerte und alles tat, um den Instrukteuren ein perfektes Kreuzfeuer vorzuführen. Es gefiel ihm, auf der Seite der Angegriffenen zu stehen, die über die Köpfe der Gegner hinwegschossen und im letzten Augenblick mit aufgepflanztem Bajonett ein Karree bildeten. Bei diesen Übungen gewann er das Fußvolk lieb und genoß den Augenblick, da er mit den Soldaten reglos stand und der Attacke aufs Messer entgegensah. Stehen und keinen Schritt zurückweichen – obwohl man damals rhythmisch, unter Feuersalven, den Rückzug antrat – erschien Isakowitsch als das Geheimnis des Sieges. Er fühlte förmlich, wie sein Zopf bebte, wenn er im Pulverdampf reglos wartete, bis der Gegner auf zwei Schritt heran war.

Vitkowitsch war völlig außer sich, als ihm Pavle eines Tages sagte, er sei bereit, von der Reiterei zum Fußvolk überzuwechseln.

Mitte Oktober jedoch ging Kostjurin auf den Vorschlag ein, diese Übung mit scharfer Munition bei den Frühjahrsmanövern zu demonstrieren. Zu diesem Zweck wurde eine spezielle Kompanie – wie eine Balletttruppe – aufgestellt, und Isakowitsch wurde wieder auf die Invalidenliste gesetzt.

Pavle erlebte jeden Morgen dieses Kiewer Herbstes mit Wehmut im Herzen, wie jemand, der eine Stadt in absehbarer Zeit verlassen mußte.

Am Tag des Heiligen Stefan Štiljanowitsch, des liebsten Heiligen der Familie Isakowitsch, schrieb er zum letztenmal seinem Adoptivvater Vuk Isakowitsch. Er versprach, jeden seiner Wünsche zu erfüllen. Wieder zu heiraten, sobald sich eine Gelegenheit ergab.

Um den alten und kranken Vuk zu erfreuen, meldete er auch, daß er auf eine Begegnung mit der Zarin hoffte. Er habe ein Haus in Bachmut, wo er in Glück und Freuden leben werde.

Dieser Brief ist aus dem Stabsquartier von Vitkowitsch niemals nach Neusatz abgegangen.

Pavle verbrachte also den Oktober noch im Kiewer Haus des Kaufmanns Scholobow. Die letzten Tage in diesem Haus müssen traurig für ihn gewesen sein wie dieser ganze Herbst, denn es macht nicht froh, ein Haus zu verlassen, das man voller Freude bezogen hat und aus dem man ausziehen muß, kaum daß man sich daran gewöhnt hat.

Und auch dieser Herbst in Kiew war nicht so, wie er ihn in Wardein gewöhnt war. Dort war alles lau, sanft, hell und still gewesen, und der Herbst war lautlos im Rascheln des fallenden Laubs vergangen. In Kiew war alles gewaltig, und um Scholobows Haus blühten die Rosen auch im Oktober. Die Sonne stand abends so hoch über dem Dnjepr, daß man glauben mochte, es würde die ganze Nacht hell bleiben.

Wie viele Städte, die zwischen Hügeln am Wasser liegen, hatte Kiew unwirkliche Züge an sich. Die Kirchen mit ihren goldenen Türmen wie die serbischen Klöster, voller goldener Ikonen und bunter Farben, waren märchenhaft. Und da sie auf den Hügeln standen, wirkten sie noch märchenhafter. Und all das loderte im Gelb und Rot der welken Blätter.

Auch die Dnjeprinsel war im Herbst durchsichtig wie Glas. Die Pappeln auf dieser Insel und am Hang des Hügels standen in militärischer Ordnung. Isakowitsch mit seinem Regiment traf hier nur wenige Hütten an.

Sie ließen ihn seine Einsamkeit noch tiefer empfinden.

All seine Schwermut war die Folge des totalen Mißerfolgs in seinem und seiner Vettern Privatleben. Im Lodern der herbstlichen Luft über Kiew begrub Isakowitsch alle Hoffnungen, mit denen er für Jurat und Petar und für sich selbst hergekommen war.

Er als Witwer hatte in seinem rastlosen Wanderleben für sich selbst nichts mehr zu erwarten. Auf seinem Weg war er vielen Menschen begegnet – Trandafil, Bozitsch, Koptscha, Agagijanijan, Ziminski, Wolkow –, aber keiner hatte eine Spur hinterlassen. Sie waren gekommen und gegangen, ohne tieferen Sinn. Er hatte unterwegs auch Frauen getroffen, mehr denn je zuvor Frau Femka, Evdokija, Fräulein Thekla, von den anderen ganz zu schweigen –, und alle waren gekommen und gegangen wie die Dienstmädchen, die er gehabt hatte.

In jenem Jahr in Kiew betrachtete Isakowitsch sein persönliches Leben als verspielt – wie einen verlorenen Taler beim Pharao – und er gab auch nicht mehr viel für das Leben derer, die er liebte und nach Rußland gebracht hatte.

Weder Ana noch Varvara, weder Jurat noch Petar und nicht einmal Trifun waren glücklich.

Dieser Mann, der beim Aufbruch aus Temesvar so stolz und selbstsicher und zielbewußt seine Schritte gesetzt hatte, war jetzt in Kiew hoffnungs- und willenlos und so verwirrt, daß er stotterte und keinen Satz beenden konnte.

Sprach er mit jemandem, so lächelte er ohne Grund und blickte abwesend. Was der Familie im Haus des Kaufmanns Scholobow aufgefallen war, entging nun auch den Offizieren im Stabsquartier nicht mehr. Er war traurig, friedlich, still, und seine Schläfen waren vorzeitig ergraut. Und seine Augen waren von einem geradezu unnatürlichen Blau.

Es kam vor, daß Vitkowitsch wiederholen mußte, was er ihm gerade gesagt hatte. Pavle zuckte dann zusammen und entschuldigte sich.

Isakowitsch klagte, als wäre auch er vom Pferd getreten worden, häufig über Kopfschmerzen, die ihn nachts nicht schlafen ließen. Trikorfos, der griechische Stabsphysikus in Kiew, der einige Zeit in Italien gelebt hatte, sagte im Vertrauen zu Vitkowitsch, Pavle leide, wie es Witwern bisweilen geschah, an Melancholie. Und als Vitkowitsch den Arzt bat, ihm diese Krankheit – von der er jedoch annahm, daß man auch sie wie so viele andere aus dem Urin lesen könne – näher zu erklären, schüttelte der Grieche den Kopf und sagte, das sei fast unmöglich. Aber er schrieb für Vitkowitsch die Bezeichnung in kalligraphischen Großbuchstaben auf: MELANCHOLIE.

Wer an dieser Krankheit litt, sagte er, konnte ein ausgezeichneter Offizier sein, besonders bei der Attacke, taugte aber nichts bei der Parade, verlor beim Spiel und war vom Selbstmord bedroht. Wenn diesen Offizier, seinen Verwandten, so erläuterte Trikorfos gegenüber Vitkowitsch, eines Tages die Rage packte, konnte er Kostjurin an die Kehle gehen.

Am besten sei es, ihn so bald wie möglich nach Bachmut zu schicken, aber nicht in das Serbisch-Ungarische Regiment Nr. 35, sondern in den Ruhestand, mit Invalidenpension.

So ein Mensch sei auch den Frauen gefährlich. Man dürfe ihn auf keinen Fall Kostjurins Töchtern vorstellen.

Entgegen den Erwartungen des Physikus jedoch erledigte Isakowitsch – wie ein Zugvogel ans Umherwandern gewöhnt – rasch und ruhig seine Angelegenheiten vor dem

Aufbruch nach Kiew. Die Dinge, die er in Kiew besorgt hatte, wurden Tag für Tag von seinen Husaren wie das Erbe eines Verstorbenen abtransportiert. Kissen, Jagdgewehre, Teppiche, Geschirr und Fenster aus deutschem Glas. Nach Bachmut wurde auch Scholobows Magd entsandt.

Isakowitsch hielt diese kräftige Beischläferin vor jedermann verborgen, doch er hatte sie liebgewonnen.

Wie einem Kind erzählte sie ihm zum Einschlafen Märchen von einem Prinzen, der mit Drachen kämpfte. In diesen Märchen liebte Pavle besonders einen alten Mann, der in seinem Schloß saß und die Fäden der Nacht aufwickelte. Sobald dieser Alte das Knäuel aufgewickelt hatte, so erzählte das Mädchen, werde es tagen.

Wenn sich auch dieser schmucke Offizier aus der Kiewer Gesellschaft zurückgezogen hatte und seine Zeit mit dem Buch über Chrysostomos und mit der Dienstmagd – sie war die Tochter eines armen Fischers aus Podol – verbrachte, regelte er ebenfalls Petars Angelegenheiten schneller und leichter als erwartet. Sie beide wurden für ein Jahr von jeder Beförderung ausgeschlossen. Kostjurin, dem zu Ohren gekommen war, daß Petars rothaarige Bojarin ihr erstes Kind verloren hatte, betrachtete das als ausreichend.

Während all dieser Zeit existierten zwei Welten an völlig verschiedenen Orten parallel nebeneinander her.

In der einen Welt, um Mirgorod herum, in den befestigten Orten Bachmut und Donezkoje, lebten traurig oder fröhlich, schlafend oder wachend seine Landsleute in ihren Häusern, mit ihren Frauen und Kindern und Bediensteten, mit Pferden, Stuten und Fohlen, wie man halt im Oktober in Mirgorod und am Donez lebte. Pavle hatte all diese Menschen bei den letzten Manövern in Mirgorod getroffen. So sah die Wirklichkeit der serbischen Siedlungen aus.

Aber diese Menschen existierten auch im Protokoll des Kiewer Stabsquartiers, in den Akten, in der Tinte der Paragraphen. Und nach diesen Paragraphen änderten sie sich, lachten, weinten, starben. Kraft dieser Faszikel, Akten, Paragraphen und Papiere, die aus Sankt Petersburg eintrafen, herrschte Gott über diese Menschen.

Auf dem Papier standen all diese Menschen unter dem

Datum, mit welchem sie eingetragen waren, bis zu ihrem Tod. Doch das Leben ging weiter.

Der Zustrom der Ansiedler aus Österreich indes war versiegt.

Engelshofen teilte in Temesvar Haftbefehle aus, und der Abzug der serbischen Offiziere hatte Maria Theresia aufgeschreckt. Ende September 1753 sah man in Kiew, daß nach den mehreren tausend Auswanderern – alle mit Familien – bestenfalls noch ein paar hundert kommen würden.

Die Mär von der Umsiedlung der Montenegriner fand in diesen Tagen ein trauriges Ende.

Obwohl Pavles Dasein in Kiew gewissermaßen zum Stillstand gekommen war, hatte er einige Erlebnisse, die er dann während des Winters erzählte, die aber in der Familie vergessen wurden, wie auch Pavle selbst ein paar Jahre später bei seinen Angehörigen in Neusatz und in Ruma in Vergessenheit geriet, als hätte er nie existiert.

Anfang Oktober, als Pavle glaubte, für ihn sei mit dem Abzug nach Bachmut alles zu Ende, zeitigten die Papiere über ihn ihre Wirkung, die Wolkow an Kostjurin und an das Kollegium adressiert hatte.

Während seines Aufenthalts in Kiew nahm Wischnewski Kenntnis von alldem.

In diesen Papieren, verfaßt vom Grafen Keyserling, dem Sekondesekretär des Herrn Alexei Stepanowitsch Wolkow, war die Rede von der Aussiedlung der Montenegriner und ihres Bischofs Vasilije nach Rußland und von Isakowitsch neben anderen Offizieren, die sich dafür eingesetzt hatten. Wolkow schlug vor, daß man Isakowitsch den Montenegrinern in die Stadt Moskau nachschickte und ihn befragte, ob er Nachrichten über den Rittmeister der illyrischen Reiterei Ivan Podgoritschanin habe, den er Keyserling anempfohlen hatte. Der venezianische Botschafter in Wien war voller Sorgen, und ebenso der Providur Venedigs in Kotor, Gran Antonio Moro. Der Providur Dalmatiens, Grimani, schickte Briefe an den Wiener Hof über den Wunsch der Rechtgläubigen auf der venezianischen Seite, nach Rußland auszusiedeln.

Isakowitsch spielte in diesen Akten und Intrigen eine ganz unbedeutende Rolle, aber er fand unter den anderen deshalb

Erwähnung, weil man fälschlicherweise annahm, die Pläne des Bischofs Vasilije seien ihm wohlbekannt. Jemand hatte auf dem Aktenweg zwischen Wien und Petersburg auch hinzugefügt, Pavle kenne alle nach dem Plan des Grafen Matthäus Johann Schulenburg errichteten österreichischen und venezianischen Festungsbauten.

Der Bischof Vasilije indes hatte in diesem Herbst in Moskau kein ruhiges und bequemes Leben mehr, sondern die Polizei auf den Fersen. Müde, enttäuscht, verarmt, hatte er im Januar 1753 das Kollegium gebeten, sich von nun an um die Montenegriner zu kümmern und Montenegro unter seine Protektion zu nehmen und ihn nach Hause zu lassen. Und mit diesem Ansuchen hatte er sich verdächtig gemacht und zugrunde gerichtet.

Einige seiner ausgehungerten Leute – so berichtet Pischtschewitsch – hatten das Haus der reichen Witwe Stroganowa überfallen und damit einen großen Skandal heraufbeschworen. Einige Offiziere aus der Umgebung des Bischofs in Moskau hatten den Hochwürdigsten beschworen, diese Schande nicht zu dulden und nach Montenegro zurückzukehren.

Isakowitsch wurde im Stabsquartier über Vasilije verhört.

Pavle konnte sich an das Lazarett erinnern, in dem er die Montenegriner gesehen hatte, und an ihre Redeweise, die ihm tagelang in den Ohren geklungen hatte, weil sie ihm so viel schöner als seine eigene erschienen war.

Alles endete damit, daß er Erkundigungen nach den Montenegrinern anstellte, vor allem nach einer gewissen Joka, der Frau von Stane Drekov. Im Stabsquartier von Vitkowitsch jedoch wußte niemand, wo sich diese Aussiedler jetzt befanden. Man meinte, sie seien Vasilije nach Moskau gefolgt. Niemand hatte in Kiew diese Frau mit den großen grünen Augen und den aschfarbenen Wimpern gesehen.

Nach diesem Verhör wurde über Pavle geredet, er sei nicht ganz bei Sinnen. Im Stabsquatier war es zu einer unliebsamen Szene zwischen Isakowitsch und einem gewissen Leutnant Gavrilo Bozitsch aus Titel gekommen, der während eines Besuchs bei seiner Familie in Österreich verhaftet worden und erst kürzlich nach Kiew zurückgekommen war.

Als er das Dienstzimmer von Vitkowitsch verließ, hatte Pavle den jungen Offizier sagen hören, das sei doch dieser Isakowitsch, dieser üble Schürzenjäger, der in Wien nicht nur der Frau seines Verwandten Joan Bozitsch, sondern sogar dessen Tochter nachgestellt habe. Die noch ein Kind war. Und eine große Mitgift in Aussicht hatte.

Isakowitsch packte ihn an der Kehle und hätte ihn aus dem zweiten Stockwerk in den Hof mit den Platanen gestürzt, wäre er nicht rechtzeitig überwältigt worden. Seltsamerweise war auch plötzlich Wischnewski aufgetaucht. Er war sogar derjenige, der den Vorfall zu vertuschen suchte.

Er schickte Bozitsch weg und befahl, Isakowitsch freizulassen.

Noch seltsamer war ein Erlebnis, das Pavle im Haus von Vitkowitsch hatte.

In diesem Haus seines Verwandten traf man sich zum Spiel. Die alte Frau Vitkowitsch hatte Pavle liebgewonnen, weil er ihr beim Pharao half. Diese weißhaarige, kleine, ewig ängstliche Greisin konnte nicht mehr gut sehen, und Vitkowitsch erklärte in aller Öffentlichkeit, alte Weiber sollten stricken und die Finger von den Karten lassen.

An einem Abend Ende Oktober wollten die Gäste im Hause Vitkowitsch um Mitternacht eben das Spiel beenden, da brachte ein junger, geschwätziger Fähnrich, ein gewisser Sava Rakitsch – er hatte sich der Gesellschaft erst vor kurzem angeschlossen – die Rede auf Buda, von wo er eben gekommen war.

Unter anderem erwähnte er das Haus des reichen Wachshändlers Despotowitsch. Pavle fuhr zusammen, als er den Namen hörte. Er fiel dem jungen Fähnrich – der alle in der Runde duzte – ins Wort und sagte, auch er kenne dieses Haus und schätze es hoch. Ebenso kenne er die schöne Frau Evdokija, die Gemahlin von Joan Bozitsch und geborene Despotowitsch, ebenso wie ihre Tochter Thekla, die sozusagen noch ein Kind war. Es sei ein vornehmes serbisches Haus im Stadtteil Tabán, das man in ganz Budapest kennen und achten müsse.

Daraufhin erzählte der Fähnrich, das Haus des ehrenwerten Wachshändlers sei ständig voller Gäste, vornehmlich Offiziere, die allnächtlich bis zum Morgengrauen tanzten und sangen. In diesem Haus sei jeder willkommen. Ganz Buda sei schon hindurchgezogen.

Blaß und erregt entgegnete Pavle, das sei auch kein Wunder, wenn man bedachte, mit welcher Schönheit die Tochter von Despotowitsch, Frau Evdokija, von Gott beschenkt worden war. Sie sei berühmt dafür, nicht ihresgleichen zu haben. »Oder etwa nicht?« schloß er.

Rakitsch fragte erstaunt, von welchem Haus Despotowitsch der Rittmeister spreche. In das Haus, welches er meine, käme kein Besucher um Evdokijas willen.

»Nichts gegen sie, schließlich ist sie meine Verwandte. Sie hat kein häßliches Gesicht, aber sie ist dick wie eine Tonne. Mit Verlaub, Rittmeister, sie ist eine richtige Muttersau! Sicher, sie hat große schwarze Augen, und in der Jugend muß sie ein Wunder an Schönheit gewesen sein, aber wenn sie jetzt ihre Blicke funkeln läßt, läuft alles weg. Es heißt, daß sie wieder heiraten will, denn Bozitsch wird nicht so schnell aus dem Arrest freikommen, den er übrigens verdient hat. Aber wer soll denn um dieses Monstrum freien? Fett wie sie ist, kann sie sich nirgends sehen lassen. Nicht einmal in die Kirche geht sie. Den ganzen Tag liegt sie nur faul herum.«

Isakowitsch verstummte.

Fähnrich Rakitsch fuhr belustigt fort, nicht Evdokijas wegen strömten die Männer wie Pilger in jenes Haus, sondern um ihrer Tochter willen. Sie sei die eigentliche »Amour«, wie man so sage.

Der reiche Leutnant Kalinowitsch aus Temesvar werde sie wohl bekommen.

Bei den Worten des Fähnrichs, so spöttisch und gemein sie auch waren, hatte Pavle das Bild Theklas vor Augen: ein überirdisches, schlankes, junges Geschöpf mit schönem Gesicht und schwarzer Haarmähne, mit gewölbten Brauen, unter denen die dunklen Augen blickten wie die eines jungen Rehs.

Rakitsch erzählte weiter, daß sich nach diesem Mädchen sogar die alten Männer in der Kirche die Köpfe verdrehten und daß Thekla ihrer Mutter keinen ihrer zahlreichen Verehrer überließ. Alle Welt wartete nur darauf, daß sie Kalinowitsch ihr Jawort gab. »Das wird eine Hochzeit, wie sie Temesvar noch nicht gesehen hat! Despotowitsch betet zu Gott, daß er das noch erlebt.«

Während Rakitsch sich dann über Kalinowitsch erging, glaubte Pavle das Lachen dieses jungen Wesens zu hören, das er unterwegs kennengelernt hatte, und der Gedanke an das, was ihm über Theklas Mutter zu Ohren gekommen war, nahm ihm den Atem.

Um dem Gespräch über Frau Evdokija und ihre Tochter ein Ende zu machen, berichtete Pavle, wie wohl es ihm in Buda im Haus des hochwohlgeborenen Trandafil und seiner hübschen Frau aus Futog ergangen war. Nie sei er in einem fröhlicheren Haus gewesen, und nie habe er eine fröhlichere Ehefrau gesehen als Femka Trandafil.

Rakitsch sah ihn daraufhin so verdutzt an, daß es allen auffiel. Sie hoben die Köpfe und unterbrachen das Spiel.

»Nichts für ungut«, begann der Fähnrich, »aber ich weiß nicht, von welcher Frau Femka und von welchem Trandafil du redest, Rittmeister. Ich bin wirklich gerade erst in Buda und im Haus des hochwohlgeborenen Trandafilowitsch gewesen, aber eine fröhliche Femka gibt es dort nicht. Trandafil lebt mutterseelenallein in Buda und wird dieser Tage zu seinen Verwandten nach Saloniki ziehen.«

Seine Ehefrau sei mit ihrem Galan auf und davon.

Alle Anwesenden begannen zu lachen.

Isakowitsch erklärte wütend, von einem Irrtum könne keine Rede sein, denn er sei im Haus ebendesselben Trandafilowitsch gewesen, und was der Fähnrich über Frau Femka behaupte, sei Schnee vom vergangenen Jahr. Auch ihm sei bekannt, daß Frau Femka in ihrer jugendlichen Torheit mit einem Gesellen namens Brkitsch davongelaufen war, jedoch vor Jahresfrist. Sie war zurückgekehrt, und im Hause herrsche wieder Friede und Eintracht. Alles andere sei vergessen. Frau Femka habe prächtige Kinder. Er selbst habe sich auf seiner Reise nach Kiew von alldem mit eigenen Augen überzeugt.

Rakitsch, der viel jünger und im Grunde gutmütig war, erregte sich allmählich, und seine Worte der Entschuldigung wurden energisch. »Das ist ja alles gut und schön, lieber Bruder. Ich kenne Frau Trandafilka persönlich, und sie gehört zu meiner Verwandtschaft wie Frau Evdokija. Aber im Moment geht es um keinen Brkitsch, sondern um einen gewissen Mija Patschitsch, einen jungen und hübschen Barbier, der allsonnabendlich bei Trandafil zum Waschen und Rasieren aufgetaucht ist.«

Trandafil selbst habe ihm, Rakitsch, von seinen Versuchen berichtet, Frau Femka zur Vernunft zu bringen, indem er sie von Zeit zu Zeit wie ein Lehrer züchtigte. Frau Femka indessen schien an einem solchen Schulmeister keinen Gefallen gefunden zu haben, sondern hatte ihm bestellen lassen, sie werde ihr Leben lang nicht zu ihm zurückkehren.

Pavle saß noch ein Weilchen mit gesenktem Kopf da, dann ging er.

Er konnte diese Geschichten über Menschen, die das Glück gefunden und wieder verloren hatten, nicht mehr anhören. Oder über Frauen, die sich mal mit einem Brkitsch und dann mit einem Mija Patschitsch zusammentaten. Oder über Buda und andere Städte in dieser Welt, wo sich von Jahr zu Jahr alles veränderte und der Reisende nie sicher sein konnte, das Haus, den Freund, die Frau, die er liebte, am selben Platz wiederzufinden.

Er kehrte zu Fuß in sein, das heißt Scholobows, Haus zurück.

Während er in dieser hellen Nacht durch die leeren Straßen von Podol ging, hörte er, sobald er den Kopf zum Himmel hob, Theklas silberhelles Lachen wie das Plätschern eines Springbrunnens. Er liebte das fröhliche Lachen dieses jungen Mädchens.

Das bedeutete nicht, daß er dieses junge Geschöpf heiraten wollte, falls es dem Fräulein Bozitsch in den Sinn kam, ihn in Kiew zu besuchen (einmal hatte sie ihm damit gedroht). Obwohl es damals üblich war, daß die Witwer, wenn sie wieder heirateten, Frauen nahmen, die zehn bis zwanzig Jahre jünger waren.

Isakowitsch hätte niemals um Theklas Hand angehalten.

Zwischen ihr und ihm stand ein Schatten. Nicht der seiner verstorbenen Frau, sondern der ihrer leiblichen Mutter!

Aber je mehr die Zeit fortrückte, desto klarer wurde ihm,

daß dieses Mädchen einem Glück gleichkam, an dem er achtlos vorbeigegangen war. Ihm stand der Sinn nicht mehr nach Frauen oder Leidenschaften, sondern nach Fröhlichkeit.

Selbst Frau Evdokija – wäre sie nach Kiew gekommen, wovor er sich jetzt fürchtete – hätte nach alldem, was ihm durch Rakitsch über ihre neuerliche Leibesfülle zu Ohren gekommen war, keinen guten Empfang gehabt.

Die serbischen Offiziere aus Sirmien und der Theißebene waren selbst stattlich und schön, aber sie verlangten nicht, daß ihre Frauen aussahen wie die Wiener Damen. Sie wußten jedoch, was an einer Frau schön oder häßlich war.

Worte wie Faß oder Muttersau figurierten nicht in ihrem Vokabular, sie sprachen vielmehr von Mündchen, Röschen, Beinchen, Sternchen und Amur.

So schrieben sie das französische Wort.

Ihre Frauen mußten, solange sie jung waren, schmal in der Taille und rank wie Tannen sein. Wie es gekommen war, daß Frau Evdokija die Form einer Tonne angenommen hatte, wußte Pavle nicht, aber es war für ihn nichts Neues.

Viele sirmische Husaren waren in ihrer Ehe zu wahren Märtyrern geworden, doch sie bewahrten Stillschweigen. Ein böses Geschick, eine Magie war im Spiel, wenn ihre Frauen von der Knospe allzuschnell zur Rose erblühten und dann zu Kühen wurden. Manchmal wurden diese bei der ersten Begegnung so berückenden Frauen nach der ersten oder zweiten Niederkunft dick wie Bärinnen und nahmen es, die Ärmsten, nicht einmal richtig wahr.

Die Liebhaberinnen der Temesvarer Kürassiere, meist Wienerinnen, hatten als erste diese Erscheinung bemerkt. Sie zeigten schamlos mit dem Finger auf die dicken Frauen, die breitbeinig neben ihren schönen serbischen Männern einherwatschelten.

Sie fanden das nicht lächerlich, sondern traurig.

Die Wienerinnen betrachteten es einfach als ungerecht, daß solche Frauen so schöne Männer hatten, während andererseits kahlköpfige Griechen (oder Zinzaren) in Temesvar und Neusatz unwahrscheinlich reizvolle Griechinnen mit Ketten von Rosen, das heißt mit den Ketten der Ehe, an sich gefesselt hielten: schlank wie veilchenbekränzte Marmorsäulen. Eine ähnliche Erscheinung beobachteten die serbischen Säbelträger bei den Wienern. So viele unscheinbare, krumme Garsulis – kahl unter der Perücke – gingen nachts mit bildschönen, wie aus Majolika gemeißelten Blondinen ins Bett oder mit Ungarinnen, die für ihre Gestalt und ihre heißblütige Liebe berühmt waren. Mit einem Wort, keiner war zufrieden.

Dennoch waren und blieben diese schönen Männer in der serbischen Reiterei und Miliz ihren dicken Frauen treu, weil es sich bei dem, was ihnen geschah, um Zauber und böse Magie im menschlichen Leben handelte.

Sie verließen keine Frau, die nach dem Kinderkriegen häßlich geworden war.

Manche dieser armen Frauen, die sich für das schuldig hielten, was Gott ihnen angetan hatte, weinten viel und suchten ihre Häßlichkeit zu verbergen. Voller Angst sahen sie ihre Männer mit den großen schwarzen Augen an, die das einzige waren, was sie aus dem Untergang ihrer Schönheit gerettet hatten. Mit diesen Augen ähnelten sie Kühen, nur daß sie nicht muhten. Sie schämten sich, an der Seite ihrer Männer unter Menschen zu gehen, und wenn sie sich nackt erblickten, scheuten sie auch vor der Liebe zurück. Sie zeigten kein Verlangen und boten sich nicht an. Sie saßen nur schweigend da und hielten ihre Kinder auf dem Schoß.

Zum Glück gab es in den armen serbischen Häusern damals wenig Spiegel, und kaum eine konnte sehen, daß sie den Bauch einer Mastsau und den Hintern einer Bärin hatte.

Die Männer trugen immer schwerer an dieser Last. Die Offiziere der Grafen Marulli und Wallis und des Barons Engelshofen behielten lange ihr gutes Aussehen, und im vorgerückten Alter, um die Fünfzig, wurden sie noch schöner. Blaß, mit gemeißelten Gesichtszügen, großen dunklen Augen und seidigem graumeliertem Haar.

Nach dem Erlebnis mit Fähnrich Rakitsch war Pavle sehr verwirrt. Ein paar Tage schwankte er zwischen dem Wunsch, sich zu verstecken und nie wieder bei Frau Evdokija zu melden, und einer tiefen Wehmut wie beim Anblick der untergehenden Sonne, die ihm den Gedanken eingab, noch in diesem Herbst hinzugehen und sie nach Kiew zu holen, was auch geschehen mochte.

Obwohl er gehört hatte, daß sie so schrecklich dick geworden war, sah er sie in seiner Erinnerung als die außergewöhnliche Schönheit, der er einst begegnet war. Bei der Vorstellung, wie sie jetzt aussehen mußte, verlor er fast den Verstand.

Es klingt zwar unwahrscheinlich, aber Isakowitsch wäre ihr deshalb nicht aus dem Weg gegangen. Er war durch sein Versprechen gebunden, und wäre Frau Evdokija in Kiew aufgetaucht, er hätte sie empfangen, als könne er es kaum erwarten, sich mit einer solchen Schönheit zu verheiraten. Vor ihm hätte sie sich ihres Körpers nicht schämen oder weinen müssen. Er hätte sie nicht spüren lassen, daß sie schrecklich aussah. Denn gibt es etwas Schlimmeres, als wenn eine Frau sich in solchem Zustand sieht und weiß, wie sie früher gewesen ist?

Wer hatte hier die Hand im Spiel? fragte sich Pavle wie so viele andere. Wer tat Eheleuten so etwas an? Warum ließ Gott zu, daß einer Frau, die nach seinem Willen Kinder gebar und ihrem Mann treu war und mit den Jahren seiner Liebe immer mehr bedurfte, so etwas geschah?

Ihm fiel ein, wie er in seiner Wut über Bozitsch und über ihre Verlogenheit und Schamlosigkeit ohne Abschied von Evdokija aus Wien fortgegangen war. Jetzt, da sie dick war wie ein Faß, da man über sie lachte und vor ihr weglief, bereute er, vergaß seine Wut und kehrte in Gedanken zu ihr zurück wie zu seiner verstorbenen Frau. Das Schicksal dieser jungen und schönen Frau erschütterte ihn ebenso, als hätte er vernommen, daß sie in Tabán bettelte.

Er hätte sie gern noch einmal gesehen.

Zwischen ihr und ihm stand der Schatten seiner verstorbenen Frau.

Er wollte nicht wieder heiraten.

Das jedoch verlangte nicht nur Vuk Isakowitsch von ihm, sondern auch Vitkowitsch und Kostjurin. Seine ganze Familie. Alle! Man stellte ihm sogar Fallen. Er hatte von dem Tratsch gehört, daß er Dunda Birtschanski in Tokaj die Ehe versprochen habe. Mit Thekla wegen ihrer reichen Mitgift ein Verlöbnis eingegangen sei. Ziminskis Schwägerin verführt habe! Vergebens beteuerte er, daß das alles Lügen waren.

Wohin er auch kam, alle wollten, daß der Witwer wieder heiratete. Wie die bösen Geister wollten sie ihn von seiner verstorbenen Frau losreißen.

Er hätte Frau Bozitsch auch als seine Geliebte nach Kiew holen können. So handelten damals viele in dieser Armee – in jeder Armee. Indes, die Tage verstrichen, und Isakowitsch reiste nicht nach Buda.

Später gestand er sich ein, daß nicht die geographische Entfernung oder die Schwierigkeit, von Kostjurin Urlaub zu bekommen, ihn davon abgehalten hatte, zu Frau Evdokija zurückzukehren, sondern die Scheu, vor aller Welt anstelle seiner verstorbenen eine andere Frau heimzuführen.

Und bisweilen hörte er im Traum ein helles Mädchenlachen und eine Stimme, die ihm zuflüsterte: »Ah, so ist das also, du möchtest die Mutter und die Tochter haben. Man muß wählen, mein Herz!«

So gingen die Tage und Nächte in Kiew dahin, und Isakowitsch rannte immer wieder ins Stabsquartier mit der Bitte um Urlaub, um in Sankt Petersburg eine Audienz bei der Zarin zu erwirken. Wenn er im Stabsquartier Post aus Neusatz empfing – von wo man ihm meldete, daß Grozdin mit Trifuns Kindern und daß auch Bogdanowitsch nach Kiew kommen werde –, hoffte er aber jedesmal, daß auch ein Brief von Evdokija aus Buda für ihn eingetroffen war. Kehrte er nach Hause zurück, erstarrte er stets, wenn in der herbstlichen Stille ein Wagen anhielt, und dachte: Ist sie es? Ihm war dann, als hielte der Wagen vor seinem Haus.

Eines Tages geschah das auch. Ein prächtiger dreispänniger Wagen stand vor dem Haus Scholobows. Die Stallknechte kümmerten sich um die Pferde.

Als er die Tür öffnete, sagte ihm sein Husar, eine Dame erwarte ihn im Haus. Er trat ein und sah, auf dem Bett sitzend, eine Frau in elegantem Schwarz und mit riesigem, feder- und bändergeschmücktem Hut, wie sie damals in Wien Mode waren und das Gesicht der Trägerin halb verdeckten. Beim Knarren der Tür wandte sich die Frau um.

Es war Julijana Wischnewski.

Sie erhob sich und wollte Isakowitsch umarmen, bemerkte aber seine abweisende Miene. Er fürchtete diese Frau, und zugleich war sie ihm in ihrer Begehrlichkeit widerwärtiger als jede arme, gehorsame, willfährige Magd.

Er entschuldigte sich kühl ob der Leere des Hauses, da er im Umzug begriffen war.

Sie erwiderte lachend, sie säße sehr gut auf seinem tatarischen Bett, in dem es sich bestimmt noch besser läge.

Diese Frau hatte keine Ähnlichkeit mit Evdokija, obwohl sie von gleichem Alter und gleicher Statur sein mochten, und sie glich auch nicht mehr einer schönen jungen Zigeunerin, wie es ihm in Tokaj erschienen war.

Sie saß da und schwatzte fröhlich und freimütig, wie man im Haus Vitkowitsch schwatzte, wenn sich die serbischen und russischen Offiziere und ihre Frauen zum Spiel versammelten. Sie trug auch nicht mehr die vielen seidenen Unterröcke, sondern nur ein leichtes Kleid.

In Tokaj hatte sie ungebildet gewirkt, in Kiew redete sie wie eine Fürstin.

Was Isakowitsch mache, sei nicht gut.

»Wischnewski weiß, was Sie Vitkowitsch über ihn und Tokaj berichtet haben, und Vitkowitsch hat das auf dem Dienstweg an Kostjurin weitergeleitet. Das kann Wischnewski alle Pläne verderben. Und aus welchem Grund? Weil sich Wischnewski ein wenig mit Varvara amüsieren wollte? Welche Frau hat das nicht gern? Ich bin gekommen, um Sie und meinen Mann zu versöhnen. Damit es kein böses Blut gibt.«

Pavle entgegnete, er werde bald nach Bachmut gehen und vielleicht auch nach Sankt Petersburg, da er auf eine Audienz bei der Zarin hoffe. Er habe keinen Grund, sich mit Wischnewski auszusöhnen. Sie würden sich nicht mehr sehen, und damit war der Friede gerettet.

Julijana erzählte, daß Wischnewski tobe, als hätte man ihn mit Spülwasser begossen. Alle wüßten bereits, was Pavle über Tokaj berichtet hatte und was Vitkowitsch jetzt gegen Wischnewski ausspielte. Wischnewski wolle aller Welt und auch Kostjurin beweisen, daß das alles leeres Gerede sei und es niemals Streit zwischen ihm und Isakowitsch gegeben habe. »Ich soll Ihnen von Wischnewski bestellen, daß er Sie gern nach Sankt Petersburg mitnehmen würde, sofern Sie Urlaub bekommen, um eine Audienz zu erwirken. Und wenn Sie nicht gleich loskommen, können Sie ein paar Tage später mit mir reisen. Wischnewski hat große Macht, und wenn er aus Sankt Petersburg wiederkehrt, wird er noch mächtiger sein.«

Sie sei, wie gesagt, gekommen, um Frieden zwischen ihnen zu stiften. Sie habe niemanden auf der Welt als ihren kleinen Sohn, und sie böte der Familie Isakowitsch ihre Liebe und Freundschaft an. Wischnewski sei ihr Mann, aber sie liebten einander nicht so, wie es nach außen hin schien.

Als einzige Antwort sagte Isakowitsch, er wünsche, daß sie ginge.

Schlank, schwarz, kräftig, sonnengebräunt erhob sich Frau Julijana, nahm Pavles Arm und schmiegte sich an ihn.

Er stand unter ihrem Hut wie unter einem Sonnenschirm.

»In Kiew gibt es ein paar hundert Offiziere«, sagte sie. »Und alle wollen mich haben, sie brennen vor Ungeduld. Nur Sie wissen nicht, was ich wert bin. Wischnewski nennt Sie einen Totengräber.«

Pavle wiederholte, sie solle gehen.

Puterrot im Gesicht sagte Juliana, er werde ihr noch nachlaufen. Wenn Wischnewski erst die Zügel anzog. Dann schlug sie ihm vor, sie zu begleiten, wenn sie in Kiew allein war. Auf Wischnewskis Wunsch besuche sie zweimal wöchentlich die Armen und Kranken in Podol, im serbischen Viertel. Sie hätten in Tokaj so schöne Tage miteinander verbracht. Habe er das vergessen?

Noch in der Tür umklammerte diese schöne schwarze Frau seinen Arm und schmiegte sich an ihn. »Daß Sie mich nicht lieben und keine Zärtlichkeit für mich haben, stört mich nicht. Aber Sie hätten die Gelegenheit nutzen können, da ich schon einmal in Ihrem Haus war. Kein anderer Mann hätte mich so hungrig gehen lassen.«

Isakowitsch schickte sie ohne einen einzigen Kuß weg, versprach jedoch, sie auf ihren Krankenbesuchen zu begleiten. Wischnewskis Drohungen hatten den Willen dieses standhaften Witwers geschwächt. Er hatte nur noch den einzigen Wunsch im Leben: der Zarin vorgestellt zu werden. Damit ihm Wischnewski aus Rache nicht alles verdarb, war er bereit, sich in aller Öffentlichkeit vor seiner Frau zu verneigen. Insgeheim beschimpfte er sich ob seiner Feigheit, aber er sah, daß Wischnewski zwar nicht hoch wie die Karpaten, indes mächtig genug war, ihn in Kiew zugrunde zu richten.

So kam es, daß Pavle, beginnend mit dem Tag seines Hauspatrons, des heiligen Martin, den Cicisbeo für Frau Julijana spielte, wenn sie in ihrer prächtigen Troika durch Podol fuhr und Wischnewskis Geschenke an die Armen verteilte.

Anfang Oktober des Jahres 1753 trafen die letzten Wellen der Auswanderer aus dem Theißgebiet in Kiew ein, sofern sie einen Paß und die Erlaubnis zur Ausreise erhalten hatten. Selbst die Offiziere kamen als Bettler an. In Österreich hatte man begonnen, das Eigentum der Auswanderungswilligen zu konfiszieren, ihnen keinen Sold mehr zu zahlen und sie für jede Kleinigkeit mit Arrest zu bedrohen.

Indessen waren aus Podol alle, die waffenfähig waren, in die Siedlungen abgezogen, und mit ihnen ihre Frauen und Kinder und Beischläferinnen. Zurückgeblieben waren die Alten, die Kranken und Sterbenden, für die auch die eigenen Landsleute kein Erbarmen hatten.

Frau Julijana Wischnewski schleppte Pavle nur mit, weil sie den eigensinnigen Wunsch hatte, ihn zu besitzen – wie alle einmal abgewiesenen Frauen. Sie war überzeugt, daß eines Tages, wenn Wischnewski fort und sie allein war, Pavle nicht mehr widerstehen konnte. Wischnewski hatte in Kiew einen solchen Ruf als Hurenbock, daß ihr der Gedanke schmeichelte, selbst als Geliebte eines anderen ins Gerede zu kommen. Vor ihrem Mann hatte sie keine Angst, denn die Liebe einer Frau schien ihm nichts zu bedeuten. Häufig empfing er zwei, drei oder vier nicht nur zum Abendessen, sondern auch danach im Bett. Julijana hatte er auch Kostjurin angeboten.

Er verlangte von ihr nur, daß sie sich möglichst eng mit Varvara befreundete. Als er hörte, daß Varvaras Kind gestorben war, sagte er, man müsse sie trösten. Und das nächste Kind besser machen.

So pflegte Wischnewski, der wie Isakowitsch erwartete, noch in diesem Herbst der Zarin vorgestellt zu werden, über Kinder zu reden. Der Generalsrang war ihm bereits sicher.

Indem sie ihn aus dem Haus zerrte, in das er sich verkrochen hatte wie eine Schnecke, erreichte Frau Julijana bei Isakowitsch genau das Gegenteil dessen, was sie erhoffte. Während sie zweimal wöchentlich auf ihren Fahrten durch Podol und in den Häusern der Armen und Kranken allein und einander ganz nahe waren, benahm sich Pavle noch kühler als in Tokaj und rührte sie nicht an.

Mit dem Instinkt der Frau spürte sie, daß dieser Mann nur scheinbar ein Weiberheld, in Wirklichkeit jedoch, um mit Wischnewski zu sprechen, ein Totengräber war. So aufrecht und stattlich, so sehr viel anziehender als Wischnewski, hatte er kalte Hände, in denen kein Druck mehr war und die nie versuchten, ihre Brüste zu berühren, wenn er ihr in die Troika half. Sie hatte das unheimliche Gefühl, neben einem Toten zu sitzen, der sich nur lebend stellte und über alles nur sinnlos lächelte.

Sie war drauf und dran, diesen Ausfahrten zu zweit ein Ende zu bereiten, doch wie jede Frau, die auch Mutter ist, war sie von dem Wunsch besessen, diesen schwermütigen Mann aufzuheitern und zu trösten und, da sie sich immer mehr zu ihm hingezogen fühlte, ihm im Bett zu willen zu sein.

»Pavle! Sei nicht dumm! Man lebt nur einmal. Ich weiß nicht warum, aber bei dir bin ich so toll vor Liebe, wie ich es nicht einmal in meiner Hochzeitsnacht war. Ich sage es dir aus reinem Herzen.«

Sie begegneten Landsleuten, die zerlumpt und elend in Schuppen hausten, Männern, die bei den Armeniern in Podol Holz hackten, Frauen mit Hängebrüsten und hungerfahlen Gesichtern. Lahmen, die Säcke zu den Booten auf dem Dnjepr schleppten, und Schwindsüchtigen, deren Husten nicht aufhören wollte, sobald der Abend kam.

Ganze Scharen Zerlumpter liefen ihnen nach, als bekannt wurde, daß Isakowitsch Bedienstete für seinen Besitz in Bachmut suchte.

Kostjurin hatte angeordnet, daß man in den Klöstern Suppe an sie austeilte, aber das geschah nur anfangs täglich, später zweimal und schließlich bloß einmal wöchentlich. In Kiew gab es noch mehr Arme, und der Zustrom der Flüchtlinge aus Österreich dauerte nun schon zwei Jahre.

Kostjurin behauptete, in Rußland müsse niemand Hunger leiden. Doch in den Katen, Ställen und Scheunen von Podol darbte man winters.

Frau Vitkowitsch erschütterte es besonders, daß die jungen Mädchen unter diesen Armen sich zu verkaufen begannen. Sie weinte und klagte: »Mein Gott! Mein Gott!« Wischnewski versuchte vergebens, sie damit zu trösten, daß in Wien jedes Jahr sechstausend uneheliche Kinder geboren wurden.

Den Russen konnte man nichts vorwerfen. Kein Bettler wurde ohne ein Stück Brot aus einem russischen Haus fortgeschickt. Aber diese Zuwanderer wollten nicht betteln. Sie zogen es vor, die Metzgereien zu überfallen.

Merkwürdigerweise schienen die russischen Offiziere, Grenadiere, Fürsten mehr mit diesen Notleidenden zu fühlen als die eigenen Landsleute. Die Russen lachten, wenn sie von den Diebstählen und Überfällen hörten. Vitkowitsch schämte sich so, daß er seine Leute verprügeln ließ. Er raufte sich das graue Haar und jammerte ständig wie seine Frau: »Mein Gott! Mein Gott!«

Isakowitsch nahm diese Klagerufe zunächst nur wahr, wenn sie aus unmittelbarer Nähe an sein Ohr drangen, später glaubte er sie, selbst geflüstert, auch aus der Ferne zu hören. Wohin er immer mit Frau Julijana in Podol kam, er hörte nichts als dieses ewige »Mein Gott! Mein Gott!«

Während einer dieser Fahrten nach Podol erzählte Julijana, sie habe zu ihrem großen und ungläubigen Staunen von Wischnewski vernommen, daß der baldige Besuch der Zarin in Kiew bevorstünde. Er habe ihr verboten, darüber zu sprechen, aber angedeutet, Isakowitsch könne auch hier in Kiew seine Audienz erhalten. Sie werde Pavle unterrichten, sobald sie Genaueres erfuhr.

Isakowitsch hatte zwar versprochen, zu schweigen, doch er erkundigte sich bei Vitkowitsch, ob er etwas über einen solchen Besuch wisse, und Vitkowitsch antwortete, er höre jetzt zum erstenmal davon, halte es jedoch nicht für ausgeschlossen. Er riet seinem Verwandten, den Mund zu halten: »Zu keinem ein Wort davon! Wer über die Zarin Gerüchte verbreitet, ist schon auf dem Weg nach Sibirien. Mit ausgeschnittener Zunge!«

Wenige Tage später indes erhielt Pavle den Besuch jenes Fähnrichs Rakitsch, den er kürzlich im Haus von Vitkowitsch kennengelernt hatte. Rakitsch berichtete, er habe im Stabsquartier Briefe von seiner Verwandten Frau Evdokija und ihrem Vater empfangen. Evdokija erkundige sich, wie es Isakowitsch gehe. Wie beiläufig fügte er hinzu, man erwarte den baldigen Besuch der Zarin. Natürlich würden alle Serben versuchen, sie zu sehen. Sie sei aber inkognito nach Jelisawetgrad unterwegs. Er bat Isakowitsch, Stillschweigen zu bewahren, wenn er nicht um Kopf und Kragen kommen wolle.

Pavle fühlte sich letzthin unbehaglich im Hause Vitkowitsch, denn Frau Vitkowitsch hatte sich in den Kopf gesetzt, ihn mit der älteren Tochter von Oberstleutnant Zigitsch zu verheiraten, einem hübschen Mädchen, dem Pavle sehr gefiel, mit dem er aber noch keine drei Worte gewechselt hatte. Als hätten sie sich verschworen, ihn aufzuheitern, erzählten ihm dort einige Offiziere vom bevorstehenden Besuch der Zarin in Kiew. Es könne sein, daß er seine Audienz erhielt. Als Sprecher der serbischen Zuwanderer. Sie werde sicherlich Wischnewski empfangen, aber natürlich nicht alle, die ebenfalls diesen Wunsch hatten.

In heller Verwirrung wartete Isakowitsch auf neue Nachrichten und sprach mit niemandem mehr darüber.

Später erzählte er, er erinnere sich genau, daß Frau Julijana ihm am zwanzigsten Oktober, dem Tag des Großmärtyrers Artemios, berichtet hatte, Wischnewski habe jetzt völlige Gewißheit über den baldigen Besuch der Imperatorin.

Isakowitsch war mit der Zeit in Kiew ganz apathisch, kraft- und willenlos geworden. Er hatte kein Verlangen mehr, Frau Bozitsch in Buda aufzusuchen und Thekla noch einmal zu sehen, es zog ihn nicht nach Bachmut in die Nähe seiner Familie, ihm lag nichts mehr an Beförderung und der

Armee. Er war nur noch von einem Wunsch besessen: der Audienz. Wenn er auch sein eigenes, sinnlos gewordenes Leben als Pensionär beschließen mußte, diese Audienz eröffnete ihm die Möglichkeit, der Zarin alles zu sagen, und dann war sein Weg nach Rußland, waren die Irrfahrten seines Volkes nicht umsonst gewesen. Er traf bereits heimlich Vorbereitungen: Ausgehuniform, neuer Dreispitz, Handschuhe, elegante Stiefel, und legte sich die Worte zurecht, die er an die Zarin richten würde.

Das Lächeln in seinem Gesicht deutete darauf hin, daß sich sein Verstand immer mehr verwirrte.

Wenn Frau Julijana in ihrer Beharrlichkeit kam, um ihn zur Fahrt nach Podol abzuholen, traf sie ihn im Hof von Scholobows Haus an, wo er auf einem Baumstumpf hockte und mit dem Rasiermesser an einem Stück Holz herumschnitzte. Sein Husar erzählte ihr, so würde er stundenlang dasitzen.

Gerade weil er in einem solchen Zustand war, hoffte Julijana, ihn endlich doch ins Bett zu bekommen.

Wie bestimmte Eichen im Herbst das Laub verlieren, so hatte Pavle, noch jung an Jahren, zu Beginn dieses Monats Oktober alles verloren: seine Kraft, seine Fröhlichkeit, seinen Willen, sogar seine Gesundheit. Wie ein krankes Kind klagte er über Kopfweh. Julijana entgegnete lachend, sie werde ihn schon davon heilen.

Sie hatte bisher nur die Häuser solcher Kranken betreten, von denen Wischnewskis Husaren meldeten, daß sie Wohlverhalten zeigten. Pavle ging während der Besuche in Podol auch in die Behausungen der Schläger, Diebe und Trinker. In diesen Hütten, Ställen und Scheunen lebten diejenigen, denen es nicht gelungen war, in die neuen serbischen Regimenter aufgenommen zu werden, und mit denen sich Vitkowitsch keinen Rat mehr wußte. Obwohl die Musterungen damals nicht von Feldschern und Doktoren vorgenommen wurden, obwohl Unteroffiziere die Männer von der Straße oder vom Wirtshaustisch weg rekrutierten, indem sie sie betrunken machten, bevor sie ihren ersten Sold bekamen, wurde in Kiew nicht jeder für tauglich befunden. Die sich mit den Unteroffizieren betranken und einschliefen, erwachten gestiefelt und gespornt in der Kaserne und landeten alsbald an der Grenze in schneeverwehten, strohgedeckten Wachhütten. Die Kranken durften nicht einmal dorthin. Sie verrichteten in Kiew niedrigste Dienste, hüteten Schweine, wuschen Wäsche, putzten Latrinen, bis man sie eines Morgens tot auffand.

Unter seinen Landsleuten in Kiew begegnete Isakowitsch Krüppeln, Schwindsüchtigen, Bruchleidenden, die unterwegs erkrankt waren und nicht zu ihren Familien hatten zurückkehren können. Sie verdienten sich ihr Brot, indem sie die Hunde von den Metzgereien verscheuchten oder von Haus zu Haus gingen und die Abtritte säuberten.

Sprach Isakowitsch einen von ihnen an, hörte er nur: »Mein Gott! Mein Gott! Ich werde meine Familie nie wiedersehen. Wer soll mir die Augen zudrücken? Mein Gott! Mein Gott!«

Anfangs nahm er es kaum wahr, verschloß die Ohren davor. Aber nach zwei, drei Wochen wurde ihm dieses geflüsterte, gemurmelte, geschriene »Mein Gott! Mein Gott!« unerträglich.

Eines Nachts träumte er, all diese Bettler hätten sich um sein Haus versammelt und brüllten: »Mein Gott! Mein Gott!« Als er auffuhr, vernahm er nur noch eine einzelne Stimme. Es war seine eigene.

Frau Julijana war erstaunt, als er ihr eines Tages erklärte, er könne sie nicht mehr nach Podol begleiten. Nie wieder.

Er saß und schrieb Gesuche an Kostjurin. Verlangte, nach Sankt Petersburg geschickt zu werden. Andernfalls werde er sich an Graf Keyserling wenden, seinen und aller Serben Schutzherrn. Ende Oktober war er fest entschlossen, zu wiederholen, was er einst in Temesvar getan hatte, und ohne Empfehlungsschreiben zur Zarin zu gehen. Es klingt heute unglaublich, aber das Protokoll im Stabsquartier von Vitkowitsch vermerkt für den Oktober 1753 zehn Gesuche des Rittmeisters Isakowitsch um eine Audienz bei der Imperatorin.

Isakowitsch war offenbar ein Mensch, der nie an dem Ort lebte, wo er sich gerade befand, und sich stets irgendwo andershin wünschte. Der es in seiner Haut nicht aushielt, sie wechselte wie eine Schlange ihr Schuppenkleid. Wie ein Wolf sein Fell. Und doch derselbe blieb.

Im Winter dann erzählte er selbst seinen Vettern, er sei in diesem Oktober halb von Sinnen gewesen, als er sah, was er ihnen angetan hatte, und sich in seiner Hoffnung auf eine Audienz bei der Zarin getäuscht glaubte. In seinen Wachträumen hatte er ständig dieses Sankt Petersburg und seine Ankunft dort vor Augen gehabt.

Obwohl es heute unwahrscheinlich klingt: Dieser Offizier hatte, gleich vielen seiner Landsleute, nie das Meer gesehen. Das Meer war für Isakowitsch und all diese Auswanderer etwas Unvorstellbares. Im Krieg war er nach Prag, nach Frankreich und Holland gelangt, aber nie an das Ufer eines Meeres. In seinen wie auch in seiner Landsleute Gedanken hatte das Meer die Bedeutung von etwas Tröstlichem, wie leises Vogelzwitschern, wie ein buntes Spielzeug für ein todkrankes Kind. Aber nicht irgendein Meer, sondern das russische, an dem die Hauptstadt Sankt Petersburg lag. In ihren Gesprächen unterschieden sie nicht zwischen der Newa und dem Finnischen Meerbusen, zwischen dem Fluß und der See. Petersburg und die Zarin waren für diese Auswanderer überirdische Erscheinungen.

Warum sollte nur Wischnewski in die Hauptstadt reisen dürfen? Warum sollte nur Wischnewski die Zarin sehen dürfen?

Wieso war dieser Weinhändler etwas Besseres als Isakowitsch, der schon in Österreich für Rußland in Ketten gegangen war?

Er hatte angefangen, solche Reden lauthals im Stabsquartier zu führen. Vergebens flüsterten ihm Rakitsch und die anderen Offiziere Wischnewskis zu, die Zarin Jelisaweta werde bald eintreffen und in Kiew Audienzen geben. Wie sie es in ihrer großen Gnade letzten Winter auch in Moskau getan hatte.

Isakowitsch konnte stundenlang zu Hause sitzen, ins Weite starren und davon träumen, daß er eines Tages doch die russische Hauptstadt und die Zarin erblicken würde.

So wild und unbelesen Pavle und die anderen Offiziere um Vitkowitsch auch waren, sie wußten, daß es in ganz Europa keine zweite Stadt wie Sankt Petersburg gab und geben konnte. Andere Städte waren, wie Belgrad, Werke des Krieges: Festungen. Oder, wie Wien, lärmerfüllte, Maulwurfsgräben ähnliche Siedlungen. Handelsplätze von Kaiser- oder Königreichen. In Jahrhunderten Stockwerk für Stockwerk übereinandergestapelt wie Ziegelsteine, Holzplanken, Speckseiten, alte Bücher. Ihre Straßen und Häuser stanken nach Urin, die Ecken nach Latrinen.

Die Stadt Peters des Großen aber war entstanden wie ein Feenmärchen. Aus der Phantasie von Menschen, russischen Menschen. Peter, der Zar, war der Zauberer gewesen, der sie geschaffen hatte.

Daß man ihn hindern wollte, diese Stadt zu sehen, bevor er nach Bachmut aufbrach – während andere Landsleute, wie er wußte, dort gewesen waren –, daß man ihm die Audienz bei der Zarin verwehren wollte, war für Isakowitsch die größte Enttäuschung und der größte Kummer in Rußland.

Diese serbischen Offiziere lebten im Zeitalter der Aufklärung, im achtzehnten Jahrhundert, in der Epoche des Rokoko, doch sie strebten nicht nach Sankt Petersburg, weil es die Hauptstadt war. Sondern die Stadt Peters des Großen. In Eis und Schnee, am Meer. Es ging ihnen nicht um den Luxus, um die schirmförmigen Blumenschalen, um die Fauteuils, die unverhofften Gästen als Liegesofas dienen konnten, um die Badeschwämme, die in den Banjas der letzte Modeschrei waren.

Männer wie Isakowitsch, die nackt im Bett oder unter freiem Himmel im Heu zu schlafen pflegten, waren nicht neugierig, die Schoßhündchen auf den Seidenkissen der Damenbetten in den Rokokoschlafzimmern zu sehen. Oder die Tabaksdosen, obwohl sie sich inzwischen ans Schnupfen gewöhnt hatten. Solche Tabatieren kosteten bisweilen soviel Geld, wie es diese Offiziere ihr Leben lang nicht zu sehen bekamen.

Sie kannten keine Pantomimen, in denen kleine Kinder als Engelchen auftraten. Oder lebende Bilder über die Liebe zwischen Mars und Venus, in denen Männer wie Frauen fast unbekleidet waren. Oder Uhren, aus denen Posaunenengel und

Kuckucksvögel zum Vorschein kamen, um die Stunde zu blasen und mit ihrem Ruf anzuzeigen. Sie wollten auch nicht zusehen, wie man Deliquenten für den Diebstahl von ein paar Ellen Tuch oder ein paar Kristallgläsern aufs Rad flocht. Die dann mit gebrochenen Gliedmaßen noch einige Tage lebten. Während Professoren von der Sorbonne um sie herumhockten und studierten, wie es mit ihnen zu Ende ging.

Offiziere wie Isakowitsch hatten über das Europa ihrer Zeit einiges gehört und erfahren, wenn sie auch einfache, des Lesens und Schreibens fast unkundige Menschen waren. Doch die Epoche, in der sie lebten, war nicht das, was sie suchten.

Sie wetteiferten vielmehr darum, wer der erste sein würde, welcher der Imperatorin die Hand des Zaren Lazar darbot, die sie nach Fruska Gora mitgenommen hatten und in Rußland verwahrt wissen wollten. Das war auch Pavles größter Wunsch.

Adler in Käfigen, Bettlerinnen, die scharenweise singend durch Wien streunten, Brücken, die von Seilwinden hochgezogen wurden, all das war den Vettern Isakowitsch geläufig. Pavle hatte von dem ausschweifenden Leben gehört, das die Kapuziner in Temesvar mit kleinen Jungen führten. Er hatte kandierte Haselnüsse gegessen. Er hatte Pioniere beobachtet, die Tunnel zu den feindlichen Festungen gruben und unterminierten. Er hatte Geistesgestörte in der Zwangsjacke gesehen. Dreihundert. Im Hospital. Er hatte zur Winterzeit ein Gewächshaus besucht.

Im Hause Vitkowitsch hatte er auch einiges über Sankt Petersburg erfahren. Die alte Frau Vitkowitsch erwähnte einen aus Piemont stammenden Gesandten, der Graf Bernis hieß. Der belgische Gesandte in der Hauptstadt trage den Namen Graf Lynar und der sächsische sei General Arnim. Lynar schminke sein Gesicht wie eine Frau, trage eine grüne Weste und werde von seinem Medikus regelmäßig zur Ader gelassen.

Auf diese Weise erfuhr Isakowitsch in diesem Herbst so manches über Sankt Petersburg, obwohl er nie dort gewesen war. In der Residenz hing eine Stadtansicht, die Kostjurin gehörte und von einem Italiener gemalt war. Pavle stand vor diesem Bild, wann immer er konnte. Es vermittelte ihm den Eindruck, schon in dieser Stadt gewesen zu sein.

In einer Stadt am Wasser wie in seinen Träumen.

Er wußte nicht mehr, ob sie an einem Fluß oder an einem Meer lag, nur daß sie winters ganz in Eis und Schnee war. Er sah sich an einem steinernen Ufer stehen, über dessen Eisengeländer man wie aus einem Gefängnis in die Ferne blicken konnte. Links von ihm war eine efeubewachsene Mauer mit einer Pforte wie im Märchen. Breite Steinstufen führten zu einer Marmorterrasse, und das Haus, zu der sie gehörte, hatte Fenster und Balkone und riesig hohe Schornsteine. Der Blick von dort war grenzenlos weit. Häuser über Häuser am Ufer, und in der Ferne in Nebel gehüllte Kuppeln.

Kostjurin hatte erzählt, daß so bedeutende Bauwerke wie die Peter-und-Paul-Festung oder das Smolny-Kloster von den Architekten Domenico Trezzini und Bartolomeo Rastrelli aus dem fernen, sonnigen, aufgeklärten Italien errichtet worden waren, aber Pavle und seine Vettern hatten diese fremden Namen längst vergessen.

Im Gedächtnis war ihnen allerdings geblieben, daß Peter und seine Nachfahren jeden noch so Fremden herbeiholen konnten, damit er ihre Träume in Stein meißelte.

Das Bild stellte große Schiffe dar, die so gar nicht den ihrigen auf der Donau oder Theiß glichen, sondern eher denjenigen, die Serbellonis Kürassiere auf der Bega zu Wasser gebracht hatten. Das Bild zeigte auch einige Offiziere mit Dreispitz. Kostjurin wies mit dem Finger auf sie.

Und erzählte, das Preobrashenski-Regiment sei bereits im Kriegsjahr 1697 dahin gelangt, wo sie demnächst ihr Blut vergießen würden – ans Asowsche Meer. Dieses Bild sei im Winter bei Eis und Schnee noch schöner. In diese Stadt also wollte Isakowitsch während jenes Herbstes aufbrechen.

Das Bild zeigte goldene Kuppeln im durchsichtigen Nebel, die riesig erschienen – und riesig sein mußten –, aber doch Menschenwerk waren, das Werk der russischen Zaren. In der Stadt, die Rußland wie eine Spielzeugstadt im Eis am Meer errichtet hatte.

In wenigen Tagen würde er dort sein und der Zarin sagen, daß seine Nation sie unter Tränen erwartete und daß er ihr

Kunde von der Hand des Zaren Lazar brachte. Und danach würde er auf die Knie fallen und ihr die Hand küssen.

Obwohl sich nichts von dem bewahrheitet hatte, was er seinen Vettern und was Graf Keyserling und Wolkow in Wien versprochen hatten, obwohl sein Leben dahinging und in Bachmut enden würde – in der Stadt auf dem Eis würden sich seine Wünsche erfüllen. In dieser Stadt lag der Trost seines Lebens.

Sie lag wie ein Edelstein am Ufer. Ihre Kuppeln waren aus weiter Ferne zu sehen und lockten ihn mit ihrem Gold. Sie wußten, daß er und die Seinen vor einem Jahr aufgebrochen waren und daß seine Nation seit zwanzig Jahren unterwegs war.

Unterwegs zu diesen Kuppeln, diesem Wasser, diesem Fluß, diesem Meer. Zu dieser Stadt, dem steingewordenen Traum dessen, der sie mit seinem Wort auf ihren Wegen geleitete.

Ende Oktober häuften sich die Nachrichten über die Durchreise der Zarin auf ihrem Weg nach Jelisawetgrad. Isakowitsch hörte es von Frau Julijana Wischnewski. Von Fähnrich Rakitsch und den Offizieren aus Mirgorod, die ihn besuchten. Von seinem Landsmann Rittmeister Zivan Miskowitsch aus Nagylak, von Leutnant Georg Novakowitsch, der Bittschriften von Trifun überbrachte, und als großes Geheimnis von Leutnant Djurka Gajitsch, der in Kiew gegen General Horvat prozessierte.

Nur im Hause Vitkowitsch und im Stabsquartier wurde nicht mehr darüber gesprochen. Und seltsamerweise reiste Kostjurin gerade dieser Tage ab. Alle Offiziere baten, daß Pavle die Nachricht als ihrer aller Geheimnis bewahrte und schwieg.

All diese Offiziere, die sich seit Wischnewskis Ankunft als dessen Kreaturen erwiesen hatten, kamen jetzt zu Pavle gerannt und sagten, sie hätten Wischnewski satt. Ein Kreis junger Offiziere habe eine Geheimgesellschaft gegründet, die sich »Laterne von Bachmut« nannte und auf ihren Versammlungen beschlossen hatte, daß Pavle ihr Sprecher sein und der Zarin die Leiden des serbischen Volkes darlegen sollte.

Nach langem Zögern stimmte Isakowitsch zu. Sie versprachen, ihm die Audienz zu erwirken.

Wollte man ihnen glauben, war auch Wischnewski nicht mehr gegen Pavle. Er lag jetzt in Fehde mit Horvat, welcher der Zarin vorschlagen wollte, die Namen der serbischen Regimenter durch Nummern zu ersetzen, die Rekrutierung auf Moldawien, Ungarn und Bulgarien auszudehnen und alle Regimenter »Panduren« zu nennen, wie es in Slawonien üblich gewesen war.

Die Organisation »Laterne von Bachmut« halte jedoch die Namen für wichtig. Und die Übergabe der Hand des Zaren Lazar.

Am Ende erschien Rittmeister Miskowitsch zu einem offiziellen Besuch bei Pavle und fragte ihn, ob er in ihrer aller Namen zur Audienz gehen wolle. Die Zarin träfe in wenigen Tagen in Kiew ein. Sie würden über ihren Schutzpatron, den Vizekanzler Woronzow, alles regeln, daß Pavle empfangen wurde. Und nicht Wischnewski.

Alle würden Pavle kennen und ihn schätzen. Während Oberst Teodor Wischnewski weit vom Weg seines Vaters, des Generals, abgewichen sei. Sie wollten, daß der Rittmeister ihr Fürsprecher bei der Zarin war!

Pavle war verwirrt und traurig, gab jedoch seine Zusage.

Am Vorabend des ersten November – des Tags der Uneigennützigen Wundertäter – kam Rakitsch mit der Nachricht herbeigerannt, morgen träfe die Zarin ein. Am Abend werde man Isakowitsch zur Audienz abholen. Alles sei verabredet. Woronzow sei mit allem einverstanden, und die Zarin höre auf ihn!

Isakowitsch wußte nicht, wie ihm geschah. Er tat die ganze Nacht kein Auge zu und erwartete den Morgen voller Freude.

Der Wunsch der Familie Isakowitsch, der vornehmlich in seinem Herzen gebrannt hatte, würde also in Erfüllung gehen. Er würde vor IHR Angesicht treten, das Vuk nie zu Gesicht bekommen, obwohl er soviel von ihr gesprochen hatte. Von ihr, die mit einem einzigen Federstrich sie alle erretten und erhöhen oder vernichten und zugrunde richten konnte, so daß sie für immer in der Fremde Österreichs verschwanden. Hörte die Zarin ihre Bitten und Klagen nur ruhig an, würde sich der Strom der Serben weiter nach Rußland ergießen, und keine hundert Garsulis und kein Baron Engelshofen konnten ihn aufhalten.

In Mirgorod würde man neue Regimenter aufstellen müssen. Ihre Armee würde wachsen. Und eines Tages würden sie in ihr Serbien zurückkehren, aus dem man sie unter dem Vorwand gejagt hatte, das Christentum der österreichischen Kaiser und Wiens verteidigen zu müssen. Unter Mitnahme von Lazars Hand.

Alles, was ihm vom ersten Schrei bis zur Ankunft in Rußland widerfahren war, würde in dieser Audienz seinen Sinn, alle Leiden, alle Demütigungen ihren Lohn erhalten. Am morgigen Tag würde er die Stille seiner Nation und ihren Blick erheben, und dann waren sie nicht mehr verlassen und sinnlos in der Fremde verstreut.

Der Tag verging ihm wie im Fieber.

Obwohl Isakowitsch bei Engelshofen in Temesvar und in Wien die höhere Gesellschaft und im Krieg fremde Länder kennengelernt hatte, war er ein einfacher Mensch seiner Zeit und hatte keine Vorstellung, wie eine russische Zarin reiste, übernachtete, Audienzen erteilte.

Da man ihm gesagt hatte, er solle am Vortag keinem die Tür öffnen, schweigen und daheim bleiben, saß Isakowitsch im Haus und wartete. Er wusch, kämmte, parfümierte und kleidete sich voller Sorgfalt. Und in seiner Nervosität nahm er auch reichlich Branntwein zu sich. Um keinen üblen Geruch zu verbreiten, spülte er sich sorgfältig den Mund und kaute Nelken. Er war mit allem sehr früh fertig und wartete auf den Abend.

Es war schon dunkel, als er einen Wagen vor dem Haus halten hörte. Kein Mond stand am Himmel.

Rakitsch in silberglänzender Paradeuniform führte ihn zum Wagen, in dem der ebenfalls aufgeputzte Miskowitsch saß.

Rakitsch, den Isakowitsch weder gut kannte noch leiden mochte, war ein junger hübscher Mann mit schwarzem Schnurrbärtchen und dunklem Lockenhaar, hübsch frisiert wie ein kleiner Junge, der viele Schwestern hat. Er sah in seiner strammsitzenden Uniformbluse, der roten Hose und den Stiefelchen gut aus und lachte viel an diesem Abend. Auf dem Kopf trug er eine russische Mütze, deren Troddel ihm bis zum Kragen hing.

»Wir müssen uns beeilen«, sagte er zu Isakowitsch, »die anderen warten schon.«

Miskowitsch hatte lange Arme und Beine und umarmte Pavle im Wagen auf der schmalen Bank, als wollten sie im Sitzen Reigen tanzen. Er war hochgewachsen und hatte ein gelbes, blatternarbiges Gesicht mit großen grauen Augen und langem schwarzem Schnauzbart. Wenn er sprach, saugte er die Luft hörbar durch die Zähne ein, als hätte er sich beim Essen verbrüht.

Sie erwarteten, sagte er, daß Pavle in ihrer aller Namen der Zarin erkläre, sie wollten nicht an die polnische oder preußische, sondern an die türkische Grenze geschickt werden, um zu fallen. Miskowitsch lachte und hüstelte dabei. Isakowitsch hielt sie beide für angetrunken.

Der Wagen, in dem sie ihn abholten, war prächtig und hatte Glasscheiben in den Lederfenstern. Sie sagten, er gehöre Woronzow, und die Zarin werde in Kostjurins Residenz übernachten. Isakowitsch wunderte sich. Kostjurin sei doch auf Reisen?

Er sei schon wieder zurück, entgegnete Miskowitsch.

Sie fuhren nicht lange durch Kiew, und als der Wagen hielt, ging alles sehr schnell. Beim Aussteigen sah Isakowitsch lediglich, daß sie in einem Garten mit Sandwegen waren, der ihn an den Kostjurins erinnerte. Eine Laterne beleuchtete das Tor, flankiert von zwei Grenadieren mit weißgoldenen Mützen wie Zuckerhüten.

Zu Pavles Erstaunen trugen sie Stiefel. Aber schon war er an ihnen vorbei.

Sie kamen in ein prächtiges Vorzimmer, wo einige Offiziere in Paradeuniform Isakowitsch lachend begrüßten. Er sah im Vorübergehen Leutnant Petar Schewitsch, den Bruder von Zivan, und ihren entfernten Verwandten Leutnant Subota Suponja, der mit Miskowitsch nach Rußland gekommen und für seine dreisten und dummen Scherze, aber auch für seinen Mut berühmt war. Außerdem sah er Horvats

Liebling, Leutnant Djurka Gajitsch, der zu Wischnewski übergelaufen war. Diese Gesellschaft gefiel ihm nicht sehr, aber als er gerade fragen wollte, was diese Grünschnäbel hier zu suchen hatten, führte ihn Miskowitsch bereits in den nächsten Raum.

Er flüsterte, gleich werde er seiner gräflichen Hoheit, dem Vizestaatskanzler Michail Ilarionowitsch Woronzow vorgestellt. »Paß gut auf, was du ihm sagst!«

Pavle waren die Worte im Hals steckengeblieben.

Der Saal, den er betrat, war leer, doch er fühlte, daß jemand eintreten würde, vor dem er nicht so stehen durfte, wie er in Wien vor Keyserling gestanden hatte. Die kostbaren Möbel ringsum kamen ihm bekannt vor. Seit dem Tag des heiligen Alexander Newski, als sie bei Kostjurin zu Gast waren. Er erinnerte sich, diese herrlichen tatarischen Teppiche, den großen schwarzen Fauteuil im Hintergrund und diese Spiegel gesehen zu haben, von denen Vitkowitsch erzählte, daß Kostjurin sie aus Italien bezog. In seiner Verwirrung fragte er sich, ob er nicht schon hiergewesen und von hier aus in Kostjurins Garten gegangen war.

Er konnte jedoch keine Fragen stellen, denn Miskowitsch hatte ihm Schweigen geboten. Ihm schien, daß sie lange warteten.

Und aus dem Vorzimmer drang seltsamerweise dröhnendes Gelächter.

Im nächsten Augenblick öffnete sich die rechte Tür, und ein dicker, kräftiger Mann in französischem Frack und mit riesiger Perücke trat ein, vor dem sich Miskowitsch mehrmals verneigte. Er flüsterte Pavle zu: »Woronzow!«

Pavle bückte sich mehrmals bis zum Boden.

Miskowitsch trat zu Woronzow und küßte ihm die Hand. Pavle tat es ihm nach.

Dann nannte Miskowitsch Pavles Namen und den Rang, den er in der österreichischen Armee gehabt hatte, und Woronzow tätschelte Isakowitsch den Rücken, während er all das wiederholte.

Daraufhin zog sich Miskowitsch katzbuckelnd zurück.

Woronzow wies mit dem Finger auf die linke Tür, faßte Pavle im Nacken und sagte: »Auf die Knie!«

Isakowitsch fiel auf die Knie und wartete.

Noch immer vernahm er von irgendwo Gelächter.

Inzwischen öffnete sich die linke Tür, und die Zarin trat ein. Woronzow eilte zu ihr, machte einen tiefen Bückling und geleitete sie zu dem Fauteuil im Hintergrund. Dabei berührten seine Finger kaum die ihrigen.

Die Zarin nahm Platz.

Woronzow ordnete die Falten ihres hellblauen Kleides.

In diesem Augenblick sah Pavle, daß die Zarin eine schöne junge Frau mit einem ungewöhnlich sanften und liebreizenden Gesicht war. Sie hatte große schwarze Augen, das Haar nach französischer Mode frisiert, an den Füßen goldene Pantöffelchen und einen großen goldenen Fächer in der Hand.

Isakowitsch überflog sie mit einem Blick, war aber bis auf den Grund seines Wesens erschüttert und wußte, daß er die Zarin sein Leben lang so vor sich sehen würde.

Und wenn er hundert Jahre alt wurde.

Sie sah ihn an, ganz rot im Gesicht, denn es war heiß im Saal.

Woronzow wiederholte Pavles Namen und Rang.

Sie bat den Grafen, den Rittmeister näher zu geleiten.

Sie sprach russisch, aber das verstand Pavle jetzt sehr gut.

Er erhob sich, und als Woronzow ihn an der Schulter packte, trat er näher und fiel auf ein Knie nieder. Aber als sie ihm die Hand zum Kuß reichte, war er so verwirrt, daß er Woronzow zuflüsterte: »Ich kann nur Serbisch!«

Mochte der Graf und Vizekanzler das begriffen haben oder nicht, Pavle verstand jedenfalls, daß er der Zarin berichtete, Isakowitsch habe bereits seit langer Zeit, und zwar zehnmal darum ersucht, nach Sankt Petersburg reisen und sich zur Audienz melden zu dürfen. Ein gewisser Oberst Teodor Wischnewski habe das jedoch verhindert. Isakowitsch habe vergebens gebeten.

Der Zarin schien das zu gefallen, denn sie reichte ihm noch einmal die Hand zum Kuß. Kniend, den Blick gesenkt, hörte Pavle lediglich, wie sie zu Woronzow sagte, der Rittmeister könne aufstehen. Woronzow zupfte ihn am Ärmel, und Pavle erhob sich.

Die Zarin konnte mit dem Anblick dieses gutgewachsenen

Mannes zufrieden sein, der da neben Woronzow vor ihr stand.

Sie kannte Versailles, und Isakowitsch mußte ihr in seiner Uniform wie ein französischer Offizier und nicht wie jemand erschienen sein, der aus einem kleinen, abgelegenen, türkischen Land kam. Er war an diesem Tag sehr blaß, und seine kühlen eisblauen Augen glänzten wie im Fieber. Die hohe glatte Stirn darüber war von Locken wie aus purem Gold umrahmt, und sein wächsernes Gesicht mit der Adlernase verriet seine innere Erregung. Er stand vor ihr, die zu sehen er so inständig begehrt hatte. Obwohl um seine Lippen ein bitterer Zug war und seine Schläfen zu ergrauen begannen, mußte die Zarin bemerken, wie jung er war.

Er sah sie demütig, aber voller Bewunderung an.

Nachdem sie ihm erlaubt hatte, sich zu erheben, stand er da mit langen Armen und Beinen, aber elegant mit seinen breiten Schultern und schmalen Hüften. Die Zarin betrachtete ihn mit sichtlichem Wohlgefallen. Pavle trug an diesem Tag den schwarzen russischen Uniformrock, den der Thronfolger Peter nach preußischem Vorbild eingeführt und der sich bei einem Teil der Kiewer Garnisonsoffiziere durchgesetzt hatte. Eng tailliert, mit wattierten Schultern, hatte dieser Rock breite, silbergepaspelte Revers mit zwei harfenförmig angeordneten Reihen von Silberknöpfen. Der schwarze Seidenbelag des Kragens umgab weich seinen Hals. In dieser Umrahmung wirkte das Gesicht gemeißelt wie ein Medaillon und prägte sich ein.

Seine Hand in der Spitzenmanschette zitterte merklich, als er die Hand der Zarin zum Kuß ergriff.

In den über kniehohen Stiefeln und der engen weißen ledernen Hose, die unter dem Rock mit drei Knöpfen geschlossen wurde, besaß dieser lange Kerl nicht nur eine schöne Gestalt – was in seinem Volk keine Seltenheit war –, sondern von ihm ging auch eine tief vergeistigte, düstere Kraft aus. Wie eine schwarze Bildsäule oder ein reglos verharrender Rapphengst.

Die Zarin sagte vernehmlich zu Woronzow: »*Krassawez!*« (Ein schöner Bursche!)

Pavle hörte und verstand es.

Dann wandte sie sich an Isakowitsch selbst und sagte, sie wisse von allen Nöten, die seine Nation betroffen und sie nach Rußland geführt hatten. Sie werde von nun an ihre Beschützerin sein, so daß sie nicht mehr zu jammern und zu klagen und besorgt zu sein brauchten. Sie waren nach Rußland gekommen, wie es ihr Wunsch gewesen war. Sie werde auch der österreichischen Imperatorin alle erforderlichen Hinweise geben. Sie müsse zulassen, daß diese ganze Nation nach Rußland übersiedelte. Und er solle wissen, daß er bald den Generalsrang bekommen werde und die »*generalskaja schljapa!*«

Das waren ihre Worte. Und nun dürfe er ihr noch einmal die Hand küssen.

Verwirrt, erstaunt und entzückt beugte sich Isakowitsch wieder über ihre Hand. Dabei spürte er, wie sie ihm sanft ihre andere Hand auf den Kopf legte und fragte, wo seine Frau und seine Kinder seien. Pavle verstand alles genau. Woronzow jedoch zischte: »Antworten Sie! *Otwetschajtje!*«

Isakowitsch blickte der Zarin ins Gesicht und sagte, er habe seine Frau und sein zu früh geborenes Kind vor zwei Jahren begraben. Er habe seine Vettern (er sagte »*dwojurodnyje bratja*«) nach Rußland gebracht, sei aber allein auf dieser Welt. Wie ein einsamer Baum.

Die Zarin schenkte ihm ein verständnisvolles, trauriges Lächeln. Wieder reichte sie ihm die Hand zum Kuß und streichelte ihm den Kopf.

»Haben Sie die Absicht, wieder zu heiraten?« fragte sie. Er verstand und antwortete leise, das wolle und könne er nicht. Die Erinnerung an seine Frau und das Kind, das mit ihr gestorben war, saß zu tief. Er wollte sein Unglück nicht an eine zweite Frau weitergeben. »Wir tragen den Tod derer, die wir geliebt haben, wie ein Zeichen auf der Stirn. Unsere Gedanken sind nur in die Vergangenheit gerichtet.«

Die Zarin fragte ihn amüsiert, warum er, wenn es so war, nicht hinging und sich am Dnjepr einen einsamen Baum suchte und sich an einem einsamen hohen Ast erhängte?

Auch Woronzow lachte und rief: »*Otwetschajtje!*«

Stumm vor Entsetzen, glaubte Pavle im ersten Moment zu träumen, ehe er sich zu einer Antwort aufraffte. Es schien ihm fast unmöglich, daß die Zarin so etwas gesagt hatte.

»Der Tod wäre für mich wie ein Erwachen in der Dunkelheit, und es wäre gleichgültig, ob ich die Augen offen oder geschlossen halte«, erklärte er. »All das wäre nur ein fortgesetzter Traum. Aber ich bin wie meine Landsleute nach Rußland gekommen, um in die russische Armee einzutreten und ihr Ehre zu machen und mit ihr nach Serbien heimzukehren. Wir irren nicht um unserer selbst willen durch die Welt. Wir möchten nicht mit der österreichischen, sondern mit der russischen Armee an die türkische Grenze ziehen. Ich möchte vor meinem Tod noch einmal den Cer sehen, den Berg, an dessen Fuß ich geboren bin.«

Die Zarin lachte nicht mehr. Sie wechselte ernste Blicke mit Woronzow. Sie war aufgestanden und reichte noch einmal ihre Hand zum Kuß.

Während sich Pavle darüberbeugte, fragte sie, ob er nicht mit in die Hauptstadt kommen wolle. Für einen solchen Offizier fände sich immer Verwendung in Sankt Petersburg. Oder zöge er das Leben eines Grundbesitzers und Viehzüchters in Bachmut vor? Falls er das erstere wünsche, müsse er heiraten. Einem Witwer stünde die russische Hauptstadt nicht offen. Er müsse das Leben fortsetzen, Kinder zeugen. Wenn er das wolle, brauche er es nur zu sagen!

Isakowitsch, den die ersten Worte der Zarin verwirrt, den ihre Blicke und ihr Lachen verstört hatten, geriet im Verlauf des Gesprächs mit der Imperatorin so außer Fassung, daß er wie im Fieber redete, ja sogar stotterte.

Diese Audienz hatte er sich ganz anders vorgestellt.

Auch die Tochter Peters des Großen und Zarin aller Russen. Als er Woronzow wieder rufen hörte: »Antworten Sie! *Otwetschajtje!*«, nahm er alle Kraft zusammen und stammelte, er habe so sehnlich erwartet, Sankt Petersburg zu sehen, wie ein Schwerkranker das Ende der Nacht und den Morgenstern erwarte. Für seine Nation sei in der Stadt Peters des Großen alle Tröstung wie für Schiffbrüchige, die auf hoher See ein fernes Ufer erblicken. Für ihn und alle, die nach Rußland gekommen waren, sei diese Stadt im Schnee die letzte Hoffnung. Eine andere hatten sie nicht mehr. Seit sechzig Jahren schon irrten sie umher und weinten und führten die Hand des Zaren Lazar mit sich und hatten nur den einzigen

Wunsch, sie in die Hand Peters zu legen, der sie, die Serben, nach Rußland gerufen hatte.

Die Zarin fragte ihn streng, ob er ein Fürst sei.

Pavle verneinte verlegen. In ihrer Nation gab es nur die Fürsten Raschkowitsch. Aber die Isakowitschs, sie wußten es von ihren Müttern, hatten schon auf dem Amselfeld gekämpft. Sie hatten Beweise dafür in den Verzeichnissen, die sie über ihre Toten aufstellten.

Isakowitsch war außer sich, als er das sagte.

Mit dieser Frage hatten weder er noch Rakitsch noch Miskowitsch gerechnet.

Die Zarin Jelisaweta indes beugte sich vor, tippte ihm leicht mit ihrem Fächer auf die Nase und rief: »Sie sind ein kleiner Lausbub, der seiner Zarin etwas vorflunkert! *Obmanschtschik!*« Dann ergriff sie Woronzows Arm und verließ, von Lachen geschüttelt, den Saal. Isakowitsch hatte sich wieder auf ein Knie niedergelassen. Der kalte Schweiß brach ihm aus, er wischte sich wie von Sinnen die Stirn.

Unterdessen war Miskowitsch eingetreten und flüsterte ihm zu, sie müßten jetzt gehen. Wie ein Schlafwandler verließ Pavle den Audienzsaal. Eine Sekunde lang glaubte er in einem Spiegel Wischnewskis grinsendes Gesicht zu sehen.

Pavle war noch nicht bei sich, als ihn die Offiziere im Vorzimmer umringten und mit Fragen bestürmten, doch Miskowitsch zog ihn am Ärmel hinaus. Kaum war Pavle in den Wagen gestiegen, gab Miskowitsch dem Kutscher ein Zeichen und blieb selbst zurück. Der Wagen setzte sich so eilig in Bewegung, daß Isakowitsch keine Zeit hatte, den anderen ein Abschiedswort zuzurufen.

Der Kutscher jagte mit ihm durch Podol, als seien die Häscher hinter ihm her. Vor Scholobows Haus hielt er so abrupt an, daß die Kutsche fast umstürzte. Pavle sprang heraus und sah, wie der Mann auf dem Bock wie verrückt den Pferden die Peitsche gab und davonraste. Alle Welt schien betrunken zu sein.

Pavle betrat das Haus, als kehrte er von einem Begräbnis zurück. Als man ihm den Leuchter brachte, saß er lange stumm beim Kerzenschein.

Tags darauf ging er ins Stabsquartier.

Das Entsetzen über den Mißerfolg seiner Audienz wich langsam einer gewissen Zufriedenheit, weil er die Zarin immerhin gesehen hatte, obwohl sich sein Kopf von ihren Worten nur so drehte. Auf die Frage von Vitkowitsch, ob er den Tag seiner Abreise nach Bachmut festgelegt habe, blickte er den alten Brigadier mit seltsamem Lächeln an und fragte zurück, ob er die Zarin gesehen habe.

Als Vitkowitsch nicht antwortete und ihn erstaunt anschaute, fuhr Isakowitsch immer noch lächelnd fort, er habe sie gesehen. Er sei bei der Zarin zur Audienz gewesen und hoffe auf ein gutes Ende, obwohl er nicht wisse, ob er sich richtig verhalten und die rechten Worte gefunden habe. Er sei halt ein Pechvogel!

Vitkowitsch fragte: »Willst du behaupten, daß du gestern Ihre Majestät, die Zarin Jelisaweta, gesehen und mit ihr gesprochen hast?«

Als Isakowitsch bejahte, erklärte Vitkowitsch, er habe den Verstand verloren. Dann befahl er Pavle erschrocken, sich sofort nach Hause zu begeben und dort auf ihn zu warten.

Pavle indes verließ das Stabsquartier mit einer närrischen Freude, wie er sie nie im Leben empfunden hatte, und sagte noch im Hinausgehen zu einigen Offizieren, daß er tags zuvor bei der Zarin zur Audienz gewesen sei.

Jetzt würde in Rußland für sie alles gut werden!

Am Sonntag, dem 6. November 1753, dem Tag des Heiligen Bekenners Paulos, wurde der aus Österreich eingewanderte, neuernannte Rittmeister des 35. Ungarisch-Serbischen Regiments, Isakowitsch, in das Kiewer Offiziersgefängnis eingeliefert.

Der Grenadierhauptmann, der ihn nebst einem Fähnrich und vier Grenadieren des ansässigen 5. Regiments eskortierte, übergab ihn mit den dazugehörigen Papieren dem Platzprofosen. Alles verlief in völliger Ruhe. Der Festgenommene schien wie in Trance.

Der Kiewer Offiziersgewahrsam befand sich damals in einer ehemaligen Bastion auf einem Hügel über Podol, in der Nähe des Goldenen Tors und des Höhlenklosters. Fast den ganzen Tag über hörte man Glockenläuten. Das Bauwerk lag unterirdisch, und seine vergitterten Fenster gingen nicht zur Straße, sondern nach hinten hinaus.

Die Luft hier war stickig, aber warm.

An dem Abend, als man diesen Offizier in den Arrest brachte, fiel der erste Schnee jenes Jahres in Kiew.

Die Zelle, in die man Isakowitsch sperrte, lag im Souterrain, war aber behaglich, mit einem Bett und einer brennenden Kerze auf dem Tisch. Auf der Bank vor dem geheizten Ofen schlief ein schwarzer Kater. Wer weiß, wann er hereingekommen war. Niemand verjagte ihn. Er ging durch das Eisengitter auf dem Flur aus und ein. Isakowitsch verbrachte hier eine schlaflose Nacht.

Den Säbel hatte man ihm abgenommen, ansonsten behandelte ihn der Profos höflich wie jeden anderen Offizier.

Isakowitsch verlangte nichts, nicht einmal Wasser.

Er öffnete nur seine Uniformjacke am Hals und legte sich in Stiefeln aufs Bett. So lag er, reglos.

Der Kater besuchte ihn, merkte aber bald, daß das kein Mensch war, der ihn streichelte, und zog sich zurück. Als die Kerze gegen Morgen heruntergebrannt war, sah Pavle nur die grünen Augen in der Dunkelheit, wie Glühwürmchen.

Am nächsten Morgen, es war der Tag der Dreiunddreißig Märtyrer, wurde der Verhaftete früh geweckt. Der Perückenmacher kam und ein Tatare, der ihm die Stiefel putzte. Er wurde zum Waschen geführt. Man kontrollierte seine Knöpfe. Auf dem Hof nahmen ihn derselbe Offizier und die Grenadiere in Empfang, die ihn tags zuvor eskortiert hatten.

Der Morgen war kalt und neblig. Vom Hof aus konnte man unten den Dnjepr und die Reihen der Pappeln und Weiden an seinen Ufern sehen. Der Festgenommene achtete nicht darauf.

Bis dahin hatte niemand ein Wort mit ihm gesprochen, und, noch merkwürdiger, auch Isakowitsch hatte keine Fragen gestellt.

Er hörte nur ein lautes Kommando.

Mußte in die Zweierreihe springen und im Gleichschritt mit den Grenadieren marschieren.

Sie brachten ihn in die nahegelegene Kommandantur

Kostjurins, zweistöckig und mit einem blau-gelben Schilderhaus davor.

Im ersten Stock wurde er in einen Saal mit drei Fenstern geführt, deren mittleres eine zerschlagene Scheibe hatte. In dem Saal war niemand. Er mußte auf einer Bank ohne Lehne Platz nehmen. So saß er, vielleicht eine Stunde, vielleicht anderthalb.

Vor sich sah er das Wappen mit dem schwarzen russischen Doppeladler und daneben die russische Fahne und die Porträts geharnischter Männer mit französischen Perücken. Unter dem Wappen stand ein langer Tisch, darauf ein Tintenfaß und ein dickes, in rotes Verlourleder gebundenes und silberbeschlagenes Buch. Das Evangelium. Drei Leuchter mit Kerzen. Und ein Glas mit langen weißen Gänsefedern.

Rechts und links standen Bänke an den weißgekalkten Wänden. Und hinter ihm Grenadiere – er fühlte es, drehte sich aber nicht um.

Endlich öffnete sich rechts eine Tür, und ein traten Kostjurin, Vitkowitsch sowie ein Oberst, ein Hauptmann und ein Fähnrich, die er nie im Leben gesehen hatte. Der Oberst war riesengroß, beleibt, grauhaarig. Der Hauptmann ein fahlgesichtiger, offenbar kränklicher Mensch, der ständig die Hände faltete und hörbar mit den Fingern knackte. Der Fähnrich jung, von niedrigem Wuchs und so parfümiert, daß es der Festgenommene riechen konnte. Kostjurin nahm in der Mitte des Tisches Platz, die anderen gruppierten sich um ihn.

Isakowitsch sah, daß sich Vitkowitsch abseits setzte. In seiner Nähe erblickte er auch den Grenadierhauptmann, der ihn hergebracht hatte. Über seinen Knien lag die Offiziersschärpe, die er Pavle abgenommen hatte. Was Isakowitsch sehr erstaunte: auch der Grieche Trikorfos war anwesend, der Arzt, der Petar behandelt hatte.

Er trat zu Pavle und stellte ihm Fragen, die Isakowitsch stockend, aber vernehmlich beantwortete. Wie er sich fühle. Ob das Wetter schön sei. Wie er geschlafen habe. Ob er in letzter Zeit seine Familie gesehen habe. Und so weiter.

Isakowitsch wußte nicht, was das sollte. Aber er bemerkte, daß Kostjurin und die anderen aufmerksam zuhörten und

Blicke wechselten. Kostjurin, der in der Tischmitte saß, ließ kein Auge von Pavle. Dann befahl er Pavle, aufzustehen.

Der Hauptmann, der Pavle eskortiert hatte, meldete, daß es unterwegs keine Vorkommnisse gegeben und auch die Durchsuchung von Pavles Haus nichts Wesentliches erbracht habe. Er trat zu Pavle, der wieder saß, und legte ihm seine Schärpe über die Knie.

Am Tisch erhob sich der kränklich wirkende Hauptmann und erklärte, Isakowitsch sei zurechnungsfähig, und man könne mit den Fragen beginnen.

Pavle verstand, was er sagte, aber nicht, was er meinte.

Sie riefen ihn zum Tisch, wo er, die Hand auf dem Evangelium, vereidigt wurde. Er begriff nicht, worauf noch warum er diesen Eid ablegte. Aber ihm war alles gleichgültig.

Er stand hochaufgeschossen, finster und dreist vor Kostjurin. Seine Augen glänzten in einem unnatürlichen Blau.

Die Fragen des Hauptmanns beschränkten sich auf Namen und Rang, die Familie, die Unterredungen mit Keyserling in Wien, die Ankunft in Rußland und so weiter. Der Fähnrich notierte alles mit einer Gänsefeder in einem dicken Buch. Und beim Kritzeln bewegte er die Lippen, als müßte er einen Frosch verschlucken.

Dann war auch das vorbei.

Danach gab Kostjurin einen Befehl, dessen Sinn Pavle nicht verstand, nur soviel, daß man die Offiziere hereinrufe, mit denen er am Abend seiner Audienz zusammengewesen war. Rittmeister Miskowitsch, die Leutnants Tschuponja und Djurka Gajitsch und den Fähnrich Rakitsch. Pavle ahnte, daß das, wessen man ihn beschuldigte, mit seiner Audienz bei der Zarin zusammenhing. Aber was es sein konnte, wußte er nicht.

Durch die rechte Tür traten unterdessen die vier Erwähnten ein, geschniegelt und pomadisiert, und standen stramm wie Kinder, die Soldaten spielten.

Pavle sahen sie nicht einmal an.

Kostjurin befahl ihm, aufzustehen, und fragte, ob er diese Herren kenne? »Und ob ich sie kenne«, erwiderte Isakowitsch mit gelassener Stimme auf russisch. Er hatte viel Russisch gelernt, wußte aber die Worte nicht recht anzuwenden.

Wie er vorher deutsch geradebrecht hatte, so fiel sein Russisch jetzt unbeholfen oder dreist aus.

Kostjurin fragte jedoch freundlich: »Haben Sie diesen Herren erzählt, daß Sie von Ihrer Majestät der Imperatorin zur Audienz empfangen wurden? Hier, in Kiew, am letzten Sonntag?«

Isakowitsch bejahte. Und strich sich sogar den Schnurrbart.

Darauf trat völlige Stille ein, und er sah Kostjurin wütend mit der Faust auf den Tisch mit den Papieren hauen und hörte ihn brüllen, dieser Mensch habe den Verstand verloren, und er unterbreche die Verhandlung.

Im Saal entstand Bewegung. Kostjurin raffte die Papiere vom Tisch, stieß seinen Stuhl beiseite und rannte mit Vitkowitsch hinaus. Und alle anderen rannten ihm nach. Wie bei einer Feuersbrunst.

Pavle stand verwundert da und fand das alles lächerlich.

Als er sich umwandte, sah er seine Wächter, und der Hauptmann, der ihn hergebracht hatte, nahm ihm die Schärpe wieder ab, befahl ihm, sich hinzusetzen und ruhig zu verhalten, sonst werde er in Fesseln gelegt.

Am Tisch stand jetzt der Feldscher Trikorfos und sah ihn ungläubig und mitleidsvoll an. Pavle wußte nicht warum. Er fühlte nur, daß in alldem, was um ihn geschah, etwas nicht in Ordnung war, daß böse Kräfte ihre Hand im Spiel hatten.

Unter dem Tisch, an dem eben noch Kostjurin gesessen hatte, sah Pavle eine Maus hervorhuschen und wieder zwischen die Fransen des Tuchs kriechen, die bis auf den Boden hinabhingen. Pavle saß nur etwa vier Schritt von dem Tisch entfernt, und ihm war, als bliebe die Maus von Zeit zu Zeit stehen und sehe ihn unverwandt an.

Wenige Minuten später kam Kostjurin mit Vitkowitsch und den Offizieren – bis auf Miskowitsch, Tschuponja, Gajitsch und Rakitsch – zurück und nahm wieder Platz.

Sein Verhalten war jetzt völlig verändert.

Er befahl, dem Festgenommenen einen Stuhl zu bringen, und forderte ihn auf, sich näher an den Tisch zu setzen.

Dann bat er ihn, genau zu erzählen, wie er der Imperatorin begegnet war. Er lächelte sogar, und nachdem er einige Flüsterworte mit Trikorfos gewechselt hatte, wiederholte er väterlich, man höre. »Sagen Sie alles, was Sie zu sagen haben, wie das mit Ihrer Audienz bei der Zarin war.«

Isakowitsch ahnte bereits, daß er sich in Gefahr befand und daß man ihn für einen Lügner hielt. Aber da er allen Gefahren, auch tödlichen, mit Ruhe begegnete, erwiderte er gelassen: »Ich habe erfahren, daß die Zarin nach Kiew kommen wird. Meine Landsleute haben mir angeboten, eine Audienz für mich zu erwirken. Sie haben mich abgeholt und Herrn Woronzow vorgestellt.«

Als der Name Woronzow fiel, wollte sich Kostjurin fast ausschütten vor Lachen.

Er wurde ernst, als Pavle weitererzählte, wie er vor der Zarin auf die Knie gefallen war.

Im Saal war tiefe Stille eingekehrt. Kostjurin ließ keinen Blick von Pavle und rieb sich müde die Stirn.

Er trug an diesem Tag seinen schwarzen Uniformrock und wirkte erschöpft, und seine Hand, mit der er die Papiere auf dem Tisch zerknüllte, zitterte.

Mit dumpfer Stimme unterbrach er Pavles Bericht und fragte: »Haben Sie in Österreich nie etwas über Finten gehört, über Attrappen aus Stroh und Lumpen und Blechrohren, die aussehen wie richtige Kanonen? Von Strohpuppen, die man in Uniformen kleidet, denen man Dreispitze aufsetzt und die dem Feind von weitem wie ein ganzer Armeestab erscheinen? Zum Zweck der Täuschung. Im Krieg ist alles erlaubt.«

Habe Isakowitsch vielleicht einen Feind in Kiew? Könne er sich nicht vorstellen, daß sich seine frechen Kameraden nur einen Scherz mit ihm machen und ihn auslachen wollten?

Kostjurin stand auf und kam langsam auf Pavle zu. Er war in diesem Augenblick sehr schlank und elegant. Seine Augen blickten Isakowitsch traurig an.

Als er heran war, zog er ein Medaillon aus der Tasche und fragte, ob er die Person auf diesem Bild je im Leben gesehen habe.

Isakowitsch erblickte im goldgerahmten Email eine schöne Frau mit üppigem, weitem Dekolleté, die ihn aus großen Augen ansah. Sie schien Maria Theresia zu ähneln.

Er sagte, das sei die österreichische Imperatorin.

Im Saal kam leises Gelächter auf, verstummte aber sofort, als Kostjurin brüllte, hier gebe es nichts zu lachen. Hier ginge es um Majestätsbeleidigung, um mißbräuchlichen Scherz, der mit allerhöchsten Namen und Persönlichkeiten getrieben wurde. Und das hätte diesen unschuldig Angeklagten den Kopf kosten können.

Dann wandte er sich Pavle zu und sagte, dies Bild stelle wahr und wahrhaftig die Zarin aller Russen, Jelisaweta, dar, und diejenige, deren Hand er abgeschmatzt hatte, sei irgend ein Flittchen gewesen. Wer weiß, woher.

An den Tisch zurückgekehrt, rief Kostjurin den Offizieren zu, die Verhandlung sei für heute geschlossen. Im allgemeinen Stimmengewirr hörte sich Isakowitsch laut sagen: »Ich weiß, wer mir das eingebrockt hat! Diese ganze Komödie! Kein anderer als Wischnewski.«

Als er das vernahm, erstarrte Kostjurin und drehte sich zu Vitkowitsch um: »Mit diesen Serben habe ich mir etwas Schönes eingehandelt. Meinen Glückwunsch!«

Vitkowitsch fluchte unbeherrscht.

Zu allem Unglück befand sich Wischnewski auf dem Weg nach Sankt Petersburg.

Sechs Tage später, am Sonntag, dem dreizehnten November, dem Tag des Heiligen Johannes Chrysostomos, wurde Isakowitsch aus dem Offiziersarrest entlassen.

Er kehrte in sein Haus zurück, mit dem Befehl, sich schnellstmöglich in Bachmut zu melden.

In Kiew hatte es geschneit.

An Pavles Stelle kamen Miskowitsch, Tschuponja, Djurka Gajitsch und Rakitsch in Gewahrsam. Und verhört wurden einige weitere Offiziere. In ihren Familien gab es viele Tränen.

In aller Munde war Jelisaweta, die Frau von Hauptmann Miskowitsch, die in jener Nacht die Zarin gespielt hatte. Sie war Russin, aus einer Offiziersfamilie, und schwebte jetzt in Lebensgefahr.

Miskowitsch, der die geringste Schuld hatte, wurde in Ketten gelegt.

Der falsche Woronzow, ein Lakai Wischnewskis, war aus Kiew verschwunden.

Und mit Wischnewski war auch Frau Julijana abgereist.

Vitkowitsch erzählte Pavle, daß das Geschick Wischnewskis und der anderen von der Höhe der Bestechungsgelder abhing. Schuwalows Kanzlei kenne alle Geheimnisse und werde Wischnewski bald eingefangen haben. Die Kiewer lagen in Eisen. Im übrigen kam es darauf an, ob es Kostjurin gelang, Woronzow – den echten Woronzow – zu beschwichtigen, und wie die Zarin diese ganze Posse aufnahm.

Wie auch immer, Wischnewski würde teuer bezahlen.

Eine schöne Offizierskarriere ging damit zu Ende, und wenn dieser Mann, begnadigt, überlebte, würde er in Sibirien oder in einem Regiment an der persischen Grenze oder im Kaukasus landen.

Viel besser werde es auch denen in Kiew nicht ergehen, die sich an dieser Maskerade beteiligt hatten. Vitkowitsch glaubte zu wissen, daß Kostjurin versuchen würde, zu retten, was zu retten war. Er halte das alles für einen dummen Scherz, aber eben für einen Scherz ohne die Absicht, die Imperatorin zu verspotten. Schuld an allem sei die Langeweile der Friedenszeit und der Neid, der unter den Serben herrsche. Wichtig war, wie man in Woronzows Umgebung diese Komödie aufnahm, sobald sie sich herumsprach.

Die Imperatorin wußte nach Meinung der Schuwalows, daß kein Mensch unfehlbar war. Sie war sehr fröhlich. Wenn man ihr von dem Vorfall in Kiew erzählte, amüsierte sie sich womöglich und verlangte den falschen Woronzow aus Kiew zu sehen. Das konnte Wischnewski retten.

Wenn sich die Zarin aber nicht amüsierte, konnten diverse Zungen ausgeschnitten werden.

Als sie zum erstenmal ein Todesurteil unterzeichnen sollte, habe sie es nicht über sich gebracht und geweint. Jetzt aber unterzeichnete sie ganz gelassen.

Auch der ehemaligen Frau Bestuschews, einer Fremden sächsischer Herkunft, habe man die Zunge ausgeschnitten. Was das Tollste war, Vitkowitsch gab Pavle, diesem aufgeblasenen Witwer, alle Schuld an dem Vorgefallenen. Witwer und Hagestolze ohne Frauen, die nicht in Gesellschaft gingen, seien eine Plage. Es stehe böse um Menschen, die nicht so waren wie die anderen.

Laut Protokoll des Stabsquartiers zog Isakowitsch am siebzehnten November 1753, dem Tag von Gregorios dem Wundertäter, von Kiew nach Bachmut.

Vitkowitsch versicherte Kostjurin, daß jetzt unter den serbischen Offizieren in Podol Ruhe herrschen würde.

Erhalten ist auch der letzte Rapport von Isakowitsch, in dem er um Urlaub bittet, um in Sankt Petersburg eine Audienz zu erwirken. Außerdem ersuchte er darum, wenn nötig, dem Bischof Vasilije zugeteilt zu werden. In Wien habe er auf Anordnung des russischen Gesandten Graf Keyserling den Transport der Verwandten Vasilijes nach Rußland verabschiedet. Und er bitte um Nachricht über eine gewisse Joka, die Frau von Stane Drekov, seine entfernte Verwandte.

Vitkowitsch setzte auf diesen Rapport eigenhändig den Vermerk: ad acta!

Und da im Stabsquartier niemand etwas von den montenegrinischen Aussiedlern wußte, wurde auch auf das Gesuch der Vermerk »ad acta« gesetzt.

Der Zufall wollte es, daß drei Jahre später, kurz vor dem Krieg, die Papiere und das Archiv des Stabsquartiers revidiert wurden. Diese Arbeit war einem Rittmeister Jezdimirowitsch aus Montenegro übertragen worden. Er las erstaunt das Gesuch von Isakowitsch. Stellte Erkundigungen nach Pavle an. Isakowitsch befand sich jedoch nicht mehr in Bachmut, sondern war mit dem Kosakenregiment aus Tschernigow irgendwohin abkommandiert worden.

Jezdimirowitsch war durch den seltsamen Zufall neugierig geworden, daß ein Offizier nach Joka Drekova suchte, die seine Base und zusammen mit ihm und seiner Familie nach Kiew gekommen war. Einen Tag nach der Abreise von Isakowitsch.

Der Zufall ist der größte Komödiant im Leben der Menschen und Völker.

Isakowitsch traf diese Frau mit den großen grünen Augen und den aschfarbenen Wimpern niemals wieder.

XII
Des Wanderns ist kein Ende

Kommt es irgendwo in der Welt zu einem Erdbeben, wird viel darüber gesprochen. Solange es andauert, wird jede Einzelheit registriert. Die Zahl der Opfer und ihre Namen, die Zahl der zerstörten Häuser. Ein paar Jahre später indes sind diese Zahlen vergessen oder erscheinen größer, die Phantasie tut das Ihre dazu. In Erinnerung bleiben nur die Orte des Geschehens.

Ähnlich ist es mit Vulkanausbrüchen und Überschwemmungen. Solange ein Vulkan Feuer speit, gibt es zahllose Nachrichten darüber. Erlischt er wieder, spricht keiner mehr von ihm, oder er phantasiert, wenn er davon erzählt.

Und so ist es auch mit den Papieren aus vergangener Zeit, die von Feuersbrünsten, Pest, Krieg und Flüchtlingsströmen berichten. Die Namen der Familien und ganz besonders die einzelner Menschen verschwinden aus den Dokumenten. Selbst die Irrfahrten ganzer Völker geraten in Vergessenheit.

Man weiß nur, wo ihre Friedhöfe lagen.

So erinnert man sich auch nach einem Schiffsunglück auf hoher See noch eine Zeitlang an die Namen der Ertrunkenen, doch ein paar Jahre später ist nur noch von den Namen der Schiffe die Rede. Das Schicksal eines einzelnen Menschen ist ein winziges, von den Wogen des stürmischen Meeres ans Ufer gespültes Sandkorn. Der Tod eines Menschen, selbst wenn im selben Augenblick ein Stern vom Himmel fällt, bleibt nicht länger im Gedächtnis der anderen als das Flimmern eines einzigen Glühwürmchens unter vielen in dunkler Nacht.

Bei allen Völkern steht es geschrieben: Der Mensch ist nur Staub!

Nach dem Jahr 1753 ist nichts mehr über die Familie Isakowitsch verbürgt.

In dieses Jahr etwa fällt das Ende des großen Auszugs aus den Gebieten um Maros und Theiß. Die serbischen Grenzsoldaten waren nach Rußland aufgebrochen, die Hälfte von ihnen war gegangen, doch nach 1753 gibt es keine großen

Wanderungen mehr, und es ist besser so. Auf dem Territorium nördlich von Serbien verblieb der größte Teil der serbischen Städte und Dörfer, der Fronbauern, Grenzer, Offiziere, Kaufleute und Handwerker.

So manche von ihnen wurden Generale, Feldmarschälle, Ritter des Maria-Theresia-Ordens, Barone und Grafen. Die Verbindung mit ihren Familien in Rußland brach ab. Während der Napoleonischen Kriege kam es sogar vor, daß ein Familienmitglied auf der österreichischen oder französischen Seite und ein anderes auf der russischen kämpfte.

Die Grenze war in den Händen Napoleons.

Die serbischen Regimenter wurden österreichische.

Im Winter des Jahres 1753 wurde es still um die serbischen Zuwanderer in Rußland. In den Protokollen ihrer Stabsquartiere, in ihrer Korrespondenz, in den Dokumenten über sie gibt es weiße Flecken. Sie verraten nicht mehr viel über den weiteren Weg und die Abenteuer der Helden unseres Romans. Vor allem nicht über Pavle Isakowitsch.

Unbekannt ist selbst die Zahl der Auswanderer.

Die mündliche Überlieferung spricht von zweihunderttausend Menschen, die nach Rußland gingen.

Die serbischen Dokumente von etwa zwanzigtausend.

Die Russen von zwei- bis dreitausend.

Es gibt auch viele Widersprüche in der Korrespondenz der Ausgewanderten mit ihrer alten Heimat.

Nach einem Brief von Isakowitsch an den Budaer Kaufmann Georgije Rakosavlewitsch ist Senator Stritzeski, der Vater von Petars Frau, in jenem Jahr in Neusatz gestorben. Im Testament von Isak Isakowitsch wird behauptet, daß er noch bis 1771 lebte.

Und so gibt es viele andere Widersprüche.

Von Kriegskommissar Garsuli heißt es in einem Papier, er sei auf dem Weg nach Korfu 1764 in Triest von einem seiner Bediensteten umgebracht worden.

Den Weg des Feldmarschalleutnants Baron Engelshofen aus Temesvar kann man anhand der damaligen Dokumente bis zu seiner feierlichen Beisetzung gut verfolgen. Sein Todesdatum ist genau bekannt.

Graf Keyserling figuriert jahrelang als berühmter russischer Gesandter in den Papieren. Nur ob er glatzköpfig geblieben ist oder ihm die Haarpomade von Herrn Anastas Agagijanijan tatsächlich geholfen hat, darüber verrät die Geschichte nichts. Agagijanijan selbst soll, aus einem Brief zu schließen, als reicher Kaufmann in Odessa gestorben sein.

Berühmt ist die diplomatische Karriere von Keyserlings Sekondesekretär Wolkow, der dem Bischof und Exarchen des serbischen Throns Vasilije und seinen Montenegrinern die Papiere ausstellte. Vasilije hingegen erhielt niemals die Erlaubnis, aus Rußland nach Montenegro zurückzukehren, das er als schöne und fruchtbare Gegend beschreibt; er starb verarmt und verbittert im Mai 1754 in Moskau.

Agagijanijan berichtete Pavle in seinen Briefen aus Wien mehrmals von Major Bozitsch. Aber wir wissen, daß die Polizei diese Briefe nicht nach Kiew gelangen ließ. Bozitsch wird in mehreren Dokumenten erwähnt, seltsamerweise auch in russischen. Es gab mehrere Majore dieses Namens.

Ganz merkwürdig ist, daß in den Kirchenbüchern der ungarischen Stadt Eger eine Evdokija Despotowitsch als zweimal verheiratet geführt wird. Die Ehe mit Bozitsch war ihre erste gewesen. Wenn die Erwähnte unsere Evdokija ist, muß sie sich noch einmal vermählt haben. Wer weiß mit wem.

Dieses närrische Spiel der Vergangenheit geht aber noch weiter; unsere Evdokija offensichtlich wird auch in einem Brief von Trandafilowitsch genannt, den er unter dem 3. September 1754 an Isak Isakowitsch schrieb. Dort heißt es: »Und habe ich auch von Herrn Despotov For. 800 erhalten für Madame Evdokija, welche nach Kiew verzogen!«

Das würde bedeuten, daß diese heißblütige Frau ihrem Galan nach Kiew gefolgt ist. Vielleicht in der Hoffnung, von ihm geheiratet zu werden? Und das würde bedeuten, daß Pavle sie in ihrer neuen Leibesfülle, dick wie eine Bärin, erblickt hat. Was mag er gedacht haben bei dieser traurigen Erkenntnis von der Vergänglichkeit alles Schönen? Hat er diese Frau aus Mitleid oder weil er nicht wußte, wie ihm geschah, so angenommen, wie sie war? Und sie? Hat sie geweint, weil sie sich derart zugerichtet hatte? Oder gelacht, in der törichten Überzeugung, immer noch bezaubernd zu sein?

Über die Weggefährtinnen Pavles gibt es eine noch erstaunlichere Behauptung in einem Brief, den die alte Generalin Schewitsch in jenem Jahr ihrem Verwandten Isak Isakowitsch schrieb: Der Protopope Bulitsch beklage sich über Pavle, weil er mit einer jungen Schönen nach Mirgorod gekommen war, die zwar im Haus von Oberst Rakitsch lebe, aber Pavles Konkubine sei, mit Namen Thekla, Enkelin des Wachshändlers Despotowitsch aus Buda. In den Briefen Anas, Jurats und Petars steht freilich über all das kein Wort. Aber sollte das bedeuten, daß die Tochter ihrer Mutter nach Kiew gefolgt ist? Daß die Junge über die eigene Mutter siegte und sie von ihrem Platz verdrängte?

Die Vergangenheit weiß keine Antwort auf solche Fragen. Und es ist besser so.

Vielleicht ist alles nur Klatsch und Tratsch.

Was aus den Briefen im Nachlaß von Isak Isakowitsch mit Sicherheit hervorgeht, ist, daß Anas Vater ihre und Jurats Kinder im Sommer 1754 nach Kiew brachte. Und daß auch Trifuns Kinder eintrafen. Isak erfuhr durch einen Brief von Fähnrich Vulin, daß er Kumrija verlassen, sie aber in Esseg einen anderen Galan gefunden hatte, einen jungen Leutnant namens Novakowitsch. Sie war im Gerede. Ihren alten Vater hatte sie einsam in Ruma unter den Maulbeerbäumen sterben lassen.

Der alte Trifun benahm sich in Rußland nicht viel besser. Er wartete nur auf den Dispens der Metropolie, um wieder zu heiraten. Eine junge Russin. Kaum älter als zwanzig Jahre.

All das ist wie ein Flüstern unter einer hohen Schneedecke verstummt.

Der Winter des Jahres 1753 war in Rußland lang und hart.

In den Papieren aus der Vergangenheit stehen viel genauere Angaben über das Schicksal der serbischen Nation in Rußland als über das einzelner Menschen. Die alte Generalin Schewitsch sollte recht behalten: Pavles Romanze wurde zur Romanze über sein Volk.

Sicher ist von Pavle nur, daß er bis zum nächsten Krieg, der drei Jahre später begann und sieben Jahre währte, in Bachmut und Mirgorod lebte. Sicher ist auch, daß er zusammen mit seinen Vettern an diesem Krieg teilnahm. Darüber gibt es Dokumente.

Diesen Krieg, welcher der Siebenjährige hieß, sollen die Engländer angezettelt haben, weil sie die Franzosen um ihren Reichtum beneideten. Die Engländer behaupten, der Krieg habe seinen Anfang in Amerika genommen, wo die Franzosen ihnen die Kolonien entreißen wollten. Maria Theresia unterstützte in diesem Krieg die Franzosen. Und sie wiederum wurde von der russischen Imperatorin gegen den preußischen König unterstützt, der sich nichts aus Frauen machte.

Für die serbischen Aussiedler begann der Krieg in diesem Winter an der Grenze gegen Türken und Tataren. Sie setzten in Rußland ihren Krieg fort, den sie unterbrochen hatten, als sie mit den Österreichern aus Serbien abzogen.

Die beiden Kriege waren sich sehr ähnlich. Mit einem Unterschied: In diesem Winter begann die Einwanderung von Walachen, Bulgaren und Griechen nach Rußland. Aus der Türkei! Moldauische, bulgarische, griechische Reiterregimenter wurden aufgestellt. Vizekanzler Woronzow persönlich nahm sich der Moldauer an.

Die Türkei nämlich ließ alle gehen, die gehen wollten. Der Begriff Aussiedler existierte bei den Türken nicht.

Das erlaubte den russischen Agenten, Konsuln und Diplomaten, ohne Schwierigkeiten Leute in der Türkei anzuwerben.

Pavle Isakowitsch dürfte weiterhin General Bibikow mit Vorschlägen bestürmt haben, wie seine Nation in Österreich von der Fron befreit werden könne. Nur weiß man nicht, ob Bibikow diese Akten nach Sankt Petersburg weiterleitete oder nicht – obwohl er der Familie Isakowitsch gewogen war, denn er machte Ana den Hof. Tatsache ist, daß in jenem Jahr auch die Bauern aus der Umgebung von Mirgorod die russische Fron abzuschütteln versuchten.

Wir wissen einzig, daß Isakowitsch ständig mit seinem abwesenden Lächeln umherlief wie einer, der nicht ganz bei Verstand ist. Nach allen Papieren zu schließen, die im Stabsquartier gefunden wurden, ist dieser enttäuschte Liebhaber Witwer geblieben. Auch zu Beginn des Krieges, in den Pavle mit dem Tschernigower Kosakenregiment zog, wurde er als Witwer registriert. Neben den Angaben über seine Ränge in der österreichischen und russischen Armee steht als Familienstand *»wdowez«*, Witwer. Keine Spur von Evdokija oder ihrer Tochter.

Aus Kiew, Bachmut, Mirgorod und Tschernigow ging er stets allein fort.

Er mag angesichts dieses Krieges gedacht haben, daß nicht nur die Liebesaffären und die liebestollen Frauen Wahn und Magie in seinem Dasein waren, sondern auch die Zeit, in der er lebte, und dieses Europa, das er zu Pferd durchquert hatte. Die Bilder von seinem Sirmien, seinem Hartkovci und dem nahen Berg, der »Wolfskamm« genannt wurde, müssen ihn stets begleitet haben.

Die seltsamen Vermutungen über Evdokija und ihre Tochter beiseite – wir wissen lediglich, daß er in seinen Briefen die blaue Bleikuppel über der Grabstätte seiner Frau erwähnte und bat, man möge sie hüten und in Ordnung halten.

Sie war von den Feldern ringsum weithin zu sehen.

Ihre Farbe begann abzublättern, und Isak hatte ihm mitgeteilt, daß Geld für ihre Erneuerung gebraucht wurde. Für Pavle war diese Kuppel ein Symbol für die Unvergänglichkeit seiner Liebe. Aber er hatte es nicht mitnehmen können.

In einem Brief an Isak Isakowitsch ersuchte Pavle darum, ihren alten Adoptivvater Vuk Isakowitsch mit der frommen Lüge zu trösten, Pavle werde in Rußland wieder heiraten und eine Familie gründen. In Wirklichkeit aber denke er nicht daran.

Und so unglaublich es auch klingen mag, aus den Dokumenten des Stabsquartiers geht hervor, daß dieser Isakowitsch, den alle Welt verheiraten wollte, in Rußland unverehelicht und kinderlos blieb. Er liebte seine verstorbene Frau immer inniger, sprach aber nicht mehr von ihr. Jurat und Petar glaubten, er habe sie vergessen.

Das Leben ging auch nach der Übersiedlung, in Rußland, weiter.

Bei der ganzen Familie, selbst bei Varvara, geriet Pavles Frau mit ihrer anziehenden Gestalt, ihren schönen, verschleierten Augen allmählich in Vergessenheit. Sie war in ihrer blauen Krinoline und dem Samtmieder auch nicht mehr in ihren Gesprächen gegenwärtig. Ihr Name taucht in den Briefen der Familie Isakowitsch nicht mehr auf.

Nur ihr Mann träumte bis zu seinem Tod von ihrem schönen, blassen, länglichen Gesicht. Seltener zwar, dafür aber nicht nur nachts, sondern auch tags, im Wachen.

Entgegen ihren Erwartungen verlief das Leben der Isakowitschs in Rußland nicht viel anders als in Temesvar. Pavle fühlte jedoch, daß es für ihn völlig anders gewesen wäre, hätte er Katinka an seiner Seite gehabt. Wenn er sagte, daß ein Witwer nie wieder glücklich sein könne, geriet Jurat in Wut. »Das gilt nur für solche«, sagte er zu Pavle, »die von ihrer Frau besessen sind. Natürlich muß man seine Frau lieben, aber wenn sie tot ist, muß man eine andere nehmen. So haben es auch unsere Väter gemacht!«

Trotzdem steht in allen Dokumenten über Pavle: *wdowez*, Witwer.

Das bedeutet jedoch nicht, daß Pavle Isakowitsch sein Leben in Rußland als weinerlicher Narr beschlossen hätte. Im Gegenteil. Varvara sagte zu Ana, Pavle schiene niemals glücklicher gewesen zu sein. Befragte ihn Jurat während der langen Winterabende zum hundertstenmal nach seiner Audienz bei der Zarin, konnte Pavle sogar ausgelassen lachen.

Obwohl Pavle seine Vettern in Mirgorod selten besuchte, obwohl er sie bei sich in Bachmut nur widerstrebend empfing, so als hätte er etwas zu verbergen, war er in Jurats Familie ein gerngesehener Gast.

Dann war er bisweilen wieder der frühere stolze Pavle aus Temesvar, den nichts auf dieser Welt erschüttern konnte. So wie das menschliche Antlitz in den ersten Augenblicken nach dem Tod sanft, schön und ruhig wird, blieb dieser Isakowitsch den Aussiedlern als schön und angenehm in Erinnerung. »Wenn ich auch die Zarin Jelisaweta nicht gesehen habe«, pflegte er zu Jurat zu sagen, »bin ich doch zufrieden, daß ich in Rußland angekommen bin. Daß wir alle hier angekommen sind. Und alles wird gut ausgehen.«

Viele waren dort in Sirmien, in der Mahala geblieben, aber wenigstens sie, ein kleiner Teil ihres Volkes, würden ihre

Spuren in der russischen Erde hinterlassen und ihr Blut mit dem der Russen vermischen. Nichts war umsonst gewesen.

Selbstbewußt, schweigsam, freudlos, war Isakowitsch am Ende dieses Winters wieder der Alte, der keine Niederlage eingestand. Er konnte tagelang auf Essen und Trinken verzichten, wenn er leise vor sich hinpfeifend und mit seinem seltsamen Lächeln, das sich den Menschen einprägte, in Haus und Stall herumhantierte. Der Frühling nahte, und es gab viel zu tun.

Liest man den Brief des Protopopen Bulitsch aus Mirgorod über Pavles Liebschaft mit der jungen schönen Thekla Despotowitsch, die er im Hause Rakitsch versteckte und mit der er, um zu heiraten, nach Kiew gehen wollte – so könnte man glauben, daß Isakowitsch ausschließlich in der Vergangenheit lebte.

Er werde nicht müde, berichtet der Protopope, über das Leben seiner Familie zu sprechen, das in Serbien begonnen hatte und sich in Rußland vollenden würde. Mit zehn Jahren sei er ein sorgloses Kind am Fuß des Cer gewesen. Mit fünfzehn in Belgrad. Mit vierundzwanzig habe er Crna Bara und den Cer brennen sehen. War dann nach Sirmien und von dort in den Krieg gezogen, der ihn, als Dreißigjährigen, bis nach Böhmen und Holland verschlug.

Die Familie Isakowitsch war immer und ewig auf Wanderschaft gewesen. Und nie vom Glück begünstigt. Frühling, Sommer, Herbst und Winter hatten sie stets an anderem Ort überrascht. Und immer mit nassen Hosen, obwohl sie nicht nach Krebsen fischten.

Aber diese Wintertage jetzt wollten und wollten nicht vergehen.

Was der Protopope verschweigt: All die Menschen aus der Umgebung von Mirgorod und Bachmut waren Pavle nahe geworden wie seine eigene Nation. Diese russischen Bauern unterschieden sich ebensowenig von den Dörflern in seiner heimischen Mahala wie die russischen Akazien von den serbischen.

Pavle hatte das seltsame Gefühl, daß er in Rußland ewig leben werde. Er war noch zu jung, um an den Tod zu denken, aber er dachte, daß vor der Ankunft in Bachmut ein Leben für ihn zu Ende gegangen war. Und daß er nun ein neues begann.

Die Papiere von Vitkowitsch bestätigen lediglich, daß Isakowitsch weiterhin Vorschläge beim Kollegium in Sankt Petersburg einreichte. Dort jedoch beschäftigte man sich mit den Listen des Generals Horvat de Kurtitsch, der auf dem Papier bereits ein bulgarisches und ein mazedonisches Husarenregiment gegründet hatte und jetzt das Fußvolk um sich sammelte.

Im Winter 1753 war es in Sankt Petersburg Mode geworden, in die Zukunft zu schauen. Dazu benutzte man große Kristallkugeln. Astrologen, Nekromanten, Freimaurer genossen hohes Ansehen.

Die Imperatorin, der Pavle so sehnlich gern die Bitten des serbischen Volkes vorgetragen hätte, zeigte sich in diesem Winter besonders lebenslustig und vergnügungssüchtig.

Jelisaweta Petrowna, die Zarin aller russischen Lande, stand im vierundvierzigsten Lebensjahr und liebte Feste, die bis zum Morgen dauerten. Sie und Graf Rasumowski richteten den Winter über mehrere große Bälle in der Hauptstadt aus. Der Palast – der in Sankt Petersburg so nahe der Festung lag – war feenhaft beleuchtet. Wie in einem Wintermärchen.

Fast ohne Pause reihten sich die Maskenbälle, Feuerwerke, Opern, Komödien und Konzerte. Man gab französische Theaterstücke und solche der italienischen Commedia dell'arte.

Die Zarin war schöner denn je, doch Isakowitsch steckte tief im Schnee und würde sie niemals zu Gesicht bekommen.

Die Tochter Peters des Großen war eine stattliche Erscheinung mit wohlgeformten Brüsten und einem schönen, runden Gesicht. Die Brauen über ihren großen Augen waren – will man den Zeitgenossen glauben – auffallend stark. Im Haar trug sie Brillanten und auf der Brust einen Orden am Band, unter dem hübschen Kinn und an den Handgelenken schwarze Samtschleifen.

Die Zarin Jelisaweta hat tatsächlich einige serbische Offiziere zur Audienz empfangen, doch der launische Zufall wollte es, daß keiner der Vettern Isakowitsch in ihre Nähe kam. Pavle hatte die »Zarin« nur bei jener Komödie gesehen, welche die Offiziere mit ihm veranstalteten. Aber er war gierig auf jedes Wort, das Ana und Varvara aus dem Mund der russischen Offiziersfrauen vernahmen, wobei sich alles darauf beschränkte, daß die Zarin einen zarten Teint und schöne Füße hatte.

Niemand wagte von der Wollust dieser Frau zu sprechen, von ihren Liebhabern, von ihren Auftritten in Männerkostümen – als französischer Musketier, holländischer Matrose, Kosakenhetman. Man flüsterte nur, daß auf ihren Maskenbällen alle Männer in Frauenkleidern und alle Frauen in Männerkleidern zu erscheinen hatten. Besonders extravagant soll diesbezüglich, will man der Geschichte glauben, die Fürstin Rumjanzewa gewesen sein.

Der größte Festtag in Rußland war damals der achtzehnte Dezember, der Geburtstag der Imperatorin, der mit Böllerschüssen begangen wurde. Die Zarin dachte natürlich nicht im Traum daran, in Mirgorod oder Bachmut zu erscheinen. Daß sie nach Kiew kommen würde, hatten sich die Offiziere nur ausgedacht, um Isakowitsch zum Narren zu halten.

Anstelle der Zarin wurde in Kiew die wundertätige Ikone der Muttergottes im Höhlenkloster gefeiert, von der erzählt wurde, der Apostel Lukas selbst habe sie gemalt. Die Zarin reiste gern durch ihr Land (das sie *Rossija dorogaja,* »mein liebes Rußland«, nannte), aber Kiew stand in diesem Herbst nicht auf ihrem Programm. Sie konnte die Entfernung zwischen Sankt Petersburg und Moskau mit ihrem galoppierenden Gespann binnen weniger Tage zurücklegen, aber zu Pavles Lebzeiten hat sie keinen Fuß nach Kiew gesetzt.

Er hatte also wirklich keine Gelegenheit, vor ihr auf die Knie zu fallen. Solche Begegnungen sind selten auf dieser Welt.

Isakowitsch in seinem Bachmut erfuhr niemals, ob die Zarin Bericht über den dummen Scherz erhielt, den sich die serbischen Offiziere in Kiew auf ihre Kosten erlaubt hatten, und, wenn ja, wie sie ihn aufnahm. Man wußte nur, daß sie wie ihr Minister Pjotr Iwanowitsch Schuwalow dachte: Kein Mensch ist unfehlbar.

Auch ob und wie man Wischnewski bestraft hatte, blieb

Pavle und seinen Vettern verborgen. Sie hörten, daß sich die Zarin immer mehr den Freuden der Tafel ergab und fett wurde. Daß sie sich bei den Menschen ihrer Umgebung, sogar bei den Bediensteten, als Ehestifterin betätigte. All das hatte keinen Einfluß auf das Schicksal der Familie Isakowitsch in Rußland. Was kraft der Entscheidung dieser ihnen unbekannten Frau ihre Schritte in Rußland lenkte, waren die Staatsgeschäfte, die von den Schuwalows, Bestuschews, Rumjanzews erarbeiteten Pläne.

Der Preußische Krieg!

Münnichs Traum von der Eroberung Konstantinopels, bei der 20 000 christliche Seelen den Russen zu Hilfe eilen wollten, war begraben.

Das Ziel hieß Berlin!

Aber davon wußten die Vettern Isakowitsch in jenem Winter 1753 noch nichts.

Über die Vergangenheit ist uns nur wenig bekannt.

In der Hinterlassenschaft Jelisaweta Petrownas wurde ein Stück Papier gefunden, auf dem von ihrer Hand geschrieben zwei Worte stehen: *Plamja Ogon!* (Flamme Feuer!)

Zwei Worte.

Bis heute weiß niemand, was sie bedeuten sollen.

Aber auch der Winter des Jahres 1753 konnte nicht ewig dauern. Im März setzte um Mirgorod und Bachmut Tauwetter ein, die Siedler sahen ihr erstes Korn aus dem Boden sprießen. Der Frühling war wieder eingekehrt. Wer weiß, zum wievielten Mal, seit die Welt besteht. Wer weiß, zum wievielten Mal. Der menschliche Verstand vermag es nicht zu fassen.

Die Tage vergingen.

Bibikow machte auch Kaufleute und Handwerker in den Städten ansässig, und der Protopope Bulitsch kümmerte sich darum, daß sie Seelsorger bekamen.

Er selbst überwachte nur noch die Gottesdienste.

Die meisten Zugewanderten indes blieben Soldaten. Schon während dieses Frühjahrs wateten sie wieder in Blut und kämpften an den Grenzen gegen tatarische Eindringlinge. Petar Isakowitsch scheint in diesen Gefechten den Tod gesucht zu haben, doch die Kugeln verfehlten ihn. Im Gegenteil, er wurde für seine Tapferkeit zum Rittmeister befördert, obwohl ihm nichts daran lag.

Jurat wurde sehr bald reich.

Trifun wartete, wie schon erwähnt, nur auf die Erlaubnis der Metropolie, um seine junge, kaum zwanzigjährige Russin heiraten zu können.

Wenn seine Vettern zu Besuch kamen, pflegte Pavle ihnen zu sagen: »In unserem Leben auf Erden regiert nicht Gottes Hand und nicht des Menschen Wille, sondern Zauberei und Magie. Ich hatte große Ideen, als ich mich aufgemacht habe. Aber das war früher. Jetzt nicht mehr. Der Mensch muß leben wie die Tiere und Pflanzen. In guter Gesundheit den Morgen und den Abend erwarten. Alles andere ist so weit wie die Wolken am Himmel. Der Sinn des Lebens ist, alles zu nehmen, wie es kommt: Glück und Unglück, Freude und Trauer. Ich verrichte meine Arbeit im Stall und auf dem Feld beim Pflügen und Hacken, bis im Mai die Manöver beginnen. Dann werde ich an der Spitze meiner Soldaten im Trab oder im Galopp reiten und sie zum Sturm oder in den Tod führen. Dazu bin ich geboren. Noch keiner ist seinem Geschick entronnen, das Leben ist nicht, was wir wünschen, sondern was geschieht. Wir leben, wir weinen, wir lachen, je nachdem. Unser aller Tage sind gezählt, wir haben unsere Liebe, unsere helle Seite wie ein Vogel, der aus der Dunkelheit in einen Festsaal und wieder hinaus in die Finsternis fliegt. So hat es mir der Pope Mikailo zum Abschied erklärt. Er hat recht gehabt, dieser Vana!«

In diesem Sommer wurde Pavle Isakowitsch nach Tschernigow geschickt. Und dann an die Grenze. Die Tage vergingen, doch er fiel nicht.

Auch die Manöver im Mai vergingen.

Der Herbst kam, der wunderbare russische Herbst in Bachmut. In dem die Sonne über der Steppe glühte, als wollte sie alles in Brand setzen.

Daß Isakowitsch das Jahr 1754 lebend in Tschernigow und Bachmut verbrachte, ist aus einem Brief des Protopopen Bulitsch ersichtlich, den er aus Anlaß des Todes von Bischof Vasilije nach Moskau schickte und in dem er Isakowitsch erwähnt.

Dann kam wieder ein Winter, und Pavle war offenbar wieder in Bachmut. Die Tage vergingen, wer wollte sie zählen? Sie sind ohne Zahl wie die Nächte, in denen der Mensch wach liegt. Wie viele sind es? Die einen sagen: Wie Sand am Meer. Die anderen: Wie die Sterne am Himmel.

Auf jeden Fall verbrachte Pavle dort noch einige Jahre. Wir wissen über sein Leben nach 1754 nur soviel, daß es weiterging. Über seinen Tod ist uns Heutigen nichts bekannt. Ein Mensch stirbt, aber ob er nun Pavle, Petar, Trifun oder Jurat heißt, seine Nachkommen leben weiter.

Pavle hinterließ niemanden. Das wissen wir. Wenn Isakowitsch in einem der künftigen Kriege die Augen für immer schloß, wer könnte sagen, wie viele Menschen am selben Tag auf dieser Welt geboren wurden? Wie viele Schwalben, Lerchen, Tauben aus ihren Nestern aufflogen? Wie viele Pflüger aufs Feld gingen? Wie viele Bäume nach dem langen Winter in Rußland grünten, wie viele Gräser sprossen, bis zum Kaukasus, bis zum Ural, bis nach Kamtschatka?

Es ist kein Wunder, daß Isakowitsch während des Krieges nur noch einmal und dann nie wieder in den Papieren der serbischen Regimenter oder seiner Familie erwähnt wird.

Fest steht, daß Trifun, Petar, Jurat und Pavle in der Armee waren, die drei Jahre später an die polnische und danach an die preußische Grenze geschickt wurde, und daß Pavles Tschernigower Regiment am Feldzug gegen Preußen teilnahm, nicht am Marsch auf die Hagia Sophia.

Einige Tausende von Pavles Landsleuten kämpften in diesem Krieg. Daß Pavle mit diesen prächtigen Truppen aus Mirgorod aufbrach, wissen wir.

Ist er, den Säbel hoch erhoben, zuerst im leichten Trab und dann im Galopp vor seinen Kavalleristen geritten, um schließlich, an den Pferdehals geschmiegt, gegen den Feind anzustürmen? Durch einen merkwürdigen Zufall haben die Papiere die Tatsache vermerkt, daß auf die Schlacht im Juni, in der Maria Theresias neue Verbündete, die Franzosen, eine Niederlage erlitten, die russische Armee am dreißigsten August mit dem Sieg bei Großjägersdorf antwortete.

Die Chroniken dieser Schlacht berichten von der Attacke einer serbischen – jetzt russischen – Husarenschwadron auf die preußische Infanterie bei einer Windmühle. Der Sturm wurde von einem tapferen jungen Kornett angeführt, der vor der Windmühle tot vom Pferd stürzte. Er hieß Marko Ziminski.

In diesem Krieg fielen Serben nicht nur unter russischen Fahnen. Auch Österreich führte serbische Regimenter nach dem Plan des Grafen Mercy auf die Schlachtfelder. Und nach dem Plan des Grafen Haugwitz, der in der österreichischen Armee das Schnellfeuer als neues Manöver eingeführt hatte. Eine seiner Neuerungen für die Offiziere hieß: Standesbewußtsein. Esprit de corps!

So war nicht das Leben der Serben sinnlos, sondern ihr Tod. Wie dem auch sei, im September des erwähnten Jahres beschloß Graf Fermor im Kriegsrat, gegen Berlin zu ziehen. In diesem Feldzug wurde Trifun Oberst, Jurat verlor ein Bein bis zum Knie, und Petar erwarb sich Verdienste durch die Gefangennahme feindlicher Offiziere. Kein Wort über Pavle.

Maria Theresia hatte indessen nicht die Hände in den Schoß gelegt, nachdem es ihr gelungen war, den Strom der serbischen Milizen nach Rußland aufzuhalten.

Das Leben der Serben ging auch in Österreich weiter, und sie gaben ihre Ideen nicht auf, die mit den ersten Aussiedlungen nach Rußland Gestalt angenommen hatten. In der ungarischen Diéta schätzten die Herren Maria Theresias die Gefahr genau ein, die dem Kaiserreich von dieser schismatischen Nation drohte. Besonders die Gefahr, die von den Militärs in der serbischen Nation für das Imperium, die Imperatorin, Österreich und ganz Europa ausging.

Die Diéta forderte ein Jahr später die Auflösung der serbischen Hofdeputation in Wien. Und der Diözesen der Wladikas in Plaski, Kostajnitza, Pakratz. Keine Adelsbriefe, Barons- und Grafentitel mehr für die Orthodoxen, besonders wenn sie Militärpersonen waren!

So dachte man in Österreich, und so ging das achtzehnte Jahrhundert zu Ende.

Die türkischen Kriege wurden aber fortgesetzt, auch nach dem russischen Feldzug und Einmarsch in Berlin. Kostjurin verbrachte seine Jahre in Kiew und geriet allmählich in Vergessenheit. Horvat endete irgendwo im Gewahrsam. Die

Wellen des Dnjepr froren im Winter wieder zu, und wenn der Frühling kam, taute das Eis, der Fluß trat über die Ufer und riß alles mit sich fort, Menschenleben und den Schnee vom vergangenen Jahr.

Dreizehn Jahre später wurde der Krieg fortgesetzt. In den Papieren in der Hinterlassenschaft von Isak Isakowitsch gibt es kein Zeugnis über die Vettern Isakowitsch. Ebensowenig im türkischen Krieg, der 1774 endete. Oder im folgenden, als die Österreicher und die serbischen Freikorps in Belgrad einmarschierten, 1789. Isak Isakowitsch war 1771 gestorben.

1792 zogen die Österreicher wieder aus Belgrad ab. Die Napoleonischen Kriege begannen. General Nikolai Iwanowitsch de Preradowitsch kommandierte das Gardereiterregiment, das in der Schlacht bei Austerlitz zu Ruhm gelangte. Zu Beginn des 19. Jahrhunderts machten sich die Russen auf den Weg zum Balkan und nach Serbien.

Wo waren die Aussiedler geblieben?

In grenzenloser Liebe zu seiner Nation hatte das arme serbische Soldatenvolk hundert Jahre lang das einzige getan, was es konnte: den Kopf hinhalten.

Wo es in Rußland begraben ist, erinnern die Namen der Dörfer an seine Anwesenheit. Denn Flüsse, Berge, Siedlungen vermögen besser das Gedächtnis an die Vergangenheit zu bewahren als lebende Menschen.

Weder in Österreich noch in Rußland bekamen diese Siedlungen ihre Namen von den in den Adelsstand erhobenen Emigranten, den Gutsherren oder den Baronen oder den Feldmarschalleutnants. Jenen ehemaligen Einwanderern, die nun aus goldenen Tabaksdosen schnupften.

Sondern von den serbischen Fronbauern.

Die Historiker und Chronisten vermerken natürlich nicht die Namen dieser Bauern, sondern ihr Interesse galt vor allem all jenen, die in Rußland Grafen, Generale oder Feldmarschälle wurden.

Tekelija wurde Feldmarschall im Kaukasus und besaß in den Augen von Jelisawetas Nachfolgerin Katharina II. das Format eines Peters des Großen. Das zumindest hat sie einmal Potemkin gegenüber erwähnt!

Simeon Narandzitsch Zoritsch wurde der Liebhaber dieser Frau, und in ihren auf französisch geschriebenen Memoiren steht etwas Interessantes über ihn. Während andere, um den schier unersättlichen Liebeshunger der Zarin zu stillen, ständig auf Aphrodisiaka angewiesen waren, hatte er so etwas nicht nötig. Jeder wird auf seine Art unsterblich. Die Zarin schreibt über Zoritsch aber auch, sie könne sich über den Edelmut und die Güte dieses Soldaten, der ihr *»krassawez Sima«*, ihr schöner Sima war, nicht genug wundern.

Es wäre sinnlos, die Namen all dieser Offiziere anzuführen, die der russischen Armee dienten, welche im Jahr 1760 300 000 Mann zählte und ganz Europa hätte erobern können, wäre es Jelisawetas Wille gewesen.

Ihre Namen sind in der Nacht und Stille des Todes vergangen.

Alle, die fortgezogen waren, um der Fron in Österreich zu entfliehen, sind gefallen und gestorben und namenlos in der russischen Erde begraben worden, die bald darauf wieder vom russischen Volk überflutet wurde. Nach den Kriegen haben sie den Boden am Ingul und am Donez bestellt, um ihre Kinder zu ernähren und Gottes Willen zu erfüllen, daß das Leben weitergehen soll. Siebzehn Jahre nach ihrer Ansiedlung soll eine seltsame Fata Morgana am Himmel Rußlands erschienen sein. Sie wurde Aura Borealis genannt. Aber die Geschichte vermerkt nicht, was diese Menschen beim Anblick einer solchen Erscheinung dachten, welche Bedeutung sie in ihrem Leben hatte.

Diese Fronbauern aber gaben den Siedlungen in dem Land, das sie Neu-Serbien nannten, die Namen ihrer Dörfer, die sie im Herzen trugen. Sie schrieben sie auf die Karte Rußlands und Europas, für die Ewigkeit!

Auf den russischen geographischen Karten von 1860 findet man noch Ortsnamen wie Ilok, Moschorin, Vilovo, Gordanovci, Nadalj.

Als 1862 im russischen Gouvernement Cherson eine Volkszählung stattfand, wurden noch tausend Menschen gefunden, die sich als Serben registrieren ließen, die wollten, daß man nach ihrem Tod festhielt, wie sie sich ihrer Nation zugehörig und im Herzen verbunden fühlten. Als im Jahr

1900 wieder eine Volkszählung stattfand, gab es keinen einzigen Serben mehr.

Wenn jemand heute, selbst heute, eine Karte dieses Landes zur Hand nimmt, wo die Aussiedler im Meer des russischen Volkes untergegangen sind, wird er in der Nähe von Mirgorod den Ortsnamen Martonos finden. Am Ingul den Namen Pantschevo. Auch ein Subotitza. Und ein Nadlak.

Auch heute ziehen die Jahre dahin, der Sommer vergeht, das gelbe Laub fällt, und dann wird alles vom Schnee verweht. Aber im Frühjahr wird sich der Dnjepr wieder fröhlich zum Lied und Tanz der Lebenden durch dieses Land der Toten dem Meer entgegenwälzen.

Die Jahre werden vergehen. Wer könnte die Zugvögel zählen, wer die Strahlen der Sonne zwischen Ost und West, zwischen Nord und Süd? Wer könnte voraussagen, welche Völker sich in hundert Jahren auf die Wanderschaft begeben wie diese Nation? Wer könnte die Körner zählen, die nächstes Frühjahr in der Erde Europas, Asiens, Amerikas, Afrikas keimen werden?

Der menschliche Verstand kann es nicht fassen.

Dort, wohin die Familie Isakowitsch und dieses Soldatenvolk und so viele ihrer Landsleute gegangen sind, mit ihrem Haus auf dem Rücken wie die Schnecken, gibt es von alldem keine Spur mehr bis auf ein paar Namen.

Immer und ewig sind die Menschen durch die Welt gezogen, und immer und ewig sind neue geboren worden.

Das Wandern dauert ewig.

Der Tod ist nur vorübergehend.

NACHWORT

Tsernianskis »Bora« trägt alle Merkmale eines historischen Romans. Der Autor entnahm den Stoff der Geschichte Serbiens im 18. Jahrhundert, als das Land Schauplatz der Kämpfe zwischen Österreich und der Türkei war. Zehntausende von Serben waren damals in habsburgische Gebiete abgewandert, der Norden Serbiens unterstand österreichischer Herrschaft, während die Türken bis zum Beginn nationaler Befreiungsbewegungen das serbische Kernland besetzt hielten. Den in der österreichischen Diaspora lebenden Serben wurde, soweit sie wehrfähig waren, der Dienst in der Armee angeboten. Viele Zuwanderer machten davon Gebrauch, andere wurden Kaufleute oder Handwerker, insgesamt jedoch stieß die soziale Integration der serbischen Bevölkerungsgruppen auf beträchtliche Schwierigkeiten, nicht zuletzt wegen ihrer Zugehörigkeit zur Ostkirche. Rußland, das große, ebenfalls von Byzanz aus christianisierte Reich, besaß deshalb für die Serben in der Wojwodina eine starke Anziehungskraft. Ganze Scharen von Auswanderern, darunter auch Berufssoldaten, ließen sich, aufgewachsen im orthodoxen Glauben und beseelt von den Ideen des Panslawismus, jenseits der österreichisch-russischen Grenze nieder. Das Leben der Serben im Exil unter der habsburgischen Monarchie, vor allem aber das Schicksal derer, die ihr Heil im Osten suchten, gibt den historischen Hintergrund ab für Milos Tsernianskis »Bora«.

Der Roman gliedert sich in zwei Teile. Im Mittelpunkt des ersten stehen die Brüder Isakowitsch: Vuk, der Krieger, und Archangel, der Händler, ihrem Beruf nach wie auch in ihren Charakteren grundverschiedene Naturen. Vuk, ein Melancholiker, läßt sich von den Ereignissen seiner Zeit tragen. Als eine Art Söldnerführer weiß er sich im Dienst eines ungeliebten Landes; die Hügel der so nahen, dennoch verlorenen

Heimat betrachtet er mit Wehmut und unstillbarer Sehnsucht. Archangel dagegen erscheint als Optimist, nicht nur bereit, sondern auch geschickt genug, sich jeder veränderten Gegebenheit rasch anzupassen und sie zu seinem Vorteil zu nutzen. Ungeachtet ihrer Gegensätzlichkeit aber verbindet die beiden Brüder ein gemeinsames Schicksal, das in Archangels unerwiderter Liebe zu seiner Schwägerin Dafina gründet. Die Ausweglosigkeit dieser Leidenschaft, die Einsicht in ihre Vergeblichkeit und in die Wirrsal, die sie stiftet, wird im Tsernianskis Roman zum allgemeingültigen Wahrbild erhoben für jedwede Heimsuchung, ja für das Scheitern als tragische, existentielle Grunderfahrung des Menschen schlechthin. Damit gewinnt der an historischen Fakten orientierte Handlungsrahmen eine ungemein tiefe metaphysische Dimension.

Noch komplexer treten diese beiden Erzählformen, die historiographisch berichtende und die den Blick auf allgemeine Sinnfragen öffnende, im zweiten Teil des Romanwerks zutage. Pavle, die Hauptfigur, wird derjenige sein, der den Traum seines Adoptivvaters Vuk in die Tat umsetzt und sich mit seiner Familie in Rußland ansiedelt, mag sich dieser Entschluß auch nur als Auftakt zu neuen Enttäuschungen erweisen. Denn keine Vorstellung läßt sich an der Wirklichkeit in der neuen Wahlheimat messen: Statt der erträumten Freiheit und Gerechtigkeit begegnen Pavle Despotismus und eine unterwürfige, in lethargischem Gehorsam erstarrte Mentalität.

Pavle, der melancholische Rebell auf der verzweifelten Suche nach einer Montenegrinerin, der er einst zufällig in einem Wiener Internierungslager in Wien begegnete, tritt als Gegenbild auf zu seinem Vetter Jurat. Wiederum ist die Verschiedenartigkeit menschlicher Einzelschicksale eingebettet in metaphysische Bezüge. Die Verleugnung moralisch-ethischer Ansprüche und die Aufgabe nationaler Ideen durch Jurat, auch er ein Musterfall geschickter Anpassung an eine neue Umwelt (»Die Akazien am Don sehen genauso aus wie an der Bega«!), bewahren diesen nicht vor einer strafenden Allgewalt, die ihn schließlich als Krüppel enden läßt.

Die Botschaft dieses zweiten Teils von »Bora« deckt sich im wesentlichen mit jener des ersten: Anpassung an das Leben verhilft zwar zu gewissen Erfolgen, doch nur bis zu einem bestimmten Punkt, bis zum Eintritt des »komödiantischen Zufalls«, der, Tsernianski zufolge, den Weg einzelner Menschen wie auch ganzer Völker bestimmt, willkürlich und unvorhersehbar, keiner Gesetzmäßigkeit unterworfen. Gerade am Beispiel Pavles wird die vermeinlich hinterhältige, zynisch anmutende Tücke jenes Zufalls deutlich. Seinen Träumen folgt, kaum daß er sie zu realisieren beginnt, die bittere, ohnmächtige Enttäuschung. Scheinbar zum Greifen nahegerückter Gewinn wird ihm im selben Moment entzogen, in dem er die Hand danach ausstreckt – das Spiel einer fremden, grausamen Gottheit, verborgen wie der Gott Pascals, und dennoch gegenwärtig genug, um seine Anwesenheit im tragischen, ewig gleichen Ende zu spüren, das für das Leben eines jeden vorgesehen ist.

Natürlich findet Tsernianski für jedes Schicksal, das er nachzeichnet, glaubhafte psychologische, historische und soziale Motive. Auch ist die Willkür seines Gottes, wie sie sich im »komödiantischen Zufall« offenbart, nicht gleich unnachgiebig gegenüber jedermann: Die schwerste Strafe trifft immer nur diejenigen, die am meisten mit der Gunst des Schicksals rechnen könnten. Als Pavle, auf dem Weg nach Rußland, ein gräfliches Gestüt besucht, entdeckt er, daß dort eine unbekannte, sämtliche Pferde bedrohende Seuche ausgebrochen ist. Ihr erstes Opfer ist ausgerechnet der kräftigste Hengst, der Stolz des Gestüts, dessen Tod der Tierarzt nicht anders als mit dem Hinweis auf den altgriechischen Glauben an den »Neid der Götter« zu erklären vermag.

Tatsächlich ist es wohl, in Tsernianskis Weltsicht, dieser Neid, der die Tragödien ganzer Völker verursacht. Die Serben, die sich voller Hoffnung auf den Weg in das riesige Zarenreich machten, um ihre nationale Identität zu bewahren, sollten sie gerade dort verlieren, wo sie ihr Heil zu finden glaubten.

Wenn man daraus eine Lehre ziehen will, dann ist sie ebenso bitter wie von lapidarer, einfacher Wahrheit: Es gibt kein gelobtes Land, und wer es im Osten sucht oder anderswo, kommt früher oder später nicht umhin, seine leeren Hände zu betrachten, es sei denn, er richtet den Blick auf jenen von Tsernianski beschworenen »endlosen blauen Kreis, und mitten darin ein Stern«.

Nikola Milošević

MILOS TSERNIANSKI

Leben und Werk

Milos Tsernianski wurde als Sohn eines Notars am 26. Oktober 1893 in Tschongrad im heutigen Rumänien geboren. Sieben Jahre später, 1900, zog die Familie nach Pantschevo, einer östlich von Belgrad gelegenen Stadt an der Donau, das Gymnasium aber besuchte der angehende Schriftsteller in Temesvar (Temeschburg), wo er Französisch lernte und die ersten Gedichte schrieb. 1912, nach dem glänzend bestandenen Abitur, verfaßte er ein Drama in Versform und vollendete eine Sammlung kleinerer Novellen. Sein erster Roman, »Der Sohn des Don Quichotte«, blieb, obwohl zunächst von einer Zeitschrift angenommen, unveröffentlicht.

Das Jahr 1913 wurde für Tsernianski, wie er später bekannte, »das glücklichste meines Lebens«. Er lebte in Rijeka, wo er sich an der Schule für Außenhandel einschrieb, und in Sisak. Eine Zeitlang hielt er sich in Triest auf, überliefert ist auch der Besuch des Karnevals in Venedig. Im Herbst jenes Jahres begab er sich zum Studium nach Wien. Die Lust am Schreiben hatte ihn damals für eine Weile verlassen, doch er las viel, hauptsächlich Bücher in ungarischer und deutscher Sprache sowie gute Übersetzungen russischer Autoren, leidenschaftlich interessiert an Philosophie und Kunstgeschichte und ein eifriger Besucher der Wiener Museen. »Nun bin ich also in den Straßen der Hauptstadt«, notierte er, »bekleidet mit einer olivgrünen Jacke, mit weißen Wildlederschuhen und dem Hut eines Tangotänzers«.

Bei Kriegsausbruch, im August 1914, wurde Tsernianski interniert und zum Dienst in die österreichische Armee eingezogen. Der nördlich der Donau gelegene Teil Jugoslawiens sowie Kroatien und Bosnien gehörten zum Herrschaftsgebiet der österreichisch-ungarischen Monarchie, so daß die dort ansässigen Serben zum Kampf gegen das serbische Königreich gezwungen werden konnten – Anlaß zu tragischen, den Brudermord sanktionierenden Konflikten, die zu einem Zentralthema in Tsernianskis Werk wurden.

Da er an Cholera erkrankte, blieb er zunächst vor dem Fronteinsatz bewahrt. 1915, während eines Genesungsaufenthalts im Lazarett, entstand die Reinschrift der ersten Gedichtsammlung und eines neuen Bühnenstücks, »Die Masken«. Nach einer Verwundung in der Schlacht von Złota Lipa in Galizien, in die er Ende 1915 mit seinem Regiment geschickt wurde, entdeckte man bei ihm eine Lungenkrankheit. Zu dieser Zeit arbeitete er an den ersten Seiten des »Tschernowitzer Tagebuchs«.

Als Offizier kam Tsernianski 1918 von Zagreb an die Italien-Front, blieb aber auch diesmal von der Teilnahme an Kampfhandlungen verschont. Ein Aufenthalt in Wien ermöglichte ihm sogar den Abschluß seines Examens. Danach, noch vor dem endgültigen Zusammenbruch der österreichisch-ungarischen Monarchie, kehrte er nach Zagreb zurück. Er veröffentlichte seine Gedichte und machte während eines Krankenhausaufenthalts die Bekanntschaft mit Ivo Andrič. In Belgrad, wo er sich 1919 niederließ, besuchte er die Vorlesungen des bekannten Kritikers und Literaturtheoretikers Bogdan Popović. Begegnungen mit anderen Schriftstellern seiner Generation, die sich wie er für die Vereinigung der südslawischen Völker in einem gemeinsamen Staat begeisterten, die Veröffentlichung weiterer Gedichte und einer Novellensammlung, ein längerer Aufenthalt in Paris sowie der vergebliche Versuch, das mittlerweile abgeschlossene »Tschernowitzer Tagebuch« zu publizieren – lediglich eine Kurzfassung erschien in der Reihe »Albatros« –, fallen in die Jahre bis 1923, in denen Tsernianski einen Teil seines Lebensunterhalts mit Geschichtsunterricht an einem Belgrader Gymnasium verdiente. Daneben arbeitete er als Theaterkritiker für Zeitungen.

Zu einer entscheidenden Wende in Tsernianskis Laufbahn kam es 1928, als er seine Ernennung zum Presseattaché an der jugoslawischen Botschaft in Berlin erhielt. Aufsätze über Albrecht Dürer und die Sonette von Shakespeare verdeutlichen ebenso wie die Übersetzung und Herausgabe einer Anthologie japanischer Gedichte die Spannweite seiner damaligen literarischen Produktion. In ihrem Mittelpunkt freilich stand die Arbeit an dem großen Prosawerk »Bora« (»Seobe«), dessen erster Band 1929 erschien und das sich mehr und mehr als ein Werk der Weltliteratur erweist.

Seine öffentlichen Stellungnahmen zu innenpolitischen Problemen Jugoslawiens entfremdeten Tsernianski in den dreißiger Jahren zunehmend seinen ehemaligen Schriftstellerkollegen, denen er vorwarf, die wahren nationalen Fragen des Landes zu verkennen. Für einige Zeit nahm er seine frühere Tätigkeit als Gymnasiallehrer wieder auf. Zurückgezogen vom eigentlichen Literaturbetrieb, veröffentlichte er mehrere größere Reiseberichte, bis er 1939 in Rom in den diplomatischen Dienst zurückkehrte, nicht ahnend, daß zwei Jahre später, im März 1941, neben den deutschen auch italienische Truppen gewaltsam in seine Heimat eindringen würden. Mit anderen Mitgliedern der diplomatischen Vertretung Jugoslawiens begab sich Tsernianski nach London, wo er sich in den Dienst des Exilkabinetts seines Landes stellte.

Es folgten erniedrigende, entbehrungsreiche, von äußerster Armut gekennzeichnete Jahre. 1949 begann Tsernianski mit der Niederschrift des zweiten Bandes von »Bora«, immer wieder auf der Suche nach einer Tätigkeit, die ihm und seiner Frau wenigstens die allernotwendigsten Mittel zum Lebensunterhalt sicherte. Nach dem Erscheinen eines Gedichtbandes in Paris kam es in Jugoslawien erst in den fünfziger Jahren zur Wieder- beziehungsweise Neuveröffentlichung von literarischen Arbeiten Tsernianskis. Sie wurden, besonders auch von der jüngeren Generation, durchweg mit Beifall aufgenommen. 1965, im Jahr der Rückkehr des Schriftstellers nach Jugoslawien, erschien dort ein größerer Auswahlband mit Gedichten, Essays und Erzählungen, ein Jahr später eine vierbändige Ausgabe der Gesammelten Werke, die eine frühere, bereits 1930 verlegte Edition seiner Arbeiten ersetzte. Besonders hervorzuheben unter Tsernianskis späteren Werken ist der im Exil entstandene »Londoner Roman« (1946), eine ebenfalls mit stark lyrisch geprägten Passagen und autobiographischen Elementen durchsetzte Prosaarbeit.

Die letzten Jahre seines Lebens verbrachte Tsernianski im Zustand geistiger Verwirrung, Träumen nachhängend, in denen er der Öffentlichkeit neue Manuskripte ankündigte, während er in Wirklichkeit alte Texte vernichtete. In apathischer, schicksalergebener Trauer über den Verlust seiner Kreativität starb er, der sein Haus zuletzt kaum mehr verlassen hat und jede Nahrungsaufnahme verweigerte, am 30. November 1977 eines als Erlösung herbeigesehnten Todes.

INHALTSVERZEICHNIS

Erstes Buch

Zweites Buch

Drittes Buch